Tip des Monats

In derselben Reihe
erschienen außerdem als Heyne-Taschenbücher:

Alistair MacLean · Band 23/1
Johannes Mario Simmel · Band 23/2
Sandra Paretti · Band 23/3
Willi Heinrich · Band 23/4
Desmond Bagley · Band 23/5
Victoria Holt · Band 23/6
Michael Burk · Band 23/7
Marie Louise Fischer · Band 23/8
Will Berthold · Band 23/9
Mickey Spillane · Band 23/10
Robert Ludlum · Band 23/11
Susan Howatch · Band 23/12
Hans Hellmut Kirst · Band 23/13
Colin Forbes · Band 23/14
Barbara Cartland · Band 23/15
Louis L'Amour · Band 23/16
Alistair MacLean · Band 23/17
Victoria Holt · Band 23/18
Jack Higgins · Band 23/19
Utta Danella · Band 23/20
Desmond Bagley · Band 23/21
Caroline Courtney · Band 23/22
Robert Ludlum · Band 23/23
Gwen Bristow · Band 23/24
Heinz G. Konsalik · Band 23/25
Leon Uris · Band 23/26
Susan Howatch · Band 23/27

Colin Forbes · Band 23/28
Utta Danella · Band 23/29
Craig Thomas · Band 23/30
Daphne Du Maurier · Band 23/31
Robin Moore · Band 23/32
Marie Louise Fischer · Band 23/33
Johanna Lindsey · Band 23/34
Alistair MacLean · Band 23/35
Philippa Carr · Band 23/36
Joseph Wambaugh · Band 23/37
Mary Stewart · Band 23/38
John D. MacDonald · Band 23/39
Caroline Courtney · Band 23/40
Robert Ludlum · Band 23/41
Utta Danella · Band 23/42
Johanna Lindsey · Band 23/43
Stefan Murr · Band 23/44
Marie Louise Fischer · Band 23/45
John Gardner · Band 23/46
Alistair MacLean · Band 23/47
Gwen Bristow · Band 23/48
Jackie Collins · Band 23/49
John Saul · Band 23/50
Alexandra Cordes · Band 23/51
David Morrell · Band 23/52
Philippa Carr · Band 23/53

2 Romane in einem Band

Eric Van Lustbader

Teuflischer Engel
Schwarzes Herz

WILHELM HEYNE VERLAG
MÜNCHEN

HEYNE TIP DES MONATS
Nr. 23/54

TEUFLISCHER ENGEL/SIRENS
Copyright © 1981 by Eric Van Lustbader
Copyright © der deutschsprachigen Ausgabe 1985
Hestia Verlag GmbH, Bayreuth
Aus dem Amerikanischen übersetzt von Ilka Paradis-Schlang

SCHWARZES HERZ/BLACK HEART
Copyright © 1983 by Eric Van Lustbader
Copyright © der deutschen Übersetzung 1983
Hestia Verlag GmbH, Bayreuth
Aus dem Amerikanischen übersetzt von Hans Ewald Dede

Copyright © dieser Ausgabe 1990 by
Wilhelm Heyne Verlag GmbH & Co.KG, München
Printed in Germany 1990
Umschlagfoto: Bildagentur Mauritius/H. Schmied, Mittenwald
Umschlaggestaltung: Atelier Ingrid Schütz, München
Gesamtherstellung: Presse-Druck Augsburg

ISBN: 3-453-04236-0

Inhalt

Teuflischer Engel
Seite 7

Schwarzes Herz
Seite 495

Teuflischer Engel

Danksagung

Freunde und Familie haben mir außerordentlich hilfreich zur
Seite gestanden, während ich »Teuflischer Engel« schrieb.
Ich habe zu danken:
Carol, M.J., Syd, Doris und Charlie, Mary;
meinem Vater, der probegelesen hat;
und besonders H.M., dem Allwissenden, ohne den ich…
und so weiter, und so weiter…

*Dieses Buch ist meiner verstorbenen Mutter gewidmet,
meinem Vater, der Nolan, Syd
und
der einzigen, unersetzlichen V.*

»...Die auf der Wiese sitzen, von aufgehäuftem Gebeine
Modernder Menschen umringt und ausgetrockneten
Häuten.
Aber du steure vorbei und verklebe die Ohren der
Freunde...«

Kirke zu Odysseus, Homer »Odyssee«

»Ich blickte mich im verlassenen Zimmer um –
es war nicht länger verlassen.
Eine Stimme war da
und eine hochgewachsene, hagere, entzückende Frau.«

Raymond Chandler »Playback«

Erster Teil

BLITZE

Blitze –
was gestern im Osten war,
ist heute im Westen.

Kikaku

1. Kapitel

Daina Whitney schaltete herunter und drängte den Wagen in die scharfe Haarnadelkurve, die an der Westseite des Hügels hinaufführte. Wie vorhergesagt, war die Abkühlung gleich nach Einbruch der Dämmerung eingetreten; der Wind durchwehte reinigend die Cañons und Hügel von Los Angeles und trieb die träge feuchte Luft nach Osten. Auch der nach verbranntem Gummi riechende Smog wurde aus dem Tal vertrieben, dorthin zurück, woher er gekommen war.

Auf den Hügeln von Beverly Hills sah es so aus, als ob die Lichter mit ihren Heiligenscheinen unter den schwankenden Palmenkronen knieten. Sie erstreckten sich weit und dehnten sich bis in den Dunst der Ferne.

Daina ließ den silbernen Mercedes in die Mitte der schlangenartig gewundenen Straße rollen, schaltete in den dritten Gang und horchte auf das kehlige Brüllen des Auspuffs. Ian Flemings »Sie fuhr mit dem sinnlichen Vergnügen eines Mannes« fiel ihr ein. Der Gedanke brachte sie auf Marion, ihren Regisseur von *Heather Duell*. Mit ihm hatte sie jetzt über sechs Wochen lang hart an dem Film gearbeitet; nun kehrte sie von Außenaufnahmen in den sonnenbetupften Hügeln nördlich von Nizza zurück. Marion, dem der Ruf nachging, in der Lage zu sein, bei allem, was er filmte, ein Gefühl von Wirklichkeit zu erzeugen, hatte trotzdem darauf bestanden, die Studioaufnahmen in Hollywood zu drehen.

»Im Studio bin ich Herrscher über die Zeit. Ich kann das Himmelslicht löschen, den Sturm anhalten, es nach Belieben regnen lassen«, hatte er ihr am Tag ihrer Rückkehr gesagt. »Draußen liegt man dauernd mit der Umwelt im Streit. Ich möchte alles beherrschen können; und das ist schließlich der Grund, warum man nach Hollywood geht.«

Er atmete tief. »Aber dafür gibt man ein gewisses Maß an freiem Willen auf. In Hollywood verläßt man die Realität. Je mehr man dieser Stadt gibt, desto mehr saugt sie einen aus – wie eine Edelnutte. Aber es ist ein tolles Gefühl; man will nicht, daß es aufhört.«

Daina erinnerte sich an den Tag, an dem Monty, ihr Agent, zum ersten Mal *Heather Duell* erwähnte. *Regina Red* war gerade mit großartigen Kritiken angelaufen: ein spektakulärer Film voller Kontroversen. Der Regisseur hatte ein wahres Feuerwerk losgelassen. Aber – dies war viel wichtiger –: Daina hatte in diesem Film ihre erste Hauptrolle gespielt. Monty selbst hatte darauf hingewiesen, daß sich ihre Karriere in einem kritischen Stadium befände.

»Ich glaube«, sagte er ihr eines Tages beim Mittagessen in Ma Maison, »du bist jetzt soweit, daß du *Regina Red* hinter dir lassen kannst.« Sie hatte sich vorbeugen müssen, um ihn durch das Gläserklingen und das auf und ab schwellende Gesäusel honigsüßer Stimmen hören zu können: Beverly Hills' Crème de la Crème schlenderte an ihnen vorüber. »Nicht daß ich den Film abwerten möchte – nein, keineswegs. Filme, bei denen Jeffrey Lesser Regie führt, werden ungeheuer beachtet. Aber ich hab' das Gefühl, daß jetzt die richtige Zeit für dich ist, diese ›Hauruck-Streifen‹ hinter dir zu lassen. Ich ersaufe geradezu in Drehbüchern für dich.«

»Na«, lachte sie, »das ist aber ganz was Neues.«

»Sei vorsichtig, Daina; jetzt ist es für dich kinderleicht, einen Film zu kriegen. Aber daß du in irgendeinem beschissenen Streifen auftauchst, können wir nicht gebrauchen. Willst du mal richtige Scheiße sehen – dann – komm in mein Büro. Da liegt 'n ganzer Haufen. Diese Stadt macht aus Drehbuchautoren Hackfleisch.«

Natürlich hörte sie das unausgesprochene »aber« heraus. Er hatte auch gewollt, daß sie es hörte, aber sie würde ihm nicht den Gefallen tun, ihn danach zu fragen. Sie fühlte sich vor Langeweile wie ein Hund an der Leine, wußte aber, daß sie es ertragen mußte, solange Mark mit den Aufnahmen zu seinem politischen Epos beschäftigt war. Perverserweise machte sie das nur noch wütender.

Scharf sagte sie: »Ich will nicht ein ganzes Jahr lang auf irgendein sagenhaftes Projekt warten, von dem du träumst, daß es eines Tages auf mich zukommt. Ich will arbeiten. Wenn ich nicht arbeite, werde ich verrückt.«

Monty lächelte. Er hatte, dachte Daina, ein unwiderstehliches Lächeln, so breit, daß es sein ganzes Gesicht einnahm, aber das Besondere war seine Wärme. Wenn Monty so lächelte, schenkte Daina ihm uneingeschränktes Vertrauen.

»Wie würde es dir gefallen«, sagte er fröhlich, »wenn du jetzt gleich arbeiten könntest?« Dabei reichte er ihr ein blau eingebundenes Drehbuch hinüber.

»Du altes Ekel«, sagte sie lachend.

Monty ließ ihr nur eine Nacht zum Durchlesen, und sie wußte warum: er wollte, daß ihre Aufregung hochgeschraubt blieb.

Beim Frühstück in Malibu, fern vom Büro, fragte er: »Was hältst du davon?«

Auf seinem Gesicht konnte sie schon ablesen, was er dachte. Sie musterte ihn schelmisch. »Ich weiß noch nicht. Ich bin ja noch nicht durch.«

»Verdammt noch mal, Daina, ich hab' dir doch gesagt!« Er hielt inne, als er sah, daß sie ihn leise anlachte. »Ach so«, sagte er. »Na, vielleicht kann ich dir helfen, dich zu entscheiden, wenn ich dir ein paar deiner Fragen beantworte.«

Sie nippte gelassen an ihrem Eiskaffee. Irgendwie fühlte sie sich befriedigt. »Wer führt denn Regie?«

»Marion Clarke.«

Sie hob die Brauen. »Du meinst den Engländer, der vor – na – zwei Jahren das unheimlich gute Stück am Broadway gemacht hat?«

Monty nickte. »Selbigen meine ich. Für das Broadway-Stück hat er den ›Tony‹ bekommen.«

»Aber was macht der Mann denn hier und vor allen Dingen beim Film?«

Montys schwere Schultern hoben und senkten sich. »Offensichtlich ist Filmen genau das, was er tun will. Es ist auch nicht sein erster Film, er hat schon zwei andere gemacht, aber die zählen eigentlich nicht. Die sind mit ein paar Groschen gedreht worden. Die Twentieth steht mit 'ner Menge Mäuse hinter diesem neuen Projekt.«

»Und wie sind die ausgerechnet auf Clarke gekommen?«

»Hm.« Seine braunen Augen wandten sich langsam von ihr ab. Er betrachtete das strahlende Messinggelb der Morgensonne, mit dem der Pazifik lackiert schien. Mehrere Möwen kreisten ziellos über der Wasseroberfläche und suchten nach Frühstück. »Der Produzent hat ihn rangeholt. Offensichtlich hat Clarke das Skript schon ziemlich früh gesehen, ein paar wichtige Änderungen gemacht, eine Garantie vom Produzenten bekommen und angefangen, das Drehbuch völlig neu zu schreiben. Und das Resultat« – er nickte mit seinem kleinen Vogelkopf; seine hohlen Wangen zitterten, als ob sie die ewige Sonnenbräune abschütteln wollten –, »das Resultat hast du gerade gelesen.«

»Wer ist der Produzent?« Daina war wachsam. Monty rubbelte sich über die dicke Nase und schlug mit seiner Gabel einen kurzen Trommelwirbel auf der hölzernen Tischplatte. »Also, Daina.«

»Monty ...«

Diesen warnenden Tonfall kannte er. Fast zögernd sagte er: »Rubens.«

»Ach, um Himmels willen!« Er zuckte bei Dainas Ausruf zusammen. Seine Knöchel wurden weiß, während er die Kante des Tisches umklammerte, als ob er sich auf eine rasende Windböe vorbereitete. »Dieser blöde Hund hat doch schon versucht, mit mir ins Bett zu gehen, seit ich zum erstenmal hier ankam! Und jetzt willst du, daß ich an einem seiner Filme mitarbeite? Ich kann's nicht glauben!«

Sie stand auf, stieß den Stuhl mit den Kniekehlen zurück, verließ das kühle Durcheinander des Restaurants und ging hinaus in den weichen Sand. Hinter ihr rauschte der Morgenverkehr Richtung Sunset vorüber. Sie zog die Schuhe aus und ging zum Wasser. Die Wellen klatschten leise auf den Strand. Am Rand des Meeres spürte sie, wie der Sand seltsam hart wurde, hart und kühl. Schon wusch das Wasser über ihre Füße und kitzelte die Knöchel. Sie zitterte bei dem Gedanken daran, daß sie mit Rubens arbeiten sollte; Schrecken griff nach ihr. So lange hatte sie darauf geachtet, ihm aus dem Weg zu gehen, und jetzt so etwas. Ihr Zorn auf Monty war ungerecht, das wußte sie, und plötzlich schämte sie sich, ihn so angebrüllt zu haben.

Daß Monty hinter ihr herankam, sah sie nicht; aber sie bemerkte es. Er hatte Schwierigkeiten, sich auf den Strand einzustellen: sein Atem waren harte, schnelle Schnaufer. Verspätet dachte Daina daran, daß er gegen seine Herzschwäche Pillen einnahm.

»Ich glaube«, sagte er leise, »daß du dich ein bißchen wie eine Primadonna gibst. Dies ist eine Rolle, wie man sie nur einmal im Leben angeboten bekommt. Du...«

»Ich hab's nicht gern, wenn du anfängst, hinter meinem Rücken Pläne für mich zu schmieden.«

»Rubens und ich sind alte Freunde. Das geht jetzt schon – wieviel? – zehn Jahre oder länger. Wenn du dir die Situation mal objektiv anschaust, Daina, dann wirst du einsehen, daß dieses Projekt einfach perfekt für dich geeignet ist.«

Jetzt war sie wieder wütend. »Was weiß Rubens denn von meinen schauspielerischen Fähigkeiten? Ich weiß jedenfalls, was er sicher hofft.«

»Ich glaube, da irrst du dich«, meinte Monty.

Sie schob seine Worte mit einer Handbewegung beiseite. »Ein Kumpel hält dem anderen die Stange.« Sie wandte sich von seinem festen Blick ab; ihre Gefühle waren in Aufruhr. Rubens, dachte sie giftig. Der Name, der in Hollywood alle Türen öffnet. Aber welche Türen öffnete dieser Name in ihr selbst?

Sonnenlicht vergoldete Dainas Nasenrücken. Es glitzerte und machte das dunkle Violett ihrer Augen undurchsichtig. Sie hielt ihre Lippen fest zusammengepreßt.

»Ich bin keine Hure«, sagte sie tief und drohend. »Wenn Marion Clarke mich für *Heather Duell* haben will, dann kann er – verdammt noch mal! – persönlich bei dir anrufen!«

»Genau das hat er getan«, meinte Monty ruhig.

Sie hatte sich Marion Clarke anders vorgestellt; tatsächlich war er älter; sein zerfurchtes Gesicht wurde von einer langen Patriziernase beherrscht. Sein weiches, graues Haar war im Stil eines römischen Senators über die breite Stirn nach vorn gekämmt. Daina fragte sich, ob er wohl aus der englischen Oberschicht stammte, Oxford oder so, und ob er wohl das altmodisch-europäische Benehmen hatte, das John

Fowles immer als die höchste Tugend darstellte. Und würde Hollywood ihn niederstrecken wie ein grobschlächtiger Weißer ein prachtvolles wildes Tier?

Daina starrte in die stechenden blauen Augen und dachte: Nein, dieser Mann hat ein zu abweisendes Äußeres. Als er dann sprach, wurde alles Eis zu fließendem Wasser.

Als sie ihn das erste Mal traf – auf dem Gelände, wo alle Innenaufnahmen gemacht wurden –, hatte er eine Kopie des Skripts zu einer engen Röhre zusammengerollt bei sich. Während sie sich vorstellte, reichte er das Drehbuch seinem Assistenten – einem schmalen jungen Mann mit Glatze – und ergriff fest und beherrschend ihren Arm.

»Wie gut kennen Sie das Drehbuch?«

Sie lachte ein bißchen unsicher. »Ich fürchte, ich hatte noch nicht die Zeit, das Ding auswendig zu lernen.«

Er schüttelte ihre Worte ab, als ob sie wie eine lästige Mückenschar einen sonst herrlichen Sommertag störten. »Nein, das meinte ich nicht.«

Sie wartete darauf, daß er fortfuhr, aber er schwieg. Sie näherten sich einem wahren Spinnengewebe aus Straßen – so stellte sich irgendein Fernsehproduzent einen New Yorker Stadtteil vor. Aber das Ganze hatte keine Ähnlichkeit mit irgendeinem Stadtviertel, das Daina gesehen hatte. Die Scheinwerfer waren ausgeschaltet, der Asphalt soeben mit Wasser schlüpfrig gemacht worden: er glänzte. Die Lichter flammten alle zur gleichen Zeit auf, und jetzt glitt ein langer schwarzer Lincoln an ihnen vorüber, so langsam, daß die Reifen fast kein Geräusch verursachten. Jemand rief nach mehr Wasser. Die Autoscheinwerfer erloschen.

»Na?« fragte er scharf, »sollen wir eine Szene durchspielen? Erinnern Sie sich noch an die Szene, nachdem Ihr Mann erschossen wird?« fragte er in einem Ton, als ob er genau das die ganze Zeit schon im Sinn gehabt hätte.

»Wo ich mich umdrehe und El-Kalaam anschreie?«

»Ja, von da weiter.«

»Nein, ich erinnere mich nicht mehr so genau.«

Aber er hatte schon mit der Szene begonnen; es blieb ihr also keine Wahl. Er arbeitete mit ihr von innen heraus, nicht von außen, wie es die meisten Filmregisseure ihrer Erfahrung nach getan hatten: er manipulierte sie.

Er war wie Treibsand, zog sie weiter oder vielmehr zog sie hinunter, bis sie sich verlor und in Panik geriet, weil ihr der Text nicht einfiel und weil sie nicht mehr wußte, wie sie spielen sollte.

Dann sagte er irgend etwas. Das war der Auslöser für sie. Plötzlich wurde ihr klar, was *Heather Duell* – sie – zu tun hatte, und sie verstand gleichzeitig, was Marion Clarke plante. Der Text selbst war bedeutungslos; die Persönlichkeit Heather wollte er für sie definieren, um herauszufinden, ob sie es schaffen würde – ob sie es in sich aufgenommen hatte, so wie Heather es in sich haben mußte, um den Anschlag auf ihr Leben zu überstehen, um weitermachen zu können, um zu leben.

Ohne zu wissen wann, überwand Daina die Barriere und wurde zu *Heather Duell*.

Erregt, verwirrt und atemlos kam Daina wieder zu sich. Marion Clarke hatte ihr kurz Einblick in den Filmaufbau dargeboten, auf die wachsende Zahl der Aufnahmen, die sie vielleicht demnächst täglich sehen würde, und sie war mit dem ganzen Stoff verschmolzen und erfüllt von einem tiefen, mitschwingenden Gefühl. Sie hatte einen Geschmack vom tieferen Sinn des Films bekommen, und war nunmehr sicher, daß sie sich diese Rolle mehr wünschte, als sie sich je im Leben etwas gewünscht hatte.

Ihre Atemlosigkeit hielt an, in ihren Schläfen pochte es. Sie kannte dieses Gefühl, aber es war nun viel stärker als vorher, da sie so schwindlig gemacht worden war. Dieses Gefühl wirkte auf sie wie das triebhafte, furchteinflößende, ungeheure Pulsieren des Lebens selbst. Ihr war plötzlich klargeworden, wie lange es doch schon her war, daß sie *Regina Red* gespielt hatte. Sie begriff, wie sehr sie sich danach sehnte, wieder vom Auge der Kamera gemustert zu werden. Auf der Breitwand würde ihre Wiedergeburt erfolgen: es war Zeit für ein neues Leben. Sie wußte, daß es eine schlaflose Nacht geben würde, daß sie erst wieder schlafen könnte, wenn ihr diese Rolle sicher war.

Gehorsam ließ sie sich von Marion zurückführen, vorüber an ein paar halbgefüllten Mülltonnen, ein künstlich verdrecktes Gäßchen entlang. Die verblichenen, sorgfältig zerrissenen Plakate flatterten an Ziegelmauern aus Sperrholz und Gips. Dann, ganz plötzlich, tauchten sie wieder in Hollywood auf.

»Jetzt hören Sie mir mal zu.« Er blieb stehen, drehte sich um und schaute sie an. Licht überflutete sein Gesicht und färbte seine Säuferbacken. »Sie mögen vielleicht denken, daß *Heather Duell* ein Film voller Action ist. Die Twentieth-Leute meinen das jedenfalls. Seien Sie sicher, daß wir das nicht als selbstverständlich hinnehmen wollen.« Seine schmalen, langgezogenen Lippen verzogen sich zu einem vielsagenden Lächeln. Er hob einen Zeigefinger. »Aber lassen Sie sich nicht täuschen; dieser Film ist völlig anders geartet. Terrorismus als Konzept ist in diesem Jahrzehnt eine Epidemie, wie es der Kommunismus damals in den zwanziger Jahren war. Trotz allem steht hinter dem

Terrorismus wie hinter dem Kommunismus eine politische Idee. *Heather Duell* ist kein Film über den jüdisch-palästinensischen Kampf. Wir haben also nicht vor, einen Kriegsfilm zu machen, verstehen Sie?«

Er hob den Zeigefinger noch höher, so daß er mit der Spitze seine silberne Schläfe berührte. »Wir sind hinter etwas Breiterem her; hinter etwas, das jeder versteht. Letzten Endes ist der Terror des Geistes die wirkliche Gefahr, dieser Schrecken und die Auswirkungen, die er auf ein einzelnes Individuum hat.« Er schürzte nachdenklich die Lippen. »Schließlich ist *Heather Duell* als Frau nicht viel anders als Sie oder die Millionen Frauen, die diesen Film sehen werden. Welchen Kontakt hatte sie schon mit dem Terrorismus, der Gewalt, mit den Qualen der Seele bis zu jenem Augenblick, der ihr Leben so drastisch verändert? James, ihr Mann, hat das alles ja von ihr ferngehalten. Aber jetzt« – er stach mit dem Finger zu, als ob er einen besonders wichtigen Punkt aufspießen wollte –, »jetzt wird sie mitten zwischen die Augen getroffen. Wie wird sie sich durch diese Konfrontation mit dem Terrorismus verändern? Was wird mit ihr passieren? Das wird der Sprengstoff dieses Filmes sein, verstehen Sie? Da liegt die wahre Stärke von *Heather Duell* – aus dem Grunde bin ich von so weit hergekommen, um Regie zu führen: deshalb hat Rubens so viel eigenes Geld investiert. Der Knalleffekt des Films liegt nicht in den Pistolen, den Masken, in dem Gestank nach Plastiksprengstoff, in der Angst selbst. Natürlich sind solche Dinge wunderbare Hilfsmittel, die, überlegt und geschickt eingesetzt, den Film zu einem Kassenschlager machen. Aber das reicht nicht. Während der Arbeit muß man bewußte Entscheidungen treffen, verstehen Sie? Es reicht nicht aus, Filme zu machen, die nur unterhalten, Daina. Für die Leute sind wir die gleichen, die Träume produzieren. Deshalb tragen wir die schreckliche Verantwortung, den Menschen nicht dauernd die Köpfe mit Stroh zu füllen. Wir müssen danach streben, Gefühlen zum Durchbruch zu verhelfen. Wir müssen der Öffentlichkeit etwas anbieten, das sie normalerweise nicht entdecken würde. Das macht uns so einzigartig.«

Marion stellte sich auf die Zehenspitzen. »Dieser Film erzählt eine Schreckensgeschichte der Seele – einen Zusammenstoß der Willenskräfte. Er schildert das untergründige Ticken der Angst, die mit jedem Moment, der vergeht, weiter anwächst, einer Bombe vergleichbar, die noch nicht explodiert ist und die den Zusammenhalt der Zivilisation bedroht, weil sie bis auf den Kern durchschlägt. Was hat *Heather Duell* mit alldem zu tun? Das ist es, was Sie sich selbst fragen müssen, Daina. Wird sie leben, oder wird sie sterben?«

So ist Marion, dachte Daina, während sie vor einer besonders scharfen Kurve wieder einen Gang herunterschaltete. Ich muß anfangen, die Rolle für ihn und für mich selbst zu leben, ehe er die Kameras laufen läßt und meinen Gesichtsausdruck für alle Zeiten einfängt.

Sie dachte an die letzte Szene, die sie mit El-Kalaam gespielt hatte. Den Zusammenstoß der Willenskräfte hatte Marion sie genannt.

Diese Erinnerungen an Zorn und Energie brachten es mit sich, daß plötzlich Bilder von Manhattan in ihren Gedanken auftauchten. Blaue Schatten auf der Straße, kraftvolle Canyons aus Rauchglas und Stahl, der heiße Augustwind, der den Riverside Drive entlangwehte, der Park voller Puertoricaner in kurzärmeligen Hemden, die über provisorischen Holzkohlengrills Paradiesfeigen und schwarze Bohnen garten, den braunen Knauf einer 22er, die hinten aus dem Gürtel hervorstand. Gossenspanisch wie aus einem alten, schlecht synchronisierten Film schwirrte ihr durch den Kopf. War das erst fünf Jahre her?

Sie schaltete wieder. Die schmale Straße verlief hier fast senkrecht, und deshalb fuhr sie immer diesen Weg. Sie liebte die Farben und die Strukturen, die an ihr vorüberzischten, sie liebte die Herausforderung an ihre Reflexe und ihr Koordinationsvermögen. Die Nacht über Los Angeles stahl sich heran wie ein strahlender, flüchtiger Liebhaber.

Sie legte sich in eine geschwungene S-Kurve hinein und hatte plötzlich das Gefühl, als stände sie am Rand eines großen Abenteuers. Cortez, zum ersten Mal auf wogender See einen Hauch von Größe verspürend, auf dem Weg ins goldschimmernde Mexiko.

Monty hatte ja recht. *Heather Duell* war jetzt ihr Film; er würde sie entweder groß machen oder zerbrechen. Daina verspürte ein Schaudern und drehte sich im ledernen Schalensitz hin und her. Es hing soviel von anderen Leuten ab, alles mußte zusammenspielen, verschiedene Fäden mußten miteinander verknüpft werden, um den Erfolg zu garantieren.

Ihre Finger trommelten aufs Lenkrad; cremeweiß-blaßblau verputzte Mauern flogen vorüber. Sie riß wild am Schalthebel. In ihrem Zorn stieß sie fast das Kupplungspedal durchs Bodenblech. Worüber machte sie sich eigentlich Sorgen? Sie war Schauspielerin. Es lag an ihr, diese toten, auf weiße Seiten getippten Zeilen aufzunehmen und mit Leben zu erfüllen. Sie mußte zu *Heather Duell* werden, die Rolle in sich wachsen lassen, ohne kritische Gedanken, bis sie in eine neue Wirklichkeit eintrat, in ein anderes Leben. Sie mußte ihr Selbst – das Selbst Daina Whitney – von sich abtrennen und in der Schwebe zurücklassen; es durfte nur noch interessierter Beobachter einer anderen Persönlichkeit sein.

Welcher alchimistische Prozeß sollte ihr dabei helfen, diese Leistung zu vollbringen? Sie wußte es nicht, sie begriff nur, daß er ihr grenzenlose Macht verlieh.

Sie trat hart aufs Gaspedal.

Ihre Erregung wurde zum Fieber, das sie vorwärtstrieb. Mark sollte jetzt eigentlich von den Außenaufnahmen zurück sein, dachte sie. Die Zeiten, in denen sie und Mark außerhalb von Los Angeles gewesen waren, hatten sich überlappt; er war nach ihr abgereist. In unregelmäßigen Abständen hatten sie miteinander gesprochen, geschrieben hatten sie sich überhaupt nicht. Immer häufiger hatte Daina beunruhigende Geschichten über den wirren Fortschritt seines Films gehört – ein Kriegsfilm, der sich leidenschaftlich gegen den Krieg wandte. »Coppola hat das einfach nicht kapiert«, sagte Mark ihr oft. Durch die dauernden Drehbuchrevisionen hinkte er weit hinter dem Zeitplan her. Und das Geld mußte ja auch irgendwo herkommen.

Daina verspürte eine wohlige Wärme: das Tagesende war da, und sie hüllte sich in ihr Bild von Mark wie in eine Schlafdecke ein. Sie spürte bei dem Gedanken, wie er ihren Rücken liebkoste und daß sein heißer, offener Mund auf ihren Lippen lag.

Sie bog in ihre Hauseinfahrt und stellte den Motor ab. Drinnen brannten Lichter wie ein freundliches Willkommen, aber die Außenlaternen waren ausgeschaltet. Typisch für ihn, dachte sie. Er ist so in das Politische verwickelt, daß das Mechanische ihm nichts bedeutet.

Glücklich ging sie die Stufen hinauf, schwang ihre Handtasche wie einen Baton und summte in sich hinein. Sie steckte den Schlüssel ins Schloß der breiten Eichentür und ging hinein. Gleich hinter der Schwelle blieb sie stehen und erstarrte: mit entsetzter Faszination betrachtete sie die beiden auf dem nackten Parkettboden kopulierenden Körper. Blut schoß durch Daina. Zorn trieb ihren Adrenalinspiegel in die Höhe, es rauschte in ihren Ohren. Sie starrte auf Marks vor und zurück stoßendes Hinterteil; vor und zurück wie das Pendel einer höllischen Uhr, die jene Augenblicke der Liebe, welche die Welt noch zu vergeben hat, tickend abzählt.

Seltsamerweise dachte sie, daß es dem Mädchen auf dem Fußboden zu kalt sein müsse. Ganz schwach hörte sie das Keuchen und sanfte, flüssige Saugen. Die Situation beschämte sie. Sie fühlte sich wieder so verloren wie einst als kleines Mädchen, wie sie eines Morgens ganz früh zum ersten und einzigen Male in das Schlafzimmer ihrer Eltern eingedrungen war. Eine Art Schwindel ergriff sie, ein seltsamer, beängstigender Druck lag auf ihrer Brust; ihr war schrecklich kalt; sie fühlte sich betäubt. Das Mädchen stöhnte, und der Bann war gebrochen. Es war, als ob Daina bis ins Mark vom elektrischen Strom berührt worden wäre. Sie warf ihren Arm zurück, schleuderte die Tasche von sich und sprang vor, so daß sie fast im gleichen Augenblick über den beiden war, als Mark von der Tasche am Kopf getroffen wurde.

»Oh!« Er drehte sich um, richtete den Kopf auf und erhob sich langsam von dem Mädchen.

»Nein, nein, nein!« schrie das Mädchen, dessen lange, blasse Finger sich in seinen verkrampften Bizeps krallten. »Laß mich jetzt nicht allein! Noch nicht! Bitte.« Ihr Atem schoß wie eine Explosion heraus.

Dainas Faust fuhr in Marks errötetes Gesicht. Er schnaufte. Dann krachte Daina mit der Schulter in ihn hinein, so daß er von dem Mädchen herunterrollte.

Er hob die Arme. »Sachte. Was zum Teufel...!« Seine angriffslustige Härte sank schon wieder in sich zusammen.

»Du Schwein!« schrie Daina, »du gemeines Schwein!« Sie glaubte, an all den ungesagten Worten ersticken zu müssen.

»Herrgott, Daina!«

Aber Daina schlug weiter auf ihn ein und wollte ihn nicht sprechen lassen. Sie teilte mit den Fäusten einer Frau die Schläge eines Mannes aus. Das Training, Vorbereitung zum Film, konnte sie jetzt gut anwenden, zusammen mit dem, was sie in New York gelernt hatte. Dort war sie aufgewachsen und hatte gelernt, wie man sich verteidigt und einen Handball dreißig Yards weit wirft.

»Daina, Daina, um Gottes – uff! – um Gottes willen, hör' mir doch mal zu!«

Aber sie wollte nichts hören. Erklären konnte er gut. Logik und Vernunft bildeten das Herz seiner politischen Widerstandskraft. Ihr Faustschlag traf ihn auf den Mund; in roten Bändern floß Blut.

Er warf sich – die Augen voller Angst auf Daina gerichtet – wild zur Seite. In diesem Zustand, das wußte er, konnte er sie nicht beherrschen. Sie sah, daß dieser Gedanke ihm das dunkle, gutaussehende Gesicht verzerrte.

Daina griff erneut nach ihrer schweren Handtasche. »Hau ab hier, du Hundesohn, verdammt noch mal!« Sie brachte seinen Vornamen nicht über die Lippen. »Hau sofort ab! Und das da« – sie schwang den Fuß und trat dem Mädchen gegen den Oberschenkel – »nimmst du mit.«

Vorsichtig hob Mark das Mädchen vom Boden auf, wobei er Daina keine Sekunde aus den Augen ließ. Das Mädchen war schlank, fast zerbrechlich, von kalifornischer Sonne gebräunt. Auch jetzt zeigte sie keine Anzeichen von Scham. Nun, da Daina sie zum erstenmal richtig ansehen konnte, durchfuhr es sie wie ein Schock, daß das Mädchen nicht älter als fünfzehn sein konnte.

Mark klemmte sich seine Kleider und die des Mädchens unter den Arm wie gemauserte Federn. Er versuchte noch ein letztes Mal, etwas zu sagen, aber Daina schnitt ihm das Wort ab: »Nein, sag nichts. Du warst hier nur Gast, nichts anderes. Ich will nichts von dem hören, was du mir zu sagen hast.« Tränen glitzerten in ihren Augenwinkeln, und sie hatte Sehstörungen. »Es gibt keine Entschuldigung – gar keine...«

Er stolperte in die Nacht hinein, schob das nackte, nunmehr zitternde Mädchen vor sich her und bog um die Ecke des Hauses, wo er immer seinen Wagen parkte.

Wie aus den Tiefen des Meeres glaubte Daina das kurze Husten eines Motors, das Echo, das die Hügel durchkämmte und viel zu langsam verwehte, zu hören. Durchs Fenster sah sie zwei rubinrote Stecknadelköpfchen, die wie die Augen einer Otter flackerten; bald sichtbar, bald ausgelöscht durch die seufzenden Bäume; die Zitronenblüten der Scheinwerfer hatte die Entfernung schon vertilgt.

Daina rührte sich nicht, horchte auf das Flüstern des Windes in den Bäumen und fühlte sich wie eine Meeresjungfrau, die dumm genug gewesen war, sich im Netz eines Fischers fangen zu lassen und jetzt aus den Tiefen der kühlen, dämmrigen See in die strahlende, atemlose Oberwelt, wo alles neu, seltsam und beängstigend ist, herausgezogen wurde.

Kälte überflutete Daina. Sie schlang die Arme um sich. Mit einem Fußtritt knallte sie die Tür zu. Dies ist mein Haus, dachte sie. Er war nur Gast hier. Einer, der nicht bleibt, verdammt noch mal, einer, den ich vor achtzehn Monaten eingeladen habe, um mit mir – du lieber Gott, du lieber Himmel!

Sie wirbelte vom Fenster weg und ging mit müden Schritten ins Wohnzimmer, blieb an der Bar stehen, starrte auf ihre Sammlung alkoholischer Getränke und langte nach der Bacardiflasche. Sie schenkte sich drei Finger hoch von dem Rum ein und kippte ihn, als sei es Medizin. Sie schloß die Augen, schüttelte sich, schob das schwere Glas aus Bleikristall von sich und rannte hinaus in die Halle.

Sie stürzte ins Schlafzimmer, riß die Schranktür auf, all seine Kleidungsstücke heraus, ging zum Schreibtisch und kippte den Rest seiner persönlichen Habe mitten auf den Teppich. Sie stopfte soviel sie konnte in seinen einzigen Koffer, der angeblich einst die Hitze von La Paz und das Glitzern von Buenos Aires, die Geheimnisse und das Elend von Moul Mein und Lom Sak erlebt hatte, klappte ihn zu und ließ die Schlösser einschnappen. Mit ihm in der einen Hand und dem Rest seiner Sachen unter dem Arm verließ sie das Haus.

Draußen sangen Vögel in süßen Tönen und flatterten durch die Bäume. Ein Hund bellte zornig auf der anderen Seite des Hügels – vielleicht war ein Coyote heimlich in sein Territorium eingedrungen. Ein Radio gab einen Augenblick lang grölende Rockmusik von sich, dann wurde es abgestellt.

Daina ging zu jener Seite des Hügels, wo das lange Gras wild wucherte, die Brombeerhecken dicht standen. Sie schaute den Koffer an, während sie ihn in der Hand wog. Er war Marks ständiger Begleiter gewesen, als er von Burma nach Thailand gezogen war. Von dort aus, so erzählte er immer wieder, hatte er ihn unter großen persönlichen Gefahren über die Grenze in das verbotene Kambodscha mitgenommen. Denn dies war angeblich der Sinn seines Lebens: zu bluten für ein verwundetes, sterbendes Volk auf der anderen Seite des Sonnenaufgangs, weil er sich wenigstens teilweise für dessen Qualen und Vernichtung verantwortlich fühlte. Aber die Gefahren, denen er bei dem Grenzübergang ausgesetzt gewesen war, mußten ihn geblendet haben wie jene Strahlungsgeschädigten auf der anderen Seite, deren Opfer mit seiner eigenen Heimat zu tun hatten. Er hatte sich verändert, wie ein Astronaut, der vom Spaziergang auf dem Mond nach Hause zurückkehrt, dachte Daina. Sein Geist war verbogen, seine Gefühle waren eine groteske Parodie dessen, was sie einmal gewesen waren. Die Flammen eines unbekannten Scheiterhaufens hatten ihn versengt.

Endlich hob sie den schweren Koffer hoch, streckte ihn hinaus in die Nacht und beobachtete, wie er zeitlupenlangsam losrollte, den Hang, der mit dunklem Heidekraut und dschungeldichtem Unterholz bestanden war, hinunterkullerte. Zwanzig Meter tiefer schlug der Koffer mit einer Ecke auf den Boden auf: der Deckel flog durch den Aufprall hoch, die Kleidung wurde in einer Art stiller Explosion nach allen Seiten geschleudert.

Bedächtig ließ Daina Marks andere Kleidung, ein Stück nach dem anderen, wegflattern. Schließlich war nur noch ein einziges übrig: ein Seidenhemd, das sie ihm zum Geburtstag gekauft hatte, sein Lieblingshemd, wie er einmal beteuerte. Daina rollte es zu einer Kugel auf und schleuderte sie dem anderen Krempel hinterher. Ein Stückchen hangabwärts verfing sich das Hemd am Ast einer riesigen Akazie und wehte von dort wie die letzte Fahne auf verlorenem Schlachtfeld. Der kühle Nachtwind nahm es dann mit sich, wirbelte es hoch in die Luft wie einen Papierdrachen, der sich von seiner Halteleine gelöst hatte. Hoch, hoch und fort. Aber Daina hatte sich schon abgewandt, ehe es außer Sicht war.

Wieder im Haus, zitterte sie. Die Haustür war zum erstenmal seit vielen Monaten verschlossen, die Sicherheitskette eingehängt.

Daina starrte blicklos vor sich hin, hielt sich selbst umklammert. Langsam verebbte die Taubheit. Sie griff nach dem Telefon und wählte Maggies Nummer. Nach dem vierten Klingeln wurde ihr klar, daß Maggie mit Chris im Studio sein mußte. Heute abend verspürte Daina nicht den Wunsch, sich in die Hektik des Studios verwickeln zu lassen.

Mit einem »Verdammt« ging sie wieder den Korridor hinunter, um sich umzuziehen. Das einzig Richtige, so entschied sie, war, hier abzuhauen. Im »Lagerhaus« könnte sie sich abkühlen und entspannen.

Vor dem Badezimmerspiegel hielt sie inne. Wie vom Sog des Moores wurde sie in den kühlen, gekachelten Raum gezogen. Sie erstarrte kurzzeitig zur Statue, die im diffusen unerklärlichen Licht schwebte. Mit einer abrupten Bewegung ihres schlanken, sonnengebräunten Armes schaltete sie die Lichter am Schminkspiegel ein, und ein Regenbogen rahmte ihr Gesicht ein. Sie strich den Wald aus honigfarbenem Haar zurück, das ihr über die Schulter fiel, und betrachtete ihr Gesicht, wie sie es von der Leinwand betrachten würde; musterte das Oval, die weit auseinanderstehenden, an den äußeren Ecken leicht aufwärts gerichteten Augen. In der violetten Iris lagen versprühte Pünktchen von Gold. Sie betrachtete ihre hohen Wangenknochen. Ich sehe Mutter ähnlicher als Vater, dachte sie.

Sie begann zu weinen, senkte den Kopf und bettete ihn auf die gefalteten Arme. Sie schaukelte ein wenig hin und her und fand leichten Trost in dieser Bewegung. Als es vorbei war, wusch sie sich das Gesicht.

Das Wasser im Waschbecken murmelte wie Marks Stimme – Liebling, Liebling – und sie zitterte, von ihrem Selbstmitleid angeekelt.

Werde erwachsen!, befahl sie sich wütend. Wozu brauchst du ihn denn, verdammt noch mal? Ihr Körper gab bereitwillig Antwort, und diese Antwort war das einzige an diesem Abend, worüber sie lächeln mußte.

Augenblicke später zog sie sich ein blaues Seidenhemd und einen dunkelblau und hellgelb bedruckten Wickelrock über. Sie betrachtete ihre festen, hohen Brüste – Kim-Novak-Brüste, wie Rubens ihr einmal scherzhaft gesagt hatte –, ihre schmale, aber keineswegs dünne Taille und ihre langen Tänzerinnen-Beine. Draußen, in der Nacht, im silbernen Mercedes, nahm sie vor der Haarnadelkurve Gas weg und schoß dann wieder auf dieser Matratze aus Bewegung los. Der Wind verwickelte ihr Haar. Die Lichter im Tal – Heiligenscheine aus Dunst – schienen sie durch das heranrauschende Gebüsch anzuzwinkern; das Schwarz bildete der Himmel. Sie flog an einer hohen Umfassungsmauer aus Felssteinen und Beton vorüber. Einen Augenblick lang warf die Mauer den scharfen Geruch nach Benzin zu ihr zurück und verhüllte den Duft des Geißblatts. Daina mußte an die Straßen New Yorks denken, in denen es brüllte, betrunken vom Leben, das unaufhaltsam vorwärtsstürmte, majestätisch in seiner Zügellosigkeit.

Es waren seltsame, beunruhigende Echos aus einer Epoche, in der sie nichts Eigenes besessen und niemanden hatte, an den sie sich wenden konnte. Sie war allein, voller Furcht und unterdrücktem Zorn, und hatte festgestellt, daß die einzige Möglichkeit zu überleben darin bestand, auf die Straße zu gehen. Nur die Menschen der Straße hatten sie als Individuum, als einzelne, abgeschlossene Persönlichkeit, die dachte und fühlte und lebte, behandelt.

Sie verspürte die alte Sehnsucht nach Baba, und Tränen rollten wieder über ihre Wangen. Nicht, dachte sie, tu dir das nicht an. So weit bist du schon mal gewesen, und du weißt, wohin das führt. Sie schauderte. Ich stehe hart am Abgrund. Marion drängt mich auf neue Tiefen zu, und das macht mir angst genug, auch ohne daß Mark vor meinen Augen unser Verhältnis kaputtmacht. Verdammter Mistkerl! Sie fühlte sich abgeschnitten, fehl am Platze. Die feinen Häuser, die an ihr vorübersausten, hätten ihr nicht fremder vorkommen können, wenn sie gerade aus einem anderen Sonnensystem angekommen wäre.

Sie schob eine Kassette in den Recorder, drehte voll auf und hörte den harten, beißenden, elektrisierenden Pulsschlag der »*Heartbeats*«: Das scharfe Stakkato des Schlagzeugs auf dem gewichtigen Unterbau von Baß, Gitarren und Orgel, die darauf hinleiteten, daß Chris' zornige Worte wie Pistolenkugeln aus den Lautsprecherboxen schossen: »Immer hab' ich versucht / dich zu kriegen, dich zu besiegen / du weißt, ich find' dich, wo immer du bist...« Sie warf den Kopf zurück und ließ sich vom Wind die Haare aus dem Gesicht reißen. »Gebunden, gefesselt / Gummiblasen in meinem Mund / Jetzt ist nicht die Zeit, mir zu entfliehen – o nein / Ich nehm' dich / In der Tiefe der Nacht...« Dainas Lippen zogen sich von den Zähnen zurück, denn der Wind war scharf, und nur in diesen Augenblicken brauchte sie nicht nachdenken, nur dem Sog der Musik in ihren Eingeweiden zu folgen. »Ich nehm' dich / ohne Gegenwehr...«

Los Angeles lag wie eine blaue zitronenförmige Halbkugel unter ihr und pulsierte in dem schweren Smog, als ob eine tief begrabene Seele sich mühte, aus dem qualvollen Griff der Stadt freizukommen.

Daina schoß abwärts, um der Stadt zu begegnen.

Das »Lagerhaus« bestand aus einer Masse flammender Lichter, die auf der Haut des Wassers blitzten und tanzten wie eine Gesellschaft leuchtender Meerestiere. Um diese Stunde war der Jachthafen Marina del Rey nicht allzu überfüllt; der Admiralitätsweg lag völlig verlassen da. Große Jachten waren nur noch als zweidimensionale Schatten auszumachen, deren Peitschenschnurantennen geheimnisvolle Signale in den Himmel schickten.

Das »Lagerhaus«, ein Restaurant, liebte Daina mehr als alle andren in Los Angeles. Sie kannte hier alle Leute, und sie taten ihr Bestes, damit sie sich wie zu Hause fühlte. Das Restaurant lag von Rodeo Drive in Beverly Hills weit genug entfernt, so daß Daina sich von den Klatschspalten-Typen, die sie verabscheute, absondern konnte. Das Haus glich einem Hafenspeicher und war auch so eingerichtet, komplett mit riesigen Fässern aus abgelagertem Eichenholz, mit gewaltigen Holz-Containern, auf denen die Namen so ferner Welthäfen aufgedruckt waren: Shanghai, Marseille, Piräus, Odessa, Hongkong, Macāo und sogar San Francisco. Von der Decke hingen Ballen in dicken Hanfnetzen verwickelt.

Das Restaurant war groß und ziemlich weitläufig und erinnerte Daina an eine ländliche Kneipe in New England. Auf der Seeseite befand sich eine geräumige verglaste Veranda, von der man im Umkreis von 50 Meilen den mit Abstand schönsten Blick auf den Hafen genoß.

Wie gewöhnlich war es voll besetzt, aber Frank, der Geschäftsführer, führte sie an einen Tisch nahe dem Wasser und lächelte dabei, plauderte über ihre Kleidung, ihr Gesicht, »Bella, Bella«, und in einer langen, schlangenförmigen Reihe an der Bar bedeutete man anderen, höflich aber kalt, daß sie mindestens eine Stunde warten müßten, um einen guten Tisch zu ergattern.

Daina bestellte einen Bacardi mit Eis und Zitrone, der ihr prompt gebracht wurde. Endlos lange saß sie da, nippte an ihrem Drink und starrte die Spiegelbilder der Menschen an der Bar an; deren leere Blicke.

Als sie feststellte, daß sie ihr eigenes Spiegelbild in der Glasscheibe anschaute, betrachtete sie ihr Profil und verfolgte die Linie ihrer Nase – unvollkommen und nicht ganz gerade – und verspürte plötzlich eine unendliche Freude darüber, daß sie sie nie hatte richten lassen. Nur Mutter hat das gewollt, dachte sie.

Nicht so Jean-Carlos. Sie hatte nicht gerade wenig Hemmungen, als sie die Stufen zur Schule im zweiten Stock hinaufgestiegen war, die er in der 3. Straße West, Nr. 8666, in Los Angeles unterhielt.

»Grüß Sie, Daina!« hatte er gesagt und breit grinsend ihre Hand mit beiden Händen wie einen Pumpenschwengel geschüttelt. Daina konnte die dicken gelben Schwielen spüren, die so hart waren wie Beton. »Willkommen in der Schule.« Er legte ihr eine Hand auf die Schulter. »Wir reden uns hier alle mit Vornamen an, ganz unzeremoniell. Mein Name ist Jean-Carlos Ligero.«

Mexikaner hätte er nicht sein können, dachte sie. Er hatte kurzgeschnittenes, lockiges rotes Haar und eine schmale Stirn, unter der ein

Paar klare blaue Augen brannten. »Ha, Chica«, sagte er mit rollender Stimme, die aus seiner Brust und nicht aus seiner Kehle zu kommen schien, »die gibt Ihnen aber Charakter«, und fuhr mit seiner hartgepolsterten Fingerspitze über ihren Nasenrücken.

Er hatte einen breiten Mund, über dem sich ein sehr gepflegter, dunkelroter, wie mit einem Bleistift gezogener Schnurrbart wölbte. Er hatte ein hartes, aggressives Kinn. Alles in allem war sein Kopf viereckig, er selbst schmalhüftig und bewegte sich mit der Grazie eines Tänzers, ohne weibisch zu wirken.

»Sind Sie von den Inseln?« Sie schoß die Frage einfach mal ab.

Als er lächelte, runzelte sich seine Haut, Linien durchzogen sein Gesicht wie direkte Beweise dafür, daß die Zeit auf menschlicher Haut Spuren der Verwüstung hinterläßt. Seine gelben Zähne hoben sich kraß von der Sonnenbräune ab. »Von der Insel Cara. Von Kuba!« Das Lächeln verschwand; es sah so aus, als ob Wolken über eine sterbende Sonne hinweggrasten. »Ich bin vor zwanzig Jahren aus dem Morro-Kastell entkommen. Hab' noch drei andere mitgenommen und Fidel zurückgelassen, auch meine Familie: meine Brüder, meine Schwester. Und jetzt...« Er stemmte die Fäuste in die Hüften. Sie standen in der Mitte des riesigen Raumes. Ein Paar gewaltiger Oberlichter spendeten diffuses, sanftes, gleichmäßiges Licht. An einer Wand entlang zog sich eine hölzerne, polierte Ballettstange, über ihr ein langer Spiegel, dahinter war ein dichtgewebtes Netz, das Schatten erzeugen sollte. Der Fußboden, ebenfalls aus Holz, war zum Teil mit einfachen grauen Matten bedeckt. Das war's, der übrige Raum war leer.

»Ist es hier?« fragte Daina und schaute sich um.

»Was haben Sie denn erwartet? Vielleicht etwas Exotischeres, direkt aus den Seiten eines James-Bond-Romans?«

Sie lächelte und entspannte sich.

»Kommen Sie«, bat er mit einer Handbewegung, »wir wollen mal Ihre Hände sehen.«

Sie wies sie ihm vor.

»Das Wichtigste zuerst«, sagte er ernsthaft und holte eine Nagelschere hervor. »Mit den Dingern hier können Sie nichts anfangen.« Energisch ging er an die Arbeit und schnippelte alles Überflüssige von ihren Nägeln ab, fuhr dann mit den Fingerspitzen nacheinander über die halbkreisförmigen Kanten jedes einzelnen Fingers. Schließlich nickte er zufrieden.

»Sie wissen, warum Sie hier sind?«

»Ja. James, mein Film-Ehemann, hat mich zu einem fähigen Jäger ausgebildet.«

»Gut. Dieses Spezialtraining brauchen Sie für einen Film; aber das, was ich Ihnen im Lauf der nächsten drei Wochen beibringen werde, ist kein Theater, machen Sie sich das kristallklar. Dies hier ist kein Witz. Sie sollen lernen, wie es wirklich gemacht wird: Sie sollen die Geheimnisse der Schußwaffen begreifen – wie man sie hält, woran man sie erkennt, wie man sie lädt und abfeuert. Sie werden lernen, mit Ihren Händen, mit einem Messer umzugehen und so weiter.« Er zog die Achseln hoch. »Manche Regisseure kümmern sich nicht allzusehr darum. Solange es gut aussieht, wenn die Szene steht, sind sie's zufrieden. Mit solchen Leuten hab' ich nichts im Sinn, die schick' ich anderswohin. Kann's mir nicht leisten, meine Zeit zu verplempern.« Er hob einen seiner langen Zeigefinger. »Marion und ich haben viele angenehme Abende miteinander verbracht – er kennt den Rum und das Zuckerrohr. Wir trinken, wir kauen, wir reden. Er weiß, was er will. Also kommt er zu mir. ›Es wird länger dauern‹, sag' ich ihm, ›aber wenn deine Leute bei mir durch sind, dann wissen sie, was sie wissen müssen.‹ «

Er klatschte in die Hände. »Gut, fangen wir an.«

Daina schaute sich noch einmal um. »Aber hier ist ja nichts außer diesen Matten.«

»Paciencia«, sagte Jean-Carlos, »alles, was Sie brauchen, finden Sie in diesem Raum.« Aus dem Nichts zog er eine Pistole hervor, warf sie ihr zu. Sie schnappte ungeschickt nach ihr.

»Nein, nein, nein«, sagte er gutmütig, »machen Sie das so.« Und er zeigte es ihr. »Das ist eine Automatik«, erklärte er. Er drehte die Pistole um, damit sie die Unterseite des Kolbens sehen konnte. »Hier hinein steckt man den Patronenclip.« Wieder hob er den Zeigefinger. »Vertrauen Sie Ihr Leben niemals einer Automatik an, die haben viel zu oft Ladehemmung. Nehmen Sie einen Revolver. Hier« – aus dem gleichen Nichts zauberte er noch eine Schußwaffe hervor –, »versuchen Sie es mal mit dieser Police Special, ein schweres Kaliber, die Abschreckung ist größer, und sie schießt sehr genau. Als Jägerin ist das wichtig für Sie zu wissen. Nein, so.« Seine kräftigen, geübten Finger zeigten ihr, wie sie die eigene Hand bewegen mußte. »Nehmen Sie beide Hände. So ist es richtig. Kommt es Ihnen schwer vor? Ja? Na gut.« Er nahm ein paar Bleibänder, wickelte sie um die Handgelenke und sicherte sie mit Klebepolstern. »Genau so werden wir in den nächsten zwei Wochen üben. Danach wird Ihnen das Gewicht der Pistole überhaupt nichts mehr ausmachen. Sie werden es, wie jeder andere gute Schütze auch, ganz vergessen.«

Er hielt Wort. Er arbeitete hart mit ihr und trieb sie so weit, daß sie ein Dutzend verschiedener Faustfeuerwaffen auseinanderhalten konnte: sämtliche Gewehrfabrikate von der anderen Seite des Raumes erkannte und daß sie sicher und akkurat schießen konnte. Sie konnte mit dem

Messer ein Tier abhäuten und Knochen an den Gelenken trennen – erlernt im Zeitraum dreier Wochen, ehe das Filmteam nach Nizza abreiste. »Später kommt noch mehr dran«, sagte er ihr, »aber im Augenblick – im Augenblick sind Sie soweit.«

»Hallo, Daina.«

Sie blickte über die Schulter hoch und erkannte Rubens. Er war hochgewachsen und breitschultrig, hatte undurchsichtige schwarze Augen, die in einem kühn geschnittenen Raubvogelgesicht steckten. Er gehörte jenem gutaussehenden mediterranen Menschenschlag an, den man in Griechenland wie in Spanien antrifft. Sein Mund war kräftig und entschlossen, das ziemlich lange Haar so schwarz wie seine Augen.

Aber all diese körperlichen Details waren lediglich Fassade. Rubens brauchte nur ein Zimmer zu betreten, um seine Anwesenheit spüren zu lassen. Er strahlte Macht aus, folglich fehlten die Gerüchte nicht.

Es hieß, daß er noch niemals einen Kampf mit den Produzenten verloren hätte – und es hatte deren viele gegeben. Man sagte auch, daß er mit bloßem Siegen nicht zufrieden sei; es triebe ihn immer wieder dazu, seine Gegner in den Boden zu stampfen.

Weiter hieß es, daß er sich von seiner Frau – einer schönen, talentierten Frau – habe scheiden lassen, weil sie ihn in der Öffentlichkeit nicht anfassen wollte.

Rubens war als Haifischfresser in einem Meer voller Haie bekannt. Diesen Ruf suchte er noch stets zu fördern, weshalb er denn auch von Leuten, die das Buckeln gewöhnt sind, sehr bewundert wurde. Man riß sich um ihn, schmeichelte und streichelte ihn.

»Rubens.« Daina hob den Bacardi an die Lippen. Das ist nun wirklich der letzte Mensch auf dieser Welt, den ich heute abend zu sehen wünsche.

Einst war er ihr als das kalte Herz von Los Angeles präsentiert worden, als der hochglänzende Hauptstrom, nach dem es alle Ruhmsüchtigen gelüstete; als Symbol – und nicht als Mann.

Er legte ihr gegenüber eine Hand auf die Stuhllehne und erkundigte sich: »Macht es Ihnen etwas aus, wenn ich mich setze?«

Sie war entsetzt. Um ein Zittern zu unterdrücken, verkrampfte sie die Hände unter der Tischplatte in ihrem Schoß. Es bekümmerte sie, daß da noch eine andere, stärkere Emotion war: die Einsamkeit. Nun, da sie zu diesem Mann aufschaute, mußte sie an den anderen, an Mark denken, der mit dem kleinen Mädchen hinaus in die Nacht geflüchtet war.

Sie wollte nicht mit Rubens zusammen sein, aber seine Gesellschaft war immer noch besser als das Alleinsein.

Sie räusperte sich. »Aber nein, im Gegenteil.« Ihre Stimme klang, als gehöre sie ihr nicht.

»Wodka Tonic, Frank«, befahl Rubens dem dienstbeflissenen Geschäftsführer, »Stolichnaja.«

»Stolichnaja. Sofort, Sir. Und Sie, Miß Whitney? Noch einen Bacardi?«

»Na klar«, sie hob das leere Glas, »warum nicht?«

Rubens nahm Platz, wartete, bis die Drinks kamen und sie wieder allein waren.

»Ich hab' doch nicht irgendwas Falsches gesagt?«

»Was?«

»Na, weil Sie so melancholisch sind.«

Sie nippte an ihrem Drink und fragte sich, wie seine Tricks wohl ausfallen würden. Zu einer anderen Zeit wäre er vielleicht eine Herausforderung gewesen, aber jetzt.

»Ich hab' nur einen schlechten Tag.«

»Hat im Studio alles geklappt?«

Jetzt schöpfte sie Verdacht. »Sie wissen doch, was im Studio alles so läuft. Sie wissen, daß es nichts damit zu tun hat. Worauf wollen Sie eigentlich hinaus?«

Er spreizte die Hände. »Auf nichts. Ich komme herein, sehe diesen Blick in Ihren Augen...« Er hob das Glas und nahm einen Schluck. »Ich will nicht, daß meine Stars unglücklich sind. Ich dachte, ich könnte helfen.«

»Ja, direkt ins Bett.« Jetzt war's raus, und sie dachte: Ach du lieber Gott, hab' ich es doch getan.

»Dann geh' ich also wieder.« Er ergriff sein Glas.

Sie betrachtete sein Gesicht, ihre Gedanken wirbelten. Selbst wenn du ein Schwein bist, dachte sie, heute abend bist du alles, was ich habe. Ich Glückspilz. »Nein, gehen Sie nicht«, meinte sie halbherzig. »Ich bin nur in beschissener Stimmung. Mit Ihnen hat das nichts zu tun.«

Er stand auf und schenkte ihr ein wehmütiges Lächeln.

»Ich fürchte, es hat doch etwas mit mir zu tun. Und Sie haben ein Recht darauf, das zu sagen, was Sie gesagt haben.« Er spreizte wieder die Hände. »Es ist ja wahr – Sie wissen Bescheid, ich weiß Bescheid. Seit Sie mir vor anderthalb Jahren vorgestellt wurden, habe ich mir gewünscht, mal mit Ihnen ins Bett zu gehen. Aber Sie hatten gerade diesen verrückten schwarzen Regisseur kennengelernt – wie heißt er doch gleich? Mark Soundso...«

»Nassiter«, sagte sie schnell.

Er schnippte mit den Fingern. »Ja, richtig, Nassiter.«

Es hörte sich an, als ob er den Namen mit der Zunge umrührte. Er zuckte die Achseln. »Na, wer ist in dieser Gegend schon treu.« Er schaute sich verschwörerisch um. »Jeder bumst hier jeden, und ich hab' gedacht...«

»So was tu ich nicht«, sagte sie knapp.

»Nein«, sagte er, »Sie tun das nicht.« Sie meinte, er schaute ein bißchen traurig drein. »Aber unglücklicherweise habe ich achtzehn Monate gebraucht, das zu entdecken.« Er stand auf, hob ihr das Glas entgegen und prostete. »Bis dann.«

Vielleicht, dachte sie, habe ich mich völlig in ihm geirrt. Sie kannte ihn nur von einer Seite; hatte sich von anderen vorschreiben lassen, wie sie auf ihn zu reagieren habe –: all diese Geschichten, Gerüchte und das aufgeregte Geflüster; die Gelüste der Ruhmsucher hatten sie beeinflußt. Nein, damit wollte Daina Whitney nichts mehr zu tun haben.

Gleichzeitig erkannte sie eine tiefere Ursache dafür, daß sie ihn wegschob: Rubens war herzlos, hart wie ein Diamant und verkörperte die Macht: er war Los Angeles. Fühlte sie sich deshalb so zu ihm hingezogen? Er war gefährlich, wußte Daina. Die Erkenntnis machte sie schwitzen. Plötzlich sah sie, wie die Ereignisse ihres Lebens sie unmittelbar zu diesem Augenblick hingeführt hatten. Mit wachsender Sicherheit wurde ihr bewußt: wäre es nicht *so* gekommen, dann eben auf eine andere Weise.

Tief in ihr rührte sich etwas: seine Hitze, ihre Friktion; eine Kombination, die sie vor sich selbst nicht hatte anerkennen können – bis jetzt.

Langsam nahm sie seine Hand. »Bleiben Sie«, war alles, was sie sagte. Sie schaute zu ihm auf, direkt ins Gesicht. Unter ihrer Hand fühlte sie seine harten schwieligen Finger. Unerklärlicherweise dachte sie an Jean-Carlos; auch Rubens besaß diese machtvolle Grazie eines Tieres, eine Kraft, die er fest an der Kandare hielt.

Zum erstenmal wirkte Rubens unsicher. Sie sagte: »Ach, kommen Sie. Sie waren ein Ekel, ich ein Biest. Das heißt doch nicht, daß wir nicht ein paar Stunden zusammen verbringen könnten. Mag sein, daß alles ein Mißverständnis war.«

Er setzte sich wieder, nahm einen langen Zug aus dem Glas. Sie bemerkte, wie er sie anstarrte, und zog ihre Hand weg.

»Was sehen Sie denn an?«

»Wissen Sie, daß Sie wirklich die ungewöhnlichste und schönste Frau sind, die ich jemals...«

»Ach, um Himmels willen, Mr. Rubens!«

»Nein, nein, ich meine das wirklich. Ich hab' Sie noch nie – das hört sich wirklich komisch an – ich glaube, ich hab' Sie noch nie wirklich angeschaut. Sie waren einfach die Neue.«

»Ein Andenken.«

»Bekenne mich schuldig.« Aber es lag wenig Entschuldigung in seiner Stimme. »Mea culpa. Man gewöhnt sich so an das Fließband. Es ist wie überall, nur daß wir es hier mit Menschenfleisch zu tun haben. Wie auch immer, nach einer Weile wird das Ganze hypnotisch. Die Mädchen kommen und gehen – um mit Michelangelo zu reden.« Er lachte, und sie lachte, angetan von seinem Hinweis auf T. S. Eliot, mit.

»Es ist leicht. Es ist so verdammt leicht, daß man manchmal den Wunsch kriegt, laut zu schreien.«

Sie machte ein säuerliches Gesicht. »Sie meinen, nicht jeder Mann stellt sich so das Paradies vor?«

»Ich will Ihnen mal was sagen«, äußerte er ernsthaft und beugte sich über den Tisch zu ihr hinüber. »Das Paradies ist ein Ort, der nur in einen Traum hineinpaßt, nicht in die wirkliche Welt. Und wissen Sie warum? Im Paradies gibt es keine Gefahr. Wir« – folgte große Geste mit freier Hand – »wir alle brauchen die Gefahr, um zu überleben. Um zu leben und das zu tun, was uns jedes Jahr eine Stufe höher bringt.« Er überwachte sorgfältig ihren Gesichtsausdruck. »Glauben Sie wirklich, daß Sie sich irgendwie von uns anderen unterscheiden, Daina?« Er schüttelte den Kopf. »Das tun Sie nicht, wissen Sie.«

Er schob sein leeres Glas beiseite, so daß nichts mehr zwischen ihnen stand.

»Nehmen Sie zum Beispiel *Heather Duell*. Werden Sie glücklich sein, wenn der Film am Ende doch nicht der Kassenschlager wird, für den wir ihn alle halten? Natürlich nicht. Sie werden nicht eher glücklich sein, als bis Sie die Nummer eins sind. Und ohne diesen Antrieb, dieses Vertrauen in Ihre eigenen Fähigkeiten, würden Sie hier draußen nicht überleben. Und anderswo auch nicht.

Sie haben eine gewisse Art, die ich mir nicht erklären kann. Es kommt mir fast so vor, als seien Sie eine verirrte Person aus einer anderen Zeit, von einem anderen Ort her.« Er legte den Kopf auf die Seite. »Ich weiß nicht. Sie werden natürlich denken, ich klopfe nur Sprüche, wenn ich Ihnen sage, daß Sie irgendwie anders sind.«

»Nein«, sagte Daina, »das glaube ich nicht.« Sie war wirklich beeindruckt. Er konnte natürlich nicht wissen, woran das lag, das war ihr klar; dennoch sah er es ihr an. Würde er es erraten?

»Es ist fast« – da war wieder die deutliche Geste, die Handkante, die die Luft wegschob –, »aber nein, das kann nicht sein.«

»Was kann nicht sein?« Jetzt war sie es, die sich über den Tisch beugte.

Er lächelte fast scheu, und für den Bruchteil einer Sekunde meinte Daina, ihn als kleinen Jungen vor sich zu sehen. Sie lächelte ihn an.

»Nun, wahrscheinlich würden Sie beleidigt sein, wenn ich es Ihnen sage.« Er wartete einen Augenblick, als ob er sich erst entscheiden müsse. »Wenn ich es nicht besser wüßte, würd' ich 'n Eid darauf ablegen, daß Sie von der Straße kommen. Aber ich hab' gelesen, welchen Background Sie haben: aus einer Familie der oberen Mittelklasse aus einem mondänen Teil der Bronx; damals war er das wenigstens noch, heute nicht mehr«, fügte er hinzu. »Was könnten Ihnen die Straßen New Yorks bedeuten? Vielleicht kennen Sie sie aus Filmen und Büchern.«

Baba, dachte sie, und verschloß die Geheimkammern ihres Herzens. Aber sie war überrascht und erfreut, daß er es erraten hatte, obwohl sie ihm das nie sagen würde.

»Wie war's denn in New York?« fragte sie.

»Das wissen Sie doch. Immer noch das gleiche. Der Müll stapelt sich, alle hassen den Oberbürgermeister, die Mets verlieren noch immer.«

»Aber es ist Frühling dort«, sagte sie sehnsüchtig. »Ich fürchte, ich vergesse hier, wie die verschiedenen Jahreszeiten aussehen. Ich hab' hier manchmal das Gefühl, als ob ich in einem Land wäre, in dem es keine Zeit gibt.«

»Genau deshalb bin ich gern hier«, sagte Rubens.

»Vermissen Sie die Ostküste nicht?«

Er zuckte die Achseln. »Ach, wissen Sie, meine Filmgesellschaft hat Büros in New York, so daß ich mindestens einmal im Monat dort hinfliege. Mir gefällt's da, aber ich glaube nicht, daß ich die Stadt wirklich vermisse.« Er nippte an seinem Drink. »Wenn ich dort bin, wohne ich gerne in der Park Lane. Das genieße ich wirklich... Man kann nach Norden sehen, weit hinaus über den Central Park, bis hinauf nach Harlem. Das ist wirklich interessant: dorthin zu schauen, wo die Armen leben.«

»Sie sind also geschäftlich hierher verschlagen worden?«

Er nickte. »Ja, mit der Zeit. Damit, daß ich Raymond Chandler gelesen habe, hat alles angefangen. Durch ihn habe ich mich in Los Angeles verliebt.«

»Wissen Sie, das ist komisch«, sagte Daina und schaute hinaus auf das Wasser. »In all den anderen Städten der Welt, wo ich gewesen bin – Rom, London, Paris, Genf, Florenz, einfach in allen –, ist der Morgen immer am zauberhaftesten. Er hat eine Art Jungfräulichkeit, die fast überwirklich auf mich wirkt. Alles Mechanische steht still, still genug, damit das Herz weich werden kann.« Sie schüttelte den Kopf. »Aber hier ist das anders. In dieser Stadt ist es das Heranrauschen der Nacht. Es liegt daran, daß Los Angeles keine Jungfräulichkeit besitzt, die es jeden Tag verlieren kann. Los Angeles kam schon als Hure zur Welt.«

»Das sind harte Worte für eine Stadt, die Sie sich als Wohnsitz ausgewählt haben«, bemerkte Rubens.

Daina tauchte eine Fingerspitze in den Rest ihres Drinks und rührte die halbgeschmolzenen Eiswürfel um. »Oh, dieser Ort hat andere Vorteile.« Sie schaute Rubens durch ihre Augenwimpern hindurch an. »Los Angeles ist die luxuriöseste Stadt der Erde, angefüllt mit begehrlichen Seufzern und Platinarmbändern.«

»Wenn Sie die Nächte so sehr lieben, dann sollten wir jetzt irgend etwas unternehmen.«

»Was zum Beispiel?«

»Beryl Martin schmeißt eine Party. Haben Sie Beryl Martin je kennengelernt?«

»Ich kenne nur die PR-Leute aus dem Studio.«

»Nun, Beryl ist die Beste unter den freien Mitarbeitern. Sie kann ein bißchen scharfzüngig sein, aber wenn man sie erst näher kennt, lernt man ihre Intelligenz schätzen.«

»Ich weiß nicht.«

»Wir können losziehen, wann immer Sie wollen. Und ich verspreche Ihnen, ich werde mich gut um Sie kümmern.«

»Ich hab' den Mercedes hier.«

»Geben Sie mir die Schlüssel. Ich lasse den Wagen von Tony zu Ihnen nach Hause fahren. Im Augenblick brauche ich Tony ja nicht, um den Lincoln zu fahren.«

Rubens umfuhr den Sunset Boulevard. Er zog die dunklen Straßen, auf denen man dahinsausen konnte, dem Neongeglitzer und dem langsamen Schleichen auf der Riesenstraße vor. Nach und nach verschwanden die großzügigen, pseudospanischen Bauten und wichen Bankgebäuden aus Chrom und Glas und hell erleuchteten Gebrauchtwagenplätzen, an denen farbige Fähnchen flatterten.

Neben Rubens, auf dem üppig gepolsterten, mit Pannesamt bezogenen Beifahrersitz des Lincoln, beugte sich Daina nach vorn, schaltete das Radio ein und wählte »ihren« Sender. Es dauerte nur Augenblicke, bis die neueste Single der *Heartbeats*, »Robbers«, ertönte.

»Sie mögen das Zeug, was?« fragte Rubens.

»Meinen Sie Rock oder die *Heartbeats*?«

»Beide. Ich höre diesen gottverdammten Schlager immer und immer wieder, egal, wohin ich gehe.«

»Weil die Platte schon wieder die Nummer eins ist.«

»Ich versteh' das nicht«, sagte er und bog nach links ab. »Diese Jungs sind doch schon unheimlich lange im Geschäft, wie?«

»Siebzehn Jahre oder so.«

»Herrgott, man sollte doch denken, die hätten sich jetzt endlich zu Tode gefixt, oder sie wären zumindest auseinandergegangen wie die Beatles.«

»Die *Heartbeats* gehören zum letzten Rest der musikalischen Invasion aus England«, sagte Daina. »Gott weiß, wie sie es geschafft haben, so lange zusammenzubleiben.«

»Ohne Zweifel verdienen sie 'ne Menge Kies, und das ist 'n guter Grund.«

»Sie wären wohl nicht daran interessiert, mitzumischen –.«

»Lieber Himmel, nein.« Er lachte. »Eher würde ich mir die Pulsadern aufschneiden, als daß ich mich auf einen Haufen drogenbesoffener Musikanten, die nie über die Pubertät hinausgekommen sind, verlasse.« Er warf einen Blick in den Rückspiegel. »Außerdem gefällt mir das, was sie spielen, nicht. Hat mir noch nie gefallen.«

»Mögen Sie denn überhaupt keine Musik?«

»Doch, wenn ich Zeit zum Zuhören habe. Jazz und ein bißchen klassische Musik, wenn sie nicht zu schwierig ist.«

»Wollen Sie, daß ich das Radio abstelle?« Sie langte nach dem Knopf.

»Nein, lassen Sie's an. Sie mögen's ja.«

Sie näherten sich der Ebene von Beverly Hills. Die Häuser wurden länger, niedriger, dekorativer.

»Wie geht's Ihrer Freundin Maggie? Lebt die nicht mit einem von der Band zusammen?«

»Ja, mit Chris Kerr, dem Rock-Sänger. Es geht ihr gut. Sie ist mit Chris zusammen, seit die Band im Studio an der neuen LP arbeitet. Und sie wartet noch immer auf die Rolle, die ihr zum Durchbruch verhilft.«

Rubens grunzte. »Ich wette, für Ihre Rolle in *Heather Duell* würde sie die Jacket-Kronen ihrer Schneidezähne hingeben.«

»O nein, das würde sie nicht tun, wenn ich die Rolle dadurch nicht bekäme. Maggie freut sich für mich.« Sie erkannte seinen Blick. »Wirklich. Sie ist meine beste Freundin hier draußen. Während der letzten fünf Jahre haben wir viele schlechte Zeiten zusammen durchgemacht.«

»Um so mehr Grund hätte Maggie, Sie zu beneiden«, sagte Rubens und bog in eine lange, geschwungene Einfahrt ein, die an beiden Seiten von japanischen Steinlaternen beleuchtet war. »In unseren Zeiten scheiden sich die Mädchen von den Frauen.«

Natürlich verlor sie ihn gleich im ersten Ansturm des glitzernden Lichts, der wilden Geräusche und im Wirbeln parfümschwangerer Düfte. Sie sah ihn noch aus den Augenwinkeln, wie er von dem ernstgesichtigen Bob Lund von der Firma William Morris weggeführt wurde. Bald steckten die beiden die Köpfe zusammen wie College-Studenten bei einer Neuformierung im Footballspiel; wie Schuljungen, die einen Streich gegen ihren Lehrer aushecken.

Rockmusik brüllte. Daina erkannte Leute aus allen größeren Filmstudios, darunter auch ein paar freie Produzenten und Regisseure; aber die Schauspieler waren in der Überzahl.

»Oh, Daina Whitney.«

Beryl Martin war eine breite Frau mit auffälligem Papageiengesicht. Ihre schnabelartige Nase wäre der hervorstechendste Zug ihres kittfarbenen Gesichts gewesen, wären da nicht noch die bemerkenswert grünen Augen, die wie Smaragde in Fleischwülsten steckten, gewesen.

»Hallo, Beryl.«

Die Ältere wirbelte ihre Masse in einer erstaunlich eleganten Pirouette herum. »Na, wie gefall' ich Ihnen? In persona, meine ich?« Sie lachte und erwartete keine Antwort. Sie nahm Dainas Arm, führte sie zu der überfüllten Bar hinüber und besorgte Drinks für sie beide. »Sie müssen mir einfach erzählen«, meinte sie warm, »wie Sie es schaffen, mit Chris Kerr so gut befreundet zu sein. Ich meine, er, na, diese ganzen Rockleute, sind ja wirklich komische Figuren. Oder«, sie hob spekulierend eine Augenbraue, »ist dies das Geheimnis?« Sie kicherte. »Sie sind so – ungewöhnlich.« Sie umarmte Daina. »Wie köstlich!«

»Nein, daran liegt es überhaupt nicht«, sagte Daina zwischen Faszination und Ärger. »Ich verstehe nicht, warum Sie Musiker so unbegreiflich finden. Ich glaube, die meisten Leute unserer Gesellschaft laden sie zu ihren Partys ein, weil sie sich erstens von ihnen angeregt fühlen und zweitens meinen, sie seien ihnen überlegen.«

»Musiker«, Beryl rollte das Wort in ihrem Mund herum, »Musiker, das sind Leute, die im Symphonieorchester spielen, oder in einer Jazz-Combo. Rock 'n' Roll wird von – ach, wie kann ich sie denn mal nennen – von Wilden gespielt.« Sie zuckte die fleischigen Schultern. »Ich weiß nicht – sie kommen mir alle so dumm vor.«

»Nun, Chris ist nicht dumm«, sagte Daina, ein bißchen verärgert darüber, daß sie es nötig hatte, Chris zu verteidigen. »Sie verstehen ihn nicht, weil er ein völlig anderes Vorleben hinter sich hat. Er ist Ausländer. Ich kann mir vorstellen, daß er sich bei Ihnen noch immer unbehaglich fühlt; so lange Zeit hatte er ja nicht, sich hier einzuleben.«

»Ich will Ihnen ein Geheimnis über mich verraten«, sagte Beryl leichthin. »Als ich hierher kam, hatte ich fünfzig Cents in der Tasche und wog hundertfünfzehn Pfund. Ich hätte Fotomodell werden können.« Sie wandte ihr Gesicht dem Licht zu. »Sehen Sie, ich habe den richtigen Knochenbau. Aber zehntausend andere Mädchen, die viel hübscher sind als ich, hätten auch Fotomodell werden können. Einige haben es ja schließlich auch geschafft. Ich andererseits war gezwungen, auf die Knie zu gehen und meinen Mund einer ganzen Anzahl Leuten mit mehr und mehr Einfluß in den Schoß zu legen, sozusagen, um mich selbst hochzubringen.« Sie lachte und besprühte die Luft mit einem feinen Nebel aus Schnaps und Speichel; sie roch nach Chanel Nr. 5. »Eines Tages hatte ich dann 'ne Idee. Ich hab' diesen Public-Relations-Mann bearbeitet, während er mit einer Kundin telefonierte. Ich wußte sofort, wer sie war, und daß die Art, wie er die Sache anpackte, überhaupt nicht stimmte. Er hatte keine Linie. Da hat's mir gedämmert. Als er dann aufs Klo ging, hab' ich mir heimlich mal seine Geheimkartei angeguckt, um die Adresse der Schauspielerin rauszukriegen. Noch in der gleichen Minute, in der ich sein Büro verließ, bin ich rüber zur *Times* gefahren und hab' Epstein meine Ansicht zu der Geschichte an den Kopf geworfen. Er hat sie mir abgekauft. Und von da an mußte ich nur noch die Schauspielerin davon überzeugen, daß sie mich anheuern sollte.«

Beryl leerte ihr Glas und schmatzte voll Befriedigung mit den Lippen. »Na, ich kann Ihnen sagen, es war leichter als ich dachte. Die hatte so lange auf ›Neutral‹ gestanden, daß sie ganz vergessen hatte, wie es im Vorwärtsgang läuft. Der Artikel in der *Times* klang für die wie der Schnellgang. Und das war der Anfang.« Sie tätschelte sich den Magen. »All diese Frühstücke, Mittagessen, Abendessen, und vorbei war's mit meiner tollen Figur. Zuerst hab' ich mich darüber aufgeregt, aber dann dachte ich, was hast du je von deinen hundertfünfzehn Pfund gehabt? 'ne Konzession auf die Ruckzuck-Bedienung von Kunden in Los Angeles? Nach 'ner Weile hab' ich sogar gelernt, mein Gewicht zu lieben; es wurde zum Teil meines Image. Jedenfalls«, zwinkerte sie, »sind's jetzt die Männer, die mir den Mund in den Schoß legen. O ja!«

»Gab es denn keinen anderen Weg für Sie?«

Beryl schüttelte den Kopf. »In den alten Tagen, von denen ich rede, gab es keinen. Heute sieht's allerdings ein bißchen anders aus: Frauen haben die Wahl, ob sie diesen Weg gehen wollen oder nicht.«

Daina lachte. »Ja, jeden Tag wird mehr von der Emanzipation der Frau geredet, aber es passiert indes sehr wenig.«

Die dicke Frau warf Daina einen abschätzenden Blick zu. »Ich sehe, an Ihnen ist 'ne Menge mehr dran, als selbst Rubens mir erzählt hat. Jetzt verstehe ich auch, warum er solch ein besitzergreifendes Interesse an Ihrer Karriere hat. Ich muß schon sagen, für mich waren Sie in *Regina Red* ganz gut; aber die Presseberichte – oder sollte ich sagen, der Mangel an Berichten – waren ja skandalös. Die Paramount hätte mich anheuern sollen. Mit Sicherheit werden Sie nicht richtig eingesetzt. Überhaupt nicht. Ich glaube, Monty hat in dieser Angelegenheit den Zug verpaßt. Er hätte Ihnen ein paar Garantien besorgen sollen. Mensch, wenn ich dabeigewesen wäre, dann würde *Regina Red* Sie verkaufen und nicht andersrum.«

»Monty hat getan, was er konnte«, sagte Daina. »Schließlich war es ja meine erste Hauptrolle.«

»Na, Schätzchen, so sollte man aber nicht denken. Jeffrey Lesser hat verdammt viel Glück gehabt, daß er Sie für diese Rolle kriegen konnte, ja. Der ganze Aufwand wäre nichts ohne eine gute, solide schauspielerische Leistung gewesen. Und dafür haben Sie gesorgt.« Beryl legte Daina den Arm um die Schulter. »Ich hab' auch gehört, daß Sie sich Lesser gegenüber ganz gut durchgesetzt haben.«

»Ach, Sie kennen doch Jeffrey. Es macht ihm Spaß, die Leute einzuschüchtern. Marcia Boyd hat er innerhalb von drei Tagen kleingekriegt. Er hat sie mit einer einzigen Szene mürbe gemacht, hat sie hundertfünfzigmal neu gedreht. Eigentlich aus keinem besonderen Grund. Lesser ist einfach widerlich neurotisch. Marcia wurde immer hysterischer, bis sie ersetzt werden mußte. Das hat ihm unheimlich Spaß gemacht.«

»Und was passierte, als er es mit Ihnen probiert hat?« fragte Beryl mit leisem, verschwörerischem Tonfall. »Sie sehen mir nicht wie 'n hysterischer Typ aus.«

»Mich kann man nicht so leicht verletzen.«

»Bravo, welch ein tolles Temperament! Aber er hat's doch versucht, oder?«

Daina nickte. »Ja, das hat er. Aber ich hab' mich einfach hingestellt und ihm alles zurückgegeben, was er mir an den Kopf geworfen hat.«

Beryl schaute erstaunt drein. »Und er hat Sie nicht aus dem Studio werfen lassen?«

Daina lachte. »Aber nein. Sehen Sie, ich hab' schon früh herausgefunden, daß Jeffrey sich viel sicherer fühlt, wenn er sich mit dem ganzen Ensemble anlegt. Er glaubt nämlich, daß dadurch die Art Spannung entsteht, aus der sich die beste schauspielerische Leistung herausholen läßt.«

»Stimmt das denn?«

Daina zuckte die Achseln. »Keine Ahnung. Ich glaube allerdings, daß er sich so gibt, weil er unter dieser Spannung am meisten leistet. Ich hab' gesehen, was zwischen ihm und Marcia vorgefallen ist, und daraus gelernt, wie man ihn behandeln muß.«

»Sie kluges kleines Ding!« Beryl drückte ihr zärtlich den Arm.

»Worüber redet ihr beiden denn?« fragte Rubens, der aus den

Wolken herumdrängender Leute heraustrat und sich zwischen sie stellte.

»Ach, über nichts, was dich interessieren würde«, sagte Beryl, »nur Jungmädchengerede.« Sie ließ Daina und Rubens lachend zurück.

»Worum ging's denn?« fragte er sie. »Ich habe Beryl lange nicht mehr so lachen sehen.«

»Wir sind verwandte Geister«, sagte Daina. »Ich glaube, wir haben uns gut vertragen.«

»Großartig.« Er wirkte außerordentlich befriedigt.

Daina warf einen Blick in das Gewühl der Party, nahm Rubens am Arm und drehte ihn herum. »Herrgott«, hauchte sie, »ich glaube, Ted Kessel ist auf dem Weg hierher.«

»Was haben Sie denn gegen ihn?«

»Dieser Irrwisch! Sein Leben ist nicht in Ordnung, wenn er nicht irgend jemanden übers Ohr hauen kann. Sie wissen doch, daß *Regina Red* ursprünglich von den *Warner Brothers* gemacht werden sollte.«

»Sicher.«

»Na, Kessel hat sich in letzter Minute dagegen ausgesprochen. Und wissen Sie warum? Er nörgelte, daß die Hauptrolle mit jemandem besetzt werden sollte, dessen Name besser zieht. Er war nervös, weil ich nicht bekannt genug war und seiner Meinung nach nur ein Klotz am Bein.«

»Ich frage mich, mit welcher Ausrede er jetzt wohl Ihren Erfolg bei seinen Bossen wegerklärt?«

Kessel hatte sie gesehen und kam auf sie zu. Er hatte kurzgeschnittenes weißes Haar und glänzend rosige, glattrasierte Wangen, wie man sie nur unter heißen Handtüchern und mit Hilfe eines Rasiermessers erreicht. Er trug rehbraune Hosen und eine Safarijacke, an der nur der unterste Knopf geschlossen war; der freie Teil enthüllte eine haarlose Brust und einen voluminösen Bierbauch.

»Daina, was machen Sie denn mit diesem Piraten!« sagte er herzlich. Er schlug Rubens auf den Rücken, während er sich vorbeugte. »Ist dieses kleine Tête-à-tête geschäftlich oder privat? Macht es Ihnen was aus, wenn ich hier einbreche?« Er lachte.

»Eigentlich beides«, meinte Rubens, »wir planen Dainas nächsten Film.«

»Jetzt schon? Ihr habt doch den laufenden noch nicht mal halb abgedreht.«

»Ted«, sagte Rubens und legte den Arm um ihn, »wenn man erfolgreich bleiben will, muß man vorausplanen.«

Kessel erwähnte *Regina Red* nicht. Er schaute mit Fischaugen von Daina zu Rubens. »Ich nehme an, die Twentieth hat Vorkaufsrecht.«

Es sah nur so aus, als ob Rubens sehr lange wartete, ehe er Daina ansah und sagte: »Nein, das hat sie nicht.«

»Tatsächlich? Na, haben Sie denn schon eine Filmgesellschaft im Sinn?« Daina konnte fast sehen, wie er sich die Lefzen leckte. »Sie kennen meine Stellung bei *Warners*, Rubens. Sagen Sie nur ein Wort, und ich laß Ihnen morgen früh per Boten eine Zusage schicken.«

Rubens schaute zweifelnd drein. »Ich weiß nicht, Ted. Ich meine, Sie wissen ja überhaupt nichts über das Projekt.«

Kessels fette Finger flatterten in der Luft. Er hatte die Spur aufgenommen, und nichts konnte ihn jetzt mehr abschütteln. »Spielt keine Rolle. Das überlassen wir alles Ihnen, Rubens. Ihr Name ist Gold wert.«

»Da ist noch Daina. Ihr Name ist auch Gold wert.«

»Ja, ja, natürlich«, sagte Kessel schnell. »Wir haben die tollsten Sachen über *Heather Duell* gehört.«

Rubens wußte, wie gern dieser Mann mehr über den Film erfahren hätte, und sagte: »Sie müßten uns eine ganze Menge garantieren.«

»Wozu bin ich denn da, wie? Das kann man alles ausarbeiten, glauben Sie mir.«

»Oh, ich glaube Ihnen ja, Ted«, sagte Rubens und ergriff ihn an den Schultern. »Ich bin sicher, Daina glaubt Ihnen auch. Aber sehen Sie«, er schaute sich um, »Ted, ganz im Vertrauen...«

»Ja?« Ein Glanz lag auf Kessels Wangen, während er sich nach dem saftigen Häppchen reckte.

»Gleichgültig, welche Gesellschaft wir auch wählen«, sagte Rubens, »*Warners* wird es auf keinen Fall sein.« Sein Lachen klang wie eine Explosion, während sich Kessel wütend aus der heuchlerischen Umarmung losmachte. Mit knallrotem Gesicht stelzte er davon.

»Ich sehe, Sie wollen mich nicht zu meinem Haus zurückfahren«, sagte sie anzüglich.

»Nein. Ich weiß, daß Sie das Meer lieben.« Just in diesem Augenblick durchbrachen sie die Pacific Palisades und fuhren die stille, gewundene Straße nach Malibu hinunter.

Daina kurbelte das Fenster hinunter und schaltete das Radio aus. In der Stille konnte sie das Saugen und Zischen der Brandung ausmachen; es klang gleichmäßig und tröstlich wie ein Herzschlag. Als sie näher kamen, ließ der Anblick des trägen Pazifiks Sehnsucht nach dem wilden, tiefblauen Atlantik, wie er gegen scharfgeschnittene kahle Felsen donnert und sie mit gurgelndem weißen Gischt bedeckt, in ihr aufsteigen. Das Wasser war dort so kalt, daß man blaue Lippen und eine körnige Haut bekam.

Der lange Lincoln schnurrte ruhig die alte Malibu Road entlang, vorüber an stillen dunklen Häusern. Nur ab und zu konnte man die See aufblitzen sehen.

»Es wird spät«, sagte sie. »Ich soll auf Abruf zur Verfügung stehen.«

»Schon in Ordnung.«

Vor einem kahlen, sandigen Stück Strand kamen sie gleitend zum Stehen. Seltsamerweise stand hier kein Haus.

»Wo sind wir?«

»Kommen Sie«, sagte er und kletterte aus dem Wagen.

Sie stieg aus und holte tief Atem. Wenigstens das ist genauso, dachte sie beim Einatmen der satten Seeluft. Es roch nach Salz und Phosphor und nach dem Amalgam all der Lebewesen, die sich schwimmend oder treibend in einer langen, fortlaufenden Kette bewegten.

Daina schaute über das glänzende Wagendach zu Rubens hinüber. Er hatte seine Jacke ausgezogen und schob sich die Schuhe von den Füßen.

Er streckte eine Hand aus. Daina nahm sie zitternd und ließ sich von ihm über die Straße zum Strand führen. Halb rannten, halb stolperten sie, sanken ein, passierten eine Reihe Laternen, die zu ihrer Rechten standen, als bildeten sie den Rand der Zivilisation: sie hatten neues, unerforschtes Gebiet betreten.

Sie gingen hinunter zum Rand des Wassers, und er drängte sie weiter. Sie zog sich die Schuhe aus und folgte ihm ins Wasser, ohne zu wissen warum.

Zuerst blähten sich ihre Kleidungsstücke von der darin eingeschlossenen Luft. Es war leicht, darin zu treiben; aber nur allzuschnell pusteten die Taschen ihren Luftinhalt aus, und die Kleider klebten ihnen schwer wie Blei an der Haut.

Rubens übernahm die Führung, und erst kurz vorm Ziel begriff Daina, daß es ein Boot war; eine Segeljacht von zehn Meter Länge vor Anker. An der Steuerbordseite reckte sich Rubens hoch, streckte seinen langen, muskulösen Arm über den Kopf und verhakelte die Finger so, daß er für ein paar Sekunden in der Luft hing, ehe er mitsamt einer Strickleiter wieder ins Wasser klatschte. Die Leiter war vom Tang schlüpfrig.

»Kommen Sie rauf?«

Daina sah erschrocken auf: dunkel erhob sich das Boot über ihrer linken Schulter. Eine tropfnasse Hand streckte sich zu ihr aus: Rubens war schon an Bord. Sie zögerte, die Umarmung der See zu verlassen; aber sie zögerte nicht allzulange.

In einem plötzlichen Impuls tauchte sie den Kopf unter Wasser, öffnete die Augen und horchte; sie horchte so lange, bis ihre brennenden Lungen forderten, sie möge wieder auftauchen.

Daina durchbrach die Oberfläche, schüttelte das Wasser aus Nase und Ohren und atmete tief durch. Sie fühlte sich irgendwie besiegt und traurig und langte zögernd nach Rubens ausgestreckter Hand.

»Angeln Sie?« fragte er, während er ihr ein flauschiges, dunkelblaues Handtuch reichte. »Ich fahre mit diesem Boot oft raus zum Tiefseefischen. Es ist bestens dafür geeignet.«

»Nein«, meinte Daina, »mir macht so was keinen großen Spaß.« Sie trocknete sich das Haar ab.

»Nicht«, sagte er, »bitte nicht. Ich mag Sie mit nassem Haar. Sie sehen wie eine Meerjungfrau aus.« Er wirkte ein bißchen verlegen über das, was er gesagt hatte, wandte sich ab und erkundigte sich mit weit ausgestrecktem Arm: »Was halten Sie von meinem Schiff?«

Daina ließ ihre Blicke über das flache Deck des Einmasters wandern. Voraus entdeckte sie eine nicht sehr hohe, weiße Kajüte.

»Es ist wunderschön«, sagte sie, »aber was passiert, wenn Sie mal in eine Flaute geraten?«

Rubens lächelte. »Ich werf' den Flautenschieber an, einen Dieselmotor unter Deck. Sein Gewicht sorgt für mehr Tiefgang, so daß mein Boot auch rauhe Wetter verträgt.«

Nun, da er von seinem Schiff reden konnte, schmolz seine plötzliche Verlegenheit dahin. Er ließ sich auf Deck nieder, lehnte sich mit dem Handtuch um den Hals gegen die Reling. Er hielt dem Land den Rücken zugewandt und streckte die Beine lang aus.

»Ich hätte nie gedacht, daß Sie ein Boot haben.«

Er lachte. »Das ist ein gut gehütetes Geheimnis. Es passiert eben, daß ich einfach von allem und jedem weg muß. Tennis ist mein Sport, wenn ich Gesellschaft brauche; man kann dabei viel Geschäftliches erledigen und obendrein entspannen.« Er lachte noch einmal. Sein Lachen hatte einen strahlenden, fröhlichen Klang. »Sie kennen doch die anderen Burschen. Spielen überall den guten Kumpel; sie schwitzen zusammen, kriegen zusammen 'nen Sonnenbrand, grunzen gemeinsam ein bißchen und glauben gleich, sie könnten einander trauen. Das ist die männliche Art, Mah-Jongg zu spielen.«

Daina erhob sich plötzlich, als ob sie gestochen worden wäre. »Sie meinen, Mah-Jongg ist was für Frauen.«

»Na, ich wenigstens habe auch nicht die geringste Ahnung von dem Spiel«, sagte er scherzend. Aber als er ihren Gesichtsausdruck sah, fügte er schnell hinzu: »Sehen Sie mal, so hab' ich das überhaupt nicht gemeint. Ich hab' nur – mein Gott, Daina, worüber reden wir denn eigentlich? Ich weiß, daß Sie keine zweite Bonnie Griffin sind.« Bonnie Griffin war Vizepräsidentin der *Paramount*, und Rubens wußte, daß Daina während der Dreharbeiten zu *Regina Red* mit ihr zu tun gehabt hatte.

»Was zum Teufel wollen Sie denn damit wieder sagen?«

In Rubens wuchs der Verdacht, daß er unabsichtlich Benzin ins Feuer gegossen hatte, in der Annahme, es sei Wasser. Aber es sah so aus, als sei er nicht darauf vorbereitet, schon jetzt zurückzuweichen. »Sie wissen sehr gut, was ich meine. Wir wissen beide, was Bonnie Griffin für ein Mensch ist. Jedesmal, wenn sie die Chance dazu bekommt, bricht sie anderen Leuten den Hals.«

»Und Sie glauben, ich bin auch so.« Ihre Augen brannten wild im Mondlicht, was sie ironischerweise noch begehrenswerter erscheinen ließ.

»Das habe ich nicht gesagt, und Sie wissen das. Ich meinte nur, na – Sie kennen das doch, wie Frauen sind, wenn sie zusammenkommen...«

»Nein. Wie sind sie denn?« Tatsächlich wußte Daina es nur zu gut.

»Um Himmels willen, ich wollte ja nur sagen, daß Männer genauso sind. Deswegen brauchen Sie mir doch nicht gleich den Kopf abzureißen.«

Eine Zeitlang starrten sie einander an. Um sie schaukelte die See wie ein zufrieden spielendes Kind. Die Tampen knirschten rhythmisch wie eine beruhigende Litanei und ließen Bilder von einem Märchenland aufsteigen; Bilder, die Daina wie strahlende Blitze die Sommertage und -nächte ihrer Kindheit in Cape Cod in Erinnerung riefen.

»Bonnie Griffin ist wirklich 'ne tolle Managerin«, sagte Rubens, »aber mit ihr Geschäfte zu machen ist tödlich.«

»Nur, weil sie...«, begann Daina, hielt aber inne. »Ja, sie ist schon wer.«

Er lächelte Daina an, und die Spannung verschwand. Es war, als durchschnitt eine tropische Meeresströmung eine gewaltige Eisscholle. Fast schien es so, als ob er seufzte; aber es könnte auch der Wind gewesen sein. Dann ging er zu ihr, überragte sie wie ein schlankes, nächtliches Wesen, dem sie glücklicherweise in der Finsternis der Nacht in die Arme gestolpert war.

Seine Anziehungskraft überbrückte die immer kleiner werdende Entfernung und umfing sie wie in einer selbsterzeugten Hitzewelle. Dainas Schenkel schienen zu glühen: ihr Herz pumperte, als ob sie in einem schnell abwärtsgleitenden Fahrstuhl säße. Noch hatte er sie nicht berührt. Nun, im Mondlicht, wo das Seewasser in perlschimmernden Tropfen über seine Haut rollte und langsam auf Deck tropfte; wo ihm das halboffene Hemd auf der muskulösen Brust klebte, wirkte er fast wie ein Priapus. Daina spürte ihre Brustwarzen ersteifen, einen sehnsuchtsvollen Schmerz, und sie erkannte das unvermeidliche Ende dieser langen Nacht fast so, als sei es ihr vorherbestimmt gewesen. Unbewußt berührte sie die Oberlippe mit der Zunge und befeuchtete sie. Ihr Mund fühlte sich so trocken an, als hätte sie eine Reise durch die Wüste hinter sich.

Sie fühlte, daß er sie anstarrte. Einen Augenblick schnellte sein Blick zu ihren Brüsten: ihre nasse, an der Haut klebende Bluse war weit genug geöffnet, um ihn den tiefen Einschnitt ihres Busens sehen zu lassen. Schon schaute er wieder in ihr glänzendes Gesicht. Ihre Wimpern waren schwer vom Wasser, ihr Haar kringelte sich feucht und dunkel auf der Stirn; über den Ohren und um die Schultern hing es in Strähnen wie Tang. Daina fühlte sich wie jene Meeresjungfrau, die er vorhin heraufbeschworen hatte.

»Komm.« Nur ein Flüstern, bei dem sie nicht einmal sicher war, ob es von ihm kam; dennoch wirkte es so sanft auf sie und gleichzeitig so rauh wie die Nacht, die von See her verführerische Laute von fernen Ländern mitbrachte, die sie in vergangenen Tagen einmal gestreift hatte: Tahiti, Fidji, selbst Japan, das ruhig und glückselig auf der anderen Seite der Welt schwamm.

Sie lehnte sich an seine Brust und fühlte sich wie eine überhitzte Maschine. Sie seufzte, als ihre Brüste sich an ihm rieben, kurz bevor sein offener Mund über ihre Lippen fuhr. Ihre Zungen berührten sich. Seine Hände glitten nach unten. Sie spürte, wie sie auf die Zehenspitzen gehoben wurde, ihr Rücken sich bog und sie wurde gleichzeitig von seinen Händen gestützt. Seine Fingerspitzen liebkosten sie leise; er preßte sie an sich, zog sie aufwärts.

Ihre Arme lagen um seinen Hals; ihre Finger streichelten sanft seinen Nacken, spürten die Härte und Nachgiebigkeit, während sie sich langsam über die scharfen Konturen seines Rückens hinunterbewegten. Als Daina seine Taille erreicht hatte, zerrte sie ihm das Hemd aus dem Hosenbund, fuhr mit den Fingerspitzen hinein, ließ sie aufwärts gleiten. Selbst mit ihren kurzen Fingernägeln brachte sie ihn zum Zittern.

Rubens löste die Knöpfe ihres Hemdes, preßte ihre Hüften wieder an sich, und sie berührte keuchend seine Lenden, spürte ihn durch die verführerische zweite Haut ihres seidenen Bikinihöschens wie ein glühendes Schüreisen. Endlich hatte er ihr Hemd geöffnet: seine Hände glitten hinein, umfaßten ihre Brüste. Erneut, inmitten der herrlichen Erregung, die in ihr aufwallte, kam ihr der Gedanke, daß dieser Augenblick unvermeidlich kommen mußte – und schrak plötzlich zurück.

»Nein«, sagte sie, »hör auf«.

»Was ist?« Seine Stimme klang angespannt und gedämpft.

Sie kreuzte die Arme über den Brüsten, wandte sich, in den Wind drehend, von ihm ab. Sie fühlte sich verloren, außer Kontrolle. Angst griff mit eisigen Fingern nach ihr und ließ sie zittern. Sie fühlte seine Hand in ihrer Armbeuge; seine Knöchel preßten sich gegen ihre empfindliche Brust. Sie schüttelte ihn wortlos ab.

»Hab' ich etwas falsch gemacht?«

Sie konnte ihm nicht antworten; sie dachte an Mark, verfluchte ihn, weil sie sich noch immer nach ihm sehnte. Langsam erstarb das Feuer in ihr: noch war der Zorn nicht stark genug, es zu unterdrücken.

»Daina?«

»Sei still«, flüsterte sie, »bitte.«

Vielleicht half es, wenn sie es ihm sagte. Aber das konnte sie nicht. Zweimal versuchte sie es, blieb aber so hilflos wie eine Stumme. Sie wußte, daß sie nie zu Mark zurückgehen konnte – sie spürte das in ihrem Herzen, als ob ein Pfeil in ihm stak –, aber ihre alten Gefühle für Mark waren noch nicht verdorrt und abgefallen.

Sie ging zur Reling und starrte hinaus auf die See. Es war kühl, so unbekleidet, aber das leise an die Bordwand klatschende Wasser war warm. Der Pazifik trug seinen Namen zu Recht, dachte Daina müßig. Wie Los Angeles selbst lag er schläfrig da, zufrieden damit, sich in unveränderten Mustern zu bewegen; in Mustern, an die er sich in unendlich vielen Jahren gewöhnt hatte. Nichts änderte hier den Lauf der Dinge, und nichts konnte die große Stadt verändern. Sie existierte, saugte Lebenskraft ein, verwandelte sie in Sonnenschein und Smog, in Palmen und Mercedes-Autos, in wehende Düfte nach Geld, die jeder einatmete wie den Geruch brennender Lotusblätter. Aber die Stadt weigerte sich, wie die Mannschaft des Odysseus, selbst etwas zu tun...

Daina wandte sich wieder Rubens zu, der still wie eine Statue wartete. Er beobachtete sie. Sie wußte, was zu tun war – sie mußte sich der Selbstsüchtigkeit hingeben, wenn sie sich nicht wie eine Rauchwolke im Dunst von Los Angeles auflösen wollte. Er war ihre Rettungsleine; nur er konnte sie heute nacht durch seine Kraft retten. Sie ging auf ihn zu, und als sie ihm nah genug war, um seine Haut zu berühren, hob sie die Arme und zog seinen Kopf zu sich herunter. Sobald sich sein Mund um ihre Lippen schloß, spürte sie das Flattern des Schreckens, Ursache eines unausrottbaren Verdachts tief in ihrem Innern, daß seine furchteinflößende Energie sie womöglich verzehrte wie eine

Motte, die von der unwiderstehlichen Flamme zu Asche verbrannt wird.

Daina warf den Kopf zurück, bog ihren langen, wunderschönen Hals; unbeherrschbar flatterten ihre Augenlider, als sie das zarte Ziehen, den Ursprung einer wilden Feuerlinie, spürte. Unwillkürlich öffnete sie die Schenkel.

Endlich waren sie völlig nackt, lagen Haut an Haut. Sie kamen zusammen, stöhnten unter der samtigen Berührung, während er ganz in sie hineinglitt. Die Berührung schien eine Ewigkeit zu dauern. Daina brannte, ihre Schenkel zitterten, ihre Brüste wogten von rasenden Gefühlen.

»Ich kann nicht«, stieß er hervor, »tut mir so leid, oh...« Gleichzeitig drängte sein Kopf vorwärts. Sie hatte das Gefühl, von seiner unermeßlichen Hitze in zwei Hälften gespalten zu werden.

Ein letztes Mal hörte sie ihn stöhnen, dann riß sie ihn an sich. Wie aus dem Nichts rauschte der Orgasmus auf sie los; sie biß ihn in die Schulter, ohne zu wissen, was sie tat; schmeckte das Salz, den Geruch seiner Erregung. Sie fühlte nur die Anfänge seiner Explosion, als sie auch schon mit ihrem ganzen Körper den Höhepunkt erreichte. Sie schrie auf und versuchte, eins mit ihm zu werden.

Wortlos tauchten sie danach über die Schiffsseite ins Wasser. Sie rollten übereinander, über die schwellenden Wogen wie eine Dreieinigkeit ohne Ende, die in einem anderen Element zu Hause ist: sorglos und ekstatisch. Von Zeit zu Zeit berührten sie einander mit den Fingerspitzen oder den flachen Enden ihrer Zehen, die ein bißchen eingerollt waren. Gelegentlich streiften sich ihre Schenkel; Daina spürte noch ein restliches Zucken, als ob sie auf einen elektrisch geladenen Draht getreten wäre. Das Gefühl war fast zu intensiv, als daß sie es hätte ertragen können – ihre Haut war so empfindlich geworden, daß alle Berührungen an Schmerz grenzten.

Sie gingen wieder an Deck. Rubens führte sie wortlos nach unten, öffnete die Bullaugen und schaltete gedämpftes Licht ein. Es gab eine Kajüte, eine winzige Kombüse in Edelstahl gehalten; eine Eßecke mit Tisch und Bänken, die man praktischerweise in ein Doppelbett verwandeln konnte.

Rubens bereitete Eier mit Speck, kochte Kaffee. Es war sehr still auf dem Wasser; Daina strengte die Ohren an; vernahm sanfte, langgezogene Laute, nach denen sie schon früher auf dem Meer gehorcht hatte. Sie machte die Gespräche der Wale aus, die tief durch die endlosen Korridore des Pazifiks widerhallten, nicht in jenen Tönen, mit denen sie das Wasser ausloteten; es war auch nicht das Rauschen der schwarzen Flossen und das Spritzen von ausgeatmetem Wasser; nicht die glänzenden, buckligen Rücken, die aus den Tiefen aufstiegen und vor einem langen Atemzug – ehe sie wieder tauchten – die Oberfläche durchbrachen. Vielmehr waren es die geheimnisvollen, geisterhaften Laute der Wale, die sie bei ihren Wanderungen in der Tiefe ausstießen.

Daina steckte das Gesicht aus dem Bullauge, fühlte, während sie die Laute in sich aufnahm, den sanften Nachtwind auf ihrer Haut. Ihre Augen füllten sich mit Tränen, als sie sich an die strahlend heißen Tage mitten im letzten Hochsommer erinnerte, die sie mit ihrem Vater verbracht hatte, bevor er starb.

Ihre Augen waren geschlossen, aber Tränen sickerten hervor und rannen die Wangen hinunter, als die gleichen Laute der Wale ihr Tage und Nächte auf Cape Cod wieder ins Gedächtnis zurückriefen. Bilder – keineswegs nur Stückchen aus buntem Glas, das die Zeit gefärbt hat – wirbelten wie in einem Kaleidoskop.

Sie sah nicht, daß sie ihre Hände zu festen weißen Fäusten geballt hielt, ihre Nägel sich schmerzhaft in ihre Handflächen gruben. Nun wischte sie sich mit braunem Arm die tränengefüllten Augen ab und sog die Luft durch die Nase.

Auf der anderen Seite der kleinen Kabine war Rubens damit beschäftigt, Speck zu brutzeln und die Eier sauber aufzuschlagen. Er sah und hörte nichts. Als er sich zu ihr umdrehte und ihr stolz zwei Teller mit dampfendem Essen hinhielt, war sie wieder zu jener Frau geworden, die er noch vor wenigen Augenblicken geliebt hatte.

2. *Kapitel*

In dem endlos langen Augenblick, ehe er erschossen wurde, rief James Duell ihren Namen.

»Heather!«

Der friedliche Morgen in der Villa in Südfrankreich, in die sie eine Woche lang eingeladen worden waren, wurde vom Brüllen der Explosionen und vom rauhen Gebell der Maschinengewehre abrupt zerschmettert.

Einige der versammelten Gäste hatten keine Ahnung, was diese Geräusche zu bedeuten hätten, und schauten einander in stummer Verwirrung an. Aber andere – auch James und Heather und der silberhaarige amerikanische Staatssekretär Bayard Thomas – waren mit diesen Geräuschen vertraut und gingen hastig in Deckung.

Draußen strahlte grelles, unbarmherziges Licht. Die Villa wurde brutal und blitzschnell von der Frontseite her angegriffen; amerikanische und israelische Geheimagenten rannten überall auf dem Gelände aus den Stellungen heraus, die ihnen angewiesen worden waren.

Der Nebel stieg. Die hohen eisernen Tore lagen dort, wohin die Granatenexplosion sie geschleudert hatte, verbogen und zerbrochen. Durch die Lücke schossen vielleicht zwanzig Gestalten in tristen, olivfarbenen Kampfanzügen ohne Rangabzeichen. Die meisten führten leichte Maschinenpistolen vom Typ MP 40 bei sich. Ihre Gesichter waren rußverschmiert, wirkten grotesk und unkenntlich. Sie wurden von einem hochgewachsenen, breitschultrigen Mann mit Vollbart und hellbraunen Augen angeführt. Ruhig und unerschütterlich stand er da und winkte die anderen weiter. Sie eröffneten, während sie rannten, das Feuer, und scherten sich anscheinend nicht um ihre persönliche Sicherheit.

»Sorgt dafür, daß ihr sie alle umlegt!« brüllte der Bärtige in seltsam exaktem Englisch durch das Knattern des Maschinengewehrfeuers.

Die Geheimdienst-Männer fielen, verdrehten sich, von Kugeln durchlöchert. Einer benutzte seinen toten Kollegen als Schild, zog sich rückwärts zurück, bis er, im Kugelhagel eingefangen, zu Boden ging. Einem anderen gelang es, die MP 40 eines verwundeten Terroristen zu erbeuten und den Tod zurückzusprühen, ehe er selbst im Gesicht getroffen und zur Seite geschleudert wurde. Noch ein anderer rannte in unregelmäßigen Zickzack-Sprüngen vom Tatort weg. Aus seiner ungeschickt flatternden Anzugjacke zog er ein Walkie-talkie. Er wurde erschossen, just als er im Begriff war, schnell ins Gerät hineinzusprechen.

Die übriggebliebenen Agenten wehrten sich. Hier und da brach ein Terrorist schlaff auf dem blutdurchweichten Boden zusammen. Aber unaufhaltsam rückte die Welle der Angreifer vor und tötete weiter.

In der Villa schaffte es James Duell, einen schnellen Blick durch die ihm am nächsten gelegene Ecke eines zerschmetterten Frontfensters zu werfen. »Herrgott«, sagte er, ging rückwärts in Deckung, als eine verirrte Maschinengewehrsalve durch die Öffnung fegte. Menschen spritzten auseinander und schrien, als Kugeln eine Linie in die Holztäfelung auf der anderen Seite des Raumes stachen. James wandte sich an Heather.

»Was sind das für Leute?« fragte er.

»Ohne Zweifel von der PLO. Du weißt, wozu sie hergekommen sind. Wo ist Rachel?«

»Sie war in der Küche, als ich sie das letztemal...«

»Los!« Er sprang vorwärts.

Susan Morgan, eine zierliche Brünette und ungefähr im gleichen

Alter wie Heather, sprang ihm aus dem Weg, als er durchs Wohnzimmer auf den offenen Alkoven und die Küche zurannte.

»James, warte«, schrie Heather.

Die große, eisenbeschlagene Holztür zur Villa flog auf. Dichter weißer Rauch quoll herein. Heather und Susan husteten. Mit dem Rauch verteilten sich zehn Gestalten und kamen durchs Wohnzimmer auf sie zu. Einen Augenblick später torkelte noch ein anderer herein, den Arm um einen verwundeten Landsmann gelegt.

»Keiner rührt sich!«

Der Bärtige stand direkt in der Haustür. In der einen Hand hielt er krampfhaft eine MP 40. Rechterhand hinter ihm stand ein kurzgewachsener Mann mit dunklem Teint, mürrischem Gesichtsausdruck und den Augen einer Ratte. Er trug ein schweres AKM-Automatik-Gewehr bei sich. Dem Bärtigen gegenüber stand eine Frau, die wie eine Statue wirkte. Ihr Haar glänzte schwarz, ihre ausgeprägten Wangenknochen und ihre Augen hatten etwas Asiatisches. Ihre Kleidung war mit der der Männer identisch, in Hüfthöhe hielt sie eine MP 40.

Im gleichen Augenblick, da die Tür nach innen knallte, war James Duell stehengeblieben, hatte sich umgedreht, um zurückzuschauen; jetzt hatte es ihn erwischt, ungedeckt zwischen Heather und der Tür zur Küche.

»Fessi«, sagte der Bärtige und blickte durchs Zimmer in die erstarrten, entsetzten Gesichter von Bayard Thomas, dessen Helfer, Ken Rudd, Susan, Heather, Freddie Bock, dem Industriellen und Gastgeber, MacKinnon und Davidson, den beiden englischen Militärpolizisten, René Louch, dem französischen Botschafter der Vereinigten Staaten, und Michel Emouleur, seinem sehr jung aussehenden Attaché. »Sieh nach, wo das Mädchen steckt.«

Der Mann mit den Rattenaugen ging durchs Zimmer, bewegte sich an dem kreidebleichen Dienstmädchen und dem Butler vorbei, als existierten sie gar nicht. Er war vielleicht noch einen Meter von James entfernt, als sich in der Küchennische etwas bewegte.

Rachel, ein dunkelhaariges Mädchen von vielleicht dreizehn Jahren, tauchte auf. Ihr Gesicht war von wilder Schönheit, die freilich schon ein bißchen gelitten hatte. Ihre klaren blauen Augen waren sehr groß. Rachel nahm die gesamte Szene sofort in sich auf.

Irgend etwas hatte von dem Mann mit den Rattenaugen Besitz ergriffen: seine Armmuskeln zuckten, als er das AKM-Gewehr hochschwang. Sein Finger am Abzug wurde weiß, auf seiner Stirn schwoll eine Ader. James, ihm halb gegenüberstehend, sah, daß ein Ausdruck blanken Hasses wie ein zu hoher Blutdruck das Gesicht des Mannes verdunkelte.

James rannte los, seinen Körper zwischen Rachel und das schwarze Maul des AKM-Gewehrs werfend. Die Luft surrte vom Flug der Stahlmantelgeschosse, die aus der Mündung des automatischen Gewehrs blitzten.

Heather, die wie gebannt am anderen Ende des Sofas stand, hörte, daß James, kurz bevor sein Körper von den Kugeln durchbohrt wurde, ganz laut und klar ihren Namen rief. James wurde zurück- und in Rachel hineingeschleudert. Sie torkelte, wollte ihn packen, konnte sein Gewicht aber nicht halten. Schwer glitt er an ihrem Körper hinunter und lag zusammengekrümmt in einer Pfütze eigenen Blutes. Seine Augenlider flatterten.

Die braunen Augen des Bärtigen beobachteten Rachel lauernd. »Aha«, sagte er, »die Tochter des israelischen Ministerpräsidenten.«

Damit wurde der Bann, der Heather bewegungsunfähig gemacht hatte, abrupt gebrochen: sie stürzte quer durchs Zimmer.

Die große Frau neben dem Bärtigen machte eine hastige Bewegung, um sie aufzuhalten, aber der Mann schob seine Landsmännin beiseite, packte mit der freien Hand Heathers Handgelenk und wirbelte sie in engstem Kreis herum. Heather schrie auf; dann stand sie ihm von Angesicht zu Angesicht gegenüber.

Er starrte ihr in die Augen. »Öffnen Sie die linke Brusttasche meiner Bluse«, sagte er ruhig.

»Lassen Sie mich los!« schrie Heather. »Mein Mann ist angeschossen!«

»In der Tasche finden Sie eine Zigarre. Stecken Sie sie mir zwischen die Lippen.«

Sie starrte ihn an. »Sind Sie wahnsinnig geworden? Mein Mann ist verletzt!«

»Vielleicht stirbt er sogar«, sagte der Bärtige, »wenn ich nämlich nicht bald meine Zigarre kriege.«

»Sie Schwein!«

»Tun Sie, was ich Ihnen sage«, befahl ihr der Mann und umklammerte ihr Handgelenk fester, so daß sie vor Schmerz in die Knie ging. »Diese Lektion werden Sie noch lernen müssen. Eine von vielen Lektionen.«

Ihre Blicke schossen im Zimmer umher. Sie starrte James an und biß sich auf die Lippe. Endlich tat sie, was ihr aufgetragen worden war, und hob langsam die Hand an seine Brust, fuhr mit den Fingerspitzen in seine Brusttasche, holte eine lange, dünne, schwarze Zigarre heraus und steckte sie ihm vorsichtig zwischen die Lippen.

»Zünden Sie sie an«, sagte er, ohne ein einziges Mal den Blick von ihr abzuwenden. Sie wehrte sich ein bißchen, ihr Haar flog. Er sagte:

»Ihr Mann wartet auf Sie. Vielleicht erlebt er gerade die letzten Augenblicke seines Lebens.«

Heathers Hand fuhr erneut in die Brusttasche. Sie schnippte den Deckel des verchromten Feuerzeugs zurück und hielt die Flamme dicht vor die Spitze der Zigarre, bis sie zu seiner Zufriedenheit brannte. Er grinste sie an; sie sah das Glänzen der Goldkronen auf dreien seiner Schneidezähne. »Das ist schon viel besser«, sagte er. Er paffte, während sie das Feuerzeug wieder in seine Tasche steckte.

»Lassen Sie mich los«, sagte Heather noch einmal, »Sie haben gesagt, Sie würden...«

Er schaute sich im Zimmer um und nahm die gequält zu ihm aufblickenden Gesichter eins nach dem anderen zufrieden in sich auf. Seiner Miene war eine enorme Befriedigung abzulesen.

»Wenn ich mit dem fertig bin, was ich zu sagen habe.«

Diesmal schaute er Heather nicht an; wandte sich an alle. »Meine Herren«, sagte er langsam und kaute an seiner Zigarre, »meine Damen, Sie sind Geiseln der Palästinensischen Befreiungsorganisation. Sie sind ohne Hilfe. Jede Gegenwehr ist aussichtslos. Die Sicherheit, die Sie einmal besaßen, ist jetzt in keiner Weise mehr gegeben.« Susan Morgan keuchte. »Wir haben die Villa erobert, wir haben Sie gefangengenommen, Herr Staatssekretär, Herr Botschafter, ich darf Ihnen versichern, daß Ihr Wert draußen bedeutend höher liegt als hier bei uns.«

Während er sprach, gewann seine Stimme an Farbe und Klang. »Wir sind in einen Krieg verwickelt – und irren Sie sich nicht, wir alle sind darin verwickelt –, in einen Krieg um Freiheit und Gerechtigkeit. Das palästinensische Volk ist seines Heimatlands beraubt worden, ja, sogar seines Geburtsrechts – und zwar von den zionistischen Einwanderern. Wir sind hier, um ein Land zurückzuerobern, das uns gehört. Die PLO muß von Israel und den Vereinigten Staaten als Sprecher des palästinensischen Volkes anerkannt werden. Wir verkörpern den Willen des Volkes. Unser Land muß uns zurückgegeben werden. Dreizehn unserer Brüder, die von den Zionisten gefoltert wurden, müssen aus dem Gefängnis in Jerusalem freigelassen werden. Wenn nicht, werdet ihr sterben. Aber wenn Sie mit uns zusammenarbeiten, wird alles gut. Dann wird niemandem etwas geschehen.«

Noch einmal sah er sich im Zimmer um. »Ich heiße El-Kalaam; ein Name, der Ihnen bald vertraut werden wird. Wenn Sie Glück haben – wenn Ihre Regierungen klug sind –, werden Sie diesen Namen segnen; denn es wird nicht der Name Ihres Henkers sein.«

Damit ließ er Heathers Handgelenk los. Sie rannte so schnell sie konnte dorthin, wo James halb bewußtlos zu Rachels Füßen auf dem Boden lag. –

»Idiot! Du hättest mich rufen sollen – sogar aus dem Studio.«

»Ach, Mensch, ich weiß doch, wie du dich anstellst, wenn Chris bei dir ist.«

Maggie McDonells dunkelblaue Augen starrten tadelnd aus dem zierlichen ovalen Gesicht. Auf ihrer porzellanzarten Haut verteilte sich eine Prise Sommersprossen; ihr langes, dauergewelltes Haar hatte die Farbe von Karamelbonbons und erweckte den Anschein, als stände es unter Strom. Maggie hatte den zarten Knochenbau eines Vogels, die makellose Figur eines Fotomodells, ohne scharfe Kanten und ohne Gewicht, die die fließenden Linien ihres Körpers verunzierten. Kleidung ließ sich mit herrlicher Vollkommenheit über ihrer schlanken Gestalt drapieren.

Erschöpft plumpste Daina aufs Sofa, langte nach dem großen Wodka Tonic, den Maggie ihr gemixt hatte, und nahm einen gewaltigen Schluck, als sei es Wasser.

»Diesmal war es ernst«, sagte Maggie, »ich meine, Mark rauszuschmeißen. Du hättest mich rufen sollen.«

»Allein war ich sowieso besser dran. Schließlich bin ich ja auf Beryl Martins Party gelandet.«

»Na, das hätte dich aber doch zu Tode langweilen müssen.«

»Du bist ja bloß eifersüchtig, weil du nicht eingeladen warst«, sagte Daina obenhin.

»Das kommt nur daher«, sagte Maggie und machte einen Schwenk, um sich ebenfalls einen Drink einzuschenken, »weil ich kein Star bin – wie du.«

Daina klappte den Mund zu. Sie hatte Maggie gerade von ihrer Nacht mit Rubens erzählen wollen; jetzt war sie nicht mehr so sicher, ob sie das tun sollte. Sie erinnerte sich seiner spontanen Bemerkung: ›Da werden die Mädchen von den Frauen geschieden.‹ Daina mußte daran denken, wie sie Maggie zum erstenmal bei der Auswahl für kleine Nebenrollen zum Film *Heimkehr* getroffen hatte. Daina war damals gerade in Los Angeles angekommen und hatte den fast zwanghaften Wunsch verspürt, solide Freundschaften, wie sie sie in New York genossen hatte, aufzubauen. Daina war mit dem Vorurteil angereist, daß derartige Freundschaften nur mit ebenfalls neu hierher Verpflanzten geschlossen werden konnten.

»Ich komme aus St. Marys, Iowa, und hab' nicht viel Ahnung«, hatte Maggie ihr gesagt. Sie waren sofort miteinander warm geworden. Maggie wollte alles von New York wissen, das sie schon immer einmal hatte sehen wollen. Das Tröstliche ihrer Freundschaft hatte sie lange Tage und noch längere Nächte der Fehlschläge und Untätigkeit vor dem völligen Zusammenbruch bewahrt.

Daina erinnerte sich auch des Tages, da Maggie in einer nebligen Morgenstunde, als sie sich zum Frühstück bei McDonalds trafen, ihre Schüchternheit überwand. Maggie war Rock-'n'-Roll-Fan, in St. Marys sozusagen mit einem Transistorradio, das ihr stets an einem Ohr klebte, aufgewachsen. Sie hatte von krachenden Donnerschlägen und vom gellenden Chor erregter Teenager geträumt – denen sie sich zugehörig fühlte und von denen sie sich gleichzeitig gelöst hatte.

»Chris Kerr«, hatte sie gesagt, als ob sie einen Geist beschwor, »hab' ihn in der vergangenen Nacht gesehen.« Sie lachte wie ein kleines Mädchen; Daina fiel in ihr Gelächter ein, ohne genau zu wissen, was daran so amüsant war. »Die *Heartbeats*-Band war gestern abend in Santa Monica. Himmel, was'n Krach – einfach ohrenbetäubend, als ob man mitten in einen Sturm geraten wäre. Ich dachte, das ist es. All die Musik, die mir im Kopf herumwirbelt, als ob sie ein eigenes Leben hätte – ein Leben, das ich ihr gegeben habe; denn ohne diese Musik wäre ich in St. Marys wahnsinnig geworden, ganz allein mit meiner hart arbeitenden, stinklangweiligen Familie – und jetzt ist der Mann da, der die Musik gemacht hat. Bei dem hat mein Herz so wild geklopft, daß es weh tat. Ach, es war einfach ganz toll!«

Maggies Augen strahlten wie ein Leuchtfeuer, blinzelten mehrere Male. »Der erste Ansturm ihrer Musik war so überwältigend, daß mir klar wurde, daß Sex – und Rockmusik ist Sex – der Grund ist, warum unsere Eltern solche Angst hatten, wir könnten ihn nachmachen. Aber die Musik bot uns die Chance, die blinde Wut, die wir als Teenager in uns hatten, loszuwerden. Die Musik war 'ne Art Notventil.« Ihre Augen glänzten, als ob sie weinen müßte.

»Ich bin froh, daß du ihn endlich zu sehen gekriegt hast«, sagte Daina.

»Das war noch nicht alles.« Maggie berührte mit ihren langen, schmalen Fingern Dainas Hand. »Nach dem Konzert gab's 'ne Party, die die Plattenfirma geschmissen hat. Weißt du, wir haben ja immer Zutritt zu solchen Feten. Die Anwesenheit von Schauspielern ist für die so was wie 'n Erfolgserlebnis. Die stieren uns an, als ob wir gar keine richtigen Menschen wären. Offensichtlich haben die noch nicht rausgefunden, wie absolut unerträglich einige von uns sein können.«

Maggie nahm die Hand weg und entspannte sich ein bißchen. »Ich fand das Konzert sagenhaft. Es hat mich einfach weggefegt. Sieh mich doch mal an! Ein Kleinstadtmädchen, aufgewachsen unter Bergleuten, die zu müde sind, um überhaupt noch was zu denken, und früh an Staublunge abkratzen.« Sie sagte das leidenschaftslos, ohne Bitterkeit, ohne Zorn. Typisch für sie: innen, tief in ihrem Kern, lag ihr Herz von grauem Schmutz bedeckt, den kein Quantum an Glück jemals vollständig wegkratzen konnte. Daina wußte das. Maggies Vater, später auch der ältere Bruder, starben unter gleichen Bedingungen. »Jetzt stecke ich mittendrin. Es war wie 'ne Reise ins Märchenland, nur – und das ist ja das Komische – irgendwann im Laufe des Konzerts hat sich alles wieder rumgedreht, so daß dieses Konzert zum wirklichen Leben wurde und die Jahre in St. Marys zum Traum, den ich einmal gehabt haben muß, als ich krank war. Mir fielen die Singles, die ich in Des Moines gekauft habe, als ich Tante Sylvia besuchte, wieder ein. Ich mußte sie damals ins Haus schmuggeln: ›I want to hold your hand‹, ›Route 66‹, ›The hippy hippy shake‹. Du hast keine Ahnung, wie das ist.«

»Ich kann's mir vorstellen«, meinte Daina.

»Nein, kannst du nicht. Du bist in New York geboren und aufgewachsen. Was ist Amerika denn für dich, abgesehen von New York und Los Angeles? Sicher, du hast vielleicht einmal Chicago gesehen, vielleicht sogar Atlanta. Aber der Rest ist nur so 'ne komische, unheimlich fremde Landschaft, die in Filmen oder Geschichten vorkommt, oder auf der Landkarte.«

»Aber Maggie«, begann Daina, »ich bin in...«

»Spielt doch keine Rolle. Es ist aber eben nicht so, als ob du da mal gelebt hättest. Verstehst du das nicht?« Ihre Stimme klang gequält. »Ich hab' in so 'nem verdammten Sarg von 'ner Welt gelebt, die platt war, träge und ohne jede Veränderung. Du kannst dir unmöglich vorstellen, was die Musik mir bedeutet hat. Und jetzt, wo ich hier bin – weißt du, manchmal wache ich am Morgen auf und brauche zehn Minuten oder noch mehr, bis mir endlich klar wird, daß ich wirklich hier bin und daß es kein Traum ist. Daß ich, wenn ich den Kopf umdrehe und die Augen aufmache, nicht mehr die Schulwimpel sehe, die so verloren über meinem Kopf an der Wand hängen, und auch nicht den Pulli in den Schulfarben, der über dem wackligen Holzstuhl hängt, den meine Oma mir gegeben hat.« Sie hatte die Finger ineinander verstrickt und drehte sie hin und her. »Wenn ich damals nicht aus St. Marys abgehauen wäre, hätte ich nie mehr den Mut aufgebracht, es überhaupt zu tun. Das weiß ich ganz genau. Also bin ich losgerannt – hierher.«

»Wir rennen doch alle, Maggie«, sagte Daina freundlich, »wir alle, die wir das tun, was wir tun. Wir suchen alle nach 'ner goldenen Kandare.« Sie seufzte tief. »Nur laufen wir anscheinend immer auf der Stelle.«

Maggie lächelte: »Wenigstens hält uns das fit.«

Daina lachte und sagte: »Erzähl weiter. Wie war's denn auf der Party?«

Maggie grinste. »Wir haben uns kennengelernt, Chris und ich.« Sie hob einen schlanken Arm, mimte die Bewegung einer Ballerina. »Und ich hab' gewonnen.«

»Du machst Witze!«

Maggie schüttelte den Kopf. »Zuerst war ich widerlich herablassend. Weißt du, ich hatte gehört, wie fade diese Rockpartys werden können, wenn die Leute sich entschließen, schmuddelig zu werden; also...«

»Wie aufregend«, flüsterte Daina.

»Und ob! Aber letzten Endes langweilt man sich beim Suhlen im Schlamm.« Sie kicherte. »Also sind wir abgehauen.«

Das war der Anfang. Eine Woche später war sie zu Chris nach Malibu gezogen.

»Der Schweinehund hat es verdient, rausgeschmissen zu werden«, sagte Maggie und nippte an ihrem Drink. »Gut, daß du ihn los bist, Daina. Ich schätze, ich kann dir jetzt sagen, daß ich nie viel von Mark gehalten habe.«

»Nein?«

»Ich hatte ihn im Verdacht. Seine politischen Ansichten... Ich weiß einfach nicht. Sein Altruismus ist einfach zu rein, um echt zu sein. Und rhetorisch war er auch ein bißchen zu gut. Konnte so verdammt glatt reden. Der redet sich überall rein.«

Daina nickte. »So hat er es, nehme ich an, auch geschafft, in Südostasien zu drehen.«

»Ihr seid mit dem Film fast fertig, nicht?«

»Ich nehme es an. Er war gerade zurückgekommen, nachdem er dem Film den letzten Schliff gegeben hatte. Die Aufnahmen sind erledigt, und er hatte Zeit, um...« Krampfhaft nahm sie einen langen Schluck.

»Komm«, sagte Maggie, »ich mach dir noch mal 'nen Frischen.« Sie nahm Dainas leeres Glas und schenkte nach. »Tut mir leid, daß hier alles so durcheinander ist, aber wenn Chris zu Aufnahmen im Studio ist, geht das hier drunter und drüber.«

»Wie läuft's denn mit dem neuen Album?«

Maggie warf ihr ein schnelles Lächeln zu, das nur allzuschnell wieder verschwand. »In diesem Stadium schwer zu sagen. Alles ist noch so verworren. Weißt du, sie sind immer sehr angespannt, wenn sie ins Studio kommen. Der schöpferische Druck ist gewaltig, und – na, ein paar von den Leuten sind noch immer ganz schön verantwortungslos. Chris' Aufgabe ist es natürlich, sie alle zusammenzutreiben und zum Arbeiten anzustacheln.« Maggie setzte sich in einen tiefen Sessel, legte ihr Glas an die Wange und schloß einen Moment die Augen.

Hier drinnen war es dunkel, obwohl die überall verstreuten Lampen brannten. Von draußen konnte Daina das sanfte Zischen des Pazifik hören, hier aber herrschte absolute Stille. Maggie saß Daina gegenüber mit geschlossenen Augen. Sie wirkte, als ob sie ihre Lebenskraft verloren hätte. Daina wandte den Blick von ihr ab, schaute auf den gewaltigen Perserteppich und dessen kompliziertes, wirbelndes Muster aus Dunkelgrün und Saphirblau, Erdbraun und einem freundlich wirkenden Schwarz. Die Wände waren in Umbra gehalten, aufgelockert durch Colder, einen Lichtenstein und, unpassenderweise, einen Utrillo: lauter Originale. An der gegenüberliegenden Wand erstreckte sich eine monströse Stereoanlage aus einzelnen Hifi-Bausteinen, komplett mit Tonband, Kassettenrecorder und einem Paar Sechzig-mal-sechzig-Mammut-Boxen in Studiokaliber.

Maggies Augen öffneten sich abrupt, sie beugte sich vor, setzte das Glas auf den geschwungenen Kaffeetisch aus Ebenholz ab. Ihre Hände glitten über das Zigarettenpapier und den Plastikbeutel voll Koks. Ihr feuchter Zeigefinger fuhr über die Oberfläche eines kleinen, quadratischen Kristallglasplättchens, nahm Spuren des weißen Pulvers auf und verrieb es über die rosa Ränder ihres Zahnfleisches. Auf Daina wirkte die Szene merkwürdig obszön. »Du solltest wirklich mal ein bißchen lockerer werden und eine Probe nehmen«, sagte Maggie, zu sehr mit sich selbst beschäftigt, um Dainas verneinende Antwort zu bemerken.

Maggie ließ ihre Hand über die Tischkante gleiten. Sie hatte die für Los Angeles typische Angewohnheit übernommen, alles mit den Handflächen zu berühren, um die blitzende Oberfläche ihrer langen, sorgfältig manikürten Fingernägel nicht zu beschädigen. Sie seufzte. »Weißt du noch, früher, als wir gerade anfingen? Damals hatten wir beide Angst; wir beide – gleichermaßen.«

»Maggie, du kannst doch nicht erwarten...«

»Wir sind nicht mehr gleich, wie?« Sie warf Daina einen scharfen Blick zu. »Du hast dich verändert, verdammich noch mal! Warum mußte das so kommen?«

»Um Gottes willen!«

»Ich gehör' nicht in Werbespots«, jammerte Maggie, »das ist erniedrigend. Herrgott, es ist überhaupt keine Schauspielerei! Nix als posieren, 's ist der letzte Heuler!« Sie nahm das große silberne Feuerzeug auf und schnippte die Flamme an und aus. »Es kotzt mich an, zu warten und zu warten, bis irgendmal was Reelles passiert. Ich dreh' hier durch!«

»Sicher hast du schon mit Victor geredet«, meinte Daina ruhig. »Was hat er denn gesagt?«

»Ich soll geduldig sein, hat er gesagt, und daß er mir besorgen will, soviel er kann.« Sie setzte sich auf und blickte sich suchend um, als ob ihr nervöser Überschuß an Energie ein Ventil suchte. »Ich hab's dicke, Daina, echt. Brauch' einen, der mal wirklich was für mich tut.« Sie schüttete weißes Pulver auf das gläserne Quadrat.

Daina schaute schweigend zu, während ihre Freundin Kokain schnupfte.

Maggie drehte sich ihr zu und schnüffelte. »Was meinst denn du, was ich tun soll? Vielleicht Victor feuern?«

»Victor ist ein guter Agent«, sagte Daina, »das wär' nicht die richtige Antwort. Aber wenn du dir dieses Zeug da weiter in die Nase stopfst, dann kommt auch nichts dabei raus.«

»Aber ich krieg' dann so 'n Gipfelgefühl«, flüsterte Maggie, »das weißt du doch. Sitz' mir bitte deswegen nicht wieder im Nacken. Ich hab' doch keine andere Wahl.«

»O doch«, sagte Daina fest, »aber davon willst du nichts hören. Du hast dich auch verändert, Maggie. Früher hast du an dich geglaubt; glaubtest, du wärst die Beste. Weißt du noch, wie wir uns nächtelang darüber gestritten haben, wer die Beste sei, du oder ich?«

»Kindereien«, sagte Maggie. »Die Welt hat sich eben als ganz anders herausgestellt, wie, Daina?« Ihre Augen sahen verletzt drein, als sie Daina durch die Wimpern musterte. »Du hast alles gewonnen, und ich sitze hier, hängengeblieben auf einer Karriere, die absolut ins Nirgendwohin führt.« Sie bückte sich, nahm noch mehr Kokain. »Verlier' also kein weiteres Wort über dieses Zeug, okay? Wenn ich high bin, vergesse ich, daß ich nichts weiter bin als ein glorifiziertes Groupie, das sich an Chris klammert.«

»Maggie, du weißt, daß es so nicht ist. Chris liebt dich.«

»Rede nicht über Dinge, von denen du keine Ahnung hast!« forderte Maggie scharf. »Von mir und Chris hast du nicht den blassesten Schimmer, klar?« Sie zitterte, verschüttete Kokain auf dem Schoß. »Herrgott! Guck mal, was ich deinetwegen angestellt hab'!« Sie weinte, versuchte, das weiße Pulver in den Zellophanbeutel zurück zu bekommen; das meiste jedoch fiel auf den Teppich. »Ach, Scheiße!« Mit ruckartiger Geste warf sie den Umschlag durchs Zimmer.

»Kind, laß die Finger davon«, sagte Daina sanft, »nur ein paar Tage lang.«

»Ich tu's doch nur, weil Chris es will«, sagte Maggie mit sehr dünner Stimme und wischte sich mit dem sommersprossigen Handrücken die Augen.

»Das ist kein Grund, so was zu tun.«

»Ich will ihn nicht verlieren, Daina. Wenn er mich verläßt, sterbe ich. Außerdem hab' ich's mittlerweile gern.«

»Maggie, hast du denn kein...«

»Du lieber Himmel, ich bin nur 'n Stück Dreck, und du solltest nun wirklich die letzte sein, gegen die ich mich auflehnen muß.«

Daina berührte die weichen Härchen auf Maggies Arm. »Wie wär's mit 'm Käffchen für uns?«

Maggie wischte die letzten Tränen weg, lächelte und nickte.

»Bin gleich wieder da.«

»Übrigens«, rief Maggie aus der Küche, »benutz das Badezimmer in unserem Schlafzimmer. Der Lokus unten im Flur muß repariert werden.«

Das Schlafzimmer im vorderen Teil des Hauses bildete ein großes L, war geräumig und luftig. Durch ein Paar hoher Fenster konnte man den Pazifik sehen. Die Wände waren in leuchtendem Mitternachtsblau gestrichen. Überall lagen Plakate in silbernen Metallrahmen, auf denen Konzerte in den Theatern Fillmore East und West – den berühmtesten Rockmusiker-Treffpunkten der sechziger Jahre, die jetzt nicht mehr existierten – angekündigt wurden. Daina sah auf einem Programm die *Heartbeats* zusammen mit B. B. King und Chuck Berry in Blau und Silber; die Gruppe Cream in Hellgelb und Umbra; Jimi Hendrix in Dunkelrot und Sandbeige; Jefferson Airplane in Tannengrün und Hellbraun. In psychedelischen Farben und Buchstaben stellte der Grafiker Rick Griffin alle einzelnen Personen in den Titeln der Musik fast mittelalterlich wie tapfere, edle Ritter dar, die sich mit wehenden Fahnen zum Kampf auf die Hitlisten rüsten. Und wie jene Ritter sind sie heute alle verschwunden, so oder so, dachte Daina, bis auf die *Heartbeats*, die siebzehn Jahre lang durchgehalten hatten und noch immer die Spitze behaupteten.

Daina umging das riesige Bett, dessen mitternachtsblau und blaßgrün gestreifte Tagesdecke zurückgeschlagen war. Die cremefarbene Unterseite wirkte wie der Bauch einer riesigen, schläfrigen Eidechse. Auf dem Bett erkannte Daina einen Kassettenrecorder. Er war leer; die Kassettenklappe stand offen. Daneben lag ein zerlesenes Exemplar des Romans »Getting into Death« von Tom Desch, die Berliner Geschichten von Christopher Isherwood, ein übergroßer Band »Der Wind in den Weiden« von Kenneth Grahame mit Illustrationen von Arthur Rackham und ein eselsohriges Taschenbuch: Colin Wilsons »Der Außenseiter«.

An der gegenüberliegenden Wand ein Tisch, überhäuft mit Wochenzeitschriften der Musikwelt: *Billboard*, *Record World* und *Cash Box*, zusammen mit *Variety* und Zeitschriften aus England, dem *New Musical Express*, dem *Melody Maker* und der *Music Week*. Daneben lag noch eine zwei Wochen alte Ausgabe von *Rolling Stone* mit einer Titelgeschichte über Blondie. Daneben befand sich die dunkle Tür zum Badezimmer.

Direkt links neben der Tür hing ein zwanzig mal dreißig Zentimeter großes schwarzweißes Publicity-Foto der Band in einem Goldrahmen. Der auffälligen Kleidung nach zu urteilen, stammte es noch aus den sechziger Jahren.

Daina starrte fasziniert das Foto an. Sie hatte die *Heartbeats* in ihrer Frühzeit nie gesehen; die Gruppe war ihr erst später, in den frühen Siebzigern, aufgefallen. Auf diesem Bild sah sie fünf Mitglieder, nicht vier. Da war Chris, der Sänger und Gitarrist: hochgewachsen und gutaussehend. Ian, der Bassist, mit dunklem Haar und schwarzen Augen; mager und drahtig wie ein Baustahlträger. Rollie, der Schlagzeuger, wirkte mit diesem ewigen Lächeln, das seinem liebenswürdigen Gesicht anklebte, plump und rundlich wie ein Teddybär. Nigel – der Mann an den Keyboards, der zu Chris' Musik die Texte schrieb – starrte finster in die Kamera, in jener eigenartigen Manier, die mit den Jahren sozusagen zum Markenzeichen der Band geworden war. Aber er war's ja auch, der innerhalb der Truppe am meisten Imagebewußtsein zeigte. Daina kannte sie alle außer einem, dem Mann in der Mitte. Er trug sein ziemlich langes Haar streng zurückgekämmt. Es hatte den Anschein, als ob er einen Pferdeschwanz trüge. Im ganzen, so hätte Daina es gesagt, zeigte sein Gesicht einen energischen, naturburschenhaften Ausdruck, vielleicht zum größten Teil verursacht durch den schmallippigen Mund und die leicht eingedellte, für den Kopf etwas zu lang wirkende Nase.

Aber die Augen beeindruckten Daina. Sie waren ungewöhnlich ausdrucksvoll und standen in völligem Gegensatz zum Gesichtsumfeld. Deshalb ging von diesem Gesicht etwas beunruhigend Geheimnisvolles aus: Ein Blick-Gemisch aus einer Art eiskaltem Hochmut, der nur die Fassade eines ziemlich verletzlichen Intellekts zu sein schien. Irgendein unfaßbares Gefühl schwamm in den Tiefen seiner Augen, als ob es dort gefangen wäre. Daina verspürte den überwältigenden Drang, die Hand auszustrecken und ihm zu helfen.

Als sie in die Küche zurückkehrte, lief der Kaffee schon durch, durchdrang das reiche Aroma den Raum.

»Bei mir gibt's keinen Extrakt«, sagte Maggie strahlend. Offensichtlich hatte sich ihre trübe Stimmung gelegt. »Chris besteht darauf, daß er immer frisch gefilterten Kaffee kriegt. Ich muß sagen, ich kann ihn verstehen. Fange selbst an, den Unterschied zu merken.« Sie drehte sich um und schenkte ein. »Bitte sehr.«

Daina griff nach der dicken Keramiktasse. »Sag mal, Maggie, in deinem Schlafzimmer hab' ich ein altes Foto von der Band gesehen. Wer ist denn der Fünfte im Bunde?«

»Ach, du meinst Jon«, Maggie nippte an ihrem Kaffee, zog ein

Gesicht und schüttete ein bißchen Milch in ihre Tasse. »Du lieber Himmel. Hab' immer wieder versucht, ihn so zu trinken, wie Chris ihn mag – schwarz. Aber ich krieg' das Zeug so einfach nicht runter.«

»Was war denn mit Jon?« drängte Daina. »Was ist aus dem geworden?«

Maggie lutschte einen Milchtropfen von ihrer Fingerspitze. »Da gibt's eigentlich nicht viel zu erzählen. Der war auch in der Band, weißt du, früher mal. Ist gestorben, direkt nach dem großen Durchbruch.« Sie wandte sich wieder zur Arbeitsplatte um, löffelte Zucker in ihren Kaffee und probierte ihn noch einmal. »Hm, das schmeckt besser so. War 'n Unfall. Irgendwer, vielleicht Rollie, hat mal erwähnt, Jon wär' 'n bißchen labil gewesen. Schätze, er hat den Druck nicht ausgehalten.«

»Hast du jemals mit Chris über ihn gesprochen?«

»Ach, der redet nie über Jon. Zu viele schmerzhafte Erinnerungen, nehme ich an. Er und Nigel sind zusammen mit Jon im Norden aufgewachsen. Kamen dann runter nach London, alle in einer Gruppe, um ihr Glück zu machen. Aber du weißt ja, wie's in dem Geschäft aussieht. Da gibt's viele Verluste.«

Das Geräusch eines trommelnden Motors unterbrach sie. Sie blickten beide auf.

»Papa ist wieder da«, sagte Maggie grinsend, ließ ihren Kaffee auf der Arbeitsplatte stehen und ging ins Wohnzimmer. Daina folgte ihr im Kielwasser. »Er hat jetzt 'n neues Spielzeug – ein Motorrad«, sagte sie und griff nach dem Türdrücker. »'ne verdammt große Harley, maßgeschneidert, ohne Verkleidungen dran. Man kann die ganze Maschine sehen. Chris droht mir immer, mich mitzunehmen, aber ich hab' 'ne Heidenangst vor dem Ding. Steig' noch nicht mal drauf, wenn der Motor aus ist.«

Das kehlige Geräusch erstarb. Maggie rieß mit einem Hallo die Tür auf. Chris umschlang sie mit beiden Armen und küßte sie. Er war breit und groß; Maggie wirkte neben ihm wie eine Zwergin. Er war fast zwei Meter groß. Die Sonne hatte seine Haut bronzefarben getönt – dies war der Grund, behauptete er wenigstens, warum er sich entschlossen hatte, in Los Angeles zu bleiben anstatt nach London zurückzukehren. Natürlich waren da auch noch die Steuern, die es für die Band vorteilhaft machten, im Ausland zu leben – Ian besaß ein Haus in Mallorca, Nigel eine Villa in Südfrankreich. Sie alle lebten der Steuern wegen im Exil, wie so viele andere prominente Rockmusiker.

Chris ließ Maggie los und trat ins Zimmer. Er sah Daina, und sein Gesicht erstrahlte zu einem breiten Grinsen. »Hallo! Wie geht's denn immer, Dain?« Er küßte sie. Seine dunkelbraunen Haare fielen in dicken Wellen; seine Augen leuchteten in einem Dunkelgrün, das zeitweise an Schwarz grenzte.

»Du bist aber früh dran«, sagte Maggie, während sie Arm in Arm zum Sofa gingen. Chris breitete sich darauf aus.

»Na, ganz so früh wär's nicht geworden, verdammt noch mal, 's gab wieder Zoff. Hab' Nigel fast mit dem Kopf durch 'n Fußboden gerammt. Wär', Teufel auch, genau das Richtige für diesen faulen Sack.«

»Ich dachte, 's hätt' sich alles aufgeklärt diesmal«, sagte Maggie und rollte einen Joint, zündete ihn an, nahm einen Zug und reichte ihn an Chris weiter.

Der nahm ebenfalls einen langen Zug, wobei er wie ein Dampfbad zischte. Er hielt den Rauch lange in den Lungen. »Du kennst doch diese tumben Typen«, sagte er beim Ausatmen. »In ein Ohr rein, aus 'm anderen raus; nichts als Luft in der Birne.« Er nahm noch einen Zug, und seine Stimmung schien sich abrupt zu verändern. Er setzte sich auf, schnippte ein wenig Asche in den riesigen Bronzeaschenbecher auf dem Ebenholztisch. »Mann, bin ich froh, daß du hier bist, Dain.« Er langte in die Tasche seines Western-Hemdes und zog eine weiße Plastikkassette heraus. »Ratet mal, was ich hier hab', Mädels!«

»Probeaufnahmen?« fragte Maggie aufgeregt.

»Was viel Besseres.« Er grinste. »'ne Mischung aus zweien meiner Songs für die neue LP. Ist das erste Mal, daß ich ohne Nigel was geschrieben hab'.«

Maggie wandte sich Daina zu. »Warte, bis du diese Songs gehört hast. Die haben nichts mit dem zu tun, was die Band vorher gemacht hat. Eine völlig neue Richtung.«

»Yeah«, machte Chris, stand auf und ging durch das Zimmer zur Stereoanlage hinüber, »brauchen unbedingt frischen Wind.« Er hockte sich vors Gerät und drückte Schalter. Lichter, rubin- und smaragdfarbene Stecknadelköpfchen, blinkten wie ferne Sterne auf. Chris legte die Kassette ein.

»Seid ihr soweit?«

Beide nickten.

Er hockte sich hin und sagte: »Das erste Ding heißt ›Race‹, das zweite ist 'n Instrumentalstück.« Er drückte einen Knopf, und augenblicklich war das Zimmer von Musik erfüllt. Großartige Gitarrenakkorde, ein Pulsschlag vom Baß, fest wie Stahl, ein Stoßen des Schlagzeugs. Dann hörten sie Chris' volle, unverkennbare Stimme: »Erinnerst du dich der Zeiten / Im Fond eines Ford / Als die Kontrollämpchen glühten / Wußten wir da, wie es um uns stand? / Daß wir eines Tages heranreifen würden / in die Endrunde kämen / Ach, weit zurück liegen Tage der Palmen und des Sonnenöls.«

Die Musik schwoll weiter an, wurde zu einer kurzen Brücke, einem Vorspiel zur zweiten Strophe: »Hab' das Versemachen aufgegeben / Von denen wir lebten / Die Blechkisten, die Partys / Und die dicken Mädchen, die alles, was sie haben / auf dem Rücksitz eines Lieferwagens geben / Ach, weit zurück liegen die strahlenden Nächte voll Glück und Kokain.«

Die Gitarre, die aus der zweiten Strophe herauskam, war doppelt überspielt worden, so daß sie unendlich viel dichter klang. Sie nahm die Melodie zu einem Refrain auf. Es folgte eine Wiederholung, dann das Nachspiel, von unterkühlender Gitarre beherrscht.

Mehrere Sekunden lang herrschte Stille. Dann begann das Instrumentalstück, eine musikalische Antithese zu »Race«, eine langsame, geisterhaft-melancholische Melodie, auf verminderter Quinte aufgebaut. Sie schwebte in träger Hingabe, wie eine Spirale aufwärts.

Das Ende des Stückes verebbte ganz allmählich. Daina bemerkte es erst, als sie das winzige Klicken hörte, mit dem das Gerät sich am Ende des Bandes selbst ausschaltete.

Chris wandte sich um. »Na?«

»Ich bin wie betäubt«, sagte Daina. »Ich weiß nicht, was ich sagen soll.«

»Hat's dir gefallen?«

»Es war ganz toll.«

»Einfach spitze«, sagte Maggie. »Nigel scheißt sich wahrscheinlich in die Hose.«

»Der hat's noch nicht gehört«, sagte Chris, »keiner von denen da. Ian und Rollie hab'n nur ihr'n eigenen Kram mitgekriegt. Nigel hat überhaupt nix gehört, und dabei bleibt's, bis ich die Mischung komplett hab'.« Er sprang auf. »Na, ich dreh' noch mal 'ne Runde.«

»Chris, du bist doch gerade erst nach Haus gekommen.« Maggies Stimme klang bittend.

»Dain«, sagte Chris, »würd'st gern mal mitfahren?«

»Tut mir leid«, sagte Daina und stand auf. »Aber für fünf Uhr hab' ich Schmink-Termin.« Sie sagte gute Nacht und bemerkte deutlich, wie Maggies Blick auf ihr ruhte: voller Neid und Zorn. Daina schauderte, als ob sie etwas Körperliches gestreift hätte.

Die lange, dunkelblaue Mercedes-Limousine stand wie eine massive Festung quer in ihrer Einfahrt. Als Daina herankam, wirkte der Schatten des großen Wagens größer als das Haus hinter ihm.

Sie fuhr ganz nah heran, stellte den Motor ab, stieg aus. Das scharfe Klicken ihrer Absätze auf dem Kies unterbrach das singende Säuseln der Grillen. Als sie sich dem großen Wagen näherte, schwang die hintere Tür leise auf. Innen brannte Licht, verstrahlte einen reichen, warmen Glanz, der nur von einer Lampe mit schönem Schirm stammen konnte. In Autos gab es solche Lampen für gewöhnlich nicht.

Daina senkte den Kopf und stieg ein. Auf dem kleinen Farbfernseher lief die Johnny-Carson-Show.

»Ich hab' dich vermißt«, sagte Rubens.

»Jetzt bin ich ja da.«

»Ich meinte, bei mir zu Hause.«

Sie wandte sich von ihm ab, schaute hinaus in die Nacht. Bäume verwischten die steilen Konturen des Hügels, dahinter die gewaltige Lichterkurve. Der Sitz unter Daina fühlte sich so hart wie eine Kirchenbank an.

»Es hätte nicht passieren dürfen.«

»Was hätte nicht passieren dürfen?«

»Das von gestern abend«, sagte sie. »Ich war wütend, aufgeregt. Es hatte sich was abgespielt. Und du warst da.«

»Ich bin immer dagewesen.«

Sie sagte nichts, umschlang sich mit den Armen: ihr war kalt.

»Du willst mir doch nicht erzählen, daß das Ganze nur für eine Nacht war...«

»Ich will dir überhaupt nichts erzählen.«

»... denn ich weiß, daß du nicht so bist.«

Ihr Kopf fuhr herum, sie schaute ihn an. Das Lampenlicht lag weich auf der scharfgezogenen Kurve seiner Wangenknochen und Lippen. »Du gibst dich nicht einfach so hin, ich weiß das, egal, was du mir erzählst.« Er beugte sich vor und schaltete das Fernsehgerät aus. Johnny starb. »Außerdem weiß ich, daß das gestern abend nicht nur so ein Bums war. Ich weiß es einfach, weil ich das in den letzten paar Jahren mit zu vielen Mädchen gemacht habe.«

»Nein«, sagte sie und hob die Stimme, »was war es dann?«

»Wir haben uns geliebt. Mir ist das klar und dir auch.«

»Und wenn schon!«

Er streckte die Hand aus und berührte sie. »Ich will dich nicht verlieren.«

Sie schob seine Finger weg. »Was glaubst du eigentlich?« fragte sie kalt. »Daß du mich mit so einem Spruch kaufen kannst?« Sie war nahe daran, ihn zu verhöhnen, aber die Angst stieg zu schnell in ihr hoch.

»Okay. Ich hab' mich falsch ausgedrückt. Zeig' mich doch an.«

»Du bist wirklich sehr komisch, weißt du.« Ihre Augen glänzten hell und wild. Für jeden Augenblick, den sie hier bei ihm saß, verspürte sie ein seltsames Flattern in ihrer Brust, fast so, als stände ihr ein Herzanfall bevor. Sie legte die Hand auf die Türklinke.

»Nicht«, sagte er, berührte leicht ihre Hand und nahm sie schnell wieder, »du brauchst keine Angst vor mir zu haben.«

»Das glaubst du doch selber nicht.« Aber er hatte ins Schwarze getroffen, und sie wußte es. Panik stieg in ihr hoch.

Er öffnete das Barfach und reichte ihr einen Bacardi mit Eis.

Sie nahm einen großen Schluck, lehnte sich zurück, schloß die Augen und seufzte.

»Jetzt kannst du gehen, wenn du willst.«

»Ich will nur nicht«, sagte sie gedehnt, »daß du mein Besitzer wirst.«

»Daina, dich kann man nicht besitzen! Ich glaube, das ist der eigentliche Grund dafür, daß ich...«

»Wenn ich mich in dich verliebe, wäre es möglich.«

»Ist es nicht dafür noch ein bißchen zu früh...?«

Sie starrte ihn direkt an. »Meinst du?« fragte sie.

Er wandte sich ab. »Ich bin mir nicht sicher«, sagte er nach einer Weile. »Ich weiß nur, daß ich hierher gekommen bin, um dich zu bitten, zu mir zu ziehen.«

»Einfach so? Ohne Haken und Ösen?«

»Was denn für Haken und Ösen? Meinst du etwa, das soll eine Art Geschäft sein?«

Sie überhörte seine Worte und schloß die Augen. Fast konnte sie das sanfte Schaukeln des Bootes spüren. »Weißt du noch, wie ich dir erzählt habe, daß letzte Nacht etwas passiert ist? Ich hab' Mark rausgeworfen. Ich hab' ihn erwischt... Na, ist auch egal. Er ist ein Schweinehund, und er hat bekommen, was er verdient. Aber ich war ganz schön erschüttert. Fast zwei Jahre lang haben wir zusammengelebt und irgendwie wirkte die ganze Sache immer – stabil, ja. Und mir selbst war nie so recht klargeworden, wie sehr ich mich darauf verlassen hatte. Bis er weg war. Gestern abend war ich allein: eine Fremde in einem fremden Land. Es kam mir so vor, als sei ich ein verwackeltes Foto. Dann kamst du zufällig vorbei, und...« Ihr Kopf fuhr herum. Sie schleuderte ihm einen Blick entgegen, der ihn innerlich erschaudern ließ. »Als wir uns geliebt haben« – sie betonte jedes Wort, als sei's gesperrt gedruckt – »nie hab' ich so deutlich gespürt, daß ich eine Frau bin, nicht sexuell, sondern einfach so. Ich war an meinem Platz, und du an deinem, und...«

»Aber ich habe nichts gesagt, nichts getan, was dich...«

»Nein, das hast du auch nicht. Das alles war eine Verbindung aus mir und – einem Teil von dir, dem Glutofen deiner Kraft. Das macht mir Angst; irgendwie macht es mich kleiner.«

»Nein. Es ist nur deine Angst, die dich kleiner macht, sonst nichts. Komm mit mir nach Haus.«

»Heut abend nicht«, sagte sie und öffnete die Tür.

In dieser Nacht, eingehüllt in eine Bettdecke, träumte ihr von einer längst vergangenen Zeit. Von jenen Tagen in Woodstock. Menschen, so weit sie sehen konnte. Schwingende Fransen und klappernde Perlen, wie das Ticken einer kosmischen Uhr. Haar strömt über starre Augen und nackte Rücken wie die Mähne schweißbedeckter Pferde. Betäubende Haschischrauchluft. Neben ihr liebt sich ungestört durch den Wall aus Menschen ein Pärchen. Ein Mann mit wirrem Pferdeschwanz hebt seinen rosigen, nackten Sohn hoch über den Kopf. Ein klapperdürrer Junge wird über die Köpfe der Menge Richtung Erste-Hilfe-Station weitergereicht: gefühllos rollt sein Kopf hin und her – sein LSD-Trip hatte ihn wohl zu weit weg geführt. Und weiter tobt die Musik, trompetet, zündend in ihrer unerbittlichen Entschlossenheit, den Trotz herauszufordern, entfacht einen Feuersturm in ihrer Seele.

Bilder springen auf, umkreisen sie, während ihr Körper mit dem Dröhnen des Basses wie bei einem Miniaturerdbeben mitschwingt.

Das ganze lange Fest hindurch hat sie für die Menge gekocht, Fremden, die in dieser Kommunenatmosphäre zur Familie geworden waren, zerrissene Jeans geflickt. Sie hatte nur wenig gegessen und gar nicht geschlafen, nun hockt sie inmitten der wogenden Menge, läßt sich von unbegreiflichen Kräften überwältigen. Sie verliert für einen Augenblick das Gefühl des Menschseins, gleitet atavistisch in die Jahrtausende zurück und wird zum Tier.

Plötzlich zerschmettert etwas, als seien alle Spiegel der Zeit heruntergefallen. Sie erhebt sich, erkennt sich als Pünktchen in einer zahllosen Masse, als Teilchen eines pulsierenden Körpergewichtes. Sie sieht nicht nur das Meer der Menschheit, sondern fühlt sich darin so verloren, als ob es kein Ich, Daina, mehr gäbe. Übrig bleibt ein riesiges, siedendes »Wir«. Sie ertrinkt in einer Flut, von deren Existenz sie noch nicht einmal etwas geahnt hatte.

Sie wendet sich um. Die Musik läßt ihre Knochen zittern, als seien sie aus Plastik. Gesichter, Gesichter, eine Sturzflut aus Gesichtern, jedes einzelne ein Regentropfen, und ihr wird bewußt, daß auch sie nur ein Regentropfen ist.

Entsetzt läuft sie davon. Sie läuft einfach weg. Sie läuft. Endlos lange, wie damals, als sie aus Manhattan weggelaufen ist, immer weiter, immer weiter, immer weiter. Schneller und schneller, mit wahnsinniger Geschwindigkeit, die immer mehr zunimmt. Ohne Ende rasen Häuser an ihr vorüber, Menschen, Gesichter, Fenster, Türen, Hinterhöfe. Endlich Bäume, Wind, und über ihr der riesige, blaugraue Himmel. Sie ist erschöpft.–

Heather lag auf den Knien. Sanft hob sie James' Kopf aus der immer größer werdenden Blutlache und bettete ihn auf ihren Schenkel. Ihre Arme waren rot verschmiert.

»James«, flüsterte sie, »o James, wie konntest du nur etwas so Blödes anstellen?«

Er öffnete seine Augen, große blaue Augen, und versuchte, sie anzulächeln. Er bewegte seine Lippen, aber außer einem seltsamen erschreckenden Zirpen, das nur entfernte Ähnlichkeit mit einer menschlichen Stimme hatte, kam nichts heraus.

Rachel versuchte, sich mit den Fäusten zu ihnen durchzuarbeiten; aber Malaguez packte sie von hinten an der Bluse und riß sie zurück.

»Es tut mir leid«, sagte Rachel zu Heather, »bedaure.«

Die Terroristen trieben die Leute zusammen: Amerikaner und Franzosen wurden auf dem Plüschsofa zusammengepfercht, den beiden englischen MPs wurden die Handgelenke gebunden. Einer der Terroristen führte das Dienstmädchen und den Butler herbei und stieß beide zornig vor den Füßen der MPs zu Boden. El-Kalaam befahl mit einem Wink vier seiner Männer nach draußen, um das Gelände zu durchkämmen und zu sichern.

»Heather«, kam es krächzend.

»Ach, Jamie.« Der Klang ihrer eigenen Stimme brachte sie wieder zum Weinen. »Du hattest recht: die verlangen ihr Land zurück.« Sie nahm die Hände vom Gesicht und schaute ihn hoffnungsvoll an. »Aber sie haben gesagt, wenn wir mit ihnen zusammenarbeiten, kommen wir schon bald hier raus.«

»Tu das nicht, Heather.«

»Natürlich werde ich das tun«, sagte sie hitzig. »Je schneller dieser Alptraum vorbei ist, desto eher kriegen wir einen Arzt, der dich wieder zusammenflickt.«

»Haben sie dir das gesagt?« Er rührte sich ein wenig in ihren Armen; sein Mund war schmerzverzerrt. »Kümmer dich nicht um mich. Denk dran: Du darfst denen kein einziges Wort glauben!«

In einer Ecke nahe der Haustür blickte ein hochgewachsener, magerer Mann mit buschigem Schnurrbart von seinem gestürzten Landsmann auf und fuhr mit der Hand über die Stirn des verwundeten Terroristen. »El-Kalaam, er fiebert.«

Der Bärtige, der sich mit Malaguez, einem kurzgewachsenen, breitschultrigen, fast kahlköpfigen Mann unterhalten hatte, blickte auf. »Phantasiert er? Wird er Krach schlagen?«

»Es geht schon los«, sagte der andere. »Er kann nichts dafür.«

Ohne ein weiteres Wort durchschritt El-Kalaam das Zimmer, wobei er sich versicherte, daß jede Geisel sehen konnte, was er tat. Er zog ein fünfundzwanzig Zentimeter langes Jagdmesser aus der Scheide. Die Klinge schoß Lichtfunken. El-Kalaam bückte sich, zog ohne Vorwarnung in schneller, wilder Bewegung die Klinge über die ungeschützte Kehle des Verwundeten.

El-Kalaam steckte die Waffe in die Scheide zurück. Dann riß er den Kopf herum. »Ihr beiden schafft ihn raus.«

»Mein Gott«, flüsterte Heather rauh ihrem Mann zu, »er hat gerade einen seiner Leute ermordet.«

»Wundert mich nicht«, sagte James mit belegter Stimme, »ist 'n Profi, Heather. Nimm dich in acht vor dem. Worte sind für Leute seines Schlages nur politische Zweckmittel. Er redet einzig und allein, um seinen Aktionen die Bühne frei zu machen.«

El-Kalaam überblickte das Zimmer. »Das wär's. Rita.«

Die stolz gewachsene Frau war mit drei Schritten bei Heather und riß sie hoch. »Komm mit«, sagte sie grob.

»Wieso?« Heather war verstört. »Sie können ihn doch hier nicht einfach so liegen lassen.«

»Deine Frist mit ihm ist abgelaufen«, meinte Rita. »Was hast du denn erwartet? Daß wir ihn verbinden und euch dann laufenlassen?« Sie lachte musikalisch. »O nein, das werden wir nicht tun.«

»Das ist nicht fair!«

»Fair?« rief Rita. »Fair? Was ist denn fair im Leben? Ist es fair, daß man uns unser Heimatland nimmt? Ist es fair, daß unsere Frauen und Kinder verhungern? Daß unsere Männer von Zionistenschweinen gefoltert und ermordet werden?« Sie schüttelte wild den Kopf. »O nein! Wag' nicht, mir etwas von Fairneß zu erzählen. Die gibt es auf dieser Welt nicht.«

»Ich will, daß jemand...«

Aber Rita hatte Heathers Arm gepackt und auf den Rücken gedreht.

»Schluß! Komm mit!«

El-Kalaam kam zu ihnen herüber. »Was ist hier los?« Er schaute erst Heather, dann Rita an. »Ich hab' dir einen schlichten Befehl erteilt und erwarte, daß er ausgeführt wird.«

»Er wird ausgeführt«, bestätigte Rita fest, »sie hat nur...«

»Überlaß sie mir«, begann er.

»Schwein!« schrie Heather. »Schwein, daß Sie so etwas tun...«

El-Kalaam bewegte sich schnell wie eine Schlange vor, schlug nach ihr und riß sie von den Beinen. »Du Schlampe«, schrie er in höchster Erregung, »was bildest du dir eigentlich ein?«

Heather machte sich von Rita los, begann, ihn abzuwehren.

»Schnitt!« schrie Marion und sprang von seinem Stuhl auf.

»Schnitt!« Er rannte an den Kameraleuten, die Mund und Nase aufrissen, vorüber. »Himmeldonnerwetter noch mal, George, was zum Teufel glaubst du eigentlich, was du hier zu tun hast?«

Marion versuchte, George Altavos, den El-Kalaam-Darsteller, von Daina zu trennen. »George!«

»Wie kommt diese Schlampe dazu, mir 'n anderen Text unterzujubeln!«

Schon ging die Klopperei unter den dreien los, dieweil die anderen wie Statuen herumstanden und darauf warteten, wie es wohl ausginge.

»Das ist meine Nummer!« brüllte George und packte Marion genauso fest, wie er Daina umklammert hielt. »Verdammt noch mal, so haben wir sie geprobt! Und da dichtet die einfach Text dazu!«

»Könntest du dich um Gottes willen endlich beruhigen?« sagte Marion.

Jasmin trennte die drei. Sie spielte die Rita, warf sich plötzlich mit solcher Kraft zwischen Daina und George, daß Marion gezwungen war, Georges Arm zu ergreifen, um ihn zu halten.

»Jasmin«, sagte er keuchend. Die dunkelhaarige Frau nahm Daina am Ellbogen und führte sie aus dem Studio. Hier war Georges Getobe nicht mehr zu hören.

»Dieser Hurensohn!« weinte Daina, riß sich von Jasmin los und rieb sich die Schulter. »Er hat mich geschlagen! Was ist bloß in ihn gefahren?«

In diesem Augenblick erschien Don Hoagland, der Regieassistent. »Tut mir schrecklich leid, Daina«, sagte er. »Was George da gemacht hat, ist einfach nicht zu entschuldigen, nicht zu entschuldigen.« Er schüttelte den Kopf. »Du sollst wissen, daß Marion jetzt bei ihm ist.«

»Klar«, sagte Daina sarkastisch. »Und der hält ihm die gleiche Rede, die du mir hier hältst – kein Zweifel.«

Hoagland schenkte ihr ein kleines Lächeln. Er war Ire mit kurzgeschnittenem, silbernem Schnurrbart und glatt zurückgekämmtem Haar. Er arbeitete mit Clarke zusammen, ja, an jedem Projekt: seiner glatten Zunge wegen. »Aber Daina«, sagte er ruhiger, »das stimmt doch überhaupt nicht.« Er berührte ihre Hand in einer liebenswürdigen, brüderlichen Geste. »In Wirklichkeit ist Marion außer sich. Er hat den Text, den du eingeschoben hast, für völlig passend gehalten. Ich dachte, er wollte bei George nur 'n bißchen Gas wegnehmen.« Hoagland tätschelte ihr den Handrücken. »Mach dir keine Sorgen. Wir nehmen uns den Rest des Tages frei, und morgen früh ist alles vergessen.«

»Besser für George, wenn er dann wieder einen klaren Kopf hat«, sagte Daina. Hoagland lächelte sie an. »Dafür sorgt Marion schon.« Er wandte sich ab. »Du brauchst dir überhaupt keine Sorgen zu machen.«

»Wieder in Ordnung?« fragte Jasmin, als sie allein waren.

Daina wischte sich das Gesicht und schaute sie an, als ob sie sie zum erstenmal sähe. »Aber sicher, klar.« Dann lächelte sie. »Danke, daß du dich zwischen uns geworfen hast.«

»Vergiß es. Ich glaube, eigentlich war es meine Schuld, daß die ganze Geschichte heute explodiert ist. Tut mir wirklich sehr leid.«

»Du meinst, so was wird noch mal vorkommen?« fragte Daina und wischte sich erneut übers Gesicht.

»Weiß ich nicht. Aber ich glaube, es hängt 'n bißchen von mir ab. Laß uns nach draußen gehen, hier drinnen ist es noch immer nicht geheuer.«

Sie gingen durch den abgedunkelten Teil der Tonbühne mit ihren schlangenartig gewundenen Kabeln und den gestapelten Gerätschaften. Helles Sonnenlicht traf sie, als sie die schwere Metalltür öffneten und die Betonrampe zum hinteren Parkplatz hinuntergingen.

»In meinen Wohnwagen, oder in deinen?«

Daina lachte. »Ich hätte gern ein bißchen von dem schauerlichen Kaffee.« Gemeinsam gingen sie zu dem riesigen Lastwagen hinüber, an dessen offenen Seiten Speisen und Getränke ausgegeben wurden.

Sie nahmen die Tassen mit in den Schatten und starrten hinaus auf die schier endlos an ihnen vorüberziehende Schauspielerparade mit und ohne Kostüm.

»Folgendes steckt dahinter«, sagte Jasmin nach einer Weile, »George und ich haben Schluß gemacht. Letzte Nacht bin ich ausgezogen.«

Jeder wußte, daß George und Jasmin zusammengelebt hatten.

»Was ist denn passiert?«

Jasmin zuckte die Achseln. »Ich hatte genug von ihm. Sein Gehechel und Gestöhne, ob er nun bei der Arbeit einen hochkriegt oder nicht; seine Ungewißheit darüber, ob er älter wird und die Haare einbüßt. Wo sind schließlich all die Hauptrollen geblieben?« Sie schaute zuerst Daina an, dann zur geschäftigen Menge hinüber. Dann heftete sie den Blick auf ihren Kaffee. »Teufel auch«, sagte sie. »Ich weiß nicht, warum ich dauernd lüge. Schätze, aus Angewohnheit.«

Daina sah sie an. »Du schuldest mir keine Erklärungen, Jasmin.«

Jasmin lächelte. »Dir vielleicht nicht, aber mir selbst.«

Sie legte ihre nervösen Hände auf das Geländer, an das sie sich gelehnt hatte. »In Wirklichkeit haben wir – George und ich – einen Handel abgeschlossen. Wenigstens habe ich das als Handel empfunden. Er wollte mit mir ins Bett, und ich wollte die Rolle in *Heather Duell*.« Sie zuckte die Achseln. »Ganz einfach, nicht? Jeder macht so was doch mal. Wir haben beide gewonnen.« Sie seufzte. »Ich wollte nicht, daß ein anderer dabei zu Schaden kommt.«

»Na, aber einen Kontrakt hast du doch nicht unterschrieben«, sagte Daina. »Ich meine, Menschen sind Menschen und keine Gegenstände. Sie haben Gefühle, und was sie in einer bestimmten Situation sagen, das meinen sie auch so. Aber Gefühle verändern sich: schließlich sind wir nicht aus Stein.«

»George auf keinen Fall«, sagte Jasmin traurig. »Er ist in mich verliebt.« Sie wandte sich an Daina. »Ich wußte bis vorhin gar nicht, wie sehr ich ihn verletzt hatte, Daina. Ich wollte das nicht, aber es ist trotzdem passiert. Als ob wir beide völlig außer Kontrolle geraten wären. Als ob wir beide auseinandertreiben.«

»Und was empfindest du für ihn?« fragte Daina und dachte an Rubens.

»Ich weiß es nicht, und das ist das wirklich Schlimme an der Sache. Ganz unter uns: Ich hab' getan, was ich tun mußte, und deswegen bin ich jetzt hier und rede mit dir. Unser weibliches Waffenarsenal sieht eben anders aus als das männliche, das ist alles.« Sie lachte kurz. »Bleibt nur eins: Ich bin keine gewissenlose Schlampe. Mir liegt noch was an George.«

»Sag's ihm.«

»Ach, der hört doch jetzt nicht mehr auf das, was ich zu sagen habe.«

»Dann wirst du's immer auf dem Gewissen haben. Ist dir das lieber?«

»Armer George«, sagte Jasmin und blinzelte hinaus in das backofenheiße Sonnenlicht. Vor ihnen entstand Bewegung. Beide starrten sie auf die riesige silbrige Limousine, die auf sie zurollte. Die Fenster waren ebenfalls mit jener silbrigen Substanz überzogen, durch die man nur von innen nach außen, nicht von außen nach innen sehen konnte. Der Kühlergrill bestand aus reinem Acryl. Einige Leute hatten ihre Arbeit niedergelegt und verdrehten die Köpfe. Der Wagen hielt auf Daina und Jasmin zu und stoppte. Geräuschlos senkte sich das Fenster, Musik drang aus dem Innern: kreischende Gitarren, ein wirbelndes Schlagzeug. In der dämmrigen Tiefe des Wagens erkannte Daina Chris' grinsendes Gesicht. Er trug eine Sonnenbrille mit Edelstahlrahmen und fast schwarzen Gläsern. Während er über den Sitz glitt, machte sie seine engen verwaschenen Jeans und ein feuerrotes, seidenes T-Shirt mit schräg aufgestickter schwarz-silberner Gitarre aus.

»Na, beschäftigt, oder was?«

Daina kam zu ihm herüber. »Bist du verrückt? Wie kannst du überhaupt hier rein?«

Er lachte: »Lasset die Kindlein zu mir kommen, und wehret ihnen nicht.« Er blickte sich um. »Nicht gerad' 'n passender Termin, oder? Dreht ihr?«

»Nein, ich hab' heute frei, 's hat etwas gegeben.«

»Prima, steig' ein.«

Jasmin hatte sich neben sie gestellt. Daina stellte sie Chris vor. Er nickte und machte »Hallo«.

»Macht es dir was aus, daß ich mitfahre?« fragte Daina Jasmin. Jasmin schüttelte den Kopf und lächelte. Daina öffnete die schwere Wagentür und stieg ein. »Bis später«, sagte sie zu Jasmin, während Chris mit einem Knopfdruck das Fenster hinaufgleiten ließ. Sie lehnte sich zurück in dem weichgepolsterten Sitz, der sie wie eine Hand umfaßt hielt. Eine dunkle, irisierende Glasscheibe trennte sie und Chris vom Fahrer. Sie sahen das Studiogebäude vorübergleiten. Es schien, als blickten sie durch eine Super-Sonnenbrille: alle Farben wirkten gedämpft; grüne Schatten verhängten das Sonnenlicht, überdeckten die Wirklichkeit.

Daina beobachtete Chris, während sie den schwer bewachten Eingang passierten und auf die Autobahn zuhielten. Sein dunkles Haar war ungekämmt, seine Nase hob sich scharf wie eine Rasierklinge ab. Schwer zu schätzen, wie alt er wirklich war – Ende Dreißig?

»Na?« Er grinste und schnippte mit den Fingern, als ob er mit einer Musik Takt hielt, die nur er allein hören konnte. Die Muskeln seines Bizeps ballten sich unter dem dünnen T-Shirt. Das Röhren der vollelektronischen Rockmusik hatte schon lange aufgehört; geblieben war lediglich das schwache Flüstern des schweren Wagens.

»Du bist aber früh auf«, sagte Daina. Und dann: »Wo ist Maggie?«

»Zu Hause«, sagte er, noch immer fingerschnippend, »vielleicht auch aus.« Er zuckte die Achseln. »Nur du und ich, sturmfreie Bude.« Er schaute eine Zeitlang auf das schweigende Band des Verkehrs hinaus, durch welches sie hindurchglitten wie ein eleganter Hai durch einen Schwarm ängstlicher Fische. »'s macht dir doch nichts aus«, sagte er und drehte sich um, »daß Maggie nicht da ist, oder? Ich meine...« Er breitete die Hände aus, drehte die Handflächen nach oben. Daina lächelte. »Nein, das macht mir nichts. Ich muß sowieso mal 'ne Zeitlang aus dem Studio weg.«

»Genau. Klasse.« Er schüttelte den Kopf, und sein dichtes Haar wirkte wie die Mähne eines mythologischen Fabelwesens. »Echt, freu mich, daß du mitkommst.«

Er wirkte irgendwie verlegen, und Daina dachte: Himmel, er will doch nicht etwa Maggie verlassen! Nicht jetzt. So ein Geständnis will ich nun wirklich nicht hören.

Daina war kurz davor, ihn zu fragen, ob er irgend etwas auf dem Herzen hätte, als er heraussprudelte: »Also, was hast denn du von der letzten LP gehalten?«

Daina starrte einen Augenblick aus dem Fenster. Der Verkehr hatte, seit sie sich dem Pazifik näherten, nachgelassen. Sie fragte sich, ob sie ihm wohl die Wahrheit sagen sollte. Bei allen Künstlern ist es schwierig zu beurteilen, was sie wirklich hören wollen. Viel zu viele gierten geradezu danach, sich mit glatten Lügen zufriedenzugeben; sauberen Alibis, um in ihrem Traumland zu überleben. Aber: wer war Chris eigentlich?

Wen interessiert es, was er hören will? sagte sie sich. Pech, wenn er sich über das aufregt, was ich sage. Aber anlügen werde ich ihn nicht.

»Um dir die Wahrheit zu sagen: Ich war enttäuscht.«

»Ja?« Er betrachtete sie gleichgültig. »Erzähl' mal, warum.«

»Na gut. Ich glaube, du hast solches Zeug schon mal gemacht. Und viel besser. Songs wie ›Face on the floor‹. Komm, das ist doch nur ein Wiederkäuen alter Ideen. ›Barroom Blitz‹ ist viel besser, und das hast du wann geschrieben? Vor zwei Jahren?«

»Drei.«

Eine Zeitlang herrschte Stille. Sie wanden sich die Pacific Palisades hinab auf die Küstenautobahn zu.

»Chris – es tut mir nicht leid, daß ich das gesagt habe. Du hast mich gefragt, und...«

»Schon in Ordnung.« Er machte eine Handbewegung. »Freu' mich eigentlich, daß du's gesagt hast.« Er wandte ihr den Kopf zu. »Weil – hab' die ganze Zeit das gleiche gedacht. 's rumorte mir immer wieder im Schädel.« Er schnaufte verächtlich. »Echt, die neue LP wird Scheiße. Willst' wissen warum? Kalter Kaffee – frisch aufgewärmt. Hab' den tumben Typen immer wieder gesagt, sie sollen aufhören, rumzugammeln. Aber es nützt nichts. Die neue LP is' wieder was für'n Arsch. Die haben doch nix im Kopf...«

»Was meinten denn die anderen?«

Er rieb sich mit den Handflächen über die Schenkel. »Zuerst hab'n die mich überhört. Aber ich konnt' die Klappe nicht halten, und da gab's Zoff – über so blöde Kleinigkeiten, ob die Puppen mit ins Studio dürfen, wo doch alle wissen, damit is' nicht. Eisernes Gesetz. Aber – echt, hab' Rollie eines Abends mit'm Kopf ans Schlagzeug gedonnert. Zwei Ingenieure hatten ganze Arbeit, uns wieder auseinanderzukriegen.«

»Und Nigel? Ihr beiden seid doch gute Freunde.«

»Nigel«, lachte Chris, »und ob. Is' mir wirklich 'ne große Hilfe. Der zieht sich so viel in die Nase, daß er nicht mehr weiß, ob er noch drinnen oder schon draußen is'. Jedesmal, wenn ich versuch, ihm zu sagen, wo's langgeht, kommt diese Scheißtype Tie und steckt ihre Nase rein. Wie üblich, von Anfang an.« Er verschränkte vor sich seine großen, langfingrigen Hände. »Es geht nicht mehr mit der verdammten Musik, Dain. Echt, ich sag's dir...«

»Chris, sollte dein Manager nicht Ordnung in dieses Durcheinander bringen? Schließlich ist er es doch...«

Chris legte den Kopf zurück und lachte sardonisch. »Nee, Kindchen, nee. Benno is' doch der verdammte Urheber. Hab' ihn schon vor Wochen gesprochen, als mir all diese Scheiße entgegengeschwommen kam.« Chris griff in seinen Stiefel und zog einen Joint heraus, zündete ihn an, inhalierte und bot ihn Daina an. Sie lehnte ab. Er fuhr fort: »Hast' Benno nie kennengelernt, wa? Na, er kann 'ne Kobra dressieren, daß sie ihm aus der Hand frißt, wenn er will. Echt. Trotzdem, hab' mich mit ihm hingesetzt, hab' ihm alles erzählt. Er hat versprochen, sich zu kümmern. ›Aber Geduld mußt du schon haben‹, sagt er, ›du weißt ja, wie sie alle sind, Chris, gehen auf'n Trip. Deshalb brauch' ich Zeit. Das weißt du ja.‹ Also, ich warte, wie 'n Idiot erster Klasse. Dann kommt Nigel rein. Hat die teuflischsten Texte bei sich, die ich je gehört hab'. Hörte sich so an, als hätt' er alle Ideen aus unser'm letzten Album rausgeklaut. Ich steh' da mit'm Schwanz in der Faust und zehn Arrangements für die Arbeit im Studio, die nich' mal losgehen kann. Verdammte Scheiße!«

Sie bogen an der rechten Seite der Autobahn in eine Ausfahrt ein. Chris beugte sich vor, hämmerte mit den Fäusten an die Trennwand und brüllte: »Nicht da lang, verdammt noch mal. Ins polynesische Lokal hab ich gesagt!« Der Wagen schwenkte in den dünnen Verkehr zurück und gewann an Tempo.

»Genau da ging's los«, fuhr Chris fort, als ob es keine Unterbrechung gegeben hätte. »Klar, die spielen alle verrückt, wie echte Idioten. Kommt also Nigel eines Nachts zu mir, sagt mir, Benno ist vergrätzt, weil wir im Studio mit der Zeit ganz hinten hängen, und falls wir die verdammte LP nicht pünktlich rauskriegen, würden wir den Termin zum Start für die Tournee verpassen – du weißt ja, wie gern die auf Tournee gehen. Laß 'ne Single los, kurz bevor die Tournee steigt, und schmeiß sie den Fans an den Kopf, wenn du ein Teil durch hast. 's Geschäft muß laufen, klar, Kindchen. Also hab' ich gesagt: ›Du bist ja schwachsinnig. Wenn du, verdammte Kiste, deinen Job getan hätt'st, hätten wir die Songs und könnten das Ding fertig kriegen. Statt dessen kommt hier jeder mit 'ner eigenen Meinung, und das Ganze wird 'n totaler Flop!‹ ›Hast recht, Chris, du bist es, der hier 'ne Meinung von sich gibt. Wir haben diese Masche, Mann, und die bringt uns 'nen Riesenhaufen Mäuse, immer wieder.‹ Zeigt doch tatsächlich mit'm

Finger auf mich. ›Keiner in der Band will das ändern. Wir machen weiter die Musik, die wir immer gemacht haben, bis uns die Fans sagen, wir können die nicht mehr hören. Dann ist erst aus, klar?‹«

Sie näherten sich einem langen, niedrigen, strohgedeckten Gebäude auf der Seeseite der Autobahn. Der Wagen hielt, wartete darauf, daß die Straße frei würde, und fuhr dann in graziösem Bogen in die rauhe Kieseinfahrt ein. Der Chauffeur, ein älterer Mann mit pockennarbigem Gesicht und Hängebacken, öffnete ihnen die Tür. Sie stiegen aus und gingen die breite, dunkelgebeizte Holztreppe hinauf, vorbei an den beiden drei Meter hohen geschnitzten Ahnen-Göttern, die den Eingang bewachten.

Drinnen war es mitternachtsdunkel. Eine hellhaarige Frau in blaugrünem Sarong kam ihnen entgegen und führte sie durch den Hauptsaal mit seinen künstlichen Graswänden auf eine verglaste Terrasse hinaus. Eine Hängematte baumelte von der schrägen Decke herab. Die Frau brachte sie an einen Tisch, von dem aus man den Pazifik sehen konnte. Die Gischt, zögernd in die Luft geschleudert, fing das Sonnenlicht ein und besäte die See mit winzigen Regenbogen, körperlosen Brücken ins Nirgendwo.

Daina wartete, bis die Drinks kamen – Mischungen aus Rum und Fruchtsaft, die in halbierten Kokosnußschalen serviert wurden –, dann nahm sie das Rührstäbchen aus braunem Plastik heraus und bog es an der Tischkante.

»Chris, ich muß dich etwas fragen. Warum hast du eigentlich nicht mit Maggie über die Angelegenheit gesprochen?«

»Woher weißt du, daß ich nich mit ihr gesprochen hab'?«

»Dann hättest du doch nicht mit mir darüber geredet«, sagte Daina. »Für so etwas braucht man doch keine Meinungsumfrage.«

Chris lächelte dünn und nippte an seinem Drink. »Stimmt schon.« Er legte die Hände flach auf den Tisch, so daß sie die Speisekarten bedeckten. »Kuck mal, Dain, versteh' mich jetzt nicht falsch. Ich liebe Maggie, echt. Aber manchmal, na, da schafft sie's einfach nicht, über ihren Schatten – du weißt ja, wie sie auf Musik steht. Ist einfach nich der Typ, der 'n Wurm im Apfel findet. Sie sieht nichts, verstehst du?«

Daina verstand. »Woher willst du wissen, daß ich die Probleme verstehe?«

Er nahm ihr das Rührstäbchen ab, zerbrach es in zwei Stücke und zuckte die Achseln. »Hab's nur so im Gefühl. Um die Wahrheit zu sagen...« Er grinste wie ein Kind.

»Was ist daran so komisch?«

»Na, als Maggie dich mir vorgestellt hat, hab' ich mich gleich wieder an dich erinnert.«

»Erinnert? Wir hatten uns doch noch nie gesehen.«

»Nein, aber ich wußte, daß *ich* dich schon mal irgendwo gesehen hab'. In Woodstock.«

Daina lachte. »Das ist doch völlig verrückt. Da waren doch mehr als 'ne halbe Million Leute. Wie konntest du da...«

»Du standest da unten, direkt vor uns. Ganz in der Nähe der Bühne. Und zu blöd: weißt du, erinner' mich noch dran, wie ich dachte: Verdammt, wie is' diese Schnepfe da an die schwarzen Jeans gekommen? Hatte nach so 'ner Hose gesucht, seit ich in Amerika bin.«

Er rieb sich die Nase. »Wir sind spät drangekommen, am dritten Tag. War'n Sonntag, glaub ich. Ja, genau. Da hat's irgendwelchen Ärger mit dem Management vom *Airplane* gegeben. Genau.«

»Ich komm' nicht mehr mit. Du erinnerst dich nur wegen meiner Jeans an mich?«

Er grinste. »Erzähl' mir nicht, daß du's vergessen hast. Mann, gerade als wir mit der ersten Nummer loslegten, da standest du auf, hast den Pulli ausgezogen und...«

»Richtig! Jetzt fällt's mir wieder ein!«

Chris lachte. »Wie hätt' ich denn dann so 'ne tolle Figur vergessen können?«

»Ich wollte, ich könnte sagen, daß ich all des Friedens und der Liebe wegen dagewesen wäre.«

Er schaute sie merkwürdig an. »Was spielt denn das für 'ne Rolle, weswegen du da warst?«

»Für mich war das 'ne schlimme Zeit. Ich rannte damals vor allem, dem ich mich nicht stellen wollte, weg. Wenn die Bands spielten, dann konnte ich nur an ein Klavierstück denken, das sich mein Vater immer angehört hatte. Als ich noch klein war, bin ich mit dieser Musik im Ohr eingeschlafen. Ich mußte immer weinen. Später hat mich das Stück an ihn erinnert.«

»Was is' 'n das für'n Stück?«

»Maurice Ravels ›Pavane pour une infante défunte‹.«

Chris nickte. »Ach so, kenn' ich. In Soho bin ich mal 'nem alten Franzosen über 'n Weg gelaufen. Hat die ganze Zeit Gin gesoffen, aber er hat mir beigebracht, wie man 'n bißchen Klavier spielt. Hat die ganze Nacht Pavane gespielt. Heulte dabei ins Glas. ›Quel triste‹, sagte er dann immer zu mir, ›Quel triste‹. Armes Schwein. Der...«

»Hallo, Chris Kerr! Ich kann's kaum glauben!«

Sie blickten beide auf und sahen ein fleischiges, hängeschultriges Individuum, dessen breiter, abstehender Schnurrbart am unteren Rand von Nikotin gelb gefärbt war. Sein langes, fettiges Haar war im

Nacken zu einem Pferdeschwanz verknotet. Er trug fleckige, verblichene Jeans und ein Sweatshirt, dessen Ärmel an den Schultern abgeschnitten waren, mit dem Aufdruck ›San Diego State‹.

»Chris Kerr, na so was. Ist ja 'n dolles Ding!« Sein Lächeln bestand aus braunen Zähnen und gerötetem Zahnfleisch. Daina übersah er völlig. »Ich bin Mike Bates. Das weißt du doch noch, Mann. Wir haben uns in New York hinter der Bühne kennengelernt, in der Academy of Music – das ist jetzt das Palladium, das weißt du doch noch. Das war damals, so sechsundsechzig, im Winter, Mann. Ihr Jungs wart noch nichts. Ihr kamt an zweiter Stelle hinter Chuck Berry.«

»Glaub' nich, daß ich mich erinner'.«

»Aber klar doch.« Sein Lächeln war zu einem Grinsen geworden. »Sauberes Gras aus Jamaika. Eins-A-Zeug.« Er machte die Bewegungen des Haschrauchens.

»Wir sitzen grad beim Mittagessen, klar? Wir diskutieren...«

»Daß ich dich jetzt einfach so treffe«, unterbrach Bates. »Mann, es muß mir vom Karma eingegeben sein.« Er drehte an seinem breiten, ledernen Uhrarmband. »Mann, damals war wirklich Winter. Schnee auf den Straßen, kälter als im Loch. Ihr Jungs wart hier drüben noch auf Null. Aber wenn man dich jetzt so sieht...« Er legte die Hände auf die Rücklehne eines Stuhles am Nebentisch. »Ich, ich hab' damals nicht viel gemacht, und jetzt« – seine fleischigen Schultern hoben sich und sackten wieder in sich zusammen –, »jetzt ist es immer noch ungefähr dasselbe.« Er zog den Stuhl herüber. »Ich deale so 'n bißchen rum: es bringt nich' viel, aber wenn du...«

»Hör mal«, sagte Chris, »ich sagte dir ja, stecken mitten in 'ner wichtigen Diskussion...«

»Ach so, aber, Mann, ich will nur 'n paar Minuten deiner kostbaren Zeit in Anspruch nehmen. Versprech' ich dir.« Er setzte sich. Der Stuhl ächzte unter seiner Masse. »Ich hab' 'ne Idee, an der ich schon 'ne ganze Weile brüte. Ist schon alles ausgearbeitet...«

»Bist du schwerhörig?« Daina spürte, wie Chris die Spannung durchflutete.

»Mensch, Junge, alles, was ich noch brauche, damit die Sache rollt, sind 'n paar Mäuse. Du hast doch soviel Piepen, daß du sie verbrennen könntest, Chris, weiß ich genau. Ich brauch' nur 'ne kleine Finanzspritze.«

»Es langt«, sagte Chris, packte den Mann im Nacken an seinem Sweatshirt und riß ihn hoch.

Daina schob den Stuhl zurück, rannte zum Terrasseneingang und rief den Manager. Augenblicke später erschien er zusammen mit einem vierschrötigen mexikanischen Rausschmeißer. Der Manager schnippte mit den Fingern, und der Mexikaner stieg auf Fußspitzen die Stufen hinunter.

Der Manager rief ihm schnell etwas auf spanisch zu, und der Mexikaner streckte seine beiden breiten, kurzfingrigen Hände aus, packte Mike Bates mit stählerner Umarmung an den Schultern und riß ihn so wild zurück, daß Daina dessen Zähne klicken hörte.

Chris sprang vor. Seine Finger vergruben sich in Bates' Brust. Daina ging auf die beiden zu, und schob sich trotz der scharfen Warnung des Managers zwischen die Akteure, umfaßte Chris' Handgelenk. Sie stand sehr nahe vor ihm und spürte seinen keuchenden Atem.

»Chris«, sagte sie leise und legte mehr Kraft in ihren Griff. »Laß ihn los. Laß das den Mexikaner machen. Sie schmeißen ihn raus, Chris.« Es hörte sich an wie die sanften Worte, mit denen eine Mutter ihr Kind beruhigt. »Sie schaffen ihn raus, sobald du ihn losläßt. Na, komm schon.«

Er ließ zögernd los. Der Mexikaner hievte Bates in die Höhe und schleifte ihn mit Gewalt von der Terrasse weg.

»Arschloch!« schrie Bates. »Was sind bei dir denn 'n paar Tausender? Damals, sechsundsechzig, als wir zusammen gehascht haben, hast dich nicht so aufgeführt, du blödes Arschloch!«

Der Mexikaner hatte ihn durch die Dunkelheit des Restaurants zur Vordertür hinausbefördert.

»Das tut mir wirklich sehr leid«, sagte der Manager händeringend. Er versuchte zu lächeln, schaffte es aber nicht ganz. »So muß es wohl sein, wenn man ein Star ist?« sagte er zur Entschuldigung. Er strich sich das dunkle, ölige Haar glatt. »Bitte, denken Sie nicht allzu schlecht von uns. Essen Sie. Essen Sie! Auf Rechnung des Hauses.« Er drehte sich um, schnippte mit den Fingern. Der Kellner erschien.

»Scheißparasiten«, sagte Chris, als Daina ihn wieder zum Tisch führte. »Die Typen treffen dich ein einziges Mal, dann glauben die, bist denen 'n Leben lang was schuldig, Mensch, können die mich auf die Palme bringen.«

Das Essen kam, eine Platte voll dampfender, halbgeschälter Langusten, Rippchen mit Soße, so glänzend wie roter Lack; süß-saures, gebratenes Wonton, gebratene Ente, gebratener Reis. Es folgten Drinks in halben Kokosnußschalen. Der Tisch quoll über, und noch immer wachte der Manager diskret im Schatten stehend über sie. Er schnippte etwas mit den Fingern, und die Kellner kamen und gingen wie die Besen des Zauberlehrlings.

»Mensch«, sagte Chris nach langer Zeit, als er das letzte abgenagte Rippchen auf den Knochenberg warf, den er aufgebaut hatte, »ich häng' vielleicht in der Scheiße.«

Daina stellte ihre Kaffeetasse ab. »Du redest, als ob du nichts mehr ändern könntest. Die Lösung ist doch ganz einfach: Wenn es dir in der Band nicht mehr gefällt, dann steig' aus.«

Er schaute sie an. »Das is' das erste, was mir Maggie auch gesagt hat.« Er wischte sich die fettigen Lippen an der zerknüllten Papierserviette ab. Der Kellner begann abzuräumen.

Als sie wieder allein waren, sagte Chris: »Hätt' nie gedacht, daß ihr beiden die gleiche Meinung haben könntet. Maggie is' ja eigentlich 'n Kind.« Er machte eine vage Geste. »Du bis' nich so naiv, Daina. Du weißt, nichts is' so einfach. In diesem Leben nicht.«

»Willst du damit sagen, daß du nicht aussteigen kannst? Jeder Vertrag kann gebrochen werden.« Chris schwieg, schaute aus dem Fenster. Das Blau des Pazifik war im strahlenden Geglitzer der Sonne verschwunden. »Ich will nur wissen, Chris, was du tun willst.«

»Wenn ich könnte, wie ich wollte, meinst du?«

Sie nickte.

Sein Blick war verschlossen, wodurch sein Gesicht einen irgendwie traurigen Ausdruck bekam. Es tat ihr weh, ihn so zu sehen. Jetzt war er ein ganz anderer Mensch, nicht mehr der laute, überschwengliche Popstar, der zum Geschrei aus fünfzigtausend heranwachsenden Kehlen auf der hohen Bühne herumtanzte.

»Weiß es nicht«, sagte er nach einer Zeit, die Daina sehr lang vorkam. Er war in Gedanken weit weg. »Will die Band nicht verlieren. Wir sind 'n Team, Freunde, die ich so an die fünfzehn Jahre kenne. Die, die sich an einen ranhängen, kommen und gehen, bringen ihr eigenes Hasch mit, damit sie in der Nähe bleiben dürfen. Die gehören sozusagen zum Geschäft, klar? Nach 'ner Weile wird's so, daß man sie wie'n Blutegel einfach abreißen kann. Die glauben, die dürfen mal ins Geschäft reinkicken, aber is' nicht. Keiner von uns würd' die reinlassen; dazu sind wir zu einzigartig.« Er lachte kurz. »Manchmal glaub' ich, daß wir deshalb bloß so komisch sind, so abartig. Is' wie 'ne Inzucht. Aber direkt in der Band, da lieben wir uns richtig... Die Jungs lieben mich mehr, als mich jemals Mama oder Papa geliebt hat. Will, daß wir alle zusammenbleiben, für immer. Weißt du: wir gegen die ganze Welt, war's von Anfang an, aber« – er ballte die Faust – »ich weiß, irgendwo is' da was schiefgelaufen. Weiß nich, was, aber ich fühl's.« Er starrte ihr direkt in die Augen, und sie spürte, wie ein seltsamer Schauder der Vorahnung ihren Rücken hinunterlief. »Es ist was, das Eigenleben hat; wir können's nich mehr beherrschen, und 's frißt uns auf.« Er zitterte vor innerer Anspannung, die Daina sofort begriff. Bei ihr baute sich der emotionelle Druck, kurz bevor sie vor die Kamera trat, auf. Es fing in den Beinen an; die Muskeln zuckten und zitterten, und wenn der Krampf das Knie erreichte, war es an der Zeit, hinauszugehen.

Plötzlich schlug Chris mit der flachen Hand so hart auf den Tisch, daß der Kaffee aus Dainas Tasse schwappte. »Mensch!« schrie er. »Weißt du, was wir machen? Hab' doch 'n Feuerstuhl, die Harley, im Kofferraum.« Er grinste breit, war wieder der sorglose Junge. Er packte ihre Hand. »Komm, wir dreh'n mal 'n paar Runden.«

Und draußen, hoch über der langsam perlenden Weite der See, rasten sie auf dem blutroten Motorrad dahin. Der ausladende Mittelteil der Maschine wirkte wie ein Reflektor und intensivierte noch die Farbe der Metallverstrebungen. Der mächtige Motor dröhnte und vibrierte zwischen Dainas Beinen, ihre Arme lagen um Chris' Taille. Sie spürte die straffe Härte seiner Muskeln. Nur kurz dachte sie an Maggie, die sich weigerte, die schwere Maschine zu besteigen.

Ihre Brüste preßten sich gegen seinen Rücken; der warme Wind riß an ihren Wangen, als ob er neidisch wäre, ließ ihr langes Haar flattern und fächerte es wie eine Muschel auf. Die Sonne lag heiß auf ihren nackten Armen und spritzte erbarmungslos in ihre zusammengekniffenen Augen wie geschmolzenes Gold.

Chris ließ den Motor aufheulen. Die Harley sprang vorwärts wie eine lebendige Stute, trug beide schneller und schneller dahin, als ob sie die Zeit selbst abstreiften. Die Küstenlinie verschwand, bildete nur noch einen verschwommenen Streifen aus Braun und Ocker und Grün und Weiß und Rot. Die Küste selbst war auf ihrem zitternden Körper zur Lichtlanze geworden, zu Energie, die wie Feuer durch ihre Adern brannte. Überschwengliche Lust. Ekstase ohne Ende.

3. Kapitel

Bel Air lag ruhig und still da. So tief im Zentrum konnte sie nicht einmal mehr das nie endenwollende Zischen des Verkehrs auf dem Sunset Boulevard hören. Sie parkte, eben noch außer Sicht, am Anfang zu Rubens breiter, geschwungener Einfahrt. Sie starrte geradeaus auf die hohe Reihe Jacaranda-Büsche, die diesen Teil des Besitzes umgaben; aber was sie wirklich sah, existierte nur in ihren Gedanken: die muskelschwere Skyline New Yorks, die Sonnenuntergang und Sonnenaufgang einatmete und Daina mit der Macht einer Göttin erfüllte. Diese riesige, lebendige Stadt tönte in ihren Gedanken wie ein Siegesschrei auf.

Sie lehnte sich in das kühle Leder des Sitzes zurück, und ihre langen Finger streichelten sanft die Kurve des Lenkrads.

Der westliche Abend nahte, aber sie hörte nur das Echo jenes Schreis, der wie Wein durch ihr Gehirn wirbelte, während sie in Gedanken wieder versuchte, das Innerste der schwerfälligen, granitenen Seele New Yorks zurückzuerobern. Ihr Puls schlug eins-zwei, eins-zwei; winzige Erschütterungen in der Höhlung ihrer Kehle, an der Innenseite ihres Handgelenks. Mark, Mark. Ihr Herz pochte gegen den Käfig ihrer Rippen. Tränen brachten ihre Augen zum Glänzen, und sie biß sich auf die Lippe. Sie dachte: Oh, du Schweinehund!

Abrupt ließ sie den Motor aufheulen, knallte den ersten Gang rein und bog in Rubens' Einfahrt. Das riesige Haus mit seinem orangefarbenen Dach aus spanischen Ziegeln und den weiß verputzten Bögen schien wirklich in weiter Ferne zu liegen.

Zwölf gewaltige Pappeln zischten an ihr vorüber, machten ihre Welt kühl und dunkel. Das flache Gesicht des mexikanischen Gärtnergehilfen sauste vorbei. Er fuhr auf seiner Honda nach Hause.

Maria öffnete die Tür.

»Buenas tardes, Señorita Whitney«, sagte sie und deutete eine förmliche Verbeugung an. »Der Señor spielt gerade ein Tennismatch zu Ende.«

»Ach so«, sagte Daina. »Wer ist bei ihm?«

Maria lächelte. »Niemand, Señorita. Heute spielt er gegen die Maschine.« Sie schloß leise die Tür hinter sich, während Daina ruhig die Halle hinunterging, vorbei an dem gewaltigen El Greco an der linken Wand, dann durch den Bogen ins Wohnzimmer.

Rubens, in weißen Tennisshorts und einem an beiden Seiten mit dunkelblauen Doppelstreifen besetzten Hemd, kam gerade durch die Glastüren im hinteren Teil des Raums herein. Um seine Schultern war ein weißes Handtuch drapiert, über das rechte Handgelenk trug er ein blauweißes Schweißband. Hinter ihm konnte Daina im Glanz der Flurlichter ein Drittel des Swimmingpools im Olympiaformat erkennen. Direkt rechts daneben eine Ecke des Tennisplatzes. Rubens lächelte sie an. »Du bist also doch gekommen.«

»Hast du gedacht, ich käme nicht?«

Er drehte die Handfläche hin und her. »Halb und halb. Ich hab' mit mir selbst eine Wette abgeschlossen.«

Sie kam auf ihn zu. »Welcher Hälfte hast du denn die Daumen gedrückt?«

Er grinste. »Der gewinnenden.« Er ging zur Bar hinüber und mixte ihnen einen Drink.

»Ich glaube, du hast geschummelt.«

Er rührte ihren Bacardi um, ließ die Zitronenscheibe hineinfallen. »Mir selbst gegenüber bin ich immer ehrlich.«

Sie nahm das kalte Glas an sich. »Vor allen Dingen bist du sehr selbstsicher.«

»Das ist Übung«, sagte er und nahm einen langen Zug Stolichnaya. »Früher haben mir die bösen Buben immer Sand ins Gesicht geschleudert.«

Daina lachte. Sie war sicher, daß er nur Witze machte, aber sofort wurde sie wieder nüchtern und starrte in ihr Glas. »Fast wäre ich nicht gekommen.«

Er sagte nichts, nahm eine Zigarette aus einem schlanken goldenen Etui und zündete sie an.

»Ich glaube nicht, daß ich darüber reden will.«

»Ach, komm«, sagte er und trat hinter der Bar hervor. »Warum hast du sonst das Thema angeschnitten?« Er nahm ihren Arm und führte sie die drei Stufen hinunter in die Sitzgrube, wo die riesige saphirfarbene Samtcouch U-förmig geschwungen tief unter der hohen Zimmerdecke stand.

»Okay«, sagte er, als sie sich gesetzt hatten. »Spuck's aus.«

Ihre Augen blitzten. »Jetzt machst du wieder irgendeinen Witz daraus.«

»Tu ich das?« Seine Augen öffneten sich weit.

»Das war doch ein Dialog wie von Raymond Chandler.«

»Das ist noch ein Überrest aus meinem früheren Leben als Philip Marlowe. Ich mach mich nicht über dich lustig.«

Sie schaute ihn einen Augenblick an. »Ich hab Mark rausgeworfen. Er...«

»Das hast du mir schon erzählt.«

»Laß das, und hör' mir jetzt mal zu.«

»Ohne ihn bist du viel besser dran, das sag' ich dir.«

»Warum? Weil er schwarz ist?«

»Das spielt heutzutage keine Rolle mehr.«

»Es spielt doch 'ne Rolle, mach mir nichts vor.«

»Ja, schon richtig. Aber ich wollte sagen, es ist seiner Politik, nicht seiner Hautfarbe wegen.« Er nippte am Drink. »'ne Menge Leute haben sich lange Zeit anstrengen müssen, bis die Fonda ihr Comeback haben konnte.«

»Das hatte aber nichts mit ihrer politischen Einstellung zu tun.«

Rubens hob eine Augenbraue. »Nein? Ach, entschuldige mal. Ich hätte nicht gedacht, daß du so naiv bist.«

»Was weißt du denn schon?«

»Das, was ich dir gesagt habe. Sieh mal, deine Rakete ist doch abschußbereit. Du willst doch nicht, daß jetzt irgendeiner das Kabel durchschneidet. Oder?«

»Nein.« Sie wandte einen Moment den Blick ab. »Aber die Angelegenheit hier, die hat mit uns genausoviel zu tun wie mit Mark und mir. Der Zeitplan ist durcheinander, siehst du das nicht? Ich habe gerade eine lange, intensive Verbindung hinter mir. Und dann kommst du vorbei und gibst mir das Gefühl, daß ich wie ein Pendel bin; daß ich über einer tiefen Grube hin und her schwinge. Ich hab' das Gefühl, als ob ich jeden Moment hineinfalle.«

Er streckte die Hand aus und berührte sie. »Dann denk' nicht mehr an den Mistkerl. Der ist doch immer mit anderen herumgerannt...«

»Nicht«, warnte sie.

»Was ist denn los?« fragte er. »Bist du zu empfindlich, um so was zu hören? Du weißt doch, mit wem er alles geschlafen hat, im Studio und auch bei den Außenaufnahmen. Er konnte ja nicht genug kriegen von diesen abgenutzten...«

»Hör auf!« Sein Gesicht war ihr sehr nah. Sie konnte den Schweißglanz sehen, die kurzen Bartstoppeln. Am deutlichsten aber nahm sie seinen animalischen Geruch auf.

Rubens' Stimme war leise, klang völlig klar. »Was du an Mark Nessiter gefunden hast, werde ich nie begreifen. Aber ich bin froh, daß du ihn rausgeschmissen hast.« Er hob seine freie Hand und drehte ihren Kopf zu sich hin. »Es macht mich krank, wenn ich dein Gesicht jetzt sehe und weiß, daß du noch etwas für ihn empfindest; für diesen Bock, der eineinhalb Wochen damit verbracht hat, die kleine fünfzehnjährige Schlampe rumzukriegen...«

»Du hast es gewußt!« Mit einem wilden Ruck riß sie sich von ihm los und stand auf.

»Moment mal.«

Sie schlug zu, hart und ohne Vorwarnung und hinterließ ein rauhes rotes Mal auf seiner Wange. »Du Schuft! Warum hast du mir das nicht gesagt?«

»Glaubst du wirklich, du hättest mir damals zugehört?«

»Du hast auf mir rumgetrampelt, wie du auf jeder anderen Frau in deinem Leben rumgetrampelt hast. Du hast den Zwischenfall ausgenutzt.« Sie starrte ihn an. »Ich muß wahnsinnig sein. Wirklich.«

Sie drehte sich auf dem Absatz um und ging die Stufen zum Wohnzimmer hinauf, aber dort hatte er sie schon eingeholt.

»Sieh mal – so war es doch überhaupt nicht.«

Sie wirbelte herum und starrte zu ihm auf. »So? Lügner! Du hast also gar nicht gewußt, was passiert war, als du mir im Lagerhaus über den Weg gelaufen bist? Sag' mir das direkt ins Gesicht, und ich spuck dir ins Auge!«

In diesem Augenblick zitterte er, das Blut verließ sein Gesicht – nicht langsam, sondern augenblicklich. Daina spürte, daß sein Körper wie eine Sprungfeder bereit war, und sie wußte instinktiv, daß er auf eine Situation dieser Art nur mit Gewalt reagierte. Deshalb konnte sie nicht anders, nur deshalb hatte sie den Wunsch, ihn weiterzutreiben, ihn zu provozieren, so daß er ihr ein für allemal beweisen mußte, daß ihm wirklich etwas an ihr lag. »Ich meine das ernst, Rubens. Heb dir deine Lügen fürs Geschäft auf. Du bist so daran gewöhnt, Frauen um den Finger zu wickeln, daß du vergessen hast, daß sie menschliche Wesen sind. Nun, ich bin ein menschliches Wesen, verdammt noch mal. Und ich hab's nicht gern, wenn ich angelogen werde. Begreif endlich: Mich kannst du nicht so behandeln.«

Die Luft zwischen ihnen war bleidick geworden. Es war, als ob die ganze Welt sich um diesen einen Punkt drehte, so zerbrechlich war der Augenblick.

»Na gut«, sagte er nach einer Ewigkeit. »Am Anfang wußte ich auch nichts. Zehn Minuten nachdem es passiert war, hab ich dann aber einen Anruf bekommen.«

»Schönen Dank auch«, sagte sie.

»Moment mal! Du hast gesagt...« Er packte sie am Arm, aber sie warf ihm einen Blick zu, der ihn veranlaßte, sie sofort wieder loszulassen. »Vielleicht müssen wir beide manchmal besser zuhören, was? Vielleicht ist das ein Teil des Problems.«

»Ich werde jedenfalls nicht hier rumstehen und mir deine Ausreden anhören.« Sie wandte sich ab. »Du hast dich selber so gut zum Lügen erzogen, daß du's gar nicht mehr merkst, wann du lügst. Und die Wahrheit hat deshalb für dich auch keine größere Bedeutung. Zählen tut nur das, was im Augenblick für Rubens am besten ist. Herrgott, ich weiß überhaupt nicht, wie ich bei so einem irgend etwas fühlen konnte...«

»Was kann ich tun, um dich vom Gegenteil zu überzeugen?«

Sie warf ihm ein brüchiges Lächeln zu. »Oh, dabei kriegst du von mir wirklich keine Hilfe.«

»Und jetzt willst du einfach gehen.«

»Warum nicht? Hier ist für mich nichts mehr zu holen.«

»Wenn du jetzt gehst, dann wirst du nie genau über mich Bescheid wissen.«

»Glaub mir, Rubens, ich weiß schon Bescheid.«

»Und ich möchte noch immer, daß du zu mir ziehst.«

»Wirklich?«

Es entstand ein eigenartiges, gespanntes Schweigen. Es war, als ob sie beide in einem blätterbeschatteten Tal ständen, nicht nur ihrer Kleider, sondern auch der sorgfältig kultivierten Oberflächenschicht der Zivilisation beraubt. Eine urzeitliche Spannung durchzog die Luft. Nur ihre Augen machten winzige Bewegungen. Ihre Nasenflügel weiteten sich, nahmen Witterung auf. Und im nächsten Augenblick würden sie die Zähne blecken und einander anknurren.

»Du willst ja nicht eigentlich weg, Daina.« Seine Stimme hatte einen stählernen, schneidenden Klang angenommen, wenn sie auch nicht direkt eine Drohung enthielt.

Daina wußte ganz genau, was er meinte. Sie hatte genug von seinen Einschüchterungen. Es war ihr bewußt, wie sehr sie sich die Rolle in *Heather Duell* gewünscht hatte, aber sie war jetzt innerlich auch in dem, was sie tun würde, fest entschlossen. Wie viele Millionen waren denn schließlich schon in diesen Film investiert? Zu viele, als daß er ihr erlauben konnte, einfach auszusteigen. Einschüchterung war nur eine seiner Taktiken. Aber genau wie er vor einem Augenblick davon Abstand genommen hatte, sie zu schlagen, so würde er auch jetzt zurückweichen.

Und wenn es doch kein Bluff ist? fragte sie sich. Die Macht hat er. Er könnte es tun. Was würde dann aus mir werden? Wenn ich ein Mann wäre, dann wäre es dazu nie gekommen. Macht. Alles was mir fehlt ist Macht.

Sie schwankte einen Augenblick, aber ein letzter Gedanke festigte sie wieder: Wenn ich es diesmal zulasse, daß er mich kleinkriegt, dann passiert es noch einmal und noch einmal, und ich komme nie wieder raus aus dem Teufelskreis. Ich werde nie wieder die Macht dazu haben.

»Du wirst mich nicht aus diesem Film rauswerfen.« Es ist meine einzige Verteidigungsmöglichkeit, dachte sie.

Rubens Gesicht war so ausdruckslos wie eine Maske. »Du wünschst dir diese Rolle allzusehr, Daina. Du brauchst sie regelrecht.«

»Eher gehe ich die Straße runter, zu Ted Kessel. Du hast die ganze Angelegenheit nur dazu benutzt, um mir den Teppich unter den Füßen wegzuziehen.«

»Na gut.« Seine Stimme hatte einen eigenartigen Unterton. »Ab sofort spielst du im Film nicht mehr mit.«

Einen Augenblick glaubte Daina, ihr Herz hätte aufgehört zu schlagen. Hatte sie sich verhört? Träumte sie? Aber nein. Sie hatte ihn falsch eingeschätzt, ihn zu weit getrieben.

Sie wandte sich von ihm ab, ging durch den langen, hohen Raum zur Halle hinüber. Sie konnte den alten Mann sehen, den El Greco sich zum Modell gewählt hatte, und dessen übertrieben langes Gesicht ihn viel weiser aussehen ließ. Die ruhigen Augen dieses alten Mannes beobachteten sie. Ihr brach fast das Herz. Tränen standen ihr in den

Augenwinkeln, unbeweglich, als ob Daina sie durch eigene Willenskraft daran hinderte, über die Lidkante, über ihre Wangen zu rollen und ihr Schande zu machen. Der alte Mann aus Spanien – ein resoluter Jude – sah ihre Schande, aber Daina beschloß, daß Rubens sie niemals sehen sollte.

Dann dachte sie an ihre andere Schande, an die Zeit, die sie tief in sich verschlossen hielt, und ihr Kummer wurde unerträglich. Sie suchte Tröstung bei dem alten Mann, aber schließlich konnte er auch nicht die Hand ausstrecken und sie berühren. Er konnte nur durch seine ausdrucksvollen Augen mit ihr sprechen. Und was er zu ihr sagte, war folgendes: Ich habe überlebt. Du wirst auch überleben.

Sie war schon fast in der Halle, als sie Rubens sprechen hörte, ein Klang, der wie aus einer anderen Welt zu ihr drang.

»Bitte, komm zurück«, sagte er leise. »Ich hab' das alles nicht gewollt.«

Noch immer starrte sie in die Augen des alten Mannes.

»Kannst du mir nicht verzeihen?«

Sie drehte sich um. »Warum mußt du so verletzend werden?« Tränen traten ihr in die Augen. »Warum sagst du so etwas zu mir?«

»Du hast gewonnen«, sagte Rubens, »verstehst du das nicht?«

»Was habe ich gewonnen? Dies hier ist kein Wettkampf.«

»O doch«, sagte er leichtherzig, »alles ist Wettkampf.« Sein Tonfall wurde mahnend. »Das weißt du doch.«

»Wie könnte ich denn je gegen dich gewinnen?«

»Als ich dich zertreten wollte, hast du keine Angst gezeigt. Du hast nein gesagt, obwohl du dir die Rolle mehr als alles andere gewünscht hast.«

»Mehr als fast alles andere.«

Zum erstenmal lächelte er, ein freundliches Lächeln, warm und sanft. »Das ›fast‹ unterscheidet dich von...«

»... den Bimbos.«

»... von allen anderen.« Er trat zu ihr heran. »Von allen anderen.« Seine Arme legten sich um sie, und sie wehrte sich nicht. »Du hast keine Angst vor mir«, flüsterte er. »So etwas brauche ich bei einer Frau.« Er küßte ihren Hals. »Das brauche ich mehr, als du wissen kannst.«

»Also terrorisierst du mich, um...«

»Nein.« Er schüttelte den Kopf. »Du terrorisierst mich. In dem Augenblick, als ich wußte, daß du wirklich gehen wolltest, war mir klar, daß ich das nie zulassen konnte. Ich würde alles tun...«

»Du würdest mir alles geben, was ich will?« Ihre Stimme war sehr leise.

»Ja.« Seine Stimme war noch leiser, als er seine Arme um sie spannte und sein Gesicht in die Höhlung ihrer Schulter vergrub.

Automatisch hob sich ihre Hand, wühlten ihre Finger in seinem dichten Haar, während sie ihren Körper fest an ihn preßte. Ein Duft, so mächtig, daß er sie schwindlig machte, füllte ihre Nasenlöcher, und sie klammerte sich an Rubens, als ob sie Hilfe brauchte.

Er glitt ihren Körper hinab, als sei sein Fleisch zu Regenwasser geworden. Sie stand so still sie konnte, ihre Finger in seinem Haar verflochten. Als sie seine Hände an der Öffnung ihres seidenen Wickelkleides spürte, als er es aufklappte, begann sie zu zittern.

Am Abend, als in den Häusern ringsumher noch immer die Fernsehgeräte hell leuchteten, wachte Daina auf. Sie starrte in sein schlafendes Gesicht, hob die Hand und streichelte sanft mit den Fingern über seine Kinnlinie; über jene Stelle, wo sie ihn geschlagen hatte. Seine Augen öffneten sich.

»So sollte es nicht sein«, flüsterte sie, »wie ein Wettkampf. Nicht zwischen zwei Menschen.« In Gedanken fügte sie hinzu: ›Die einander lieben‹, aber sie konnte es nicht sagen.

Er schaute ihr in die Augen. »Es ist wichtig, solche Gefühle zu meistern, denn diese Stadt ist voller Narren, die glauben, das Geld schüchtert alle ein. Sie kapieren nicht, daß man, je mehr man sich auf das Geld verläßt, immer schwächer wird, bis man schließlich mangels Übung auch ein schlaffes Gehirn kriegt und nur noch falsche Entscheidungen trifft.« Sie legte die Hand auf seine Brust, so daß sie fühlen konnte, wie der Atem in ihn hinein und wieder hinausging, und sie beobachtete dabei seine dunklen, glänzenden Augen.

»Willenskraft«, sagte er, »ist eine unendlich viel bessere Waffe als Geld; denn sie funktioniert immer. Alles was du brauchst, bist du selbst. Aber niemand kann dir diesen Rat geben, du mußt es schon auf die harte Tour lernen, wie ich. Auf der Avenue C in Manhattan gibt es nirgendwo Geld. Das dauert seine Zeit, bis man aus dieser Hölle heraus ist, und inzwischen muß man überleben.«

Er bewegte sich ganz leise an ihr, und sie spürte, wie die Spannung in ihn hineinflutete und ihn so hart machte wie Fels. »Oft bin ich im Dunkeln nach Hause gekommen und hab' eine blutige Wange oder einen gebrochenen Unterkiefer verarztet... Meine Nase war so oft gebrochen, daß ich aufgehört hab', es zu zählen.« Er stieß ein freudloses Lachen aus, das wie das Bellen eines rachsüchtigen Hundes klang. »Oh, wie die Ukrainer mich geliebt haben! ›He, Jude‹, riefen die immer, ›komm rüber, Judenjunge. Wir haben was für dich. 'ne Faust in den Magen, die Knie in die Leisten, Lederriemen durchs Gesicht – das ist deine Belohnung dafür, daß du Jesus umgebracht hast, du Stück

Scheiße!‹ Sie haben mich mit einer kalten, methodischen Wut geschlagen, als ob sie von ihren Eltern das Wissen um die gefühllose Brutalität mitbekommen hätten, die sie selbst von den Händen der Deutschen erlitten haben. Es war wie ein Alptraum – als ob die Nazis selbst in ihrer Niederlage es noch geschafft hätten, in den Kindern ihrer Opfer aufzuerstehen, den Tod zu betrügen und unsterblich zu werden.«

Daina lag da und hatte die Arme um ihn gelegt; und sie spürte, wie sich etwas in ihr wand. Er schwieg so lange, daß sie dachte, die Geschichte sei zu Ende.

»Da war einer«, sagte er dann so abrupt, daß er sie erschreckte, »der war immer vorn. Ein großer Junge mit zerzausten Haaren und sanften blauen Augen. Der trug immer sein Hemd offen, sogar mitten im Winter, damit man das silberne Kruzifix an seinem Hals sehen konnte. Ich hab' damals gedacht, er trüge das Ding, damit es ihn an das erinnerte, was er war. Jedenfalls war es seine Stimme, die ich immer zuerst während dieser Begegnungen hörte. Es war seine Faust, sein Knie, sein Lachen – und seine Spucke in meinem Gesicht. Oh, ich hab' mich schon gewehrt. Aber die waren größer als ich, und es waren immer zu viele. Meine Mutter weinte, wenn sie mich bluten sah; aber sie sagte meinem Vater nichts. Einmal bemerkte er meine gebrochene Nase, und da hatte er meine Hände genommen, sie zu schmerzenden Fäusten gemacht und zu mir gesagt: ›Hast du noch immer nicht gelernt, dich zu verteidigen? Du hast Fäuste, benutz sie auch!‹ Danach wagte ich es eine Zeitlang nicht mehr, das Haus zu verlassen. Ich war überzeugt davon, daß die anderen auf mich warteten. Ich wußte, ›sie‹ waren nicht wichtig. Es war der große Junge mit den blauen Augen, der immer wieder in meine Träume eindrang, wie er mich auch meiner eingebildeten Sünden wegen strafte. Dann, eines Tages, bin ich doch hinausgegangen. Es war Samstag, im Sommer, und ich dachte, sie wären vielleicht am Brighton-Strand. Ich bin viele Häuserblocks weit gegangen, ohne daß ich jemanden sah, den ich kannte; es war, als ob ich ein Fremder in meiner eigenen Nachbarschaft gewesen wäre; und weil ich das so empfand, erlaubte ich es meinem Zorn, an die Oberfläche zu treten. Ich schaute auf meine Hände hinab und spannte sie. Mein Vater hatte wenigstens teilweise recht gehabt. Ich besaß etwas..., um mich zu verteidigen, mußte ich etwas benutzen, das in mir selbst war. Ich wußte, es würden nie meine Fäuste sein, aber sie waren ja auch nicht alles, was ich hatte. In diesem Augenblick blickte ich auf und sah den weißen Cadillac. Der weiße Cadillac tauchte ein- oder zweimal die Woche in unserer Nachbarschaft auf. Ich wußte, was aus diesem Wagen verkauft wurde – wenigstens im großen und ganzen. Rauschgift war etwas, das ich nur dem Namen nach kannte. Der weiße

Cadillac bog um die Ecke in die 1. Straße Ost ein. Ich blieb beim Laternenpfahl an der Ecke stehen und beobachtete den Wagen, wie er den Häuserblock entlangfuhr. Als er ein Drittel des Weges zurückgelegt hatte, blieb er stehen, und ich sah, wie aus den Schatten eines Mietskaserneneingangs eine Gestalt auftauchte. Es war der Junge mit den blauen Augen. Er gab dem Mann in dem weißen Cadillac ein paar Banknoten und bekam dafür ein paar kleine Zellophantüten. Die nächste Woche merkte ich mir die Fahrt des weißen Cadillac auf der 1. Straße Ost genau. Immer hielt er vor der gleichen Mietskaserne, aber ich sah den Jungen mit den blauen Augen nie wieder herauskommen. Mehrmals nahmen andere ukrainische Kinder die Lieferung ab, aber auch ein paar von den kleineren Jungen, die überall herumhingen. Sie benutzten nie den gleichen Jungen zweimal. Am nächsten Samstag regnete es. An dem Tag ging keiner an den Strand. Ich schlüpfte aus dem Haus und ging die Avenue C entlang zur 1. Straße Ost. Auf dem Weg mußte ich im Obstladen des alten Wcyczk in Deckung gehen, damit mich die Ukrainer nicht sahen. Sie gingen Richtung Stadt, sie wollten zu Leew Delanceys Kino. Der Junge mit den blauen Augen war nicht bei ihnen, und ich wußte warum. Ich ging die 1. Straße Ost hinunter. Ich postierte mich hoch oben auf dem Vorbau, direkt westlich von seinem. Nach zehn Minuten war ich durchweicht, und während der nächsten zehn Minuten begann ich zu zittern, trotz der Hitze. Aber endlich hörte ich das Zischen, das mit nichts anderem zu vergleichen war, und ich wußte: Der weiße Cadillac war um die Ecke gebogen und kam heran. Er hielt direkt hinter der Stelle, an der ich saß. Einen Augenblick lang passierte nichts. Dann zischte das Fenster, das mir am nächsten war, nach unten, und ich hörte eine Stimme. ›He, Kleiner, he.‹ Ich blickte auf. Eine Hand winkte. ›Komm mal 'ne Minute rüber.‹ Ich stand auf, ging hinüber und stellte mich neben das offene Fenster. ›Da sind 'n paar Dollars. Bring' dieses Päckchen rauf nach 6f in dem Gebäude da drüben.‹ Ein stumpfer Finger zeigte auf das Appartement, in dem der blauäugige Junge wohnte. Drinnen auf der Treppe wickelte ich das Päckchen vorsichtig aus. Es waren drei Zellophantüten darin. Ich packte sie wieder ein, ging die stinkende Treppe hinauf bis zum obersten Stock. Ich konnte ein Radio plärren hören, es löschte die Geräusche des Regens auf dem Dach aus. Ich steckte das Päckchen weg und klopfte an die Tür. Er hat mich nicht gleich erkannt. Wieso sollte er auch? Ich war der Letzte, den er zu sehen erwartete. Aber ich stand geduldig da, bis er es wußte. ›Ich sehe, du hast deine Lektion noch nicht gelernt, Judenjunge‹, sagte er. ›Das bringen wir gleich in Ordnung.‹ Er schoß auf mich zu, aber ich tanzte zur Seite. ›Das willst du sicher nicht‹, sagte ich nüchtern. ›Ich hab' ja deine Drogen.‹

Natürlich war er zu blöde, um die Wahrheit zu erkennen, wenn er sie hörte. Er glaubte mir erst, als ich den Inhalt des ersten Umschlags ins Spülbecken geschüttet und Wasser darüber hatte laufen lassen. ›Rühr den Rest nicht an‹, sagte er, ›ich brauche ihn.‹

›Aber der Judenjunge hat jetzt den Stoff‹, sagte ich und nahm den zweiten Umschlag heraus. Ich hatte noch nie jemanden so betteln sehen, ich meine, wirklich auf die Knie sinken und betteln sehen. Ich sah die Einstichspuren an seinem Arm. Er ekelte mich an. Ich schüttete den Inhalt des Umschlags ins Spülbecken. ›Jetzt ist nur noch eins da‹, sagte ich. Er blickte zu mir auf, und all das schöne Blau war verschwunden. Seine Augen wirkten so braun wie Schlamm. ›Hier‹, sagte ich und ließ den dritten Umschlag über seinem Kopf baumeln, ›ist ein Geschenk vom Judenjungen. Für dich.‹ Ich ließ den Umschlag in seine zitternde Hand fallen und sah zu, wie in diese halbtoten Augen die Qual stieg. Dann sagte ich: ›Ich hab' nicht viel Ahnung davon. Was würde wohl mit dir passieren, wenn du dir 'nen Schuß setzt von dem Zeug, das ich da reingetan habe? Was meinst du?‹ Dann drehte ich mich um und ging hinaus. Aber sein Gesicht bleibt mir für immer vor Augen.«

Nach und nach spürte Daina in der folgenden Stille, wie alle Spannung ihn verließ. Seine Atemzüge kamen langsam, und sie wußte, daß er am Einschlafen war.

»Rubens«, sagte sie leise, »was ist mit dem Jungen passiert? Hast du wirklich Heroin verschnitten?«

Lange Zeit antwortete er nicht, drehte sich auf die Seite und hielt sie fest, so, wie sie ihn hielt. »Das spielt doch keine Rolle.«

»Wie kannst du so was sagen?«

Er küßte sie so zärtlich, daß sie den Tränen nah war. »Das ist auch der Sinn der Geschichte«, flüsterte er so leise, daß es auch der Nachtwind hätte sein können. »Jetzt schlaf ein, Liebling.«

»Macht«, sagte Marion zu ihr, »das ist es, warum man den Schwerpunkt nach Hollywood verlegt. Hier gibt es eine höhere Machtkonzentration als in jeder anderen Stadt der Welt, von Washington abgesehen, na ja.« Er stieß ein ersterbendes Lachen aus. »Und wie die sich wünschen, sie hätten unser Geld!«

Sie gingen an der Peripherie des Studios entlang und betraten und verließen immer wieder das Aufnahmefeld der drei Panavisions-Kameras, die sich wie Saurier aus einem Urzeitsumpf erhoben.

»Daß ich nach Hollywood gekommen bin, ist der schwerste Test meines Selbst als menschliches Wesen.« Marion hatte dieses ziemlich förmliche, britisch Herablassende an sich, eine gewisse Distanz vom simplen Weltbürger, der nicht das Glück gehabt hatte, zum »Empire« zu gehören. Dennoch wirkte dieser Charakterzug rührend an ihm, denn er war Teil seines ganz gewöhnlichen Provinzialismus, ein Rückschritt zu den Idealen des neunzehnten Jahrhunderts. Man hatte nie das Gefühl, daß Marion irgend etwas anderes im Sinn hatte als das Beste der Leute, mit denen er arbeitete. »Ich hätte für den Rest meines Lebens beim Theater bleiben können. Schließlich war das mein größter Traum, als ich noch ein Junge war – zum Westend zu gehören, und natürlich zum Broadway. Aber der Erfolg verändert einen, das stimmt wirklich. Schauen Sie sich doch einmal selbst an. Seit *Regina Red* sind Sie sozusagen ›eingeschaltet worden‹. Man hat das Publikum auf Sie aufmerksam gemacht, in höchst intimer Hinsicht. Sehen Sie, was ich meine? Ihr Leben muß sich dadurch einfach ändern. In meinem Fall haben die Erfolge, die ich beim Theater hatte, mich dazu gebracht, mich nach anderem zu sehnen... nach Großartigerem. Ich habe mich entschieden, zum Herzen der Macht zu kommen. Erstens, um herauszufinden, ob ich überlebe, und zweitens, um zu sehen, ob ich dieses Herz nicht erobern kann.« Er nahm ihre Hand. »Aber man lernt ziemlich schnell, daß das einfache Überleben in Hollywood schon ein Sieg ist, und keineswegs ein unwichtiger Sieg. Viele von den Großen haben es nicht geschafft, und wissen Sie warum?«

Er schaute ihr voll ins Gesicht. »Weil man anfangs so intensiv arbeitet, so völlig damit beschäftigt ist, Macht zu sammeln. Und mit der Zeit glaubt man, daß es damit getan ist, daß man alles erreicht hat. Aber das stimmt nicht, Daina. Die wirklich gewaltige Aufgabe besteht darin, zu lernen, daß man seine Macht auch intelligent einsetzt, wenn man sie erst einmal hat.« Er schaute traurig drein. »Es ist nicht die Macht selbst, die einen Menschen korrumpiert, sondern Ignoranz in der Ausübung dieser Macht.«

Hinter ihnen hatte das brummende Durcheinander seinen Höhepunkt erreicht. Überall herrschte Bewegung, Menschen flitzten herum, nahmen ihre Plätze ein. »Meine Liebe, ich glaube, es ist schon viel zu spät für unseren Freund« – sie wußte, er meinte George –, »aber mit Sicherheit nicht für Sie. Ihn zu beherrschen ist eindeutig meine Aufgabe; Sie sollen also wissen: Wenn Sie sich jemals wieder im Kreuzfeuer befinden, dann treten Sie nur beiseite und kommen Sie zu mir. Ich will nicht, daß Sie in all dies verwickelt werden. Sie sind eine viel zu brillante Schauspielerin, als daß Sie es zulassen könnten, sich von den, hm, Irrungen unseres Freundes verstören zu lassen. Er will diese Rolle, und ich glaube, er ist auch der richtige Mann dafür. Aber es ist schwierig für ihn. *Heather Duell* ist offensichtlich für eine Frau geschrieben – für Sie –, und von Zeit zu Zeit kommt eben deswegen der Ärger in ihm hoch.« Marion lachte. Sein Lachen hatte einen reichen, fröhlichen Klang. »Mag sein, daß er in jeder Hinsicht ein Ekel ist, aber Sie beide bilden auf der Leinwand eine Mischung, die absolut verzaubernd wirkt. Sehen Sie, ich bin ein kluges Kerlchen. Deshalb hab' ich ihm gezeigt, was an der Szene gestern gefehlt hat. Er mag vieles sein, aber ein Narr ist er nicht, unser Freund, und er war Manns genug zuzugeben, daß ich weiß, was ich tue.« Marion lachte wieder und drehte sich um, als jemand herankam. »George«, rief er, »kommen Sie, machen Sie sich wieder mit der Hauptdarstellerin bekannt!«

»Ja«, sagte El-Kalaam ins Telefon, »das ist völlig richtig, Herr Präsident. Ich hatte soeben den israelischen Ministerpräsidenten am Telefon. Er hat mit seiner Tochter gesprochen und ist davon überzeugt worden, daß sie lebt und daß es ihr gutgeht. Im Augenblick wenigstens.« Er warf einen Blick zu der Stelle, an der Bayard Thomas stand. »Ihr Staatssekretär hat uns sehr genützt.« Thomas' Gesicht, normalerweise von gesunder Farbe, war jetzt so weiß wie sein Haupthaar. Seine stechenden blauen Augen schienen ebenfalls bleich geworden zu sein. Er senkte den Blick, starrte auf seine Handgelenke. Es hatte den Anschein, als zittere er.

Auf der anderen Seite des Zimmers saß James halb aufgerichtet vor dem Bücherregal. Offenbar atmete er jetzt leichter, aber er verströmte noch immer eine Menge Blut. Sowohl Heather als auch Rachel beobachteten ihn.

»Wie meinten Sie, Herr Präsident? Ich habe nicht ganz verstanden, was Sie sagten. Diese Transatlantiklinie... Nein, das spielt keine Rolle.« Er starrte weiterhin zu Thomas hinüber und wollte ihn mit seiner Willenskraft dazu bringen, seinem Blick zu begegnen. Aber der amerikanische Staatssekretär besah sich nach wie vor seine zitternden Hände.

Plötzlich grinste El-Kalaam. »Ihr Staatssekretär hat sich gerade die Hosen vollgemacht, Herr Präsident.« Er schnalzte mit der Zunge. »Eine Tat der Schande.«

Sein Gesicht wurde nüchtern. Er schaute auf seinen Chronometer. »Es ist jetzt vierundzwanzig Minuten nach zehn. Um achtzehn Uhr heute abend erwarte ich Ihren Anruf, in dem Sie mir bestätigen, daß unsere dreizehn Brüder aus ihrer Jerusalemer Gefangenschaft befreit sind. Morgen früh gegen acht Uhr wollen wir unsere weiteren Forderungen erfüllt haben. Sie kennen sie. Weitere Verhandlungen wird es nicht geben.

Wenn wir in unserem hiesigen, öffentlichen Rundfunk, auf dreizehnhundert Megahertz, nach Fristablauf nichts von Ihrem völligen

Stillschweigen gehört haben, werden die Tochter des israelischen Ministerpräsidenten, Ihr Staatssekretär und alle anderen hier hingerichtet.« Mit großer Sorgfalt legte er den Hörer auf.

»Das ist ungeheuerlich«, sagte René Louch. »Ich verlange, daß man mich und meinen Attaché auf der Stelle freiläßt. Frankreich hat nichts gegen die Ziele der PLO. Im Gegenteil.«

»Halten Sie den Mund«, sagte Malaguez kalt. El-Kalaam wandte sich an Rudd. »Sie müssen sich besser um ihn kümmern«, sagte er, »ich glaube, er wird zu alt für sein Amt.«

»El-Kalaam!« rief Louch. »Hören Sie mir zu!«

»Er hat noch nicht gelernt«, sagte El-Kalaam mit unmodulierter Stimme. Er starrte Susan an, aber offensichtlich sprach er mit Fessi.

Der Mann mit den Rattenaugen schien sich überhaupt nicht zu bewegen, trotzdem bohrte sich der dicke Kolben seiner schweren AKM mit einem dumpfen Schlag in Louchs Bauch. Der französische Botschafter stürzte zu Boden, als ob er von einer Axt gefällt worden wäre. Seine Arme krümmten sich einwärts, seine Finger griffen nach seinem Magen; Tränen rollten ihm über die Wangen. Dann tippte Fessi ihn mit der Handkante in den Nacken, und Louch wurde ohnmächtig.

El-Kalaam rümpfte die Nase, beugte sich aus der Hüfte und senkte die Mündung seiner MP 40, bis das Metall dem anderen ins Kinn schnitt. El-Kalaam hob ihn hoch. Louch öffnete die Augen und starrte ihm ins Gesicht. Die Haut des Franzosen war bleich und glänzte vor Schweiß, seine Augen waren rot gerändert.

»Reden Sie nie wieder mit mir«, sagte El-Kalaam mit großer Freundlichkeit in der Stimme, »es sei denn, ich habe es Ihnen befohlen.« Er schürzte die Lippen. »Ich weiß, das muß ein großer Schock für Sie sein, aber hier gibt es keine Alliierten. Sie sind der Feind, genau wie all die anderen.« Er riß die Mündung seiner Maschinenpistole hoch. »Ist das etwa nicht so?«

Der französische Botschafter schaute ihn stumm und mit müden Augen an. El-Kalaam versetzte ihm aus nächster Nähe mit der Hand einen Schlag gegen die Schläfe. Er bückte sich, zog das Gesicht des Franzosen vom Fußboden hoch. »Sagen Sie, daß das so ist, Herr Botschafter.«

Louch streckte die Zunge heraus und leckte sich über die trockenen Lippen. »Es ist...« Seine Stimme verschwamm, er räusperte sich. Er fing noch einmal an. »Es ist so. Wir, wir sind der Feind.«

»Ganz richtig.« El-Kalaam starrte ihn noch einen Augenblick an. Dann überflog ein Ausdruck des Ekels sein Gesicht. Er wandte sich an Emouleur. »Säubern Sie ihn, so gut Sie können«, sagte er, »wozu ist ein Attaché sonst nütze?«

»Was?« fragte der junge Franzose. »Wo mir die Hände auf dem Rücken gebunden sind?«

El-Kalaam zog die Mündung seiner Maschinenpistole von Louchs Gesicht weg. Der Botschafter brach zu seinen Füßen zusammen. »Dann benutzen Sie ihre Zunge.«

James verlor ständig Blut. Sein linker Arm hing tot an seiner Seite herunter. Mit der Rechten riß er am linken Ärmel seines Hemdes.

»Bitte«, sagte Heather, die neben Rita stand, »lassen Sie mich ihm helfen. Wie kann er Ihnen denn jetzt noch gefährlich werden?«

El-Kalaam ignorierte sie offenbar. »Sehr interessant« – er legte den Kopf schief und sah James' Kampf zu –, »sehr inspirierend.« Er baute sich vor James auf. »Ich will sehen, ob er es allein schafft.«

»Und wenn nicht?« fragte Rachel. Malaguez stand direkt hinter ihr. »Er hat mir das Leben gerettet. Ich würde ihm jetzt gern helfen. Wenn Heather es nicht darf, dann lassen Sie vielleicht mich.«

»Sie helfen lassen?« El-Kalaam wandte den Blick nicht von James ab. »Ich würde es nicht einmal zulassen, daß Sie sich Ihre Schuhe zubinden. Sie gehen nicht in seine Nähe.«

James konzentrierte sich darauf, was er zu tun hatte. Er mühte sich, ein Stück Stoff zwischen die Zähne zu bekommen, stöhnte. Die Muskelstränge seines Nackens traten hervor, schießlich hatte er es geschafft.

Einen Augenblick später vernahmen alle ein scharfes, reißendes Geräusch. James grub zwei Finger in den Riß und zog ihn scharf nach unten, die lange Hälfte seines Ärmels behielt er in der Hand. Wenig später hatte er sich einen Verband angelegt.

Ein seltsamer Ausdruck lag in El-Kalaams Augen. »Sehr gut«, sagte er, »Sie haben das wie ein professioneller Soldat gemacht.«

James ließ sich mit der Antwort Zeit, wischte mit dem Rücken seiner unverletzten Hand über die Stirn und trocknete sie an der Hose. Sie hinterließ einen dunklen Fleck. Er lehnte sich wieder gegen das Bücherregal und holte tief Atem; es hörte sich zerfetzt an und endete in einem Husten. Sofort wischte James den rosa Speichel zwischen seinen Lippen weg, aber El-Kalaam packte seine Hand und drehte die Handfläche nach oben. »Blutig«, sagte er. James entriß ihm seine Hand und säuberte sie. Heather unterdrückte einen Schrei und schloß die Augen.

»Ich hab' so ein bißchen Ahnung vom Soldatentum«, sagte James, ohne jemanden anzusehen.

»So, so.« El-Kalaam setzte die Spitze seiner MP 40 auf James' Brust und schob das Hemd beiseite. Er spähte hinein. Sein Gesicht war unergründlich. »Und wie kommt das?«

»Ich bin in den Falls von Belfast geboren und aufgewachsen«, sagte James. Er lehnte den Kopf zurück.

»Nicht, Jamie«, sagte Heather, »gefährde dich nicht selbst.«

Rita machte eine Bewegung, um Heather zum Schweigen zu bringen, aber El-Kalaam winkte sie zurück. »Laß das«, sagte er ruhig, »es spielt keine Rolle, was sie jetzt noch sagt. Er wird's mir schon erzählen.« Er hockte sich vor James nieder. »Oder?«

James starrte El-Kalaam direkt ins Gesicht.

»In den Falls«, sagte El-Kalaam leise, »Sie sind also in den Falls von Belfast aufgewachsen.«

»Ja, in den Falls.« James' Stimme klang wie ein unheimliches Echo, »dort, wohin die verdammten Engländer mit ihren Schnüfflern kamen, um die jungen Kerle, die für ihre Freiheit kämpften, umzubringen und zu foltern.«

Ein wölfisches Grinsen hatte sich auf El-Kalaams Gesicht ausgebreitet. Er wandte den Kopf Richtung MacKinnon und Davidson. »Möchten die beiden englischen Gentlemen nicht nähertreten? Möchten Sie nichts von den Greueln, die Ihre Regierung an den irischen Katholiken begeht, hören?«

MacKinnon und Davidson starrten El-Kalaam stoisch und mit weißen Gesichtern an. »Wir leben mit diesem Wissen. Jeden einzelnen Tag«, sagte Davidson. »Es gehört sozusagen mit zu den Gegebenheiten des Lebens.«

»Sehen Sie, wie das mit denen steht?« fragte El-Kalaam James. »Sehen Sie, wie die ihre Sünden wegvernünfteln?«

»Wir alle haben Sünden«, meinte James leise. »Ich habe die Falls verlassen, weil ich wußte, daß ich in den Vereinigten Staaten mehr Erfolg haben würde.« Er wandte den Kopf in Heathers Richtung. »Du weißt, wohin der größte Teil unseres Profits geht, mein Schatz.« Ihre Augen schlossen sich. Tränen glitten ihr über die Wangen.

»An die irisch-republikanische Armee, wie?« El-Kalaam nickte. Er legte abermals den Kopf schief und starrte James in das schmerzerfüllte Gesicht. »Ich frage mich, ob das wirklich der Grund ist, warum Sie Belfast verlassen haben.«

»Ich hab' immer den Verdacht gehabt, daß ich tief innen ein Feigling bin. Mein Bruder und der Verlobte meiner Schwester haben gegen die Schnüffler gekämpft, und sie sind für ihre Ideale gestorben. Sie hatten keinen Shilling, den sie ihrer Sache opfern konnten. Sie opferten ihr Leben. Sie haben ihre Wahl getroffen. Jetzt treffe ich die meine.«

»Wahl?« fragte El-Kalaam. »Was für eine Wahl?«

James schwieg eine Zeitlang, dann schaute er El-Kalaam an. »Die Wahl zwischen der Verteidigung meiner Ehre und der Unterwerfung unter die Gesetzlosen.«

El-Kalaam starrte ihn an, stand auf und bewegte sich rückwärts von ihm weg.

»Weißt du, er hat recht«, sagte Ken Rudd, obwohl Thomas ihn hysterisch um Schweigen bat.

»Was machen Sie denn?« flüsterte Thomas rauh. »Sind Sie wahnsinnig? Sie haben doch gesehen, wie er mit René Louch umgegangen ist.«

Rudd warf ihm einen eisigen Blick zu.

El-Kalaam schwang herum zu dem amerikanischen Staatssekretär. »Worte«, sagte er, »das sind nur leere Worte.«

»Seit über zweihundert Jahren haben Amerikaner für Worte gelebt und sind für Worte gestorben«, sagte Rudd, »für Worte wie Freiheit und Gerechtigkeit.«

»Ich zeig' Ihnen, was Worte wert sind.« El-Kalaams Stimme triefte vor Verachtung. Er machte eine knappe Geste. »Rita.«

Die hochgewachsene Frau trat hinter Rachel hervor, nahm die Maschinenpistole von der Schulter.

»Was wollen Sie tun?« fragte Rachel. Ihre Augen waren sehr groß.

»Ruhe!« zischte Malaguez und richtete sein Gewehr auf sie. »Bleiben Sie da, wo Sie sind, und sehen Sie zu.«

»Ich will das nicht sehen!«

»Ach, sieh da«, sagte Fessi grinsend, »eine Israeli kann so was nicht ab.«

»Halten Sie Rachel da raus«, meinte Bock. Er hatte bis jetzt geschwiegen. »Die Frauen sollten überhaupt nicht daran beteiligt werden.«

»Sehen Sie«, sagte El-Kalaam zu Rudd, »all dieses Gerede ist völlig bedeutungslos. Nur Taten haben Wirkung.«

Während er sprach, hatte Rita den Butler aus der Gruppe herausgeholt, einen mageren, fast kahlköpfigen, gebeugt gehenden Mann. Er fing an zu zittern. »Was haben Sie vor?« fragte Rudd.

»James weiß, was passieren wird, nicht wahr, James?«

James' Kopf rollte zur Seite. Seine Augen fixierten einen bestimmten Punkt an der gegenüberliegenden Wand. Er gab keine Anzeichen dafür, daß er etwas gehört hatte.

»Was soll das? El-Kalaam...« Rudds Stimme wurde von Thomas' hysterischem Gebell unterbrochen: »Halten Sie das Maul – sofort!« Er kniff die Augen zusammen. »Halten Sie das Maul, dann lassen die uns in Ruhe!«

Rita hatte den entsetzten Butler in die Mitte des Raumes geführt. Jetzt trat sie zurück. Ein scharfes Klicken war zu hören, als sie ihre Maschinenpistole ruckartig entsicherte.

»Um Gottes willen! Erbarmen!« schrie Emouleur.

Das Dienstmädchen brach in Tränen aus; Susans Atemzug war ein einziges Keuchen.

»So kann man doch nicht...«, begann Davidson.

Das rauhe Brüllen der Maschinenpistole ließ alle zusammenfahren. Heather schrie auf. Der Butler wirbelte herum, hob einen Fuß vom Boden, wurde an die andere Wand geschleudert. Er prallte ab. Rita drückte den Abzug noch einmal. Das Geräusch war ohrenbetäubend. Der Butler breitete die Arme weit aus, seine Hände griffen in die Luft.

»So«, sagte El-Kalaam durch den Rauch der Schüsse, »jetzt wissen Sie, daß wir es ernst meinen. Worte sind nichts für uns; Mut ist vor der Macht, die wir in Händen halten, eine nutzlose Eigenschaft.«

Er drehte den Kopf herum. Seine dunklen Augen tranken den Schrecken, die wilde Angst auf den bleichen Gesichtern. Er lächelte ein wenig, tätschelte den Lauf seiner Maschinenpistole und spuckte aus.

Nicht nur, daß Rubens für Daina menschlicher wurde, sondern – und das war vielleicht wichtiger – seine terroristischen Anfänge auf der Lower East Side hatten auch einen Nerv tief im Kern ihres Wesens berührt. Daina wußte, was es bedeutete, wenn man so sehr haßte, daß der Haß zu einem Geschmack im Mund wurde, den man nicht mehr ausspülen konnte. Und natürlich hatte sie auch die Strafe für diesen blindmachenden Haß kennengelernt.

Es war nicht überraschend, daß sie am Ende des Tages wieder bei Rubens war und nicht in ihrem eigenen Haus. Sie war schwimmen gegangen; danach hatte Maria ihr ein großes, köstlich kaltes Glas Bacardi und einen Teller Sandwiches mit Huhn herausgebracht, denn »der Señor kommt heute abend später und hat darum gebeten, daß Sie bis zum Abendessen auf ihn warten.«

Daina hatte die Hälfte des Rums getrunken, ehe sie sich kühl genug fühlte, wieder ins Haus zu gehen. Sie betrachtete das übergroße Ölgemälde direkt links neben dem Kamin. Auf zackigen Felsen saß eine im höchsten Grade übergewichtige Meerjungfrau; ihr Gesicht wirkte wie ein Vollmond aus rosa Fett, aus dem zwei fröhliche grüne Augen rätselhaft hervorspähten. Ihr langes Haar funkelte in einem Netz aus Meeresjuwelen: einer gewaltigen Menge winziger, angeschwemmter Muscheln. Die nassen Schuppen ihres Schwanzes glänzten im Licht. Ihr Mund stand halb offen, als sänge sie ein Lied. Unter und hinter ihr kräuselte sich die See; rauschte, als ob sie sie verschlingen wolle. Seltsam, daß das Wasser und die Augen der Meerjungfrau die gleiche Farbe aufwiesen. Man bekam das wirblige Gefühl, als ob man durch sie hindurchschaute, hinab in die Tiefen des Ozeans. Daina schloß die Augen.

Vielleicht war es nur logisch, daß sie in dieser Nacht nach dem Einschlafen vom Verlies träumte. Sie hatte dieses Wort in ihrem ganzen Leben noch nie ausgesprochen. Seit Jahren saß sie, wenn sie das Wort in einem historischen Text las, immer da und starrte es lange und wie in Trance an, als ob sie Angst davor hätte, es könne plötzlich zum Leben erwachen. Denn dieses Wort war es, das sie im stillen zur Beschreibung jenes Raumes anwandte, der drei Treppenabsätze tiefer lag, in die Erde eingegraben wie ein kranker Maulwurf, der auf den Tod wartet. Lichtlos, luftlos hing dieser Raum in ihrem Unterbewußtsein und zog sie immer wieder zurück in die Zeit in ihrem Leben, als sie keinen Willen gehabt hatte, keine Kraft.

Sie erwachte aus diesem Traum, der sich wiederholte, wie immer schweißgebadet. Der üble Geschmack nach Gummi war so stark, daß sie den Drang hatte, aufzustehen, ins Badezimmer zu gehen und sich den Mund auszuspülen. Aber sie brauchte Zeit dazu, denn sie wurde das Gefühl, im Bett angeschnallt zu sein, nur schwer los.

»Daina«, sagte Rubens, »geht's dir gut?«

Sie konnte nicht antworten, starrte mit blicklosen Augen an die Decke. Dann spürte sie, wie er sich neben ihr regte, wie seine Haut an ihr vorbeistreifte, und alles war wieder gut.

Sie erhob sich und ging still ins Badezimmer. Als sie zurückkehrte, saß er im Bett und beobachtete sie.

»Was war denn los? Du hast aufgeschrien.«

»Es war nur ein Traum.« Sie stand, noch nackt, am Fuß des Bettes.

»Du sagst das wie ein Kind.« Und dann, sehr leise: »Du bist wunderschön.«

Sie lächelte. »Wie diese Stadt Schönheit ausbrütet! Bald wird sie so häufig sein, daß sie jede Bedeutung verliert.«

»Ich habe nicht von deinem Gesicht gesprochen, auch nicht von deinem Körper.«

»Wovon denn?«

»Von deiner Stimme, deinen Gesten, deiner – Gegenwart.« Er streckte die Arme nach ihr aus. »Einfach von dir.«

Sie kniete sich aufs Bett und rückte zu ihm hinüber. »Du bist gar nicht so«, sagte sie, »wie die anderen immer behaupten.« Sie zitterte ein bißchen, als sie seine Arme, die sie umschlangen, spürte.

»Ich bin sehr gefühlskalt«, sagte er. Aber sie wußte nicht, ob er das auch wirklich meinte.

»Warst du bei deiner Frau kalt?«

»Bei meiner Frau besonders.«

»Siehst du«, sagte sie wie in gespieltem Triumph, »die Geschichten, die sie von dir erzählen, müssen wahr sein.«

»Was für Geschichten?«

»Ich hab' gehört, daß du dich von deiner Frau hast scheiden lassen, weil sie dich in der Öffentlichkeit nicht anfassen wollte.«

»Die Geschichte hab' ich auch gehört.«

»Na«, sagte sie, »und stimmt sie denn?«

»Spielt das eine Rolle?«

»Ich weiß nicht.« Sie schob sich ein Stückchen von ihm weg, so daß sie sein Gesicht besser sehen konnte, hob die Hand und schob ihm eine Locke aus der Stirn. »Ja. Es spielt eine Rolle. Es würde etwas über dich aussagen.«

»Und ob. Es würde aussagen, daß ich ein ganz schöner Egozentriker bin. Ganz sicher würden die meisten Leute diesen Schluß daraus ziehen.«

»Dann hast du dich deshalb also nicht scheiden lassen.«

»Doch, tatsächlich. Aber so hat es nur nach außen hin ausgesehen. Meine Frau war so kalt, wie angeblich ich das sein soll. Ich hab' es von ihr gelernt.«

»So kalt bist du gar nicht.« Sie legte die Handfläche auf seine Wange.

»Nein, bei dir nicht.« Er hob die Hand und bedeckte damit die ihre. »Und das überrascht mich eben.«

»Sollte es aber nicht.« Sie starrte ihm in die Augen. »Eigentlich ist es ganz logisch. Du hast mich besessen, aber was ist das schon? Nur Fleisch. Überhaupt nichts, verglichen mit...«

Die Glocke an der Haustür klingelte. Rubens streckte ruckartig die Beine aus und stand auf. Daina rollte sich im Bett auf den Bauch und spähte auf die Uhr. Es war kurz nach Mitternacht.

»Mußt du an die Tür gehen?«

»Ja.« Er zog sich einen mitternachtsblauen Hausmantel über und ging in die Halle hinunter.

Daina drehte sich auf den Rücken, breitete die Hände auf dem kühlen Bettlaken aus und schloß die Augen. Stimmen. Der Schlaf wollte einfach nicht kommen. Sie seufzte und rief ihren Telefondienst an. Maggie hatte Nachricht hinterlassen, sie anzurufen.

»Hallo, was gibt's denn?«

»Bin nur ein bißchen deprimiert.« Ihre Stimme klang gedämpft und müde. »Wo bist du?«

»Zu Hause«, sagte Daina, »ach nein, eigentlich bin ich bei Rubens.«

»Und was machst du da?«

»Ich lebe hier.«

»Ha-ha-ha.« Das Lachen klang rauh, brüchig. In Maggies Stimme war überhaupt kein Leben. »So, na, und wie ist das so?«

»Ganz gut. Hör zu, Maggie, ich würde lieber über dich reden.«

»Das ist langweilig. Ich sitze nur hier rum und heule.«

»Dann komm ich mal vorbei. Du solltest nicht allein sein.«

»Ach, Dummerchen, aber nein. Ich brauche niemanden.«

»O doch. Das ist es ja. Chris ist wieder die ganze Nacht im Studio und arbeitet...«

»Selbst wenn er nicht arbeitet, kommt er nicht nach Hause.«

Eine Zeitlang herrschte Stille. Daina fragte sich, was sie sagen sollte. »Er hat nur Probleme mit der Band.« Und sie wußte, kaum daß sie es gesagt hatte, daß es falsch war.

»Woher weißt du das?« Schärfe war plötzlich in Maggies Stimme.

»Na – ich bin ihm gestern über den Weg gelaufen. Wir haben uns ein bißchen unterhalten. Du weißt ja – nur ganz oberflächlich.«

»Nein, ich weiß nicht. Verdammt, was geht eigentlich vor, Daina?«

»Ich weiß nicht, was du meinst.«

»Hast du jetzt was mit Chris angefangen?«

»Maggie, was ist denn los mit dir? Ich hab' dir doch gesagt...«

»Ich weiß, was du mir gesagt hast!« schnappte sie und hängte ein.

»Verdammt!« sagte Daina und wählte die Nummer noch einmal. Sie versuchte es dreimal, aber die Leitung war immer besetzt.

Sie stand auf und begann sich anzuziehen, stieg in die Jeans und streifte sich einen Nicki über. Dann ging sie die Halle hinunter ins Wohnzimmer.

Rubens stand dort mit einem ziemlich hochgewachsenen, athletisch aussehenden, braungebrannten Mann, dessen von der Sonne hell gesträhntes Haar straff aus dem Gesicht gebürstet war. Einzig unpassend waren seine feuchten braunen Augen und die runde Hornbrille. Er erinnerte Daina an irgend jemand aus ihrer Kindheit, aber es fiel ihr nicht ein, an wen.

»Daina Whitney, dies ist Schuyler Foulton, mein Anwalt«, stellte Rubens vor.

Foulton nahm die handgearbeitete, burgunderrote Konferenzmappe aus der Rechten in die Linke und ergriff Dainas ausgestreckte Hand.

»So«, sagte Rubens und schnippte mit den Fingern, »und jetzt wollen wir mal weitermachen.«

Foulton klappte die Mappe auf, holte ein Bündel Papiere heraus und reichte sie Rubens. Rubens begann sie sofort durchzusehen.

Daina beobachtete Foulton. Auf seinem Gesicht lag ein dünner Schweißglanz; ein Gesicht, dachte sie, das eigentlich zu hübsch war, als daß man es »gutaussehend« hätte nennen können.

»Hätten Sie gerne einen Drink?« fragte sie ihn.

»Schuyler bleibt nicht lange«, sagte Rubens brüsk, ohne die Lektüre zu unterbrechen.

»Nein, danke.« Foultons Gesicht wurde langsam rot.

Rubens streckte die Hand aus, bewegte ungeduldig die Finger; Foulton zog einen schlanken, eleganten goldenen Stift aus seiner Jacke. Rubens nahm ihn mit besitzergreifender Geste an sich und zeichnete Kreise um zwei Abschnitte auf jener Seite, die er gerade las. Erst dann blickte er auf. »Was zum Teufel soll das alles?« Er warf das Blatt durch die Luft, und Foulton fing es ungeschickt auf.

Foulton überflog die Seite, aber nur pro forma. Er wußte, was darauf stand. »Das ist der Wortlaut, den mir der Verwaltungsrat aus New York übermittelt hat.«

»Der Verwaltungsrat? Sie meinen, Ashley hat das so aufsetzen lassen? Ich hatte ihm doch ausdrücklich gesagt, ich wäre mit nicht weniger zufrieden als einem Vertrag über fünf Jahre, dynamisch, versteht sich, und zwei Ein-Jahres-Optionen.«

»Ich, ich hab' heute nachmittag mit ihm geredet. Er sagt, sie machen sich Sorgen darüber, daß sie abgeblockt werden. Die Liquidität...«

»Zum Teufel mit der Liquidität! Es ist nur zu unserem Vorteil, wenn wir mit Columbine abgeschlossen haben. Muß ich diesen Kretins denn alles buchstabieren?«

»Ashley hat gesagt...«

»Es ist mir vollkommen egal, was Ashley gesagt hat!« explodierte Rubens. »Für wen arbeiten Sie eigentlich, Schuyler?«

Foulton sagte nichts. Er starrte auf das Stück Teppich zwischen seinen Schuhen.

»Wissen Sie was? Es ist verdammt gut, daß wir im zwanzigsten Jahrhundert leben. Was hat man früher mit den Überbringern schlechter Nachrichten gemacht – man hat ihnen den Kopf abgeschlagen.«

Foulton räusperte sich und blickte auf. »Ich glaube, man hat ihnen die Zunge abgeschnitten.«

»Wie auch immer.« Rubens ging hinunter in die Sitzgrube und griff in die Seite des Couchtisches hinein. Er drückte auf einen versenkten Knopf: geräuschlos glitt eine Schublade heraus. Zum Vorschein kam ein weißes Telefon. Rubens steckte eine dünne Plastikkarte in einen Schlitz, dann wartete er, bis das Telefon automatisch die Verbindung herstellte. »Sind Sie allein gekommen?« fragte Rubens.

»Ich, hm...«

»Bill hat Sie gefahren.«

»Ich glaube nicht, daß ich hier...«

»Kommen Sie, Schuyler. Daina wird bestimmt nichts sagen. Warum holen Sie ihn nicht herein? Sie wissen doch, er ist hier willkommen.« Er wandte sich von ihnen beiden ab. Als er in den Hörer sprach, veränderte sich seine Stimme völlig. Sie wurde so sanft wie das Streicheln eines

Liebhabers. »Hallo, Marge. Ja, wie geht's dir? Und den Jungs? Gut. Tut mir leid, daß ich dich aufwecke. Ja, ich weiß. Stoß ihn nur in die Rippen. Der wacht schon auf.« Er drehte sich um und starrte Foulton an wie ein Mungo die Kobra. Als er wieder sprach, war seine Stimme so kalt und hart wie ein Feuerstein. »Ashley, du Schweinehund, was zum Teufel hast du dir eigentlich gedacht? Ja, ich weiß, wie spät es ist. Schuyler hat mir gerade den Vertrag mit Columbine überreicht. Weißt du, wozu der taugt, Ashley? Zum Arschabwischen.« Er hörte einen Augenblick zu, und dann wurde seine Stimme leiser, knisterte voller Drohung. »Hör zu, du kleiner Mistkerl. Wenn du mir dieses Geschäft versaut hast, mach ich Hackfleisch aus dir. Weißt du, was die Paragraphen siebzehn und neunzehn für uns bedeuten? Nein? Columbine hat die Option, auszusteigen, und zwar nach drei Jahren. Und wenn sie das wirklich tut, dann gehen wir baden, verdammt noch mal. Nein, das hast du nicht gewußt, was? Dieser Vertrag humpelt. Was zum Teufel hast du in letzter Zeit eigentlich als Gehirn benutzt? Fang' nicht wieder davon an. Ich weiß, was Maureen mit dir gemacht hat, seit du sie damals eingestellt hast. Wie? Wer leitet denn wohl diese wachsweiche Firma, was? Ja. Nur daß du's nicht vergißt, auch wenn du dreitausend Meilen weit weg bist.« Er wartete einen Herzschlag lang. »Ashley, du bringst dieses Geschäft besser vor Donnerstag zustande, denn an dem Tag fliegen Schuyler und ich mit den neuen Verträgen ein. Richtig. Ach und, Ashley, ab sofort nehme ich das mit Columbine persönlich in die Hand. Richtig. Tu das.« Er knallte den Hörer auf die Gabel. »Stinktier.«

Er drehte sich zu Foulton um. »Gut. Sie haben es gehört. Erledigen Sie das bis zehn Uhr morgen früh.« Er lächelte. »Haben Sie Bill hereingebeten?« Er winkte mit der Hand. »Daina, bitte doch Schuylers Freund auf einen Schlummertrunk herein, ja?«

»Nein«, sagte Foulton, noch ehe sie sich rühren konnte, »ich glaube nicht, daß er das ernst gemeint hat.«

»Zum Teufel, Kerl, natürlich habe ich das ernst gemeint!« Aber Rubens Großzügigkeit war aufgesetzt; war so durchschaubar, daß Daina dicht unter der Oberfläche seinen siedenden Zorn spüren konnte. Nur die dünne Lackschicht, die das Aufwachsen in der Zivilisation bei ihm hinterlassen hatte, sorgte für seine Beherrschung. Was hat ihn so wütend gemacht? fragte sich Daina.

»Sie müssen diese Phobie endlich loswerden, Schuyler, wirklich. Daina macht es nichts aus, daß Sie schwul sind. Sie arbeitet die ganze Zeit mit Schwulen zusammen, nicht, Daina?«

Daina sagte nichts. Sie wollte an dem grausamen Scherz nicht teilhaben.

»Daran liegt es ja nicht«, sagte Foulton. »Wissen Sie...«

»Oh, dann muß es an Bill liegen. Zum Teufel, Schuyler, Daina kennt Bill doch gar nicht.« Er schaute sie einen Augenblick an. »Kennst du Bill Denckley, den Hautarzt? Bill von Beverly Hills? Schuyler lebt mit ihm zusammen. Bill sitzt draußen im Wagen und wartet auf ihn.« Er lächelte wieder und zeigte die Zähne. »He, ich hab' 'ne Idee – warum machen Sie nicht einen Striptease für uns? Zeigen Sie Daina die blauen Flecken, die Bill...«

»Rubens, bitte.« Schuyler schob die Aktentasche von einer Hand in die andere und wischte sich mit der freien Handfläche über die Hose.

»Aber, aber. Sie haben doch keinen Grund, schüchtern zu sein, Schuyler, alter Junge. Denken Sie sich, Daina wäre einer von den Jungs. Das müßte Sie doch beflügeln...«

»Rubens, das reicht jetzt!« sagte Daina scharf. »Hör auf.«

Er wollte noch mehr sagen, aber der Ausdruck, den er in ihrem Gesicht sah, entmutigte ihn. Er schüttelte sich, als ob er sich von den Worten, die er noch hatte ausspucken wollen, befreien wollte. Statt dessen sagte er in einem anderen Tonfall: »Wie läuft's denn mit ›Über dem Regenbogen‹?«

Schuyler räusperte sich, ehe er antwortete, schoß er Daina einen dankbaren Blick zu. »Wir haben gerade die Bilanz des dritten Monats fertig. Ich glaube, wir müssen anmahnen, daß ein bißchen weniger ausgegeben wird.«

»Wie weit haben diese Trottel denn das Budget schon überzogen?«

»Bis jetzt um drei Millionen.«

»Und wie weit stecken wir drin?«

»Grob gesagt mit sechs Millionen.«

»Außerdem hinken sie hinter der Zeit her.«

»Dieser wahnsinnige Bühnenbildner, Roland Hill, ist dran schuld. Der baut immer größer und immer strahlender. Sie warten jetzt auf eine neonbeleuchtete Skyline von New York, die uns eine Viertelmillion kostet, weil Hill sich weigert, mit kleinen Modellen zu arbeiten.«

Rubens wandte sich zu Daina um. »Diese Idioten kriegen einmal einen kleinen Erfolg zustande, und sofort werden sie größenwahnsinnig.« Er setzte sein Glas ab. »Berufen Sie ein Meeting ein, Schuyler. Irgendwann nächste Woche.«

»Im Büro?«

»Nein, hier. Ich will, daß diese Egozentriker entspannt sind, wenn sie hier hereinkommen; denn sie sind es mit Sicherheit nicht mehr, wenn sie wieder rausgehen. Und jetzt zu Columbine.«

»Um zehn haben Sie die Verträge«, sagte Schuyler leise. »Ich schicke sie per Boten.«

»Machen Sie sich keine Mühe«, sagte Rubens. »Ich komme als erstes morgen früh im Büro vorbei.«

Foulton nickte. »Es war nett, Sie kennenzulernen, Miss Whitney.« Er nahm ihre Hand in seine kühlen Finger. »Ihre Filme haben mir sehr gefallen.«

»Danke«, sagte Daina betont. »Kommen Sie bald wieder.«

Sie hörten seine Absätze auf den Hallenfliesen klicken. Die Tür schloß sich leise hinter ihm. Ein Automotor hustete und wurde lebendig.

Rubens starrte Daina an. Er drehte sich um und ging durch das Zimmer zur Bar hinüber.

»Warum hast du ihn so behandelt?« fragte Daina endlich.

»Ich will nicht drüber reden«, sagte Rubens zornig.

»Na gut.« Sie ging zum Wandschrank in die Halle.

»Wohin willst du?«

»Zu Maggie. Sie ist...«

»Geh nicht.«

Sie drehte sich um, schaute ihn voll an. »Sie ist meine Freundin, Rubens.«

Er tat einen Schritt auf sie zu. »Und ich bin mehr als nur dein Freund.«

»Heute nacht werde ich nicht bei dir bleiben. Nicht, nachdem du Schuyler so blamiert hast.«

»Was bedeutet dir der Kerl denn?«

»Es kommt darauf an, was er dir bedeutet, Rubens. Lieber Himmel, er ist doch dein Freund.«

»Ich behandle ihn so, weil er das gern hat.«

Sie schüttelte den Kopf. »Ich hab' sein Gesicht beobachtet. Du hast ihn verletzt. Schlimm sogar. Und du hast es getan, weil es dir Spaß gemacht hat.«

Er warf ihr einen eigenartigen Blick zu. »Ich sehe, ich hab' dich wieder mal unterschätzt.«

»Stört dich das?«

»Da bin ich nicht ganz sicher.« Er nahm seinen Drink und kam hinter der Bar hervor. »Gut. Ich verrate es dir. Schuyler und ich, wir sind zusammen in die Schule gegangen. Ich hab' mich bis dort vorgearbeitet – und sein Vater hat ihn hingeschickt. Aber das hat gar nichts bedeutet. Wir waren Zimmergenossen und wurden gute Freunde. Wir haben alles gemacht, was Freunde so zusammen tun: Wir sind zum Fußballspiel gegangen, haben einander beim Examen-Büffeln geholfen, sind zusammen ausgegangen.«

»Aha.«

»Ja. Erst viel später hat er mir gesagt, was mit ihm los ist.« Er nahm einen großen Schluck. »Ich hab's damals nicht gut aufgenommen, und ich tu's eigentlich immer noch nicht. Ich meine, ich weiß, wie es vor Jahren war, mit ihm und den Mädchen. Wir blieben damals nächtelang auf und redeten von Kim Novak und Rita Hayworth und verglichen sie mit unseren Mädchen. Deshalb meine ich immer wieder, er ist nur zeitweise entgleist.« Rubens wandte sich ab. »Seine Verlobte ruft mich immer noch hin und wieder an und fragt mich, ob es keine Hoffnung gibt. Sie liebt ihn noch.«

»Rubens«, sagte Daina leise, »du kannst ihn nicht zu einem Menschen machen, der er nicht ist.«

»Du weißt, was ich meine«, sagte Rubens. »Ich glaube nicht, daß er selbst weiß, was er ist. Manchmal kriege ich eine derartige Wut auf ihn, daß ich ihn erwürgen könnte. Ich will ihn ja gar nicht demütigen, wirklich nicht. Aber jedesmal, wenn Regine anruft und weint« – seine Hand ballte sich zur Faust –, »dann denke ich, warum muß das alles so sein? Wie kann er einen schwulen Hautarzt Regine vorziehen?«

»Du tust so, als ob das deine Sache wäre. Ist sie aber nicht.« Daina legte ihre Finger auf seinen Arm und drückte ihn. »Andererseits mag ich Schuyler ja auch nicht so gern wie du.«

Er schnaufte. »Ich mag Schuyler nicht gern.« Aber in seiner Stimme lag keine Überzeugungskraft, und er riß sich auch nicht von ihr los.

»Glaubst du, daß es unmännlich ist, ihn gern zu haben?« Auf diese Frage erwartete sie eigentlich keine Antwort. Sie wollte nur die Frage aussprechen, die er sich eigentlich selbst stellen sollte. »Was ist denn wichtiger als Freundschaft?«

Er schien sich ein bißchen zu entspannen. »Ich sollte mich wirklich bei dem blöden Hund entschuldigen. Manchmal behandle ich ihn so schlecht, wie Bill ihn meiner Meinung nach behandelt.«

»Tun die beiden denn das, was du von ihnen gesagt hast?«

Er lächelte. »Nein. Natürlich nicht. Nur Schuyler ärgert sich wahnsinnig darüber. Ich glaube, Bill liebt ihn wirklich.« Er verflocht seine Finger mit ihrer Hand. »Für einen Hautarzt ist er eigentlich gar nicht so schlecht.« Er lachte und drehte sich zu ihr um. »Weißt du, du hast eine sehr beunruhigende Fähigkeit.«

»Welche?«

»Du bist in der Lage, mir meine eigenen Fehler ins Bewußtsein zu rufen.« Daina spürte plötzlich die Intensität, mit der er ihr in die Augen schaute. Er schien wie gebannt zu sein, als ob sie durch eine geheimnisvolle Verwandlung zu einem magischen Fabelwesen geworden wäre.

»Geh nicht, Daina.« Seine Stimme klang belegt. »Nicht jetzt. Nicht heute abend.« Seine Berührung elektrisierte sie. »Bitte, geh nicht.«

Aber sie konnte ihm diesen Gefallen nicht tun, wie sehr auch ein Teil in ihr sich selbstsüchtig wünschte, die ganze Nacht bei ihm bleiben zu können. Aus der Dunkelheit, durch das Ticken der Nachttischuhr und Rubens' regelmäßiges Atmen hörte sie Maggies qualerfüllte Stimme.

Sie dachte an all die grauen Tage, die sie zusammen verbracht hatten; an die Tage, in denen sie in der Snackbar ihre Hamburgers geteilt hatten. Wie viele Nächte hatten sie sich miteinander ausgeweint, aus Frustration und Zorn darüber, daß sie nicht weiterkamen. Keine Rollen, keine Filme, kein Leben. Wie viele Einladungen ins Bett, wie viele Produzenten sie gemeinsam abgelehnt hatten, konnte sich Daina überhaupt nicht mehr vorstellen. In diesen traurigen Tagen hatten sie nur einander gehabt. Das Herz tat ihr weh bei dem Gedanken daran, was Maggie jetzt durchleiden mußte. Denn Maggies beste Freundin war erfolgreich, sie selbst am Ende.

Daina setzte sich auf, schüttelte wild den Kopf und stieg aus dem Bett. Als ihre warme Haut sich von Rubens trennte, war es wie ein Schock: sie verbot sich jeglichen Gedanken daran.

Still, ohne ihn aufzuwecken, zog sie sich Jeans und Rollkragenpullover an. Sie war schon halb über die Schwelle zur Halle, da hörte sie, wie er sich bewegte. »Wohin gehst du?« fragte er mit vom Schlaf pelziger Stimme.

»Ich muß zu Maggie.«

»Aber, um Gottes willen, warum denn bloß? Im Augenblick kann sie dich doch nicht riechen.«

Daina drehte sich herum. Sein Gesicht lag fast völlig im Schatten. Nur ein winziger Lichthalbmond zog sich wie eine Narbe über eine Wange. »Du hast mich schon einmal vom Gehen abgehalten. Bitte, tu es nicht noch einmal.«

»Ich habe dir nur etwas angedeutet, was du eigentlich selbst hättest sehen sollen«, sagte er und stützte sich auf einen Ellbogen. »Wenn du deine Zeit verschwenden willst, dann ist das deine Sache.«

»Sie ist meine Freundin, Rubens.« Daina tat einen Schritt auf ihn zu. »Das solltest du eigentlich verstehen. In dem Milieu, aus dem du kommst, sind Freunde wichtig.« Sie hielt inne. »Stimmt das etwa nicht?«

Er schwieg einen Augenblick. »Sie wartet doch nur auf die Chance, dir den Dolch in den Rücken zu jagen.«

Daina lehnte sich vorwärts. »Für dich ist das alles nur ein Spiel, nicht? Dir ist es doch egal, was mit Maggie passiert. Du willst nur verhindern, daß ich dich alleinlasse.«

»Nein«, sagte er deutlich, »das will ich nicht.« Er setzte sich ganz auf. Sie spürte, wie er sie anstarrte. »Jetzt sind wir beide wütend«, sagte er, »wegen nichts.«

Daina kam zum Bett herüber, beugte sich über ihn und küßte seine Lippen. Sie legte die Fingerspitzen an sein Kinn und entfernte für einen Augenblick die Narbe aus Licht.

»Ich laß' dich ja nicht allein. Ich geh' nur Maggie besuchen. Du irrst dich in ihr. In einem Tag, von jetzt an, ist der Streit erledigt, der jetzt noch zwischen Maggie und mir herrscht. Aber nur, wenn eine von uns beiden den ersten Schritt tut, die Wunde zu heilen. Maggie tut ihn nicht – diesmal nicht. Sie ist zu frustriert und verzweifelt.« Daina zog sich von ihm zurück, aber sie preßte seine Hand. »Sei nicht böse auf mich. Meine Freunde sind auch wichtig für mich. Und Maggie braucht mich.«

»Ich brauche dich auch!«

Sie lächelte ihn an. »Du bist im Augenblick stärker als sie. Mach das Ganze nicht zu einem Machtkampf.«

»Kein Machtkampf«, sagte er aus der Dunkelheit, »tu, was du tun mußt.«

Überall flammten Lichter, als Daina mit dem silbernen Mercedes neben Chris' und Maggies Strandhaus einbog. Das Zischen der Wellen wurde weggefegt vom harten Puls der Heartbeats-Musik, die aus dem Inneren herausdröhnte.

Daina stieg die sandige Treppe hinauf und klopfte an die Tür. Die Musik war so laut, daß sie auf die Pause zwischen den Songs warten mußte, um gehört zu werden. Schließlich schlug sie mit der geballten Faust gegen die Tür.

»Herein – es ist offen. Ach du bist's«, sagte Maggie, als sie Daina sah. »Wer hat denn auf dich gewartet?«

»Warum hast du einfach eingehängt?« fragte Daina und ging hinüber. Maggie saß zusammengerollt in einer Ecke des Sofas. Eine fast leere Flasche mit deutschem Weißwein stand auf dem Kaffeetisch. Der Aschenbecher wirkte stachelig von ausgedrückten Zigarettenkippen.

»Wo ist Chris?« fragte Maggie dumpf. »Bist du zu feige, ihn selbst nach Hause zu bringen?«

»Maggie, ich weiß nicht, wer dir diese Gedanken in den Kopf...«

»Ich will es wissen!« Maggie brüllte die Musik nieder – keine leichte Aufgabe. »Was habt ihr zwei hinter meinem Rücken gemacht?«

Daina durchquerte das Zimmer und drückte heftig einen Knopf am Stereoverstärker. Stille senkte sich herab, ihr folgte das dumpfe Krachen der Gischt von draußen. Daina ging hinüber und setzte sich neben Maggie auf die Couch.

»Tut mir leid, daß ich vorhin nicht die Chance hatte, dir zu sagen, daß ich mich mit Chris unterhalten habe.«

»Er hätte auch zu mir um Rat kommen können.« Maggies Augen füllten sich mit Tränen. »Warum ist er zu dir gegangen?«

Daina streckte die Hand aus, und als ob diese Berührung sie zum Sprechen brachte, sagte Maggie krampfhaft: »Himmel, Daina, ich kann's nicht ertragen! Du hast alles, und ich hab' nichts. Nichts. Jetzt hast du mir auch noch Chris ausgespannt.«

»Chris liebt nur dich, Maggie. Er und ich, wir sind bloß Freunde. Manchmal kann man eben mit Freunden über Dinge reden, über die man mit denen, die man liebt, nicht reden kann.« Sie nahm Maggie in die Arme und spürte, wie die bitteren Tränen heiß über ihren Hals liefen. Die Schluchzer fühlten sich wie kleine Erdbeben an.

»Pst«, flüsterte sie. »Pst.« So hätte sie auch mit einem hingefallenen Kind geredet, und sie hatte sich immer gewünscht, daß ihre Mutter nur ein einziges Mal so mit ihr geredet hätte. Sie streichelte über Maggies Haar. »Wir haben ja noch immer uns. Wir werden immer füreinander dasein.«

»Aber du gehst ja fort.« Maggies Stimme war dünn und traurig geworden: all der scharfkantige Zorn war von Tränen weggespült worden. »Du gehst, und ich bleibe zurück.«

»Wohin geh' ich denn?« fragte Daina leise. »Ich bin ja noch da.« Sie weinte jetzt selbst; denn endlich begriff sie, was mit ihnen passierte. Sie mußte, ehe ihre Freundschaft zerstört war, etwas dagegen unternehmen. Sie nahm Maggies Kopf in ihre Hände, so daß sie einander anschauen konnten. »Gleichgültig, was passiert, wir werden immer Freundinnen bleiben. Zwischen uns wird sich nichts ändern. Das verspreche ich dir, Maggie.«

Maggie schaute in Dainas Augen. Ein Zeigefinger kam hoch und wischte eine herabgleitende Träne von Dainas Wange. Dann seufzte Maggie tief, legte den Kopf an Dainas Brust und schloß die Augen. Zusammen schaukelten sie einander in den Schlaf.

»Rita«, befahl El-Kalaam, »binde die Frauen los.«

Heather und Susan standen vor dem Sofa. Rita hängte die MP 40 über die Schulter, zog ein Messer und zerschnitt die Fesseln an Heathers und Susans Händen.

El-Kalaam baute sich vor ihnen auf. »Sie werden sich die Füße losbinden, wenn ich zu Ende gesprochen habe, verstanden?«

Heather starrte ihn unbeweglich an. Susan hielt ihr Gesicht teilweise abgewendet. Mit der Kante der einen Hand wischte sie sich die Tränen aus den Augen.

»Was ist los, meine Dame?« El-Kalaam machte einen schnellen Schritt vorwärts, so daß er Susan sehr nahe kam. »Rieche ich schlecht?« Sie wollte ihr Gesicht nicht wieder herumdrehen. »Vielleicht habe ich nicht genug Geld, und Sie können mir deshalb nicht in die Augen schauen, wie?« Er nahm eine ihrer Hände und warf einen Blick auf die Diamantringe an ihren Fingern. »Dies sind die Augen eines armen Mannes, meine Dame. Eines Mannes, der sich seiner Sache verschrieben hat. Eines Profis.« Er ließ ihre Hand los. »So etwas würden Sie wohl nicht verstehen, wie? Denn Männer, die sich einer Sache verschrieben haben, riechen alle schlecht.« Er richtete sich auf. Sein Gesicht war dunkelrot geworden. Heather, die ihn beobachtete, tat einen Schritt auf Susan zu, aber es war zu spät.

»Sie antworten mir, wenn ich mit Ihnen rede!« brüllte El-Kalaam und schlug Susan ins Gesicht. Sie taumelte und stürzte zu Boden.

»Steh auf!« forderte El-Kalaam.

»Lassen Sie sie in Ruhe!« schrie Freddie Bock. »Schlagen Sie sie nicht noch einmal!«

Fessi hatte die beiden Frauen angeschaut und sich die Lippen geleckt, während sein Blick auf und ab über die Konturen ihrer Körper wanderte. Er runzelte die Stirn. Blitzschnell knallte er seine Faust seitlich an Bocks breiten Hals. Der Industrielle schrie auf und torkelte rückwärts.

»Schwein!« zischte Fessi und spuckte Bock aufs Hemd, wandte den Blick von ihm ab und begutachtete wieder Susan. Ein kleines Lächeln spielte um seine Lippen.

»Steh auf!« sagte El-Kalaam noch härter. Er hatte sich um den kleinen Zwischenfall nicht gekümmert. »Steh auf, steh auf!« Er bückte sich, riß die zierliche Brünette am Haar in die Höhe. Sie schluchzte.

»Ihr Frauen seid alle nutzlos. Das einzige, was ihr gut könnt, ist Heulen. Etwas anderes bringt ihr nicht fertig.«

»Was ist mit dieser Frau da?« fragte Heather und zeigte auf Rita. »Sie hat gerade getötet...«

»Wer hat dir die Erlaubnis gegeben, zu sprechen?« El-Kalaam kniff die Augen zusammen und schob den Kopf auf seinem muskulösen Hals nach vorn.

»Ich dachte nur, ich...!«

Seine riesige Hand hatte Heather am Kinn gepackt. »Nein«, sagte er, »du kannst gar nicht denken. Vergiß das nicht.« Er zitterte. »Weine, verdammt noch mal!«

Aber Heather starrte ihm weiterhin in die Augen, ohne eine Miene zu verziehen. Er zog die Hand zurück. Male blieben, weiße Haut färbte sich rot. Er schlug sie fest: einmal, zweimal, dreimal, in schneller Folge.

Tränen zeigten sich in den Augenwinkeln. Ihr Kopf zuckte hin und her.

»Siehst du?« Seine Stimme wurde weich. »Du bist wie all die anderen. Vergiß auch das nicht.«

Er betrachtete sie beide. »Der Diener ist erledigt. Er hat seine Schuldigkeit getan. Ihr seid gewarnt.« Sein Kopf wirbelte herum. »Diejenigen, die die Warnung kapiert haben, überleben.« Seine Stimme wurde laut und grob. »Diejenigen, die unsere Warnung nicht kapiert haben, werden diesen beiden« – er kickte gegen den Schenkel des Butlers – »in die Kalkgrube hinter dem Haus folgen.«

Er lächelte. Sein Mund war voller Goldkronen. »Genug der Drohungen. Die Zeit vergeht, und ich verspüre ein Poltern in meinem Magen. Ihr beiden« – er deutete auf Susan und Heather – »werdet für uns alle kochen und abwaschen. Wenigstens dazu taugt ihr.« Blitzschnell packte er Susans Handgelenk: »So etwas können wir nicht dulden, oder?« Er nahm ihr die goldenen Armbänder ab. »Gewöhnliche Hausarbeit kannst du nicht erledigen, wenn soviel Geld an dir hängt.« Er drehte ihr auch die Ringe von den Fingern. »Du bist wohl nicht dran gewöhnt, so nackt zu sein, wie? Na, von jetzt an wirst du darin eine Menge Übung kriegen.«

»Und was wollen Sie mit dem Schmuck anfangen?« fragte Ken Rudd. »An Ihre Kader verteilen?«

»Herrgott«, sagte Thomas mit rotem Gesicht, »haben Sie Ihre Lektion noch immer nicht gelernt? Klappen Sie Ihr großes Maul zu, dann wird Ihnen nichts...«

Rudd biß die Zähne zusammen und wandte sich an seinen Chef. »Wenn Sie diese Kriecherei nicht lassen, breche ich Ihnen den Kiefer.«

Thomas wurde erst blaß, dann rot, blickte sich um. Alle Geiseln starrten ihn an. Er reckte die Schultern. »Wagen Sie es nicht, weiterhin so mit mir zu reden, Rudd. Ich war es, der Sie unter die Fittiche genommen hat. Verspüren Sie keine Dankbarkeit? Ich sorge dafür, daß Sie dieser Aufmüpfigkeit wegen aus dem diplomatischen Dienst rausgeschmissen werden mit Pauken und Trompeten.«

»Wir werden ja sehen, wer was mit wem macht«, meinte Rudd ruhig. »Wenn wir überhaupt hier rauskommen. Sie sind ein gottverdammter Feigling, Thomas. So etwas muß der Präsident wissen.«

Grinsend kam El-Kalaam auf sie zu. »Wie sehr sich doch der mächtige amerikanische Adler erniedrigt hat!« lachte er. »Aber der junge Mann verdient eine Antwort.« Er wog die Beute in der Hand, die er Susan abgenommen hatte. »Dies hier ist nicht für ein einzelnes Individuum bestimmt. Es wird mithelfen, das palästinensische Volk in seinem Kampf gegen die zionistischen Terroristen zu unterstützen.«

»Ah oui«, sagte Michel Emouleur, »so redet ein wahrer Revolutionär.«

El-Kalaam drehte sich um. »Und das bin ich.« Er streckte die Hand aus und legte sie auf die Schulter des jungen Attachés. »Ich sehe, du verstehst das, Franzose, oder? Da irre ich mich wohl nicht.«

»Ich verstehe, daß es für das palästinensische Volk notwendig ist, sein Heimatland anerkannt zu wissen. Franzosen haben für die Israelis nicht viel übrig.«

»Nein«, sagte El-Kalaam, »warum sollten sie auch?« Er legte einen Zeigefinger an die Lippen und schaute nachdenklich drein, bewegte die Finger und hatte plötzlich ein Messer in der Hand. Er schnitt die Knöchelfesseln des jungen Franzosen durch. »Ich glaube, so nützt du uns mehr als gefesselt.« Er hielt die Hand weiter auf Emouleurs Schulter. »Du mußt mit diesen Leuten reden, mein Freund. Erzähl ihnen von der Revolution und von der Freiheit. Die Juden«, sagte er, »die Juden...«

»Ja, ja, ja, El-Kalaam«, sagte Rachel, »wir sehen alle, wie es steht. Sie können sich nur von einem Haß nähren, wie er in jedem einzelnen verborgen liegt. Jeder Jude weiß, wie es ist, wenn sich alle gegen ihn wenden. Dies hier ist in keiner Weise anders. Nie ändert sich etwas.«

»Paranoia war unter den Juden immer stark verbreitet«, sagte El-Kalaam. »Ich sehe, du machst da keine Ausnahme.«

»Ich glaube, Sie verwechseln den Wahnsinn mit Entschlossenheit«, sagte Rachel.

El-Kalaam schnitt ihr mit einer Handbewegung das Wort ab. »Rita, bring die Frauen in die Küche. Sie soll'n uns was zu essen machen. Fessi, bring den – hm – den jungen Amerikaner und den Engländer her. Sie sollen die Badezimmertür aushängen. Dort stellen wir dann den Schwitzkasten auf.«

Während Heather und Susan zur Küche gingen, streckte Rachel eine Hand aus und legte sie auf Heathers Arm. »Mut«, sagte sie. Malaguez riß sie weg.

»Nur Worte«, meinte El-Kalaam.

Rita stieß Heather die Maschinenpistole ins Kreuz. »Los«, sagte sie, »oder er steckt dich als erste in den Schwitzkasten.«

Daina schwebte über den Dächern der Stadt, schwebte über diesem einen langgestreckten, weit auseinandergezogenen Vorort. Wenn ich in New York wäre, dachte sie, dann würde ich die Höhe abschätzen, mit Schallgeschwindigkeit zum Dach des Welthandelszentrums aufsteigen und von dort aus hinabschauen über die blinkenden Lichter, die fast so weit weg sind wie die Sterne. Ich würde nach Westen blicken, über den Hudson, nach New Jersey hinüber, dann nach Norden, über die hoch aufragenden Wolkenkratzer bis zu den qualmenden Mietskasernen Harlems.

Sie konnte nicht in ihr leeres Haus, das nicht einmal mehr nach ihr roch, zurückfahren. Rubens war geschäftlich in Palm Springs. Obwohl er Maria aufgetragen hatte, Daina einzulassen, hatte sie keine Lust, allein im Haus herumzusitzen.

Automatisch fuhr sie im silbernen Mercedes nach Westen, die strahlend hell erleuchteten Freeways entlang – die Foothill-Autobahn, an die Ventura nach Los Feliz, danach die Western. Schließlich traf sie, vier Häuserblocks östlich vom Huntington-Hartford-Theater, auf den Sunset Boulevard. Automatisch bog sie links ab auf die Los-Cienega-Straße, und schließlich stand sie vor dem Tonstudio Las Palmas, wo Chris mit der Band das neue Album aufnahm.

Sie blinzelte mehrere Male, als ob sie aus einem Traum erwachte. Als sie begriffen hatte, wo sie war, stieg sie aus.

Sie konnte natürlich nicht hinein. Wo sich die *Heartbeats* gerade aufhielten, wurde immer geheimgehalten, obwohl es eigentlich nichts nützte. Informationen drangen massenhaft durch, so daß der Wunsch nach Sicherheit begründet war. Der breite, muskulöse Schwarze, der die Tür versperrte, war nur der erste mehrerer menschlicher Barrieren. Er würde Daina nicht durchlassen; er würde ihr noch nicht einmal gestatten, Chris eine Nachricht zu schicken. Im Gegenteil, er bestritt sogar, daß sich die Band überhaupt hier aufhielt.

Sein rasierter Schädel leuchtete im schwirrenden, fluoreszierenden Licht des Eingangs bläulich. Der Mann trug ein flammendrotes Hemd und einen schokoladenbraunen Anzug. Um seinen Stiernacken hingen ein Cocktaillöffel und eine Rasierklinge, beide aus Silber. Er hielt Daina breite, rosa Handflächen entgegen. Anscheinend hatte er ihre Protestworte überhaupt nicht gehört.

Daina wollte gerade aufgeben, als sie zufällig Nigel sah, der hinter dem breiten Rücken des Negers vorbeiging.

»Hallo, Nigel!« rief Daina und sprang hoch, so daß er sie sehen konnte. »Nigel! Ich bin es, Daina!«

Der Schwarze schob sie nach draußen. »Na, na.« Seine Stimme war leise, aber drohend. »Hast du nicht gehört, was ich gesagt hab', Mama? Jetzt aber raus.«

»Laß mal, Gerry.« Nigel schob sich an dem Schwarzen vorbei. »He, du bist es ja wirklich!« Er drehte sich um. »In Ordnung, die ist in Ordnung.«

Der Neger zuckte die Achseln und trat beiseite. Er entschuldigte sich nicht. Nigel nahm Daina an der Hand und führte sie eine kurze, mit

Teppichboden belegte Treppe hinab. Hier wurde die Beleuchtung dämmriger, weicher.

Nigel blieb vor einem Cola-Automaten stehen. »Ist aber lange her, Daina.« Er wühlte etwas Kleingeld aus seiner Jeanstasche und steckte Vierteldollarmünzen in den Schlitz. »Auch 'ne Cola?«

»Nein, danke.«

»Wolltest du Chris besuchen?«

Er drehte sich halb um und spähte über den Rand seines Pappbechers Daina an. Gierig schlürfte er die Cola. Daina erkannte über seiner linken Schulter eine halb im Schatten stehende Gestalt mit dem Körper einer Bulldogge; mit unmöglich breiten Schultern. Die Gestalt bewegte sich leicht. Das Gesicht war kurz im matten zitronenfarbenen Licht zu sehen. Es war kantig, einer Bulldogge würdig, aber merkwürdigerweise ohne Wildheit. Die ruhigen grauen Augen betrachteten alles mit gleicher, einstudierter Distanziertheit. Das erste Mal, als der Mann sie anschaute, war Daina ganz sicher, daß die runden, flachen grauen Scheiben seiner Augen Fotolinsen waren.

Nigel rührte sich, als er sah, in welche Richtung sie schaute. »Das ist nur Silka«, sagte er leise, »der schützt uns vor allem.« Er tänzelte, als ob er überschüssige Energie loswerden wollte, und der aus Elfenbein und schwarzem Onyx geschnitzte Fetisch um seinen Hals klapperte mit hörbarem Klicken gegen sein Schlüsselbein.

Daina richtete ihren Blick wieder auf Nigel. »Ich hatte schon seit einiger Zeit keinen von euch mehr gesehen – weißt du, wir sind alle so schrecklich beschäftigt.«

Er piekte sie mit dem knochigen Zeigefinger, als ob sie eine Puppe wäre. »Du wirst 'n Star, Schätzchen, ehrlich.«

»Ich wußte, daß ihr hier die LP macht, also bin ich ...«

»Ach, laß doch!« Nigel zerbiß die Eiskrümel aus seiner Cola, mahlte mit den Zähnen. »Diese Woche geht's los. Da reisen wir ab. Dann solltest du uns mal sehen.« Er spreizte die Beine wie ein legendärer Revolverheld, legte die Hände an die schmalen Hüften, als ob er ein paar Colts ziehen wollte. »Wieder auf die Bühne! Klasse! Das wird 'ne Supertournee. Sind jetzt seit fast – hm – seit fast eineinhalb Jahren nicht mehr auf Tour gewesen.« Er wiegte sich vor und zurück wie eine Kobra, von einer Melodie beschworen, die nur er hören konnte. »Es ist wie im Krieg – ja, wie beim Nahkampf. Du wirst zum Töten ausgebildet, dafür, daß du in der ersten Linie an der Front bist. Du hörst das ›Tack-Tack-Tack‹ des Gewehrfeuers rund um dich herum, als ob es die Luft selber wäre. 'ne ganz neue Atmosphäre, weißt du. Wird 'n richtiger Lebensstil.« Er zerknüllte den leeren Pappbecher und warf ihn achtlos zur Seite. Silka wandte den Blick nicht von den beiden ab.

»Und dann, dann wirst du wieder nach Hause geschickt – Heimaturlaub, oder irgend so 'ne Scheiße, weißt du? Und was passiert dann? Verdammt, es ist dir zu ruhig. Du kannst nicht mehr schlafen. Du liegst in deinem zerwühlten Bett, hellwach, und wartest drauf, daß du wieder die Kugeln hörst, wie sie dir am Kopf vorbeipfeifen.«

Zuerst hatte Daina Nigels Kriegsgerede extrem ungemütlich gefunden, obwohl Chris sie deutlich vorgewarnt hatte. Nigel besaß, so hatte Chris ihr erzählt, eine der größten Militaria-Sammlungen aus dem Zweiten Weltkrieg. Nigels Schußwaffenarsenal war gewaltig. Später hatte er damit begonnen, hier und da tödliche Waffen aus dem Vietnamkrieg aufzukaufen, denn, so sagte er, die sind viel ausgefeilter und moderner.

Nigels tiefliegende Augen brannten, während er mit Daina sprach, von intensivem inneren Feuer. »Na, jedenfalls ist es für mich so, wenn wir nicht auf Tournee sind. Wie 'n verdammter Heimaturlaub. Für mich ist das Plattenaufnehmen stinklangweilig. Je eher damit fertig, desto besser. Ich will hier raus, weißte? Raus in die Nacht, wo die Lichter sind, und die Mikros und die Bühne mit uns obendrauf, und die ganze Masse Teenies, die schreien sich den Hals wund wegen uns, warten und trampeln und brüllen sich heiser und stürzen sich auf uns los, nur um uns anzufassen.

Mitten im Song geh' ich ran an die Bühnenkante, kann die ersten zwei Reihen sehen. Ich knie mich hin, und die flippen aus. Ich kann's riechen – Hasch, Bier und was anderes, kann's nicht beschreiben, s' hat aber immer noch Wirkung. Der Geruch nach – Jugend. Sehnsucht nach dem, was wir auf der Bühne geworden sind, weil wir das Menschliche überstiegen haben. Sind nicht mehr Nigel und Chris und Ian und Rollie: wir sind die *Heartbeats*. Der Geruch nach Sex, der rüberkommt, ist so stark, daß ich genau weiß: Wenn ich mich jetzt anfasse, spritz' ich. All die massenhaft ausgestoßenen Atemzüge sind wie ein Wind, der mir aus 'ner dunklen Einfahrt entgegenkommt. Ich kann runtersehen, dann leuchten die Gesichter im Licht unserer Spots. Weißt du, wie das ist?« Er breitete die Arme weit aus. »Wie 'n riesiger Spiegel, der uns die Musik zurückbringt. Und das ist es. Sind nicht die Mäuse, verdammt noch mal – die Mäuse sind nur zum Ausgeben gut. Aber das andere – das andere bringt die Welt zum Rotieren. Mein Instrument ist wie 'ne M 16. Wenn ich die Orgel in ›Rough Trade Nites‹ aufnehme und damit rumlaufe, bin ich das Stöhnen in dem verdammten Dschungel. Dann such' ich nur den Feind, damit ich ihm das Licht ausblasen kann.«

Daina beobachtete ihn, während er redete. Nigels Gesichtszüge wiesen bei genauem Hinsehen von allem etwas zuviel auf; als ob zwei Gesichter irrtümlicherweise in ein einziges hineingequetscht worden wären. Sein Gesicht bestand nur aus Ecken. Er hatte hohe Wangenknochen, die unter Make-up theatralischer als üblich wirkten, und wenn er Eyeliner benutzte, sah er nicht so sehr weibisch sondern eher unheimlich aus. Und genau dieses Image hatte er früher an die Karriere der *Heartbeats* geheftet und seitdem sorgfältig gepflegt.

Wie auch immer – die Dämonologie war in seinen Texten nie weit. Dort lauerte sie als unverrückbarer Schatten in seinen Songs, die stets die trübe Seite des Lebens besangen. Frauen mit schwarzem Herzen, Drogeneuphorie, phantasmagorische Straßenkämpfe, bei denen aufgeklappte Stilettklingen in der Luft schimmerten, der Punkt unter dem Text des Lebens, und das uneingeschränkte Loslassen jugendlicher Aggressionen bildeten die Themen jener Songs, für die die *Heartbeats* berühmt waren. Und es war in erster Linie diese dunkle Seite, perfekt ausgefeilt und geglättet, die den *Heartbeats* einen Dauerplatz in einem Geschäft gesichert hatte, das für Eintagsfliegen berüchtigt ist. Niemand – noch nicht einmal die Radikalsten der Neuen Welle aus England – dachte daran, die Band zu verunglimpfen, wie regelmäßig die »stinklangweiligen alten Säcke« auseinandergenommen wurden, die anderen Supergruppen, die es schon seit Jahren gab.

Nigel erinnerte Daina immer an ein Tier im Käfig, im Innern rastlos, ungeduldig, dann wieder entmutigt; mal unten, mal oben, wie ein Jo-Jo. Nigel war mit Sicherheit manisch, dachte sie, aber auf eine Weise, die für einen Menschen aus dem Showgeschäft akzeptabel war.

»Sieh dir das an.« Nigel grub aus dem Gürtel seiner Jeans einen zusammengerollten Plastikbeutel. »'n Kumpel von mir hat das eben persönlich eingeflogen. Der Kerl ist so verrückt wie ein Märzhase, aber ich muß zugeben, er hat den besten Shit, der zu haben ist.« Er fuhr mit Daumen und Zeigefinger hinein und rollte eine flockige Substanz, die so dunkelbraun wie Schokolade war, zwischen den Fingern. »Du hast keine Ahnung, wetten, Schätzchen? Das hier, das sind reinste Knospen aus Kambodscha, halleluja. Hab' dir ja gesagt, der Junge ist 'n Spinner. Aber ich brauch' mir deswegen keine Sorgen zu machen. Der kommt rein und wieder raus. Keiner hat 'ne Ahnung, was? Hier – probier' mal. 'n Mordstrip, sag' ich dir.«

Anstatt das Zeug in eine Pfeife zu stopfen, versuchte Nigel, es Daina in den Mund zu schieben. Sie wandte den Kopf und hob die Hände. »Ich will nicht, Nigel. Diesmal nicht.«

Er zuckte die Achseln, grinste, steckte sich die Masse in den Mund und kaute. »Manchmal wunder' ich mich über dich, ehrlich.« Aber er schien an etwas völlig anderes zu denken.

»Rauchst du 's denn nicht?«

Er brüllte vor Lachen. »Nein! Was glaubst du denn, Schätzchen? Der

Shit hier ist dafür viel zu schade. Man ißt ihn, Mensch. Ist das einzig Wahre. Wart's ab. Ungelogen!« Er rollte noch ein paar Vierteldollars in den Schlitz, holte eine weitere Cola heraus, zog den Plastikdeckel ab und kaute noch ein paar Knospen. »Das ist spitze. Damit übersteh' ich die ganze Scheiße.« Er schluckte, trank Cola, steckte die Tüte mit den Knospen weg. »Chris ist drinnen und fummelt am Computer rum. Da hau ich immer ab. Scheiße, nimmt der die Aufnehmerei ernst. Vierundsechzig is' doch auch alles glatt gegangen, obwohl wir nur zwei Spuren auf'm Band hatten statt vierundsechzig, wie jetzt. Verdammte Scheiße! Was sollen wir mit vierundsechzig beschissenen Spuren – wollen wir die Berliner Philharmoniker engagieren? Verdammt, wir sind 'ne Rock-Band, kein Haufen hochgestochener Kunstspinner. Echt, die ganze Scheiße hatten wir doch schon hinter uns, damals, achtundsechzig – ich meine, wer hätt' sich damals schon darüber den Kopf zerbrochen? Wir haben es so gemacht wie Sergeant Pepper und all die anderen – wo Chris und Lennon damals so dicke Kumpels waren. Schwamm drüber – is' schon verdammt lange her, weißte? Das war nicht unsere Musik, das war kein Rock 'n' Roll. Unsere Sache ist es, den Leuten richtig was in die Seele zu hämmern. Auf der Straße, Mensch, an den Barrikaden, wo alles vor harten Sachen nur so starrt. Verdammt, wir sind was für die Gosse, Kind, das kann ich dir nur sagen, und nicht für die Uni. Nach unsern Songs kriegen alle glasige Augen, da schwirren dir die Ohren, da wirbelt dir der Kopf. Das ist das Wahre. So ist das Leben in der Gosse, oder?«

Das Geräusch der sich öffnenden Studiotür ließ ihn innehalten. Ein Dröhnen von Tonbandmusik traf ihre Ohren und wurde abrupt wieder gelöscht. Dann folgte das konfuse Geräusch des Tonbands, das zurückgespult wird. Daina konnte Chris' Stimme hören: »Stopp.« Die Musik setzte an gleicher Stelle wieder ein. Die Tür schloß sich zischend mit pneumatischer Endgültigkeit.

»Hallo, Tie«, sagte Nigel und lächelte.

Eine Frau stand da und betrachtete sie mit dem Rücken zur Tür. Sie war von mittlerer Größe und fast so schmalhüftig wie Nigel. Sie hielt eine Hüfte vorgeschoben – eine Pose, die bei jeder anderen Person als schlampig-herausfordernd gedeutet worden wäre.

Sie hatte ein mißglücktes Gesicht, das Antlitz eines gefallenen Engels, auffallend und dreieckig mit breitem, europäischem Mund, hohen Wangenknochen und stilettschmaler Nase.

Herrlich, wäre das erste Wort gewesen, wären da nicht ihre Augen. Sie waren kohlschwarz und besiegten das Ganze. Sie standen an falscher Stelle des Gesichts und waren vielleicht auch ein wenig zu klein.

Sie trug eine schulterfreie Corsage, die ihre Brüste lasziv vorstehen ließ, dazu ein schwarzes Hemd aus Rohseide, das an beiden Seiten bis zum Schenkel geschlitzt war und deutlich den Blick auf einen Strumpfhaltergürtel aus Satin enthüllte.

Von allen wurde sie Tie genannt; ihr wirklicher Name war Thaïs. Sie kam auf die beiden zu. Ihre steinernen Augen waren auf Daina gerichtet. »Ich hab' mich gefragt, wo du so lange steckst, Schatz.« Sie schaute Nigel nicht an, obwohl ihre Worte offensichtlich ihm galten.

»Du kennst doch noch Daina, oder?« fragte Nigel. »Sie ist mit Chris und Maggie befreundet.«

»Wie könnte ich sie vergessen?« Ties schwere Lippen rollten sich zu einem Lächeln aufwärts, das die Augen nicht ganz erreichte. »Warum ist sie denn gekommen? Du weißt doch, wir erlauben es nie...«

»Ach, komm. Aber wirklich.« Er hakte sich bei ihr ein und zog sie dicht an seine Seite, so daß er mit dem Handrücken ihre üppigen Brüste preßte. »Daina ist eine Freundin, Tie. Sie ist die ganze Strecke bis hierher gefahren. Ist das nichts?« Er zwinkerte Daina zu. »Schuftet sich den ganzen Tag kaputt, kommt dann hierher, um sich mal 'n bißchen zu freuen.« Er tanzte und hängte sich noch fester an Tie.

»Ich muß mal für kleine Mädchen«, sagte Tie. Jetzt schwang ihr mißmutiger Blick an Daina vorüber und heftete sich auf Nigel. »Willst du mit?« Ihre Stimme klang tief und rauh.

Nigel grinste sie an. »Aber klar doch, allzeit bereit.« Mit Anstrengung riß er sich von Ties Blick los und wandte sich an Daina. »Du kannst schon reingehen, wenn du willst. Chris und die Jungs freuen sich sicher, wenn sie dich sehen. Rollie hat 'n Foto von dir im Koffer, echt nicht, Tie? Ha, ha!« Sie zog ihn weg, und zusammen verschwanden die beiden um eine flache Biegung im tunnelartigen Korridor.

Das Studio hinter der Tür war in hellem Holz getäfelt. An den Wänden waren Abstände für die blaßblauen, weichen, trapezförmigen Akustikplatten gelassen worden.

Daina blieb vor den drei Stufen zum Kontrollraum mit seiner riesigen Tafel voller Schalter, Hebel, Schieberegler – vierundsechzig an der Zahl, einer für jede Spur – und den computergesteuerten Playbackschaltern stehen.

Hinter den doppelten Glasscheiben konnte sie das Studio selbst sehen, angefüllt mit den massiven Verstärkern, deren Kontrollämpchen rubinrot glühten. Verschiedene Instrumente waren da, viele Meter dicker, schlangenartig sich windender Kabel und Richtmikrofone. In einer Ecke befand sich eine kleine, schalldichte Loge mit einem Fenster für die Gesangsaufnahmen. An der hinteren Wand lehnte ein Konzertflügel, verdeckt von einem gepolsterten, khakifarbenen

Schutzbezug. Ein paar junge, schlaksige Aufnahmeassistenten rutschten auf den Knien, hantierten an einer Kabelverbindung; sie bereiteten die Aufnahme der letzten Instrumentalüberspielung auf die Langspielplatte vor.

Daina stand noch immer im Schatten der Tür. Sie dachte über Nigel nach. »Bei dem krieg' ich 'ne Gänsehaut«, hatte sie einst zu Maggie gesagt, nachdem sie ihn zum erstenmal gesehen hatte.

»Sei nicht albern.« Maggie hatte sie beruhigend angelächelt. »Das ist nur Nigels Fassade, Liebes. Eine ganz schön erfolgreiche Fassade, das muß ich zugeben. Aber eben nur Fassade. Er tut nur so. All dieser Mist mit seiner Dämonologie – ich glaube, ursprünglich hat er das Ties wegen angefangen. Aus Hang zur Sensation. Ich bin ganz sicher, daß sie deshalb auch all diese Geschichten mit anderen Frauen hat. Das bringt einen in die Zeitung.«

»Das, was er selber so treibt, ist schon mehr als genug«, hatte Daina hochmütig gesagt.

»Oh, für Nigel nicht. Der braucht es vierundzwanzig Stunden am Tag. Und natürlich gibt Tie es ihm ein, so schnell wie er es schlucken kann.« Maggie hatte die Schultern hochgezogen. »Wie schlimm könnte er schon sein? Er und Chris kennen sich doch schon ein Leben lang.«

»Hallo, Daina! Wie geht's?« Rollie, der durch die Verbindungstür ins Studio eingetreten war, grinste sie an, kam die Treppe herauf und umarmte sie bärenartig grob, aber zärtlich. Er trug eine zerrissene Jeans und eine blau-weiße Trainingsjacke der »Dodgers«. Wenn er in der Stadt war, dann schaute er sich alle Heimspiele der Dodgers an, meist aus nächster Nähe, von der Stelle, wo sich die Schiedsrichter aufhalten.

Rollie ging hinüber, um mit Chris, der mit Pat, dem Toningenieur der Band, zusammensaß und das Computerprogramm für den endgültigen Zusammenschnitt entwickelte, zu reden. Danach ging er ins Studio hinunter, durchquerte das geschwungene Durcheinander bis zu seinem Schlagzeug und nahm das Programm sorgfältig durch.

Der Kontrollraum hatte zwei Ebenen. Der untere Teil stieß vorn an den Kontrolltisch an. Dort standen eine bequeme Couch und ein kleiner Tisch. Daina setzte sich. Daina hörte das scharfe Zischen des herumwirbelnden Tonbands, das kurze Aufflackern rückwärts gespielter Noten. Das Band blieb stehen. In die folgende, absolute Stille peitschte plötzlich die Musik so laut, daß Daina zusammenfuhr. Zu beiden Seiten über ihrem Kopf hatte man die gewaltigen Lautsprecher montiert. Chris Stimme sagte ruhig: »Okay.«

Wieder einen Augenblick lang Stille. Dann knarrte ein Stuhl, und Pat sagte: »Erst geh' ich mal pinkeln, und dann muß ich mir die Beine vertreten. Bin gleich wieder da.« Die Tür zur Halle zischte hinter ihm zu.

Daina drehte sich herum.

»He, bist du's?«

»Ist Maggie nicht hier?«

Er schüttelte den Kopf. »Sie hat gesagt, sie wäre vorhin angerufen worden. Hat vielleicht was mit 'ner Rolle zu tun.«

»Prima.« Einen Augenblick lang überlegte Daina, ob sie Chris erzählen sollte, was Maggie ihnen vorgeworfen hatte, verwarf es aber wieder.

»Vielleicht läßt sie mich jetzt in Ruhe. Herrgott, die macht mich noch wahnsinnig, echt.«

»Sie ist nur besorgt.«

»Klar.« Er schüttelte eine Zigarette aus dem Päckchen und zündete sie mit vielgeübtem Schnippen seines Feuerzeugs an. »Das is' sie doch immer, oder?« Sein Gesicht bekam einen wilden Ausdruck, als er über das Kontrollpult auf sie zugeschossen kam. »Man muß an was glauben, Dain, wenn man weiterkommen will.« Er ballte die Faust. »Man muß an sich selbst glauben, überall stehen Leute um dich herum, die ganz wild darauf sind, dir 'n Messer zwischen die Rippen zu stoßen, die dir gern sagen, was für'n Versager du bist.« Er setzte sich bequem in den Sessel. »Deshalb kommen wir so gut miteinander aus, du und ich, nicht?«

Daina nickte. »Zum Teil.«

»Du siehst mich nicht als Freak, bist nicht scharf drauf, den Kometenschwanz zu packen und dich dran festzuhalten.« Er lachte. »Du hast 'nen eigenen Kometenschweif.« Er drückte die Zigarette halbgeraucht aus und zog eine kleine, metallene Dose heraus. »'n bißchen Stoff.«

Sie schüttelte den Kopf. »Ich bin draußen Nigel über den Weg gelaufen. Er hat versucht, mich mit Traumkraut vollzustopfen.«

»Hat heute abend verdammt schlechte Laune. Muß wieder Vollmond sein, so'n Mist.« Er schnupfte ein winziges Löffelchen Kokain.

Daina beobachtete ihn. Sie sagte: »Warum legst du dir nicht 'ne wirklich gesunde Angewohnheit zu, wie das Trinken zum Beispiel?«

»Ha.« Chris kniff sich in die Nase und wischte sich den weißen Rest an seinen Fingerspitzen über das Zahnfleisch. »Hm, das is' doch reines Proletenlaster. Meinen Alten haben sie deswegen mal in 'ne Anstalt gesteckt. Steckte ganz schön voll Rum, ehe er abhaute und zur See ging. 's hat ihn kuriert, wenn man's genau nimmt.«

»Die See?«

»Nö, daß er von meiner Mutter weg war.«

Er lachte humorlos, beäugte sie. »Bis' du sicher, daß du nix davon willst? Bist 'n braves Mädchen, ich weiß.«

Sie lachte. »Ich muß an mein Image denken.«

»Ich auch«, sagte er und nahm noch einen Löffel voll. »Auf das Image!« Er schnaufte mächtig, und das Pulver war weg. Er steckte die Dose wieder ein und wischte sich die Nase. »Ja, ist wohl besser, daß du von Nigels Kraut nix genommen hast. Wärst jetzt wohl schon hinüber.«

»Er macht mich noch immer nervös«, sagte Daina. »Nach all der Zeit.«

»Wer – Nigel? Mensch, das ist doch nur ein kleiner Junge, der versucht, in der Erwachsenenwelt Spuren zu hinterlassen.«

»Das meine ich ja. Wie der seine Gewehre liebt!«

»Ach, das. Na, du mußt ihn schon so lange kennen wie ich, wenn du das verstehen willst. Kuck mal, für ihn ist alles unfaßbar, körperlos. Aber 'n Gewehr, das kann er in der Hand halten. 's hat Gewicht, hat Kraft, 's ist potent. Er zieht den Abzug und bringt 'n Tier um. Er kann es fühlen, sein Fell anfassen, wie's langsam abkühlt. Und er weiß, was er gemacht hat.«

Daina schauderte. »Ich kann das nicht gutheißen.«

»Warum?« Chris zielte mit dem Zeigefinger, krümmte den Daumen und schoß auf ein eingebildetes Ziel. »Peng! Peng! Menschen bringt er ja nicht um.«

»Manchmal hört es sich aber an, als ob er sich das wünschte.«

»Na, das ist doch Nigel, wie er leibt und lebt, oder? Der Spinner hat von uns allen am meisten auf sein Image geachtet. Klar. Und ich muß es ja wissen – wir sind zusammen auf den Straßen von Manchester aufgewachsen.« Er zündete sich noch eine Zigarette an, nahm einen Zug und ließ sie dann liegen. »'s kommt dabei raus, wenn man seinen Ollen nich kennt, nie genug Geld hat; wenn man nie weiß, wie's zu Hause aussieht, wenn du heimkommst. Weiß noch aus den alten Tagen, haben 'ne Wohnung geteilt, die Groschen zusammengekratzt. 'n dreckiges Kabuff, 'ne Treppe runter, im Keller. Roch so nach Pappe und Pisse, daß ich mir mit 'ner Wäscheklammer die Nase dichtmachte. Eines Nachts ruft mich meine Mama. ›Junge, dein Vater ist wieder da. Ist vorbeigekommen, uns zu besuchen. Dich will er auch sehen. Hat dir 'n Weihnachtsgeschenk mitgebracht.‹ Ich werd' weiß im Gesicht. Komm wieder in die Wohnung, hab' noch nich' mal gehört, wie Nigel sagt: ›Was'n los, Kumpel?‹ Dann bin ich rüber zu Muttern. Hab' auf der Straße gewartet, bis der Kerl die Treppe runterkommt. Dann hab' ich ihm eins in die Fresse geschlagen, ihm die Nase gebrochen. Überall war Blut. Hab' ihm zweimal, so fest ich konnte, in die Klöten getreten.

Nigel mußte mich von dem Schweinehund wegzerren. Liegt also mein Alter total zerhauen auf 'm Pflaster. Der hat vielleicht gestöhnt! Nigel packt mich, schüttelt mich. Dann hat er mich auf die Seite geschmissen, der wahnsinnige Spinner, holt blitzschnell 'ne Pistole raus – 'ne deutsche Null-acht – und zielt auf den Kopf von meinem Ollen. Ich greif' nach seinem Arm, krieg' ihn noch so eben und eben zu packen, als der den Abzug durchdrückt. Bum! Wie 'ne explodierende Bombe sind uns die Teerstückchen um die Ohren geflogen. Ich sag zu Nigel: ›Bist du eigentlich total durchgedreht, Kumpel? Hätt'st ihn doch umbringen können.‹ Nigel sagt: ›Na und? Kuck dir an, was der aus deiner Mutter gemacht hat.‹ Aber es war die echte Treue. Muß wahnsinnig gewesen sein, so was zu machen. Aber ich hab' begriffen, was er wollte. Verstehst du, was ich meine?« Er grunzte. »Schätze, Grund genug hatte der. Sein Oller hat seine Mama auch in der Scheiße sitzenlassen. Die hat ihr Leben lang geschuftet.«

»Was ist denn mit deinem Vater passiert?« fragte Daina.

»Das ist echt komisch. Natürlich is' er abgehauen. Hab' ihn nie mehr wiedergesehen. Aber 'n paar Wochen später sagt meine Mama zu mir: ›Junge, jetzt ist die richtige Zeit, daß ich dir alles von deinem Vater erzähl'.‹ Er wär' Seemann, hat sie mir erzählt. Mußte anheuern. Was hätt' sie machen sollen? Ihm dabei im Weg steh'n, wo er doch den Lebensunterhalt verdienen mußte? Unwahrscheinlich, verdammt. Kann ich nur sagen. Aber jeden Monat, hat sie gesagt, kommt pünktlich wie die Eisenbahn 'n Päckchen mit Geld von ihm. Natürlich hatt' sie das mit 'm Rum weggelassen – mußte ich selbst rausfinden. Sie glauben, er is' siebenundsiebzig vor 'm Kap der Guten Hoffnung ertrunken. Mam hat mir 'n Brief gezeigt, den sein Kapitän geschickt hat. Is' mitten im Sturm aus 'm Beiboot über Bord gegangen, wollt' zwei aus der Crew retten, 'n richtiger verdammter Seeheld. Da kannst mal sehen, wie weit er damit gekommen is'.« Chris lehnte den Kopf zurück und schloß die Augen, atmete gleichmäßig und tief, als ob er schliefe, tippte aber mit dem Finger auf einen Kippschalter, und Musik drang aus den gewaltigen Lautsprechern.

Daina ließ sich auf die Couch hinuntergleiten; sie konnte ihn jetzt nicht mehr sehen. Sie verschränkte die Arme über dem Kopf, schloß die Augen und ließ die Töne wie Lichtmuster gegen ihre geschlossenen Augenlider trommeln.

Wie aus weiter Ferne hörte sie, daß sich die Tür öffnete und jemand hereinkam. Die Musik verebbte in einem sanften Zischen des Bandes.

»Ah, Chris, da steckst du ja.«

Pat war es nicht.

»Was geht hier eigentlich vor, wenn ich mal fragen darf?« fuhr die

Stimme fort. »Verdammt noch mal, jede Nacht streitet ihr faulen Säcke euch aufs neue, und ich darf dann alles wieder ausbügeln.« Jemand zündete sich eine Zigarette an. »Chris, auf die Gefahr hin, lästig zu werden – ich will das alles noch einmal mit dir durchgehen. Wenn diese LP nicht innerhalb einer Woche in die Presse geht, starten wir die Tournee ohne eine Neuerscheinung. Du weißt, was das bedeutet! Noch nicht mal 'ne verdammte Single, die wir...«

»Mach' dir doch nicht ins Hemd, Benno. Auf lange Sicht is' das alles doch scheißegal.«

»Da liegst du aber falsch, alter Knabe. Warum hältst du dich nicht an die Musik und läßt mich die geschäftliche Sache erledigen?«

»Das is' ja das ganze Problem, Chef. Ist 'n Geschäft, weiter nix.«

»Du brichst mir das Herz! Ohne Geschäft ist die Gruppe pleite. Ihr gebt die Möpse aus, noch ehe sie reinkommen. Nur der liebe Himmel weiß, wieviel ihr euch davon allein in die Nase schiebt.«

»Jetzt aber raus!«

»Noch mal, Chris: mach' die LP fertig.«

»Ich hab' doch alles allein auf 'm Hals, kapierst du das nicht? Keiner sonst war auf die LP vorbereitet – is' dir das nicht aufgefallen? Ich soll alle zusammenhalten. Nigel ist hier reingekommen, hat sich am eigenen Schwanz festgehalten; Ian wollt' sich noch nich' mal die neuen Arrangements, die ich geschrieben habe, anhören.«

»Jetzt hör' mal zu, Chris.«

»Nein, verflixte Kiste, du hörst mir zu, du blöder Hammel! Hab's verdammt satt, diese Band dauernd mit mir rumzuschleppen. Hab's satt, für alle die Verantwortung zu tragen. Warum sollten die sich auch kümmern? Die wissen verdammt gut, daß ich ohne die fertig werd'.«

»Was willst du damit sagen?«

»Die Situation ist total verfahren, und ich will raus.«

»Aha.«

»Aha? Was zum Teufel soll das heißen?«

»Ich höre es zum erstenmal. Was soll ich deiner Meinung nach denn sonst sagen?«

»Ach, komm doch. Ich bin dir längst auf die Schliche...«

»Du kannst nicht raus, Chris. Du hast Verpflichtungen...«

»Erzähl mir nix von meinen Verpflichtungen, Kumpel!«

»Ich rede von all den Jugendlichen...«

»Du bist wirklich 'n schwerer Fall, was, Benno? Und ob du das bist. 'n richtig Verdrehter. Gibst doch nicht das Schwarze unterm Fingernagel um Jugendliche, oder? Dir geht's nur um die verdammten Möpse.«

»Chris, die *Heartbeats* sind nicht umsonst seit siebzehn Jahren erfolgreich. Selbst du müßtest das einsehen.«

»Ja. Klar.«
»Es ist die Musik. Die Jugendlichen mögen sie. Ihr fangt an, von dem abzuweichen, woran sie sich gewöhnt haben. Die Katastrophe rollt. Für uns alle. Um Himmels willen, ich denke ja gar nicht an mich selbst. Wir sind heutzutage eine Industrie. Viele Menschenschicksale hängen von dem ab, was nach jeder LP passiert. Jetzt hab' ich ein paar von deinen eigenen Bändern abgehört, von diesem neuen Zeugs, das du da...«
»Aha, da liegt also der Hund begraben, was?«
»Pat hat mich durch die Mangel gedreht.«
»Das ist meine Musik.«
»Ich hab' ein Recht darauf, sie zu hören. Hast du vergessen, wer ich bin?«
»Könnt' ich nie, Benno.«
»Also gut.«
»Die Musik geht dich nichts an.«
»Aber es geht mich was an, wenn ich dran denke, wen sie vielleicht beeinflußt.«
»Wer hat dich denn zum lieben Gott gemacht?«
»Glaubt ihr blöden Hunde etwa, daß ihr ein Monopol auf den lieben Gott habt? Gewisse Entscheidungen müssen getroffen werden. Deshalb bin ich hier.«
»Ja, und mit der Musik hast du nichts zu...«
»Es geht um die Karriere, Chris.«
»Hör zu, du Waldheini...«
»Die eine ist schon getroffen.«
Stille, dick und erstickend, breitete sich im Kontrollraum aus.
Daina riß die Augen auf, während das Feuer in ihrer Brust heller brannte.
»Was zum Teufel willst du eigentlich?«
»Nur das, was ich gesagt habe. Die Band erlaubt es dir nicht, aus dem Vertrag auszusteigen.«
»Die Band?«
»Es ist abgestimmt worden.«
»Ohne mich? Wer hat das angeordnet?«
»Nigel – und ich. Es mußte erledigt werden. Wir mußten Klarheit schaffen, daß –«
»Verdammt noch mal! Jetzt aber raus hier, Knabe, du kotzt mich an.«
»Das ist doch keine Lösung.«
»Raus, Benno, auf der Stelle. Noch 'ne Minute, und du krabbelst raus.«
»Wenn du dich endlich mal beruhigst, dann würdest du einsehen...«
»Aus mir kriegst du keine Musik mehr raus.«

»Chris...«

»Keine einzige Note! Nicht, ehe ich nicht frei bin.«

»Es gibt auch juristische Maßnahmen, aber die will ich dir jetzt nicht erklären. Wenn du ...«

»Weißt du was, Benno? Auf einmal fühl' ich mich gar nich mehr so gut, weiß' du? Is' vielleicht was Ernstes. Könnte 'ne ansteckende Leberentzündung sein. Das bedeutet: bin mindestens sechs Monate außer Betrieb.«

»Ich kann dafür sorgen, daß dich ein Arzt...«

»Aus – diese LP. Und die neue Single – die ganze verdammte Tour, Kumpel. Peng, peng, geplatzt.«

Aus der Stille klang Bennos Stimme seltsam ruhig. »Ich glaube keinen Augenblick daran, daß du das ernst meinst, Chris. Wenn du erst mal auf Tour bist, nächste Woche in San Francisco, dann denkst du ganz anders.«

»Mann, du hörst einfach nich' zu. Bin fertig mit euch, mit euch allen.«

»Du machst einen schweren Fehler, Chris.«

»Lieber Himmel, du redest ja schon fast so wie die ganze Batterie von Rechtsanwälten, die immer um dich herumwuseln. Hau ab, hau einfach ab.«

»Ich rede dann also in ein paar Tagen mit dir.«

Daina hörte, wie sich die Tür öffnete und mit einem Seufzen wieder schloß. Chris atmete aus: »Himmel, Arsch und Zwirn!«

Daina hüpfte wie eine Sprungfeder hoch, richtete den Kopf auf.

»Du bist noch da?« Er kam hinter der Wand des Schaltpults hervor und trat an sie heran. Er grinste sie an. »Du bist jetzt die einzige, hier ist's tatsächlich auf einmal ziemlich leer.« Er rieb sich die Nasenspitze. »Dieser Scheißkerl von einem Manager!« Abrupt stieß er ein bellendes Lachen aus und zuckte die Achseln. »Ach, wennschon. Heut abend kann ich sowieso nichts unternehmen. Hauen wir ab hier. Was sagst du dazu?«

Er fuhr mit Daina zum »Tänzer« am Rodeo Drive, einem Klub nur für Mitglieder, gleich rechts um die Ecke hinter Georgio's. Das Innere war ein Palast aus Spiegelsälen, der Fußboden war durchsichtig. Man blickte auf einen verwirrenden Dschungel aus Blattpflanzen. Die Wände des Raumes waren schwarz lackiert und mit künstlichem Moos überzogen, mit Strängen farbigen Lichts, das sich in endlosen Wellen bewegte. Jede Stunde wurden die Tanzenden von funkelndem silbernem »Sternenstaub«, der aus irgendeiner verborgenen Quelle herniederrieselte, übergossen.

Chris und Daina bahnten sich einen Weg durch die Menge und

verloren sich in einer Orgie aus Bewegung, Schweiß und der alles durchdringenden Kakophonie der Musik.

Sie schienen in ihrer Intensität unempfindlich zu sein gegenüber den Blicken aus den sonnengebräunten, bemalten Gesichtern, die großäugig neben ihnen auf und ab wippten wie Sampans, die von der kaiserlichen Dschunke angezogen werden – Gesichter, die bettelten, und dunklen Lippen, die sich an rosa Ohren preßten, so daß der Ruf im Pulsschlag der Musik zu hören war.

Da waren die Kameras und jene ganz besondere Gruppe von Schmarotzern, die wie Pilotfische nur zu diesem Zweck zu leben schienen – um in der Nähe zu sein, um sich an ihnen zu reiben, um dabeizusein.

Chris wirbelte Daina herum. Seine Hände lagen auf ihren kreisenden Hüften, der Schweiß perlte von ihren Gesichtern, während unter ihnen die eingerollten Wedel der Zwergpalmen zitterten und schwankten, als ob auch sie dem pulsierendem Rhythmus nicht widerstehen konnten. Chris' T-Shirt war schweißdunkel. Dainas Bluse klebte ihr feucht auf der Haut. Sie kümmerten sich beide nicht um die Blitzlichter, die plötzlich überall wie Sternschnuppen aufflammten und um das Geräusch, das wie ein andauernder, rollender Donner klang. Irgendwann hörte die Musik auf, Musik zu sein. Sie geriet zu pulsierendem Grinsen, zu zitternden Perkussionen, die Chris und Daina durch die Sohlen ihrer Schuhe in sich aufnahmen. Dieses Vibrieren war alles, was Chris und Daina noch als Orientierung hatten, als ihre Ohren mit geräuschlosem Schrei den Dienst aufkündigten und vor Überlastung erschöpft zu funktionieren aufhörten.

Irgendwann fanden sie ein Plätzchen an der Bar. Chris besorgte gewaltige Gin-Tonics, die sie sich über die Köpfe schütteten. Chris warf den Kopf zurück und Daina sah neugierig zu, wie sein Adamsapfel auf und ab hüpfte. Chris nahm das Eis vom Grund seines Glases und schob es ihr in die Bluse.

Daina sprang auf, stieß einen schrillen Schrei aus, den niemand hören konnte. Chris wirbelte sie herum und zog sie wieder auf die Tanzfläche.

Daina verlor sich. Sie war von allem, was mit ihr passierte, gefesselt, als ob jeder Anblick, jedes Geräusch, jeder Geruch wie ein Blitz aus lebendiger Energie durch sie hindurchschoß. Ohne daß sie es wußte, war ein Panzer aufgebrochen; war seine zerbrechliche Seite von Kräften aufgerissen worden, die viel zu stark waren, als daß er sie hätte festhalten können.

Eine Zeitlang verlor sie Chris aus den Augen – aber das störte sie nicht. Sie war von Musik umgeben, die so durchdringend, entzündend war, daß es sich wie eine Injektion direkt ins Herz anfühlte. Dainas Seele tanzte, glitt fort in einen Raum ohne Licht, drei Stockwerke tief, in den Boden wie eine Jauchegrube eingelassen, von Hunden aus Beton bewacht. Sie glitt hinüber zum Abschaum einer Stadtstraße, angefüllt von Maschendraht und Stacheldrahtzäunen, mit denen Hügel aus zerschlagenen Ziegelsteinen eingefriedet waren, und Feuer in Mülltonnen und zerbrechenden Schatten an rußigen, fensterdurchlöcherten Mauern.

Und Daina dachte: Ich bin, ich bin, ich bin!

Chris kehrte zurück, küßte sie, umarmte sie, wirbelte sie wieder hinaus auf den verschwindenden Fußboden.

Sie befanden sich noch auf der alten Straße nach Malibu. Es war noch so früh, daß sie nur die See zu ihrer Linken brausen hörten. Daina bremste, stoppte den Wagen.

Chris lehnte an der rechten Tür und schlief. Sie schüttelte ihn sanft. Er öffnete halb die Augen. »Hm?«

»Wir sind da.«

»Zu Hause?«

Sie stieg aus und öffnete ihm die Tür. »Ja, bei Maggie.«

»Maggie. Ach ja.« Er rieb sich mit den Fingern die Augen. »Muß wohl geträumt haben.« Sie mußte sich in den Wagen beugen, um ihm aufzuhelfen. »War in Sussex.« Er redete fast mit sich selbst. »Bin schon 'ne ganze Weile nicht mehr dagewesen.« Er stützte sich schwer auf Daina.

»Chris, ich muß an die Arbeit.«

»Hab' gesehen, wie Jon mir zugewinkt hat. Aus der Küche. Hat einfach 'n Arm gehoben und gewinkt. Gewinkt, als ob er was von mir wollte. Komisch.«

Sie führte ihn langsam zur Haustür. »Was ist daran komisch?«

Sein Kopf schwang herum. Er stolperte fast, als sie auf den Sand traten. Seine großen Augen schielten sie an. »Jon is' tot«, sagte er mit belegter Stimme.

Daina nickte. Sie führte ihn die Stufen zur Haustüre hinauf. Das verlangte eine Menge Geduld. »Jon ist schon vor langer Zeit gestorben«, sagte sie, wie etwa eine Mutter ihr unglückliches Kind tröstet.

Chris nickte und riß sich auf der Terrasse einen Augenblick von ihr los. Er umklammerte das hölzerne Geländer, schwankte. Alle Farbe war aus seinem Gesicht gewichen. Er klappte den Mund auf. Daina hatte Angst vor dem, was er vielleicht tun würde, aber er schien sich wieder in der Gewalt zu haben. Er drehte sich zu ihr um, so daß er mit dem Rücken am Geländer lehnte. »Schon vor langer Zeit.« Seine

Stimme war nur noch ein Krächzen, ein unheimliches Echo von dem, was sie gesagt hatte. »Ich war dabei.«

Das ist genug, dachte sie. Sie ging zu ihm hinüber, nahm seine Hand und führte ihn an die Tür. »Ich weiß«, sagte sie mitfühlend.

»Du weißt überhaupt nix.«

Sie schaffte es, den Türknopf zu packen, drehte ihn, aber er rührte sich nicht. Daina dachte schon, es wäre abgeschlossen, dann wurde ihr klar, daß sich der Knopf nur deshalb nicht bewegte, weil sie die linke Hand genommen hatte. Sie drehte in die andere Richtung, und die Tür sprang auf.

Sie zerrte Chris in die Halle. »Maggie?« rief sie.

Alle Lampen brannten. Daina kniff in der Helligkeit die Augen zusammen.

Gemeinsam stolperten sie ins Wohnzimmer. Daina blieb abrupt stehen. Chris, dessen Kopf an ihrer Schulter hin und her gependelt war, kam plötzlich zu sich. Seine dunklen Augen flatterten hin und her.

»O Gott!« hauchte Daina.

»Verdammt, was is'n hier passiert?«

Im Zimmer herrschte völliges Durcheinander. Das lange Ledersofa lag auf der Seite; Kissen und Rückenlehne waren völlig zerfetzt. Die Schnitte waren so lang, als stammten sie von einer Machete. Der Perserteppich war ausgefranst, als hätte ein tollwütiger Hund ihn zerbissen. Die Bücherregale waren ausgeräumt, aus vielen Bänden die Seiten einfach herausgerissen worden: Schnee aus Literatur. Daina bemerkte ein zerlesenes Exemplar von Joseph Conrads »Lord Jim«. Einem Buch über das Tarockspiel fehlte der Deckel, und so weiter und so weiter. Die gewaltige Stereoanlage war völlig zerschlagen. Metall und Glasfronten der einzelnen Geräte waren verbogen und zerschmettert; die riesigen Boxen bloß noch skelettartige Hüllen, in denen zerrissene Drähte verloren hingen. Wenigstens bei der Box, die ihnen am nächsten stand. Die andere war zum Speisezimmer hin herumgedreht worden.

»Maggie!« Daina ging zum Speisezimmer hinüber. Sie sah, daß die Rauchglasplatte des Tisches spinnwebartige Sprünge aufwies. Daina stieg über eine Ansammlung von Seiten aus einer Cervantes-Biographie; die Blätter lagen über Holzsplittern und verbogenem Metall. In diesem Augenblick erkannte Daina, was in der anderen Box steckte.

Es war einmal ein denkender, fühlender Mensch gewesen. Daina mußte sich das immer wieder sagen, um es glauben zu können; denn das, was sie sah, war nur noch das Zerrbild eines menschlichen Wesens.

Daina schrie, preßte ihre weißen Knöchel in den Mund, biß darauf, spürte aber nichts. Ihre Nägel gruben sich in die Handflächen.

»Dain, was is'?« Chris trat neben sie. Daina spürte die Wärme seines Körpers, fühlte, wie sich ihr Magen krampfhaft zusammenzog. Sie hustete, schmeckte die Säure in ihrem Mund und begann zu würgen. Lieber Gott, lieber Gott. Diese Worte sprangen wild in ihrem Gehirn umher, das nur noch von diesem ekelhaften Anblick erfüllt war. Daina hatte das Gefühl, als ob man ihr einen Teil ihrer Lebenskraft entrissen hätte. Lieber Gott, lieber Gott! Sie mußte sich diese Worte immer wiederholen.

Chris' Hände gruben sich schmerzhaft in ihre Schultern. »Aaaah!« schrie er, »Maggie!«

Daina hatte es natürlich gewußt; nur deshalb plapperte ihr Gehirn, wie bei einem Idioten, immer wieder diese Worte. Aber erst als Chris es in Worte faßte, erlaubte Daina der Wirklichkeit, in ihr Bewußtsein einzudringen. Nunmehr würde das Wissen sie nie mehr verlassen. Wie ein schrecklicher, ungeladener Gast, irgendein unheimlicher Seuchenträger, der hereinstolpert und alle um sich her ansteckt, riß dieses Ding, dieses Wissen, gegen das sie sich verzweifelt wehrte, erbarmungslos und mit stählernen Klauen und eisernem Schnabel an ihr; verwundete ihr Fleisch, setzte ihr Herz der Schärfe der Luft aus.

Daina fiel vor dem grotesken, eingepackten Ding auf die Knie und schluchzte. Sie versuchte, den Kopf abzuwenden und die Augen zu schließen, aber sie konnte es nicht. Sie starrte hin und weinte, während Chris hilflos über ihr stand und in den neuen Morgen, der ihnen beiden Entsetzen, Wut und Qual gebracht hatte, hineinbrüllte.

Zweiter Teil

TIEFER ALS DIE NACHT

Es fließt ein Bach
bei einem Weidenbaum
und wenn du dich dort findest,
dann denk an mich...

Bryan Ferry, »My only love«

4. Kapitel

Baba. Dies war der einzige Name, den er hatte. Aber wenn er einen anderen gehabt hätte, hätte er ihn ihr nicht verraten.

Baba holte sie in der dritten Nacht, als sie vorbeikam, endlich ein. Er war ein Mammut von Mann, mit gewaltigem wolligen Bart und einer derart breiten Nase, daß sie anscheinend das ganze Zentrum seines faltigen Gesichts einnahm. Seine Haut hatte die Farbe von Mahagoni – abgesehen von einem Streifen aus zusammengezogenem Fleisch in Milchkaffeefarbe, direkt unter dem linken Auge. Er konnte eine ganze Menge Französisch, wie sie auch; aber er hatte es nicht an der Hochschule für Kunst und Musik gelernt, so wie sie. Er sagte, er hätte vor Jahren in Paris gelebt, aber sie war sich da nie ganz sicher. Wahrscheinlich hatte er sein Französisch eher irgendwo in Attica oder sonstwo aufgeschnappt.

Jetzt, im Frühherbst 1968, kühlte das Wetter schon rapide ab, selbst hier im Herzen Manhattans. Einen Freitag war es noch sehr warm gewesen; drei Tage später hatte der Winter bereits zugepackt. Irgendwann am Wochenende war der Herbst gekommen und wieder gegangen, ohne daß es einer bemerkt hatte. Baba trug eine dicke, dunkelblaue Navy-Jacke mit jenen großen Plastikknöpfen, auf denen in der Mitte ein Anker eingraviert ist. Dazu trug er eine weiße Hose mit weitem Schlag. Aber ein Seemann war er nicht.

Alle, die sich auf der 42. Straße, die vom Broadway zur 9. Avenue hinüberführte, herumtrieben, hatten ihren festen Platz. Babas befand sich direkt vor dem Selwyn-Theater, auf der Südseite der Straße. Diese Seite war mit Abstand die gefährlichere, fand Daina bald heraus. Denn nur auf der ruhigeren nördlichen Seite konnte man ganz selten einmal Polizisten, die sich eine Zigarette genehmigten, patrouillieren sehen. Sie kamen immer paarweise. Auf die Südseite wagten sie sich nur, um eine Schlägerei in einem der billigen Kinos zu beenden, und erschienen dabei nur in Rudeln beruhigender Größe.

Im Stripteaselokal »Nova«, eine Treppe hoch neben der stockfleckigen Markise des Selwyn-Theaters, gab es nie ein Problem. Das uralte, blaugrüne Neonschild des Stripteaselokals brummte beständig, und die zwanzig mal dreißig großen, schwarzweißen Hochglanzfotos von Bimbos, die nie auf der winzigen Bühne auftraten, ja, die noch nicht einmal in die Nähe von New York gekommen waren, flatterten müde in der rußigen Brise, die vom Hudson hereinwehte.

Baba, der als Aufpasser vor dem Selwyn stand, dealte mit allem, was er in die Finger kriegen konnte – und wie sich herausstellte, war das eine abstoßend große Vielfalt. Ganz öffentlich verhökerte er einzelne Joints, Speed und LSD, das mit billigem Speed verschnitten war. Aber privat, wenn er dich kannte, besorgte er so ziemlich alles. Von einem Drittel aller Dinge, mit denen er handelte, hatte Daina noch nie etwas gehört.

Es ist schwierig zu sagen, was er am Anfang an ihr fand. Gewiß, sie war hübsch; aber er konnte alle Frauen haben, die er brauchte, und er bekam sie auch. Daina fand später heraus, daß er eine deutliche Vorliebe für Asiatinnen hatte. Was brachte ihn also dazu, sie anzusprechen, als sie zum drittenmal an ihm vorüberging, in ihrer einfarbigen braunen Cordjacke, den verblichenen Levis, die in wadenlange schwarze Stiefel gestopft waren, mit so scharfen Spitzen, daß Daina sie als tödliche Waffen betrachtete?

»Machst 'n du hier, Mama?«

Daina blieb stehen und schaute in sein Bärengesicht. Die Hände hielt sie tief in den Taschen ihrer Jacke vergraben. Seine feuchten Augen musterten sie neugierig.

»Ich mach' gar nichts«, sagte sie ihm.

»Hast'n keinen anderen Platz?«

»Ich geh' hier gern spazieren.«

Baba lachte tief in der Kehle, seine Augenlider runzelten sich zusammen, seine Augen verschwanden beinahe in der dunklen Fleischmasse seines Gesichtes. Er räusperte sich und spuckte aus. »Wenn'u so weitermachst, Mama, krist noch 'n Hintern versohlt.« Sie runzelte die Stirn. »Was find'st 'nn so schön an dieser duften Gegend?«

»Außer mir nichts«, sagte sie.

Die Spitze seiner dicken Zunge trat hervor; verglichen mit den fast schwarzen Lippen wirkte ihr Rosa verblüffend. »Echt?« Seine Augen rollten, seine Blicke glitten an ihrem Körper mit so intensivem Lustgefühl hinauf und hinab, daß Daina errötete. »So'n erstklassiges Stück weißes Fleisch, so wie du, so was könnt' hier von 'n je'm Rumtreibern angemacht werden. Kau'n dich mal tüchtich durch, Mama, und 'ann spucken sie dich wieder aus. Kennst dich selbst nich wieder.«

Daina warf einen vorsichtigen Blick auf die vorübergehenden Gruppen Schwarzer und Puertoricaner. Weiße huschten eilig vorbei. Es wurde gelacht, laut gestritten. Zwei lange, magere Neger rannten den Block hinunter zur 8. Straße.

»Du meinst, die Welt ist übel.«

Er schüttelte den Kopf. »Has' dir 'n Platz doch ausgesucht, Mama. Hier rum gibt's 'n paar ziemlich üble Typen. Echte Galgenvögel. Mußte aufpassen. Wozu wills'nn dein'n hübschen weißen Arsch hier bei uns Gesetzlosen schwenken, wa? Da bis' doch zu Haus' besser aufgehoben, wo sich dein weißer Macker um dich kümmert.«

»Ich hab' dir doch gesagt, mir gefällt's hier.«

Sein Gesicht wurde dunkler. Er fixierte sie mit einem zugekniffenen

Auge. »Oj, Mama, du bis' doch nich' hinter'm schwarzen Fleisch her, wa?«

»Wie?«

»Hinter Niggern, Mama. Stehs'u auf Nigger? Dann has' bald 'ne blutige Gosche. Irgend so'n flotter Junge in Erbsengrün schnappt nach dir, haut dich zu Klump und spreizt dir'n bißchen die schönen Beinchen. Völlig klar. Und jetz' mach mal hübsch heim.«

»Deswegen bin ich ja gar nicht hier«, sagte Daina stur. »Ich bin hier, weil ich – dahin, wo ich hingehöre, kann ich nicht mehr zurück.«

»Eins' iss kla', Mama, hier gehörst'u auch nich' hin, Mama, schnapsklar.«

Sie starrte hinauf in sein Gesicht, grub die zu Fäusten geballten Hände noch tiefer in die Taschen. Sie hüpfte von einem Fuß auf den anderen. Ihre Wangen waren rosig vor Kälte. »Machst du das hier den ganzen Tag?« fragte sie.

»Nö. Tagsüber hab' ich 'n Stand an der New Yorker Börse. Das hier is' nur 'ne Zweigstelle.« Er tippte sich an die Schläfe. »Es is' e verdammte Platte in meinem Schädel, Mama. Hat mich versaut. Stahl statt Hirn, das is' es. Das Hirn is' mir' m Krieg rausgetröpfelt. Echt wahr. Scheiße.«

»Ich wette, du bist überhaupt nicht im Krieg gewesen. Du bist doch nicht annähernd alt genug.«

»Irrst dich, Mama. Hätt' nach Vietnam können, hab' aber hier im Knast gesessen. Die Army hielt keine Knastschieber. Würden mich sowieso nich' finden, selbst wenn se's wollten. Wenn die herkämen, würden die 'ne echte Front erleben.« Er klatschte sich mit seiner riesigen Hand auf die fleischigen Schenkel.

Zwei jugendliche Puertoricaner blieben stehen und starrten Baba an. Pfirsichhautgesichter mit langem, glänzend-schwarzem Haar, im Nacken zum Pferdeschwanz verknotet. Sie trugen Uniform: ausgefranste Jeans, kurze Jeansjacken. Einer trug »Adidas«-Turnschuhe – »zum schnellen Abhauen«, wie Baba später sagte. Die Füße des anderen staken in ausgetretenen schwarzen Halbschuhen. »Sekunde«, sagte Baba und ging hinüber, um zu dealen.

Die Straße um Daina blinkte und leuchtete. All die grellen, vielfarbigen Neonlichter krabbelten in endlosen Knäueln durch die Nacht und zerschlugen die Dunkelheit. Ein rauher Wind peitschte die Straße hinunter und wirbelte Papierfetzen hoch, die wie verlorene Taschentücher, die irrtümlicherweise grüßend gehoben werden, aussahen. Daina bemerkte den Gestank, der zum Westwind gehörte; aus den Industrieabfällen der Müllkippen von New Jersey.

Baba nahm eine Handvoll grüne Dollarnoten für ein paar eng

zusammengedrehte Plastiksäckchen, die mit gelben und roten Dragees gefüllt waren. Ein babyblauer Cadillac arbeitete sich so langsam vorüber, als hätte er Ärger mit dem Motor. An dem Wagen wedelte eine lange Peitschenantenne.

Daina strengte die Augen an und versuchte, ins Innere des Wagens hineinzuspähen, aber die dunkelgrün getönten Scheiben machten das fast unmöglich. Sie sah nur ein dunkles Gesicht, daneben, auf dem Beifahrersitz, einen Medusenkopf voll dünn geflochtenem schwarzen Haar.

Baba, der mit den Puertoricanern fertig war, bückte sich, während das Wagenfenster leise nach unten glitt, und steckte den Kopf hinein. Er redete eine ganze Weile, aber Daina konnte nicht hören, was und worüber. Aus dem Nichts holte er ein kleines, flaches, in braunes Papier eingeschlagenes Päckchen, reichte es in den Wagen. Mit einer Rolle Banknoten fuhr seine Hand wieder heraus. Der Cadillac beschleunigte, das Fenster zischte wieder wie ein Reißverschluß hinauf. Als Baba über das Pflaster zu der Stelle zurückschlenderte, an der Daina stand, sagte sie: »Was willst du machen? Die ganze Nacht hier rumstehen?«

»Und du, Mama?« Er starrte sie scharf an. »Kennst mich doch nich'. Könnt' doch echt was von dir wollen.«

Sie lächelte. »Das glaub' ich nicht.« Sie streckte die Hand aus und berührte sein Gesicht. »Was könntest du mir denn antun? Mein Geld stehlen? Das kannst du auch so haben!« Er war so überrascht, daß ihm nichts einfiel, was er hätte sagen können. »Und was wäre das Schlimmste? Mich zu vergewaltigen?«

»Kann sein, kann auch nich' sein, daß 'ne Masse Typen hier ganz scharf drauf wären. Hilfe findst'u nich'. Scheiße, was is'n bloß mit dir, Mama? Hast'u 'nn kein' Grips? Hat dir 'nn deine Mama nix gelernt?«

»Ich glaube nicht, daß du so bist wie die anderen, von denen du mir erzählt hast.«

»Öj, Mama! Bin genau so 'ne Type. Nur größer als die, das is' alles.«

»Komm, wir gehen was essen, okay?«

»Öj, 'ch könnt' dich kurz schnappen, in 'ne Stripbude abschieben, und 's wird dir leid tun, daß du hierhin gekommen bis'.« Er schob seinen Kopf vor, so daß er ihr ganz nah kam, und seine gelblichen Augen schillerten wie die eines nächtlichen Raubtiers.

»Komm«, sagte sie, »laß uns was mampfen gehen, ja?«

Er packte ihre Hand mit hartem Griff und zog sie zum schäbigen Eingang des »Nova« hinüber. Sie machte keine Anstalten, sich zu wehren.

»'ch bums' dich kaputt, Mama«, grollte er. Er war jetzt wirklich wütend. »Brauchst hinterher 'n Rollstuhl.«

»Wenn ich es will«, sagte Daina, »ist es keine Vergewaltigung.«

Er blieb stehen, wirbelte herum, sah sie groß an. »Soll das 'nn heißen?«

»Ich sage dir nur, daß du mich gar nicht vergewaltigen kannst.«

»Öj, verdammt noch mal, konzentrier' mich echt drauf.«

Sie legte den Kopf in den Nacken. »Okay.«

Lange Zeit starrte er auf ihr ernstes Gesicht hinab, warf dann den Kopf zurück und lachte, länger und lauter, als er seit Jahren gelacht hatte.

Kriminalkommissar Robert Walker Bonesteel stelzte mit vorsichtigen Schritten um den Unrat herum. »Okay, raus jetzt«, sagte er zu den beiden uniformierten Polizisten, ohne sie anzusehen.

Sie hatten als erste das Haus betreten: zwei hartgesottene Streifengänger, deren zerfurchte Gesichter für einen mehr als beiläufigen Beobachter Bände sprachen. Wahrscheinlich hatten sie, als sie ins Wohnzimmer kamen, einen Dutzendfall erwartet; eine Berühmtheit hatte eine Überdosis genommen; denn der fast Kahlköpfige von beiden hatte »Herr im Himmel!« gestöhnt, als er Maggies Leiche sah, und der andere hatte sich mit kalkweißem Gesicht abgewandt.

Einen Augenblick später allerdings ging man zur Sache: Notizblocks wurden gezogen, Bleistifte gezückt. Mit seltsam mechanischen Stimmen begannen sie Fragen zu stellen, als ob alle Persönlichkeit unter einem metalliclackierten Äußeren versteckt läge.

In diesem Augenblick war der hochgewachsene Mann durch die Tür hereingetreten. Er hatte schmutzig-blondes Haar und sehr weit auseinanderstehende blaugraue Augen. Seine Hüften waren schlank, er war elegant gekleidet und bewegte sich mit Autorität. Die Hände behielt er in den Hosentaschen.

Der kahlköpfige Bulle grunzte und klappte sein Notizbuch zu. »Pack ein«, sagte er angewidert, »die Jungs von der Mordkommission sind da.«

»Und keinen Augenblick zu früh«, hatte Kommissar Bonesteel gesagt. Er winkte zur offenen Tür hinüber. Zwei Männer kamen herein, gefolgt von einem schmalen, schlampig gekleideten Individuum mit kurzrasiertem Haar und Schmutzrillen in den scharfen Nackenfalten. Er mampfte ein Thunfischsandwich.

Bonesteel spazierte über den Unrat, ohne ihn zu zertreten. Als er die Lautsprecherbox erreichte, starrte er geradeaus nach unten, trat zur Seite, hockte sich hin, legte, während er die hölzernen Seitenwände anschaute, den Kopf schief und starrte auf den Teppich hinter dem bizarren Sarg. Er stand auf. »Doc«, rief er.

Der schmale Mann kam herüber, blieb stehen und schaute hinab in die triefende Lautsprecherbox. Er biß einen Happen vom Sandwich ab.

Bonesteel zeigte auf die hölzerne Seitenwand. »Davon Fotos«, sagte er, »okay?«

Der dünne Mann nickte und gab seinen Männern ein Zeichen. Sie zückten Kameras und Scheinwerfer.

Bonesteel ging zum Sofa hinüber, wo Daina saß und Chris an der Hand hielt. Bonesteel ging geräuschlos, und als Daina und Chris ihn herankommen sahen, erinnerte er sie irgendwie an den vierschrötigen Mexikaner im polynesischen Restaurant in Malibu.

»Miss Whitney?« Er hatte eine leise, ein bißchen rauhe Stimme. »Haben Sie die Polizei angerufen?« Aus der Nähe konnte Daina sehen, daß seine Bartstoppeln so hell wie Weizenstroh waren. »Ja, Miss Whitney?«

Baba und der Zimtgeruch von New York waren noch stark in ihr; das Trauma hatte die Erinnerung ausgelöst wie ein nächtliches Sperrfeuer, und sie taumelte noch immer zwischen zwei Welten hin und her. Ihre Augen stellten sich auf Bonesteel ein. »Ja?«

»Haben Sie die Polizei verständigt?« fragte er langsam und so akzentuiert, als wäre sie hörbehindert.

»Ja.« Sie fuhr sich mit den Fingern ihrer freien Hand durch ihr dichtes Haar, zerrte es auf die Seite, aus dem Gesicht. Sie sah, daß er den Punkt beobachtete, an dem sie mit Chris Körperkontakt hielt. »Mir geht's gut. Wirklich.«

»Waren Sie gut befreundet?« Daina fragte sich, ob er Maggie und Chris meinte. »Wir waren beide gut mit ihr befreundet.«

»Walker...«

Bonesteel wandte seinen Kopf einem fleischigen Mann in zerknittertem Anzug zu.

»Draußen ist alles klar.«

Bonesteel nickte und hakte die Daumen ineinander. »Sie nehmen den Rockstar.« Der Mann bückte sich, nahm Chris am Ellbogen, führte ihn durch das Zimmer und setzte ihn am Eßtisch hin. Dann klappte er sein Notizbuch auf.

»Miss Whitney, ich möchte Ihre Aussage aufnehmen.«

Die Kameraleute des Gerichtsmediziners blitzten ihre Fotos. Daina wandte sich ab. »Hier«, sagte Bonesteel und hielt ihr einen weißen, mit dunkler Flüssigkeit gefüllten Styroporbecher hin. »Kaffee ist es nicht, aber es ist wenigstens heiß.«

Sie nahm den Becher in beide Hände. Als sie mit Erzählen fertig war, hatten die Männer ihre Kameras schon eingepackt und versuchten, Maggies Leiche aus der Lautsprecherbox zu entfernen, anscheinend so sanft, als sei Maggie noch am Leben. Der Gerichtsmediziner rief nach einer Stichsäge. Endlich hatten sie Maggie draußen und trugen sie in einem grauen Plastikbeutel weg. Zum erstenmal seit scheinbar unendlich langer Zeit war Daina in der Lage, ohne Schmerz in der Brust zu atmen.

»Ich will mit Chris reden«, sagte sie nach einer Weile.

Bonesteel nickte. »Sobald Wachtmeister McIlargey mit ihm fertig ist.« Er nahm ihr den leeren Becher aus den Fingern. »Wollen Sie jemanden anrufen, Miss Whitney?«

Daina dachte an Rubens, sehnte sich sehr danach, ihn anzurufen, aber sie wußte nicht, wo sie ihn außerhalb der Stadt erreichen konnte. Sie hatte keine Ahnung, wo er sich in San Diego aufhielt; wußte nur, daß er heute mit dem Zwanzig-Uhr-Flug zurück sein wollte. Sie schaute Bonesteel an. »Sie sind sehr förmlich, Kommissar.«

»Stars werden auch wie Stars behandelt, Miss Whitney. Darauf achtet der Chef ganz besonders.« Er drehte sich um, als der dünne Mann an ihn herankam. »Was gibt's denn, Andy?«

»Hm, nicht allzu viel.« Der Gerichtsmediziner saugte an seinen Zähnen. »Alles, was ich dir bis jetzt sagen kann, ist, daß das Opfer ungefähr um vier Uhr fünfzehn gestorben ist, plus-minus üblicher Fehlerquote.«

»Wie hast du das rausgekriegt? Mit deiner Wünschelrute?«

Der Dünne lachte geschmeichelt. »An manchen Tagen würde ich meine Seele für 'ne Wünschelrute verkaufen.« Aber er wurde schnell wieder ernst. »Eins ist allerdings komisch.«

»Was denn?«

»Sie ist ziemlich lange gestorben.«

Bonesteel warf Daina einen schnellen Seitenblick zu und machte eine rasche Handbewegung. Der Gerichtsmediziner nickte. »Muß jetzt los«, sagte er. »Ich knall' dir die Angaben blitzschnell auf den Schreibtisch. Allerdings nicht vor heute nachmittag. Muß mich ja auch mal ausruhen.«

Bonesteel setzte sich neben Daina und beugte sich vor, verkrampfte die Hände ineinander. Er hatte die außerordentliche Fähigkeit, beim Sprechen bewegungslos zu bleiben.

»Miss Whitney, es gibt nur noch eins, auf das ich noch einmal zurückkommen möchte, ehe ich Sie entlasse. Sie sagten mir, daß Sie und Mr. Kerr ungefähr von null Uhr dreißig bis heute morgen fünf Uhr in dem Lokal ›Tänzer‹ waren. Ist das richtig?«

»Mehr oder weniger«, sagte Daina. »Ich hatte gesagt, so von Mitternacht an.«

»Na gut, von Mitternacht an. Plus-minus ein paar Minuten.« Er lächelte sie an. »Übrigens, waren Sie die ganze Zeit mit Mr. Kerr zusammen?«

»Die meiste Zeit, ja.«

»Das hatte ich Sie nicht gefragt.« Seine Stimme hatte sich nicht verändert, aber irgend etwas in seinem Blick war anders geworden.

»Natürlich waren wir – zeitweise – getrennt.«

Bonesteel schaute auf seine gefalteten Hände. »Wie lange ungefähr? Was würden Sie sagen?«

Sie zuckte die Achseln. »Das weiß ich nicht. Kann mich nicht mehr daran erinnern.«

»Zwanzig Minuten vielleicht – oder eine halbe Stunde?«

»Ja, ungefähr.«

Er schaute sie direkt an. »Hätte es auch länger sein können?«

»Hören Sie mal«, sagte Daina böse, »wenn Sie glauben, daß Chris irgendwas damit zu tun hat... Er hat Maggie geliebt. Wir haben sie beide geliebt.«

»Ich glaube bis jetzt überhaupt noch nichts, Miss Whitney«, sagte Bonesteel nüchtern. »Ich versuche nur, der Sache auf den Grund zu gehen.«

»Es geht allein darum«, sagte Daina, »daß Maggie tot ist.«

Seine Blicke schienen sich in ihren Schädel zu bohren. »Wenn Sie so wütend sind, dann tun Sie bitte alles, was in Ihrer Macht steht, um mir zu helfen.«

»Ja, das werde ich auch.«

Irgendwie schien er sie jetzt einzuordnen. »Na gut.«

»Chris, was zum Teufel ist hier passiert?«

Sie schauten beide auf. Bonesteel richtete sich auf.

Silkas riesige Gestalt verdunkelte das Licht, das durch die offene Tür hereinströmte.

»Wer sind Sie?« fragte Bonesteel.

Silka schaute einfach durch ihn hindurch und ging quer durchs Zimmer. Bonesteel trat vor ihn hin und streckte die Hand aus. In seiner Handfläche lag eine offene Brieftasche mit der Polizeimarke von Los Angeles. »Was wollen Sie hier?«

»Ich arbeite für Chris Kerr und Nigel Ash«, sagte Silka. »Ihnen hab' ich gar nichts zu sagen.« Er schaute Daina an. »Alles in Ordnung, Miss Whitney?«

»Ja, Silka.« Daina stand auf. »Uns geht's beiden gut, nur Maggie nicht.«

Silka schaute sich um. »Wo ist sie?«

»Auf dem Weg in die Leichenhalle«, sagte Bonesteel grob.

»Das finde ich überhaupt nicht komisch«, sagte Silka.

»Er macht keine Witze.« Daina legte ihm die Hand auf den Arm. Er fühlte sich wie ein Stahlträger an. »Maggie ist heute früh ermordet worden.«

Silka blinzelte, kniff die Augen zusammen. »Du großer Gott!« sagte er und machte sich los. Er ging zu Chris hinüber.

Bonesteel verhakte seine Daumen »Wer ist dieser Kleiderschrank, 'n Leibwächter?«

Daina nickte.

Bonesteel schüttelte den Kopf. »Und wo war er heute nacht? Er hätte hier sein sollen.«

Daina berührte Bonesteels Arm. »Sie haben mich vorhin gebeten, Ihnen zu helfen. Was wissen Sie? Was haben Sie mir noch nicht erzählt?«

»Ehe ich nicht den schriftlichen Bericht des Gerichtsmediziners und die fertigen Fotos habe, weiß ich nicht mehr.«

»Sie haben sich die Seite der Lautsprecherbox angesehen. Was haben Sie entdeckt?«

»Ich hab' mir eine Menge Stellen angesehen, Miss Whitney.« Seine Stimme gab nichts preis.

»Aber das war die einzige Stelle, die Sie besonders fotografiert haben wollten.« Daina schaute ihn an. »Möchten Sie mir nicht sagen, um was es dabei ging?«

»Sehen Sie doch selbst.« Er sagte es in der Annahme, daß sie nicht die Kraft haben würde, an die Stelle zurückzugehen, wo Maggie gestorben war.

Sie durchquerte das Zimmer und kniete neben der Box nieder. Die Männer des Gerichtsmediziners hatten die Säge auf der anderen Seite angesetzt. Auf Dainas Seite war das Holz unbeschädigt geblieben. Deutlich sah sie einen Fleck, dessen Muster sie nicht enträtseln konnte.

»Es ist ein Schwert«, sagte Bonesteel, der über ihr stand, »ein Schwert in einem Kreis.«

Daina schaute wieder auf das fleckige Holz. Jetzt konnte sie ein merkwürdiges Kreuz ausmachen, das von einem grob gezeichneten Kreis umgeben war.

»Es ist mit Blut gemalt. Was hat es zu bedeuten?«

Er langte nach unten und zog Daina hoch. »Es ist jetzt Zeit, daß Sie gehen«, sagte er nicht unfreundlich.

»Ich will erst noch mit Chris reden.« Sie ging hinüber zu ihm.

McIlargey trat zur Seite, um mit Bonesteel zu sprechen. »Wie geht's ihm?« fragte Daina Silka.

»Nicht gut, Miss Whitney.« Silka hielt Chris fest um einen Bizeps gepackt. »Er nimmt's sehr schwer.«

»Chris«, sie berührte sein Gesicht, »oh, Chris.«

Er blinzelte mehrmals und schaute sie an. »Alles in Ordnung, Dain. Alles in Ordnung.«

Aber sie sah, daß nicht alles in Ordnung war, und fällte im gleichen Augenblick eine Entscheidung; wühlte in ihrer Handtasche und zog die Schlüssel hervor. »Da«, sagte sie, legte ihm die Schlüssel in die Hand und bog seine Finger darüber zusammen. »Silka bringt dich zu meinem Haus. Bleib' dort, solange du willst.«

»Ich wollte ihn zu Nigel bringen«, sagte Silka.

»Bringen Sie ihn nach Hause«, sagte Daina, »zu mir nach Hause.«

Silka schaute unsicher drein. »Tie ist sicher schon furchtbar aufgeregt. Sie wollte doch...«

»Tun Sie, was ich Ihnen sage«, sagte Daina leise. »Nigel und Tie braucht er jetzt nicht.«

Silkas Augen flackerten. Er sagte nichts, aber sie wußte, er würde tun, was sie ihm aufgetragen hatte. Sie fummelte in ihrer Tasche herum. »Ich geb Ihnen die Nummer, wo er mich erreichen kann, wenn er mich braucht.«

»Die kenn' ich schon«, sagte Silka ohne eine Spur von Unterton.

»Ach so.« Sie starrte ihn an. »Na gut!« Sie beugte sich nach vorn und küßte Chris auf die Wange. »Kümmern Sie sich gut um ihn, Silka.«

»Mach' ich doch immer, Miss Whitney.«

Sie gingen hinaus, und Augenblicke später hörte Daina das sachte Gebrumm der davonfahrenden Limousine.

Jetzt, wo er weg war, fühlte Daina, daß sie eine Art Betäubung überkam. Sie spannte die Hände. Ich brauch' einen Drink, dachte sie, aber vor dem Kommissar würde sie keinen Drink nehmen. Seinen Typus hatte sie schon in New York kennengelernt.

Bonesteel wandte sich von seinem Gesprächspartner ab. »Wo kann ich Sie absetzen?«

»Wie spät ist es?« sagte Daina.

»Kurz nach elf.«

Sie nickte. Es war noch Zeit für einen Drink und ein bißchen Schlaf, ehe sie Rubens vom Flughafen abholte. »Ich hab den Mercedes hier«, sagte sie. »Ich glaube, es hilft mir, wenn ich selbst fahre.«

Bonesteel nickte und führte sie hinaus. McIlargey blieb zurück. Der Himmel war bedeckt; das Licht drang dünn und gedämpft durch eine Wolkenschale, so weiß und zerbrechlich wie Porzellan.

Sie stieg hinter das Lenkrad. Bonesteel schloß die Wagentür. »In ein, zwei Tagen rufe ich Sie an«, sagte er.
»Wenn Sie weiteres wissen.«
»Ja.«
Sie blickte zu ihm auf. »Kommissar!«
»Na los.«
»N..., nein.« Sie lächelte. »Sie sehen aus wie ein Bobby.«
»Niemand nennt mich Bobby. Wiedersehen, Miss Whitney.«

»Was find'st'nn so schön an dieser duften Gegend?« hatte Baba sie in jener ersten Nacht gefragt.

»Nichts außer mir«, hatte sie geantwortet. Aber selbst damals hatte sie schon den Verdacht, daß er genau wußte, warum sie das Haus am grünen Gilsplace in der Kingsbridge-Gegend der westlichen Bronx verlassen hatte. Sie war dreizehn gewesen – ein Alter, in dem die Umstände und nicht das übliche Ritual zum Ende ihrer Kindheit geführt hatten. Ihr Vater war schon tot; er lag als stiller, aber unvergessener Wachtposten in seinem Sarg aus Nußbaumholz sechs Fuß unter der Erde auf einem Friedhof, zu dem sie seit dem Tag der Beerdigung nicht mehr hatte zurückkehren können.

Das exakte Datum seines Todes wollte ihr nicht mehr einfallen, aber seine Todeszeit wußte sie noch – es waren die Hundstage des August, wo selbst auf dem Kap am Rand des kalten, unruhigen Atlantiks die Sonne blendend und bösartig zur Erde strömt –, diese Zeit war unauslöschlich in ihr Herz eingegraben.

Es mußte August gewesen sein; denn sie konnte sich noch lebhaft daran erinnern, wie überfüllt das Wasser gewesen war. Sie wußte, daß die See erst in der erstickenden Hitze des Spätsommers warm genug war, daß die meisten Leute es längere Zeit darin aushielten.

Ihr selbst war es immer egal gewesen. Sie kümmerte sich nicht darum, ob ihre Lippen blau wurden und die Haut am Ansatz ihrer Fingernägel unheimlich schillerte. Ihre Mutter – die immer Monika von ihr genannt wurde – winkte ihr zu und rief, sie solle aus dem Wasser kommen, sich abtrocknen und in der Sonne aufwärmen. Aber das tat Daina nie. Monika mußte erst zu ihr herauswaten und sie an Land ziehen. Zu der Zeit war sie gewöhnlich schon durchgefroren bis auf die Knochen. Sie tauchte aus dem Wasser und zitterte, bis Monika sie in eins der gewaltigen, leuchtendroten Strandlaken einwickelte und ihre Arme abrubbelte, damit der Kreislauf wieder in Bewegung kam. Und riesige, brummende, blaugrüne Schmeißfliegen stachen sie schmerzhaft in die salzglänzende Haut ihrer Knöchel.

Das war der Anfang gewesen, glaubte sie. Dieser tiefe, dunkle

Sommer, als ihr Vater so plötzlich, so erschreckend und – so nutzlos gestorben war. Eine Weile hatte sie ihn deshalb unvernünftigerweise gehaßt, daß er ihr das angetan hatte, gerade, als sie sich näherkamen. Und in dieser Zeit glaubte Daina, auch Monikas Haß, der erneut durchbrach, zu verstehen.

Aber dieses Gefühl verließ sie, und sie wußte, sie verstand, daß es nicht seine Schuld war und daß er sie wirklich geliebt hatte. Er hatte soviel von sich selbst bei ihr zurückgelassen. So erfuhr sie endlich, was ihre Mutter für ein Mensch war; wie sehr sie ihren Mann seiner erfolgreichen Karriere wegen beneidet hatte und daß sie glaubte, er hätte sie daran gehindert, sich selbst zu verwirklichen, wie sie sich jetzt gern auszudrücken beliebte.

Aber Daina fand bald heraus, daß Monikas Verständnis von Selbstverwirklichung nur in eine Richtung zielte: ins Schlafzimmer.

Für Daina begann Anfang 1965 die Zeit ihrer ersten Periode; die Zeit, in der sie Figur bekam, so daß niemand – nicht einmal Monika – sie mehr für ein Kind halten konnte.

Es war eine Zeit der Energie und Anarchie. Rebellion durchzog die Luft wie der Duft eines Gewürzes; die Flut wallte von unten auf; die Erde zitterte unter dem Schock der langen Haare, der Jeans, der Kommunen, der Fransenjacken, der Drogen und der blühenden der Rockmusik.

Die neue Generation hatte Winston Churchills energisches V-Zeichen für sich in Anspruch genommen und ihm eine ganz neue Bedeutung gegeben. Easy-Rider bevölkerten die Autobahnen; die Kinder der Mittelklasse, die Nachkriegskinder, machten sich daran, sich in einem langen, harten Prozeß von den Älteren loszureißen. Obwohl Daina jünger war, hatte sie das gleiche Gefühl von Unzufriedenheit mit den Verhaltensmustern, die seit so langer Zeit zum Jungsein dazugehörten und zur Bürde der Jugend wurden. Daina war davon überzeugt, daß ihr Vater die Unvermeidlichkeit in alldem gesehen hätte; aber sie erkannte natürlich auch, daß sie ihm einen Heiligenschein aufsetzte. Dennoch: das, was übrigblieb, war es vielleicht, was sie an ihrem Vater verstand.

Im Gegensatz dazu war Monikas Welt von Regeln beherrscht. Monika hatte immer noch viel von der Alten Welt in sich, und jetzt, wo sie auf sich selbst gestellt war, zeigte sich das ganz deutlich – wenigstens für Daina. Jeden Tag fiel sie mehr in das Benehmen zurück, das man ihr in Györ eingehämmert hatte, als sie noch ein kleines Mädchen war. Monika stammte aus Nordwestungarn – dem Land der Magyaren –, und die Sagen über diese wilden, unabhängigen Krieger lagen ihr beständig auf den Lippen.

»Deine Augen«, hatte Dainas Vater ihr einmal gesagt, »sind die Augen deiner Mutter. Mit mir haben sie nichts zu tun. Siehst du diese Farbe – das brennende Violett, das darin schwimmt, und die hochgekippten Augenwinkel? Das sind Magyaren-Augen, Daina.« Sie war warm ins Bett eingepackt, er saß auf der weichen Decke neben ihr, und das dunkelrote, stoffüberzogene Buch, das Monika für Daina gekauft hatte, lag offen auf seinem Schoß. Er las ihr wieder eine Geschichte vor, wie zwei magyarische Jungen erwachsen wurden und in den Kampf zwischen Magyaren und Hunnen gerieten. Dann führte Attilas Jagd auf den legendären weißen Hirsch zum Ende des Kriegs mit den Magyaren.

Dainas Vater blickte von den Buchseiten auf und sagte ihr: »Denk dran, Schätzchen: Wenn schlechte Zeiten kommen, lebt immer noch der weiße Hirsch in dir, stolz, mythisch und unbesiegbar.« Aber Jahre später, während des letzten Sommers mit ihm, als sie ihn gefragt hatte, ob er das, was er gesagt hatte, wirklich meinte, da lachte er nur und fuhr ihr mit seinen langen Fingern durch das goldene Haar.

Nun war es zu spät. Sie mußte das beste daraus machen. Sie ging in die Bibliothek und brütete über Geschichtsbüchern von Ungarn, Österreich und schließlich auch Rußland, aber in keinem fand sie irgendeinen Hinweis auf den weißen Hirsch. Endlich versöhnte sie sich mit der Tatsache, daß dieses Wesen lediglich dem Hochmut ihres Vaters entsprungen war. Als sie ihn als Kind gebeten hatte, ihr Geschichten zu erzählen, entstammten sie unweigerlich seiner Phantasie.

Es gab eine Zeit in ihrem Leben, da sie oft von diesem geheimnisvollen Tier träumte, das zur Melodie der traurigen »Pavane« von Ravel durch eine unbekannte Landschaft zog. Jede Note fiel wie ein Blütenblatt, und Daina wachte stets mit Tränen in den Augen auf.

Monika verstand das nicht. Einmal, als Daina den Versuch unternahm, ihr zu erklären, wurde Monikas Gesicht plötzlich blaß, und sie schlug Daina auf den Mund. »Das ist Babygefasel!« schrie sie. »All diese Geheimnisse, all diese Märchen. Sie würden dich beherrschen wie deinen Vater. Ich dulde es jedenfalls nicht, hörst du? Er ist jetzt fort. Und du wirst diesen weißen Hengst vergessen.«

»Kein Hengst, ein Hirsch, Mutter. Ein männlicher Hirsch.«

»Jetzt hör mir mal zu«, sagte Monika und packte Dainas Arm ganz fest. »Du tust, was ich dir sage, ob es dir nun paßt oder nicht.«

So trieb sie Daina weit fort, in ein Land am Rand der Welt, wo das Zwielicht regierte und die Gesetzlosen die Straßen durchzogen; so sicher, als ob sie lebendig gewordene Alpträume wären.

Der Verkehr auf der Pacific-Coast-Autobahn war dicht, aber in nichts vergleichbar mit dem, was Daina auf der Ocean Avenue erwartete. Sie mußte alle Fenster hochkurbeln und das Gebläse anschalten. Zu dieser Tageszeit gab es nur diese eine Alternative, denn sonst riskierte man es zu ersticken.

Schäumend, in der Schlange eingeklemmt, stach sie mit dem Finger auf den Knopf des Kassettenrecorders. Die Musik setzte mitten in »Narsty«, einem Song aus der letzten *Heartbeats*-LP, ein. Chris' Stimme war zu hören, heiß und verlangend wie je zuvor, und natürlich schwangen ihre Gedanken herum – Stückchen aus rosa Fleisch; rote Pfützen, so dunkel, daß sie im dämmrigen Licht schwarz aussahen. Verstümmelung, die über jeden Verstand ging. Sie streckte die Finger aus, um der Musik ein Ende zu machen, behielt aber die Hand in der Luft, keine zwei Zentimeter vom Schalter entfernt, und dachte nach. Nein, nein, nein. Wenn ich jetzt abschalte, wird es mir nie mehr möglich sein, ihre Musik zu hören, ohne Maggie vor mir zu sehen. Maggie, zerrissen wie eine weggeworfene Puppe. Und damit kann ich nicht leben. Ich kann es einfach nicht...

Baba bewohnte Ecke 45. und 10. Straße ein Appartement im fünften Stock, in einem rattenverseuchten Mietshaus, gleich neben den Bahnschienen, in dessen Erdgeschoß sich eine puertoricanische Bodega befand. Die Küchenschaben waren hier so zahlreich und frech, daß sie fast als die eigentlichen Mieter galten. »Hab' die Biester früher bekämpft«, erzählte Baba Daina ernsthaft, »aber jetzt – ha'm 'ne Art Waffenstillstand ausgehandelt: Ich tu denen nix – die tun mir nix.« Aber dorthin nahm er sie nicht mit – wenigstens zu Anfang nicht.

Sie fuhren mit der Subway, tauchten, nachdem sie die Treppen hinaufgeklettert waren, in Harlem wieder auf. Sie gingen die Lenox Avenue entlang, an der 138. Straße und der Sansi-Bar vorüber, die dunkel und geräuschvoll an der nordöstlichen Ecke einer Straße lag, die genausogut das andere Ufer der Lethe hätte sein können. Daina wenigstens hielt mit der Zeit diese wüste, gewalttätige Kneipe für eine Art Grenzstein zwischen Diesseits und Jenseits. Ihre Füße trugen sie quer durch einen ganzen Kontinent; sie gingen über in eine andere, niedere Welt, wo alle Gesichter braun waren, wo Daina sich so auffällig fühlte wie Schneeflocken auf schwarzem Grund.

Gelbliche Augen wurden groß wie Untertassen, wenn sie dort entlangging; denn hier war nicht ihr Gebiet, war – genaugenommen – nicht einmal Amerika, das Land der Freien, die Heimat der Tapferen. Es war ein abgeschlossenes Getto, angefüllt mit Arbeitsscheuen und Hinterhältigen. Rosa Cadillacs parkten neben alten Männern, die ihre knorrigen, gichtverknoteten grauen Hände über einem Feuer, das in einer Mülltonne brannte, warmrieben. Aber es wurde kein einziges Wort gesprochen, alles war kristallklares Schweigen. Babas wegen.

Dennoch fühlte Daina sich unbehaglich. Sie erkannte in den Augen dieser Menschen Dinge, die sie noch viele Jahre später verfolgen würden. Diese Leute brauchten gar nicht erst den Mund aufzumachen – ihre Augen schrien Daina ihren Haß entgegen. Daina bekam eine Gänsehaut, ihr Magen verknotete sich, und nur in diesem Augenblick tat es ihr leid, dieses Gefühl je herausgefordert zu haben. Sie war wie eine Fremde auf einem fernen Planeten, an einem Ort, an dem sie möglicherweise in Gesellschaft dieses dunklen, lebendigen Berges toleriert wurde, dem sie aber nie gehören konnte. Dann warf sie noch einmal einen Blick auf Babas Gesicht und sah, daß er sich nichts daraus machte. Ihr Magen beruhigte sich wieder.

Sie hatte schon oft Berichte gelesen über London nach der Bombardierung; aber sie war nie in der Lage gewesen, sich die gewaltige Verwüstung dort wirklich vorzustellen. Bis jetzt. Als sie durch Harlem ging, wußte sie Bescheid, so glaubte sie wenigstens. Halb demolierte Gebäude erhoben sich drohend an allen Seiten; es gab zerschmetterte Ziegelmauern und verstreute Trümmer. Verbogener Draht und hölzerne Zäune zu nutzloser Bewachung schwarzer Löcher, des ausgebrannten Stumpfes eines schon längst verfaulten Zahns.

Riesige Hunde mit dichtem Fell und langen Lefzen streunten umher. Sie sahen wie Wölfe aus, umkreisten nervös die Schlackefeuer, die die Mülltonnen schwarz färbten. Trommeln erklangen von weit her, vom oberen Ende des nachtschwarzen Central Parks. Flammen erleuchteten die Straße, über der die Neonlampen brummten und zischelten. Daina zitterte ein wenig an Babas Seite, die so breit und beruhigend war wie eine Mauer.

Er führte sie zu einem Restaurant, das zwischen einer sechsstöckigen Mietskaserne und einem altmodischen Lebensmittelladen wie ein Butterbrotbelag eingeklemmt war. Die Mietskaserne sah aus, als ob sie jeden Augenblick in Flammen aufgehen könnte.

Das Restaurant hatte eine niedrige Decke. Wände und Fußboden waren mit alten italienischen Fliesen bedeckt, die an manchen Stellen abgenutzt, schäbig, sogar zersplittert waren. Aber größtenteils leuchteten sie noch immer.

Von einem mageren Kellner, dessen Haut so hell leuchtete, daß sie wie mit Mehl bestäubt wirkte, wurden sie an einen Ecktisch gebracht. Baba grinste Daina an und sagte: »Da hast u's, Mama. Jetzt bistu gezwungen, 'ne richtige Niggermahlzeit zu essen.« Er nahm ihr die Speisekarte aus den Händen. »'ch mach mal die Bestellung.«

Der erste Gang: kurzgebratene Kutteln, so knusprig, daß es Gerissenheit erforderte, sie zu essen. Baba sagte: »Was is' nu' mit deinem Freund in 'er Bronx?« So, wie er es sagte, hörte es sich an, als spräche er von der anderen Seite des Universums und nicht von einem nördlichen Stadtteil.

»Ich hab' dir doch gesagt, ich hab' keinen.«

»'n nettes Ding wie du?« Er schüttelte den Kopf und schlug knirschend seine Zähne in die Kutteln. »Aber was soll's. Hastu 'nn wenigstens 'ne Familie, Mama?«

»Mein Vater ist tot.« Daina blickte hinab auf die rotweiß karierte Tischdecke. »Und was meine Mutter angeht, der ist es eigentlich scheißegal, was ich...«

»Aber, aber, so darfstu nich' reden, Mama.«

»Warum nicht? Du redest doch auch so.«

»'ch bin ja auch 'n Außenseiter, Mama, Ausschuß, vom Rande. Schnapp' bloß nich' solche Sprüche von mir auf. 'ch muß so reden, damit die mich hier verstehen.« Er zwinkerte ihr zu. »Und außerdem bin ich 'n Nigger. Hab' keine Ahnung, wie man sonst redet. Bei dir isses was andres, Mama. Hast' Schulbildung, bis' anständig erzogen worden. Hast keinen Grund, all die Scheiß-Ausdrücke zu reden.«

»Ich glaube, es sind nur Worte, wie alle anderen Worte auch. Du hast doch sicher von Lenny Bruce gehört...«

»Hm.« Baba schüttelte seinen wolligen Kopf. »Mama, hast noch viel zu lernen. Is' egal, was wir zwei beiden denken, kla'? Was die da–« er machte eine Kopfbewegung, »denken, spielt 'ne Rolle. Und die haben's nich' gern, weißtu? Eins mußtu kapieren: Die haben's gern nett und ruhig. Keine gesträubten Federn.« Er zeigte mit einem fettigen Finger hin. »Eß deinen Seelenfraß, Mama, schmatz ruhich mal. Zeig', daß es dir schmeckt, wie'm Nigger. Machstu mich glücklich, echt.«

Schweigend aßen sie eine Weile. Der Raum war eng und überfüllt. Es herrschte fast so etwas wie eine Kommunenatmosphäre mit sehr viel anspruchsvollem Gerede und Scherzen von Tisch zu Tisch; eine Atmosphäre, wie sie Daina noch nie zuvor erlebt hatte.

Sie saßen in der Nähe des Hinterausganges, wo man durch Doppelscheiben in einen unkrautüberwucherten Hof voller schwärzlicher Trümmerhaufen hinausschauen konnte. Zitronengelbe Lichtflecken aus Fenstern im zweiten und dritten Stock zauberten Heiligenscheine auf die schäbigen Ziegelmauern, die anscheinend weit weg lagen, in Wirklichkeit aber nur einen Block entfernt.

Als sich die Vordertür öffnete und ein Mann hereinkam, drehte ihm Baba den Kopf zu. Sein langes, glänzendes Gesicht war schwarz wie die Mitternacht. Er ging langsam durch das Restaurant auf sie zu. Er trug einen rehbraunen Anzug mit so breiten Revers, daß sie seine Schultern berührten. Sein dunkelbraunes Hemd stand am Hals offen und enthüllte sechs oder sieben dünne Goldkettchen. Ein langes Streichholz, von der Art, mit der man Kaminholz anzündet, steckte in einem Mundwinkel. Als er näher an Daina herangekommen war, konnte sie sehen, daß er mit großer Energie an seinen Zähnen saugte. Sie erkannte auch die Lachfalte an jenem Mundwinkel, in dem das Streichholz steckte; die Lippen waren leicht nach oben gebogen – ein Ausdruck, der sich niemals veränderte, egal, wie er gerade dreinschaute.

»Na, was is', Mann?« sagte er mit einer Stimme, die sich so anhörte, als hätte er eine ganze Kieseinfahrt verschluckt. Er streckte eine seiner rosa Handflächen aus, und Baba schlug ein.

»Öj.«

Der Mann beäugte Daina. »Was hast 'nn da, Nigger?« Er hakelte einen seiner spitzen Stiefel um ein Stuhlbein, zog den Stuhl hervor und setzte sich. »Sieht so aus, als ob du dir für 'ne schwarze Seele 'n ordentlich Stück Fleisch abgeschnitten hätt'st.«

»Smiler, has' mir was Wichtiges zu sagen? Wenn nich', verpiß dich wieder.«

Smiler schenkte ihm ein goldzahniges Lächeln. »Sag mal, Bruder, mir Nigger komm's so vor, als ob du 'n bißchen empfindlich wirst.«

»Was'n los mit dir, Mann?« Baba hatte aufgehört zu essen, wischte sich, während er den anderen beobachtete, sehr sorgfältig die Fingerspitzen ab. »Zieh Leine, hab' ich dir schon mal gesagt.«

Smiler kaute nachdenklich auf seinem Streichholz, dessen rotweiße Spitze auf und ab tanzte. »Was 'n mit dir, Nigger? Vergessen, daß weißes Fleisch geteilt wird – besonders so 'n Superbrocken wie der da?« Seine schwielige Hand legte sich auf Dainas Finger. Sie versuchte, ihre Hand wegzuziehen, aber seine dicken Finger hielten sie gefangen.

»Laß das, Smiler.«

Smiler grinste. »Warum denn?«

Mit erstaunlicher Geschwindigkeit streckte Baba die Hand aus, packte Smilers Zeigefinger, riß ihn hoch und drückte ihn zurück.

Smiler heulte auf, versuchte aufzuspringen – aber Baba hielt ihn gepackt. Tränen traten in Smilers Augenwinkel, sein Gesicht verzerrte sich, aber selbst der Schmerz konnte sein schreckliches Halblächeln nicht löschen.

Baba hielt seinen harten Griff aufrecht, beugte sich über den Tisch und sagte mit leiser Stimme: »Hab' doch gesagt: spuck aus, was du zu sagen hast, Mann. Aber du bis' zu sehr der Scheißnigger, um aufzupassen.«

»Öj, Bruder...« Smiler rollte mit den Augen.
»'scheinend komm' ich bei dir nur durch, wenn ich was mach', was du kapierst, wa?«
Smiler knirschte mit den Zähnen. »Öj, Bruder. Beruhig' dich. Du tust diesem Nigger hier weh.«
»Is' mir scheißegal, Nigger, klar? Wenn du nix im Kopp hast, dann mußtu fühlen.« Er rückte nah an Smilers glänzendes Gesicht heran, stemmte den Ellbogen auf die Tischdecke und verstärkte noch den Druck. Smiler keuchte so heftig, daß ihm das Streichholz aus dem Mund fiel.
»Bruder, du bringst mich um. Echt, ich lüg' nich'.«
»'tschuldige dich bei der Dame da, Mann.«
»Ich – ich...«
Baba beugte sich weiter vor und knirschte mit den Zähnen. Das Gesicht des anderen schien alle Farbe zu verlassen.
»Tut mir – echt leid...«
»›Tut mir leid, gnädige Frau.‹ 's hier is 'ne Dame, Scheißtyp.«
Smiler sah Daina verzweifelt an. »Tut mir leid, gnädige Frau.« Und seine Augen schlossen sich vor Müdigkeit.
»Baba«, flüsterte Daina, »hör' jetzt auf.«
Baba ließ die Hand des anderen los, Erleichterung überflutete Smilers Gesichtszüge. Er ließ seine verletzte Hand vom Tisch gleiten und umfaßte sie schützend mit der anderen.
»'s war so, 's ob man vor 'm Reinbeißen 'nen Hühnerflügel knackt, was, Smiler?« kicherte Baba. »Okay. Was wolltestu sagen?«
Smiler schaute ihn mit roten Augen an. Er schaukelte ein bißchen hin und her, weil der Schmerz noch immer pulsierend in ihm nachklang. »Heut nacht um drei kommt Hasch rein. Am selben Platz.«
»Hastu nachgecheckt?«
»Am Ausgangspunkt, ja. Prima Hasch.«
Baba nickte. »'s sind zwei echte Riesen für dich, Nigger. Für so viel Kohle kannstu dir 'n tollen Zwirn kaufen und deine Alte am Lächeln halten. Hundertprozentig.«
Aber Smiler lachte nicht. Seltsam starr hielt er seinen verletzten Finger umklammert und hatte offenbar schreckliche Angst davor, ihn zu bewegen. Er starrte ihn an, seine Lippen bewegten sich, aber es war kein Ton zu hören.
»Kricht der Doktor ruck-zuck wieder hin«, Baba wandte sich wieder seinem Essen zu. »Nächstes Mal machst's richtig, Nigger, klar?«
»Ja.« Smiler stand auf und warf noch nicht einmal einen Blick in Dainas Richtung. Es war so, als ob er nur Baba allein am Tisch sehe. »Nächstes Mal mach ich's besser.«

Er drückte sich an dem Stuhl vorbei und schlängelte sich aus dem Restaurant hinaus. »Mußtest du ihn so verletzen?« fragte sie Baba.

Baba stellte seinen Teller mit den gebratenen Kutteln ab und sagte: »Wie gesagt, Mama, du mußt noch 'ne Menge lernen über diese Leute. 's einzige, was 'n Nigger wie Smiler kennt, sind Wehwehchen. Traurig, aber 's isso. Manchmal hören die schlecht, dann mußtu dafür sorgen, daß sie aufpassen. Is' nich' leicht.«

»Das heißt, du mußtest ihm den Finger brechen?«

»Hm.« Baba lehnte sich zurück, wischte sich über die dicken Lippen. »'ch erzähl' dir mal 'ne Geschichte, Mama, damit du alles klar siehst. Vor Jahren war der olle Smiler 'n Freiberuflicher. Weiß der Geier, wo er sich die Kohle holte mit 'm Spatzenhirn inner Nuß. Na. Irgendwie hat er 's hingelegt. Läuft dann an 'm Tag so 'm großen Licht aus Philadelphia über 'm Wech, 'm richtigen dicken Otto, 'm Schweinehund von Kerl, aber nich' blöd. Sorgt dafür, daß er 'n Smiler irgendwie in seine Geschäfte einbaut. Macht Smiler 'n Angebot, 'n ganz hübsches sogar, konnt' sich nich' beklagen, diese Tranfunzel. Und Smiler sacht der Type: ›Verpiß dich‹, und der macht wirklich wech. Nich' für lange. Den juckt's nach Norden, will New York machen, hat auch mitgekricht, daß Smiler wie 'ne Made im Speck haust. Hat sich also drangehalten, und der olle Smiler läßt sich nich' bequatschen, egal, wie rum. 's hat der Type gestunken, schickt 'n Gorilla aus zu Smiler, soll ihn sich krallen und ranschleppen zu 'ner Bequatschung. 's gab 'n Problem noch. In der Nacht war Smiler grad draußen, einkaufen, und der ochsige Gorilla bufft Smiler seine Olle an. 's braucht so 'ne Zeit, bis es bei Smiler funkt. A'r wenn's soweit is', rollt der. Nix wie hinter der Type her. War nich' grad schlau. A'r ich sachte ja schon, plemm...« Er zuckte die Achseln. »›Erzähl' dir mal was‹, meint also die Type zu 'm Smiler, ›die Bräute hier sind eine wie die andere. Schnapp dir, was hier so rumläuft, wenn sie dir Spaß bringt. Okay?‹ ›Du Stinktier‹, sacht Smiler, ›Mann, ich kugel dir die Arme aus.‹ 'türlich kann Smiler nich' vor und nich' zurück. Die andern beiden halten ihn fest. Sagt die Obertype: ›Bei euch Idioten gibt's nur ein Problem: ihr habt keinen Humor. Überhaupt keinen. 'ch tu dir jetzt 'n Riesengefallen und änder das da mit 'm Humor.‹ Zieht 'n Stilett, fängt an, an der rechten Seite von 'm Smiler sein Gesicht rumzumachen. Hat ihm die Nerven angesäbelt. ›So‹, sacht der dicke Otto, wischt's Messer an Smilers Jacke ab, ›jetzt lächelste ewig. Über nix. Keiner kann sagen, hast keinen Humor.‹ So wars!«

Daina starrte ihn an. »Was soll die Geschichte?«

»Was die soll?« Baba wischte sich den fettigen Mund. »Wollt' nur sagen, Mama, daß Smiler für genau *die* Type arbeitet. So isses. Hat auch eine von seinen Weibern. Pennt mit der so drei, vier Jahre.«

»Ich glaub' kein Wort davon.«

»Öj, Mama, so isses und so läuft's hier.«

Baba warf Daina über das abgerissene Stück knuspriger Haut einen schnellen Blick zu. Er mußte noch nicht einmal den Mund öffnen, er mußte ihr noch nicht einmal sagen: »Du bist ja selber hier hergekommen, Mama. Keiner hat dich gezwungen«, denn der Blick sagte alles. Also konzentrierte sich auch Daina wieder aufs Essen.

Es wurde lauter und lauter, während die Nacht auf sie niedersank. Flaschen mit Maiswhisky tauchten aus dem Nichts auf, wurden auf die Tische gestellt, dazu Becher.

Baba schenkte sich vier Finger breit von dem Schnaps ein. Eis oder Wasser, um ihn zu verdünnen, gab es anscheinend nicht, und als Daina deswegen fragte, sagte Baba: »Macht man hier nich', Mama, is' heilig.« Sie wartete, bis er seinen Schnaps getrunken hatte, ehe sie sagte: »Willst du mir nicht auch einen einschenken?«

Er beäugte sie einen Augenblick, setzte dann sein Glas ab. »Du has' so was an dir, Mama, weißtu?« Aber er schenkte ihr trotzdem etwas ein, beobachtete sie, lächelte, als sie das Zeug hinunterwürgte. Sie hatte das Gefühl, als ob ihre Kehle Feuer gefangen hätte, und sie hätte schwören können, daß sie den Weg, den der Schnaps bis in ihre Eingeweide hinunter nahm, so deutlich fühlen konnte, als sei er eine Landebahn mit voller Befeuerung. Sie wischte sich die Tränen aus den Augen und schob das Glas über den Tisch, damit es wieder gefüllt werden konnte. Baba schüttelte den Kopf, lachte und schenkte für sie beide noch mal ein. »Ich wette, du hast 'ne riesige Familie«, sagte Daina nach einer Weile.

»Nö.« Er rollte das Glas zwischen den Kanten seiner riesigen Hände. »Hab' überhaupt keine Familie, jetzt nich' mehr. Daddy is' von Alabama raufgekommen. Die Scheißtypen von da unten, die hass' ich mehr als die weißen Nigger hier oben. Aber eins is' klar: die da unten sagen's dir wenigstens direkt ins Gesicht, daß sie dich hassen.« Er hob seine riesigen Schultern. »Hier spiel'n sie dir einen vor, verstehstu? Lauter Freunde, aber hinter'm Rücken: Beschiß. Sagen immer dasselbe: Nigger.« Er schaute Daina an. »Erklär' du mir mal, Mama, was nu' schlimmer is'.«

»Ach, all das mit den Farbigen«, sagte sie. »Ich weiß nicht. Ich versteh das auch nicht.«

»Ja, alles Scheiße. Sind wir schon zwei, Mama.« Er nippte an seinem Whisky. »Früher mal, da hatt' ich 'n paar Brüder. Tyler war der Älteste. Und eines Nachts, außerhalb vom Selma, da ha'm sie ihn erwischt. Einmal Samstag nachts, kamen da drei dicke Mamas mit Schrotflinten vorbei, stinkbesoffen. Und dann ha'm 'se 'n Tyler gesehen, wie der mit'm Mädchen rumgeschmust hat. Und dann ha'm 'se die beiden durchsiebt. Scheiße.« Er schenkte sich noch mehr Schnaps ein. Daina sagte nichts. Sie schaute ihn nur an.

»Dann war da noch Marvin«, fuhr Baba fort. »War der Jüngste, 'n netter Nigger. Nich' wie sein Oller oder wir anderen. Hatt' die Schule zu Ende gemacht, wollt' auf'n College, aber – na, 's hat nich' gelangt. Also: ab in die Army, freiwillig. Letzte Chance, weil die Army-Ärsche ihm die Schule zahlen.« Baba starrte in die Tiefen des braunen Schnapses und ließ ihn im Glas herumwirbeln. »Aber die Säue ha'm ihn nach Vietnam verfrachtet. War doch nur 'n ungebildeter Nigger, der versuchte, gegen's System anzustinken, und is' dabei auf die Schnauze geflogen. Scheiße. Hab' diesem Nigger jede Woche geschrieben. Hab' geschrieben: ›Hör mal zu, Marvin, kümmer' dich um dich. Ist'n Krieg für Weiße. Lass' dich nich' auf so 'ne saublöde Tour abschießen.‹ Marvin schreibt mir zurück: ›Du mußt das verstehen, Baba. Ich bin Amerikaner. Du bist Amerikaner. Hier drüben, hier gibt's keine Nigger und keine Weißen. Hier gibt's nur uns und den Feind.‹ Armes Schwein. Dann is' sein Zug auf 'ner Nachtpatrouille in 'n Hinterhalt geraten. Er und noch so'n anderes armes Schwein blieben übrig. Halten die Stellung. Marvin is' also 'n richtiger Held, soll sogar 'ne Tapferkeitsmedaille kriegen. 'ne Woche später auf Patrouille tritt er auf 'ne Mine. Nur sein Kopf und 'n Teil von seiner Brust sind übrig. Ha'm 'se ihn inner Holzkiste nach Haus geschickt, in die amerikanische Flagge eingewickelt. An einer Ecke von der Flagge war da'n silberner Stern. Scheiße. Was soll ich'n mit'm Ding anfangen, wie?« Glitzernde Punkte zeigten sich jetzt in Babas Augenwinkeln. Er schob das Glas weg. »Sollte das Zeug nicht trinken. Kommt nix bei raus. Scheiße!«

Daina streckte die Hand über den Tisch und berührte seine Finger. Sie sah, wie die schwarze Haut die weiße schluckte, sie fühlte seine Körperwärme, und sie rieb die Haut an seinen Handgelenken.

Er räusperte sich, machte sich los und nahm die Hände vom Tisch. »Ende, Mama, das hier, das is' nix.«

»Na, Baba, das ist aber eine Überraschung.«

Sie drehten sich beide um und blickten zu dem Mann in dem schmalen Gang zwischen den Tischen auf. Er war, bis hinab zu seinen eleganten Wildlederschuhen, in fleckenloses Grau gekleidet und trug einen breiten Seidenschal anstelle einer Krawatte. Er war hochgewachsen und schlank, und wenn er sich bewegte, wirkte selbst die winzigste Bewegung graziös. Seine Hände hatten lange Handflächen und kurze, kraftvoll wirkende Finger, die Handrücken waren von Sommersprossen und goldenem Haar bedeckt. Er hatte ein schmales

Gesicht mit ziemlich langen, flach anliegenden Ohren; das krause, rötliche Haar war kurzgeschnitten. Sein schlitzartiger Mund und das scharfkantige, vorstehende Kinn gaben dem Mann ein gefährliches, wildes Aussehen.

Baba lächelte träge und hob den Arm. »Daina, das is' Aurelio Ocasio. Na, Alliierter, warum setztu dich nich'?«

»Ich hoffe, es macht euch nichts aus. Miss...« – er nahm Dainas Hand, sie spürte die schwache Kühle seiner Finger und roch sein Rasierwasser. Ocasio hob Dainas Hand, wollte sie küssen, überlegte es sich dann aber anders. Er ließ sie wieder los, setzte sich neben Daina, Baba gegenüber, wobei er ein paar dunkelhaarigen Puertoricanern, die an einem engen Zweiertisch an der Wand in der Nähe des Vordereingangs saßen, ein Handzeichen gab.

»Heutzutage schnappst du dir wohl schon Wickelkinder, Baba«, sagte er mit rauhem Lachen. Er schenkte sich einen Bourbon ein und zog eine Grimasse. »Herrgott! Wie könnt ihr bloß diese Brühe trinken? Gibt's denn in diesem Saftladen keinen Rum?«

»Dafür liegen wir 'n bißchen zu weit westlich, Alliierter«, sagte Baba betont.

»Aha. Na, wir kommen aber heutzutage doch mehr rum. Weiter und weiter. Das Geschäft blüht.«

»Seh' ich.«

Ocasio warf Daina einen Blick zu, und sie sah, wie lang seine Augen waren, wie die schmalen Schlitzaugen eines Fuchses. »Sag' mir, Amigo, du denkst doch nicht daran, dein Geschäft möglicherweise auszuweiten, was?«

»Du meinst Daina?« Baba lachte und nahm einen Schluck Whisky. »Scheiß dir nich' ins Hemd, Alliierter, is' bloß 'ne Freundin der Familie.«

»Du hast aber doch keine Familie, Amigo.«

»Plötzlich wieder. Was sachst du nu'?«

Ocasio nahm einen hastigen Schluck. »In Ordnung, solange es dabei bleibt. Du würdest doch nicht wollen, daß mir einer auf die Füße tritt, und besonders dir, Amigo? Du hast große Füße, wie?« Aber er lächelte nicht, und nichts an ihm deutete auch nur im trockensten Sinn auf Humor hin.

»Seit wann wär' ich 'nn an so was interessiert? Hab' doch davon sowieso kein' blassen Schimmer.«

»Die Zeit vergeht, Amigo. Eines Tages juckt es uns doch alle, weißt du? Ehrgeiz, das ist unser Untergang.«

Baba stellte sein Glas direkt vor sich auf den Tisch. »Was willstu 'nn damit andeuten, Alliierter?«

»Hm. Smiler sagt mir, du hast vor, von dieser neuen Lieferung an die Preise zu erhöhen.«

»Richtig. Inflation, Kollege. Auch 'n Außenseiter muß essen.«

»Inflation, wie? Bist du sicher, daß es das ist?«

Baba beäugte ihn.

»Könnte es nicht sein, daß du nach irgend 'ner Finanzierung angelst, damit du dich ausbreiten kannst, was?«

Baba lachte. »Wo hastu 'nn die Scheiße her, Alliierter? Mann o Mann, hab'n sich die Zeiten verändert. Früher mal, da hatt'stu die besten Quellen hier. Was'n los? Ha'm sie dich fallengelassen, in diesen Sauzeiten?«

Ocasio hob die Schulter, wie ein Mittelgewichtler eine saftige Schlagkombination abwehrte, bevor er kontern kann. »Du kennst die Quellen genausogut wie ich, Amigo. Los Cochinillos; sie sind ohne Humor, aber sie haben ihre guten und auch ihre schlechten Tage.«

»Preis is' Preis, Kollege«, sagte Baba und leerte sein Glas. »Muß mit der Zeit Schritt halten.«

Ocasio stellte sein Glas neben Babas. »Müssen wir das nicht alle?« sagte er, während er aufstand. »Freut mich, daß wir diese kleine Unterhaltung hatten. Adios.« Er gab seinen Männern ein Zeichen. Einer öffnete für ihn die Tür. Keiner von ihnen hatte irgend etwas gegessen oder getrunken. Und keiner hatte ihre ruhige Unterhaltung gestört.

Baba wischte sich den Mund, als sich die Tür schloß, drehte sich um und schaute Daina an. »Und der redet von Ehre. Nennt seine Männer Schweine. Is' selbst 'n verdammtes Schwein, dieser Weiße.«

»Du magst die Puertoricaner nicht besonders, was?«

»Nö, Mama, kannstu Gift drauf nehmen. Die verpassen dieser Stadt 'nen schlechten Ruf, stinken hier alles voll!« Er lächelte. »Eins stimmt von denen da: die sitzen noch tiefer unten als wir Nigger.« Dann warf er den Kopf zurück und lachte, laut genug, daß sich in all dem Krach mehrere Köpfe nach ihm umdrehten.

Im »Lagerhaus« saß sie am Fenster und starrte hinaus in die sinkende Nacht. Die tanzenden Lichter wirkten wie Stückchen aus abgesplitterter Farbe, die auf einer Leinwand verstreut sind. Sie nippte einen eisgekühlten Bacardi und dachte – wenigstens jetzt – an gar nichts. Sie hörte gedämpftes Gesprächsgemurmel aus dem Hauptspeiseraum. Sie beobachtete einen vierzig Fuß langen Schoner, in dessen Takelage farbige Lämpchen brannten. Die Oberkante seiner langen Kabine und der schlanke Rumpf glühten weiß, wie zwei Querstriche in der Dunkelheit. Ein Gleichheitszeichen, das für nichts stand.

»Macht es Ihnen was aus, wenn ich mich setze?«

Sie blickte auf und dachte: Herrgott, nein.

George Altavos stand zwei Schritte von ihrem Tisch entfernt. Offensichtlich war er aus der überfüllten Bar gekommen, denn er hielt einen Drink in der Hand.

»Ich hab' Sie vor ein paar Minuten reinkommen sehen.« Seine Stimme klang nur leicht schleppend, aber es konnte sein, daß er schon stundenlang getrunken hatte. »Zuerst hab' ich gedacht, ich sollte einfach so tun, als ob Sie nicht hier wären.« Er lachte wiehernd. »Komisch, nicht? Sie und ich am gleichen Wasserloch, und wir reden nicht einmal miteinander.«

»Army Archerd, der Komiker, würde diesen Witz sicher liebend gern in die Finger kriegen, da möcht ich wetten.« Sie versuchte zu lächeln, versagte aber.

»Ja, und Rubens würde mich sofort vom Gelände jagen lassen.« George versuchte, die Bitterkeit in diesen Worten zu verbergen.

Sie blickte zu ihm auf. »Warum drücken Sie sich nicht deutlicher aus?«

Er öffnete den Mund, um etwas zu sagen, hob aber statt dessen mit ruckartiger Bewegung seinen Drink an die Lippen. Als er das Glas wieder wegnahm, sagte er: »Ich glaube nicht, daß Sie sich in diesen Film reingebumst haben, wenn es das ist, was Sie ärgert.«

»Mich ärgert die Art, wie Sie mich neulich im Studio behandelt haben«, sagte Daina deutlich.

Er stellte sein leeres Glas auf den Tisch. »Heute haben wir auch nicht allzuviel Arbeit geschafft.« Er fuhr mit der Fingerspitze am Rand seines Glases entlang, bis es ein kleines Heulen von sich gab. »Es war ganz komisch. Unheimlich, wissen Sie? Alle waren sie wie verhext.« Seine dunklen Augen musterten sie.

Das war eine Art Entschuldigung, gleichgültig, wie undeutlich sie kam. »Setzen Sie sich«, sagte Daina.

Mit oder ohne Make-up war George ein bemerkenswert gutaussehender Mann. Nicht im Sinne des modernen Hollywood, in dem die sogenannten »Schönen« langweilig aussehen. Er hatte etwas Rauhbeiniges, das noch zu den dreißiger und vierziger Jahren gehörte, als die Stars anscheinend größer waren und weniger gleichmäßige Gesichtszüge hatten. Sein ovales, offenes Gesicht wurde von dunklen, verschleierten Augen beherrscht, die ihm ein dauernd schläfriges Aussehen verliehen. Wenn er nicht gerade filmte, verzichtete er auf sein Toupet.

Daina ließ ihn erst weitere Drinks bestellen, ehe sie sagte: »Tut mir leid, daß das mit Ihnen und Jasmin passiert ist.«

»Na, es war ja nichts Festes. Nur ein Strohfeuer.«

Die Drinks kamen, und er betrachtete sie eine Zeitlang sehr aufmerksam. »Ich bin schwul«, sagte er dann.

Daina stellte ihren Bacardi hin. »Das wußte ich nicht.«

»Niemand weiß es eigentlich. Außer Jasmin.« Er ließ das Rührstäbchen gegen die Seite des Glases klicken. »Ja. Ich hab' Jasmin gesehen und gedacht: Verdammt, vielleicht wäre die genau die Richtige, die mich ändern könnte.« Er zuckte die Achseln. »Sie war nicht die Richtige. Ich nehme an, man kann die menschliche Natur überhaupt nicht verändern.« Er legte seinen Finger um das Rührstäbchen und nahm einen langen Schluck von seinem Whisky. Dann blickte er ins Glas. »Ich hab' so was immer mit Soda getrunken, aber später hab' ich's aufgegeben. Und wissen Sie warum? Es hat zu lange gedauert, bis ich betrunken war.« Er nahm noch einen großen Schluck. »Jetzt geht's schneller, viel schneller.«

Daina zuckte die Achseln. »Wenn Sie nicht glücklich sind...«

George drohte ihr scherzhaft mit dem Finger. »Nein, nein, nein. Sie verwechseln Wut mit Unglücklichsein. Ich komme aus einer großen Familie. Ich hab' vier Brüder und drei Schwestern. Die sind jetzt alle verheiratet. Ob glücklich oder unglücklich, wo liegt da der Unterschied? Wichtig ist doch nur, daß sie in Ehe oder Scheidung, wie auch immer, den richtigen Weg gegangen sind. Den schmalen und beschwerlichen, den sicheren. Jedesmal, wenn ich Weihnachten nach Hause fahre, wenn wir alle in dem großen Haus in Animas, New Mexico, zusammenkommen, ist mir sterbenselend.« Er trank sein Glas leer und winkte dem Kellner um Nachschub. »Aber wissen Sie was? Ich hab' wirklich den Wunsch, nach Hause zu fahren. Ich versuche noch immer, es meinen Eltern rechtzumachen. Die wissen gar nicht, daß ich schwul bin. Das würde sie umbringen. Mein Vater ist trotz seiner siebzig Jahre noch ein richtiger Mann. Und ich laufe dann in Animas rum, voller Schuldgefühle. Trotzdem fahr' ich nach Hause, immer wieder. Als ob ich dort irgendwas suche.«

»Haben Sie Jasmin jemals mitgenommen?«

Er zeigte ihr eine Art Grimasse. »Dieses Jahr sollte sie mitfahren.« Er winkte seine Worte weg, als der Kellner das volle Glas hinstellte und das leere mitnahm. George trank es sofort an. »Aber das spielt alles keine Rolle mehr.«

Doch, dachte Daina. »George, zur gegebenen Zeit kommt vielleicht die Richtige noch.«

Sein Lächeln wirkte leer. »Ach, nein. Es hat ja keine andere gegeben außer ihr. Und ich glaube auch nicht, daß es noch eine andere Frau geben wird.« Er zuckte die Achseln. »Schwamm drüber. Ich bin, was ich bin, richtig? Und zwischenmenschliche Beziehungen sind viel leichter zu knüpfen, wenn man schwul ist. Nur Sex, ohne Haken und Ösen. Keine hysterischen Weiber, die dich mitten in der Nacht anrufen und die dauernd darüber nachdenken, wie sich das Verhältnis wohl entwickelt. Als Schwuler bist du frei. Du kannst einfach dein Leben führen. Bei den kurzen Begegnungen brauchst du niemandem etwas zu erklären.«

»George, es hört sich so an, als ob Sie die Homosexualität zum Vorwand nehmen, um sich zu drücken.«

»Warum soll man sich nicht hin und wieder mal drücken? Mir hängen die Probleme zum Hals heraus.« Er deutete mit dem Finger auf Daina. »Wissen Sie, wie ich zur Schauspielerei gekommen bin? Ich hab' gedacht, ich könnte lernen, wie ich meine Persönlichkeit verändere. Und ich würde dann anfangen, die Mädchen zu mögen. Ja, wirklich! Blöde, nicht?« Seine Hände flatterten wieder in der Luft. »Nein, ich hab' nur Ego und Persönlichkeit verwechselt. All diese Auflösung der Persönlichkeit, diese Rollen vor der Kamera, all das hat den Prozeß nur beschleunigt. Das lange Abgleiten ins Nichts.«

Er ließ die Eiswürfel im Glas klappern. »Ich sag' Ihnen, was die Schauspielerei mir gegeben hat. Sie hat mich dazu gebracht, immer noch mehr zu wollen. Es wurde so schlimm, daß ich einfach nicht mehr damit zufrieden war, vor den Kameras zu stehen. Ich mußte auch im wirklichen Leben spielen. Also hab' ich angefangen, herumzustreunen: denn ich fand heraus, daß dort das Leben wie beim Theater für mich anfängt und aufhört. Spiel und wirkliches Leben sind für mich ein und dasselbe. Wie ein Tanz auf dem Drahtseil. Wissen Sie, es ist nur eine Frage der Zeit, bis man einen Fehler macht und runterfällt. Jeder würde das wohl für einen schrecklichen Gedanken halten. Aber nein. Dieser Gedanke treibt einen weiter, deshalb geht man immer wieder raus, immer wieder, und stellt sich diesem – wie immer man es nennen mag, weil es eine unerklärliche Anziehungskraft besitzt. Und dann denkt man: Ob es wohl in dieser Nacht sein wird, wenn du den blonden, muskelbepackten Jungen am Strand von Santa Monica anmachst? Na gut. Er fesselt dich also, haut dich ganz harmlos ein bißchen durch und macht sich dann dran, dir einen runterzuholen. So weit, so gut. Aber nimm mal an, nimm bloß mal an, das unschuldige blonde Äußere verdeckt die Seele eines Neurotikers. Der Junge entschließt sich vielleicht dazu, dich nachher nicht wieder loszubinden. Er geht durchs Haus, nimmt dein Geld und deinen Schmuck und fängt an, alles kaputtzuschlagen. Und dann kommt er wieder, um dich selber mal ein bißchen ›vorzunehmen‹.«

»Hören Sie auf!« schrie Daina und preßte die Fäuste gegen die

Ohren. »Hören Sie auf!« Köpfe drehten sich in ihre Richtung. Frank, der Leiter des Restaurants, kam herangesaust, um sich zu vergewissern, daß auch alles in Ordnung war.

George schickte ihn mit einer Handbewegung weg. Als sie wieder alleine waren, sagte er: »Ich habe den Verdacht, daß Jasmin genau das an mir verachtet. Ich bin ein solch gedankenloses Schwein, wenigstens meistens.« Er berührte kurz Dainas Handrücken. »Jeden Tag werden Morde begangen. Was mit Ihrer Freundin passiert ist, das ist nichts Besonderes. Das kommt nur daher, daß...«

»Andere Leute sind mir egal«, rief Daina wild, »mich kümmert nur Maggie!«

»Eine Folge des modernen Lebens«, fuhr George verbissen fort. »Keiner von uns weiß mehr, was richtig oder falsch ist. Der Tod hat jede Bedeutung verloren.«

»Wie können Sie das sagen!«

»Weil es stimmt, Daina. Das Finstere in uns hat die Zähne gebleckt, hat zugebissen, und jetzt versucht es, die Oberhand zu bekommen und das Verderben zu beschleunigen.«

Er zeigte ihr ein breites, böses Lächeln. »El-Kalaam würde das verstehen, meinen Sie nicht auch?«

»Und warum auch nicht?« sagte Daina. »El-Kalaam ist Terrorist. Sie sprechen im Augenblick auch wie ein Terrorist.«

»Aber das ist es ja!« George preßte die Handflächen auf den Tisch. »El-Kalaam ist realer als George Altavos. Ich gebe zu, ich habe das Projekt zuerst abgelehnt – ich hab' für die Rolle fast überhaupt nicht vorgesprochen. Aber Marion, unser verdammtes Genie Marion, ist gekommen und hat mich aus dem Bett geholt. Dann hab' ich das Drehbuch gelesen. Er wollte keinen anderen Schauspieler. Aber ich war noch nicht überzeugt. Während ich noch immer mit meinem Ego herumgetaumelt bin und Sie bekämpft habe, hat er die ganze Zeit den Kern der Angelegenheit gesehen.«

Er rieb die Kante seines kalten Glases über die Lippen, bis sie von Feuchtigkeit überzogen waren. »El-Kalaam hat gemeistert, was ich verstehen wollte. Und jetzt sind wir eins, Daina, der Terrorist und ich. Ein und dieselbe Person.«

Sie ließ ihn am Tisch zurück. Es war ihr unmöglich, länger bei ihm zu bleiben, obwohl sie noch immer Zeit hatte, bis sie zum Flughafen mußte. Aber beim Hinausgehen, als sie ziemlich unsicher auf ihren Mercedes zuging, erkannte sie, daß etwas in ihr von George fasziniert war und bleiben wollte. Andererseits, noch tiefer im Herzen, hatte Schreck sie berührt. George schien so sehr das Gleichgewicht verloren zu haben, daß Daina zitterte, als ob sie krank wäre.

Lange Zeit saß sie bei heruntergekurbelten Fenstern im Wagen. Bald hatte die kühle Nachtluft den Schweiß an ihrem Haaransatz getrocknet, aber die sanfte Brise konnte sie nicht von den Gedanken reinigen, die in einer ungreifbaren Sturmlinie auf sie eindrangen; Gedanken, denen sie sich besser nicht stellen wollte.

Mit einer krampfhaften Bewegung drehte sie den Zündschlüssel und ließ den Wagen an. Das satte Brummen, der wohlbekannte Geruch der Auspuffgase, die ihr ins Gesicht wehten und die für einen Augenblick den Seegeruch überdeckten, wirkten tröstlich auf sie. Daina schaltete die Scheinwerfer ein und startete.

Er fuhr mit ihr durch das gewaltige Funkeln und Glitzern der Stadt, hinauf durch die Dunkelheit des Central Parks mit seinen hier und da verteilten Verzierungen aus Weihnachtslämpchen, die sich wie magische Spinnweben zwischen den schwarzen Ästen spannten. Der leuchtend klare Horizont lag überall um das kreisförmige Schaubild des Planetariums aus hohen Gebäuden herum; Gebäude, die wie stille Wächter auf Parade diese rußigen Wälder überblicken.

Baba, neben ihr, wirkte ungeheuer breit und massig in dem dunkelblauen Samtanzug, der ohne Zweifel aus irgendeinem Lieferwagen irgendeines teuren Herrenmodegeschäfts auf dem Weg die 7. Straße hinunter gestohlen worden war.

Daina trug ein Kleid aus Shantung-Seide, ein pflaumenblaues Wunder, das sie mit gewaltiger Anstrengung ihrer Mutter entrungen hatte. Das Kleid zeigte eine Menge Bein, und weil es nur von schmalen Spaghetti-Trägern gehalten wurde, offenbarte es auch sehr viel mehr Dekolleté, als man normalerweise gesehen hätte. Daina glaubte, daß das Kleid in jeder Hinsicht die Anstrengung des Überredens wert gewesen war.

Jetzt, mit siebzehn, war ihre Figur schon sehr weiblich geworden. Seit sie fünfzehn war, hatte sie keine Probleme mehr gehabt, in einer Bar Drinks zu bestellen. Sie trug das lange Haar aus dem Gesicht gekämmt, und schon vor langer Zeit hatte sie sich bei einem Juwelier in Greenwich Village Löcher in die Ohrläppchen machen lassen.

Sie kurbelte das Fenster des Taxis hinunter und ließ die kühle Nachtluft mit samtigen Fäusten gegen ihre Wangen schlagen. Sie öffnete den Mund, bis ihr Zahnfleisch taub war.

Sie waren auf dem Weg zu einer Party oben in der Stadt. Und der Park öffnete für Daina seine Fäuste mit den eisernen Handschuhen, milde gestimmt durch den rosa Glanz Manhattans, dessen Lichter von den Spitzen der Hochhäuser die Blätter mit einem Reif überzogen, den es in Wirklichkeit nicht gab.

Baba und Daina stiegen vor einem gewaltigen Vorkriegsgebäude an der 116. Straße aus, direkt auf der Grenzlinie zwischen Osten und Westen, an der Fifth Avenue.

»Freies Territorium«, sagte Baba, während er zu der Beton- und Stuckfassade aufschaute, die wie eine alte französische Kathedrale mit den Teufelsfratzen von Wasserspeiern bedeckt war. Die Architektur war – charakteristisch für kleine Teile Manhattans, die noch nicht nach dem städtischen Bebauungsplan geglättet worden waren – europäisch inspiriert. Dieser Bebauungsplan begünstigte die Seuche der Hochhäuser, die den gewaltigen Anteil der eingewanderten Bevölkerung aufnehmen sollten – oder, wie manche es ausdrückten – die Empfänger der vielfältig wachsenden Wohltätigkeiten. »Jeder kann hier kommen und gehen.«

Sie standen auf dem Pflaster vor dem üppig verzierten Eingang. Ein leichter Graupelschauer hatte eingesetzt. In der Nässe flüsterte der Verkehr. Zu ihrer Linken, an der Ecke, ließ eine Straßenlaterne den gefrorenen Schnee wie einen kühlen Heiligenschein aufflammen.

»Das hört sich bei dir an, als ob wir Krieg hätten.«

Er nickte. »So is' es, Mama. Die Weißen, die wollen uns hier auf die Pelle rücken. Aber da kriegen die was zu knacken. Müssen ja nich' nur auf die Weißen 'n Auge halten, Mama.« Er nahm ihren Arm und wollte sie ins Innere führen.

»Baba«, sagte Daina, »warum wohnst du eigentlich in dem Rattenloch? Ich weiß, du hast das nicht nötig.«

Er schaute sie mit gelben Augen an. »Is' gemütlich da. Da schubst mich keiner rum. Mieter machen keine Unterschriftenliste, um mich auf die Straße zu setzen. Da bin nur ich – 'n Außenseiter vom Stadtrand.«

Die Eingangshalle bestand aus Marmor und Vergoldungen, die sich um eine ganze Anzahl von Spiegeln rankten. Die Spiegel waren dort, wo die Silberunterlage langsam abbröckelte, von dunklen Flecken besetzt. Deshalb wirkten die Spiegelbilder merkwürdig unvollständig.

Links überspannte ein Weihnachtsbaum wie ein Regenbogen die unmittelbare Umgebung; rechts führte eine Marmortreppe hinauf in die Schatten. Unmittelbar vor ihnen war ein Fahrstuhl mit hölzerner Tür. Daina schaute, als der Fahrstuhl zum Parterre herunterkam, durch das rautenförmige Fenster.

Die Party fand im siebten Stock statt. Im Augenblick, da sie den Fahrstuhl verließen, hörten sie das Rauschen des angeberischen Krachs.

Der Gastgeber, ein ungeheuer hochgewachsener Neger, der sich mit der Grazie einer riesigen Katze bewegte, empfing sie an der Tür.

Sein Haar bestand nur aus glänzenden Stoppeln, seine Nase war so scharf wie ein Schnabel, und seine weit auseinanderstehenden Augen bewegten sich rastlos. Er grinste, bewegte Babas Hand auf und ab wie einen Pumpenschwengel, beugte sich nach unten und küßte Daina auf die Wange. »Charmant«, sagte er, »charmant.« Dann führte er sie ins Innere, in den heißen, geräuschvollen Raum. Seine Bewegungen waren energisch, knapp. Und als er sich abwandte, sah Daina den goldenen Ring in seinem Ohrläppchen. Sein Name war Stinson.

Wirbelnde Bewegungen; wirbelnde Bemerkungen, als sie in das Herz des rauchigen Strudels getragen wurden. Dunkle Gesichter überall, bemalt und fröhlich. Rote, schmollbögige Lippen; weit geöffnete Rehaugen.

Baba holte Drinks, stellte Daina überall vor. Es waren Anwälte und Tänzer da, Kredithaie und Schauspieler, und bei allen hatte es den Anschein, als seien sie jederzeit austauschbar. Schließlich gehörten sie hierher, waren an diese Zeit und diesen Ort wie an einen Mast gebunden. Aber in ihren Augen entdeckte Daina Sehnsucht. All diese Leute versuchten nur, ihre Sehnsucht zu verstecken, aber ohne Erfolg. Daina beneideten sie – das unverdiente Weiß an ihr, die Farbe, das einzige, was sie nicht haben konnten. Aber Daina hatte durch diese Farbe freien Eintritt. Sie war der Schlüssel zur Stadt.

»Hallo, Baba, hallo. Wie geht's denn?« Ein kleiner Mann, der leicht hinkte und ziemlich hellhäutig war, drängte sich heran. Er hatte ein schiefes Gesicht, und die Haut auf seiner linken Gesichtshälfte glänzte: er hatte sie liften lassen. Seltsamerweise war sie haarlos – die dünnen Stoppeln auf der rechten Seite seines Unterkiefers wirkten so auffällig wie ein Vollbart.

»Hallo, Bruder.« Baba legte den Arm um Dainas Schultern. »Das ist Trip, Daina.«

»Hallo.«

»He, he, he, du bringst die Begehrenswerten, Baba, du hinterlistiger Fuchs.«

Daina lachte. »Ebenfalls sehr erfreut.«

Trip war entzückt. »Mann!« rief er aus. »Die hat ja Gehirn!«

»Denkt selbst dir was vor, du abgesägter Riese«, sagte Baba. Er nahm einen Schluck von seinem Drink. »Hör zu, Mama, ich muß 'n paar Geschäfte erledigen. Bleib' du mal beim alten Trip. Der kümmert sich um dich, bis ich wieder da bin. Klar, Bruder?«

»Aber klar.«

»Kennen Sie jeden hier?« fragte Daina.

Trip lächelte – eine ziemlich unspektakuläre Geste, wenn man sein Gesicht in Betracht zog. »Und ob. Woll'n Se vorgestellt werden? Kann ich Ihnen nich' übelnehmen. Dieser Aasgeier, dieser Baba, das is'n ziemlich häßlicher Teufel, was?«

»Na, ich weiß nicht. Er ist...« Aber Daina erkannte, daß sie auf den Arm genommen worden war, und brach den Satz mit einem Lachen ab. »Er ist wie ein Teddybär.«

»Und ob, Mama. Is' schon 'n Ungeheuer von 'm Bären. Und ob! Woll'n Se noch 'n Schluck?«

»Okay. Klar.«

Er führte sie hinüber zur Bar und mixte ihr einen Drink. »Sind vielleicht noch 'n bißchen jung für das hier, oder?«

Sie schaute ihn an. »Würde das eine Rolle spielen?«

Er reichte ihr den Drink. »Nö, wollt's nur mal wissen. Baba hatt' immer 'n klaren Verstand.«

»Soll heißen?« Aber als er nicht antworten wollte, gab sie sich selbst die Antwort. »Was macht er mit einem so jungen Mädchen.«

»Geht mich nix an, Mama.«

»Tut es auch nicht.« Musik sprühte über sie, sie wurden von tanzenden Paaren angestoßen und geschoben, als sie zu einer dünn besetzten Seite hinüber wollten. Alle Sitzmöbel quollen vor Menschen über. »Aber ich sag es Ihnen trotzdem, mir macht es nichts aus, vorausgesetzt...«

»Ja?«

»Vorausgesetzt, Sie sagen mir, was Sie beruflich tun.«

»Oh, Mama, 's woll'n Se doch sicher nich' wissen.«

»Doch.«

Trips merkwürdiger Kopf zuckte vor und zurück wie ein Puppenkopf auf einer Sprungfeder. »Na gut, okay, Mama, erzähl' nur Baba nich', daß ich's dir gesagt hab'.« Daina nickte.

»Ich schlag' Köpfe ein.«

Daina war sicher, sich in all dem Krach verhört zu haben. »Was?«

»Mama, ich schlag' Köpfe ein.« Er lächelte süß. »Was'n los? Brauch' mich nich' zu schämen. Is'n ehrbarer Beruf. Hat mein Vater auch gemacht, bis es ihn eines Tages erwischt hat. Schicksal. Dann ha'm se ihn weggepustet. Meine Mama – wenn die das noch erlebt hätt', es hätt' sie umgebracht. Aber jetzt is' se tot, da spielt's keine Rolle mehr. Außer für mich 'türlich.«

»Aber Sie sind doch...«

»...so klein, sagen se alle zuerst. Aber die Größe is' egal, Mama.« Er zwinkerte ihr zu. »Das, das is echt 'n Geheimnis, wenn's je eins gegeben hat. Die meisten holen sich 'n Gorilla, 'n Kleiderschrank, wissen Se. Gibt ihnen 'n Gefühl von Sicherheit. Aber Gewicht heißt nix, Mama, gewußt wie, das is' alles, kapiert? Das Handwerk muß sitzen, wie jedes andere auch. Bau Scheiße, und 's setzt 'n Tritt in den Hintern, kapiert?«

»Aber ich versteh nicht, wieso Sie so einen Beruf gewählt...«

»Gewählt!« Sein Blick wurde hart, und sie spürte, wie Anspannung in ihm aufstieg. »Nix ›gewählt‹, Mama. Das is' was für Weiße, die Zeit haben zum Studieren. Hab' nix gewählt. Da, wo ich bin, da bin ich. Nix andres. Scheiße! So'n Dreckskerl kommt rein, pustet meinem Vater 'n Loch in den Bauch. Was soll ich 'nn da machen? Hinsetzen und heulen? Nix da, Mama! Bin rausgegangen, mit der drei-fünf-sieben Magnum von meinem Vater. Als das Schwein in sein' Lincoln Continental steigt, sag' ich: ›'tschuldigung, Sir, da klebt was an Ihrer Windschutzscheibe.‹ Zieh' auch schon 'n Abzug durch. Der Rückstoß hat mich echt so drei Meter zurückgeschleudert. In der Windschutzscheibe war 'n Loch, konnt' 'n Kombi durchfahren. Hab' reingekuckt, hab' dem Schwein über seine Samtsitze gekotzt, weil der keinen Kopf nich' mehr hatte.« Er starrte sie an. »Das war meine Wahl, Mama, wenn man's so nennen kann.«

»Und was ist danach passiert?«

»Was is' passiert? – Scheiße. Sind Se blöd, Kleine. Die waren hinter mir her. Das Schwein hatte 'n Haufen Freunde.« Er lächelte jetzt, wie über eine schöne Erinnerung. »Ich hab' schnell gelernt. Für die meisten waren Haftbefehle raus, also hab' ich mein erstes Geld gemacht, und...«

»Sie haben sie alle umgebracht? Das können Sie doch nicht ernst meinen.«

»Scheiße, tu ich aber, Mama. Aber fragen Se bloß nich' Baba. Echt, der würd' mich gewaltig in die Schwanzfedern treten, wenn der rauskricht, was ich Ihnen hier alles erzähle.«

»Ich hab' Ihnen doch gesagt, daß ich nichts verrate«, sagte Daina. »Ich will nur wissen – Sie nehmen mich doch nicht auf den Arm, oder?«

»Wozu 'nn das, Mama? Echt, über so was mach' ich keine Witze, da könn' Se hier jeden fragen. He, frag' doch mal Stinson, okay? Los.«

»O ja«, sagte Stinson mit gehobenen Augenbrauen. »Bei diesen Dingen ist Trip immer sehr ernst. Ich muß sagen, es ist sehr beruhigend, ihn zum Freund zu haben. Er ist sehr loyal.« Stinson lächelte und streichelte Dainas Haar. »Gefällt es Ihnen hier?«

»Es könnte nicht schöner sein«, sagte Daina. »Aber eins macht mich neugierig.«

»Was denn, Kleines?«

»Wie überleben solche Leute?«

»Nun, häufig überleben sie nicht, oder – das ist wahrscheinlicher – sie haben es irgendwann einmal hinter sich, wenn Sie wissen, was ich meine. Aber so ist natürlich das Leben sowieso, man hat es irgendwann mal hinter sich.«

»Aber das ist so eine – oberflächliche Lebensweise.«

Stinson lächelte wieder. »Na, das macht es aber auch so anziehend, oder nicht? Hier, da werden die Leute bewundert, da sind sie erwünscht und bekannt – in mancher Hinsicht sind sie sogar so etwas wie der liebe Gott. Was könnte denn für sie noch mehr drin sein? Hier, da haben sie eine Erfüllung, die den Schmerz ihrer Vergangenheit auslöscht, das frühe Zerbrechen ihrer Familie. Die Familie, das ist ein sehr starker Zusammenhalt. Das treibt sie in Wirklichkeit weiter; denn als sie noch Kinder waren, da war die Familie das einzige, worauf sie sich je verlassen konnten.«

»Sie reden, als ob Sie über allem ständen und nicht ein Teil davon wären...«

Ein seltsamer Ausdruck kam in Stinsons Augen. Er blinzelte mehrmals. »Ja, richtig. Ich nehme an, das ist meine Art, diese – Erinnerungen beiseite zu schieben, nicht, sie zu vergessen, wohlgemerkt. O nein, vergessen kann ich sie nie. Aber nur so kann ich mit der Gegenwart fertig werden, ohne daß die Vergangenheit mich behindert.« Er schaute wie aus olympischer Höhe auf sie hinab. »Ich bin Tänzer, Daina. Ich erschieße niemanden. Aber in Ihrer Welt bin ich genauso ein Unberührbarer wie Trip.« Er betrachtete sie einen Augenblick, als ob sie es endlich geschafft hätte, ihn aus sich selbst herauszulocken.

»Merkwürdig, daß Sie hier sind«, sagte er langsam, »und genau in diesem Augenblick. Daß Sie keine Angst haben.«

»Baba ist ja da.«

Er warf ihr einen merkwürdigen Blick zu. »Ja, das ist natürlich ganz richtig. Aber Sie sind trotzdem hier. Sie müssen zu Baba gekommen sein, und nicht andersherum. Das stelle ich mir wenigstens so vor.«

»Das ist auch so.«

»Na also. Sie sind gekommen. Aber Sie sind eigentlich keine Ausreißerin. Wenigstens nicht in dem Sinne, wie wir die Ausreißer kennen. Sie sind nicht gekommen, um herumzuhuren oder sich einen Fix zu besorgen. Aber warum sind Sie dann gekommen?«

»Ich bin, ich glaube nicht, daß ich es so richtig weiß.«

»Na« – er streichelte wieder ihr Haar –, »es spielt ja eigentlich auch keine Rolle. Aber später wird es mal eine Rolle spielen«, sagte er nachdenklich, »wirklich.«

»So«, sagte Trip, der eben herankam, »was hat Ihnen dieser Hundesohn erzählt? Was ich für'n verdrehter Heini bin?«

»Nichts dergleichen«, sagte Daina, »nein, ganz im Gegenteil.«

Trip ließ seinen Blick von Daina zu Stinson wandern. »Wirklich? Verdammt anständig von dir, Bruder!«

»Anstand«, sagte Stinson, »hat damit absolut nichts zu tun.«

»Was hat er 'nn gesagt?« kicherte Trip. »'ch mein', was hat'nn der Bursche wirklich gesagt? Baby, 'n hart arbeitender Straßennigger kann dich echt nich' mehr verstehen, soweit is' es jetzt schon.«

»Scheiße, Trip. Vor dieser Lady brauchst du nicht zu spielen. Wen willst du denn damit hinters Licht führen?«

»Was is', Baby?«

»Sehen Sie, Daina, das ist so. Trip meint, je weniger ernst Sie ihn nehmen, desto einfacher wird es sein, Sie eines Tages umzulegen. Und wissen Sie was? Da hat er absolut recht.« Er wandte sich an Trip. »Aber weißt du noch was anderes, Baby? Das hier ist 'ne Party, hier gibt's kein Geschäft für dich. Hier ist neutrales Gebiet. Mit dem großen Feuerzauber und all den anderen rauhen Sachen läuft hier nichts.« Er bohrte einen Zeigefinger in Trips Brust. »Also, entspann dich mal 'n bißchen. Entspann dich und genieße den Abend.«

»He, Baby; entspannst dich nur 'nen Moment, und genau da können dich dann die Jungs von den Wänden kratzen. Hör zu, Mann. Du weißt, was ich für Schwierigkeiten hatte, hierhin zu kommen, oder?«

»He, Baby«, sagte Stinson und imitierte Trips Stimme, »mit dir is' aber echt nix mehr los.« Er grinste und ließ sie stehen.

»Wo ist Baba?« fragte Daina und schaute sich um. Da erkannte sie das rote Haar und die hellen Augen von Aurelio Ocasio. Er war gerade zur Tür hereingekommen, trug einen nußbraunen Anzug, eine rote Nelke im Knopfloch. Über den Schultern hing ein brauner Mantel aus Kaschmir.

Trip sah, wohin sie schaute, und zog sie weg. »Echt, Mama, mit so was wie dem da lassen Se sich besser nich' ein. Is' 'ne ganz üble Type.«

»Baba hatte irgendwas Geschäftliches mit dem.«

»Ja? Na, 'ch will nix davon wissen, und Baba weiß, was er macht. Der Kerl hat 'n Auge für Frauen. Solange sie nich' braun oder schwarz sind, verfrühstückt er sie so schnell, daß se nich' wissen, wer sie sind. Bleib' du jetzt besser hier, wie ich dir gesagt hab'.«

Aber es war zu spät. Ocasio hatte sie in diesem Raum voller dunkler Gesichter bereits entdeckt und hielt auf sie zu.

»Na«, sagte er und grinste wie ein Piranha, »wenn das nicht Babas Mädchen ist.« Irgendwie brachte er es fertig, daß sich das Wort »Mädchen« wie »Flittchen« anhörte. »Was machen Sie denn hier, mitten in der Stadt? Wollen Sie mal sehen, wie die andere Hälfte lebt? Wollen Sie sich in unsere Herzen schummeln – oder sollte ich sagen – betten?«

»Ich glaube, Sie sollten überhaupt nichts sagen«, meinte Daina.

»Ha, ha!« Er lachte, aber sein Lachen war alles andere als freundlich. »Hast du das gehört, Smiler?« Er drehte sich halb um, so daß Daina Smilers dünnes, dunkles Gesicht sehen konnte. Smiler grinste, leckte sich die Lippen, als ob er vor einem kalten Büfett stünde. »Die riskiert vielleicht 'ne Lippe. Ich mag das. Ich hab' all diese hohlköpfigen Weiber satt, mit denen ich sonst rummache. Wie ist es? Du und ich, sollten wir nicht einfach abhauen und ...«

Daina hörte das sanfte Klicken hinter sich. Sie wußte, daß Trip ein Stilett gezogen hatte. Aber ehe er es benutzen konnte, legte sich eine riesige schwarze Hand auf Ocasios ausgestrecktes Handgelenk. Die goldenen Haare verschwanden unter dem dunklen Gebirge, und Ocasios Kopf wirbelte herum. »He?«

»Um was geht's 'nn, Alliierter?« rumpelte Baba.

»Ach, nix, Mann. Führ' gerade 'ne nette Unterhaltung mit der Dame hier, sonst nix.« Er schaute auf die Hand hinab, die sein Handgelenk umklammert hielt; aber Baba ließ sie dort ruhen. Er packte nur noch fester zu.

»Weißtu, Alliierter, 'ch bin 'n gutmütiger Nigger. Leben und leben lassen, aber, weißtu, immer mal hin und wieder kommt irgend so 'n Witzbold daher, und dann vergess' ich so was.« Er riß hart an Ocasios Handgelenk, so daß ein schmerzliches Zittern wie das Zucken einer Otter über seine Lippen glitt. Aber seine bleichen Augen waren undurchsichtig wie Steine. Sie zeigten überhaupt keinen Ausdruck.

»Hab' Lügner nich' gern, Kollege, und du bist einer. 'n Lügner. Hab' jedes Wort gehört, was du gesagt hast, und kein einziges hat mir gefallen. Weißtu, was ich glaub'? 'ch glaub', du haust 'n bißchen über die Stränge, brauchst 'ne Kleinigkeit, über die kannst du in kalten Winternächten nachdenken. Deshalb geb' ich dir mal was zum Nachdenken. Bei mir bist'u raus, ab sofort. Hast es hinter dir. Such dir 'n anderen Partner, Kleiner, bei mir bist'u unten durch.« Er schaute an Ocasio vorbei. »Und du da, Smiler, wie kommstu dazu, dieser Type in den Arsch zu kriechen? Hastu überhaupt kein' Selbstrespekt?«

»Hab' reichlich davon, Bruder. Kannst Gift drauf nehmen.«

»Dann sag' diesem Arschloch mal Wiedersehen, mein Junge. Komm', 'ch will's gleich hören. Hast jetzt 'n Job bei mir, Smiler, wenn du Mumm genug hast, dich wie 'n Mann zu benehmen.«

Es wurde kaum noch getanzt. Die Leute hatten sich im lockeren Halbkreis versammelt und rissen bei diesem Schauspiel Mund und Nase auf.

Smiler schaute alle Gäste an, warf dann einen schnellen Blick zu Ocasio hinüber, der nicht hochsah. Anscheinend betrachtete er konzentriert den Rücken von Babas Hand, die ihn gepackt hielt. Smiler warf erneut einen Blick um sich und starrte dann Baba an. »Okay, Junge, ich bin raus. Ja, ich bin unabhängig, genau wie du.«

»Hastu gehört, Kollege?« fragte Baba leise. »Und jetzt verzieh dich. Du hast hier nix zu suchen. Mit den Damen hastu auch nich' zu reden, kapiert? Hau ab!« Er schleuderte Ocasios Hand von sich, als hätte er die Lepra.

In dem losbrechenden Krach hörte Daina hinter sich einen Seufzer. Trip sagte: »Baba, Mann, hast wirklich Nerven wie Drahtseile.«

»Öj«, machte Baba und schob sie alle aus dem Zentrum des Durcheinanders. »'s hat nix zu tun mit Nerven. Aber – kein Arschloch sagt mir mehr, wo's lang geht. Hab' jetzt nix mehr damit zu tun. Hab's hinter mir, kapiert? 's gibt eben 'n paar Sachen, die geh'n bei mir nich' durch, das is' alles. 'ch kann schon 'n Haufen Scheiße ab, wenn's ums Geschäft geht, aber dieser Arsch da, der wird eines Tages 'n dreckiges Ende nehmen.« Er blickte nach unten und sah das noch immer offene Stilett in der Hand seines Freundes.

»Siehstu, was ich mein'? Hätt' mich raushalten sollen, hätt's Spanferkel aus 'm Kerl gemacht!« Er grinste und legte den Arm um Daina. Dann schlug er Trip auf die Schulter. »Verdammt noch mal!« schrie er, »laß' uns endlich feiern!«

Daina war noch zwei Wagenlängen von der Einfahrt zum Flughafen Pacific West entfernt, als sie Rubens sah, wie er gerade die Automatiktüren durchschritt. In der einen Hand hielt er einen kleinen Koffer aus Elefantenleder, in der anderen die dazu passende Aktenmappe. Sein wohlbekanntes Gesicht, sein wohlbekannter Gang machten Daina lächeln.

»Verflixt noch mal, was war denn bloß?« fragte Rubens und spähte durch das offene Fenster über den Beifahrersitz zu ihr herein. Es hatte ein bißchen geregnet, das Wagenverdeck war geschlossen. Daina drehte sich um, schaute ihn an. Er sagte: »Rutsch rüber, ich fahre.«

Sie protestierte nicht, lehnte den Kopf an den Türholm und wartete, bis er seine Koffer auf den Rücksitz geworfen und sich hinters Lenkrad gesetzt hatte. Er beugte sich zu ihr herüber, legte eine Hand auf ihren Nacken und zog sie an sich. Seine Lippen berührten ihren Mund. Sie drehte lange genug den Kopf weg, daß sie sagen konnte: »Du hättest mir eine Telefonnummer dalassen sollen«, dann begrub sie ihren Kopf an seiner Schulter, legte die Arme um ihn, hielt ihn ganz fest. Er war vernünftig genug, eine Zeitlang nichts zu sagen. Hinter ihnen bellten Autohupen. Der Verkehr zischte an ihnen vorüber. Es war sehr kühl geworden.

Endlich ließ sie ihn los. »Maggie ist heute morgen gestorben.« Ihre Stimme klang ganz fremd. »Sie ist ermordet worden.«
»Ermordet? Von wem?«
Daina erzählte ihm, was sie wußte.
»Ein Schwert in einem Kreis aus Blut«, sagte er, als sie ihm erzählte, was Bonesteel auf der Seite der Lautsprecherbox gefunden hatte. »Bist du dir sicher?«
Sie nickte. »Warum?«
»Nun, erst im vergangenen Jahr hat es ein paar besonders grausame Morde in San Francisco gegeben, und kurz nach Neujahr zwei weitere im Bezirk Orange. All diese Morde sind mit einem derartigen Zeichen zu identifizieren, in Blut gezeichnet, und entweder auf dem Opfer oder ganz in der Nähe.«
Daina schauderte. »Der Kommissar wußte mehr, als er mir gesagt hat. Ich hab's doch gewußt.«
»Daina, wie hast du denn überhaupt davon erfahren?«
»Gestern nacht war ich mit Chris aus. Er war so betrunken, daß ich ihn nach Hause fahren mußte. Allein hätte er es nie geschafft. Wir sind reingekommen, und da, da haben wir sie gefunden – reingestopft in eine...«
»Großer Gott.« Er stieß einen langen Seufzer aus, legte den Gang ein und verließ schnell das Flughafengelände.
»Was zum Teufel hast du eigentlich die ganze Nacht mit Chris Kerr gemacht?« fragte er, während er auf die Sepulveda-Autobahn abbog.
»Ich bin einfach beim Aufnahmestudio vorbeigefahren, und dann sind wir Tanzen gegangen. Was ist denn dagegen einzuwenden?«
»Der Bursche hat 'nen ziemlich üblen Ruf.«
»Als was?«
Er warf ihr einen schnellen Blick zu. »Ach, komm, Daina. Der Kerl kann die Hände nicht stillhalten, bei keinem Mädchen.«
»Ich bin aber keins von den Mädchen.«
»Nein, ich gebe zu, daß du für Kerrs speziellen Geschmack schon ein bißchen weit bist.«
»Du bist wirklich gemein!« sagte sie wütend. »Chris brauchte Hilfe. Ich hab' sie ihm geboten. Schließlich ist er ein Freund.«
»Ein schöner Freund.«
»Du hast keinen Grund, eifersüchtig zu sein. Ihr beiden seid euch in mancher Hinsicht ähnlich.«
»Herrgott, ich hoffe, du machst nur Witze.«
»Leider nicht.«
Er bog ab auf die Wilshire und verlangsamte das Tempo. »Jetzt reicht's aber.«

»Rubens, wir sollten uns nicht streiten. Jetzt nicht. Heute morgen hab' ich etwas gesehen, was niemand sehen sollte.«

Er fuhr durch das Westwood Village Richtung Sunset. Am »Plaza« standen junge Leute Schlange, um sich *Regina Red* anzusehen. »Sieh dir bloß mal das Gesicht an«, sagte Rubens und wies auf Dainas Plakat vor dem Kino. Schnell brauste er den Sunset Boulevard entlang, nahm die scharfe Rechtskurve nach Bel Air, drosselte die Geschwindigkeit. Er sagte: »Ich bin dort langgefahren, um zu sehen, was dein Film macht. Ich kann natürlich die Einspielergebnisse irgendeinem von der Paramount entlocken, aber ich seh' die Schlangen vor den Kinos gern selbst.«

Sie legte die Hand auf seinen Arm. »Ich auch.« Maria hatte, ehe sie gegangen war, das Licht eingeschaltet. Die Bäume, die die lange Einfahrt säumten, flammten in künstlichem Glanz. »Ich wünschte, du hättest angerufen.«

»Hab' ich auch«, sagte er, »du warst nicht zu Hause.«

Sie wandte den Blick ab. »Tut mir leid. So was Dummes.«

»Na, okay«, sagte er und parkte den Wagen. »Aber Beryl hab' ich angerufen. Ich wollte, daß die Sache endlich läuft.«

»Welche Sache?«

Er berührte Dainas Haar. »Ich hab' sie engagiert.«

»Für den Film?«

»Für dich.«

»Was hält Monty denn von ihr?«

»Monty kannst du vergessen.«

Sie nahm seine Hand und schob sie weg. »Du hast das doch mit Monty abgeklärt, oder?«

»Monty ist aus Beryls Liga ausgeschieden.« Rubens betrachtete intensiv ihr Gesicht. »Ist regelrecht rausgeflogen.«

»Rubens, ich will, daß er es weiß; denn wenn er nicht zustimmt...«

»Jetzt hör' mal zu. Monty wird alt. Er ist müde. Sein Herz ist schwach. Ich glaube – nein, hör' mir einfach nur zu –, ich glaube, es ist Zeit, daß du dir anderswo einen Agenten besorgst.«

Daina musterte ihn scharf. »Ich wette, du hast schon einen ganz bestimmten im Sinn.«

»Ja, einen oder zwei.«

»Ich lasse Monty nicht einfach sausen, Rubens. Schlag' dir das aus dem Kopf.«

»Der zieht dich nur nach unten, Daina. Der hängt wie ein Gewicht an dir.«

»Ich soll ihn einfach wegwerfen wie eine zerlöcherte, ausgefranste Puppe?«

»Genau das ist aus ihm geworden. Du bist jetzt erwachsen. Er ist ein Teil deiner Vergangenheit; er ist überholt: Da, wo du hingehst, ist für ihn kein Platz mehr. Da gibt es andere, die dir besser helfen können.«

»Aber es gibt keinen anderen, der ihm helfen kann. Ich will ihm helfen, und das lass' ich mir nicht nehmen, weder von dir noch von irgend jemand sonst.«

»Ich will, daß du mit mir zu Maggies Beerdigung kommst.«
»Ach, Daina, wirklich.«
»Bitte, Rubens. Es bedeutet mir sehr viel.«

Er seufzte und verflocht seine Finger mit den ihren. Sie lagen im Bett. Die Fenster standen weit geöffnet, die Nachtdüfte trieben herein. Er hatte ihr Essen gemacht, sie gebadet und sie ins Bett gebracht. Eine Zeitlang hatte sie im warmen Zwielicht zwischen Schlaf und Wachen geschwebt: das bequeme Bett, die herrliche Kühle der Bettlaken, die jetzt blutwarm waren, das sanfte Klatschen der Brause, unter der Rubens sich nun einseifte, die Aussicht, daß sein Körper bald an ihrem liegen würde – dies alles machte sie schläfrig und träumerisch. Aber sie konnte nicht einschlafen; die Erinnerungen, die so viele Jahre lang in ihr begraben gelegen hatten, brachen auf wie Schwefelgasblasen durch die Haut eines dunklen, verborgenen Sumpfes.

»Erzähl' mir, wie es in San Diego gewesen ist«, sagte sie und preßte seine Hand.

»Das war wirklich ein hartes Stück Arbeit.« Er starrte an die Decke. »Ich mußte herausfinden, ob dieser kleine Scheißer Ashley wirklich auf meine Kosten ein eigenes Empire aufbaut. Dieser Meier, den ich besucht habe, hat ein Appartement im Del-Coronado-Hotel gemietet. Er ist krank, hat ein Emphysem, deshalb mußte er aus New York weg. Meier also hat mir erzählt, daß Ashley sich Rückendeckung bei den anderen Mitgliedern des Verwaltungsrates besorgt hat. Meier sagt, daß Ashley versucht, mich auszumanövrieren.«

»Aber das ist doch Blödsinn«, sagte Daina, »die Gesellschaft gehört doch dir, oder?«

»Ja und nein. Als wir vor zwei Jahren ›Moby Dick‹ wieder auflegten, wurde die Sache schon ein bißchen brenzlig. Die Kosten sind uns damals ziemlich über den Kopf gewachsen.« Er rollte sich auf die Seite und rückte näher an sie heran. »Aber Schauspieler und Kameraleute waren schon am Drehort für die Außenaufnahmen. Dann kamen ein paar Pechsträhnen: schlechtes Wetter und ein Streik. Aber der Film war wichtig. Ich hab' an ihn geglaubt, und wir brauchten schnell Kapital. Wenn wir von einer größeren Gesellschaft gesponsert worden wären – wie zum Beispiel bei *Heather Duell* –, hätten wir keine Probleme gehabt.

Doch so, wie die Dinge lagen, mußten wir uns anderswo Geld besorgen.«

»Aber ›Moby Dick‹ war doch sehr erfolgreich.«

»Ja, sicher. Die Entscheidung, den Film zu drehen, war genau richtig. Aber das kann man hinterher leicht sagen. Damals saßen wir in der Patsche, mein Freund Ashley behauptete, er könne das Geld innerhalb von zwei Wochen beschaffen. Ich konnte das nicht. Doch anstatt die Aufnahmen zu vertagen, hab' ich ihm gesagt, er soll's machen.«

»Und wie hat er's gemacht?«

Rubens Blick verließ die Decke und blieb auf ihrem Gesicht haften. »Na, wir wollen mal sagen, daß ich seit damals jedesmal, wenn ich nach New York fahre, mehr und mehr unbekannte Gesichter am Tisch des Verwaltungsrates sehe.« Er grunzte. »Bis jetzt war ich mit anderen Dingen zu beschäftigt. Ich konnte meine Nase nicht allzu tief reinstecken, aber ich hatte ja erlebt, wie durch meine Schuld die Gesellschaft in der Patsche steckte. Die Gesellschaft war mein ganzer Stolz. Bei ›Moby Dick‹ ist mir klargeworden, daß die Tage der wirklich unabhängigen Produzenten der Vergangenheit angehören. Folglich habe ich mit der Twentieth einen langfristigen Vertrag ausgearbeitet, der mir genug Freiheit geben würde.«

Er grunzte noch einmal. »Und jetzt kriege ich diesen Anruf von Meier. Meier und eine kleine Anzahl mächtiger Leute aus alten Zeiten sitzen noch immer im Verwaltungsrat. Aber die anderen – die reinste Ungezieferplage, wie Zecken. Wenn die dir erst mal unter die Haut geraten, wird es sehr schwierig, sie wieder loszuwerden.«

»Aber nicht unmöglich.«

»Nein, das nicht.« Rubens lachte, und Daina fühlte die Erschütterungen durch ihren ganzen Körper hindurch. »Nichts ist unmöglich. Man muß nur Nerven aus Stahl haben.«

Sie lehnte den Kopf an seine Brust, horchte auf seinen Herzschlag, der ihre Ohren wie das Rauschen der Flut erfüllte.

»Was willst du tun?«

»Ein Teil ist schon erledigt: ich hab' Meier besucht.«

»Und was hat Meier gesagt?« Ihre Stimme war zu einem Flüstern geworden. Sie lag am Rand des Schlafs.

»Ach, Meier. Meier ist ein komischer alter Kauz. Ich bin froh, daß er mein Freund ist; zum Feind sollte man ihn nicht haben.«

»Und was hat er dir gesagt?« fragte Daina.

»Daß man mich auch nicht zum Feind haben sollte.«

Das Striptease-Lokal »Nova« hatte ein unansehnliches, fast geschäftsschädigendes Äußeres. Ohne Zweifel hatte sich das jemand sorgfältig ausgedacht; denn auf diese Weise war das Lokal keine Touristenfalle für überalterte, fleischige weibliche Wesen. Es gab hier auch – anders als in der Peep-Show einen Block weiter auf der anderen Straßenseite – keine traurigen, vogelartigen Wesen mit ellipsenförmigen blauen Flecken auf Rücken und Brustkasten und den dunkelumränderten, eingesunkenen Augen Drogensüchtiger.

Im »Nova« wurden, ganz im verborgenen, spezielle Nummern für ein ausgewähltes Publikum, das aus allen möglichen Arten von Fetischisten bestand, geboten. Manche – das Personal konnte Geschichten davon erzählen – waren so schockierend, daß man eine Gänsehaut bekam – behaupteten wenigstens die Kellner. Aber eigentlich wußte es keiner so richtig, und es kümmerte auch keinen. Denn die Menschen, die hier arbeiteten, waren ein lustiger Haufen; sie taten ihre Arbeit mit dem Gleichmut eines wohldisziplinierten Drahtseilartisten.

Hier gab es keine schlaffen Nummern; denn das Publikum – von den Angestellten, die sich als Professionelle betrachteten, ganz zu schweigen – tolerierten so etwas nicht.

Unten an der Straße gab es einen ziemlich schmierigen Pornoladen, in dem mit großem Elan ein bunt zusammengestelltes Sortiment perverser Leckerbissen verkauft wurde – Filme in körnigem Schwarzweiß, die man nur unter dem Tisch zeigen konnte und in denen Kinder auftraten und keine zotteligen Zwerge, wie man sie anderswo unaufmerksamen Käufern andrehte, bis zu hochkarätigen Magazinen für Liebhaber von Ketten und schwarzem Gummi; Hefte, die die Raubtieratmosphäre der Inquisition ausströmten.

Obwohl dieser Laden ein Bombengeschäft machte – selbst Geschäftsleute aus Dayton, Ohio, stürzten herein, sobald sie in der Stadt ankamen –, wurde wirklicher Profit im Hinterzimmer mit Glücksspielern gemacht. Bis spät in die lange Dämmerung hinein wurden die Zahnräder geölt. Die vielgerühmte Sicherheitstruppe im blauen Arbeitsanzug des »Nova« bestand übrigens aus Mitgliedern dieses Kartells.

Daina erkannte sie im gleichen Augenblick, da sie sie sah. Das war kaum überraschend; denn die Männer zeigten gern ihre Ausrüstung, die sie gemütlich und warm in Wildlederhalftern unter schweißigen Achselhöhlen trugen. Diese Männer gehörten, obwohl sie ungeheuer eingebildet waren, zu den nettesten Leuten, die Daina je kennengelernt hatte. Denn erstens hatten sie bis zum letzten Mann immer ihre riesigen Familien im Kopf und verpaßten keine Gelegenheit, Daina Farbfotos von ihnen vorzuzeigen, und zweitens beklagten sie den

Umstand, daß Daina nicht bei ihrer Mutter wohnte. Sie bemutterten sie; doch Daina wußte, daß Baba es war, den sie liebten.

Er hatte hier so eine Art Büro, inoffiziell und eng. Er teilte es mit dem bebrillten Buchhalter des »Nova«, der, gemeinsam mit seiner dreißigjährigen Frau, einem Mitglied der Frauenhilfsorganisation und der regionalen Bibliotheksgesellschaft, an einer ruhigen, baumgesäumten Straße in Bensonhurst wohnte.

Nein, Baba war der freundlichste Mensch, den Daina je kennengelernt hatte. Nichts schien den Riesen aus der Ruhe zu bringen; deshalb fühlte sich Daina bei ihm sicher. Er war wie ein Felsblock, auf dem sie stehen und in aller Ruhe die turbulente See beobachten konnte.

Baba schien es nichts auszumachen, daß Daina die Shows im »Nova« aus der Kulisse anschaute. Baba glaubte vielleicht, Verdorbenheit käme nur aus dem Innern der Menschen selbst. Daina allerdings war von der gespenstischen Parade nackten Fleisches fasziniert. Sie konnte kaum glauben, daß ein Körper so viele merkwürdige Möglichkeiten hat, sich zu bewegen. Dennoch verstand sie nach und nach, daß die Kunst – denn irgendwie war sie sicher, daß das Ganze Kunst war – sowohl Teil des Geistes als auch Teil des Körpers ist. Die Frauen, denen sie hier vorgestellt wurde, gehörten einer Welt an, die sie weder je gesehen noch von der sie je gehört hatte; denn diese Frauen waren mit Röntgenaugen begabt und konnten die Seele eines jeden Mannes, der das Lokal betrat, durchleuchten.

Hier, im »Nova«, sah Daina zum erstenmal, wie sich der Vorhang hob. Hier verstand sie, worauf die Schauspielerei zielt. Man konnte tun, was man wollte; man konnte sein, wer man wollte; man konnte die finstere Seite des Ichs, das teilweise in einem verborgen lag, voll ausleben, ohne Angst, daß man getadelt wurde oder sich blamierte.

Man konnte alles tun, was man wollte.

An einem kalten Winterabend, als die Dunkelheit sich so fest wie eine Hülle über die Stadt legte, daß es den Anschein hatte, als kämpfte der dünne Schein der Straßenlaternen eine verlorene Schlacht, holte Baba Daina von der Straße herein. Er führte sie die abgenutzte, wacklige Treppe zur Eingangshalle des »Nova« hinauf.

Rooster saß hinter dem Tresen und döste über einem fleckigen Behälter kalten Kaffees, in dem irgendein groteskes Insekt schwamm.

Der schläfrige Rooster, der sich mit dem Ballen einer dunklen Hand den Kopf stützte, wurde in seinem winzigen Allerheiligsten von zwei Plastikpalmen flankiert – den traurigsten und staubigsten, die Daina je gesehen hatte. Sonst war niemand da. Sie konnten, gedämpft durch die Wände, die stampfende Musik hören, von der die Show begleitet wurde.

»Hände hoch, du Trampel«, sagte Baba in Roosters Ohr, und der andere sprang mit bewundernswürdiger Behendigkeit hoch. Er riß die schläfrigen Augen weit auf; eine Hand krabbelte unter dem Tresen nach der abgesägten Schrotflinte.

Dann sah er in Babas Gesicht und entspannte sich. »Herrje«, sagte er atemlos, »eines schönen Tages puste ich dir wirklich mal den Kopf ab, wenn du weiter so blöde Witze machst!«

Baba lachte und schlug Rooster auf die magere Schulter. »Hätt'st nich' am Lenkrad einschlafen sollen. Sons' taucht der Aliierte mit 'ner Kolonne hier auf und macht 'n Fetzen aus dir, wenn'u nich' besser aufpaßt.«

Rooster schnaufte. »Das überlegt sich der Drecksack aber, Bruder. Haben ihm ganz schön den Schwanz gestutzt«, sagte er, während er die Schrotflinte aufnahm und ihr liebevoll den Lauf tätschelte. »Warum nimmst du an, daß wir wohl die Treppe nicht breiter gemacht haben, Witzbold?« Er richtete die Waffe auf den dunklen, leeren Treppenabsatz. »Bumm! Knall'n die Scheißtypen nach Puerto Rico zurück, ha!«

Baba schob mit einer Handbewegung den Lauf beiseite. »Paß Achtung, wo'u hinzielst, Affe. Hab' meiner Mama versprochen, daß 'ch nich' sterbe.«

Rooster kicherte, legte die Schrotflinte beiseite. »Brauchst dir darüber keine grauen Haare wachsen lassen, Bruder!« Er wandte sich an Daina. »Wie geht's 'nn, Miss?«

»Gut, Rooster.«

»Hör'n Se mal gut zu. Wenn dieses Riesenrind Sie nich' nett behandelt, kommen Sie hierher, klar? Sie wissen doch, wo Ihre Freunde sitzen.«

»Mensch!« grunzte Baba. »Glaub' dem nich' ein Wort, Mama. Is' nur scharf drauf, mit dir in'ie Koje zu steigen.«

»Du bist'n gemeiner Hund, Baba«, sagte Rooster mit traurigen Augen.

»Nur gelogen hab' ich nich'«, lachte Baba. »Is' mein Büro frei?«

»Ja. Nur Marty ist drin. Monatsende rückt ran.«

Sie gingen zum Eingang durch den Vorraum und gelangten zu einem Korridor, der schräg an der Seite des Lokals abwärts führte. Am Ende befand sich eine verschlossene stahlverstärkte Tür aus lakkiertem Blech. Baba schlug mit der Handfläche dagegen, bis sich die Tür einen Spaltbreit öffnete.

»He«, sagte er in das Dämmerlicht hinein. Die Tür öffnete sich weit genug, um sie einzulassen.

Um diese Zeit war Tony Torwächter. Er hatte bullige Schultern, eine niedrige Stirn und lockiges braunes Haar. Sein säuberlich gestutzter Schnurrbart wurde um die Kanten herum bereits weiß. Tony hatte kleine Augen von undefinierbarer Farbe, drei Kinder, eine ewig schwangere, mollige Frau, dünne Beine und einen Körpergeruch, der ihn nie verließ, ob er nun badete oder nicht. Tony boxte Baba leicht gegen die Schulter, dann drückte er Daina ein bißchen und fragte sie zum x-ten Mal, ob sie gern seine Familienfotos sehen möchte.

Baba zerrte Daina weiter. Er wußte, daß sie Tonys Familiengeschichte schon öfter ertragen hatte, als sie sich erinnern konnte.

Auf dem Weg zum Büro blieb Daina am hinteren Teil der Bühne stehen, um durch die staubigen Vorhänge hinter den Kulissen hineinspähen zu können und zu sehen, welcher Teil der wilden Parade im Augenblick dran war. Denise, eine lange, gertenschlanke Brünette von Ende Zwanzig, war mitten in ihrer Vorstellung, bei der sie mit der unteren Hälfte ihres Körpers aufregende Akrobatik bot. Daina kannte den größten Teil ihres Repertoires auswendig, obwohl von Woche zu Woche neue hinzukamen, andere gestrichen wurden.

Baba war schon zurück zum Büro gegangen, aber Daina blieb noch. Sie wußte, Denise hatte gerade erst angefangen, sich aufzuwärmen.

Hinter der Bühne traf Daina auf Erika. Sie saß auf einem Hocker, hielt die nackten Beine über Kreuz und rauchte eine kleine Zigarre mit weißem Mundstück. Um die Schultern trug sie einen ausgefransten Bademantel, aber ihre harten Apfelbrüste blieben unverdeckt. Erika genoß ihre Nacktheit, hatte Daina bereits bemerkt.

»Wie schafft sie das bloß?«

Erika blickte auf. Sie hatte kornblumenblaue Augen und kurzes Blondhaar. »Wen meinst du denn, Kindchen – Denise?« Sie paffte, wobei sie ihre breiten, sinnlichen Lippen zusammenpreßte. »Eigentlich ist es ganz einfach. Denise gibt denen da draußen, was sie haben wollen. So sind die Menschen nun mal.«

»Ihre Nummern gehen nie daneben.«

»Na ja, Denise ist ganz gut.«

»Bist du eigentlich glücklich hier?« fragte sie Erika nach einer Weile.

»Glücklich?« wiederholte Erika, aber es war kein Echo. Einem schon einmal ausgesprochenen Begriff wurde nur eine neue Bedeutung gegeben. Von ihren Lippen ausgesprochen, bedeutete »glücklich« etwas ganz anderes. »Hast du eigentlich eine Ahnung, Kleines, wie das ist, wenn man mit der Vergangenheit bricht? Versteh' mich richtig, ich meine nicht einfach so abhauen, sondern auch noch die Vergangenheit verleugnen, einfach vergessen. Ich meine, wenn man sich selbst schwört, sich nicht erinnern zu wollen. Verstehst du, was das heißt?«

Daina starrte sie mit großen Augen an. »Da bin ich mir nicht ganz sicher«, sagte sie, »ich glaube, ja.«

Erika sagte unter seltsam eiskaltem Lächeln: »Nein, Kleines, das kannst du gar nicht verstehen. Niemand versteht das, es sei denn, er hat's selbst geschafft.«

»Und du hast es geschafft?«

»Aber ja.« Das Lächeln wollte sich einfach nicht auflösen, und Daina stellte fest, daß sie zitterte. »Ja, hab' ich. Ich bin was ganz Besonderes. Ich bin ziemlich einmalig. Früher bin ich vor allem weggelaufen, auf die andere Seite der Welt. Und jetzt, ja, jetzt bin ich glücklich, weil ich das bin, was ich sein will.«

Lange, lange Zeit über herrschte Schweigen, bis Daina ihre Frage nicht länger zurückhalten konnte. »Und was willst du sein?«

Ein anhaltender Applaussturm drang von der Bühne her zu ihnen. Erika stand auf, legte sich ein metallenes Stachelhalsband um. Ihre kornblumenblauen Augen schauten Daina groß und unschuldig an; ihre korallenroten Lippen öffneten sich. »Eine Nummer, Kleines. Nur eine Nummer.«

Dann wirbelte sie, just als Denise schwitzend und zerzaust hereinkam, aus dem Zimmer.

»Was für 'ne Bande!« Sie zog sich ihren Bademantel an, setzte sich, schüttelte eine Zigarette aus dem Päckchen. »Hallo, Schätzchen. Hast du die Show gesehen?«

»Einen Teil davon«, sagte Daina.

»Langweilt dich wohl nie, was?«

»Nein.«

Denise lächelte und wischte sich den Schweiß von der Stirn. »Prima, das heißt, du wirst es auch noch lernen.« Sie hob ihre Hand. »Nicht daß ich dir rate, diesen Job zu machen, im Gegenteil, jetzt, wo Baba nicht da ist, müßte ich dir eigentlich raten, daß du so schnell wie möglich aus dieser Hölle verschwindest.«

»Du gehst ja auch nicht.«

»Nein, aber das ist was ganz anderes.«

»Das seh' ich nicht ein.«

»Mir macht's eben Spaß. Und außerdem kann ich kommen und gehen, wann ich will. Ich teil mir meine Zeit selbst ein. Anders geht's nicht, weil ich mein Studium an der New York University absolvieren muß. Philologie, ist verdammt hart.« Sie starrte Daina an. »Du kapierst noch immer nichts, oder?«

»Ich glaube, ich versteh' dich schon. Ich glaube, daß ich aus dem gleichen Grund hier bin und – bei Baba. Weil ich mich, wie soll ich sagen, fühle, wenn ich wieder zurückkehre.«

Nach einem Augenblick des Schweigens streckte Denise die Hand aus und sagte: »Komm mal rüber, Kleines.« Sie streichelte Dainas Rücken. »Du hast recht, ist dir das klar? Trotzdem...«, ihre Augen verschleierten sich, »trotzdem – sie beugte sich vor und küßte Daina auf die Stirn, »träumst du dir was zusammen.« Sie lächelte und gab Daina einen Klaps auf den Po. »Jetzt aber raus«, sagte sie mit leiser Stimme.

»Morgen komm ich wieder.« Daina wollte nicht gern gehen.

»Geh' jetzt, ich muß meine Papiere durcharbeiten.«

»Ah«, machte Marty und blickte Daina durch eine Bifokal-Brille von unten her an. »Hatte mir doch gedacht, daß du heut hier bist. Hab' dir 'n Berliner Pfannkuchen mitgebracht.« Er hob ein kleines weißes Päckchen vom unordentlichen Schreibtisch und schüttelte es.

»Danke, Marty. Hast du es also nicht vergessen.« Sie nahm ihm den Beutel ab und holte den Berliner hervor.

»Was sollte das heißen, hast es nicht vergessen? Natürlich nicht. Werd' dafür bezahlt.« Er tippte sich an die Schläfe seines kahlen Kopfes. »Nich' vergessen. Meine Frau sagt immer: ›Marty, du vergißt nicht bloß die Zahlen nicht.‹ Hier oben ist alles reserviert. Schwimme in Dingen, die ich gern vergessen würd'. Hier« – er räumte einen Stapel Papiere vom Sitz eines dahinkrümelnden Sessels und packte ihn auf den alten Safe –, »setz' dich doch.«

Daina gehorchte. Während sie aß, sagte er: »Was macht die Schule?«

»Gut.«

»Du kommst doch mit, oder?« Mißtrauen kroch in seine Stimme. Er wedelte mit der Hand. »Du machst doch nicht, du machst doch keinen Ärger, oder? Schule ist wichtig, weiß' du. Gibt sogar Baba zu, nicht, Baba? Has' gesehen? Du willst doch nicht so landen wie die arme Denise.«

»Die arme Denise? Was meinst du damit? Sie geht doch zur Abendschule.«

Marty beugte sich vor und wischte ihr die letzten Zuckerkrümel aus den Mundwinkeln.

»Ist nicht der richtige Ort hier für ein Mädchen mit soviel Grips.« Er zeigte mit seinem kurzen Finger auf sie. »Und das gilt auch für dich.«

»Nu' laß sie«, grollte Baba aus der Ecke, »'ie weiß schon, was sie will.«

»Pfui!« Marty schlug die Luft mit der flachen Hand. »Ist noch viel zu jung, um zu wissen, was sie will.«

»Ich glaube nicht, daß das Alter etwas damit zu tun hat«, sagte Daina.

»Jetzt glaubst das nich'«, meinte Marty, »aber später. Wirs' schon seh'n.«

»Nix wird se sehen, wenn 'ch das mit 'n Zahlen nich' hinkriege; müssen stimmen«, sagte Baba melancholisch. »Schnauze, also.«

»He«, sagte Marty, »laß mal kucken.«

»Hände wech da, Jack, hast hier drin nix verloren.«

»Reg' dich ab. Kenn' doch deine Zahlen, aber mir kann's ja wurscht sein.« Er zog das liniierte gelbe Blatt unter Babas Hand hervor. »Brauch' nur 'ne schlappe Minute, dann kannst mit Daina richtig schön essen gehen. Is' diesen Monat drin.«

Marty hatte gerade damit begonnen, die hingekritzelten Zahlen zu studieren, da schlug die Bürotür auf. Ein Mann im hellbraunen Mantel fuchtelte mit gestrecktem Arm eine achtunddreißiger Polizeikanone im Zimmer herum, richtete die schwarze, todbringende Mündung auf jeden einzelnen von ihnen. Der Mann trug eine blau-weiß-rote wollene Skimaske, die nur seine Augen und dicke roten Lippen preisgab.

Er trat zwei Schritte vor. Hinter ihm war ein ähnlich gekleideter, etwas größerer Mann auszumachen. Aus dem Hintergrund hörten sie Tonys weinerliche Stimme: »Sollte ich das riechen? Die waren im Publikum. Haben die Masken rausgeholt, bevor einer...«

»Halt die Schnauze!« sagte der größere Mann. Mit beiden Händen hielt er eine dreisiebenundfünfziger Magnum. Er hielt die Beine leicht gespreizt.

Niemand bewegte sich.

»Schön«, sagte der Mann mit der blau-weiß-roten Skimaske, »also, raus mit den Mäusen.«

»Was für Mäusen?« fragte Marty.

»He, Arschloch, keine Zicken.« Der Mann schwenkte den Lauf der Achtunddreißiger in Richtung des alten Safes zwischen Marty und Daina. »Aufmachen«, sagte er, »dalli.«

»Keiner von uns kennt die Kombination«, protestierte Marty, »und außerdem...«

Daina fuhr bei der Explosion zusammen. Marty flog mit dem Rücken gegen die Wand, breitete die Arme aus. Sein Bleistift klapperte zu Boden. Der Schuß aus so kurzer Entfernung hatte ihm die Bifokal-Brille von der Nase gerissen. »Kann nix mehr sehen«, stöhnte er.

Blut tröpfelte ihm aus dem Mundwinkel, zweimal hob sich seine Brust, bevor er in sich zusammenfiel.

»Marty«, sagte Daina leise. Dann ein bißchen lauter: »Marty!«

Der Mann bewegte die Achtunddreißiger. »Du da«, sagte er, »halt's Maul!«

»Was ist da drinn' los?« schrie Tony.

»Ich warne dich, Stinktier«, sagte der größere Mann.

»Tony«, meinte Baba, »alles in Butter. Mach' nix.«

»Was soll ich 'nn schon groß machen, wo mich 'ne Magnum anstarrt?«

»So ist's brav, Stinktier.«

»Na, vorwärts«, befahl der Mann mit der Skimaske, »raus mit der Kohle.«

»Kurze Verschnaufpause noch, für alle, klar?« sagte Baba leise. Er rührte keinen einzigen Muskel. Daina dachte: Wie kommt der darauf, daß alles in Butter ist? Nichts ist in Butter. Marty ist angeschossen worden.

»He, willst du mir etwa vorbeten, was ich...«

»Nur 'n gutes Geschäft, Bubi.« Baba breitete mit den Handflächen nach außen die Hände aus. »Wenn'u hier den Leuten 's Gehirn wegbläst, nützt dir das nix. Kein armes Schwein macht dir 'n Safe mehr auf, klar?«

»Was hast du gemacht?« fragte der größere Mann. »Hast du einen umgelegt?«

»Die müssen wissen, daß es ernst ist. Irgendwo in diesem Laden muß 'ne halbe Million verstaut sein.«

»Klar, Bubi«, sagte Baba und lächelte herzlich, »und 'ch bin der einzigste, der weiß wo, klar? Woll'n uns doch mal wie richtige Gentlemen benehmen, klar? Will nich', daß hier noch mal geballert wird, klar?«

Der Mann in der Skimaske schüttelte den Kopf. »Dein Gesabbel bringt nichts, Nigger. Steck die Mäuse durch, ehe ich mir ausdenke, was ich mit dem kleinen Mädchen da machen könnte.«

»Klar«, sagte Baba, und sein Lächeln wirkte wie aufs Gesicht gestickt. »Du hörst mit'm Knallen auf, Mann...«

»Und ob, Nigger. Also ab dafür.«

»Muß zuerst aufstehen, okay?«

»Dalli«, sagte der Mann verärgert, »beweg' dich.«

Und das tat Baba. Seine Hände lagen flach auf der Schreibtischplatte, aber irgendwie hebelte er seine riesige Gestalt durch die Luft und sprang über den Schreibtisch. Im allerletzten Moment fuhr er seine kräftigen Beine aus, direkt auf die Mündung der Achtunddreißiger los.

Seine Stiefelsohlen trafen die Pistole. Sie flog dem Mann aus der Hand, Sekunden später krachte Babas breiter Körper mit voller Kraft auf den Eindringling nieder. Der Mann ging zu Boden, als sei er von einer Axt gefällt worden. Baba, der rittlings über ihm hockte, hob den rechten Arm. Seine Faust zischte nieder und knallte an die linke Seite der Skimaske. Ein scharfes Krachen war zu hören. Der Mann schrie auf.

Daina zuckte beim Aufbrüllen der Magnum erneut zusammen, fiel vom Stuhl und hielt sich die Ohren zu.

Baba war schon über die Schwelle nach draußen. Daina hörte grunzende, schreckliche Laute. Plötzlich schoß der größere Mann rückwärts ins Büro. Baba, dessen Gesicht rasender Zorn verzerrte, stürzte direkt hinter ihm herein. Er packte den Mann vorn am Mantel und knallte ihm einen kurzen, bösartigen Haken mitten auf die Brust. Außer dem schrecklichen Krachen des Knochens schien es kein einziges Geräusch mehr zu geben. Unter dem fürchterlichen Schlag brach der Mann zusammen.

Baba blickte zu Daina auf. Er atmete nicht einmal schwer. »Alles okay, Mama?«

Daina nickte stumm. Sie wandte den Kopf ab. »Was ist mit Marty?«

Baba nahm sie in seine kraftvollen Arme, stieg mit ihr über die Leichen, schob sich durch die Gruppe neugieriger Menschen, die sich hinter der Bühne versammelt hatten. Er starrte Tony an und sagte Daina ins Ohr: »Is' hin, Mama, vergess' ihn.«

Daina schloß die Augen und zwang sich dazu, nicht mehr zu zittern. Aber sie konnte nur an die ruhige, baumbestandene Straße in Bensonhurst denken, wo Marty gewohnt hatte. Sie fragte sich: Was wird seine Frau wohl den anderen Mitgliedern des Damenklubs erzählen?

Es war unmöglich, durch die hohen, eisernen Tore in den »Forestlawn«-Friedhof hineinzusehen. Die Phalanx der Reporter und Neugierigen umgab den Eingang, der – wenigstens eine Zeitlang – das verbergen sollte, was hinter den abweisenden Portalen lag.

»Lieber Gott«, sagte Rubens und wandte den Kopf um. »Beryl hatte recht. Du wirst eine großartige Gelegenheit haben, denen von dem Film zu erzählen.«

»Spiel' hier nicht den kaltherzigen Hund«, sagte Daina leise. Splitter der Erinnerung tauchten auf, kamen an die Oberfläche wie die Trümmer irgendeines gewaltigen Wracks. »Das hier ist für Maggie.«

»Beerdigungen sind nicht für die Toten gedacht«, sagte Rubens in einem Ton, der darauf hindeutete, daß er aus Erfahrung sprach. »Beerdigungen sollen nur die Ängste der Lebenden beruhigen.« Und dann, als ob ihm das gerade erst eingefallen wäre: »Ich habe kein Interesse an Beerdigungen.«

»Warum? Weil du keine Angst hast?«

»Ja.«

Daina hatte ihre Frage als Witz gemeint, aber Rubens Antwort war völlig ernst. Sie beobachtete ihn einen Augenblick, wie er den Zigarettenrauch tief in die Lunge sog. Daina lehnte sich in den Sitz der Limousine zurück, als sie sich dem drängelnden Mob näherten. Sie nahm seine starke Hand und drückte seine Finger ganz fest.

Es war früh am Morgen. Die Sonne hatte sich ihren Weg durch den dicken Nebel noch nicht gebahnt. Blitzlichter zuckten.

Überall waren Sicherheitsposten aufgestellt, trotzdem hatten es die Sensationshungrigen geschafft, das Gelände zu besetzen. Auf Daina wirkten sie fast unmenschlich in ihrem fanatischen Drang, falsche Andeutungen auszuhecken, die allein dazu dienen sollten, ein Image von einem Hollywood zu verbreiten, wie es östlich von Palm Springs gelebt wurde. Die Schönlinge und Nichtstuer lagen bäuchlings hinter marmornen Grabsteinen oder hockten wie spielende Kinder hinter Bäumen, Rolle für Rolle verschossen sie ihre Filme durch gewaltige Teleobjektive.

Als Daina aus Rubens' Limousine ausstieg, durchlief sie ein Schock: Vor ihr stand eine Frau, die Maggie so ähnlich sah, daß Daina einen Augenblick lang völlig verwirrt war. Neben dieser Frau standen Bonesteel und ein ziemlich kleiner Mann in dunklem Anzug.

Bonesteel stellte die beiden als Joan und Dick Rather vor. Joan sei Maggies Schwester. Dick schielte auf einem Auge. Er sagte, er komme aus Salt Lake City, wo er mit Joan wohne. Er verkaufe Staubsauger. Daina hatte nicht gewußt, daß man sich noch immer vom Staubsaugerverkauf ernähren konnte.

»Es ist sehr beunruhigend.« Rather sprach hastig. »Ich hab' oft davon geredet, sie hier mal zu besuchen, wo ich doch mein ganzes Leben lang so nahe bei gewohnt habe. Aber wissen Sie, ich habe es nie geschafft.« Er wandte den Blick von seiner stillen Frau ab und sah Daina direkt ins Gesicht. »Joan hat dafür immer irgendeine Entschuldigung gefunden. Und jetzt, jetzt dies. Und plötzlich sind wir hier. Es kommt mir irgendwie unwirklich vor.« Seine Augen schauten Daina bittend an, als ob er sagen wollte: »Sag' mir, daß das nur ein schlechter Witz ist.«

»Es tut mir so leid«, sagte Daina, und er zuckte zusammen.

»Es tut Ihnen leid?« fragte Joan. »Was wissen Sie denn schon, was Trauer ist?« Daina war ein bißchen erschrocken darüber, daß ihre Stimme mit Maggies keine Ähnlichkeit hatte.

»Ich war ihre beste Freundin, Joan«, sagte Daina.

»Für Sie immer noch Mrs. Rather.« Die kalten blauen Augen blieben starr. »Was wißt ihr Leute« – im Tonfall von »Abschaum« – »von Freundschaft, von Familie? Ich hab' Maggie nicht mehr gesehen, seit sie aus St. Marys weg ist. Und das ist schon lange her. Für Schwestern zu lange. Viel zu lange.« Sie trat einen Schritt vor. Daina sah, wie ihr Mann sie am Ellbogen packte, als ob er Angst hätte, sie könne sich auf Daina stürzen. »Ich kann mir überhaupt nicht vorstellen, warum sie hierher gezogen ist oder was sie an diesem Ort gefunden hat. Vielleicht paßte sie hier irgendwie hin, weil sie kein besonders glücklicher Mensch war. Keiner von euch hier ist glücklich. Das einzige, was euch glücklich machen kann, ist gegenseitiges Auffressen...«

»Joan.«

Aber Joan warf Dick Rather einen so vernichtenden Blick zu, daß er sofort den Mund zuklappte.

»Ich habe zugestimmt, daß Maggie hier beerdigt wird, weil man mir sagte, sie hätte sich das gewünscht. Sie hat sich entschieden, hierzubleiben, im Guten wie im...« Sie konnte den Satz nicht beenden. »Ich gebe Ihnen allen die Schuld.« Ihre Stimme war jetzt sehr leise, als ob der Wirbel ihrer Gefühle sich wie eine fest geballte Faust in sich selbst eingewickelt hätte. »Alle haben sie gekannt.« Sie sagte »alle«, aber es war ganz offensichtlich, daß sie Daina meinte. »Sie haben gesehen, wie verwundbar Maggie sein konnte. Und dennoch haben Sie sie« – sie würgte die Worte heraus –, »dennoch haben Sie sie mit diesem Satan leben lassen. Dabei ist noch nie etwas Gutes herausgekommen, nur Böses.« Sie zeigte mit dem Finger auf Daina. »Sie haben sie umgebracht!« flüsterte sie. »Sie haben Maggie getötet. Und ich, ich kann mich nicht einmal mehr an ihre Stimme erinnern.« Endlich brachen ihre Worte ab und ihr Körper begann zu zittern. Rather packte sie an den Schultern. Sie wandte das Gesicht erst ab, als Daina bemerkt hatte, daß ihre Augen immer noch trocken waren.

Daina streckte die Hand aus. »Joan, Mrs. Rather, ich kann verstehen, wie Sie sich fühlen. Es gibt keinen Grund für Mißverständnisse. Ich, wir beide, haben Maggie geliebt.«

»Wagen Sie es nicht, mich zu belehren!« wehrte Joan Dainas Berührung ab. »Sie Biest, Sie. Sie und all die anderen, die Ihnen ähnlich sind. Ich brauche Ihre Sympathie nicht. Ihr Mitgefühl ist genauso echt wie Ihr Verständnis von Freundschaft.«

»Jetzt will ich Ihnen mal was sagen«, antwortete Daina. »Mir sind alle meine Freunde wichtig, aber keiner bedeutete mir so viel wie Maggie. Wir sind gemeinsam in dieser Stadt erwachsen geworden, und in den letzten fünf Jahren haben wir einander alles gegeben. Es gab nichts, was wir nicht geteilt hätten.« Joan Rather war weiß geworden, taumelte zurück, so daß ihr Ehemann sie packen mußte.

»Sie glauben wohl, es macht mir nichts aus, daß Maggie tot ist?«

»Es macht Ihnen soviel aus, wie das bei Ihnen möglich ist, nämlich sehr wenig.«

»Wo waren denn Sie, als Maggie die ganze Nacht geweint hat? Sie sind es jedenfalls nicht gewesen, die Maggie in den Arm genommen hat. Das war ich.«

Zwei rote Flecken erschienen auf Joan Rathers ungeschminkten Wangen.

»Sie haben kein Recht, Joan so anzuschreien«, sagte Rather, »besonders, nachdem...«

»Halt den Mund!« bellte Joan Rather, und ihr Mann klappte den Unterkiefer mit hörbarem Geräusch zu. »Mir können Sie mit diesem sentimentalen Gerede nicht kommen! Soll ich etwa zusammenbrechen, an Ihrer Schulter weinen und sagen, Sie wären eine Heilige? O nein.« An Joan Rathers Hals traten sämtliche Sehnen hervor. »Wenn Sie die einzige sind, die meine Schwester Freundin nennen konnte, dann tut sie mir wirklich sehr leid.«

»Joan, bitte.« Daina hatte das Gefühl, daß es wichtig war, sich dieser Frau gegenüber verständlich zu machen. »Ich will mich nicht mit Ihnen streiten. Wir beide haben Maggie geliebt. Das sollte doch ausreichen, uns miteinander zu verbinden.«

»Verbinden?« Ein seltsam hoher, fast hysterischer Ton schwang in Joan Rathers Stimme. »Wir haben nichts gemeinsam. Nichts.« Sie machte eine ruckartige Kopfbewegung zu ihrem Mann hinüber. »Komm.« Sie sprach ihn nicht einmal mit seinem Namen an. »Es gibt ja wohl noch andere Plätze, wo wir stehen können.«

Mit traurigem Herzen sah Daina zu, wie sie weggingen. Sie dachte: Es tut mir leid, Maggie.

Sie entdeckte Chris und die anderen Band-Mitglieder. Chris wirkte müde und abgemagert. Tie stand zwischen ihm und Nigel; sie hielt ihre langen Finger mit denen von Chris verflochten. Im Augenblick, als Daina hinübersah, drehte sie sich ihm zu und flüsterte ihm etwas ins Ohr.

»Ich geh' mal rüber und sehe nach, wie es Chris geht«, sagte Daina.

Rubens starrte sie an. »Na, dann geh«, sagte er. Sein Tonfall klang blechern.

»Willst du nicht mitkommen?« fragte sie und berührte seinen Arm.

»Geh' du nur«, wiederholte er genauso gefühllos.

»Nicht, Rubens«, flüsterte sie, »nicht hier und nicht jetzt, bitte.«

»Ich bin mit dir hierher gekommen«, sagte er nicht unfreundlich, »aber jetzt mußt du schon allein weitermachen. Mit denen da will ich nichts zu tun haben.«

Zum Schluß hin klangen seine Worte seltsam gepreßt. »Los, Liebling. Warum sprichst du nicht aus, was du wirklich sagen wolltest?«

»Ich bin nicht eifersüchtig, wenn du das denkst.«

»Genau das denke ich«, sagte sie und schenkte ihm, bevor sie sich umdrehte, ein trauriges Lächeln. Sie ging vorsichtig über den frisch gemähten Rasen. Der Geruch erinnerte sie an die alten, breiten Häuser am Cape und an das Surren der Rasenmäher, das sie frühmorgens aus dem Schlaf holte. Sie erinnerte sich an den vom Wind herangetragenen salzigen Geruch der dicken, grauweißen, im Flachwasser gestapelten Sandmuscheln. Und an Daddys Gesicht. An seinen warmen Geruch. Daina schloß die Augen, biß sich auf die Lippe, fühlte, wie ihr Puls hinter den Augenlidern schlug. Eine Stimme in ihr weinte.

»Well«, sagte Tie merkwürdig gestelzt, »wie ich sehe, befindet sich die Primadonna heut morgen nicht auf dem Posten.«

Tie trug als einzige keine dunkle Kleidung. Im Gegenteil. Sie hatte offenbar, mit ganz besonderer Sorgfalt, ein pfirsichfarbenes Rohseidenkostüm mit hüfthoch geschlitztem Rock ausgewählt. Dazu trug sie Nahtstrümpfe und sehr hochhackige rote Schuhe. Um ihren Hals kringelte sich eine rubinrote Choker-Kette, ihre Ohrläppchen zierten passende Clips. Tie sah aus, als hätte sie sich für Reklamefotos hergerichtet.

Daina überhörte Ties Worte und fragte: »Chris, wie geht's dir?«

»Ihm geht's prima«, warf Tie ein, ehe Chris auch nur den Mund aufmachen konnte, »seit er bei uns wohnt.«

»Ich meine, er sollte doch lieber allein sein«, sagte Daina und fragte sich, warum sie ihre Meinung verteidigen muß. »Mit Sicherheit hätte er die Ruhe gebraucht.«

»Ach ja, die Ruhe«, sagte Tie. »In deinem Haus. Wie überaus gnädig von dir.« Sie grinste boshaft. Nigel, der neben ihr stand, gab ihren Gesichtsausdruck wie ein Spiegel zurück. Tie schob das Kinn vor. »Was ist eigentlich mit dir los? Langt dir der Produzent nicht?«

»Wovon redest du überhaupt?«

»Ich rede von dir und Chris«, sagte Tie wild. »Wir alle wissen doch, was vorging zwischen... Wie unglücklich Maggie darüber war.«

»Du bist ja wahnsinnig!« Doch Daina erinnerte sich plötzlich an das letzte Telefongespräch, das sie mit Maggie geführt hatte. Wo hatte Maggie damals nur solche Ideen hergeholt?

»Maggie war Außenseiterin«, zischte Tie, »und du bist es auch. Sie hat versucht, sich da reinzudrängeln, wohin sie nicht gehörte.« Sie streckte die Hand mit der Innenfläche nach oben, so als ob das Nichts, das auf ihr lag, eine Art Opfer wäre. »Und da liegt sie jetzt ja auch.« Es sah so aus, als ob Tie lachte. »Sie ist für ihre Sünden gestorben.«

»Sünden? Was für Sünden?« Daina suchte Chris' Blick. »Wovon redet die denn?« – »Von Magie«, sagte Tie. »Schwarzer Magie. Maggie hat versucht, unseren inneren Kreis zu durchbrechen.«

Hinter der Band entstand plötzlich Unruhe. Über Ties Schulter hinweg konnte Daina Silka ausmachen, wie er einen der Müßiggänger fortschaffte. Der Mann schlug nur schwächlich zurück. Silka hielt ihn an einem Arm gepackt, raffte mit der freien Hand die Kamera hoch und schleuderte sie gegen einen Baumstumpf. Das teure Gerät zersplitterte, der ruinierte Film sprang heraus. Nigel sah zu. Tie nicht. Chris betrachtete sehr aufmerksam seine Stiefelspitzen.

Nachdem Silka den Kerl bei den Sicherheitsposten abgegeben hatte und wieder zurückkam, schaute er Daina direkt in die Augen, als ob er sagen wollte: Ich hab dir Ties wegen ja Bescheid gesagt.

»Ist es vorbei?« fragte Tie, und da Nigel nickte, sagte sie: »Chris mag dich, Nigel auch. Begeh' nicht den gleichen Fehler wie deine Freundin. Das, was zwischen uns ist, geht dich nichts an. Gib also Ruhe.«

»Ruhe geben?« fragte Daina ungläubig. »Maggie war meine Freundin, wie kann ich da Ruhe geben?«

Tie öffnete den Mund, doch bevor sie sprechen konnte, hatte Bonesteel Daina am Arm genommen und sagte: »Es ist Zeit. Ich bring' Sie zurück.«

Über allen hing ein unnatürliches Schweigen, ganz so, als wären sie in einem elementaren Kampf gefangen. Gegensätzliche Lager taten sich auf; ein Fluß aus Schwarz und Weiß. Daina schien es, als seien diese Leute in ein monströses Spiel verwickelt und daß allein dieses Ködern es war, das sie noch am Leben erhielt. Joans Worte kamen Daina wieder in den Sinn. »Das einzige, was euch glücklich macht, ist gegenseitiges Auffressen.« Nein, dachte Daina, das ist nicht wahr. Ich wenigstens bin nicht so. Früher hätte ich genauso wie meine Mutter werden können, aber ich habe gelernt.

Sie bemerkte, daß Silka sie über Ties Schulter hinweg beobachtete. Er preßte den Zeigefinger gegen die Lippen. Schließlich gestattete sie es Bonesteel, sie zu Rubens zurückzuführen.

»Ich will mit Ihnen reden«, sagte Daina leise.

»Nicht hier und auch nicht jetzt«, antwortete Bonesteel. Das Echo ihrer eigenen Worte jagte ihr eine Gänsehaut über den Rücken. »Noch habe ich Ihnen nichts zu sagen.«

»O doch.« Aber er hatte sie schon neben Rubens zurückgelassen, nahm seinen Platz in der Nähe der Rathers ein. Daina nahm an, daß er die beiden herbeordert hatte.

Die Predigt begann, lang, blut- und seelenlos. Der Pfarrer hatte Maggie nicht gekannt, dennoch sprach er von ihr, als ob er sie schon als Kind gekannt hätte.

Als die Predigt halb zu Ende war, begriff Daina, daß Rubens recht gehabt hatte: Beerdigungen taugen nicht für die Toten, sondern für die

Lebenden; denn von Maggie gab es hier keine Spur mehr. Nur eine Runde ovaler Gesichter, die durch verschiedene Grade des Schmerzes verschleiert waren.

Endlich senkten zwei kräftige Männer den Sarg an starken Seilen in die Erde. Für Daina, deren Augen sich mit Tränen füllten, wurde in diesem Augenblick mehr als nur ein Mensch beerdigt.

Joan machte sich von ihrem Mann los und ging mit steifen Beinen an den Rand des Grabes. Der Pfarrer sagte mit singender Stimme: »Asche zu Asche, Staub zu Staub...« Joan bückte sich, nahm eine Faust voll lockerer Erde auf. Sie wirkte entsetzlich allein, völlig verlassen. Lange Zeit hindurch stand sie starr und unbeweglich da. Tie drehte Nigel den Kopf zu und sagte ihm etwas. Dann stieß Joan mit krampfhafter Bewegung den Arm vor und schleuderte die Erde nach unten. Sie prasselte wie ein dunkler Regen auf den glänzenden Deckel des Sarges.

5. Kapitel

»Ich hab' keine Ahnung, aus welchem Grund die immer weiter dranbleiben«, sagte Marion eines Morgens im Studio.

»Dranbleiben an was?« fragte Daina.

Marion faltete den *Manchester Guardian*, der ihm täglich per Luftpost zugestellt wurde, zusammen. Marion haßte es, von Nachrichten aus der Heimat abgeschnitten zu sein.

»Die blöden Yankee-Blätter«, hörte man ihn von Zeit zu Zeit murmeln. »Die haben doch keine Ahnung, wie man Weltnachrichten bringen muß.« In Wirklichkeit meinte er Nachrichten aus Großbritannien.

Er schaute Daina über den Rand seiner feinen Porzellantasse an. Sie war zu drei Vierteln mit frisch aufgebrühtem Tee, einer Mischung aus Darjeeling und englischem Frühstückstee, gefüllt. »Die Engländer und die Iren«, sagte er sehr sorgfältig, »die anglikanische Kirche und die Katholiken.« Er nahm einen Schluck. »Irgendwie komme ich da nicht mit.« Er wies mit dem Finger auf die gefaltete Zeitung. »Das zum Beispiel. Ungefähr vor drei Wochen hat es in Belfast gewaltige Unruhen gegeben. Hier steht, die Sache sei von Sean Toomey, dem patriarchalischen Führer der irischen Protestanten im Norden, organisiert worden.« Marion schaute angeekelt drein. »Wie gewöhnlich haben die Engländer die ganze schmutzige Arbeit geleistet. Sie sind nach Andytown hineingefahren und haben die Jungs von der IRA, die unter

Verdacht standen, herausgezerrt.« Er schüttelte den Kopf. »Es war ein richtiges Blutbad.«

»Aber das geht doch jetzt schon lange so.«

»Eben deshalb!« Er stellte seine teure Tasse hart auf dem Tisch ab. »Und wie soll das weitergehen, frage ich Sie? Blut und noch mehr Blut, dezimierte Familien, Kummer und Verzweiflung.« Er schob seine Tasse beiseite. »Jetzt kennen Sie den wirklichen Grund, warum ich diesen Film mache. Ich will den Leuten zeigen, wie hirnrissig das alles ist.« Er schlug den *Guardian* mit einer Rückhand vom Tisch, so daß seine Seiten über den Fußboden flatterten wie Vögel mit gebrochenen Flügeln. »Ach was! Ich weiß nicht, warum ich mir überhaupt die Mühe mache, diese widerlichen Geschichten zu lesen!«

Aber am nächsten Morgen saß er wieder vor seinem Tee und studierte die Zeitung, als ob nichts passiert wäre.

El-Kalaam hockte neben James auf dem Fußboden. Malaguez stand ihm zur Seite. Zwischen ihnen hatten sie eine Karte der Villa und der unmittelbaren Umgebung ausgebreitet. Stück für Stück gingen sie die Karte durch.

»Mit Sicherheit werden hier bald Männer aufkreuzen«, sagte El-Kalaam. »In unserer Verteidigung darf es keine Lücke geben. Überraschungen können wir nicht gebrauchen.« Er fuhr mit dem Zeigefinger über ein grobes Rechteck auf der Karte. »Hier hält Moustafa Posten. Sieh nach und sorge dafür, daß alles in Ordnung ist.« Malaguez nickte und gehorchte wortlos. Auf dem Weg nach draußen passierte er Rudd und die Engländer, die durch den Korridor zurückgingen. Sie trugen die Badezimmertür. Fessi stieß sie an, und sie lehnten die Tür gegen eine Wand. Danach erlaubte Fessi es ihnen, sich auszuruhen.

El-Kalaam warf einen Blick zu James hinüber. »Sie sehen gar nicht gut aus, mein Freund. Rita!« rief er. »Etwas Wasser hierher. Behalt die Frau dieses Mannes drinnen bei dir.«

Susan erschien mit einem Glas Wasser. Ihr Make-up war verschwunden, das einst so sorgfältig frisierte Haar flatterte ihr um die Ohren. El-Kalaam befahl ihr, sich vor ihm niederzuknien. Sie gehorchte. »Sie sehen, wie leicht das ist«, sagte er zu James. »Weiber sind dazu da, Befehle auszuführen.« Susan durfte James nippen lassen.

In der Küche überwachte Rita die Frauen beim Kochen.

»Wie kommt es eigentlich«, fragte Heather, während sie die Suppe umrührte, »daß er Sie im Kader duldet? Offensichtlich haßt er doch Frauen.«

»Er haßt sie nicht, er hat nur keinen Respekt vor ihnen. Männer und Frauen haben eben unterschiedliche Funktionen«, sagte Rita.

»Ich sehe keine Unterschiede...«

»Zu blöd, mit dir darüber auch nur zu reden. Halt den Mund und rühr deine Suppe.«

Heather wandte den Kopf ab. »Ich frage ja nur, weil ich nicht verstehe. Ein Revolutionär muß sich doch verständlich machen.«

Rita schaute einen Augenblick auf Heathers Hinterkopf. »Als mein Mann bei einem Überfall der Israelis umgebracht wurde, stellte ich fest, daß ich als Frau nicht mehr funktioniere. Vielleicht ist ein Teil von mir zusammen mit meinem Mann umgekommen.« Heather drehte sich zu ihr um. »Für mich gab's nur noch eins«, sagte Rita. »Ich hab' die Maschinenpistole meines Bruders genommen und bin über die Grenze nach Israel gegangen.«

»Ganz allein?« fragte Heather.

»Ich kann mich nicht mehr an alles erinnern. Nur, irgendwann rissen mich Hände von irgendwelchen Leichen weg – es waren drei, hat man mir später gesagt –, und ich schwöre, ich hatte die Toten noch nie gesehen.«

Ihr Kopf fuhr herum. »El-Kalaam war es, der mich weggezogen hatte. Der Blutrausch hatte mich noch, und er schickte mich hinaus in die Wüste, damit ich meine Maschinenpistole leerschießen konnte. Er hat mich dann gebeten, mich ihm anzuschließen. Ich bin nicht wie die anderen«, sagte Rita leise. »Ich bin halbtot.«

»Bei Frauen irren Sie sich«, sagte James, der vor dem Bücherregal saß.

»Ich irre mich bei gar nichts.« El-Kalaam zündete sich eine dünne Zigarre an.

»In diesem Fall doch«, beharrte James, »Sie kennen Heather nicht.«

El-Kalaam grunzte, nahm die Zigarre aus dem Mund. »Das muß ich auch nicht. Alle Frauen des Westens sind gleich. Sie wissen nichts. Sie denken nicht. Sie reden nur.«

»Wie wär's mit einer Wette?« James Augen leuchteten.

»Ich wette nicht«, sagte El-Kalaam. »Nicht einmal mit Männern meinesgleichen.« Er zog an der Zigarre. »Was kann denn deine Frau angeblich?«

»Schießen.«

El-Kalaams Gesicht verzog sich zu einem Grinsen. »Bist du ein Glückspilz. Gut, daß ich nicht wette.«

»Dann sind Sie also ein Feigling.«

El-Kalaam blickte drohend drein. Sein Körper spannte sich. Seine Hände ballten sich zu Fäusten. Doch unvermittelt kehrte sein Grinsen zurück. »Du versuchst, mich zu beleidigen, aber das läuft bei mir nicht. Ich lasse mich nicht ködern.«

Rita erschien. »Das Essen ist fertig.«

»Die Braunhaarige soll Fessi und die anderen versorgen. Seine Ehefrau« – er starrte James herausfordernd an – »wird erst mich und dann dich bedienen.«

»Und was ist mit Malaguez?«

»Der kann essen, sobald er zurück ist. Ich will nicht, daß jemand außer ihm die Villa verläßt.«

Heather kam mit einer Platte gedämpftem Gemüse aus der Küche. El-Kalaam winkte sie zu sich heran. »Knie nieder«, befahl er.

Nach einem Augenblick des Zögerns folgte sie der Aufforderung. Sehr langsam pickte El-Kalaam im Essen herum, wobei er nur die Rechte benutzte. »Halte den Blick gesenkt, während ich esse«, sagte er zu Heather.

Susan und Rita gingen hinüber zum hinteren Ende des Raums, wo Fessi und die anderen Kadermitglieder saßen. Die Haustür sprang auf: Malaguez erschien. El-Kalaam sah ihn an; Malaguez nickte kurz. El-Kalaam fuhr mit seinem Mahl fort.

»Was ist mit meinem Mann?« fragte Heather.

»Was soll mit ihm sein?«

»Er braucht auch Essen.«

Ganz vorsichtig nahm El-Kalaam etwas Gemüse zwischen Daumen und Zeigefinger. Bedächtig steckte er es James zwischen die Lippen. Der versuchte zu kauen, aber das Essen fiel ihm in den Schoß.

»Siehst du?« El-Kalaam zuckte die Achseln. »Es wird nichts.«

»Er braucht Flüssigkeit. Ich habe etwas Suppe zubereitet.«

El-Kalaam ignorierte sie, wandte sich an James. »Ich bitte um Entschuldigung«, sagte er ironisch, »du hast doch recht. Sie ist schon zu was nütze.« Er wandte sich Heather zu. »Dein Mann behauptet, daß du schießen kannst.«

»Ja«, sagte Heather, »kann ich.«

El-Kalaam schnaufte. »Und auf was schießt du? Auf Pappzielscheiben? Auf Enten im Teich? Auf Kaninchen? Ja, ich seh' es dir an: Du kannst mit einem Gewehr umgehen.« Angewidert schob er die Platte von sich. »Geh, gib Rita zu essen. Wenn du damit fertig bist, darfst du deinem Mann Suppe bringen.« Er erhob sich. »Wenn er sie bei sich behalten kann.«

Er schritt zum Telefon und wählte eine Nummer. »Den Ministerpräsidenten«, sagte er in den Hörer. »Es ist jetzt fast drei Uhr, Pirat. Was hast du die ganze Zeit über getrieben?« Er horchte einen Augenblick. Sein Gesicht verdunkelte sich. »Was kümmern mich deine Probleme. Ob es eine schwierige oder leichte Aufgabe ist, kann mir gleich sein. Heute abend um sechs müssen unsere palästinensischen Brüder frei sein. Und wenn nicht... Du erinnerst dich doch an deinen alten Freund Bock, nicht wahr, Pirat? Natürlich tust du das. Wieso hättest du wohl sonst deine Tochter hierher geschickt? Du und Bock, ihr kennt euch schon lange. Aus den alten Tagen in Europa. Wir wissen Bescheid. Du würdest deine Tochter keinem andern anvertrauen. Ich bin sicher, daß du ein Foto von deinem alten Freund Bock hast, Pirat. Sieh es dir genau an. Wenn unsere Brüder um sechs Uhr nicht frei sind, wirst du das Foto brauchen, um ihn wiederzuerkennen.«

Er knallte den Hörer hin und wandte sich an Malaguez. »Der bildet sich ein, daß wir nichts aus ihm herausholen werden, aber da irrt er sich. Diese verfluchten Israelis sind unmenschlich.« Er holte tief Atem. »Nun, sie brauchen eine Lektion. Malaguez, bring Bock her. Fessi, du weißt, was du holen mußt.« Er hielt inne und zog Heather neben sich. »Komm.«

»Wohin gehen wir?«

El-Kalaam sagte nichts, zog sie den Korridor hinunter, vorbei an dem Badezimmer mit der offenen Tür vorüber in ein Zimmer am anderen Ende der Villa. Es war einmal Bocks Suite gewesen, jetzt hatte der Kader es zweckentfremdet.

Die Fenster waren mit Brettern vernagelt, das riesige Bett umgedreht und dagegengelehnt worden. Kein Außenlicht drang herein. Eine Lampe ohne Schirm leuchtete das Zimmer unangenehm hell aus. Heather kniff die Augen zusammen. Als Bock hereingebracht wurde, schob El-Kalaam sie aus dem Weg.

Malaguez führte ihn mitten ins Zimmer. Da stand er, die Waden gegen einen Holzstuhl, dessen Rückenlehne Quersprossen hatte, gestemmt. Alle warteten schweigend, bis Fessi hereinkam. Er schloß die Tür hinter sich. Über einer Schulter zusammengerollt trug er einen gartenschlauchähnlichen Gegenstand mit einer Messingdüse an einem und einer Schraubverbindung aus gleichem Metall am anderen Ende.

»Ich habe gehört«, sagte El-Kalaam zu Bock, »daß du ein sehr guter Redner bist. Für einen Industriellen ist das ungewöhnlich. Kapitalisten sind oft zu sehr damit beschäftigt, Befehle auszuteilen oder sich mit teurem Essen vollzustopfen, nicht?« Er legte den Kopf auf die Seite. »Aber andererseits sollte ein Mann, der davon lebt, die Armen auszubeuten, wenigstens wissen, wie man zu ihnen spricht.«

»Ich war auch einmal arm«, sagte Bock. »Ich weiß, was das bedeutet.«

»So, so! Ja, in der Tat.« El-Kalaam breitete die Arme weit aus und grinste. »All dies ist für die Armen. Aber ja doch.«

Seine Stimme veränderte sich; seine Augen verengten sich zu Schlitzen. »Nun, ich sage dir, Bock, du wirst jetzt reden müssen. Du wirst deinen alten Freund, den Ministerpräsidenten, von seiner Dummheit überzeugen müssen. Er sagte mir, daß er mit Verzögerungen fertig werden muß, und es gäbe viele politische Gruppen in Jerusalem, die zufriedengestellt werden müßten.«

»Das ist korrekt.«

»Hältst du mich für einen Idioten? Glaubst du, ich weiß nicht, wer Jerusalem beherrscht? Wenn der Pirat befiehlt, daß unsere Brüder freigelassen werden, dann werden sie freigelassen. So störrisch zu sein, ist Dummheit. Aber dein Leben schätzt er. Er schätzt auch das Leben seiner Tochter, nicht wahr?«

»Das Wohlergehen seines Landes schätzt er mehr«, sagte Bock.

»Gesprochen wie ein wahrer Zionist!« schrie El-Kalaam. »Aber das hier, das ist die wirkliche Welt, mein Lieber, verblendeter Bock, und nicht – gelobt sei Allah – irgendein jüdischer Haschischtraum, den deine Leute ausleben wollen. Entscheidungen über Leben und Tod werden während der nächsten achtzehn Stunden hier getroffen werden, und ein Teil der Verantwortung für das, was passiert oder nicht passiert, lastet auf deinen Schultern.«

»Wir Juden haben sechstausend Jahre voller Entscheidungen über Leben und Tod hinter uns«, sagte Bock. »Ich weiß, was ich tue. Es gibt nichts mehr, worüber wir noch reden könnten. Sie werden einfach mit mir auskommen müssen.«

»Schlauer Jude«, sagte El-Kalaam, »sehr schlau.« Er stieß Bock mit dem Zeigefinger vor die Brust. »Ihr seid dumm. Du wirst es schon sehen, und dann erinnere dich an diese Unterhaltung. Du wirst noch darum betteln, von mir losgeschickt zu werden, um meine Befehle auszuführen.« Sein Gesicht war dem Bocks sehr nah. »Ja, das wirst du.«

Er drehte sich zu Fessi um. »Geh, mach es fest.«

Fessi verschwand im Badezimmer. Kurz darauf erschien Fessi wieder und nickte kurz.

»Malaguez«, kommandierte El-Kalaam.

Der breitschultrige Mann band die Fessel von Bocks Knöcheln los.

»Setz ihn hin.«

Malaguez knallte den Kolben seiner MP 40 auf Bocks Schulter. Der Industrielle sank auf den Stuhl nieder.

»So ist's besser.«

Malaguez band ihm die Handgelenke hinter den Sprossen an der Rückenlehne des Stuhls fest.

»Fertig.«

Fessi holte jenes Ende des Schlauches, an dem die Düse saß, hinter seinem Rücken hervor und hielt es dicht vor Bocks Gesicht.

»Du bist so angefüllt von zionistischen Idealen«, sagte El-Kalaam kalt. »Jetzt sollst du fühlen, wie es ist, wenn du mit etwas anderem angefüllt bist.« Bocks Blicke glitten zwischen El-Kalaam und der Düse, die Fessi hielt, hin und her.

»Hast du je einen Ertrunkenen gesehen, Bock? Ich nehme an, während deiner Zeit in Europa, nicht wahr? Die aufgeschwemmten Leichen, die wie Aas aussehen. Den Gestank. Du erkennst das Gesicht deines besten Freundes nicht wieder.« Er blickte in Bocks schwitzendes Gesicht hinab. »Ja, du hast es gesehen, wie sie ertranken und verschwanden. Und du hast gedacht: besser die als ich, nicht wahr, Bock? Nun wirst du fühlen, wie es ist, wenn man ertrinkt. Und am Ende wirst du tun, was ich will.«

Bock knirschte mit den Zähnen. Schweiß tropfte von seinem runden Kinn. »Niemals.«

El-Kalaam streckte die Hand aus und kniff Bock die Nase zu. Bock schüttelte den Kopf, aber El-Kalaam hielt fest. Nach einer Weile machte er den Mund auf, um zu atmen, und Fessi schob die Messingdüse hinein.

»Sage niemals niemals, Bock«, meinte El-Kalaam, während er Bock noch immer die Nase zuhielt.

Bocks Augen wurden groß. Als Fessi den Schlauch weiter hineinschob, begann er zu würgen. Er richtete sich hoch auf. Seine Augen tränten.

»Es ist schlimm, nicht wahr, Bock, wenn man so hilflos ist«, sagte El-Kalaam. Bocks Augen rollten wild. Er begann zu zittern, zuerst mit den Beinen, schließlich am ganzen Körper. Heather konnte sehen, wie sich die Muskeln seiner Kehle zusammenzogen. »Was für ein armseliges Wesen du doch bist, Bock. Aber das ist nur typisch für deine Rasse.«

»Was wollen Sie mit ihm tun?« fragte Heather. »Sie ersticken ihn ja.«

Ohne hinzuschauen befahl El-Kalaam: »Füll ihn mit Wasser, Fessi, aber nicht zu schnell. Wir wollen das Ergebnis ein bißchen hinauszögern. Auf diese Weise ist es überzeugender.«

»Folter.«

El-Kalaam zuckte die Achseln. »Das ist nur ein Wort. Frauen können gut mit Worten umgehen. Bei Männern zählen Taten. Auf die Ergebnisse kommt's an. Man muß immer Opfer bringen, um zu bekommen, was man will. In diesem Fall...«

»...haben Sie also ihre Menschlichkeit geopfert«, sagte Heather.

Er drehte sich blitzschnell um. Seine Hand schoß hoch und fuhr Heather quer durchs Gesicht. »Wer bist du, daß du mir gegenüber von Menschlichkeit redest«, schrie er. »Gewehrschießerin. Du tötest ohne Sinn, nur zum Spaß. Ich töte für mein Volk, für mein Land.« Er spuckte vor ihr aus. »Für das, was du tust, gibt es keine Entschuldigung.« Er riß den Kopf herum. »Malaguez, bring sie raus. Sie soll bei der Braunhaarigen warten.«

In der schrecklichen Stille des Wohnzimmers konnten sie die Schreie, die in gleichmäßigen Abständen vom anderen Ende des Korridors zu ihnen herübertrieben, dort, wo die Terroristen Bock bearbeiteten, nicht überhören.

Endlich kam Malaguez wieder den Korridor herunter. Heather, die die Arme um Susan gelegt hatte, biß sich in angstvoller Erwartung auf die Lippen. Wie war es ausgegangen?

Malaguez blieb stehen und winkte Heather und Susan. »Ihr beide kommt jetzt mit mir.«

Er wartete schon auf sie, bevor noch die Dreharbeiten zur Mittagspause unterbrochen worden waren. Sie ging erschöpft zu ihrem Wohnwagen zurück, öffnete die Tür und stellte fest, daß er in dem kleinen Kühlschrank in der hinteren Ecke neben der Frisierkommode herumkramte.

»Suchen Sie nach Hinweisen?« fragte sie.

Bonesteel drehte sich um und schaute sie an. Er hielt eine kleine Flasche Perrier in der Hand. Er lächelte. »Ich hab nur Zitrone gesucht.«

»Sie kommen zu spät«, sagte sie und schloß die Tür hinter sich. »Die Zitronen sind mir ausgegangen.«

Er öffnete die Flasche und nahm einen Schluck.

»Wie wär's mit einem Glas?« fragte sie ätzend. Sie ärgerte sich, daß er es nicht für nötig gehalten hatte, vorher mit ihr zu reden.

Er winkte ihr mit der Flasche zu. »Schon in Ordnung. Ich bin dran gewöhnt, im Laufen zu essen und zu trinken.« Er trug einen leichten, grauvioletten Maßanzug. Daina fragte sich, wie er es wohl geschafft hatte, ihn von seinem Gehalt zu bezahlen.

»Für einen Bullen sind Sie aber gut betucht.« Sie setzte sich in einen Plüschsessel und zog die Schuhe aus.

Er grinste. »Das kommt davon, wenn man ausgehalten wird.« Diese Worte waren vielleicht als Witz gemeint, aber irgend etwas im Hintergrund seiner blaugrauen Augen weigerte sich zu lachen. »Sie sagten, Sie wollten mit mir reden, Miss Whitney. Worüber?«

»Sie hatten gesagt, Sie wollten meine Hilfe.«

»Ach ja. Nun, ich glaube nicht...«

»Sie haben es sich anders überlegt?«

Er stellte die Flasche hin, ging hinüber zu dem kleinen Fenster, spähte nach draußen auf den Platz, auf dem eifrig gearbeitet wurde. »Ich will nicht, daß Sie darin verwickelt werden.«

»Warum nicht?«

Er drehte sich um und schaute sie an. »Miss Whitney, das ist eine furchtbar blöde Frage, wenn sie eine so kluge junge Frau stellt.«

»Ich will helfen.«

»Das weiß ich zu schätzen.« Seine Augen sagten etwas anderes. »Aber für Sie gibt es nichts zu tun.«

Sie nahm einen neuen Anlauf. »Neulich waren Sie nicht sehr ehrlich mir gegenüber.«

»So?« Er wirkte nicht überrascht. »Und bei welcher Gelegenheit war ich nicht sehr ehrlich?«

»Als Sie mir das blutige Zeichen erklärten, das Sie auf der Seite der... Lautsprecherbox gefunden hatten.« Sie schluckte, zwang sich, den grauenhaften Inhalt der Box zu vergessen.

»Das geht nur die Polizei etwas an, Miss Whitney.«

»Nein, es geht auch mich etwas an.«

Einen Augenblick lang massierte er sich die geschlossenen Augenlider. Als er zu reden anfing, bekam seine Stimme den einschläfernden Ton eines Dozenten, der entweder inkompetent oder am Thema uninteressiert ist. »Vor etwas über zwei Jahren, am dreizehnten November, wurde die Leiche einer dreiundzwanzigjährigen Studentin gefunden, und zwar innerhalb der nordwestlichen Umfassungsmauern des Golden Gate Parks in San Francisco. Die Studentin war vor ihrem Tod brutal geschlagen und entstellt worden. Neben ihrer Leiche lag ein Stein, auf den man etwas gezeichnet hatte. Später wurde das Zeichen als Schwert in einem Kreis identifiziert. Bestätigt wurde auch, daß dieses Zeichen mit dem Blut des Opfers hingemalt worden war. Verdächtige wurden nicht festgenommen.«

Er ging zurück zum Kühlschrank, nahm noch einen großen Schluck aus der Perrier-Flasche. »Drei Monate später, wieder an einem Dreizehnten, wurde die entstellte Leiche einer fünfundzwanzigjährigen Frau unter einer der Landungsbrücken am Embarcadero gefunden. Wieder fand man das eigentümliche Zeichen, diesmal grob auf der Innenseite des Schenkels der Leiche angebracht. Bevor das dritte Opfer gefunden worden war – ein siebenundzwanzigjähriges Fotomodell –, hatte die Polizei von San Francisco schon mehrere Psychiater, die sich in krimineller Psychopathologie spezialisiert haben, eingeschaltet.« Bonesteel grunzte. »Bücherwürmer. Alles, was sie uns einbrachten, war die Hypothese, daß der Mörder wahrscheinlich in drei Monaten, am Dreizehnten, wieder zuschlagen würde. Die Psychiater sagten, irgend etwas müsse ihn dazu treiben.«

Bonesteels Mund verdrehte sich zu einer Karikatur von einem Lächeln. »Der Dreckskerl aber hat uns alle reingelegt. Er hat im Mai zugeschlagen, wieder nach einem dreimonatigen Abstand, aber diesmal am elften.« Er ließ die leere Flasche in den Mülleimer fallen. »Die Polizisten von San Francisco sind fast wahnsinnig geworden, zumal die Leiche des Fotomodells von der Frau eines Army-Obersten direkt in der Garnison gefunden wurde. Und dann ist irgendeinem hellen Kopf beim *Chronicle* was ganz Tolles eingefallen: er benützte das Zeichen als Köder und nannte den Killer ›Mordred‹, den Schwarzen Ritter vom Hofe König Artus'. Das war genau das Richtige. Die Öffentlichkeit reagiert auf so was. Der Name saß.«

Daina stand auf.

»Was wollen Sie?« fragte Bonesteel.

»Nur ein Glas Soda.«

»Ich hol' es Ihnen.« Er kniete sich vor den Kühlschrank hin.

»Woher wissen Sie das alles?« Daina wollte herausfinden, ob er ihr alles erzählte.

»Mordreds viertes Opfer wurde in La Habra gefunden.«

»Im Bezirk Orange. Das ist ganz schön weit von hier. Liegt das nicht ein bißchen außerhalb Ihrer Jurisdiktion?«

Bonesteel schüttelte den Kopf. »In einer Hinsicht bin ich wie diese Seelendoktoren: mit solchen Fällen verdien' ich meine Brötchen. Nur – ich bin draußen, jeden Tag, und trete in die Scheiße, während die Seelendoktoren sich auf ihrem Ledersofa zurücklehnen und 'ne Pfeife stopfen.« Er kreuzte die Arme über der Brust. »Die Sache mit La Habra war im Frühling letzten Jahres, der sechste Fall Anfang dieses Jahres in Anaheim. Ihre Freundin, Miss McDonell, war die siebte.« Er stand auf. »Sehen Sie jetzt, warum Sie uns eigentlich nicht so recht helfen können?«

»Und sind Sie schon damit weitergekommen, um ihn zu finden?«

»Mordred?« Er schenkte ihr ein dünnes Lächeln. »Ich wünschte, ich wüßte es. Je mehr Daten wir ansammeln, desto größer wird natürlich unsere Chance, ihn zu kriegen. Aber niemand weiß, was er als nächstes vorhat. Nur Mordred weiß das. Die Psychiater sagten uns, daß er versuchen wird, auf seine eigene, bizarre Weise mit uns in Verbindung zu treten. Wir haben nur noch nicht raus, welche Sprache er spricht. Es ist hart.«

Daina warf den Kopf zurück. »Und inzwischen sterben Frauen wie Maggie, eine nach der anderen.« Ihre Augen flammten. »Warum, zum Teufel, tun Sie denn nicht irgendwas!«

Es gab nichts dazu zu sagen. Bonesteel beobachtete sie schweigend.

»Tut mir leid«, sagte Daina und stellte ihren Drink ab. »Ich bin müde und wütend und weiß nicht, was ich dagegen tun soll.«

»Für mich«, sagte er, »ist es nicht nur ein Job.«

Etwas Rauhes, Kehliges in seiner Stimme veranlaßte Daina, schnell aufzublicken. Sie hatte gerade noch Zeit, das raubtierhafte Gelb tief hinten im Blaugrau seiner Augen aufflammen zu sehen. Daina erschien es wie ein vertrautes Banner. Sie sah ihn an, als sähe sie ihn zum erstenmal.

»Werden Sie Mordred finden?« fragte sie.

»Ja, Miss Whitney, ich werde ihn finden.« Plötzlich wirkte er müde. Er konnte nicht älter als acht- oder neununddreißig sein, dachte Daina, aber jetzt sah er eher wie fünfzig aus. »Ich finde sie alle. Das ist so.«

Seine Worte übermittelten ihr mehr, sie wußte nicht, was, aber sie schauderte. »Wollen Sie mich nicht Daina nennen, Bobby?«

Er hatte ihr einmal gesagt, daß ihn so noch niemand genannt hatte. Vielleicht konnte man ihn mit diesem Namen in Schach halten. »Also gut«, sagte er leise. »Daina.«

Sie streckte die Hand aus. »Sagen Sie mir Bescheid, wenn sich was tut?«

Bonesteel griff hinter sich, nahm ein Glas und trank ihr zu. »Auf den Tod von Mordred.« Das Eis tanzte im Glas, während er trank.

Sie waren gekommen und hatten Martys Leiche und die der beiden anderen weggeschafft. Baba wollte Daina nicht sagen, wo Marty beerdigt werden sollte oder welches Beerdigungsinstitut in Bensonhurst die Bestattung vornehmen sollte. »Was glaubst'u 'nn, Mama«, sagte er, »meinst'u, wir können einfach so da hingehen? Mach', was ich dir sag': vergisses, klar?«

Daina versuchte, zu gehorchen, aber es war unmöglich. Immer und immer wieder sah sie Martys Gesicht vor sich, schockiert und wütend, als er gegen die Wand des Büros geschleudert wurde; und sie sah die Blutspritzer; und sie hörte das sanfte Grunzen.

Daina konnte die kleinen Nettigkeiten nicht vergessen, mit denen Marty sie überhäuft hatte – »Ich kann nicht anders«, hatte er immer gesagt. »Ich hab' drei Söhne. Ich hab' immer 'ne Tochter haben wollen.« Dainas Wunsch, ihm ein letztes Mal Lebewohl zu sagen, war sehr stark. Babas Worte hatten ihr deutlich gemacht, wie sehr sie vom Hauptstrom der Gesellschaft isoliert lebten. Ein Gesetzloser zu sein, das hatte seine guten und seine schlechten Seiten.

So waren die Tage und Nächte des absoluten Friedens nicht ohne dunkle Punkte geblieben. Eine Zeit unverfälschlicher Phantasie ging vorüber; eine Zeit, in der es Daina möglich gewesen war, das Grau im Tageslauf der Welt, in die sie sich eingenistet hatte, auszuschließen. Der Wolf hatte an die Tür geklopft, und eine Zeitlang hatte sie sich sehr erfolgreich vor ihm verbarrikadiert. Aber während die grünen Blätter des Sommers sich nach und nach rostbraun und golden färbten und die Ankunft des Winters vorhersagten, konnte Daina wieder das Heulen und das beständige Kratzen seiner schweren Vorderpfoten hören, und endlich auch das Splittern des Holzes.

Aber heute war es nur das Klopfen an Babas Bürotür. Sergeant Martinez kam herein; ein Mann, so breit wie hoch, ohne Hals und in seiner Polizistenuniform ständig vorm Ersticken. Sein Gesicht bestand aus einer Anzahl breiter Flächen, in denen es keine Schatten gab. Der Rücken seiner breiten Nase und seine runden Wangen waren dicht mit Sommersprossen gesprenkelt, und seine Augen waren hellblau, als ob die flammende Sonne seines Heimatlandes Puerto Rico den größten Teil der Farbe herausgebleicht hatte.

Martinez knallte die Tür hinter sich zu, tat mehrere Schritte ins Zimmer und ging auf Baba zu. »Ich sollte dich samt deinem schwarzen Arsch direkt auf die Wache ziehen.«

Baba blickte von seiner Arbeit auf und starrte den Polizisten kühl an. »Öj«, sagte er leise, »du hier?'s is' doch nich deine Zeit.«

»Riskier hier nicht die große Lippe, Chico. Ab heute ändern sich die Zeiten.« Er bewegte die Hüften: Lederhalfter und Revolver standen weit ab. »Diese verdammte Ballerei hat im Bezirk 'nen unheimlichen Stunk verursacht.«

»Mal ganz ruhich«, sagte Baba, legte die Hände flach auf den Schreibtisch.

»Mal ruhig? Scheiße!« Martinez schob kampflustig das Kinn vor. Baba hatte Daina einmal gesagt, daß der Polizist diese Angewohnheit aus Gangsterfilmen bezogen hat. Martinez meinte, er sähe dann mehr wie ein harter Mann aus. »Der Chef redet die ganze Zeit davon, daß er sich selbst einmischen will.« Martinez beugte sich vor. »Weißt du, was das heißt? Madre de Dios!«

»Und ob«, sagte Baba, »dann is' Essig mit deinen kleinen Geschäftchen.«

Martinez schoß das Blut ins Gesicht, seine Sommersprossen verschwanden. »Meine kleinen Geschäftchen«, sagte er langsam, »halten deinen schwarzen Arsch am Furzen.«

»Weiß ich«, sagte Baba, »has' deinen Spaß, mich dran zu erinnern.«
»Es ist nötig, dich dran zu erinnern...«
Er brach ab, aber Baba sprach aus, was Martinez hatte sagen wollen: »Nigger.«

»Du hast dieses weiße Mäuschen hier«, sagte Martinez mit belegter Stimme und zeigte in Dainas Richtung. »Du glaubst, du bist was Besonderes. Dabei bist du nur 'n Stück Scheiße, die ich mir ab und zu vom Absatz kratzen muß. Ich muß dich immer dran erinnern.« Er richtete sich auf. »Ach ja, da ist noch was: Du bezahlst mich jetzt zweimal im Monat.« Er streckte seine Hand aus. »Heute zahlst du auch, Hijo Malo. Heut ist der Jüngste Tag.«

Lange Zeit sagte Baba nichts. Er weigerte sich sogar, sich zu bewegen. Daina konnte durch Martinez' Uniformjacke sehen, wie der Polizist schneller atmete.

»Weißt', was los is' mit dir, Martinez?« fragte Baba nach einer Weile. »Hältst dich schon lange für 'n Weißen, daß du anfängst mit weißen Gewohnheiten.«

»Siehst du meine Augen, Hijo Malo? Sie sind blau oder? Blau. Siehst du mein Haar? Keine Krause. Ich bin kein Nigger.«

»Klar nich'«, sagte Baba ruhig, »du bis' was Schlimmeres als 'n Nigger. Stößt dir's nich ma' 'n Weißer da unten auf'er Wache?« Martinez wurde steif. »Klar, im Augenblick wird's 'n bißchen eng, weil 'n paar von 'n kleinen weißen Fischen eingelocht werden soll'n. Aber du weiß', wo's wirklich zu holen is', öj, Baby? Hundertprozentig.«

Die Augen des Polizisten wurden klein und hart. »Du paßt besser auf, was du da ausspuckst, Nigger.«

Baba überhörte ihn. »Martinez, has' dir 'ne weiße Habgier verpaßt, und wenn' nich' Achtung gibst, steckst'u eines Tages bis zum Hals in der Scheiße. Jeder Bulle läßt was nebenher laufen, klar, warum auch nich' du, oder? Aber's gibt 'n Unterschied, Baby. Die Weißen, die haben genug Mumm, blechen für ihre Laster. Du nich'. Bist nur 'n dreckiger kleiner Puertoricaner, ganz unten an'm Totempfahl.«

»El Dinero«, sagte Martinez glühend. Seine dicke Hand schwebte in der Luft und öffnete und schloß sich. Das Haar unter Martinez Mütze glänzte vor Schweiß. »Ahora!«

Baba stand langsam auf und schüttelte den Kopf. »Komm Ende des Monats, wie gehabt, krichst dann die Mäuse. Lohnt sich nich' für mich, dir mehr zu geben.«

»Wollen doch mal sehen, was du darüber denkst, wenn ich dich ins Loch gesteckt hab'.«

»Ja, ja, ja. Klar. Kapiert.« Baba nickte. »Mann, gibt'n klasse Bild ab: Puertoricaner-Bulle macht 'n Arrest.« Er leckte sich die Lippen wie aus Vorfreude darüber, die Geschichte als erster zu erzählen. »Liest sich auch klasse. Dein Chef wartet bloß drauf, daß'u so was anstellst. Pfeffert dich mit'm Arsch voran zur Tür raus.«

Martinez ballte die Hände zu Fäusten.

»Na, Baby«, sagte Baba traurig, »in der Geschichte stecken wir beide drin – du an 'nem Ende, ich am an'ern. Wills' doch nich', daß 's anders wird, oder?«

Martinez wollte etwas sagen, biß sich aber in letzter Sekunde auf die

Lippen. Er knallte seine dicke Faust auf den Schreibtisch und stelzte aus dem Büro. Baba seufzte tief und lehnte sich in seinem Sessel zurück, verschränkte die Hände hinter dem Kopf, wandte sich dann mit dem Drehstuhl Richtung Daina und zuckte seine riesigen Schultern. »Kann wahrscheinlich nix dafür. Whitey behandelt 's arme Schwein wie 'ne benutzte Mülltüte. Paß Achtung, daß dich keiner nie so behandelt, Mama.« Er drehte sich um und schaute durch das drahtvergitterte Fenster zu den schmutzbedeckten Fassaden auf der anderen Seite der 42. Straße hinüber. »Scheiße, haben ihm's letzte weggenommen, was er noch hatte: Stolz.«

Kurz vor der Mittagspause kippte der Beleuchtungskran um und erschlug fast drei Leute aus der Kameramannschaft. Die Schauspieler bekamen den Rest des Tages frei.

Daina und Jasmin ließen den wutschäumenden Marion im Studio zurück. Er hatte fast fünf Stunden gebraucht, bis die Beleuchtung endlich gestimmt hatte. »Haut ab hier, alle!« hatte er geschrien, aber nicht unfreundlich. Er hatte vor, sich mit den Beleuchtern anzulegen, und niemand sollte anwesend sein, wenn sie gewaltig zur Schnecke gemacht wurden.

Der Tag war voller Smog, die Luft dick und feucht. Daina hatte plötzlich den Wunsch, am Meer zu sein. Die Stadt gab ihr – trotz ihrer ausgedehnten Fläche – ein Gefühl des Eingesperrtseins.

Der Himmel über dem Strand von Malibu war vollkommen klar. Typisch, dachte Daina. Wenn das Wetter in Los Angeles lausig war, schien in Beverly Hills die Sonne und umgekehrt. Sie parkte den Mercedes am Rande eines verlassenen Parkplatzes. Beide zogen sie sich bis auf die Unterwäsche aus und schwammen zu Rubens Boot.

»Ich beneide dich«, sagte Jasmin, während sie sich mit dem Handtuch das Haar abtrocknete. Das Deck schwankte leicht unter ihren nackten Füßen. »Ich beneide dich wirklich.« Sie streckte ihre olivfarbenen Arme weit aus. »Alles das hier will ich haben – und Rubens auch. Ich hoffe, du genießt, solange es noch dein ist.« Ihre riesigen dunklen Augen waren verschattet. Daina bemerkte, wie sich ihre großen Brüste knapp unter dem fleischfarbenen BH vorschoben. Der Anblick erinnerte sie an Lucy, an den Schulhof in Carnegie Mellon; daran, wie sie mit Lucy allein im Zimmer gewesen war.

»Laß es dir von mir gesagt sein«, meinte Jasmin, »denn ich muß es wissen: aller Ruhm ist vergänglich.« Sie stieß ein Lachen aus, das musikalischer klang, als es vielleicht hätte klingen sollen.

Daina sagte nichts: sie war in Gedanken weit weg. Plötzlich fühlte sie eine warme Hand auf ihrer Schulter. Sie fuhr zusammen.

»Alles in Ordnung, Daina?«

»Aber sicher«, log sie. »Ich hab' gerade daran gedacht: wenn ich da hinten hinausschaue, kann ich Chris' und Maggies Haus sehen.«

Jasmin ließ ihre Hand an gleicher Stelle liegen. Hitze baute sich zwischen den beiden Frauen auf. »Daran darfst du nicht denken«, sagte Jasmin. »Es ist nicht gut, so viele traurige Gedanken anzusammeln.« Sie streckte die andere Hand aus, drehte Dainas Gesicht ganz zu sich herum, so daß sie jenem Teil der Küste, auf dem das Haus lag, den Rücken zuwandte. Jasmins Gesicht ist köstlich weich, lebendig und voll von einem Mitgefühl, wie es ein Mann nicht geben kann, dachte Daina. »Jetzt mußt du stark sein. In der Schwäche liegt kein Trost. Wir leben weiter; nur das spielt eine Rolle.«

Nach diesen Worten verspürte Daina eine eigentümliche Schwäche in den Knien. Sie kannte dies vom College her, von jener dampfheißen Nacht Ende Mai, mitten in der letzten Examenswoche. Sie hatte sich mit Lucys Bruder Jason, einem goldhaarigen Jungen voller Muskeln und voller Kraft, getroffen. Während der letzten, hektischen Woche hatten Jason und Daina versucht, einander aus dem Weg zu gehen; aber selbst die Examensangst hatte ihre Lust nicht bremsen können.

Eines Abends, Lucy wollte zu einer Freundin gehen, war Jason vorbeigekommen. Noch nie war die körperliche Liebe so aufregend gewesen; noch nie verlor sich Daina so in ihrer Leidenschaft. Als er tief in ihr war, hörte sie, wie sich die Schlafzimmertür öffnete. Durch das Stöhnen hindurch glaubte sie, das leise Tappen nackter Füße hören zu können. Kurz darauf fühlte sie das Gewicht einer weiteren Person in ihrem Bett.

Sie meinte immer wieder, diese Dinge nur ganz nebelhaft bemerkt zu haben, denn sie sei viel zusehr mit ihren eigenen Gefühlen beschäftigt gewesen.

Aber sie hatte die weichen Hände, die ihren Rücken liebkosten, gefühlt; und wie sie ihre Hinterbacken umfaßt hielten und langsam auseinanderzogen. Lange Finger legten sich in die feuchte Falte, bewegten sich auf und ab, auf und ab – im Gleichklang mit Jasons immer erregter werdenden Stößen.

Sie stöhnte, war außer sich vor genießerischer Leidenschaft; fühlte, wie steife Brustwarzen über ihren Rücken strichen.

Sie riß ihre Lippen von Jasons Mund los, drehte den Kopf und sah Lucys leuchtendes, vor Lust strahlendes Gesicht, das dem ihren so nahe war, daß Lucy ihren Kopf nur ein Stückchen drehen mußte, um Dainas Lippen mit ihrem Mund bedecken zu können.

Lucys glatte Zunge, der heiße, keuchende Atem in ihrem eigenen Mund berührte die Grenzen ihrer Gefühlswelt. Daina schauderte; und mit dieser körperlichen Reaktion kehrte auch das Bewußtsein zurück. Mein Gott, dachte sie wild, was tue ich bloß?

Mit leisem Schrei riß sie sich von Lucys gierigem Mund, von ihren stechenden Brustwarzen los. Sie krallte ihre Finger um den Ansatz von Jasons steifem Penis und riß ihn aus sich heraus.

»Nein!« schrie sie. »Nein, nein, nein!« und sprang von dem zerwühlten Laken, rannte aus dem Zimmer.

Bei der Erinnerung daran überkam sie Scham. Nicht daß die Geschichte überhaupt passiert war, sondern bei dem Gedanken, daß sie gewußt hatte, wer da in jener Nacht in ihr Bett gekrochen kam. Sie hatte es gewußt, und sie hatte es sich die ganze Zeit über gewünscht.

Zornig riß sie sich von Jasmin los.

»Richtig!« rief Jasmin, die die Bewegung falsch deutete. »Wut ist viel besser als Tränen.«

»Ich hab' genug geweint«, sagte Daina. Ihre Stimme klang selbst in ihren Ohren merkwürdig grob. »Egal, um wen.«

Jasmin stellte sich neben sie. Gemeinsam blickten sie hinaus auf die Pazifikbucht. »Worüber kann man überhaupt noch weinen?« fragte Jasmin sanft. »Für uns beide gibt es doch nichts mehr, um das wir wirklich weinen können. All die elende Scheiße ist Vergangenheit und vergessen.« Sie seufzte. »Nur an der Mauer erinnert man sich noch daran.«

Daina schaute Jasmin fragend an.

»Ach, du weißt doch«, sagte Jasmin, »an der Klagemauer. Schau nicht so überrascht drein. Ich bin doch halbe Israeli, deshalb ist auch meine Haut so dunkel. Meine Mutter ist Französin, mit heller Haut und blondem Haar. An der Mauer in Jerusalem erinnern wir uns der langen, qualvollen Geschichte der Juden, und wir verehren sie.« Sie lehnte die Ellbogen auf die polierte hölzerne Reling. In dieser Stellung fielen ihre üppigen Brüste; zeichnete sich ihr strammes Hinterteil unter der glatten Seide ihres Höschens ab. Daina hatte ein leichtes Schwindelgefühl.

»Schon sehr früh hab' ich gelernt, was ich will, und wie ich es bekommen kann – mit Gerissenheit oder mit Gewalt. Wir Israelis können sehr hart sein«, sagte Jasmin.

»Warum bedauerst du dann George?« fragte Daina scharf. »Du hast doch bekommen, was du wolltest.« Sie wußte, daß sich die Wut in ihr auf sich selbst bezog.

»Ich bin auch nur ein menschliches Wesen.« Sie lächelte. »Mein Vater ist ein sehr humaner Mann. Er sei nur deshalb so geworden, sagte er mir, weil man ihn im Krieg gezwungen hätte, den Feind zu töten.«

»Würde er es wohl wieder tun?« fragte Daina.

»Ja«, sagte Jasmin sofort, »zur Verteidigung unseres Heimatlandes, wenn's ums Überleben geht.«

»Jasmin...«

Jasmin wandte ihr den Kopf zu, so daß ihr langes, blauschwarzes Haar im Wind flatterte und Dainas Wange berührte. »Ja?«

Daina hatte die gleiche Frage stellen wollen, die sie einst Lucy nicht zu stellen wagte; statt dessen aber sagte sie: »Wie wär's mit einem kleinen Imbiß? In der Kombüse liegt Aufschnitt.«

Aber unter Deck war es noch schwieriger, weil alles so eng war. Daina sah deutlich die eleganten Linien von Jasmins dunklen Schultern, ihren geschmeidigen Rumpf, die Konturen ihres leicht gerundeten Bauches; sie spürte die Hitze, die von ihren Schenkeln auszuströmen schien. Der Hügel ihrer Scham war nur zu deutlich zu sehen.

»Ich muß dir was Komisches erzählen«, sagte Daina, um sich vom Sex abzubringen. »Weißt du noch, als Chris mich im Studio abholte?«

Jasmin nickte, während sie sich ein Sandwich bereitete.

»Na, beim Mittagessen sind wir jemandem begegnet, den Chris vor Jahren mal gekannt hatte. Man hätte denken sollen, sie würden sich über ihr Wiedersehen freuen, aber im Gegenteil.«

Jasmin öffnete den Kühlschrank, entnahm ihm eine Dose Bier, biß in ihr Sandwich. »Und?«

»Na, mich hat das einfach verwirrt. Der Kerl hat geflucht. Ich hatte schon vorher das Gefühl gehabt, als ob Chris überhaupt nichts mehr mit ihm zu tun haben wollte.«

Jasmin öffnete die Bierdose. »Vielleicht hat er ihn nie so gern gemocht.«

»Nein, das war es nicht. Ich glaube, ich begreife jetzt langsam. Es ist so, als ob die Menschen aus deiner Vergangenheit dich daran erinnern, was du einmal warst, und irgendwie setzt das den Menschen, der aus dir geworden ist, herab. Menschen sind wie Anker: in Zeiten der Not kann man an ihnen festmachen, aber sie könnten dich auch hinabziehen.«

»Ja, und dein Geschmack ändert sich. Du fängst an, dich in anderen Kreisen zu bewegen.«

»Das ist nur ein Teil der Veränderung.« Daina begriff, wie verschieden Jasmin und Maggie waren. An Maggie erinnerte sie nur noch deren Gejammer, Schwäche und Unsicherheit. Sie spürte Maggies unendliches Unglück.

Jasmin beobachtete Diana aufmerksam. »Ich weiß«, sagte sie. Ohne den Blick von ihr abzuwenden, tauchte sie ihre langen Finger in ein Glas mit grünen Oliven.

»Genau das passiert, wenn man ein Star wird, nicht? Du fühlst es doch auch. Es passiert mit uns beiden.«

Jasmin nahm die Olive zwischen die Fingerspitzen und hielt sie Daina über die kurze Tischplatte hin. »Da«, sagte sie ruhig, »mach den Mund auf.« Daina gehorchte. »Und jetzt zu uns beiden, Liebling. Du bist's, die von Beryl betreut wird; du bist's, von der dieser Film handelt. Glaub' nicht, daß wir das im Studio nicht auch wissen. Es mögen ja Idioten dort rumrennen, aber ganz so blöde sind die nicht. Ich glaube, George war der erste, der es richtig eingeschätzt hat, noch vor Marion oder Rubens. ›Heather Duell‹ wird ein Knüller. Dieser Film sammelt soviel Kraft an, kriegt schon soviel Mundpropaganda, daß er wie eine Bombe einschlagen wird. Deshalb hat Beryl solchen Spaß daran, für dich zu arbeiten. Es war ihre Idee, diese Woche in der *Variety* das zwölfseitige Sonderheft in Farbe erscheinen zu lassen. Keine Worte, nur Bilder: du, ich, George und sogar Marion. Aber du warst auf der ersten und auf der letzten Seite. Das Projekt ist der Traum eines Public-Relations-Menschen.«

Obwohl Daina seit Monaten an der Seite Jasmins gearbeitet hatte, fing sie jetzt erst an, sie als Person und nicht nur als Persönlichkeit zu sehen. »Wie dich das ärgern muß.«

»Aber nein. Dafür bin ich zu sehr Pragmatiker. Ich weiß, daß meine Figur daran schuld ist. Wenn man so gebaut ist, wie ich, kriegt man nie eine Hauptrolle. Die letzte Schauspielerin, die mit so einer Figur Hauptrollen bekam, war die Loren, aber damals waren andere Zeiten.« Sie zuckte die Achseln. »Vielleicht geh' ich, wenn wir zu Ende gedreht haben, ins Krankenhaus und laß mir die Brüste verkleinern. Was hältst du davon?« Sie legte eine Pause ein. »Vielleicht nur ein bißchen, so von Größe D nach C.«

Dainas Mund war trocken. »Ich glaube nicht, daß du irgend etwas ändern lassen solltest. Dein Körper gehört dir allein. Warum solltest du ihn denen überlassen?«

»Warum willst du ein Star werden?« fragte Jasmin ernst.

Daina senkte den Blick. Nach einer Weile sagte sie: »Na gut, ich glaube, es würde dir schon weiterhelfen.«

»Natürlich würde es helfen!«

»Es kotzt mich an, wenn du dich nach männlichen Vorstellungen ummodeln läßt!« rief Daina mit zornrauher Stimme.

»Nicht nach männlichen Vorstellungen«, sagte Jasmin, »nach den Vorstellungen von Hollywood. Das ist ein gewaltiger Unterschied.«

»Es ist obszön, egal, wie man es ansieht!«

Jasmin nahm Dainas Hand. Sie beugte sich leicht über den Tisch: ihre Augen waren so klar, so ehrlich. Sie war weiblich, wie Daina weiblich war. Ihr Geschlecht wirkte wie ein geheiligtes Band zwischen ihnen. »Was würdest du tun, um ein Star zu werden, Daina? Wie heiß brennt dieses Feuer eigentlich in dir?« Jasmins Finger spannten sich, schnürten Daina das Blut in den Fingern ab; ihre Stimme war nur noch ein Flüstern. »Wie sehr wünschst du dir das eigentlich?«

Daina starrte in ihre Augen. Sie wirkten wie Spiegel, reflektierten zwei winzige Spiegelbilder ihres Selbst. Während sie hineinsah, glaubte sie, sehen zu können, wie sich die Bilder aus eigenem Willen bewegten. »Ich wünsch' es mir halt.« Wer hatte das gesagt? – Sie selbst oder waren es die widergespiegelten Gestalten?

Jasmin saß völlig still da. »Was wäre, wenn du mit Rubens schlafen müßtest, um ein Star zu werden?«

»Ich liebe Rubens.«

»Und was wäre, wenn das auch dazugehörte? Wenn man von dir verlangte, zu spielen, daß du ihn liebst, um...«

»Hör auf!« Daina versuchte, ihre Hände wegzuziehen. »Du machst mir Angst.« Aber wie sehr hatte sie sich eigentlich bemüht, sich zu befreien? Ein Teil in ihr war fasziniert. Sie hörte das Echo von Babas Worten: »Paß Achtung, daß dich keiner nie so behandelt, Mama.« O ja. Baba wußte allerdings, wo es langging.

»Ich glaube nicht, daß du Angst hast«, sagte Jasmin, »du willst dich nur selbst davon überzeugen, daß du nicht so bist. Du weißt, was ich meine.«

»Ja«, flüsterte Daina, »ich würde mit ihm schlafen. Aber so zu tun, als ob ich ihn liebte – das kann ich nicht.«

»Doch, und du weißt es genau.« Jasmins Blick war fest. »Wir beide sind von der gleichen Sorte, und das weißt du.«

Daina warf den Kopf zurück. »Nein.«

Jasmin schüttelte sie. »Sieh dich doch mal an.« Ihre Stimme klang neckend. »Du hast solche Angst, daß du zitterst. Wovor mußt du eigentlich Angst haben?«

Daina fühlte, wie ihr Magen sich vor Aufregung verkrampfte. »Ich weiß nicht«, sagte sie, »ich weiß nicht, wovor ich Angst habe.«

»Doch, weil du endlich weißt, was du willst.« Sie drehte Dainas Handfläche nach oben, drückte von unten ihre Finger zusammen. »Du brauchst bloß noch die Hand auszustrecken und zuzugreifen.« Und sie bog Dainas Finger zur Faust.

»Rubens will, daß ich Monty rauswerfe.«

»Das solltest du auch tun«, sagte Jasmin. »Das wäre nur klug und das einzig Richtige.«

»Aber noch etwas anderes hängt damit zusammen...«

»Tu es, Daina.«

»Loyalität...«

»Loyalität hat noch nie jemandem bei der Karriere geholfen. Dir nützt sie überhaupt nichts.«

Daina schwieg. Im Innern weinte sie: Du siehst, wie es ist, Monty, für die anderen bist du schon gestorben. Aber mir bedeutest du mehr. Sie drehte sich um, verbarg ihr Gesicht vor Jasmin und dachte: Was soll ich bloß machen?

Malaguez brachte Heather und Susan in den Schwitzkasten. Susan keuchte laut, als sie sah, was die Terroristen mit Bock angestellt hatten. Sie riß sich von Malaguez los und warf sich quer durchs Zimmer. Sie fiel auf die Knie. Dann nahm sie Bocks Kopf und preßte ihn an ihre Brust.

»Malaguez«, sagte El-Kalaam, »ich will, daß du die anderen draußen überwachst. Du weißt, was du zu tun hast. Schick Rita zurück.« Malaguez nickte und ging. Einen Augenblick später erschien Rita. Sie hatte ihre MP 40 über den Rücken gehängt. Sie blickte aus großen, dunklen Augen flackernd von Bock zu Susan und wieder zurück.

»Wird er tun, was wir wollen?«

»Bald«, versicherte ihr El-Kalaam. Er wandte seine Aufmerksamkeit wieder Bock zu. »Weg von ihm«, sagte er zu Susan. Als sie nicht gehorchte, gab er Fessi ein Handzeichen. Der Mann mit den Rattenaugen zerrte Susan rauh am Haar und riß ihr den Kopf zurück, packte sie mit der anderen Hand und zog sie hoch. Sie keuchte. Er stieß sie aus der Mitte des Zimmers, betastete ihren Körper. Sie wandte sich.

El-Kalaam beugte sich über Bock, nahm das Kinn des Industriellen in die Hand und hob seinen Kopf an. Leere, blutunterlaufene Augen starrten auf ihn.

»Bist du wach, Zionist?« Er schlug Bock fest auf beide Wangen, bis sich dessen Gesicht verfärbte. »Ja, ich sehe, du bist jetzt hellwach.« Er blickte einen Augenblick auf, schaute Susan an. »Deine Freundin ist hier. Ich dachte, es ist nur anständig, daß ihr beiden in solch einer Zeit zusammen seid.«

»Was für einer Zeit?« fragte Susan. Ihre Augen rollten wild. »Was wollen Sie denn noch mit ihm machen?« Sie weinte.

El-Kalaam kniff Bock, so daß sich die Augen des Industriellen auf ihn einstellten. »Jetzt ist es zu spät für dich, Bock. Dein Starrsinn hat uns alle zu einem Punkt geführt, von dem aus es kein Zurück mehr gibt. Für das, was jetzt passiert, bist du verantwortlich. Wir tragen keine Schuld daran.«

»An Euren Händen klebt schon zuviel Blut«, murmelte Bock.

»Genug geredet. Sieh zu.«

Langsam drehte Bock den Kopf um. Seine Augen weiteten sich. »Susan«, hauchte er. »Was macht sie hier?« fragte er erregt.

»Sie wird uns helfen, eine kleine Show vorzuführen.«

»Nein.« Bocks Kopf pendelte hin und her. »Nicht Susan, nein.«

»Aber Bock«, sagte El-Kalaam, »so benimmt man sich doch nicht. Diese Show wird doch eigens für dich abgezogen.«

»Nein«, sagte Bock, sein Kopf wackelte, »nein, nein, nein.« Seine Stimme hob sich, wurde schrill.

Fessis Finger hinterließen dort, wo er Susan gepackt und gestoßen hatte, rote Striemen. Jetzt legte er die Hände auf ihre Schultern und zwang sie zu Boden. Er zog seine Pistole und zielte auf Susan. Bock begann zu stottern.

»Um Gottes Barmherzigkeit willen«, flehte Heather.

»Halt den Mund«, warnte El-Kalaam.

Fessi starrte auf Susans Kopf hinunter. »Du siehst, was jetzt passiert, Bock«, sagte El-Kalaam. »Sieh zu, was du durch deine Sturheit über deine Frau gebracht hast.« Irgendwo in der Villa klingelte das Telefon. El-Kalaam gab Rita ein Zeichen. Sie ging durchs Zimmer zu dem Telefon neben dem umgedrehten Bett. Susan wimmerte. Fessi drückte zu, bis sie aufschrie. Rita sprach gedämpft ins Telefon. »Bei dir wird es genauso sein wie früher. Wir werden sie überwinden, und dann wird sie ohnmächtig. Und wenn sie aufwacht, fängt alles wieder von vorne an.« Fessi quetschte Daumen und Zeigefinger um Susans Nacken.

»El-Kalaam.« Es war Ritas Stimme. Alle erstarrten. »Der Ministerpräsident ist am Apparat.« El-Kalaam rührte sich nicht, wandte auch nicht den Kopf von der grotesken Szene ab, die vor ihm abrollte. »Es ist sechs Uhr«, sagte Rita leise, aber deutlich, »das Ultimatum zur Befreiung unserer Brüder ist abgelaufen.«

»Was will der Pirat?« Sein Gesicht war hart geworden.

»Er will, daß das Ultimatum verlängert wird«, sagte Rita. »Es gibt Probleme. Er will mit dir reden. Er versichert uns, daß er ...«

»Sag ihm«, erwiderte El-Kalaam mit erzwungener Ruhe, »er soll das alte Foto herausholen.«

Rita streckte ihm den Hörer hin. »Willst du nicht mit ihm ...«

»Sag' ihm das, und dann häng ein.«

Rita gehorchte.

Bock, der Susan und El-Kalaam die ganze Zeit über angestarrt hatte, stöhnte auf und erbrach sich wieder.

Ekel und Verachtung huschten über El-Kalaams Gesicht, während er zusah, wie sich Bock vor ihm auf dem Boden wand. »Er nützt uns nichts mehr«, sagte er, »aber vielleicht kann man ihn noch für eine Lektion gebrauchen, die der Pirat lernen muß.«

Er streckte die Hand nach der schweren 45er Armeeautomatik an seiner rechten Hüfte aus. Er zog die Waffe, ließ sie von der rechten in die linke Hand pendeln. Er packte Heather, zog sie direkt vor dem am Boden hockenden Bock. »Rita«, bellte er, »setz deine Pistole an den Kopf dieser Frau.«

Rita richtete die Mündung ihrer Automatik auf Heathers rechte Schläfe. Heathers Lippen teilten sich, sie begann zu zittern.

»Und jetzt, Kaninchentöterin«, sagte El-Kalaam, »wollen wir mal sehen, aus welchem Holz du bist.« Sorgfältig legte er ihr seine Fünfundvierziger in die Hand, bog ihre Finger einzeln um den Kolben der Pistole. »Dein Mann wollte mit mir wetten. Er behauptete, du könntest schießen. Du bist doch Jägerin, nicht wahr? Also. Du brauchst nur am Abzug zu ziehen.«

Ihr Zeigefinger krümmte sich um den Abzug der Automatik. El-Kalaam hob den Lauf der Pistole direkt zwischen Bocks Augen. Heather blickte über den Lauf auf Bocks Gesicht. Er glotzte sie an: aus seiner Kehle kam ein seltsames Rasseln.

»Drück ab, Heather«, befahl El-Kalaam. Es war das erste Mal, daß er sie beim Namen nannte. »Stell dir vor, der da ist ein verängstigtes Kaninchen. Du hast doch viele Kaninchen getötet.«

Heather kniff langsam die Augen zu. Tränen traten ihr in die Augenwinkel, funkelten im grellen, entlarvenden Licht, liefen ihr über die Wangen.

»Wie viele Kaninchen hast du getötet, Heather?« El-Kalaams Stimme wurde weicher. Er spielte den weisen alten Onkel, dessen Ratschlag man unbesehen annimmt.

»Viele«, flüsterte sie.

El-Kalaam nickte. »Hast du überhaupt bei all diesen Jagden, wenn du auf die Köpfe der kleinen Kaninchen zieltest, jemals darüber nachgedacht, ob du ihnen das Leben nehmen willst oder nicht?« Sie schwieg. El-Kalaam streckte seine Hand aus. »Das hier ist auch nur ein Kaninchen. Stell dir die runden, unintelligenten Augen vor, und das helle Fell.«

Heather riß die Augen auf, starrte Bock an. Sie begann zu zittern, ihr Kopf zuckte hin und her. »Ich kann es nicht. Ich kann es nicht.«

»Du kannst, und du wirst«, sagte El-Kalaam. »Sonst wird Rita dich erschießen müssen.«

Heather wickelte die Finger ihrer linken Hand um das rechte Handgelenk, hielt den rechten Arm ausgestreckt. »Sieh mal einer an«, sagte Rita, »sie tut's vielleicht doch.«

Im Augenblick, als Heather schoß, riß sie die Arme hoch. Der Knall der Automatik war ohrenbetäubend. Putz rieselte von der Decke.

»Also gut«, sagte El-Kalaam.
Heather begann zu schlottern.
Er nahm ihr die Fünfundvierziger aus der Hand, zielte auf Bocks Kopf und schoß. Bock kippte auf die Seite über.
»Das ist der Unterschied zwischen dir und mir«, sagte El-Kalaam zu Heather. »Ich weiß, wann ich töten muß, und du weißt es nicht.«

Alles natürliche Himmelslicht war verschwunden. An seine Stelle war der ferne, rosafarbene Neonglanz der Nacht über Los Angeles getreten. Irgendwo, weit, weit weg, rauschten Palmen und Jacaranda-Sträucher; in den üppig bewachsenen Hügeln grollten Coyoten. Hier nicht.

Ganz aus der Nähe knallte simuliertes Gewehrfeuer wie eine Kette von Knallfröschen. Flutlichter brannten auf dem Schießgelände, wo sich Komparsen ihren Lohn verdienten. Sie schoben sich zurück in eine isolierte Ecke, in tiefer und tiefer werdende Dunkelheit.

Seltsam losgelöst von alledem sah Daina sich selbst, wie sie im Halbschatten saß: eine Hauptdarstellerin in Aktion bei Erwartung der Dunkelheit. Das sanfte Tagesende umhüllte sie, als sei es aus Zobel.

Sie dachte an die Dreharbeiten dieses Tages und zitterte ein bißchen. Überall um sie her lagen die schwarzen Skelette der komplizierten Beleuchtungsapparaturen verbreitet. Daina kamen diese technischen Geräte wie die Verkörperung des Films selbst vor: ein Gerippe stand; jeden Tag wurden ihm mehr Fleisch, Sehnen, Muskeln und Haut zugegeben. Nunmehr richtete es sich selbst wie ein furchtbares, sagenhaftes Wesen auf, das die Schauspieler mit ihren außergewöhnlichen Kräften ins Leben gerufen hatten. Von den Probeaufnahmen – Marion, außer sich vor Vorfreude, hatte darauf bestanden, daß jeder sie sehen sollte – waren alle tief beeindruckt gewesen. Besonders die Crew, diese Spezialisten, die alles mitbekommen hatten. Bis jetzt. *Heather Duell* wurde geboren, und die Kraft, die der Streifen ausströmte, war ohne Zweifel beeindruckend.

Zu Dainas Füßen stapelten sich die Fachzeitschriften: die *Variety*, der *Hollywood Reporter* und die *Daily Variety*. Sie enthielten Artikel über den Film und über sie selbst. Der Bericht in der heutigen Ausgabe der *New York Times* enthielt mehr Lob, als sie sich je hätte träumen lassen. Eigentlich handelte er von dem Film *Heather Duell*, in Wirklichkeit aber drehte sich alles um Daina. »Auf den Flügeln ihrer letzten Hauptrolle in *Heather Duell* erscheint uns Daina Whitney dazu bestimmt zu sein, die Hauptdarstellerin in Hollywood zu werden, über die man am meisten spricht. Nach Meinung der bekannten Journalistin Beryl Martin und mehrerer Verantwortlicher der Twentieth Century Fox...«

Es war jetzt sehr still. Selbst die Komparsen – die gelernt hatten, wie man das Töten simuliert – waren schon gegangen. Schnell trat völlige Dunkelheit ein. Flammende Finsternis herrschte. Daina wandte den Kopf; es war ihr, als hätte sie ein Geräusch gehört.

Endlich stand sie auf. Sie ließ die Zeitschriften am Boden liegen. Eine intensive Befriedigung überkam sie; eine Befriedigung, wie sie nur ein Künstler verspüren kann. Es ist das Leben und Sterben eines einzigen Lebens, das bei jedem neuen Projekt immer und immer wieder aufs neue stattfindet.

Daina streckte die Arme aus, hoch, hoch in den Himmel. Ja, deshalb bin ich Schauspielerin geworden, dachte sie. Dieses Gefühls wegen.

Daina rannte schnell die Metalltreppe ihres Wohnwagens hinab. Ihre Absätze klapperten wie kleine Hammerschläge. Sie überquerte den lichtbeschmierten Teerweg zurück in die Wirklichkeit – oder von ihr fort; sie war sich nicht ganz sicher.

In dem riesigen Kamin brannte ein Feuer. Das war an sich schon seltsam. Auf dem Tisch hinter dem Sofa lagen acht Rollen Fünfunddreißig-Millimeter-Film, säuberlich in grauen, achteckigen Metalldosen zu zwei Türmen gestapelt.

»Maria!« rief Daina. Es folgte keine Antwort. Maria hatte heute ihren freien Abend. Sie konnte noch lange ausbleiben. Daina stellte ihre Koffer – weit weg vom El Greco – in der Diele ab. Auf dem Weg vom Studio hierher war sie kurz zu Hause gewesen, um alle Kleider, die sie in der nächsten Zeit zu tragen gedachte, mitzunehmen.

Sie durchquerte die Weite des Wohnzimmers. Die strahlenden Farben des Feuers paßten nicht zu dem kühlen Blau und Grün der rundhüftigen Meeresjungfrau an der Wand, dadurch hatte ihre Haut einen unnatürlichen Glanz erhalten, und es sah so aus, als rutsche sie auf ihrem Felsen unbequem hin und her. Daina ging hinüber zum Tisch. Die metallenen Filmdosen waren nicht beschriftet. Sie nahm die oberste ab und las »Über dem Regenbogen« in schwarzer Schablonenschrift. Direkt darunter, in flotter Handschrift: Regie: Michael Crawford; Drehbuch: Benjamin Podell. Sie drehte die Dose um. Diese und die oberste Dose des zweiten Stapels wiesen mit der Oberseite nach unten. Sie ließ die Dosen so zurück, wie sie sie vorgefunden hatte.

»Ich fürchte, ich muß diesen Freitag nach New York. Aber es gibt auch was Positives: Beryl hat gerade angerufen, und...«

Daina drehte sie noch so rechtzeitig um, daß sie Rubens sehen konnte, wie er das Badezimmer verließ und den Korridor hinunterging. Schweigend deutete sie auf ihre Koffer.

Rubens folgte ihrem Hinweis. »Es ist also wirklich passiert.«

»An dem Morgen, als Maggie umgebracht wurde, hab' ich mich dazu entschlossen.«

Er schaute sie fragend an. »Das verstehe ich nicht.«

»Der Tod läßt einen das Leben anders ansehen. Maggie war da, und dann war sie weg. Alles ist endlich, alles hat scharfe Kanten, die dich aufschlitzen, wenn du zu weit vorwärts stolperst. Ich wünsche mir nichts außer dir.«

Er kam langsam durch das Zimmer auf sie zu. Sie beobachtete seine Bewegungen: alle Bewegungen gingen von der Hüfte aus abwärts, wie bei einem Tänzer. »Und was ist mit Chris?« fragte er.

»Was soll mit Chris sein?«

»Ich meine«, sagte er geduldig, »willst du ihn auch?«

»Chris ist mein Freund, dich liebe ich. Ich versteh nicht, was du meinst.«

»Ich weiß nicht, ob ein Mann und eine Frau wirklich nur Freunde sein können, Daina. Besonders, wenn der Mann Chris Kerr heißt.«

»Zuerst Maggie, jetzt du.«

»Was meinst du damit?« fragte er scharf.

»Maggie hat mir an dem Abend, als du mich gebeten hattest, hier bei dir zu bleiben, das gleiche unterschieben wollen.«

»Gebeten habe ich dich bestimmt nicht.«

»›Geh nicht, Daina.‹« Perfekt imitierte sie seine Stimme. Die Imitation war so akkurat, daß sie selbst überrascht war. »›Nicht jetzt. Nicht heute abend. Bitte.‹«

Sein Gesicht färbte sich bis zum Hals rot. Etwas Hartes, Strahlendes trat in seine Augen, verschwand wieder. Er lachte

»Ich will das jetzt alles klarstellen«, sagte sie. »Egal, wie Chris' Sexualleben aussieht – es geht nur ihn etwas an. Mit mir hat es nichts zu tun.«

»Du meinst, er ist nicht wie all die anderen?«

»Ich bin nicht wie all die anderen«, sagte Daina leise und wild.

»Das weiß ich«, flüsterte er. Seine Lippen berührten ihr Haar, sein offener Mund streifte ihre Ohrmuschel. Sie schloß die Augen.

Sie legte die Arme um seine breiten Schultern, genoß die Härte seiner Muskeln. »Egal, was du hörst, es sind alles Lügen.«

»Tut mir leid«, sagte er, »aber ich weiß es aus mehr als einer Quelle.«

Sie zog ihren Kopf zurück, um in sein Gesicht sehen zu können. »So? Von wem denn?«

Er nannte ihr ein paar Namen, und sie begann zu lachen.

»Was ist daran so komisch?« fragte er irritiert.

»Alle diese Leute haben eins gemeinsam.«

»Und das wäre?«

»Sie sind Ties Freunde«, sagte Daina.

»Wie meinst du das?«

Sie zog ihn fester an sich. »Ich glaube, Tie hat vor mir mehr Angst, als sie vor Maggie gehabt hat.« Sie wollte ihm erzählen, was Tie ihr bei Maggies Beerdigung gesagt hatte, aber es kam ihr nicht sehr lustig vor. »Ich hab' den Verdacht, daß sie hinter Chris her ist.«

»Lebt sie nicht mit dem anderen zusammen – mit Nigel Ash?«

»Doch, aber dadurch hat sie sich noch nie aufhalten lassen. Ich glaube, daß Chris der einzige in der Band ist, mit dem sie noch nicht geschlafen hat. Du siehst also« – sie küßte ihn –, »daß die ganze Kampagne nur für dich auf die Beine gestellt worden ist.«

»Na, wir werden ja sehen.«

Sie fühlte, wie der Zorn in ihm hochsprang. »Nein, Rubens, laß die Sache ruhen.«

»Niemand hält mich zum Narren.«

»Es hat dich ja auch keiner zum Narren gehalten.« Sie nahm sein Kinn in die Hand und starrte ihm in die Augen. Sie sind so schön, dachte sie. »Und außerdem will ich, daß du mich die Sache anpacken läßt.«

»Das werde ich nicht tun...« Er hielt inne, vielleicht erkannte er etwas in ihrem Blick, das er noch nie zuvor gesehen hatte. Er nickte.

»Und jetzt, wo das erledigt ist, erzähl mir, was Beryl zu sagen hatte.«

Er schenkte ihr ein wehmütiges Lächeln. »Das war es, worüber ich mich eigentlich geärgert habe. Sie sagte, das mit dir und Chris – ob es nun stimmt oder nicht – brächte dir eine Menge Artikel in Zeitschriften wie *Rolling Stones* und *People*. Offenbar waren an dem Abend, als du mit Chris da warst, eine ganze Menge Fotografen im *Tänzer*. Beryl hat für ihre Artikel jede Menge Bilder.«

»Da muß ich mich wohl bei Tie bedanken, nicht?« Sie lächelte.

»Ah ja. Das würdest du fertigkriegen.« Er nahm ihre Hand. »Komm, laß uns deine Koffer reinnehmen.«

Zurück im Wohnzimmer, fragte Daina, warum das Feuer brannte. »Dafür ist es doch ein bißchen warm?«

»Ich wollte auch nicht heizen«, sagte er. Die Türglocke läutete. Er warf einen Blick auf die Armbanduhr, ohne sich zu rühren. »Das Geschäft ruft«, sagte er. »Mike Crawford und Ben Podell.« Daina erinnerte sich an die Filmdosen. »Du kennst die beiden sicher noch.«

»Ich kenne sie nicht sehr gut.«

»Na, wenn sie wieder gegangen sein werden, dann kennst du sie gut«, sagte er auf dem Weg zur Tür.

Crawford war ein hochaufgeschossener, schlaksiger Australier mit gesunder, rotbrauner Gesichtsfarbe. Er und der fleischige, aschblonde

Podell hatten für eine Fernsehserie eine Pilotsendung gemacht, die schon in der ersten Hälfte der Saison wie eine Rakete an die Spitze der Beliebtheitsskala schoß. Beide waren auch im zweiten Jahr der Serie treu geblieben und hatten ihre Verträge mit himmelhohen Gagen abgeschlossen. Sie wechselten dann ins Filmgeschäft. »Über dem Regenbogen« war ihr erstes Unternehmen. Beide waren Ende Zwanzig, arrogant und etwas zu zuversichtlich. Was ohne Zweifel von der raschen Berühmtheit herrührte. Trotzdem hatte Rubens das Gefühl, daß sie starke Talente seien, denen man eine Chance geben sollte.

Rubens wirkte, während er die beiden den langen Korridor hinunter ins Wohnzimmer führte, sonnig und fröhlich. »Sie kennen ja Daina«, sagte er und winkte.

»Klar«, sagte Crawford. Podell nickte. Er wirkte sofort unruhig, verflocht seine kurzen Finger und löste sie wieder. Crawford setzte sich auf die Couch dem Kamin gegenüber und schlug die Beine übereinander. Er trug einen olivfarbenen Leinenanzug, darunter ein gelbgrau gestreiftes Hemd. An der Brust stand es offen. Dort ruhte ein goldenes Medaillon in schütterem roten Haar.

Podell dagegen steckte in ausgebleichten Jeans. An den Füßen trug er ausgetretene Tennisschuhe. Socken fehlten. Auf seinem gelben T-Shirt stand in Blau und quer über der Brust »Coors Bier« zu lesen. Das helle Hemd ließ ihn noch schwergewichtiger erscheinen, als er war.

»Wie wär's mit einem Drink?« fragte Rubens hinter der Bar.

»He, großartig!« sagte Podell. »Geben Sie mir ein Bier.«

»Und Sie, Mike?«

»Oh, mir wäre Scotch ganz recht. Pur bitte.«

Nachdem sie mit Drinks versorgt worden waren, kam Rubens hinter der Bar hervor.

Podell, der sein Bier aus der Flasche gluckerte, sagte: »Was soll eigentlich dieser ganze Mist? Wir sollten filmen und nicht wie Mitglieder eines Klubs hier herumsitzen, verdammt noch mal. Wir haben zu arbeiten!«

Crawford nippte an seinem Scotch. Er runzelte die Stirn. »Nein, Benny«, sagte er, ohne Podell anzusehen, »man muß hin und wieder mal ein bißchen Toleranz zeigen. Schließlich kann man sich leicht vorstellen, daß Mr. Rubens einen sehr guten Grund dafür hat, dieses Treffen zu arrangieren.«

»Für sogenannte ›Treffen‹ hat es noch nie gute Gründe gegeben«, sagte Podell, trank sein Bier aus und rülpste laut. »Haben Sie noch eins?«

Rubens deutete zur Bar hinüber. »Bedienen Sie sich.«

»Wissen Sie«, sagte Crawford langsam, als ob er seinen Gedanken wirklich gründlich nachgegangen war, »Benny hat nicht ganz unrecht. Der Film wird uns noch 'ne Menge Arbeit machen.«

Wie Straßensänger bei ihren Protestsongs, dachte Daina. Die beiden verstanden auch davon etwas. Sie kamen durch, ohne daß einem überhaupt klar wurde, wie hart sie daran arbeiten mußten.

Rubens stand auf, als sei sein Stichwort gefallen. »Ja, so sieht es wohl aus.« Er schaffte es, die beiden gleichzeitig anzusehen. »Ich fürchte, wir werden den Streifen zusammenschneiden müssen.«

Aus kurzer, betäubter Stille heraus lachte Crawford. Es war eins der seltsamsten Geräusche, das Daina je gehört hatte, hoch und scharf wie eine Nadel.

Crawford klatschte sich auf die Schenkel. »Bei Gott, Benny, merkst du denn nicht, wann du auf den Arm genommen wirst?« Podell allerdings sah aus, als ob er jemandem seine Bierflasche über den Kopf hauen wollte.

»Das ist kein Witz, Michael«, sagte Rubens. »Schuyler hat mir eine Frist von sechs Monaten gestellt. Alles ist außer Kontrolle geraten.«

»Was zum Teufel weiß denn dieser warme Jack?« sagte Podell. »Verdammt, wir machen ein Meisterwerk. Da muß alles stimmen.«

»Das alles muß innerhalb des Budgets liegen«, sagte Rubens.

Crawford räusperte sich, um Podell zu bremsen. »Ich glaube, es wird sehr schwierig, auf Ihre Wünsche einzugehen«, sagte er ruhig. »Diesem Film lag eine gewisse Idee zugrunde. Benny und ich haben unterschrieben, weil wir zuversichtlich waren, daß Sie uns – hm – Rückhalt geben könnten, um diese Idee zu verwirklichen.«

»Sie haben das Budget um fast vier Millionen überzogen, Mann.«

Podell hob die Hände. »Herrgott, das ist doch bloß Geld!«

»Ich glaube«, sagte Crawford und stand auf, »daß Benny die Situation erfaßt hat. Wir sind nicht ins Filmgeschäft eingestiegen, um uns Vorschriften machen zu lassen.«

»Sie verstehen nicht, was ich meine, Michael«, sagte Rubens. »Wenn Sie beide die Sache irgendwie unter Kontrolle gehalten hätten, anstatt zuzulassen, daß der Bühnenbildner für über eine Viertelmillion Dollar eine Neon-Skyline bestellt...«

»Haben Sie die Aufnahmen gesehen?« kreischte Podell. »Verdammt noch mal, sie sind einzigartig, Mann!«

»Wenn Sie vernünftig gehandelt hätten«, fuhr Rubens fort, als ob man ihn nicht unterbrochen hätte, »müßte niemand Ihnen Vorschriften machen.«

»Haben Sie sich die fragliche Szene angesehen?«

Rubens nickte. »Sie ist die halbe Million Dollar nicht wert.«

»Herrgott, wieviel dann?« wollte Podell wissen.

»Sie hätte gar nicht gedreht werden sollen.«

»Ich nehme an, daß Mr. Rubens etwas übertreibt, um uns das deutlich zu machen, Benny.« Crawford ging die Stufen zum Hauptteil des Wohnzimmers hinauf. »Und nun, wo er uns anständig abgestraft hat, dürfen wir sicher gehen.«

»Mike«, sagte Rubens vorsichtig, »Sie haben mich immer noch nicht verstanden. Wir trennen uns nicht eher, bis wir für den ganzen Film einen neuen Finanzplan ausgearbeitet haben. Das gesamte Team muß ausgemistet werden.«

»Sie sind ja wahnsinnig!« kreischte Podell. »Was denken Sie eigentlich, wer wir sind!«

»Moment mal«, meinte Crawford und legte die Hand auf den Arm seines Partners. »Das stellen wir gleich mal klar. Soll das etwa ein Ultimatum sein?«

»Ich sage Ihnen nur, was zu geschehen hat, Jungs«, meinte Rubens. »Jeder Filmproduzent, der seine Brötchen wert ist, würde das gleiche tun.«

»Hör' dir mal diesen Sklaventreiber an, Mann!« sagte Podell. »Das muß ich mir nicht gefallen lassen!«

Rubens sagte nichts, und nach einer Weile meinte Crawford: »Ich finde wirklich, daß Benny recht hat, Rubens.« Er warf den beiden ein dünnes Lächeln zu. »Wenn wir den Film schmeißen, stecken Sie mit zehn Millionen in der Kreide, und das wird selbst für Sie ein bißchen viel sein.« Er schwenkte eine seiner roten Hände. »Außerdem gehen wir einfach die Straße runter, zu Warners. Die waren ganz wild darauf, uns zu krallen.«

»Ja«, sagte Rubens und nickte, »das *waren* sie.«

Crawford zuckte die Achseln. »Schließlich geht es ja doch nur um Geld.«

»Vielleicht«, gab Rubens zu, »aber bei Warners werden Sie nicht arbeiten. Weder bei der Twentieth, bei Columbia, bei der Paramount, bei Filmways, bei UA noch bei wem auch immer.«

Podell drehte sich Crawford zu. »Wovon redet dieser Mistkerl eigentlich?«

Crawford bewegte sich nicht. Er hielt die Stellung und starrte Rubens in die Augen. »Mach dir nichts draus.«

»Was?« schrie Podell.

»Der blufft doch nur.«

Rubens deutete ruckartig mit dem Daumen über die Schulter. »Aus, mein Junge.«

Crawford schnalzte mit der Zunge. »Aber, aber, Rubens, Sie sind gut. Wirklich, bravo. ABC hat nach der ersten Saison, als wir mehr

Geld wollten, das gleiche mit uns zu machen versucht. Wir haben eine Goldgrube aus denen gemacht und verlangten dafür eine Entschädigung. Es war nur recht und billig. Am Ende sind die jedenfalls zusammengeklappt; sie hatten keine andere Wahl, wenn sie nicht alles verlieren wollten.« Er lächelte. »Genau wie Sie. Zehn Millionen Dollar, von allem.«

»Zum letzten Mal«, Rubens sprach, als hätte Crawford nichts gesagt: »Werden Sie sich nun hinsetzen und mit mir gemeinsam ein neues Budget über den ›Regenbogen‹ zusammenstellen oder nicht?«

»Rubens, Sie machen einen großen Fehler.« Crawfords Tonfall war kalt geworden. »Wir gehen jetzt. Wenn Sie wieder mit uns reden wollen – und wir wissen, daß das der Fall sein wird –, werden wir uns ein ganz neues Geschäft überlegen müssen. Mehr Geld, mehr Punkte im Vertrag. Ich weiß noch nicht, wie viele, darüber werden Sie mit unserem Anwalt sprechen müssen. Dafür, wie Sie uns behandelt haben, werden Sie zahlen.«

Er unterbrach sich, als er sah, daß Rubens zu dem Tisch in Kaminnähe hinüberging und von einem der Stapel die oberste Dose an sich nahm. »Wissen Sie, was das hier ist?« fragte Rubens.

»'n Dose voller Scheiße, Mann. Film, Film, Film: so was sehen wir jeden Tag«, schnaufte Podell.

Rubens drehte die Dose herum.

»Verdammt, das ist ja unser Film«, rief Podell. »Rücken Sie ihn raus, Sie Widerling!«

Aber Crawford hielt ihn zurück. »Was haben Sie vor, Rubens?« Verachtung klang in seiner Stimme mit.

Rubens nahm den Deckel ab und zog die Rolle heraus. »Was bleibt mir anderes? Sie fliegt ins Feuer.«

Crawford versuchte zu scherzen. »Kommen Sie, Rubens. Sie wollen sich doch nicht die Mühe machen, belichtetes Negativ zu vernichten?«

Aber Podell war schon in qualvoller Anspannung vorgesprungen. Seine stumpfen Finger wickelten ein Stücken Film auf. Ein rauher Schrei drang aus seiner Kehle. »Verfluchte Kiste, das ist ja das Original!«

Crawford rannte an seine Seite, stürzte sich auf die Rolle. »Zeig her!« Das schwache Lächeln verschwand von seinem Gesicht. »Das Original.«

Rubens nahm ihm den Film aus der Hand.

»Nicht!« schrie Crawford.

Aber es war zu spät. Die Rolle landete flach auf den sorgfältig gestapelten Holzscheiten. Feuer leckte an ihr hoch.

»Um Himmels willen!« Crawford schlug die Hände übers Gesicht, ein wütender Podell ließ sich vor dem Kamin auf die Knie fallen. Zitternd streckten sich seine Finger nach dem brennenden Film aus. Als die Flammen seine Fingerspitzen berührten, zuckte er zusammen, versuchte es erneut, bis Daina ihn zurückhielt. Crawford schluchzte.

»Rubens«, schrie er gequält, »tun Sie was.«

Entschlossen griff Rubens ins Feuer und holte die Rolle hervor. »Ich weiß nicht, ob man ihn noch retten kann, Michael, wirklich nicht.«

»Es muß eine Möglichkeit geben!«

»Dazu ist sehr viel harte Arbeit nötig. Vieles muß gestrichen, viele Leute müssen entlassen werden. Der Bühnenbildner muß gehen.«

Crawford hob den Kopf. »Schweinehund«, sagte er ruhig. Der Vorfall hatte ihm alle anderen Worte genommen. »Schweinehund.«

»Eure Egos sind euch im Wege«, sagte Rubens sanft. »Eigentlich seid ihr ein paar sehr talentierte Jungs.«

Später, mitten in der Nacht, nachdem die beiden längst gegangen waren und Daina und Rubens Seite an Seite im Bett lagen, fragte Daina: »Hättest du die Negative verbrannt, Rubens?«

»Aber natürlich«, sagte er, »ich stehe zu meinem Wort.« Dann begann er zu lachen. »Aber, weißt du, es wäre kein Verlust gewesen. Nur die ersten fünfzig Meter gehörten zu ihrem Film. Der Rest war das, was Crawford belichtetes Negativ nannte: Müll.«

El-Kalaam verlangte, daß Davidson und McKinnon hereingebracht wurden. Sie erstarrten beim Anblick des auf dem Fußboden zusammengerollt liegenden Bock. Susan kniete mit gesenktem Kopf neben ihm. Bock war blutverschmiert. Überall herum war Blut.

»Das ist unverzeihlich«, sagte McKinnon und schüttelte seinen silberhaarigen Kopf, »völlig gewissenlos.«

»Ein politischer Akt«, sagte El-Kalaam und zündete sich langsam eine Zigarre an. »Sie beide verstehen sehr gut, was das ist.«

»Ich verstehe nur, daß Sie nichts anderes sind als ein ganz ordinärer Mörder«, sagte Davidson. »Ich nahm an, daß meine Sympathien dem palästinensischen Volk gehörten. Jetzt aber bin ich mir nicht mehr so sicher. Sie haben vielleicht Emouleur überzeugt; aber der ist noch jung und naiv.«

»Wir befinden uns im Krieg«, sagte El-Kalaam zornig. »Er wird uns aufgezwungen. Unser nacktes Leben steht auf dem Spiel.«

»Aber das kann nicht der Weg sein, um...«

»... unschuldige Menschen umzubringen«, ergänzte McKinnon.

»Im Krieg ist niemand unschuldig.« El-Kalaam deutete auf Bocks Leiche. »Bringen Sie ihn raus. Legen Sie ihn in die Nähe der Haustür.

Malaguez wird Sie führen. Wir werfen ihn den Israelis vor – auf diese Weise wird er uns trotzdem noch nützlich sein.«

Malaguez, der sie in den Schwitzkasten geführt hatte, hob die Maschinenpistole. Sie bückten sich, schlangen sich Bocks Arme um die Schultern und schleiften ihn zur Tür hinaus.

Heather wollte sehen, wie es um Susan stand. Sie bückte sich, legte ihre Hände sanft zu beiden Seiten an Susans Kopf, hob ihr Gesicht an: in Susans Augen lag kein Erkennen; ihr Blick war leer, verständnislos.

»Susan«, flüsterte Heather, dann eindringlicher: »Susan!« Susan schwieg; ihr Blick blieb tot.

»Lieber Gott!« schrie Heather. »Sehen Sie, was Sie mit ihr gemacht haben! Sie haben sie gebrochen!«

Fessi streckte träge die Hand aus und packte Heather am Handgelenk. »Die da geht dich nichts mehr an«, sagte er.

Heather blickte auf. »Sie sind ein Tier. Ein Ungeheuer. Nehmen Sie die Hände weg!« Die Wut trieb ihr das Blut in Wangen und Hals.

Fessi kicherte, legte eine Hand auf Heathers Brust und drückte sie. »Du bist sowieso besser als die.«

»Laß sie in Ruhe, Fessi«, sagte El-Kalaam. Er zog Heather von ihm weg.

»Geh, kümmere dich um deinen Mann«, sagte El-Kalaam ihr leise. »Der muß ja völlig ausgehungert sein.«

Er ließ ihr Handgelenk los und gab Rita ein Zeichen. Heather verließ das Zimmer, von Rita dicht gefolgt.

»Ich muß zur Toilette«, sagte sie. Rita nickte.

Die Tür fehlte; sie konnte sich nicht einschließen. Als Rita ihr in die Toilette folgte, sagte Heather: »Könnten Sie nicht draußen warten?«

Rita schaute sie an. »Nein, das könnte ich nicht«, sagte sie kalt.

Einen Augenblick lang stand Heather unentschlossen da, ging dann zur Toilette hinüber. Rita wandte den Blick nicht ab, und ganz langsam wurde Heathers Gesicht rot.

Ins Wohnzimmer zurückgekehrt, sah sie Rachel über Bocks zusammengesunkener Leiche hocken. Ihre Schultern zuckten. Heather ging zu ihr hinüber, legte die Arme um die Schultern des Kindes.

»Er war wie ein Onkel zu mir«, sagte Rachel. Sie versuchte, sich die Tränen wegzuwischen.

Sie drehte sich um, schaute Heather an. »Was haben die da drinnen mit ihm gemacht?«

»Du mußt ihn vergessen, Rachel. Er ist nicht mehr unter uns.«

»Erzähl es mir!« Rachels Stimme klang wild. »Ich muß es wissen!«

»Nein«, sagte Heather, »das mußt du nicht.« Sie führte Rachel von Bocks Leiche weg. »Erinnere dich seiner, wie er im Leben gewesen ist«.

Rachel barg den Kopf an Heathers Schulter. »Ich weine jetzt nicht«, flüsterte sie, »nicht vor denen da.«

Malaguez packte Rachel am Arm. »El-Kalaam will dich sprechen«, sagte er. »Er ruft deinen Vater an.« Er schob Rachel vor sich her. Sie verschwanden den Korridor hinunter.

Heather ging zu der Wand hinüber, an der James saß. Er hatte sich nicht bewegt. Seine Wunden hatten zu bluten aufgehört, aber sein Gesicht war sehr weiß. Das Atmen fiel ihm schwer.

»Oh, Jamie«, sagte sie, kniete neben ihm nieder, »wenn es doch nur etwas gäbe, was ich tun könnte. Ich fühle mich so hilflos.«

Er öffnete die Augen, lächelte sie an. »Es gibt etwas, das du tun könntest.«

»Was? Ich tu es, gleichgültig, was es ist.«

»Versprich mir, daß du nicht nachgibst, auch nach meinem Tod nicht.«

Ihre Finger streichelten seine Wange. »Was meinst du damit?« Sie stieß ein Lachen aus, das in einem unterdrückten Schluchzen endete. »Du stirbst doch nicht.«

»Zum Unsinnreden haben wir jetzt keine Zeit mehr.« Er schaute ihr in die Augen. »Versprich es mir, Heather. Du mußt.«

Sie begann zu weinen.

Seine Hand griff nach ihrem Arm. »Versprich es mir, verdammt noch mal!«

Heather riß die Augen auf. Tränen tropften auf seinen Schoß. »Ich verspreche es dir.«

Ein langer, zischender Seufzer entfuhr seinen halb geöffneten Lippen. Er entspannte sich, lehnte sich ans Bücherregal zurück. »Gut«, flüsterte er, »gut.« Seine Finger gruben sich in ihr Fleisch. »Und jetzt hör zu.«

»Laß mich erst ein bißchen Essen für dich holen. Ich hab' dir Suppe gekocht. Du mußt...«

»Nicht jetzt!« Seine Augen flammten; seine Stimme war energisch genug, um sie zum Schweigen zu bringen. Sie blickte sich um. McKinnon und Davidson hatte man erneut an den Handgelenken gefesselt. Sie nahmen auf dem Sofa Platz. René Louch saß am Kamin und starrte steinernen Gesichts seinen Attaché an, derweil dieser erregt auf Rudd einredete. Der Attaché versuchte ebenfalls, mit dem Staatssekretär ins Gespräch zu kommen, aber Thomas saß, die Stirn aufs Knie gestützt, zusammengesunken in einem Sessel.

»Ein paar Dinge mußt du begreifen«, sagte James. »Du kannst diese Schweine nicht einfach ignorieren. Und glaub' ihnen kein Wort. Wenn dir El-Kalaam erzählt, daß es draußen Tag ist, dann kannst du sicher sein, daß es Nacht ist. Männer wie er kennen nur eins: töten oder getötet werden.« Emouleur erhob sich, um mit den Engländern zu reden. James starrte Heather an. »Wenn du dich retten willst, mußt du El-Kalaam töten.«

»Aber, Jamie.«

»Es gibt kein Aber, Heather!« Sein Gesicht war dem ihren sehr nah. Sie konnte sehen, daß Tränen in seinen Augenwinkeln glänzten. »Begreifst du denn nicht, daß El-Kalaam politisch im Irrtum ist? Hab Mut. Tu das, was du tief in dir für deine Pflicht hältst.«

»Jamie, wie soll ich...«

»Seine Macht liegt darin, daß er seine Umgebung absolut beherrscht. Wenn man diese Kontrolle bricht, verliert er seine Macht.«

El-Kalaam und Fessi traten ins Wohnzimmer. Fessi öffnete die Vordertür einen Spalt weit. Er pfiff. Augenblicke später tauchte draußen ein Kader-Mitglied auf. Fessi sprach, ehe er zu El-Kalaam zurückkehrte, mit leiser Stimme auf ihn ein. »Es ist alles bereit«, sagte er. »Er weiß genau, wo er es hinbringen soll.«

El-Kalaam nickte, warf den Zigarrenstummel in den kalten Kamin. Zwei Kader-Mitglieder bückten sich und hoben Bocks Leiche auf. Fessi öffnete die Tür gerade weit genug, damit sie sich hindurchschlängeln konnten.

»Hassam zeigt euch den Weg«, sagte Fessi.

Malaguez brachte Rachel ins Zimmer zurück. Ihr Gesicht war schneeweiß, der Mund zusammengepreßt. Sie weigerte sich, El-Kalaam anzusehen.

»Bring sie dahinten hin«, sagte El-Kalaam zu Malaguez und deutete an die Stelle, an der Heather kniete. »Ich hab' sie satt. Sollen sich doch die Weiber um sich selbst kümmern.«

James stöhnte. Sein Gesicht war grau geworden, seine Lippen schimmerten blau, der Mund stand offen. Heather hörte das Rasseln aus seiner Kehle.

»Oh, Jamie!« Sie schlang die Arme um ihn, wiegte ihn. »Jamie, halte durch!« Sie wandte den Kopf El-Kalaam zu. »Tun Sie doch was!« schrie sie. »Sehen Sie denn nicht, daß er stirbt?«

El-Kalaam rührte sich nicht, sah ungerührt zu, wie Heather zitterte und James zuckte, aufseufzte und still wurde.

»Mein Beileid«, sagte er endlich in die Stille hinein. »Er war Soldat, ein Profi. Wir verstanden einander.«

Heather schloß die Augen, bettete James' Kopf an ihrer Brust, küßte seine Wangen, seine Augenlider, seine Lippen.

6. Kapitel

»Ich brauche Ihre Hilfe.«

»Na, das ist aber mal was ganz anderes«, sagte Daina.

Bonesteel betrachtete den Kolibri; er schwebte über einer der blauen, trompetenförmigen Glocken des Jacaranda-Strauches, der sich an einer Stelle vor der leeren Ziegelmauer erhob. Irgendwie wirkte Bonesteel heute verändert. Daina bemerkte es im Augenblick, da er im Studio auftauchte. Die Dreharbeiten waren gerade beendet. Ihn hier zu sehen, hatte Daina überrascht. Sofort spürte sie, wie eine elektrische Entladung, daß er Spannung abstrahlte.

Er saß ganz still da. Dieser merkwürdige Mangel an Bewegung verlieh seinen Worten ungewöhnliches Gewicht. »Die Situation«, sagte er, »hat sich, seit wir zum letztenmal miteinander geredet haben, ganz bedeutend geändert.«

Daina betrachtete ihn sorgfältig: an den Winkeln seines schmallippigen Mundes und zwischen seinen schiefergrauen Augen hatten sich zusätzliche Falten eingegraben.

Sein scharfes, eckiges Gesicht und sein rechter Arm lagen im letzten, gefleckten Sonnenlicht, das durch die breiten Äste der Akazie in der Mitte des Hofes drang. Er hatte sie mit seinem dunkelgrünen Ford LTD abgeholt und in dieses Restaurant in Westwood geführt, in ein angenehmes, geräumiges Lokal, das jetzt, am Abend, von tanzendem Licht erfüllt war, während die Brise die Akazienblätter flattern ließ. Der Himmel hatte sich aufgeklart, er strahlte in grauviolettem, goldenem Licht. Fast konnte man meinen, er gehöre zu einer anderen Stadt.

Daina trank ihren Wein. Bonesteel bestellte sofort nach, so, als benötige er Daina zum Vorwand, um selbst mehr zu trinken.

»Was ist passiert?« fragte Daina endlich.

Bonesteel wirkte angespannt wie eine Uhrfeder. Daina stellte fest, daß sie kurz davorstand, große Angst zu bekommen. Sie streckte eine Hand aus und berührte sein Handgelenk. »Worum geht es denn, Bobby?« fragte sie. »Ist es so schrecklich?«

»Ja«, sagte er, »es ist ganz schrecklich.« Er wartete, bis die gefüllten Gläser vor sie abgestellt wurden und beugte sich vor. »Alles hat sich geändert. Wir wissen jetzt, daß Mordred für den Mord an Maggie nicht verantwortlich ist.«

Daina spürte, wie eine Gänsehaut sie überzog, als ob jemand Eiswasser in ihr Gesicht gespritzt hätte. »Soll das heißen, daß Sie wissen, wer Maggie umgebracht hat?«

Einen Augenblick, der ihr sehr lang erschien, sagte er nichts, starrte auf die fleckigen Tropfen Sonnenlicht.

Endlich schaute Bonesteel sie wieder an. Sie fragte sich, woran er wohl denken mochte. Die schiefergrauen Augen enthüllten jedenfalls nichts. »Am vergangenen Abend ist etwas vorgefallen, durch das wir die ganze Angelegenheit neu überdenken mußten. Drüben im Highland Park haben wir die Leiche einer jungen Frau gefunden.«

»Trug die Leiche Mordreds Zeichen?«

»Ja.«

»Es ist aber noch nicht so lange her, seit Maggie er... gestorben ist.«

»Die Zeit ist zu kurz.« Bonesteel nahm einen Schluck. »Die Psychiater sagen uns, daß Mordred für keinen der beiden Morde verantwortlich sein kann. Bei seinem Verhaltensmuster wäre das unmöglich. Es ist nicht genug Zeit vergangen.«

»Ich dachte, Sie hielten nicht allzuviel von dem, was die Psychiater sagen.«

Er zuckte die Achseln. »Tu ich auch nicht – wenn sie nicht so viele Hinweise hätten und nur redeten, um sich selbst gern reden zu hören. Aber jetzt ist das anders: sie haben eine Masse Informationen.«

Daina wartete darauf, daß er fortfuhr, aber er schwieg. Sie fragte: »Wollen Sie mir nicht den Rest auch noch erzählen?«

Er starrte sie sehr direkt an. »Sind Sie sicher, daß Sie alles hören wollen? Es gefällt Ihnen vielleicht nicht.«

»Es muß mir auch nicht gefallen, ich will es nur wissen.«

»Ja«, sagte er, »das weiß ich.« Daina glaubte, aus seinem Tonfall eine Spur von widerwilligem Respekt herauszuhören. »Die Auskünfte der Psychiater brachten mich dazu, die Zeichen miteinander zu vergleichen. Jenes, das wir bei Maggie gefunden haben, stimmte mit dem an der Frau im Highland Park nicht überein.« Er befingerte den Stiel seines Glases. »Und das einzige Zeichen, das von den anderen abweicht, ist jenes auf dem Seitenteil der Lautsprecherbox.«

Daina spürte, wie er sie sorgfältig beobachtete, so, als ob er nach ihrem Gesichtsausdruck entscheiden wolle, fortzufahren oder nicht. »Die Erklärung ist einfach«, sagte er, »im nachhinein. Ein ziemlich cleverer Jemand hat Maggie umgebracht und dafür gesorgt, daß es wie Mordreds Werk aussieht.« Er packte das Glas am Fuß und schob es von sich weg. »Das wirklich Abscheuliche aber besteht darin, daß wir nie drauf gekommen wären, wenn der wirkliche Mordred nicht genau um die gleiche Zeit wieder zugeschlagen hätte.«

Daina spürte ihr Herz schneller schlagen. Instinktiv wußte sie, daß er kurz davorstand, ihr etwas zu erzählen, das sie unbedingt erfahren wollte. Anstatt direkt zu fragen, erinnerte sie ihn: »Sie sagten einst, Sie bräuchten meine Hilfe.«

»Daina« – jetzt lag seine Hand über ihren Fingern –, »mein Chef würde mich, wenn er je herauskriegte, daß ich so mit einem Nichtpolizisten rede, mit einem Tritt in den Hintern aus der Tür befördern. Aber ich glaube, daß Ihre Hilfe, wenn ich jemals Maggies Mörder fangen will, unerläßlich ist.« Irgend etwas von dem, was er gerade gesagt hatte, fraß sich in ihrem Gedächtnis fest. Sie konzentrierte sich ganz darauf, was er als nächstes sagen wollte.

Eine merkwürdige Ruhe überflutete ihn. Endlich hatte es den Anschein, als entspannte er sich. »Es besteht wenig Zweifel daran«, sagte er, »daß derjenige, der Ihre Freundin umgebracht hat, zur Band gehört.«

Zuerst war Daina sicher, daß sie ihn falsch verstanden hatte. »Zur Band?« fragte sie. »Zu welcher Band?«

»Zu den *Heartbeats*.«

Die Wildheit ihres Pulsschlags drang in ihren Kopf ein: ihr wurde schwindlig. Sie konnte hier nicht länger ruhig herumsitzen und seine Informationen in sich aufnehmen. »Wir wollen von hier verschwinden«, sagte sie mit belegter Stimme und stand auf.

Schweigend wühlte Bonesteel in seiner Tasche und warf ein paar Geldscheine auf den Tisch. Sie gingen.

Der Pazifik war dunkel; metallgraue Wellen wirkten bucklig, deformiert und träge. Wo gab es noch das Rennen der Wellen zum felsigen Strand, die hochfliegende weiße Gischt, das donnernde, grollende Echo –! Dreitausend Meilen von hier entfernt, dachte Daina, im Schoß des Atlantiks. Sie wünschte sich, bei Rubens in New York zu sein, aber für ihn war es eine Geschäftsreise; und sie verstand, warum er sie nicht mitnehmen konnte.

Bonesteels Rede ging nicht mehr um den Mord an Maggie. Daina versuchte mehrmals, auf das Thema zurückzukommen, aber er machte nicht mit.

»Ich bin in San Francisco geboren«, sagte Bonesteel, während sie die Pacific Palisades entlangfuhren, »deshalb kann ich die See auch nie vergessen.« Sie fuhren hinunter zum Strand von Santa Monica, vorbei an den Rollschuhläufern und Strandsurfern auf ihren winzigen, schimmernden Brettern.

»Als ich hierher zog, hat man mich sofort zum schwarzen Schaf der Familie erklärt. Meine Verwandtschaft ist, was diese Dinge angeht, außerordentlich kleinlich. Sie hielt meinen Umzug für einen ziemlichen Verrat.«

»Warum sind Sie denn umgezogen?«

»Einer Frau wegen.« Sie liefen über den Strandsand bis hinüber zu der wandernden Hochwassermarkierung. »Ich lernte sie auf einer Präsidiumsparty kennen und verliebte mich auf der Stelle in sie.« Er steckte die Hände in die Taschen. »Natürlich war sie an mir nicht interessiert. Sie stammte aus dieser Gegend. Als sie wegreiste, bin ich ihr gefolgt.«

»Und was passierte dann?«

»Ich hab' sie so lange verfolgt, bis sie endlich aufgab und mich heiratete.« Weit draußen am Horizont erhob sich eine dunkle Silhouette. Daina kniff die Augen zusammen, spähte in die Dämmerung, konnte aber nicht erkennen, ob es sich um einen Öltanker oder einen Wal handelte, was dort die Oberfläche des Meeres durchbrach. »Und jetzt«, sagte Bonesteel, »kann ich's nicht erwarten, endlich geschieden zu sein. Ihr gehört ›Numans of Beverly Hills‹«, fügte er hinzu, als ob Daina dadurch besser verstehen könne, warum er sie unbedingt loswerden mußte.

Bonesteel lachte rauh. »Jetzt wissen Sie, daß es kein Witz war, als ich vom Ausgehaltenwerden redete.«

Daina entdeckte eine ganz neue Seite an ihm, eine Seite, die sie vor wenigen Tagen noch für unmöglich erachtet hätte. Er wirkte verletzlich wie ein kleiner Junge und so, als sei der Wunsch nach Trennung von seiner Frau nur eine Tarnung dafür, daß er sie noch liebe. Daina sah darin keine Schwäche, eher das Gegenteil: einen liebenswürdigen Charakterzug, der ihn ihr näherbrachte.

»Das spielt doch keine Rolle«, sagte sie und wußte sofort, daß sie etwas Falsches gesagt hatte.

Sein Kopf fuhr herum. »Spielt keine Rolle?« fragte er. »Natürlich spielt es eine Rolle; deshalb lassen wir uns ja scheiden. Ich hab' früher einmal gedacht, ich hätte einen guten Grund, sie zu heiraten. Vielleicht hat sie mich an jemanden oder an etwas erinnert, das ich nie ganz erreichen konnte. Aber es gab noch einen anderen Grund. Ich hab' das Gefühl, daß Sie mich verstehen werden, wenn ich Ihnen den zeige.«

Die Außenbezirke glitten in einem geflochtenen Zopf aus pastellfarbenen Bändern an ihnen vorüber. Der flüsternde Ruf der Palmen wurde nur verringert vom hysterischen Gebrüll der Autoradios; von einer Musik, die wie Knallkörper explodierte, rhythmusschwer und voller Zorn.

Die verschnörkelten Bankgebäudefassaden und eine Kette von Gebrauchtwagenplätzen – farbige Wimpel, die im grellen, brummenden Neonlicht verblichen – waren ihre einzigen Begleiter. Die Straßen waren seltsam verlassen. Als Bonesteel auf den Sunset Boulevard einbog, wirkte der Strip still und verloren.

In sausender Fahrt nahmen sie den Hügel, schossen weiter und weiter, bis das hingeschmierte Licht Hollywoods wie eine niedrige, phosphoreszierende Brandung wirkte.

Er bog rechts auf den Benedict Canyon Drive ein. Selbst dessen Lichter verschwanden in dunklen Bäumen; es blieb nur der weiche, nebelverhüllte Himmel. Sie waren allein in der Nacht.

Er verlangsamte das Tempo und hielt auf ein großes, behäbiges Holzhaus zu, das, westlich in den Hang gebaut, von üppigem Grün umgeben war, so dicht und dunkel wie ein Wald. Ein Haus, dachte Daina, das Rubens wie die Pest hassen würde.

»Karins Haus«, sagte Bonesteel, »und mein Zuhause.« Er stellte den Motor ab. »Wie ich diesen Ort hasse.«

»Ich finde ihn sehr schön«, sagte Daina und schaute die üppigen Kamelien und Fliedersträucher, den Berglorbeer und die Akelei an, von der beide Seiten der Treppe umrahmt waren.

»Das Haus ist ein Nichts«, sagte er. »Es bedeutet nichts und steht für nichts.«

»Jemand hat sich aber offenbar große Mühe gemacht, das Grundstück zu gestalten.«

»Karin muß einen Fachmann engagiert haben«, sagte Bonesteel, als ob er wirklich keine Ahnung davon hatte, wie der Garten eigentlich entstanden war. »Kommen Sie«, er öffnete die Tür und stieg aus.

Bonesteel führte sie ins Haus. Die Diele beherrschte ein auf Hochglanz polierter schwarzer Hartholztisch. Den Tisch selbst bedeckte ein fleckenloses weißes Leinendeckchen, eine pflaumenfarbene, gezogene Glasvase, mit langen Rispen von rotem hawaiianischem Hibiskus gefüllt. Über diesem ziemlich perfekten Stilleben hing ein ovaler Wandspiegel. Auf dem Fußboden lag ein schmaler indianischer Läufer in dunklen Rot- und Goldtönen.

Die Diele mündete ins Wohnzimmer, das sich atemberaubend über zwei Stockwerke bis zu einer kathedralenartigen Decke, die höchst geschickt von unten mit Punktstrahlern beleuchtet war, hinzog. Dadurch wurde der Eindruck der Höhe noch verstärkt. Zu beiden Seiten Fenster, die fast bis an die gewölbte Decke reichten, weckten die Illusion, als wohne man im Herzen des Canyons mitten in dichtem Grün.

Das hintere Drittel des Raumes wies auf halber Höhe eine Galerie auf. Dort, so sagte Bonesteel, läge das Herrenzimmer. Linkerhand befanden sich Küche und Speisezimmer.

Daina ging im Wohnzimmer umher. Die Wände waren hellblau gehalten, der dicke Teppich unter der größten Sitzgruppe in allerzartestem Lila. Das ausgedehnte Sofaelement und die beiden dazu passenden Sessel waren cremeweiß. Überall hohe Gewächse, und hinter einem Schirm aus Farnen, hinten, in der rechten Ecke, unterhalb der Galerie, stand ein Steinway-Stutzflügel. Der Deckel war hochgeklappt;

Daina erkannte eine Partitur: die Klavierbearbeitung eines Violakonzerts von Vivaldi.

Sie wandte sich Bonesteel zu. »Wer spielt denn hier Klavier?«

»Die da.«

Auf dem Flügel, in einem ziemlich verschnörkelten mexikanischen Silberrahmen, sah Daina ein Farbfoto, das Bild eines Mädchens, das dabei war, eine Frau zu werden. Sie hatte dunkle Augen, einen geraden Blick. Die Andeutung eines Lächelns spielte um ihren üppigen Mund: es war Bonesteels Mund. Das Haar trug es, von zwei Diamantspangen gehalten, streng aus dem Gesicht gekämmt. Sie hatte hohe Wangenknochen. Eine etwas schiefe Nase rettete dieses Gesicht vor kalter Perfektion und hinterließ einen bleibenden, liebenswerten Eindruck.

»Vor langer Zeit hab' ich auch mal gespielt«, sagte Bonesteel und trat neben sie, »als Kind, aber ich hab' zu früh aufgehört. Ich war in einem rebellischen Alter. Jetzt tut's mir leid. Ich kann noch immer Noten lesen, aber meine Finger sind inzwischen zu steif geworden.« Er streichelte die glatte Flanke des Flügels.

»Wir haben den hier für Sarah gekauft. Ich hab' dafür gesorgt, daß sie früh angefangen hat.«

»Wohnt Sarah hier?«

»Nein.« Er lächelte. »Sie ist auf dem Konservatorium in Paris. Sie ist was ganz Besonderes. Mit siebzehn spielt sie schon...« Er ließ Daina stehen, legte eine Kassette ein. »Von Zeit zu Zeit schickt sie uns diese Aufnahmen von ihren Konzerten.« Er drückte einen Knopf. Mozart erklang. Die Töne übersprühten sie wie eine Kaskade aus Silberstaub.

Sarah besaß nicht nur Technik, sie spielte auch mit Leidenschaft. Das sanfte, halbe Lächeln, das Bonesteels Lippen nun umspielte, wirkte wie der Schatten des Gesichtsausdrucks seiner Tochter auf dem Foto.

Schmerz lag in diesem Lächeln; ein gewisses Bekenntnis. Nach einer Weile war die schmerzhafte Intensität, die sich auf seinem Gesicht zeigte, für Daina zuviel. Sie wandte sich ab, noch ehe die Musik zu Ende war.

Ihr fielen seine Worte wieder ein: Wie ich diesen Ort hasse. Natürlich mußte er das: hier gab es nichts von ihm selbst, außer Sarahs Foto vielleicht und den Flügel, auf dem es stand. Das Haus selbst war kalt, fast öde, als ob es von einem Chirurgenteam eingerichtet worden wäre. Wenn das Interieur wirklich die Persönlichkeit seiner Frau widerspiegelte, dann mußte Daina sich fragen, was er je in ihr gesehen hatte. Etwas Unerreichbares, hatte er gesagt. Aber verliebten sich nicht alle Männer in dieses Unerreichbare, in das Mysterium aus Leib und Seele ihrer Frauen?

»Sarah spielt wunderbar, Bobby.« Sie sah, daß er weinte, und sein Kummer berührte sie. Sie ging zu ihm hinüber, legte die Hand auf seinen Arm. Sie konnte den Muskelstrang darauf fühlen. »Es tut mir leid«, flüsterte sie, »es tut mir so leid.« Sie wußte, es waren nur Worte, nur Töne, die ein geschlagenes Herz trösten sollten.

»Blödsinn«, sagte er und machte sich von ihr los, »der reine Blödsinn. Ich hätte das nicht auflegen sollen.« Er meinte die Musik.

»Ich bin froh, daß Sie es getan haben«, sagte Daina, »so ein Klavierspiel muß angehört werden.«

»Karin versteht es nicht«, sagte Bonesteel so leise, daß sie, um ihn zu hören, näher an ihn herantreten mußte. »Karin meint, Sarah sollte lieber irgendwo Ski oder Schlittschuh laufen; etwas tun, was sie sportlicher macht.«

»Jede Art von Disziplin stärkt das Selbstvertrauen«, sagte Daina.

Er schaute sie an; seine schiefergrauen Augen blinzelten. »Wissen Sie«, sagte er, »Sie sind nicht so, wie ich Sie mir vorgestellt hatte.«

»Ich bin doch nicht verdorben.«

Sie lächelte, und er lachte. »Ja, richtig. Überhaupt nicht verdorben.« Er wandte sich ab, als ob ihm etwas Wichtiges einfiele. »Ich muß Ihnen noch immer den Grund zeigen, den anderen Grund, warum ich Karin geheiratet habe.«

Er durchquerte das Wohnzimmer, ging zu einem Schreibtisch und entnahm der untersten Schublade einen dicken Packen Papier. Lange bevor er ihn ihr in die Hände legte, wußte sie, was es war. Während sie las, ging er schweigend in die Küche, bereitete Linguine Carbonana und Arrugula-Salat mit Zwiebelscheiben und reifen Kirschtomaten. Er rief sie zu Tisch, gemeinsam tranken sie Wein.

»Das Manuskript ist sehr gut, Bobby«, sagte Daina, »es strahlt Zorn und Energie aus. Es ist in der Art, wie Sarah Klavier spielt, sehr ähnlich. Es hat Leidenschaft.«

»Und Karin war meine Freikarte«, sagte er. »Ich liebte sie, und obendrein hatte sie Geld. Perfekt, hab' ich gedacht: jetzt kriege ich all die Zeit, die ich zum Schreiben brauche. Aber Schreiben ist nicht irgendein Job, den man täglich von neun bis fünf ausüben kann.« Er schenkte ihnen noch Wein ein. »Einer, der nicht schreibt, versteht das einfach nicht. Und Karin, die außer ihrem eigenen Geschäft überhaupt nichts versteht, ist da nicht anders. Sie wollte wissen, warum ich meine Arbeitszeit nicht mit der ihren übereinstimmen könnte. Und die Wochenenden mußten frei sein – für ihre gesellschaftlichen Verpflichtungen.«

Daina schob ihren Teller weg. »Mit anderen Worten: Sie haben in einem goldenen Käfig gesessen. Aber daß Sie Bulle geworden sind – wie ist denn das passiert?«

Er zuckte die Achseln. »In meiner Familie ist es Tradition, zum Militär zu gehen. Also kam mir meine Wahl ganz natürlich vor.« Etwas in seinem Blick schien zu verschwinden. »Und ich hab' herausgefunden, daß mir die Arbeit Spaß macht.«

»Mordfälle zu untersuchen?«

»Nein, Menschen der Gerechtigkeit zuzuführen.« Seine Handfläche traf mit einem Knall auf die Tischplatte auf, so daß Daina zusammenfuhr. »Man muß dem Gesetz gehorchen. Wer es übertritt, muß bestraft werden. Menschen begehen Verbrechen, als ob das Gesetz sie nichts angehe. Sie sind ohne jede Rücksicht, haben keine Achtung vor dem menschlichen Leben. Sie sind hartgesotten. Die Gleichgültigkeit gegenüber ihren eigenen Gewalttaten ist das größte aller Übel, das es gibt.«

Daina war überrascht. Nach dem normalen, schläfrigen Tonfall hatte Bonesteels Stimme die Klangfarbe verändert, war lauter geworden, als ob er eine feurige Predigt von der Kanzel hielte.

Eine Weile herrschte Schweigen. Bonesteel wandte den Blick von Daina ab, als ob er sich plötzlich seines Gefühlsausbruchs schämte. Schließlich räusperte er sich. »In Chris' Haus haben wir 'ne Menge Drogen gefunden: Koks, Heroin, Pepp-Pillen. Mich persönlich juckt das nicht, so was erwartet man ja bei diesen Rockmusikern. Manche von denen« – er zuckte die Achseln – »leben regelrecht von dem Zeug.« Er trank seinen Wein aus. »Sie wären überrascht zu sehen, wieviel Mißbrauch der menschliche Körper vertragen kann, ehe er aufgibt.«

»Das sieht Maggie gar nicht ähnlich«, sagte Daina. »Sicher, sie hat hin und wieder mal ein bißchen Koks geschnupft.« Eine Notlüge konnte ihr ja jetzt nicht mehr schaden. »Aber Heroin...« Daina schüttelte den Kopf. »Davon hätte ich gewußt.«

Er schaute nachdenklich drein und tippte mit der Gabel ans leere Glas. »Sie sagen, sie hat kein Heroin genommen.«

»Ja.« Daina betrachtete den sonderbaren Ausdruck in seinen Augen. »Worüber denken Sie nach?«

»Über den Bericht der Gerichtsmediziner.« Sein Blick blieb auf Daina haften. »Maggie hatte einen schweren Tod. Vor allem hatte man sie voller Heroin gepumpt.«

»Man hatte sie...?« Daina wiederholte seine Worte. »Sie glauben nicht, daß sie sich den Schuß selbst gesetzt hat?«

»Nein, glaube ich nicht.«

»Das erleichtert mich. Aber Sie glauben doch, Sie hätten Heroin im Haus gefunden.«

225

Er nickte. »Hab's im Labor mal durchprüfen lassen. Erstklassiges Zeug.«

Seine Worte wirkten auf Daina beruhigend. »Und was hat der Bericht gezeigt?«

Bonesteel seufzte. »Der Mist, den man Maggie McDonell verpaßt hat, war mit Strychnin verschnitten.«

»Ein goldener Schuß.« Es war heraus, ehe Daina darüber nachdenken konnte.

»Na, na, na.« Er legte den Kopf schief. »Was für üble Kitschromänchen haben Sie denn gelesen?«

Daina fühlte sich etwas erleichtert darüber, daß er das Falsche annahm. »Normalerweise hätten Sie recht«, fuhr er fort, »aber das, was sie Maggie gegeben haben, war noch ein bißchen teuflischer als nur ein goldener Schuß. Es enthielt nicht genug Strychnin, das sie sofort um die Ecke gebracht hätte. Es hat ein bißchen gedauert – und angenehm ist es bestimmt nicht gewesen.« Er nahm ihre Hand. »Tut mir leid.« Diese Worte bedeuteten Daina nicht mehr als jene, die sie ihm zuvor gesagt hatte.

»Heiliger Himmel«, hauchte sie. »Ich versteh' das alles nicht.«

Er hielt ihre Hand fest. »Jemand hat ihr den Schuß gesetzt, dann ist sie sexuell mißbraucht und gnadenlos geschlagen worden.«

»Sexuell mißbraucht?« Daina hatte das Gefühl, als ob ihr Blut zu Eis geworden wäre. Sie schauderte. »Was ist passiert?«

»Nun, ich glaube nicht, daß es nötig ist, Ihnen...«

»Aber ich glaube das!« sagte Daina wild. Ihr Blick flammte ihn an. »Ich muß jetzt alles wissen.«

Er betrachtete sie einen Augenblick und nickte dann resigniert. »Um es so schonend wie möglich auszudrücken: der Gerichtsmediziner hat Spuren von Blut und Sperma in ihrer Vagina und in ihrem Rektum gefunden.«

»Lieber Gott.« Daina hatte angefangen zu zittern.

Er hielt ihre Hand ganz fest, als ob seine Kraft zu ihr überfließen könnte. Die antike französische Uhr auf dem Rosenholzbüfett schlug an. Nachdem sie schwieg, sagte Bonesteel leise: »Es gibt noch mehr zu erzählen.«

Dainas Augen wurden glasig. »Mehr? Noch mehr? Ihre Stimme wirkte belegt. »Was könnte denn jetzt noch kommen?«

»Statistisch gesprochen, werden über neunzig Prozent aller aufgeklärten Mordfälle von Personen begangen, die sehr enge Bindungen zum Opfer hatten: von Familienmitgliedern, engen Freunden oder Nachbarn. Manchmal mit einem starken persönlichen Motiv.«

»Aber ich kann mir einfach nicht vorstellen, warum jemand Maggie hätte umbringen wollen.« Bonesteel schloß einen Moment die Augen. Der Druck seiner Hand verstärkte sich, und als er die Augen abrupt wieder öffnete, war Daina sicher, daß alle Farbe sein Gesicht verlassen hatte. »Ich hab' Ihnen doch gesagt, daß es noch mehr zu erzählen gibt«, sagte er flüsternd. »Haben Sie gewußt, daß Ihre Freundin im dritten Monat schwanger war?«

Lange Zeit starrte Daina ihn an, ohne ihn wirklich zu sehen. Sie sah nur ein zerschmettertes Bündel aus Fleisch und Knochen und zerrissener Haut, unter der etwas gelegen hatte. Endlich bewegten sich Dainas Lippen. Er mußte sich große Mühe geben, um zu verstehen, was sie sagte: »Lieber Himmel, Maggie, worauf hattest du dich bloß eingelassen?«

»Und Sie sind sicher, daß Sie wirklich wollen?«

Seine Augen lagen tief in den Höhlen. Ohne den Ausdruck dieser Augen ist's unmöglich, seine Gefühle zu erkennen, stellte sie fest. Ihr fiel ein, wie großartig er es schaffte, seine Gefühle zu verbergen. Aber bei Sarahs Mozartspiel, neuntausend Meilen von hier entfernt aufgenommen, hatte er geweint.

Sie starrte Bonesteel im Halblicht an. Als er ihr zum erstenmal gesagt hatte, was sie für ihn tun sollte, war sie unsicher gewesen. Sie war ja auch entsetzt gewesen über das, was er ihr von Maggie erzählte. Nun aber stand es für sie fest, daß sie ihm helfen wollte.

»Ich will, genau wie Sie, unbedingt herausfinden, wer Maggie umgebracht hat.« Dainas Stimme klang selbst in ihren eigenen Ohren hart. Sie mußte immer wieder an das Baby denken, das so verletzlich und so unschuldig gewesen war. Sie kannte Maggie. Maggie hätte nie eine Abtreibung vornehmen lassen. Nein, das Baby wäre geboren worden, hätte man Maggie nicht... Heiße Tränen überfluteten Dainas Augen. Sie wandte sich von Bonesteel ab, preßte mit grimmiger Entschlossenheit die Lider zusammen. Hatte sie nicht gesagt, sie hätte sich ausgeweint? Aber das ungeborene Baby hing in ihren Gedanken wie in einem leuchtenden Spinngewebe. Mein Gott, wie sehr wünschte sie sich Gerechtigkeit. Sie glaubte, Bonesteel zu verstehen. Wie hatte er doch gleich gesagt? Gleichgültigkeit gegenüber ihren eigenen Gewalttaten. Die absolute Achtlosigkeit gegenüber menschlichem Leben entsetzte Daina. Es wurde ihr bewußt, daß sie, ehe nicht diese Angelegenheit erledigt war, nie mehr ganz zufrieden sein würde. Sie begriff, warum Bonesteel darauf bestanden hatte, ihr seine Lebensgeschichte zu erzählen: Er war für Daina nicht mehr irgendein Polizist.

»Sie wissen, was Sie zu tun haben.« Er stellte ihr keine Frage.

»Ich weiß es ganz genau.«

»Gott sei Dank sind Sie Schauspielerin.«

Nach einer Weile sagte er: »Ich will sicher sein, daß Sie begreifen, welche Gefahr damit verbunden...«

»Bobby«, antwortete sie ruhig, »das haben wir doch schon alles durchgesprochen. In dem Bewußtsein, etwas unternehmen zu können, ohne es zu tun, könnte ich nicht mehr mit mir selbst leben. Ich will wirklich.«

»Chris ist Ihr Freund.« Das war eine sanfte Erinnerung.

»Mit Chris geht schon alles in Ordnung.«

»Ich glaube, Sie meinen das wirklich.«

»Tu ich auch. Chris hätte Maggie nie umbringen können. Er hat sie geliebt.«

»Liebe hat viele Gesichter, verschiedene Grenzen – je nachdem, um welche Personen es sich handelt.« Wieder hatte Daina das Gefühl, daß an der Bemerkung mehr dran war, als sie heraushörte.

»Ich glaube, er hätte sich über das Baby gefreut.«

»Aber Sie wissen es nicht.«

»Niemand außer Chris und Maggie weiß Bescheid.« Sie wartete einen Augenblick. »Glauben Sie, daß Chris sie ermordet hat?«

Lange Zeit sagte er nichts; endlich legte er ihr den Arm um die Schulter. »Dazu kann man nichts sagen, ehe nicht die Beweisaufnahme abgeschlossen ist, oder?«

Daina drehte den Kopf hin und her, aber seine Augen blieben in den Schatten ihrer Höhlen und undurchdringlich.

Die *Heartbeats* waren wieder zusammengekommen, das hatte Bonesteel ihr als erstes erzählt. Natürlich hatte sie ihm nicht geglaubt: war sie doch im Studio Las Palmas dabeigewesen, als Chris und Benno ihren Streit ausfochten. Damals schien der Bruch irreparabel. Daina hatte aus Bonesteels Haus Vanetta im Büro der *Heartbeats* angerufen. Die Sekretärin bestätigte, daß die *Heartbeats* Tag und Nacht im Studio gewesen seien, um eine neue Single und den Rest der LP aufzunehmen. »Aber jetzt sind sie nicht im Studio Las Palmas«, hatte die Sekretärin gesagt, »ich glaube, sie stecken alle wieder bei Nigel.«

Daina bog von der San Diego Freeway auf die Abfahrt Mulholland ein. Bonesteel hatte sie zum Studiogelände in Burbank zurückgefahren. Er wollte, daß Daina den eigenen Wagen benutzte.

Nigel und Tie wohnten in Mandeville Canyon auf der anderen Seite von Bel Air, auf der Westseite vom Benedict Canyon, und daher abgelegener und – wie manche sagten – exklusiver.

Mandeville Canyon war dicht bewaldet und angefüllt von großzügigen, weit auseinanderliegenden Häusern, die ihrem Aussehen nach eher an die Ostküste als an die Häuser in der Umgebung von Los Angeles erinnerten. Hier wohnten Reiter samt ihren Pferden und ritten an den allgegenwärtigen weißen Staketenzäunen entlang. Daina dachte, daß es Nigel unheimlich amüsiert haben mußte, hier hinzuziehen: unter lauter Menschen, deren Art Rockmusik milde und unbedrohlich und verwässert vorkommt.

Nigel wurde als so etwas wie ein faszinierender Paria, der in ihrer Mitte lebte, betrachtet, und das paßte ihm wunderbar. Er und Tie wußten es zu schätzen, in Ruhe gelassen zu werden, wenn sie zu Hause waren.

Die Hausfront sah nicht anders aus als die ihrer fernen Nachbarn. Daina fuhr in die breite, mit Marmorkies bestreute Einfahrt ein und hatte Zeit, das Haus auf dem Weg dorthin zu studieren: ein weißes, zweistöckiges Gebäude im Kolonialstil, die Säulen von Tara kopiert; dunkelgrüner Zierat, die Stufen aus Ziegeln. Aber die Fassade, wußte Daina, hatte mit dem Innern des Hauses nichts zu tun: Nigel hatte alles herausreißen und völlig neu bauen lassen. Es war ein buchstäblich komisches Haus. Sie erinnerte sich noch gut, daß die Bibliothek unten genauso eingerichtet war wie ein Londoner Club um die Jahrhundertwende: lederne Ohrensessel, antike Marmorkamine, Aschenbecher auf Messingständern. Der Raum war umgeben von vergitterten, hölzernen Bücherschränken, die statt Bücher säuberlich gestapelte Tonbänder und Videokassetten enthielten. Bei genauem Hinsehen bemerkte man, daß im Kamin kein Feuer leuchtete, sondern ein riesiger Fernsehmonitor, der mit einem Videorecorder verbunden war.

Es gab noch andere Wunder in diesem Haus, zum Beispiel eine Badestube von der Größe eines Wohnzimmers mit Kühlschrank, Videomonitor und einem Doppelbett. Im hinteren Teil des Hauses lag ein kleines, schalldichtes Studio; es gab einen gewaltigen Swimmingpool mit Wasserfall, der zu einem isoliert liegenden künstlichen Teich führte.

Silka begrüßte Daina, als sie aus dem Wagen stieg. Sie hörte das Bellen der Dobermannpinscher. Der Leibwächter brachte sie auf Kommando zur Ruhe.

»Miss Whitney«, sagte Silka und kam einem Lächeln so nah, wie es ihm möglich war. »Was für eine wunderbare Überraschung! Niemand hat mich informiert, daß Sie kommen.«

»Ich fürchte, keiner weiß es«, sagte Daina bedauernd. »Hoffentlich störe ich nicht. Ich weiß, daß die Tournee an diesem Samstag losgeht.«

Silka nickte. »San Francisco, am Montag dann Phoenix, am Dienstag

Denver, Mittwoch bis Sonntag Dallas. Und so geht's sechs Wochen lang. Sie sind alle schon sehr aufgeregt und freuen sich, daß es wieder losgeht.« Daina wußte, daß Silka besonders Nigel meinte.

»Und zwischen den Jungs ist alles wieder in Ordnung?«

»Alle Schwierigkeiten beseitigt. Benno ist bei so was ein Genie. Der ist schon lange mit ihnen zusammen; seit der ersten Tournee durch die USA, wann war das – 1965? Ja, fünfundsechzig; denn in dem Jahr hat er mich auch an Bord geholt.«

»Wie kommt es, daß Sie ihn kennen?«

»Benno? Na, wir haben uns vierundsechzig bei einem Wohltätigkeitsessen der amerikanischen Gesellschaft der Schallplattenhersteller kennengelernt. Damals haben wir beide Klinken geputzt, damit der Schornstein rauchte. Ich hatte von den *Heartbeats* gehört; hatte sie sogar, als ich noch in England war, ein paarmal gesehen. Aber nach der katastrophalen ersten Tournee durch die USA wollte kein Promoter mehr was mit ihnen zu tun haben. Ihr englischer Manager hat einfach Amerika nicht verstanden und auch nicht, wie man in den USA ein Produkt verkauft. Die *Heartbeats* waren in England dick im Geschäft, und deshalb, so hatte sich der Manager ausgerechnet, müßten sie auch in Amerika wie eine Bombe einschlagen. Na, jedenfalls erzählte ich Benno beim Essen von der Band. Ich dachte, es wäre nur eine lose Konversation, wissen Sie. Ich meine, keiner behält ja das viele Gerede, das bei solchen Anlässen oder auf Partys so anfällt. Aber Benno hat's behalten und ist rübergeflogen, um sie sich anzusehen. Er hat die Jungs davon überzeugt, mit ihm einen Vertrag zu machen, und – na, den Rest kennen Sie ja.« Seine dicken Arme beschrieben einen großen Bogen, der das Haus und das Gelände einschloß.

»Sie haben Jon also gekannt«, sagte Daina.

»Na klar.« Aber irgend etwas verschloß sich in seinem Blick. »Wir kannten ihn alle – mochten ihn auch alle.« Er schaute Daina an. »Haben Sie die neue Single schon gehört?«

»Nein, aber ich würde sie liebend gern mal hören.«

»Dann bring' ich Sie rein; die Single wird gerade durchgenommen.«

Kurz bevor sie das Haus betraten, streckte Daina die Hand aus und stoppte Silka. »Silka«, fragte sie, »wie geht es Chris eigentlich wirklich?«

Wie ein Berg ragte er vor ihr auf, sein Kopf schien in den Wolken zu schweben. »Dem geht's gut«, sagte Silka, und die Worte schienen tief aus seiner Brust zu kommen, »wirklich.« Er drehte sich um und zog die Tür hinter ihnen zu. In der Halle war es dunkel und still. »Diese Tournee wird ihm guttun, Sie werden schon sehen.« Es klang mehrdeutig.

»Ich bin nicht hier, um ihn von der Tournee abzuhalten, wenn Sie das meinen.«

»Habe ich nicht gemeint.« Er wirkte erleichtert. Sie gingen in die Halle hinunter. »Ich hatte sie noch nie so gesehen«, sagte Silka. »Sie hat wirklich schreckliche Angst vor Ihnen.«

Daina wußte, daß er Tie meinte. »Ich sehe aber keinen Grund dafür.« Natürlich sah sie einen; sie wollte nur herausfinden, ob er ihn ihr nannte.

»Sie weiß, welche Gefühle Chris Ihnen gegenüber hegt. Sie kann diese Beziehung nicht ausloten. Das verwirrt sie, weil sie für gewöhnlich beim Ausloten von Beziehungen sehr fähig ist.« Silka schaute sie aus den Augenwinkeln an. »Sie kann Sie irgendwie nicht einordnen; und was sie nicht beherrschen kann, macht ihr Angst.«

»Dann sind wir beide ja quitt«, sagte Daina. »Ich verstehe Tie nämlich auch nicht.« Sie dachte: Wir sind wie zwei Katzen, die mit dem Rücken zueinander stehen – vielleicht ist es nur ein Revierkampf.

»Nein«, sagte Silka und blieb vor einer dicken, getäfelten Eichentür stehen. »Ich glaube, am meisten erschreckt sie, daß Sie sie total durchschaut haben.«

Seine Hand schoß vor, öffnete die Tür. Musik überschwemmte sie mit voller Kraft. Dainas Ohren begannen zu schmerzen, und sie biß die Zähne zusammen.

Sie spürte Silkas Fingerspitzen im Kreuz. Er drängte sie vor. Leise schloß sich die Tür hinter ihr.

Sie saßen in lockerem Halbkreis vor zwei riesigen Lautsprecherboxen – eineiige Zwillinge jener, die einst in Chris' und Maggies Haus standen. Die Bandmitglieder saßen völlig versunken da, wie Götzenanbeter vor den Skulpturen ihrer Götter. »Erinnerst du dich der Zeiten / Im Fond eines Ford...«, schoß Chris' Stimme voll aus den Lautsprecherboxen, »Als die Kontroll-Lämpchen glühten / Wußten wir da, wie es um uns stand?«

Tie erkannte Daina als erste und erhob sich. Die anderen bewegten sich nicht, schauten sie auch nicht an.

»Daß wir eines Tages heranreifen würden / In die Endrunde kämen...«

»Wer hat dich denn reingelassen?« sagte Tie schleppend. Ihre Pupillen waren enorm geweitet, so daß sie sich mit der ebenholzschwarzen Iris zu einem nahtlosen Ganzen verbanden; sie glänzten, waren ohne Tiefe und wirkten völlig fremd.

»Bin ich hier nicht mehr willkommen?«

»Und die Nacht ist unser Freund«, sang Chris, »da sind wir wieder zusammen...«

»Wenn es nach mir ginge, würde ich dich von Silka rauswerfen lassen, verdammt noch mal.« Daina konnte das Haschisch in ihrem Atem riechen, einen süßen, dumpfen Geruch, der sie abstieß.

»Aber wir beide wissen, daß es *nicht* nach dir geht.« Daina streckte die Hand aus, um sich Platz zu machen.

»Engel und Teufel«, sang Chris weiter, »die sich auf halbem Wege treffen / In einem Land, das niemand sein eigen nennt...«

Im Augenblick, da sie sich berührten, bemerkte Daina etwas in Ties Gesicht – vielleicht war es nur ein Muskelzucken, vielleicht zogen sich für den Bruchteil einer Sekunde ihre Pupillen zusammen. Dann war sie an ihr vorbeigeschlüpft und Chris hatte sie entdeckt. Sie fühlte schlanke, kühle Finger ihr Handgelenk packen und sie herumwirbeln.

»Was meinst du wohl, wo du bist?« Tie starrte sie an. Das Atmen schien ihr Schwierigkeiten zu bereiten.

»Hier hängt alles von Chris und Nigel ab.« Ihre Stimme war drohend geworden. »So sieht's aus und nicht anders. So ist es immer gewesen.«

»Auch als Jon noch lebte?« fragte Daina.

Tie runzelte die Stirn. »Was weißt du denn von Jon? Hat Maggie dir was erzählt?«

»Das, was ich gehört habe, ist mir im Vertrauen erzählt worden.«

Ties Finger bewegten sich ein winziges Stückchen an Dainas Handgelenk auf und ab. »Du solltest bei all den Geschichten, die du hörst, vorsichtig sein. Man soll nämlich nicht alles glauben.«

»Hallo, Dain!« Chris lächelte. Er trat zwischen die beiden, Daina entriß Tie ihr Handgelenk. »He, wie geht's immer?«

»Hab das Versemachen aufgegeben / Von denen wir lebten«, sang seine Stimme vom Tonband, »Die Blechkisten, die Partys / Und die dicken Mädchen, die alles, was sie haben / Auf dem Rücksitz eines Lieferwagens geben...«

Daina versuchte, ihn von Tie wegzuziehen. »Chris«, sagte sie, »was ist denn passiert?«

»He«, grinste er, »'s soll das heißen?« Sie starrte ihm in die Augen, als ob sie ihn zum Antworten zwingen wollte. »Ist wirklich nich' die richtige Zeit, Dain. Kann nicht 'ne Fliege machen. Zu viele Leute hängen dran, und 'ne Menge Kram. Ich und Nigel sind schon viele Jahre befreundet.« Sie sah, daß sein Gesichtsausdruck alle Energie verlor. »Bist doch nich' sauer auf mich, Dain, oder? Na hör mal!«

Sie legte eine Hand auf seine warme Wange. »Nein, Chris. Ich wollte das alles nur verstehen, sonst nichts.«

Er legte seine Hand über ihre Finger und wirkte so erleichtert wie vorhin Silka. »Freu' mich«, sagte er. »Tie – na, du kennst ja Tie –, hat gedacht, du wollt'st mich abhalten von der Bandtour.«

Sie durchforschte sein Gesicht. »Warum sollte ich?«

»Keine Ahnung.« Sie spürte, daß ihn das Thema nervös machte. »Fiel mir so ein, als du plötzlich hier aufkreuztest.«

Sie lächelte ihn an. »Ich bin aus einem ganz anderen Grund gekommen.« Sie gab ihrer Stimme einen schüchternen Klang. »Als Vanetta mir sagte, daß die Tournee dieses Wochenende in San Francisco anfängt, da hatte ich den Einfall, weil wir ja da nicht filmen und ich ein bißchen Freizeit hab'...«

»Sag' mal!« rief Chris entzückt, »willst du wirklich mit? Dachte schon, hast uns eigentlich schon lange nich' mehr auf der Bühne gesehen.« Er schwang sie herum. »Wird dir auch guttun. Kommst mal 'n paar Tage aus diesem Loch; kannst dich ausstrecken!«

Bonesteel würde es nicht geglaubt haben, daß Chris selbst ihr die Idee verkaufte. »Wenn Sie mit der Band fahren«, hatte Bonesteel gesagt, »dann würden Sie sehr viel mehr herausfinden können, als mir das im Augenblick möglich ist.« Daina hatte plötzlich den Wunsch, den Kopf zurückzuwerfen und zu lachen. Sie dachte: Warum eigentlich nicht? und tat es.

Daina und Baba waren in seinem Appartement allein. Sie hatten die schmierigen Straßen hinter sich gelassen, Straßen voller Zuhälter und dreizehnjähriger Ausreißerinnen.

Vor dem Fenster ein buntes Durcheinander aus strahlendem Neonlicht und irisierendem Rot: Kennzeichen des mittleren Manhattan. Besonders im Winter sah das nicht so schäbig aus, dann lag über diesem Stadtteil eine tröstliche Unveränderlichkeit.

Die Aussicht gehörte zum Schönsten, was die Wohnung zu bieten hatte. Man sah ein Funkeln, das von Eiszapfen herrühren konnte; weiße Linien, bei denen Daina sich einredete, sie seien Rauhreif. Dainas Mutter wäre mit Sicherheit angewidert gewesen. Sie hätte sich geweigert, die wackelige Holztreppe, auf denen Katzen saßen, mager und unbeweglich, hinaufzuklettern.

Die Katzen waren die Wächter von Babas Gebäude. Daina fütterte sie. Natürlich warnte Baba sie immer wieder davor, die Tiere zu verwöhnen. »'ie brauchen Hunger, Mama, damit sie die Nager jagen. Verwöhnst sie mit deinem Futter. Entschuldigen die Leute nich' hier rum, klar.«

Daina und Baba hockten gemeinsam auf dem abgenutzten Teppich. Dunkel und warm erhob sich die durchgesessene Couch über ihnen. Ein paar Lampen brannten. Ihre farbigen Schirme dämpften das Licht. Sie aßen Pizza; zwischen sich ein Sechserpack Bier.

»Baba«, sagte sie nach einer Weile, »wie kommt es, daß du mich noch nie mit ins Bett genommen hast? Findest du mich nicht sexy?« Er betrachtete sie aus großen, dunklen Augen. »Und ob ich's tu, Mama, a'er 'u kennst mich ja. Eine reicht nich', muß sie alle haben.« Er wischte sich die Lippen. »Hab' schon gedacht: du und ich, klar, a'er 's wär' nich' anders als bei all den andern.« Er wandte den Blick ab. »Was zwischen uns is', is' was andres.«

»Ich bin nicht wie die anderen, wie keine von denen, die hier zu jeder Tages- und Nachtzeit reingetrampelt kommen...« Sie hielt inne, sah, wie er sie anstarrte. Das Licht fiel weich auf sein Gesicht, ließ die Nähte verschmelzen, die harten Linien der Abnutzung, die Schläge einer Welt, die Daina immer noch nicht ganz verstanden hatte.

»Ist dir mal eingefallen, was ich mir vielleicht wünsche?«

Er grunzte. »Wie Marty gesacht hat, Mama, dafür bis' noch zu klein.«

»Du weißt, daß das nicht wahr ist.«

»Bei dir weiß ich echt nich', was ich denken soll. Geb' ich zu. Wieso eigentlich bi' 'nn du noch immer hier, Mama, im Viertel von Außenseitern?«

»Weil ich«, sagte sie, »auch ein Außenseiter bin, genau wie ihr anderen.«

Baba schüttelte den Kopf. »'n paar verrückte Ideen hast' u; 's alles nur Spinnkram. Hier läuft doch nix, was dich interessieren könnte.«

»Du bist hier, du interessierst mich.«

»Ach so! Wär's beste doch, du gehst, Mama.«

Sie schüttelte langsam den Kopf. »So leicht kommst du mir nicht davon.« Sie stand auf und setzte sich neben ihn. »Was ist mit dir? Ich dachte, wir hätten das schon vor Jahrhunderten durchgesprochen.«

Er kreuzte die Arme vor der massigen Brust. »Ich sach dir mal die Wahrheit, Mama, bei dir, da kriech ich 'n Schuldgefühl, und so was hab' ich lange nich' mehr gehabt. Kriegst zuviel mit. Is' einfach nich in Ordnung. Gehörst hier nich' hin, gehörst nach Kingsbridge. Is' hier kein Leben für dich. Kriech das Gefühl, daß ich schlecht bin.«

Sie vergrub ihre Finger unter seinem Arm und hakte sich bei ihm ein. »Aber das bist du nicht, und das weißt du auch.«

»Klar«, sagte er mit leerem Blick, »'ch bin 'n echter Prinz, das bin ich.«

Sie drehte sich ein Stückchen um, nahm sein bärtiges Gesicht zwischen die Hände und küßte ihn, ehe er Zeit hatte zu protestieren, fest auf den Mund. Der Kuß hielt lange, lange Zeit an, und als sie ihre Lippen teilte, als sie ihre feuchte Zunge hineingleiten ließ und seinen Mund erkundete, da ließ er es zu.

Sie fühlte, wie seine Arme ihren Rücken umspannten und sie so zärtlich umarmten, daß sie zu weinen begann.

»Siehst du«, flüsterte sie und zog ihr Gesicht ein bißchen von ihm weg, »und deshalb hast du all das Theater gemacht, nicht?«

»Du weinst ja«, sagte er mit Verwunderung in der Stimme.

»Oh, Baba, ich liebe dich.« Sie streichelte seine Wangen. »Mach dir keine Sorgen, bitte. Wir wollen nur zusammen sein und uns nicht stören lassen.«

Er küßte sie mit einer Sanftheit, die sie von Anfang an in ihm vermutet hatte. Sie begann ihn auszuziehen. Nichts wünschte sie sich sehnlicher, als sich gegen seine Nacktheit zu pressen. Rastlos wanderten ihre Hände über die Ebenen und Täler seiner dunklen, haarlosen Haut. Sie konnte ein inneres Zittern nicht verhindern – sie spürte die Bedürfnisse ihres Körpers grell wie ein Wetterleuchten. Dennoch schrie etwas in ihr, versuchte es, sie zu schützen, aber ein Wohlgefühl betäubte sie.

Dann wurde sie in die Luft gedreht, so daß sie rittlings auf ihm hockte, als sei er ein Hengst, den sie reiten sollte.

Sie beugte sich vor, nach unten, küßte seine Brust, seine Brustwarzen. Ihre Hände liebkosten seinen Oberkörper, während er sie mühelos hochhob. Endlich spürte sie ihn steif an ihrem Eingang. Sie keuchte, sie war sicher, daß er viel zu groß für sie war, aber er glitt in sie hinein – mit solcher Leichtigkeit, daß sie nur die Augen schloß und tief aus dem Innern einen Seufzer ausstieß.

Über eine Stunde verbrachten sie damit, sich träge aneinander zu reiben, zu keuchen und zu stöhnen, aufzuhören, kurz bevor die Lust sie wieder überrollte – so, als ob sie nicht genug voneinander kriegen könnten, weil es so lange gedauert hatte, bis sie an diesem Punkt angelangt waren. Sie schien die Qual der Verlängerung der Vollendung vorzuziehen.

Aber es kam die Zeit, da die Erregung zu stark wurde; sie war nicht länger zu beherrschen. Im gemeinsamen Einverständnis ließen sie die Leidenschaft aufflammen, bis sie außer Kontrolle geriet.

Sie wollte ihn nicht mehr loslassen. Sie liebkoste ihn mit der Zunge, bis Baba sie sanft wegschob und flüsterte: »Genug, du. Für jetzt genug.« Sie lag in seinen Armen und fühlte sein Herz, atmete seinen Duft und den ihren ein – die angenehmen Gerüche nach der Liebe. »Außerdem«, sagte er leise, »außerdem mußt 'u bald wech. 'ch muß 'n Einkauf erledigen.«

Sie machte den Mund auf, schloß ihn sofort wieder. Sie wollte die Nacht bei ihm verbringen, so, wie sie jetzt waren, aber sie wußte aus früheren Erfahrungen, daß er sie, wenn er einen Kauf zu tätigen hatte, nie über Nacht bleiben ließ. »Zu gefährlich«, sagte er dann. Als sie ihn einmal gefragt hatte, warum, hatte er sie nur angeschaut.

»Der Smiler, dieser Mistkerl, is' gestern hier raufgekommen, als'u oben 'n Kingsbridge warst«, sagte Baba und streichelte ihre Schulter. »Hab' ihm gesagt: laß das!, klar? Job is' Job, und Privatleben is' was andres. A'er er sagt, hätt' die Wohnung noch nie gesehen und 's wär' ja auch bloß dies' eine Mal. Was soll's.«

Sie hatte viele Male daran gedacht, ihn darum zu bitten, das Geschäft aufzugeben, aber wirklich etwas zu sagen, lohnte sich nicht. Das wußte sie besser. Denn davon lebte er ja. Er hatte dieses Geschäft ausgewählt, und er kam damit zurecht. Vielleicht war es das einzige auf der ganzen Welt, womit er zurechtkam. Ihm das zu nehmen war genauso unmöglich wie ihn zu verlassen.

»Sag' mal, Mama...«

Sie kuschelte sich näher an seinen warmen Körper. »Was?« flüsterte sie schläfrig.

»'s macht dir wirklich nix?«

»Was?«

»Das ich 'n Nigger bin.«

Sie legte eine Hand auf seine Brust und breitete die Finger aus, so daß ihre Hand wie ein Seestern aussah. Darunter konnte sie seinen Puls und die beständige Flut seines Atems fühlen. Er wirkte ungeheuer groß und unverwundbar. »Da drin«, flüsterte sie, »bist du genau das, was ich will: ein Mann.« Sie küßte die haarlose Haut über seinem Herzen.

Er sagte nichts. Er starrte hinauf zu den verzerrten Flicken aus bleichem Licht, das durch die Schlitze der Jalousien hereindrang. Jedesmal, wenn ein Auto oder ein Lastwagen vorbeikam, pulsierte es über die Decke. Kleine Geräusche drangen von unten, von der Straße, zu ihnen herauf; das durchdringende Hupen eines Autos, das sanfte Rauschen des Verkehrs auf der Avenue, ein bellender Hund, Gelächter, Worte auf spanisch. Eine Katze schrie.

Daina schaute ruhig auf sein dunkles Profil, sah das Glitzern einer Träne in einem seiner Augenwinkel. Sie preßte die Lippen auf seinen Hals und sagte ihm nicht, was sie gesehen hatte.

Sie erwachte mitten in der Nacht mit einer Art Schwindelgefühl. Sofort streckte sie die Hand nach Rubens aus, aber vergebens. Wieso war er nicht zu Hause? Hatte Maria ihr etwa gesagt, er käme heute später? Sie konnte sich nicht daran erinnern. Sie hatte Gummigeschmack im Mund. Sie versuchte, ihn zu schlucken, dachte, er kommt bestimmt wieder. Alles kommt wieder.

Sie begann zu schwitzen, hatte plötzlich das Gefühl, als ob sie durchs Bett, durch den Fußboden, durch die Erde selbst hindurchfiele, tief hinunter, bis zu ihrem Mittelpunkt.

Sie starrte an die Decke: sie schien eine Million Meilen von ihr entfernt zu sein. Sie wirbelte, wirbelte so schnell, daß ihr der Kopf schmerzte. Sie kniff die Augen zu, aber dadurch wurde das Schwindelgefühl nur noch schlimmer. Sie riß die Augen wieder auf. Was hatte sie nur aufgeweckt? Sie konnte ihren Herzschlag fühlen, ein wildes Hämmern im Stahlwerk ihrer Brust; sie hörte das Rasseln ihres unruhigen Atems. Dieses Geräusch, das in der Stille unheimlich und seltsam vergrößert wirkte, brachte sie dazu, noch schneller zu atmen, bis sie keuchte.

Sie fragte sich, ob das Geräusch ihres eigenen Atems sie wohl aufgeweckt hatte. Aber tief im Innern ihres Wesens wußte sie, daß etwas außerhalb ihrer selbst sie dazu gebracht hatte.

Angst blähte sich vom Bauch bis in die Kehle in ihr auf. Dort lag sie wie ein Stein. Daina kämpfte dagegen an. In diesem Augenblick hörte sie das Geräusch wieder. Sie erstarrte, strengte ihre Ohren an, um es zu identifizieren. Es kam wieder. Sie versuchte, ruhiger zu atmen. Eine dünne, juckende Linie aus Schweiß krabbelte ihre Schläfe hinab. Das Geräusch kam aus dem Haus.

Die Geräusche kamen näher an sie heran, wirkten ruhig und winzig, und endlich begriff Daina, daß noch jemand mit ihr im Haus war.

Sie umklammerte das Bettlaken, konnte sich aber nicht bewegen. Der Gummigeschmack lag ihr schwer im Mund. Sie hatte den Drang zu würgen. Und jetzt, jetzt glaubte sie ein tiefes Grollen in einer fremden Sprache zu hören: Spanisch. Ja, es war Spanisch. Ihre Gedanken wirbelten, noch halb verstopft von ihrem Traum von Baba und New York. Ein Teil von ihr war noch immer dreitausend Meilen von hier entfernt.

Sie war wieder ein Mädchen, hilflos und voller Angst, gelähmt, in einer Welt voller dunkler Schatten und böser Absichten. Jemand zog sie mit jedem Atemzug, den sie nahm, näher zu sich heran. Sie fühlte, wie sie auf dem Bett ausgestreckt lag, alle Gliedmaßen gespreizt. Sie versuchte, den Kopf umzuwenden, die Augen auszurichten, so daß sie sehen konnte, wer oder was durch die offene Tür ins Schlafzimmer kam.

Ein scharfes Klicken – ihr blieb fast der Atem stehen. Zitternd, schweißgebadet, dachte sie an das gähnend geöffnete Klappmesser, auf dessen langer, tödlicher Klinge das Licht silbern entlanglief. Die Angst dröhnte wie ein Gong aus Messing in ihr, schlug in sonoren Vibrationen, die sich wie Wellen in einem Teich verbreiteten, hysterischen Alarm.

Der Tod hing in der Luft, so fühlbar wie ein Perlenvorhang, der direkt über ihrem Kopf flatterte, sich mit sadistischer Langsamkeit senkte und sie ersticken wollte. Ihre Brust hob sich, sie kämpfte um Atem. Ein Schatten fiel über das Bett, über ihren Körper; schwarz, gewaltig und unheilverkündend. Sie schrie auf – aber es kam kein Laut über ihre Lippen. Ihre Gedanken waren wie ein Wirbelsturm aus Bildern: Tod und Vernichtung, Botschaften, eingeschnitten in das Fleisch ihres Körpers; schrecklicher sexueller Mißbrauch, große, dornenbesetzte Stöcke, die sie schlugen, bis ihre Knochen durch zerrissenes Fleisch splitterten. Blut sprudelte obszön; Nerven schrien vor Schmerz; sie war völlig hilflos. Sie keuchte.

Und dann bäumte sie sich hoch auf und schrie.

»Was zum Teufel...«

Sie schrie auf, begann zu würgen.

Dann spürte sie, wie kraftvolle Arme sie festhielten, wie die Hitze eines anderen Körpers sie preßte. Ein männlicher Duft, ein irgendwie bekannter. Sie riß die Augen auf, zuckte vor der Berührung zurück. Trotzdem hielt er fest. Aber das vergrößerte nur ihren Schrecken. Ihr Gesicht war in der Höhlung seiner Schulter begraben. Sie riß den Kopf zurück, ihre Lippen zogen sich von den Zähnen zurück, ihre Kiefer schnappten zu, öffneten sich wieder, und es war ihr nicht völlig bewußt, daß sie tief in der Kehle knurrte. Sie war wahnsinnig, sich vom Griff des Todes freizureißen, denn seine Kraft war übermächtig.

Sie warf den Kopf nach vorn, öffnete den Mund, wollte zubeißen, als sie ihn sagen hörte: »Daina? Daina, es ist alles in Ordnung.«

Sie biß trotzdem zu. Ihre Gedanken waren noch immer in Aufruhr; selbst jetzt noch glaubte sie, daß sie die ganze Zeit über wach gewesen war. Sie hörte, wie Stoff zerriß; sie schmeckte salzige Nässe; sie hörte seinen überraschten, schmerzerfüllten Schrei. Aber das war gar nichts, verglichen mit dem Schmerz, der sie selbst erfüllte.

»Daina, Daina, Daina...«

Sie erkannte die Zärtlichkeit der Berührung wieder. Sie wußte, es war nicht der Tod gewesen, der zu ihr gekommen war. Nur ihr Unterbewußtsein hatte gearbeitet wie eine stählerne Falle, hatte diese schreckliche, grausige Überraschung für sie aufgeschlagen: eine Erscheinung um Mitternacht.

»Rubens«, flüsterte sie rauh, »Rubens, hilf mir.« Dann fiel sie nach vorn in seinen Schoß. Sie schauderte und schluchzte vor Qual und Erlösung.

Das nächtliche Glühen von Los Angeles war wieder zu sehen. Von irgendwoher hörte sie Babas Stimme sagen: »Mama, entweder bist'u drinnen o'er draußen. So is' es nu' mal.« Nun, da sie in Bonesteels Nachforschungen bei dem Mordfall verwickelt war, wußte sie, daß sie endlich drinnen war. Sie verspürte den starken Wunsch, Rubens alles zu sagen, aber sie wußte: Das würde ihr die Sache irgendwie verderben; wie, wußte sie nicht, aber sie konnte ihm oder irgendeinem anderen nichts von Baba erzählen. Dies hier war das gleiche, gleichsam eine Verlängerung des Gefühls, das sie einst bei Baba empfunden hatte.

»Möglicherweise habe ich jemanden, den du kennenlernen solltest«, sagte er.

»Wen?«

»Dory Spengler. Er ist ein guter Freund von Beryl.« Rubens drehte sich auf den Rücken. »Er ist Agent.«

»Rubens, zum letzten Mal: ich werde Monty nicht feuern.«

»Hab' ich davon etwa was gesagt? Ich will nur, daß du Dory kennenlernst. Es gibt einen guten Grund dafür.«

»Garantiert.«

»Willst du's tun?«

»Na gut.«

»Vielleicht sollte ich meine Reise nach New York aufschieben«, sagte er.

»Das mit Ashly ist zu wichtig.«

»Es kann schon noch eine Woche warten.«

»Ich möchte, daß du fährst, Rubens.« Sie legte eine Hand auf seine nackte Flanke. »Mit mir geht schon alles glatt.« Sie lächelte in die Dunkelheit hinein. »Und außerdem hat Chris mich für das Wochenende nach San Francisco eingeladen, um die Band zu sehen.«

»Gut, dann kommst du ein paar Tage hier raus.«

Sie beugte sich über sein Gesicht. »Genau das hat Chris auch gesagt. Du bist unglaublich.«

»Beryl findet die Verbindung zwischen dir und Chris ganz toll. Das hab' ich dir ja schon gesagt. Wenn ich nur das mit der Tournee erzähle, dann jubelt sie bestimmt. Die Fahrt bringt dir Publicity. Mit Dory kannst du dich dann treffen, wenn du zurückkommst.«

»Du denkst aber auch andauernd, was?«

»Schlaf jetzt«, flüsterte er. Sein Atem wurde langsamer, während er eindöste. Zu Daina aber kam der Schlaf nicht. Die Dämmerung nahte; das Gestern war nur noch ein saurer Geschmack in ihrem Mund. Sie wandte sich vom Fenster und dem sanft wehenden Vorhang ab, kniete auf dem Bett, zog die Decke zurück, bis sie Rubens nackten Körper freigelegt hatte. Lange Zeit starrte sie ihn an. Sie hatte eine überwältigende Sehnsucht danach, ihn zu berühren, ihn an sich zu spüren, sich an ihn zu pressen, sein Gewicht auf ihrem Brustkorb zu fühlen, seine muskulösen Arme um sich. Sie streckte sich nach ihm aus.

Endlich setzte sie sich mit einem langgezogenen Seufzer auf, schwang die Beine über die Bettkante und verließ Baba. Sie nahm ihre Kleider und ihre Handtasche vom Boden auf und stapfte leise durch das Appartement in das dunkle Badezimmer. Die Wasserleitung gab dauernd Geräusche von sich und die Tür hatte sich verzogen, sie schloß nicht ganz.

Drinnen die Hand schon halb am Lichtschalter, hielt sie inne, hängte ihre Kleider über den Rand der Badewanne, kniete sich auf den geschlossenen Toilettensitz, hob das Milchglasfenster und ließ das geballte Licht Manhattans hinein. Der Himmel war weiß, die Beleuchtung gedämpft.

Daina betrachtete die Stadt, die in der kalten Luft blinkte und zitterte. Hinter ihr konnte sie hin und wieder hören, wie Baba leise im Appartement herumging und sich zum Ausgehen fertigmachte.

Ein scharfes Geräusch ließ sie herumfahren. Jemand war an der Tür. Sie hörte auch Babas Stimme, dann das scharfe metallische Kratzen, als die Sicherheitskette ausgehängt wurde. Es kamen ja oft Freunde vorbei, ohne sich angemeldet zu haben. Baba hatte hier kein Telefon; er zog es vor, seine Anrufe aus einer der Telefonzellen in der näheren Umgebung zu tätigen. »Das Geschäft«, sagte er immer, »gehört auf die Straße.« Trotzdem, in dieser Nacht hatte sich Daina keine Unterbrechungen gewünscht. Sie spürte noch immer das innere Zittern. Ihre Lippen waren aufgesprungen und leicht geschwollen: köstlich.

Sie wandte sich vom Fenster ab und ging still zum Türspalt hinüber, um einen Blick ins Appartement zu werfen.

Im Augenblick, da sie dort ankam, hörte sie zwei laute Knalle. Sie fuhr zusammen. Ihr Herz hämmerte so hart, daß sie glaubte, es müsse bersten. Sie hörte Stiefel im Stakkato auf dem nackten Fußboden trommeln, dann nichts mehr. Eine Gestalt bewegte sich über den dünnen Teppich zwischen der Couch und den Sesseln. Sie hörte eine Stimme, leise und drohend: »Bleib wo du bist, deine Nachtarbeit ist erledigt.« Die folgende Stille schien eine Ewigkeit zu dauern.

Entsetzen krallte nach Dainas Herzen. Jeder Atemzug quälte sie. Ihr Gehirn war betäubt. Sie versuchte, zusammenhängend zu denken, konnte es aber nicht. Nur ihre Lippen bewegten sich. Nein, das darf einfach nicht sein.

Plötzlich hörte sie ein Keuchen, so scharf und klar wie ein Pistolenschuß. Sie versuchte, in die Dämmerung hinauszuspähen, zu sehen, wer der Eindringling sein möge. Sie strengte sich an, horchte, glaubte ein »Callate!« flüstern zu hören, dann weiter nichts mehr.

Sie stürzte kopfüber aus dem Badezimmer. Bleiches Licht lag in verkürztem Rechteck quer über dem Fußboden; es drang aus der halbgeöffneten Haustür. Sie rannte dorthin, knallte mit all ihrer Kraft die Tür zu, hängte die Sicherheitskette wieder ein.

Sie drehte sich um, stolperte fast über ihn. Er lag ausgestreckt auf dem Fußboden. Kopf und Schulter ruhten halb aufgerichtet an dem zerschlagenen, umgeworfenen Kaffeetisch. Blut bedeckte seine Brust. Alle Lampen waren gelöscht.

Sie kniete neben ihm, sah, wie das Blut aus ihm herauspumpte.

»Baba!« schrie sie. »Um Gottes willen, Baba!« Ihre Hände glitten zu seiner schwer atmenden Brust, als ob sie ihn mit ihren Fingern allein heilen könne.

Es dauerte einige Zeit, ehe klar wurde, daß er mit ihr zu reden versuchte.

Vorsichtig schob sie seinen Kopf von der harten, erbarmungslosen Kante des Tisches herunter und lehnte sein gewaltiges Gewicht an ihre nackte Brust. Baba fühlte sich kühl an.

Baba hustete, sagte etwas. Sie senkte den Kopf. »Was?« fragte sie verwirrt. »Was?« Sie dachte: Soll ich bleiben, oder soll ich ihn hierlassen und einen Notarzt anrufen? »Baba, ich kann dich nicht verstehen.«

»'er Al'ierte, 's PR-Schwein.« Seine Stimme hörte sich dick, flüssig, dumpf an. Daina wischte ihm die Blutspuren von den Lippen. »'ch arbeit' fünf Jahre 'm Geschäft, er will nu' alles.« Seine Augen schlossen sich einen Moment. Sie hatte entsetzliche Angst, daß er ihr entgleiten könne.

»Baba?« flüsterte sie voller Furcht. Er riß die Augen auf, und sie sah den Funken darin. »Scheiß, Mama. Weiß'u, was der Dreckskerl gesagt hat, als er auf mich schoß? Sagt: ›Weiß'u, 's mit dieser Stadt nich' okay is'? Zuviel Nigger.‹«

»Still, still. Wem macht das jetzt noch was aus?«

Er begann zu zittern. Schweiß rollte wie Regentropfen von ihm ab. Wieder wischte sie ihm das Gesicht und sah, wie er zu ihr aufstarrte.

Ihre Augen füllten sich mit Tränen. »O Baba«, flüsterte sie, »du darfst nicht sterben. Du darfst nicht sterben.« Sie preßte die Handflächen fester auf seine Brust. Durch den Überzug aus Blut fühlte sie seine zerschmetterten Rippen und das müde Flattern seines Herzens, das sich weiterquälte. Sein Blick wich nicht von ihr. Seine Lippen öffneten sich mit großer Anstrengung.

»Mama...«

Sie umklammerte ihn. »Baba, ich laß dich nicht sterben. Ich laß dich nicht!« Aber sie konnte fühlen, wie die Wärme aus ihm herausfloß; wie das Leben sich in die See ausleerte wie ein Bach; wie er all seine Kraft in dieser unendlichen Tiefe auflöste. Daina hatte den Wunsch, ihm ihre Adern zu öffnen, alles zu tun, um ihm wieder Leben zu geben, aber sie war keine Göttin und er kein mystischer Held.

»Baba, ich liebe dich.« Aber sie konnte nichts tun, weder jetzt noch vorher, als sie still und unbeweglich im sicheren Schatten am anderen Ende des Zimmers gestanden hatte, während sie zusehen mußte, wie die Stahlgeschosse ihn vernichteten. Diesen einen Augenblick spielte sie in Gedanken immer und immer wieder durch. Warum hab' ich mich nicht bewegt! Warum hab' ich nur da herumgestanden? Jetzt bin ich hilflos. Vollkommen hilflos.

Und irgendwann stellten sich ihre Augen wieder auf die Außenwelt ein. Sie fand, daß das, was sie in den Armen hielt, nur noch eine triefende, kälter werdende Gestalt war. Nirgendwo war Leben zu sehen oder zu hören.

Draußen, außerhalb des gestreiften Schutzes der Schatten, drang ihr jammernd der auf und ab schwellende Klang einer Sirene entgegen, die auf dem Weg zu irgendeinem Notfall war. Hier gab es keinen Notfall mehr. Sie hörte Gesprächsfetzen von der Straße herauf, identifizierbar, aber unverständlich: Straßenspanisch. Dann bewegten sich die Geräusche weiter weg, den Block hinunter.

Ihre Augen waren glasig. Sie wollte ihn nicht verlassen. Ihre Muskeln waren verkrampft, sie hatte eine Gänsehaut – aber der Schmerz machte ihr nur weniger sichtbar, was sie irgendwann einmal begreifen mußte.

Ich hätte, ich hätte, oh, hätte ich...

Sie flüchtete. Der Haß war eine undurchdringliche Perle, in einem Medaillon an ihrem Hals verborgen. Lange Zeit glaubte sie, nie wieder lächeln zu können; aber das waren natürlich nur die dummen Gedanken eines jungen Mädchens.

Dritter Teil

WALD DES LICHTS

Hast du was, bist du was.

Deutsches Schlagwort

7. Kapitel

Die Auberge Eclaire lag in der langgeschwungenen Achterbahn von San Franciscos California Street. Die großen Limousinen schwenkten in die baumgesäumte Einfahrt ein, schnurrten und hielten vor der französisch inspirierten Fassade aus dunkelroten Ziegeln und beigefarbenen Stuckarabesken.

In Wirklichkeit präsentierte das Hotel dem willkommenen Gast zwei deutlich verschiedene Fassaden; denn über dem vornehmen, sechsstöckigen Teil – Gebäuden, der Alten Welt nachempfunden – glänzte der Turm aus bronzefarbenem Aluminium und Rauchglas, zog sich dreiunddreißig Stockwerke aufwärts. Er beherrschte diesen Teil der städtischen Skyline. Die Auberge stand in den drei Jahren seit ihrer Eröffnung im Mittelpunkt des Stadtklatsches. Sie überschattete sowohl das Hyatt-Regency-Hotel im Embarcadero Center mit seinem Atrium wie auch die Transamerica Pyramide.

Silka stieg aus dem Wagen. Die Tür schloß sich hinter ihm. Eine Zeitlang sah man ihn mit Benno Cutler zusammen mit dem Hotelmanagement konferieren. Pagen in Livree brachten das Gepäck ins Hotel.

Silka trommelte an die Tür. Der Fahrer öffnete sie. Silka steckte den Kopf herein und schaute auf Chris. »Zusätzliche Sicherheitsposten sind eingestellt worden.«

»Sind das die gleichen Leute, die wir schon mal hatten?«

Silka nickte. »Soweit wie möglich. Einen Kerl mußten sie aus den Ferien nach Hause zerren, der hatte in Tahoe geangelt.« Er lachte. »Der Bursche ist wirklich wild drauf, Köpfe zu spalten.«

»Dann nimm ihn«, sagte Chris. »Ich will nicht, daß *du* die ganze Zeit mit solchem Mist aufgehalten wirst.«

»Alles in Ordnung«, sagte Silka. »Außerden muß ich Miss Whitney noch ihre Anstecker geben, sonst wird sie an jeder Sperre aufgehalten.« Er warf einen Blick nach draußen. »Okay. Wir können, wenn du soweit bist.«

Die riesige Hotelhalle war kühl und dämmrig. Cremefarbene dorische Gipssäulen erhoben sich zu einer geschwungenen, stuck- und goldüberladenen Decke, geschmückt mit Amoretten und Posaunenengeln.

Nach links verlief die Hotelhalle L-förmig ab. Man sah diskrete handgeschriebene Hinweisschilder Richtung Bar, Restaurant der Nouvelle Cuisine, auf ein Kabarett.

Blaßgrüne, vergoldete Sofas mit passenden Klubsesseln standen locker verstreut. Dazwischen prangten hohe Farne, deren breite Wedel als natürliche Paravents fungierten. Der Fußboden bestand aus gefecktem Marmor und war in der Mitte von einem mächtigen Orientteppich bedeckt.

Die *Heartbeats* hatten das komplette fünfte Stockwerk im altmodischen Teil des Hotels gebucht. Eigentlich den fünften und sechsten Stock; denn alle Räume wiesen zwei Ebenen auf. Touristen schickte man natürlich in den modernistischen Glanz des Stahl-und-Glas-Turmes mit seinem muschelverziertem Gymnastikraum und dem überdachten Swimmingpool im Olympiaformat.

Die Doppelräume hatten ihre eigene Sauna und ein Bad mit Gegenstromanlage, stellte Daina fest. Als einziges fehlte die schwedische Masseuse – und die konnte man per Knopfdruck herzitieren. Kein Wunder, daß die Auberge achtzehn Monate im voraus gebucht werden mußte.

Chris und Daina wohnten in der Ecksuite am anderen Ende eines Korridors, voller glänzender Schwarzweißfotos von San Francisco.

Es war ein ziemlich spektakuläres Appartement. Daina hatte noch nie ein Hotelzimmer gesehen, das ähnliches zu bieten hatte. Linkerhand, um die Ecke, gab es eine in Kupfer und Chrom gehaltene, voll eingerichtete Küche; daneben befand sich ein Speisezimmer mit Eichentisch, an dem zwölf Personen bequem Platz fanden. Nachdem sie die gewaltigen Doppeltüren passiert hatten, standen sie vor dem Wohnzimmerteil, der vielleicht etwas kleiner war als ein Fußballplatz, aber nur etwas. Die gesamte gegenüberliegende Wand bestand aus einer Anzahl Fenster, durch welche die Stadt im strahlenden Sonnenlicht so weiß wie Alabaster wirkte.

Ganz rechts führte eine Wendeltreppe, von vielen winzigen Lampen erhellt, zu zwei Schlafzimmern hinauf, von denen jedes über ein eigenes, pflanzengeschmücktes Badezimmer plus Sauna und Schwimmbad verfügte.

Während unten die Begleitmannschaft mit Ausrüstung und Zeitplanänderungen kamen und gingen, hockten streßgeplagte Presseleute über vollgepackten Interviewlisten, die Chris und Nigel vielleicht akzeptierten, oder auch nicht, je nach Lust und Laune. Nachdem Silka Passierscheine für die Presseleute mit Benno abgesprochen hatte, brachte er Daina eilig nach oben, hinaus aus dem Wirbel.

Daina wählte das Schlafzimmer mit den tiefgrünen Motiven – das andere war mitternachtsblau. Beide Vorhänge waren zurückgezogen; Sonnenlicht überflutete das Zimmer. Hinter sich konnte sie Silka hören, wie er dem Etagenkellner Anweisungen für ihr Gepäck gab. Ja, hörte sie ihn sagen, sie sei es wirklich.

Daina ging zum Fenster. Die Luft wirkte wie Kristall. Ihre Klarheit wurde vielleicht durch den fast ständigen Smog über Los Angeles besonders deutlich. Dainas Blicke fuhren die Linien der Gebäude ab, die sich wie Klippen bis hinunter zum tiefen Blau der Bucht zogen. Möwen segelten im Tiefflug über den Anlegeplätzen dahin. Aus dem Augenwinkel sah Daina den strahlenden, rotgoldenen Blitz einer Kabelbahn, die über den Scheitelpunkt des Russian Hill verschwand und wieder hinunter zum Meer fuhr. Ganz weit in der Ferne, in einer abgelegenen Ecke, glaubte Daina die leuchtende Kleidung eines Straßenmusikanten ausmachen zu können. Der Anblick weckte in ihr Lust, auf diesen Straßen spazierenzugehen.

Sie drehte sich um und sah, daß Silka sie anstarrte. Er stand auf der gegenüberliegenden Seite des Zimmers, dort, wo das Sonnenlicht nur nach den Spitzen seiner schwarz glänzenden Schuhe leckte. Der übrige Teil seiner Gestalt lag im Schatten.

»Ich will hier raus«, sagte sie, »nur für ein Weilchen.«

Er nickte. »Chris hat schon einen Wagen für Sie besorgt. Er wartet unten, wann immer Sie ihn brauchen. Aber zuerst müssen wir Sie auf heute abend vorbereiten.«

Er baute die Polaroidkamera und die anderen Utensilien auf, mit denen er Dainas Farbfoto auf eine laminierte Karte mit Infrarotzeichen übertragen konnte. Diese Karte mußte sie die ganze Zeit über, die sie mit der Band zusammen war, tragen. Daina sagte: »Wie ist Tie eigentlich an die Band gekommen?«

Silka grunzte. »Wir lasen sie eines Sommers in Cap d'Antibes auf. Sie ist, mit nichts auf dem Leib als einem Bikinihöschen, zu Jon hinmarschiert. Dann hat sie sich neben ihn gelegt: und er konnte nicht widerstehen.«

»Aber dann, nachdem Jon gestorben war.«

»Bitte stillhalten.« Er entfachte das Blitzlicht; der Mechanismus spuckte mit wimmerndem Geräusch das Foto aus. Silka stellte die Kamera beiseite. »Nachdem Jon gestorben war, ist sie mit Nigel zusammengezogen. Aber das war nicht das, was sie wollte. Von dem Augenblick, da sie die Band entdeckt hatte, wollte sie es mit Jon und Chris gleichzeitig treiben.« Er schüttelte den Kopf. »Aber da haben die beiden einen Strich gezogen. Sie standen sich viel zu nah, als daß sie eine Frau geteilt hätten. Sie waren sozusagen seelenverwandte Brüder...«

»Und Nigel? Was war mit dem? Sie sind doch alle zusammen nach London gekommen. Waren sie nicht wie eine große Familie?«

»Na – ja und nein. Natürlich standen sie sich alle nahe, aber Nigel hatte was gegen das ganz besondere musikalische Verständnis, das zwischen Chris und Jon herrschte. Die Musik der beiden war wie

Magie. Wie kann man's erklären. Man kann es nicht erklären. Aber Nigel mußte es wenigstens versuchen. Er kam wieder zu mir und sagte: ›Die hecken hinter meinem Rücken was aus, Silka, ich weiß es genau. Die wollen mich aus der Gruppe raushaben.‹ Zuerst hab' ich versucht, ihm einzureden, es wäre gar nicht wahr. Aber er wollte nur auf sich selbst hören oder auf einen, der das wiedergab, was ihm im Kopf rumschwirrte.«

Silka schüttelte noch einmal den Kopf. »Damals war er, der frühere Nigel, ein ganz wilder Junge. Zwei-, dreimal in der Woche mußte ich ihn aus dem Haus irgendeines lockeren Vogels abholen, wenn er wieder mal vom Ehemann oder Freund ohne Hose erwischt worden war.« Silka lachte, immer noch erstaunt darüber. »Und diesem Burschen, dem hat das überhaupt nichts ausgemacht. Er war, wenn es um Frauen ging, unersättlich. Ich meine – ach, irgendwie waren sie's ja alle. Aber bei Nigel war es irgendwie anders, es saß tiefer, und« – er zuckte seine massigen Schultern – »vielleicht ist pathologisch das richtige Wort, ich weiß auch nicht. Na, egal. Jedenfalls hat er mich ganz schön in Bewegung gehalten.« Sein Blick umwölkte sich. »Und dann ist Jon gestorben.« Er seufzte und reichte Daina die Ausweiskarte. »Bitte schön.« Sie steckte sie sich an.

»Und dann hat sich was in der Band geändert«, sagte Daina. »Nach dem, was man mir erzählt hat, mußte das ja auch so sein, nicht? Jon stand doch hinter all den tollen Publicity-Aktionen, durch die die Band am Anfang so viel Presse bekommen hat.«

Silka fing an aufzuräumen. »Die Leute haben das erfahren, was sie erfahren sollten. Die Hälfte der Zeit war Jon zu kaputt, um an irgendwas zu denken. Tie hat ihm die Sachen ins Ohr geflüstert. Ich weiß nicht – keiner weiß eigentlich, wie viele Ideen von Jon kamen und wie viele von Tie. Ich glaube, noch nicht einmal sie könnte es Ihnen sicher sagen; denn mit der Zeit verwischte sich der Entstehungsprozeß. So ergeht es allen Ideen, meinen Sie nicht auch? Selbst wenn man eines Morgens aufwacht und denkt: Was für eine tolle Idee! Dann ist es in Wirklichkeit eine Synthese von dem, was man gehört, gesehen, gefühlt, anerkannt hat und worauf man endlich reagiert.«

Daina fragte sich, was ein Mann, der so redete, so fühlte und so dachte, wohl als Leibwächter bei der größten Rockband der Welt zu suchen hat.

»Dadurch unterscheiden wir uns doch von all den anderen auf diesem Planeten, nicht, Silka? Wir haben die Macht, auf all das zu reagieren.«

Während die Band das Interview für die Zeitung *Rolling Stone* gab, ging sie hinaus. Der Wagen fuhr sie, nach ihren Anweisungen, überall hin.

Sie bogen links ab auf die Hydestraße und überquerten den Russian Hill, fuhren dann hinab in jenen Teil der Stadt, den sie von ihrem Fenster aus gesehen hatte. Eine Kabelbahn rumpelte vorüber. Sie konnte das gedämpfte Klingeln der Warnglocke hören, wie aus einer gewaltigen Entfernung. Aber als sie endlich daran dachte, den Knopf zu drücken, um das Fenster hinuntergleiten zu lassen, war die Kabelbahn schon aus der luftigen Höhe hinabgetaucht und befand sich auf dem Weg zum Girardelli Square. Dort würde sie ihre Passagiere ausspeien, an der Endstation umkehren und knirschend die Fahrt den steilen Hügel hinauf zum Union Square antreten.

Vallejo und Green Street zischten an ihr vorüber. Sie war auf dem Gipfel des Hügels. Der Straßenmusikant, den sie vorhin gesehen hatte, war weg. Aber die Straße voller Menschen wirkte noch genauso freundlich. »Wenden Sie hier«, sagte Daina, als sie zur Union Street kamen. Der Wagen brachte sie nach Westen.

Innerhalb dreier Blocks war die Straße hier an beiden Seiten von jenen winzigen, exzentrischen Boutiquen, Kunsthandlungen und Restaurants gesäumt, die sie so liebte.

Sie sagte dem Fahrer, er sollte vor Elaine Chens Boutique halten. Im Laden selbst veranstaltete man ihretwegen ein außerordentliches Theater: man servierte ihr dampfenden Kräutertee, während ihr Kleider, Röcke, Blusen und Pullover vorgeführt wurden.

Die Kunden waren nicht mehr an den Waren interessiert; sie bildeten Gruppen und stellten Fragen über Chris und den Film. Sie schoben Daina Zettel für Autogramme hin. Sie strahlten die Hitze der Sonne aus und schluckten Sauerstoff; sie streckten sich aus, um Daina zu berühren, voller Aufregung und Begeisterung, als ob sie irgendeine Außerirdische mit schlüpfriger Haut wäre. Daina fühlte sich plötzlich drei Meter groß, als ob sie genug Macht hätte, um die ganze Welt anzuzünden.

Erst als Elaine Chen selbst aus dem Ladeninnern auftauchte, sie alle nach draußen scheuchte und die Tür hinter ihnen abschloß, hatte Daina eine gewisse Chance, einzukaufen. Elaine wußte genau, wie sie ihrer wichtigen Kundschaft schmeicheln mußte.

Mit ihren Päckchen wieder auf der Straße – sie hatte ein paar Seidenkleider, eine Satinbluse und eine bemerkenswerte burgunderrote Jacke aus Seide und Leinen gekauft –, stieß sie mit einem schlanken, ziemlich weibisch aussehenden Mann zusammen. Er trug eine Sonnenbrille, eine Schirmmütze und eine blaßgraue Uniform.

»Darf ich Ihnen die abnehmen?«

Jetzt sah Daina, daß es eine Frau war. Ihre Stimme klang hoch und musikalisch. Sie lächelte charmant.

»Aber bitte.« Die Frau streckte einen Arm nach den Päckchen aus und machte der langgestreckten silbernen Lincoln-Limousine, die hinter ihr am Straßenrand schnurrte, ein Zeichen. Es war nicht der gleiche Wagen, mit dem Daina gekommen war.

»Wo ist denn mein Auto?« fragte Daina.

»Bitte«, sagte die livrierte Frau. Sie führte Daina zu dem silbernen Wagen hinüber. »Ihr Gesicht ist zu gut bekannt, als daß Sie so lange allein auf der Straße stehen sollten.«

Daina nickte. »Na gut.« Sie gab ihre Päckchen ab und stieg in das dunkle, kühle Innere des Wagens.

Es hätte auch ein Wohnzimmer sein können: hier gab es nicht die normalen Autositze, sondern drei butterweiche Drehstühle aus Leder und Rosenholz. Dazwischen waren eine Bar und ein Fernsehgerät; in einer Ecke stand ein Fußbad mit Massageeinrichtung. Ein Bücherregal mit Hardcover-Ausgaben des Peter Pan. Es gab die »Brüder Karamasov«, »Lolita«, »Candy«, die »Geschichte der O«, das Gesamtwerk García Lorcas. Eine seltsame Mischung, dachte Daina, aber nicht halb so seltsam wie der Mann, der in dem Sessel in der Nähe des Fußbades saß. Er hatte einen langen schmalen Schädel mit kahler Platte, nur an den Seiten lag noch dichtes, silbernes, streng zurückgekämmtes Haar, wie bei manchen eitlen Männern, die ihren kahlen Schädel verbergen wollen.

Die breite, faltige Stirn des Mannes und die bronzefarbene, ledrige Haut erinnerten Daina an ein wunderschönes Schwarzweißfoto von Picasso. Aber hier endete auch alle Ähnlichkeit; denn dieser Mann hatte nicht eine tiefe Gesichtsfalte, obwohl er ihrer Schätzung nach Ende Sechzig sein mußte. Im Gegenteil – die angenehmen Flächen seines Gesichtes waren von einer Haut voller ungebrochener winziger Fältchen bedeckt, so, als ob man ihn durch ein Fischernetz betrachtete. Seine Augen waren kohlschwarz, voller Energie und Leben: sie strahlten die Kraft eines viel jüngeren Mannes aus.

»Willkommen, Miss Whitney«, sagte er, »nehmen Sie doch bitte Platz.«

Er trug eine anthrazitgraue Hose mit scharfen Bügelfalten, ein weißes, kurzärmeliges Leinenhemd und schwarze Sandalen, durch die man seine nackte Haut sehen konnte. Er hatte die Beine übereinandergeschlagen. Die Hände lagen in seinem Schoß: große Hände mit knorrigen Knöcheln und gekrümmten Fingern, als ob er an Arthritis litte.

»Ich heiße Meyer«, sagte er, »Karl Meyer. Sie kennen mich.« Das war keine Frage.

Daina nickte. »Rubens hat von Ihnen erzählt. Ich dachte, Sie seien in San Diego.«

Er betrachtete sie neugierig. Nur seine seltsamen, großen Augen bewegten sich. Der Airconditioner zischte unverdächtig. Die Spiegelfenster gaben die Szene wider. Die Außenwelt existierte nicht.

»Sie haben Angst vor mir. Das ist gut. Es beweist mir, daß Sie Menschen gut einzuschätzen wissen.« Er lächelte plötzlich, und sie sah die Goldkrone. Sie blitzte wie die aufgehende Sonne an der Oberfläche der See. Sie schmückte ihn.

»Das also ist Daina Whitney.«

Diese Bemerkung kam so unerwartet, daß Daina lachte.

»Entschuldigen Sie«, sagte Meyer, »habe ich etwas Amüsantes gesagt?«

»Allerdings«, sagte Daina, »jeder kennt mein Gesicht.«

»Ach so«, sagte Meyer, als ob er völlig verstanden hätte, »natürlich.« Er beugte sich vor und streckte eine seiner knorrigen Hände aus. »Aber wie viele Menschen haben Sie schon berührt?« Seine Fingerspitze betippte ihren Handrücken. »Sie sind jetzt wie eine Ikone, oder Sie werden es bald sein. Sagen Sie mir, was empfindet man dabei?«

Daina sagte nichts. Als er sich zu ihr herumgedreht hatte, war ihr Blick von der Innenseite seines Unterarmes angezogen worden. Die blauen Ziffern waren altersdick, aber unmißverständlich.

Meyer bemerkte, wohin sie schaute, und sagte: »Sie haben eben gedacht, daß wir eigentlich keinen Namen haben sollten. Namen seien für Menschen. Alles, was sie uns gaben, waren Nummern.«

»Es tut mir leid«, flüsterte Daina.

»Nicht doch.« Er faltete seine Hände. »Es war ja nicht Ihre Welt. Ihre Welt hat andere Schrecken, mit denen man fertig werden muß.« Seine Augen öffneten sich weit, und Daina glaubte, sie könne eine andere Welt darin erkennen. Er streckte die Hände hoch. »Als ich jung war, habe ich gemalt. Ich träumte davon, ein zweiter Cézanne oder Matisse zu werden. Ich war sehr gut«, flüsterte er. »Sehr geschickt. Ich hatte das Feuer.« Sein Blick brannte. »Aber ich bin zu lange in Europa geblieben. Zu lange. Ich konnte nicht glauben, was da passierte. Als die Nazis mich verhafteten und herausfanden, was ich machte, da haben sie mir das« – er hob die Hände und breitete die krummen Finger so weit wie möglich aus; sie sahen aus wie Bäume in einem Moor – »hier angetan. Zum Spaß. Sie haben mir die Finger gebrochen, einen nach dem anderen.«

Er starrte sie eine Minute lang hart an. Dann zuckte er die Achseln.

»Na, wenigstens lebe ich noch, nicht?« Er tätschelte ihr freundlich das Knie. »Sie haben mir meine Frage nicht beantwortet.«

Daina mühte sich, sich wieder an die Frage zu erinnern. »Das zu lieben, was man tut; etwas zu schaffen und dafür anerkannt zu werden. Was mehr könnte ich mir wünschen?«

Er nickte weise. »In der Tat, was noch?« Er lächelte. »Das Leben ist süß für Sie, Daina, ist es nicht so?«

»Aber auch nicht ohne Gefahren.«

»O nein!« Er lachte und klatschte sich aufs Knie. »Was wäre denn das Leben ohne Gefahren! Mein Gott, was für eine kolossal langweilige Angelegenheit wäre es! Da würde ich mir eher die Pulsadern durchschneiden.« Er machte eine Grimasse, langte nach unten und begann, an den Lederriemen seiner Sandalen zu fummeln.

»Bitte, lassen Sie mich mal.« Daina bückte sich, nahm vorsichtig seine dicken Finger weg und schnallte die Sandalen auf.

Meyer steckte seine nackten Füße in das Fußbad und drückte auf einen Chromknopf. Das Wasser begann zu vibrieren. Ein kleines Lächeln umspielte seine Lippen. »Ah, so ist's besser.« Er beugte sich vor und öffnete die Bar. »Einen Drink?«

»Einen Tom Collins.«

»Sofort.« Seine Hände packten energisch die Gläser, füllten sie mit Eis, Soda und Alkohol. Daina begann sich über die Geschichte, die er ihr erzählt hatte, zu wundern. Oder, genauer gesagt, sie fragte sich, wie unbrauchbar diese anscheinend ruinierten Hände eigentlich waren. Außerdem war sie sicher, daß er ihr nicht erlaubt hätte, diese Lücke in seiner Verteidigung zu sehen, wenn er nicht sicher gewesen wäre, ihr unbegrenzt vertrauen zu können.

Als er die Drinks für sie beide gemixt hatte und das Ergebnis probiert worden war, sagte er: »Das Alter, meine liebe Daina, ist eine sehr ernste Angelegenheit. Natürlich sollte man in einer Welt des Optimalen keine Notiz davon nehmen. Aber diese Welt ist weit vom Optimalen entfernt. Ich bin sicher, Sie stimmen mir da zu. Als ich jung war, war ich ein sehr geduldiger Mann. Die Ölmalerei hat es mich gelehrt: Meisterwerke brauchen Zeit.«

Er seufzte und stellte seinen Drink ab. »Aber das Alter löst alle Geduld auf, fürchte ich. Einen Sohn habe ich in Korea verloren, einen zweiten in Vietnam.« Sein Blick wandte sich von ihr ab, wurde innerlich. »Es gibt keine Meisterwerke mehr. Es kann keine mehr geben. Die Zeit läuft aus.« Sein Blick kehrte wieder zu ihr zurück. »Wenn man alt ist, wendet man sich mehr und mehr der Phantasie zu.« Das gerissene, goldgeschmückte Lächeln war wieder da.

»Jetzt besteht mein einziger Wunsch nur noch darin, mir meine eigene Welt zu schaffen – Sie haben ja Margo kennengelernt. Es gibt noch viele andere. Aber nur sie reist mit mir. Sie versteht was von der Straße, von diesem Wagen und von mir. Wir sind alle eins. Jetzt bin ich frei genug, um die Tagträume aufleben zu lassen, aus denen ich mir meine eigene Wirklichkeit schneidere.« Er blinzelte wie eine Eule. »Die Welt ist ein übler Ort; und wenn es um die geht, die man liebt, dann muß man für Schutz sorgen, meinen Sie nicht auch?« Es hörte sich an, als ob er laut dachte, aber er schien jetzt wirklich daran interessiert, was sie dazu zu sagen hatte.

»Ich weiß nicht, welchen Schutz es da geben könnte«, sagte Daina und dachte an Baba und Maggie.

Meyer hob einen Finger. »Oh, aber es gibt ihn schon. Wirklich.« Er nippte gedankenverloren an seinem Tom Collins. »Erzählen Sie mir von Rubens«, sagte er endlich. »Ich will wissen, was Sie für ihn empfinden.«

»Ich liebe ihn«, sagte Daina.

»Ich frage mich«, überlegte er, »ob das heutzutage genug ist. Es hat eigentlich nie gereicht. Ich habe meine beiden Söhne auch geliebt, aber meine Liebe hat sie nicht gerettet.«

»Ich verstehe nicht, was Sie meinen.«

Meyer spähte ihr ins Gesicht. »Sie müssen Rubens retten.«

Daina erschrak. »Vor wem?«

»Vor sich selbst.« Er tätschelte ihr Knie. »Lassen Sie mich erklären. Nachdem mein jüngster Sohn per Schiff nach Hause transportiert worden war, habe ich alles Gefühl verloren. Sie hatten ihm den Orden, den er postum verliehen bekommen hatte, an den Sarg gesteckt. Ich glaube, es war schließlich für mich doch zu schwer zu ertragen. Meine Stromkreise waren ausgebrannt. Also habe ich mich aufs Geschäft geworfen. Geld war nur ein schlechter Ersatz für meine Söhne, aber Geld zu verdienen war das einzige, wozu ich noch in der Lage war. Als ich Rubens kennenlernte und ihm alles beibrachte, da funktionierten die alten Stromkreise noch einmal und wurden lebendig. Aber nur eine Zeitlang. Dennoch – so etwas vergißt man nicht. Und jetzt wird mir mehr und mehr klar, daß Rubens zu gut gelernt hat. Vielleicht ist er mir zu ähnlich geworden. Aber das will ich nicht. Niemand sollte sein Leben so führen müssen wie ich.«

»Sind Sie denn unglücklich?«

Er lehnte sich zurück, seufzte, nahm die Füße aus dem Bad und trocknete sie an einem Handtuch ab. »Ich bin überhaupt nicht unglücklich, das ist es ja. Dazu bin ich nicht mehr fähig.«

»Ich glaube Ihnen nicht«, sagte Daina. »Aber selbst wenn ich Ihnen glaubte: Wäre die Unfähigkeit zum Unglücklichsein nicht ein Segen?«

»Oh!« rief er, »und all die anderen Gefühle, die mir nicht länger gehören.« Seine Blicke suchten sie. »Wollen Sie Rubens denn so haben? Würden Sie ihn dann immer noch lieben?«

»Ich würde ihn lieben, gleichgültig, was mit ihm ist.«

»Ich hoffe«, sagte Meyer vorsichtig, »Sie haben die Kraft, immer zu diesen Worten zu stehen.«

»Ich schlage Ihnen ein Geschäft vor«, sagte Meyer, kurz bevor der Wagen sie im Hotel absetzte. »Kümmern Sie sich um Rubens, und ich helfe Ihnen, herauszufinden, wer Ihre Freundin umgebracht hat.«

Daina holte tief Luft und atmete wieder aus. »Es ist nicht nötig, deswegen ein Geschäft abzuschließen.«

»Ich will, daß er in Sicherheit ist, Daina«, sagte Meyer ernsthaft. »Ich glaube nicht, daß es noch jemand anderen gibt, dem er genug traut oder der genug Mut hat.«

»Ich mache keine Geschäfte, Mr. Meyer.«

»Sie wären dumm, dieses Geschäft nicht anzunehmen.«

Daina brach in Gelächter aus; aber als sie sich wieder gefangen hatte, betrachtete Meyer sie noch immer mit dem gleichen kühlen Blick.

»Sie meinen das wirklich ernst«, sagte Daina.

Es war nicht nötig, daß er antwortete; Daina begriff zu ihrer eigenen Überraschung, daß sie es auch nicht erwartet hatte. Sie legte die Hand auf den Türknopf. »Nichts wird ihm geschehen, Mr. Meyer.« Und dann, ganz impulsiv, beugte sie sich vor und küßte die ledrige Wange des alten Mannes. Seine Haut war warm und trocken. Er duftete schwach nach einem reichen, männlichen Parfüm. Sie schaute ihn ein letztes Mal an. »Ich sage Margo, daß sie kommen soll, um Ihnen die Sandalen wieder zuzuschnallen.«

Sein Gelächter hallte noch lange in ihren Ohren, nachdem sein riesiger silberner Lincoln im Verkehrsgewühl der California Street verschwunden war.

Die *Rolling-Stone*-Leute waren noch da. Chris sah Daina, winkte. »Hallo, Dain. Kommst gerade richtig. Du mußt auf 'n paar von diesen Bildern sein. Wie steht's?« Er legte, während sie in den Kreis der Leute hineintrat, den Arm um sie. Die von der *Rolling Stone* drängten sich fürchterlich, um mit ihr zu reden und herauszufinden, was sie hier machte, wie die Filmaufnahmen liefen. Das war das Zauberwort: Daina redete und redete, während sie aus den Augenwinkeln beobachtete, wie Chris über Rollies ausgestreckte Beine zu einem hochgewachsenen Neger hinüberkletterte, der lässig zusammengesunken in einem Sessel in der Ecke saß und einen schweigenden Fernsehschirm betrachtete.

Der Neger hatte eine ausladende, glänzende Afrofrisur, ein langes Gesicht, das von hohen Wangenknochen beherrscht wurde, und mandelförmige Augen. Sein Mund wirkte, als hätte ein Bildhauer ihn in schokoladenfarbigem Gips modelliert. Er trug eine dunkelgrüne Hose aus Leder, die vorn geschnürt war, und ein cremefarbenes Seidenhemd mit Rüschen und weiten Ärmeln. Mehrere Ketten aus Jadeperlen hingen in konzentrischen Kreisen um seinen Hals, nahe seiner Kehle hing ein kleiner Buddha aus geschnittenem Stein an einem dünnen Platinkettchen. Im rechten Ohrläppchen trug der Neger eine Reihe diamantbesetzter Ohrstecker.

»He, Nil, he«, sagte Chris und klatschte ihm aufs Knie. »He, komm rüber. Brauchen dich für 'n paar Fotos.«

Daina mußte nicht erst vorgestellt werden, um zu wissen, daß dies Nil Valentine war, ein in Amerika geborener Gitarrist, der Mitte der sechziger nach England emigriert war. Seine erste Single, »Weiße Sonne«, war buchstäblich über Nacht ein Hit geworden, und damit Nil selbst so etwas wie eine Sensation. Sein flamboyanter Gitarrenstil – eine einmalige Mischung aus Blues und psychedelischen Tonfolgen – hatte die Rockmusik revolutioniert. Als achtzehn Monate später seine zweite Single, »Eingeschlafen unter der Erde«, herauskam, wurde sie mit einem Schlag die Nummer Eins, und Nils Ruf war gesichert.

Während Chris Nil durchs Zimmer führte, fing der Fotograf der *Rolling Stone* an, die Bandmitglieder zu gruppieren. Thaïs stand natürlich neben Nigel. Sie trug einen rehbraunen Wildlederrock, der vorne zu knöpfen war. Die meisten Knöpfe standen offen, so daß Daina, als Thaïs sich setzte, zwischen den Beinen fast bis an die Obergrenze sehen konnte. Auf der Innenseite von Thaïs' rechtem Oberschenkel sah Daina etwas, das nur eine Tätowierung sein konnte. Das Muster ähnelte einem doppelten Kreuz; aber Thaïs bewegte sich zu plötzlich, als daß Daina ganz sicher sein konnte.

Chris schaffte es endlich, Nil in der Pose eines großen, eleganten, aufmerksamen Tieres auf dem Sofa zu plazieren. Dann quetschte er sich zwischen den Gitarristen und Daina. Er legte die Arme um sie beide. Auf der anderen Seite war Rollie, der wie gewöhnlich herumalberte. Die folgenden zehn Minuten lief die motorangetriebene Kamera des Fotografen und schoß eine ununterbrochene Serie von Fotos.

Einmal beugte sich Thaïs über Nil zu Daina hinüber und flüsterte: »Sag mir, Daina, wie ist er eigentlich im Bett?«

Daina warf einen Blick zu Chris hinüber, der anscheinend nichts anderes als das Auge der Kamera sah.

Sie hatte nicht daran gedacht, die Wahrheit zu sagen. Was würde ihr die Wahrheit schon nützen? Thaïs war entschlossen, das zu glauben, was sie glauben wollte, und es amüsierte Daina, es ihr jetzt mal richtig zu geben.

»Ich hab' schon bessere gehabt.« Daina lächelte. »Aber was Besonderes ist er schon.«

»Hat er schon mal eins von seinen kleinen Mädchen mit zu dir gebracht?« Thaïs' ebenholzschwarze Augen wirkten so lidlos wie die Augen eines Reptils.

Einen Augenblick lang wußte Daina nicht, was sie sagen sollte, und sie konnte in Gedanken fast das stille Gelächter der anderen hören. Was für kleine Mädchen? dachte sie. Sagt Thaïs die Wahrheit? Und wenn ja: was weiß ich noch alles nicht von Chris? »Er hat mich mal gefragt, ob es in Ordnung wäre«, sagte Daina, und ihre Stimme verriet nichts von ihrer Unsicherheit – es war schließlich nur eine Rolle, die sie spielte, »aber ich hab' nein gesagt. ›Und was ist, wenn wir erwischt werden?‹ hab' ich ihn gefragt.« Jetzt lachten sie beide.

»Du müßtest ihn sehen, wenn er wieder eine seiner Touren macht«, sagte Thaïs leise. »Nigel muß dann immer hinter ihm her, weil er der einzige ist, dem Chris zutraut, daß er ihn raushauen kann.«

Touren. Touren? dachte Daina. Wovon redet die denn? »Ich war ein paarmal dabei, als er gerade zurückkam, und Maggie...«

»Ach, Maggie hatte davon keine Ahnung«, sagte Thaïs. »Das ist einfach unmöglich. Sonst wäre sie nicht so lange bei ihm geblieben. Selbst wenn man sie nicht kennt...«

»Gut«, sagte der Fotograf, »jetzt ändern wir das Ganze mal ein bißchen, wenn es Ihnen nichts ausmacht...«

Daina setzte sich neben Thaïs. Es lief zu gut, als daß sie hätte lockerlassen können.

»Aber so genau kennt man die Leute doch nie«, sagte Daina. »Ich meine – ich war Maggies beste Freundin; aber ich bin nicht sicher, ob ich sie wirklich kannte.«

»Was meinst du damit?«

»Na, es ging doch eine Menge vor, von dem ich nichts wußte«, improvisierte Daina.

»Ach ja, ja.« Thaïs nickte. »Chris war es am Anfang natürlich, der sie mit Schnee bekannt gemacht hat. Aber andererseits – jeder kommt doch früher oder später dahin, und ich meine, wenn er es nicht gewesen wäre, dann eben ein anderer.«

Daina fühlte sich plötzlich schwindlig. Sie mühte sich ab, das Gleichgewicht wiederzugewinnen; denn sie wußte, daß sie als Schauspielerin gut genug war, um es nicht zuzulassen, daß auch nur ein winziger Teil ihrer Gefühle zu sehen war. Schnee. Dieses Wort hatte auf den Straßen und im Slang der »Szene« nur *eine* Bedeutung. Herrgott, dachte sie, war es möglich, daß Thaïs die Wahrheit sagte?

Plötzlich mußte sie an Bonesteel denken; und die Welt richtete sich wieder aus. Wenigstens hatte sie die Möglichkeit, die Wahrheit dessen nachzuprüfen, was Thaïs ihr erzählte. Bobby besaß die Ergebnisse von Maggies Autopsie. Sicher fand man dabei...

»Aber natürlich hast du das gewußt«, fuhr Thaïs fort, und ihr Blick tastete Dainas Augen ab.

»Ich weiß, was ich ihrer Ansicht nach wissen sollte«, sagte Daina ausweichend. Laß sie das erst mal verdauen, dachte sie.

Pop! Pop! Pop!

Dann riß das Band auseinander, und die Sitzung war beendet. Die Gruppe löste sich in ihre Einzelteile auf. Beim Aufstehen lächelte Thaïs auf Daina hinab, strich sich ihren Wildlederrock glatt, bis nur noch ein Oberschenkel zu sehen war. »Du meinst, du hast niemals – selbst nachgeforscht? Du warst so wenig neugierig?«

Daina stand mit Thaïs Schulter an Schulter. »Wenn ich etwas nachgeforscht habe«, sagte sie leise, »dann wäre das nur Maggie und mich etwas angegangen.«

»Wie mußt du ihn hassen, für das, was er mit deiner Freundin gemacht hat.«

Daina sah, wie sie geschickt bis hierher geführt worden war: nicht sanft, sondern rechts und links mit Hammerschlägen. Sie war wütend über Thaïs, aber entschlossen, ihr das nicht zu zeigen. Willenskraft war bei Daina jetzt Gewohnheitssache, und sie beschwor ihr bedeutendes Talent dafür herauf. »Ich mag Chris. Er gehört zur Familie, und nichts, was du sagst, wird unser Verhältnis je verändern.« Ein harter Klang war jetzt in ihrer Stimme, ohne daß sie es wollte. Es war der gleiche Ton, den sie als *Heather Duell* drauf hatte. Sie beobachtete, welche Wirkung ihre Worte auf Thaïs ausübten. Es war, als ob jemand, der vorher unsichtbar gewesen war, an Thaïs herangetreten wäre und sie am Hemd gepackt hätte. Dieses eine Mal schien Thaïs sich nicht sicher zu sein, was sie als nächstes tun sollte.

Daina lächelte langsam und tätschelte Thaïs Arm. »Alles in Ordnung«, sagte sie. »Es ist alles vorbei und vergessen.« Dann wandte sie sich ab. Nil war wieder zu seiner halbliegenden Stellung vor dem flackernden Fernsehschirm zurückgekehrt. Er hing dort lässig angelehnt, und mit seinen schweren Augenlidern und den dicken, hungrigen Lippen erweckte er – hager und beunruhigend – den Eindruck, als ob er von einer anderen Welt stammte, oder als ob eine unheimliche Erscheinung ihn verfolgte. Nur seine langen, sehnigen Finger zuckten und bewegten sich wie auf einer unsichtbaren Gitarre.

»Er komponiert«, sagte Chris. Der Raum begann sich zu leeren. »So is' er manchmal: als ob er meditiert.«

Daina schnaufte. »Meditiert? Der ist so high wie nur etwas.«

»Na ja, na und?« grinste Chris. »Sind wir alle. Wen stört's, was?«

»He, Chris«, sagte Nigel von der Tür her, »der Wagen holt uns in 'ner Viertelstunde ab.«

»Klangprobe«, sagte Chris zu Daina, »muß weg. Aber wart' beim Essen heut abend auf mich.« Er hielt inne. Mit merkwürdigem Blick, wie der eines kleinen Jungen, sagte er: »Es sei denn, du hast andere Pläne...«

Daina lachte. »Ach«, sagte sie, »ich bin doch hergekommen, um bei dir zu sein.« Das stimmte nicht. Wenigstens im Prinzip nicht. Sie war in der Hoffnung hierher gekommen, daß es ihr helfen würde. Nunmehr hatte sie das Gefühl, daß diese Entscheidung völlig vergebens gewesen war – freilich aus einem ganz anderen Grund. Daina kam langsam der Verdacht, daß sie eine verborgene Tür durchschritten und dahinter ein verwinkeltes chinesisches Puzzle gefunden hätte, das sich wie die kreisförmigen Wellen eines Teiches von ihr weg bewegte. Von einem einzigen Punkt strahlten diese Wellen nach außen und enthüllten reale Welten und falsche, die sie bis jetzt noch nicht gekannt hatte.

Daina ging die Wendeltreppe hinauf und überließ Nil seinen autistischen Orchestrierungsübungen. Ihr kam eine Idee: Silka hatte gesagt, er hielte Nigel vielleicht für krank; was aber war mit Thaïs? Gab es für ihr Benehmen etwa eine andere Erklärung? Wie sie Maggie gehaßt hatte. Und jetzt auch Daina. Sie schaute auf die Uhr. Es war noch früh genug, um Bonesteel im Präsidium zu erreichen.

Aber er war nicht da. »Augenblick, Miss Whitney«, sagte eine aggressive Frauenstimme in ihr Ohr, »ich versuche, ihn in seinem Wagen zu erreichen.« Es dauerte eine Weile, aber sie kam durch.

»Na«, sagte Bobby, »ich hatte nicht erwartet, schon so rasch von Ihnen zu hören. Läuft irgend etwas schief?«

»Nein. Ich hab nur – Bobby, ich brauche ein paar Informationen.«

»Wenn ich kann, geb' ich sie Ihnen. Schießen Sie los.«

»Was hat Maggies Autopsie ergeben?«

»Ich hab' Ihnen doch gesagt...«

»Was ist passiert?« Die schnelle Veränderung in seinem Tonfall schockierte Daina.

»Bobby, ich muß es wissen, das mit Maggie.«

»Was wollen Sie denn wissen?«

Jetzt hatte Daina genug. Sie explodierte. »Gott verdammt noch mal, Bobby, hören Sie mit dem Mist auf! Sie wissen doch, wovon ich rede, oder?«

»Ich kann einfach nicht glauben, daß Sie es nicht wußten.«
»Es ist also wahr. Sie war süchtig.«
»Wenn Ihnen das ein Trost ist: der Gerichtsmediziner hat mir gesagt, daß sie noch nicht so lange dran gewesen wäre.«
»Nein, verdammt noch mal, das ist mir kein Trost!«
»Daina, seien Sie doch vernünftig. Sehen Sie sich mal genau an, mit wem Maggie zusammengelebt hat.«
»Herrgott, Herrgott, warum haben Sie mir das nicht vorher gesagt?«
»Tut mir leid«, sagte er. »Wirklich. Aber was hätte es schon genützt?«
»Sie Schuft!« schrie Daina und knallte den Hörer auf die Gabel.

Von unten, aus der Suite, klang Musik herauf, diesmal in der glatten, kalten Brillanz vieler Synthesizer. »Genau wie bei der Arbeit mit Synthesizer«, hatte Chris ihr einmal gesagt, »mußt du supervorsichtig sein. Nicht mehr enthüllen als du willst.«

Sie legte den Kopf in die Hände und riß sich am Haar. »Gott verdammt noch mal!« Sie schlug sich mit den geballten Fäusten auf die Schenkel. Der Schmerz trieb ihr das Wasser in die Augen. Sie kam sich wie ein völliger Versager vor.

Das »Nova«-Striptease-Lokal fiel ihr als erstes ein. Dorthin konnte sie gehen. Schließlich gab es dort viele, die Baba gern hatten und die ihn – mit Waffen unter den Achselhöhlen – rächen würden, wenn Daina ihnen erst erzählt hatte, was sie als Zeugin erlebt hatte.

Sie lief die öde Straße hinunter, knöpfte sich beim Gehen den Wintermantel zu und verschwendete keinen Blick an das Treibgut der Menschheit.

Als sie den Block zur Hälfte hinter sich hatte, bemerkte sie das Gedränge der Menschenmenge und das Blinken des Blaulichts. Sie ging langsamer, ihr Puls schlug stark. Sie kam zum anderen Ufer der Menge, sah die Reihe der Tragbahren und – verborgen auf der Ostseite der Polizeiwagenphalanx – die Notarztwagen aus dem Roosevelt-Krankenhaus.

Herrgott, dachte sie, nein. Und sie fing an, sich wie ein Wurm durch die Menge hindurchzuarbeiten.

»Mann, war das 'n Knall!« hörte sie jemanden sagen.

»Verdammt, soviel Blut habe ich noch nie auf einem Fleck gesehen!« kam es von der anderen Seite herüber.

Sie drängte vor, bis sie genug sehen konnte. Der Eingang zum »Nova« war geschwärzt. Er erinnerte sie daran, wie ein Vietkongnest nach dem Besuch eines amerikanischen Bataillons aussah. Das hier, das waren die Sechsuhrnachrichten eines einzigen Abends auf allen drei Kanälen. Rauchgeruch fehlte, aber sie spürte den gleichen scharfen Geruch, den sie in Babas Appartement, nachdem er angeschossen war, bemerkt hatte.

Die Reihe der Tragbahren riß nicht ab. Natürlich krochen überall Bullen herum. Die hatten heute Hochkonjunktur, gestikulierten einander mit genausoviel Genuß zu wie Nachrichtensprecher nach einer größeren Katastrophe.

Dann sah sie Rooster. Er lag auf einer Bahre, das Gesicht ihr zugewandt. Er hielt die Augen geschlossen. Durch das Tuch, das sie über ihn gelegt hatten, war Blut gesickert. Seine normalerweise rosarot glänzende Haut hatte eine seltsam wächserne Patina angenommen. Daina fragte sich, was wohl mit Tony geschehen war, ob alle seine Kinder und Enkelkinder ihn wohl jemals wiedersehen würden.

Rooster kam jetzt gerade an ihr vorbei, und ihren Lippen entrang sich unwillkürlich sein Name. Einer der Polizisten drehte sich um: sie erkannte Sergeant Martinez' Schweinchengesicht. Seine Augen weiteten sich, als er sie erkannte.

»He«, rief er, »mit dir hab' ich zu reden!«

Sie wirbelte herum. Sie wußte, worüber er mit ihr sprechen wollte; es hatte nichts mit dem Mord zu tun. Sie war die einzige Zeugin seiner schmutzigen Geschäfte, die es noch gab.

»He! Komm her! Zurück hier! Kleine Nutte! Dich krieg ich schon!«

Es war ihr, als folgte seine Stimme ihr durch die Menge.

Keuchend schob sie die Leute beiseite, bahnte sich einen Zick-zack-Pfad durch die Menge. Überall waren Menschen, und das kam ihr zugute. Trotzdem spürte sie, daß Martinez ihr dicht auf den Fersen war. Sie hörte das Stampfen seiner riesigen, dicksohligen Schuhe auf dem harten Pflaster.

Zeitweise war die Menge so dicht, daß es Daina schwerfiel, sich durchzuschlängeln. Sie begann zu keuchen, sie spürte, wie der Schweiß unter ihren Achselhöhlen prickelte und durch die Delle ihr Rückgrat hinunterlief, bis in die Ritze ihrer zuckenden Hinterbacken. Jemand – Martinez oder ein verärgerter Zuschauer – packte sie am Ärmel. Sie sprang zur Seite, knickte sich den Knöchel um und verlor fast die Balance. Sie torkelte mehrere Schritte weit. Mit schmerzendem Knöchel sprintete sie los und bog um die Ecke in die 8. Straße ein.

Sofort duckte sie sich in ein schmales Seitengäßchen, stellte sich mit dem Rücken gegen die Wand, hielt sich völlig still.

Sie wartete fünf Minuten und ging dann, so ruhig sie konnte, weiter. Am Ende des Blocks, in der Nähe der 41. Straße, betrat sie ein dunkles, billiges Restaurant, in dem es nach Bier roch. Dort konnte sie für fünfundneunzig Cents ein Cornedbeefsandwich bestellen. Sie setzte sich an einen der klebrigen Tische in Barnähe und sah im Fernsehen, wie die »Knicks« das Spiel knapp verloren.

Die Musik schwieg, was Daina recht war, denn die Moll-Akkorde hatten ihre Niedergeschlagenheit nur noch verstärkt.
Sie fühlte sich heute genauso hilflos wie damals und genauso entsetzt, als ob sie Martinez' heißen Atem im Nacken spürte.
Sie stand auf. Der einzige Ausweg aus der Vergangenheit war nur durch Macht zu erreichen, durch wirkliche Macht, so wie Rubens und Meyer sie besaßen. Ja, diese beiden hatten vielleicht viel aufgegeben; aber was hatten sie dafür auch bekommen! Und ich, dachte Daina, ich weiß, in was ich mich da hineinmanövriere. Ja, es gibt Schlingen und Fallen, aber wenn ich immer darauf vorbereitet bin, wenn ich aufpasse, wie können sie mir dann schaden!
Mit *Heather Duell* war es zu schaffen, das wußte Daina – wenn alles gut ging.
Sie ließ Wasser in die Badewanne laufen, streute ein Päckchen Badesalz mit Veilchenduft ein und wartete, bis der Duft den kleinen Raum erfüllte.
Sie zog sich aus, ließ sich dankbar in das heiße Wasser sinken, lehnte den Kopf gegen die Fliesen zurück. Sie hielt den Atem an.
Nil füllte die Tür voll aus. Seine halbgeöffneten Augen betrachteten sie mit der absoluten Ruhe einer grasenden Kuh.
»Was zum Teufel machen Sie hier?« schnappte Daina.
»Alle sind sie weg«, sagte Nil traurig. »Und ich bin gerade mit der Musik durch.«
»Ist Ihnen eigentlich klar«, sagte Daina, »daß ich nackt bin?«
Er zuckte die Achseln. »Mir macht das nichts.«
»Und was ist mit mir? Hab' ich nicht dazu vielleicht auch was zu sagen?«
»Die Tür war offen.« Er ging hinüber zur Toilette und setzte sich auf den Deckel. »Hat Chris uns vorgestellt?«
»Ja.«
»Hm. Ich wußte doch, ich kenne Sie irgendwoher.« Sein riesiger Kopf nickte. »Sie sind 'n Filmstar, nicht?«
»So könnte man sagen.«
Er schnüffelte. »Sie riechen aber gut.«
»Danke.« Sie starrte ihn an und sah, daß er völlig ernst war. Sie brach in Gelächter aus. Er war viel zu harmlos, als daß man ihn wegstoßen könnte. Irgendwie wirkte er auf sie wie ein kleiner Junge, der sich verlaufen hat und seine Mutter sucht.
»Kommen Sie heute abend zur Show?« fragte sie.

»Ja, auch nachher zur Party.« Er rieb sich über die unebene Wange. »Können Sie schweigen?«

»Klar.«

Er grinste. »Wir machen da 'ne Jam Session. O yeah. Chris und ich, haben wir ausgeknobelt. Wir stöpseln ein und sprengen ein paar Trommelfelle. Haha! Ja!« Er legte einen Zeigefinger auf seine Lippen und senkte die Stimme zu einem rauhen Flüstern. »Großes Geheimnis. Keiner weiß was, außer Chris und mir. Und jetzt Sie. Sagen Sie's aber keinem weiter. Wir wollen sie alle überraschen. Hm. Überraschungen sind nötig, wissen Sie, damit man nicht einschläft. Sonst wird das Leben sehr, sehr langweilig, und dann schläft man dauernd ein.«

»So, wie Sie spielen, überrascht es mich aber sehr, daß Sie überhaupt etwas langweilig finden.«

Er warf ihr ein trauriges Lächeln zu, so angefüllt von Gefühl, daß sie erschrocken hochfuhr. »Oh, nein. Eigentlich ist es anders rum. Das einzige, was nicht langweilig ist, das ist mein Spiel.« Seine kräftigen Finger streiften die Luft wie Saiten. Sie sah das blasse Gelb der Schwielen an seinen Fingerspitzen – Ergebnis jahrelanger Berührung mit Stahlsaiten.

»Sie spielen so wunderbar, Nil, so anders als die anderen. Sie sind ein Genie, wissen Sie.«

»Ja. Meine Freunde haben das am Anfang auch von mir gesagt. Meine Freunde.« Er schüttelte den Kopf. »Jetzt sagen sie: ›He, Nil, was machst' denn mit all dem Feuer auf der Bühne, Mann? Das Psychedelische, die Lichtshows. Und daß du praktisch mit den Zähnen spielst. All dieser Mist. Du bist der beste, Mann, und so müßt' dich auch benehmen. Geh einfach raus da und spiel...‹«

Seine Worte verklangen, er nahm den Kopf in die Hände, und seine Haltung verfehlte ihre Wirkung auf Daina nicht.

»Das bin ich nich'«, sagte er endlich, »der, der da steht.« Er schüttelte den Kopf. »Das bin ich einfach nich'.«

»Warum machen Sie's dann?« Es platschte ein bißchen, als sie sich aufsetzte.

Nil hob den Kopf wie ein Tier, das auf Raub aus ist. Er zuckte die Achseln. »Man muß mit der Zeit gehen. Ich hab' 'nen Ruf, nach dem ich leben muß. Ich hab' so viele Jahre hinter mir, so bittere Jahre, als keiner die Musik hören wollte, die ich machte. Ich hab' soviel Zeit damit verplempert, mir diesen Ruf aufzubauen – ich hab' alles aufgegeben, um ihn zu kriegen. Und jetzt« – er lachte ein kaltes, bitteres Lachen – »stell' ich fest, daß der Ruf viel wichtiger ist als die Musik, die ich mach'.« Er wandte sich zu ihr um. »Sehen Sie, die Musik wird jetzt als selbstverständlich betrachtet. Der Ruf ist es, der aufrechterhalten werden muß. Ich hab meine Musik benutzt, um den Ruf aufzubauen, aber jetzt ist es, als ob die beiden zwei verschiedene Dinge wären, jedes mit 'm eigenen Universum.«

Er schüttelte den Kopf. »'türlich hätte ich's ohne 'n paar Freunde nich' geschafft. Chris und Nigel damals, und Jon...«

»Sie haben Jon gekannt?«

»Und ob. Na, allerdings nich' sehr lange. Damals hatten die schon 'ne ganze Ladung von Problemen. Die psychedelische Welle war am Verebben, wissen Sie. Die *Beatles* hatten ihren Knüller mit Sergeant Pepper schon rausgebracht, und über Nacht veränderte sich das Gesicht der Musik. Jon hatte sich vorgenommen, die Band müßte ihr eigenes Meisterwerk produzieren, um mit den *Beatles* und den *Stones* mitzuhalten. Das Album ›Wachsfiguren‹ war für Jon die Antwort, sozusagen das Evangelium von Sankt Jon. Ist alles auf seinem Mist gewachsen, wenigstens alles, was zählt. Natürlich war Nigel von Anfang an dagegen. Er wollt' nich' weg vom Blues, in dem die Band ihre Wurzeln hatte. Mit dem Blues waren sie was geworden, und Nigel hatte wahnsinnige Angst davor, mit dem Sound herumzuexperimentieren. Jon hat ihn natürlich überstimmt. Aber das war schon Urgeschichte, als ich in England ankam. Als ich sie dann richtig kennenlernte, da hatte sich schon alles drastisch verändert. Chris war schließlich doch nicht allzu glücklich mit ›Wachsfiguren‹. Schätze, der dachte jetzt auch wie Nigel. Na, jedenfalls zog er damals immer mit Nigel rum – keiner wußte, wo die hingingen –, Jon war dann für sich allein. Ian und Rollie haben sich nie drum gekümmert, sehen Sie. Die hatten immer ihre eigenen Vögel, ihr eigenes Privatleben außerhalb der Band. Die anderen nicht. Die Band ist ihr Leben, wissen Sie? Also hat Jon angefangen, auszuflippen. Er war eh nicht der Stabilste. Das wär 'n Fressen für 'n Seelendoktor gewesen: Wahnsinnig, paranoid; sagen Sie irgendwas, und Jon hätte sich danach benommen. Die Wirklichkeit hatte ihm nie viel bedeutet.«

Daina kannte die Titel seiner LPs. »Für Jon ging es von da an bergab, nicht?«

»Hm, hm. Das nächste Album hieß ›Blaue Schatten‹ und bestand in Wirklichkeit aus Chris und Nigel. Natürlich hab' ich hier und da auch 'n bißchen gemacht, um Lücken zu füllen – immer, wenn Jon nich' kam, oder wenn er umkippte, mit dem Gesicht in den Dreck fiel. Herrgott, bei den Sessions hatte Thaïs alle Hände voll zu tun.«

»Dann stimmt es also; ich meine, all die Gerüchte darüber, daß Sie auf den Sessions gespielt haben.«

»Ja. Meine Gesellschaft hätte mir nie Erlaubnis gegeben, und außerdem hab' ich das als 'n Kumpel gemacht, wissen Sie. Jon hing ja in der

Scheiße, und so hab' ich der Band 'ne helfende Hand hingestreckt. Jeder Kumpel hätte das getan. Aber keiner wollte, daß es rauskam. Hm.« Er schaute sich um. »Haben Sie hier irgendwas zu trinken?«

»Nein.«

Er nickte. »Ja. Na gut.« Er stand auf. »Dann husch ich mal raus. Und Sie können fertigmachen, was Sie angefangen haben. Gibt's hier irgendwo Cola?«

»Na klar, unten, im Kühlschrank.«

»Alles klar.« Mit einem schnellen Grinsen verschwand er nach draußen.

Als Daina wieder auftauchte und sich den dicken Bademantel umwickelte, war die Musik wieder aufgeklungen und füllte den Raum unten mit traurigen, seelenvollen Tönen.

Im Wagen herrschte eine ganz andere Welt. Daina fühlte sich wie ein Fisch im Aquarium. Es war schwierig, hinauszusehen: das stark getönte Glas ließ nur allerhellstes Licht durch. Eine schwarze, mit dünnen Heiligenscheinen versehene Welt glitt still vorbei; und es war ihnen, als seien sie alle Nil, wie er interessiert den toten Fernsehschirm anstarrte. Aber Daina hatte das Gefühl, daß sie die Figuren im Fernsehen waren und nicht die Zuschauer.

Der Wagen war von süßem Hanfrauch erfüllt. Glühwürmchen aus brennender Asche seufzten ein und aus wie automatische Türen, während die Mitglieder der Band ihre Züge an den Joints koordinierten.

Nigel öffnete den winzigen Kühlschrank, zog eine Flasche Tonic heraus, öffnete sie und legte den Kopf zurück und zog drei Viertel des Flascheninhalts mit einem Schluck durch die Kehle.

Neben ihm rauchte Thaïs einen Joint. Sie hielt die schlanken Beine gekreuzt und den rechten Knöchel hinter den linken eingehakt. Das Perlmuttlamé ihres Kleides war von ihrer festen Haut geglitten, die ein langer Schlitz enthüllte. Thaïs trug am linken Handgelenk drei goldene Armreifen, jeder in Form einer Schlange, die sich in den Schwanz biß. Das altägyptische Amulett, das sie niemals abnahm, hing um ihren Hals.

Chris, der neben Daina saß, hatte den Kopf über die plüschige Lehne zurückgeworfen, als döse er. Nil war mit Ian und Rollie in der zweiten Limousine unterwegs.

Thaïs reichte ihren Joint an Daina weiter, die ihn zu Nigel umleitete. Er saugte daran. Thaïs starrte auf Daina.

Silka, der vorn neben dem Fahrer saß, beobachtete anscheinend sie, und gleichzeitig die Straße vor sich. Einer seiner langen Arme lag wie ein knorriges Stück Holz über der Lehne.

»He.« Das war Nigels Stimme. Sie klang leise, aber im Wagen war es so still, so dick von einstudiertem Nichts – einer Leere, die sich zwangsläufig vor einer gewaltigen Gefühlsleistung einstellt –, daß Daina zusammenfuhr.

»He, Chris.«

»Was is'?« Chris bewegte keinen einzigen Muskel und öffnete die Augen auch nicht.

»Ich weiß nicht, ob die Jungs schon so weit sind, daß sie heute abend ›Saurian‹ machen können.«

»Klar sind die soweit. Haben's doch für die Platte gemacht, dann könn'ses auch heute abend machen.«

»Ich weiß nicht...«

»Hör auf, keine Sorge.«

»Du weißt, ich hab' Änderungen in letzter Minute nicht gern. Da kann zuviel schiefgehen. Ich hab' keine Lust, da oben zu stehen und zu spielen, und dann stell ich auf einmal fest, daß mir die Hose runterrutscht.«

Thaïs kicherte, und Nigel starrte sie an.

»'s geht nur was schief, wenn du meinst, daß was schiefgeht, Kumpel.« Chris wischte sich mit einer Handfläche über die Nasenspitze, als ob eine Fliege ihn belästigte. »Außerdem wär's verdammt das erste Mal, daß uns das passiert. Weißt noch, damals, in Hamburg, überall die Schmiere im Saal? Oder in Sydney, als...«

»Herrgott, ist nicht die passende Zeit, im Erinnerungsalbum zu blättern!«

»Welch' bessere Zeit gäb's denn?« fragte Chris ruhig.

»Ich hab' den Jungs gesagt, wir nehmen's raus.«

Chris' Augen klappten auf. Seine Hand war, als er blitzschnell über Daina hinweglangte und Nigel am Hemd packte, verschwommen wie ein Nebel. »Du Idiot!«

»Verdammte Scheiße, laß mich los!« schrie Nigel. Er hackte auf Chris' kräftige Handgelenke ein und warf sich hin und her.

»Chris, laß das«, sagte Daina.

Auf der anderen Seite des Wagens saß Thaïs bewegungslos. Ihre Augen starrten dunkel und unergründlich geradeaus. Sie hielt die Haschzigarette von sich abgewandt. Rauch trieb träge aus ihren halbgeöffneten Lippen aufwärts.

»Thaïs«, rief Daina, die noch immer zwischen Nigel und Chris kämpfte, »willst du nichts unternehmen, damit sie aufhören?«

»Warum sollte ich?« flüsterte Thaïs. »Adrenalin tut beiden gut.«

Silka grunzte und drehte sich vom Vordersitz halb herum. Irgendwie schaffte er es, seine beiden dicken Arme durch die Lücke zwischen der Spiegeltrennscheibe hindurchzustrecken. Mit anscheinender Leichtigkeit zog er Chris und Nigel auseinander und hielt sie fest, bis ihr Keuchen nachließ.

Die beiden starrten einander schweigend an.

Nach einer Weile sagte Thaïs sanft: »Nur noch eine Stunde, dann geht ihr auf die Bühne.« Die Worte schienen an beide gerichtet oder – akkurater – an die leere Luft zwischen ihnen.

Nigel verdrehte den Kopf, als ob er eine Zecke im Nacken hätte, und zog sein T-Shirt über den Bauch nach unten.

»Schluß«, sagte Silka. Die Nacht war plötzlich lebendig geworden. Massen Jugendlicher füllten die Straße vor der Halle wie Lemminge, die sich danach drängen, als erster die See zu erreichen.

Daina hörte – nein, spürte – ein tiefes Rumpeln, selbst durch die ausgezeichnete Schalldämpfung des Wagens hindurch.

Der Fluß der Jugendlichen wogte zurück, quoll wieder vor, während einzelne Ausguckposten an der Peripherie den riesigen Continental sichteten. Ein Dröhnen wie von der Brandung, und der Fahrer drehte das Lenkrad nach links. Während sie abbogen, schien es, als ob die Massen auseinanderflogen.

Die Menge drängte blind auf den Wagen los, schoß heran wie der Blitz. Als besäßen die Jugendlichen Radar, hatten sie sich an den Continental geheftet.

Jemand stolperte im Halbdunkel über ein Mädchen auf dem Boden – die Masse war in ihrer gewaltigen Erregung nur noch wie ein Nebel. Sie versuchte, aufzustehen, aber die anderen stiegen weiter über sie hinweg. Man trat auf sie: Jemand versuchte, über sie hinüberzuspringen, verfehlte sie und stürzte kopfüber auf den Asphalt. Daina sah, wie das Mädchen das Gesicht hob. Ihr Mund öffnete sich weit zu einem Schrei, den niemand hörte.

Daina langte nach dem Türgriff und fühlte Chris' Hand über ihrem Handgelenk. »Verdammt, was machst du da?«

»Draußen ist ein Mädchen«, sagte Daina atemlos. »Sie ist verletzt. Wir müssen ihr helfen. Sag dem Fahrer, daß er halten soll.«

»Bist du wahnsinnig? Wenn wir hier eine Minute stillstehen, ersticken wir in dieser Masse.«

»Aber das Mädchen wird ja totgetrampelt!«

»Es nützt ihr aber nichts, wenn wir auch totgetrampelt werden, oder?« sagte Chris. »Dem ersten Bullen, den ich sehe, sag' ich Bescheid, okay?« Er drehte sich um. »Kannst sehen, sie ist schon wieder auf den Beinen. Da.« Er zeigte hin.

Vor ihnen ein Kordon aus Polizisten: Bogenlampen zauberten schwindelerregende Muster auf ihre Helme. Sie hatten die Gummiknüppel gezogen. Daina sah zwei Mannschaftswagen, die wie metallene Wächter ein Stückchen weiter auf dem Bürgersteig geparkt standen. Chris öffnete das Fenster und sprach mit zwei Polizisten. Dann ragte die schwarze Silhouette der Halle vor ihnen auf.

Eine riesige Stahltür öffnete sich senkrecht in der Betonmauer der Halle, ließ sie ein. Sie fuhren eine flache Rampe hinauf. Die Limousine hielt, und einen Augenblick später rollte der zweite Wagen neben sie. Die schweren Türen glitten langsam wieder hinab. Sie stiegen aus.

»Haben alle ihre Identitätskarten?« fragte Silka. Er prüfte sie und führte sie in einer Gruppe von den Wagen weg.

Beton, mindestens fünf Stockwerke hoch, und ein Raum, groß genug, um mehrere Linienflugzeuge unterzubringen. Brummende Neonröhren hingen in ordentlichen Reihen hoch über ihren Köpfen und verliehen ihnen allen ein bleiches, kränkliches Aussehen.

Überall standen uniformierte Posten. Die beiden neben den breiten Aufzugtüren musterten die Kennkarten und verglichen sorgfältig die Farbfotos mit den Originalen.

Zwölf Stockwerke höher, auf dem Niveau der hinteren Bühne, wurden sie von vier weiteren uniformierten Posten, die sie noch einmal einzeln überprüften, in Empfang genommen. Nachdem sie durch diese militärähnliche Phalanx hindurch waren, konnte Daina sehen, daß hier eine Art kontrolliertes Chaos regierte. Sie erkannte die Publicity-Leute von der Plattenfirma der Band, die eine Schar Reporter und Fotografen in eine Ecke hinüberführten. Darunter befanden sich auch die Leute von der *Rolling Stone*, die vormals im Hotel gewesen waren. Außerdem sah Daina mehrere Reporter von *Time* und *Newsweek*. Die Ansteckschildchen der Presseleute hatten eine andere Farbe als das ihre oder die der Band, weil die Presse nur hinter der Bühne zugelassen war und zu den Garderoben, wo sowieso eine seltsame Art privater Hackordnung herrschte, keinen Zugang hatte.

Fotoblitze zuckten, während Silka sie über die offene Betonfläche führte.

Silka führte sie durch eine türlose Öffnung, gesichert von Uniformierten, die die Farbe der Kennkarten prüften. Dann kamen sie in einen langen, schmalen Korridor, dessen Betonmauerwerk in schlachtschiffgrauem Lack gestrichen war.

Auf den gegenüberliegenden Seiten des Korridors befanden sich die Garderoben der Band. Silka brachte sie alle in den linken Raum. Benno war schon da. Drinnen gab es an zwei Wänden Bänke, links ein gekacheltes, türloses Badezimmer mit einer Reihe von Duschkabinen und einer Anzahl Urinbecken, und außerdem geschlossene Toiletten.

Mitten im Raum stand ein langer Tisch wie aus dem Refektorium eines Klosters, beladen mit Gemüseplatten, Obst und Champagner in Eiskübeln. In einer Ecke hockte ein alter, rotweißer Coca-Cola-Kasten voller Dosen und mit Bergen von zerstoßenem Eis bedeckt. Tonic stand auf Raumtemperatur.

Ian und Rollie, deren Räumlichkeit auf der anderen Seite des Korridors von ihnen überprüft worden war, kamen herein; beide führten ein Mädchen im Schlepptau: Rollies war blond und üppig; Ians rothaarig und mit den langen Beinen eines Showgirls. Sie trug enge schwarze Jeans und ein weißes T-Shirt, auf dessen Brustteil eine rotweißblaue Schießscheibe und das Wort »JAG« flammten.

Ian ging mit dem Mädchen direkt ins Badezimmer. Einen Augenblick später hörten sie das Zischen der Brause, gefolgt von einem scharfen Kreischer. Ein gewaltiges Gelächter, dann tauchte Ian mit dem Rotschopf wieder auf. Sie war tropfnaß; ihr Haar kringelte sich um die Wangen; ihre Wimperntusche verlief in schmutzigen Streifen; ihre Brüste mit steifen Brustwarzen hoben sich scharf unter der festgeklebten Baumwolle des T-Shirts ab. Einen Augenblick lang fummelte Ian an ihr herum, befühlte sie, ehe er sie losließ und sich an Nil wandte. »He, Kumpel, wie ist es? Willst' das Püppchen?« Er grinste. »Hat echtes Talent in den Lippen.« Aber Nil spielte nur mit seinen eigenen talentierten Fingern und machte sich noch nicht einmal die Mühe, den Kopf zu schütteln.

»Nicht?« Ian fing sich wieder. »Na, dann bleiben nur noch du und ich, was, Junge?« sagte er zu Rollie. »Na gut. Tauschen wir, ja? Was sagst' dazu?« Er packte den Rotschopf, wirbelte die nur allzu Willige herum und tanzte mit ihr auf Rollie zu, der Ian mit einer eleganten, altmodischen Verbeugung die üppige Blonde entgegenschleuderte.

Für den Bruchteil einer Sekunde kreuzten sich die Pfade der beiden Mädchen, und wie Starlets in einem Musical wirbelten sie mit perfekter, choreographischer Grazie aneinander vorüber.

Rollie legte den Arm um die Rothaarige, musterte sie von oben bis unten. »Tauschen, sagst du, Kumpel? Nö. Kuck dir doch mal an, was die Blonde unter der Bluse hat! Und die hier.«

»Hatte mich schon auf deinen degenerierten Fetisch gefreut, alter Junge«, sagte Ian. »Rothaarige sind relativ selten, verglichen mit Blonden. Dachte, das sollte doch Mängel ausgleichen.«

Rollie lachte und fuhr mit der Handfläche über das noch immer nasse T-Shirt der Rothaarigen. »Komm, Schätzchen«, sagte er und führte sie zur Tür, »wollen dir mal was Trockenes besorgen.«

Ian und die Blonde folgten den beiden nach draußen, und sie marschierten alle über den Korridor in die andere Garderobe.

Chris und Nigel fingen an, sich ihrer Straßenkleidung zu entledigen.

Die Bühnenkluft hing schon sorgfältig in Plastikhüllen eingepackt an der Wand.

»He, Nil«, sagte Nigel leise, »bist du wach?«

»Meine Augen sind offen, Mann.«

»An was denkst denn du?«

»An meine Musik, Mann, sonst nix. Nur an meine Musik. Hm.«

»Was'n los? Willst' nich' bumsen? Bei dir stimmt was nich', Kumpel.«

»Nächste Woche gehe ich ins Studio«, sagte Nil ruhig, »während du auf der Straße rumfährst, muß ich, verdammt noch mal, das beste Album machen, das du je gehört hast. Hm. Hm. O yeah. Hab' jetzt alles drin, wie ein Fluß, ein Bach. Mein Körper ist 'ne Melodie, und die geht weiter und weiter und weiter. 'ne Straße ohne Ende – nur Sonnenuntergang – Nacht –, noch'n Sonnenaufgang.«

Nigel wandte sich an Chris. »Mann, quasselt dieser Trottel wieder! Der ist weggetreten, Chris.«

»Weiß genau, was ich sag', Mann«, sagte Nil. »Du verstehst nichts. In mir drin, da kann ich machen, was ich will. Da ist kein Freund, der sagt: ›Nil, tu das‹, oder ›Nil, du machst besser das‹. Ich muß nur auf mich hören.«

»Ha!« grunzte Nigel. »Klar. Im Studio bist du nur ein Kabel, das der Toningenieur irgendwo reinstöpselt. Auf der Straße, da hast du die Hallen voll, da stehen sie rum und schreien und schmeißen mit Sachen. Und wenn du hochkommst, da oben im Spot, wenn du sagst, sie sollen was machen – verdammt, dann tun sie's auch, Kumpel. Sag' ihnen, sie sollen ins Meer springen, und sie tun's auch.«

»Hm, hm. Du denkst so, und ich denk' so, Kleiner.« Nil blickte auf und lächelte. »Aber du solltest Knobelbecher tragen, Baby. Yeah!«

Nigel wurde starr. »Was sagst du da, du schwarzes Schwein?«

Nil drehte sich zu Daina um. »In den alten Tagen war das noch anders, in den sechzigern. Deshalb bin ich ja nach London gegangen.« Seine Augen strahlten eine sanfte Traurigkeit aus. »Jetzt ist alles dasselbe, sehen Sie, egal, wo man hingeht. Nix is' mehr weit weg.«

»Hör zu, du Schwein!« Nigel schoß nach vorn und packte den Neger am Hemd. Nil bewegte seinen Körper zur Seite, schob die Unterarme unter Nigels Arme, brach so mühelos Nigels Griff, machte einen Schritt vor und trat zu. Nigel klappte zusammen.

Nil starrte auf ihn hinab. »Nächstes Mal«, sagte er mit unverändert schläfriger Stimme, »behältst du deine Meinung für dich, klar?«

Nigel rappelte sich wieder auf, ballte die Fäuste; aber Chris trat zwischen sie. »Es reicht«, sagte er. »Hör mit deinen Nadelstichen auf, Kumpel. 's ist schon fast Zeit rauszugehen. Los jetzt.«

Nigel starrte hinter Chris hervor. »Ich will, daß der hier verschwindet.«

»Er ist auch mein Freund. He!« Er schüttelte Nigel. »He, Mann, ich rede mit dir! Reiß dich am Riemen!«

Nil schaute leidenschaftslos zu. »War ganz unwichtig«, sagte er, »total unwichtig.«

Chris ließ Nigel los. Beide kleideten sich weiter an. Chris zog eine perlmuttfarbene Satinhose an, nahm ein scharlachrotes Satinhemd vom Bügel. Nigel schnürte sich schon seine schwarze, hautenge Hose zu. Er trug ein schwarzes T-Shirt mit schwarzer Jacke darüber.

Rollie und Ian kamen mit ihren Mädchen herein. Rollie trug ein weißes T-Shirt mit dem Bandemblem auf der Brust und weiße Jeans. Ian steckte in einem dunklen Anzug und weißen Seidenhemd.

Vor den geschlossenen Türen vernahm man Stimmen und das Geräusch von Schuhsohlen auf dem Betonboden. Unheimliche Echos aus einer anderen Welt. Es war sehr still. Keiner schaute den anderen an. Trotz der Klimaanlage hatte die Spannung die Atmosphäre warm und klebrig werden lassen, worunter alle litten, außer Thaïs: sie war mit dem einen Joint fertig und zündete sich mit der Kippe einen zweiten an. In ihren ein und aus fließenden Atemzügen lag ein deutlicher Rhythmus, als ob sie jedesmal eine Mantra rezitierte.

Das einzige Geräusch verursachte das scharfe Krachen des Eises in der offenen Kühlbox, das langsam unter dem Gewicht der Dosen schmolz. Rollie stöhnte: »Ach, Scheiße!« und rannte ins Badezimmer. Die Rothaarige lief hinter ihm her. Niemand sagte ein Wort, während sie betroffen den tierischen Geräuschen lauschten, unter denen Rollie erbrach. Die Luft war süß von Thaïs' Joint. Ihr Bein schwang hin und her wie ein Metronom.

»Passiert immer am ersten Abend«, sagte Chris. Er wickelte sich einen Seidenschal um das rechte Handgelenk. »Man sollte meinen, daß er's nach all den Jahren endlich geschnallt hätte.«

Nil, der in Dainas Nähe stand, von den anderen abgesondert, fing an, rhythmisch mit den Fingern zu schnippen. Sein Haar glänzte vor Schweiß. Während der entsetzlich kurzen Zeit, bevor die Show anfing, standen sie bloß herum und betrachteten die Schatten an der Wand oder überhaupt nichts. Und nur die unbeseelten Dinge bewegten sich.

Sie hörten die Klospülung, dann eine weibliche Stimme, gedämpft, sanft und tröstend, wie eine Mutter zu ihrem Kind.

Die Tür zum Korridor sprang auf, Silka streckte Kopf und massige Schultern ins Zimmer. »Es ist Zeit«, sagte er leise. Niemand bewegte sich. Rollie tauchte auf. Die Rothaarige frottierte ihm mit einem Handtuch das Haar. Silka trat zurück und hielt allen die Tür auf.

Chris nahm Daina bei der Hand. Sie gingen Seite an Seite mit Nigel und Thaïs.

»Was hältst du davon, mit uns auf die Bühne zu kommen?« fragte sie Chris.

»Das wäre toll.«

»Klar, wird gemacht.«

Silka war mit ihnen direkt vor der Barriere des Vorhangs stehengeblieben. Nur die Wachtposten waren noch bei ihnen, an jeder möglichen Stelle postiert. Chris redete mehrere Minuten lang mit Silka. Der Blick des Leibwächters wanderte einen Augenblick von Chris weg und ruhte auf Daina, als ob sie eine unschätzbare wertvolle Ming-Vase wäre. Die Zweideutigkeit dieses Blickes – Intimität verbunden mit absoluter Objektivität – verwirrte Daina.

Silka winkte ihr. Er brachte sie und Nil durch eine Lücke im Vorhang ins Innere. Rauch, schwer wie Smog, hing einen Augenblick lang in der Luft.

Die Hallenbeleuchtung brannte noch. Menschen verstopften die Zwischengänge. Musik der letzten LP der Band dröhnte. Mehrere voluminöse Luftballons mit aufgedrucktem Bandemblem hüpften, begleitet von gewaltigen Geräuschwellen, zwischen den Leuten hin und her. Ein Ballon traf den Kopf eines Polizisten: ein gewaltiges Johlen brandete auf.

Fähnchen flatterten. Am anderen Ende der Halle hing ein gewaltiger Union Jack von der Decke herab: Dunst und Entfernung hatten seine Farben gedämpft.

Die hohe Bühne, auf die sie nun geführt wurden, wurde von übergroßen Silhouetten der Verstärker besetzt gehalten. Sie erhoben sich wie schwarze Riesenzähne aus dem ebenholzfarbigen Zahnfleisch der Bühne. Mittelpunkt war Rollies gewaltiges Schlagzeug auf einem etwas erhöhten Podest. Farbige Lämpchen verbrämten diese Minibühne. Unten, auf der wirklichen Bühne, erstreckten sich Kabel wie Arterien über den Boden.

Rechts auf der Bühne standen Nigels Tasteninstrumente – ein Konzertflügel, ein elektrisches Klavier von Farfisa, eine Orgel und mehrere maßgeschneiderte Synthesizer – im Halbkreis. Zur Linken waren die skelettartigen stählernen Ständer, auf denen Chris' und Ians zahlreiche Gitarren ruhten.

Darüber hing eine Vielzahl farbiger Lichter in einem Bogen aus metallenem Gitterwerk.

Stufenweise wurden die Lampen der riesigen Halle dämmriger. Der Geräuschpegel sprang auf fast unerträgliche Höhe. Silka legte seine kräftigen Hände auf Dainas Schultern und führte sie zum linken Teil der Bühne, in die Nähe einer der hohen Verstärkerreihen, die ihr über den Kopf reichten. Silka verschwand. Daina schaute sich um, aber sie konnte nicht sehen, wo Nils Platz war. Sie fragte sich, wo sich Thaïs wohl aufhalten würde und nahm an, daß sie auf der anderen Seite der Bühne blieb, in Nigels Nähe.

Geräusche kamen aus der Menge. Daina blickte auf: eine Leinwand glitt von der Decke herab: ein verborgener Projektor am anderen Ende der Halle begann zu laufen. Aufschwellender Applaus. Wenn Daina den Kopf verdrehte, konnte sie gerade noch den Film über die Band sehen. Sie wandte sich ab. Direkt am vorderen Rand der Bühne entdeckte sie das Korps der Fotografen: es besetzte den Orchestergraben. Die Fotografen liefen hin und her wie hungrige Raubkatzen, erwarteten den Auftritt der Band mit der gleichen Erregung wie das Publikum.

Daina konnte diese Erregung nahezu schmecken. Sie fühlte sich, als sei sie high. Sie bekam eine Gänsehaut; ihre Muskeln zuckten im Wunsch nach Befriedigung. Wie lange können sie das noch so hinziehen? fragte sie sich.

Die Bühnenarbeiter hatten die Ausrüstung noch einmal überprüft und waren jetzt verschwunden. Der Toningenieur war bereit; den Kopfhörer hatte er bereits um. Er sprach in ein winziges, viereckiges Mikrophon, das am Ende eines dünnen Metallbogens an seinem Kopfbügel befestigt war. Seine Hände flogen über die vor ihm stehende beleuchtete Schalterkonsole.

Die Silhouetten, die sich wie Gespenster vor den roten Lämpchen bewegten, brachten die Menge zum Aufbrüllen, noch ehe der kurze Film zu Ende war. Die Leinwand hob sich, Geräusch schwoll auf wie eine Blase vor dem Bersten. Alles vibrierte schließlich so stark, daß es den Anschein hatte, als erzittere die ganze Halle in ihren Fundamenten. Daina trommelte das Herz in der Brust. Ein Klumpen saß ihr in der Kehle. Energie, dachte sie, Energie ist hier. Ihre Fingerspitzen kribbelten, als ob sie Kontakt mit elektrischem Strom hätte.

Die Bühne und Teile der Halle explodierten in unheimlicher Beleuchtung; die Band, die sich den Weg auf die Bühne bahnte, wurde von dem strahlenden Licht angeschossen. Ihre Schatten blähten sich auf wie Ballons – gewaltig – und fielen plötzlich wieder wie bei einem Schnellfeuergewehr-Geschoßhagel in pechschwarze Dunkelheit.

Chris brachte die ersten Akkorde, Daina dachte: das ist auch Macht, reine Macht. Nigel hat vielleicht doch recht. Die Menge heulte Zustimmung. Farbige Spots flammten auf Rollie und Ian herab; weiße Spots beleuchteten Chris und Nigel.

Chris hob die Arme. Seine Gitarre schwebte über ihm wie das

Schwert eines antiken Kriegers. Sein scharlachrotes Hemd wurde vom Spot in eine Feuerblüte verwandelt.

Dann ertränkten die Eröffnungsakkorde von »Teufelsschüler« das gefühllose Röhren der Menge. Die Musik war primitiv und intensiv; man konnte sie anfassen und gleichzeitig spüren. Chris, der wie ein Wahnsinniger Akkorde spielte, hob leidenschaftlich einen Arm. Das Plastik-Plektron flog ihm aus den Fingern, und unter den Zuschauern der ersten Reihen entspann sich ein wilder Kampf.

Das Geräusch der Menge verband sich mit der Musik. Es wurde mehr als die Summe einzelner Teile: wie bei einem ausbrechenden Vulkan hielt es sich hart an der Schmerzgrenze. Aber es war ein Schmerz, der nach unten glitt und das Herz massierte; ein Schmerz, aus dem man Energie ziehen konnte, oder – wahrscheinlicher – er setzte die Energie frei, die in jedem Zuhörer verschlossen lag. Daina spürte, daß ihre Augen zu tränen begannen, ihre Backenzähne von der reinen Gewalt der Musik vibrierten. Sie fühlte sich wie vor den Kameras, wenn sie Heather war und die Macht ein greifbarer Ball aus Licht, den sie mit einem schnellen Griff ihrer Hand vor ihren Augen packen konnte, wenn er wie ein Glühwürmchen vorüberschoß. Sie konnte die Macht aus der schimmernden Luft herausgreifen und sie ganz hinunterschlucken, so daß ihr Inneres glühte und dampfte.

Der Hit kam krachend zum Ende. Nigel sprang hinter seinen Tasten hervor, packte sein Standmikrophon und brüllte hinein: »Hallo, San Francisco! Wir sind wieder da!« Und die hochgedrehten Gesichter der Anbeter schienen im Donnern des Beifalls zu bersten.

Sie alle waren jetzt andere Menschen, waren völlig außer sich – zu Wesen geworden, die aufgehetzt aus jenem Korb gelassen wurden, in dem man sie all die langen Monate hindurch vor der Tournee gefangengehalten hatte. Sie hatten keinerlei menschliche Gefühle mehr, beschritten die Bühne wie Giganten, die zu einem kurzen Aufenthalt auf die Erde gekommen sind, verwandelt vom Schweiß, von der Liebe und vom schmerzhaften Rhythmus ihrer Schöpfung. Aber, erkannte Daina: es gehörte noch viel mehr dazu, um so zu wirken.

Diese magische Verwandlung hätte nicht stattfinden können ohne jene Energie, die in Wellen aus dem riesigen schwarzen Abgrund vor ihnen aufstieg, aus einem Abgrund, der mit einer Flut aus Menschen gefüllt war: jungen Menschen – drogenbetäubt und voller Sehnsucht nach einem Etwas, das sie selbst nicht verstanden.

Und diese beiden Kräfte ergänzten einander, schufen eine dritte Einheit, irgendein mythisches Wesen, das sie alle packte, in Spiralen höher und höher wirbelte, als wären sie Blätter in einem Sturm.

Chris, von den heißen Spots zur Überlebensgröße gestreckt, spielte ein längeres Solo. Seine Knie waren gebeugt, sein Rücken gekrümmt. Ian zu seiner Rechten trieb ihn weiter, gab ihm eine sehnige Baßunterlage, während Chris' beißende Noten von Rollies durchdringendem, hallendem Beat unterstützt wurden. Vier Versionen auf dem geisterhaften Wirbel der bitteren Saiten erfüllten die Luft, schimmerten, während Nigel die Tasten des Synthesizers bearbeitete.

Die Musik stürmte auf wie ein Wirbelwind, supererhitzt und ungeheuer sinnlich: ein geöffneter Hochofen. Daina erschien es, als beobachte sie einen blutrünstigen Leoparden in seinem Käfig. Wie von der Bewegung des Tieres hypnotisiert, bemerkt sie zu spät, daß es plötzlich zur offenen Tür herauskommt, daß Bestie und Zuschauer ohne trennende Barriere aufeinandertreffen.

Was würde passieren, verschwänden alle Gitterstäbe, glitten alle Gesetze ins Nichts, breitete sich das Chaos in der ordentlichen Prozession des Lebens aus? Es wäre vielleicht, dachte Daina, der einzige Augenblick wirklicher Schöpfung – diese Mischung aus Erregung und Schrecken.

Abrupt verstummte das Schlagzeug: nur noch Chris' Gitarre und Nigels zitternde synthetische Saitentöne verschlangen sich, streichelten einander wie scheue Liebende.

Die Jugendlichen waren auf den Beinen und kreischten. Chris brachte ein Solo. Der heiße weiße Spot verwandelte sich in Grün, in Blau, schließlich in ein zartes Lavendel.

Langsam kniete er auf der Bühne nieder und schuf die sehnsuchtsvolle Melodie und ihre Harmonien ganz allein. Er hatte den Kopf zurückgeworfen; sein hübsches Gesicht wurde von der Musik entstellt. Unvermittelt, schockierend, hörte Daina, wie er die ersten Takte aus Ravels »Pavane pour une Infante Défunte« anschlug. Sie starrte hin; unfähig zu atmen, sie horchte mit Augen und Ohren. Er rang diesen Noten, die Daina so wohlbekannt waren, soviel Liebe und soviel sehnsüchtigen Schmerz ab, daß sie zu weinen begann.

Sie schaute auf die schwarze Bühne, vorbei an den schweigenden Bandmitgliedern zu jener Stelle, wo Chris mit gespreizten Knien und geschlossenen Augen weiterspielte. In diesem Augenblick fühlte sie sich ihm näher als je zuvor. All der Schmerz um Maggies Tod, den sie geteilt hatten, drückte sich in den quälenden Tönen dieser trauervollen, majestätischen Melodie aus. Sie war wie eine Brücke des Lichts, dachte Daina, und verband ihn mit ihr genauso fest, als ob er noch immer ihre Hand hielte.

Niemand sonst war an diesem riesigen, dunklen Ort, in dieser langsam steigenden und fallenden See, außer Daina und Chris; wie zwei kleine Boote, die durch den Nebel aufeinander zutreiben. So klammerten sie sich aneinander durch das heiße Medium Musik. Jede Note war eine Liebkosung, zärtlicher als jede Berührung. Daina schauderte, schloß die Augen, und ihre Gedanken füllten sich mit Farbe und Licht.

Die »Pavane« endete auf einem Ton, den Chris fast unerträglich lange anhielt – die Elektronik seines Instruments erlaubte es ihm, ganz die Klangfarbe subtil zu verändern, bis er endlich den Ton zur Eröffnungsnote von »Saurier« modulierte.

Wieder spielte er allein, und Dainas Herz setzte einen Schlag aus, als sie sich an Nigels Drohung erinnerte. Als ob sie einen Schauspieler auf der Bühne vor sich hätte, der sein Stichwort verpaßt hat, so spürte sie, wie nackt Chris da draußen stand.

Er fuhr zu spielen fort, verwandelte die ersten Töne in ein improvisiertes Solo. Die Menge keuchte und applaudierte. Chris wandte sich vom Publikum ab, starrte seine Mitspieler an. Daina sah, wie wild und weiß sein Gesicht war.

Seine Finger, gekrümmt wie die Klauen eines Raubtieres, waren, während er die stählernen Saiten berührte, kaum noch zu sehen. Die »Saurier-Melodie« ergoß sich hinaus in die Halle. Er trat drohend an Rollie heran, starrte zu ihm auf und schrie: »Spiel, du Idiot! Hau auf deine verdammten Felle, oder ich schlag dir auf der Stelle die Fresse ein!« Er machte eine wilde Bewegung hinauf aufs Podest, und Rollie begann mit krampfhaftem Zucken den Schlagzeugrhythmus zu unterlegen. Chris' Augen brannten wie Kohlen, während er Rollie mit Blicken seinen Willen aufzwang. Dann sprang er vom Podest herab und ging hinüber zu Ian.

Er wirkte auf Daina wie ein freigelassener Leopard: gefährlich, tödlich und nicht aufzuhalten. »Los, jetzt bist du dran!« Er spuckte Ian an. Der Bassist begann entsetzt zu spielen.

Chris arbeitete mit ihm und mit Rollie, schuf ein Arrangement des Augenblicks, ein Trio unbegrenzter Macht. Er brachte sie nach Hause, bettete sie in eine Höhlung ein, von der weder Rollie noch Ian je etwas gewußt hatten. Alles war Improvisation, verwurzelt allein in Chris' Willenskraft. Beide, Ian und Rollie, starrten ihn, während sie weiterspielten, hypnotisiert an, wie willenlose Mitspieler eines atemberaubenden Hochseilakts.

Chris wirbelte, sprintete über die Bühne dorthin, wo Nigel geschützt hinter seiner Reihe von Tasteninstrumenten stand. Es sah so aus, als wollte er sich jetzt in diesem Augenblick bewegen, aber dann war Chris über ihm, und er erstarrte wie ein Hirsch im Scheinwerferlicht eines Autos.

Chris, der wilde Akkorde spielte, sprang vor ihm auf und ab. Sein

Mund bewegte sich, als sei er die Puppe eines Bauchredners. Daina wußte: Er brüllte etwas; aber der maßlose Krach riß die Worte weg, noch ehe Daina sie hören konnte.

Einen Augenblick lang dachte sie, Thaïs' wohlbekannte Silhouette, von einer grünen Flut erleuchtet, zu erkennen. Die Nase hob sich scharf ab, ein Auge glühte gefährlich, aber das Bild war so schnell wieder verschwunden, daß Daina es für eine Täuschung hielt.

Nigel begann zu spielen. Auch er starrte Chris an, sogar noch, als dieser sich zurück zur Bühnenmitte bewegte und, da alle musikalischen Elemente zusammen waren, zu singen begann: »Tief in der Nacht / Hell von Regen und Gesichtern / Sag' ich Lebwohl meiner Liebe, meiner Liebe / Dort in den Hügeln der Palmen...«

Die Menge heulte, stampfte, klatschte im Takt. Wunderkerzen zischten in die Dunkelheit.

»Wie ein Schuß aus einer Pistole mit Perlmuttgriff, so fliege ich«, sang Chris, »in die rote Dämmerung / Die rote, rote Dämmerung / Wie ein Saurier vom Rand der Zeit / Ein Saurier auf Raub / So finde ich, was mein ist / Und ich warte.«

Daina konnte die Gesichter der Jugendlichen in den ersten Reihen sehen: aufwärts gewandt – in die nebligen Heiligenscheine der farbigen Spots hinauf – verwandelt wie durch Alchimie. Geister des Regenbogens, so hoben sie die Arme weit und umarmten die Quelle der Körperlichkeit, die von den riesigen, aufgestapelten Verstärkern ausging.

»Wie ein Saurier vom Rand der Zeit / Ein Saurier auf Raub / So finde ich, was mein ist / Und ich warte.« Die Musik wurde wild, grausam und scharf wie ein Feuerstein, bis es keine Zivilisation mehr gab, nur noch elementare Wut, die lebte und in ihnen allen tanzte. Wie ein Schlangenbeschwörer hatte die Musik sie verzaubert, alle verborgene Magie geweckt, schrecklich und ehrfurchterregend in ihrer unartikulierten Roheit.

So häuteten sie sich, streiften sie sich Seide und Satin der Konvention ab; so verbanden sie sich in einem erregenden Wirbel aus Bewegung und Schweiß, Sinnlichkeit und Klang, der sie zur Fieberhitze ausglühte und über den Rand des Abgrunds schleuderte.

Jetzt bissen die ersten Takte von »Tänzer in der Luft« in sie hinein. Laserstrahlen öffneten ihre Nadelschnauzen, gossen ihr lebendes Licht weit hinein ins Gebälk. Auf dieser ätherischen Straße aus Licht erschien im Hologramm ein Liebespaar, das sich bewegte und durch die Magie der Technologie zum Rhythmus der Musik tanzte. Endlich, bei Nigels letztem Orgel-Glissando, verschwand es.

Das Publikum kreischte, stampfte. Die Halle zitterte wie unter einem

Erdbeben. Chris hob die Gitarre über den Kopf, schwenkte sie wie ein Banner. Nigel kam mit seinem tragbaren Synthesizer, stellte sich neben Chris, und sie stürzten sich in »City Lights«. Alle Lichter brannten.

Viel zu schnell war der Song zu Ende, und sie verließen die Bühne. Das Hallenlicht wurde gedämpft. Applaus brandete in immer stärker werdenden Wellen auf. Jugendliche stürzten von ihren Sitzen, liefen ungeachtet der Proteste der Wachen und der Polizisten die verstopften Gänge entlang.

Daina schaute sich um. In Bündeln zitterten kleine Lichter auf, als die Jugendlichen Streichhölzer anzündeten und sie hochhielten. Diese Lichter vervielfältigten sich, bis die Halle das unpassende Aussehen einer Kathedrale annahm.

Die Band tauchte in einem hysterischen Willkommensschrei wieder auf, um die erste Zugabe zu spielen. Die Neonlampen am Rand des Podiums glitzerten, rollten schlangenartig, wie eine altmodische Kinoreklame, auf und ab. Die Laser brannten, durchsuchten mit zitronenfarbenem Licht die oberen Teile der Halle. Der hinterste Teil des Saals leerte sich, während die Jugendlichen sich nach vorn durchdrängten und durchschoben. Weitere Sicherheitsposten tauchten auf, um die Flut einzudämmen; aber es erschien als hoffnungslos.

Die erste Welle krachte in die Absperrung, die die ersten Reihen der Orchestersitze vom Graben der Fotografen trennte. Die Fotojournalisten zerstreuten sich, hielten ihre Kameras hoch.

Weit davon entfernt, die Jugendlichen zu beruhigen, ging Nigel an den Bühnenrand und spielte mit einer Hand, während er die Menge auf ihr Ziel zuwinkte. »Kommt, kommt!« schrie er in den musikalischen Wind. »Kommt!« Hockend winkte er weiter, lachte und stöhnte. Seine Augen waren weit aufgerissen, glänzten fiebrig, während seine Blicke über die Gesichter der hingebungsvollen Gefolgsleute seiner Musik glitten.

Die Jugendlichen besetzten den Fotografengraben, trampelten über Posten und übereinander, griffen nach oben, stierten nach oben, kreischten nach oben. Alle Barrieren waren durchbrochen, für Daina aber schien sich alles verkehrt zu haben. Jetzt standen sie auf der Bühne, die Beobachter in der Finsternis, und die gefühllose Menge stellte das fessellose Raubtier. Ein Mädchen mit weizenblondem Haar machte einen Sprung zur Bühne, hebelte sich hoch, stützte sich auf ein Knie. Jemand schob nach, und sie fiel vor Nigels Füßen aufs Gesicht. Er trat zurück. Sie kam auf ihn los. Er stieß ihr seinen Synthesizer vor die Brust, und sie torkelte zurück, die Arme ausgestreckt, als ob sie angeschossen wäre. Sie flog vom Bühnenrand in die heulende Menge. Ein Leibwächter stürzte von der Seite zu Nigel, zerrte ihn vom Bühnenrand zurück, wo ausgestreckte Hände sich bemühten, ihn nach unten in ihre dunkle Umarmung zu reißen. Zornig schleuderte Nigel den Mann von sich und ging beutegierig wieder nach vorn.

Jemand warf einen Strauß weiße Rosen auf die Bühne. Grinsend holte Nigel aus und trat die Blumen hoch in die farbige Luft.

Daina betrachtete die schweißverschmierten unmenschlichen Gesichter. Sie sah Körper in beständigem Rhythmus hüpfen, Augen, die wild rollten, wie beim Vieh, das in einer brennenden Scheune gefangen ist. Sie sah die Lippen, die sich in Ekstase schreiend von den Zähnen zurückzogen; die Band und das Publikum fraßen einander auf, trieben einander weiter.

Chris und Nigel waren in der Bühnenmitte. Chris schlug wilde Akkorde; Nigels Finger tanzten über die kurzen Tasten; und die Musik brach über ihnen in einer Flutwelle aus Klang und Kampfeswut.

Auf der linken Bühnenseite flammte ein intensiver Blitz auf, so nah bei Daina, daß sie auf dem linken Augen nichts mehr sehen konnte. Dem Blitz folgten ein ohrenbetäubendes Brüllen und eine Druckwelle, die wie ein Schlag an den Körper wirkte.

Daina taumelte zurück. Dämpfe saugten allen Sauerstoff aus der Luft. Daina würgte: Tränen rannen ihr aus den Augen. Sie war blind und taub. Ihre Lungen brannten. Sie spürte, wie sich ihr Herz abquälte. Aller Atem verließ sie. Sie torkelte und stürzte. Ihre Gedanken verwirrten sich, als der Schock einsetzte. Die Verstärker wurden, während sie auf Daina zupolterten, größer und größer. Daina versuchte zu schreien, aber sie konnte es nicht.

Dann lag sie in jemandes Armen. Die Welt glitt an ihr vorüber, aber nicht sie lief, sie schien in der Luft zu hängen. Sie drehte den Kopf um, sah Silkas ruhiges Gesicht, so nahe, daß es leicht verzerrt wirkte. Sie blinzelte, und ihre Augen tränten wieder. Sie machte den Mund auf, hustete, lehnte schwach den Kopf an seine Brust.

Um sie herum hörte sie Schreie und Geklapper. Bühnenarbeiter rannten an ihr vorüber. Polizisten kämpften sich zwischen den empfindlichen Geräten durch.

Als Silka sie eilig von der Bühne herunterbrachte, konnte sie durch all diese Geräusche deutlich Rufe hören. Jemand weinte. »Eine M-80, Herrgott im Himmel!«

Sie lag auf einer Bank, Kopf und Schultern auf Chris' Schoß gebettet.

»Verdammt, die müssen da draußen wirklich wahnsinnig sein. 'n M-80, direkt auf die Bühne geworfen. Hat einer gesehen, wer das war?«

Wie sollte man in dieser Masse Menschen den Schuldigen herausfinden?

»Diese hirnverbrannten Schweine«, sagte Chris. »Was is' 'nn mit denen eigentlich los?« Er war barbrüstig und schweißgebadet. Ein Handtuch lag um seinen Nacken.

Es waren noch andere im Raum, liefen herum. Daina konnte sie ausmachen: Rollie, Ian, Nigel. Da war die üppige Blonde, und...

»Wie fühlen Sie sich?«

Nils glänzendes, schokoladenfarbenes Gesicht hing über ihr. Seine Augen waren weit aufgerissen und wirkten erschrocken, und seine ebenholzschwarzen Pupillen waren enorm geweitet.

»Sie is' 'n Ordnung«, sagte Chris. »Laß ihr nur 'n bißchen Platz.« Er hob einen Arm. »He, Benno! Wo ist denn der Doktor?«

»Bei dem Mädchen. Der Notarztwagen ist auch da. Sobald er kann, kommt er rauf.«

»Was ist passiert?« fragte Daina.

Chris blickte zu ihr hinab. »Jemand hat 'ne M-80 an deiner Seite der Bühne 'raufgeschmissen.«

»'n achtel Stange Dynamit. Ganz toll für 'n Unabhängigkeitstag, aber in 'ner Halle – Mann o Mann!«

»Ist jemand verletzt?«

»Ihr, edle Dame, wurdet verwundet«, sagte er. »Könnt' ich das Schwein bloß in die Finger kriegen.«

»Es geht mir schon besser. Du hast etwas von einem Mädchen gesagt.«

»Ja. Das arme Ding hat 'n Löwenanteil abgekriegt. Die Verstärker haben dich vor'm Schlimmsten bewahrt.«

»Kommt sie durch?«

»Keine Ahnung, Schatz.« Er blickte auf. »Der Doktor.«

»Für sechsunddreißig bis achtundvierzig Stunden wird Ihr Gehör auf der linken Seite ein bißchen geschwächt sein«, sagte ihr der Arzt, als er seine Untersuchung beendet hatte. »Sie sind nicht ohnmächtig geworden. Anzeichen einer Gehirnerschütterung gibt es auch nicht.« Er lächelte. »Sie haben sehr viel Glück gehabt, Miss Whitney.« Er holte seinen Rezeptblock heraus.

»Ich will nichts verschrieben haben«, sagte Daina.

»Was?« Er lachte und errötete. »Nein, ich wollte nur, ich wollte Sie fragen, ob Sie mir ein Autogramm geben könnten.«

Daina lachte und hielt sich den Kopf.

»Kopfschmerzen?«

Sie nickte.

»Das ist völlig normal.« Er schüttelte zwei Tabletten aus einer Plastikflasche. »Thylenol fünfhundert. Nehmen Sie alle vier Stunden ein paar davon.«

Sie nahm ihm den Stift ab und schrieb quer über den Block. »Danke.«

»Herr Doktor, wie geht's dem Mädchen?«

»Na, dazu was zu sagen, ist es noch ein bißchen früh. Wir müssen eine ganze Anzahl Tests durchführen.«

»War sie bei Bewußtsein?«

»Nein.«

»Scheiße!« sagte Chris.

»Wie alt war sie?«

»Siebzehn«, sagte der Arzt und stand auf. »Vergessen Sie nicht, das Thylenol zu nehmen, Miss Whitney. Tun Sie es jetzt gleich.« Dann nickte er den anderen zu und drängte sich aus dem Raum hinaus.

»Mach ich«, sagte Daina und starrte die weißen Tabletten in ihrer offenen Hand an. Chris gab ihr ein Glas Sekt. Sie schluckte die Tabletten. »Ein Glück, daß Silka da war«, sagte sie und reichte ihm das Glas zurück.

»'s hatt' nichts mit Glück zu tun«, sagte Chris. »Er hatte während des Konzerts die Verantwortung für dich. Denkst du, ich lass' dich ungeschützt?«

»Chris...« Das war Bennos Stimme.

Lange Zeit hielt Chris seinen Blick auf Daina geheftet.

»Chrysler mit seinem Team von Werbemanagern ist draußen. Wir müssen die Bilder machen.«

»Mann, Benno, hast du 'nn nich' kapiert, was hier vorgeht? Das Mädchen...«

»Entweder wir machen die Bilder, oder die belagern uns den ganzen Abend. Ich überlass' es dir und Nigel, ja?«

Chris seufzte tief und schloß die Augen.

»Na los, Mann«, sagte Nigel.

»Ich muß mal 'ne Minute weg«, sagte Chris zu Daina, »Silka bleibt hier bei dir.«

»Sie muß mit auf die Bilder, Chris.« Bennos Stimme war sanft.

»Es ist mir – verdammt noch mal – scheißegal, was die wollen!« Chris ging auf den Manager los. »Du weißt, was du diesen Blutsaugern erzählen sollst, du schmales Handtuch! Die wollen doch nur mit uns aus 'n selben Napf fressen. Sag' ihnen: Nein!«

»Chris...«

»Außerdem entscheidet Miss Whitney selbst.«

Daina lächelte. »Die Show muß weitergehen, nicht wahr?« Sie sah den Blick in Chris' Gesicht. »Schon gut.« Sie legte eine Hand an seine Wange. »Ich pack' das schon.«

»Abfahrbereit«, sagte Silka, »wenigstens fast.« Er drehte sich von seinem Sitz neben dem Fahrer der Limousine zu ihnen um. »Fertig?«

Es hätte auch der Morgen der Invasion in der Normandie sein können. Alles war erfüllt vom Gestank der Spannung und vom Glanz des geölten Stahls.

Chris saß sehr dicht neben Daina und hielt ihre Hand. Vor ihnen hoben sich die gewaltigen Türen, Silka überprüfte noch einmal alle elektronisch geschlossenen Wagentüren. »Jetzt geht's los«, sagte er.

Sie fuhren die Rampe hinunter, durch die Tür in die siedende Nacht hinaus. Sie konnten die hölzernen Absperrungen und die Polizisten ausmachen, die auf ihrem kleinen Streifen vor der wogenden See aus Jugendlichen hin und her patrouillierten. Die Menschen rockten und rollten, schoben und drückten sich hin und her, schwappten über das Pflaster wie eine ungewöhnlich hohe Flut.

Als sie die grauen Absperrböcke passiert hatten, wurden sie augenblicklich von der sich windenden Masse der Körper umgeben. Mädchen sprangen auf die lange Motorhaube der Limousine, vergeblich versuchten Polizisten, sie wieder herunterzuzerren. Geballte Fäuste donnerten beängstigend auf alle gläsernen Oberflächen. Köpfe preßten sich an die Flanken des Wagens. Ein Mädchen mit stark getuschten Wimpern und Perlen und Federn im geflochtenen Haar riß den Mund auf, leckte lasziv das Glas, als sei es der Körper ihres Liebhabers.

Ein Mädchen krabbelte auf die Motorhaube, schaffte sich mit den Ellbogen Platz, spreizte die Beine und rieb sich mit der Schrittnaht ihrer hautengen Jeans an der Windschutzscheibe. Mit den lackierten Fingernägeln fummelte sie am Vorderreißverschluß; sie versuchte sich die Jeans von den Hüften herunterzuziehen.

Nigel schob sich von Thaïs weg und beugte sich vor. Er packte den Rand der gläsernen Trennscheibe. »Na los, Baby«, rief er mit singender Stimme, »ja, ja – runter damit!«

»Das macht die auch«, sagte der Fahrer.

»Verdammt noch mal, dann feure sie an, du Armleuchter«, sagte Nigel.

Sie starrten alle hin. Die Jeans rutschten langsam über die Hüften des Mädchens hinab, weiter und weiter. Der Wagen hüpfte auf seinen schweren Federn, schwankte wie betrunken hin und her, während ein Hagel von Fäusten aufs Dach und gegen die Seiten trommelte.

»Mann...!« sagte der Fahrer.

»Guck mal an.« Nigel grinste wie eine Katze. »Keine Höschen.«

Thaïs sagte nichts. Sie schaute hinaus, auf einen anderen Teil des Ozeans.

Der Fahrer drückte auf die Hupe.

»He, was soll das?« Nigel hopste auf dem Sitz auf und ab.

Die Kraft der Masse stieg weiter, wie auf einer Kurve, die die Energie anzeigt, die in dieser Nacht noch verbraucht werden würde. Sie sahen das Schreien der Menge und spürten das Unheimliche wie einen Alptraum, dem jemand Leben gegeben hat.

Das Mädchen an der Windschutzscheibe war irgendwie verschwunden, von vier anderen ersetzt. Die Zeit für Einzelwesen war vorbei; nunmehr herrschte die Gemeinschaft. Daina dachte an Woodstock, an eine andere Zeit, als in der Generation kein Gedanke an Kriege verschwendet wurde.

Pumpende Arme und Beine, starrende Augen, das Wirbeln von Kleidern und der schwere Druck einer Decke aus Körpern begrub sie unter einer kollektiven Umarmung. Und sie konnten nur dasitzen und zusehen, was vor ihren Augen passierte, wie bei einem tödlichen Unfall: Sie waren erfüllt von einer morbiden Faszination, nichts dagegen zu unternehmen, sondern alles nur einzusaugen.

»Wißt ihr was?« Nigel hatte sich umgedreht und starrte sie an. »Wißt ihr was?« Er hob die Arme, streckte sie aus, bis seine ausgebreiteten Finger und seine schweißfeuchten Handflächen sich gegen den straff gespannten, vibrierenden Stoff der Wagendecke preßten. »Das alles haben wir geschaffen.« Seine Augen wurden riesengroß. »Ja! Ja! Ja, ja, ja!«

Er hopste auf und ab. Auf und ab. Auf und ab. Dann streckte er einen Finger aus und drückte einen Knopf. Das Fenster auf seiner Seite glitt herunter. Er warf sich auf diesen Mob zu. Auf seinem Gesicht flammte ein schrecklicher, furchterregender Ausdruck. Er kreischte wie ein Wahnsinniger, und sie zuckten zurück, zerstreuten sich, begannen zu rennen.

Augenblicke später stießen die Polizeisirenen elektronische Schreie aus.

Der ganze hintere Teil von »Lovels A Liquid« war mit pflaumenblauen Samtseilen an Messingständern abgesperrt worden. Es war oben, auf dem Balkon des Restaurants, von dessen Vorderseite man den unteren Teil mit seiner riesigen Bar aus hellem Holz überblicken konnte, dessen verglastes hinteres Ende vom fünfundzwanzigsten Stockwerk aus einen weiten Blick auf die Stadt zuließ. Da waren der Coit Tower, die Transamerica Pyramide und – ganz links – das mit Flutlicht beleuchtete Goldene Tor, so rosaorange wie ein Sonnenaufgang.

»So was fängt immer klein an«, sagte Chris Daina ins Ohr, während die Blitze der Kameras zuckten, »natürlich immer mit den besten Vorsätzen.« Er schob sie durch den überfüllten Raum. »Exklusivität ist immer noch in. Haben's nicht so gern, wenn wir gestört werden.« Er lachte gelöst. »Das ist unsere Entschuldigung.«

»Chris Kerr! He, aus dem Weg!«

Sie hörten ihn durch den Pulsschlag der Musik, durch das Stimmengeschnatter. Daina drehte leicht den Kopf, sah, wie ein Schatten sich aus der dichten Masse im hinteren Teil des Restaurants löste.

»He, Chris!«

Die Menge teilte sich wie eine Schafherde, die mit einem Stock auseinandergetrieben wird, Daina konnte das breite, flache Gesicht sehen, das lange, zottige, stumpfglänzende Haar: ein Blitz aus weißer Haut und schwarzem Bart.

»Hallo, Chris!« Er lächelte. Seine Arme waren ausgestreckt, seine breiten Schultern streiften die Leute ab wie Fliegen vom Körper eines Pferdes. Er hatte die Brust eines Grobschmieds.

»Kennst du diesen Kerl?« fragte Silka in Chris' Ohr. Chris schüttelte verneinend den Kopf, und Silka sagte etwas zu ihm.

Chris ging einen Schritt zurück und zog Daina mit. Silkas breite Gestalt schob sich zwischen sie und den jungen Mann.

Der krachte mit erschütternder Gewalt in Silka hinein. Seine Arme schlugen wie Dreschflegel aus. Silka, der sich anscheinend überhaupt nicht bewegte, hob seinen rechten Unterarm und wehrte die Faust des anderen zur Seite ab. Jetzt konnten sie sehen, daß der andere eine Pistole trug.

»Laß mich an ihn ran«, sagte der Bärtige. Er wirkte ganz ruhig. »Ich bring ihn um.« Und er versuchte, den Arm zu heben.

Mit großer Behendigkeit streckte Silka die Hände aus. Sie wirkten, als sie sich zwischen die Fäuste des anderen senkten, wie Schwertschneiden, explodierten nach außen und verbrauchten die Kraft ihres Schwungs auf harmlose Weise. Silka nahm die Pistole vom Boden auf.

»Komm«, sagte er leise, »jetzt raus hier, Bubi. Du hast hier nichts zu suchen.«

»Was weißt du denn von dem«, sagte der Bärtige. »Du bist doch bloß angeheuert.« Seine Lippen krümmten sich zu einem seltsamen Lächeln. »Ein Lakai, das ist doch alles. Nur ein Befehlsempfänger.« Sein Lächeln wurde breiter, während er sich vorwärtswarf und noch einmal versuchte, an Silka vorbei zu Chris und Daina zu kommen.

Er schoß heran und schwang beide Fäuste von der Hüfte an hoch. Er hielt die Ellbogen nach innen und die Knöchel hoch, wie es die besten und gerissensten Straßenkämpfer tun.

Er erwartete, daß sich Silka in der traditionellen Defensive fest hinstellte, aber der tat nichts dergleichen. Anstatt wie ein Boxer in Deckung zu gehen, streckte er das linke Bein vor, während er auf dem begrenzten Raum des überfüllten Saales rückwärts glitt. Daina konnte sehen, wie Silkas Muskeln sich zusammenballten, wie er seine Kraft durch sie hindurchfluten ließ. Fast unmerklich hob sich sein rechter Schuh vom Fußboden hoch und knallte ekelhaft hart innen gegen den Fußknöchel des Bärtigen.

Der schrie in Schmerz und Schrecken auf und brachte es bei dem Versuch, sich aufzurichten, nur noch fertig, sich zu drehen, wobei er das Gleichgewicht verlor. Silkas Rechte knallte steif wie ein Brett mit der Innenkante auf das Brustbein des Bärtigen, so daß aller Atem aus ihm herausschoß wie aus einem angestochenen Ballon.

Silka raffte die schlaffe Gestalt vom Boden auf und verschwand mit ihr in der summenden Menge. Das ganze Manöver hatte nicht länger als ein paar Sekunden gedauert.

Chris wandte sich rasch ab. Er klammerte sich an Daina; seine Haut fühlte sich kalt und klamm an. »Herrgott!« zischte er. »Das ist der Fall Lennon, neu aufgelegt!« Er zitterte. Daina legte den Arm um seine Schultern. »Was wollen die nur von uns?« sagte er zu niemandem. »Warum wollen die uns wegpusten?«

Sie führte ihn die Wendeltreppe hinauf. Musik ließ die Stufen vibrieren. »Wieder zu viele Leute«, flüsterte er. »Wir haben am Schluß immer die ganze Welt eingeladen.«

Sie setzten sich auf ein lippenstiftrotes Ledersofa in die Ecke nahe den Fenstern, neben Nil und Thaïs und Nigel, und nippten Dom Perignon 73.

Fotografen streunten herum wie gierige Schildfische an der elegant gestreckten Seite eines Hais. Sie schnüffelten an Bianca Jagger und David Bowie und an Bill Graham, früher einmal der größte Rockmusik-Promoter.

Aber immer wieder kamen sie zu Daina zurück. Chris lachte und summte ihr ins Ohr: »Thaïs wird dich hassen. Die und Bianca, weißt du – sind schon Nummern. Aber du – mein lieber Mann!«

Nil, der auf der anderen Seite neben ihr saß, starrte auf einen Teller gewundener Nudeln mit Austern.

»Nil«, fragte Daina, »geht's dir gut?«

»Hm.« Er lehnte den Kopf ins kühle Leder zurück und schloß die riesigen Augen. Zum erstenmal sah Daina, wie lang seine Wimpern waren. »Da drinnen«, sagte er, »fühl' ich nix. Zu viele Nächte laufen ineinander und wieder auseinander, wie'n Bach, bis runter ins Meer, hm, hm.«

»Warum tust du dir das nur an?«

»Was?«

»All den Koks, all den – Schnee.«

»Ach, Kindchen, wenn du nur wüßtest...« Seine Augen klappten auf und starrten sie an. »Is' besser, daß du von nichts was weißt. Dich hat's noch nicht gepackt. Nimm dich in acht. Hm. Warum? Weil's das einzige is', was mich noch am Laufen hält. Man muß 's Feuer am Brennen halten – mit dem, was man hat, damit's läuft. Drogen fließen wie Blut in meinen Adern.« Er zuckte die Achseln und lächelte. »Na und? Wer gibt 'nn da noch was drum? Wer hat's je getan?«

Er streckte die Hände aus: zwei lange, zierliche Chirurgenfinger drehten den gehäuften Teller wieder und wieder herum, als sei er eine Skulptur, über dessen Standort er sich nicht entscheiden konnte. »So. 's is' nur gefährlich, wenn die Kontrolle flötengeht. Wenn dir die Nacht in die Ohren schreit und dich auseinanderreißt. Bis dahin is's wie 'ne Decke, die dich schützt, die dich durchbringt – durch und durch.«

»Es ist jetzt schon außer Kontrolle, Nil«, sagte Daina leise. »Es ist immer außer Kontrolle, weißt du das denn nicht?«

Seine Lippen teilten sich, seine großen weißen Zähne klickten warnend zusammen. »Erlaub' dir kein Urteil über mich, wie ich lebe – 's bestimm' ich allein. Bestimmen is' alles. Meine Musik is' mein Leben. Alles mein. 's is' alles, was es für mich je gegeben hat.«

»Aber jetzt, wo du alles hast, was du willst...«

»Alles is' Scheiße. Leben is' Unglück. 's macht aus meiner Musik, was sie is'.«

Er blickte hinaus zum sternlosen Himmel. »Wie der Himmel. Was es is', kann man nich' sehen. Gewisse Dinge bricht man nich' raus. Nie. Dafür is' die Musik da, is' der einzige Grund, warum man existiert...«

Sie wollte antworten, aber Chris zog an ihrer Hand, zerrte sie weg. Er sagte: »Da ist Fonda. Ist die richtige Zeit, mich vorzustellen.«

Daina trank eine Menge und aß fast nichts. Sie redete viel, und es schien ihr, als ob sie immer durstiger würde, je mehr sie redete. Immer war jemand an ihrer Seite und füllte ihr Glas mit Sekt nach – nichts außer dem Dom Perignon.

Thaïs kam durch das Gedränge zu ihr herüber. Sie teilte den Vorhang aus Krach und Musik und achtete nicht auf das Gewebe der dahinwehenden Unterhaltung und der Monologe, die sich als Unterhaltungen darstellten.

»Liebes«, sagte Thaïs mit ihrer ehrfurchteinflößenden, rauhen Stimme, »gefällt es dir?«, als ob sie die Gastgeberin dieser Party sei. Sie hakte sich mit ihrem schlanken, kühlen Arm bei Daina ein und führte sie zum Fenster. »Jon haßte solche Partys«, sagte sie. »Ich hab' ihn stundenlang überreden und besänftigen müssen, damit er bei so was auftauchte. Ich mußte ihn rasieren, anziehen, ihm die Haare bürsten und ihn zurechtmachen.« Ihre Augen wirkten im Neon-Halblicht undurchsichtig, doppellidrig, wie Fenster, die nicht blinkten. »Und weißt du, was am Schluß war?« Daina fühlte sich von diesem unbeweglichen Blick wie hypnotisiert. »Er ging in den überfüllten Saal und war wie eingeschaltet. Sein Körper spürte nichts, aber sein Gehirn war blitzklar. Ich hab' die Explosionen in seinen Augen gesehen, das seltsame Feuer, das nicht ausgehen wollte. Selbst Partywölfe wie Chris und Ian waren schon lange verschwunden, nur wir beide blieben noch zurück und bei Bewußtsein.«

Thaïs' lange Finger schlangen sich um Dainas Handgelenk. Für den Bruchteil einer Sekunde spürte Daina, wie ein leichtes Angstzittern über ihren Rücken kroch.

»Aber du wußtest das ja schon alles, nicht?«

Daina schüttelte den Kopf. »Nein.«

Thaïs' Gesicht kam ihr näher. Sie konnte ihren süßen, leicht dumpfen Atem riechen; ihr Parfüm, mit Schweiß gemischt, salzig und herb, aber nicht unangenehm, ganz im Gegenteil: – es war der Geruch eines Tieres. Daina schloß die Augen und atmete schaudernd aus.

»Jetzt lüg nicht, Liebes«, flüsterte Thaïs. »Ich weiß, daß du es weißt.«

Daina riß die Augen auf und begegnete Thaïs stechendem Blick aus so großer Nähe, daß sie zusammenfuhr. »Was soll ich wissen?«

»Das mit Jon. Sei nicht neckisch, Liebes.« Sie drohte mit erhobenem Finger. »Es ist ja keine Sünde, Bescheid zu wissen, es ist nur ein Fehler. Jemand hat einen Fehler begangen, das ist alles.«

»Wovon redest du...«

»Wenn du zum inneren Kreis gehörst, wäre es etwas anderes. Aber du bist draußen. Du hast hier keine Macht, und du wirst auch keine haben, verstehst du?«

»Ich verstehe überhaupt nichts...«

»Mit Maggie hat alles angefangen, weißt du.« Ein Lächeln gefror auf ihren Lippen; ihre Finger preßten sich schmerzhaft in Dainas Handgelenk. »Sie hat versucht, Macht zu kriegen. Sie hat hier einzubrechen versucht. Mehr zu tun als – von ihr erwartet wurde. Sie hatte Ideen. Sie wollte die Warnungen nicht hören.« Thaïs Stimme war zunehmend rauher geworden, jetzt strotzte sie vor Gift. »Aber sie war ein Außenseiter, genau wie du. Sie hatte Gesetze gebrochen und ist vernichtet worden.«

»Mein Gott!« Daina entwand sich ihrem Griff. »Was sagst du da?« Ihre Augen waren weit aufgerissen. Furcht durchfluteten ihre Adern wie Eiswasser.

»Davon brauchst du nichts zu wissen. Es geht dich nichts an.«

»Es geht mich doch was an!« schrie Daina. »Maggie war meine

beste Freundin!« Ungeachtet der ihnen zugewandten Gesichter schrie sie laut auf. Blitzlichter zuckten.

Thaïs' Wangen waren heiß und rosa. Ein kleines, geheimes Lächeln brach über ihre breiten Lippen. Das Neonlicht färbte ihre Zähne blendend weiß. Abrupt drehte sie sich um und glitt in die Menge zurück.

Einen Augenblick lang stand Daina wie angewurzelt, dann sprang sie hinter Thaïs her, drängte sich durch die Menge, vorbei an Jerry Brown und Tom Gayden. Aber sie wurde aufgehalten. Ihre Gedanken wirbelten. Der Raum kippte. Sie taumelte, aber niemand kümmerte sich darum.

Ihre zitternden Finger drehten den Türknopf, die Tür schwang auf. Daina schob sie hinter sich wieder zu, ging in eine der Toiletten und brach auf der Klobrille zusammen. Der Kopf fiel ihr nach vorn auf die Hände. Sie fühlte den schlüpfrigen Schweißfilm auf ihrer Stirn.

Vielleicht wurde sie in diesem Augenblick ohnmächtig, oder – wahrscheinlicher – klammerte sie sich an den Vorsprung, der im Zwielicht zwischen Wachheit und Ohnmacht hing. Als sie endlich die Augen wieder öffnete und den Kopf hob, wußte sie nicht, wieviel Zeit vergangen war. Sie blinzelte mehrmals und starrte verständnislos auf ihre Finger, die vom Umklammern der Türklinke steif und weiß geworden waren. Daina konzentrierte sich darauf, tief Atem zu holen, bis sie sich besser fühlte.

Sie erleichterte sich und verließ die Kabine. Am Waschbecken klatschte sie sich kaltes Wasser ins Gesicht. Sie wußte, daß ihre Energie zurückkehrte. Sie formte die Hände zum Becher und trank Wasser. Ihre Kehle brannte; aber sie widerstand dem Drang, große Schlucke zu nehmen.

Wieder zur Tür heraus, schlugen Klänge und Gerüche auf sie ein, als erhielte sie einen Faustschlag in den Magen. Menschen bewegten sich am langen Fensterufer entlang auf eine Terrasse zu. Daina dachte, sie solle vielleicht dort hingehen, um aus der tosenden Hitze und dem Krach herauszukommen, aber auf halbem Wege holte Chris sie ein.

»He, wo bist du gewesen? Hab' dich überall gesucht.«

Sie mußte zweimal ansetzen und brachte dann nur die Worte »Damentoilette« heraus. Ihre Lippen fühlten sich taub an.

»Hab' gehört, hatt's dich 'n bißchen mit Thaïs in der Wolle. Is' mir sozusagen von irgendwoher ins Ohr geraucht.«

»Was, was die mir gesagt hat...« Daina fühlte sich unsicher wie ein Baby.

Er ginste sie an. »Hab' dir doch gesagt, daß sie eifersüchtig is'.

Konkurrenz hat die nicht gern. 's is' die Königin der Nacht ... oder sie wär's wenigstens gern.«

»Darum ging es nicht. Sie ...«

»He, komm«, sagte Chris. »Hab' dich gesucht, weil Nil und ich soweit sind, unsere Nummer loszulassen. Wollen hier spielen, wir beide. Sogar Nigel weiß nichts. Der schon gar nicht. Der springt im Karree.« Sie wanden sich ihren Weg durch die Menge zurück zum Tisch.

»He, Nil.« Chris lehnte sich über den Tisch und schob leere Perrier- und Tsingtao-Wodka-Flaschen beiseite, Teller mit krümeligem italienischen Brot und goldener Butter. »Alles klar? Ich sag' jetzt mal an – und dann heulen wir los.«

Nil nickte, lächelte glücklich, als Chris sich abwandte und Daina ins Ohr flüsterte: »Okay, jetzt geht's los.«

Nil streckte ihr eine Hand hin. Sie nahm sie, fühlte ihre Kühle wie eine Brise. Er starrte ihr in die Augen, öffnete seine Lippen, um etwas zu sagen. Dann hustete er leise, fiel vornüber. Sein schokoladenfarbenes Gesicht wurde unter weichem, fast obszönem Geräusch von dem Teller Nudeln verschlungen, Tomatensoße klatschte auf das weiße Tischtuch und über Dainas Schulter. Ihre Wange war voll roter Flekken.

Nil lag da, vollkommen still. »Herrgott! Chris! Chris!« Sie riß an Chris, und er wirbelte herum. »Herrgott!«

Die Party ging weiter, nichts beachtend, völlig betrunken, weitergeschleudert von ihrem eigenen, massiven Schwung; sie war unwiderruflich bei allen außer Kontrolle geraten, erfüllt von elektrischer Spannung und verstohlenem Tasten.

Eine hochgewachsene Blondine, die neben Nil gesessen hatte, versuchte vergebens, seine Aufmerksamkeit zu behalten. Sie kicherte und fuhr mit ihren silberlackierten Fingernägeln durch sein glitzerndes Haar.

»He, Mann«, sagte Chris, »Nil, Mensch. He!« Er fiel vorwärts über den Tisch. Musik dröhnte, Gelächter drang durch den Dunstschleier aus Rauch. Jemand drückte seine Zigarette in der weichen Butter aus. Die Blonde beugte sich vor, küßte Nils Ohr und gurgelte entzückt.

Daina tastete nach ihm, legte ihre Hand auf die klamme Haut seiner Brust, in der Lücke seines offenen Hemdes.

»He, Mann!« Chris kniete auf dem Tisch und zerrte Tischtuch und Geschirr durcheinander. »He, runter von ihm!« schrie er die Blondine an und schob ihren Kopf weg. Er grub seine Finger in Nils dichte Afrofrisur, riß ihm den Kopf hoch.

Daina hielt die Luft an. Die Blonde kicherte hysterisch, preßte eine

Hand über den Mund. Nils Haut war so blaß wie Milchkaffee. Chris zog vor Schrecken unwillkürlich die Hand weg, und Nils großer Kopf sackte wie ein totes Gewicht zurück. Er prallte auf die Rückenlehne des lippenstiftroten Sofas. Die Blonde wandte sich ab und erbrach sich über ihr Kleid.

Nils offene, glasige Augen schauten blicklos gen Himmel.

8. Kapitel

Der Himmel weit draußen am sauberen, ungebrochenen Horizont hatte die Farbe der See. Er erinnerte sie an die Melancholie des Spätsommers, wenn die Blaubeeren so groß waren, daß man glaubte, sie würden, wenn man sie mit der Fingerspitze berührte, bersten; und wo man vom Rand des Gebüsches ihren Duft schon hundert Meter entfernt wahrnahm.

Es war eine Zeit, in der der Mond geschwollen am Himmel hing, so dunstig wie eine Laterne aus einem uralten, verblichenen Bilderbuch, und Daina wußte: es war an der Zeit, daß der Mann, der seit zwei Monaten ihr Freund war, wegfuhr mit dem Versprechen, sie zu lieben und jeden Tag einen Brief zu schreiben – ein Versprechen, das nie erfüllt werden würde.

Es war an der Zeit, in die noch immer dampfende Stadt zurückzukehren, zu den offenen Feuerhydranten, dem klebrigen Spätsommer. Und dann glitt man langsam, ganz langsam in den grauen Winter hinein.

Neben ihr weinte Chris.

Ganz weit draußen erhoben sich Möwen von einer schmalen Landzunge und kreisten auf dem dunkelgrauen Wasser. Mit den ersten schwachen Strahlen der Morgensonne, die die Spitzen der orangefarbenen Stahlpfeiler der Golden-Gate-Brücke liebkosten, stießen die Möwen ihre hungrigen Schreie aus. Daina legte den Arm um Chris' Schultern und zog ihn an sich.

Sie schloß wieder die Augen im strahlenden Glanz der Dämmerung von Sausalito. Sie bemerkte nicht die Feuchtigkeit des Bodens unter ihrer Sitzfläche. Ihre eigene Vergangenheit wallte noch einmal in ihr auf, ertränkte sie in bittern Tränen.

»Lieber Gott«, flüsterte Chris durch das Geräusch des Meeres und die schmerzenden Schreie der dahinschießenden Möwen. Seine Wange lag in Dainas Armbeuge; auf der nackten Haut, denn sie hatte den Ärmel ihres Sweatshirts hochgeschoben. Das Kleidungsstück hatte einen Reißverschluß; in Seide und über den Rücken gestickt stand *Heather*

Duell. Tränen rollten aus Chris Augen und benetzten Daina. »Verdammt, er war solch ein Genie. So was wie ihn wird's nie mehr geben.«

Hinter der verlassenen Straße, wo ihr Wagen mit dem schlafenden Fahrer parkte, erhob sich die Stadt: Geschäfte und einstöckige Häuser inmitten von Bäumen und üppigem Grün, eine Art schicker Vorort. Hier war es wirklich ländlich, obwohl die Gegend direkt hinter der Brücke lag. Nicht wie in New York, dachte Daina, wo man eine halbe Stunde brauchte, nur um nach Queens zu kommen.

»Sie verschwinden alle, Dain.« Chris' Stimme war bleischwer und pelzig von Drogen und Seelenschmerz. »Bald wird's keinen mehr geben, der's Futter wert is' auf dieser schnellen Strecke. Nur noch kleine Hosenscheißer, die sich einbilden, sie wüßten Bescheid, und die in Wirklichkeit keinen blassen Schimmer haben, wo's langgeht. Die Musiker – die echten Musiker, die sterben aus – sie sterben an irgend 'ner Krankheit, gegen die's nichts gibt.«

»Es ist nur die Geschwindigkeit, Chris.«

Er schüttelte leidenschaftlich den Kopf. »Nein, irrst dich. 's is' das Nichts dazwischen, was sie umbringt. Die Leere. Die 's so groß, daß sie's nich' riskieren, zu lange dazubleiben, wenn die Musik aus is' – keiner von uns. Weil uns die Leere sonst auffrißt. Sie schluckt uns im Ganzen.« Er schauderte neben ihr, und sie preßte ihre Lippen auf seine Schulter, um ihn zu beruhigen.

»Was bedeutet diese Leere?« fragte sie.

Er drehte den Kopf um und schaute sie an. Seine Augen waren trübselig und tränenverschleiert. »Wir sind's selbst, Dain. Wir selbst. Schätze, müssen schwer für blechen, was wir machen. Können wir, können wir nich' mit uns selbst leben. Das is' es, verstehst du? Das is' 's Geheimnis. Das ganze Geheimnis. Also schalten wir 'n Turbolader ein und schießen hier raus, so verdammt schnell, daß wir die Dunkelheit gar nicht mitkriegen. Aber sie kriecht auf uns los, die ganze Zeit, überall, um die Ecken rum. Überall.«

»Es ist genau, wie ich gesagt habe: die Geschwindigkeit.«

»Ach, ich weiß nich'. Nigel und ich und Jon, ja, der auch, kommen alle aus 'ner Zeit und 'ner Stadt, wo's außer Musik nichts gab, was Spaß machte. Keiner von uns hätt' 'm Gemüsegeschäft arbeiten können. Uni hätten wir nich' geschafft. Was soll 'n Junge aus den Slums sonst machen? Rock'n'Roll, das is' die treibende Kraft. Haben davon gelebt, beim Zuhören, hat's Verhungern verhindert, als wir ihn selbst machten. Ohne Musik sind wir nichts, 's gibt kein Zurück. Bei Nil war's genauso. 's einzige, was er geliebt hat, war seine Musik, und die hat ihn umgebracht.«

»Nicht der Schnee?«

»Is' doch Jacke wie Hose, siehst du 'nn das nich'? 's eine gehört zum anderen, 's hab' ich dir grade gesagt. Hast du mir eigentlich zugehört? Außerhalb der Musik, da können wir einfach nich', Herrgott noch mal, packen wir's einfach nich'.«

Er schloß langsam die Augen, fast zögernd, als ob er etwas Kostbares aufgäbe. Vom Westen her war Wind aufgekommen, und er kuschelte sich enger an sie. Sie streichelte sein Haar, schob, als die Brise hindurchfuhr, die dicken Locken aus seinem Gesicht.

»Als ich noch viel jünger war«, sagte Daina, »da lebte meine Großmutter noch, die Mutter meiner Mutter und der einzige Großelternteil, den ich kennengelernt habe. Sie war schon ziemlich alt – Ende Siebzig –, und meine Mutter hat sich endlich von den Ärzten überzeugen lassen, daß meine Großmutter in ein Heim gehörte. Meine Mutter hat mir viel später einmal gesagt, daß sie es nicht gern getan hätte; aber ich hab' ihr eigentlich nie geglaubt. Meine Mutter zeigte nie besonders viel Gewissen.

Aber, nachdem meine Großmutter im Heim war, sprang sie jeden Tag hoch, wenn spät in der Nacht oder sehr früh am Morgen das Telefon klingelte. Sie dachte dann immer, es sei ein Anruf aus dem Heim. Und eines Morgens war das natürlich auch der Fall. Meine Mutter hörte anscheinend unheimlich lange zu, und dann, dann legte sie den Hörer auf. ›Oma ist gestorben‹, sagte sie, ›beim Frühstück. Da ist sie umgefallen. Einfach so!‹ – sie schnippte mit den Fingern – ›Sie ist in ihren Haferbrei gefallen, ohne zu merken, was passiert.‹ «

Daina streichelte mit dem Handrücken über seine Wange. »Genau so ist das mit Nil passiert, Chris. Er ist umgekippt, vor Altersschwäche, mit dreiunddreißig. Das hab' ich damit gemeint, als ich sagte, es sei die Geschwindigkeit.«

»Aber, Herrgott, er hat so tolle Musik gemacht!«

Daina schüttelte den Kopf.

»Er war 'n Wunder, der frühe Nil. Hab' mal gesehen, wie ihm mitten in 'm Solo 'ne Saite riß. Hat nich' aufgehört zu spielen. Hat einfach 'ne neue Saite genommen, die sie ihm reichten. Hat sie aufgezogen und gestimmt und keinen Takt verpaßt. Nicht 'ne einzige verdammte Note war an der falschen Stelle.«

»Hast du eigentlich ein einziges Wort davon gehört, was ich gesagt habe?« fragte Daina.

Er hob den Kopf von ihrem Arm. »Verdammt, hab' jedes Wort gehört. Was soll ich 'nn dazu sagen? Weiß, was du meinst, aber 's is' eben mein Leben.«

»Nil hat vergangene Nacht genau dasselbe zu mir gesagt!«

»Klar, wette, 's hat er.« Chris drehte den Kopf um und starrte in die aufgehende Sonne. Die Möwen schrien, als das neue Licht sich wie das Blut aus einem zerrissenen Kadaver über sie ergoß.

»Hatt'st du jemals das Gefühl«, sagte er nach einer Weile, »daß alles vorbei wäre, wenn du aufhörst, daß dann was Schreckliches kommen würde, daß du 'n Nichts wirst?« Er nahm ihre Hand. »Meine – könnte nie mehr das sein, was ich war...« Ein Schauder schien durch ihn hindurchzugehen.

Daina dachte an Rubens und an Terroristen. »Zerfall und Auflösung, das ist mein Geschäft«, flüsterte sie. »Das mache ich – das macht mich glücklich. Es hält mich am Laufen, es gibt mir Boden unter den Füßen, es ist der lange Faden, der meinem Leben Zusammenhalt gibt, wie bei dir die Musik.«

Nur der leise Schrei der Möwen zupfte an den Saiten des Kummers.

»'s is', was zwischen den Auftritten passiert, was mir Angst macht, Dain«, sagte Chris. »Im Flugzeug, auf 'm Flughafen, in den Kinos, in den Restaurants. Alles, was ich vor Augen hab', sind die winzigen, verdammten Sekunden des Nichts. Weiß nich' mehr, wo ich bin, oder wohin ich gehe. Denke nur noch dran, woher ich gekommen bin: aus 'nem elendigen Stinkloch in Soho.« Er wandte den Blick von ihr ab, wollte ihr nicht in die Augen schauen. »Was is' 'nn, wenn ich die Band im Stich lass' und alles ist weg? Bin dann wieder nichts. Nichts.«

»Ich glaube nicht, daß dieser Grund dafür ausreicht, daß du dir jetzt dein Leben vermasselst«, sagte sie vorsichtig. Die Möwen waren wie eine flatternde Decke; sie hoben und senkten sich in unbewußter Nachahmung des Meeres. Hinter ihnen kreuzte eine weißbesegelte Ketsch vor dem Wind. »Ich sehe – ich spüre, wie elend du dich fühlst. Thaïs sieht es auch. Was glaubst du wohl, warum sie versucht hat, sich während dieses Wochenendes mit mir anzufreunden?«

»Vergiß Thaïs«, sagte Chris, »sie spielt wieder eins ihrer Hirnspielchen.«

»Sie ist auf mich genauso eifersüchtig wie sie auf Maggie eifersüchtig war. Sie mag unser Verhältnis nicht. Sie traut uns nicht.«

»Logo. Wenn sie was nich' kapiert, 'nn traut sie 'm auch nich'. Wer tut's schon?«

»Was soll denn das heißen?«

Er schaute sie an. »Überlaß Thaïs nur mir.«

»Du hältst dich für so schlau«, sagte Daina wütend, »aber ich glaube nicht, daß du dir darüber im klaren bist, wer dich beherrscht.«

Er starrte sie an. »Scheiße – wenn's um Weiber geht, da kann ich mitreden.«

»Wirklich?«

Er wirkte wie der Maulheld unter kleinen Jungen, was Daina nur noch provozierte, ihm weitere Nadelstiche auszuteilen. Wieso erkannte er nicht, was ihm offensichtlich direkt vor der Nase hing?

»Komm' mir bei dir manchmal ziemlich bescheuert vor«, sagte er. »Deine Willenskraft schüchtert mich ein, du hypnotisierst mich.« Er rieb sich mit den Handflächen über die Schenkel. »Wenn ich an all 'ie Weiber denke, mit denen ich zusammengemacht hab! Und an die anderen, die mir gestohlen bleiben konnten. 's is' 'ne verdammt lange Reihe. Rund um die Welt. Nur für mich.«

»Chris –«

»Haben uns deinetwegen gestritten, Maggie und ich. Nehme an, 's kam daher, daß wir 'ne unterschiedliche Meinung von dir hatten.« Sein Blick schien von ihr abzufallen, sich in die Vergangenheit zu senken. »Maggie hat gesehen, 's los war, wenn's dir auch nich' aufgefallen is'. Nein, laß mich reden. Hab' nich' genug Pep, noch mal von vorn anzufangen.« Er stieß einen tiefen, schaudernden Seufzer aus. »Wußte, du hatt's keine Ahnung. Hab's auch so gelassen, weil's das war, was mich angezogen hat. Hatte immer mehr den Wunsch, 'n deiner Nähe zu sein. 's war's eigentlich das erste Mal, und – verdammt – ich war ziemlich sauer drüber. Meine – muß sich nich' so anstellen wie alle andern.« Er schwenkte den ausgestreckten Arm und strich über den Horizont. »Weiber sind alle gleich. Sind geil auf Macht. Unheimlich geil drauf. Gucken dann, wieviel Macht die andern haben, vergleichen: meine is' aber größer als deine. Ha! Aber bei dir? Wollt' einfach bei dir sein. 's machte mir Angst. 's macht mir immer noch Angst, das, weil ich's nich' kapiere. Meine, mir is' nich' dauernd nach Bett oder so. Nur zusammensein. Wir könnten's sogar jetzt tun, unten am Wasser, wo's keiner...«

»Chris, nein...« Sie legte eine Hand auf seinen Arm. »Ich...«

»Glaubst, daß 's, was mit Nil passiert is', passiert mir auch, yeah? Na klar, doch. Seh's dir an den Augen an. Bis' auf'n falschen Dampfer. So ist's immer am Ende, so geht's jedesmal – wie bei der Joplin un' Jon un' Hendrix un' Jim Morrison. Aber kuck dir die andern an, Muddy Waters un' Chuck Berry und die. Die machen immer weiter und weiter, ham noch nie was von Pension oder Tod gehört. Sind nich' mit dreiunddreißig ausgebrannt. Na, und ich bin eben einer von denen. Sterb' schon nicht. Weiß was 'nn los is' – ich bin kein Monster.«

»Nein.« Sie beugte sich vor und küßte seine Wange. Sie hielt seinen Kopf und streichelte ihn mit ihren langen Fingern. »Nein«, hauchte sie, »du bist kein Monster. Das weiß ich, Chris.« Und sie konnte nicht weiterreden, sie konnte ihm irgendwie nicht sagen: Ich hab' Angst um dich, ich hab' Angst, daß Thaïs – was? Sie wußte, daß er in dieser Hinsicht nicht stark war. Er hätte sich in der Vergangenheit Jons wegen ihren Annäherungsversuchen widersetzen können, und in der Gegenwart – oder genauer gesagt, in der unmittelbaren Vergangenheit – Maggies wegen. Jetzt aber gab es niemanden mehr, der zwischen Chris und Thaïs stand, noch nicht einmal Nigel, der Thaïs anscheinend langweilig geworden war.

Daina sah, wie er die Linie ihres Haaransatzes betrachtete; und wie ihr Haar sich fächerartig, segelgleich, im Wind ausbreitete; und wie es heller wurde, als das Sonnenlicht langsam den Himmel überflutete.

»Bin 'n Überlebender«, sagte er. »Hab' alles hinter mir – die blutigen Straßenkämpfe zu Haus. Hab' oft genug eins über die Rübe gekriegt. Bin immer zurückgekommen und hab' den Tag überstanden. Kapierst du, was ich meine?«

Hinter ihnen zog die Ketsch mit weißen Segeln zum fernen Horizont.

»Zum Bett, Chris«, begann sie, »wir sind Freunde.«

»Auch Freunde können miteinander ins Bett gehen.«

»Nicht da, wo ich herkomme.« Sie nahm sein Kinn und drehte sein Gesicht zu sich herum. »Sieh mich an. Wir haben was anderes, etwas ganz anderes. Und du versuchst die Sache irgendwie zu analysieren, um sie zu verstehen.« Sie schaute ihm ins Gesicht. »Das ist nicht gut. Das weißt du auch, du fühlst es sogar. Und du brauchst mich nicht, um es dir selbst zu sagen.«

»Nein«, sagte er. »'s wär dann nur weniger – beängstigend.« Er lächelte sie an; es war eins dieser patentierten Chris-Kerr-Lächeln, bei denen die Herzen schmolzen und auf der ganzen Welt die Höschen feucht wurden. »Hatte gedacht, hätt' schon ausgelernt.« Aber sofort wurde er wieder nüchtern. »Was ist denn?«

»Ich hab' noch etwas anderes herausgefunden. Bis jetzt war noch keine Zeit, das Thema anzuschneiden, und, um die Wahrheit zu sagen, ich bin nicht sicher, was ich davon halten soll. Einerseits könnte ich dich manchmal erwürgen, und dann, im nächsten Augenblick...«

»Brings' du's je über dich, 's mir zu sagen?«

»Maggie hing dran, Chris – am Schnee. Wie ist das gekommen?«

»Der, der sie drangebracht hat, is' auch reingekommen und hat sie hingemacht, richtig?«

»Hör auf mit dem Mist, ich weiß Bescheid.«

»Was weiß' du?«

»Lüg mich nicht an!«

Sie sah, wie sein Mundwinkel zitterte.

»Gibst mir also die Schuld, ja? Bequemer geht's nimmer. Ich bin noch am Leben, und sie is'...«

»So redest du nicht weiter«, warnte Daina.

»Warum zum Teufel bis' 'nn du auf 'mal so selbstgerecht? Bis' du 'nn so 'n Unschuldsengel? Has' du 'nn noch nie was getan, was dir hinterher leid tat?«

»Du hast mir meine Frage nicht beantwortet«, antwortete Daina ungestört.

»Nein, verdammte Scheiße, 's hab' ich nicht!«

»Na gut, dann vergiß es.« Sie wandte sich ab.

Der Wind pfiff durch das niedrige Gebüsch, über die breite Betonmauer zum plätschernden Wasser hinunter. Im Westen war der Himmel klar und jungfräulich wie eine unberührte Leinwand.

»Du will's es gar nicht wissen«, sagte er nach einer Weile so leise, daß sie ihn darum bitten mußte, es zu wiederholen.

»Nein, nicht, wenn es wieder eine Lüge ist. Was für einen Zweck hat es, zusammenzusein und sich gegenseitig anzulügen.« Sie warf ihm einen schnellen Blick zu. »War die ›Pavane‹ auch eine Lüge?«

Sie wußte, daß sie ihn verletzt hatte, und freute sich darüber.

»Keine Lüge, Dain.«

»Dann lüg mich auch jetzt nicht an.«

Er nickte. »Gut.« Er hob die harte, trockene Hülle eines Schilfgrases auf und tippte damit, während er sprach, auf den Boden zwischen seinen Beinen. »Eins hatte sie immer so an sich – 'ne Art Unschuld, nicht die blöde Groupies-Leere, die nich'. Hatt' schon alles hinter mir, sie nich'. Dachte, ich könnt' sie vor dieser ganzen Scheiße schützen, weißt du?« Seine Augen bettelten jetzt. »Hab' ihr nichts von dem gesagt, was ich genommen hab', soweit möglich. Wollte nich', daß sie's wußte, von wegen Versuchung.« Er lachte ein abruptes, hartes Lachen. »Also, ich komm' eines Tages nach Haus, finde das ganze Zeug auf der Arbeitsplatte in der Küche. Eine von ihren Freundinnen – hab' sie nich' mal gekannt – hat Maggie drauf gebracht. Und da lag das Zeug, 'ne verdammte Ironie, das. Irgend'ne kleine Hure...« Er seufzte. »Du weißt, wie deprimiert Maggie sein konnte. Mit ihrer Karriere war's Essig, und ich hatt' keine Zeit...« Er hob die Fäuste und preßte sie ins Gesicht. »Oh, sie war so schwach, Dain, sie war so schwach. Konnte nich' auf eigenen Beinen stehen. Hat mich gebraucht, dich auch und noch 'ne Menge andere, schätze ich. Keiner von uns hat die andern gekannt. Maggie konnt's nich'. Sie hätt's nie geschafft. Konnte nich' allein stehen...«

»Warum hast du sie nicht davon abgehalten, Drogen zu nehmen, Chris?« sagte Daina ganz leise, aber die Anklage, die darin lag, wirkte wie ein Messerstich.

»Natürlich hab' ich dran gedacht. Aber – was mach' ich denn? Wie hätt' ich's 'nn gekonnt? Hätt' mich komplett beschissen gefühlt, wenn ich ihr gesagt hätt', sie soll den Stoff wegpacken, während ich selbst...«

»Also hast du sie weitermachen lassen, du selbstsüchtiger Schuft.«

»Was hätt' ich 'nn machen können?« sagte Chris voller Kummer. »Dieses eine Mal hab' ich sie verprügelt, ja, du has' richtig gehört. Auf mich war ich genauso sauer wie auf sie.«

»Wie kommt es, daß ich nie was davon erfahren habe?«

»Weil Maggie dich zu gern hatte. Sie wußte, wenn du's herausgefunden hätt's, wär' dir schon was eingefallen, sie davon abzubringen, und, Dain, sie wollt' sich nich' abbringen lassen.«

»Wie kannst du so etwas sagen?«

»Weil ich's eben weiß«, sagte er ganz nah an ihrem Gesicht.

Der Flug zurück nach Los Angeles bedeutete trockene, abgestandene Luft und mikroskopisch kleine Staubkörnchen, die man nur in Flugzeugen unter die Augenlider kriegt.

Die Erste Klasse war immer noch weit entfernt vom eigenen Jet der *Heartbeats*, mit dem Daina nach San Francisco gekommen war.

Daina lehnte sich zurück, schloß die Augen und dachte an das lange, schreckliche Polizeiverhör. Merkwürdig, daß der Vorfall im »Lovels A Liquid« durch Nils Tod in den Hintergrund gedrängt worden war. Es war keine Sensation; erst wenn jemand getötet wird, kommen die Geier, wie bei Maggies Beerdigung. Daina schauderte. Das Bild des lächelnden Mannes war ihr strahlend im Gedächtnis. Silka hatte ihn der Polizei übergeben, und damit war alles vorbei.

Und Chris? Obwohl er eine kurze Zeit über erschüttert gewesen war, hatte er den Vorfall aus seinen Gedanken gestrichen. »'s hängt mit 'm Gebiet zusammen«, hatte er ihr am nächsten Morgen in Sausalito gesagt.

Daina spürte, wie etwas über ihr schwebte: eine knackige junge Stewardeß mit leuchtend braunem Haar und glänzenden rosa Lippen lächelte sie an. »Wenn Sie noch einen Augenblick Platz behalten wollen, Miss Whitney. Wir rollen zum Hilfsflughafen, wo Ihre Leute eine Pressekonferenz einberufen haben. Das Gepäck wird direkt zu Ihrem Wagen gebracht.« Sie lächelte noch einmal. »Wir danken Ihnen, daß Sie mit unserer Gesellschaft geflogen sind.«

Daina stieg als einzige aus. Beryl, in einem blaßgrünen Chiffonkleid hinreißend anzusehen, nahm Daina bei der Hand. »Wir sind so froh, daß Sie zugestimmt haben, diese Pressesache zu machen«, sagte sie überschwenglich. »Offen gestanden wußte ich nicht, was mich erwartete, als ich Sie anrief.« Sie zog Daina mit sich, einen Betonkorridor entlang, auf dem es von Flughafenpersonal und uniformierten Polizisten nur so wimmelte. »Die ersten Berichte waren ziemlich skizzenhaft, wie Sie sich vorstellen können.« Sie spähte Daina ins Gesicht. »Es muß furchtbar gewesen sein.«

Ja, dachte Daina. Es war allerdings furchtbar, aber aus mehr Gründen, als Sie je erfahren werden.

Das Ende des Tunnels war in Sicht. Dahinter flammten Lampen auf, und eine Welle menschlicher Stimmen wogte Daina entgegen. »So, da sind wir also.« Und Beryl begleitete Daina in den Presseraum. Die Fernsehkameras liefen. Besorgt aussehende Nachrichtensprecher gaben mit gedämpfter Stimme eilige Kommentare ab.

»Ich hatte schon daran gedacht, einen Text für Sie vorzubereiten«, flüsterte Beryl, »aber Rubens sagte nein. Sie wüßten schon, was Sie sagen müßten.«

Tatsache war, daß Daina nicht die geringste Ahnung hatte, was sie sagen sollte. Als sie die provisorische hölzerne Treppe zum Podium hinaufstieg, war ihr Gehirn völlig leer. Sie dachte an Baba, wie er in seinem Blut lag, dieweil gleichgültige Katzen im Korridor Wache standen; sie dachte an Meyer, dessen Gesicht sich an den Stacheldraht des Todeslagers preßte, der davon träumte, eines Tages frei zu sein; und sie dachte an das Verlies, das tiefer in die modrig riechende Erde versenkt worden war, als sie je sinken wollte. Sie begann zu sprechen.

»Als ich noch sehr jung war«, sagte sie, »habe ich erfahren, welchen Wert das menschliche Leben hat. Ich kann nicht behaupten, daß ich Nil Valentin gut kannte. Er wurde mir erst am vergangenen Wochenende von Chris Kerr vorgestellt. Aber wie man einen Menschen auf einem Nachtflug kennenlernt, so hat mir Nil Valentin vielleicht Dinge erzählt, die er niemand anderem preisgegeben hätte. Sie alle kannten ihn als leidenschaftlichen Musiker mit großem Talent und einem unersättlichen Hunger nach Leben. Aber ich habe einen anderen Teil in ihm kennengelernt, einen Teil, den er, glaube ich, vor Ihnen allen zu verbergen suchte. Es war eine sehr menschliche Seite, und dieser Teil von ihm ist es, den ich am meisten vermisse.«

»Miss Whitney«, rief jemand, »stimmt es nicht, daß Nil Valentin an einer Überdosis Drogen starb?«

»Ich glaube«, sagte Daina vorsichtig, »diese Frage muß Ihnen der Gerichtsmediziner in San Francisco beantworten.«

»Aber stimmt es nicht«, drängte die gleiche Stimme, »daß die *Heartbeats* dauernd in Drogenaffären verwickelt sind?«

»Wir lesen alle die gleichen Zeitungen«, sagte Daina oberflächlich. Sie lächelte. »Außer denen, die fernsehsüchtig sind.« Es wurde allgemein gelacht.

»Was ist mit Ihnen? Welche Art Drogen nehmen Sie?«

Dainas Lächeln wurde breiter. »Penicillin, wenn vom Arzt verordnet, sonst Vitamine und Eisen.« Wieder Gelächter.

»Miss Whitney, da das Thema im Studio geheimgehalten wird, könnten Sie vielleicht einen Kommentar über den Fortgang Ihres Filmes ›Heather Duell‹ abgeben?« Das war eine andere Stimme.

»Der Film erfüllt den Traum einer jeden Schauspielerin«, sagte sie. »Es ist einfach himmlisch, mit Marion Clark zu arbeiten.« Gelächter. »Ernsthaft: der Grund dafür, daß Ihnen so wenig über den täglichen Fortgang des Projekts erzählt wird, ist folgender: Es läuft alles so hervorragend, daß niemand den Erfolg beschreien will.« Sie wartete einen Augenblick. »Sie wissen doch alle, daß sich die Bosse der Filmgesellschaften mehr und mehr auf ihre spiritistischen Sitzungen« – Gelächter – »und ihre Voodoo-Puppen verlassen.«

Während ihrer Abwesenheit hatte man ihren Film mit einer neuen Reklametafel angekündigt. Beryl fuhr so langsam wie möglich den Sunset Boulevard herunter, um Daina Zeit zu lassen, sich umzusehen.

Die Reklametafel bestand aus zwei gigantischen Köpfen: links war eine schöne Frau mit langem, honigfarbenem Haar und weit auseinanderstehenden violetten Augen zu sehen. Ihre rosigen Lippen standen halb offen, so, als ob sie ihrem Liebsten Zärtlichkeiten zuflüsterte. In ihrem Gesichtsausdruck leuchtete Unschuld.

Der Schwung ihres Halses mündete in jenen der anderen Frau. Sie hatte schmale Lippen und ein grimmiges Gesicht. Ihr Blick schien den Dunstschleier Hollywoods zu durchstechen, als ob sie weiter und klarer sehen könnte als alle anderen.

Beide Frauen stellten Daina dar, oder – genauer – Heather Duell.

»Herrgott!« sagte Daina. »Wer hat denn die Idee gehabt?«

Beryl runzelte die Stirn, während sie ein blondes Mädchen, das in kurzen Höschen auf dem Sunset Boulevard Rollschuh lief, anhupte. »Gefällt es Ihnen nicht?«

»Es ist ganz toll! Ich hätte nicht gedacht, daß jemand im Studio so viel Phantasie hat.«

»Hatte auch keiner. Rubens hat Sam Emschweiler dafür rangeholt. Ein ganz heißer Tip. Er ist das Genie, das Rubens aus dem Dreck gezogen hat; er hat nämlich damals dem ›Moby-Dick‹-Film einen so spektakulären Start verpaßt.«

»Ich weiß noch, es war unglaublich.«

Beryl nickte. »Und unkonventionell. Rubens mußte Beillmann regelrecht belagern, ehe der die Gesellschaft dazu brachte, den Anteil zu zahlen. Die werden sehr nervös, wenn ein guter alter Name fehlt.«

»Wie hat Rubens es denn angestellt?«

Beryl mußte grinsen. »Er hat Beillmann gesagt, daß er die ersten beiden Rollen des Films verlegt hätte. Natürlich hat Beillmann ihm das nicht geglaubt, also hat er Marion angerufen, und Marion, der sowieso von Beillmann die Nase voll hatte, erzählte ihm, das sei völlig korrekt. Beillmann wurde weiß wie ein Laken; denn laut Rubens' Vertrag war die Gesellschaft verpflichtet, Schadenersatz zu zahlen.« Daina fragte sich, ob wohl Schuyler oder Rubens für diese Klausel im Vertrag verantwortlich war. »Jedenfalls ist alles noch am gleichen Nachmittag in Ordnung gebracht worden. Wir wollten Ihnen von dieser neuen Reklametafel nichts sagen, sonst wäre ja die Überraschung verdorben gewesen.«

Beryl bog vom Sunset auf den Bel Air Boulevard ein. »Rubens hatte recht. Sie haben in diesem Film wirklich großartige Arbeit geleistet.« Es lag soviel Respekt in Beryls Stimme, daß Daina sich umdrehte und sie anschaute. Beryl würde nie einen Schönheitswettbewerb gewinnen, aber sie besaß andere, wertvollere Qualitäten. Wenigstens für mich, dachte Daina.

Sie lachte. »Hatten Sie denn kein Vertrauen in mich, Beryl?«

»Vertrauen«, sagte Beryl, »hat in dieser Stadt keinen Platz.«

Daina fand es bemerkenswert, wie geschickt Beryl der Fangfrage aus dem Weg gegangen war: ein Ja hätte sie als Lügnerin bloßgestellt, ein Nein wäre ein Angriff gewesen.

»Aber ich kenne Rubens«, sagte sie zu Daina, »und ich vertraue seiner Menschenkenntnis.«

»Hat er sich noch nie geirrt?«

»Nur im Falle seiner Ehefrau«, sagte Beryl scharf, während sie in die lange Einfahrt einbog.

Maria öffnete die Tür. Daina gab ihr die Schlüssel zum Kofferraum. »Am besten waschen Sie alle Kleider mal durch, Maria, oder schicken Sie sie in die Reinigung.«

»Rubens hat mit Ihnen über Dory Spengler geredet«, sagte Beryl, als sie den Korridor hinunter ins Wohnzimmer gingen. »Sie wissen ja, daß es für uns alle sehr viel einfacher wäre, wenn Sie Monty entlassen würden. Dann könnten wir...«

»Ich habe das mit Rubens schon besprochen.« Dainas Stimme klang messerscharf. »Und deshalb habe ich nicht die Absicht, es mit Ihnen noch ein zweites Mal durchzukauen.«

Beryl zuckte ein bißchen zurück. »Ich meinte ja nur, Sie haben uns dadurch, daß Sie Dory hereinholen, während Sie Monty noch immer bezahlen, in eine ziemlich peinliche Situation gebracht.«

»Ich will es so, und nicht anders«, sagte Daina.

»Nun, dann kann ich Dory jetzt gleich wegschicken, wenn Sie nicht...«

Daina machte eine abwehrende Geste. »Warum? Geben Sie mir nur ein paar Minuten, damit ich mir einen Badeanzug anziehen kann, dann gehen wir hinaus in den Swimmingpool. Ich muß einfach mal wieder schwimmen, und wir können ja auch draußen reden.«

Dory Spengler besaß überall in der Stadt den Ruf eines Super-Geschäftemachers; solange man »in« war, blieb er ein Freund; aber wenn man abstürzte, bekam man es mit seinem schwachen Gedächtnis zu tun – so hieß es jedenfalls.

Er trug einen hellen Leinenanzug und ein weißes Hemd, dessen Kragen offenstand. Eng am Ansatz seiner Kehle und halb im Brusthaar verborgen hing eine schmale goldene Kette.

»Daina Whitney«, sagte Beryl, »das ist Dory Spengler.«

»Freut mich, Miss Whitney.« Er behielt die Hände hinter dem Rücken. »Ich bin einer Ihrer größten Fans. Ich weiß einfach nicht, warum wir uns nicht schon lange kennengelernt haben.«

Daina schwieg. Sie dachte an Monty.

Beryls Blicke schossen von einem Gesicht zum anderen. Sie räusperte sich. »Tut mir leid, Dory...«

Spengler brachte sie mit einer Handbewegung zum Schweigen. Er starrte Daina offen ins Gesicht. »Ich nehme an, die Situation ist ein bißchen – hm – delikat. Es dauert vielleicht eine Weile, bis Miss Whitney mich akzeptiert, und es dauert bestimmt lange, bis sie mich kennt.« Er ging zum Rand des Pools. »Wir können ja reden, während Sie schwimmen.«

Daina traf in einem flachen Kopfsprung aufs Wasser auf. Spengler wartete, bis sie sechs Züge gemacht hatte, ehe er zu reden begann.

Daina hob den Kopf, schüttelte sich das Wasser aus den Haaren. »Was haben Sie gesagt?«

Spengler hockte sich neben ihr an den Rand. »Ich hab' gesagt, daß ich gerade aus dem südlichen Pazifik zurückgekehrt bin. Ich hatte ein Treffen mit Brando.«

Daina stemmte die Ellbogen auf den Rand des Beckens. »Mit Brando? Ich dachte, der hat keinen Agenten.«

»Hat er auch nicht. Wenigstens offiziell nicht. Er hat es eigentlich nicht nötig. Ich fahre nur zu ihm, wenn es etwas Besonderes zu besprechen gibt.«

»Dory hat Brando eine Zusammenfassung von dem, was wir bisher von *Heather Duell* zusammenhaben, gezeigt.«

»Was? Selbst ich hab' von dem Film ja noch nichts gesehen!«

»Ich weiß.« Beryl lächelte. »Und wenn die im Studio das herausbekämen, würden sie uns teeren und federn. Die haben auch noch nichts gesehen.«

»Eine Kopie von *Regina Red* hatte ich dabei«, sagte Spengler.

Daina spürte, wie ihr das Herz in der Kehle klopfte. »Warum das? Nein, warten Sie.« Sie zog sich aus dem Becken hoch und setzte sich neben Spengler. »Okay, jetzt will ich aber auch alles wissen. Was hat Brando davon gehalten?«

»Fand es furchtbar. Aber Sie hielt er für großartig.« Spengler stützte die Unterarme auf die Knie. »Nach dem zu urteilen, was wir gesehen haben, halte ich *Heather Duell* für sensationell.«

»Hat Brando das auch gesagt?«

»Nun, er ist ein bißchen – exzentrischer. Es hat ihm gefallen.«

»Gut und schön, aber wozu das alles?«

Beryl zog sich einen Gartenstuhl heran und senkte ihren massigen Körper hinein. »Dory stellt für Rubens ein Projekt zusammen, bei dem nichts schiefgehen kann. Wenn es klappt, wird es ganz was Besonderes sein. Stimmt's, Dory?«

»Ja.« Seine Augen leuchteten auf. »Wir haben ein Drehbuch von Robert Town, von dem Coppola ganz hingerissen ist, so hingerissen, daß er zugestimmt hat, Regie zu führen und es gemeinsam mit Rubens zu produzieren. Aber es gab ein Problem.«

»Sie wissen doch, wie Francis ist. Alles muß perfekt sein, bis aufs I-Tüpfelchen. Er hat unter anderem darauf bestanden, daß Brando die männliche Hauptrolle spielt.«

»Ich kenne Brando schon eine Ewigkeit«, sagte Dory, »also hab' ich ihm das Drehbuch gebracht. Es gefiel ihm, sehr sogar. Er wollte zwar ein paar Änderungen, aber so ist es ja immer. Das wird seit dem ›Paten‹ wieder seine erste echte Hauptrolle. Neun Zehntel des Films über wird er auf der Leinwand zu sehen sein.«

Aus den Augenwinkeln sah Daina, wie Maria mit einem gewaltigen Tablett voller Sandwiches und kalter Getränke aus dem Haus kam. »Sie sagten, Coppola hätte zweierlei verlangt. Als erstes Brando...«

»Und als zweites Sie«, sagte Beryl.

»Sie, Emouleur!« sagte Fessi. »Hören Sie auf zu reden und sorgen Sie dafür, daß dieser Mann hier verschwindet. Er fängt an zu stinken.«

Heather hielt James noch immer fest. Emouleur tippte ihr auf die Schulter. »Tut mir leid, Madame. Ich habe meine Befehle.«

Heather bewegte sich nicht. »Madame«, sagte Emouleur ein bißchen energischer, »Ihr Mann ist tot.«

»Zum Teufel, schaffen Sie den hier raus!« schrie Fessi. Emouleur begann, an Heathers Arm zu reißen.

»Lassen Sie mich in Ruhe«, sagte sie.

»Madame, bitte.«

»Ich hab' gesagt, daß Sie mich in Ruhe lassen sollen!« Sie preßte James an sich.

»Los!« brüllte Fessi.

Emouleurs Gesicht zeigte Angst. Er riß Heather von James weg. Anscheinend ganz willig stand sie auf. »Schon gut ...«

Sie wirbelte herum und schlug den Attaché hart ins Gesicht. Der riß die Hand hoch, torkelte zur Seite.

»Es reicht!« schrie Fessi. »Ich dachte, Sie wären Manns genug. Jetzt muß ich wohl ran.« Ein kleines Lächeln spielte um die Winkel seines dicklippigen Mundes. »Darauf, daß Sie solche Zicken machen, hab' ich gewartet.«

Heather schlug blind um sich, knallte ihre Faust seitlich an Fessis Nacken. Der stolperte, ging in die Knie, blinzelte und schluckte.

»Mein Mann ist nicht nur Fleisch«, sagte Heather und starrte zu ihm hinab, »das Leute wie ihr fressen können.«

Ohne aufzublicken packte Fessi seine Maschinenpistole, richtete die Mündung der Waffe auf sie. Mit einem Schritt trat El-Kalaam zwischen sie, stieß die Stiefelspitze gegen die AKM. Sie spuckte Kugeln an die gegenüberliegende Wand. Gipsstückchen spritzten heulend umher, Staub hing in der Luft.

»Mit der da wirst du nicht tun, was du mit der anderen gemacht hast«, sagte El-Kalaam kalt. »Den Gedanken kannst du vergessen. Die hier kannst du nicht haben.« Sein Blick wurde starr. Er trat Fessi in die Flanke. »Steh auf und sorge dafür, daß Haddam seine Arbeit erledigt. Sag mir Bescheid, wenn die Israelis Bocks Leiche abgeholt haben.«

Fessi erhob sich. »Du solltest sie umbringen«, sagte er zu El-Kalaam. »Das wäre für uns alle das beste.« Er ging zur Haustür und schloß sie hinter sich.

El-Kalaam fixierte Heather. »Vielleicht hat Fessi recht.«

»Tun Sie es nur«, sagte ihm Heather, »erschießen Sie mich.« Sie spuckte ihm vor die Füße.

»Fessi hat ihren Mann erschossen«, sagte Rita. »Was sonst konnte man denn von ihr erwarten?«

El-Kalaam nahm die Hand vom Kolben seiner Fünfundvierziger Automatik. »Ich weiß, was du bist«, sagte er. »Aber du weißt nichts von mir.«

»Ich weiß genug. Wir haben, was unsere Fähigkeiten betrifft, den gleichen Hintergrund. Wir sind beide Jäger, stimmt's? Sie sind Ihren Weg gegangen, ich den meinen. Sie wollen noch immer gern wissen, welches Element uns verbindet.«

»Es gibt nichts, was uns verbindet«, sagte El-Kalaam hitzig.

Heather warf ihm ein kleines Lächeln zu. »Sie hatten recht: Sie und mein Mann, Ihr wart beide Profis. Zwei Seiten der gleichen Münze. Dunkelheit und Licht; ungefähr so unterschiedlich, wie zwei Männer es nur sein können. Aber er kannte Sie, El-Kalaam. Er wußte, was Sie für ein Mensch sind. Er wußte, daß man Sie aufhalten muß.«

»Nun, die Chance hat er vertan. Er ist tot, und du lebst noch.«

»Ja«, sagte Heather, »ich lebe noch.«

»Nun machen Sie sich mal keine Sorge, Daina«, sagte die Ärztin. Sie hatte Ähnlichkeit mit Birgit Nilsson. »Sie haben zuviel gearbeitet.« Sie beäugte Daina über die Ränder ihrer halbmondförmigen Brillengläser. Daina war nicht in der Stimmung, sich eine Predigt anzuhören, und es gab keinen Zweifel, daß Marjorie ihr eine halten wollte.

»Wissen Sie«, sagte die Ärztin langsam, »das beste für Sie wäre es, mal ein paar Wochen in die Karibik zu fahren, und zwar sofort. Ich kenne diese Symptome.«

Daina stöhnte. »Das weiß ich doch alles.«

»Wo steckt denn dann das Problem?«

»Das Problem besteht darin«, sagte Daina und beugte sich im Sessel vor, »daß ich einen Film fertigzudrehen habe und ein weiteres Projekt folgen wird. Jetzt ist einfach nicht die richtige Zeit für einen Urlaub.«

Marjorie lächelte entwaffnend. »Werden Sie mir das auch sagen, wenn Sie umkippen und ich Sie ins Krankenhaus einweisen muß? Sie haben Ihren Körper vernachlässigt. Sie wissen, daß der menschliche Körper ein wunderbarer Mechanismus ist, fast unbegrenzt anpassungsfähig, wirklich unheimlich hart im Nehmen. Aber nicht ohne gewisse Folgen. Manche zeigen sich erst auf lange Sicht, und manche – das hängt natürlich vom Ausmaß ab – werden chronisch.« Marjorie nahm die Brille ab. »Treten Sie mal kürzer, das ist alles. Versuchen Sie, mehr Ruhe zu kriegen. Sie haben einen erheblichen Mineralmangel und stehen an der Schwelle zur Anämie.«

»Ich nehme reichlich Eisen«, sagte Daina.

»Gut und schön«, meinte Marjorie, »aber das ist nur Ersatz. Was Sie brauchen, sind ein paar Wochen Sonne, Strand und jede Nacht mindestens acht Stunden Schlaf.«

Daina stand auf. »Sobald der Film abgedreht ist.«

»So lange würde ich nicht warten«, sagte Marjorie. »Würde ich wirklich nicht.« Sie begann, auf dem Rezeptblock zu kritzeln.

»Was ist das?«

»Nur ein bißchen Chlorhydrat. Ein mildes Beruhigungsmittel für...«

»Ich weiß, wofür das ist, und will es nicht!« sagte Daina hitzig.

»Aber Sie brauchen etwas, das Ihnen über die nächste Zeit hilft...«

»Ich selbst helfe mir über die nächsten sechs Wochen, Frau Doktor! Vielen Dank auch.«

Draußen im Wartezimmer stand Monty wie verloren.

»Daina!« rief er aufgeregt. »Wie geht's dir? Ich hab' versucht, dich zu erreichen, seit ich von der Pressekonferenz gehört habe.« Die Anspannung hatte sein müdes Gesicht zerfurcht. Unter seiner Sonnenbräune sah er blaß aus. »Warum hat man mir nichts davon gesagt? Ich weiß, wie die Presse manipuliert, und du warst doch aufgeregt, wo der Mann dir praktisch tot in den Schoß gefallen ist.« Er folgte ihr zur Tür hinaus. »Du hättest mir sagen sollen, wohin du gehst. Ich hätte dir von dieser Tournee abgeraten. Ich hab die Musikleute noch nie gemocht.«

»Monty.«

»Schon gut! Ich weiß, daß du es nicht gern hast, wenn ich das Thema anschneide. Ich pass' ja nur auf dich auf.« Er hob die Hände. »Ich hab' dich so lange nicht gesehen, daß ich fast vergessen habe, was du gern hast und was nicht.« Er wandte sich ihr plötzlich zu. »Mir gefällt das nicht, was da im Studio vor sich geht. Zuerst ist Beillmann zu beschäftigt, um meine Anrufe zu beantworten, weil er sich mit irgend jemandem trifft, und heute morgen, als ich versucht habe, dich im Studio zu sprechen, da wurde mir gesagt, mein Name stünde nicht mehr auf der Liste. Daina, was ist eigentlich los?«

Sie nahm seinen Arm und führte ihn zur Tür hinaus. Sie schaute in seine rotgeränderten Augen. »Tut mir leid, daß ich nicht angerufen habe, Monty, ich ...«

»Ach, das ist doch unter Freunden nicht weiter schlimm! Was meinte denn die Ärztin?«

Sie blieben auf dem Bürgersteig stehen. Auf der anderen Seite des Beverly Drive, der in der Sonne vor sich hinbrutzelte, unterstrahlte das grelle Sonnenlicht die Glasfront eines exklusiven Selbstbedienungsrestaurants.

Daina lächelte in Montys zerfurchtes Gesicht. »Mir geht's gut, Monty, wirklich. Marion läßt uns nur wie die Wilden arbeiten, das ist alles.«

»Und Beryl? Läßt die dich auch hart arbeiten?«

»Hart genug.«

Einen Augenblick lang entstand Stille zwischen ihnen. »Jemand hätte mich informieren müssen.«

»Ich hab' Rubens gesagt, daß er dich ...«

»Zum Teufel mit Rubens. Du hättest es mir sagen müssen.«

Sie wandte ihr Gesicht ab. Er faßte sie am Kinn. »Was ist bloß aus dir geworden, Daina?« Sie sagte nichts.

Sie blickte auf, entdeckte einen seltsamen Widerstand in seinen

Augen und einen Blick, den sie nicht ganz deuten konnte. Dennoch wurde ihr bei seinem Gesichtsausdruck plötzlich kalt, Selbstverachtung stieg in ihr auf.

»Ich will es von deinen eigenen Lippen hören«, sagte Monty. Sein Gesicht schien ihr so rot, als ob es vor Energie glühte, und sie dachte: Rubens irrt sich. Sie alle irren sich: er ist nicht alt; er ist nicht müde; er ist noch genauso wie damals vor fünf Jahren, als er mich vom Straßenrand in seiner Stadt aufgelesen hat. »Ich will von dir selbst hören, was mir alle seit einer Woche ins Ohr flüstern.«

»Was denn?« Aber schon krampfte sich ihr Magen zusammen, ihre Stimme klang schwach.

»Daß ich raus bin und daß Dory Spengler mich ersetzt hat.«

Und jetzt wußte sie, was sein Blick zu bedeuten hatte: sie sah den Verrat, den sie an ihm begangen hatte. Lieber Gott, dachte sie, nicht das! Dagegen habe ich die ganze Zeit angekämpft!

»Monty, was du annimmst, stimmt nicht. So ist es nicht.«

»Dann sitzt er also tatsächlich drin!« Ein seltsamer Ton des Triumphes klang mit und stellte zwischen ihm und ihr eine Distanz, obwohl Daina das nicht wollte, her.

Sie trat einen Schritt auf ihn zu, streckte die Hand aus und nahm seinen Arm. »Ich würde doch niemand zwischen uns kommen lassen...«

Aber Montys Gesicht war schon fleckig geworden, als ob kein Blut mehr darin wäre. Er versuchte sie anzuschreien, verkrampfte die Hand vor der Brust. »Daina, du, du...«

Aber sie sollte nie erfahren, was er hatte sagen wollen.

Im Krankenwagen, auf dem Weg zum Beverly Boulevard und der Cedars-Sinai-Klinik, berührte Marjorie die graue Haut an Montys Brust, dort, wo sie das Hemd zurückgeschoben hatte. Sie horchte wieder mit dem Stethoskop, hob dann den Kopf und machte eine kurze Handbewegung zum Krankenpfleger, der neben ihr saß. Sie nahm die Sauerstoffmaske von Montys bewegungslosem Gesicht.

»Sein Herz hat aufgegeben«, sagte sie zu Daina. Ihr Stethoskop klapperte. »Wir können nichts mehr für ihn tun.«

9. Kapitel

Eine Weile tat Daina überhaupt nichts. Sie verlor alle sinnliche Verbindung zur Welt. Es hätte wenige Tage, aber auch eine ganz ungewöhnlich lange Zeitspanne sein können. Sie wußte eigentlich nie richtig, wie lange es wirklich dauerte, sondern war sich nur bewußt, daß sie nicht zur Schule ging, sondern in das Dale-Kino. Tag für Tag sah sie sich den gleichen Film an. Diese Wiederholungen fand sie beruhigend; denn sie schienen ihr das einzige zu sein, worauf sie sich wirklich verlassen konnte.

Nach Babas Tod war sie zum »Nova« zurückgekehrt und fand dort die Pistolen-Männer vor – Rooster und Big Tony mit seinem Leporello voller Familienfotos; aber die Namen dieser Menschen schwanden schnell aus ihren Gedanken wie die Spielgefährten ihrer Phantasie, die sie zum Leben erweckt hatte, und die sie nicht mehr brauchte. Aber diese Männer konnten Rache an Aurelio Ocasio nehmen; eine Rache, die sie sich wünschte.

Dennoch haßte sie die Pistolen-Männer genauso sehr wie Ocasio selbst, weil sie nicht den Anstand besessen hatten, am Leben zu bleiben, als Daina und Baba sie am meisten gebraucht hatten. Wenn die Männer Baba geliebt hatten – folglich auch Daina –, dann wären sie hier im »Nova« gewesen statt in der Leichenhalle.

Ich bin der einzige Mensch, der dich geliebt hat, Baba, dachte sie. Sie konnte die Schauspieler auf der Leinwand nicht mehr sehen: Tränen rannen über ihre Wangen, sie schluchzte haltlos.

Als der nächste Film anfing, stand sie auf und ging. Draußen, auf der belebten Straße, stand sie unbeweglich und unentschlossen da, bis eine schokoladenhäutige Frau an ihr vorüberging; Daina hatte plötzlich den unverständlichen Drang, dieser Frau die Handtasche in das schwarze Gesicht zu schlagen. Erst da wußte sie, wohin sie gehen mußte.

Auf der anderen Seite jenes Restaurants in Harlem, in das Baba sie am ersten Abend mitgenommen hatte, gab es im gleichen trostlosen, öden Häuserblock einen Laden mit afrikanischen Zauberartikeln. Die Besitzerin war eine teerschwarze Frau mit breiten Hüften und gewaltigem Busen, mit fetten, glänzenden Wangen und Augen, die Funken zu sprühen schienen, wenn das Licht darauffiel.

Dainas Zorn war es, dem in der Erwachsenenwelt das Ventil verweigert wurde, der sie nun dazu brachte, den Pfad zurückzugehen, den der kindliche Haß sie führte.

Der Laden war noch geschlossen. Sie wartete auf dem Bürgersteig, starrte in das staubige, von Vorhängen geschützte Fenster, das mit Federfetischen und eigentümlich geformten, wildgesichtigen Voodoo-Puppen vollgestopft war. Alle trugen das Etikett »Made in Haiti« und bewiesen damit ihre Echtheit.

»Wartest wohl auf mich, was, Kleine?«

Daina fuhr zusammen, starrte auf die fette Frau, der der Laden gehörte. Ihre dunkle Haut glänzte von diamantenhellen Schweißperlen.

Breite und schmale Armreifen klapperten auf ihrem massigen Arm, während sie in ihrer Handtasche kramte und einen silbernen Schlüsselring hervorzog. »Geh schon immer mal vor, Kleine«, sagte sie. »So 'ne Straße, das is' kein Ort für dich.«

Daina trat vorsichtig ein und rümpfte die Nase im Wirbelwind der vermischten Gerüche.

»Du bis' doch immer mit 'm großen Mann hier rauf gekommen, nich', Kind?«

»Ja, mit Baba.« Daina erstickte fast an dem Namen.

»Ah so, Baba«, sagte die fette Frau, »hab' seinen Namen nich' gekannt.« Sie stellte ihre Handtasche auf die Theke und zog ihren voluminösen Mantel aus. »Seh ihn gar nich' mehr hier rum.« Sie drehte den Kopf um und schaute Daina an, während sie den Mantel aufhängte. »Kommst wohl her, um dir 'n Liebestrank zu besorgen, was, Kleine? Du und er, ihr habt euch wohl gezankt, oder?«

»Er ist tot.«

»Tot?« Die Augen der fetten Frau wurden groß und rund. »Herrje, Kind, 's tut mir furchtbar leid.« Sie bückte sich ein bißchen und spähte Daina ins Gesicht, während sie hinter die Theke ging. »Na, dann sag Lise-Marie mal, wie sie dir helfen kann.«

»Ich will etwas Starkes«, sagte Daina, »etwas sehr Starkes. Einen, einen Zauberspruch oder so was.«

Lise-Marie nickte. Sie legte die Hände auf der Theke nebeneinander. »Starke Zaubersprüche haben wir reichlich da, Kind. Alle Sorten.«

Daina schaute sie an. »Ich brauche einen, der tötet.«

Einen Augenblick lang herrschte Schweigen.

»Herrje, Kind, für so schwarze Gedanken bis' du noch viel zu jung.« Lise-Marie kam wieder hinter der Theke hervor. Sie nahm Dainas Hände, drehte die Handflächen nach oben. Ihre rosigen Fingerspitzen fuhren über die Linien, als sei sie eine Blinde, die Blindenschrift liest.

Als ob sie gefunden hätte, was sie suchte, hielten Lise-Maries Finger in ihrer Suche inne. Ihre Augen blitzten, spähten in Dainas Gesicht. Das Weiße zeigte sich rundherum um die Iris, und ein dünner Schweißfilm lag auf ihrer schwarzen Haut. »Um dich liegt 'ne so mächtige Aura rum, Kind. Große Macht is' in dir.« Sie trat einen Schritt zurück, als ob sie Angst hätte.

»Wollen Sie mir geben, was ich brauche?« Und als sie keine Antwort bekam, wandte sich Daina ab. »Das, was Sie über meine Macht sagen, glaube ich nicht. Ich habe keine Macht. Ich habe jetzt nichts mehr.« Tränen drängten sich hervor. Zornig wischte sie sich über die Augen.

»Aber bei Ihnen ist das anders«, sagte sie. »Sie haben die Macht, mir zu helfen, den Mann zu vernichten, der Baba ermordet hat. Ach, Baba!« weinte sie. Tränen brannten auf ihren Wangen, und sie waren ihr willkommen.

Sie spürte, wie Lise-Marie die Arme um sie legte; sie spürte die willkommene Wärme und den süßen Gewürzgeruch der Frau. Sie hörte die weiche Stimme sanft flüstern: »So is'' s gut, Kind, wein du nur, wein dich mal aus, wein nur um dein Mann.«

Nach einer Weile ließ sie Daina allein und kehrte mit einem kleinen Tragekarton für Speisen aus einem China-Restaurant zurück.

»Da«, sagte sie und legte Daina das Päckchen in die Hände. »Es is' alles drin. Fast alles, was du brauchst. Nein« – sie hielt Dainas Hand fest – »mach es jetzt noch nich' auf. Wart', bis du zu Hause bis'. Und jetzt sag' ich dir, Kind, was du machen muß'...«

Rubens kam mit einem wunderschönen Smaragdring, den er für Daina bei Harry Winston gekauft hatte, aus New York zurück.

»Ich hab' mir deinetwegen Sorgen gemacht, bis ich die Pressekonferenz gesehen habe«, sagte er. »Junge, denen hast du's aber gegeben. Heutzutage widmen sie dir mehr Platz in der Zeitung als dem Präsidenten.«

Sie hielt ihn wortlos in den Armen und fragte sich, ob sie ihm wohl von ihrem Treffen mit Meyer erzählen sollte. Vielleicht war es genau das Falsche. Sie war sicher, daß er jede Einmischung, auch die des alten Mannes, hassen würde.

Der Ring – ein viereckig geschnittener Smaragd in geschwungener Platinfassung – strahlte Kühle aus. Als er ihn ihr ansteckte, weinte sie. Lieber Himmel, dachte sie, wie ich ihn vermißt habe. Anstatt es ihm zu sagen, zog sie nur seinen Kopf zu sich herab, bis seine Lippen sich auf ihrem Mund öffneten. Sie hatte das Gefühl, als ob sie ihn nie wieder loslassen könnte.

»Du hast sicher das mit Monty gehört«, sagte sie nach einer Weile.

»Gott ja. Vergangene Woche hab' ich ihm noch gesagt, daß er zu schwer arbeitet.«

»Offenbar war das nicht alles.«

»Was ich ihm gesagt habe«, meinte Rubens, »das war zu seinem eigenen Besten.«

»Du hast ihn sehr verletzt. Er hat dich immer für seinen Freund gehalten.«

»Das hatte alles nichts mit Freundschaft zu tun, das war Geschäft. Er war wie ein großer Junge. Er hätte wissen müssen, wie man auf eigenen Beinen steht.« Rubens brach ab und drehte sich abrupt zur Seite.

»Rubens...«

»Nein.« Er schob ihre Hand weg. Seine Stimme klang rauh, seine Schultern zitterten, als ob er weinte. »Dieser Halunke hatte nicht das Recht, einfach zu sterben.« Seine Stimme war so leise, daß sie sich anstrengen mußte, um zu verstehen, was er sagte. »Himmel«, flüsterte er trostlos, »natürlich war es Freundschaft und nichts anderes.« Er drehte sich um; sie sah seine geröteten Augen; alle anderen Spuren seiner Tränen hatte er ausgelöscht. »Na, warum sagst du's nicht, damit ich's hinter mir habe?«

»Was soll ich sagen?«

»Na, daß ich es nicht hätte zulassen sollen, daß er glaubt, ich hätte ihn verraten.«

»Du hast das getan, was du für das beste gehalten hast.«

Er schaute sie geradeheraus an. »Glaubst du das wirklich?«

»Ja, und irgendwie hattest du auch recht: er konnte wirklich nicht mehr mit der Arbeit fertig werden. Aber es hätte andere Möglichkeiten gegeben, das zu regeln. Du und ich, wir haben alles völlig versaut.« Sie schaute einen Augenblick weg. »Übermorgen ist die Beerdigung. Ich habe in unserem Namen Blumen bestellt.« Er sagte nichts, und wie durch unausgesprochene Übereinkunft beließ sie es dabei.

»Wie war's in New York?« fragte Daina. »Ich vermisse die Stadt.«

Rubens seufzte. »Ich könnte es dir nicht sagen. Ich war zu sehr damit beschäftigt, mir einen Tunnel durch die Akten der Gesellschaft zu graben. Schuyler hat alles bestätigt, was Meyer mir gesagt hat.« Er legte eine Hand auf ihren Oberschenkel und schaute ihr forschend in die Augen. »Geht's dir eigentlich wirklich gut?«

Sie schenkte ihm ein kleines Lächeln. »Mir geht's gut, ja. Was hast du denn herausgefunden?«

»Genug, um Ashley, diesen Mistkerl, an den Galgen zu bringen«, sagte Rubens giftig. »Er hatte nichts, als er zu mir kam. Ich hab ihn auf die Beine gestellt. Dann hab ich ihn von der Leine gelassen, und er hat sich bewiesen. Und so hab' ich Idiot, der ich bin, die Leine weggeworfen.«

Er lehnte sich zurück und seufzte. »Meyer hat mir vor langer Zeit mal gesagt, daß man, wenn es um Geschäfte geht, einfach jeden an der Leine halten muß. ›Gleichgültig, was man im Augenblick denkt‹, hat er gesagt, ›das beste Pferd im Stall von heute dreht sich morgen rum und beißt dir den Kopf ab‹. Damals habe ich gedacht, Meyer sei das zynischste Schwein, das ich je kennengelernt hätte. Ich hab' auch gedacht, daß ich ihm über wär. Deshalb habe ich es mit Ashley anders herum versucht – ich hab' ihm den Kopf freigegeben und ihn laufen lassen. Und hat Meyer nicht recht gehabt? Was macht Ashley? Arbeitet systematisch hinter meinem Rücken gegen mich. Jetzt weiß ich's besser: Meyer ist nicht zynisch – nur realistisch.«

»Hast du Ashley zur Rede gestellt?«

»Nein, noch nicht. Ich habe im Herzen der Gesellschaft eine kleine Intrige aufgebaut, bei der er ins offene Messer rennen wird. Ich selbst würde mich da raushalten; Ashley aber nicht. Der ist viel zu geldgierig, und das heißt, reif zum Stutzen. Er legt es geradezu darauf an, reingelegt zu werden. Ich hab' genug Papiere hier« – er tippte auf seinen Aktenkoffer –, »um ihn jetzt schon zu erledigen. Aber das wäre kalt und blutlos; ich bin keine Beamtenseele.

Nächste Woche schicke ich Schuyler wieder nach New York zurück. Morgen, spätestens Mittwoch, entdeckt Ashley, wie er Profite aus der Gesellschaft herausleiten kann, indem er Aktien an eine Tochtergesellschaft transferiert – die nicht existiert, außer in meinem verbogenen Gehirn. Schuyler hat alles so aufgesetzt, als gäbe es sie schon seit 1975.«

»Warum glaubst du, daß er sich darauf stürzen wird?« fragte Daina.

»Weil ich angefangen habe, den Verwaltungsrat unter Druck zu setzen – wie Meyer auch –, was Ashley nicht weiß. Sobald die Fusion, die Ashley mit seinen Freunden ausheckt, über die Bühne gegangen ist, bin ich draußen – und Meyer und unsere ganze Gruppe ebenfalls. Ashley denkt, daß er beim jetzigen Verwaltungsrat genügend Unterstützung hat, aber das habe ich geändert. Bei diesem Aktientransfer wäre er in der Lage, genug eigene Prozente zu sammeln, um die Stimmenmehrheit auf seine Seite zu ziehen – und damit die Entscheidungsbefugnis.« Rubens lächelte. »So wird es wenigstens für ihn aussehen.«

»Willst du ihn in flagranti erwischen?«

Rubens schloß die Augen. »So was in der Art.« Er verflocht seine Finger mit ihren und preßte sie.

Zu Hause angekommen, erzählte sie ihm, wie gut ihr die Reklametafeln gefielen, und sagte dann: »Ich weiß gar nicht so recht, was passiert ist. Ich hätte schwören können, daß Chris bereit war, die Band zu verlassen. Es muß ihm jemand wieder ausgeredet haben. Er sagt, es wäre Nigel gewesen.«

»Aber du glaubst ihm nicht.«

»Nein«, sagte Daina langsam, »ich glaube ihm nicht, Rubens. Ich glaube, Thaïs ist es gewesen.«

»Aber die lebt doch mit Nigel zusammen.«

»Nigels schöpferische Kräfte nehmen langsam ab. In Wirklichkeit ist es jetzt Chris, der die *Heartbeats* trägt. Ohne ihn wäre die Band wahrscheinlich erledigt. Silka hat mir erzählt, daß Thaïs von Anfang an

Chris haben wollte, aber daß Jon und Chris sich viel zu nahe gestanden hatten, um das zuzulassen.«

»Vielleicht ist Chris gar nicht an Thaïs interessiert.«

»Du kennst Thaïs nicht. Jedenfalls habe ich den leisen Verdacht, daß er sie auch von Anfang an gewollt hat. Aber Jons wegen hat er sie in Ruhe gelassen. Ich weiß nicht, was Thaïs ohne die Organisation um sie herum machen würde.«

»Ich dachte, sie wäre knallhart.«

»Äußerlich, aber innerlich ist sie schwach. Sie hatte Angst, Maggie könnte Chris davon überzeugen, die Band zu verlassen. Und jetzt ist sie entsetzt über mein Verhältnis zu Chris: sie glaubt nicht, daß wir nicht miteinander schlafen.«

»Das glaubt kaum jemand.«

Daina legte die Arme um ihn. »Außer dir natürlich.« Sie beugte sich in ihrem Sessel vor und berührte ihn. Sie senkte den Kopf und biß sanft in sein Fleisch. »Ich hab dich so vermißt«, flüsterte sie.

Er lachte. »Mitten in all dem Durcheinander?«

»Ja, mitten in all dem Durcheinander.«

»Das ist gefährlich.«

»Ich liebe Gefahr.«

»Wo wir gerade davon reden«, sagte er, während seine Hände an ihr hinunterglitten, »es gefällt mir gar nicht, daß du im Studio einfach so umkippst.«

Sie schüttelte den Kopf. »Das war nichts. Außerdem bin ich beim Arzt gewesen.«

»Und?«

»Ich bin erstklassig in Ordnung.«

»Das hoffe ich wirklich«, sagte er, »denn ich hab' noch ein paar weitere Überraschungen für dich.«

»Willst du sie mir jetzt endlich erzählen, oder läßt du mich noch weiter zappeln?«

»Diesmal steckt eigentlich Beryl dahinter. Ich sage nur: *Time Magazine*.«

Sie schnaufte. »Du bist ein Träumer. Ihr habt beide Halluzinationen. Beryl kann es gar nicht geschafft haben, mich ins *Time Magazine* reinzukriegen. So groß bin ich noch nicht.«

»Nein?« sagte Rubens schleppend. »Offenbar stimmen die Time-Leute dir da nicht zu. Wenn die Ausgabe zur Premiere von *Heather Duell* Weihnachten in die Kioske kommt; wenn die Leute dein Gesicht auf dem Titelblatt sehen...«

Sie wandte sich ihm zu. Ihre Augen waren weit offen. »Weißt du, du bist verrückt. Es gibt doch überhaupt keine Möglichkeit...«

»Wetten?«

»Lieber Himmel, was bist du eigentlich für einer?«

Sie nahm seinen Kopf in die Hände und fuhr ihm mit den Fingerspitzen durchs Haar.

»Was suchst du denn?«

»Hörner«, sagte sie.

»Hörner?«

»Wie beim Teufel.«

»Die hab' ich mir schon vor tausend Jahren stutzen lassen.« Er grinste, nahm ihre Hände. Sie waren kalt, und er streichelte sie, um sie zu wärmen. »Komm, Daina, du bist die Besondere von uns beiden. Du, du, du.«

Sie beugte sich vor, lehnte das Gesicht an seine Brust und schloß die Augen. Sie horchte auf den doppelten Hammerschlag seines Herzens, als ob sie sich noch einmal versichern müßte.

Ein Arm glitt über ihren Rücken, liebkoste ihre Wirbelsäule. Während sie noch an ihm lag, beugte er sich vor und streckte seinen freien Arm zu einem Bambustisch aus. Aus der Schublade zog er ein Schweizer Armeemesser, dunkelrot mit dem Schweizerkreuz in Gold. Er klappte eine der geraden Klingen mit dem Fingernagel heraus.

»Vielleicht möchtest du mich mal schneiden«, sagte er.

»Was?«

»Damit du siehst, ob ich auch blute.« Er lachte und schob ihr mit dem Griff voran das Messer in die Fingerspitzen. »Los doch.«

Sie zuckte zurück. »Du bist verrückt.«

»Nur einen ganz kleinen Schnitt«, sagte er leise. »Es tut bestimmt nicht weh. Nur einen schnellen Ritzer.«

»Nein!«

»Na gut.« Er nahm ihr das Messer aus der lockeren Hand. »Dann mach ich es selbst.« Und ehe sie ihn davon abhalten konnte, führte er einen horizontalen Schnitt über die Kuppe seines linken Zeigefingers. Sofort quoll über die volle Länge des Schnittes dunkelrotes Blut hervor. »Siehst du?« sagte er ruhig und streckte den Finger in einen Strahl aus Sonnenlicht hinein, so daß das Blut wie ein dunkler Rubin leuchtete. Schnell setzte er ihr den Finger auf die Stirn und zog einen Strich abwärts über ihren Nasenrücken. »Damit du auch weißt, daß es echt ist.«

Sie musterte ihn durchs Sonnenlicht. Er schien ihr nicht länger der dunkelgebräunte, tennisspielende Produzent, für den sie ihn immer gehalten hatte. Obwohl sich äußerlich nichts an seiner Erscheinung geändert hatte, blieb doch der Eindruck, daß er irgendwie vor ihren Augen eine Verwandlung durchlaufen hätte. Sie hatte immer – und das war vielleicht der wirkliche Grund dafür, daß sie ihn so lange auf Armeslänge von sich abgehalten hatte – ein bißchen Ehrfurcht vor der reinen Machtfülle gehabt, die er besaß. Diese Macht war nicht verschwunden; sie hatte sich nur daran gewöhnt. Und nicht nur an seine Macht. Was er anfangs gesagt hatte, stimmte: Du, du, du.

»Ja«, flüsterte sie, nahm seinen blutenden Finger, legte die rosige Spitze auf ihre Lippen und beschmierte sich damit. »Ich, ich, ich.«

Rubens sah mit einer Art wildem, besitzergreifendem Stolz zu.

Sie stiegen ins Wasser. »Marion, ich und Simeoni von der Twentieth haben uns entschlossen, den Film eine Woche lang nach New York mitzunehmen«, sagte Rubens. »Wir haben für die erste Dezemberwoche das ›Ziegfeld‹ gebucht: reservierte Plätze, alles begleitet von einer zehntägigen Medienkampagne und bis zum Tag der Erstaufführung kein Fernsehen. Wir haben die fünf wichtigsten Kritiker ausgewählt, fliegen sie zur Premiere ein und veranstalten anschließend eine Party – das hat Beryl ausgebrütet.«

Er streckte die Hand nach der grünen Luftmatratze aus und zog sie herüber, so daß sie beide aufsteigen konnten. »Wir setzen uns alle für die Premiere ein, kriegen so viel Publicity, wie wir können, machen eine Woche später in Los Angeles Premiere, so daß wir sowohl bei der Oscar-Verleihung als auch beim New Yorker Filmkritikerpreis und beim Goldenen Globus eine Chance haben. Du, ich und Marion. Beryl natürlich auch und ein paar von den hohen Tieren bei der Twentieth. Wir kriegen dann reichlich Interviews und reichlich Platz in den Zeitungen.«

Sie ließ den Kopf zurücksinken und zeigte ihren Hals. Ihr langes Haar trieb wie Tang im Wasser, als seine Lippen ihre Nasenspitze berührten, ihre geschlossenen Augenlider und ihren halboffenen Mund.

Lange Zeit später bemerkten sie, daß die Türklingel schrillte.

Zögernd rollte er von der Luftmatratze herunter, klatschte ins Wasser und schwamm quer durch den Swimmingpool. Sie beobachtete ihn mit träger Faszination, ließ eine Hand unter der Oberfläche verschwinden, gebadet in Kühle. Sie dachte an nichts, trieb am Rand des Schlafs.

»Daina!« rief Rubens. »Komm rein und zieh dich an, Dory ist hier. Ich will, daß du hörst, was er zu sagen hat.«

Sie ließ sich ins Wasser gleiten.

»Es geht um Beillmann«, sagte Spengler ohne Vorankündigung, als Daina ins Wohnzimmer eintrat.

»Nun beruhigen Sie sich doch, Dory«, sagte Rubens, packte den anderen am Ellbogen und führte ihn zur Bar hinüber. »Wir wollen zuerst mal was trinken. Das beruhigt die Nerven.«

»Was ist denn mit Beillmann?« fragte Daina und folgte den beiden durchs Zimmer.

»Ich will's Ihnen sagen.« Spengler machte sich von Rubens los. Sein Blick war hart und leidenschaftlich. Er starrte Rubens direkt ins Gesicht. »Sie haben gesagt, bei der Twentieth stände alles auf volle Kraft voraus, alles sei in Butter, es gäbe keine Haken und Ösen.«

»Es gibt auch keine«, versicherte ihm Rubens.

»So?« knurrte Spengler. »Gestern war Beillmann vielleicht noch zahm, aber heute sieht das anders aus.«

Rubens schraubte ganz ruhig den Deckel von einer Flasche Stolichnaya, füllte ein niedriges, breites Glas und ließ den Schnaps mehrmals kreisen. »Es ist also etwas passiert im Studio.«

»Richtig«, sagte Spengler, »wir haben uns ein dickes Ding eingehandelt.«

»Wissen Sie, Dory«, sagte Rubens, ohne die Stimme zu heben, »ich glaube wirklich, Sie könnten einen Drink vertragen. Martini trocken, richtig?« Er reichte Spengler das Glas. »Kommen Sie«, forderte er ihn auf, »ich will, daß Sie entspannt sind, wenn Sie schildern, was wir uns eingehandelt haben.«

Spengler nahm einen Schluck Martini und sagte: »Dieses Schlitzohr Reynolds – George Altavos' Agent – hat Beillmann heute morgen besucht und gesagt, daß George gedroht hätte, sich aus dem Projekt zurückzuziehen, wenn die Plakate nicht geändert würden.«

»Wie sollen sie denn geändert werden?« Rubens stellte sein Glas sehr vorsichtig ab.

»Er will, daß sein Name über dem von Daina steht. Nicht Seite an Seite, daß wir uns recht verstehen: darüber.«

»Und was hat Beillmann gesagt?«

»Was meinen Sie denn? Der ist natürlich umgefallen.«

»Was?« sagte Daina ungläubig. »Er hat gesagt, daß er das machen will?«

Spengler nickte. »Genau das hat unser Liebling gesagt.« Er wandte sich an Rubens. »Was halten Sie denn von diesem Schuft?«

Rubens trat hinter der Bar hervor. In seinen Augen lag ein eigentümlicher Blick. Mit seidenweicher Stimme sagte er: »Eins interessiert mich sehr, Dory: warum haben Sie nichts unternommen? Sie waren doch da. Sind Sie nun in unserem Team oder nicht? Warum haben Sie sich nicht um Beillmann gekümmert?«

Spenglers Martini blieb auf halbem Weg zu den Lippen stehen. Jetzt senkte er das Glas wieder.

»Wissen Sie, Dory, als ich Sie Daina empfahl, da bildete ich mir ein, ich täte ihr einen Gefallen. Ich nahm an, Sie wären intelligent, hätten gute Verbindungen und auch noch Talent. Jetzt bin ich da nicht mehr so sicher.«

»Ich dachte, Sie wollten sich selbst drum kümmern«, sagte Spengler.

»Einer der Gründe, warum wir Sie angeheuert haben«, sagte Daina, »bestand darin, sicherzugehen, daß so was nicht passiert. Glauben Sie denn wirklich, daß ich Georges Namen über meinem dulde?«

»Sie sind noch nicht lange hier«, sagte Rubens, »aber selbst ein Schwachsinniger hätte das kapiert.«

»Es gefällt mir nicht besonders, daß Sie mich einen Schwachsinnigen nennen«, sagte Spengler mit zusammengebissenen Zähnen.

»Und mir gefallen Leute nicht besonders, die in einer Krise nicht zu handeln wissen. Jetzt werde ich diesen Mist mal ausräumen.«

Spengler schwieg. Die beiden Männer starrten sich an.

»Es gibt noch eine andere Möglichkeit«, sagte Daina und schaute von einem zum anderen. »Ich glaube, um diese Angelegenheit sollte ich mich kümmern, das ist nicht Angelegenheit eines Produzenten. George wird nicht einfach so ausscheiden; er braucht das Projekt zu sehr. Beillmann ist geblufft worden. Komm, Rubens, wir treffen uns mal mit Buzz.«

Buzz Beillmanns Büro lag im gleichen Gebäudeteil wie das der Präsidenten der Twentieth Century Fox. Es war ein Eckbüro, wie's ihm seiner Stellung nach als leitender Vizepräsident der Abteilung Filmvertrieb zustand, und es hatte die Ausmaße einer Suite in einem Fünf-Sterne-Hotel.

Sein riesiger Schreibtisch aus Rosenholz und Edelstahl stand, von der Tür aus gesehen, am hinteren Ende des riesigen Raumes, und wenn man eintrat, war man gezwungen, über die öde Strecke aus taubengrauem Teppichboden zu trotten, als ob man auf Pilgerfahrt ins Heilige Land wäre. Was natürlich bei vielen Leuten auch stimmte.

Passend zu dieser fein ausgetüftelten Illusion empfing Buzz Beillmann generell seine Gäste, als seien sie Bittsteller vor dem Thron des Himmels. Zuerst mußte man im Empfangsraum warten, danach, wenn man den dritten Stock erreicht hatte, noch einmal eine halbe Stunde im Empfangsraum vor seinem Büro sitzen – Beillmann war »immer in Eile«. Wenn man aber wirklich einer der Erwählten war, brachte Sandra Oberst, eine hartgesottene, süß lächelnde Frau Mitte Dreißig, eine Tasse Kaffee heran und sagte absolut nichts. Sie war Beillmanns Assistentin und hielt ihrem Boß ganz hervorragend die

Leute vom Leib. Jeder Vizepräsident brauchte schließlich jemanden, der die Spreu vom Weizen sonderte. Die Leute unten machten das allerdings nicht gut genug.

Daina, die schon in Beillmanns Warteraum eingetreten war, hatte sich entschlossen, den Drachen, der die Höhle des Riesen bewachte, auszuschalten. Die Sekretärin schien überrascht, daß Daina nach Miss Oberst fragte, rief aber nichtsdestoweniger die hochgewachsene Frau mit empfehlenswertem Eifer herbei.

Sandra Oberst stürzte aus ihrem Büro, in beiden Händen Porzellantassen mit dampfendem schwarzen Kaffee: sie mußte schon, während sie auf dem Weg zum dritten Stock waren, von beider Kommen informiert worden sein.

»Miss Whitney, Rubens! Wie nett, Sie beide zu sehen.« Sie hatte eine eigentümlich förmliche Art, die Leute anzusprechen. Bei ihr gab es keine Vornamen, und Daina fragte sich, wie sie ihren Liebhaber wohl nannte.

Sie nahmen beide den Kaffee, den Sandra Oberst anbot.

»Das ist aber eine unerwartete Überraschung.« Sie legte den Kopf schief und schnalzte mit der Zunge. »Sie wissen ja, wie das bei Beillmann mit Terminen aussieht, Rubens. Heute haben wir einen besonders harten Tag. Die ganze Woche ging das schon so. Kann ich Ihnen behilflich sein?«

Daina schaute gelangweilt drein, und Rubens anderswohin. »Wir wollen es Buzz persönlich sagen, aber, na, ich weiß ja, wie eng Sie beide zusammenarbeiten. Wenn ich es Ihnen erzähle, dann ist es das gleiche, als ob ich es ihm erzähle, richtig, Rubens?«

»Ja, natürlich.« Er hatte ein faszinierendes Schattenmuster auf dem Teppich entdeckt.

Sandra Oberst war einen Herzschlag verwirrt. »Sie meinen, Sie wollen nicht – nun, ich bin sicher, ich kann Ihnen bei allem helfen, was Sie vielleicht brauchen.« Sie hob ihre perfekt manikürten Finger und berührte den Haarknoten auf ihrem Hinterkopf, der so hart aussah wie ein Tennisball.

»Wir haben in der Tat sehr wenig Zeit«, sagte Daina. »Wir haben einen Termin mit Todd Burke bei der Columbia, in...« – sie schaute auf die Armbanduhr – »ungefähr zwanzig Minuten.« Sandra Oberst schien bei der Erwähnung des Namens zu blinzeln, sagte aber nichts. »Jemand hat Wind von dem Projekt mit Brando bekommen, und Burke hat uns zu einer Unterredung eingeladen. Ursprünglich habe ich Rubens empfohlen, abzulehnen – ich meine, ich weiß ja, daß wir Buzz moralisch verpflichtet waren.« Sandra Oberst kreuzte die Arme vor dem Busen.

»Aber als Dory uns erzählte, daß Beillmann meine Plakate ändern will, da hab' ich natürlich angefangen, anders darüber zu denken«, fuhr Daina mit Gleichmut fort.

»Aber das ist im Grunde ein so unwichtiges Zeug...« Ihre Stimme lud sich mit Sarkasmus: »Seien Sie ein nettes Mädchen und geben Sie die Nachricht an Buzz weiter. Inzwischen gehen wir beide die Straße hinunter und reden mit Burke: er hat den ganzen Nachmittag für uns freigehalten.« Sie hielt inne und starrte Sandra Oberst direkt in die Augen.

Die andere war unter ihrer Sonnenbräune und unter ihrem Make-up weiß geworden. »Was soll das sein – eine Art Witz?« fragte sie hoffnungsvoll.

»Nein, kein Witz«, sagte Daina. »Ich hab' einfach die Nase voll von der Behandlung, die ich bei dieser Gesellschaft *nicht* erfahre.«

Sandra hob die Hände. »Ich weiß nicht, was ich dagegen tun könnte.«

»Ach, nichts«, sagte Daina und warf einen Blick auf die Uhr. »Sie sind nur eine Botin, das ist alles.«

»Rubens, wir haben doch immer ein so gutes Arbeitsverhältnis miteinander gehabt!«

Rubens zuckte die Achseln und schaute sie ausdruckslos an, als ob er sagen wollte: Sie wissen ja – diese starrköpfigen Stars.

Sandra Obersts Brille war ein bißchen nach unten gerutscht. Daina sah, daß sie schwitzte. »Ich, ich weiß einfach nicht, was ich sagen soll.« Ein winziges Zittern lag in ihrer Stimme.

»Natürlich wissen Sie das nicht.« Daina wandte sich um. »Siehst du, Rubens. Ich hab's dir ja gesagt. Es hatte doch keinen Zweck, hierher zu gehen.«

»Oh, Sandra hat schon recht. Die Twentieth und ich, wir haben immer ein gutes Arbeitsverhältnis gehabt.« Er lächelte sie an. »Stimmt das etwa nicht?«

»Doch, Rubens«, sagte Sandra und sah aus, als ob sie gerade, nach einem schrecklichen, vernichtenden Sturm, einen Sonnenstrahl gesehen hätte.

»Aber das liegt in der Vergangenheit«, warf Daina dazwischen. »Wir hätten sofort zu Burke gehen sollen, statt höflich zu diesen Leuten hier zu sein. Sie haben einfach keine Manieren.«

»Widerwillig muß ich dir zustimmen«, sagte Rubens und warf Sandra Oberst einen wehmütigen Blick zu. »Grüßen Sie Buzz von uns.« Dann schickten sie sich zum Gehen an.

»Moment mal!«

Sie drehten sich um und sahen, daß Sandra der anderen Sekretärin den Telefonhörer entwunden hatte und starr ans Ohr gepreßt hielt. Dann nahm sie ihn wieder weg. »Beillmann hätte gern ein Wort mit Ihnen gesprochen.«

»Oh, nein«, sagte Rubens, »wir wollen Buzz doch nicht stören.«

»Bitte«, sagte Sandra Oberst, »er hätte wirklich gern mit Ihnen gesprochen!«

»Ein Wort?« Rubens öffnete weit die Augen und ließ den Satz auf der Zunge rollen. »Nun, ich nehme an, daß wir unter diesen Umständen...«

Daina schüttelte den Kopf. »Tut mir leid, Miss Oberst, Sie haben jetzt schon dafür gesorgt, daß wir zu unserer Verabredung zu spät kommen. Bitte sagen Sie Buzz, daß wir ihn später anrufen.«

Sandra lächelte breit und verzweifelt. Sie hakte sich bei Rubens und Daina ein. »Wissen Sie«, sagte sie, »wir hatten eine so schlimme Woche, ich kann mich heute einfach nicht konzentrieren. Ich hätte Sie natürlich sofort zu Beillmann hineinführen müssen. Es ist wieder einer von diesen Tagen.« Sie preßte Dainas Arm, von Frau zu Frau. »Sie wissen doch, wie man sich an solchen Tagen fühlt, Miss Whitney.«

»Herrgott, Daina«, sagte Rubens, »gib dem Mädel noch mal eine Chance.«

Buzz Beillmann hatte ein Käfergesicht und war Mitte Fünfzig. Sein kurzes Haar war eisengrau, seine dicke Haut hatte die Farbe von Mahagoni. Mit Ideen und Zahlen konnte er großartig umgehen; aber Menschen warfen ihn gewöhnlich aus der Balance.

Schwer und breit wartete er hinter dem Schreibtisch auf sie. Das lange Panoramafenster hinter seinem Rücken zeigte nach Westen, so daß seinen Nachmittagsbesuchern die Sonne voll ins Gesicht schien.

»Daina, Rubens«, sagte er herzlich, »was hat Sie so lange aufgehalten? Sofort, als ich hörte, daß Sie draußen wären, habe ich Sandra gesagt, sie soll Sie gleich reinschicken.« Seine Augen kniffen sich zusammen, ein Ausdruck des Schmerzes überzog sein Gesicht, als ob er mit einem ganz besonders dornigen Problem kämpfte. Er trat hinter seinem Schreibtisch hervor. »Sagen Sie mir, Rubens...«

Aber Rubens war schon zur Seite getreten und schaute aus dem Fenster auf die Straßenpalmen und die glitzernden Mercedeswagen, die einander eifrig, Nase an Heck, vorwärtsdrängten. Er hob die Hand. »Reden Sie mit Daina, Buzz.«

»Was meinen Sie denn, Daina?«

»Ich glaube«, sagte Daina, »Sie sollten George mitteilen, daß sein Name wieder unter meinem steht. Miss Oberst sollte sich um Dick Reynolds kümmern, damit es keine Mißverständnisse mehr gibt.«

»Also, Daina, wir wollen doch nicht unvernünftig sein, oder?« sagte Beillmann. »Ich weiß ja, wie Ihr Leute über Nacht werdet; aber bei uns gibt es Grenzen.« Er kam mit ausgebreiteten Händen auf sie zu. »Geld ist Geld, und Geschäft ist Geschäft. Stimmt's, Rubens?« Rubens sagte nichts. Beillmann fuhr fort: »Ich meine, ein Ego sollte man schon haben. Schauspieler können ohne ein Ego nicht überleben.« Er zeigte mit einem stumpfen Daumen auf die Brust. »Herrgott, ich versteh' was davon. Glauben Sie denn, ich bin unsensibel? Ich mache das zum Besten des Films. Wir alle sind eine große Familie. Wenn jemand mit einer begründeten Beschwerde ankommt...«

»Sie war unbegründet«, sagte Daina.

»Ich muß so handeln, wie ich es für uns alle am besten halte. Ich bin mitten in einer Jongleurnummer, Daina. Aber, Teufel noch mal, ich beklag' mich ja auch nicht. Dafür werde ich ja bezahlt. Ich versuche nur, meinen Standpunkt zu erklären. Ich muß an alle denken, nicht nur an eine einzelne Person. Wir sind darauf vorbereitet, alles in die Hand zu nehmen. Sie fahren nach New York, und alles geht in Ordnung. Glauben Sie mir.« Er spreizte die Hände, und seine Stimme nahm einen versöhnlichen Ton an. »Ich weiß, wie das ist, wenn man vor einer so großen Sache steht. Ich fühle mit Ihnen.«

»Was ist mit den ursprünglichen Reklametafeln geschehen? Laut Vertrag habe ich Garantien.«

Beillmanns Lächeln wurde eine Idee breiter, als ob er spürte, daß der Beton an der Stelle, wo er hingeschlagen hatte, nachgab. »Ich glaube, Sie sollten besser zurück nach Hause fahren und das Kleingedruckte lesen. Die Schriftgröße auf den Tafeln wird garantiert, aber über die Plazierung entscheidet die Gesellschaft. Wir haben die Idee noch einmal überdacht, und ich bin vollkommen davon überzeugt, daß wir die richtige Entscheidung getroffen haben.«

»Erzählen Sie nicht solchen Mist«, schnappte Daina. »Reynolds ist hier reingeplatzt und hat Ihnen auf die Zehen getreten, und Sie haben Au! gemacht. Genau das ist passiert.«

Beillmanns Unterkiefer schob sich vor, und sein Gesicht wurde rot. Er kratzte an einer Kruste hoch oben auf der Stirn, bis sie zu bluten begann. »Wovon redet sie eigentlich, Rubens?«

Rubens drehte sich um. »Ich spreche nicht für sie, Buzz. Was sie sagt, das läuft.«

Beillmann wandte sich wieder an Daina. »Glauben Sie etwa, daß man mich einfach umwerfen kann? Ist es das, was Sie andeuten wollten?«

»Was ich andeuten will«, sagte Daina, »ist folgendes: ich hatte vor, Ihnen zu sagen, daß mir die Farben im Innern meines Wohnwagens nicht passen. Ich hasse diese Farben. Lassen Sie den Wagen aprikosenfarben lackieren. Wenn das erledigt ist, komme ich wieder.«

Beillmann umklammerte die Kante seines Schreibtisches. »Wie? Was meinen Sie damit: dann komme ich wieder?«

»Ich fürchte, ich kann mich nicht ordentlich konzentrieren, wenn ich immer wieder in eine so abstoßende Umgebung zurück muß.«

»Was für eine Farbe?« Er beäugte sie mißtrauisch, zuckte dann resigniert die Achseln. »Na gut, okay, Sie sollen es haben.« Er lächelte. »Was bedeutet uns schon ein Anstrich? Ich meine, wir sind doch alle Freunde, oder?« Er schaute von ihr zu Rubens hinüber, der ihn beobachtete.

Rubens nickte. »Richtig, Buzz. Jetzt sind Sie auf der richtigen Spur.«

Beillmann ging hinter seinen Schreibtisch und langte nach dem Telefon. »Ich muß ja nur...«

»Und die Beleuchtung ist auch nicht in Ordnung«, sagte Daina.

Beillmann gefror. Der Hörer blieb auf halbem Weg zu seinem Ohr in der Luft hängen. »Beleuchtung«, krächzte er, »was für eine Beleuchtung?«

»In meinem Wohnwagen«, sagte Daina ruhig. »Ich glaube, eine Lichtschiene wäre angebrachter.«

Beillmann legte den Hörer hin und starrte sie an. »Darf ich fragen, wozu Sie in Ihrem Wohnwagen eine Lichtschiene brauchen?«

»Natürlich für die Maskenbildner. Ich will, daß von jetzt an in meinem Wohnwagen die Maske gemacht wird.«

»Also, jetzt – Moment mal. Wissen Sie, was das bei den anderen für einen Sturm auslösen wird?«

»Und all die Leute – diese Idioten aus dem Studio, die Sie zum Zuschauen hingeschickt haben, die müssen raus.«

»Sie sind ja wahnsinnig! Rubens!« schrie er. »Sie müssen dafür sorgen, daß das sofort aufhört!«

»Das hat mit Rubens überhaupt nichts zu tun«, sagte Daina energisch. »Das läuft nur zwischen Ihnen und mir.«

Beillmann glaubte ihr noch immer nicht. »Rubens«, sagte er, »was zum Teufel soll das eigentlich?«

»Sie ist der Star.« Rubens zuckte die Achseln. »Ich hab' nichts damit zu tun.«

»Aber sie ist Ihr Eigentum!« jammerte Beillmann.

»Nein«, sagte Rubens. »Verdammt noch mal, sie ist Ihr Star, und es ist jetzt an der Zeit, daß Sie endlich die Verantwortung dafür übernehmen. Sie steht kurz davor, Ihnen hundert Millionen oder mehr zu verdienen.«

»Das sind Luftschlösser.«

Rubens entfernte sich vom Fenster. »Wenn Sie das noch nicht mal sehen können, dann tun Sie mir leid. In einem Jahr werden Sie all das Lob für dieses Projekt einstreichen. Komm, Daina, hier gibt's nichts mehr zu diskutieren.«

»Rubens, warten Sie! Wohin wollen Sie denn?« Die Tür schloß sich hinter ihm. »Gott verdammt noch mal!« Beillmanns Hände ballten sich machtlos zu Fäusten. Er starrte Daina an. »Was meinen Sie eigentlich, wer Sie sind, daß Sie hier einfach so reinplatzen und...«

»Ich weiß, wer ich bin, Buzz«, sagte Daina eisig. »Sie sind es, der keine Ahnung hat, welche Rolle Sie in dieser Angelegenheit eigentlich spielen. Was wollen Sie denn machen, wenn ich einfach gehe?«

»Sie sind nur ein dummes kleines Mädchen.« Seine Hängebacken wabbelten. »Ich verhandle nicht mit kleinen Mädchen.«

»Ich will Ihnen mal was sagen, Buzz«, sagte Daina und beugte sich leicht vor. »Beruflich gesehen, mag ich Sie nicht, und persönlich mag ich Sie noch weniger. Ich bin eine Frau, und Sie sollten sich besser in Ihr Sauriergehirn einhämmern, daß wir beide hier die einzigen sind.« Ihre violetten Augen schauten ihn stechend an. »Es geht nur um Sie und um mich. Entweder wir klären die Angelegenheit jetzt gleich, oder es ist alles vorbei. Dann werden Sie nie mehr mit mir verhandeln müssen.«

Einen Augenblick dachte Daina, er verlöre die Beherrschung. Dann bekam er sich wieder in die Gewalt. »Okay, okay«, sagte er, »Sie kriegen die Beleuchtung und das geschlossene Studio.« Er fuhr sich mit den Fingern durch das Haar, setzte sich mit einem hörbaren Seufzer. »Heilige Madonna, Mutter Gottes!« hauchte er. Anscheinend dachte er, es wäre schon alles vorbei.

»Gut«, sagte Daina süß, »und warum holen wir uns jetzt nicht mal Reynold ans Telefon und erklären ihm, daß wir es uns anders überlegt haben? Andernfalls geht das Projekt mit Brando an die Columbia.« Sie schaute ihn an, er starrte mit steinernem Schrecken zurück. »Ich bin sicher, daß der Verwaltungsratsvorsitzende über die Art, wie Sie sich dieses Projekt durch die Finger gleiten lassen, fasziniert wäre.«

»Madonna!« Er drehte sich im Stuhl von ihr weg, und lange Zeit hielt er ihr den Rücken zugekehrt. »Natürlich«, sagte er mit völlig entspannter Stimme. »Reynolds hat gar keine Bedeutung.« Er nahm den Hörer auf. »Überhaupt keine Bedeutung. Ich hab' die Jungs aus dem Public-Relations-Büro ja gewarnt, es wäre zu riskant, das Projekt an Altavos' Namen aufzuhängen.« Er sprach in den Hörer. »Dottie, holen Sie mir sofort Dick Reynolds an den Apparat. Versuchen Sie es bei ihm zu Hause, wenn er nicht im Büro ist. Nein, nein, mit ihr will ich im Augenblick nicht reden. Und halten Sie alle Anrufe für mich zurück.«

Er hängte den Hörer wieder ein und starrte die durchsichtigen Knöpfe am unteren Rand des Telefons an. Einer der Knöpfe leuchtete auf, und als er zu blinken begann und Beillmann das Brummen der Sprechanlage hörte, hob er den Kopf und schaute Daina direkt in die Augen. »Aber Reynolds hat das auch die ganze Zeit über gewußt, oder?«

Nacht. In der Villa waren alle Lichter bei Sonnenuntergang gelöscht worden. Die Taschenlampen der Terroristen bildeten die einzige Lichtquelle.

Heather schlief auf dem nackten Fußboden. Rachel hatte sich neben ihr zusammengerollt und den Kopf in Heathers Armbeuge gebettet. Ein Schatten löste sich von der Wand im hinteren Teil des Raumes, kam geräuschlos durchs Zimmer und trat mit hohen Schritten über die ruhenden Gestalten. Als er die Stelle erreichte, wo Heather lag, stellte er sich steifbeinig über sie, einen Fuß auf jeder Seite ihres Körpers. Die Gestalt streckte eine Taschenlampe aus, bückte sich, riß Heather hoch und setze sich hin. Gleichzeitig flammte der Strahl der Lampe auf und leuchtete ihr direkt in die blinzelnden Augen.

Heather schrie auf und kniff die Augen zusammen. Sie hob die Hand, um die Augen zu schützen. Sie wurde ihr weggeschlagen. Ihr Kopf flog zur Seite.

»Ist es schon Morgen?« fragte sie mit belegter Stimme. »Es kommt mir so vor, als ob ich erst ein paar Minuten geschlafen hätte.«

»Dreißig Minuten.« Das war Ritas Stimme.

»Was wollen Sie denn?« Heathers Kopf wandte sich vom grellen Licht ab.

»Du hast nicht die Erlaubnis, mehr als dreißig Minuten hintereinander zu schlafen.«

»Warum?«

»Du kannst weiterschlafen«, sagte Rita. Sie schaltete die Taschenlampe aus.

Heather legte sich wieder hin, aber während die Nacht fortschritt und Rita jede halbe Stunde zurückkehrte, wurde sie nach und nach immer nervöser und aufgeregter. Licht klatschte ihr ins Gesicht. Schließlich wollte sich der Schlaf nicht mehr einstellen.

»Warum machen die das?« flüsterte Rachel Heather während einer der dunklen Pausen zu.

»Ich weiß es nicht.«

»Jedesmal, wenn ich die Augen zumache, dann denke ich daran, wie sie zurückkommt und mich wachrüttelt.« Rachel drängte sich enger an Heather. »Das ist viel schlimmer als gar kein Schlaf.«

»Ja.« Heather drehte den Kopf um und schaute Rachel an. »Ja, da hast du recht. Der Gedanke daran macht es unmöglich, wieder einzuschlafen.«

»Heather?«

»Ja.«

»Ich hab' Angst.«

Heather legte die Arme zur Beruhigung um das Mädchen. »Das weiß ich, Rachel.«

»Ich glaube, ich hab' viel mehr als nur ein bißchen Angst.«

»Rachel, hör mir zu. Ehe James gestorben ist, hat er mir gesagt, daß ich mich gegen diese Leute wehren muß. Die müssen ihre Umgebung völlig beherrschen können, hat er gesagt. Darin besteht ihre eigentliche Macht. Wenn man die erst einmal beschneidet, dann werden sie verwundbar.«

»Das versteh' ich nicht.« Rachels Stimme klang dünn.

»Es bedeutet, daß wir es nicht zulassen dürfen, daß sie die Oberhand behalten. Das, was sie machen: kein Privatleben mehr, nur noch kurze Schlafperioden, das gehört alles zum Programm. Damit wollen sie uns brechen, und das dürfen wir nicht zulassen.«

Einen Augenblick herrschte Schweigen zwischen ihnen.

Rachel hob den Kopf. »Du hast James sehr liebgehabt, nicht?«

Heather schloß die Augen, aber die Tränen drängten sich trotzdem durch. »Ja, Rachel, das habe ich.«

»Freddie Bock war wie ein Onkel zu mir. Nein, mehr als ein Onkel. In Tel Aviv hab' ich einen, den ich hasse.« Ihr Blick glitt über Heathers Gesicht. Ihre kleine Hand ergriff Heathers Hand und führte sie an ihre Wange. Sie war naß von Tränen. »Was sollten wir am besten tun?«

»Ein bißchen schlafen.«

Grelles Licht leuchtete ihnen beiden in die Augen.

»Worüber flüstert ihr beiden?« Es war El-Kalaams Stimme.

»Von Frau zu Frau«, sagte Heather.

Jemand schlug ihr ins Gesicht.

»Hündin!« Das war Fessi. Er hatte sie geschlagen. Heather konnte ihn in dem strahlenden Ring aus Licht gerade noch ausmachen. Er stand vor El-Kalaam.

»Worüber habt ihr geredet?« fragte El-Kalaam noch einmal.

»Ich hab' sie getröstet. Das Mädchen hatte Angst.«

»Sie hat auch allen Grund dazu, Angst zu haben«, meinte El-Kalaam. »Eure Situation ist erbärmlich. Wir haben noch nichts gehört, und morgen früh um acht Uhr läuft das Ultimatum aus.«

»El-Kalaam«, sagte Heather, »Sie können doch nicht vorhaben, ihr etwas zu tun. Sie ist ja noch ein Kind.«

»Wir haben Krieg, vergiß das nicht. Im Krieg werden Kinder nicht anders behandelt als Erwachsene. Als Volk bedeutet ihr mir nichts, weder du noch das Mädchen«, sagte El-Kalaam. »Ihr seid Ungläubige. Aber was immer ihr mir geben könnt, das werde ich willig nehmen. Sie ist ein Symbol wie du auf deine Weise. Und diese Rolle sollt ihr hier spielen.«

»Sie werden nie bekommen, was Sie wollen«, sagte Rachel.

»Dein Vater wird es nicht zulassen, daß du stirbst. Er wird uns geben, was wir wollen und was uns gehört.«

»Er wird sein Land nicht verkaufen«, weinte Rachel. »Das tut er nicht!«

El-Kalaam schob sein Gesicht dicht an das ihre heran. Der Strahl der Taschenlampe verzerrte seine Gesichtszüge unheimlich. Die Pockennarben am Rand seiner Wangenknochen lagen im gleißenden Licht. Gold funkelte in seinem Mund. »Bete zu deinem Gott, daß er es doch tut. Denn anderenfalls stirbst du und es wird ein Aufschrei um die ganze Welt gehen. Das setzt die Regierung deines Vaters unter Druck, weil er ein kleines Mädchen geopfert hat.« Er grinste wölfisch. »Bei dir ist das anders, Rachel. Wirst du den morgigen Nachmittag erleben oder nicht?«

Rachel wandte den Kopf ab.

»Was für ein tapferer Soldat Sie sind«, sagte Heather geringschätzig, »ein Soldat, der Kinder terrorisiert.«

»Es ist mir völlig gleichgültig, was du von mir denkst. Du existierst für mich nicht, außer dazu, unserem Zweck zu dienen.«

Heather begegnete seinem Blick. »Sie werden es nie schaffen, mich zu zwingen, irgend etwas für Sie zu tun.«

»Das hat dein Freund Bock auch gesagt, und du weißt, was wir mit ihm gemacht haben.«

»Ich weiß es.«

»Und was anschließend mit Susan passiert ist.«

»Davor habe ich keine Angst.«

»Vielleicht nicht.« Er musterte sie genau. »Aber ich weiß, es gibt etwas, vor dem du Angst hast.«

»Was?«

Er lächelte wohlwollend. »Wir haben bei Bock die gleiche Angst gefunden, und auch bei Susan.« Er schüttelte den Kopf. »Nein, ich will Fessi nicht in deine Nähe lassen. Er hat eine Schwäche für dich, und am Ende könntest du ihn besiegen. Sei sicher: Ich werde dir keine Gelegenheit geben zu fliehen.«

Seine Hand zischte vor. Er packte Rachel an der Kehle, riß sie von Heather weg. Rachel versuchte zu schreien, aber durch ihre halbgeöffneten Lippen drang nur ein schwaches Gurgeln. Heather stürzte sich auf El-Kalaam. Fessi hielt sie zurück, aber sie kämpfte trotzdem.

»Tatsächlich«, sagte El-Kalaam gedankenverloren. Er schüttelte Rachel, daß ihr die Zähne klapperten. »Ich glaube, wir haben deine schwache Stelle gefunden.«

Bonesteel hatte natürlich, sobald sie aus San Francisco zurück war, mit seinen Anrufen begonnen. Daina wußte, was er wollte, und sie glaubte, daß auch er ihr eine Menge zu erzählen hatte. Aber er hatte sie so verärgert, daß sich in ihr eine solide Mauer aus Abneigung aufgebaut hatte. Sie wollte seine Anrufe einfach nicht annehmen; sie wollte ihn zwingen – das wurde ihr erst später klar –, zu ihr nach Hause zu kommen.

Das tat er nicht. Eines Morgens, auf dem Weg in die Stadt, wurde sie auf dem Sunset Boulevard angehalten. Sie fuhr an den Rand und entdeckte im Rückspiegel, daß ein Polizeiwagen hinter ihr heranfuhr. Niemand stieg aus dem Polizeiwagen. Sie konnte nur die zwei Paar Sonnenbrillen hinter der sonnenglänzenden Windschutzscheibe sehen. Der Wagen rollte langsam weiter. Er hielt neben ihr.

»Miss Whitney?« fragte einer der jungen Uniformierten, obwohl er genau wußte, wer sie war.

»Ja?«

»Hätten Sie wohl etwas dagegen, uns zum Präsidium zu begleiten?«

»Ich fürchte, das ist im Augenblick unmöglich.«

»Miss Whitney«, sagte der junge Polizist traurig, »wenn Sie mitkämen, würden Sie mir ganz persönlich einen Gefallen tun. Mein Chef macht mich zur Schnecke, wenn ich Sie nicht mitbringe.«

»Worum geht es denn?«

»Um was Offizielles.«

»Und was genau meinen Sie damit?«

»Ich fürchte, das müssen Sie Kommissar Bonesteel fragen, Miss Whitney.« Der Junge sah niedergeschlagen aus. »Tut mir wirklich sehr leid.«

»Nicht nötig«, sagte Daina. »Sie waren sehr höflich. Hat der Kommissar die Idee gehabt, mich holen zu lassen?«

»Nein, Miss Whitney.« Er lächelte ein strahlendes Westküstenlächeln. »Es war meine Idee.«

Daina lachte. »Na gut, ich komme mit.« Sie schaltete in den ersten Gang. »Was sind Sie eigentlich – Wachtmeister?«

»Einfacher Polizist, Miss Whitney.«

Sie winkte mit der Hand. »Dann führen Sie mich, Polizist.«

»Miss Whitney?«

»Ja.«

Er reichte ihr das Zahlkartenheft für Strafmandate. »Ob Sie wohl so nett wären, mir ein Autogramm zu geben?«

Bonesteels Präsidium lag im Herzen der Innenstadt von Los Angeles. Es war ein häßliches, blockartiges Gebäude in einem häßlichen, blockbesetzten Teil der Stadt. Es sah aus wie ein Bunker, der auf einen Krieg wartete. Bonesteels Minibüro lag im sechsten Stock. Der übergroße Aufzug war erfüllt von den adstringierenden Gerüchen abgestandenen Schweißes und frischer Angst. Der Polizist brachte Daina selbst hinauf und gab sie an der Schwelle zu Bonesteels Milchglastür ab.

»Da ist sie, Kommissar.«

Bonesteel blickte von seinen Papieren auf. Er saß hinter einem Schreibtisch, der unordentlich mit Aktenmappen und dünnen farbigen Durchschlagbogen bedeckt war.

»Prima, Andrews.«

Grelles, fluoreszierendes Licht ergoß sich aus den zurückgesetzten Paneelen in der Akustikdecke auf sie herab.

Vor dem Schreibtisch stand ein großer grauer, mit grünem Plastik bezogener Sessel. Bonesteel winkte sie dorthin. »Möchten Sie einen Kaffee?«

»Ich möchte hier raus«, sagte Daina schmallippig.

»Sobald wir unsere kleine Unterredung beendet haben. Wir hatten doch einen Handel abgeschlossen, wissen Sie nicht mehr?«

»In unserem Handel war aber nicht inbegriffen, daß Sie sich wie ein Schuft benehmen.«

Darüber dachte er eine Minute lang nach. Dann stand er auf, kam hinter seinem Schreibtisch hervor und schloß die Tür hinter Daina. Er ging nicht wieder zu seinem Schreibtischsessel zurück, sondern hievte sich hinauf auf eine Ecke seines unordentlichen Schreibtisches. Er streckte die Hand aus. »Sehen Sie das? Das sind meine Monatsberichte. Ich hasse es, Monatsberichte zu verfassen, und bin schon zwei Monate im Rückstand, fast drei, und der Chef sitzt mir im Nacken.« Er legte die Hände zusammen und verschränkte die Finger. »Wir haben alle unsere Probleme.«

»Wenn das ein Witz sein soll«, sagte Daina kalt, »dann finde ich ihn nicht komisch.«

»Ich mache keine Witze.«

»Was ich Sie fragen wollte«, sagte Daina und ging auf ihn zu, »haben Sie eigentlich wirklich ein Herz unter Ihren Anzügen von Calvin Klein?«

Seine schiefergrauen Augen blitzten für den Bruchteil einer Sekunde. »Es macht mir Spaß, mich gut anzuziehen.«

»Was wird passieren, wenn Sie sich von Ihrer Frau scheiden lassen?« schnappte Daina. »Wird Ihre Abfindung dann groß genug sein, daß Sie Ihre Garderobe up to date halten können?«

Er stand auf und biß die Zähne zusammen. »Das ist auch nicht komisch.«

»Ich hab das nicht als Witz gedacht.« Sie starrte ihn störrisch an und versuchte ihn mit ihrer Willenskraft so weit zu provozieren, daß er ihr eine Ohrfeige versetzte. Das wäre genau das, was sie brauchte, um ihn nie wiederzusehen. Aber dann dachte sie an Maggie. Konnte sie Meyer trauen, daß er ihr half?

Bonesteel lächelte. »Ja, ich weiß schon, wie Sie sich nach dem Anruf gefühlt haben müssen. Es tut mir leid.«

»So, so.«

»Nein, wirklich. Es war Geschäft. Ich mußte doch sehen, ob Sie wirklich über Maggie Bescheid wußten.«

»Sie meinen, Sie hätten es aus unseren bisherigen Gesprächen nicht entnehmen können?«

»Sie sind Schauspielerin, nicht? Sie und Chris Kerr gleichen sich wie ein Ei dem anderen. Was wäre gewesen, wenn Sie die Sache mit den Drogen verschleiert hätten, weil Sie selbst drinsteckten?«

Daina streckte die Arme vor. »Überprüfen Sie mich doch nach Gebrauchsspuren!«

Er betrachtete sie einen Augenblick schweigend, ohne sich zu rühren. »Ich weiß, wo Sie herkommen.« Er sagte es so leise, daß sie sich anstrengen mußte, um ihn zu verstehen.

»Wirklich?«

»Ja. Ich mußte ziemlich tief graben, um darauf zu stoßen.«

»Aber Sie kennen nicht die ganze Geschichte.«

Er zuckte die Achseln. »Das spielt keine Rolle. In solcher Umgebung können Sie einem Merkwürdiges antun. Manche Leute kommen mit einer unwiderstehlichen Sehnsucht da heraus; wissen Sie, was ich meine?«

»Wie Sehnsucht nach Morphium oder Heroin.«

»So was, ja.«

»Ich bin clean, Bulle.«

Er lachte. »Herrgott – tut mir wirklich leid, daß ich Sie so hart rangenommen habe.« Er ging wieder hinter seinen Schreibtisch und klappte alle Akten zu.

»Wissen Sie, dies ist ein lausiger Ort für ein Verhör. Filmen Sie heute?«

»Nur am Nachmittag. Heute morgen werden ein paar Stunts gedreht.«

»Ach, was soll's, das hab ich ja auch gewußt. Kommen Sie, wir fahren für eine Weile nach Hause.«

»Pathologisch?«
»Ja.«
»Sind Sie sich ganz sicher, daß er das gesagt hat?«
»Natürlich bin ich mir sicher.«
»Was kann ein blöder Leibwächter schon über Pathologie wissen?«
Daina sagte: »Ich glaube nicht, daß er blöde ist.« Sie war sich nicht sicher, ob er sie gehört hatte.

Er erhob sich aus dem niedrigen geschwungenen Sessel und ging durchs Wohnzimmer zum Flügel, starrte geradeaus auf die Klavieradaption des Vivaldi-Konzertes. Dann begann er zu spielen. Er hatte nicht annähernd die Technik seiner Tochter oder ihr Talent, aber er kam ohne Zögern und ohne falsche Noten durch das Stück.

Daina hatte ihm von der Party erzählt und von Nils Tod – und er hatte sich gefragt, ob es dabei irgendeine Verbindung zu dem Mord an Maggie gab –: beim Polizeiverhör, bei ihrer Aussage, bei der Befragung durch den Gerichtsmediziner am darauffolgenden Tag. Er hatte sich alles mit seltsamer Intensität angehört, und seine Augen hatten hell gestrahlt, als ob er sich an ihren Worten weidete.

Sie hatte Thaïs Worte wiederholt: »Maggie war ein Außenseiter, genau wie du. Sie hat die Gesetze gebrochen und ist vernichtet worden.« Er hatte darüber gebrütet, was den anderen wohl Wichtiges aufgefallen sein mochte, weil sie darum gebeten worden war, zu wiederholen, was Silka über Nigel gesagt hatte. »Er war damals sehr wild«, sagte Daina. »Aber das waren sie ja alle: Chris und Nigel, und ganz besonders Jon.«

»Wild, ja. Das hatte er gesagt. Aber was wäre, wenn einer von ihnen wirklich pathologisch sein sollte? Wir wissen ja schon, daß die Drogen Jon zum Psychotiker gemacht haben und daß durch Drogen seine Neurosen alle ins Maßlose gewachsen sind.«

Jetzt war Bonesteel mit seinem Spiel zu Ende. Er starrte auf das Foto seiner Tochter.

»Ist das ihr Lieblingsstück?« fragte Daina.

»Nein«, er lächelte verschwommen und in Gedanken versunken, »es ist mein Lieblingsstück. Sarah hat Mozart zu ihrem Gott erhoben.«

»Bobby«, sagte Daina und stemmte die Ellbogen auf die Kante des Flügels, »wollen Sie mir sagen, warum Sie für so unwichtig halten, was Thaïs über Maggies Tod zu sagen hatte?«

»Sie meinen, ich sollte glauben, daß Thaïs über Maggie einen Zauberspruch ausgesprochen hätte?« Er schnaufte.

»Das meinte ich nicht.«

»Ich glaube nicht an Magie. Das überlasse ich den Fans von Stephen King.«

»Könnte nicht Thaïs Maggie umgebracht haben?«

Er schaute sie an. »Dazu ist sie nicht fähig.«

»Böse genug ist sie aber dazu – innerlich.«

»Ich meinte körperlich«, sagte er. »Körperlich ist sie nicht stark genug, um das zu tun, was Maggie angetan worden ist. Dazu braucht man Männerkräfte.« Er fuhr mit den Händen über die Tasten. »Außerdem halte ich fast alles, was sie Ihnen erzählt, für unwichtig.«

»Warum das?«

»Weil Thaïs in Sie verliebt ist«, sagte er langsam.

Daina lachte. »Ach, kommen Sie. Thaïs haßt mich geradezu.« Aber ihr Magen zog sich ganz kurz zusammen.

»Denken Sie mal drüber nach«, sagte Bonesteel und beobachtete ihr Gesicht. »Worüber würde eine Thaïs Ihrer Meinung nach wohl am meisten entsetzt sein?«

Aber Daina wußte es. »Wenn sie ihre Gefühle nicht mehr unter Kontrolle hätte.«

»Ich hab's an ihrem Blick gesehen, Daina«, sagte Bonesteel. »Wenn ich Ihren Namen erwähne, erstarrt etwas in ihr.«

»Das kommt durch ihren Haß. Sie ist eifersüchtig auf meine Verbindung mit Chris.«

Bonesteel schüttelte den Kopf. »Eine Frau wie sie schmilzt durch Haß. Davon lebt sie. Glauben Sie wirklich, daß Thaïs in ihrem ganzen Leben schon einmal jemanden geliebt hat? Ich nicht. Wenigstens keinen Mann. Ihre Männer waren alle schwach – mächtig, mit viel Geld, aber schwach. Sie hat ihnen Kraft verliehen; aber allein kann sie's nicht, sonst müßte sie ja nicht einen Mann nach dem anderen aussaugen. Andererseits ist eine *Frau* für Thaïs etwas ganz anderes. Ich glaube, daß sie in Frauen ihr eigenes Geheimnis widergespiegelt sieht.«

In Daina stieg ein Bild auf: sie und ihr Vater; ein stiller, heißer Sommertag draußen mitten auf dem langen See am Cape, in einem Ruderboot, dessen flaches, nasses Deck nach Salz und den heißen Eingeweiden von Fisch stinkt, und die Angelruten glänzen in der Luft wie feine Stränge eines riesigen Spinngewebes, wie zarte, suchende Antennen.

»Schau das Wasser an, Schätzchen«, sagte ihr Vater mit gedämpfter Stimme zu ihr. »Sieh mal da – durch die glitzernde Sonne kannst du den dunklen Tropfen des Angelhakens sehen.«

Sie waren beide still gewesen wie Statuen, und sie hatten geschwitzt. Der Nachmittag hatte ganz ihnen gehört, mit angehaltenem Atem. Dicht an der grünen Oberfläche des Sees teilte sich eine Wolke von Mücken und machte einem Wasserläufer Platz, der vorbeiflitzte.

»Jetzt warte«, flüsterte ihr Vater. Seine Stimme war voll unterdrückter Aufregung, »warte und beobachte die Angelschnur.«

Die Sonne hämmerte vom wolkenlosen Himmel auf ihre nackten Schultern. Eine Gans stieß ihren klagenden Schrei aus und erhob sich aus dem Flachwasser des anderen Ufers.

»Jetzt«, flüsterte ihr Vater rauh, »jetzt!«

Und dann sah sie es. Die dunkle Schnur war durch den Zug fast senkrecht ins Wasser versunken und wirbelte, so daß das Sonnenlicht auf ihr wie auf einer Schwertschneide blitzte. Sie brannte, ehe der Fisch anbiß, wie eine Fackel.

Das unergründliche Geheimnis, wie ihr Vater diesen Augenblick absulut beherrschte, fiel ihr wieder ein – mit solcher Gewalt, daß ihr einen Augenblick lang schwindlig war. Sie fuhr zusammen und begriff, daß sie ihr Leben lang die Entspannung dieses Augenblicks gesucht hatte, als die ganze Welt ihrem Vater gehörte, als er die Herrschaft nicht nur über Daina, sondern anscheinend über alle Wesen ausgeübt hatte. Der Schatten eines Gedankens tanzte am Rand ihres Bewußtseins. Es gab eine Möglichkeit, Chris vor Thaïs zu bewahren – nur eine Möglichkeit. Aber Daina fragte sich, ob sie das Opfer würde bringen können.

»Ich glaube, es hat sich vielleicht bezahlt gemacht, daß Sie mit der Band gefahren sind«, sagte Bonesteel und mischte sich in ihren Gedankengang ein. »Im Augenblick habe ich nur eine Menge leeres Gerede. Alle haben ein bombenfestes Alibi, wenigstens bis jetzt. Außer für die Zeit, wo Chris in dem Tanzlokal außer Sichtweite war, haben die anderen Bandmitglieder und die Arbeiter ihren Aufenthalt zu der Zeit nachweisen können.« Er hob den Finger. »Aber das Weibsbild, das für Maggie Verbindungen hergestellt hat, könnte uns vielleicht irgendwo hinführen.« Er beäugte Daina. »Sie sind sicher, daß Chris nicht wußte, wer sie war?«

»Das hat er wenigstens gesagt.«

»Und glauben Sie ihm?«

»Warum sollte er lügen?«

Bonesteel grunzte. »Warum lügt man? Weil man was zu verbergen hat. Wenn die Dame ihm Drogen gebracht hat, dann hätte er es sicher nicht gern, wenn sie auffliegt, oder? Oh, nein. Ich glaube, unser kleiner Junge hat Ihnen da was vorenthalten.«

»Sie wollen ihn doch nicht herholen und verhören?« fragte Daina leicht erschrocken.

»So blöd bin ich nicht«, sagte Bonesteel und stand auf. »Das können Sie für mich machen.«

»Oh, nein!« Daina hob die Hände hoch. »Chris ist mein Freund. Ich will ihn nicht immer wieder anlügen.«

»Wissen Sie«, sagte Bonesteel nachdenklich, »wenn ich mit ihm darüber rede, dann passiert mir vielleicht ein Ausrutscher und ich erwähne, wo ich von Anfang an die Sache mit diesem Weibsbild herausgefunden habe.«

»Ich glaube nicht, daß er Ihnen glauben würde.«

»Ich glaub's auch nicht. Aber vielleicht kriegt er dann ein paar Zweifel, die er bisher nicht gehabt hat.«

»Ich geh zuerst zu ihm.«

»Und was werden Sie ihm erzählen?«

Er streckte die Hand aus und berührte sie. »Hören Sie, ich will Sie nicht unter Druck setzen, ich will denjenigen fangen, der Maggie umgebracht hat. Um das zu erledigen, mache ich, was immer nötig sein wird.« Sein Gesicht wurde langsam rot. »Ich muß Ihnen doch nicht sagen, daß es sich hierbei keineswegs um einen weiteren Straßenmord handelt, wo irgendein jugendlicher Raufbold eine Pistole mißbraucht. Es handelt sich auch nicht um eine Messerstecherei in einer Kneipe. Nein, dieser Mord hat irgendeinem verborgenen Gehirn Spaß gemacht, und der Gedanke, daß solche Leute in der Stadt frei herumlaufen und vielleicht planen, es noch mal zu machen, gefällt mir überhaupt nicht.« Er schüttelte den Kopf. »Jemand muß dem ein Ende setzen.«

»Und Sie meinen, Sie wären der Richtige dafür?«

»Ich hab' den Mumm dazu. So einfach ist das.«

»Wissen Sie, ich glaube wirklich, daß Sie das ernst meinen.«

»Warum sollte ich auch nicht? Denken Sie etwa, ich will damit meine Männlichkeit beweisen?« Er schnaufte. »Wenn's erst mal hart auf hart kommt und du den Finger am Abzug hast, dann solltest du verdammt sicher sein, daß es nicht nur 'ne Pose ist. Sonst kann es nämlich sein, daß dir im nächsten Augenblick das Gehirn über die blankgeputzten Schuhe spritzt. Du kannst es dir einfach nicht leisten zu zögern. Tief innen mußt du wissen, was von dir erwartet wird, und dann machst du es auch.«

»Haben Sie schon einmal einen Mann umgebracht?« fragte Daina leise.

»Ja, einmal. Der Schwarze kam mitten in der Nacht über eine Mauer. Ich war damals in Uniform. Wir waren auf einen Schrei hin an der Stelle aufgetaucht. Der Mann hatte eine Knarre von der Größe eines Schrotgewehres bei sich, eine Dreisiebenundfünfzig Magnum. Der Kerl hat direkt neben mir meinem Partner den Kopf weggeschossen. Der Junge war neunzehn und hatte gerade geheiratet. Ich hatte den Brautführer gespielt. Unser Vorgesetzter sagte zu mir: ›Also, Bonesteel, alle bei uns glauben, Sie wären ein Held. Gehen Sie hin und sagen Sie der Witwe Bescheid.‹«

Bonesteel wandte sich von ihr ab und ging zum Fenster, wo Nebel die Baumspitzen bedeckte und den Himmel verhüllte.

»Wie war es?« fragte Daina. »Ich will wissen, was man fühlt, wenn man jemanden tötet.«

»Man fühlt sich wie immer«, sagte Bonesteel. »Der Haß und der Schrecken davor, daß man selbst getötet werden könnte, dämpft alles. Es hat mir nicht leid getan, daß ich das Schwein erschossen habe. Als ich Gloria erzählen mußte, daß der Mann, mit dem sie erst seit zwei Wochen verheiratet war, nicht mehr nach Hause kommen würde, hab' ich viel mehr empfunden.«

»Jean Carlos sagt, daß man nicht denken darf, wenn man den Abzug durchdrückt.«

»Wer ist Jean Carlos?«

»Ein kubanischer Flüchtling, der aus der Festung Morro ausgebrochen ist, er hat uns alle an den Waffen ausgebildet.«

Bonesteel setzte sich auf den Rand des cremeweißen Sofas und legte die Hände in den Schoß. Er wirkte sehr müde. »Wissen Sie, obwohl ich schon so lange in Los Angeles lebe, wundere ich mich immer noch darüber, wie schnell sich Phantasie in Wirklichkeit verwandelt.« Er schüttelte den Kopf. »Bildet sie an Waffen aus.«

»Richtig. Pistolen und Messer.«

»Hören Sie sich doch mal selbst zu, verdammt!« explodierte er und sprang auf. »Als nächstes erzählen Sie mir, daß Sie wirklich wissen, was Sie tun.«

»Wir benutzen echte Pistolen.«

»Na klar tun Sie das. Selbstverständlich.« Er zog eine Schublade auf und warf ihr mit schneller, vielgeübter Drehung des Handgelenkes seinen achtunddreißiger Dienstrevolver zu.

Sie schrie auf, aber Jean Carlos' Ausbildung war nicht vergeblich gewesen: sie schaffte es, den Revolver geschickt aufzufangen. »Sind Sie wahnsinnig?« fragte sie hitzig. »Das Ding ist ja geladen!«

»Es ist gesichert.« Er sagte das todernst, und sie wußte, daß sie ihn überrascht hatte. Er hatte erwartet, daß sie die Waffe fallen lassen oder vor ihr zurückschrecken würde.

»Wir haben mit dieser Waffe gearbeitet«, sagte Daina. »Ich weiß, wie man mit ihr umgehen muß.«

»Okay.« Er stand auf, nahm ihre Hand und führte sie durch das

Haus zur Hintertür ins Freie. Es war warm und klebrig-feucht draußen.

»Sehen Sie die Birke da hinten?« fragte Bonesteel. Daina schluckte und nickte. »Sie ist nur – sagen wir mal – zwanzig Meter weit weg. Probieren Sie doch mal, ob Sie die Astgabel in Augenhöhe treffen können.« Er streckte die Hand aus und entsicherte den Revolver. »Los«, drängte er. »Wollen doch mal sehen, wie Sie schießen.«

Daina stellte sich der Birke gegenüber auf, spreizte leicht die Beine, drückte die Knie durch, streckte die Arme aus. »Bei einem Ziel, das so groß ist wie ein Mensch«, hatte Jean Carlos ihr eingebleut, »brauchen Sie nicht über Kimme und Korn zu zielen. Nur über den Lauf.«

Sie drückte ab. Die Explosion riß ihr die Hände hoch, aber sie blieb fest stehen.

Bonesteel kniff die Augen zusammen und starrte hin. »Nichts«, sagte er. »Weiter, weiter. Versuchen Sie's noch mal.«

Daina senkte den Revolver, zielte sorgfältig über den Lauf und bereitete sich auf den Rückstoß vor.

»Los!« bellte Bonesteel. »Wenn jemand auf Sie zukommt, dann haben Sie keine Zeit!«

Daina feuerte und hörte fast augenblicklich das Heulen des Querschlägers. Sie gingen zusammen zu der Birke hinüber. Er legte seinen Daumen auf das weiße Fleisch des Baumes, von dem die Kugel die Rinde abgesprengt hatte. Der Einschuß lag drei Zentimeter unterhalb der Astgabel.

»Nicht schlecht«, sagte Bonesteel, nahm ihr die Achtunddreißiger ab, ging zu der Stelle zurück, von der aus sie geschossen hatte, wirbelte herum und feuerte die übrigen vier Schuß ab, anscheinend ohne zu zielen. Daina mußte nicht erst zurück zur Birke gehen, um den Schaden zu sehen, den seine Schüsse direkt unter der Astgabel angerichtet hatten.

»Was sind Sie doch für ein Angeber.«

Er klappte die leere Kammer auf und lud den Revolver neu. »Ich habe Ihnen nur zeigen wollen, wie es wirklich geht.« Er sicherte die Waffe. »Aber ich muß zugeben, Sie haben es ernster genommen als ich dachte. Es ist nicht so, daß Sie zwischen Wirklichkeit und Phantasie nicht unterscheiden könnten. Aber Sie sind für eine Filmrolle ausgebildet worden, ich für die Praxis.«

»Und Sie haben den Blick eines Bullen«, sagte Daina. »Weil Sie in jemanden wie Thaïs einfach hineinsehen können.«

Aber Bonesteel schüttelte den Kopf, während er sie zu seinem Wagen zurückführte. »Das hat mit Ausbildung nichts zu tun; damit bin ich geboren worden. Es ist der Blick eines Schriftstellers.«

In der Nacht, als Rubens Nachricht hinterlassen hatte, daß er spät nach Hause kommen würde, ließ Daina alles andere außer acht und ging, sobald sie von den Aufnahmen nach Hause kam, gleich zu Bett.

In der Nacht wurde sie durch einen blauweißen Blitz geweckt. Er blendete sie. Sie blinzelte in eine dunkle Ecke des Schlafzimmers. Donner rollte von links nach rechts. Sein Echo hallte wider. Als es nachließ, hörte Daina, wie jemand an der Tür klingelte.

Sie zog sich einen Bademantel über und ging in der unnatürlichen Stille nach unten in die Halle. Als sie das Wohnzimmer betrat, kehrte der Donner zurück. Sie hatte von Rubens geträumt, von seinen halboffenen Lippen, die am Pulsschlag ihres Halses ein- und ausatmeten.

»Jasmin?« fragte sie. »Was machst du denn hier?«

Jasmin trug einen dunklen Regenmantel, den sie um die Kehle herum festhielt.

»Jasmin?« Daina streckte die Hand aus und berührte mit den Fingerspitzen die linke Wange ihrer Freundin. Sie hörte ein Wimmern des Schmerzes. »Mein Gott, was ist denn mit dir passiert?« Ohne auf Antwort zu warten, zog sie Jasmin ins Haus und schloß die Tür hinter ihr. Sie hörte den Regen aufs Dach und gegen die Fensterscheiben der Westseite trommeln.

Daina legte den Arm um Jasmin und führte sie durch die Diele ins Wohnzimmer. Dann knipste sie die Lampe neben der Couch an. Sie faßte Jasmin ans Kinn und drehte ihr das Gesicht hin und her. Auf dem höchsten Punkt der linken Wange war die Haut rot und geschwollen. Ohne Eisbeutel würde die Stelle morgen so schwarz wie Kohle sein.

»Komm«, sagte sie und führte Jasmin zur Bar. Daina machte ihr einen steifen Scotch on the rocks. Jasmin rührte ihn nicht an. Sie zitterte. Tränen rollten ihr übers Gesicht.

Daina griff in den Eiseimer und wickelte eine Handvoll Eiswürfel in ein dickes Handtuch. Sie trat an Jasmins Seite und legte das Päckchen sorgfältig auf die lange, verletzte Stelle. Jasmin zuckte bei dem Druck zusammen, sagte aber nichts.

Daina brachte sie dazu, ein paar Schlucke Scotch zu trinken. »Und jetzt erzählst du mir, was passiert ist.«

»Tut mir so leid, daß ich dich belästige«, sagte Jasmin flüsternd. »Es hat gar nichts mit dir zu tun.«

»Sei nicht dämlich, Jasmin. Wozu sind Freunde denn sonst da? Da – trink noch einen Schluck.«

Jasmin hustete, während sie den Scotch hinunterspülte; die Augen tränten ihr. »Heute abend bin ich zurück zu Georges Haus gegangen, um meine letzten Sachen zu holen, persönliche Dinge.« Sie weinte wieder und wandte den Kopf ab, so daß Daina ihr mit dem Eispäckchen folgen mußte. »Er war sehr betrunken – und sehr wütend. Ich hab' ihn noch nie so erlebt. Ich hab' gedacht, er ist verrückt geworden. Er hat mich angeschrien und getobt. ›Ich will nicht, daß du gehst, Jasmin‹, hat er immer und immer wieder gebrüllt. ›Ich lass' dich nicht weg.‹ Aber ich wußte, daß er es gar nicht so meinte. Ich hatte dir nicht die ganze Wahrheit erzählt, warum ich ihn verlassen habe. George ist sehr altmodisch, und anscheinend hat meine Sexualität ihn überwältigt. Daß ich im Bett so aggressiv bin – das hat ihm angst gemacht.«

»Heute abend hat er dich geschlagen.«

»Er hat mich – mit Gewalt genommen.« Jasmin schauderte, und Daina legte wieder den Arm um sie und drückte sie an sich. »Er hat mich vergewaltigt.« Jasmin schüttelte den Kopf. »Man sagt immer, man könnte nicht vergewaltigt werden. Aber das stimmt nicht. Ich bin kräftig, Daina. Du weißt, wie kräftig ich bin. Aber George war stärker. Er hatte etwas wie dämonische Kräfte. Es war unmenschlich. Je mehr ich mich gewehrt habe, desto stärker wurde er. Ich habe mich immer wilder und wilder gewehrt. Es war fürchterlich, kein Sex, sondern eher wie ein Krieg, wie der Tod. Ich dachte, ich sterbe, und einen Augenblick lang habe ich mir den Tod gewünscht.« Sie schluchzte. Ihre Wange lag an Dainas Brust. »Das hat er mit mir gemacht – mit mir, die ich das Leben mehr liebe als alles andere! Er hat mich dazu gebracht, daß ich mir den Tod wünschte. Herrgott, Daina...«

Nach einer Weile zog Daina sie hoch und führte sie langsam durch das große Wohnzimmer in die Diele. Im Schlafzimmer setzte sie Jasmin auf das zerwühlte Bett, ging ins Badezimmer und ließ Wasser in die Wanne einlaufen.

Als sie ins Schlafzimmer zurückkehrte, saß Jasmin noch immer da, wo sie sie zurückgelassen hatte. Die Hände lagen lose in ihrem Schoß. Daina kniete neben ihr nieder und sagte: »Jasmin, ich steck dich jetzt in die Badewanne, ja? Komm.« Sie streckte die Hand aus und begann, Jasmin den Regenmantel aufzuknöpfen. »Komm.« Jasmin drehte abrupt den Kopf um. Ihre Augen blickten wild. »Jasmin, ich bin's ja nur. Komm jetzt.« Sie schaffte es, den ersten Knopf aufzukriegen. »So.«

Einer nach dem anderen wurde aufgeknöpft, bis Daina ihr das Kleidungsstück ganz langsam abstreifen konnte. Jasmin war ausgepackt. Daina holte scharf Luft, völlig unvorbereitet darauf, wie der Anblick eines Frauenkörpers auf sie wirken würde. Vielleicht waren es die Nachwirkungen ihres erotischen Traumes oder das fast überwältigende Gefühl von Zärtlichkeit und Beschützenwollen. Voller Scham stellte sie fest, daß sie außerordentlich erregt war.

Ihr Puls beschleunigte sich. Sie führte Jasmin ins Badezimmer und setzte sie in die Wanne. Jasmin lehnte sich an und schloß die Augen.

Sie atmete tief. Daina kniete neben der Wanne und drückte das Eispäckchen wieder auf Jasmins Wange.

»Daina...«

»Ja, Liebes.«

»Würdest du mich einseifen?«

Daina hämmerte das Herz in der Kehle. Sie nahm das Stück Seife und begann Jasmins glatte Glieder einzureiben. Sie seifte ihr die Schulter, Arme, Beine, Füße und den Bauch ein. Sie preßte ihre Schenkel zusammen, als könne sie dadurch die Gefühle, die sie durchfluteten, aufhalten. Sie spürte, wie ihre Brüste schwollen, wie ihr am Haaransatz der Schweiß ausbrach.

Was ist los mit mir? dachte sie. Zwischen ihren Beinen wurde es feuchter und feuchter. Sie genoß es, auf den Knien zu liegen, in dieser unterwürfigen Stellung Jasmin auf Befehl die nackte Haut zu reiben; sie genoß das intensive Gefühl, daß Jasmin zu *ihr* gekommen war und daß nur *sie* sie trösten konnte.

Sie erstarrte. Jasmins Finger hatten sich sanft über ihren Händen geschlossen und zogen sie hoch, über ihren flatternden Bauch, noch höher, an den Rippen vorbei zu den heißen Unterseiten ihrer schweren Brüste.

Zum ersten Mal fühlte Daina Jasmins Brustwarzen. Sie waren hart und weich zugleich, leicht gummiartig und lang. Ein wildes Gefühl wallte in ihr auf. Sie wußte jetzt, was passieren würde; sie wußte, daß sie Jasmin begehrte, mit einer Leidenschaft, die sie nicht verleugnen konnte; sie wußte, daß Jasmin aus diesem Grunde hierher gekommen war. »Hilf mir, Jasmin«, wisperte Daina. Ihre Gedanken wirbelten.

»Ja.« Jasmins breiter, sinnlicher Mund bog sich zu einem zärtlichen Lächeln. »Meine süße Daina. Ich weiß, was du willst.« Sie beugte sich vor, ihre Lippen öffneten sich wie eine Blüte an Dainas Hals. »Laß deinen Bademantel fallen. So, so. Ah!«

»Sie sind wunderschön, Daina«, seufzte Jasmin. »Hab' ich dir je gesagt, wie schön deine Brüste sind?«

»Nein.« Ihre Stimme wirkte scharf und unterdrückt und schien aus einer anderen Kehle zu kommen.

»Ich hätte es dir sagen sollen.« Jasmin drehte sich herum, so daß sie auf der Seite lag. »Dein ganzer Körper« – ihre Stimme klang wie Seide, liebkosend – »ist wunderschön.«

Mit Augen, betrunken vor Lust, betrachtete Daina Jasmins Hände, die über ihre Rippen zu den Unterseiten ihrer Brüste hochglitten.

Daina keuchte, als sie spürte, wie Jasmins warme Hände ihre Brüste hoben und umfaßten. Dann bewegten sich ihre Fingerspitzen, immer rundherum auf der empfindlichen Haut. Ihre Beine begannen zu zittern und sich aufzurichten, aber Jasmin drückte sie ruhig wieder auf die Laken. Es fiel Daina schwer zu atmen.

Daina stöhnte. Sie fühlte Jasmins Lippen an ihrer Ohrmuschel. »Ist das gut?«

Sie nickte trunken.

»Dann sag es mir, Liebling. Sag es mir.«

»Es ist – oh! – himmlisch.«

Die Stille der Nacht wurde vom Klingeln des Telefons durchbrochen. El-Kalaam ließ es lange klingeln, ehe er den Hörer abnahm.

»Ja.« Seine Stimme klang ruhig und sicher. »Sie haben mein kleines Geschenk also bekommen.« Seine dicken Lippen krümmten sich zu einer Art Lächeln. »Nein, Pirat, sein Tod komme über *dich*. Du hast unser Ultimatum nicht eingehalten.« Seine Stimme wurde hart. »Sag' mir nicht so etwas und erwarte, daß ich es dir glaube! Die Wahrheit? Du würdest die Wahrheit nicht einmal erkennen, wenn sie dir ins Gesicht starrte. Töten bedeutet mir nichts. Ich habe kein Land. Du hast mir mein Land gestohlen, und ich werde es mir zurückholen! Gib es mir, Pirat! Du und der amerikanische Präsident. Du kannst es und du wirst es tun. Du hast nur noch sechs Stunden. Nutze sie.« Er hängte ein. »Emouleur.«

Der junge französische Attaché kam durchs Zimmer; er arbeitete sich durch die ausgestreckten Körper. El-Kalaam legte den Arm um ihn.

»Hast du getan, was ich dir befahl?«

Emouleur nickte. »Ja. Ich habe mit den anderen über die Gerechtigkeit der palästinensischen Sache gesprochen. Über die Räubereien der Israelis.«

»Und was haben sie dir geantwortet?«

»Das ist schwer zu beurteilen.«

El-Kalaam ging näher an ihn heran. »Halte mich nicht hin, Franzose.«

»Sie – sie können nicht billigen, was Sie mit ihnen machen.«

»Mit ihnen?« schrie El-Kalaam. »Was ich mit ihnen mache? Und was haben sie mit *mir* gemacht? Mit den Palästinensern? Sind sie so blind oder so dumm, daß sie nicht sehen können, wie wir dazu getrieben werden, extreme Maßnahmen gegen die Zionisten zu ergreifen? Für uns gibt es keine Freunde im Westen. Der Westen ist von den Zionisten korrumpiert worden. Er hat sich von der Wahrheit abgewandt.«

»Ich verstehe, worum Sie kämpfen«, sagte Emouleur. »Ganz Frankreich versteht das.«

»Nun, wir werden sehen. Ich will unterschriebene Erklärungen von dir, dem Botschafter und den englischen Parlamentsmitgliedern. Darin soll unsere Forderung übernommen werden. Kümmern Sie sich nicht um den Wortlaut dieser Erklärung. Ich werde Ihnen die Formulierung durchgeben.«

»Ich weiß nicht...«

»Ich will die Erklärung sofort.« El-Kalaam packte Emouleur so fest, daß der junge Mann aufschrie. »Du trägst die Verantwortung.« Er schüttelte den Franzosen. »Dies ist deine Chance zu beweisen, daß du für die Palästinenser Wert hast, eine zweite Chance bekommst du nicht.« Sein Blick war wild. »Wehe, wenn du versagst.«

»Ich werde nicht versagen«, sagte der Franzose.

Auf der anderen Seite des Zimmers lagen Heather und Rachel zusammen.

»Was hat El-Kalaam gemeint, als er sagte, daß er Ihre schwache Stelle gefunden hätte?« fragte Rachel.

»Er hat gemeint, daß er mich brechen kann: durch dich.«

»Durch mich? Wie?«

»Wenn er dir in irgendeiner Weise weh tut«, sagte Heather.

»Ist das wahr?«

Heather wandte den Blick ab. Sie schaute durchs Zimmer zu der Stelle, wo Emouleur sich gerade vom Fußboden aufrichtete.

»Sie wollen es mir nicht sagen«, sagte Rachel, »aber Sie müssen. Eine Lüge hilft mir jetzt nicht. Was passiert mit uns, wenn wir einander nicht mehr trauen können? Sie haben uns alles andere genommen. Wir haben nichts mehr.«

Heather schenkte ihr ein kleines Lächeln und drückte sie. Sie seufzte. »Ich will dir etwas sagen: als James dein Leben rettete und dadurch sein eigenes verlor, da hab' ich's nicht verstanden. Ich war zornig. Und als er sagte, in jedem Leben gäbe es einen Zeitpunkt, da man eine Wahl treffen müsse, habe ich nicht gewußt, wovon er spricht. Jetzt weiß ich es, glaube ich.« Sie schob sich mit den gebundenen Handgelenken das Haar aus den Augen.

»Ja«, sagte sie leise, »ich glaube, El-Kalaam kann mich durch dich brechen.«

»Dann laß es nicht zu«, sagte Rachel hastig. »Gleichgültig, was passiert, er darf weder dich noch mich kleinkriegen. Hast du mir nicht gesagt, wir müßten durchhalten und kämpfen?«

»Ja, aber...«

»Kein Aber«, sagte Rachel leidenschaftlich. »Mein Vater wird keiner Terroristengruppe Zugeständnisse machen. Glauben Sie denn, daß er den Staat Israel vernichten würde, nur um das Leben seiner Tochter zu retten?« Sie schüttelte den Kopf.

»Was wird geschehen?«

Rachel schaute Heather an. »Wenn El-Kalaam in der Lage ist, seine Drohung wahrzumachen, werden wir vielleicht sterben.«

»Ich glaube, das ist er.« Heather blickte zur schwarzen Decke empor. »Wir müssen hier weg. Aber ich sehe keine Möglichkeit, wie wir das allein schaffen können.«

»Vielleicht müssen wir's nicht«, sagte Rachel. »Mein Vater wird uns helfen.«

»Aber wie? Du hast gesagt, er würde nichts unternehmen...«

»...um den Staat Israel in Gefahr zu bringen. Aber ich habe nichts davon gesagt, daß er nicht versuchen würde, uns hier herauszukriegen.« Sie nickte. »Versuchen wird er's.«

»Weißt du, wann?«

»Es muß kurz vor Ablauf des Ultimatums sein, zu keiner anderen Zeit. Vielleicht lenkt er sie ab. Wir müssen bereit sein.«

»Aber wie könnte er sie ablenken?«

Rachel lehnte den Kopf zurück und schloß die Augen. »Das weiß ich auch nicht.«

Lise-Marie hatte alles in den kleinen weißen Karton eingepackt – außer einem einzigen, wichtigen Element.

»All diese Magie – das Mojo – is' sexuell«, hatte sie gesagt und sich über die Theke gelehnt. »Du muß' 'n Quadratzoll von 'm Seidenstrumpf besorgen. Kein Nylon, denk dran, nur Seide.«

»Das ist leicht«, hatte Daina gesagt, mit Mord im Herzen. »Es gibt da, wo ich wohne, einen Laden, da kann man Seidenstrümpfe kaufen.«

»Nein, nein, Kleine.« Lise-Marie machte eine ablehnende Handbewegung. »Neue Strümpfe sind nich' zu brauchen. 's muß schon mal wer drin gewesen sein. Benutzt, verstehst du? Sie müssen weibliche Öle drin haben – Öle, die nich' von dir sind.«

Daina dachte an Denise und Erica, aber sie kannte deren Adressen genausowenig wie ihre Nachnamen. So war sie widerstrebend gezwungen, nach Hause zu gehen. Ihre Mutter war die einzige Frau, von der sie wußte, daß sie Seidenstrümpfe trug. Sie kam am frühen Nachmittag dort an in der Hoffnung, daß Monika aus dem Haus wäre. Mit ziemlicher Angst steckte sie den Schlüssel ins Schloß und drückte die Haustür auf. Sie hatte nur den einen Wunsch: ins Zimmer ihrer Mutter zu schlüpfen, leise die Kommode zu öffnen und vorsichtig die Strümpfe...

»Du bist also wieder da.«

Daina fuhr zusammen. Mit der unfehlbaren Intuition einer Mutter saß Monika im Wohnzimmer, als ob sie ihre Tochter erwartet hätte.

»Weißt du eigentlich, wie viele schlaflose Nächte du mich gekostet hast?« Daina konnte nicht glauben, daß sie ihrer Mutter auch nur eine Stunde Schlaflosigkeit eingebracht hatte. »Ich hab' mir sehr große Sorgen um dich gemacht, Daina.« Aber seltsamerweise wirkte Monika ruhiger, als Daina sie je erlebt hatte.

»Wo bist du gewesen?« Monika stand auf und kam auf Daina zu. Sie war eine große Frau. Ihr Haar war lang und mit Lack, einer Art patiniertem Silber, eingesprüht, das ihr schönes Gesicht mit den hohen Wangenknochen königlich umrahmte. »Nicht daß ich etwa eine Erklärung von dir erwarte. Schließlich haben wir alle ein Recht auf unsere Geheimnisse.« Daina stand stockstill und hörte zu. In dem Augenblick, in dem Monika zum ersten Mal etwas gesagt hatte, hatte Daina erwartet, daß sich jetzt wieder so eine Schreiszene voller Anklagen entspinnen würde, wie sie seit dem Tode ihres Vaters zur Norm geworden war. »Ich mach' mir nur Sorgen um dich.« Monikas Blicke glitten an der Gestalt ihrer Tochter auf und ab. »Ich sehe, daß du Gewicht verloren hast.« Nur eine Sekunde schien sie zu zögern. »Wirst du lange bleiben?«

»Nein.«

»Na, du kannst jedenfalls gern dableiben.« Monikas Stimme war sanft. »Ich stell' dir keine Fragen.« Sie breitete die Arme aus. »Ich müßte lügen, wenn ich sagte, ich wollte dich nicht zu Hause haben.«

»Ich will aber nicht nach Hause zurück.«

»Gut, Kleines. Ich glaube, deine Gefühle verstehen zu können. Geh du nur wieder.«

Dann schluchzte sie plötzlich unbeherrscht; ihre Schultern zuckten.

»Mutter...« Ein Wirbel von Emotionen überschwemmte Daina.

Monika faßte sich wieder. »Ich hab' mir selbst versprochen, nicht mehr vor dir zusammenzubrechen. Es ist in Ordnung, wenn du gehen mußt, aber, würdest du mir einen einzigen Gefallen tun? Ich würde mich leichter fühlen, wenn du dich von einem Arzt untersuchen ließest. Nur daß ich weiß, daß du gesund bist.«

Daina beruhigte sich wieder. Eine ärztliche Untersuchung schien ihr ein kleiner Preis dafür, daß Monika ruhig blieb; außerdem könnten auf diese Weise die paar Tage, die Daina für ihre letzten Tage bei der Mutter hielt, erleichtert werden.

Dr. Melville, der alte Hausarzt, sei in den Ferien, aber sie habe einen viel besseren gefunden. Daina suchte ihn auf.

Dr. Geist war ein rotgesichtiges Individuum mit makellos getrimmtem weißen Schnurrbart, einer dicken Doppelbrille, hinter deren Gläsern wäßrige blaue Augen lauerten. Er untersuchte Daina gründlich. Danach erkundigte er sich, ob sie etwas dagegen hätte, noch einige

Spezialtests über sich ergehen zu lassen, und Daina verneinte. Nach den Tests schickte er Daina ins Wartezimmer. Fünfundvierzig Minuten später, während derer Daina immer ungeduldiger wurde und sechs Monate alte Ausgaben der *Time* durchblätterte, ohne ein Wort zu lesen, wurde sie wieder in Dr. Geists Allerheiligstes zurückgerufen. Er lächelte herzlich, erhob sich, als sie eintrat.

»Ich frage mich, Miss Whitney, ob Sie mich wohl zum medizinischen Institut auf der anderen Seite der Parkway hinüberbegleiten würden?«

»Warum?« fragte Daina. »Stimmt etwas nicht?«

»Nun«, sagte Dr. Geist und kam hinter seinem massiven Eichenholzschreibtisch hervor, »ich benötige die Leute vom Institut sehr oft, wenn zusätzliche Tests erforderlich werden. Ich versichere Ihnen, daß es bestimmt nicht lange dauert.«

»Aber was fehlt mir denn? Ich fühl mich gut.«

Noch immer lächelnd legte der Arzt einen Arm um sie und führte sie zur Tür. »Bitte, kommen Sie mit mir, Miss Whitney. Sie haben keinen Grund, sich Sorgen zu machen. Sie sind in guten Händen.«

Das medizinische Institut »White Cedars« bestand aus einem breiten, langgestreckten, fünfstöckigen Gebäude in Weiß, das sich zusammen mit einer Reihe aus hellen Steinpfeilern und den Giebeln auf dem oberen Stockwerk große Mühe gab, nicht wie ein Krankenhaus auszusehen. Es wirkte alles vollkommen normal, bis der Arzt sie durch eine Drahtglastüre am Ende eines langen, geraden Korridors hindurchführte und sie das laute Klicken des Türschlosses hinter sich hörte.

»Was soll denn das?« fragte sie und drehte sich um.

»Nur eine Sicherheitsvorkehrung«, sagte Dr. Geist. »Hier gibt es große Mengen gefährlicher Arzneimittel. Wir wollen doch nicht, daß sie in die falschen Hände gelangen, oder?«

Daina ärgerte sich langsam über die Art, wie er mit ihr redete. Als ob sie ein Kind wäre. »Kommen Sie«, sagte er. »Es dauert nur ein Momentchen. Alles ist schon vorbereitet.«

Aber jetzt, wo sie sich umschaute, hatte sie das beunruhigende Gefühl, daß irgend etwas nicht stimmte. Dies war ganz offensichtlich ein Teil des Krankenhauses, den die meisten Patienten nicht zu sehen bekamen: alle Türen zu den Zimmern waren von außen verschlossen.

Sie versuchte, sich von ihm loszumachen. »Wo zum Teufel bringen Sie mich eigentlich hin?«

Der Arzt sagte nichts, machte mit der freien Hand eine ruhige Bewegung und rief damit eine kräftige Krankenschwester herbei, die Daina an der anderen Seite packte. Daina wand sich hin und her. »Kommen Sie, meine Liebe«, sagte die Krankenschwester, »es ist alles zu Ihrem Besten. Sie werden schon sehen. Trauen Sie dem Doktor.«

Daina starrte ihr in das scheinheilige Gesicht und bemerkte den dunklen Streifen Haar auf der Oberlippe der üppigen Frau.

Nun, da sie immer tiefer in das Krankenhaus hineingingen, konnte Daina hinter einigen verschlossenen Türen unterdrücktes Klopfen hören: rhythmisch und irgendwie beängstigend, als ob riesige Herzen darin eingesperrt wären.

Nach einiger Zeit blieben sie vor einer Tür stehen, die allen anderen glich. Die Schwester zog einen Schlüssel aus der Tasche ihrer Dienstkleidung und steckte ihn ins Schloß. Hinter der Tür befand sich ein kleiner Raum mit einem Bett, einer Kommode und einem einzigen winzigen, maschendrahtverhängten Fenster, in einer Höhe angebracht, daß Daina nur das dunkle Grau des Winterhimmels sehen konnte.

»Was haben Sie mit mir vor?« In ihrer Stimme lag genausoviel Zorn wie Angst.

Dr. Geist betrachtete sie ernst. Er wirkte distanziert und vollkommen sicher. »Miss Whitney«, sagte er mit Stentorstimme, »Sie sind ernstlich krank.«

Daina spürte, wie sich ihr Magen zusammenzog, aber trotzdem sagte sie: »Was meinen Sie damit? Ich hab' seit drei Jahren noch nicht einmal eine Erkältung gehabt.«

Die schmalen Lippen des Arztes krümmten sich zu einem Lächeln nach oben, das auf Daina gottähnlich wirkte. »Wir reden nicht von ihrem Körper, Miss Whitney, wir meinen Ihre Seele. Die Seele ist ein merkwürdiges, komplexes System, und sehr oft gibt das subjektive Wissen falsche Signale ab. Nur durch wirklich objektive Beobachtung kann man eine richtige Diagnose stellen. Sie sind aus dem Gleichgewicht. Einfacher gesagt: bei Ihnen hat sich eine Psychose entwickelt. Dieses dauernde Weglaufen von zu Hause ist ein Versuch, der Wirklichkeit zu entfliehen.«

Daina dachte: Dr. Geist muß verrückt sein, und sagte es ihm, während sie versuchte, sich an ihm vorbei zur Tür zu drücken.

Er versperrte ihr einfach den Weg. Seine dicken Finger umklammerten so schmerzhaft ihren Oberarm, daß sie unwillkürlich wimmerte. »Es tut mir schrecklich leid« – seine Stimme klang wirklich bedauernd –, »aber wir können kaum erwarten, daß Sie mit solch einer Diagnose übereinstimmen, nicht? Schließlich fehlt Ihnen die unparteiische Sicht der Dinge. Ihre Krankheit sitzt tief, Miss Whitney. Sie müssen lernen, uns zu vertrauen. Wir wissen, was für Sie am besten ist.« Der Gedanke schien ihm so belustigend, daß er kichern mußte: ein Geräusch, das Daina noch lange nach ihrem Aufenthalt in diesem Krankenhaus verfolgen würde.

Er nahm sie in die Arme, aber die Geste übertrug keine Wärme und kein persönliches Gefühl. Daina fragte sich, welch spezielle Ausbildung Ärzte wohl durchlaufen mußten, um sich so vom Rest der Menschheit abzusondern. Waren sie im Privatleben auch so kaltblütig? Bestiegen sie ihre Frauen mit dem gleichen Zynismus? Tätschelten sie ihre Söhne und Töchter auch mit so eingeübter Gleichgültigkeit? In Dainas Herzen brannte der Zorn wie eine kalte Flamme: eine Mauer der Abwehr baute sich in ihr auf – viel härter noch als der härteste Diamant. Ich gebe nicht nach, schwor sie sich, gleichgültig, was passiert. Ich werde nicht nachgeben.

»Machen Sie sich mal gar keine Sorgen«, sagte der Arzt in leichtem, spielerischem Ton. »Sie haben sehr viel Glück, daß Sie sich in so guten Händen befinden. Wir kennen die schnellsten Methoden, Sie zu heilen. Ruck-zuck werden Sie sich wieder tipptopp fühlen, was?«

»Ich fühle mich jetzt schon tipptopp«, sagte Daina, aber zur Antwort wackelte Dr. Geist nur mit erhobenem Zeigefinger vor ihrem Gesicht herum.

»Sehr bald werden Sie uns schon verstehen«, sagte er.

Daina spannte sich. »Ich will wissen, was Sie mit mir vorhaben.«

»Haben Sie schon einmal von der Insulin-Schocktherapie gehört?« fragte Dr. Geist. »Nein, ich sehe es Ihnen am Gesicht an. Na, macht ja nichts. Ist auch besser so. Sehen Sie, das geht ganz einfach. Den Patienten werden massive Dosen Insulin injiziert, wodurch eine Art Schock-Koma hervorgerufen wird. Nun, davor braucht man natürlich keine Angst zu haben. Es heißt nur, daß wir im Augenblick ihr Bewußtsein stillegen. Während es also – hm – schläft, können wir ihr Unterbewußtsein an die Oberfläche holen; denn da liegt ihr Problem.«

Da liegt ihr Problem, dachte Daina.

»Sie erzählen uns, welche Probleme das sind, und wir lösen diese Probleme zwischen den Behandlungen mit Hilfe einer Gruppentherapie. Morgen bringe ich Sie nach unten in den Behandlungsraum, damit Sie sich – hm – an die Umgebung gewöhnen können. Einige – hm – Begleitumstände mögen vielleicht am Anfang ein bißchen beunruhigend sein.«

»Weiß meine Mutter eigentlich etwas von dieser Angelegenheit?«

»Miss Whitney«, sagte der Arzt langsam, als ob er einem schwachsinnigen Kind etwas ganz Einfaches erklären müßte, »Ihre Mutter selbst ist bezüglich Ihres – hm – Zustands um Rat zu mir gekommen.«

»Zustand?« schrie Daina. »Ich bin in keinem Zustand.«

»Aber natürlich.« Dr. Geist lächelte selbstsicher.

»Sie selbst sind verrückt wie ein Märzhase!« Und als das nicht zog: »Ich will zu meiner Mutter.«

Das Lächeln blieb in seinem Gesicht haften, genauso breit, wie man es ihm beigebracht hatte. »Tut mir leid, Miss Whitney, aber die Krankenhausordnung verbietet es, daß die Patienten vor Ablauf von achtzehn Tagen Besuche empfangen. Anrufe sind auch verboten, fürchte ich.« Er rieb sich die Hände, ganz Geschäftsmann. »Und jetzt, wo wir die – hm – Einführung abgehakt haben, übernimmt der Stab des Hospitals alles Weitere. Wir sehen uns dann morgen früh.«
Er stand zu seinem Wort.
Sie weckten Daina um vier Uhr früh und zogen ihr ein frisches Krankenhausnachthemd an. Dr. Geist wartete schon ziemlich ungeduldig auf sie, so als käme sie verspätet zu ihrer ersten Verabredung. Als sie vor ihrer Tür auf dem Korridor auftauchte, lächelte er aber trotzdem. Sie wurde von der gleichen vierschrötigen Schwester begleitet, die sie schon am Tag zuvor hergebracht hatte. Im Korridor gab es keine Fenster. Das elektrische Licht brannte vierundzwanzig Stunden lang mit gleichbleibender Helligkeit. Es wirkte beunruhigend.
Dr. Geists Gesicht war frisch gewaschen und so rot, als ob er gerade von seinem Schlitten gestiegen wäre, nachdem er die ganze Nacht über Weihnachtspäckchen in quietschsaubere Schornsteine hinunterbefördert hätte. Er roch stark nach billigem Rasierwasser, das Daina widerlich vertraut war. Wieder packten seine Finger sie wie Stahlreifen.
»Das ist dann alles, Miss McMichaels«, sagte er knapp, während Daina sich von ihm wegführen ließ. An der ersten Abzweigung bog er mit ihr nach rechts ab, dann nach links, einen anderen Korridor hinunter, der mit dem ersten identisch war. Zu dieser frühen Morgenstunde war es unheimlich still im Krankenhaus.
Als sie den Korridor halb zurückgelegt hatten, blieb Dr. Geist stehen. Er grub in den Taschen seiner Tweedhosen nach einem Schlüssel und öffnete eine Tür. Dahinter befand sich eine Metalltreppe, deren Stufen dunkelgrün gestrichen waren und nach unten führten. Es war feucht und kalt und abweisend hier. Wände und Decke bestanden aus nacktem Beton.
Als sie den zweiten Treppenabsatz erreicht hatten, hörte Daina schwache Geräusche. Dr. Geist brachte sie zum dritten Absatz. Hier kehrten die Geräusche wieder; unvermittelt, deutlich und schockierend: Menschen schrien.
Daina zitterte, versuchte, sich zurückzuziehen, aber der Arzt packte sie einfach fester am Arm.
»Warum machen die das?« fragte Daina ganz leise.
»Versuchen Sie, es zu überhören«, sagte Dr. Geist gleichmütig. »Das tritt halt bei der Behandlung auf.«

»Sie meinen – bei der Insulin-Schocktherapie?« Und da er schwieg, sagte sie zitternd vor Angst: »Ich will aber nicht so schreien.«

»Auf diese Weise, meine liebe Miss Whitney, werden Sie mit uns reden«, sagte der Doktor leidenschaftslos. »Sie werden uns Ihre ganze Psychose entgegenschreien, und wenn sie erst einmal heraus ist, ans Tageslicht gebracht, werden wir sie auflösen wie Schnee in der Sonne.« Daina hielt nicht viel von seiner Bildersprache.

Er führte sie in ein zellenartiges, fensterloses und dämmriges Zimmer. Plötzlich begriff Daina, warum die »Behandlungsräume« so tief unter den normalen Stationen des Krankenhauses lagen: damit das Schreien die anderen Patienten nicht verstörte.

Daina schaute sich in der Zelle um. Es gab nur einen Tisch mit Zinkplatte, an dessen Seiten neun Zentimeter breite Lederriemen angebracht waren.

»Davor brauchen Sie gar keine Angst zu haben«, sagte der Arzt, nahm die Riemen zwischen Daumen und Finger und schlug damit spielerisch auf und ab. »Zu Ihrem eigenen Schutz müssen Sie ja angeschnallt werden.«

»Zu meinem eigenen Schutz?« fragte Daina schwach. Sie hatte das Gefühl, als ob alles Blut durch die Sohlen ihrer Füße den Körper verließe.

»Ja.« Der Arzt drehte sich um. »Der Insulinschock bewirkt natürlich eine ganze Anzahl ziemlich wilder – hm – Krämpfe. Wenn Sie nicht festgehalten würden, ließen sich Verletzungen kaum verhindern.«

Daina wandte sich ab und erbrach sich in einer Ecke des winzigen Raumes. Sie blieb in gebückter Haltung stehen und wartete, bis das Würgen aufhörte.

»Das ist nur ein Zeichen dafür, daß Ihr Körper die Übel, die ihn von innen quälen, auswirft«, sagte der Arzt. »Eigentlich ist es ein gutes Zeichen: denn dadurch, daß wir Ihr Bewußtsein zwingen, sich zurückzuziehen, gewinnen wir den Schlüssel zu Ihrer Heilung. Daran werden wir Tag für Tag arbeiten.«

Daina wischte sich die Lippen und atmete wegen des Gestankes, den sie verursacht hatte, durch den Mund. Sie schaute den Arzt an. Die winzigen Glühbirnen produzierten von der Decke helle Flecke auf seiner Brille; die Gläser wurden undurchsichtig, so daß der Arzt nicht mehr wie ein Nikolaus, sondern wie Dr. Mabuse aussah. »Wie lange dauert eigentlich die Behandlung?« fragte sie mit versagender Stimme.

»Zweieinhalb Monate.«

O Gott, dachte sie, das halte ich nie durch. Während er sie wieder nach oben in ihr Zimmer führte, da dachte sie: Baba, wo bist du jetzt? Hol mich hier raus!

Am nächsten Morgen um vier Uhr fingen sie an. Dr. Geist wirkte diesmal ruhiger. Gemeinsam trotteten sie den gleichen Weg nach unten, immer weiter nach unten in die Eingeweide des Hospitals, wo niemand ihre Schreie hören würde. Auf jedem Treppenabsatz spürte Daina, wie ein bißchen mehr von ihrer Kraft verschwand.

Ganz, ganz sanft hob Dr. Geist den Saum ihres Krankenhausnachthemds. Darunter trug sie nichts. Er spähte auf sie hinab, als ob sie seine Tochter gewesen wäre. Strahlendes Licht wurde von seinen Brillengläsern reflektiert, blitzte über die rauhen Betonmauern wie die Scheinwerfer eines kurvenfahrenden Autos. Daina blickte auf den Steinfußboden, und genau in diesem Augenblick explodierte das Wort »Verlies« wie eine Granate in ihrem Gehirn.

Verwirrt drehte sie den Kopf herum und sah Dr. Geists rechte Hand: sie hielt eine Spritze mit einer ungeheuren Nadel.

»Tut das weh?« fragte sie im Tonfall eines verängstigten Kindes. Tränen des Zorns standen in ihren Augenwinkeln. Sie ballte die Hände zu weißknöcheligen Fäusten. Wenn ich nur nicht angeschnallt wäre, dachte sie. Wie sie sich danach sehnte, Dr. Geist zu ermorden.

»Es tut kein bißchen weh«, hörte sie ihn sagen, als ob er tausend Meilen weit entfernt wäre. Aber sie glaubte ihm natürlich nicht.

Sie spürte, wie eine kühle Brise über ihr nacktes Hinterteil strich. Sie überkam das intensivste Haßgefühl, das sie je verspürt hatte; warf sich auf dem kalten Zinktisch hin und her wie ein Fisch auf dem Trockenen. Nur ganz schwach bemerkte sie, daß der Arzt Miss McMichaels zu Hilfe rief, aber das hielt Daina nicht ab. Nichts konnte sie mehr abhalten. Niemand. Der Haß durchschoß sie wie ein Geysir. Sie stellte sich vor, wie ihre ungebundenen Hände sich um Dr. Geists fette Kehle schlossen. Sie spürte, wie etwas ihre Haut durchdrang und tiefer und tiefer in sie hineinsank, so, wie sie tiefer und tiefer bis zu diesem Verlies hinabgestiegen war, und sie schrie auf – nicht vor Schmerz und Schrecken, sondern vor Scham. Ihre Wut tobte weiter, aber jetzt wurde das Gesicht dessen, der sie festhielt, undeutlich. Sie mußte, um es noch auszumachen, die Augen zusammenkneifen. Dann war Dr. Geist verschwunden. Sein Gesicht verwandelte sich in das Gesicht ihrer Mutter. Noch immer lagen Dainas Hände um den eleganten Hals und drückten zu, drückten. Dann glitt sie ab, glitt weiter, und ihre Lippen öffneten sich zu einem tonlosen Schrei.

Mutter, dachte sie, wie konntest du mir das antun? Du bist eifersüchtig. Du warst immer eifersüchtig auf mich. Als ich noch ein Kind war, das du füttern und baden und wickeln konntest, da war alles in Ordnung. Aber sobald ich größer wurde, war ich Konkurrenz für dich. Du wolltest, daß ich ein Kind blieb.

Sie öffnete die Augen, um das Gesicht ihrer Mutter zu sehen, grotesk verzerrt, dem Erstickungstod nahe. Aber es war nicht das Gesicht ihrer Mutter, sondern ein anderes Gesicht, schattenhaft und irgendwie entsetzlich. Daina schrie und schrie, bis kein Atem mehr in ihr war.

Als sie aufwachte, wurde sie mit einem dicken Zitronensirup gefüttert, der so schmeckte, als bestände er aus reinem Zucker. Aber all diese Süße konnte den starken Gummigeschmack nicht aus ihrem Mund vertreiben. Am nächsten Tag, als sie in ihrem Zimmer lag und an die Decke starrte, erinnerte sie sich wieder an die Stange aus schwarzem Gummi, die sie auf dem Fußboden hatte liegen sehen, als man sie aus dem Verlies hierher gebracht hatte. Die bogenförmigen Bißspuren in den Seiten der Gummistange verliefen so tief, daß Daina dachte, sie müsse sie bei der ersten Behandlung glatt durchgebissen haben.

Oben in ihrem Zimmer und nachdem sie sich erholt hatte, brachte man ihr das Frühstück. Sie hatte in ihrem ganzen Leben noch nie einen derartigen Wolfshunger gehabt, als sie aber Größe und Anzahl der Teller sah, dachte sie, daß kein menschliches Wesen soviel essen könne. Aber sie aß alles auf.

So ging es Tag für Tag: Der Behandlung folgte ein Glukosestoß, diesem die üppigen Mahlzeiten. Dr. Geist besuchte sie jeden Tag. Er redete endlos lange mit ihr. Sie hörte nicht zu. Ihr Gehirn fühlte sich geschwollen an, wie ein Ballon, mit einer seltsamen Mischung aus Gedanken und Ideen gefüllt. Dr. Geist kam ihr so unwirklich vor wie ein Flug auf die andere Seite der Sonne. Sie begann, ihn als eine Art groteske Taglilie zu betrachten, die mit jedem neuen Lichtzyklus neu erblüht und dann bei Ankunft der Dunkelheit wieder welkt und stirbt.

In der Nacht lag sie wach. Der Haß auf Monika und Aurelio Ocasio tobte in ihr wie ein Waldbrand. Diesen finsteren, einsamen Haß preßte sie fest an sich, wenn der Schrecken ihrer Gefangenschaft in White Cedars oder die tägliche Wanderung in das Verlies sie zu überwältigen drohten. Dr. Geist konnte die Rolle behalten, die für Monika reserviert war – er hatte sie sowieso. Das war ein größeres Thema seiner täglichen Unterredungen mit Daina. Aber Dainas Angst, daß er von ihrem geheimen Leben mit Baba und ihrem geheimen Haß auf Aurelio Ocasio erfahren könnte, schien unbegründet; er erwähnte keinen der beiden. Das gehörte ihr, nur ihr allein: die Liebe zu Baba, der Haß auf seinen Mörder. Und später, wenn sie es wieder ertragen konnte, an die Zeit im Verlies zu denken, würde sie sicher sein, daß ihre Geheimnisse alles waren, was zwischen ihr und dem Wahnsinn stand – eine Form des Wahnsinns, die Dr. Geist niemals erkennen, geschweige denn behandeln konnte.

Nach einer Weile setzte Dainas Gruppentherapie als ein Teil täglicher Routine ein. Die Mitpatienten wurden in gleicher Weise behandelt.

Achtzehn Tage nach Beginn der Insulin-Schocktherapie kam Dr. Geist zu ihr herein, um ihr zu sagen, daß ihre Mutter die Erlaubnis hätte, sie zu besuchen. Aber sie weigerte sich, Monika zu sehen.

Sehr oft hatte sie die Visionen des Erwürgens, die ihr in den ersten Augenblicken der Behandlung gekommen waren. Diese Visionen waren immer gleich, fingen mit Dr. Geist als ihrem Gegner an – »das ist ganz natürlich«, sagte er zu ihr und nickte, als sie ihm davon erzählt hatte –, wanderten zu Monika und wurden zu jenem schattenhaften Gesicht, das so bekannt und dennoch so vernichtend und entsetzlich war. »Sie spüren, wie die Verankerungen Ihres Bewußtseins locker werden«, sagte der Arzt. »Und darunter können Sie, ehe das Bewußtsein total unterliegt und Sie ohnmächtig werden, kurz erkennen, was in diesen Tiefen liegt.«

Eines Morgens, nachdem sie geträumt hatte, wie Dr. Geist im Licht eines furchtbaren, geschwollenen Mondes in seinem leuchtend-weißen, um die Schenkel flatternden Mantel getanzt hatte, erkannte sie endlich von Angesicht zu Angesicht die Identität ihres letzten – und nach Meinung des Arztes »primären« – Widersachers: ihren Vater, für den sie nur Liebe empfunden hatte. Und da war sie und würgte ihn und schrie immer und immer wieder: »Verlaß mich nicht, bitte, verlaß mich nicht«, und dann: »Ich hasse dich, weil du mich verlassen hast!«

Zweieinhalb Monate nach Beginn ihrer Gefangenschaft in White Cedars kam Dr. Geist mit einem Stapel Kleidung in ihr Zimmer.

»Es ist Zeit, daß Sie nach Hause gehen, Daina. Sie sind geheilt.«

Geheilt, wovon? dachte sie. Sie legte ihre flache Hand auf den Stapel. »Das sind nicht meine Sachen.«

»Jetzt ja. Wir haben sie Ihnen gekauft«, sagte Dr. Geist sanft. »In die alten würden Sie nicht mehr hineinpassen.«

Als sie sich angekleidet hatte und in den Spiegel sah, erkannte sie weder Gesicht noch Körper: anscheinend hatte sich während ihrer Bewußtlosigkeit irgendeine fette Frau bei ihr eingenistet. Ihr Anblick machte sie krank.

Auf der Treppe des White-Cedars-Krankenhauses hielt Dr. Geist sie an. Seine Hand lag leicht auf ihrem Arm. »Wollen Sie nicht wissen, warum Ihre Mutter nicht hier ist und Sie abholt?«

»Nein«, sagte Daina, »das will ich nicht wissen. Wir halten nicht besonders viel voneinander.«

»Ihre Mutter hat aber genug von Ihnen gehalten, um Sie hierherzubringen«, deutete der Arzt an.

»Meine Mutter wollte mich nach ihren Vorstellungen umformen.«

»Das ist eine Sünde«, sagte Dr. Geist mit abwesendem Blick, »deren sich viele Eltern schuldig machen.«

»Aber nicht alle Eltern geben sich solche Mühe«, sagte sie langsam. »Ihre Mutter wollte nur das Beste für Sie.«

»Sie *wollte*?«

»Daina, Ihre Mutter liegt im Krankenhaus. Sie ist seit etwa sechs Wochen krank.«

Daina wandte den Blick von ihm und von White Cedars ab. Sie schaute die rotgekachelte Fassade des Einkaufszentrums auf der anderen Seite der Parkway an, beobachtete einen Augenblick die Prozession der Mütter aus den Vororten, wie die ihre Kombis einparkten, das Haar unter vielfarbigen Kopftüchern noch immer voller Lockenwickler. Sie fragte sich, wie das Leben für diese Frauen wohl aussehen mochte. Waren sie genauso simpel, wie man das von ihnen glaubte? Waren sie glücklich, wenn ihre Männer nach Hause kamen? Wenn ihre Kinder lachten?

»Wird sie sterben?«

»Ja«, sagte Dr. Geist sanft, »sehr bald.«

Beryl reichte ihr am Ende des Tages, gerade, als sie die Dreharbeiten beendet hatten, einen *Playboy*-Andruck. Daina brachte das Exemplar schnurstracks nach Hause, um es Rubens zu zeigen.

Unter »Filmvorschau« stand zu lesen: »Obwohl einige von Ihnen vielleicht denken mögen, daß es noch ein bißchen früh sei, um Voraussagen für die Oscar-Verleihung zu machen, habe ich ein paar bemerkenswerte Dinge über Daina Whitneys Titelrolle in dem Film *Heather Duell*, der demnächst in den Kinos anläuft, gehört. Es ist kein Geheimnis, daß die meisten von uns schon darauf gewartet haben, daß eine weitere weibliche Hauptrolle mit denen in Wettstreit tritt, die von Sally Field in *Norma Rae* und von Jane Fonda in *Klute* gespielt werden. Allen Berichten nach zu urteilen könnte die Rolle der *Heather Duell* der Whitney den Preis für die beste Hauptdarstellerin einbringen. Der Film handelt von der Feuerprobe einer reichen Industriellenfrau, die von Terroristen in einem Haus gefangengehalten wird. Die Whitney kam durch Jeffrey Lessers gewaltigen Zukunftsfilm *Regina Red* zu internationalem Ruhm.«

Daina las Rubens den Artikel laut und mit nicht wenig Genuß vor. »Sieh mal«, sagte sie und drückte das Magazin an sich. »Sie bringen sogar ein Standfoto aus dem Film. Wie hast du das nur hingekriegt?«

»Beryl hat Buzz Beillmann angerufen«, sagte Rubens und lachte. »Ich hab' dir doch gesagt, daß sie ein Genie ist.« Er kam auf Daina zu.

»Das Büro-Telefon hat den ganzen Tag nicht aufgehört zu klingeln, und ich weiß, es wird auch hier nicht aufhören. Wie wär's, wenn wir eine Zeitlang zum Boot hinausfahren?«

Der Himmel war pflaumenblau und indigo. Sie kletterten an Deck. Die Lichter am langgeschwungenen Strand von Malibu leuchteten im unruhigen Flachwasser wie eine glitzernde Kette. Daina dachte an Jasmin und den Nachmittag, den sie mit ihr hier verbracht hatte, und sie zitterte ein bißchen. Sie dachte an Chris, den armen unglücklichen Chris. Er hatte sie aus – wo war das noch? Denver? Dallas? – angerufen. Es spielt eigentlich keine Rolle, dachte sie. Die Jugendlichen sind überall gleich – die Hallen, die Lichter, der schallende Applaus.

Aber Chris hatte sich schrecklich angehört, als er sie angerufen hatte, so, als sei er völlig ausgelaugt. Er machte sich im Gegensatz zu Nigel nichts aus diesen grausamen Nächten. Er lebte von seiner Arbeit im Studio, nicht von seinen Fans. Daina hatte die Titelgeschichte, die aus dem Interview mit der Band in San Francisco entstanden war, in der *Rolling Stone* gelesen. Der Begleittext zu dem dickumrandeten Foto, das sie mit Nil und der Gruppe zeigte, handelte größtenteils von Daina. Der Redaktionsschluß hatte es mit sich gebracht, daß der Nachruf auf Nil erst in der nächsten Ausgabe erschien.

Jedenfalls war Chris sehr wortkarg gewesen, dieweil Nigel redete und redete. Wie konnte Chris das nur ertragen? Die gesamte Verantwortung für die kreative Leistung der Band lastete schwer auf seinen Schultern, obwohl er, wenigstens für die Öffentlichkeit, noch immer bei jedem Song mit Nigel zusammenarbeitete. Daina hatte den Verdacht, daß es selbst für Chris einen Punkt gab, wo er brach. Freundschaft hielt nur bis zu einem bestimmten Punkt. Na, in ein paar Wochen würde die Band ja wieder in Los Angeles sein. Daina entschloß sich, dann mit Chris zu reden.

Sie spürte, wie Arme sie umschlangen, und sie fühlte Rubens Hitze hinter sich. Seine zunehmende Steifheit deutete sich in der Spalte ihres Gesäßes an. Seine Hände kamen hoch, umfaßten ihre Brüste.

»Was denkst du?«

»Ich denke daran, wie glücklich ich bin.«

Das war keine Lüge, sagte sie sich, aber andererseits auch nicht die volle Wahrheit. Sie hatte an Meyer gedacht, und an das, was er zu ihr gesagt hatte – und an den Pakt, den sie mit Meyer geschlossen hatte. Sie sehnte sich jetzt sehr danach, Rubens zu schützen, obwohl sie sich nicht vorstellen konnte, wovor sie ihn schützen sollte.

Meyer wird alt, und er macht sich Sorgen. Rubens geht es gut. Das weiß ich. Ich kann es fühlen. Es gibt kein Problem.

»Weißt du noch, was ich zu Hause über Beryl gesagt habe?« flüsterte er in ihr Ohr und hielt sie fest.

»Daß sie ein Genie ist?« Sie liebte es, seine Hände an ihren Brüsten zu fühlen.

»Du bist auch ein Genie«, sagte er. »Das muß ich Dory schon lassen.« Er lachte. »Er kann den Charakter eines Menschen gut einschätzen.«

»Meinen Charakter?«

»Ja, deinen.« Er drehte sie in seinen Armen um, so daß sie einander anschauten. Seine Wangen wurden vom Rot und Grün der Positionslampen angestrahlt, wobei eine Seite dunkler wirkte als die andere. Es sah aus wie zwei. »Daina, ich hab' noch niemals jemanden so geliebt, wie ich dich liebe.«

Ihre Augen schienen sich im Halbdunkel zu weiten. Sie machte tief in der Kehle ein winziges Geräusch, halb Seufzer, halb Stöhnen. Ihre Finger liebkosten seinen Nacken und die Oberkanten seiner Ohren, dann zog sie energisch seinen Kopf zu sich herunter.

Ihre Lippen trafen sich mit solch köstlicher Plötzlichkeit, daß sie einen elektrischen Schock durch ihren Körper fluten spürte, fast so, als ob sie auf einen geladenen Draht getreten wäre.

»Wie du Buzz bearbeitet hast«, sagte er mit rauher Stimme und zog seine Lippen von ihr weg. »Ich hab' ihn noch nie so erlebt, besonders bei einer Frau. Er hat normalerweise vor niemandem Respekt.«

»Weißt du, mir hat's wirklich Spaß gemacht. Er hat sich so schweinisch benommen. Unser ganzes Leben verbringen wir in der Macht solcher Männer.«

»Du machst doch nicht etwa was Politisches daraus?«

»Politisch? Nein. An dem, was zwischen Buzz und mir passiert ist, war nichts Politisches. Es war sexuell.«

»Wie das hier«, sagte er. »Und wie das hier«, sagte sie und küßte seinen Nacken mit offenen Lippen und vorschießender Zunge.

»Und das hier«, sagte er, hob den Saum ihres Kleides und ließ seine Finger über die lange, glatte Haut ihrer Schenkel gleiten.

»Komm, laß uns nach unten gehen«, sagte er mit belegter Stimme, »und dann ziehen wir uns den Badeanzug an.«

»Wozu?« fragte sie und lachte. »Hier ist doch niemand, der uns sehen kann.«

Er gab ihr spielerisch einen Klaps auf den Po. »Mach nur ein einziges Mal, was ich dir sage, okay?«

Sie küßte die Spitze ihres Zeigefingers und preßte sie auf seine Lippen, um die ein gespielt ernster Ausdruck lag. Sie gingen zusammen den Niedergang hinab. Ihr Badeanzug, ein pflaumenblauer Einteiler, lag schon da und wartete gefaltet auf einer der Kojen. Daneben lag ein dickes Handtuch. Sie hob den Badeanzug auf und etwas Langes, Glitzerndes fiel heraus, glitt schlangenartig aufs Deck.

»Lieber Himmel!« hauchte sie und ging auf die Knie. Sie nahm es auf und hielt es vor sich hoch. Es lief über die Enden ihrer Finger wie ein Rinnsal aus Licht: ein Brillantarmband. Sie hob den Kopf. »Lieber Himmel, Rubens!«

Er kniete neben ihr nieder. »Ich hab' es bei Harry Winston gefunden«, sagte er, »es war eins von diesen Dingern, du weißt schon. Ich hab' es gesehen und wußte sofort – das ist was für dich.« Er schaute ihr in die violetten Augen. »Welches Handgelenk?«

»Das linke«, sagte sie und schloß die Augen. Sie küßte ihn. Sie zitterte ein bißchen, als sie das Gewicht des Armbands um ihr Handgelenk spürte. Sie legte die Arme um ihn und fuhr mit der Zunge leicht über sein Gesicht.

»Laß uns ins Wasser gehen«, flüsterte sie. Aber die Knie waren ihr weich geworden, und er mußte sie hochheben; er tat es so leicht, wie sie das Armband vom Deck hochgehoben hatte, und trug sie nach oben.

Auf dem Deck zog er seine Kleidung aus. Dann setzte er sie auf die Reling und begann, Daina langsam und sorgfältig auszuziehen. Er nahm sich Zeit und faltete jedes Kleidungsstück, das er ihr von der Haut gezogen hatte. Nebel stieg von der See her auf. Zusammen tanzten sie auf den kleinen Wellen auf und ab, wurden gewaschen, gekühlt und bekamen eine Gänsehaut. Sie traten das Wasser, schauten nur noch einander an. Aus den Augenwinkeln konnte Daina das helle Funkeln sehen, wenn sie das Handgelenk drehte. Sie spielten lange, lange miteinander, berührten und streichelten und küßten sich.

»Es ist schön«, flüsterte er. »Du – mit nichts anderem als mit Brillanten bekleidet, als ob du ein Teil des Himmels wärst, besetzt mit Sternen.«

Die Poesie seiner Worte erstaunte Daina – wenn nur Beillmann oder Michael Crawford ihn jetzt sehen könnten – würden sie in ihm wohl den gleichen Mann erkennen?

Zögernd kamen Rubens und Daina aus dem Wasser. Sie zitterten und rannten nach ihren Handtüchern, und sie trockneten einander ab. Sie zogen sich Jeans und Baumwoll-T-Shirts an, und in einer plötzlichen Laune lichtete Rubens den Anker, ließ den Motor an und fuhr auf die See hinaus. Nach einer Weile stellte er die Maschine ab, sie trieben schweigend dahin. Es herrschte Flaute. Sterne waren nicht zu sehen; nur die See ließ sie wissen, daß sie noch immer auf der wirklichen Welt waren.

Rubens ging unter Deck, während Daina den Anker hinabließ, und folgte ihm nach. Schon hatte er den Tisch in ein Doppelbett verwandelt. Lilafarbene Bettücher lagen vor ihr. Sie zog sich aus und kletterte neben ihm hinein.

»Ich hab' einen Film eingelegt«, sagte er mit weicher, pelziger Stimme, und sein Arm lag unter ihrem Nacken.

»Bin schläfrig.« Sie kuschelte sich mit der Wange an seine warme Haut.

»Einer deiner Lieblingsfilme.« Er streckte die freie Hand nach oben, drückte die Fernbedienung, und der Fernsehschirm erblühte zu elektronischem Leben. »Willst du nicht wissen, welcher das ist?«

»Hm.« Sie küßte seine Brust, ihre Augen schlossen sich. »Welcher denn?«

»Notorious.«

Sie wurde wach und sah sich Teile des Filmes hin und wieder an. Sie döste Augenblicke lang ein, wachte wieder auf, döste weiter, aber der Dialog war ihr so vertraut, daß es keine Rolle spielte. Die Teile, die sie verpaßte, träumte sie.

Kurz nach Mitternacht – sie erkannte das am sanften Läuten der Schiffsglocke aus Messing – trug Cary Grant die vergiftete Ingrid Bergman in knappen, atemlosen Großaufnahmen die lange, geschwungene Treppe hinunter – unter den haßerfüllten, aber machtlosen Blicken von Claude Rains und Leopoldine Konstantin, der Schauspielerin, die in dem Film so großartig Rains' Mutter gespielt hatte.

Das Telefon schnarrte. Rubens stellte den Ton am Fernsehgerät leiser und nahm beim zweiten Klingeln ab. Während die schweigenden Bilder flackerten und Grant und Bergman und Rains und die wütende Konstantin zeigten, sprach Rubens in die Muschel. Diese Leute sind Idole, dachte Daina; ihre Bilder sind so unsterblich eingegraben wie die der Präsidenten am Mount Rushmore.

»Ja«, sagte Rubens, »ich verstehe.«

Das Telefon, dachte Daina. Waren wir nicht auf das Boot gegangen, um es los zu sein? Hatte er das nicht am frühen Abend zu ihr gesagt? Sie konnte nicht ganz sicher sein: hier hatte sein Geschenk auf sie gewartet.

»Nein, nein«, hörte sie Rubens sagen, »Sie hatten schon recht, mich anzurufen. Daina und ich sind noch auf. Aber, Herrgott noch mal, für Sie ist es ja mitten in der Nacht! Schlafen Sie jetzt mal, Schuyler. Ich weiß es zu schätzen, daß Sie mir Bescheid gesagt haben.« Er hängte ein.

Der Film war zu Ende, der Bildschirm leer. Rubens streckte die Hand aus und löschte den Videorecorder, dazu alle Lichter.

»Ich wußte gar nicht, daß es auf dem Boot ein Telefon gibt«, sagte Daina.

»Eigentlich ist es nur für Notfälle gedacht.«

Sie stützte sich auf die Ellbogen. »Ist mit Schuyler alles in Ordnung?«

»Aber sicher. Mach dir seinetwegen keine Sorgen. Du kennst doch Schuyler. Der regt sich manchmal leicht auf«, sagte Rubens.

»Rubens«, sagte Daina langsam, und eine ungemütliche Vorahnung schlich sich bei ihr ein, »worüber kann sich Schuyler denn aufregen?« Sie legte eine Hand auf seine Brust.

»Die Polizei hat ihn gerufen, damit er eine Leiche identifiziert«, sagte Rubens ohne eine Spur von Gefühl in der Stimme.

»Wer war das?«

»Sie haben die Leiche im Kofferraum seines eigenen Cadillacs gefunden«, fuhr Rubens fort und überhörte ihre Frage. »Irgendein kleiner Junge hat den Wagen j-w-d entdeckt... auf der anderen Seite des Flusses in New Jersey, bei einer Müllkippe, wo sie allen Mist hinfahren, damit sie noch mehr von diesen billigen Reihenhäusern bauen können, die jetzt für achtzig-, neunzigtausend verkauft werden.«

»Rubens, wen haben sie denn gefunden?«

»Der Kleine hatte sich offensichtlich gar nichts dabei gedacht. Aber sein Hund wollte von dem Wagen einfach nicht weg und bellte und kratzte dauernd am hinteren Ende.« Rubens schien es zu genießen, die Geschichte zu erzählen, und Daina wußte jetzt, daß er ihr vorerst nicht sagen würde, wer da gestorben war. »Der Kleine also hinter seinem Hund her, und da hat er gesehen, daß der Kofferraum nicht richtig zu war. Du weißt ja, Kinder sind genauso neugierig wie Frauen. Er konnte einfach nicht anders. Er hat reingeschaut, und dann hat er sich seine ganzen Adidas-Turnschuhe vollgekotzt.«

Daina zitterte, trotz ihrer Wut. »Rubens, um Gottes willen, wer war denn nun drin?« Sie preßte ihren Handballen hart auf seine Rippen.

»Ashley«, sagte Rubens langsam, »im Kofferraum zusammengerollt, mit einem Einschuß im Hinterkopf, und sie haben fast kein Blut gefunden. Es wäre sehr professionell gemacht worden, haben die Bullen zu Schuyler gesagt. Es wären wohl die Leute mit dem Ring auf dem kleinen Finger gewesen.«

Daina wußte, was das bedeutete. Plötzlich schwebte Meyers erfahrenes Gesicht vor ihr. Sie hörte noch einmal seine Worte: »Du mußt Rubens vor sich selbst schützen. Er hat zu gut gelernt.«

»Hast du mir nicht gesagt, daß Ashley eine Menge neuer Freunde hätte?« fragte sie langsam und drückte mit dem Finger ihre Nasenspitze herunter als stummes Zeichen für »Gesindel«.

»Ja.«

Sie hielt den Blick auf sein Gesicht geheftet. »Aber die haben ihn nicht umgebracht, oder?«

Sie beobachteten einander. Daina erinnerte sich an noch etwas anderes aus ihrer Unterredung mit Meyer. »Ich würde ihn lieben, gleichgültig, was passiert«, hatte sie gesagt, und Meyer, der sie so beobachtete, wie Rubens sie jetzt beobachtete, hatte geantwortet: »Ich hoffe, Sie haben die Kraft, immer zu diesen Worten zu stehen.« Mit ihren Blicken versuchte sie ihn dazu zu bringen, sie nicht anzulügen, denn sie wußte: Wenn er log, dann könnte sie ihm vielleicht nie wieder trauen.

»Nein«, sagte er nach einer Weile, »die haben ihn nicht umgebracht.«

»Er hat gefunden, was er deiner Absicht gemäß finden sollte.«

»Er war ein habgieriges kleines Schwein«, sagte Rubens kalt.

»Aber auch dein Freund – seit langer Zeit.«

»Freunde haben, wenn man plötzlich eine Menge Geld hat, eine eigentümliche Art, sich zu verändern. Bald genug wirst du sehen, was ich damit meine.«

»Weiß Schuyler, was du getan hast?«

»Er hat mir sogar geholfen, die Falle aufzustellen.«

»Aber du hast *ihn* doch nach New York geschickt.«

Rubens schürzte die Lippen. »Die Bullen glauben, daß Ashley von der Unterwelt erledigt worden ist. Schuyler meint das auch. Alle glauben es.« Sein Blick war sehr intensiv. »Und du auch.«

»Hast du denn gar kein Gefühl – überhaupt kein Mitgefühl für Ashley?«

»Ich hab' das Gefühl, daß er bekommen hat, was er verdient. Ich hab' ihm eine Chance gegeben, aufzuhören und sauber rauszukommen, ohne großes Theater. Aber er wollte ja nicht hören. Er war zu gierig, und er hat sich eingebildet, er könnte mich schlagen.«

»Niemand kann dich schlagen, Rubens, meinst du das?«

»Niemand kann mich schlagen«, flüsterte er. Seine Arme streckten sich nach ihr aus und zogen sie auf sich hinunter. Sie lagen Haut an Haut. »Und jetzt kann dich auch niemand mehr schlagen.« Sie spürte, wie in ihr eine Hitze aufstieg, der sie nicht widerstehen konnte.

Vierter Teil

IDOL

»In dieser Richtung«, sagte die Katze und
winkte mit ihrer rechten Pfote,
»wohnt ein Hutmacher. Und in der anderen Richtung«,
sagte sie und winkte mit der anderen Pfote,
»wohnt ein Märzhase. Besuche von den beiden,
wen du willst; sie sind beide verrückt.«

Lewis Carroll, Alice in Wonderland

10. Kapitel

Daina arbeitete tatsächlich im Studio nicht weiter, bis die Arbeiten in ihrem Wohnwagen beendet waren. Sie fühlte sich dabei allerdings nicht besser, und natürlich raufte sich Marion die Haare über die dreitägige Verzögerung, die Daina ihn kostete. Die ganze Arbeit hätte in einem erledigt werden können, wenn der Elektriker nicht irgendwie falsche Anweisungen bekommen hätte und rosa und kanariengelbe Neonröhren installierte. Der Elektriker mußte von vorn anfangen.

Daina verbrachte den größten Teil ihrer Zeit mit Einkaufen. Der erste Tag war eine Katastrophe. Bei Maxfield Bleu am Santa Monica Boulevard wurde sie von einer Menschenmenge derart bedrängt, daß sie gezwungen war, in die relative Sicherheit ihres Mercedes zu flüchten. Danach folgte sie Rubens Rat und heuerte einen Leibwächter an – einen säuerlichen Mann mit hohen, slawischen Wangenknochen und ohne jeden Humor, aber er war außerordentlich breitschultrig und reaktionsschnell. Er hieß Alex.

Nach dem Mittagessen fuhr sie zu Numan's in Beverly Hills, wo sie sich einen breiten Ledergürtel in dunkelstem Pflaumenblau kaufte und scharf nach Bonesteels Frau Ausschau hielt. Erst als sie wieder ging, fiel ihr ein, daß Bonesteels Frau noch in Europa sein mußte.

Bei Nieman Marcus lief sie George über den Weg. Er wirkte fiebriger als an dem Abend, wo Daina ihn im »Lagerhaus« getroffen hatte; aber er schien sich irgendwie grundsätzlich verändert zu haben, so daß Daina das Gefühl hatte, ihn zum erstenmal zu sehen.

»Sieh mal einer an, Miss Whitney – und Gefolge. Können da die Fans fern sein?« Er zupfte sich das Haar zurecht. »Wie wunderbar muß es doch sein, wenn man ein Star ist.« Aber seine Stimme sagte Daina, daß er es überhaupt nicht für wunderbar hielt. In seinen Worten lag sowohl Neid als auch Verachtung.

Er verbeugte sich. »Ich nehme an, Sie sind es, der ich diese kurze Atempause von unserer täglichen Tretmühle zu verdanken habe.«

»Hören Sie doch mit dem Mist auf, George«, sagte Daina. »Wann werden Sie endlich erwachsen?«

»Ich glaube«, sagte er nachdenklich, »während der Filmarbeiten zu diesem Projekt bin ich erwachsen geworden.« Er wirkte ganz ernst. »Oder vielleicht bin ich auch endlich zur Vernunft gekommen.«

»Zu welcher Art von Vernunft?« fragte Daina rauh. »Seit Sie Jasmin geschlagen haben, sind Sie von der Liste meiner Freunde gestrichen.« Sie ging so nah an ihn heran, und es steckte soviel Zorn in ihr, daß Alex in der Befürchtung auf sie zukam, daß sie Schutz brauchte – entweder vor George oder vor sich selbst. »Was Sie getan haben, war tadelnswert. Sie sind nur ein Baby, das eine Mami sucht. Sie brauchen jemanden, der Sie an der Hand nimmt, Sie füttert und Ihnen die Kleider aussucht und Sie nachts ins Bettchen packt. Warum sonst fahren Sie denn immerzu nach Hause? Haben Sie mir das nicht erzählt? Sie wandern herum und suchen nach jemandem. Nun – eine Mami – das ist es, was Sie suchen, George.« Ihre Augen blitzten. Alex war jetzt ganz nah und hielt die drängenden Leute von ihnen ab. »Aber ich hab' eine Neuigkeit für Sie. Es ist nicht alles in Ordnung, und wenn Sie mal aufhören zu schmollen, dann würde Ihnen vielleicht klar, daß Sie selbst der einzige sind, der Ihnen helfen könnte.« Sie standen jetzt fast Nase an Nase, und Daina versuchte, an seinem Atem Whiskygeruch festzustellen, aber es war keiner da. »Herrgott, was sind Sie für ein Schwächling, George. Sonst hätten Sie Jasmin doch nie geschlagen.«

»Sie hat mich provoziert, verdammt noch mal!«

»Sie zu schlagen? Jasmin hat sie provoziert, zuzuschlagen?« sagte Daina ungläubig. »Herrgott, George, da müssen Sie sich aber was Besseres einfallen lassen.«

»Ich bin Ihnen keine Erklärung schuldig!« explodierte er. »Nicht, seit Sie mir das angetan haben. Mein Name hätte über Ihrem stehen müssen!« Seine Stimme klang schmollend.

»Der Film handelt von Heather«, sagte Daina. »Sie haben nur versucht, sich mit dem Ellbogen durchzusetzen. Sie haben gespielt und verloren. Warum ertragen Sie's nicht wie ein Mann?«

»Es ist mein Recht«, sagte er widerspenstig. »Ich bin auch ein Star in diesem Film.«

Aber Daina schüttelte den Kopf. »Das Recht müssen Sie sich erst verdienen, George. Sie sind viel zu sehr mit sich selbst beschäftigt: mit Ihren blonden Rittern auf Ihren Schlachtrössern und mit Ihren seltsamen Ansichten über Terrorismus. Ich würde vorsichtig sein, wenn ich Sie wäre.«

»Achtung«, warnte George, und sein Gesicht wurde dunkel. »Ich weiß ganz genau, was ich mache. Sie haben keine Ahnung, wie gefährlich ich sein kann. Ich habe neue Freunde gesammelt, ich habe Geld an...« Er brach abrupt ab, als ob ihm klargeworden wäre, daß er schon zuviel gesagt hatte.

»Wem haben Sie Geld gegeben?«

»Niemandem«, antwortete er und tat ihre Worte damit ab. »Vergessen Sie's.«

»Ja, sicher.« Sie schleuderte ihm genau das richtige Maß an Geringschätzung entgegen. »Das ist wieder einer von Ihren Tagträumen.« Sie hatte jetzt den Schlüssel zu ihm gefunden.

Er lachte; er war ganz sicher, daß er wieder die Oberhand hatte.

Daina wußte: Er würde es ihr jetzt erzählen, in aller Gemütsruhe, wie er dachte. »Das zeigt mal wieder, wieviel Sie *nicht* wissen, Daina. O ja, ich hab' noch eine Menge Überraschungen im Ärmel.« Seine Augen wurden schmal, und jede Spur von Belustigung verließ sein Gesicht. »Ich weiß, Sie glauben, ich bin nur so einer von den blöden Schauspielern, die alle an Ihrem Gesicht hängen und an Ihrer Methode. Das hat auch früher einmal gestimmt. Aber jetzt nicht mehr.« Daina wußte, er meinte es todernst. Ob es nun die Wahrheit war oder nicht, er glaubte, was er ihr da erzählte.

»Der Film, das ist Ihre Welt. Sie sind hermetisch abgeschlossen und Sie werden nie wieder herauskommen, bis eine Jüngere, Hübschere, Talentiertere mit genug Schwung ins Rampenlicht kommt, um Sie beiseite zu schleudern. Und dann wachen Sie auf und sehen die wirkliche Welt überall um sich her. Aber dann wird es zu spät sein. Dann ist alles an Ihnen vorübergeglitten, und Sie sind nichts mehr als ein Relikt, ein Sack Müll, der irgendwo an einer fremden Küste angespült wird. Aber ich« – er tippte sich mit der Fingerspitze auf die Brust –, »ich weiß jetzt schon, daß es mehr gibt als Sie und Marion und Heather Duell. Ich bin auf der richtigen Spur, sehen Sie. Man braucht nur den falschen Gesichtspunkt. Eigentlich ist El-Kalaam der Held dieses Films oder – genauer – er sollte es sein. Nun, er ist es zwar nicht, aber wen kümmert das schon? Es ist ja nur ein Film.« Er hob seine Finger in die Luft. »Aber im wirklichen Leben – da zählt ein Mensch wie El-Kalaam, und daran arbeite ich.«

Er schien zwischen gefährlichen Stimmungen hin und her zu schwingen, und Daina war plötzlich eiskalt. »Was meinen Sie damit, George?«

Er lächelte sie an, als ob er sie die ganze Zeit über zu dieser Falle hingeführt hätte, und als ob er sich jetzt darauf vorbereitete, sie zuschnappen zu lassen. »Ich habe angefangen, die PLO mit Geld zu unterstützen.«

»Sind Sie wahnsinnig?«

»Im Gegenteil.« Sein Lächeln wurde breiter. »Ich bin zur Vernunft gekommen, wie ich schon sagte. Es ist die Perspektive, die der Film mir gegeben hat. Ich hatte recht, als ich Ihnen sagte, daß El-Kalaam und ich ein und dieselbe Person sind.« Seine Hand ballte sich zu Fäusten. »Ich fühle es jetzt. Ich habe einen Zweck, den ich verfolge – ich weiß, wohin ich gehen muß.«

»George, ich glaube, Sie bringen Phantasie und Realität durcheinander. Ihre Rolle hat mit dem wirklichen Leben nichts zu tun.«

»Sehen Sie, genau da irren Sie sich; genau wie Marion sich geirrt hat, als er sagte, ich solle all meine Energie in diesen Film einfließen lassen.

Der Film war aber nur wichtig, um mir die Augen der Wahrheit gegenüber zu öffnen. Die Schauspielerei ist was für Zuhälter und Huren.« Er schenkte Daina ein schiefes Grinsen, und sie sah, daß er vergessen hatte, die Goldkronen abzunehmen, die zu seiner El-Kalaam-Maske gehörten. Daina spürte, wie die Kälte wiederkam. »Für Sie ist der Kampf um die Freiheit nur ein abstraktes Konzept, von dem man in einem Buch liest. Sie rühren Ihren Kaffee um, Sie nehmen die Zeitung und lesen den Modeteil. Was bedeutet Ihnen das schon – all das Blut und die Gewehre?«

»Genausoviel wie Ihnen, George.«

»O nein, da irren Sie sich. Wie Sie sich über das Ganze irren.« Er breitete die Arme weit aus, so daß die Leute im Laden zurücktraten, vorüberhuschten und die Köpfe über die Schultern zurückdrehten. »Ich weiß, daß das Blut und die Gewehre echt sind. Sie sind Realität.«

Daina starrte ihn an und spürte, wie ein kleiner Schauer sie durchlief. Sie fühlte Alex' Hand auf ihrem Arm.

»Ich glaube, wir verschwinden besser von hier, Madam«, sagte er ihr ins Ohr.

Nicht George machte ihr angst, sondern Rubens; vielmehr ihre Liebe zu ihm. Wie konnte sie einen Mann lieben, der den Befehl gegeben hatte, einen anderen Menschen kaltblütig umzubringen? Rubens würde dazu sagen, daß Ashley selbst es gewesen sei, der diese Handlungsweise notwendig gemacht hätte. Und Meyer? Was würde der sagen?

Daina starrte durch die dunkelgetönten Fenster des Wagens hinaus auf das vorüberrauschende Los Angeles. Sie war sich in dem, was Meyer dachte, sicher. Einmal, vor langer Zeit, hätte er sich Rubens' Entscheidung angeschlossen, hätte vielleicht sogar für eine eigene, ähnliche Tat dieselbe Erklärung gegeben. Aber jetzt, jetzt hätte er einen anderen Weg gefunden, um mit der Situation fertig zu werden.

Vielleicht, dachte Daina, hatte Meyer sogar von dem bevorstehenden Mord an Ashley gewußt. Deshalb hatte er vielleicht den Augenblick gewählt, um mit ihr zu sprechen. Das Herz wurde ihr kalt bei dem Gedanken daran. Hatte er ihr eine Chance gegeben, Rubens davon abzubringen? War sie so mit sich selbst beschäftigt gewesen, daß sie das Stichwort verpaßt hatte?

Nur Sie können ihn schützen. Hatte Meyer ihr das nicht gesagt? Nur Sie. Sie konnte nicht zulassen, daß es noch einmal passierte. Rubens hatte es getan, aber dennoch liebte sie ihn. War das falsch? War es böse?

Anstatt nach Hause, ließ sie sich zu Chris' Haus fahren. Die Band war, wie Chris es nannte, aus dem Krieg zurück, sechs lange, strapaziöse Wochen auf der Straße. Die Tournee war ungeheuer erfolgreich gewesen: wo immer sie aufgetreten waren, gab es nur noch Stehplätze, Schlägereien, Tonnen von Zeitungsartikeln. In New York, wo sie eine Woche lang im Madison Square Garden auftraten, hatte die Nachfrage sie dazu gezwungen, noch drei zusätzliche Nächte zu bleiben.

Daina hatte vom Auto aus das Büro der *Heartbeats* angerufen. Vanetta, die dunkelhäutige englische Koordinatorin, hatte ihr gesagt, daß Chris zu Hause sei.

»Sie meinen, in dem Haus in Malibu?« hatte Daina gefragt, erleichtert darüber, daß er nicht mehr bei Nigel und Thaïs wohnte.

»Nun«, sagte Vanetta, »es ist jedenfalls ein Haus in Malibu. Er hat mir aufgetragen, für ihn etwas mit einer Immobilienfirma zu arrangieren. Das Haus liegt etwa eineinhalb Meilen von dem alten Haus entfernt.« Sie gab Daina die Adresse. »Wir hatten ja genug Zeit, um alles einzurichten, solange die Band auf Tournee war. Im hinteren Teil des Hauses hat er jetzt sein eigenes Studio.«

Es war ein maulbeerrot und grau gestrichenes Strandhaus, das weder größer noch kleiner wirkte als das, welches er mit Maggie geteilt hatte. Eine hölzerne Terrasse führte bis an den Strand hinunter. Sie war grau gestrichen, roch nach Sonnenöl und – etwas schwächer – nach frischer Farbe und Teer.

Daina mußte lange warten, bis die Tür sich öffnete, und dann sah sie ihn – still und mager – eingerahmt in der dunklen Türfüllung. Er trug ein T-Shirt und schwarze Jeans. Sein Haar war länger und zerzauster als an jenem Abend, wo sie ihn zum letztenmal in San Francisco gesehen hatte. Unter seinen Augen lagen dunkle Ringe – die Abzeichen des Krieges. Musik rollte aus dem Hausinnern: unbekannt und beeindruckend.

Als er sie sah, explodierte er. »Daina!« Er streckte die Hand aus, riß sie in die Arme, und sie hielten einander fest.

Sie küßte ihn auf die Wange und fuhr mit den Fingern durch sein Haar. »Ich sehe, du bist heil geblieben.«

»So ziemlich – und Nigel hab' ich's nich' zu verdanken. Der Idiot wollt' gleich weiter nach Europa. Hab' ihm die Schnapsidee ausgeredet.« Er grinste. »Aber – he! – Komm doch rein. Bin froh, daß du da bist. Ich will dir was vorspielen.«

Sie gingen durch das geräumige Wohnzimmer. Die Wände waren blaßblau gestrichen, der Fußboden war mit dickem, taubengrauem Teppichboden ausgelegt. Die Sitzmöbel waren über lackiertem Rattan mit bequemem, noppigem Baumwollstoff gepolstert. Es herrschte eine kühle, entspannte Atmosphäre. In einer Ecke stand sogar eine hohe Topfpalme.

Daina spürte eine Andeutung von Parfüm, das ihr irgendwie bekannt vorkam, aber sie wußte nicht, woher. Der Duft fehlte in der Halle, in die er sie führte. Farbdrucke von der Band beim Auftritt hingen verstreut an den Wänden. Sie gingen an drei Schlafzimmern vorüber, von denen das eine – das größte – offenbar benutzt worden war: ein niedriges, maßgeschneidertes Plattformbett in Übergröße. Daina erhaschte einen kurzen Blick auf eine schwarze Lackkommode und auf die halboffene Tür zum Badezimmer.

Sie gingen über eine kurze Treppe aus poliertem Holz in den hinteren Teil des Hauses, ins Studio hinunter. Es bestand aus einem winzigen Kontrollraum, der vom Studio selbst durch ein doppelverglastes Fenster und eine schallsichere Tür abgetrennt war.

Chris setzte sich in den hochlehnigen schwarzen Ledersessel vor der Konsole und tippte auf einige viereckige Knöpfe. Rosa und grüne Lämpchen flammten hinter Milchglasfensterchen auf, das riesige Tonbandgerät hinter Chris begann rückwärts zu wirbeln. Vermischte Geräusche, in höchstem Grade beschleunigt, dann Stille. Nur ein sanftes, fast unhörbares Zischen kam aus den Mammutlautsprechern, die hoch an der Wand angebracht waren.

Aus der Stille heraus flüsterte Chris: »Hör dir das mal an.« Er drückte auf einen Knopf.

Ein Sturm vieler Gitarren setzte ein; eine Phalanx aus Klängen, verschwommen zuerst vom Angriff seiner ursprünglichen Lautstärke. Aber nach und nach wurden die nackten Knochen einer Melodie durch die Tonartwechsel und die Dominanz einer Leadgitarre sichtbar, so zart und dünn wie Filigran.

Chris summte, sang hier und da Bruchstücke eines leidenschaftlichen Ausbruchs des Background-Chors mit, der anscheinend den Titel des Songs wiederholte: »Das Wort für Welt ist Rock'n'Roll.«

Anfangs war Daina schockiert. Die Musik war erkennbar die der *Heartbeats*, aber nur im entferntesten Sinn. Die Musik der Band hatte stets einen harten Straßenkinder-Beat gehabt, wenigstens nach Jons Tod und damit dem Tod der Zusammenarbeit mit Chris. Das war selbst in Balladen der Fall, die, soweit es der Band möglich war, ans Verfeinerte heranreichten. Aber verfeinert waren die *Heartbeats* nie gewesen. Daina hatte den Verdacht, daß Nigel dann nicht dahintergestanden hätte.

Diese Musik war anders. Die Harmonien waren die der *Heartbeats* – das hieß für Daina: Chris' –, aber sie waren so verfeinert, daß die Band nie in der Lage gewesen wäre, diese Musik zu tolerieren.

Sie setzte aus, und die Stille war zurückgekehrt. Chris saß da, den Kopf in die Hände gestützt, fast wie in Trance.

»Sie ist wunderschön, Chris«, sagte Daina.

»Ja, aber verkauft die sich?«

Daina blickte ihn scharf an. Ich bin schließlich seine Freundin, dachte sie. Ich muß ihm sagen, was ich darüber denke.

»Ich glaube nicht«, sagte sie ruhig, »daß du dir die richtige Frage stellst.«

»O doch.« Er hob den Kopf hoch, und die seltsame Deckenbeleuchtung zog Schatten über sein schon eingefallenes Gesicht – so, als ob tiefe Linien in seine Haut eingegraben wären. Es war ein makabrer Anblick, aber irgendwie wirkte Chris dadurch um so verwundbarer. »Glaubst du, ich will 'n Projekt wie dies' hier, was mir Geld bringt, im Stich lassen und auf die Schnauze fallen? Ha, die Kritiker warten bloß drauf, daß sie Hackfleisch aus mir machen. Die nennen's dann wieder Egoismus. Aber da is' nichts von wahr.«

Sie kam zu ihm herüber und berührte seine Schulter. »Ich weiß, Chris. Aber das ist Musik, die du jetzt machen mußt.«

»Weißt du«, sagte er mit Tränen in den Augen, »wovor ich am meisten Schiß hab'? Will nich' so werden wie Chuck Berry und zehn Jahre lang meine Gitarre mit mir rumschleppen und all die abgestandenen *Heartbeats*-Hits spielen.« Er schloß die Augen und zuckte wie im Schmerz zusammen. »Verrat' dir mal 'n Geheimnis; nich' mal Thaïs weiß was. Ich kann's nicht mehr aushalten, diese Nummern nur zu hören. Schon gar nich' spielen. Mensch, ich hab' die LPs alle überm Knie zerbrochen und weggeschmissen.« Er spreizte die Hände und stieß ein kleines, kränkliches Kichern aus. »Hab' keine einzige *Heartbeats*-Platte mehr.« Er legte die Arme um Daina. »Ich kann das Zeug nich' mehr spielen, Dain.«

»Dann mußt du's auch nicht«, sagte sie und glättete sein Haar. Sie bückte sich und küßte seinen Scheitel. »Verlaß die Band, Chris. Es ist leichter als du denkst. Du hast alles gegeben und nichts genommen. Ich weiß, das ist es, was dir so auf die Nerven geht.« Sie wartete schweigend darauf, daß er etwas sagte. »Chris?«

Er zog sich von ihr zurück, und sie sah seine Augen, große, bedrückte Augen. »Ich kann nicht weg«, rief er gequält. »Die andern sind meine Familie. Ich kann sie nicht schlicht im Stich lassen.«

Daina wußte, daß sie es fast geschafft hatte, aber wenn sie nicht herausfand, was hinter seinem Blick steckte, dann konnte sie ihm nicht unbegrenzt helfen. »Chris, du mußt mir erzählen, was die Entscheidung so schwierig macht. Ich weiß, daß du frei sein willst. Was hält dich auf?«

»Nein!« Das war fast ein Schrei. Er sprang hoch, rannte aus dem Zimmer. Daina ging hinter ihm her, die Treppe hinauf in die Halle. Sie kam an dem Schlafzimmer vorüber, als ihr etwas ins Auge fiel. Sie blieb stehen und ging hinein.

Der Raum war ziemlich unordentlich: überall lagen Kleider und Zeitungen verstreut; ein kleines Sony-Fernsehgerät lief mit ausgeschaltetem Ton; ein Kassettenrecorder lag spielbereit auf dem Bett.

Daina langte nach unten und nahm den Gegenstand, der im Licht glitzerte und ihre Aufmerksamkeit erregte, auf: eine vierreihige Halskette mit dem Kopf eines ägyptischen Gottes in der Mitte. Thaïs' Halsband. Das war's also, dachte Daina. Jetzt, wo Chris die schöpferische Kraft der Band ist, hat Thaïs endlich Einzug gehalten.

Lieber Himmel, dachte Daina, Thaïs ist es, die Chris in der Band hält, und nichts anderes. Aber sie wußte, daß Thaïs in der Tat erstaunlich sein konnte. Plötzlich fiel ihr die Unterhaltung mit Bonesteel wieder ein. Sie hat sich in die verliebt. Nein, dachte Daina schockiert, das ist unmöglich.

Sie schaute auf die Halskette in ihrer Hand, schloß die Finger über dem Kopf des Gottes, machte eine Faust, preßte einen Augenblick und warf das Ding aufs Bett zurück.

Ohne sich umzudrehen verließ sie das Zimmer. Sie suchte Chris. Kein Wunder, daß er ihr nichts erzählen konnte. Er wußte, wie sie reagieren würde, wenn sie erführe, daß er mit Tie zusammenlebte. Nun, er würde nie erfahren, daß sie es herausgefunden hatte.

Daina ging hinaus aufs Sonnendeck. Dort fand sie Chris; er lehnte am Zedernholzgeländer und starrte auf die See. Sie roch die durchdringende Süße des Haschischs und sah, als sie näher kam, daß er einen Joint rauchte. Vor ihnen schlug die See im regelmäßigen Takt eines Schlagzeugs. Die Brecher beherrschten alle Geräusche, hallten wider, und in ihrem Echo, dessen Lautstärke wuchs, lag Weite und Tiefe.

Sie kam leise heran, ihr Kopf war ganz klar. Sie legte einen Arm um ihn, streichelte seinen Hals und sagte: »Komm, wir gehen uns besaufen.«

Der Anfang war leichter, als Daina sich vorgestellt hatte. Sie rief Thaïs an und bat sie zu einem Drink herüber. Es war die Tageszeit, da sich die Dämmerung wie ein schwarzer Liebhaber rittlings über Los Angeles herabläßt und den braunen Smog auf eine kurze, wundervolle Verbeugung vor dem Vorhang pflaumenblau färbt. Im Tal tränten einem die Augen vor Luftverschmutzung; aber hier, in Bel Air, war die Miete leichter zu bezahlen als Augentropfen in Los Angeles.

Thaïs erschien in Nigels maßgeschneidertem Rolls-Royce Silver Cloud und nicht in ihrem eigenen Spider. Es sah ihr ähnlich, so dick aufzutragen. Sie steckte in einem Wickelrock aus Seidenkrepp mit schwarzen Schattenstreifen und einer cremefarbenen Bluse aus Crêpe de Chine. Ihr Haar, kürzer, als Daina es in Erinnerung hatte, war dunkelkastanienbraun; ihre Haut hatte merkwürdigerweise eine fast opalschimmernde Blässe angenommen.

Daina begrüßte Thaïs an der Tür. Sie war in hautenge, dunkelblaue Hosen gekleidet und trug ein Leinenhemd, dessen Front Fältchen aufwiesen. Es war gerade weit genug aufgeknöpft, um zu enthüllen, daß Dajna keinen BH trug.

»Komm rein«, sagte Daina und lächelte. Thaïs riß ihren Blick von den ungebundenen Brüsten los. Ihr schwerlippiger Mund war mit Lipgloss im gleichen satten Rotton geschminkt, der auch auf ihren langen Nägeln brannte. Daina sah die Spitze ihrer Zunge wie einen rosa Natternkopf zwischen den scharlachroten Lippen hin und her schießen.

Daina ihrerseits trug nur Augen-Make-up, und dieser Kontrast, das wußte sie, wirkte subtil und deshalb dramatisch. Sie drehte sich um und führte Thaïs den Korridor hinunter. Sie konnte Thaïs' heißen Blick auf ihrem Rücken spüren.

»Ich muß schon sagen, ich war ziemlich überrascht, als du angerufen hast.« Thaïs' Stimme wehte von hinten zu ihr heran. »In San Francisco hatten wir ja ein paar ziemlich böse Zusammenstöße.«

»Vielleicht kommt das nur daher, weil wir beide Chris' Freundinnen sind«, sagte Daina, während sie im Wohnzimmer ankamen. Nur die Lampe mit dem geätzten Glasschirm bei der Sitzgruppe neben dem Samtsofa brannte; dadurch entstanden Wärme und Intimität, Daina ging zur Bar hinüber. »Was zu trinken?«

»Hast du Tsingtao da?«

Daina schaute sich um. »Ich glaube, wir haben hier irgendwo eine Flasche.« Sie fand sie hinter dem Courvoisier, brach das Siegel, goß den Wodka über Eis und fügte eine Scheibe Zitrone hinzu. »Weißt du, wenn wir beide bei ihm sind, sind wir ganz anders.« Sie reichte Thaïs das beschlagene Glas. »Hast du das auch bemerkt?«

Thaïs' schwarze Augen betrachteten Daina kühl über den Rand des Glases. Sie wartete, bis Daina sich einen Stolichnaya on the rocks bereitet hatte, dann tranken sie sich schweigend zu. Sie hoben die Gläser.

»Du hast dich anscheinend ganz gut mit diesem Bullen angefreundet«, sagte Thaïs.

»Mit welchem Bullen?« Daina trat hinter der Bar hervor.

»Mit dem Kommissar, der Maggies Todesfall untersucht«, sagte Thaïs und folgte Daina hinüber zur Couch. »Wie heißt er doch gleich? Bonesteel.« Sie setzte sich hin und schlug ein Bein unter sich hoch, so daß einer ihrer hellen Oberschenkel zu sehen war, sich der Schlitz des Wickelrocks verbreiterte.

»Nicht mehr als mit irgendeinem anderen«, sagte Daina gleichmütig. Sie nippte an ihrem Drink. »Wie auch immer, es sieht so aus, als sei ich Chris' einziges stichhaltiges Alibi.«

Thaïs schnaufte. »Der Kerl glaubt doch nicht wirklich, daß Chris sie umgebracht hat?«

»Ich weiß nicht, was er glaubt.« Daina stellte ihr Glas ab. »Er ist außerordentlich wenig mitteilsam.«

»Ich weiß, wie man das ändern kann, und du solltest das auch wissen.« Sie schaute Daina wieder mit dem gleichen, kalten Blick über den Rand ihres Glases an. »Warum findest du nicht heraus, was er denkt? Er kann doch nicht sehr kompliziert sein. Es sollte für dich so einfach sein, als ob du deinen Strapsgürtel anziehst.«

»Warum interessierst du dich eigentlich dafür?«

Thaïs stellte ihr Glas neben Dainas ab. »Na, das ist doch ganz klar: mir paßt's nicht, daß irgend etwas die Arbeit der Band stört, und dazu gehören auch die eventuell falschen Ansichten eines Bullen.« Sie entnahm ihrer Schlangenledertasche eine Schildpattdose und ließ sie aufschnappen. »Du weißt ja, daß bei diesen Kerlen der Ruf alles ist. Er hat noch niemanden verhaftet, und deshalb kriegt er mit Sicherheit Druck. Verhaftet er aber jemanden, dann ist alles wieder in Ordnung.« Sie zuckte die Achsel. »So einfach ist das.« Sie steckte ihre rubinroten Fingernägel in die Schildpattdose, zog einen winzigen Silberlöffel hervor und tauchte ihn in die Lage aus weißem Pulver. Sie tat etwas davon in jedes Nasenloch und sog es schnell und tief ein.

»So was würde er nicht tun«, sagte Daina.

»Wie kommst du dazu, das zu behaupten?«

»Er ist doch nicht blöde.«

»Alle Bullen sind blöde«, sagte Thaïs, legte das Löffelchen zurück und schnappte die Dose wieder zu. Verspätet sagte sie: »Willst du auch was?« Und dann, ganz absichtlich, ließ sie die Schildpattdose in ihre Tasche fallen.

Daina hatte eine Bemerkung über Thaïs' Großzügigkeit auf den Lippen, hielt sie aber zurück. Sie sagte nur, daß sie lieber beim Alkohol bleiben würde.

»Chinesisch und russisch«, sagte Thaïs und griff nach ihrem Glas. Sie meinte die beiden Wodkasorten. »Das Yin und das Yang. Sehr interessant.«

»Hast du schon mal den russischen probiert?«

»Stolichnaya noch nicht.«

Daina nahm ihr Glas auf. »Solltest du aber.« Sie hielt Thaïs das halbgefüllte Glas hin. »Da.«

Thaïs drehte den Kopf ein bißchen zur Seite. »Ich glaube nicht.«

Aber Daina hatte schon eine Hand hinter Thaïs Kopf gelegt und preßte den Rand des Glases zwischen ihre Lippen.

Blitzschnell hob Thaïs die Hände und schleuderte das Glas von sich. Den Rest ihres Drinks kippte sie Daina ins Gesicht. »Ich hab' dir doch gesagt, daß ich keinen will!«

Daina kam dicht an Thaïs heran und fühlte, wie ihre üppigen Brüste sich gegen ihre eigenen preßten. Sie spürte die Hitze ihres Körpers, die Mischung aus Parfüm und mildem Schweiß.

Thaïs' Atem wehte heiß an ihre Wange, während sie auf dem Sofa miteinander kämpften. »Schlampe!« rief sie, »Schlampe!« Als Daina ihren Arm packte und ihn über die Sofalehne zurückriß, schrie sie schmerzhaft auf, sah, daß Daina die Zähne gebleckt hatte. Ein Schauder überlief ihren Körper. »Laß mich hoch.« Aber sie sagte es so schwach, daß es fast zu der Stille gehörte, die zwischen ihnen entstanden war.

»Leg dich hin«, befahl Daina. Thaïs riß die Augen auf. Sie zitterte. Daina hatte ihren Griff nicht gelockert und bewegte sich jetzt halb über Thaïs, so daß sie beide fast lagen. Während des Kampfes hatten sich die restlichen Knöpfe an Dainas Bluse geöffnet, ihre schwellenden Brüste waren bis zu den Warzen entblößt. Thaïs' dunkle Augen wurden von ihnen wie von einem Magneten angezogen. Ihre Zungenspitze fuhr unbewußt zwischen ihren geteilten Lippen hin und her.

Daina setzte sich rittlings auf Thaïs und hielt sie zwischen ihren kräftigen Schenkeln gefangen.

»Was machst du?« fragte Thaïs rauh, aber ihr Körper sagte Daina, daß sie es wußte.

Dainas Hände glitten nach oben. Sie zog ihre Bluse aus der Hose heraus und streifte sie ab. Sie bedeckte die Brüste mit den Händen. »Riech mich«, flüsterte sie mit gedämpfter Stimme.

Thaïs versuchte den Kopf abzuwenden; aber Daina sah, wie sich bei dem starken Duft ihre Nasenlöcher weiteten. »Geh weg«, stöhnte Thaïs.

»Oh, nein.« Daina beugte sich vor und fuhr mit einer Brustwarze über die Konturen von Thaïs' geschlossenen Lippen. »Willst du deinen Mund nicht aufmachen, Tie?« Die seltsamen schwarzen Augen wirkten verschleiert.

Thaïs schob den Kopf weg. Furcht und noch etwas mehr lag in ihrem Blick. »Was machst du nur?« Ihre Stimme zitterte und brach endlich. »Du mußt verrückt sein.«

»Ja, richtig«, Daina ließ ihre eigenen Brüste los und ließ ihre Hände gierig in Thaïs' offene Bluse gleiten. »Ich bin verrückt.« »Du bist es ja auch.« Sie fing an, ihre Hüften auf Thaïs niederzupressen. »Ich fühle es ganz deutlich. Ich wußte, daß du es auch wolltest. Heimlich hast du es gewollt.«

Schnell streifte sie Thaïs' Bluse ab und löste ihren Rock. Thaïs begann zu keuchen, bog die Hüften nach oben, aber als Daina ihre Jeans auszog, stöhnte sie: »Nein, nein, nein. Bitte nicht. O bitte nicht. O nein!«, denn Daina hatte ihren Venushügel berührt und festgestellt, daß er schon feucht war.

Daina flüsterte ihr beruhigende Worte zu, während ihre Lippen und ihre Zunge sich über die feuchte Haut hinunterarbeiteten, in den Nabel eintauchten. Sie ließ die Zungenspitze einmal darin kreisen und bewegte sich langsam hinunter zu Thaïs' Schamhaar.

Als Daina gerade mit den Lippen Thaïs' intimste Stelle in Besitz nehmen wollte, zog Thaïs sich verzweifelt zurück.

»Noch nicht«, rief sie. »Oh, ich muß es einfach haben«, und suchte Dainas Venushügel mit dem ihren. Sie mühte sich um Bewegungsfreiheit, und Daina ließ es widerwillig zu. Thaïs hakte ihr linkes Bein unter Daina und spreizte dabei deren Beine und ihre eigenen auseinander. Sie waren jetzt wie die beiden Klingen einer Schere verbunden.

Sofort zog Thaïs Dainas Oberkörper über sich. Ihre Brüste rieben sich aneinander. Schneller und schneller wurden Thaïs' mahlende Bewegungen, ihre Augen waren geschlossen. Dainas Muskeln verkrampften sich, während sie sich dem Höhepunkt näherte.

Daina wußte, daß Thaïs sich in ihrer Ekstase verloren hatte, daß sie nur noch an Vollendung denken konnte. Sie hörte Thaïs sagen: »Warum läßt du ihn nicht in Ruhe!« Es war der Schrei eines kleinen Mädchens; eines Wesens, das Thaïs vor langer Zeit einmal gewesen war. Aber dieses Wesen lag so tief verschüttet, daß es nur in solchen kurzen Augenblicken sichtbar wurde. »Oh, es ist himmlisch! Liebling, es ist der Himmel!« Aber der Druck auf ihrer geheimsten Stelle ließ plötzlich nach, und sie öffnete die Augen. »Liebling, was tust du? Ich bin bereit.«

»Gleich«, sagte Daina und schob sich über Thaïs' zitternden Körper hoch. Thaïs stöhnte, ihre Hüften bäumten sich krampfhaft auf. »Hättest du das nicht gern immer?«

»Oh, Liebling, du darfst jetzt nicht reden.«

»Ich mach schon«, sagte Daina und nahm Daumen und Zeigefinger. »Aber zuerst mußt du etwas tun.«

»Ja, o ja!«

»Dann – geh zu Nigel zurück, oder zu irgendeinem anderen. Aber nicht zu Chris...«

»Ich geh' zu Nigel zurück.« Thaïs kicherte. »Chris ist sowieso ein lausiger Liebhaber. Lieber hätte ich dich, Daina. Lieber hätte ich, daß du das mit mir machst, und daß ich, daß ich es mit dir mache. Dein riesengroßes Gesicht. Deine hungrigen Lippen. Deine Idolaugen, die auf mir ruhen.«

Thaïs begann in einem Orgasmus, unbeherrscht zu zittern und zu zucken. Daina wurde übel. Sie erhob sich torkelnd, rannte los und kam gerade noch rechtzeitig im Badezimmer an. Sie kniete sich vor dem kühlen Toilettenbecken hin und erbrach sich heftig.

Während Daina zittrig aufstand, den Kopf unter den Wasserhahn hielt und das kalte Wasser aufdrehte, hatte sie ein seltsames Gefühl der Verwirrung.

Aber du bist es doch! schrie sie sich selbst in Gedanken zu. Du! Du! Du!

Thaïs rührte sich selbst jetzt nicht, als Daina zurückkehrte und sich über sie stellte. Es hat angefangen, nun muß ich es durchstehen, dachte Daina. Aber das hier ist das Leichte an der Sache. Ich muß nicht einmal Theater spielen.

Thaïs öffnete die Augen. Ein unverständliches Gemurmel kam über ihre Lippen. Sie hatte die Arme über den Kopf gestreckt, hielt ihren Rücken leicht gebogen: eine provozierende, verwundbare Pose. Daina dachte, daß sie Thaïs noch nie so weich erlebt hatte.

Träge streckte Thaïs beide Hände aus und streichelte über Dainas Schenkel. »Laß mich dich da berühren«, sagte sie flüsternd. Und als Daina einen Schritt zurücktrat: »Bitte, Daina.«

Sie preßte ihre Wangen gegen Dainas Bauch und ließ eine Hand schlangenartig zwischen Dainas Beinen hindurchfahren. »Ich hab' noch nie vor jemandem gekniet.« Ihre Stimme war dumpf vor Gefühlen. »Du bist noch nicht gekommen. Laß mich, laß mich...«

Grob schob Daina Thaïs' Kopf weg. »Raus hier!« Ihre Stimme klang knirschend. Thaïs zuckte wie unter Peitschenhieben.

Daina bückte sich, hob Thaïs' Kleider auf und warf sie ihr brutal in den Schoß. Dann zog sie Thaïs hoch. Ohne ein weiteres Wort zu verlieren, zerrte sie sie die stille Halle hinunter zur Haustür.

»Zieh dich an und verschwinde!« befahl Daina und ließ Thaïs stehen. Thaïs zitterte und starrte sie mit aufgerissenen Augen an.

In der Finsternis rührte sich etwas. Abrupt folgten Würgegeräusche, die Geräusche eines Handgemenges, das Krachen eines splitternden Gegenstandes, ein rauher Schrei.

Taschenlampen flammten auf. El-Kalaams Stimme war durch den Tumult zu hören. Silhouetten waren da: Schatten, die an den Wänden tanzten – grotesk und scharf umrissen. El-Kalaam feuerte in schneller

Folge drei Schüsse über ihre Köpfe ab. Die Ordnung kehrte zurück. Die Lichter wurden entzündet.

Heather und Rachel waren in der Nähe des Bücherregals, wo sie geschlafen hatten. Thomas und Rudd lagen auf dem Sofa, dicht daneben die englischen MPs. René Louch saß mit zerzaustem Haar und leerem Blick vor einem Spiegel, der bis zum Fußboden reichte. Nur Emouleur lag mit gespreizten Armen und Beinen bäuchlings am Boden, Kopf und Schultern in dem tiefen Schatten des Kamins.

El-Kalaam schaute sich mit finsterem Blick um. »Hebt ihn auf!«

Rita drängte sich vor und trat dem jungen Franzosen mit der Stiefelspitze in die Seite. Er rührte sich nicht. Rita bückte sich und legte die Finger an seine Kehle. Sie blickte auf. »Tot«, sagte sie, »erwürgt.«

»Da haben Sie Ihre Antwort, El-Kalaam«, sagte Rudd. »Niemand wird irgend etwas unterschreiben.«

»Ich nehme also an, daß du ihn umgebracht hast.« El-Kalaams Stimme war kalt und gefühllos.

»Das habe ich nicht gesagt. Ich wünschte, es wäre mir eingefallen.«

»Sehr gut«, sagte El-Kalaam. Er riß den Kopf ruckartig herum, und Malaguez packte Rudd vorn am Hemd und riß ihn hoch. »Bring ihn in den Schwitzkasten.«

»Non!« schrie Louch auf. Er kam mühsam auf die Beine und lehnte sich schwer an den Spiegel. »Sie haben den falschen Mann. Rudd hat Michel nicht umgebracht. Ich war es.«

»Du?« fragte El-Kalaam. »Wie interessant. Und aus welchem Grund?«

»Er war jung und zu leicht zu beeindrucken.« Der französische Botschafter versuchte, sich das Haar aus den Augen zu schieben. »Er hat nicht gemerkt, was Sie mit ihm machten; aber ich. Er hat nicht begriffen, daß Sie ihn umgedreht haben; aber ich. Er wäre nie wieder der alte gewesen.«

»Das war ja der Sinn der Sache.«

»Ja, ich weiß. Deshalb mußte er vor sich selbst gerettet werden oder vielmehr vor dem, was Sie aus ihm gemacht haben.« Qual lag in Louchs Gesicht. »Ich hab' mein Bestes getan, ihm das alles auszureden, aber es hat nichts genützt. Ich konnte nicht zulassen, daß unsere Regierung auf diese Weise in den Zwischenfall verwickelt wird.«

»Aha«, sagte El-Kalaam ruhig. »Nun, es spielt keine Rolle mehr.« Er wandte sich ab. »Licht aus. Alle sollen den Rest der Nacht überstehen.« Finsternis.

Grelles Morgenlicht. Die Farben kamen langsam heraus – auf der Tapete, den weißgoldenen Wänden; Helligkeit wurde vom Wandspiegel reflektiert.

»Bleiben nur noch zwei Stunden«, sagte Malaguez zu El-Kalaam. »Wir alle wissen, was zu tun ist... So oder so.«

Fessi gesellte sich zu ihnen.

»Ich glaube nicht, daß die Israelis nachgeben werden«, sagte Malaguez.

Fessis Gesicht zeigte Verachtung. »Amerikaner und Engländer werden die Zionisten davon überzeugen, von ihrem unnachgiebigen Kurs abzugehen. Amerikaner und Engländer zusammen haben genug Macht. Diese Macht ist zwar zersetzt worden, aber trotzdem. Was würde Israel ohne die Unterstützung der Amerikaner tun?«

»Es wird gehen, falls der Westen unsere Absicht gut genug versteht«, erwiderte Malaguez. »Wir scheinen sie zu verwirren.«

El-Kalaam grunzte. »Die im Westen verstehen unsere Philosophie überhaupt nicht. Das einzige, was sie wirklich verstehen, ist die Sprache der Gewalt. Man muß, um sie zum Handeln zu zwingen, extreme Maßnahmen ergreifen. Alles Subtile geht an ihnen vorbei wie ein Schatten ohne Substanz. Mit der Zeit werden sie tun, was wir verlangen.«

»Die Zeit«, sagte Fessi, »die Zeit hängt an meinem Hals wie ein Mühlstein.« Er schlug mit der linken Hand auf die Seite seiner AKM. »Ich sehne mich nach Kampf. Ein Teil in mir wünscht sich, daß das Ultimatum kommt und geht, ohne daß das Radio uns von einem Sieg erzählt. Ich sehne mich danach, Tod und Verderben auszuteilen.«

»Das kommt daher, weil du verrückt bist«, sagte Malaguez. »Deine Mutter hat dich wahrscheinlich auf den Kopf fallen lassen, als du erst...«

Fessi sprang ihn an. El-Kalaam trat ruhig zwischen die beiden. »Es reicht!« schrie er. Er wandte den Blick von ihnen ab, zu der Stelle hin, wo Heather und Rachel vor dem Bücherregal standen. »Malaguez, du nimmst das Mädchen. Fessi, sorge dafür, daß das Funkgerät auf die richtige Frequenz eingestellt ist.« Rita packte Heather am Ellbogen. »Dann kommt zu uns in den Schwitzkasten. Jetzt wollen wir mal sehen, aus welchem Stoff die beiden da gemacht sind.«

Sie gingen in einer Reihe den Flur hinunter. Nichts hatte sich verändert: die Fenster waren noch immer verhüllt; das Bett lag umgedreht; der Fußboden war schlüpfrig von einer rosa Flüssigkeit; der Gummischlauch zog sich in schlangenartigen Windungen über den Fußboden bis zu der Stelle, wo Bock gefallen war.

»Was haben Sie mit Susan gemacht?« fragte Heather.

»Sie war für uns nicht mehr von Nutzen.« El-Kalaam machte Malaguez ein Handzeichen. »Bring sie dorthin.«

Malaguez drückte Rachel auf den fleckigen Sitz des Stuhles nieder, auf dem Bock gesessen hatte. Rachels Gesicht glänzte vor Schweiß. Als sie saß, schaute sie Heather in stiller Übereinkunft an.

»Was wir von dir verlangen, ist einfach«, sagte El-Kalaam in seinem freundlichsten Ton. »Es handelt sich um eine Erklärung von dir. Stell dir einmal vor, wie die Welt auf eine unterschriebene Erklärung von dir, in der du unsere Ziele unterstützt, reagieren würde.«

»Niemand würde sie für echt halten.«

»Natürlich könnten wir sie selbst schreiben und selbst unterzeichnen, aber das wäre nur eine Notlösung. Wir brauchen deine authentische Handschrift.«

»Wie auch immer«, wiederholte Rachel, »niemand würde sie für echt halten.«

El-Kalaam warf ihr einen finsteren Blick zu. Dann tat er ihre Worte mit einer Handbewegung ab. »Aber sicher würde an der Echtheit keiner zweifeln. Die Leute sind leichtgläubig.«

»Wir wollen nur in Frieden leben«, sagte Rachel.

El-Kalaam spuckte aus. »Frieden, ach ja, natürlich. Aber es ist *euer* Frieden. Ihr wollt in einer Welt *ohne* Araber leben.«

»Im Gegenteil, die Araber sind es, die *uns* vernichten wollen.«

»Wahrheitsverdreherin!« schrie El-Kalaam. Und dann sagte er mit viel sanfterer Stimme: »Genau von diesen wahnsinnigen Gedanken wollen wir dich befreien.« Er lächelte schief. »Wir haben die Zeit – und die Methoden.« Er griff nach ihr.

»Lassen Sie Rachel in Ruhe«, sagte Heather. »Sie ist doch noch ein Kind.«

El-Kalaam drehte sich um. »Ein Kind, sagst du? Und glaubst du, wenn ich diesem Kind ein geladenes Gewehr in die Hand gebe, dann würde es mir damit nicht im gleichen Augenblick das Gehirn herausblasen?« Er kam zu Heather herüber. Rita stand rechts hinter ihr.

»Du hast noch immer nicht kapiert, um was es hier geht, nicht?« Er wies auf Rachel. »Dieses Kind ist der Schlüssel, der Schlüssel zu allem, zu all unseren Träumen. Die anderen hier drinnen kümmern mich nicht. Aber die hier, die bedeutet mir alles. Dein Mann hat es von Anfang an begriffen, deshalb hat er auch getan, was er tat. Ich habe ihn dafür bewundert. Er war ein Amateur, der einen kurzen Augenblick versuchte, Profi zu werden. Er hatte Erfolg damit. Aber du«, sagte er verächtlich, »du bist nichts als eine Kaninchenjägerin. Du hast die Mentalität des Kaninchenjägers. Dein Mann war im Herzen Revolutionär. Du bist nichts als eine Hausfrau. Du hast keinen Verstand und keinen Mut.«

Er packte ihren Unterkiefer und schüttelte ihren Kopf hin und her. »Denk nur einfach daran, von jetzt an den Mund zu halten. Beobachte das, was passiert. Wenn du sprichst, schlägt dir Rita mit dem Kolben ihrer Maschinenpistole die Schläfe auf. Ist das klar?«

Heather nickte stumm.

El-Kalaam machte eine knappe Geste. »Fangen wir an.«

»Ich habe etwas herausgefunden, das Sie wissen sollten.«

Er nannte weder ihren Namen noch seinen eigenen; er war sich zu sehr bewußt, daß das gefährlich war. Nichtsdestoweniger erkannte sie seine Stimme sofort. Sie dachte an sein warmes, glänzendes Lächeln; an seine ruinierten Künstlerhände. »Um was geht's denn?«

»Nicht am Telefon«, sagte Meyer, »wir sollten uns treffen.«

Sie dachte an den hektischen Zeitplan der Filmaufnahmen: sie hatten sich fast dem Ende genähert. Enttäuscht sagte sie: »Ich kann nicht nach San Diego kommen.«

»Das müssen Sie auch nicht«, sagte Meyer locker. »Ich bin in Los Angeles.«

»Wo denn?«

»Ach, irgendwo.« Er lachte, und sie erinnerte sich an den reichen Duft seines Herrenparfüms und an die trockene, ledrige Haut seiner Wange. »Können Sie sich für eine Stunde frei machen?«

Daina schaute auf ihre Armbanduhr. »Bei Sonnenuntergang«, sagte sie. »Wir müssen das Tageslicht ausnutzen. Wie ist es mit sechs Uhr dreißig?«

»Prima.« Er machte eine Pause. »Wir treffen uns dann vor dem Grab Ihrer Freundin Maggie.«

»Sie wissen, wo...«

»Ich weiß, wo es ist.«

»In diesem Fall«, sagte Daina, »vergessen Sie nicht, Blumen mitzubringen.«

Am Abend ließ sie sich von einem Wagen der Filmgesellschaft zum Friedhof fahren, lehnte sich in den Sitz zurück und drehte den Kopf ins Licht des tragbaren Make-up-Spiegels, so daß Anna ihr sorgfältig das Make-up entfernen konnte. Diese Dienstleistung stand ihr zu. Eine Zeitlang verdrängte sie Meyer aus ihren Gedanken; zusammen mit der intensiven Spannung, mit der sie das Treffen erwartete: was mochte er ihr wohl zu sagen haben?

»Alles erledigt, Miss Whitney.«

»Lassen Sie sich zuerst von Alex absetzen, Anna«, sagte Daina, ohne die Augen zu öffnen. Sie wollte nicht gestört werden, bis sie ihren Bestimmungsort erreicht hatte.

Unbestimmt bemerkte sie, wie der Wagen langsamer fuhr und dann anhielt. Sie hörte Anna gute Nacht sagen und murmelte eine kurze

Erwiderung. Ich habe etwas herausgefunden, das Sie wissen sollten. Jetzt klang Meyers Stimme immer und immer wieder durch ihre Gedanken.

Den letzten Teil der Fahrt mußte sie geschlafen haben; denn als sie die Augen öffnete, parkte der Wagen schon am Straßenrand in der Nähe des Friedhofstores. Der Motor schwieg. Daina schaute geradeaus auf Alex' Hinterkopf. Nichts wirkte daran seltsam, aber als sich der Kopf ihr zuwandte, sah Daina Margos hübsches Gesicht. Ein paar Strähnchen schwarzen Haares fielen um ihre kleinen Ohren. Margo lächelte. »Kommen Sie, meine Liebe. Mister Meyer wartet schon auf Sie.«

Margo verschwand aus Dainas Gesichtskreis und öffnete einen Augenblick später die hintere Tür. Sie ist schlank und sehr hübsch, dachte Daina. Margo hielt ihr einen Strauß Iris hin. »Mr. Meyer meinte, daß Sie die vielleicht brauchen könnten.« Daina lachte. Jetzt war sie es doch gewesen, die die Blumen vergessen hatte.

Außer Meyer war niemand da. Er stand mit leicht hängenden Schultern vor Maggies Grab. Er war mit modischen, dunkelgrauen Leinenhosen und einem cremefarbenen, kurzärmeligen Baumwollhemd bekleidet. Er sah ruhig und fit aus. Sein weiser Picassokopf wirkte hier im Freien noch größer. Er stützte sich leicht auf einen Ebenholzstock mit scharfer Silberspitze und einer riesigen, knotigen Krücke aus Malachit. »Habe ich geschenkt bekommen«, sagte er ihr später, »Ende des Krieges, von einem englischen Oberst.«

Lange, nachdem sie an ihn herangetreten und sich neben ihn gestellt hatte, sagte er nichts. Sie betrachtete ihn verstohlen, suchte nach irgendeinem Anzeichen seines Alters. Aber sie konnte keine finden: seine Hände zitterten nicht, er wackelte nicht mit dem Kopf. Er hatte die Todeslager überlebt, den Tod zweier Söhne und wenigstens einer Frau. Und da stand er, noch immer ungebeugt.

»Ich höre da Sachen über Sie«, sagte Meyer, und seine Stimme ließ Daina einen Schauder über den Rücken laufen, »aufregende Dinge.« Er wandte ihr sein Gesicht zu, und das Licht traf seine Augen, ließ sie größer wirken. »Wir haben so was wie Sie seit langer, langer Zeit nicht mehr erlebt.« Meyer hatte so eine Art, das Wort »wir« zu benutzen, als ob es für die Meinung der ganzen Welt stände. »Ein strahlendes Licht auf der Leinwand.« Er nahm eine Hand vom Stock und preßte ihren Arm mit bemerkenswerter Kraft. »Es sieht so aus, als ob es jetzt nichts mehr gäbe, was Sie nicht vollbringen könnten.«

»Manchmal habe ich das Gefühl, als ob ich drei Meter groß wäre«, sagte Daina fast träumerisch.

»Sagen Sie mir«, fragte Meyer, »sind Sie es, die sich verändert hat, oder sind es die anderen?«

»Ich weiß nicht, was Sie meinen.«

»Nun, zum Beispiel der Wagen, in dem Sie angekommen sind.«

Seine Hand ließ sie einen Augenblick los und machte eine vage Geste hinaus zum Eingang des Friedhofs. »Vor sechs Monaten hatten Sie diesen Wagen noch nicht – und hätten ihn auch nicht bekommen können, oder irre ich mich da? Also, jetzt haben Sie ihn, weil Sie sich geändert haben; oder kommt es daher, daß die Leute um Sie herum Sie mit anderen Augen sehen?«

Daina schaute ihn an. »Spielt das eine Rolle?«

Meyer lächelte. »Nur für Sie selbst, Daina.«

Sie blickte hinab auf den Irisstrauß, den Margo ihr in den Arm gelegt hatte. Sie bückte sich und legte die Blumen auf das Grab.

»Was ist das für ein Gefühl«, fragte Meyer, »Blumen auf ein leeres Grab zu legen?«

Er streckte die Hand aus und packte Daina, ehe sie fallen konnte. Sie torkelte gegen ihn, aber er stand fest da, trotz all der Schmerzen seiner kranken Füße, und er hielt sie, bis sie sich wieder gefaßt hatte.

»Was meinen Sie damit?« fragte Daina. »Ich war hier, als Maggie beerdigt wurde. Ich hab' gesehen...«

»Was Sie gesehen haben«, sagte Meyer geduldig, »war, daß ein leerer Sarg in den Boden gesenkt wurde. Ihre Freundin Maggie hat nicht darin gelegen.«

Daina kam überhaupt nicht der Gedanke, Meyers Wort in Frage zu stellen. »Wo war sie dann?«

»In Irland.« Meyers Arm umfaßte sie hart. »Sie ist zu Hause begraben worden.«

»Aber Maggie ist doch in St. Marys, Iowa, geboren«, sagte Daina.

»Nicht geboren, sondern aufgewachsen. Sie und ihre Schwester stammen aus Nordirland und wurden kurz nach ihrer Geburt heimlich von dort weggeschafft. Sie kamen hierher, wurden zu einer passenden Familie gebracht, und...«

»Aber warum?«

»Ihr wirklicher Familienname ist Toomey«, sagte Meyer. Er wartete einen Augenblick. »Kommt er Ihnen bekannt vor?«

»Moment mal.« Daina dachte an eine Unterhaltung zurück, die sie mit Marion geführt hatte. Er hatte aufgeregt gewirkt, und sie hatte ihn gefragt, warum. Diese Katastrophe in Nordirland. Hatte er das nicht gesagt?

»Ist nicht Sean Toomey der Protestantenführer in Belfast?«

Meyer nickte. »So ist es. Maggie war seine Enkeltochter.«

»Mein Gott«, rief Daina, »was erzählen Sie da?«

»Ich ziehe keine falschen Schlüsse«, meinte Meyer gleichmütig. »Das überlasse ich anderen. Ich erzähle Ihnen nur, was ich herausgefunden habe. Hat das nicht zu unserem Geschäft mit dazugehört?«

»Aber Marion hat mir erzählt, daß Sean Toomey den britischen und protestantischen Überfall auf das katholische Viertel von Belfast befohlen hat – wie heißt es doch gleich?«

»Andy Town.«

»Ja. Andy Town. Und das war...«

»Zwei Wochen vor dem Mord an Ihrer Freundin – plus/minus ein paar Tage.«

Daina wandte sich ab. »Ich muß zur Polizei.«

Aber Meyer hielt ihren Arm und wollte sie nicht loslassen. »Und was wollen Sie denen erzählen?«

»Genau das, was Sie mir gesagt haben.« Sie musterte sein leeres Gesicht. »Oder haben Sie nicht den Mumm dahinterzustehen?«

»Beruhigen Sie sich«, sagte Meyer. »Das hat mit mir nichts zu tun, und eigentlich auch mit Ihnen nichts.« Er zog sie näher zu sich heran und benutzte seinen Spazierstock, um seine Worte zu unterstreichen. »Nun gut, nehmen wir mal an, wir gehen mit dem, was ich Ihnen gerade gesagt habe, beide zur Polizei von Los Angeles. Glauben Sie allen Ernstes, daß Sean Toomey seine Enkeltöchter hierher hat schicken lassen, ohne daß die Regierung der Vereinigten Staaten davon wußte? Und glauben Sie weiterhin, daß man es zugelassen hätte, daß die Presse davon Wind bekommt?« Er schwenkte seinen Spazierstock hin und her. »Nein, nein, nein. In diesem Land gibt es zu viele IRA-Sympathisanten, als daß man das zulassen könnte.« Er schüttelte traurig den Kopf. »Die würden nie das Grab öffnen lassen. Nie.« Er legte seine Hände auf ihre Schultern. »Daina, meine Information ist für Sie bestimmt, für Sie allein. Ich habe Ihnen gesagt, ich helfe Ihnen herauszufinden, wer Ihre Freundin umgebracht hat. Sonst nichts.«

»Aber das haben Sie ja nicht getan.«

Meyer drückte Daina einen Streifen Papier in die Hand und schloß ihre Finger darüber. »Wenn Sie Gelegenheit dazu bekommen«, sagte er, »dann besuchen Sie diesen Mann.«

Diesmal beugte er sich vor und küßte sie auf die Wange.

Sie konnte nicht anders – sie mußte zu Bonesteel gehen.

Natürlich war der skeptisch. »Sie müssen mir schon sagen, woher Sie diese Information haben.«

»Bobby, das kann ich nicht.« Sie spreizte die Hände. »Bitte, fragen Sie mich nicht danach.«

»Jetzt hören Sie mal zu...«

»Nein, *Sie* hören zu. Entweder glauben Sie mir oder nicht, und damit basta.«

»Na gut«, sagte Bonesteel. »Ich glaube, das Ganze ist eine taube Nuß.«

»Schön«, sagte Daina und stand auf. »Wiedersehen.«

»Warten Sie«, sagte Bonesteel, »warten Sie eine Minute.« Er trommelte mit seiner Gabel auf den Tisch. Sie saßen in der Küche von Rubens' Haus. Daina hatte sich geweigert, zum Präsidium zu kommen, und sie wollte Alex nicht dabeihaben.

Bonesteel gestikulierte mit der Gabel. »Ach, setzen Sie sich doch wieder.« Seine Stimme klang brummig. »Sie machen mich nervös, wenn Sie so rumstehen.«

Maria hatte heute frei, aber als Daina zum Fenster hinausschaute, konnte sie den Gehilfen des mexikanischen Gärtners sehen, wie er eifrig in den Rosenbeeten arbeitete.

»Ich glaube nicht, daß ich Sie besonders mag«, sagte Daina und setzte sich ihm gegenüber wieder hin.

»Aber Sie haben mich noch nicht rausgeworfen.«

»Sie wissen ja, warum. Ohne Sie würde ich nie herausfinden, wer Maggie umgebracht hat.«

Er beugte sich über den Tisch. »Und das ist Ihnen sehr wichtig, nicht?«

»Ja.«

»Warum?«

»Sie war meine Freundin.«

»Eine Freundin, die schon an Drogen hing, die Sie dauernd belogen hat, die Sie anscheinend um Ihren Erfolg beneidet hat, die geglaubt hat, Sie hätten eine Affäre mit ihrem Freund.«

Daina schlug ihm hart ins Gesicht. »Herrgott, ihr seid doch alle gleich, ihr Bullen. Ihr steckt eure Nase in alles rein!«

»Das tu ich allerdings«, sagte er, ohne sich zu bewegen. Sein Gesicht war an der Stelle, wo sie ihn geschlagen hatte, rot, aber seine Stimme verriet keine Gefühle. »Ich bin wie ein Müllmann. Ich sortiere die schmutzige Wäsche, ich beschnüffle die Exkremente; denn in neun von zehn Fällen finde ich genau da die verdorbenen Schweine, die andere Menschen umbringen. Erkennen Sie die Logik darin?«

Daina wandte den Kopf ab. »Es ist ekelhaft.«

»Ich nehme an, es ist viel ekelhafter, als andere Leute unter dem hohen Absatz zu zertreten.«

Dainas Augen flammten, während sie sich umdrehte und ihn wieder anschaute. »So etwas tu ich nicht.«

»Im Gegenteil«, sagte er, »Sie denken nur, daß Sie es nicht tun.«

»Raus hier!« Ihr Stuhl kippte um, als sie aufstand. »Ich will nichts mehr mit Ihnen zu tun haben!«

»Und was wollen Sie Maggies wegen unternehmen?«

»Ich werde schon selbst damit fertig.« Sie drückte sich mit dem Rücken gegen die Wand. »Verschwinden Sie!«

Sie machte eine Bewegung, um ihn wieder zu schlagen, aber er packte sie mit einem Griff am Handgelenk, aus dem sie sich nicht losreißen konnte.

»Spielen Sie nicht verrückt«, sagte er und kämpfte mit ihr. Er stand sehr nah vor ihr. Beide keuchten vor Anstrengung. »Wir brauchen einander.« Seine Lippen waren nah an ihrem Mund, ihre Blicke vergruben sich ineinander. Sein Mund senkte sich über ihre Lippen, sie fühlte, wie seine Hitze wuchs.

»Was machen Sie denn?« fragte Daina.

»Wie sieht es denn aus?«

Ihre Brüste waren nackt. Sie nahm seine Hände, zog sie hoch und drückte sie beiseite. Sie schaute ihm in die Augen und erkannte voller Überraschung sich selbst darin, wie sie sich danach sehnte, von ihm körperlich geliebt zu werden. Sie brauchte seine Wärme, weil er – im Gegensatz zu Rubens – nicht Teil ihrer Welt war. Wenn er in sie eindringen würde, wäre bewiesen, daß sie mehr war als nur ein Bild auf der Leinwand. Sie beugte sich auf ihn zu, um seinen Kuß zu erwidern, aber sein Gesicht war plötzlich so bleich, als ob er einen Schock erlitten hätte. Sie konnte das Geräusch seines rauhen Atems hören. Aber sein Gesicht erzeugte in ihrem Magen einen kalten Knoten der Furcht.

»Was ist denn, Bobby?«

»Ich weiß nicht.« Er blickte auf seine Hände hinab. »Ich denke die ganze Zeit an Sie und phantasiere. Selbst im Präsidium kriege ich Rippenstöße – ein paar Jungs sind eifersüchtig, weil sie wissen, daß ich bei Ihnen bin.«

Daina drückte sich näher an ihn heran, so daß ihre nackten Brüste sich an sein Hemd preßten.

»Ich habe oft daran gedacht, wie es wäre, wenn ich...« Er legte seine Hände auf ihre Schultern. »Aber jetzt, wo der Augenblick gekommen ist, bin ich wie gelähmt, kann ich nur an die riesige Reklametafel von Ihnen denken, und wie großartig Sie in *Regina Red* waren. Und dann sehe ich Sie wirklich und – ich kann anscheinend das eine nicht vom anderen trennen.«

»Aber ich bin nur aus Fleisch und Blut, Bobby.«

»Nein«, sagte er und schob sie ein wenig von sich weg. »Sie sind mehr. Sie sind ein Traumbild, eine Phantasiegestalt für Millionen von Menschen. Sie sind mehr als nur Fleisch und Blut.«

Sie legte die Arme um ihn und verschränkte die Hände. »Das ist Unsinn, und Sie wissen es genau.« Aber der Knoten in ihrem Magen wuchs, bis er ihre ganze Brusthöhle ausfüllte und sie fürchtete, explodieren zu müssen. Was ist bloß los mit mir? dachte sie.

»Merken Sie das denn nicht?« sagte Bonesteel gequält. »Ich will ja mit Ihnen schlafen, aber ich kann es nicht. Wir kommen aus zwei verschiedenen Welten. Ich gehöre nicht in Ihr Bett.«

In diesem Augenblick hatte Daina den Drang zu schreien. Sie wollte ihm zuschreien, daß sie nur ein Mädchen von der Straße sei, verängstigt und allein. Etwas Hartes, Unbewegliches in ihr hinderte sie daran. Sie biß sich auf die Innenseite ihrer Wangen. Sie schrie auf. Bonesteel, der das für einen zornigen Ausruf hielt, trat zurück.

»Es tut mir leid«, sagte er leise. »Es tut mir wirklich leid, Daina.« Dann drehte er sich um und ging den Korridor hinunter.

Als Daina die Tür hinter ihm zuklappen hörte, sank sie auf die Knie und bedeckte das Gesicht mit den Händen. Sie begann zu weinen, wie sie das seit den langen Tagen und Nächten in White Cedars nicht mehr getan hatte. Sie schmeckte das Gummi in ihrem Mund und mußte fast würgen. Sie hielt sich selbst fest, schaukelte hin und her, weinte, weinte, bis sie endlich auf dem Teppich einschlief, direkt unter der Gestalt der Meeresjungfrau, die mit kummervollen Augen auf sie hinabblickte.

Irgendwo in ihrem Unterbewußtsein war ihr klar, wie sehr sie sich von der Welt entfernte. Deshalb hatte sie versucht, Bonesteel zu verführen; deshalb war sie zusammengebrochen, als er sich ihr verweigerte. Jetzt wußte sie, daß sie abgetrennt war, abgeschnitten von all den anderen – und nur ein Teil von ihr freute sich über diesen Aufstieg.

Sie hatte in Bobby die letzte Verbindung zur wirklichen Welt der normal arbeitenden Menschen gesehen; der Menschen, die ihrer täglichen Beschäftigung nachgingen, wie Daina das auch einmal getan hatte. Daina war auf eine andere Ebene gelangt, willig, mit weit ausgebreiteten Armen und offenen Augen. Aber der Übergang war so verführerisch schnell gewesen, so glatt mit Vergnügen geölt, daß sie die täglichen Veränderungen nicht bemerkt hatte und auch nicht, daß sie weiter und weiter auf die See hinaustrieb. Sie hatte es erst in diesem Augenblick bemerkt, als sie aufblickte und feststellte, daß das Ufer verschwunden war.

Bonesteel hatte recht: er war nicht ihre Welt. Meyers Worte fielen ihr wieder ein. »Sagen Sie mir«, hatte er gesagt, »sind *Sie's*, die sich verändert hat, oder sind es die anderen?«

Als Rubens nach Hause kam, fand er Daina auf dem Sofa ausgestreckt; sie hielt ein halbgefülltes Cocktailglas in der Hand, und eine Flasche Stolichnaya stand in Reichweite inmitten eingetrockneter Ringe auf dem Couchtisch.

»Herrgott noch mal, Daina, was geht eigentlich zwischen dir und diesem Polizisten vor sich?«

Sie schaute ihn mit verständnislosem Blick an, und er beugte sich vor und schlug ihr das Glas aus der schlaffen Hand.

»Der Gärtnergehilfe hat mir gesagt...« Aber sie schluchzte schon unbeherrscht und klammerte sich mit solcher Leidenschaft an ihn, daß sein Zorn dahinschmolz. »Daina.« Er flüsterte ihren Namen immer und immer wieder, während er sie hin und her schaukelte. »Was hast du bloß?«

Aber es gab nichts, was sie ihm erzählen konnte.

El-Kalaam zog sein Messer. Heather wollte auf ihn zustürzen, aber Rita riß sie zurück und hielt ihr die MP 40 unter die Nase.

El-Kalaam hatte seine Maschinenpistole an Malaguez weitergegeben. Dem Stuhl gegenüber stand Fessi und leckte sich die Lippen. Er streichelte den Abzug seiner AKM.

El-Kalaam ging auf Rachel zu. Er setzte die blinkende Messerspitze auf Rachels Bluse.

Das Geräusch des zerreißenden Tuches durchschnitt die Stille. Rachels Haut wurde sichtbar, während El-Kalaam ihre Bluse langsam in breiten Streifen von ihr schälte. Rachels Haut glänzte. Ihre Schulterblätter tauchten auf, dann ihre Brust. Sie trug ein dünnes Unterhemd mit zarter Spitze am Ausschnitt. Eine kleine rosa Rose saß in der Mitte zwischen ihren Brüsten.

Das Messer hing in der Luft. »Wie gefällt dir das?« erkundigte sich El-Kalaam. Seine Augen schauten Rachel fest an. Die Klinge schoß vor und durchschnitt einen von Rachels Hemdträgern. Rachel keuchte. Unwillkürlich bewegten sich ihre Hände; sie wollte sich bedecken, aber Malaguez hielt sie ihr im Schoß fest. Rachels Schultern zitterten.

»Sieh einer an«, sagte El-Kalaam, »was für schöne Titten, nicht, Malaguez?«

»Ein bißchen wenig für meinen Geschmack.«

»Na, gib ihr Zeit, Raoul. Wir müssen ihr Zeit lassen. Das Kind ist ja noch im Wachstum. Sie ist ja noch keine Frau.« Eine Träne bildete sich am Unterlid von Rachels rechtem Auge.

»Das sind die Titten eines Kindes«, sagte Malaguez. »Gib sie Fessi.«

»Der Ärger mit dir ist, daß du kein Gefühl für die Zukunft hast, Malaguez.« El-Kalaam betrachtete Rachel nachdenklich. »Jetzt sind es die Titten eines Kindes, ja. Aber bald, bald werden sie zu den herrlichen Poppen einer Frau aufblühen.« Das Lächeln verließ plötzlich sein Gesicht. »Es sei denn, es passiert etwas mit ihnen.«

»Was zum Beispiel?« fragte Malaguez.

El-Kalaam zuckte die Achseln. »Keine Ahnung, aber du weißt ja, wie das Leben so spielt. Ein Unfall vielleicht.« Ein Flackern war in Rachels Augen zu sehen. »Oder, weißt du, es könnte ein bösartiger Mensch kommen, ein Frauenhasser, möglicherweise; jemand, der die weibliche Gestalt nicht zu würdigen weiß. Ein Homo...«

Fessi kicherte. Seine Augen wurden groß und glitzerten.

»Oder vielleicht ein Psychopath. Die Welt ist voller verrückter Männer, weißt du. Sagen wir zum Beispiel, dieser Psychopath erwischt das Mädchen eines Nachts.«

Er stand sehr nah vor Rachel. Ihre Brüste hoben und senkten sich. »Und er hat ein Messer.« Die Klinge seines Messers glitt vor, Rachels Lippen begannen zu zittern. »Der, den ich meine, ist wirklich ein Wahnsinniger«, sagte El-Kalaam. »Er packt unser hübsches kleines Mädchen hinten am Haar« – er ergriff Rachel und riß ihren Kopf zurück. Seine dicken Lippen spannten sich, er bleckte die Zähne – »und zieht.« Er spähte in Rachels Gesicht hinab. Licht spielte über den Tälern und Höhen in Rachels Gesicht und machte es fleckig.

»Jetzt setzt er die Schneide seines Messers unter einer Brust an.« Rachel zuckte zusammen, als der Stahl über ihre Haut glitt. Der Atem pfiff durch ihre Zähne.

»Und er sagt zu ihr:›Es ist Zeit, daß du aussiehst wie ein Mann.‹« Die Klinge bewegte sich horizontal vor Rachels Brust. Ihre Augen schlossen sich. Sie begann zu beben.

»Zuerst die eine, dann die andere.«

Rachel schluchzte. Tränen fluteten unter ihren geschlossenen Lidern hervor. Ihr Kopf peitschte hin und her, flog gegen den hochlehnigen Stuhl. »Nein«, sagte sie.

»Was?« fragte El-Kalaam. »Was, nein?«

»Nein!« schrie Rachel, und ihre Stimme wurde höher. »Nein, nein, nein!«

»Was nein?«

Rachel riß die Augen auf. Tränen fielen auf ihre braune Haut und rollten über die Konturen ihrer Brust.

»Bitte nicht.«

»Ah«, sagte El-Kalaam. Er beließ das Messer da, wo es war. »Jetzt kommen wir endlich weiter.«

An diesem Morgen hatte Daina Rubens gefragt, ob er früher mit der Arbeit aufhören könne, um sie nach den Dreharbeiten abzuholen. »Ich brauch' mal einen freien Abend, an dem wir ausgehen«, hatte sie ihm gesagt, »und ich will, daß du bei mir bist.«

Der große, mitternachtsblaue Lincoln wartete schon auf Daina, als sie aus ihrem Wohnwagen auftauchte. Rubens' Fahrer hielt die Tür offen, bis sie eingestiegen war. Alex nahm vorn auf dem Beifahrersitz Platz. Per Knopfdruck ließ Rubens die verspiegelte, schußsichere Trennscheibe herunter.

»Wie geht's dir«, fragte er und küßte sie. Er hielt ihre Hand fest.

»Wahnsinn«, sagte sie mit einem schmalen Lächeln, »wir sind fast durch. Nur noch ein oder zwei Szenen, mit denen Marion nicht zufrieden ist, dann packen wir ein.«

»Gut«, sagte Rubens, als ob er von Marion nicht täglich den Lagebericht bekäme. Sie wußten beide, daß das so war; zogen es aber vor, dieses Spielchen beizubehalten.

»Wie macht George sich?«

»Der schafft es schon bis zum Schluß, glaube ich. Aber alle machen sich Sorgen über die Sache mit der PLO. Sogar sein Agent hat mit ihm darüber geredet, aber es hat nichts genützt.« Sie preßte seine Hand. »Mach mir einen Drink, ja?«

Daina bestand darauf, daß sie zu »Moonbeams« fuhren, einem schicken, zweistöckigen Restaurant in Malibu, das besonders im Sommer eine angenehm spektakuläre Alternative zu den modischen Lokalen am North Camden und an North Cañon Drive in Beverly Hills bot.

Daina wirkte abwesend, als ob sie in Gedanken weit von Rubens entfernt wäre. Sie fühlte die spürbaren Wellen der Energie, die von ihr ausgingen, und die sich in größer und größer werdenden Kreisen ausbreiteten, bis sie das gesamte Restaurant umfaßten. Daina war geblendet von der Ausstrahlung ihrer Macht. Jeder, vom Besitzer bis zum Chefkoch, machte an ihrem Tisch seine Aufwartung, um danach zu fragen, ob Speise oder Trank nach ihrem Geschmack waren.

Danach gingen sie zusammen über den mit Bruchsteinen gepflasterten Pfad zum Parkplatz. Dünne Sandstreifen glitten wie geisterhafte Schlangen über den schwarzen Asphalt und lösten sich in Rauch auf.

Sie sahen ein Meer aus Autos, erleuchtet von zwei blauweißen Flutlampen. Chrom glitzerte, und alle Farben der Autos, einst sorgfältig ausgesucht und so kostspielig und nach Maß aufgetragen, wurden im grellen Licht zu neutralen Tönen ohne großen Unterschied: für Daina ein Anblick, der in seiner völligen Banalität schreckerregend wirkte; eine häßliche Roboterlandschaft, bar aller Ästhetik und allen Lebens.

Sie packte Rubens Arm und sagte: »Laß uns von hier verschwinden.« Sie hörte lachende Stimmen, die durch die stille, feuchte Luft schwebten, schwer und gedämpft wie das Geräusch der Brandung. Sie hörte Absätze auf dem Steinpfad klappern. In der Ferne brausten die Wagen auf der Küstenstraße vorüber.

Sie waren fast an der Limousine angekommen, als Daina zwei Gestalten aus einem roten Porsche auftauchen sah. Daina erkannte noch vor den Leuten das Fahrzeug.

»Hallo, Daina«, sagte Thaïs. Hinter ihr erhob sich Silkas breitschultrige Gestalt.

»Sie war nicht in dem Zustand, um noch fahren zu können«, sagte er mit tiefer Stimme. Daina sah, daß Silka Thaïs gepackt hielt, es aber trotzdem nicht verhindern konnte, daß sie unsicher hin und her schwankte. Daina blickte Thaïs in die Augen: sie sah die erweiterten Pupillen und fragte Silka: »Was hat sie genommen?«

Silka zuckte die Achseln. »Was immer sie in die Finger gekriegt hat: Koks, Speed, ein oder zwei Pillen – vielleicht auch Amphetamine.«

»Daina«, sagte Thaïs, »Daina.« Sie streckte die Hand aus.

»Was zum Teufel geht denn hier vor?« fragte Rubens und beäugte Silka.

»Nur ein bißchen Ärger«, sagte Silka, »nichts Wichtiges.«

»Alles in Ordnung, Rubens«, sagte Daina. Sie nahm Thaïs' Arm und steuerte sie von den Männern weg. »Ich kümmere mich schon darum.«

Sie legte einen Arm um Thaïs' schlanke Taille und hielt mit der anderen ihre Hand fest. »Komm«, flüsterte sie, »komm.«

»Bring' mich nach Hause«, sagte Thaïs, »ich will ins Bett.«

Sie waren allein in dem Meer aus Autos. »Silka bringt dich schon früh genug nach Hause«, sagte Daina.

»Aber ich will nicht mit ihm nach Hause fahren. Ich will meine Beine um dich wickeln.«

»Jetzt reicht's, Tie.«

»Ich will dich schmecken.«

»Ich hab' gesagt, es reicht!« zischte Daina. Sie drehte Thaïs um, fixierte sie und packte sie fest bei den Schultern. »Ich hab' dir gesagt, was du zu tun hast: geh' zurück zu Nigel und bleib' weg von Chris.«

Thaïs' Gesichtszüge waren verzerrt, ohne Spur von Schönheit oder Sinnlichkeit. »Ich will Chris gar nicht«, wimmerte sie, »ich will dich.«

Daina küßte Thaïs erst ganz sacht, dann sehr hart. Sie spürte, wie Thaïs' Körper erstarrte und dann dahinschmolz. Sie hörte das kleine Keuchen der Wollust, das Thaïs unter dem Druck von Dainas Lippen und Zunge von sich gab.

»Geh jetzt«, sagte Daina kalt. »Geh zurück zu deinem Wagen. Zeig'

Silka, daß du noch allein fahren kannst. Er glaubt nämlich, du schaffst es nicht.«

Thaïs schaute Daina einen Augenblick an. »Ich mußte einfach zurückkommen, Daina. Als du mich rausgeworfen hast...«

»Das war nur eine Erinnerung.«

Thaïs schenkte ihr ein weiches Lächeln. »Ich weiß.« Es lag soviel Liebe in ihren Augen, daß es Daina fast weh tat. Dann war Thaïs fort. Sie ging eine Reihe von Wagen entlang, ließ eine Hand zur Stütze über die Kotflügel gleiten und paßte scharf auf, daß sie nicht stolperte; denn sie erinnerte sich daran, was Daina ihr Silkas wegen gesagt hatte.

Als Thaïs wieder in ihrem Porsche saß, kehrte Daina zu der Stelle zurück, wo die Männer standen. Sie hatten sich anscheinend nicht bewegt, noch nicht einmal miteinander gesprochen.

»Jetzt ist alles in Ordnung«, sagte Daina zu beiden. Aber sie schaute Silka dabei an und fragte sich, wieviel der wohl wußte. Mit Sicherheit war er nicht dumm, und Thaïs schien er sehr gut zu kennen. Daina hatte den Verdacht, daß er die ganze Geschichte kannte. »Sie können sie jetzt nach Hause bringen, wann immer Sie wollen.«

»Sie meinen zu Nigel«, antwortete Silka und beobachtete sorgfältig Dainas Gesicht.

»Ja«, sagte sie, »genau das meine ich. Gehört sie denn da nicht hin?«

Silka schenkte ihr ein kleines Lächeln. »Ich nehme es an. Nigel vermißt sie.«

»Nun, er wird sich keine Sorgen mehr machen müssen.«

Silka nahm die Schlüssel des Porsche und ließ sie zwischen seinen Fingern baumeln. »Eigentlich bin ich überrascht, daß das nicht schon vorher passiert ist. Damals, vor sechs Monaten, als Nigel weg war, waren sie allein zusammen, glaube ich.« Daina wußte, daß er Thaïs und Chris meinte.

»Und es ist nichts passiert?«

Silka zuckte die Achseln. »Ich weiß nicht alles, Miss Whitney.«

Sie lächelte ihn an. »Wissen Sie was, Silka? Ich glaube, was immer Sie von der Band nicht wissen, finden Sie leicht heraus.«

Silka warf die Schlüssel in die Luft und fing sie wieder. »In dem Fall«, sagte er milde, »werden Sie mir auch glauben, wenn ich Ihnen sage, daß nichts passiert ist.« Er lächelte sie an. »Danke, daß Sie sich um Thaïs gekümmert haben. Sie kann sich manchmal unmöglich benehmen.«

Im Wagen auf der Heimfahrt mußte sie Rubens erzählen, worum es bei der Unterhaltung gegangen war. Die Geschichte, die sie ihm erzählte, war gut; sie hätte sie fast selbst geglaubt.

Rachel schaute Heather durch ihre Tränen hindurch an. Soviel Kummer lag darin, soviel Reue, daß Heather sich gezwungen fühlte, wegzuschauen.

El-Kalaam stand auf. Die Klinge seines Messers war feucht von Rachels Schweiß und Tränen. Einen Augenblick lang beobachtete er ihre Augen. »Fünf Minuten«, sagte er. »Ich will, daß du völlig begreifst, was ich gesagt habe.«

Heathers Beine zitterten, Rita mußte sie mit beiden Händen stützen. »Toilette«, sagte sie rauh, »ich muß zur Toilette.«

El-Kalaam drehte sich um. Ein Licht des Triumphes lag auf seinem Gesicht. »Ich wußte ja, daß du schwach bist. Wo steckt dein Mut? Es sieht so aus, als ob ich dich besser kenne als dein eigener Mann dich je gekannt hat.« Er lachte. »Bring sie hin, Rita. Ich will nicht, daß sie das Zimmer vollstinkt.«

Rita nickte und zerrte Heather zur Tür. Auf dem Weg dorthin stolperte Heather. Sie fiel auf Hände und Knie.

»Seht euch das an«, sagte Rita. »Sie kann nicht mal mehr alleine gehen.« Sie bückte sich und schob ihre Hände unter Heathers Achselhöhlen. Dabei warf Heather Rachel einen scharfen Blick zu. Eilig wurde sie aus dem Zimmer geschoben.

Sie ging mit Rita die Halle hinunter. Als die beiden an die offene Badezimmertür kamen, passierten sie ein Kadermitglied, das eilig zum Schwitzkasten rannte. Der Mann trug die MP 40 schußbereit und wirkte leicht außer Atem.

»Komm weiter«, knirschte Rita. »Hör auf, Maulaffen feilzuhalten.« Sie schob Heather ins Badezimmer. »Du hast zwei Minuten.«

Heather ging zur Toilette, hob den Rock und setzte sich. Sie konnte ein Geräusch hören, ein Durcheinander aus der Richtung des Schwitzkastens, erregte Stimmen. Waffen klickten und wurden entsichert. Der Krach nahm zu. Heather hörte das Geräusch rennender Stiefelsohlen, die auf sie zuliefen.

»Rita!« Das war El-Kalaams Stimme. »Komm schnell!« Sein Gesicht tauchte in der Tür auf. Er würdigte Heather keines Blickes.

»Was gibt's?«

»Es brennt. Irgendein Idiot hat draußen im Müll hinter dem Haus Feuer gemacht.« Er lief los, den Korridor hinunter. »Komm!«

»Aber...« Rita drehte ihren Kopf zu Heather hinüber.

»Das geht schon in Ordnung«, sagte Fessi aus so großer Nähe, daß Heather zusammenfuhr. »Ich kümmere mich um die.« Er grinste.

»Das glaub' ich«, sagte Rita ätzend. »Ich weiß genau, wie du dich um die...«

»Rita!« Wieder El-Kalaams Stimme.

»Tu, was du willst«, sagte sie, während sie sich an ihm vorbei durch die Tür schob. »Sorg nur dafür, daß sie nicht entkommt. Wir brauchen sie vielleicht noch.« Dann rannte sie hinter El-Kalaam her die Halle hinunter.

Fessi kam ins Badezimmer. Sein Grinsen wirkte wie festgenäht. Seine Augen stellten sich auf die Stelle zwischen Heathers Beinen unter dem Rock ein.

»Was ist denn da draußen los?« fragte Heather.

»Na, na, na.« Fessis Stimme klang belegt. »Was haben wir denn da?« Er steckte die Mündung seiner AKM unter den Saum von Heathers Rock. Fessis Augen leuchteten. Seine Zunge kam heraus, leckte über seine Lippen.

Heather sagte nichts. Die Mündung tastete sich höher hinauf. »Wer ist bei Rachel?«

Fessis Augen flammten einen Augenblick auf. »Ich stell' hier die Fragen. Ich bekomme auch die Antworten.«

Heather betrachtete ihn ruhig. Fessis Augen weiteten sich. Er kam noch einen Schritt näher.

»Es hat dir wohl gefallen, was El-Kalaam mit Rachel gemacht hat«, sagte Heather leise. Fessi kam noch näher. »Du würdest wohl gern das gleiche mit mir machen, was?«

Fessi war jetzt sehr nah. Heather stand auf. Fessi legte die AKM beiseite, nahm seine fünfundvierziger Automatik aus dem Halfter und legte den Entsicherungshebel um. Dann streckte er die linke Hand nach Heather aus. Er fuhr ihr unter den Rock, drückte ihr die Mündung der Fünfundvierziger an die Schläfe.

»Nur keine komischen Ideen«, flüsterte er. Sein Mund glitt über den Rand ihrer Wangen zu ihren Lippen.

Heather wandte ihr Gesicht ab. Seine Hand fuhr über ihren Körper. Sie biß sich auf die Lippen. Sie weigerte sich, zu schreien. Ganz langsam hob sie die Arme, und ihre Hände glitten über seine Schultern. Sein Mund preßte sich auf ihre Lippen. Ihre Lippen öffneten sich. Der Kuß dauerte lange Zeit. Die Geräusche schneller Schritte und rauher Schreie drangen aus dem Flur herein.

Dann, ganz langsam, ließ Heather ihre Hände an seinem Körper hinabgleiten. Fessi riß staunend den Mund auf. Seine Augenlider flatterten, die Pistole schwankte in der Luft.

Heather ballte ihre rechte Hand zur Faust und schlug Fessi zwischen die Beine. Der kleingebaute Mann stieß ein Geheul aus und krümmte sich. Die Fünfundvierziger explodierte und flog ihm aus der Hand. Sein Gesicht war bleich. Die Knie klappten unter ihm zusammen.

Heather riß ihm die Fünfundvierziger aus der Hand, aber er schaffte es, ihr die Waffe wegzuschlagen. Sie schlitterte über die Fliesen zur anderen Seite des Badezimmers hinüber.

Er richtete sich wieder auf und griff nach Heather. Er fluchte ganz leise. Heather reckte sich über ihn und packte die AKM. Sie hob die Maschinenpistole und knallte Fessi den Kolben gegen den Hinterkopf. Fessi stieß einen Seufzer aus und brach zusammen.

Vorsichtig stieg sie über ihn. Sie ging zur offenen Tür. Die Geräusche hatten zugenommen: Rufe und Schreie. Dann hörte sie draußen vor der Villa das Tack-tack-tack von Gewehrfeuer.

Sie streckte den Kopf in die Halle. Im Wohnzimmer herrschte das Chaos; Terroristen rannten zur Haustür. Sie konnte niemanden der anderen Geiseln sehen. Sie hörte El-Kalaams wohlbekannte, laute Stimme Befehle erteilen.

Sie ging wieder den Korridor hinunter zum Schwitzkasten, schlich gebückt an der Wand entlang, den Finger am Abzug der AKM. Sie hielt den Blick auf die halbgeöffnete Tür zum hinteren Zimmer geheftet. Sie kam näher und näher. Ein greller Lichtstrahl drang aus dem Zimmer, erstreckte sich über den Fußboden der Halle und erhellte die gegenüberliegende Wand.

Heather blieb vor der Tür stehen und horchte; aber die Geräusche aus den anderen Teilen der Villa machten es ihr unmöglich, zu hören, was in dem Zimmer passierte. Einen Augenblick lang schloß sie die Augen, holte tief Atem. Als sie die Augen wieder öffnete, heftete sie den Blick auf den Lichtstreifen an der Wand. Sie zählte still vor sich hin: bei »drei« sprang sie los, stieß die Tür mit der linken Schulter auf. Sie duckte sich, preßte den Kolben der Maschinenpistole hart an die Hüfte und schwenkte den Lauf in einem kurzen Bogen herum. Sie sah Rachel, an den Stuhl gefesselt, und Schatten, aber niemand sonst.

»Rachel!«

Gewehrschüsse trommelten aus der Schattenseite. Sie sprang auf, torkelte, rollte zur Seite. Kugeln spritzten um sie herum, rissen den hölzernen Fußboden auf. Gipsstückchen zischten an ihrer Schulter vorüber. Sie hob die AKM und feuerte in die Dunkelheit hinein: eine Salve, zwei, drei Salven.

Ein rauher Schrei. Eine Gestalt stolperte aus den Schatten heraus, fiel schwer vor ihren Füßen zu Boden. Es war Malaguez.

Fessi kam den Korridor hinunter. Er torkelte, hielt die Fünfundvierziger umklammert.

Heather stand über Malaguez und blickte auf ihn herab.

Fessi kam heran, eine Hand zwischen die Schenkel gepreßt. Er drückte sich hastig gegen die Wand und schoß wieder in die Diele hinaus.

Heather wandte sich an Rachel. »Alles in Ordnung?«

Rachel nickte mit nassem Gesicht, und Heather ging zu ihr.

Fessi knirschte mit den Zähnen und schwitzte. Er tauchte in der Zimmertür auf, hob die Pistole und zielte auf Heathers Rücken.

»Paß auf!« schrie Rachel.

Die Fünfundvierziger ging los, als Heather schon mitten in der Drehung war. Die Kugel krachte dicht neben ihrer linken Schulter in die Wand. Heather wirbelte herum, stürzte auf die Knie. Fessi senkte grinsend seine Pistole, zielte.

Heather drückte den Abzug der AKM. Sie spie Kugeln. Fessis Körper wurde so hart nach hinten geschleudert, daß er von der Wand wieder zurückprallte. Fessi stürzte mit ausgestreckten Armen.

Heather versuchte erneut zu schießen, aber die AKM hatte Ladehemmung. Angewidert warf sie die Waffe weg und nahm Fessis Fünfundvierziger auf, wandte sich dann Rachel zu und band sie los.

»Der Angriff hat begonnen«, sagte das Mädchen, stand auf und nahm Heathers Hand. »Ich hab' dir ja gesagt, daß mein Vater uns nicht im Stich lassen würde.«

Heather schaute sich in dem blutverschmierten Raum um. »Komm. Weg hier.«

Heather zog Rachel den Korridor hinunter. Hinter dem Badezimmer, auf der gegenüberliegenden Seite der Halle, gab es eine geschlossene Tür. Heather öffnete sie. Es war ein Schlafzimmer. Niemand war drinnen. Heather schob Rachel ins Zimmer und folgte ihr.

Sie schloß die Tür und verriegelte sie.

Das Fenster auf der anderen Seite des Zimmers war verrammelt: man hatte ein Bett auf die Seite gekippt und vorgeschoben.

»Meinst du, wir kriegen das Ding vom Fenster weg?«

Rachel nickte. Gemeinsam begannen sie, das riesige Baldachinbett von der Wand abzurücken. Hinter der verschlossenen Tür hörten sie Gewehrfeuer. Es kam näher.

Plötzlich waren aus nächster Nähe Stimmen zu hören. Das Bett gab etwas nach. Jemand hämmerte an die Tür.

»Komm!« schrie Heather. »Los! Schieb!«

Rachel stemmte die Schulter gegen die andere Seite des Bettes.

Kugeln fetzten ins Zimmer. Heather und Rachel duckten sich, mühten sich weiter. Das Bett glitt vom Fenster ab: eine ziemlich schmale Lücke entstand.

Heather hörte zu schieben auf. »Genug«, sagte sie. »Los, dahinter ist genug Platz für dich.«

»Aber für dich nicht«, sagte Rachel. Sie fuhr fort zu schieben. Jetzt gab sie das »Los!«-Kommando.

Wieder knallten Schüsse. Sie duckten sich hinter die Bettkante. Heather streckte den Arm aus und zog Rachel an sich. »Los jetzt!« schrie sie. »Wir haben keine Zeit mehr!«

»Nein«, sagte Rachel, »ich lass' dich nicht allein.« Ihr Gesicht wirkte entschlossen. »Wir müssen es nur noch ein kleines Stückchen wegschieben.« Sie stemmte die Schulter gegen das Bett.

Heather starrte Rachel einen Augenblick an. Schüsse peitschten. Auch sie schob wieder. Das Bett quietschte über den Fußboden. Das Türschloß zersplitterte unter einer Maschinenpistolensalve.

»Jetzt, Rachel!« schrie Heather.

Die Tür flog auf.

Rachel huschte hinter das Bett, schob das breite Fenster hoch und sprang auf das Fensterbrett hinaus. »Heather!« rief sie und streckte die Hand aus.

»Los, spring!« sagte Heather. Verzweiflung lag in ihrer Stimme.

Rachel sprang, als Heather über den Lauf der Fünfundvierziger zielte. Eine Gestalt sprang durch die offene Tür herein. Heather drückte ab.

Sie hörte einen Schrei, aber die Gestalt kam weiter auf sie zu. Es war Rita. Sie schrie noch einmal auf. Heather sah, daß sich ihre Lippen über den weißen Zähnen zurückgezogen hatten.

Heather quetschte sich hinter das Bett, packte das Fensterbrett, ließ beinahe die Fünfundvierziger fallen. Dann waren Hände da – Rachels Hände: sie halfen Heather nach oben.

Sie hatte es gerade geschafft, als sie die Mündung einer MP 40 hinter der Bettkante hervorgleiten sah.

Ritas blutiges Gesicht ragte drohend vor Heather auf. Die Mündung der Maschinenpistole zielte auf Heathers Kopf. Heather feuerte noch einmal, und Ritas Kopf flog zur Seite. Die MP 40 wurde hochgerissen und besprühte die Decke mit Kugeln.

Heather wandte sich ab und sprang. Sie hockte mit Rachel zusammen an der Hauswand. Von überall her war Gewehrfeuer zu hören. Hier und da tauchten rennende Gestalten auf.

Heather zerrte Rachel fort. An der ersten Hecke zwang sie eine Welle aus Gewehrfeuer zur Deckung. Sie lagen eine Zeitlang still und keuchten.

Blut und Leichen lagen umher. Sie konnten die Angreifer sehen: ein Verband aus israelischen Elitesoldaten und amerikanischen Marineinfanteristen. Die erste Welle hatte die Villa erreicht, die Soldaten hatten sie bereits gestürmt – das bewiesen die Gewehrschüsse.

Vielleicht ein halbes Dutzend Soldaten des Sonderkommandos hockten auf Heathers Seite neben der Haustür. Ein hochgewachsener

Israeli mit breiten, viereckigen Schultern und Hakennase befehligte sie. Sie stürmten nach drinnen. Etwas erregte Heathers Aufmerksamkeit: am gleichen Fenster, aus dem sie und Rachel geflüchtet waren, gab es Bewegung. Zwei Männer rangen miteinander: El-Kalaam und einer der israelischen Soldaten. El-Kalaam riß seine Hand von dem anderen los: mit der Handkante traf er den Hals des Israeli. Der Mann verzerrte das Gesicht im Schmerz, kämpfte aber weiter. Er riß das Knie hoch, knallte es El-Kalaam in den Bauch.

El-Kalaam schlug weiter auf ihn ein und schleuderte ihn beiseite. Er packte den Lauf einer Maschinenpistole, aber Gewehrfeuer prasselte in die Oberkante des Fensterrahmens.

El-Kalaam duckte sich, riß an der MP 40, aber sie sagte nichts, und er sprang aus dem Fenster. Gewehrfeuer knatterte hinter ihm her.

Er wollte sich gerade ins Gebüsch stürzen, als Heather hinter der Hecke hervortrat. Sie stellte sich mit gespreizten Beinen auf und hielt die Pistole mit beiden Händen, die Arme steif vorgestreckt.

»Stehenbleiben!« rief sie.

El-Kalaam wirbelte herum, erkannte den Rufer und begann zu lachen. »Ach so«, sagte er, »du bist es. Ich dachte, du wärst im Kampf gefallen. Ich habe Rita hinter dir hergeschickt.«

»Ich habe Rita getötet.«

Das Lächeln auf seinem Gesicht gefror.

»Malaguez und Fessi auch.«

»Unmöglich.« El-Kalaam runzelte die Stirn. »Du nicht, Kaninchentöter. Du weißt nicht, wann du schießen mußt. Und mir kannst du keine Angst machen. Ich gehe jetzt. Ein anderes Mal werden wir kämpfen.«

»Wenn du dich bewegst, leg' ich dich um.«

»Was? Du willst einen Mann erschießen, der sich nicht verteidigen kann?«

»Du bist nicht hilflos, El-Kalaam, du bist gefährlich; zu gefährlich, als daß man dich am Leben lassen darf. Du tötest ohne Sinn, und dafür gibt es keine Entschuldigung.«

»Freiheit!« schrie er.

»Freiheit ist nur ein Wort, das du zur Rechtfertigung deiner Taten benutzt. Sonst bedeutet es nichts. Aber das rettet dich jetzt nicht mehr. Nichts wird dich retten.«

Heather ging auf ihn zu. »Du hast die Zivilisation an der Kehle gepackt und willst ihr jetzt den Kopf abbeißen.«

Ein Lächeln brach wieder auf seinem Gesicht aus. »Worte«, sagte er. »Nichts als Worte. Sie bedeuten mir nichts.« Er hob die Hand. »Auf Wiedersehen«, rief er und ging los.

Heather drückte ab. Die Fünfundvierziger brüllte, die Mündung zuckte beim Rückschlag hoch. El-Kalaam taumelte zurück gegen die Hauswand – stolperte, tat einen Schritt, stürzte auf ein Knie nieder. Er verkrampfte die Hände vor der Brust. Blut drang zwischen seinen starren Fingern hindurch. Seine Augen waren weit aufgerissen. Ein Ausdruck von Ungläubigkeit verdunkelte seine verzerrten Gesichtszüge. Heather ging auf ihn zu.

»Ich«, begann er, »ich...« Blut strömte aus seiner Nase und seinem Mund, und er würgte, hustete und glitt an der Hauswand zu Boden. Sein Kopf richtete sich auf; seine blicklosen Augen starrten in den hellblauen Himmel.

Heather stellte sich über ihn und zielte auf seinen Kopf. Rachel kam aus ihrem Versteck, rannte zu Heather, umklammerte sie mit beiden Armen.

Der hakennasige Israeli steckte den Kopf durch das große Fenster und starrte lange und in stummer Verwunderung auf die Szene hinab. Dann zuckte sein Kopf zur Seite, und sie konnte hören, wie er seinen Männern Feuerbefehl zubrüllte.

Einen Augenblick später erschien ein Dutzend Soldaten. Der Offizier stieg durch das offene Fenster und sprang auf den Boden. »Alles in Ordnung?« Er schaute die beiden Frauen an. »Es ist jetzt vorbei.« Die Männer traten heran und umringten El-Kalaam.

Der angespannte Blick in Heathers Augen verschwand. Sie schaute von El-Kalaams Leiche zu dem hakennasigen Offizier hinüber. Einer der Soldaten gab El-Kalaams Leiche einen Tritt und fluchte.

Heather ließ die Pistole fallen und nahm Rachel in die Arme.

11. Kapitel

Und verblaßt zu Schwarz.

Der Applaus wallte schon auf und stieg zum Tosen eines Wasserfalls, als die rote Schrift auf der Leinwand langsam abwärts rückte. Man erhob sich. Es begann irgendwo in der Mitte des riesigen dichtbesetzten Hauses und breitete sich aus, bis schließlich alle standen und wild applaudierten. Hier und da waren helle, durchdringende Pfiffe zu hören. Das Gebäude erzitterte.

Es war, wie Rubens vorausgesagt hatte, die Woche vor Weihnachten. Marion hatte den Film noch rechtzeitig abgeschlossen, und *Heather Duell* sollte hier im »Ziegfeld« auf der 54. Straße westlich der 6. Avenue in New York anlaufen – eine Woche lang, mit reservierten Plätzen.

Rubens ließ von der Twentieth eine ausgewählte Gruppe der einflußreichsten Kritiker und Kolumnisten Hollywoods zur Uraufführung des Films mit anschließender Party einfliegen. Zwei Wochen vorher hatte Rubens Beryl in die Stadt kommen lassen, damit sie über die drei wichtigsten Radiosender eine Werbekampagne startete, bei der Freikarten vergeben wurden, und jetzt konnte Rubens die Ernte einbringen. Ein Publikum aus Industriellen war berüchtigt dafür, daß es nicht reagierte; aber Rubens hatte auf die Instinkte der Öffentlichkeit gesetzt: ein höchst riskantes Würfelspiel; denn jeder wußte, was Rubens vorhatte. Er, Marion und Beryl hatten einen Monat vor diesem wichtigen Tag genau dieses Themas wegen eine Zusammenkunft. Als Rubens den Plan vorgelegt hatte, war Marion zuerst dagegen gewesen; andererseits war er derjenige, der dem Projekt am nächsten stand, und – so hatte Rubens überzeugend dargetan – derjenige, der die Situation am wenigsten objektiv sah.

Schließlich hatte Marion unglücklich nachgegeben. »Verdammt, ich lege mein Leben in eure Hände«, hatte er gesagt und war aufgestanden. »Jetzt weiß ich, wie sich Marie Antoinette auf den Stufen zur Guillotine gefühlt hat.«

Rubens hatte Marion auf die Schulter geklopft und ihn dann umarmt. »So was denken Sie von uns, lieber Freund? Halten Sie uns für ein Revolutionstribunal? Und das nach der großartigen Arbeit, die Sie gerade geleistet haben? Mann, Sie, wir alle werden diesen Film zum größten Kassenknüller aller Zeiten machen!« Er preßte Marions Schultern. »Vertrauen Sie mir. Wir haben einander noch nie im Stich gelassen, oder? Und wir werden es auch in Zukunft nicht tun. Darauf gebe ich Ihnen mein Wort.«

Selbst nach diesen Beteuerungen war Marion noch nicht völlig überzeugt gewesen, dachte Daina jetzt, während sie zusah, wie das Publikum wild applaudierte. Bis jetzt, wußte Daina, war Marion von Zweifeln bewegt gewesen. Schließlich war dies Amerika, seine große Chance. Wenn sich der Film als Pleite herausstellen würde... Heute abend jedenfalls strahlte und lächelte Marion.

Daina stand zwischen Marion und Rubens. Sie fühlte die Gegenwart der beiden nur geisterhaft. Alles, was wirklich für sie existierte, war die Mauer aus Geräuschen, die sich im Kino aufrichtete. Daina ging quer durch das Theater den Mittelgang hinunter und stellte sich den Leuten.

Sie hörte ihren Namen rufen. Der Name kam nicht aus einem Mund, auch nicht aus zwei oder drei Mündern; es war, als ob die Menschenmenge ihr zurief. In diesem vielfältigen Klang nahm ihr Name, der ihr das ganze Leben hindurch so schrecklich bekannt war, eine neue Bedeutung an.

Daina schlug den hohen Kragen des langen kanadischen Luchsmantels, den Rubens ihr gekauft hatte, hoch. Sie schürzte die Lippen und stieß einen warmen Atemzug aus: weißer Nebel hing einen Augenblick vor ihrem Gesicht, bevor er sich in der Nacht auflöste.

Hier in New York bekam man wirklich ein Gefühl von Weihnachten. Lichterketten erleuchteten die 6. Avenue. Nach Norden zu wirkten die mageren, bleichen Baumäste des Central Park wie geisterhafte Besen, die zornig versuchten, die Finsternis oder die Kälte wegzufegen.

Hier hieß Dezember »Winter«, und obwohl nicht nennenswert Schnee lag – nur die schmutzigen Reste, die der Verkehr zu schwarzgrau geflecktem Eis gemacht hatte –, war die Stadt so kalt, wie Daina sie in Erinnerung hatte. Taxis, deren fröhliche »Frei«-Lampen leuchteten, kreuzten die Avenue hinauf. Am Ende des Blocks, auf der 53., läutete ein Nikolaus seine Glocke zugunsten der Heilsarmee oder irgendeiner anderen Hilfsorganisation.

Rubens stand neben Daina auf dem Bürgersteig und wartete geduldig. Alex hielt ihnen die hintere Tür der Limousine offen. Marion war vor wenigen Augenblicken auf den warmen, üppigen Rücksitz geklettert.

Rubens legte den Arm um Daina. »Woran denkst du?«

Sie starrte weiter die 6. Avenue, Richtung Park, hinüber. »Ich glaube nicht, daß du es mir abnehmen würdest, wenn ich es dir erzählte.«

»Ich nehme dir alles ab.« Er zitterte ein bißchen und zog seine Schweinslederhandschuhe an.

»So was Dummes sagt man nicht. Das sieht dir gar nicht ähnlich.«

Er zuckte die Achseln. »Ist aber wirklich wahr. Du bist der einzige Mensch in meinem Leben, der mich nicht hin und wieder mal angelogen hat.«

»Aber vielleicht hab' ich dir nicht immer die ganze Wahrheit gesagt.«

»Das ist nicht das gleiche«, sagte er langsam. »Und jetzt« – er zog sie noch enger an sich, als ob er ihre Wärme brauchte – »erzähl' mir mal, woran du denkst.«

»Ich hab' an diese Stadt gedacht...«

»An diese Stadt?« Er wirkte verwirrt. »Das versteh' ich nicht.«

»Es ist jetzt fast fünf Jahre her, seit ich zum letztenmal hiergewesen bin, Rubens. Aber jetzt bin ich da, und ich hab' das Gefühl, als ob ich nie weggewesen wäre. Ich bin wie eine Süchtige, und hier krieg' ich meinen Schuß.«

»Das versteh' ich nicht«, sagte Rubens noch einmal.

»Solltest du aber. Du bist doch auch New Yorker. Du solltest verstehen, was diese Stadt einem bedeuten kann.«

»Eine Stadt ist eine Stadt, Daina. Ich kann New York weder lieben noch hassen. Ich komme hierher zurück, wenn es Arbeit für mich gibt. Und vor Jahren habe ich New York verlassen, weil das Filmgeschäft in Los Angeles zu finden war. Ich bin froh, daß es dort ist. Ich mag die Sonne und das Klima dort lieber. Ich hab' mich nie dran gewöhnen können, Tennis in der Halle zu spielen oder fünfundzwanzig Stockwerke hoch im Himmel zu wohnen. Ich komm noch oft genug hierher zurück.«

»Aber was siehst du denn in dieser Stadt, Rubens? Ist sie für dich nur Beton und Glas?«

»Ja«, sagte er finster. »Sonst nichts. Ich gehe nur dahin, wohin ich gehen muß.«

Daina sagte »Schade«, und so leise, daß er sie nicht mit Sicherheit verstehen konnte. Dann hatte sie den Kopf eingezogen und war in den Wagen geklettert. Rubens folgte ihr.

Alex ging um die Nase des Wagens herum und stieg hinter das Lenkrad. Er startete den Motor.

»Ich will jetzt noch nicht zu der Party«, sagte Daina. »Es ist noch zu früh.«

»Beryl hat aber diesen Fernsehspot mit ›Augenzeugen‹ geplant«, bemerkte Rubens.

»Ich weiß. Sie hat es mir viermal gesagt, ehe sie zur Party gefahren ist.«

»Das kommt nur daher, daß sie sich soviel Mühe gemacht hat.«

»Die Leute warten schon.« Daina schoß Rubens einen Blick hinüber. »Oder nicht?«

Rubens beobachtete Marion aus den Augenwinkeln. »Ich kann mir nicht vorstellen, daß sie einfach so gehen.«

»Bestimmt nicht«, meinte Daina. »Beryl kriegt das schon hin; dafür wird sie ja bezahlt.«

»Wo soll Alex uns denn hinbringen?« fragte Rubens ruhig.

»Ich weiß nicht. In den Park, ja? Du magst den Park doch auch.«

Alex bog nach links ab, auf die 6., und schoß dann hinaus auf die Central Park Süd und hinein in die steinige, zischende Dunkelheit. Das nächtliche Glitzern der Stadt schien um Meilen und nicht um Häuserblocks zurückzuweichen.

Aus der Stille des Wagens sagte Daina: »Du glaubst, daß es jetzt passiert, nicht? Daß mich jetzt alles einholt.« Sie hatte den Kopf an den samtbezogenen Sitz gelehnt, und das Licht der Sodiumlampen versilberte ihr Profil, während die Wagen, einer nach dem anderen, sie einholten, neben ihnen fuhren und schnell vorüberschossen. In diesen kurzen, beleuchteten Augenblicken schienen ihre Augen wie glitzernde Amethyste, wie winzige Punktstrahler zu leuchten – stark, intensiv und ätherisch. »Fahren Sie langsamer«, flüsterte sie und starrte aus dem Fenster. »Fahren Sie langsamer, Alex.«

Der Leibwächter bremste an einer steingesäumten Kurve, und sie kamen zu der »Tavern on the Green«, in deren Umgebung die Bäume mit winzigen, goldenen Lämpchen behangen waren. »Als ich noch ein Kind war«, sagte Daina, »bin ich, wenn ich traurig war, immer zum Planetarium gegangen und hab' zugesehen, wie die Sterne herauskamen. Der Tag ging in die Nacht über, aber erst dann, in der Dämmerung, waren die Silhouetten der Stadt überall um die Kuppel herum zu sehen. Und dann die Nacht. Und nur die Sterne.« Aber sie erinnerte sich in Wirklichkeit an eine andere Zeit, und erzählte ihnen diese Geschichte nur, weil sie es nicht ertragen konnte, von der anderen zu reden.

»So etwas denke ich nicht«, sagte Rubens.

»Wie in einem von diesen alten Filmen vergeht alles im Feuer. Jedes Stückchen verbrennt, bis nur noch Asche übrig ist, und die weht bei der leisesten Andeutung einer Brise weg.« Daina wandte den Kopf zur Seite und schenkte Rubens ein geisterhaftes Lächeln. »Das geschieht doch mit uns allen, Rubens, nicht?« Sie lächelte wieder, diesmal sehr strahlend. »Und weißt du was? Alles ist Phantasie, erträumt von irgendeinem mittelmäßigen Hollywood-Drehbuchautor, der halb besoffen davon ist, daß er pro Jahr ein Dutzend Drehbücher produzieren muß.« Sie schürzte die Lippen. »Alles, was eine Rolle spielt, ist das Heute.« Aber ihr donnerndes Herz sagte ihr etwas anderes.

»Deshalb gehen wir ja auch von einem Projekt zum nächsten über, ohne groß darüber nachzudenken«, sagte Marion.

Daina hakte sich bei ihm ein und küßte ihn auf die Wange. »Siehst du, wie er ist, Rubens? Unter all der dicken Borke ist er eigentlich lieb und klug.«

»Oh, ja, ein richtiges, verflixtes Genie.« Marion seufzte. »Aber du hast nicht kapiert, was ich meinte. Irgendwie übersehen wir alle den menschlichen Faktor – das eine Element, nach dem sich alles richten sollte. Aber wir lernen es anscheinend nie, mit dem Übermaß an Ruhm fertig zu werden. Man distanziert uns von der Majorität der Menschen, und dadurch fühlen wir uns nur noch überlegener. Der Ruhm lebt von sich selbst, weißt du? Im Herzen sind wir alle störrische Kinder – wir rebellieren dauernd, und wir halten eine Unabhängigkeit, die wir als Kinder nie hatten, für selbstverständlich.« Er beäugte sie beide. Auf seinem Gesicht lag ein eigentümlicher Ausdruck. »Das ist psychiatrisches Bla-Bla, meinen Sie nicht auch?« Aber er meinte es deutlich nicht. »Deshalb werden wir am Ende so ekelhaft – wie meine Ex-Frau mir immer und immer wieder so kunstvoll deutlich gemacht hat. Aber sie war schließlich auch nicht anders, und am Schluß mußte sie den

Gedanken aufgeben, mich davon zu überzeugen, wie widerlich ich war.« Er lachte. »Irgendwie ist es sehr belustigend. Zu Hause bin ich so ein ungeheuer faules Stück. Aber bei der Arbeit ist das einfach nicht drin. Das Theater ist absolut aufregend – es gibt nichts, was einer Bühnenaufführung gleichkäme. Aber mit der Zeit genügt das Theater sich selbst. Es ist dicht, durch und durch strukturiert und deshalb isoliert. Und ich, ich habe mich mit der Zeit am Theater, in meiner Daseinsnische, allzu wohl gefühlt und hab' angefangen, an mir selbst eine Nachlässigkeit zu entdecken, die ich mit der Zeit verachtete. Ich hab' gemerkt, daß ich nicht mehr mit Volldampf arbeitete. Für mich war die Welt des Films immer so eine Art gigantische Einheit, die schon allein durch ihr Ausmaß furchterregend war. Und daß ich anstatt nach New York nach Hollywood kommen sollte, war noch ein weiterer Punkt, den ich fürchtete. Ich bin in der Dunkelheit des Theaters aufgewachsen, ich habe legendäre Theaterarbeit beobachtet. Dort arbeiten zu dürfen – war wie ein Ersteigen des Olymp.«

»Und jetzt, nehme ich an«, sagte Rubens, »werden Sie uns erzählen, daß Sie sich nach jenen bukolischen Tagen sehnen, als Sie noch Theaterregisseur waren und – wieviel? – hundert Pfund die Woche verdienten: mit guter, ehrlicher Arbeit.« Sarkasmus lag schwer in Rubens' Stimme. »Hm. Zurück zur Natur, alter Junge. Heißt das nicht so? Und wieder die Hände im Rampenlicht baden.«

»Herrgott, nein!« lachte Marion. »Ich würde um allen Tee in China nicht wieder zurückkehren. Oder – um es ein bißchen moderner zu fassen – um alle Kohle von Newcastle.« Er schüttelte den Kopf. »Nein, ich glaube, Idylle findet man nur noch in Kinderbüchern wie dem ›Wizard of Oz‹. Und, merke, dieses Buch ist von einem Amerikaner geschrieben. Darin steht nicht ›Oh, liebes Tantchen, nirgends ist es so schön wie zu Hause!‹ – wie in ›Alice in Wonderland‹, – und man findet auch keine strenge protestantische Moral darin.«

»Nein, natürlich nicht.« Rubens lachte. »Die Engländer stehen viel zusehr auf diese Art Schmalspurigkeit.«

»Da haben sie nur allzu recht!«

Daina lehnte sich, während sie an der Nordseite des Parks wieder hinausfuhren, im Sitzen nach vorn. »Alex«, sagte sie ein bißchen atemlos, »biegen Sie noch nicht ab.«

»Wohin soll ich denn fahren, Miss Whitney?« Er betrachtete sie im Rückspiegel. Seine Augen waren sehr dunkel und unergründlich.

»Nach Norden«, sagte sie, »an der Hundertsechzehnten vorbei und dann zurück, die Fifth Avenue hinunter.«

»Was hast du vor?« fragte Rubens.

»Nichts«, sagte Daina ohne sich umzudrehen. Sie packte die Metallkante der zurückversetzten gläsernen Trennscheibe. »Laß mich nur machen.«

Im Wagen herrschte Schweigen. Als sie einschwenkten und kurze Zeit nach Osten fuhren, kamen sie an einer Ampel gleitend zum Halten. Daina betrachtete die vorübereilenden schwarzen Gesichter. Sie schienen zu einer anderen Welt zu gehören, die so fern war wie Pluto von der Erde – und die genausoviel oder genausowenig zu bieten hatte.

Die Ampel sprang auf Grün. Sie bogen nach rechts auf die Fifth Avenue ab. Daina sah das Gebäude schon von ferne. Es stand rechter Hand, hoch und weit weniger vierschrötig als die vielen anderen. Es hatte noch immer die seltsame, pseudoeuropäische Ausstrahlung, die detaillierten Schnörkel, die verzierten Nischen, die Schatten voller herauslugender Wasserspeier. Erst als sie das Gebäude fast erreicht hatten, bemerkte Daina die mit Brettern vernagelten Fenster und den zerschlagenen Eingang, der mit Splittern von Bier- und Weinflaschen übersät war. Bleche, mit schwarzer Sprühdosenschrift verschmiert: »Mark zwei abgeschossen Z. Rakheen Zomby S.« waren über alle Fensterflächen im Erdgeschoß genagelt. Es gab kein Glas, außer Scherben, die überall auf dem Bürgersteig verteilt lagen. Während sie schnell vorüberfuhren, sah Daina ganz kurz ein Schild, schwarze Blockbuchstaben auf Weiß, das verkündete – aber es zischte zu schnell vorbei: das Gebäude selbst hatte Dainas ganze Aufmerksamkeit beansprucht. Sie legte die Stirn auf ihre Handrücken und schloß die Augen, während Rubens und Marion leise weiterredeten, um sie nicht zu stören. Rubens Hand kreiste auf ihrem Rücken.

»Fahren Sie jetzt weiter«, sagte Daina mit seltsam hallender Stimme zu Alex. »Fahren Sie in die Stadt, zur Party.«

Sie hob den Kopf und ließ sich in den Sitz hineingleiten.

»Es ist nicht genug«, sagte sie zwischen den beiden Männern.

Rubens schaute sie an. »Was ist nicht genug?«

»Das alles«, antwortete Daina, »alles, was bis jetzt passiert ist; alles, was heute abend passieren wird.«

Rubens wirkte leicht amüsiert. »Willst du es nicht wenigstens mal schnell ausprobieren, ehe du es verdammst?«

»Nein. Ich spüre es schon. Ich bin jetzt ein Kannibale, genau wie die anderen. All das Geld und der – Ruhm leben von sich selbst, anstatt schon Ziel zu sein. Und ich habe wahrhaftig gedacht, daß es ein Ziel wäre. Ich bin nur ein Kind. Ich will, ich will, ich will. Das ist alles, was ich noch denken kann, und ich verschwende keinen Gedanken daran, ob es nun gut ist oder schlecht. Jede Unterscheidung ist bedeutungslos geworden.«

Rubens wandte sich an Marion. »Verstehen Sie zufällig, was Daina meint?«

»Lassen Sie sie einfach in Ruhe. Sie wird schon...«

»Du entwickelst mir doch um Gottes willen keinen Weltschmerz, oder?« fragte Rubens.

»Nein«, Daina schüttelte wild den Kopf, »gar nicht. Ich versuche nur, es zu – verstehen. Das ist alles.«

»Na, dann vergiß es ruhig. Es ist gekommen – und es hat eingeschlagen. Und jetzt laß es wieder ablaufen. Sei einfach froh darüber, daß es dich getroffen hat.«

Das »Fenster zur Welt« lag im obersten Stockwerk von Turm 1 des Welthandelszentrums. Seine vielen Fenster, aus denen man auf die riesige Stadtlandschaft schauen konnte, flößten Ehrfurcht ein. Das Gebäude schien sich in den Himmel zu strecken, immer weiter und weiter; und noch nicht einmal der schmutzige Hudson, dessen Schlamm so dick war, daß der Fluß nie wieder zufrieren konnte, wirkte wie eine Barriere zwischen der riesigen Metropole und den Klippen New Jerseys.

Als Daina im hundertsiebten Stockwerk aus dem Hochgeschwindigkeitsaufzug stieg, wurde sie von einer Masse aus Lichtern und Menschen begrüßt. Es war heiß und rauchig. Beryl, die trotz Dainas einstündiger Verspätung ruhig und beherrscht wirkte, nahm Daina sofort bei der Hand und führte sie zu einer Nische, wo die Nachrichtenleute von »Augenzeugen« ihre Lampen bereits aufgestellt hatten. Von der Party selbst hatten sie schon reichlich Fotos geschossen.

Spengler kam und holte Daina aus dem Trubel. Heute abend bestand er nur aus Lächeln. Er hatte nie ein Wort über Monty verloren, war auch nicht zur Beerdigung gekommen, aber er hatte Blumen geschickt.

»Rubens hat dieses Projekt ganz richtig angepackt«, sagte Spengler zu Daina.

»Er hat fast immer recht«, sagte Daina. »Sie werden das noch früh genug herausfinden.«

»Ja, ja, ich weiß. Ich hab' das schon gehört. Aber es entspricht nicht allzuoft der Wahrheit. Jeder fällt irgendwann mal auf die Nase – früher oder später.«

Sie schaute ihm ins Gesicht. »Ich glaube wirklich, daß Sie sich genauer erklären sollten.«

Spengler hob die Hände. »Ach, kommen Sie. Ich hab' gar nicht gewußt, daß Sie so empfindlich sind. Das war nur eine lässige Bemerkung, sonst nichts.« Er schaltete bei seinem Grinsen einen höheren

Gang ein. »Wissen Sie, für Sie ist das jetzt ein ungeheuer wichtiger Zeitpunkt. Sie können gar nicht vorsichtig genug sein.«

»Soll heißen?«

Er zuckte die Achseln, als ob er sagen wollte: Nehmen Sie das alles nicht zu ernst. Aber das Lächeln, das weiterhin mit zweihundert Watt brannte, war Beweis genug für seine Ernsthaftigkeit. »Sie machen aus Rubens einen Übermenschen. Das könnte gefährlich werden, mehr habe ich nicht gemeint. Er ist genausowenig unfehlbar wie wir anderen.«

»Wissen Sie«, sagte Daina spitz, »ich glaubte, Sie hätten den kleinen Vorfall von neulich vergessen.«

Spengler legte eine Hand über die andere und rieb sich den Handrücken. »Vergessen nicht, aber deshalb habe ich trotzdem keine Angst vor Rubens. So hart ist er nun auch wieder nicht.«

Daina lächelte, legte die Hand an Spenglers Wange und berührte ihn leicht. »Sie aber auch nicht«, sagte sie leise und ließ ihn stehen.

Die Party war in vollem Gange. Daina wurde sofort in den Wirbel hineingesaugt, wie von einer Riesenfaust gepackt, und von einem zum anderen, von Gruppe zu Gruppe weitergegeben. Und es war, als ob die Leute Masken trügen, als ob sie bei einem Faschingszug mitmachten oder jeden Moment für einen Preis beurteilt werden könnten. Nichts hatte Bedeutung, noch nicht einmal die Komplimente.

»Ay, Chica, Sie sind aber gewachsen!«

Daina wirbelte herum, erkannte ein goldhäutiges Gesicht, von Sommersprossen übersät. Das Haar war noch immer rötlich, und seltsamerweise wirkte der extrem kurze Haarschnitt diesmal modisch. Sie sah einen Schnurrbart, schmal und gepflegt, der den breiten Schlitz von einem Mund um so tödlicher aussehen ließ. Und es waren ein paar Linien in diesem einzigartigen Gesicht eingegraben, vom Nasenwinkel bis zu den Mundecken. Die Augen hatten sich nicht verändert: blaßblau und flach, wie Steine unter Wasser, unbeweglich und starr.

»Que Linda Muchacha!« sagte Aurelio Ocasio und nahm Dainas Hände. Sein Griff war kühl und fest. Daina spürte die Härte eines Experten, eines Profis.

Ocasio lachte, als er ihr Gesicht sah. »Mein Gott, Sie erinnern sich nicht mehr an mich!« Diese Augen spähten sie an, und während sein Gesicht den Ausdruck veränderte und die flachen Ebenen seines sommersprossigen Gesichtes von den Punktstrahlern an der Decke beleuchtet wurden, verschwand alle Farbe daraus. Daina hatte den unheimlichen Eindruck, daß nur zwei Löcher in seinem Schädel gebohrt wären und daß sie das Gehirn sehen konnte.

»Kann es sein, meine Hübsche? Kann es wirklich sein?« Er zog sich zurück, hielt sie auf Armeslänge von sich ab. An seiner Seite hatte die ganze Zeit über eine schlanke, hochgewachsene Blondine gestanden. Sie trug ein pfirsichfarbenes Satinkleid, das nur eine kleine Idee zuviel von ihren hohen, üppigen Brüsten zeigte, um wirklich Format zu haben. Die Blondine umklammerte eine Fuchsstola und eine rotbraune Handtasche aus Eidechsenleder.

»Vielleicht liegt es daran«, sagte Ocasio und fuhr sich mit einer stumpfen Fingerspitze über die vollkommene Linie seines Schnurrbartes. Sein Gesicht zeigte traurige Falten. »Oder vielleicht war es auch nur die Zeit. Es ist ja jetzt« – er schnippte kraftvoll mit den Fingern – »na, so zwölf Jahre her. Stimmt's? Ja, ja, ich erinnere mich noch ganz genau daran. Zwölf Jahre. Wir haben uns zum erstenmal in einem Restaurant in der Stadt getroffen. Wissen Sie das nicht mehr, Chica? Sie waren noch so jung damals. Sie waren mit jemandem zusammen. Na, wer war das noch gleich? Wie war doch sein Name? Wissen Sie« – und jetzt wirkte er ein bißchen bekümmert – »und wenn Sie mich totschlagen, ich kann mich doch nicht mehr an seinen Namen erinnern...«

»Baba.«

»Ja!« Er schnippte wieder mit den Fingern. »Ja, natürlich! Ich sehe, Sie erinnern sich doch noch an mich.« Er verbeugte sich leicht. »Das schmeichelt mir sehr.« Aber fast augenblicklich wurde sein Gesicht wieder traurig. »Unglücklicherweise hatten wir nicht die Gelegenheit, so enge Freunde zu werden, wie ich mir das gewünscht hätte.« Er hob den Zeigefinger in die Luft. »Aber selbst damals, meine Hübsche, hätte ich Ihnen sagen können, daß große Dinge auf Sie zukommen würden! Ja, wirklich. Sie hatten ein gewisses Talent. Eine – ich weiß nicht, wie ich mich ausdrücken soll. Ich freu' mich so für Sie!« Er nahm ihre Hände und küßte Dainas Handrücken. »Eine bravouröse Leistung, Linda! Wirklich, einzigartig!«

»Was machen Sie denn jetzt beruflich?«

»Ich leite eine hochspezialisierte Beratungsfirma.« Er schien zu lächeln; seine langen gelben Zähne glänzten. »Ich habe, so könnte man sagen, nur einen Klienten: den Bürgermeister von New York.« In diesem Augenblick warf er den Kopf zurück und lachte so schrill wie ein Makak. »Sie müssen, solange Sie hier sind, einmal in meinem Büro vorbeikommen – wenn Sie Zeit haben. Nein, nein. Ich bestehe darauf. Sie sollten sehen, wie das Geschäft läuft. Ich bin sicher, daß Sie fasziniert sein werden, Chica. Oh, ja! Aber man ruft Sie, wie ich sehe. Ich kann mir vorstellen, daß wichtige Geschäfte auf Sie warten. Da. Gehen Sie jetzt. Ich sehe Sie sicher noch einmal, ehe ich die Party verlasse.« Er warf ihr einen Kuß zu. »Adios, Linda!« Sie tauchte in den dichten Dschungel schwitzender Körper ab.

»›Daina Whitney strahlt auf der Leinwand einen Zauber aus, der heutzutage im Film nur noch selten zu sehen ist. Ihre schauspielerische Leistung ist von faszinierender Dichte, und sie verbindet Geheimnis, Sexualität, Verwundbarkeit, und – absolut unparadox – eine Art Bravour miteinander, die man früher ausschließlich den männlichen Hauptdarstellern zugeschrieben hat.‹ Lieber Himmel...«

»Weiter«, drängte Rubens, »was schreibt die *Times* sonst noch?«

»Das geht immer so weiter«, sagte Daina ein bißchen atemlos. »Herrgott!«

Rubens lachte. »Na, willst du denn wirklich alles für dich behalten? Selbst Alex sitzt ja schon auf heißen Kohlen.«

Daina blickte auf und sah über die Zeitungsseite hinweg die Augen ihres Leibwächters, die dunkel wie Oliven im Rückspiegel glänzten. »Passen Sie auf die Straße auf, Alex, ja? Jetzt ist sicher nicht die richtige Zeit für einen Massenzusammenstoß.« Und dann las sie wieder aus dem Artikel in der *Times* vor:

»›Äußerlich bietet der Film die ziemlich simple Geschichte einer politischen Entführung. Ein zeitgemäßes Thema, aber seien Sie vorgewarnt: der Film ist kein Action- oder Abenteuerfilm an sich. Da enthüllt Marion Clarke, der zusammen mit Morton Douglas das Drehbuch zu *Heather Duell* geschrieben hat, uns Lage für Lage die Mechanik des Terrorismus – ein furchterregender Anblick. Dennoch, ohne Miss Whitneys vieldimensionale Darstellung der Titelgestalt hätte dieser Film unmöglich ein Erfolg werden können. Denn Miss Whitney ist das harte Zentrum, das sich gegen einen Wirbelsturm von Kräften halten muß. Wenn sie nicht glaubwürdig wäre, dann gäbe es diesen Film buchstäblich nicht. Wie es aussieht, wird der Film von Miss Whitneys eindrucksvoller Darstellung getragen und erreicht deshalb wirkliche Größe...‹«

Daina ließ die Zeitung aus ihrem Schoß auf den Teppichboden des Wagens fallen, legte den Kopf zurück und sah die Lichter Manhattans im langsamen Glanz vorüberflackern und sich zu einer goldenen Statuette mit keusch gefalteten Händen aufbauen. Hinter Dainas Augenlidern lebte diese Gestalt. Bald, so dachte sie, wird sie auch vor meinen Augen leben.

Monika starb nach einer Krankheit mit sehr langem Namen, so etwas wie Krebs, nur schlimmer. Aber was konnte schlimmer sein als Krebs? dachte Daina. Eine Krankheit, für die es keine Heilung gab. Für Monikas Krankheit gab es auch keine Heilung, sie war progressiv-degenerativ.

»Ich habe gehört, daß Sie Ihre Mutter seit ein paar Monaten nicht mehr gesehen haben«, sagte der junge, sauber rasierte Arzt. »Nun erschrecken Sie nicht, wenn Sie Ihre Mutter jetzt sehen.« Sie blieben vor der geschlossenen Tür zu Monikas Krankenzimmer stehen. »Sie sieht nicht mehr aus wie früher; seien Sie also darauf vorbereitet und versuchen Sie, keine Angst zu zeigen.« Er tätschelte Daina die Schulter und ließ sie an der Tür stehen.

Er hatte es fertiggebracht, ihr eine Heidenangst einzujagen, eine Kunst, die manchen Ärzten angeboren scheint. Sie hörte leise Schritte, flüsternde Stimmen, das Quietschen eines vorüberfahrenden Rollwagens, einen kurzen, unterdrückten Schluchzer und das leise Läuten der Sprechanlage. Aber diese Geräusche lagen hinter ihr, vor ihr lag Monika im Sterben.

Daina betrat das Zimmer und hielt den Atem an. Monika lag auf dem hochgestellten Bett. Schläuche hingen ihr aus der Nase und der Innenseite ihres Ellbogens. Ihre Arme waren von dunkelblauen Einstichflekken bedeckt. Monika schien zu schlafen. In ihrem Schlummer wirkte sie schon wie eine Tote. Daina näherte sich dem Bett. Monika schlug die Augen auf, als ob sie die Nähe ihrer Tochter spürte.

»Aha«, sagte sie leise, »die verlorene Tochter kehrt zurück.« Ihre Hand flatterte auf der Bettdecke wie ein verwundeter Vogel. Daina war erschrocken – mehr durch den Ausdruck ihrer Augen als durch die Stimme ihrer Mutter: trocken-humorvoll, so spöttisch und so zornig wie eh. Nichts hatte Monikas Inneres verändert.

»Du siehst anders aus«, sagte Monika. »Hat Dr. Geist dir geholfen?« Sie zitterte. »Mir ist kalt«, flüsterte sie.

Daina langte ans Fußende des Bettes und entfaltete die zweite Wolldecke. Sie zog sie hoch und packte ihre Mutter bis zum Kinn darin ein. Monika streckte die Hand aus und schloß sie um Dainas Handgelenk. »Wenn es dir bessergeht, wirst du mir auch im Herzen vergeben können.« Ihre Stimme hob und senkte sich mit dem Schlag ihres Pulses. »Ich tat das, was ich für richtig gehalten habe.«

»Du hast mich verraten, Mutter.«

Monikas Augen schlossen sich. Tränen begannen sich unter den Lidern hervorzudrängen. »Du hättest nie auf mich gehört. Du hättest der Wahrheit den Rücken zugekehrt.«

»Die Wahrheit ist, daß du immer versucht hast, mich von Daddy fernzuhalten.« Ein Teil in Daina schrie: Wie kannst du jetzt davon reden? Aber ein anderer, größerer Teil sagte ihr, daß es, ehe es zu spät war, ausgesprochen werden muß.

Monikas Griff um Dainas Handgelenk wurde fester. »Du warst immer so schön, so jungfräulich und unschuldig. Und dein Vater hatte so eine Art, dich anzuschauen. Es war so ein – besonderer Blick. Nie schaute er andere so an, nicht einmal mich.«

»Aber er hat dich doch geliebt. Wie konntest du...«

»Er hat *die Frauen* geliebt, Daina.« Ihre Augen öffneten sich, wurden größer und strahlender als je zuvor. »Ich wußte das schon, ehe wir verheiratet waren; aber ich hatte angenommen, es würde aufhören, wenn er erst mein Mann war. Es hat nicht aufgehört.«

»Mutter!«

Daina machte den Versuch, sich von Monika loszumachen, aber Monika packte wild zu. Ihr Kopf reckte sich aus den Kissen. »Du bist alt genug, um dir das anzuhören. Du wolltest es ja wissen – und jetzt mußt du es erfahren.« Ihr Kopf fiel wieder zurück, und einen Augenblick lang schlossen sich ihre Augen. Das Atmen schien ihr schwerzufallen.

»Dein Vater konnte und wollte nicht damit aufhören. Ich nehme an, daß er mich schon geliebt hat, aber auf seine Weise. Er wollte mich nicht verlassen, ich aber hatte immer den Verdacht, daß das nur deinetwegen so war. Ich wußte, er hätte es nie ertragen können, sich von dir zu trennen. Also hat er die Bürde auf sich genommen – und in seiner Freizeit weitergemacht.«

Ihre Augen schlossen sich krampfhaft. Sie weinte. »O Gott, hilf mir.« Daina dachte, sie müsse Schmerzen haben und wollte gerade nach der Schwester klingeln, als Monika fortfuhr. »Mit der Zeit habe ich gelernt, dich zu hassen. Ja. Du warst meine einzige Verbindung zu ihm. Ich konnte ihn nicht halten, aber du konntest es.«

»Aber Mutter...«

»Sei still, bis ich fertig bin, Daina. Ich habe nicht mehr die Kraft, mit dir zu kämpfen.«

Ihre Finger glitten aufwärts, verschlangen sich mit den Fingern ihrer Tochter. »Ich weiß, ich hab' dich aus dem Haus getrieben. Ich weiß, was ich dir angetan habe. Ich war von der Freiheit, die der Tod deines Vaters mir gegeben hat, betrunken.« Sie lächelte ein wenig. »Ich weiß, du hältst mich für zynisch, aber versuch es doch einmal von meinem Standpunkt aus zu sehen. Versuch zu begreifen, was er mir angetan hat und was ich selbst mir angetan habe. Ja, ich wollte, daß du aus dem Haus gingst, aber« – Tränen rollten wieder aus ihren Augen – »erst als du gegangen warst, begriff ich, was ich getan hatte, und – wie sehr ich dich liebte. Ich hatte ja noch nie... Weißt du, ich glaube, das Problem bestand darin, daß ich an dich nicht als an einen eigenständigen Menschen denken konnte. Du warst immer nur das Objekt, das meine Ehe zusammenhielt, die Brücke zwischen deinem Vater und mir. Und als du dann zurückkamst, habe ich deinen Augen abgelesen, daß es wohl das letztemal wäre, daß ich dich wiedersehen würde. Du tauchtest ja nur hin und wieder in der Schule auf, und die

Leute dort haben mich dazu überredet, mit Dr. Geist zu sprechen. Ich dachte, die Leute in der Schule wüßten, wovon sie sprachen. Sie waren doch Fachleute.« Monika hielt abrupt inne und biß sich auf die Lippen. Sie zog Daina näher an sich heran. »War es schrecklich, Liebling? Du mußt es mir sagen. Bitte.«

»Nein«, log Daina, »es war nicht so schlimm.«

Monikas Blick schien sich aufzuhellen; sie lächelte wieder. »Das ist gut«, flüsterte sie. »Jetzt fühle ich mich viel besser. Ich hatte schon Angst...« Sie schaute ihrer Tochter in die Augen. »Aber ich habe ja jetzt immer Angst.«

Daina beugte sich vor und küßte ihre Mutter auf die Lippen. »Daddy hat mir früher einmal gesagt, wie sehr er dich liebt.«

Monikas Augen öffneten sich weit. »Wirklich? Wann?«

Und so erzählte Daina ihr die Geschichte von der Angeltour auf dem Long Pond. Sie berichtete vom Wetter, von den Geräuschen und den Gerüchen, von der Spannung in der Angelleine, von der zuckenden Angelrute, als der Fisch den Köder nahm, und von der Erregung, die der Kampf mit dem Fisch mit sich gebracht hatte.

»Und was hat Daddy gesagt?« wollte Monika wissen.

Daina erzählte es ihr. »Er hat gesagt: ›Weißt du, ich liebe deine Mutter sehr.‹« Monika schien zu schlafen. »Mutter! Mutter!« Daina klingelte nach der Schwester.

Es klingelte und klingelte und klingelte. Daina zuckte im Bett hoch; ihr Herz hämmerte. Sie wischte sich den Schweiß von der Stirn, drehte den Kopf zur Seite. Rubens lag neben ihr und schlief.

Das Telefon klingelte weiter. Daina warf einen Blick auf die Uhr neben dem Bett: die Ziffern auf der leuchtenden Digitalanzeige klickten gerade auf 4:12. Morgens?

Automatisch langte Daina nach dem Telefon.

»Ah – Ah – Ah – hm...«

»Was?«

»Hm. Dain...?«

Daina rieb sich die Augen. »Chris?«

»Hm, hm, hm...«

»Chris, bist du's?«

»Dain, Dain, Daina...«

Die Stimme klang schleppend und verzerrt.

»Chris, wo zum Teufel bist du?«

»Hm, hm...«

»Chris, um Gottes willen!«

»...u York...«

»Was? Ich kann dich nicht – hast du New York gesagt? Bist du noch da? Chris!«

»Ja, ja, ja.«

»Du hättest zur Party kommen sollen...« Ein Gedanke kam ihr. »Bist du etwa hier...«

»Ak, ak, ak...« Es klang fast wie Gelächter – fast. »'lein, Dain, völlich 'leine.«

»Was zum Teufel machst du hier? Chris, ist alles in Ordnung?«

»Versteck' mich, Dain, bin hier inkog...« Anscheinend bekam er den Rest des Wortes nicht heraus. Sie konnte seine Atemzüge hören – flach und zerfetzt.

»Chris, sag' mir, wo du steckst.«

»Hm, hm , hm...«

»Chris!« Rubens rührte sich, wachte langsam auf. Daina stieg aus dem Bett und entfernte sich so weit von ihm, wie es die Telefonschnur erlaubte. Sie legte die Hände über den Hörer. »Jetzt sag' mir, wo du steckst, ich komme sofort vorbei.« Eine kalte Furcht stieg langsam in ihr auf, streichelte ihr mit Geisterfingern über den Rücken. Sie zitterte unwillkürlich.

»...otel...«

»Welches Hotel?« Jeder Augenblick ließ ihre Angst wachsen. Was ging da vor? »Chris, welches? Das Carlyle? Das Pierre?« Sie nannte seine Lieblingshotels.

»Ak, ak, ak...« Wieder das Geräusch, das einem Gelächter so ähnlich war und dennoch das Blut in den Adern gefrieren ließ. Er nannte ihr einen Namen: Rensselaer.

»Was?« brüllte sie fast, »ich weiß nicht, wo das...« Aber weg war er, wie eine ausgeatmete Rauchwolke.

Sie ging durchs Zimmer zurück und hängte den Hörer ein, zog Jeans über und stopfte sie in hohe Lederstiefel. Sie schlüpfte in einen Rollkragenpullover. Dann kniete sie sich neben den Nachttisch hin und holte den Wegweiser für Manhattan heraus. Unter dem Stichwort »Hotels« fuhr sie mit dem Finger die Kolonnen hinunter, eine nach der anderen. Schließlich fand sie es.

Das Hotel lag Ecke 44. Straße und Broadway. Alles, was einer Absteige noch ähnlicher war, lag auf der Bowery. Chris hatte keinen Grund, in einem derartigen Haus zu wohnen, dachte sie, während sie ihre Handtasche aufnahm und leise aus der Tür schlüpfte.

Morgens um 4.20 Uhr wirken die Avenues von New York so breit wie die Boulevards von Madrid. Die Stadt war so still, daß man das Blinken der Neonreklamen fast hören konnte. »Tiefe Kehle« und »Der Teufel in

Miss Jones« standen noch immer auf dem Doppelplakat des Frisco-Theaters auf dem Broadway. Auf der gegenüberliegenden Straßenseite war in letzter Zeit ein neues Zwillingskino entstanden, das nur Filme in spanischer Sprache zeigte. Heute abend gab es »El Brujo Maldito« und »Que Verquenza«.

Das Taxi schwankte und tauchte auf und ab, als es über den schlaglöcherigen Asphalt Richtung Stadt raste. Große Wolken aus grauweißem Dampf zischten aus den Luftschlitzen der Kanaldeckel; sie leuchteten, reflektierten die Lichter der Straße und Kinos.

Als sie in der 24. Straße aus dem Taxi stieg, begriff sie, was sie gesucht hatte: das graue Glitzern, den so lebendigen Schmutz, den Dschungelrand ihrer gesetzlosen Jugend. Sie sehnte sich verzweifelt danach, zu erfahren, ob diese Welt noch da war, ob sie nicht untergepflügt worden war oder zugenagelt oder zugeschmiert wie das Appartementhaus mit den Wasserspeiern in Harlem, dessen wunderschöne Hülle bald den erniedrigenden Schlag der Abbruchskugel spüren würde. Dennoch war es nicht ihre Jugend, nach der sie sich sehnte. Im Gegenteil, sie war glücklich, daß sie nie wieder in diese Zeit zurückkehren mußte.

Sie wollte aber auch nicht Zeuge eines Sieges über diese gesetzlose Welt sein. Ihre ungestörte Existenz machte Daina sicher; für sie war das ein Beweis, daß alles, was sie hier gelernt hatte, noch galt. Denn hieraus stammte Dainas Macht, und sie war stärker als die der Roten Brigaden oder des Schwarzen September oder der Baader-Meinhof-Gruppe.

Sie warf einen Blick auf das Hotel Rensselaer. Es hatte eine dunkle, schmutzige Front aus rußgeschwärztem Metall und Drahtglas und wirkte mehr wie eine uralte Polizeiwache. An der Westseite wurde es von einem Briefmarkenladen mit Eisentür und verriegeltem Gitter begrenzt, dessen Schaufenster voller sonnengebleichter, eingerissener Plastikbeutel lag, in denen hier und da auch eine Briefmarke eingeklemmt war. Im Osten stand einst ein Pornokino, das erst kürzlich den Geist aufgegeben hatte. Auf der Schautafel waren zwei Reihen schwarzer Schrift angebracht. Die erste lautete: »XXX«, die zweite: »Heiße Höschen«.

Über der Drehtür des Rensselaer hing ein altes, großspuriges Schild, das immer wieder an seiner eisernen Befestigung quietschte, als ob es bald den schmählichen, letzten Sturz auf den Bürgersteig antreten wolle.

Direkt links war ein eiserner Rost im Pflaster eingelassen, durch den Dampf herausdrang, der den schwefeligen Geruch des New Yorker Kanalnetzes führte. Ein Mann ruhte auf diesem warmen Fleck des

Bürgersteigs. Er hatte sich dazu eine zerknitterte Zeitung ausgebreitet. Er schlief fest in den Dämpfen: den Kopf an die schmutzige Ziegelmauer der Hotelfront gelehnt. Mit einer Hand umklammerte er den Hals einer leeren Flasche Eau de Cologne.

Der Nachtwind ließ sein Bett aus Zeitungspapier flattern, und es sah aus, als ob er auf einem fliegenden Teppich läge. Aber für den gibt's, wenn er aufwacht, keine Prinzessin, dachte Daina.

Sie beugte sich zum geöffneten Taxifenster und reichte dem Fahrer drei Scheine hinein.

»Möchten Sie, daß ich warte, Miss Whitney?« fragte der Taxifahrer, ein junger Mann mit bleicher Haut, Vollbart und roten Augen. »Das Geschäft ist lausig, im Augenblick. Ich hab'n Buch dabei. Mir macht's nichts.«

Daina lächelte dünn. »Gut«, sagte sie, »ich weiß aber nicht, wie lange ich brauche.«

Er stellte den Motor ab. »Mir isses egal. Besser, Sie fahren mit mir als mit 'm anderen, was?«

Weswegen sollte ich mir Sorgen machen? dachte Daina, während sie durch die quietschende Drehtür ins Hotel eintrat. Eigentlich ändert sich ja nichts. Die Hotelhalle sah aus, als habe ein Boxkampf stattgefunden. Alles war kaputt. Staub hing in der Luft.

Daina ging schnell zum Rezeptionsschalter. Niemand war in der Nähe. Es gab kein Gästebuch, sondern nur eine kleine Sperrholzkiste mit einem Block aus sechs mal zehn Zentimeter großen Karteikarten.

Daina ging die Karten durch, ohne daß sie einen »Kerr« fand. Dann fiel ihr der Name wieder ein, den Chris auf Tournee benutzte – alle Bandmitglieder hatten sich aus Sicherheitsgründen Pseudonyme zugelegt. Und da stand er schon: Graham Greene. Chris amüsierte sich immer königlich darüber. Zimmer vierhundertvierundfünfzig.

Daina steckte die Karte zurück und eilte durch die Halle. Der Korridor roch nach ranzigen Schweißsocken. Ein schütternder Aufzug brachte sie schließlich in den vierten Stock. Sie warf eilig einen Blick um sich und rannte den Gang hinunter.

Zimmer vierhundertvierundfünfzig lag am Gangende – eins von zwei Eckzimmern. Daina dachte nicht einmal daran, anzuklopfen – oder daran, daß sie vielleicht einen Schlüssel brauchen würde – sondern griff zu und drehte den Türknopf. Die Tür schwang auf. Daina trat ein und schloß die Tür hinter sich.

Im Zimmer herrschte pechschwarze Finsternis, aber dennoch merkte Daina, daß sie im Vorraum einer Zwei-Zimmer-Suite stand. Sie hatte nicht gewußt, daß es in Hotels von dieser Art und Güte Suiten gab.

Sie bewegte sich vorsichtig vorwärts, streckte eine Hand aus und ließ sie an der Wand über die Tapete gleiten. Sie fühlte die zerkratzte, zerfetzte Oberfläche, so pockennarbig wie die des Mondes. Irgendwo an der Wand, sagte sie sich, müsse ein Lichtschalter sitzen.

Sie fand ihn am Ende des schmalen Vorraums und betätigte ihn. Nichts. Stille. Sie blieb stehen, ihr Herz pochte.

Sie wollte gerade Chris' Namen rufen, als sie die schweren Gerüche bemerkte. Daina schnüffelte wie ein Jagdhund auf einer Fährte – sie konnte den süßlichen Duft von Haschisch herausriechen, den stechend scharfen von Räucherstäbchen – Patschuli – und den beizenden Schweißgeruch. Sie hielt den Atem an. Dies waren nicht die Gerüche nach harter Tagesarbeit oder nach Sex – vielmehr stank es nach Krankheit und Angst.

Daina drückte sich in den ersten Raum hinein und versuchte, die Finsternis mit Blicken zu durchdringen. Jemand spielte leise und melancholisch Gitarre – keine elektrische Gitarre. Daina dachte: es geht ihm gut.

Dann hörte sie den Baß, den Synthesizer und das Schlagzeug, und sie wußte, daß es eine Aufnahme war. Sie eilte durchs Zimmer. An der Schwelle zum Schlafzimmer hörte sie Chris' vollen Tenor: »Ich hab' die Lügen satt / Die Schenkel, die sich spreizen in der Nacht / Wie Segel / Dunkle Wolken wallen / Verhexen den endlos' blauen Himmel.«

»Chris?«

»Ich hab' die Seufzer satt / Die tierisch-wollüstigen Schreie / Die sich in mein Gehirn drängen / Ich meine / Ich bin nicht mehr bereit / Zu kämpfen / Um das, was ich will.« Alles mündete in den Refrain: »Ich bin gefangen / Eine Schwalbe, gefangen / Warte auf den Knall / Des Gewehrs, das mich erschießt / Ich bin im Netz / Bin nur gelähmt / Warte auf den Knall / Des Gewehrs, das mich erschießt...«

Es folgten eine kurze instrumentale Überleitung, das Solo einer elektrischen Gitarre und die Wiederholung des Refrains, bis die Musik auf den dunklen Schwingen des Synthesizers entschwebte.

»Chris?« fragte Daina noch einmal. Sie ging ins Schlafzimmer und stolperte fast augenblicklich über einen Haufen zerknüllte Kleidung.

»Verdammt!« sagte sie und rappelte sich auf. Etwas Hohes neben dem Bett stellte sich als Lampe heraus. Daina knipste sie an.

»O Chris...«

Es war ein ekelhaftes Zimmer, das ihr im Licht entgegenflammte, lang und eng, von jener Sorte, die selbst, wenn sie neu sind, alt aussehen. Und jetzt war es unrettbar ruiniert. Ein Kassettenrecorder stand auf einer verschrammten hölzernen Kommode; er verdeckte halb den abgeblätterten ovalen Spiegel. Auf der anderen Seite gab ein einzelnes Fenster durch eine rußige Glasscheibe den Blick auf ein

Gäßchen frei, das zu schmal war, als daß ein Mann aufrecht darin stehen konnte. Daran stieß die öde Ziegelmauer am hinteren Ende eines anderen Gebäudes, so daß es nachmittags auch Mitternacht hätte sein können – nach dem Licht zu urteilen.

Ein schweres Eisenbett war an den Fußboden angeschraubt. Tages- und Zudecke waren zurückgeschoben und hingen in einem Durcheinander aus Wirbeln und Zipfeln über die Bettkante auf den Teppich hinunter.

Das Rasseln in den uralten Installationsrohren drang aus der halboffenen Tür zum Badezimmer herein. Die Rohre verliefen durch die Wand neben dem Fenster. In den Winkeln, wohin das Lampenlicht nicht reichte, bemerkte Daina winzige Bewegungen.

»Chris«, hauchte sie.

Er lag nackt auf dem Bett. Schweißüberströmt. Sein langes Haar war verfilzt und feucht. Er hatte Bartstoppeln, weshalb sein Gesicht so schrecklich abgemagert wirkte. Seine Augen waren riesengroß, fast krankhaft hervortretend, von blauschwarzen Ringen umgeben, als ob man ihnen ein Make-up verpaßt hätte.

Die Ebenen seines Gesichtes waren gestreift von Schmutz und angetrocknetem Schweiß, und die Haut seines ganzen Körpers sah so weiß aus, als hätte man ihn auf dem Friedhof ausgegraben.

»Chris, Chris...«

Daina brach fast das Herz. Sie kletterte aufs Bett, roch das angetrocknete Erbrochene, noch ehe sie es sah. Daina nahm Chris' schweißfeuchten Kopf in den Schoß und strich ihm das Haar aus den Augen.

Eine unerträglich lange, entsetzliche Minute lang glaubte sie, er sei schon so weit weg, daß er sie nicht mehr erkennen konnte. Es lag aber nur daran, daß er Schwierigkeiten hatte, seinen Blick zu fixieren. Seine Muskeln waren verkrampft, verknotet, als ob er einen langen, gewaltigen Kampf hinter sich hätte. An seinem ganzen Körper schien kein Gramm Fett mehr zu sein, nur noch Muskeln und Knochen.

Er versuchte die Lippen zu bewegen, aber sie waren aufgesprungen und rauh wie Leder. Daina stand auf und rannte ins Badezimmer, um ihm ein Glas Wasser zu holen.

Handtücher lagen überall herum; sie waren feucht und stanken. Auf der schmalen Glasplatte über dem angeschlagenen Waschbecken, dessen weiße Porzellanflächen in vielen Jahren vom fließenden Wasser grün und braun gefleckt worden waren, standen Reihen von Herren- und Damenkosmetika, durcheinandergewürfelt wie eine Spielzeugarmee in der allgemeinen Verwirrung nach der Schlacht.

Ein schmieriges Wasserglas stand gefährlich nah an der Kante des Waschbeckens; Daina spülte es aus und füllte es mit kaltem Wasser. Sie drehte sich um und hörte, wie unter ihrer Stiefelsohle etwas knirschte. Sie trat ein Handtuch beiseite und sah die Spritze und die abgerissene Ecke eines Zellophanbeutels. Niemand mußte ihr sagen, was der Beutel enthalten hatte. Sie bückte sich und steckte das Tütchen in die Tasche.

Zuerst hatte Chris Schwierigkeiten beim Trinken, aber es gab gar keinen Zweifel, daß er entsetzlich unter Wassermangel litt. Daina hielt seine schwitzende Hand und sah die krampfhaften Bewegungen seiner Kehle und fragte sich, wie das in so kurzer Zeit mit ihm hatte passieren können. Was machte er nur hier? Versteck mich, Dain. Sie konnte seine Worte am Telefon noch hören. Bin hier inkog... Inkognito. Aber warum?

»Dain...«

Sie öffnete die Augen; sie hatte gar nicht bemerkt, daß sie sie eine Zeitlang geschlossen gehalten hatte.

»Hier bin ich, Chris.«

»Du bis' da.« Seine Stimme war ein pfeifendes Flüstern.

Sie spürte, wie sich sein Körper anspannte, seine Augen sich weit öffneten. Sie ließ ihn gerade noch rechtzeitig los. Er bäumte sich abrupt auf, setzte sich hin, wandte sich von ihr ab und erbrach die Flüssigkeit wieder. Einen Augenblick lang wurde sein ganzer Körper von Krämpfen geschüttelt, aber dann ließen sie nach und er war in der Lage, sich soweit zu entspannen, daß sie ihm wieder zurück aufs Bett helfen konnte.

Sie langte nach dem Telefon. »Ich rufe jetzt einen Arzt.« Aber sie kam nicht soweit, daß sie den Hörer von der Gabel nehmen konnte.

»Nich«, sagte er mit schlurrender Stimme. Seine Finger lagen um ihr Handgelenk, hatten noch immer erstaunliche Kraft. »Nich so was.«

»Dann einen von der Band. Ist Silka nicht mitgekommen?«

»Ruf keinen an«, sagte Chris.

»Chris, was ist denn bloß passiert?«

Er schaute sie stumpfsinnig an. »Weiß nich'.«

Sie packte seine Schultern und schüttelte ihn leicht. »O doch, verdammt noch mal, das weißt du schon!« Sie nahm den Zellophanbeutel heraus und hielt ihn vor sein Gesicht. »Was für ein Mistzeug war das?«

Er wandte den Kopf von ihr ab. Seine knochige Brust wogte, ein Schweißfilm brach wieder auf seiner Haut aus. Er murmelte irgend etwas.

»Was? Was hast du gesagt?« Sie brüllte so laut, daß er zusammenzuckte, trotz seiner Übelkeit.

»Weiß, was 's is'«, krächzte er. »Heroin. Wirklich 'n Scheißzeug.«

Seine Muskeln verknoteten sich, und sie dachte, er müsse wieder würgen. »Richtige Scheiße. Weiß auch nich'. Is mir noch nie passiert.« Seine Hände ballten sich zu Fäusten, sahen weiß und verkrampft aus, und seine Nägel gruben sich ins Fleisch seiner Handflächen. Daina dachte, sie könne sein Herz unter der bloßen Haut flattern sehen. »Muß was dagegen tun, Mann...« Seine Augen schielten vor Schmerz. »Klapp' zusammen...«

»Was willst du...«

Er wälzte sich aus dem Bett. Seine Lippen zogen sich in einem schreckerregenden Krampf von den zusammengebissenen Zähnen zurück. Es sah aus, als ob ein Skelett wieder zum Leben erwachte. »Schlag auf mich drauf, Dain«, brachte er eben noch heraus, »echt, du muß'...«

Dann brach er zusammen. Daina legte sofort das Ohr an seine Brust. Nichts, kein Herzschlag.

»Herrgott!« sagte sie und stieg auf das Bett. Sie setzte sich rittlings über ihn, hob ihren rechten Arm, ballte die Hand zur Faust und ließ sie, so hart sie konnte, auf den Punkt direkt über seinem aussetzenden Herzen hinuntersausen. Sie zählte fünf Herzschläge ab, schlug noch einmal zu, stöhnte vor Anstrengung. Warten. Ein drittes Mal. Sie beugte sich über ihn und horchte. Nichts. »Los, verdammt noch mal! Stirb mir nicht weg!« Sie bäumte sich auf und schlug ihn immer und immer wieder in die Herzgegend.

»Los, los, los, Chris – mach's nicht. Los, los, los!« Ihre Worte wurden zur Litanei – zu einer Bitte an ihn, aber auch zum Antrieb für sie selbst. Während die Sekunden zu Minuten wurden und diese Minuten sich anzuhäufen schienen, löste sich die Hoffnung, an die sie sich im Herzen noch geklammert hatte, langsam auf. Sie stellte fest, daß sie genauso heftig weinte, wie sie auf ihn einschlug, und daß sie sich selbst genauso haßte, wie sie ihn haßte, weil er ihr das antat. Weil er die Unverschämtheit besessen hatte, sie um vier Uhr morgens hierher zu zitieren, nur um von ihr wegzuflattern wie ein sterbender Vogel.

»Gott verdammt noch mal!« schrie Daina. »Wach endlich auf!«

Und er tat es. Wie durch ein Wunder flackerten seine Augenlider, als ob er träumte. Durch ihre Tränen sah sie, wie er sie anstarrte. Sie spürte, wie seine Brust sich gewaltig ausdehnte, als ob er nicht genug Sauerstoff kriegen konnte.

Sie hörte auf, zuzuschlagen, und weinte um so mehr. »O Chris. O Chris, ich dachte, du wärst tot, du Hund!«

Er blinzelte, öffnete die Lippen, preßte sie wieder zusammen und sagte langsam: »Glaub', ich war auch tot. Ehrlich, Dain, hör' jetzt nich' auf...«

»Womit?«

»Darfs' nich' aufhören. Du muß' dich dranhalten... Bis' du sicher bis', daß ich nich' wieder umkippe.« Seine Augen schlossen sich zuckend. »Du darfs', darfs' mich nich' untergehen lassen, nich' nochma', Dain. Dann wach' ich nich' mehr auf. Nie mehr.«

Sie richtete sich wieder auf, ballte die Fäuste und schlug ihn. Er zitterte unter den doppelten Schlägen, und sie zog entsetzt die Luft ein. Aber sie tat es noch einmal, und diesmal riß er die Augen auf. Er war unfähig zu sprechen, aber sie sah, daß er sie anstarrte, während sie ihn weiter schlug. Es war ein sanfter, liebevoller Blick. Und sie brauchte jetzt diesen Blick, brauchte ihn mehr als alles andere. Sie wußte, daß der Blick seine einzige Verbindung zum Leben war, und solange er sie anstarrte, kämpfte er, würde ihr nicht entgleiten, ohne sich zu wehren.

Sie trommelte hart auf seine Arme, seine Brust, seinen Bauch, selbst gegen seinen Hals. Mit jedem Schlag stöhnte er wie ein Stier. Sein verkrampfter Körper zuckte.

Daina konnte das pulsierende Blau seiner Adern sehen, wie sie sich ausdehnten und unter der Haut an die Oberfläche stiegen. Sie schloß die Augen. Heiße, bittere Tränen drängten sich unter ihren geschlossenen Lidern hervor.

Sie fühlte sich nur noch als Bringerin des Lebens. Der Raum um sie verblich wie eine alte Fotografie, die man der sengenden Sonne ausgesetzt hat. Nur noch Chris und sie waren da, gefangen in einer fürchterlichen Umarmung, die viel intimer war als die beim Geschlechtsverkehr. Sie waren wie mit einer seltsamen Nabelschnur verbunden. Daina war sich nicht mehr bewußt, daß sie zuschlug, daß sie dachte, daß sie atmete.

Chris schrie auf und versuchte, sich von ihr zu lösen. Er wand sich hin und her. Aber Daina fuhr fort, wild auf ihn einzutrommeln, bis er sich mit einer gewaltigen Anstrengung auf die Seite drehte und sich immer und immer wieder über die Kante des Bettes erbrach.

Er stöhnte.

»Chris, Chris, Chris...« Sie wußte später nicht mehr, woher sie die Kraft genommen hatte, auf allen vieren von dem stinkenden Bett herunterzukrabbeln und ihn mit sich zu zerren, bis er schwer auf den Fußboden polterte. Sie zerrte ihn über die niedrige Schwelle ins Badezimmer. Sie stieß mit dem Fuß die verdammten Handtücher beiseite, die so schwer wie Betonklumpen waren, und rollte Chris in die Badewanne. Blind streckte sie die Hand aus und drehte den Kaltwasserhahn voll auf. Sie hörte das laute Rauschen und das Zischen des spritzenden Wassers und stieß einen erschreckten Schrei aus, während er schnaufte, sich hinsetzte und sie krampfhaft mit sich unter die Brause zog.

»Das verdammte Wasser ist scheißkalt!«Er bewegte sich zur Seite, wollte aus der Wanne raus, aber sie zog ihn zurück.

»Bleib hier«, sagte sie, »wenigstens eine Zeitlang.« Sie mußte die Stimme heben, damit sie durch das laute Zischen des Wassers zu hören war, das sich über sie ergoß.

Sie zitterten gemeinsam, bekamen beide eine Gänsehaut.

Daina nahm seinen Kopf in ihre Hände und preßte ihn an ihre Brust.

»Rede mit mir«, sagte sie.»Ich will nicht, daß du jetzt einschläfst.«

»Tu' ich auch nich'...« Er hustete, würgte. »Kann nich' richtig denken.«

»Na, dann versuch's wenigstens, verdammt noch mal! Was zum Teufel machst du eigentlich in diesem Rattenloch?«

»Versteck' mich.«

»Vor wem?«

»Vor allen.«

»Ach, komm!«

»Vor der verdammten Band, davor!«

»Was hast du angestellt, Chris?« fragte Daina ruhig.

»Das, was du mir gesagt has'. Bin raus aus der Band.«

»Nein!«

»Hab' gedacht, Benno kriegt 'nen Herzstillstand. Verdammt, der is' echt blau geworden im Gesicht, er hat gespuckt und geschrien...«

»Und Nigel?«

»Hat überhaupt nichts gesagt...« Chris hielt inne, als ob die Szene noch einmal vor ihm abliefe. »War ganz komisch. Hat kein Wort gesagt. Hat sich nur rumgedreht und Tie angekuckt.« Er schnaufte. »Der alte Rollie, der meinte: ›Ach, Blödsinn, Chris‹, und Ian hat sein' Verstärker eingetreten, so stinksauer war der. Dann bin ich rausgegangen. Können wir uns jetzt abtrocknen? Werd' faltig wie 'n Rentner.«

»Gleich«, sagte Daina, als ob er ein Schuljunge wäre. »Wenn du mit Baden fertig bist.«

»Bin also rausgegangen, weiß' du, und Nigel, der dreht sich rum, und sagt: ›Besser denkste dran, mein Junge. Dann änderst deine Meinung sowieso.‹«

Daina starrte Chris an. »Was sollte denn das heißen?«

Chris rückte ein Stückchen von ihr ab. »Das war nur zwischen uns – zwischen 'n Bandmitgliedern.« Er wandte den Blick von ihr ab. »'s is' 'ne Art Pakt, den wir gemacht haben, weißte.«

»Was für eine Art Pakt?« Daina spürte jetzt eine Kälte, die nichts mit dem Wasser zu tun hatte.

»Nur 'n Pakt, 's is' alles.«

Daina lachte. »Ach, komm. Mir kannst du's doch sagen.« Sie stupste ihn spielerisch mit dem Finger. »Ich wette, ihr habt ihn mit Blut unterschrieben.«

Sie hatte das als Witz gemeint, deshalb erschrak sie, als er sagte: »Genauso hätt's sein können.«

»Und der Pakt ist für euch nach all der Zeit noch immer bindend? Was könnte das denn...«

Er stand auf und stieg aus der Wanne. Zitternd bückte er sich, begann sich mit dem Handtuch abzureiben.

Daina stellte das Wasser ab, kletterte heraus und wartete, während er sich noch einmal bückte und ihr ein zweites Handtuch reichte. »Himmel noch mal, besser du erzählst mir, was eigentlich los ist, Chris.«

Chris drehte sich ihr langsam zu und schaute sie an. Es lag etwas Rätselhaftes in seinem Blick.

»Gut«, sagte er langsam, »du hast 's so gewollt, und irgendwie hast's auch verdient. Bis' ja jetzt eine von uns.« Er stieß ein gurgelndes Lachen aus. »Aber, weiß' der Himmel, Tie würd' dich ...« Er hielt abrupt inne und musterte Daina abschätzend.

»Vielleicht würd' sie auch nich, was?« Er schenkte ihr ein kleines Lächeln. »Du hast mir nicht nur einmal des Leben gerettet, sondern gleich zweimal.«

»Ich weiß nicht...«

»Aber ich weiß, Dain. Tie hat's mir gesagt. Obwohl sie mich gegen dich aufgehetzt hat, und fast hätt's auch geschnallt. 'n paar Wochen lang war ich so verdammt sauer auf dich, daß ich nich' geradeaus kucken konnte. Bis ich's kapiert hab'. Und ich wußte, daß Tie 's nich' kapiert hatte.« Er hängte sich das Handtuch über die Schultern. »Tie versteht dich überhaupt nich', Dain. Neben dir wirkt sie bescheuert und außerdem hat sie 'ne Heidenangst vor dir.«

Er lachte schwach und starrte an seinem nackten Körper hinunter. »Sieh her«, sagte er. »Und sind noch nich' mal zusammen im Bett gewesen.« Er schloß die Augen, schwankte ein bißchen, und Daina streckte die Hand aus, um ihn festzuhalten. Aber das Lächeln lag noch auf seinem Gesicht. »'s is' eigentlich 'ne richtige Erleichterung. Hab immer nur mit 'm Schwanz gedacht.« Er setzte sich auf die Kante der Badewanne, und sein beschnittener Penis hing ihm zwischen den Schenkeln herab. Er blickte zu ihr auf. »Ich bin von 'm Haufen Vampiren umgeben. Wie um Himmels willen konnt' ich das bloß zulassen?«

»Erwarte kein Mitgefühl von mir.«

Er schüttelte den Kopf. »Mitgefühl is' das Letzte, was ich im Augenblick brauche.«

»Chris«, sagte Daina langsam, »du wolltest die Band schon vor langer Zeit verlassen, oder nicht?«

Er legte den Kopf in die Hände. »Ja, wollt' ich.«

»Warum hast du bloß so lange dazu gebraucht, die Band zu verlassen?« fragte Daina. »Du bist doch so unglücklich gewesen.«

»Weil ich'n schwachsinniger Idiot bin, verdammt noch mal«, schnappte Chris wild. »Was wär' – hab' ich gedacht – wenn ich allein da rausgeh' und dann nix bring', Mensch, da würd' ich mich vielleicht blamieren!«

»Aber das ist doch nicht alles, oder? Chris!« Sie ging auf ihn zu und schüttelte ihn.

Seine Augen schlossen sich wieder. Er lehnte sich schwer an sie, als ob alle Kraft ihn abrupt verlassen hätte. »Müde, Dain, so müde...«

Sie schlug ihm ins Gesicht. »Um Himmels willen, Chris, wach auf!« Sie schüttelte ihn wild. »Herrgott, du kannst doch jetzt nicht einschlafen! Rede mit mir, Chris!«

»Was...«

»Egal, was! Chris!« Daina dachte verzweifelt nach. »Erzähl' mir, wie Jon gestorben ist.«

»Jon? Wer?« Er starrte glasig vor sich hin. »Jon?«

»Ja, du weißt doch: dein Freund Jon. Er ist gestorben. Chris!« Sie schlug ihn noch einmal, stellte ihn hin, stöhnte von der Anstrengung.

»Hm, 'gemein bekannt.« Seine Stimme klang undeutlich. »'t alles in der Zeitung gestanden. Die Bullen wollten uns nich' in Ruhe lassen, drei Wochen lang...« Daina konnte nur noch das Weiße unter seinen teilweise geöffneten Lidern sehen. »Bis Nigel 'nn mit 'er Idee kam, könnten zu Jons Erinnerung 'n Wohltätigkeitsfest machen. ›Wir machen's im Vondel Park in Amsterdam‹, hat er gesagt, ›dann haben die Bullen Ruhe, und wir machen 'ne Fliege von hier.‹« Seine Lider flatterten. »Nur, 's war nich' Nigel's Idee, 's war Ties' Idee. All die große Werbe war von ihr. Wenn man's klar sieht.« Er kicherte. »Aber sie hat Nigel benutzt, genau wie Jon. Die wußte verdammt gut, daß wir ihre Vorschläge nich' annehmen würden. Aber recht hatte sie doch, 's Miststück! Hatte schon 'ie richtigen Ideen. Haben uns 'ne Menge Möpse gebracht, 'ne unheimliche Menge.«

»Und dann habt ihr das Konzert in Amsterdam gemacht.«

Er nickte. »Fahnen mit Jons Gesicht drauf, und sind nachher in 'n Straßen rumgezogen, haben seinen Namen gerufen, seinen Namen.« Er schnüffelte. »Und danach war Funkstille. Genau wie er – äh, sie –

gesagt hatte. Die Bullen sind abgehauen und haben die Beatles gehetzt, oder sonst welche, wer weiß?«

»Und Jon war tot...«

»Ach ja, Jon, 'ein guter Freund Jon, Kumpel.« Seine Stimme triefte vor Sarkasmus. »Die Scheißband is' wegen dem fast auseinandergeflogen. Hat uns alle verrückt gemacht, hat er, mit seinen Befehlen und seinen – ach, Scheiße, man konnt' sich auf nichts verlassen! Mußten schließlich 'nen Gorilla anheuern, der ihn zu Konzerten und Proben anschleppte. Haben ihm erzählt, 's wär 'n Leibwächter, weil er doch jetzt so'n großer Star ist. 's hat ihm gefallen, unserem Jon – und ob. Dann is' er geblieben, wo er wohnte. Wenn wir's nich' geschafft hätten – wenn er nicht gestorben wär' –, wer weiß, wo wir jetzt alle wären? Das dumme Schwein.« Sein Kopf schlug hin und her wie der Kopf eines verwundeten Tieres. »Der dusselige, blöde Hund. Er hat die Idee mit der Band gehabt. Ja. Jon war schon 'n Genie, verdammt noch mal, nich' wie Nil, bei dem sich Scheiße wie 'ne Symphonie anhörte, so nich', aber Jon konnte Arrangements machen. Aber die haben sich gehaßt, Nigel und Jon. Waren immer wie Öl und Wasser. Hab' immer zwischen den beiden Idioten vermittelt, aber ich war auch der Grund, daß sie sich so haßten. Jon war eifersüchtig auf meine Zusammenarbeit mit Nigel. Und Nigel, dacht' ich, hätt' bloß Jons Schwäche gehaßt. Also 's war natürlich Tie, die Nigel unter die Haut gefahren is'. Schätze, der konn't nich' schnallen, wie die mit Jon leben konnte. Waren gerad' auf Tournee in München, als Tie zum erstenmal hinter der Bühne auftauchte. Keiner hatt' 'ne Ahnung, wie die an den Sicherheitsleuten –, aber die hatt' 'ne Menge Freunde, und in Deutschland mußt du die haben, wenn du was werden willst. Die hängte sich sofort an Jon. Klar, war'n gutaussehender Typ. Hatte immer irgend 'n Ärger mit'm Alten von 'ner Puppe. Im Augenblick wachsen wohl 'ne Menge Gören von ihm 'ran, haha! Aber Tie war die Erste und Einzige, die bei Jon eingezogen is'. Bin mal dann bei Jon in der Wohnung vorbeigekommen. Es war so'n Tag, 's hatte die ganze Zeit gepinkelt. Kaltes Scheißwetter. Da hab' ich ihn gefunden, auf 'm Boden, mit der Schnauze im Dreck. ›He, Kumpel‹, hab' ich gesagt, ›was is'?‹ War zusammengeschlagen worden, und, glaub' ich, ausgeraubt. Aber nein. 's war Nigel gewesen. ›Mensch!‹ sag' ich. ›Was haste dem denn serviert?‹ Guckt mich schafsmäßig an. ›Glaub' nicht, daß ich dir das sagen kann.‹ ›Verdammt, du sagst 's mir besser, Kumpel‹, hab' ich ihm gesagt, ›will's nich von ihm hören.‹ Da hat er genickt. Ich hab' ihn aus 'm Regen rausgeholt. Tie war nich' zu Hause. Ich hab' mich vors Feuer gesetzt, in die Flammen gestarrt, mich gewärmt. Jon, der konnte keine Minute stillsitzen, verdammt. Und jedesmal, wenn irgend 'n Geräusch von der Straße heraufkam, hat er 'n Satz gemacht. ›Verdammt, bring's hinter dich‹, hab' ich gesagt, ›eh du mir noch 'n Nervenzusammenbruch kriegst.‹ Hab's an seinem Gesicht gesehen, daß 's nix darüber zu lachen gab. ›Ich hab' Angst, es dir zu sagen‹, hat er gesagt. ›Du haßt mich dann, wie Nigel jetzt auch.‹ Dann klappt er zusammen. ›Ich konnt 's einfach nich' ertragen, Chris. Sie sind sowieso alle gegen mich. Wenn du auch noch ... Ich weiß nich', was ich dann machen soll.‹ Dann hab ich gesagt: ›Mach dir keine Sorgen, Kumpel. So gute Kumpel wie wir bringt nix auseinander. Kümmer' dich überhaupt nich' um all den Quark. Worum geht's denn überhaupt?‹ › Ich hab's ihm gesagt. Ich hab' Nigel gesagt, daß ich mit dir schlafen will.‹ Weiß nich', warum ich jetzt anfang' zu lachen, 's war gar nicht komisch. Überhaupt nich'. An anderen Tagen brachte er den richtigen Schwung ins Studio. Wir hingen alle 'rum, ohne 'ne Richtung, dann kam Jon rein, und in Sekunden war alles in Butter. Nigel ärgerte das immer. Ja, Jon hatte wirklich den Bogen raus. Aber das konnt' nichts dran ändern, daß aus Ärger Haß wurde. Tie, die war ja immer dabei und spielte Jons Rückgrat. Durch Tie wurde Jon kühner als allein. Hab' jetzt 'n Verdacht, daß sie ihm auch 's Rückgrat stärkte, wenn sie wußte, daß er im Unrecht war – sie hat die Nadel, die uns unter der Haut saß, immer so'n bißchen rumgedreht. Immer und immer wieder, bis wir alle schon in die Luft gingen, wenn wir ihren Schatten sahen.«

Chris zitterte. Daina hielt ihn fest, preßte und preßte ihn, als ob sie dadurch alles Leben, das noch in ihm war, binden könne. Seine Augenlider flackerten.

»Hör jetzt nicht auf«, sagte sie scharf. »Chris, ich will wissen, wie Jon gestorben ist.«

Seine Augen öffneten sich zu Schlitzen. »Jon, ja. Jons Tod.« Er holte tief und schaudernd Atem. »Amerika, was ihn endlich geschafft hat, nehme ich an. Fünfundsechzig sind wir zum ersten Mal rüber auf Tournee, 's war im Winter, Scheißwetter. Jon hat bei der ganzen Tournee nur geheult und gebrüllt. Wir mußten einen anheuern, damit er nich' durchbrannte. Wollt' auf keinen hören, auf Benno nich', auf keinen von uns, als wir ihm sagten, werden hier in US das dickste Geschäft auf der ganzen Welt machen. Nix zu machen. Gott sei Dank war dann die Tournee endlich zu Ende. Flogen zurück nach London. Kein Wort ist geredet worden beim ganzen Flug. Aber uns allen gingen die gleichen Gedanken im Kopf rum: 's war alles zuviel geworden. In England hat's dann angefangen, grad als wir dachten, 's könnt' nich' dicker kommen, da fing Jon an, 's Maul aufzureißen: Hätt' die Band nich' gründen soll'n, wir hätten sein Musikkonzept verfälscht, hat er gesagt.«

Chris' Zähne begannen zu klappern. Daina nahm ihn fest in die Arme und flüsterte ihm ins Ohr, daß er weitererzählen solle.

»Vergess' immer wieder...«

»Von Jons Tod.«

»Jons...« Er nickte. Sein Kinn ruhte auf ihrer Schulter. »'s war Sommer. Ian hatt' sich grade 'n neues Haus auf'm Land gekauft in Sussex. Mit'm Swimmingpool. Hat uns alle eingeladen. Auch Tie. Und die hatt' sich dann entschlossen, 'ne Party daraus zu machen. Hat 'n ganzen Haufen von ihren Freundinnen eingeladen – wirklich tolle Vögel, und auch 'n paar Jungs vom Theater, Tänzer, Schauspieler, ich weiß nich', was sonst noch, 'n paar Engländer und Schotten, haufenweise Deutsche und Schweden und sonne Arier.«

Chris' Kopf wurde an ihrer Schulter schlaff, und sie mußte ihn ermahnen, weiterzuerzählen und nicht zu schlafen. »Weiß noch ... Nigel hatte von Anfang an von den Theaterwichsern die Nase voll – war nie sehr tolerant, wenn's um solche Leute ging. Wir hatten alle 'ne Menge getrunken, gefixt – na, hatten ziemlich viel intus. Nigel hat sich über 'n paar von den Schwulen geärgert, die da rumschmusten und schäkerten, wollt' sie rausschmeißen. Natürlich kam Jon dazwischen, hat die Homos verteidigt. ›Toll, wirklich‹, sagte Nigel angewidert, ›du dämliche Tunte.‹ Jon sagte nichts, stand da, schwankte, während Tie Nigel anschrie: ›Verdammt, is' nich' deine Party – halt dich raus!‹«

Chris schüttelte den Kopf. »Dann is' alles so schnell passiert. Nigel hat Tie eine geknallt. Die stolperte über'n Liegestuhl, und da is' Jon auf Nigel los, haben sich richtig reingekniet, wie Profischläger. 's war zum Kotzen. ›Was stehste da rum und reißt das Maul auf?‹ hab' ich die angebrüllt. ›Geh dazwischen!‹

Aber keiner hat was getan. Bin dann rüber, hab' Nigel weggerissen. ›Komm‹, hab' ich gesagt, ›du und ich und Tie schaffen die Arschficker hier raus. Brauchen so was nich' zu sehen.‹« Chris' Kopf sank auf die Brust. »Auf dem Rückweg is' 's dann passiert...«

»Was ist passiert, Chris?« Daina hob seinen Kopf. »Chris!« Sie schlug ihm ins Gesicht.

»Waren in der Küche, alle. Einer – ich weiß nich' wer – sagt: ›Wie wär's, wenn einer 's Gas andreht, und Jon kommt rein und zündet sich 'ne Zigarette an?‹ Wir haben alle gelacht, waren ja voll auf'm Trip. Dann, nach 'ner Weile, da war's nich' mehr so komisch. Und der Geruch von dem Gas hat uns gestört. Sind wieder nach draußen gegangen.« Chris schnüffelte. »Aber da fragte Jon nach mehr Hasch, und einer sagt: ›In der Küche, Jon. In der Küche.‹«

Chris hielt einen Augenblick inne und horchte auf seine eigenen Atemzüge. »Frag' mich,« sagte er langsam, »ob ich sterben muß.«

»Wir sterben alle mal.«

Sein Blick fixierte sich auf Daina. »Ich meine, hier jetzt, wegen dem Scheißzeug.«

»Wenn ja,« sagte Daina scharf, »könnte es nur Selbstmord sein.«

Chris dachte einen Augenblick darüber nach. »Ich will nich' sterben!« Seine flüsternde Stimme klang wie das Rauschen des Windes in hohen, immergrünen Bäumen.

»Erzähl weiter«, sagte Daina, »es passiert dir gar nichts.« Er schloß einen Moment die Augen, und als er sie wieder öffnete, standen sie voller Tränen. »Ich weiß noch – Gott, hilf mir! Ich erinner' mich noch an alles.« Er begann leise und still zu weinen; die Tränen glitten über seine Wangen und tropften auf Dainas Haut.

Daina sagte: »Und was hast du gemacht?«

»Nichts. Haben alle nur rumgestanden, über die beschissene Amerikatournee nachgedacht, wieviel Geld wir verloren hatten. Dacht' daran, daß Jon sich strikt weigerte, wieder rüberzufliegen. Daß er uns zurückhielt von dem, was wir alle für unser Schicksal hielten. Das Wort war's, das Tie benutzte.«

»Du meinst, sie hat dagestanden und zugesehen, wie ihr Liebhaber ins Haus zurückging?«

Chris schüttelte langsam und traurig den Kopf. »O nein, nein. Sie is' rübergegangen an 'n Swimming-pool. Hat die Beine ins Wasser baumeln lassen.«

»Mein Gott!«

»Er wär' nie von selbst aus der Band rausgegangen. Der hatt' nur 'n dünnen Faden, der ihn bei all den Drogen über Wasser hielt. Ohne die Band...« Er zuckte die Achseln.

»Also habt ihr ihn sterben lassen.«

»›'s wär 'n Opfer gewesen‹, sagte Tie. In jedem Genie liegt auch Schmerz. Er hätte 's – 's wär' sowieso bald passiert. Seine Leber, seine Nieren, wie lange hätten die noch gemacht, was? Wie lange? Wie lange?« Er schrie, schrie und weinte und schlug, mit dem bißchen Kraft, die er noch hatte, auf Daina ein.

Es war schon hell, als sie aus den Eingeweiden des RensselaerHotels auf den zerfurchten Bürgersteig traten. Der Dampf entwich nicht mehr dem Eisengitter auf dem Pflaster, und der Penner war zu einem besseren oder schlechteren Klima übergewechselt und hatte seine Zeitung mitgenommen. Die leere Flasche stand noch da.

Das Taxi auch. Irgendwo westlich des Broadways wehte der Geruch dampfenden Kaffees zu ihnen herüber. Daina packte Chris mit Hilfe des schläfrigen Fahrers auf den Rücksitz.

»Sind Sie sicher, daß dieser Knabe da in Ordnung geht?« fragte der

Taxifahrer und kaute an einem Zahnstocher. Sein Atem roch schwach nach Thunfisch. »Der ist ja blaß wie 'ne Leiche.«

»Fahren Sie uns zurück zum Cherry-Netherland«, sagte Daina, stieg hinten ein und knallte die Tür zu.

»Das muß aber echt 'n dicker Freund von Ihnen sein, Miss Whitney«, sagte der Taxifahrer und ließ den Motor an. Er starrte sie beide im Rückspiegel an. »He, kenn' ich den nicht?«

Chris lag auf dem Rücksitz. Er zitterte noch, aber die Krise war anscheinend überschritten. Seine Augen öffneten sich. Lange sah er zu, wie die Gebäude vorüberglitten.

»Das ist nich' London«, sagte er mit belegter Stimme.

»Nein«, antwortete Daina ruhig und versuchte, ihn zu trösten, »wir sind in New York.«

Chris nickte. »Richtig: New-Scheiß-York.« Er schloß die Augen. »Bring mich zum Flughafen«, sagte er mit festerer Stimme, die Daina schon als die seine erkannte. »Ich will nach Hause, zurück nach Los Angeles. Hab 'n Album fertigzumachen.«

12. Kapitel

Sie glaubte natürlich nicht, daß sie ihn je wiedersehen wollte; nicht nach dem, was zwischen ihnen geschehen war. Sie irrte sich.

Sie wußte, daß sie sich in dem Augenblick irrte, als sie aus New York zurückkehrte, die Hand in die Tasche ihres kanadischen Luchsmantels steckte und den Zellophanbeutel fühlte, den sie in Chris' Hotelzimmer vom Fußboden aufgehoben hatte. Sie schaute das Tütchen einen Augenblick an und legte es dann mit dem Streifen Papier zusammen, den Meyer ihr gegeben hatte, auf dem in zwei Reihen in säuberlicher, beherrschter Handschrift Charlie Wu, Cherries, Van-Nuys-Boulevard, zu lesen stand.

Sie verspürte eine Art überschwengliche Freude darüber, daß sie in der Lage war, Bonesteel möglicherweise zwei Schlüssel zu dem Mord an Maggie in die Hände zu legen. Es war mehr, als er für sie getan hatte; aber das machte ihr nichts aus. Sie wollte nur den Ausdruck auf seinem Gesicht sehen.

Sie hatte keine Lust, ihn im Präsidium anzurufen und ihn irgendwie vorzuwarnen. Sie ging an dem silbernen Mercedes vorbei, der ihr jetzt irgendwie alt und schäbig vorkam, und kletterte in den schwarzen Ferrari, den das Studio ihr nach Drehschluß an *Heather Duell* gegeben hatte. Zu Südkalifornien passend, trug das Nummernschild lauter

Buchstaben: HEATHER. Der Wagen war niedrig, schlank und sehr schnell. Noch nie hatte sie das Fahren als so sinnlich und so beglückend empfunden; bei diesem Wagen hatte sie fast den Wunsch, die großen Limousinen aufzugeben – fast.

Die traumähnliche Erinnerung an den Tod ihrer Mutter war in New York zu ihr zurückgeflutet, und das Knäuel ihrer Vergangenheit war vollständig. Jetzt endlich verstand sie das alles im Zusammenhang mit dem, was sie im Augenblick durchmachte. Ihr wurde klar, nachdem sie aus dem Traum aufgewacht war, daß aller Zorn, den sie Monika gegenüber empfunden hatte, an ihrem Bett versickert war. So, als ob all die dazwischenliegenden Jahre nie gewesen wären, und als ob ihre Mutter – nachdem alle Anschuldigungen der Eifersucht, des Neides, der Angst und der Wut von ihr genommen waren – den tiefsten Kern ihrer Verbindung mit Daina endlich gefunden hätte: die Liebe zwischen Mutter und Kind.

Für Daina spielte es keine Rolle mehr, was Monika getan oder nicht getan hatte. Auf der dünnen Linie zwischen Leben und Tod hatte sie gespürt, daß nur die Liebe eine Rolle spielte. Sie hatte nicht gewollt, daß Monika starb, und sie hatte sich abgewandt und leise und bitterlich geweint, vielleicht genauso sehr um sich selbst und um das, was sie aufgegeben hatte, als um ihre Mutter.

Daina wußte auch, daß Monika auf eine seltsame Weise recht gehabt hatte. Daina war auf die Straße gegangen, weil sie vor all den Dingen, denen sie sich nicht zu stellen wagte, weglaufen wollte. Sie hatte ihre Freunde verachtet, die sich Drogen zuwandten, um die Wirklichkeit zu verschleiern, und dadurch hatte sie sich ihnen überlegen gefühlt. Aber sie selbst hatte keinen besseren, sondern nur einen anderen Weg eingeschlagen.

Baba hatte das gewußt. Und in der Nacht, in der sie sich endlich geliebt hatten, hatte Daina gespürt, daß er sie zum allerletzten Mal wegschicken wollte. »Nur zu deinem Besten, Mama«, hatte er gesagt. Alle wußten es besser als ich, dachte Daina, während sie zur Innenstadt von Los Angeles fuhr.

Der Verkehr lichtete sich vor ihr in schlangenartiger Linie, sie schaltete in den Vierten und trat aufs Gaspedal. Das Raubtier unter ihr, das bisher an der Leine gelegen hatte, donnerte los. Sie wurde in den burgunderfarbenen Sitz zurückgedrückt. Los, dachte sie, los, los, los!

Zum ersten Mal in ihrem Leben fühlte sie sich ausgefüllt. Was geschah bloß mit ihr? Sie dachte daran, was sie für Chris getan hatte. Erst jetzt wurde ihr die schreckliche Natur der Episode schattenartig bewußt. Was wäre gewesen, wenn sie nicht – aber sie kannte die Antwort: Chris wäre jetzt tot.

Und wie war sie nur dazu gekommen, den Zellophanbeutel mitzunehmen? Und warum sollte sie ihn jetzt Bonesteel geben? Würde er Spuren von irgend etwas anderem außer Heroin darin finden? Daina verspürte ein Zittern der Vorahnung. Worin habe ich mich nur verwickeln lassen? fragte sie sich. Maggie, die Enkeltochter eines berühmten politischen Drahtziehers, getötet durch einen goldenen Schuß, zuvor gefoltert, als sei das Mordmotiv politischer Natur gewesen.

Daina schaltete herunter, bremste eine Kurve an, schaltete in den Dritten. Dieser heiße Schuß, dachte sie, läßt mich nicht los. Und dann sah sie wieder den Zellophanbeutel in Chris' Hotelzimmer vor sich auf dem Boden liegen. Ein Gefühl flackerte, Chris rief nach ihr. Ob man Chris wohl den gleichen goldenen Schuß verpaßt hatte? Was wäre, wenn das Ganze kein Zufall, sondern ein geplanter Doppelmord gewesen wäre? Oder, dachte Daina, es könnte auch reine Einbildung sein, meiner fiebrigen Phantasie entsprungen. Irgendwie konnte sie sich nicht davon überzeugen, obwohl sie mehrere Minuten lang den Advokaten des Teufels spielte. Aber sie glaubte einfach nicht an Zufälle dieser Art.

Das Präsidium sah so aus wie früher – als ob es eine Wagenburg gewesen wäre, im Kreis aufgestellt, und in Erwartung des Indianerangriffs. Sie war gerade aus dem Ferrari ausgestiegen, als eine Stimme sagte: »Miss Whitney!«

Es war Andrews, der Polizist. Er kam gerade die Stufen herunter.

Sie schenkte ihm ein großes Lächeln. »Na, wie geht's?«

»Prima, Miss Whitney. Einfach prima.« Er grinste und zeigte mit dem Daumen auf den Wagen. »Toller Flitzer.« Er streichelte mit der Hand über die Flanke des Wagens. »Damit lassen Sie uns in der Staubwolke zurück.«

»Wissen Sie, Wachtmeister, ich kenne noch nicht einmal Ihren Vornamen.«

»Pete, Miss Whitney.« Er zeigte ruckartig mit dem Daumen über die Schulter. »Und das ist Harry Brafman.« Der zweite Polizist, kleiner und dunkelhaariger als Andrews, aber ungefähr gleichaltrig, nickte. »Wir sind beide aus Kommissar Bonesteels Mannschaft.«

»Wissen Sie, wo Ihr Chef ist? Ich hab' etwas Wichtiges für ihn.«

»Na klar. Er ist unten am Pier in Santa Monica. Wir sind gerade auf dem Weg dorthin. Sie können hinter uns herfahren.«

»Ich weiß nicht, Pete«, sagte Brafman und runzelte die Stirn. »Du weißt doch, was da los ist. Wir haben keine Erlaubnis, Zivilisten in ein Sperrgebiet einzulassen, egal, aus welchem Grund.«

Aber Andrews tat die Worte seines Partners mit einer Handbewegung ab. »Miss Whitney und der Kommissar sind alte Freunde, Braf.

Wenn sie sagt, sie hat ihm was zu sagen, dann wird er das auch hören wollen.«

Brafmans dunkle Augen musterten Daina von oben bis unten. »Nichts gegen zu sagen«, meinte er mit einer Spur von einem Grinsen.

An den Piers war in der Tat etwas los. Noch ehe sie in Santa Monica ankamen, konnte Daina das durchdringende Sirenengeheul hören. Sie war froh, daß Andrews sie begleitete. Ohne ihn wäre sie nie näher herangekommen.

Sie kamen an mindestens einem halben Dutzend Streifenwagen vorüber, und als sie näher heranfuhren, rumpelte eine gepanzerte grüne Minna an ihnen vorüber. Überall standen Absperrgitter. Jede einzelne Person wurde sorgfältig überprüft.

Andrews und Brafman stiegen aus. Sie winkten einen Polizisten heran, der den Ferrari bewachte, während sie Daina durch die Absperrung führten.

Auf dem Pier wimmelte es von Polizisten in Zivil. Auch ein Notarztwagen, dessen hintere Tür weit offenstand, war da. Auf der linken Seite, ein Stückchen den Pier entlang, hoben zwei Krankenpfleger in weißen Jacken etwas auf eine Rollbahre. Daina erkannte auch den hochgewachsenen Gerichtsmediziner, der am Tag des Mordes in Chris' und Maggies Haus gewesen war. Er stopfte sich gerade die zweite Hälfte eines Cheeseburgers in den Mund.

Neben ihm stand Bonesteel, fürstlich gekleidet in einen blaßgrauen Anzug aus Seide und Leinen. Er wirkte als einziger kühl, schaute auf die Bahre hinunter, als Daina zwischen Andrews und Brafman an ihn herantrat.

Eine Weile bemerkte er sie überhaupt nicht, dann blickte er auf und nahm, ohne den Blick von Dainas Gesicht abzuwenden, ihre Anwesenheit zur Kenntnis.

»Sie sind aber in Rekordzeit hergekommen«, sagte er zu den beiden Polizisten. Er bewegte nicht einmal den Kopf. »Die Schießerei war am anderen Ende. Sie wissen ja, was Sie zu tun haben.«

»Wie geht's Forrager?« fragte Andrews.

»Rechte Schulter. Nicht allzu schlimm.«

»Und Keyes?«

Bonesteel zögerte für den Bruchteil einer Sekunde. »Hat's erwischt.« Sein Blick flackerte. »Tut mir wirklich leid, Andrews.«

Neben Daina stand Andrews stockstill, als sei er aus Blei. Sein gutaussehendes, scharf gemeißeltes Gesicht wirkte, als wäre es in diesem Augenblick gealtert. Eine leichte Brise wirbelte durch sein feines, hellseidiges Haar. Wie Babyhaare, dachte Daina. Aber Andrews war kein Baby mehr.

Brafman ging an ihr vorbei und berührte Andrews am Arm. »Komm, Pete. Wir haben allerhand zu tun.« Er zog Andrews weg. »Keyes war sein Schwager.« Das war der erste Satz, den Bonesteel an Daina richtete. »Andrews und seine Schwester hängen sehr aneinander.« Er sagte das, als ob der Gedanke ihm unbegreiflich wäre.

»Hallo, Bobby.«

»Haben die Jungs Sie mitgebracht?«

»Ich hatte sie darum gebeten. Ich habe was für Sie.« Daina wartete einen Augenblick. »Ich will aber nicht, daß Andrews Ärger kriegt.«

»Machen Sie sich darüber keine Sorgen.« Sein Blick fiel auf das Tuch, das den Gegenstand auf der Bahre bedeckte und dessen einen Zipfel Bonesteel mit der rechten Hand umklammert hielt. »Ich hab' hier etwas, das Sie vielleicht auch interessiert.« Er schickte sich an, das Tuch wegzuziehen. Mit einem Ruck aus dem Handgelenk deckte er die Leiche auf. »Das ist Mordred.«

Daina war entschlossen gewesen, nicht hinzuschauen, aber die Neugier besiegte sie. Sie starrte hinab auf ein Gesicht, das in jeder Hinsicht gewöhnlich war: die Augen nicht allzu groß, auch nicht zu klein; eine Nase, die einfach eine Nase war, und ein ganz unbemerkenswerter Mund. Kurz: ein Gesicht, das man zweimal anschauen mußte, um sich möglicherweise daran zu erinnern. Ein Mann aus der Menge, der sich nur dadurch hervorgetan hatte, daß er ein psychopathischer Mörder war.

Seine Haut war weiß. Er sah aus, als schliefe er den friedlichen Schlaf der Unschuldigen. Dann sah Daina, daß sich das Tuch unten, wo es ihn noch bedeckte, an drei oder vier Stellen rot färbte. Sie streckte die Hand aus, um nicht zu taumeln. Bonesteel nahm ihre Hand.

»Was ist passiert?«

»Zuerst gehen wir mal von hier weg«, sagte er, »und dann erzähl' ich's Ihnen.«

Er brachte sie hinunter zur Straße an den Strand. Sie zog ihre Sandalen aus, er aber behielt seine Schuhe an.

»Hinsichtlich Mordred hatten die Seelenärzte wenigstens in einem recht«, sagte Bonesteel. »Mordred *wollte* gefangen werden.« Er steckte die Hände in die Taschen. »Er hat uns Hinweise hinterlassen; aber entweder waren die zu verschroben, oder wir waren zu blöde, sie zu verstehen. Wie auch immer, wir sind nie nah genug an ihn rangekommen. Also hat er uns angerufen und dieses Treffen vereinbart. Wir wußten, daß er es war; denn er hat uns ein paar Sachen am Telefon gesagt, Details, die nur der Killer wissen konnte.« Er stieß ein grimmiges Lachen aus. »Und er war auch keineswegs schüchtern. Nicht mehr bei diesem Stand der Dinge. Er hat uns alles gesagt.«

Bonesteel seufzte und wandte den Blick von Daina ab. »Herrgott«, sagte er angewidert, »wir wußten, daß er gefährlich war, und trotzdem hab' ich zwei von meinen Männern von ihm abschießen lassen.«

»Bobby, wie konnten Sie das denn wissen?«

»Wie ich das wissen konnte? Wie ich das wissen konnte?« echote er ironisch. »Mein Chef hat das auch gesagt. Er ist so verdammt anständig. ›Sehen Sie mal, Bonesteel‹, hat er zu mir gesagt, ›da gibt's ja auch noch die Kehrseite der Medaille. Dieser Wahnsinnige ist jetzt wirklich weg. Wir können die Akte verbrennen. Ihre Männer sind in Ausübung ihrer Pflicht gestorben. Es sind Helden.‹«

Bonesteel fuhr sich mit der Hand durchs Haar. »Helden«, schnaufte er, »sie sind gestorben, weil sie blöde waren.«

»Nicht, weil sie tapfer waren?«

»Sie waren zu jung, um tapfer zu sein. Sie haben es einfach nicht besser gewußt.« Aber endlich schaute Bonesteel sie doch an und nickte. »Ja«, sagte er, »sie waren tapfer.«

»Haben Sie auch alles getan, was Sie konnten, um die Leute zu schützen?«

»Ich hätte wissen müssen, daß dieser Psychopath 'ne Pistole bei sich haben würde. Aber er hielt ja die Hände hoch. Und da hab' ich Forrager und Keyes gesagt, sie sollen gehen und ihn holen. Der Kerl hat gegrinst, verrückt wie ein Märzhase. In einem Augenblick waren seine Hände noch leer und im nächsten hatte er schon einen Derringer. Der muß an einer Feder in seinem Ärmel gesessen haben.« Bonesteels schiefergraue Augen verschleierten sich bei der Erinnerung. »Forrager und Keyes waren sehr dicht dran. Ich glaube nicht, daß sie überhaupt gemerkt haben, wie alles passierte. Ich hab' den ersten Schuß gehört und den Scharfschützen Feuerbefehl gegeben. Die haben den Burschen sechs Fuß zurückgepustet, aber da lagen meine Männer schon am Boden.« Er fuhr sich mit der Hand übers Gesicht, und Daina dachte, er hätte sich eine verirrte Träne weggewischt.

»Sie haben die Männer geschützt«, sagte Daina. »Was passiert ist, war unvermeidlich.«

»Jetzt hören Sie sich schon wieder wie mein Chef an.«

»Vielleicht liegt es daran, daß wir beide ein bißchen objektiver sind als Sie.«

»Sie müssen ja auch nicht den Witwen Bescheid sagen.«

»Nein, muß ich nicht«, sagte Daina. »Aber das gehört wohl zum Job!«

»Deshalb steige ich nach diesem letzten Fall auch aus. Ich kann's nicht mehr ertragen. Ich bin ein Feigling.«

»Die Nase voll zu haben ist nicht das gleiche, wie ein Feigling zu sein.«

Der Wind wehte seine Jacke auf und ließ das Futter sehen. »Aber ich bin tatsächlich ein Feigling, wissen Sie.«

Daina zuckte die Achseln. »Jetzt tun Sie sich doch nur selbst leid.«

Er wandte sich abrupt von ihr ab, und sie sah ihm nach, wie er zum Strand hinunterging. Mädchen warfen ihm verstohlene Blicke zu; es gelüstete sie auf ihre Art nach seinem breiten Körper. Er war ein sehr begehrenswerter Mann. Aber er ist nichts für mich, dachte Daina. Ja, früher einmal, aber jetzt nicht mehr.

Sie ging den Strand hinauf zu den sandigen Betonstufen des Parkplatzes. Sie trat an seinen dunkelgrünen Ford heran, stieg ein und wartete auf ihn.

Nach einer Weile tauchte er wieder auf. Er streckte den Kopf durch das offene Fenster herein. »Ich hab' ihre Geschichte überprüft. Die Geschichte über Maggie.«

»Ich dachte, Sie glauben mir nicht.«

»Na, sagen wir mal, ich war skeptisch.«

»Was ist denn passiert, daß Sie Ihre Meinung geändert haben?«

»Ich hab' Befehl gegeben, die Leiche zu exhumieren, und es hat mich nicht weitergebracht.« Er öffnete die Tür und stieg hinter das Lenkrad. Es war glühend heiß: er kurbelte die Fenster hinauf und stellte die Klimaanlage ein. Als die Luft sich abgekühlt hatte, sagte er: »Ich hab' außerdem unseren Freund Nigel Ash noch ein bißchen gründlicher überprüft.« Er drehte sich um und schaute Daina an, und seine Stimme war wieder so neutral wie früher. »Wußten Sie, daß er Halbire ist?«

»Was für ein Ire?« Daina versuchte, ihr Erstaunen zu verbergen.

»Irischer Katholik. Seine Mutter ist in Andy Town geboren, einer Brutstätte der IRA in Belfast.«

»Ich weiß. Aber wie kam seine Mutter dazu, ausgerechnet einen Engländer zu heiraten?«

»Keinen Engländer«, sagte Bonesteel. »Einen Waliser. Aber, nach dem Gerede der Nachbarn zu urteilen, war das der Grund, daß die beiden sich dauernd stritten.«

»Ich sehe, Sie sind eifrig an der Arbeit gewesen.«

»Es kommt noch mehr«, sagte Bonesteel. »Nigel hat eine Schwester.«

»Davon habe ich noch nie gehört.«

»Wie könnten Sie auch. Soweit ich herausgefunden habe, spricht Nigel nie von ihr.«

»Sie meinen, die beiden verstehen sich nicht?«

»Das habe ich nicht behauptet«, meinte Bonesteel. »Vielleicht liegt es daran, daß sie in Belfast lebt.«

»Wollen Sie mir etwa erzählen, daß Nigels Schwester Mitglied der IRA ist?«

»Wenn ich das behaupten wollte, müßte ich lügen. Unsere britischen Vettern können, wenn sie wollen, unheimlich einsilbig sein. Ich hab' weder ein Ja noch ein Nein gehört, aber sie haben mir ihre Adresse gegeben. Sie wohnt in den Falls.« Von dorther stammte Sean Toomey. »Und was haben Sie für mich?«

Daina zog den Zellophanbeutel hervor. »Als erstes«, sagte sie, »hätte ich gern, daß das Labor eine chemische Analyse vom Inhalt dieses Beutels macht.«

Vorsichtig nahm Bonesteel das Tütchen aus ihrer Hand und hielt es gegen das Licht. »Heroin?«

»Ja«, sagte Daina. »Vielleicht ist das auch alles.«

Er ließ den Umschlag, nachdem er ihn zuerst wieder zugefaltet hatte, in eine Innentasche gleiten. »Wo haben Sie das her?«

Daina erzählte ihm, was in New York passiert war, und teilte ihm ihre Vermutungen darüber mit, was das Pulver möglicherweise enthielt.

Bonesteel schüttelte den Kopf. »Das ist eine sehr unwahrscheinliche Möglichkeit. Fixer kippen zu jeder Tages- und Nachtstunde dieses Zeugs wegen von der Straße um, wissen Sie. Der Mist ist doch immer verschnitten, fragt sich nur, womit. Wenn die Substanz harmlos ist, na, dann ist die Wirkung der Droge nicht so intensiv, und das wär's schon. Aber wenn das Zeug bösartig ist, dann kann es einem passieren, daß man auf der Toilette tot umkippt. Chris hat Glück gehabt, daß Sie in der Nähe waren.«

»Wollen Sie es untersuchen lassen?« Und als er nicht antwortete, meinte sie: »Sagen Sie mir nur eins: wird das Zeug von der Straße jemals mit Strychnin verschnitten?«

»Nicht, daß ich wüßte. Es sei denn, man verfolgt einen Zweck damit.« Er schaute Daina an und berührte die Außenseite seiner Jacke, in der der Zellophanbeutel steckte. »Ich werd's untersuchen lassen.« Er zog die Autoschlüssel hervor und ließ den Motor an.

»Warum fahren wir nicht mal zum Van-Nuys-Boulevard hinaus?« fragte Daina nonchalant.

Die Dämmerung senkte sich nieder, und im abnehmenden Licht war es möglich, den Staub, der weich auf den Kanten der Palmblätter lag, die die Straße säumten, zu übersehen.

»Van Nuys?« fragte Bonesteel. »Warum sollten wir denn dorthin fahren?«

Daina zeigte ihm das Stückchen Papier, das Meyer ihr gegeben hatte.

»Wer ist Charlie Wu?«

»Jemand, der vielleicht weiß, wer Maggie umgebracht hat«, sagte Daina.

Bonesteel beäugte sie mißtrauisch, aber er bog auf den Santa Monica Freeway ein. »Wo haben Sie das her?«

»Können Sie denn nicht einfach mal was annehmen, ohne zu fragen?« sagte Daina verärgert.

»Wenn ich das täte«, antwortete Bonesteel, »wäre ich ein hundsmiserabler Polizist.« Aber er lächelte trotzdem. »Na gut, na gut. Wir haben alle unsere Geheimnisse. Behalten Sie diesmal das Ihre.«

In West-Los-Angeles bog er auf einer langen, geschwungenen Kurve nach links ab auf den San Diego Freeway, der durch das Tal nach Norden führte.

»Das war toll, wie Sie Chris am Leben gehalten haben«, sagte er, und sie konnte einen Unterton echter Bewunderung in seiner Stimme hören. »Wie geht's ihm jetzt?«

»Oh, gut. Er ist noch immer im Studio. Er hat ein bißchen länger gebraucht, als er dachte, um seine erste Solo-LP fertigzukriegen. Vor ein paar Wochen hat's einen Brand gegeben, und eins von den Tonbändern ist in Flammen aufgegangen. Chris mußte drei Songs noch mal von Anfang an aufnehmen. Jetzt macht er die Mischung an den letzten davon.«

»Die kommt dann wohl zur Oscar-Zeit raus, was? Und Sie werden dann noch größer dastehen.«

Der Verkehr war fürchterlich, und Bonesteel schwenkte rechts ein, fuhr an der Ausfahrt Mulholland ab. Er hielt sich westlich, bis er zum Beverly Glen Boulevard kam und nach Sherman Oaks hinein. Das Tal näherte sich. Sobald sie auf dem Gipfel des Hügels angekommen waren, wußte Daina, daß sie bei Anbruch der Nacht das Tal im schmutzigbraunen Smog ersticken sehen würde, der manchmal wochenlang anhielt. Ein Wetterumschwung, so nannten es die Wetterfrösche immer. Und wenn so was lange genug anhielt, sickerte der Industrieschlamm durch die Berge von Santa Monica und besudelte Beverly Hills und Hollywood. Schon jetzt konnte Daina den Glanz des Tales sehen, der am Himmel reflektiert wurde, als ob sie sich einer Stadt in den Lüften näherten.

»Was kann Ihnen das schon ausmachen«, sagte sie. »Ich bin ja jetzt schon zu groß für Sie.«

Bonesteel lachte bitter. »Wir sind einfach nicht füreinander gemacht. Dabei sollten wir's belassen.«

Aber Daina wußte, daß sie es beide nicht dabei belassen würden. Sie würden einander immer wieder bedrängen, bis der eine oder der andere nachgab. Daina wußte, daß der Waffenstillstand, den sie geschlossen hatten, sehr zerbrechlich war.

»Wie wollen Sie es je schaffen, ein erfolgreicher Schriftsteller zu werden?« fragte Daina. »Sie sind im Herzen ja immer noch Polizist, und Sie werden es auch immer bleiben.«

»Jedesmal, wenn man sich auf ein Risiko einläßt«, sagte Bonesteel langsam, »tritt einem jemand mitten ins Gesicht.« Im ersterbenden Licht konnte Daina seine Augen sehen, sie wirkten wild, kalt und ein ganz klein bißchen traurig.

Als sie von den Bergen herunterfuhren, säumten nicht Eichen mehr die Straße, sondern Pappeln und reichlich Gebüsch. Vor ihnen lag der Van Nuys Boulevard und glühte wie das Neonherz eines monströsen Roboters. Einen Augenblick später kamen sie zum Ventura Boulevard und fuhren dann durch eine Unterführung, über die, nebelhaft und verschwommen, der Verkehr auf der Ventura Freeway entlangdonnerte. Unter ihnen führte der Abwasserkanal zum Los Angeles River. Auf der anderen Seite lag der Van Nuys Boulevard.

Wie früher, vor zwei Jahrzehnten, der Sunset Strip bei Nacht legendär gewesen war, so hatte sich jetzt dieser Boulevard in eine Straße nächtlicher Träume verwandelt. Hierher kamen die jungen Surfer, um sich zur Schau zu stellen: hier trieben sich die jungen Autofans herum, die sich in puncto Tempo noch die Sporen verdienen mußten. Die Teens aus den Schulen von Hollywood und Van Nuys hingen hier herum, besorgten sich ihr Hasch und ließen sich aufs Kreuz legen.

Goldhaarige Mädchen mit Gesichtern, auf denen mehr Make-up lastete als auf den Gesichtern dreier Frauen vom Rodeo Drive zusammen, in leuchtenden Lurexhöschen und kurzen, vielfarbigen Sonnentops, so bunt wie Weihnachtsbäume, liefen zwischen den endlosen, sechsspurigen Karavanen der Chevys, der Camaros und der Trans Ams Rollschuh. Bernsteinfarbige Nebellampen aus den dichten Reihen des Verkehrs warfen merkwürdig überdeutliche Schatten gegen die Gebäude des Boulevards, in deren Eingängen halbwüchsige Jungen lehnten, die wie brillantinegefettete Salonlöwen aussahen.

Die Luft war dick von Lichtstrahlen und dem Rolling-Stones-Beat aus tausend Radios. Die ausgefransten Melodien schienen in diese Zeit und auf diesen Ort zugeschnitten. Der Rock'n'Roll lag wie ein Gewürz in der Luft, schwül, grell und widerspenstig, und während Daina die Nachtluft einatmete, schien diese Musik wie Ozon in den Nasenlöchern zu kitzeln.

Es war eine brüchige, brutale Welt, glänzend und nahtlos, erfüllt von angstvoller Rastlosigkeit, wie ein Alptraum oder ein Horrorfilm, dem jemand Leben eingegeben hat. Übelkeitserregender Gestank von unbeherrschbarer Angst, der man sich nicht stellen konnte, hing in der Luft. Daina kannte diese Angst, verstand sie.

Sie schlossen sich der gemächlich nach Norden rollenden Karawane Richtung Panorama-City an, die, lange bevor sie diesen Ort erreichte, wieder die Richtung wechseln und zurück nach Süden fahren würde – den Weg, den sie gekommen war.

Kurz vor ihnen kam ein pflaumenblauer Lieferwagen zum Halten. Auf einer seiner Seitenflächen war in einer schwindelerregenden Ansammlung strahlender Farben ein Hawaii-Strand aufgepinselt. Palmen wedelten nach einer Seite. Beherrscht aber wurde die Szene natürlich von dem überall vertretenen Helden Südkaliforniens: dem sonnengebräunten Surfer, der, sein Brett unterm Arm, bereit ist, sich in die Brandung zu stürzen.

Ein Mädchen, so schlank und zart wie eine Waldnymphe, löste sich aus der Dunkelheit eines Toreingangs. Ihr langes, sonnengesträhntes Haar flog in einem dicken Pferdeschwanz hinter ihr her. Sie trug Shorts, so weiß, daß sie blendeten, und einen feuerroten Sonnenhut. Es sah aus, als hätte sie keine Brüste, als bestände sie aus spektakulären, kupferbraunen Beinen. Die Tür des violetten Lieferwagens am Straßenrand öffnete sich, das Mädchen stieg ein, der Wagen ruckte vorwärts. Daina konnte auf der Heckseite des Wagens einen Aufkleber erkennen: »Lachen Sie nicht – Ihre Tochter sitzt hier drin.«

Vielleicht eine halbe Meile weiter fuhr Bonesteel den LTD vorsichtig in eine Parklücke in der Nähe eines großen, stark besuchten Lokals. Das Gebäude wirkte irgendwie schizoid. Beim Anblick der Architektur konnte man sich nicht entscheiden, ob sie nun pseudospanisch oder pseudomarokkanisch war. Es waren zwei halbmondförmige Bögen auf weißen Korkenziehersäulen zu sehen, deren Oberfläche wie Sandstein wirkte. Aber aller Wahrscheinlichkeit nach bestanden sie aus nichts anderem als Beton mit Sand vermischt. Über den Bögen verschlangen sich im Licht phosphoreszierende Bougainvilleas, über deren Blüten der Name des Lokals in einem Halbkreis aus wilder, purpurfarbener Neonschrift zu lesen stand: Cherries.

In dem Meer aus Geräuschen und Bewegung kreuzte langsam ein blauer Kleinlaster vorüber. Auf seiner Ladefläche saßen mit gekreuzten Beinen zwei Jungen und rauchten aus einer hohen, gläsernen Wasserpfeife.

»Ich wette, daß es hier haufenweise Gras gibt«, sagte Daina.

Bonesteel schaute den vorbeifahrenden Laster an und grunzte: »Klar, kiloweise. Aber die beiden da rauchen kein Hasch. Was da in Rauch aufgeht, sind Anregungstabletten.«

»Ich wußte nicht, daß man die auch rauchen kann.«

Er zuckte die Achseln. »Jeden Tag kommt hier eine neue Spielart auf. Die sind erfinderisch.« Er nahm die Hände vom Lenkrad und beobachtete den Eingang zum Cherries.

Am Rand des dichtbevölkerten Boulevards konnte Daina eine Hamburger-Bude sehen, dahinter das blauweißrote, um sich selbst kreisende Schild einer Chevron-Tankstelle. Autohupen tuteten im Takt der Musik, die kollektiv aus der Nacht auszuströmen schien.

»Wissen Sie irgend etwas über dieses Lokal?« fragte Bonesteel und deutete mit dem Daumen auf die Eingangsbogen zur Bar.

»Ich hab' natürlich davon gehört. Wer hat das nicht? Aber ich bin noch nie dringewesen.«

»Und das ist alles, was Sie wissen?« Seine Augen wirkten lebendig, seine Blicke schossen in den Wolken von Jugendlichen hin und her, die locker in das Gebäude eintraten oder es verließen. Sein Gesicht wirkte flüssig im blinkenden, farbigen Neonlicht.

»Aha.«

Daina glaubte, es käme vielleicht noch etwas, aber er schwieg. Er schüttelte sich eine Camel ohne Filter aus dem Päckchen und zündete sie an.

Der Eingang zum »Cherries« war von glatthaarigen Jungen verstopft. Sie trugen ärmellose Sweatshirts und ausgebleichte Jeans, ihre nackten Oberarme glänzten im bernsteinfarbigen Licht, als seien sie mit Öl eingerieben worden. Die Mädchen waren dunkel gebräunt; die vollkommenen Rücken ihrer vollkommenen Nasen bedeckten Wolken von Sommersprossen, ihre Lippen waren mit dunklem Lipgloss bemalt, so daß ihre Münder wie schmollende Früchte wirkten. Ihre Augenlider wirkten wie schimmernde Stückchen aus Schlangenhaut. Die blütenbedruckten Kleider paßten nicht dazu, wirkten anachronistisch. Die Mädchen, die hier vor dem »Cherries« standen, wirkten weich und verwundbar und wie Kinder, die sich unabsichtlich aus der sicheren Obhut ihrer Eltern hierher verirrt hatten.

Inmitten dieser Ebbe und Flut standen – ein stiller Teich – vier Jungen im Halbschatten. Die Enden der langen Palmwedel streiften sie. Einer der Jungen war offenbar der Anführer. Er redete mit einem schlanken Mädchen auf einem Rollbrett, während seine Kameraden mit verschleierten Blicken zusahen; einer kaute an den Nägeln, ein anderer nahm einen Schluck aus einer Flasche Bier. Der Anführer nickte scharf, und Geld wechselte den Besitzer. Er tätschelte dem Mädchen den Po. Sie rollte auf dem Bürgersteig los. Sie hüpfte mit dem Rollbrett über den Bordstein.

Auf dem Asphalt der Straße gewann sie Geschwindigkeit. Sie schlängelte sich durch den Verkehr und überquerte den Boulevard.

Auf der anderen Seite schwenkte sie nach rechts, fuhr einen Block weit am Straßenrand entlang. Noch einmal sprang sie ohne Unterbrechung in ihrer fließenden Fahrtlinie auf den Bordstein. Einen Augenblick lang fühlte Daina sich schwindelig. Von den Karawanen der langsamfahrenden Autos wehten starke Gerüche zu ihr herüber: Chili, Tacos, brennendes Fett, Marihuana.

In der vom nebligen Licht erhellten Dunkelheit entdeckte Daina das Mädchen wieder, wie es an der Seitenstraße auf Schatten zurollte, die sich langsam bewegten. Daina sah kurz die jungen Mexikaner, die sie verstohlen berührten. Sie waren in den Kokain- und Tablettenkreisen Außenseiter, aber immer noch Könige des Marihuanas und des Bieres.

Das Mädchen hatte den Einkauf getätigt, drehte um und rollte über den Bürgersteig am Straßenrand entlang. Sie wollte gerade mit einem ersten scharfen Schwung in den sechsspurigen Verkehrsfluß einschwenken, als Daina vom wilden, gutturalen Gebrüll eines mächtigen Motorrads abgelenkt wurde. Das Motorrad schälte sich von der Karawane los und rückte vorsichtig an den Straßenrand vor dem Eingang zum Cherries. Noch bevor sie den purpurroten Kunststoffwindschutz des Motorrades erkannte, wußte Daina, daß es Chris war. Er trug einen schillernden Helm ohne Markierung, eine abgenutzte Lederjacke, aus der die Ärmel herausgeschnitten worden waren, und Jeans mit gerade geschnittenen Hosenbeinen. Er stieg sehr schnell ab, und ohne den Helm abzunehmen, ging er übers Pflaster.

Bonesteel hielt ihr die Hand fest, als ihre Finger bereits auf dem Türgriff lagen. »Bleiben Sie, wo Sie sind.«

»Warum?«

Er wollte nicht antworten. Er hielt nur den Blick auf die Doppeltür zum Cherries geheftet.

Augenblicke später tauchte Chris mit einem Mädchen im Schlepptau wieder auf. Sie sah nicht anders aus als die hundert anderen, die in diesem Lokal verkehrten: langes blondes Haar, das lose über sonnenverbrannte Schultern floß. Sie rollte locker auf leuchtend gefärbten, maßgeschneiderten Rollschuhen. Sie schaute nicht um sich.

Die vier Jungen am Eingang beobachteten das Mädchen mit derselben Gleichgültigkeit, mit der sie alles zu betrachten schienen. Keiner trug kurzes Haar, wie es an der Ostküste bereits Mode geworden war: den vieren fiel das Haar bis auf die Schultern – ein seltsam weiblich wirkender Zug in ihrem sonst perfekt einstudierten männlichen Image.

Das Mädchen war hinter Chris auf das Motorrad gestiegen. Chris' rechtes Bein pumpte einmal auf und ab, und die Maschine startete mit kehligem Donnern und einem kurzen Stoß aus blauem Rauch. Chris rollte los, schlängelte sich durch den Verkehr, beschrieb eine U-Wende und hielt nach Süden, zurück nach Hollywood.

»Herrgott«, sagte Daina, »und Sie haben das die ganze Zeit gewußt.«

»Schmutzige Wäsche – wissen Sie noch?«

»Heute haben Sie's aber mit Überraschungen«, sagte Daina scharf und dachte an Mordreds bleiches Gesicht.

Das Mädchen auf dem Rollbrett war mit der Ladung zurück. Sie hatte den durchsichtigen Beutel voll Marihuana in die aufgehaltenen Hände des Anführers gelegt. Der beugte sich vor und küßte das Mädchen hart auf den Mund. Eine Hand legte sich um ihren Rücken, tastete sich tiefer. Er umfaßte eine gut geformte Hinterbacke, und die Hüften des Mädchens beschrieben einen lasziven Bogen gegen seinen kräftigen Körper. Er gab ihr einen Klaps, machte sich von ihr los – als ob er zwischen dem Mädchen und den Drogen hätte wählen müssen –, und sie rollte in das Cherries hinein. Als Daina wieder hinschaute, hatten die Jungen sich zerstreut.

»Drei zu eins, daß Charlie Wu mit irgend etwas dealt«, sagte Bonesteel, während er die Tür öffnete.

Das Innere des Cherries war dunkel und rauchig und angefüllt mit pferdeschwänzigen Palmen und pferdeschwänzigen Mädchen und Jungen. Rechts war eine lange Bar, dunkel gebeizt und glänzend; dahinter gab es eine Anzahl geschliffener Spiegel und Glasregale mit Flaschen. Ungefähr auf halber Höhe ging der Raum im rechten Winkel nach rechts weiter und öffnete sich zu doppelter Breite. Hinter einer Glaswand und doppelten Glastüren konnte Daina Leute in der Disko tanzen sehen. Das Licht war gedämpft, der Geräuschpegel bemerkenswert niedrig.

Daina wandte sich an Bonesteel. »Wie zum Teufel sollen wir in diesem Durcheinander Charlie Wu finden?«

»Wir wollen mit dem Mann hinter der Bar reden«, sagte Bonesteel und führte sie zu einem lederbezogenen Barhocker hinüber.

»Was soll's sein?« Der Barkeeper war ein vierschrötiger, untersetzter Mann mit zimtfarbenem Schnurrbart, der an den Mundwinkeln herabhing. Er hatte langes Haar und intelligente Augen.

»Zwei Bier«, sagte Bonesteel. »Kirin, wenn Sie's da haben.«

Daina sagte: »Kennen Sie einen Mann namens Charlie Wu?«

Der Barkeeper zeigte mit dem Daumen zu einem der Tische in der Nähe der Glaswand zur Disko hinüber. »War jeden Abend hier und hat auf Sie gewartet, Miss Whitney.« Jemand am anderen Ende der Bar rief ihn, und er ging weg, ehe Daina ihn fragen konnte. Es konnte nur

Meyer gewesen sein, der all dies ins Rollen gebracht hatte, dachte sie. Das beschämte sie. Sie führte Bonesteel durch den Raum.

Charlie Wu war einer dieser chinesischen Männer, deren Gesichtszüge so zart waren, daß er auch als Frau hätte durchgehen können. Charlie Wu unterstrich diese Illusion noch, indem er sein Haar sehr lang trug, so daß er den Eindruck eines Zwitters erweckte.

Aber an seiner Stimme war nichts Weibliches. Sie klang sanft, tief und voll. Charlie Wu lächelte und erhob sich, als er Daina sah. Aber sein Lächeln wurde bald zu einer finsteren Miene, als Daina Bonesteel vorstellte.

»Man hat mir gesagt, ich würde mit nur einer Person reden«, sagte er, »mit Ihnen nämlich. Ich hab' keinen Streit mit der Polizei, aber ich sehe auch nicht ein, warum ich mit einem Polizisten reden müßte.«

»Ich habe nicht gesagt, daß er Polizist ist«, meinte Daina.

»Ha!« Charlie Wu schnaufte. »Das brauchten Sie auch nicht zu sagen. Die Bullen haben alle den gleichen Gang.« Er spähte Bonesteel ins Gesicht. »Allerdings sind Sie nicht wie ein Bulle gekleidet.«

»Daß er dabei ist, hat nichts mit Ihnen zu tun«, sagte Daina. »Wenn Sie sich deswegen Sorgen machen?«

»Ich brauche mir wegen nichts Sorgen zu machen«, sagte Charlie Wu, »besonders, was Bullen betrifft. Ich habe Ihnen nur gesagt, was ausgemacht war.«

»Das ändere ich jetzt«, sagte Daina. »Bonesteel bleibt.«

»Dann läuft hier nichts.«

»Warten Sie hier«, sagte Bonesteel, »ich gehe noch eben telefonieren.«

Zum ersten Mal zeigte sich das Flackern eines Gefühls in Charlie Wus Augen. »Keine Anrufe«, sagte er unglücklich. Daina drehte sich um. »Können Sie mir für den da bürgen?«

Daina nickte.

»Und es kommt nichts in die Akte?«

»Was mich betrifft, sind Sie sauber«, sagte Bonesteel.

»Ich will es auch von der Lady hören. Sie weiß, woran ich interessiert bin.«

»Sie haben mein Wort, Charlie.«

»Okay.« Er nickte. »Wir wollen uns setzen.« Er bestellte eine Runde Bier für alle. Er betrachtete ein junges Mädchen, das nicht älter als dreizehn Jahre war. »Sie sind ein bißchen zu jung für mich«, sagte Charlie Wu wie zur Erklärung. »Aber das Management kennt mich, und sie lassen mich alle in Ruhe.« Er zuckte die Achseln. »Meine Arbeitszeit ist unregelmäßig.«

»Was machen Sie denn eigentlich?« fragte Daina.

»Ich bin Mechaniker.«

»Mechaniker?« echote Bonesteel. »Wem versuchen Sie denn hier was vom Pferd zu erzählen, Junge? Wir wissen, daß Sie Drogen nach...«

»Sehen Sie, warum ich protestierte?« sagte Charlie Wu, und echte Traurigkeit zeigte sich in seinem Gesicht. »Sie würden nie so mit mir reden, Miss Whitney. Aber der da...« Er zuckte die Achseln.

»Er hat recht, Bobby«, sagte Daina ruhig. »Geben Sie Ruhe.« Und nach einem Augenblick wandte sie sich wieder an den Chinesen. »Okay, Charlie. Sie reparieren also Autos.«

Er schüttelte den Kopf. »Nein, Flugzeuge.«

»Was hat das mit der Sache zu tun?« fragte Bonesteel.

»Still, Bobby«, zischte Daina. »Arbeiten Sie an kleinen Flugzeugen? Zweimotorigen?«

»Nun, qualifiziert bin ich schon dazu«, sagte Charlie Wu, »aber meine Spezialität sind Jets. 707, Privatmaschinen, solche Sachen.«

»Aber Sie arbeiten doch nicht für eine Fluggesellschaft?«

»Nein, ich arbeite streng freiberuflich. Dabei verdient man mehr Geld.«

»Das möchte ich wetten«, murmelte Bonesteel.

»Hören Sie«, sagte Charlie Wu, »ich bin ein sehr geduldiger Mensch, aber könnten Sie den da nicht an die Leine legen oder so was? Er fängt an, mich zu ärgern.«

Daina hielt Bonesteel mit einer Hand zurück. »Wir wollen jetzt mal was klarstellen«, sagte sie zu beiden. »Das hier ist meine Sache, und es wäre mir lieb, wenn Sie sich alle beide ein bißchen zurückhielten.« Sie senkte die Stimme. »Welche Art von Arbeit haben Sie denn in den vergangenen sechs Monaten gemacht?«

»In letzter Zeit lief das Geschäft ein bißchen langsam.« Er lächelte träge. »Aber selbst wenn das nicht der Fall gewesen wäre – ich weiß genau, was Sie wissen wollen. Ich hab's nämlich schon mal hinter mir, wissen Sie.« Er stürzte den Rest seines Biers hinab und bestellte noch eins. »Ich krieg' also diesen Anruf. Jemand will, daß ich nach LAX rausfahre, zu einem der privaten Hangars, und mir 'ne Longhorn Serie 50 anschaue.« Er musterte Daina. »Wissen Sie, was das für 'ne Maschine ist?«

Daina nickte. »Es ist eine Privatmaschine mit einem breiten Rumpf. Ungefähr zehn Sitzplätze. Ich bin schon in einer geflogen. Womöglich ist es die gleiche.«

»War da das Zeichen der *Heartbeats* drauf – Stern und Gitarre?«

»Ja.«

»Dann war es die gleiche.« Charlie Wu rührte mit einem seiner dünnen Zeigefinger im Bier. »Sie waren gerade dabei, das Zeichen zu löschen, damit die Maschine wie alle anderen der Serie 50 aussah.«

»Und was sollten Sie machen?«

»Wenn ein Flugzeug – egal, was für eins – einen langen Flug machen soll, dann sollte man es, wenn man Verstand hat, durchprüfen lassen, und zwar gründlich.«

»Und was war mit dem normalen Mechaniker des Flugzeugs?« fragte Daina.

»Es war keiner da«, sagte Charlie Wu, »außer mir und dem Mann, der das Zeichen abdeckte. Keiner von uns hat sich um den anderen gekümmert. Daraus können Sie jetzt Ihre eigenen Schlüsse ziehen.«

Er nahm einen Schluck Bier.

»Haben Sie den Mann, der Sie angerufen hat, jemals gesehen?« fragte Bonesteel.

»Nein. Ich hab' 'n Schlüssel zum Schließfach bekommen. So hat man mich bezahlt. Ich hab' dann den Schlüssel im Schließfach stecken gelassen, und das war's schon.« Er hielt einen Finger hoch. »Außer einem vielleicht. Die hatten nicht geplant, Leute zu befördern, wenigstens nicht speziell auf diesem Flug. Ich hab' mal 'n Blick nach drinnen geworfen: sie hatten alle Sitze rausgenommen.«

»Was war denn drin?« fragte Daina.

»'ne Menge nichts. Nur leerer Platz, aber davon gleich tonnenweise.«

»Kein Drogenschmuggel«, sagte Bonesteel halb zu sich selbst.

»Warum sollte man sich auch die Mühe machen, die Sitze rauszunehmen?« sagte Charlie Wu. »Nein, es sollte was Großes, Schweres befördert werden.« Er trank sein Bier aus und wischte sich den Mund. »Na, und das war alles.«

»Warten Sie mal«, sagte Daina. »Wann hat denn das alles stattgefunden?«

»Ach, so vor sechs Monaten. Wenn's um Daten geht, hab' ich auch ein klares Köpfchen.« Er lächelte. »War nett, Sie kennenzulernen, Miss Whitney.« Er stand auf und drehte sich um. »Ach, und Mister Bonesteel, richtig? Wir haben uns nie kennengelernt.«

Bonesteel brachte sie in Rekordzeit vom Van Nuys Boulevard weg und aus dem Tal hinaus. Er bog auf den Mulholland Drive ab, und sie fuhren zum anderen Ende des Topanga State Parks. Eine Zeitlang herrschte Schweigen. Bonesteel zündete sich eine Camel an, nahm einen langen Zug, blies den Rauch aus dem offenen Fenster.

Als sie eben in den Park eingefahren waren, bog er auf eine grobgepflasterte, schmale Straße ab. Bonesteel ließ den LTD ausrollen und schaltete den Motor aus. Das leise Ticken der heißen Motorhaube war wie ein Kontrapunkt zu dem einsetzenden Chor der Grillen und Baumfrösche.

Bonesteel rauchte die Zigarette zu Ende und quetschte sie im Aschenbecher sorgfältig zu Tode. Er stieg aus. Daina fragte nicht, warum er sie hierhergebracht hatte; sie wußte nur, daß sie noch nicht fertig miteinander waren. Sie stieg an der anderen Seite des Wagens aus. Es war kühl und so feucht wie am Meer. Er blickte auf, als er das leise Knirschen der Blätter und des Grases hörte, das unter ihren Schritten rauschte.

»Ich will wissen«, sagte er ruhig, »warum Sie Charlie Wu gefragt haben, zu welcher Zeit es passiert ist.«

»Das ist komisch«, sagte Daina und schaute ihn an. »Zuerst hab' ich gedacht, es wäre nur ein nebensächliches Datum, an den Haaren herbeigezogen. Sechs Monate kommen einem, zur Begrenzung einer Zeitspanne, irgendwie natürlich vor.« Sein Gesicht lag fast völlig im Schatten. »Und dann ist mir klar geworden, wie ich gerade auf diese Zeitspanne gekommen bin. Silka hat mir etwas gesagt – ich weiß nicht mehr, wann –, und zwar über Chris und Tie. Er hat gesagt, sie wären vor ungefähr sechs Monaten allein zusammengewesen.«

»Und wo war Nigel?«

Daina konnte Bonesteel jetzt überhaupt nicht mehr sehen. Sie hielt den Kopf in die Richtung, aus der seine Stimme kam. Das war alles, wonach sie sich richten konnte. »Nigel war weg. Mehr hat Silka nicht gesagt.«

»Weg.« Das gleiche Wort nahm bei Bonesteel eine verborgene Bedeutung an.

In der folgenden Stille hatte Daina plötzlich ein Gefühl von Furcht. »Bobby«, sagte sie leise, »was denken Sie?«

»Ich denke«, sagte er langsam, »daß ich mich die ganze Zeit über geirrt habe. Nigel ist überhaupt nicht in Drogenschmuggel verwickelt. Nein, an der Sache ist viel mehr dran.«

»Wovon reden Sie?«

»Denken Sie nur eine Minute darüber nach«, sagte er, und sie konnte hören, daß er sich bewegte. »Die Puzzlestücke liegen alle vor Ihnen. Nigel, zur Hälfte katholischer Ire mit einer Mutter, fast mit Sicherheit Mitglied der IRA, mit einem Vater, der die Katholiken haßte und seine Frau mißbrauchte und der sie schließlich sitzenließ; mit einer Schwester in Belfast, die im Untergrund lebt. Und jetzt schalten Sie einen Augenblick lang in die Staaten zurück. Sie sind Mitglied einer international bekannten Band, sie haben einen Jet. Wie oft, nehmen Sie an, wird dieser Jet wohl offiziell gebraucht? Drei, vielleicht vier Monate im Jahr höchstens, wenn die Band auf Tournee ist. Und was macht das

Flugzeug den Rest der Zeit über, na? Es steht friedlich in Wartestellung in seinem Hangar am Flughafen Los Angeles und tut gar nichts. Wer sollte also etwas davon erfahren, wenn du das Flugzeug für – na – zwei, drei schnelle Flüge pro Jahr ›borgst‹? Sagen wir – jedesmal zwei Tage lang? Niemand merkt was davon.«

»Aber wozu sollte ich es benutzen?« Daina konnte den Glanz in Bonesteels Augen sehen, wie bei einem Raubtier, das aus der Dunkelheit herauskommt.

»Denken Sie nach, Daina. Sie sind zur Hälfte irischer Katholik, ihre Schwester ist Mitglied der IRA. Was würden Sie denn mit dem Jet transportieren?«

Daina wußte es nicht, aber sie stellte fest, daß Heather es wußte. »Gewehre?«

Bonesteel lächelte und hob Daumen und Zeigefinger hoch. »Gewehre.« Daina holte tief Atem. »Und Maggie?«

»Maggie hat es herausgefunden. Oder« – er trat sehr dicht neben sie – »so sieht es wenigstens jetzt aus. Eine IRA-Exekution ist befohlen worden – als Gegenschlag auf die Angriffe, die Sean Toomey geplant hat.«

»Aber warum sollte es so aussehen, als ob Mordred den Mord begangen hätte?«

»Auch das ist offensichtlich: um den Mörder zu schützen. Er ist sehr gut placiert worden – und er hat sich jahrelang verbergen können. Warum sollte man ihn jetzt bloßstellen?«

»Wie auch immer: mir gefällt das gar nicht.«

Bonesteel lachte rauh. »Es ist auch nicht zu Ihrem Spaß durchgeführt worden. Es ist etwas, das man nicht beeinflussen kann.«

»Sie wissen aber auch alles, wie?« sagte Daina bissig.

Er ging ein Stückchen von ihr weg, als ob er sich vor ihren Worten in Sicherheit bringen wollte. »Von hier aus kann man nicht allzuviel sehen«, sagte er. »Die Bäume und die hohen Berge verdecken alles. Außer dem dämmrigen Glanz hoch oben im Osten.« Er wandte sich vom Himmel ab. »Ist auch besser so.«

Er nahm sich Zeit beim Anzünden einer weiteren Zigarette.

Daina schwieg. Sie war unsicher, wo genau Daina aufhörte und Heather anfing.

»Vergessen Sie das mit Silka«, sagte Bonesteel in die Nacht hinein. »Der ist in dieser Rechnung eine interessante Unbekannte. Aber schließlich ist er nur ein Mitläufer, ein unwichtiger Faktor; nur noch ein Fisch, der sich zufällig in dem Netz gefangen hat, das wir auswerfen. Ich bin hinter Nigel her.«

»Aber wie können Sie so sicher sein?« Daina ging um die Nase des

Autos herum und stellte sich neben ihn. Daina holte tief Atem. Irgendwo mußte es eine Verbindung zur See geben, denn sie konnte die Feuchte, die Schwere, den Phosphor genau riechen, fast als ob sie am Strand von Malibu stünde.

Bonesteels Körper wirkte starr. Seine Silhouette stand an ihrer Seite wie ein schwarzer Pfahl, der tief in die Erde hineingetrieben worden war. Nur das rote Auge seiner Zigarette beschrieb, wenn er sie zum Mund führte, kurze Bögen.

»Ich habe«, sagte er so abrupt, daß Daina zusammenfuhr, »früher einmal ein Mädchen gekannt. Es ist schon lange her.«

Daina betrachtete ihn sorgfältig.

»Sie war eine Träumerin, die Marcia. Voller Ideale und Hoffnungen. Sie war eine Romantikerin. Sie war wunderschön, wie meine Mutter; nein, noch schöner. Langes, rotbraunes Haar, Augen in der Farbe von irischem Nebel, oder – na, jedenfalls hörte sie es gern, wenn ihre Augen so beschrieben wurden. Und es stimmte ja auch.«

Er holte tief Atem. »Ich hab' sie kennengelernt, als ich gerade Polizist geworden war. Ich war damals sehr engagiert. Ich wußte ganz genau, was ich wollte, und – schlimmer – was für mich am besten war.« Er zuckte die Achseln. »Es sah damals alles viel komplizierter aus. Marcia war ein bißchen angewidert von dem, was ich war, und von dem, was ich ihrer Ansicht nach glaubte. Aber das hielt sie nicht davon ab, mich zu lieben, sondern das machte es nur schwieriger und komplizierter. Wir haben uns verliebt, wir haben eine Zeitlang zusammengelebt – eineinhalb Jahre vielleicht. Es war zu lange und andererseits auch nicht annähernd lange genug. Wir haben einander bis zum Überdruß geliebt. Also ist sie endlich gegangen. Es war die einzige Möglichkeit, durch die wir beide überleben konnten. ›Ich verlasse dich, Bobby‹, hat sie damals in der Nacht gesagt. ›Ich geh' so weit weg von dir, wie ich kann.‹ Sie hielt dann einen Augenblick inne. ›Ich schreib dir nur‹, sagte sie, ›wenn du mir versprichst, nicht hinter mir herzukommen.‹ Also hab' ich's versprochen. Einen Monat später hab' ich eine Karte von ihr bekommen. Aus Florenz. Sechs Wochen danach kam eine aus Granada, und dann endlich, mitten im Sommer, erhielt ich auch noch eine Postkarte aus Ibiza. ›Ich hab' einen ganz besonderen Menschen kennengelernt‹, schrieb sie. ›Ich schicke Dir diese Karte nicht, um Dir weh zu tun, sondern um Dir zu sagen, daß mir erst dadurch, daß ich diesen Mann gefunden habe, bewußt geworden ist, wie sehr ich Dich liebe. Ich werde Dich immer lieben, Bobby, und ich werde Dich nie vergessen. Deine M.‹«

Bonesteel kreuzte die Arme über der Brust. Daina streckte den Arm aus und berührte seine Schulter. Aber er schien es gar nicht zu merken.

»Als die letzte Karte eintraf, war ich schon mit anderem beschäftigt, hatte mich mit anderen Leuten angefreundet, hatte sie hinter mir zurückgelassen. Aber, wissen Sie, das wirklich Komische an der Sache war, daß ich sie irgendwo doch nicht hinter mir gelassen hatte. Genau so, wie sie mir aus Ibiza geschrieben hatte, wußte auch ich, daß sie immer ein Teil von mir bleiben würde. Auf eine seltsame, direkte Art waren wir gut füreinander in jenen wilden, stürmischen Tagen und Nächten damals. Wir haben uns gegenseitig das Selbstvertrauen aufgebaut, allein weiterzumachen.«

Daina drängte ihre Hand unter seinen Arm und rückte näher an ihn heran. »Dann hat diese Geschichte doch ein Happy-End?«

»Nicht ganz.« Er begann hin und her zu gehen, und sie ging mit ihm.

»Eine Zeitlang habe ich sie aus den Augen verloren. Ich war umgezogen. Dies und die Tatsache, daß der Brief unzureichend frankiert war, brachte es mit sich, daß ich ihn erst sechs Wochen, nachdem sie ihn geschrieben hatte, endlich bekam. Marcia war in London, sie hatte ein Baby und sonst niemanden. Sie war allein, ohne Freunde – ohne irgendeinen Menschen, der ihr half. Ich nahm Urlaub und bin rübergeflogen. Ich dachte, das mindeste, was ich tun könnte, wäre, sie nach Hause zu holen. Aber ich war zu spät dran, zuviel Zeit war vergangen.«

Er ging weiter vorwärts, bis an den Rand einer geschwungenen Senke. »Sie war hinüber, das Baby auch. Sie hatte den Gashahn aufgedreht – von ihren letzten Sixpence. Das habe ich schwarz auf weiß im *New Scotland Yard* gelesen. Sie hatten sie dorthin gebracht, weil sie Amerikanerin war. Sie hatte keine Familie, niemanden, und keiner hatte gewußt, an wen man sich wenden konnte. Ich war der einzige. Ich hab' die Beerdigung dort arrangiert, einen Platz gefunden, wo man sie – die beiden – beerdigen konnte.« Er zog die Schultern ein. »Es war ein langer Heimflug. Aber als ich ankam, fand ich noch eine widerliche Überraschung vor: Marcias letzten Brief. Er war nur einen Tag nach dem anderen geschrieben worden. ›Gib' Nigel nicht die Schuld‹, schrieb sie. ›Ich habe lange gebraucht, bis ich ihn verstanden habe. Ich hab' an ihn geglaubt, an das, was er war, an seine gewaltige Lebenskraft. Aber nicht er war die Lüge, sondern ich. Er ist nur ein Kind und deshalb schuldlos. Er hat keinen Moralbegriff, also kann er auch nicht böse sein. Ich bin es, ich, ich, ich. Mit mir stimmt etwas nicht. Ich gehöre nicht hierher. Und damit meine ich nicht London. Auf Wiedersehen, Bobby. Du bist der einzige, an den ich jetzt noch denke.‹«

Ein Schauder lief über Dainas Rückgrat. Sie klammerte sich fester an Bonesteel und legte ihm einen Arm um die Taille.

»Kommen Sie«, flüsterte sie, als ob sie Angst hätte, daß die Lautstärke ihrer Stimme das Leben stören könnte, das um sie herumflutete. »Wir wollen von hier verschwinden.«

Aber Bonesteel weigerte sich, zu gehen. »Wollen Sie denn nicht wissen, wer dieser Nigel war?« fragte er, und seine Stimme triefte vor Bitterkeit.

»Ich weiß es schon«, sagte sie sanft. »Kommen Sie jetzt.«

Diesmal schaffte Daina es, ihn langsam zum Wagen zurückzubringen. Tau befeuchtete den Saum ihrer Hosen.

Als sie an der offenen Tür standen, sagte sie zu ihm: »Sie hätten diesen Fall nicht übernehmen sollen.«

»Das weiß ich.« Schatten zogen sich kreuz und quer über sein Gesicht.

»Und natürlich weiß auch Ihr Chef nichts davon, daß Sie früher einmal damit zu tun hatten.«

Seine grauen Augen waren dunkel vor Gefühlen. »Er hat keine Ahnung.«

»Das hab' ich mir gedacht. Und ich nehme an, es war der reine Zufall, daß man gerade Ihnen diesen Fall überließ.«

Der Schatten eines Lächelns erschien auf seinen Lippen und verschwand wieder. »Von reinem Zufall kann keine Rede sein. Ich habe Fitzpatrick mit einem Trick dazu gebracht, daß er ihn mir übertragen hat.«

»Wie haben Sie das gemacht?«

»Ganz einfach. Ich hab' ihm gesagt, daß ich die Sache auf keinen Fall übernehmen würde. Und Fitzpatrick, das arme Schwein, reagiert immer so, daß man es vorausberechnen kann. Er hat mir den Fall mit Gewalt angehängt.«

»Die Regel, daß ein Polizist nicht persönlich an dem Fall beteiligt sein darf, ist sehr vernünftig.«

»Das weiß ich auch.« Sein Gesicht war grimmig. »Es war Nigels Baby, Daina. Er hatte die Verantwortung dafür, egal, was Marcia dachte. Ich sag' ja nicht, daß der Schweinehund sie hätte heiraten müssen. Aber sie hat es nicht verdient. So was hat sie nicht verdient.«

»Sie machen also weiter?«

»Und ob«, sagte er und beugte sich leicht vor, »bis zum bitteren Ende.«

»Es ist schon fast soweit«, sagte Beryl Martin in ihrer harten, knappen Art. »Es tickt in dieser Stadt wie eine Zeitbombe. Jeder weiß das, Daina. Selbst Ihre Feinde können es spüren, und sie kriegen ganz schweißige Hände.«

Rubens warf einen Blick auf Dory Spengler und schaute dann wieder Beryl an. »Jetzt ist nicht mehr Zeit dafür«, sagte er, »daß irgendwas schiefgeht.«

Beryl schenkte ihm ein breites Lächeln. »Es wird nichts schiefgehen.«

Sie saßen zu viert an einem makellos gedeckten Tisch im hinteren Teil des »Le Troisième«. Draußen, auf dem Melrose Boulevard, regnete es; ein stiller, endloser Regen ging über Los Angeles nieder. Aber hier, im Restaurant, glänzte das Licht weich und dämmrig und ließ die cremefarbene, dunkelgrüne Inneneinrichtung und das feine Kristall leuchten. Die Kellner trugen Frack, gestärkte weiße Hemden und schwarze Frackschleifen. Antoine, der Geschäftsführer, sah so elegant aus, daß man die Zähne zusammenbiß. Kurz, das Interieur des »Le Troisième« sah so europäisch aus, wie das in Südkalifornien nur möglich war.

Beryl, prächtig gekleidet wie ein Kakadu, nippte zierlich von einer Flüssigkeit. Die Flasche lag links neben ihrem Ellbogen unter dem Tischplattenniveau und schräg in einem Silbereimer auf Eis, in feuchtes Handtuch eingewickelt.

»Um wieder auf die schwitzenden Hände zurückzukommen«, sagte Beryl und setzte das Glas ab. »Sie erraten nie, wer mich heute morgen angerufen hat.« Sie wartete eine Antwort nicht ab. »Don Blair.«

»Der Agent?« Spengler spielte mit seiner Gabel. »Was wollte er denn?«

»Einer seiner Klienten läßt neben uns nächste Woche einen Film anlaufen.« Beryl sah aus, als hätte sie soeben einen köstlichen Happen verschluckt. »Mark Nassiter ist der Regisseur.«

Daina hob den Kopf, und Beryls Blick blieb auf ihr haften.

»›Feuer am Himmel‹«, sagte Rubens. »Ich hab' ihn gesehen. Handelt vom Krieg in Kambodscha. Der Streifen stinkt. Na und?«

Beryl ignorierte Rubens für einen Augenblick und sagte zu Daina: »Kennen Sie Nassiter?«

»Ich hab' ihn mal gekannt«, sagte Daina. »Jetzt ist er nur noch irgendein Gesicht von früher.«

»Ach so.« Beryl lächelte wohlwollend und brach den Augenkontakt ab. Sie zuckte die Achseln. »Na, egal. Spielt ja auch keine Rolle. Don hat heute ganz früh angerufen und wollte wissen, was zum Teufel wir vorhätten. ›Im Gegensatz dazu, was einer von euch denkt‹, hat er gesagt, ›hat jeder Film, der nominiert wird, auch eine Chance, zu gewinnen.‹ Ich hab' den Schweiß regelrecht in seiner Stimme hören können. Ich wünschte, ich hätte das Gespräch auf Band aufgenommen. ›Ihr Idioten‹, hat er gesagt, ›tut doch so, als ob ihr den Oscar schon in der Tasche hättet. Aber es dauert noch eine Woche. Da kann noch allerhand passieren.‹«

»Und was haben Sie darauf erwidert?« wollte Spengler wissen. Sein Grinsen bewies, daß er die Geschichte herrlich fand.

»Ich hab' ihm gesagt«, meinte Beryl vorsichtig, »er soll doch mal hingehen und sich *Heather Duell* ansehen.« Alle lachten.

Spengler schenkte allen nach. Der Kellner glitt geräuschlos heran, verbeugte sich leicht und nannte ihnen die Spezialität des Hauses. Sie bestellten die Speisen und noch eine Flasche Corton Charlemagne.

»Jetzt mal ernsthaft«, sagte Beryl, »der Start in New York – für den wir alle Rubens zu danken haben – war doch ein ungetrübter Erfolg. Noch immer kommen Presseberichte rein, und wir sind schwer bei der Arbeit für die Premiere in Los Angeles. *Newsweek* war verständlicherweise sauer, daß die *Time* sie in puncto Titelgeschichte geschlagen hat, aber uns konnten sie ja nicht anmotzen, weil sie denen angeboten worden ist. *Newsweek* will jetzt auch eine machen.« Beryl lächelte wieder. »Natürlich war der Köder, den ich ausgelegt habe, der Exklusivbericht über Dainas neuen Film. Ich weiß, Sie und ich, wir haben das alles schon mal durchgesprochen. Es ist mir völlig klar, daß die Gesellschaft die Hände noch draufhalten und bis zum letzten Drücker warten will: Brandos wegen. Na, zum Teufel damit, sage ich. Brando wird den Film ja machen. Der Vertrag ist schon unterschrieben, nicht, Dory?«

Spengler nickte. »Na klar. Aber was ist schon ein Vertrag? Doch nur ein läppisches Stück Papier. Ich kenne Brando besser als irgendeiner von Ihnen. Der könnte jederzeit wieder einen Rückzieher machen – noch ehe die Kameras laufen. Und selbst danach auch noch. Meiner Meinung nach könnte diese Überstürzung...«

»Stellen Sie sich doch mal folgendes vor«, unterbrach Beryl. »Das Ganze wird als Titelstory in *Newsweek* gebracht und kommt in der gleichen Woche raus, im ganzen Land, in der Daina ihren Oscar kriegt. Ich brauch' Ihnen wohl nicht zu sagen, was das für eine großartige Reklame wäre.«

»Ich denke an...«

»Rubens«, sagte Beryl und schnitt Spengler noch einmal das Wort ab, »was halten Sie denn davon?«

Er schaute Beryl direkt ins Gesicht und sagte: »Machen Sie's.«

Dann wandte er sich an Spengler. »Vergessen Sie mal einen Augenblick lang nicht, wer Sie sind und was Sie sind. Sie sitzen nur hier, weil ich es Ihnen erlaubt habe. Sie mögen sich einbilden, daß Sie sich genausooft irren wie wir anderen, aber Sie machen sich was vor. Sie irren sich viel öfter. Und außerdem sind Sie keineswegs so unersetzlich. Sie haben sich einmal dumm benommen, und das reicht. Tun Sie es nicht noch einmal. In einem hatten Sie allerdings recht, Dory. Ich bin wirklich nur ein Mensch. Aber denken Sie einmal darüber nach, was Sie dann sind.«

Spengler hatte ein rotes Gesicht. Hoch oben auf seiner Stirn pulsierte eine Ader in unregelmäßigem, lautlosem Takt. »Einmal hab' ich es zugelassen, daß Sie auf mir herumgetrampelt sind«, sagte Spengler. Er schickte sich an, aufzustehen.

»Dory, setzen Sie sich und benehmen Sie sich«, sagte Beryl locker.

Schweiß zeigte sich auf Spenglers Oberlippe. Sein Unterkiefer zitterte. »Sie haben kein Recht, so mit mir zu reden. Ich rufe Brando an, und...«

»Tun Sie das nicht«, sagte Rubens leise. »Wenn Sie diesen Tisch verlassen, kommen Sie nie zurück. Sie denken besser erst einmal über die Folgen nach, ehe Sie wie ein Halbverrückter hier verschwinden.«

Spengler stand genauso steif und bewegungslos da wie eine Statue.

»Und außerdem«, fuhr Rubens fort, »nehme ich an, daß es wirklich mal sein mußte. Sie sind aus der Scheiße mitten in einen Rosengarten hereingeraten. Und es waren noch nicht mal Ihre Rosen. Was hab' ich Ihnen eigentlich getan, daß Sie mich so treten, wie? Ich gebe Ihnen dies hier, und Sie sind noch immer nicht zufrieden. Sie wollen gleich den ganzen Kuchen. Hatten Sie wirklich gedacht, Sie könnten mich beim Teilen raushalten?«

Mit einem hörbaren Seufzer ließ Spengler sich wieder auf seinen Stuhl gleiten. Er nahm eine zerknüllte Leinenserviette in die Faust und rieb sich ein paarmal übers Gesicht. »Ich war sauer, das ist alles. Ich werde hier behandelt wie ein Laufjunge.«

»Ohne Sie hätten wir die Sache mit dem Brando-Film nicht so schnell hingekriegt«, stellte Beryl fest.

»Das weiß ich, aber...«

»Sie mögen die Art nicht, wie ich Sie behandle«, sagte Rubens. »Ist es das?«

Spengler schaute ihn an.

»Na, mein Junge, eins sollten Sie besser ganz schnell begreifen: bei uns müssen Sie sich den Respekt erst verdienen. Erwarten Sie nicht, daß Sie hier einfach reinkommen und daß man Ihnen ein weichgepolstertes Stühlchen unterschiebt. Bei uns hat jeder seine Arbeit. Tun wir die nicht und sitzen wir den ganzen Tag rum und bewundern unser Spiegelbild, dann passiert nichts. Wenn Sie glauben, daß Sie damit durchkommen und daß Sie Brando besser kennen als seine eigene Alte ihn kennt, dann ist mir das ganz egal. Sie können sich einfach vom Wind wegwehen lassen. Das passiert hier jeden Tag irgendwelchen

Leuten. Eben waren Sie noch nützlich, im nächsten Augenblick sind Sie schon von gestern. Hören Sie mal zu. Sie haben Grips, und Sie haben Mumm – ich hab's wenigstens angenommen, sonst hätte ich Sie Daina gar nicht erst empfohlen. Lassen Sie sich nur mal den Kopf geradesetzen, dann läuft alles wieder wie geschmiert.«

Der Kellner kam.

»Okay«, sagte Rubens, »warten wir, bis Dory sich an den ersten Gang macht.«

»Liebst du mich?« fragte er, als sie zu Hause ankamen.

»Ja.«

»Ich hätte nie geglaubt, daß ich eine Frau das jemals fragen würde.«

»Hast du das deine Frau denn nie gefragt?«

»Ich hab' immer angenommen, daß sie mich liebt.« Er berührte sie, ließ seine Handfläche über ihren Arm gleiten, bis hinauf zur Schulter. »Ich hab' mich noch nie in meinem ganzen Leben so sehr danach gesehnt, die Wahrheit zu hören.«

»Warum?« flüsterte sie. »Am Ende wirst du ja doch derjenige sein, der mich verläßt.«

Er schaute erschrocken drein. »Wieso nimmst du das an?«

»Weil«, sie legte ihre Fingerspitzen auf seine Herzgegend, »ich nie ganz sicher bin, was da drin vorgeht. Manchmal glaube ich, daß du ein Herz aus Glas hast – nein, aus Plastik. Man kann zwar durchsehen, aber man kann es nicht brechen. Du bist genau wie diese Stadt, Rubens: eine Stadt, die keine Stadt ist; sie ist da und gleichzeitig nicht da.« Sie legte den Kopf an seine Brust.

Er nahm sie in die Arme und hielt sie ganz fest. »Und was würde passieren, wenn ich dich verließe?« fragte er.

»Nichts«, log sie, »gar nichts.«

Bonesteel rief am späten Vormittag an. Rubens war schon ins Büro gefahren.

»Sind Sie auf?«

»Geben Sie mir eine Minute.« Daina wälzte sich im Bett auf die andere Seite und reckte sich.

»So«, sagte sie. »Was gibt's denn?«

»Im Labor hat sich herausgestellt, daß sich in dem Heroin, das Sie mir gebracht haben, Spuren von Strychnin befanden«, sagte er ohne Einleitung. »Sie haben Ihren Aufruf, Polizistin zu werden, überhört.«

Sie setzte sich im Bett auf. Sie war jetzt hellwach. »Das bedeutet, daß Chris noch immer in Gefahr ist.«

»Kann sein. Vielleicht ist er zufällig in Nigels Gewehrschmuggelspiel hineingestolpert.« Bonesteel machte eine kurze Pause.

»Vielleicht sollte ich mal vorbeikommen.«

»Weswegen?«

»Wenn Chris in Gefahr ist, sind Sie es möglicherweise auch. Sie haben zuviel Zeit zusammen verbracht, als daß der Mörder annehmen könnte, daß Sie nicht wissen, was Chris weiß.«

»Das ist ja lächerlich«, sagte Daina. »Der Killer müßte Gedankenleser sein.«

»Wie Sie meinen«, sagte Bonesteel lässig. »Übrigens hab' ich unserem gemeinsamen Freund Charlie Wu jemanden an die Fersen geheftet. Vielleicht führt er uns zu einem interessanten Ort.«

»Bobby, ich hab' mein Wort gegeben...«

»Machen Sie sich keine Sorgen«, sagte er, »ich werde ihn nicht festnageln. Aber keiner von uns hat was davon gesagt, daß wir ihn nicht beschatten dürfen, oder? Wer weiß, vielleicht hab' ich Glück. In diesem Augenblick könnte ich ein bißchen Glück schon gebrauchen. Ich bin so nah dran, alles aufzuknacken, daß ich es schon fast mit den Fingern fühlen kann. Doch was ich wirklich in Händen halte, ist ein Haufen Spekulationen, ist eine Faust voll Luft. Ich kann mich nicht bewegen. Ich fühl mich wie eine Fliege, die in einem Spinnennetz hängt.«

»Ich glaube, Sie treiben das alles zu hastig voran«, sagte Daina. »Sie *können* ja nicht objektiv sein – das wissen wir beide. Geben Sie den Fall an einen anderen ab.«

»Dieser Fall ist der einzige Grund, warum ich noch Polizist bin. Nichts hält mich jetzt mehr davon ab, ihn zu lösen,« sagte Bonesteel grob.

»Bobby, Sie müssen das Gesetz schützen.«

»Genau das tu ich auch.«

»Aber Sie können das Gesetz nicht verdrehen, wie es Ihnen paßt.«

»Jetzt sag ich Ihnen mal was über das Gesetz, Daina. Jeden Tag, jede Minute wird es verdreht. Ich hab' als Polizist schon sehr früh gelernt, daß das Gesetz an manchen Tagen dein Freund ist, und daß du es an anderen Tagen sorgfältig umgehen solltest. Wenn du es schlafen läßt, beißt es dich nicht.« Er schnaufte. »Was glauben Sie wohl, was Ihr Freund Rubens vom Gesetz hält, was?«

Und eine kurze, blendende Sekunde lang dachte Daina, daß Bonesteel den Fall Ashley kennt, und weiß, wer den Mord an ihm befohlen hatte. Sie begann zu würgen, als hätte sie immer noch die Gummistange aus Dr. Geists Krankenhaus im Mund.

»All diese Jungs mit den vielen Millionen in der Tasche nutzen das

Gesetz aus, Daina«, sagte Bonesteel. »So sind sie ja dahin gekommen, wo sie jetzt sind. Aber das ist akademisch. Ich weiß, was ich weiß. Nigel ist derjenige, welcher. Es liegt ihm im Blut. Er ist verdammt zynisch. Für den gibt es außer ihm selbst kein anderes menschliches Wesen.«

»Bobby, bitte...«

»Ich bin das Gesetz, Daina. Und ich werde dafür sorgen, daß er dafür, was er mit Marcia gemacht hat, bezahlt. Alte Freunde verdienen es, daß man sich an sie erinnert, das wissen Sie doch auch, oder?«

Aber wenn sich Bonesteel nun irrte? Daina wußte, daß Bobby von einem inneren Hunger angetrieben wurde, der sich selbst verzehrte. Sie wußte, daß er durchaus in der Lage war, sich selbst davon zu überzeugen, daß Nigel schuldig war, ungeachtet aller Beweise. Und wenn er recht hatte?

Sie rief Thaïs an und lud sich selbst in Nigels Wohnung ein. Sie hatte das alles noch nicht richtig durchdacht, aber sie wußte: es mußte probiert werden.

Thaïs kam an die Tür und umarmte sie.

»Bist du wieder glücklich bei Nigel?« fragte Daina.

»Jetzt, wo Chris aus der Band raus ist, macht das nicht mehr viel aus«, sagte Thaïs unglücklich.

»Die Band bricht schon nicht auseinander.« Aber Daina glaubte eigentlich nicht daran. Sie war sicher, daß die Band zerbrechen würde, und Thaïs bestätigte es noch.

»Nigel sagt, daß sie genau wie früher weitermachen wollen, aber ich kenne ihn zu gut. Er ist schwach. Der kreative Funke, den er früher mal gehabt hat, ist erloschen. Nigel hat zu lange von Chris' Talent gezehrt.«

Nigel war draußen am Swimmingpool. Wie die meisten Exilbriten wirkte er in dauernder Verblüffung darüber, daß er an einem Ort lebte, in dem ständig die Sonne schien. Er lag entspannt in einem Liegestuhl. Silka, der ihm offensichtlich gerade einen Drink gemixt hatte, stellte ein hohes Glas auf einen Seitentisch neben ihn.

»Silka«, rief Thaïs, »mach Daina doch auch einen Drink, ja?«

Silka stand wartend da, kühl und ruhig, und die Andeutung eines Lächelns spielte um seinen Mund. »Stolichnaya on the rocks mit einer Scheibe Zitrone.« Das war Rubens Drink.

»Nein«, sagte Daina absichtlich, »eine Pina Colada wäre genau das Richtige.«

Silka nickte und ging zur Bar hinüber. Offensichtlich wußte er schon, was Thaïs wollte.

Als sie sich näherten, drehte Nigel den Kopf herum. Er trug keine Sonnenbrille und blinzelte zu ihnen auf. Er sagte nicht guten Tag. Daina wußte, daß er ihr wohl für Chris' Entscheidung die Schuld gab.

»Scheiße, du hast vielleicht Nerven, hierher zu kommen.«

»Ich wollte Thaïs besuchen«, sagte Daina.

»Du hast wirklich 'n sonnigen Humor«, sagte er zu Thaïs.

»Mir paßt das überhaupt nicht.« Er zuckte mit dem Kopf. »Schmeiß die raus hier.«

»Hör auf, dich wie ein Baby zu benehmen«, sagte Thaïs kalt und blickte auf ihn hinab. »Daina kann bleiben, solange sie will.«

»Wer zahlt hier eigentlich dein Futter?«

»Du willst doch nicht, daß ich gehe – noch einmal?«

»Silka!« brüllte Nigel. »Mach irgendwas!«

Silka kam mit den Drinks herüber und reichte sie den Frauen. »Was soll ich denn tun?«

Nigel machte den Mund auf, schaute Thaïs an, klappte ihn wieder zu. Er schwenkte eine Hand. »Ach, mach dir 'n Drink oder so was.« Silka schaute Daina an, ehe er sich abwandte.

»Verdammt!«

Sie drehten sich alle nach diesem Ausruf um.

Nigel rannte auf das Haus zu.

»Was ist denn?« rief Thaïs hinter ihm her. Aber er war schon durch die hohe Fenstertür verschwunden. Der naturweiße Vorhang bauschte sich hinter ihm leicht im Wind. Einen Augenblick später tauchte er wieder auf: in der Linken hielt er eine kurzläufige Mauser.

Sie schauten ihn alle an. Daina setzte ihren Drink ab und rannte zu der Stelle herüber, wo Silka stand. Sie spürte Thaïs dicht hinter ihr.

»Nigel!«

»Der verdammte Coyote ist wieder da, Tie!« Er rannte ums Haus. Sie folgten ihm. Ein exotischer Garten erstreckte sich über etwa dreihundert Meter weit vom Haus entfernt. Dann, ganz plötzlich, erhob sich aus einer ganzen Anzahl ein ziemlich steiler rundlicher Hügel, Richtung Topanga. Der Hügel selbst war mit Immergrün und Dornensträuchern bestanden, die zwischen dicht gepackten, lang aufgeschossenen, raschelnden Eukalyptussträuchern und breitblättrigen Akazien um einen Platz kämpften.

Nigel war rasch in das Dickicht eingedrungen, die Pistole ganz fest an seine Seite gedrückt, während er den Berg hinaufstieg. Vielleicht gab es irgendeinen halb zugewachsenen Pfad, denn er kletterte mit erstaunlicher Geschwindigkeit den Hügel hinauf.

Thaïs bildete die Spitze, als sie hinter ihm herrannten: ein ziemlich schwieriges Unterfangen, und als sie ihn endlich einholten, waren ihre

Gesichter schweiß- und schmutzverschmiert. Sie keuchten in der Hitze.

Sonnenlicht strömte durch die Bäume. Nigel wirkte wie vom Licht gefleckt, während er am Rand einer kleinen Lichtung stand. Seine Augen waren weit aufgerissen, seine Nasenlöcher hatten sich geweitet. Die Mauser in seiner Faust wirkte sehr groß.

Thaïs wollte etwas sagen, aber Nigel schnitt ihr mit einer Bewegung seiner freien Hand das Wort ab. »Das Mistvieh muß hier irgendwo sein, ich weiß es genau. Ich hab' den Burschen von unten am Pool gesehen. Hat mich einfach angestarrt, als ob er sagen wollte, du traust dich ja doch nicht, hier raufzukommen.« Nigels Kopf drehte sich, als ob seine Augen ohne diese Bewegung die Blickrichtung nicht ändern könnten. »Die ganze Woche hab' ich ihn schon gesehen und gehört. Hat hier rumgeschnüffelt.«

»Vielleicht hat er nur Hunger«, sagte Daina und beobachtete das Blattwerk.

»Nein, nein«, flüsterte Nigel, »wir haben hier keine Katze. Er ist hinter was anderem her.«

»Was zum Beispiel?« fragte Daina.

Aber Nigel sagte nichts. Er machte wieder eine Handbewegung, damit sich alle hinhockten. Er drehte sich auf den Fußballen hin und her.

»Ich komm' mir langsam blöde vor«, sagte Daina und erhob sich. Aber Nigel zischte sie energisch an. »Jetzt, wo du schon da bist,« sagte er, »kannst du auch hierbleiben, bis ich das Mistvieh gefunden hab'.«

»Ich nehme von dir keine Befehle entgegen«, sagte Daina leise.

Nigel drehte sich herum. Seine Augen wirkten wie Steine. Und dann sah sie ihn ganz deutlich: mager, braun und elastisch-muskulös. »Wozu bist du eigentlich hierher gekommen? Das hier ist Jagdgebiet.«

»Nur, weil du das behauptest. Ich bin an deinem Coyoten nicht im mindesten interessiert. Laß das verdammte Tier doch in Ruh.«

»Es hat mich gequält!« kreischte Nigel.

»Du mußt es ja wissen, oder?«

Er hockte in einem Schattenfleck, aber entweder glitt die Sonne weiter oder eine Brise hoch oben hatte die Blätter bewegt, jedenfalls fing sich ein plötzlicher Sonnenstrahl in seinen Augen und ließ sie glitzern, während er Daina hart anstarrte.

»Wovon redet ihr überhaupt?« fragte Thaïs.

Daina schüttelte Thaïs' Hand ab. »Ich rede von Mord«, sagte sie mit harter Stimme.

»Scheiße! Was willst du damit sagen?« Nigel hatte sich nicht aus seiner hockenden Stellung bewegt. Die Mauser lag auf seinem Oberschenkel.

»Jemand hat versucht, Chris umzubringen, als er in New York war. Sein Heroin war mit Strychnin verschnitten...«

»Du bist ja total...«

»Genauso wie bei Maggie.«

»Maggie«, sagte Silka leise, »ist von einem Wahnsinnigen umgebracht worden. Uns allen hat man gesagt...«

»Ich weiß, was man euch gesagt hat«, sagte Daina mit flacher Stimme. »Die Polizei hat den Psychopathen erwischt, aber der hat Maggie nicht umgebracht.«

»Woher wollen Sie das wissen?«

Daina ignorierte Silka. Sie starrte Nigel ins Geischt. Hatte Bonesteel recht? Es war sehr still um sie her, die Hitze schien hin und her zu wallen und sich mehr und mehr aufzubauen. Wenn es je eine Brise gegeben hatte, war sie jetzt gestorben.

»Keiner von uns wußte, was mit Chris passiert ist«, sagte Thaïs, die von einem zum anderen schaute. »Stimmt's?«

»Niemand hat versucht, Chris umzubringen«, sagte Nigel. »Du träumst ja.«

»Dann träumte ich vielleicht auch, daß Maggie in Wirklichkeit Toomey mit Nachnamen hieß und daß sie die Enkelin von Sean Toomey war.«

Nigel stieß ein bellendes Lachen aus. »Jetzt weiß ich genau, daß dir die Hitze zu Kopf gestiegen ist.«

»Halt den Mund, Nigel!« schnappte Thaïs. Sie schaute Daina an. »Ist das wahr?«

»Ja. Es war ein politischer Mord; ein Gegenschlag, den man Sean Toomey auf die Türschwelle gelegt hat.«

»Herrgott, Nigel, weißt du...«

Aber Thaïs konnte den begonnenen Satz nicht beenden. Nigels linke Hand bewegte sich. Die Schnauze der Mauser zeigte in Dainas Richtung.

Daina sprang auf, und Nigel drückte ab. Die Pistole explodierte, zuckte in seiner Hand. Daina hörte hinter sich einen spitzen Schrei, und sie fühlte, wie etwas Heißes, Klebriges sie besprühte. Sie wirbelte herum. Ihre linke Schulter war von winzigen Blutströpfchen gesprenkelt, die wie Perlchen auf ihrer Haut lagen. Es war nicht ihr eigenes Blut.

Nigel sprang auf die Füße und rannte an ihr vorbei. »Du dreckige Sau!« schrie er. »Jetzt hab' ich dich!«

13. Kapitel

Irgendwo in den Tiefen der Limousine ging der Wecker. Er klang leise und hoch wie das Läuten einer Schiffsuhr. Die Dunkelheit, die sie schnell durchfuhren, war von Lichtblasen durchzogen wie ein Champagner, den man ins Lampenlicht hält. Die Klimaanlage summte an der Schwelle zur Hörbarkeit. Draußen konnte Daina den Smog sehen und die hohen, staubigen bewegungslosen Palmen.

»Noch dreißig Minuten bis zum Punkt X«, sagte Rubens. Er saß entspannt und zuversichtlich neben ihr, gekleidet in einem mitternachtsblauen, maßgeschneiderten Smoking, einem weißen Seidenhemd mit Rüschen an der Brust und einer Samtschleife. Er sah aus, als ob ihm die ganze Welt gehörte.

»Wie kannst du nur so ruhig dasitzen?« wollte Daina wissen.

Sie rutschte neben ihm auf dem Sitz hin und her, zog sich eine Zigarette aus einem Etui und wirbelte sie zwischen den Fingern wie einen Baton, bis sie auseinanderbrach. Zornig wischte sie die Tabakkrümel von ihrem Schoß hinunter. Das glatte, lachsfarbene Kleid raschelte, während es über ihre strumpfbedeckten Oberschenkel glitt, als sei es etwas Lebendiges. Es war schwach irisierend und handbemalt mit dunkelblauen, matten Nadelstreifen, die ihm einen fließenden Ausdruck verliehen. Es sah aus, als sei Daina in Wasser gekleidet.

Rubens legte eine Hand auf ihr Knie. »Kein Grund zur Sorge.«

»Gott ist der einzige, der in der Lage ist, so was zu sagen und es auch zu meinen.« Sie schüttelte das Haar, öffnete ihre Unterarmtasche und suchte nach ihrer Puderdose.

Der Dorothy-Chandler-Pavillon flammte, zusätzlich zu seinen eigenen Lampen, von Film- und Fernsehscheinwerfern. Die Menschenmassen waren gewaltig; sie quetschten sich an den violetten, samtbezogenen Ketten, die die Stufen säumten, entlang. Die Limousine kam gleitend zum Stehen. Der Fahrer ging um den Wagen herum, riß die Tür auf. Mikrophone wurden ihnen ins Gesicht geschoben. Fragen wurden gestellt. Blitzlichter zuckten. Daina sagte etwas über ihren Film; aber als sie nach den Gerüchten gefragt wurde, die ihre zukünftigen Pläne betrafen, lächelte sie nur ihr Tausendwattlächeln und segelte mit Rubens am Arm die teppichbelegten Stufen hinauf.

»Das zahlt sich jetzt alles aus«, sagte Rubens. All die Publicityarbeit, die sechswöchige Talk-Show-Tournee, die sie vor zwei Monaten mit Marion gemacht hatten, eingeschlossen. Es war eine halsbrecherische Tour gewesen, kreuz und quer im Land herum. Irgendein heller Kopf aus der Filmgesellschaft hatte die Idee gehabt. Wer immer es auch gewesen war, er hatte recht behalten. Die Kombination war hervorragend gewesen. Marion, vor der Kamera normalerweise ein sehr zurückhaltender Mensch, stellte sich mit Daina an der Seite dem Blitzkrieg der amerikanischen Medienmaschinerie.

Hinter ihnen füllten sich die Treppenstufen mit Menschen, während die Prominenten langsamer und langsamer auf die Fernsehkameras zugingen. Sie kamen in Gruppen zu zweit und dritt und in weitem Abstand.

Rufe waren zu hören. Hier und da brauste Applaus auf.

Daina spürte mehr und mehr, daß jede Bewegung schmerzte, jeder Ruf, jeder Schrei, jeder Kreischer, alle Geräusche, jeder Schubs, jeder Druck, jeder bewundernde Blick. Aber es dauerte eine Weile, bis sie verstand, daß diese Zusammenballung aus Lärm und körperlicher Anspannung in eine Richtung führte: von dem am weitesten entfernten Punkt am äußeren Rand der Menge trichterförmig nach innen zu einem nadelkopfkleinen Fleck voll wilder Bewegung.

Vielleicht war es erst, als sie die samtbezogenen Ketten durchbrachen, als sie sich im Auge des Hurrikans aus erhobenen Armen, baumelnden, hochkarätigen Kameras und erhobenen Gesichtern mit offenen Lippen befand, da ihr klar wurde, daß sie nach *ihr* schrien. Der New Yorker Filmkritikerpreis, die goldenen Globen, schienen nur ein Vorspiel zu diesem einzigen Moment zu sein.

Als jemand ausholte und versuchte, ein Autogrammbuch in Stellung zu bringen, zog Rubens den Kopf ein. Er legte Daina den Arm um die Hüfte und begann sie wegzuziehen.

Brüchige Rufe und riesiges, wühlendes Durcheinander drohten sie hinabzuziehen. Lichter schwangen herum. Daina hörte die Stimme eines Berichterstatters, der in den Wirbel hineintrat und Charlton Heston oder Sally Field oder wen auch immer stehen ließ.

Daina bewegte sich vorwärts. Sie hatte das Gefühl, als ob sie in zwei Richtungen gezerrt würde. Sie wußte, daß sie gehen mußte. In einer Menschenmenge, die außer Kontrolle geraten ist, konnte man sich nicht wiederfinden. Sie erinnerte sich an das arme Mädchen aus San Francisco, das von dem Mob, der dem Wagen der *Heartbeats* folgte, fast zertrampelt worden wäre. Dennoch hatte sie den Wunsch, zu bleiben. Nur widerwillig wollte sie diese Demonstration der Massenbewunderung so schnell vorübergehen lassen.

Also widersetzte sie sich Rubens Drängen gerade heftig genug, um am äußeren Rand der Masse bleiben zu können, während die Menschen sich bemühten, sie zu berühren, mit ihr zu reden, sie zu küssen. Und anscheinend war sogar das Tausendwattlächeln, das über ihnen leuchtete, genug, um sie weiter anzuziehen. Jemand stolperte, ging zu Boden, tauchte wieder auf und kam weiter heran.

Während sie sich den ersten Glastüren des Kinos näherten, wurde noch mehr gedrängt und geschoben. Die Masse wußte, daß ihre Zeit nun fast vorüber war, und alles drängte sich auf einmal nach vorn, rollte heran wie eine Flutwelle.

Jemand streckte eine Hand aus, packte Daina am Arm, zog. Sie stürzte fast. Rubens faßte sie, zerrte sie weiter. Pfiffe ertönten. Das grelle Heulen einer Polizeisirene schnitt sich durch das wilde Geräusch der Menge.

Die Polizisten drängten heran, schoben Leute beiseite, bewegten sich mit gesenkten Schultern und gezogenen Gummiknüppeln vorwärts. Sie bildeten einen Keil und zerstreuten die Leute nach rechts und links. Jemand schrie vor Schmerz oder Sehnsucht auf. Dann standen die ersten Polizisten neben Daina und Rubens; sie wurden durch den ersten Ring der Türen hindurchgeschoben.

Der andere Polizist quetschte sich ebenfalls durch die Türen, danach stellten sich die beiden auf jeder Seite auf. Mehrere Polizeiwagen kamen die Straße hinuntergeheult. Blaulicht blitzte. Ein Mannschaftswagen bog um die Ecke.

»Alles in Ordnung, Miss Whitney?« fragte einer der Polizisten. Er war jung und blond, hatte harte blaue Augen und breite Schultern.

»Ja«, sagte Daina, »ich glaube, ja.«

Die hinteren Türen des Mannschaftswagens flogen auf.

»Und Sie, Mr. Rubens? Alles in Ordnung?«

Polizisten ergossen sich ins Freie wie Salz aus einer Streudose; aber nun, da Daina nicht mehr auf den Stufen stand, hatte sich die Menge zurückgezogen. Die Leute standen bewegungslos da.

»Ja, ja«, sagte Rubens verärgert, wischte sich mit den Händen über die Front seines Smokings und über die Hosenbeine. »Was zum Teufel hat Sie so lange aufgehalten?«

»Tut mir leid, Mr. Rubens«, sagte der Polizist, ohne es zu meinen. »Wir sind so schnell gekommen, wie wir konnten. Keiner hat doch so was erwartet.« Er machte mit einer Hand eine vage Bewegung. »Ich meine, wir sind ja schließlich nicht in New York.« Er trat von der Tür weg und entnahm seiner Gesäßtasche einen Schreibblock. Ein Kugelschreiber klickte in seiner Hand. »Miss Withney, macht es Ihnen was aus?« Er reichte ihr Block und Stift hin, und lächelnd gab Daina ihm ein Autogramm. »Aber gern.« Sie lächelte ihn an.

»Sie sind genau zur richtigen Zeit gekommen.« In diesem Augenblick wäre der Polizist, wenn sie ihn darum gebeten hätte, für sie durch die Glasscheibe gesprungen. »Vielleicht könnten Sie so lange warten, bis die Preisverleihung vorüber ist, und uns dann nach Hause eskortieren.«

»He, Mike«, sagte der andere Polizist und machte eine abwehrende Handbewegung. »Ich weiß nicht...«

»Gib es durch«, sagte der Blonde, ohne sich umzudrehen. Und mit weicherem Tonfall meinte er: »Würden wir sehr gern machen, Miss Whitney. Sehen Sie sich nur nach uns um, wenn Sie wieder rauskommen.«

»Danke, Michael. Mr. Rubens und ich wissen das zu schätzen.«

Sie schaffte es, das »ich« deutlich zu betonen, und der Rest des Satzes verschwamm. Sie drehte sich um und nahm Rubens' Arm.

»Ach, Miss Whitney?«

»Ja?«

»Viel Glück heute abend. Wir drücken Ihnen die Däumchen.«

»Danke, Michael. Das ist sehr nett von Ihnen.«

Seine Wangen hatten sich gerötet, und er wandte sich ab. Daina und Rubens gingen durch die nächsten Türen in die eigentliche Eingangshalle, und sie sah ihn im gleichen Augenblick, in dem sie eintrat.

Er kam schnell heran; er hielt sein dunkles, habichtartiges Gesicht hochgereckt. Er steckte in einem schlechtsitzenden Smoking, den er erst in letzter Minute gemietet haben mußte. Sein Haar war ein ganzes Ende länger, als Daina es in Erinnerung hatte; das Pechschwarz war von silbernen Strähnen unterbrochen, und auch sein Vollbart zeigte Weiß. Es kam Daina so vor, als sei es schon unendlich lange her, seit sie ihn aus dem Haus geworfen hatte.

»Auf diesen Augenblick habe ich gewartet«, sagte er. Seine Stimme klang noch genau wie damals; der eigenartig metallische Ton ließ seine Sätze knapp und fremdländisch wirken. Das war einer der Gründe, warum er in der Öffentlichkeit so gut sprechen konnte.

»Rubens, das ist Mark Nassiter.«

Die beiden übersahen einander mit der Leidenschaftlichkeit geschworener Feinde.

»Was wolltest du?« fragte Daina.

»Dich nur mal wiedersehen.« Ein Tabakkrümel klebte an seiner Lippe. »Ich wollte sehen, was aus dir geworden ist.« Seine dunklen Augen waren verschleiert. »Ich wollte sehen, was sie aus dir gemacht haben.«

»Was immer ich geworden bin, Mark, das bin ich aus mir selbst geworden. Es waren meine Träume.«

»Bist du da ganz sicher, Schätzchen?« Er schaute sie lüstern an und hob sich auf die Fußballen – eine Angewohnheit, mit der er den Mangel an Körpergröße zu überspielen suchte.

Zum erstenmal erkannte Daina die Härte in seinem Gesicht, die Unerbittlichkeit in seinem Blick.

Mark zeigte mit dem Finger auf Rubens. »Bist du so sicher, daß dieser Kerl nicht hinter alledem steckt und an den Fäden zieht?« Sein Mund verzerrte sich vor Verachtung. »Wie ist das denn, wenn man mit einem Machtsüchtigen schläft?« Seine Hand zuckte vor wie eine Schlange und berührte die Linie ihres Unterkiefers. Ganz kurz nahm er ihr Kinn in die Hand. »Das ist nämlich alles, Kleines.«

Daina spürte die Vorwärtsbewegung, noch ehe sie sah, daß Rubens vorschnellte.

»Jetzt aber mal ein kleines Augenblickchen, Sie schmieriger Hanswurst!« Rubens Hände waren zu Fäusten geballt.

Mark winkte mit dem Finger. »Kommen Sie doch, Sie fetter Kater. Ich hab' keine Angst vor Ihnen. Ich hab' vor nichts Angst!«

Daina trat zwischen die beiden. Sie schaute Mark an, aber sie sprach zu Rubens. »Das reicht«, sagte sie knapp. »Überlaß das mir.«

»O nein, mein Kind.« Rubens machte einen heftigen Schritt an ihr vorüber. »Dieser Hundesohn verdient jeden einzelnen Schlag, den er jetzt von mir kriegen wird!«

Daina wirbelte herum und starrte Rubens ins Gesicht. »Ich hab' gesagt, ich kümmere mich darum!«

Mark grinste sardonisch. »So ist's richtig, Kindchen. Ja, ja. Spiel dich nur ein bißchen auf. Tu's, solange du es noch darfst. Wen kümmert das denn, daß du dir nur Illusionen machst? Diesen Kampf läßt er dich gewinnen. Es kostet ihn ja nichts, ihn zu verlieren. Aber wenn es wirklich zum Krieg kommt, Schätzchen, dann hat er dich schon eingekauft, verpackt und wieder verkauft, wie 'ne Speckseite. Und das Komische – wirklich zum Schreien komisch – ist, daß du's noch nicht mal erfährst, bis die Armee auf eine neue, noch größere Kampagne ausgezogen ist und dich weit zurückgelassen hat.«

»Du bist ganz furchtbar selbstsicher, nicht?«

Er schnaufte verächtlich. »Jedenfalls selbstsicher genug, um der Macht nicht in den Hintern kriechen zu müssen.«

»Ja«, sagte Daina, »ich sehe geradezu die Szene vor mir, die sich zwischen dir und den Columbia-Leuten abgespielt hat.« Sie beäugte ihn. »Ich bin sicher, denen hat's Spaß gemacht, deine Polemiken zu schlucken, während sie dir die zusätzlichen Elftausend rübergeschaufelt haben, die du brauchtest, um ›Feuer am Himmel‹ fertigzudrehen, nachdem du den Etat schon überschritten hattest.«

Rubens lachte, als er den Ausdruck auf Marks Gesicht sah.

»Du widerst mich an.« Mark drehte sich um und wollte gehen.

»Bist du so schnell mit uns fertig?« fragte Daina zuckersüß. »Ich dachte, du hättest dich gerade erst aufgewärmt.«

»Ich hab' genug gesehen«, sagte Mark wild. »Mehr als genug.«

Sie streckte schnell die Hand aus, packte seinen Arm und zog ihn zurück, damit er sie anschauen mußte. »O nein, mein Junge, damit kommst du bei mir nicht durch.« Er wollte sich von ihr losmachen, aber sie packte um so fester zu. »Ich sag' dir mal, warum du hergekommen bist: um dir deinen Oscar abzuholen; du, der du der Macht nicht in den Hintern kriechen willst. Na, die Macht ist jedenfalls heute abend da, Mark, und weißt du was? Du bist aus dem gleichen Grund wie wir anderen hier, oder etwa nicht?«

»Wenn ich gewinne«, knirschte er, »krieg' ich die Gelegenheit zum Auspacken. Das ist es, was ich will.«

Daina schüttelte den Kopf. »Wenn du nur ein Restchen Mumm hättest, dann wärst du weggeblieben, wie Brando oder Woody Allen. Aber das konntest du nicht. Du bist zu schwach. Du bestehst nur aus Polemik, aus lauter heißem Dampf, lauter aufgestauter Wut. Aber wenn es mal drauf ankommt, dann schnallst du dir deine Pistolen *nicht* um, und schießen tust du auch nicht. Du bist gar kein Außenseiter. Du legst es nur drauf an, ein Gesetzloser zu sein, aber das ist auch alles. Du bist ein Kind, und das ist alles, was du je sein wirst.«

Marks Hände waren zu Fäusten geballt, seine Arme hatten sich versteift, und seine Mundwinkel waren vor Anspannung weiß.

»Alles in Ordnung, Miss Whitney?«

Daina wandte leicht den Kopf um und sah den blonden Polizisten. »Schon gut...«

Aber der Polizist schob sich an ihr vorbei, trat vor Mark hin und tippte ihm mit dem Zeigefinger auf die Brust. Seine andere Hand ruhte leicht auf dem Kolben seiner Pistole. »Wenn Sie der Dame Ärger machen, Freundchen, dann würde ich Ihnen nicht raten, noch weiterzugehen.« Er drückte einmal sanft gegen Marks Brust. »Gehen Sie jetzt«, sagte er locker. »Hauen Sie ab.« Dann schob er noch einmal nach, so fest, daß Mark einen Schritt zurückstolperte, ehe er sich umdrehte und in der Menge verschwand.

Der blonde Polizist drehte sich um. »Wenn ich noch was für Sie tun kann, Miss Whitney...« Er berührte seine Dienstmütze.

»Nein, Michael«, sagte Daina leise, »vielen Dank.«

»Nichts zu danken.« Er ging wieder durch die Türen hinaus und stellte sich neben seinen Kollegen.

»Was ist?« fragte Daina Rubens, während sie ins Theater durchgingen. »Hat dir der Kater die Zunge abgebissen?«

»Ich weiß es auch nicht«, sagte er. »Ich bin nur ein bißchen verwirrt.« Sie war völlig auf den Augenblick, in dem die ihren Namen aufrufen würden, vorbereitet. Rubens war sicher, daß es dazu kommen würde, sie nicht.

Es war eine Zeit, in der die Angst auf gefährlich leisen Pfoten heranschleicht, in die Gedanken eindringt und die Hände klamm macht. Daina war es, als sei sie wieder Kind, das weiß, daß sich da hinten in der Ecke, wo sie die Kleider auf einen Haufen geworfen und die Schranktür halb offengelassen hatte, nichts in der Dunkelheit verbarg.

»...und all solche Scherze. Die Kandidaten für die Auszeichnung als beste Hauptdarsteller in einem Film sind...«

Aber irgendwie nützte es nichts, in solchen Augenblicken genau Bescheid zu wissen; denn irgendein anderer Teil ihres Gehirns war an der Arbeit und streckte sich dahin aus, wo sie nicht hinschaute, packte sie mit stählernen Klauen, gewann an Bedeutung und lachte hysterisch über die Vernunft.

»...Daina Whitney für *Heather Duell*...«

Jetzt saß sie also da, oben auf ihrer Bettdecke, mit gekreuzten Beinen und einer Gänsehaut, und das Nachthemd war ihr hochgerutscht, und sie biß sich auf den Fingernägeln herum und starrte die schwarze Ecke an, als ob sie ein Höllenschlund wäre, und ihr brach kalter Schweiß aus.

»...für ›Die Mächte‹ sind...«

Und sie dachte, vorbereitet gewesen zu sein.

»...aber Jodie Foster ist ja auch erst neunzehn.« Gelächter. »Und jetzt kommt der einzig wichtige Umschlag. Sally, würden Sie uns die Ehre erweisen?«

Es ist allein die Angst, dachte Daina, die das Gehirn der Menschen vernebeln kann.

»...ist viel leichter als Briefumschläge aufzumachen, meinen Sie nicht auch? Ah, da ist es ja. Die Gewinnerin ist – Daina Whitney« – Rufe und Applaus machten den Rest fast unhörbar – »für *Heather Duell*!«

Was soll ich bloß zu all den Leuten sagen? dachte sie. Jetzt, wo ich gewählt worden bin, jetzt, wo mein Name aufgerufen worden ist, jetzt, wo die vier anderen Kandidaten pflichtbewußt ihre Enttäuschung vor der Kamera verborgen haben, die sie aber später, morgen oder übermorgen, bis zu dem Zeitpunkt, wo das Ganze nur noch ein alter Hut ist, neidisch und verletzt jedem ins Ohr flüstern werden, der zuhört. Gibt es dieser Versammlung, dieser Stadt, der Welt überhaupt etwas zu sagen?

Die Titelmusik des Filmes wallte auf. Daina stieg die Plexiglasstufen zur Bühne hinauf. Der Applaus brauste ihr in den Ohren, die strahlenden Lichter blendeten ihre Augen. Atemlos ging sie zu dem kleinen Podium, wo Sally Fields und Bob Hope warteten.

Auf der schmalen Plattform des Podiums: die goldene Statuette.

Schweigen. Und in dem Schweigen ein Rauschen, als ob sie allein in einem Feld voller Insekten wäre.

Sie schaute hinaus aufs Publikum, ohne einen einzelnen zu sehen. »Ich habe mir so viele Dinge ausgedacht, die ich sagen wollte – in so einem Augenblick. Zuerst hab' ich gedacht, es wären wichtige Dinge. Aber da ich einen Augenblick wie diesen noch nie erlebt habe, finde ich jetzt, daß alles, was mir dazu eingefallen ist, nicht ausreicht. Es spielt keine Rolle. Nichts, was ich hier sage, spielt eine Rolle. Dieser Preis« – sie packte die Statuette um die Knöchel und hielt sie hoch – »diesen Preis kriegt man nicht für Worte. Man bekommt ihn für Taten. Mir bedeutet er noch mehr. Ich kann Ihnen nicht sagen, wieviel mehr. Es war ein Traum, so lange, so lange. Ich danke euch, Rubens und Jasmin und George und ganz besonders dir, lieber Marion. Ich danke euch dafür, daß ihr bewiesen habt, daß diese Stadt noch nicht die Fähigkeit verloren hat, Träume wahr werden zu lassen.«

Rubens' Haus schien sich zu verändern. Mehr und mehr Menschen kamen an, um mitzufeiern. Sechs Statuetten standen neben Dainas Oscar, auch Jasmins Preis für die beste Nebenrolle, Marions für die beste Regie, Rubens' für den besten Film.

Daina hatte das Gefühl, als ob sie auf der Spitze des höchsten Berges der Welt stände. Von Rubens zu Jasmin zu Marion und wieder zurück, während sie alle vier mitten im Raum standen oder auf den üppigen Sitzkissen der Couch in der versenkten Sitzgruppe und ihre Oscars hochhielten, während eine ganze Batterie Betrunkener die SX-70-Sonar-Kameras abschoß. Zack, zack, zack: die Polaroidfotos flatterten wie Konfetti durch die Luft. Daina zwinkerte der fetten, glatten Meeresjungfrau an der Wand zu.

Sie trank Champagner in Rekordmengen. Es gab mehr Taittinger Blanc de Blanc, als irgendeiner seit langer Zeit auf einem Haufen gesehen hatte.

Daina hatte das kostbare Kleid anbehalten, aber vierzig Minuten mit Mandy, der Maskenbildnerin, im Badezimmer verbracht.

Als sie wieder aufgetaucht war, hatte sie wie eine Tigerin ausgesehen. Mandy hatte den ganzen oberen Teil von Dainas Gesicht angemalt in opalschimmerndem Austernweiß, glitzerndem Gold und tiefem, erdigem Umbra, andeutungsweise auch ein hartes, giftiges Grün. Sie hatte alle waagerechten Linien betont und Dainas Augen verlängert, und sie hatte die aufregende Illusion erweckt, daß diese Augen sich ganz um die Schläfen herumzogen.

Oberhalb und unterhalb der weiß getönten Lider füllten die Schwünge in den dunkleren Farben die Fläche aus und betonten sie. Glitzerndes war ganz sparsam und nur auf den höchsten Stellen Dainas Gesicht aufgetragen worden: auf den Wangenknochen und direkt über den Augenbrauen, die nunmehr hochgeschwungen in das dichte Durcheinander ihres Haares verliefen.

Mandy hatte das diamantbesetzte Band, mit dem Daina bei der Oscarverleihung das Haar streng aus dem Gesicht hochgenommen hatte, entfernt. Jetzt war es ausgebürstet und toupiert und sah aus wie die Mähne einer riesigen Katze.

Daina war vor dem Spiegel aufgestanden und hatte den Kopf hin und her geschüttelt. Sie starrte sich im warmen, rosigen Licht an und grollte tief in der Kehle. Dann warf sie den Kopf zurück und lachte. »Gehen Sie auch da rein«, hatte sie zu Mandy gesagt und ihre Flanke getätschelt, »und amüsieren Sie sich mal richtig.« Sie warf das Champagnerglas in den leeren Kamin. Sie hatte das Gefühl, als ob sie nur die Arme ausbreiten müßte, um die Nacht umarmen zu können. Sie hatte den Wunsch, nach draußen zu gehen, alle Sterne an ihre Brust zu pressen und ihr kaltes, ewiges Brennen zu spüren und mit ruhiger Sicherheit zu wissen, daß nur sie und sie allein so etwas vollbracht hatte.

Immer mehr und mehr Menschen kamen an. Es war erschreckend. Niemand ging wieder. Sie tröpfelten an, sie strömten herein, sie schoben sich nach drinnen und brachten Essen und Wein mit. Daina dachte, sie müsse sie alle kennen, aber sie konnte nicht sicher sein. Nichts spielte mehr eine Rolle außer ihrem Oscar, den sie abwechselnd auf den Kaminsims stellte und fest gegen ihre Brust preßte.

Sie verbrachte faszinierende fünfzehn Minuten damit, sich mit einem merkwürdig aussehenden Mann zu unterhalten. Er war hochgewachsen und ungeheuer dünn und hager. Er hatte bleiche Haut, einen schwarzen Bart, eine lange Hakennase und Augen, die wie Kohlestückchen aussahen. Schließlich riß sie sich mit Gewalt von ihm los und entdeckte, daß sie mit dem El Greco geredet hatte.

»Liebes, komm«, sagte Jasmin leise und nahm sie um die Taille.

»Das ist meine Party.« Dainas Worte klangen leicht schleppend.

»Ich weiß. Ich will nur eine Minute mit dir reden.« Jasmin lächelte Daina ins Gesicht.

Draußen, unter den Bäumen im Gras, bei den sorgfältig beschnittenen Sträuchern, schienen weniger Menschen zu sein. Ihre Absätze klapperten auf den Betonplatten am Swimmingpool. Die Unterwasserbeleuchtung brannte. Der Delphin rollte und schnaufte, tauchte und wirbelte wieder aufwärts, durchbrach die Oberfläche und sprang hoch in die Luft, begleitet von rasendem Applaus der Zuschauer.

»Ich muß dir etwas sagen«, meinte Jasmin.

»Nichts Schlimmes, Jasmin«, sagte Daina, »nicht heute abend.«

Jasmin lächelte; ihre Zähne standen weiß und leuchtend in diesem sinnlichen Gesicht mit dem dunklen Teint. Ihre Augen hatten noch nie so riesig oder so feucht ausgesehen. »Kurz bevor ich zur Preisverleihung gefahren bin, hab' ich eine Nachricht bekommen. Ich hab' nach dir gesucht, aber in all dem Durcheinander konnte ich dich nicht finden.« Sie nahm Dainas Hände. »Man hat mir die weibliche Hauptrolle in dem neuen Scorcese-Film angeboten.«

Daina starrte sie an. »Wirklich?« Sie zog Jasmin an sich und umarmte sie. »Das ist ja wunderbar! Ich freu' mich so für dich.«

»Nur, morgen muß ich schon weg, zu Vorproben nach Luzern. Da bleibe ich dann ein paar Wochen, ehe die Aufnahmearbeiten in Luxemburg, Madrid und Malta anfangen.«

Daina wurde für einen Augenblick nüchtern. »Morgen, aber...«

»Ich wohne im Grand National in Luzern. Ich rufe dich an, sobald ich ausgepackt habe.«

»Ich werde dich nie wiedersehen, ja?«

Jasmin lachte. »Nach allem, was wir zusammen erlebt haben, kannst du so was sagen?«

Daina war den Tränen nahe. »Es ist nur so ein Gefühl.«

Jasmin streichelte ihren Hals. »Sei nicht traurig«, sagte sie. »Nicht in solch einer Nacht. Ich komm ja wieder. Und außerdem fährst du ja auch bald los. Läuft das Projekt mit Brando nicht in Singapur?«

»Ja, in Singapur.«

»Na, dann solltest du zuerst *daran* denken. Mein Gott, das ist eine Rolle, die einem nur einmal im Leben angeboten wird!«

»Vielleicht könnte ich es hinkriegen, daß du auch bei dem Film mitmachen könntest«, sagte Daina hoffnungsvoll. Sie schaute sich um. »Wo ist denn Rubens? Ich bin sicher, der könnte das arrangieren.«

»Daina.«

»Nein, nein. Da gibt's keine Probleme. Alles, was ich will, kann ich jetzt haben.« Sie lachte und drückte Jasmin. »Wäre das nicht toll? Wir beide zusammen in...«

»Daina, ich fliege morgen früh.« Jasmin ergriff ihre Schultern. »Ich will die andere Rolle.«

»Aber...«

»Ich muß endlich auf eigenen Beinen stehen. Siehst du das nicht ein?«

Daina spürte, wie Zorn in ihr aufsprudelte. Sie sehnte sich verzweifelt danach, die Situation zu beherrschen. Es gab keinen guten Grund, warum Jasmin nicht fliegen sollte, aber Daina wollte, daß sie blieb. Maggie war fort, jetzt ging auch Jasmin. »Ich sehe nur, daß du mich verläßt.«

»Das ist nicht wahr. Ich will nur...«

»Oh, Jasmin, geh nicht!«

»Daina, bitte. Ich will nicht, daß wir uns auf diese Weise trennen. Wir sind doch Freundinnen.«

»Herrgott noch mal, ich könnte das alles für dich tun! Ich könnte das alles hinkriegen! Du weißt wirklich nicht, wenn du zupacken mußt!« schrie Daina. Jasmin versuchte, die Hand nach Daina auszustrecken. »Nein, nein, rühr mich nicht an! Geh!« schrie Daina.

Sie schoß weg, suchte nach Rubens, rannte statt dessen aber Marion in die Arme. Sein Gesicht war vom Trinken leicht gerötet, aber seine Augen waren klar. Er packte sie, als sie an ihm vorbeistolpern wollte. »Hallo, du da!« sagte er. »Herrgott, was für eine Fete!«

»Ach, Marion!« Sie fiel ihm in die Arme.

»Daina, was hast du denn?«

Seine Worte durchdrangen irgendwie den Nebel in ihrem Gehirn, und sie zog ihr Gesicht von ihm weg. Hatte man ihr nicht gesagt, daß man ihr außerordentliches Make-up nicht mit Wasser entfernen konnte? Sie schüttelte den Kopf. Ihr wirres Haar streifte die Schultern. »Heute abend nichts als gute Nachrichten, Marion. Richtig?« Sie lächelte ihn an.

»Lieber Himmel!« sagte er. »Du siehst ja wie ein Raubvogel aus. Dieses Make-up ist wirklich bemerkenswert. Vielleicht könnten die mir auch mal so eins machen.«

Daina lachte und nahm seinen Arm. »Ach, Marion«, sagte sie. »Was ist das hier bloß für ein Ort! Wo sonst auf der ganzen Welt könnte solch eine Nacht überhaupt vorkommen?«

»Das kann ich mir auch nicht vorstellen.« Er schaute sie nüchtern an. »Was hat dich denn so aufgeregt?«

»Ach, nichts. Jasmin benimmt sich nur so blöde. Ich hab' ihr eine Rolle in meinem neuen Film angeboten, aber sie will lieber weg.«

»Kannst du ihr das verübeln? Sie hat in einem sehr wichtigen Film eine Hauptrolle bekommen. Wie konntest du denn erwarten, daß sie die aufgibt?«

»Aber sieh doch mal, was ich ihr anbiete!«

»Alles, was du ihr anbietest, ist die Gelegenheit, in deiner Nähe herumzuhängen und Zweitbeste zu sein.«

»Meine Freundin zu sein!«

»Jetzt sieh mal, mein Kind«, sagte Marion streng. »Wenn sie wirklich deine Freundin ist, dann müßtest du wollen, daß sie das tut, was für sie am besten ist.«

»Ach, Marion, du verstehst überhaupt nichts!«

»Im Gegenteil. Nimm nicht an, daß ich nicht gesehen hätte, was mit dir passiert ist. Dieser Film... Ich sage es dir ganz offen, Daina: ich würde nie wieder so einen Film machen, selbst wenn ich sicher wäre, daß ich damit noch einen Oscar gewinne. Ich habe lange Zeit darüber nachgedacht. Ich bin gar nicht so stolz auf diesen Preis. Ich nehme den Oscar mit nach England und stelle ihn auf das Kaminsims in meinem Studierzimmer und jede Woche kommt die Putzfrau und staubt ihn ab. Und was bedeutet er? Nichts. Wir haben für diesen Film alle viel zuviel aufgegeben. Er hat uns einen Tribut abgefordert, der gar nicht zu kalkulieren ist. Dir, mir, Jasmin und George. Keiner von uns ist mehr derselbe. Der Film hat uns verändert, hat uns fürs ganze Leben gezeichnet. Ich erkenne dich nicht mehr wieder... ich kenne noch nicht einmal mehr mich selbst.«

»Nein«, sagte Daina und schüttelte den Kopf, »das kannst du nicht ernst meinen. Es sind die anderen um uns herum. Die sehen uns anders, und deshalb benehmen sie sich auch anders.«

»Sei nicht so dumm«, zischte Marion wütend. »Kannst du denn nicht sehen, was dir direkt vor Augen steht?« Doch, dachte Daina. Ich sehe es schon. Aber ich will es nicht aussprechen. »Sieh dir mal George an. Heute nacht ist er nach Paris geflogen. Weißt du, wohin er will? Nach Südlibanon. Nur der liebe Himmel weiß, wie er das geschafft hat, aber er wird dort in ein Trainings-Camp der PLO aufgenommen. Ich bin ganz sicher, daß man ihn überprüft, aber danach wird er einer von denen werden.«

»George als echter, lebendiger Terrorist?« Daina starrte Marion an. »Dazu hat er nicht den Mumm.«

»Im Gegenteil«, sagte Marion locker, »George ist ein sehr gefährlicher Mann geworden.«

»George ist labil.«

»Das macht ihn ja so gefährlich.«

»Weiß Jasmin Bescheid?«

Marion zuckte die Achseln. »Ich hab' es ihr nicht gesagt. Warum sollte sie es erfahren?«

»Er hat sie geliebt.«

»Einen Grund mehr, es ihr nicht zu sagen.«

Plötzlich standen Tränen in Dainas Augen. »Ich hab' sie auch lieb, Marion.«

Er nahm sie in die Arme und küßte ihre Stirn. »Das weiß ich ja, Kleines. Ihr seid sehr gute Freundinnen.«

»Ich will nicht, daß sie weggeht.« Dainas Kinderstimme wurde von seiner Kleidung gedämpft.

»Ich bin ganz sicher, daß es ihr ähnlich geht. Ich fahre auch weg, weißt du. Ich kann es nicht ertragen, auch nur einen weiteren Augenblick hierzubleiben. Ich glaube nicht, daß ich noch weiß, warum ich eigentlich gekommen bin. Ich weiß nur: ich vermisse England ganz schrecklich.«

Daina küßte Marion auf die Wange. »Ich will Jasmin sehen. Ich will noch einmal mit ihr reden, ehe sie abfliegt.«

Sie verbrachte mehr als eine Stunde damit, Jasmin zu suchen, fand sie aber nicht. Es dämmerte schon, als die Gäste gingen oder hinaustorkelten. Ein paar mußten wachgerüttelt werden. Aber für Daina gab es keinen Gedanken an Schlaf. Der Schlaf schien ihr so fern zu sein wie der Tod. Sie und Rubens verließen das Haus, gingen hinaus in den tropfenden Garten. Sie liebten sich wild unter den Palmen, deren schwankende Kronen in der auffrischenden Brise der Dämmerung rauschten, und der Himmel verfärbte sich über den niedrigen Dächern perlgrau. Ein indirekter Glanz von Osten her bedrohte noch nicht das Strahlen der Sterne. Der Halbmond war fast verschwunden. Die Grillen sangen, und die Geräusche, die der Délphin verursachte, als er im nahe gelegenen Swimmingpool herumsprang, machten Daina träumen, daß sie beide als Schiffbrüchige auf einer Wüsteninsel gelandet wären.

Das zweite Mal war ganz anders. Er war noch immer in ihr, feucht, sich wieder versteifend. Und er war noch nie so sanft, so zärtlich, so absolut liebevoll gewesen, und ganz am Ende war Daina sicher, daß er weinte. Aber es hätte auch genausogut Schweiß sein können, der auf ihre Schulter tropfte und sie einölte, ehe er von der gerundeten Oberfläche abrollte und von der Erde unter ihnen aufgesaugt wurde.

Stille. Nur ihre Atemzüge und die Stimmen der Vögel, die die Ankunft der Sonne verkündeten.

Daina schlief im Gras ein, und Schweiß und die Sekrete ihrer Liebe trockneten langsam auf ihrer Haut. Ihr langes, dichtes Haar lag ausgebreitet da wie der Schwanz eines Halbgottes. Daina träumte, daß sie wieder in New York wäre, zurück in einer anderen Zeit.

Es war April, überall herrschte schon Frühling, nur hier nicht. Daina trug hohe, braune Stiefel, deren Spitzen und Absätze mit Schnee besprizt waren, Schnee in Farbe und Konsistenz von Schlamm. Ihre ausgeblichenen Jeans hatte sie in die Stiefel gestopft. Sie trug einen alten Navy-Mantel mit dunklen Plastikknöpfen, auf denen Anker eingraviert waren.

Ihr honigfarbenes Haar war streng aus dem Gesicht zurückgekämmt und in einem festen Pferdeschwanz zusammengebunden. Sie trug kein Make-up. Sie hatte die Hände tief in die Manteltaschen geschoben und ging mit hochgezogenen Schultern vorwärts, stemmte sich in den rauhen Wind, der durch die Gasse fegte. Wangen und Nasenspitze waren rot, ihre Zähne klapperten.

Sie ging weiter nach Norden, schaute sich hin und wieder nach Straßenschildern um, aber sie konnte keine finden. Sie kam auch an keine Ecke.

Plötzlich stand sie vor dem Restaurant, und sie kehrte in die Wärme ein. Sie erkannte die glasierten italienischen Fliesen und die niedrige Decke aus gehämmertem Blech. Die dichten Gerüche von kochendem Essen umwallten sie.

Mondgesichtig und stumm schauten die Leute sie an, während sie an ihren Tischen, die hoch mit Essen und alkoholischen Getränken vollgestapelt waren, vorübereilte. Daina schwitzte und zitterte, aber sie dachte nicht daran, den Mantel aufzuknöpfen.

Sie ging direkt zu dem Tisch im hinteren Teil des Raumes, dem beliebtesten des Restaurants. Von dort aus konnte man das hintere Fenster sehen. Der Mensch am Tisch stopfte sich mit Cuchifritos voll. Die riesigen, stumpffingrigen Hände, die pinzettenartigen Finger schaufelten das Essen in solchen Mengen in den weit offenen Mund, daß vieles davon wieder auf den Teller zurückfiel.

Daina starrte still das Gesicht an: die bleichen, bleichen Augen, das rotgoldene Haar. Fett war über die dünnen Lippen verschmiert, und Krümel von Paniermehl klebten an den rosigen Wangen.

Sie rief seinen Namen, und das Gesicht drehte sich ihr langsam zu. Ihre rechte Hand krümmte sich in der Tasche um den warmen Kolben der Pistole. Ihr Zeigefinger fand den Abzug, und sie zog die Pistole und feuerte immer und immer wieder aus kürzester Entfernung auf das schwitzende, fettverschmierte Gesicht.

Nichts passierte, und voller Entsetzen starrte Daina die goldene Statuette an, die sie, mit dem Kopf voran, auf den aufgerissenen Mund des Mannes hielt.

Das Gesicht stieß ein brüllendes Lachen aus. Winzige Fetttröpfchen und Paniermehlkrümel sprühten von den zurückgezogenen Lippen, von den abgekauten Schneiden der weißen, weißen Zähne, und sie sah die dunkle Höhlung des Mundes, die genauso riesig wirkte wie der Nachthimmel. Das wiehernde Gelächter erfüllte das Restaurant, hallte von der niedrigen Blechdecke zurück, warf ein Echo von den Fliesen. Sie drehte sich um und wollte wegrennen. Aber die harte, breite Hand schoß vor und umfaßte ihr Handgelenk.

»Aber, meine Liebe«, pantomimte der Mund, und sie stellte fest, daß eine echte Pistole ihr in die offene Hand gelegt wurde. Sie packte die Waffe, zog ohne nachzudenken den Abzug, und die Pistole explodierte, zuckte noch einmal und noch einmal.

Aber das verwüstete Gesicht, von dem das Blut triefte; dieses Gesicht vor ihr gehörte nicht Aurelio Ocasio, es gehörte George.

Und das Gelächter kam wieder, diesmal noch lauter und grausamer, und sie flüchtete hinaus in die Nacht. Die Entfernung zwischen ihr und dem Gelächter schien sich überhaupt nicht zu verringern.

Sie weinte im Gras. Hoch über ihrem Kopf kreischte laut ein buntgefiederter Vogel, vielleicht ein Kardinalfink. Er hörte sich verdächtig wie das Echo von der Party der vergangenen Nacht an oder wie das Gelächter in ihrem Traum.

Sie wußte nicht so richtig, wo sie war; irgendwo zwischen New York und Los Angeles. Ihre trockenen Lippen öffneten sich, sie setzte sich auf und rief: »Rubens?« Ein Ruf, so leise wie ein Flüstern.

Sie zitterte, zog die Beine unter sich hoch und legte ihren schwindligen Kopf in die Hände. Ein wilder Kopfschmerz zerrte an ihr. Sie stöhnte, während sie die Augen dem strahlenden Sonnenlicht öffnete, wie ein verwundetes Tier. Ich sollte jetzt aufstehen und in den Schatten gehen, dachte sie. Aber sie blieb, wo sie war.

»Rubens?« Sie schaute sich genau um. Da war der hohe grüne Drahtzaun, der den Tennisplatz umgab, und sie blickte schnell weg. Der Zaun brannte im direkten Sonnenlicht. Ihr Mund war trocken und klebrig. Es machte ihr Mühe zu schlucken. Ausgetrocknet, dachte sie.

»Na«, sagte Rubens, der durch das Gebüsch herankam, »du bist ja endlich wach.«

»Pst!« mahnte sie ihn. Seine Stimme hörte sich an wie ein Salut von einundzwanzig Schuß, der ihr direkt ins Ohr donnerte.

Er hockte sich neben sie und ließ einen seidenen Morgenmantel über ihre Knie fallen. Dann hielt er ihr ein Glas Orangensaft hin. »Da«, sagte er leise, »trink das. Maria hat den Saft eben ausgepreßt. Sie ist zurückgekommen und hat sich entschlossen, uns noch eine Chance zu geben.«

»Wo war sie denn hingegangen?« fragte Daina verdattert.

»Das ist eine lange Geschichte. Komm jetzt.«

Er drückte ihr das kalte Glas in die Hand und wickelte ihre Finger darum. »Trink aus. Ich hab' ein paar Tylenol reingetan.«

Vorsichtig setzte sie den Rand des Glases an den Mund und trank. Es schmeckte so gut, daß sie schon die Hälfte geschluckt hatte, ehe sie Atem holte. Sie blinzelte ihn durch das Sonnenlicht an. »Du siehst jedenfalls nicht besonders ausgepumpt aus.«

Er grinste sie an. »Hab' mich schlagartig erholt.« Er trug einen leichten Dreiteiler aus Leinen.

»Jetzt sag mir nicht, daß du schon so früh ins Büro willst.«
»Es ist bereits halb drei Uhr nachmittags«, sagte er.
»Ach, Mist, ich wollte doch Jasmin anrufen.«
Er starrte auf sie hinab. »Du hast dich gestern abend ganz schön vorbeibenommen: Jasmin weinte, als sie ging.«
Irgendwo hinter den Bäumen hörte Daina eine Wagentür knallen. Daina hörte das rhythmische Hüpfen eines Basketballs auf Asphalt.
Daina erhob sich und ging zum Pool. Er war kühl und klar. Die Kälte weckte sie auf, aber in ihrem Kopf klopfte es wieder. Sie durchbrach die Oberfläche, schwamm zur anderen Seite hinüber und kletterte heraus. Zu ihrer Linken zischten Rasensprenger. Daina sah kurz den Gehilfen des mexikanischen Gärtners, der an den Hecken arbeitete. Sie machte keine Anstalten, ihre Nacktheit zu bedecken. Sie wandte sich wieder zurück zu Rubens, beschattete die Augen mit der Handkante.
»Sei heute nicht den ganzen Tag über im Büro. Laß uns auf dem Boot zu Mittag essen.«
Er kam auf sie zu und schnitt eine Grimasse. »Tut mir leid, ich muß heute nach San Francisco fliegen. Wenn ich das Stinson-Beach-Projekt nicht heute abschließe, kriege ich der Steuern wegen Ärger.«
»Ach, du lieber Himmel, mußt du ausgerechnet heute weg?«
Er küßte sie. »Schuyler sagt, es sei unbedingt notwendig. Ich verliere eine halbe Million in Abschreibungen.« Er streichelte ihren Rücken. »Aber in zwei, höchstens drei Tagen bin ich wieder zurück. Und ich verspreche dir ein langes Wochenende auf dem Boot. Einverstanden?«
Er ließ sie im strahlenden Sonnenlicht am Rand des Swimmingpools, umgeben von den kleinen Geräuschen des Nachmittags, zurück. Sie sagte nichts, sie wirkte groß und gebräunt und zuversichtlich, fit wie eine Athletin.
Sie horchte auf das Motorengeräusch der Limousine, auf das Knirschen des Kieses, als der Wagen die Einfahrt hinunterrollte und ihr Rubens wegnahm. Sie hatte den Drang, loszurennen, durch den Garten und das Haus hindurchzufliegen und ihn irgendwie aufzuhalten. Aber es gab keine Möglichkeit.
Daina legte sich in einen der Liegestühle und schloß die Augen. Nur die Geräusche kamen zu ihr, unzusammenhängend, von allem getrennt, so, als hätten sie keine Verbindung zu ihr oder zu diesem Ort. Es schien ihr, als ob sie endlos lange so dahintrieb. Das Zischen und Wirbeln der Wassersprenger war noch zu hören, aber der kleine Junge, der Basketball gespielt hatte, war verschwunden. Bald konnte sie nur noch den Wind hören.

Ihre Arme hielten ihn fest umschlungen. Sie roch den wunderbaren Duft nach abgenutztem Leder, der seiner Jacke entströmte, und den Duft seines langen Haares. Es war für sie eigentlich kein sexueller Duft, nur ein männlicher. Ihre Brüste hoben und senkten sich beim Atmen, und als sie sich fester an ihn lehnte, konnte sie die Biegung seines Rückgrats spüren und die Anspannung in ihm, während das Glücksgefühl und die Erregung der Geschwindigkeit ihn durchfluteten. Es war ansteckend; es verbreitete sich auch in ihr, und sie hob ihr Gesicht, bis ihre Lippen an seinem Ohr lagen.

»Schneller«, rief sie. »Schneller, Chris!«

Er war auf der Harley zu ihr nach Haus gekommen, war die ganze Nacht im Studio gewesen und hatte keine Lust, jetzt stillzusitzen; sie auch nicht. Als sie von den Pacific Palisades heruntergeschossen kamen, öffnete sie die Augen, sah die See vor sich liegen: schwer und dunkel in den langen Wellentälern und glänzend wie flüssiges Gold, dort, wo das Sonnenlicht aufs Wasser traf. Ihr Herz schlug höher. Sie stellte fest, daß sie sich erneut nach der scharfen, blauen Wildheit des Atlantiks sehnte.

Sie schloß die Augen wieder und träumte, spürte die Fliehkraft an ihr zerren, als er nach rechts abbog, auf die alte Malibu Road. Er drehte auf. Der Wind heulte in ihren Ohren, peitschte ihr Haar. Sie merkte, daß er einen Fahrstreifen übersprang und noch mehr Gas gab. Der Pacific Coast Highway war ein einziger Streifen aus Nebel; Häuser und Bäume waren nichts weiter als verwischte Linien.

Perlendes Lachen brach aus ihrer Kehle. Sie preßte die Knie hart an Chris' Hüften, als ob sie ein Pferd ritt.

»Schneller«, drängte sie ihn, »schneller!«

Ein Sog zerrte an ihr, als ob die Hand eines Riesen sich ausgestreckt und sie zum Kreisen gebracht hätte. Sie zischten an zwei Wagen vorbei. Es hatte den Anschein, als ständen die Fahrzeuge still. Chris und Daina legten sich schräg in eine träge geschwungene Rechtskurve. Sie folgten der Küstenlinie. Weit vorn ragten zwei riesige Lastwagen auf und spuckten grauen Rauch aus ihren senkrecht aufragenden Auspuffrohren.

»Halt dich fest, Kindchen!« Seine Worte, die ihm vom heulenden Wind aus dem Mund gerissen wurden, flogen dünn und grell durch den Äther.

Sie waren völlig euphorisch.

Die Welt war nur noch ein langer, heulender Tunnel, durch den sie flogen. Daina schien es, als ob sie sich vom Asphalt abgehoben hätten, als ob sie ein Teil des Windes selbst seien.

Abrupt spürte sie, als schob eine Faust sie zur Seite. Sie drehte den

Kopf um: der Schatten eines Fahrzeugs hinter ihnen rückte näher an sie heran, war jetzt sehr nah und nahm eine ganze Menge Licht weg. Daran dachte Daina, als Chris zu ihr zurückbrüllte: »Das verdammte Schwein. Uns so auszunehmen.«

Seine Worte wurden zum Schrei. Die zerplatzende Windschutzverkleidung der Harley schleuderte Daina einen Regen aus scharfen schwarzen Eiskrümeln ins Gesicht. Sie verspürte einen sengenden Schmerz unter ihrem rechten Auge. Instinktiv nahm sie einen Arm von Chris' Hüfte, riß ihn an ihr Gesicht hoch, wobei sie gefährlich nach rechts schwang. Verzweifelt versuchte sie, seine Schenkel mit den Knien fester zu umklammern, aber der heulende Wind drängte sie mit Gewalt von ihm ab.

Ihre Wirbelsäule bog sich tief unten im Kreuz schmerzhaft zurück. Wie eine Süchtige im ersten Augenblick nach dem Schuß begriff sie jetzt viele Dinge auf einmal, während ihr Organismus in wahnsinniger Angst um sein Leben die Umgebung in einfache Einzelteile aufzubrechen begann.

Bis auf die Rückseiten der Laster, die vielleicht noch eine Viertelmeile von ihnen entfernt waren, war die Straße vor ihnen frei. Leichter Gegenverkehr herrschte, aber der Nebel der Geschwindigkeit machte es fast unmöglich, zu – etwas blockierte die Sicht vor Dainas rechtem Auge. Mit den Fingern wischte sie sich die rechte Gesichtshälfte – sie war feucht, heiß und klebrig. Sie sah das Rot am Rand ihres Blickfelds.

Trotzdem erkannte sie an ihrer linken Seite und so schwarz wie die Nacht ein massives Etwas. Chris' behelmter Kopf fuhr hoch. Es folgte noch ein Geräusch, so hoch, daß sie die Zähne zusammenbiß. Chris' Kopf begann hin und her zu schwingen wie eine Kegelkugel, die die Bahn hinunterrollt.

Dann traf sie auf eine Welle aus Donner. Sie machten sich von dem dunklen Etwas los, schossen nach rechts über den Straßenrand hinaus. Einen Augenblick hingen sie in der Luft, schwebten frei. Dann folgte der erschütternde Krach, der Aufprall auf den Boden: sie rollten, rumpelten über die Erde, übers Gras.

Erst die aufragenden Felsen entschieden den Aufprall. Das Vorderrad der Harley traf in einem Winkel auf den Felsen, der sie über den Felsen springen ließ. Chris' wurde die Lenkstange aus den Händen gerissen. Für Daina war der Sprung zuviel: Sie wurde kopfüber rückwärts zu Boden geschleudert, landete auf dem Kreuz, wurde herumgewirbelt. Ihr Gesicht kratzte über den Boden. Auf einem Knie federte sie wieder hoch.

Sie hob den Kopf, sah, wie das Motorrad zurück auf das dicht befahrene Asphaltband der Straße rollte. Es schoß vorwärts; die Wagen des Gegenverkehrs kreischten auf und spritzten in einem Gewirr farbiger Winkel nach allen Seiten auseinander.

Direkt auf der gegenüberliegenden Straßenseite heulte das Motorrad auf. »Chris!« rief Daina und versuchte, aufzustehen. Die Harley, auf der Chris immer noch saß, knallte in die Flanke eines parkenden Wagens. Das Motorrad wirbelte weg; es sah aus, als mache es noch mehr Fahrt, und krachte durch das Fenster eines Wohnhauses am Meer. Strahlende Bänder aus Flammen brachen durch. Es knallte, als sei das Ende der Welt gekommen. Wallender Rauch kringelte gen Himmel. Etwas schrie, schrie, immer noch, immer wieder. Der Verkehr staute sich. Autohupen dröhnten. Das Schreien hielt an. Flammen leckten sich voller Entzücken aufwärts. Nur noch das Schreien war zu hören, dann senkte sich die Finsternis.

»Ich könnte schwören, ich hätte dich gesehen / Gestern auf der Straße / Ich hab' dich beneidet / Das war mein erster Fehler...«

Quietsch, Rassel, Bum.

»Es war wohl meine Einbildung / Weil ich im Hintergrund gefangen war / Nur darauf wartete, aufzutauchen und zu vernichten...«

»...hier. Nein, davon will ich nichts hören.« Ein Klappen, noch einmal, noch einmal, das in der Kathedrale ihres Gehirns widerhallte.

»Veränderungen kommen wie Kugeln / Schreck, doch keine Pein / Lieber Gott, ich spüre, ich bin wieder allein....«

»Um Himmels willen, dieser schwarze Idiot soll das gottverdammte Ding abstellen!«

Stille, kühl und frisch, und dann ganz leise, leise: »So, mein Junge, das kannst du am anderen Ende des Korridors machen.«

Graue Spinnweben entfernten sich im Bogen vom Sonnenlicht. Nebel wie Sandkörnchen, heller werdend, weißer werdend, schälten sich Lage für Lage ab, wie Mullbinden, die ihr von den Augen genommen wurden.

»...aina, was ist passiert?«

Und der Wind stieß nach ihr, sie schaukelte hin und her, o Gott, ich falle! Und der Ruck, wie bei einem Erdbeben, der Boden kam hoch; der schmetternde Aufprall und dann der Film von der Sternschnuppe, die vor ihr weglief. Sie schlug, sie wurde geschlagen; sie schickte rote und schwarze Signale in den Himmel. Chris, Chris, o Chris!

»In Ordnung, alles in Ordnung. Es ist alles in Ordnung.«

Sie setzte sich auf, sie zitterte, sie schluchzte in der Höhlung seines Halses. »Doktor?«

»Das ist besser im Augenblick als eine Spritze. Später...« Der Satz wurde so belassen, hing in der Luft.

»Wo bin ich?« flüsterte sie. »Doch nicht am Meer. Lieber Gott, da nicht.«

»Sie sind in einem Krankenhaus, Daina.« Sie erkannte Bonesteels Stimme.

»Bobby?«

»Ja.«

»Bobby.« Sie klammerte sich an ihn. »Das Motorrad. Etwas... es... es...« Ihre Stimme klang dünn und zerknittert wie Reispapier.

»Alles in Ordnung«, sagte er dicht an ihrem Ohr. »Sie sind in Sicherheit. Es ist alles gutgegangen.«

»Chris«, flüsterte sie. »Was ist mit Chris?«

Sie spürte eine Bewegung, als sie zum Arzt hinüberschaute. »Er ist tot, Daina.«

»Nein, das ist er nicht!« Aber die Rabenflügel breiteten sich über dem Himmel aus, dem blauen, blauen Himmel. Und die Flammen leckten hungrig, kurz nach dem grellen Knall und der Druckwelle der Explosion, als der Sauerstoff aus ihren Lungen gesaugt wurde. Und das Schreien hallte in ihrem Gehirn wider.

Sie zitterte. »Er kann nicht...« Aber die Erregung, die Wut war vergangen, und sie sagte leise, fast wie ein Gebet: O Chris, du hattest doch ein ganz neues Leben angefangen. Ich kann es nicht glauben. Mein Herz schlägt, und deins schlägt nicht mehr. Kann mir das jemand erklären? Sie klammerte sich an Bonesteels Oberkörper.

»Daina«, seine Stimme klang sanft und tröstlich, »ich muß wissen, was passiert ist. Ich hatte jemand hinter euch hergeschickt, aber er hat die Harley aus den Augen verloren.«

Der Geschmack von Erde in ihrem Mund, der Geschmack von Staub und Sand würgte sie. Ihre Schulter knallte auf den Boden, Schmerz durchfuhr sie, und das Blut strömte und blendete sie halb. Aber der Anblick blieb der gleiche; die Sternschnuppe verließ die Erde, stieg auf in die Luft, kurz bevor sie stürzte, aufprallte, zisch! Und die Flammen, und das Schreien ging immer weiter und weiter. Ihr eigenes Schreien.

Sie legte sich in die Kissen zurück; Tränen strömten aus ihren Augen. »Sagen Sie mir, wo ich bin«, sagte sie. Sie schaute in sein Gesicht, in seine Augen.

»Sie liegen auf der Intensivstation des Krankenhauses Santa Monica. Sie haben ein paar flache Schnittwunden – die schlimmste davon liegt direkt unter Ihrem rechten Auge –, haufenweise Schürfwunden, ein paar angeschlagene Rippen. Der Arzt hier sagt mir, daß die Schulter Ihnen auch im nächsten Monat noch Schmerzen bereiten wird. Aber Sie haben keine Gehirnerschütterung.«

Irgendwo in der Nähe klingelte ein Telefon. Jemand ging ran.

»Und jetzt: was ist passiert?«

»Kommissar, ein Gespräch für Sie.«

»Bin gleich wieder da«, sagte Bonesteel.

Der Arzt, ein junger Mann mit bleicher Haut und buschigem Schnurrbart, berührte Dainas Wange mit den Fingerspitzen. »Es sind nur zwei Stiche«, sagte er. »Können Sie das fühlen?« Und als Daina den Kopf schüttelte, tastete er weiter. »Bald werden Sie leichte Schmerzen kriegen, aber das ist gut. Machen Sie sich deswegen keine Sorgen.« Er packte seinen Schnurrbart und drehte ihn zwischen den Fingern. »Sie haben sehr viel Glück gehabt, Miss Whitney. Noch zwei, drei Zentimeter weiter nach links, und Ihre Gesichtsnerven wären böse beschädigt worden.« Er lächelte. »Aber alle Röntgenbilder sind negativ.«

Bonesteel legte den Hörer auf, kam zurück und setzte sich wieder neben sie. Er wartete, bis der Arzt gegangen war. »Jetzt erzählen Sie mir mal alles.«

Sie erzählte ihm alles, woran sie sich erinnerte, bis der Schmerz wiederkam und die Rabenflügel flatterten und sich ausbreiteten.

»Warten Sie einen Moment«, mahnte er. »Gönnen Sie sich ein bißchen Zeit.« Als sie wieder leichter atmete, sagte er: »Sie haben mir gesagt, Sie hätten kurz vor dem Unfall auf der linken Seite etwas herankommen sehen. Wissen Sie, was das war? Haben Sie es deutlich gesehen?«

»Irgendein Lastwagen, oder ein Pkw. Aber ein hoher.«

»Und da waren Sie total benommen, richtig? Sie fuhren ja über hundertachtzig. Die Windschutzverkleidung ist zersplittert. Bei der Geschwindigkeit hätte das von allem möglichen herrühren können – von einem Steinchen zum Beispiel.« Er schaute sie an. »War es das? Können Sie sich noch an was anderes erinnern, selbst an das allerwinzigste, vielleicht an einen Eindruck?«

»Nein. Ich – warten Sie, mir fällt doch was ein. Gerade, als der Windschutz wegflog, rollte Chris' Kopf zurück, und – weg von der Mitte der Straße.«

»Er hat den Kopf umgedreht?«

»Nein, nein. Es war mehr wie... ich weiß nicht, es ist nur so ein Eindruck. Es war, als ob etwas anderes ihm den Kopf herumgedreht hätte – ihn weggedrückt hätte.« Sie schloß die Augen. Ihr wurde wieder übel, und sie sagte: »O Gott, o Gott. Ich kann nicht glauben, daß ich ihn nie mehr wiedersehen werde.«

»Daina, fällt Ihnen noch etwas ein?«

»Nein, ich...« Wie konnte sie nur so blöd sein? »Doch. Chris hat etwas gesagt, während wir, während wir fuhren.« Sie mußte eine

Minute lang scharf nachdenken, um den Gestank in ihren Nasenlöchern zu überwinden, das Gefühl der kraftvollen Vorwärtsbewegung, die abrupt gebremst wird, und das donnernde Schweigen. »Er hat gesagt: ›Das verdammte Schwein. Uns so auszunehmen.‹«

Bonesteels Gesicht war so nah bei ihr, daß sie an ihrer Schläfe seinen heißen Atem spüren konnte. »Welches Schwein, Daina? Wer war gemeint? Nigel?«

»Ich weiß es nicht.«

»Daina!«

Seine Stimme fuhr wie ein Pfeil durch ihren Kopf. Sie kniff die Augen zu. Ihr Magen rollte sich zu einer Kugel zusammen. Sie schluchzte ohne Tränen. Sie umklammerte sich selbst mit den Armen und dachte: Rubens, Rubens, Rubens, wo bist du?

»Das ist genug«, hörte sie eine Stimme leise sagen; sie erkannte sie als die des jungen Arztes.

»Hören Sie mal, wenn Daina den Schlüssel zu diesem Fall im Kopf hat...«

»Ihr Kopf«, sagte der Arzt ruhig, »ist keineswegs in der Verfassung, verhört zu werden. Sie muß sich jetzt ausruhen. Ich muß darauf bestehen, Kommissar.«

»Na gut, Doktor. Na gut. Erlauben Sie mir, nur noch einen Augenblick mit ihr zu reden? Sie muß keine weitere Frage beantworten.«

»Einverstanden.«

Bonesteels Gesicht trat ihr wieder vor die Augen. Sie sah den kummervollen Ausdruck in seinem Gesicht. »Tut mir leid, daß ich Sie so dränge«, sagte er leise, »aber jetzt haben wir den Fall endlich weit aufgerissen. Daß ich Charlie Wu habe beschatten lassen, hat sich vergangene Nacht endlich ausgezahlt. Er hat uns zu einem Lagerhaus geführt. Wissen Sie, was wir da drinnen gefunden haben? Zweihundertfünfzig Kisten mit Gewehren. M-15, Halbautomatische, Maschinenpistolen.« Seine Augen strahlten wie im Fieber; er sah aus wie ein Jagdhund, der endlich von der Leine gelassen wird. »Sehen Sie, es gibt keine Spekulationen mehr. Wir haben die nächste Jet-Ladung der *Heartbeats* sichergestellt.«

»Und Charlie?« Daina machte sich Sorgen wegen ihres Versprechens an Meyer und an Charlie Wu.

Bonesteels Schultern hoben sich, senkten sich wieder. Er grinste. »Weiß ich auch nicht. Mit dem ist was ganz Unwahrscheinliches passiert: trotz der vielen Bullen hat er es geschafft, uns durch die Finger zu schlüpfen. Natürlich hab' ich keine Ahnung, wo er jetzt ist.«

Daina lächelte ein bißchen. »Danke, Bobby.«

»Hören Sie, Daina« – sein Gesicht war wieder nüchtern geworden –

»ich muß noch einmal an die Unfallstelle zurück. Wenn es denn einer gewesen ist.«

Sie umklammerte seinen Arm. »Was meinen Sie damit?«

»Ich meine, daß auf Chris' Leben schon einmal ein Anschlag verübt wurde. Vielleicht hat jemand zu diesem Unfall ein bißchen nachgeholfen.«

»Kommissar, ich kann es nicht zulassen, daß Sie meine Patientin in Angst und Schrecken versetzen.«

»Doktor, diese Dame hat ein Recht darauf zu erfahren, woran sie ist. Wir stecken mitten in einer sehr ernsten Situation.«

»Trotzdem muß ich Sie bitten zu gehen, Kommissar.«

»Daina, ich lasse einen meiner Beamten bei Ihnen. Erinnern Sie sich noch an Andrews?«

»Ja.«

»Das ist ein tüchtiger Mann. Der bleibt bei Ihnen, bis ich wieder da bin. Einverstanden?«

Sie nickte wortlos, wandte den Kopf von ihm ab, und wieder wurde sie von dem Heulen, dem schrillen, beißenden Kratzen des heißen Metalls auf dem Asphalt überwältigt, von dem Moment, als das wunderschöne Motorrad darüberschlitterte. O Gott. O Gott, Chris, es tut mir so leid. Und durch all diese Geräusche hörte sie ihre eigene Stimme: Schneller, Chris, schneller! Ein Blitz zischte sengend hinter ihren Augen vorbei. Etwas von: Schneller fahren. Was war es nur? Ihr Kopf schmerzte und sie dachte: Ich will nach Hause.

Der Arzt war dagegen, aber er konnte sie nicht halten, Andrews fuhr sie endlich nach Hause.

Der Nachmittag endete in morbider Farbenpracht. Hinter ihr konnte sie den Verkehr auf der 16. Straße rauschen hören. Als die den Kopf umdrehte, sah sie den Pazifik hinter dem Lincoln Boulevard glänzen. Sie wußte nichts mehr von der Fahrt nach Hause und davon, wie Andrews es geschafft hatte, die Tür zu öffnen. Er mußte sie reintragen wie ein Ehemann seine Braut. Als sie die Augen öffnete, erkannte sie ihr eigenes Schlafzimmer, nur Rubens fehlte neben ihr. Sie rollte sich auf die andere Seite, streckte den Arm aus und streichelte die leere Stelle, wo er hätte sein sollen, mit den Fingerspitzen. Sie begann zu weinen.

»Miss Whitney, gibt es irgend etwas, was ich...«

»Reden Sie einfach mit mir.«

Andrews schwieg einen Augenblick. »Neulich, da hab' ich gedacht, Sie müssen sehr stark sein«, sagte er schließlich.

»Wann neulich?«

»Als Brafman und ich Sie nach Santa Monica raus begleiteten, weil Sie den Kommissar sprechen wollten.«

»Ach ja«, sagte Daina leise. »Geht's Ihnen eigentlich wieder gut?«

»Wie?«

»Bobby hat gesagt, Ihr Schwager? ja, Ihr Schwager wäre getötet worden.«

»Das stimmt.«

»Sie sind in Ordnung, Pete?«

»Ich bin oft bei meiner Schwester, Miss Whitney.« Sie hörte, wie er näher heranrückte. »Warum versuchen Sie nicht, jetzt mal ein bißchen zu schlafen? Der Kommissar kommt hierher, sobald er fertig ist.«

»Sie sind sehr nett«, flüsterte Daina und schlief ein.

Sie sah nichts, sie roch nichts, sie hörte nichts. Aber sie spürte wilde Bewegungen. Sie raste durch einen Canyon, und schon allein die Höhe der Wände schien die Geschwindigkeit noch zu unterstreichen. Sie versuchte, langsamer zu rennen, aber es gelang ihr nicht. Jedesmal, wenn sie es versuchte, schien sie um so schneller zu laufen. Sie folgte einer Gestalt. Einmal, als sie sich umdrehte, konnte Daina die glänzende Schnauze mit seiner stumpfen, schwarzen Nase und den schlitzförmigen Nasenlöchern ausmachen. Es waren Wolfsaugen, rund und aus fast reinem Gold, nur: in der Mitte waren schwarze, senkrechte Schlitze.

Als sie dieses Gesicht sah, hatte sie nicht mehr den Wunsch, langsamer zu laufen. Im Gegenteil: sie verspürte einen so starken Drang, schneller zu werden, daß sie vorwärtsschoß wie aus einem Kanonenrohr abgefeuert.

Sie erwachte. Es war pechschwarz im Zimmer. Mitternacht. Einen Augenblick lang lag sie still und hörte, wie ihr Herz raste. Sie schloß die Augen, aber hinter den Augenlidern tauchte wieder das schreckliche, wölfische Gesicht auf. Ihre Augen klappten auf. Ich rannte so schnell, dachte sie und erinnerte sich an den Traum. Und dann, wie ein flammender Blitz, fielen ihr Bobbys Worte wieder ein: Bei der Geschwindigkeit hätte es auch ein Steinchen sein können. Aber das stimmte nicht. Sie wußte es jetzt. O Gott! Warum war ihr das nicht früher eingefallen?

Vor ihnen war kein anderes Fahrzeug gewesen – nur eine Viertelmeile voraus die riesigen, behäbigen Lastwagen. Und sie hatte Chris gedrängt: Schneller! Schneller!

Bonesteel hatte recht. Es war kein Unfall gewesen. Und diese hohe Form, dieser Wagen. Ein alter Rolls-Royce Silver Cloud: Nigels Wagen, den sie im Rückspiegel des Motorrades gesehen hatte, kurz bevor...

Sie setzte sich im Bett auf. »Pete?« rief sie. »Pete!«

Sie schwang die Beine über die Bettkante und stand auf. Sie mußte Bobby erzählen, was ihr gerade eingefallen war. Sie tastete nach vorn und knipste das Licht an. Die Türen ihres Kleiderschrankes standen sperrangelweit offen, die Schubladen ihrer Kommode lagen umgekippt und zerschlagen auf dem Teppich. Und ihre Kleider! Ihre Kleider waren mit der Schere oder mit einem langen Messer in Streifen geschnitten, ihre Blusen zerrissen, ihre Jeans und die anderen langen Hosen hatten keine Beine mehr.

Sie legte die Hand auf den Mund und tat einen Schritt zurück, weg von dem schreckerregenden Anblick. Sie spürte die Bettkante in den Kniekehlen und wirbelte herum.

Die Lampe warf einen breiten Lichtfleck aufs Bett. Sie sah die leichte Delle auf der linken Seite, dort, wo sie geschlafen hatte, und direkt rechts daneben ein blaßfarbenes, zusammengeballtes Etwas. Ohne nachzudenken beugte sie sich vor, um es besser sehen zu können. Ein männlicher Geruch stieg ihr in die Nase, so stark, daß sie würgen mußte. Aber sie mußte sicher gehen und berührte das helle Etwas.

»Herrgott!« hauchte sie. Sie starrte eines ihrer eigenen Seidenhöschen an, das schwer und voll war vom schwülen Geruch eines Spermaflecks, der langsam abkühlte.

Sie schoß zum Telefon, stöhnte. Die Leitung war tot.

Sie warf das Telefon von sich, wirbelte herum. Der schwarze Korridor gähnte sie an, als ob er am Leben wäre. Sie wühlte durch ihre Kleider. Ihre Hände waren naß und zitterten. Endlich fand sie eine heile Jeans und ein T-Shirt und zog sich an. Sie ging den Korridor hinunter. Auf halbem Weg zum Wohnzimmer blieb sie stehen. Sie atmete kaum. All ihre Sinne konzentrierten sich auf ein greifbares Zeichen von Nigels Anwesenheit. Es mußte Nigel sein!

Die Stille war überwältigend. Es kam Daina so vor, als wären ihre Sinne vor Angst überempfindlich geworden, so daß sie jetzt eine Vielzahl winziger Geräusche bemerkte, die sie vorher nie gekannt hatte: das Raspeln von Holz, ein trockenes Kratzen, wenn ein Ast sich an der Hauswand rieb, das Brummen des Kühlschranks in der Bar auf der gegenüberliegenden Seite des riesigen Wohnzimmers.

In diesem Augenblick, während sie geduckt in der Halle stand und ihre Handflächen Schweißstreifen an den Wänden hinterließen, wurden all diese winzigen, undefinierbaren Geräusche schaudererregend umgeformt. Vor ihrem inneren Auge konnte Daina das dunkle Gesicht in den Schatten sehen, die gezogene Waffe in den straffen Fingern, die angespannte Muskulatur der Gestalt, die sie verfolgte. Sie dachte an das Stück helle Seide, das so ekelhaft nahe der Stelle lag, wo sie geschlafen hatte. Ein Schauder durchfuhr sie. Die Luft selbst schien vor Furcht zu flattern.

Daina spähte in das Dämmerlicht des Wohnzimmers hinein, als ob sie ihren Verfolger mit ihrer bloßen Willenskraft dazu zwingen könnte, aufzutauchen. Soviel Platz ist in diesem Haus, dachte sie. So viele Räume, in denen man sich verstecken kann. Und wo war nur Pete? Sie wußte, sie konnte nicht lange so hockenbleiben. Ihre Muskeln würden sich bald verkrampfen. Sie mußte aufstehen und die Räume methodisch durchsuchen, einen nach dem anderen – oder sie mußte verschwinden. Aufstehen und weglaufen. Das waren die einzigen Möglichkeiten.

Sie brauchte eine Waffe. Dazu mußte sie in die Küche. Rubens besaß keine Pistolen, aber in der Küche gab es in einem Hängeschrank einen Satz großer Fleischermesser. Zunächst jedoch mußte Daina nachsehen, ob alle Telefone tot waren. Der nächste Anschluß lag im Wohnzimmer, in der tiefen Schublade des Cocktailtisches in der Sitzgrube.

Sie holte tief Atem, nahm sich zusammen und ging schnell den Flur hinunter. Sie knipste die Lampen im Wohnzimmer, draußen am Pool und am Tennisplatz an. Sie brauchte Licht, wie sie Nahrung und Wasser brauchte. Licht war ein Element des Überlebens: ihr Organismus rüttelte an den Gitterstäben des Schreckens; Dunkelheit bedeutete Tod.

Die fette Meeresjungfrau betrachtete sie zärtlich von ihrem schaumgesäumten Felsen herunter. Daina ging zum Sofa in der Mitte des Raumes. Die Rückseite des Sofas war ihr zugewandt, in die Grube selbst konnte sie erst hineinsehen, wenn sie sehr dicht daran war. Sie fuhr zusammen und stieß einen kleinen Schrei aus.

Die Schublade des Cocktailtisches stand offen, das Telefon war umgedreht. Die lange rote Schnur zum Hörer war mehrmals um den Hals des Polizisten Pete Andrews gewickelt. Daina starrte sein Gesicht an; Augenblicke war sie nicht in der Lage, sich abzuwenden. Seine Wangen und Augen waren genauso aufgeschwemmt wie die der Meeresjungfrau auf dem Gemälde. Seine Zunge war so geschwollen, daß sie rund wirkte, und sie stand ein Stückchen zwischen seinen Lippen hervor. Gestank lag in der Luft, als ob Andrews ein Baby wäre, das noch in die Windeln machte.

Ein Brennen meldete sich hinter Dainas Augen. Ihr Kopf begann an jener Seite, wo sie sich verletzt hatte, zu schmerzen. Tränen drangen ihr in die Augen, aber sie riß sich zusammen und ballte die Fäuste. Nicht! schrie sie sich selbst an. Es nützt dir nichts, wenn du jetzt um ihn weinst. Sie wandte statt dessen ihre Gedanken Nigel zu und erinnerte sich daran, was er mit Maggie und vielleicht mit Chris gemacht hatte.

Sie ging um die Sitzgrube herum und rannte zur Küche. Die Messer standen ihr wie leuchtende Schwerter vor Augen. Sie schaltete Licht an und stöhnte auf: der leere Hängeschrank war von der Wand gerissen worden. Methodisch ging Daina alle Schubläden und Schränke durch und suchte nach irgend etwas, das sie als Waffe gegen Nigel benutzen konnte. Aber es gab nichts Tödlicheres als einen Bratenwender.

Sie ging zurück ins Wohnzimmer. Die Meeresjungfrau schaute sie selbstzufrieden und spöttisch an. Sie saß ja sicher auf ihrem Felsen. Auf dem Kaminsims standen die beiden Oscars – ihrer und Rubens' – wie zwei Zinnsoldaten nebeneinander.

Sie rannte zum Kamin und nahm ihre Statuette herab. Sie wog sie in ihrer rechten Hand. Die Statuette war schwer genug, um eine ganze Menge Schaden anzurichten.

Sie ging die drei flachen Stufen zu den Fenstertüren am anderen Ende des Raumes hinauf. Die Leinenvorhänge waren zugezogen. Sie nahm die goldene Statuette in die linke Hand, packte dann einen Rand des Vorhangs. Er flatterte wie von einer leichten Brise bewegt, Daina erstarrte. Eine Brise konnte es hier nicht geben. Alle Fenster waren verschlossen. Sie schaute sich vorsichtig um, bis ihr klar wurde, daß das Zittern ihrer eigenen Hand den leichten Stoff des Vorhangs hatte flattern lassen.

Vorsichtig zog sie den Vorhang ein winziges Stückchen beiseite. Sie bückte sich leicht und spähte nach draußen. In der flutlichterleuchteten Nacht sah sie einen Teil des Tennisplatzes, die äußerste linke Seite des Swimmingpools, der von den vielfarbigen Unterwasserlichtern beleuchtet war und die Fassade des weißen Gitterwerks an der Laube anstrahlte – die Laube!

Dort gab's ein Telefon – einen separaten Anschluß. Nur wenige Leute wußten davon; denn Rubens benutzte dieses Telefon nur zu Geschäftszwecken. Wenn ich es bis zur Laube schaffe, dachte sie und spürte das Gewicht der Statuette, hab' ich eine Chance.

Sie tastete sich zu den doppelten Fenstertüren vor, streckte langsam die Hand nach unten. Hinter der Barriere des Vorhangs drückte sie die kleine metallene Klinke, mit der man die Türschlösser entriegeln konnte.

Ihre Hand glitt nach unten und packte den Knopf der linken Tür. Sie drehte ihn, paßte auf, daß sie kein Geräusch verursachte. Als das Schloß endlich aufschnappte, drückte sie die Tür Zentimeter um Zentimeter auf. Sie glitt hindurch.

Die Nacht schwirrte von Geräuschen. Sie hörte das weiche Klatschen des Wassers am Rand des Swimmingpools. Grillen sägten.

Plötzlich hörte sie von weit her das dumpfe Dröhnen eines Autoauspuffs schwächer und schwächer werden.

Sie nahm die Statuette in die rechte Hand und schwang sie wie ein Pendel leicht hin und her. Sie gewöhnte ihre Muskeln langsam an das Gewicht und an die Verteilung der Masse.

Also los, dachte sie. Jetzt kommt 's drauf an. Hol' tief Atem, und dann ab.

Sie sprintete von der Wand des Hauses hinüber nach rechts. Sie umrundete gerade das seichte Ende des Swimmingpools, als eine Stimme scharf »Daina!« rief.

Sie überhörte den Aufruf und rannte weiter.

»Daina!«

Die Stimme war wieder da, Daina machte eine Bewegung aus. Jemand kam von den Bäumen her auf sie zu.

Das gewaltige Donnern eines Pistolenschusses ließ sie abrupt stehenbleiben. Sie keuchte – sie war nicht mehr als zwanzig Schritte von der Sicherheit der Laube entfernt. Aber sie wußte: Wenn sie jetzt noch irgendeine Bewegung machte, dann würde er wieder schießen und sie diesmal treffen. Als sie das Rascheln rechts im Garten hörte, hob sie den Kopf, erkannte sie die schwarze, breitschultrige Silhouette.

»Silka!«

Er kam mit langen, zuversichtlichen Schritten auf sie zu. Er trug schwarze Jeans und einen Rollkragenpullover. In seiner rechten Hand sah sie die lange Schnauze einer Dreisiebenundfünfziger Magnum.

Er lächelte, während er über das Gras zu ihr herüberschritt, und Daina seufzte erleichtert auf. »Bin ich froh, Sie zu sehen«, sagte sie. »Jetzt haben Sie mir schon zweimal das Leben gerettet.«

Sein Lächeln wurde zu einem Grinsen, das Grinsen zu einem lüsternen Blick. Er hob die Mündung der Pistole und drückte sie auf die Stelle zwischen ihren Brüsten. Seine Stimme klang wie flüssiges Silber. »Ich hab' dich damals in San Francisco gerettet, damit ich dich jetzt, in diesem Augenblick, haben kann. Seit ich dich damals in der Nacht in den Armen gehalten habe, hab' ich immer nur an dich gedacht; und daran, was ich mit dir machen wollte.« Er wandte ihr sein Gesicht zu. Sie schob sich wie eine verängstigte Maus zurück, die sich vor dem hypnotischen Schwingen des Natternkopfes fürchtet.

»Ich weiß nicht, was Sie damit...«

»Darüber hab' ich auch nachgedacht, als ich sah, wie du schliefst; als ich deine Höschen benutzt hab', um...«

»Sie!« keuchte Daina und versuchte wegzurennen.

Er streckte seine freie Hand aus und packte sie. Es tat weh. Er riß sie herum, damit sie ihn wieder ansehen mußte.

Daina konnte es nicht mehr ertragen, in diese Augen zu blicken. Sie waren so riesig wie ein Universum, sie ließen alles andere unwichtig erscheinen. Sie schloß die Augen.

Dann hörte sie winzige Geräusche in ihrer Nähe, und sie riß die Augen wieder auf.

»Und jetzt«, sagte Silka, »geben wir dir nur noch 'ne kleine Spritze, damit du – hm – gefügiger wirst.« Das Ding sah aus wie ein Miniatursarg. Er klappte es auf, und Daina sah die glänzende Spritze und die winzige Ampulle mit einer klaren Flüssigkeit. »Etwas« – der lüsterne Blick war wieder da – »damit du in Stimmung kommst.«

Er zog die Spritze aus der Dose und begann sie aufzuziehen. Niemand mußte Daina sagen, was darin war: mit Strychnin verschnittenes Heroin. »Herrgott«, sagte sie, »das ist doch gar nicht nötig.«

»Oh, doch«, sagte Silka, »und ob das nötig ist.«

Das einzige, was ihr jetzt noch einfiel, war die Tatsache, wie sehr Bobby sich in allem geirrt hatte. Wie seine Besessenheit von Nigel ihn dazu verführt hatte, alles falsch einzuschätzen und dadurch jetzt ihren Tod zu verursachen. Mit der Injektion wußte sie, wäre sie erledigt. Für sie gab es keinen Schutzengel wie für Chris in New York. Und in jedem Fall hatte Silka die Dosierung entsprechend geändert.

Der drückte leicht auf die erhobene Spritze. Mehrere Tropfen spritzen heraus: sie glänzten silbrig.

Silka nickte. »So.« Seine Hand bewegte sich. Die Nadel sah scharf und tödlich aus. Die Spitze senkte sich. Er konzentrierte sich darauf, sie in das weiche Fleisch an der Innenseite von Dainas Ellbogen hineinzustoßen.

In diesem Augenblick hob Daina den rechten Arm, den sie die ganze Zeit über schlaff und völlig still an der Seite hatte hängenlassen, und knallte Silka die goldene Statuette an die Schläfe.

Er torkelte nach rechts, verlor die Balance, und Daina rannte links an ihm vorbei in das dichte Gebüsch des Gartens.

Mit jedem Schritt tat ihr das Kreuz weh, zuckte, als ob das dicke stählerne Geschoß des Todes sie jeden Augenblick treffen könnte.

Sie hörte ein Donnern und warf sich vorwärts und zur Seite. Sie kroch die letzten drei Meter bis zur ersten Hecke.

Keuchend setzte sie sich auf und bewegte sich auf Händen und Knien weiter in das Gebüsch hinein. Noch einmal donnerte es wie vorher. Daina duckte sich instinktiv. Erst Augenblicke später wurde ihr klar, daß die Schüsse aus dem Gebüsch kamen und nicht dort hineingefeuert wurden.

Geduckt rannte sie im Zickzack zu der Stelle, woher die Schüsse gekommen waren. An der großen Umfassungshecke sah sie ihn. Da hockte er und zielte sorgfältig. Er mußte gehört haben, daß sie herankam, aber er konnte seine Konzentration nicht aufgeben. Er feuerte noch einen Schuß, und dann war sie neben ihm.

»Bobby! Mein Gott, der ist völlig wahnsinnig!«

»Ein Fanatiker«, sagte Bonesteel und zielte durch eine Lücke zwischen den Blättern. Er schoß und sagte: »Verdammt; dieser Mistkerl ist gut. Sehr gut sogar.« Er warf einen Blick auf sie. »Er ist ein Fanatiker, und das ist nicht dasselbe wie ein Verrückter. Verrückt ist er auch, aber auf eine sehr eigentümliche Weise.« Schnell lud er nach und feuerte noch einen Schuß ab.

»Ich bin so schnell gekommen wie ich konnte«, sagte er leise. Sein Kopf zuckte hin und her, während er nach einem Zeichen von Silka suchte. »Ich hab' die armen Jungs im Labor so lange gepiesackt, bis sie mir gesagt haben, was ich wissen mußte. Chris hat man in die linke Schläfe geschossen. Wir haben Fragmente eines Dreisiebenundfünfziger-Geschosses aus seinem Schädel geholt, besser aus dem, was davon übrig ist. Sie waren...«

»Silka hat eine Magnum Dreisiebenundfünfzig bei sich«, sagte Daina.

»Das überrascht mich nicht. Jetzt nicht mehr.«

»Sie haben sich die ganze Zeit Nigels wegen geirrt.«

»Kommen Sie«, sagte er und nahm ihre Hand, »vorwärts, sonst sind wir gleich eine allzu leichte Zielscheibe.«

Er brachte sie durch die Büsche auf die Tangente zu seiner Schußlinie. Sie hockten sich hin. Daina vernahm den scharfen Geruch des Schießpulvers, den schweren Duft von Angst. Szenen aus *Heather Duell* zuckten wie Blitze in ihrem Gehirn. Zwischen dem, was sie im Film gefühlt hatte, und dem, was sie jetzt fühlte, schien ihr kein Unterschied mehr zu sein. Die beiden Gestalten – Heather und Daina – hatten sich nahtlos miteinander verbunden.

»Ich will diesen Schweinehund dafür, was er mit Maggie und Chris gemacht hat, und für all das Elend, das er über uns gebracht hat, zu fassen kriegen«, flüsterte Daina.

Bonesteel streckte die Hand aus und legte sie auf ihren Arm. »Ich will, daß Sie von hier verschwinden. Das Ganze ist jetzt zu gefährlich. Das ganze Gelände steht unter Alarmstufe eins.«

»Wenn Sie glauben, daß ich jetzt einfach gehe, dann irren Sie sich aber.«

»Sie tun, was ich Ihnen sage!« zischte er wild und schob sie weg. »Teufel noch mal, verschwinden Sie. Ich verfrühstücke diesen Hund, wenn Sie endlich...«

Der Knall und seine Grimasse kamen für Daina gleichzeitig. Bonesteel schoß auf sie zu, prallte gegen sie, warf sie um. Sie spürte, wie sein Herz auf ihrer Haut hämmerte und mit ihrem Herzen kollidierte.

»Lieber Himmel«, flüsterte sie, »du lieber Himmel!«

Sie konnte den Schmerz in seinem Gesicht sehen. Seine Augenbrauen hatten sich zusammengezogen, seine Augen waren dunkel und gequält. Sie spürte, wie sich ein feuchter Fleck zwischen ihnen bildete.

»Bobby« rief sie, »o Bobby!«

Ohne nachzudenken entriß sie Bonesteel den Achtunddreißiger-Revolver, befreite sich von seinem Gewicht und krabbelte los.

Ein Knall, und ein Geschoß heulte links neben ihr vorbei. Sie keuchte, änderte die Richtung und kroch weiter, an Baumstümpfen und hohen, schwankenden Farnen vorüber.

Sie drehte sich einmal um, sah eine Bewegung und drückte ab. Der Revolver in ihrer Hand bockte. Sie war auf den Rückstoß nicht vorbereitet gewesen und mußte mit der anderen Hand zupacken, damit ihr die Waffe nicht wegflog. Sie bewegte sich weiter vorwärts, sie zitterte. Die Angst hatte sie alles vergessen lassen, was Jean-Carlos ihr beigebracht hatte.

Sie bemerkte, daß sie weinte, und biß auf die Zähne. Los! Reiß dich zusammen. Wenn du dich nicht zusammennimmst, stirbst du. Zwischen ihm und dir steht jetzt keiner mehr.

Hinter dem Stamm einer hochgewachsenen Palme hockte sie sich hin und horchte. Es war sehr still. Die Schüsse hatten die Vögel vertrieben; selbst die Grillen hatten zu singen aufgehört. Aber andererseits hätte man die Schüsse auch leicht für Fehlzündungen an einem Auto halten können. Daina konnte nicht darauf hoffen, daß irgendein Nachbar reagierte.

Sie schob ihr Gesicht Zentimeter für Zentimeter um den Stamm des Baumes herum und schaute nach rechts und links. Sie zuckte zurück, als eine Kugel in das Holz einschlug und wie eine Biene durch die Nacht davonsurrte. Sie hob den Revolver mit beiden Händen und gab einen Schuß ab. Diesmal war sie konzentriert: die Kugel flog in die gewünschte Richtung. Daina schoß noch einmal.

Stille.

Wo war er?

Nur die Spitzen der hohen, staubigen Palmen bewegten sich schlaflos im Wind.

Sie fühlte sich völlig hilflos. Selbst wenn sie Jahre statt Wochen mit Jean-Carlos geübt hätte, konnte sie nicht darauf hoffen, einen Mann mit Silkas Kraft und Fähigkeiten im Nahkampf zu besiegen.

Verzweifelt klappte sie die Trommel der Achtunddreißiger herunter: nur noch zwei Schuß. Sie klappte sie wieder zu. Ihr Kopf schmerzte.

Sie begann zu weinen. Würde sich Heather so benehmen? fragte sie sich. Himmel noch mal, hör' auf, dir was vorzumachen. Das hier ist kein Film.

Bobby. Was war mit Bobby? Und mit Chris und Maggie? Niemand wird erfahren, was passiert ist. Selbst Daina, so nahe sie der Lösung des Rätsels schon war, konnte nicht alle Stücke zusammensetzen. Wie konnte man das von irgendeinem anderen erwarten?

Und was war mit Heather? Wie falsch war ihr Image eigentlich? Bis heute abend hätte Daina all ihr Geld darauf verwettet, daß die Person der Heather gar nicht erfunden war.

Heather hatte nicht auf Hilfe gewartet. Sie war das letzte As gewesen.

Sie starrte hoffnungslos auf die Pistole, die sie zwischen hochgezogenen Knien in Händen hielt. Eine ganze Weile hatte sie kein Geräusch gehört: jetzt rauschte deutlich das Blattwerk, als ob irgendein nächtliches Raubtier dort herumstrich und ihr auflauerte. Das Geräusch näherte sich ihr, sie konnte es deutlich hören. Es war nur noch sehr wenig Zeit.

Sie drehte sich auf den Knien um, spähte an dem schuppigen Stamm der Palme vorbei. Aber dort war nichts zu sehen. Es war, als ob Silka unsichtbar geworden wäre. Jean-Carlos hatte ihr solche Fälle nicht erklärt.

Dann schien es, als würde ihr Gehirn wieder ganz klar, als ob die Gegenwart des Todes ihren Kopf kristallklar gemacht hätte. Tage fielen ab wie Blätter. Sie war wieder in dem merkwürdig erleuchteten Hochhauszimmer der 3. Straße West, und sie hörte Jean-Carlos sagen: »Vertrauen Sie Ihr Leben niemals einer Automatik an, die haben viel zu oft Ladehemmung.« Sie starrte hinab auf die achtunddreißiger Polizeiwaffe: ein Revolver. Jean-Carlos hatte irgendwas über Revolver gesagt, aber was nur?

Die Jacarandas flüsterten ihren Namen, und sie hob den Kopf.

Herrgott, dachte sie, er ist da, und ich kann ihn noch immer nicht sehen. Er spielt nur mit mir.

Er spielt!

Sie keuchte und kroch auf die andere Seite der Palme. Es war ihr wieder eingefallen. Jean-Carlos hatte gesagt: »Vom Standpunkt einer Frau aus gesehen sind Situationen oft schwierig, manchmal scheinen sie unlösbar. Da gibt's nur eins: niemals aufgeben. Wenn Ihr Gegner Mangel an Kraft erwartet, dann lassen Sie ihn in dem Glauben. Hier, ich zeige Ihnen mal einen Trick, und dann werden Sie verstehen, warum ich selbst nur Revolver benutze.«

Mit zitternden Fingern klappte Daina den Lauf runter. Ihr Atem pfiff aus halboffenem Mund. Da waren sie: ihre letzten zwei Patronen. Sie mußte jetzt sehr vorsichtig sein, die Trommel nur ein Stückchen weiterdrehen. So! Ihre Zungenspitze kam zum Vorschein, leckte über ihre ausgetrockneten Lippen. Jetzt wußte sie, was sie zu tun hatte.

Sie wartete darauf, daß er erschien. Bewegung war zwischen den Hecken auszumachen, sehr nah bei ihr – näher, als sie sich vorgestellt hatte. Sie zielte, drückte langsam ab: ein lautes Knacken des Abzugshahns – sonst nichts. Nur ein Echo, das wie ein spöttisches Lachen aus der leeren Revolverkammer kam. Silka konnte nicht wissen, daß Bobby die Waffe, kurz bevor er angeschossen wurde, neu geladen hatte. Hatte Silka die Schüsse gezählt? Es hätte Daina überrascht, wenn er nicht mitgezählt hätte.

Und jetzt tauchte er auf – wie ein satanischer Adam. Er kam direkt auf sie zu, die Magnum locker zur Seite.

Sie zielte, drückte ab und vernahm das lauteste Klicken der Welt. »Verdammt.«

Silka warf den Kopf zurück und lachte. »Jetzt hast du nichts mehr übrig, Schätzchen«, sagte er schwerfällig, »nur noch das hier.« Er hob die Pistolenmündung und machte sich noch nicht einmal die Mühe, auf sie zu zielen. Das war nicht mehr nötig. Er konnte sich Zeit nehmen. Und er war auch der Typ, überlegte Daina, der das machte. Denn er genoß es. Er war nicht nur Profi, sondern mehr. Viel mehr.

Jetzt war es Zeit, solange er auf sie zukam. Sie hatte für ihre Leistung in *Heather Duell* einen Oscar gewonnen, aber das war verglichen mit dieser Leistung nichts. Wenn sie versagte, würde sie mit Sicherheit innerhalb von fünf Minuten tot sein.

Sie legte alle Angst in ihre Stimme und in ihren Gesichtsausdruck. Dazu gehörte nicht viel. »Sie brauchen das gar nicht zu tun, Silka«, sagte sie. »Ich könnte sehr nett zu Ihnen sein. Was hat es für einen Sinn, mich umzubringen? Wollen Sie mich nicht noch immer haben?«

»Ja«, sagte er und kam weiter auf sie zu. »Und ich kriege dich auch noch. Kurz bevor ich dir die Magnum an den Kopf presse und dir das Gehirn aus dem Kopf puste.« Er grinste wüst. »Das wird mir Spaß machen. Du hast mir 'ne Menge Ärger bereitet.« Er schüttelte den Kopf. »Immer die Weiber. Sie drängen sich ins Bild, bis sie fest drinsitzen – wie Läuse. Ich laß jetzt alles sausen – das herrliche Geschäft, zu dem ich so lange gebraucht hab', um es aufzubauen. Ich hab' das Geld der Band benutzt, um Gewehre zu kaufen, und ihren Jet, um die Waffen nach Nordirland zu transportieren.« Er schaute mit brennenden Augen auf sie hinab. »Wenn Chris – was gar nicht gut für ihn war – nicht dahintergekommen wäre, hätte er nie die Bücher geprüft und herausgefunden, daß selbst der Drogenverbrauch der

Heartbeats nicht als Entschuldigung für all das fehlende Geld herhalten konnte. Chris hätte mich dann nie verdächtigt, und ich hätte es nicht nötig gehabt, ihn umzulegen. So aber hat alles unvermeidbar zu diesem Blutbad geführt.«

Er zuckte die Achseln. »Aber ich bin ja an den Tod gewöhnt.« Seine Schritte schienen, während er immer weiter auf sie zukam, den Boden zu erschüttern. »Meine beiden Brüder waren so idealistisch, die sind nach Nordirland verschwunden, hinter unserem Vater her, und haben sich mit den Provos eingelassen. Eines Tages hab' ich einen Brief von Dan bekommen. ›Ned ist gefallen‹, hat er geschrieben. ›Die verdammten Proddys haben ihn bei einer Razzia erwischt.‹ Ned war erst siebzehn, der Jüngste von uns. Er und Dan haben gemeinsam eine Operation geplant. ›Wir brauchen dich jetzt‹, hat Dan geschrieben. Ich war gerade erst aus der Marineinfanterie entlassen. Ich wollte kämpfen. Ich bin nach Belfast gefahren, hab' gesehen, wie wir in unserem eigenen Heimatland behandelt werden. Sechs Monate später bin ich mit Dan nach Boston zurückgekommen und hab' den Überfall auf das Waffenlager der Nationalgarde organisiert. Wir haben die Kisten mit den M-60-Maschinenpistolen nach Mexiko gebracht und von dort rübergeschickt. Dan ist wieder zu ihnen zurückgefahren, aber ich bin hiergeblieben. In Belfast hatte ich ein dunkelhaariges Mädchen kennengelernt, mit Augen so grün wie Smaragde. Auch die hatte an einem Plan gearbeitet, aber der brauchte, wenn er richtig funktionieren sollte, noch den richtigen Manager. Viele in der Hierarchie der IRA sagten, es könnte gar nicht klappen; aber das Mädchen wußte, sie irrten sich alle.«

»Das war Nigels Schwester«, sagte Daina.

Silkas farblose Augen öffneten sich weit. »Ja«, sagte er, »und ob. Jetzt weißt du also alles. Der Plan mit den Unterschlagungen, die Gewehrlieferungen – das alles war ihre Idee. Wie sie ihren genußsüchtigen Bruder gehaßt hat, der soviel Geld verdiente und trotzdem dem Gedanken an ein freies Irland den Rücken zudrehte. Ich hatte hier drüben eine Menge Bekannte, und ich hab' dafür gesorgt, daß ich damals bei dem wichtigen Abendessen dabei war und neben Benno Cutler zu sitzen kam. Der war ganz leicht zu kriegen – nur die Band machte mehr Schwierigkeiten.«

Er stand jetzt turmhoch über ihr und hatte die Beine leicht gespreizt. »Sie waren gefährlich, alle auf ihre Art. Aber andererseits waren sie auch wie Säuglinge: sie reagierten prima auf Belohnungen. Dank meiner Verbindungen konnte ich mich immer gut mit Drogen versorgen. Das mochten sie. Und sie mochten auch, daß ich zäh bin; körperlich zäh. Sie haben mich angeheuert, und sie konnten mich herumkommandieren. Dadurch fühlten sie sich wohl.«

Sein Gesicht war so hart wie Granit, seine Augen weit aufgerissen.

»Zehn Jahre lang hab' ich sie ausgenommen, und sie haben es nie erfahren. Natürlich hatte Nigels Schwester einen sehr komplizierten Plan, ihnen das Geld abzunehmen; aber das Komische an der Sache ist, daß dieser Plan gar nicht nötig war. Es wurde soviel Geld für Drogen ausgegeben: Ausgaben, die ja peinlich genau aus den Büchern rausgehalten wurden. Deshalb hatte ich, solange ich vorsichtig war, keine Schwierigkeiten. Natürlich hat Jon mich mal böse angemacht, damals, als er mich zufällig erwischte. Seine Augen waren glasig, und ich dachte, der ist schon zu weit weg, um noch was zu merken. Aber Jon war nicht blöde, und als er mich später darauf ansprach, wollte er Geld und – anderes mehr, dann würde er den Mund halten. Der arme sadistische Jon.«

Silka hob die massigen Schultern, während er über eine niedrige, wundervoll gestutzte Hecke stieg. »Na, und anschließend hatte ich nicht mehr groß die Wahl. Jon mußte aus dem Weg geschafft werden. Aber diskret natürlich, verstehst du? Sehr diskret. Ich konnte mir nicht erlauben, daß auch nur das geringste Aufsehen erregt wurde.«

Er lächelte. »Es war so einfach, wirklich. Jon war süchtig, und sein Tod durch eine Überdosis hätte kein großes Aufsehen erregt. So was erwartet man ja eigentlich, und es ist unglaubwürdig, wenn es nicht passiert. Aber dann hab' ich gesehen, was in der Band los war, und ich hab' mir gedacht: Mann! das ist ja besser, als ich je hoffen konnte. Ich lass' ihn von den anderen umbringen.« Er zuckte wieder die Achseln. »Natürlich hat eine Prise Strychnin in Jons Heroin ihm ein bißchen auf den Weg in die ewigen Jagdgründe geholfen.« Er lachte ein rauhes, bellendes Lachen. »Diese Scheiß-Amateure. Sonst hätte er ja das Gas gerochen.«

Er blieb kurz vor ihr stehen. »Und jetzt«, sagte er mit belegter Stimme, »jetzt krieg' ich endlich meine Belohnung für all diese Jahre, in denen ich der Band und dem freien Irland treu gedient habe. Maggie auszuschalten, war mein letzter Auftrag von der IRA. Ich geh' jetzt mit einer Menge Geld in der Tasche nach Hause und ruh' mich aus.« Er tat noch einen Schritt auf Daina zu. Daina hob den Achtunddreißiger.

Silka war so nah, daß sie nicht einmal zielen mußte, nur den Abzug drücken. Kurz bevor es passierte sah sie, wie sich sein Gesichtsausdruck veränderte. Er begriff, und sein eigener Tod spiegelte sich in den grausamen, starren Augen.

Daina spürte, wie eine gewaltige Anspannung in ihren Arm kam und durch die dünnen Knochen in ihrer Hand nach unten wanderte. Ein winziger Muskel zuckte an ihrem Zeigefinger, während sie den Abzug drückte und – nicht durchriß.

Bilder überfluteten ihre Gedanken und löschten Silkas breite Silhouette, die so dicht vor ihr war: das zerschlagene Innere in Chris' Haus, die Lautsprecherbox angefüllt mit Blut und Fleisch und zerbrochenen Knochen, die einmal einem denkenden, fühlenden menschlichen Wesen gehört hatten.

Daina sah wie im Nebel die andere Waffe – das riesige, entsetzen erregende Loch am Ende des langen Laufes der Magnum –, und dieser Lauf bewegte sich mit entsetzlicher Geschwindigkeit aufwärts. Sie wußte, daß sich mit jedem Sekundenbruchteil, der verging, der Vorteil, den ihr dieser eine Augenblick des Schreckens gegeben hatte, verringerte.

Der Knall der Achtunddreißiger war ohrenbetäubend. Silka flog zurück, noch während sie den Abzug ein zweites Mal betätigte.

Er wurde von dem gewaltigen Aufschlag aus nächster Entfernung von den Füßen gerissen und herumgeschleudert.

Daina ließ den Achtunddreißiger aus den Fingern gleiten und lief zu der Stelle zurück, wo Bobby lag. Er lebte noch. Sie rannte zur Laube hinüber und ans Telefon. Nach dem Anruf ging sie zu Bobby zurück – sie wollte bei ihm sein. Sie bettete seinen Kopf in ihrem Schoß. Nach einer Weile öffnete er die Augen.

»Wo ist er?« Das war nur ein Flüstern.

Sie beugte sich über ihn. »Er ist tot, Bobby. Ich hab' ihn erschossen.«

Seine Augen schienen zu flackern. Von weit her konnte sie das Heulen der Sirenen von Notarztwagen und Polizeiautos hören.

»Ich hab' nur meine Arbeit gemacht«, sagte er. »Ich glaube, ich hätte mich doch lieber ans Schreiben halten sollen.« Das Heulen kam näher, drang in höher und höher werdenden Wellen durch die Bäume herein.

Das Blut schien in Strömen aus ihm herauszulaufen. Daina legte die Handflächen auf sein zerrissenes Fleisch. Sie dachte an Baba. »Sei jetzt still, Bobby.« Sie berührte seine Schulter. »Ruh' dich ein bißchen aus. Der Krankenwagen ist gleich da.«

Sie fuhr die ganze Strecke zum Cedars-Sinai-Krankenhaus mit Bonesteel im Krankenwagen. Sie hielt seine Hand gepackt. Sein Gesicht war bleich, unter der durchscheinenden Plastikmaske des Sauerstoffgeräts kaum wiederzuerkennen. Und alles, was sie selbst im Heulen der Sirenen hören konnte, war das rauhe, gequälte Rasseln seiner regelmäßigen Atemzüge.

Bobby lag länger als sechs Stunden auf dem Operationstisch. Daina betete eine Art Litanei, um die nutzlose Panik darüber auszuschalten, daß es vielleicht gut gewesen wäre, er wäre sofort gestorben.

Die ersten eineinhalb Stunden vergingen blitzschnell. Die Polizisten nahmen ihre Aussagen zu Protokoll. Sie erzählte ihnen alles, nur Bobbys Bekenntnis, was Nigel betraf, hielt sie zurück.

Daina war mit sich allein. Ohne Interesse betrachtete sie den Kriminalpolizisten, der unten im Korridor am Telefon stand. Sie wünschte sich verzweifelt, daß Bobby am Leben blieb. Sie dachte sich so viele Szenen aus, daß ihr schwindlig wurde, bis ihr schließlich der Film einfiel und sie sich für den Rest der langen, quälenden Stunden überzeugen konnte, daß sie nur glauben müsse, daß alles gutginge, dann würde es auch gutgehen.

Daina wußte, daß sie Bobby liebte. Nicht wie eine Geliebte, sondern wie eine Freundin. Aber ihr wurde auch klar, daß er fast genauso gefährlich wie Silka gewesen war. Durch seine Besessenheit war er kein guter Polizist mehr gewesen. Hätte man ihm die Möglichkeit dazu gegeben, hätte er vielleicht sogar Nigel erschossen.

Daina wußte in diesem Augenblick nicht mehr, wie sie über alles andere dachte: sie wußte nur, daß jetzt in ihr ein großer Riß war, so schwarz und bodenlos wie der Weltraum. Mit jedem Augenblick, der verging, wurde dieser Riß breiter.

Sie hörte ein kurzes Klappern vom anderen Ende der Halle. Überall waren Reporter und Fernsehkameraleute. Drei uniformierte Polizisten standen als einzige zwischen ihr und diesem Mob.

Sie hörte jemanden rennen. Die Türen zum OP schlugen auf. Als der schweißdurchweichte Chirurg auftauchte, wußte sie Bescheid, noch ehe er den Mund aufgemacht hatte.

»Er ist nicht durchgekommen. Tut mir leid, Miss Whitney. Wir haben alles getan, was wir tun konnten. Wenn es Ihnen ein Trost ist, Miss Whitney: er hat hart gekämpft. Sehr hart.« – »Nein«, sagte Daina, während sie sich umdrehte und wegging, »es ist mir gleich.«

14. Kapitel

Als Rubens nach Hause zurückkam, wartete Daina im Flur auf ihn. Er sah zuerst nur ihre Silhouette, hoch und schlank und wunderbar gewachsen – fast, so dachte er, wie eine perfekte Skulptur.

Dann rührte sie sich. Er roch ihren sanften Duft; er spürte eine seltsame Spannung in seinem Nacken.

Dann sah er sie. Sie trug ein blaß weinrotes Baumwollkleid, hochgeschlossen und mit tiefem Rückenausschnitt. Über ihrer rechten Schulter starrte ihn das traurige, weise Gesicht des El Greco an.

»Ich hab' davon gehört, auf dem Weg vom Flughafen hierher«, sagte er. »Auch das von Chris. Ich glaub', ich komme ein bißchen zu spät.« Er stand stockstill und starrte sie aus kurzer Entfernung an. Seine Augen wirkten angstvoll, als ob sie sich in seiner Abwesenheit vielleicht verändert haben könnte. »Alles in Ordnung?«

»Vollkommen.«

»Und dein Gesicht?«

»Macht sich auch wieder. Mit der Zeit.« Sie schaute ihn forschend an. »Willst du mich nicht anfassen?«

Als ob das ein Befehl gewesen wäre, der ihn von etwas entband, ließ er die Tasche und seinen Koffer einfach fallen. Er nahm sie in die Arme.

Bei seiner Berührung kam all ihre kalte Entschlossenheit, all ihre Angst und Leidenschaft, die sie verzweifelt versucht hatte in Schach zu halten, an die Oberfläche. Sie schmolz in ihn hinein.

»Es ist ja jetzt vorbei«, flüsterte er und streichelte sanft ihr Haar. »Es ist alles vorbei.« Aber er war es, der zitterte.

»Was hast du denn, Rubens?« Sie hielt ihn fest und spürte, wie seine Kraft in sie überströmte.

»Ich hatte Angst, du wärst tot.« Seine Stimme hatte einen seltsam hallenden Klang, so daß Daina die Nackenhaare zu Berge standen. »Oder daß du dich irgendwie verändert hättest.«

»Ich bin noch die gleiche«, sagte sie, ohne daß sie es glaubte. »Ich bin so, wie ich immer gewesen bin.«

Er schaute die Halle hinunter ins Wohnzimmer. »Sieht aus, als ob nichts passiert wäre, als ob alles nur ein Traum gewesen wäre.« Er schaute sie an. »So wollen wir's auch nennen: einen bösen Traum.« Er küßte sie hart auf die Lippen, als ob er durch diese Geste alles Böse, das erst vor so kurzer Zeit hier stattgefunden hatte, bannen könnte.

»Wo ist Maria?«

»In der Küche.«

»Du bleibst hier«, sagte er fröhlich. »Ich sag' ihr, daß sie uns ein gewaltiges Mahl bereiten soll und wir nehmen 's mit raus aufs Boot.« Er lächelte sie an. »Ich hab' mein Versprechen nicht vergessen.«

Bei klarem Wetter setzten sie Segel, aber sie waren bald in einen niedrigen Nebel eingewickelt, so daß Daina, obwohl sie sich nicht sehr weit von der Küste entfernt hatten, kein Land mehr sehen konnte. Sie bewegten sich langsam voraus nach Südwesten, in Richtung San Diego. Rubens hatte kein Ziel genannt, und Daina dachte nicht daran, ihn nach einem Ziel zu fragen. Die See war ihr einziges Ziel, und der einzige Sinn der Fahrt war der, daß sie zusammen waren.

Maria hatte sich selbst übertroffen. Sie hatte Hühnchen süß-sauer gemacht, dazu Tortillas und Enchiladas, ein Salat aus Tomaten, Zwiebeln mit Öl und Basilikum. Außerdem hatte Maria ein frisches französisches Brot mit Sesamkörnern bestreut eingepackt und eine Flasche herben, trockenen italienischen Rotwein.

Sie hielten Händchen auf der Brücke und wechselten sich am Ruder ab. Rubens ging unter Deck, um ein Nickerchen zu machen und überließ Dainas fähigen Händen das Steuer. Als er im Zwielicht wieder auftauchte, hatte er seine mitternachtsblauen Baumwollhosen an, ein kurzärmliges Strickhemd und ausgetretene Tennisschuhe. »In einer Stunde essen wir«, sagte er.

Er warf Anker, entzündete die Positionslampen. Sie gingen unter Deck. Beim Essen sagte er: »Ich hab' eine Überraschung für dich.«

Sie schaute ihn an und musterte seine Gesichtszüge – seine dunklen Augen, die keine Tiefe zeigten; seine kräftige Habichtsnase, seinen ausdrucksvollen Mund – und sie fragte sich, wie sie jemals vor diesem Mann hatte Angst haben können. »Was ist es denn?«

Seine Augen funkelten. »Ein Geschenk«, sagte er und machte eine Handbewegung wie ein Zauberkünstler. »Alles, was du willst.«

Natürlich wußte sie, daß er nur scherzte. »Ach, wirklich alles? Mal sehen. Wie wär's denn mit dem Taj Mahal?«

»Gib mir eine Woche«, sagte er völlig ernsthaft. »Wenn du das wirklich haben willst, sollst du es haben.«

»Das Taj ist ein bißchen großartig«, sagte sie. Es kam ihr so vor, als ob sie irgend etwas falsch verstanden hätte. »Du machst keine Witze, oder?«

»Nein.« Er nahm ihre Hand. »Ich will dir das schenken, was du dir auf der ganzen Welt am meisten wünschst. Etwas, das kein anderer dir geben kann. Was ist es?«

Was wohl, dachte sie leicht schwindlig. Pelze, Kleider, Juwelen. Eine Reise um die Welt. Ihr fiel ein Rolls-Royce Grand Corniche ein, ein Lotus Formel I, ein Lear-Jet. Es war zu schwindelerregend. Das mit dem Wählen muß warten, dachte sie. Wenigstens bis morgen. Rubens wirkte enttäuscht, als sie ihm das sagte, aber er verstand sie.

In der Nacht liebten sie sich lange und träge, in vollkommener Einheit mit dem sanften Schaukeln des Bootes. Aber während Daina langsam einschlief, während sie in diesem dünnen, ungreifbaren Raum zwischen Schlaf und Wachen hing, spürte sie, wie ihr Herz von dünnen Tentakeln der Angst berührt wurde. Sie versuchte, in sich selbst nach der Quelle dieser Angst zu forschen, aber da hatte der Schlaf sie schon umfangen, und sie träumte.

Sie erwachte aus dem Traum zu einem Traum, so schien es ihr wenigstens. Sie war auf den Straßen einer europäischen Stadt spazierengegangen. Einer Stadt am Meer; in welcher Stadt, konnte sie nicht sagen. Die Sonne lag warm auf ihren Schultern, die Platten unter ihren Füßen gaben die spektakuläre sienabraune Farbe der Hügel zu ihrer Linken wider. Sie hatte Durst, war unter einem gestreiften Sonnenschirm stehengeblieben und bestellte einen Americano. Der Cocktail kam, aber er war versalzen, daß sie ihn nicht trinken konnte. Sie rief den Kellner, immer und immer wieder, versuchte vergeblich, seine Aufmerksamkeit zu erlangen. Sie rief, sie rief.

Ein Ruf hatte sie aufgeweckt oder ein verwandtes Geräusch. Sie lag in der Doppelkoje. Rubens schlief neben ihr. Sie wartete auf die Wiederholung des Geräusches. Sie wußte, daß es kommen würde. Inzwischen dachte sie über ihren Traum nach. Diese Stadt am Meer. Es mußte das Mittelmeer sein. Gut, also welche Stadt? Neapel! Natürlich, es war Neapel. Aber sie war seit zehn Jahren nicht mehr dagewesen. Was war denn bloß mit Neapel...?

Dann, aus irgendeinem Grund, dachte sie an ein Buch: Die »Mythologie« von Bullfinch. Es hatte einmal einen Sommer gegeben, in dem sie dieses Buch von vorne bis hinten in einem Zug durchgelesen hatte, und als es zu Ende war, hatte sie noch einmal von vorn angefangen. Neapel.

Dann fiel es ihr ein. Die Legende einer Sirene: Parthenope, die so bekümmert darüber war, daß sie Odysseus nicht in den Untergang hatte locken können, daß sie sich ins Meer stürzte. Doch anstatt zu ertrinken, war sie bei Neapel angespült worden. Daina erinnerte sich an den Americano, den sie in dem sonnendurchfluteten Straßencafé bestellt hatte, und wie salzig er gewesen war – seesalzig. Sie schauderte.

In diesem Augenblick kam das Geräusch wieder, ein sanftes Rufen, das von allen Seiten auf sie einzudringen schien: ein Lied, klagend und fast hypnotisch.

Sie stieg aus dem Bett, zog Jeans und einen Rollkragenpullover an und ging an Deck. Es wurde gerade Tag. Der Nebel hatte sich gelichtet, die See war ruhig. Es herrschte Flaute. Kein Fältchen störte die alterslose Haut des Wassers.

Daina ging zur Reling, stützte die Ellenbogen auf und atmete die üppige Luft tief ein. Sie dachte an dunkle Straßen, bevölkert von leuchtenden, geröteten Gesichtern und erfüllt von röhrenden Radios, an unkrautüberwucherte Höfe, an Gebäude, die wie ausgebombt wirkten und in einem Sumpf aus Müll versanken, an den Dampf aus U-Bahn-Schächten.

Die Unterwelt hatte sie vor ihren Augen auferstehen lassen; die Welt auf der anderen Seite des Flusses Styx. Ich war damals noch ein Kind und dachte, Voodoo könnte mir meinen Wunsch nach Rache erfüllen. Jetzt bin ich eine Frau, und ich habe die Macht.

Rubens war neben ihr. Rubens, mit Bechern voll dampfendem Kaffee. Sie nahm einen Becher, trank gierig. Ihre Finger preßten sich hart um das heiße Steingut.

Sie wußte, was sie zu ihm sagen wollte, aber ihre Kehle machte nicht mit, so daß sie einen Augenblick warten mußte. Sie ruhte sich aus, ehe sie den Mund wieder aufmachte und mit seltsam belegter Stimme sagte: »Es gibt einen Mann, in New York. Ich habe ihn... vor langer Zeit gekannt. Er hat einen meiner Freunde umgebracht, jemanden, den ich liebte. Er ist einfach in sein Appartement eingedrungen und hat ihn niedergeschossen wie ein Tier.« Ihr wurde schwindlig, ihr Magen verknotete sich. »Der Mörder wußte nicht, daß ich da war; daß ich gesehen habe, wie er es tat.« Was hatte Bobby noch gesagt? Man darf alte Freunde nicht vergessen. Man kann sie nie vergessen – o nein.

Sie starrte in Rubens Gesicht. »Was mit Ashley passiert ist...«

Rubens starrte sie sehr eigenartig an, seine Augen waren hart, dunkel und voll quecksilbrigen Zorns.

»Du hast mich gefragt, was ich mir mehr als alles andere wünsche«, sagte sie und fing noch einmal von vorn an. »Ich will, daß diesem Mann das gleiche passiert.«

Rubens legte den Arm um sie, und zusammen gingen sie auf die Brücke. Er drückte einen Knopf, und der Anker wurde gelichtet. »Horch, jetzt kannst du die Wale hören, wie sie einander zurufen: ein langes, einsames Lied«, sagte Rubens und nahm Kurs in Richtung Heimat.

Zu Hause angekommen, nannte Daina Rubens den Namen des Mannes: Aurelio Ocasio. Wie seltsam sich dieser Name bei ihr anhörte! Sie hatte seinen vollen Namen so viele Jahre lang nicht ausgesprochen. Es war der Name eines Fremden.

Rubens ging zum Telefon, sie durchquerte das Wohnzimmer und öffnete die Fenstertüren zum Garten. Sie trat ins Freie. Das Sonnenlicht traf sie wie ein Hammerschlag. Sie stolperte. Ihr Magen zog sich wieder zusammen, und sie glaubte, sie müsse sich erbrechen. Sie taumelte, griff schnell nach der Metallehne des nächsten Liegestuhls. Ihre Beine zitterten, Schweiß brach ihr um den Haaransatz herum aus. Mein Gott, dachte sie, das ist der Augenblick, nach dem ich mich so gesehnt habe, seit ich Ocasio über Baba habe stehen sehen. Ich wollte, daß er tot ist. Ich war so voller Haß auf ihn und auf meinen Vater, daß er gestorben ist und mich allein mit meiner Mutter zurückgelassen hat.

Dieser Haß war wie eine geschlossene Faust gewesen, eingebettet in ihrem Herzen, ein Teil ihrer selbst, so lange, daß die wahre Bedeutung irgendwo in ihrem Innern verlorengegangen war. Statt dessen war nur der Haß gewachsen; denn sie hatte es ihm erlaubt, ein eigenes Leben zu führen. Sie erkannte das sehr deutlich und so plötzlich wie von einem Blitz beleuchtet. Sie hatte sich in diesem Haß verloren, und wenn sie diesen letzten Akt der Rache durchführte, würde sie darin ertrinken.

Den Bruchteil einer Sekunde lang fühlte sie sich so hilflos, so völlig verlassen, so entsetzt wie damals während ihrer langen Gefangenschaft bei Dr. Geist. Sie begann zu weinen.

Idiot! fuhr sie sich an. Warum heulst du eigentlich? Du hast die Macht noch immer. Benutze sie!

»Rubens!« rief sie und riß die Hände von ihrem Gesicht los. »Rubens!«

Sie sprang auf, rannte durch den Garten, dachte: Er hat gerade den Hörer aufgenommen, als ich nach draußen ging. »Rubens!« rief sie noch einmal. Wieviel Zeit war wohl schon vergangen?

»Rubens!«

Als sie ins Wohnzimmer hetzte, hängte er ein. »Lieber Gott, nein!« Ihre Augen waren weit aufgerissen. Es fiel ihr schwer zu atmen.

»Daina, was...«

»Rubens, hast du es schon getan?«

»Ich habe eben mit Schuyler geredet. Er...«

»Ich meine den Anruf nach New York!« schrie sie. »Hast du den schon erledigt?«

»Ich wollte gerade. Was ist denn...?«

»Oh, Gott sei Dank!« Ihre Augen schlossen sich. Sie holte tief und schaudernd Atem.

Er kam zu ihr herüber. Sie zitterte. Er legte die Arme um sie. »Liebling, was hast du denn?«

»Ich will nicht, daß du anrufst.« Sie blickte auf, in seine Augen.

»Aber es ist doch dein Geschenk. *Natürlich* werde ich...«

»Tu's einfach nicht!« Bewußt senkte sie die Stimme und legte eine Hand auf seine Brust. »Das ist alles.«

»Ich dachte, du hättest dir das sehr gewünscht. Habe ich den falschen Eindruck bekommen?«

»Nein, das hast du nicht. Ocasios Tod war etwas, um das ich seit elf Jahren gebetet habe.«

»Dann laß mich anrufen. Ich möchte dich glücklich machen. Du hast jetzt die Macht, so etwas zu verlangen – siehst du das denn nicht?«

»Das ist es ja gerade. Ich hab' wirklich die Macht, genau wie du. Marion hatte recht. Das Erlangen von Macht ist nicht so schwierig.

Nur, zu wissen, wie man damit umgehen muß, das ist schwer. Ich glaube, Meyer denkt darüber genauso...«

»Meyer?« Rubens Blick wurde hart. »Was weißt du von Meyer?«

Sie blickte zu ihm auf. »Rubens, als ich in San Francisco war, hab' ich mich mit ihm getroffen.«

»Warum hast du mir das nicht erzählt?«

»Ich dachte, du würdest es nicht verstehen. Er macht sich deinetwegen Sorgen. Er glaubt, du wirst ihm zu ähnlich. Und er hat recht.«

»Warum meinst du denn, daß ich es jetzt verstehe?«

»Weil ich sicher bin, daß du mich liebst. Ich kann so nicht mehr leben, Rubens. Ich hab' mein ganzes Leben lang mit der Gewalt gelebt, aber ich hab das Wesen der Gewalt nie wirklich verstanden. Nachdem ich erfahren habe, was du mit Ashley gemacht hast, hab' ich mir versprochen, daß ich so etwas nie wieder zulassen würde. Es war das gleiche Versprechen, das ich auch Meyer gegeben habe. Er ist klüger, als du und ich gedacht hatten. Er hat ein Geschäft mit mir abgeschlossen: er würde mir helfen, herauszufinden, wer Maggie ermordet hat, wenn ich dafür sorge, daß dir nichts passiert. Aber er hat mir auch etwas zum Lernen gegeben. Er hat mir Gewalt angeboten, und ich hab' sie genommen. Ich hab sie willig genommen. Jetzt verstehe ich, daß wir beide, wenn wir nicht aufhören, für den Rest unseres Lebens Gesetzlose sein werden. Dann gibt es kein Zurück mehr. Vor langer Zeit, in den Tagen, da ich Aurelio Ocasio noch kannte, wollte ich genau das sein: eine Gesetzlose. Und jede Entscheidung, die ich von damals bis zu diesem Augenblick getroffen habe, war auf dieses Ziel ausgerichtet. Jetzt weiß ich, daß ich es gar nicht erreichen will, und daß ich es auch nicht kann. Ashley ist tot, daran ist nichts zu ändern. Aber die Zukunft ist etwas anderes.«

Ihre Blicke versenkten sich lange ineinander. »Ich gehe weg von hier«, sagte sie schließlich.

»Wohin?«

»Das weiß ich nicht. Irgendwohin. Neapel ist, um neu anzufangen, so gut wie jeder andere Ort.« Langes Schweigen entstand. »Ich will, daß du mit mir kommst, Rubens.«

Daina betrachtete seine Augen und suchte nach irgendwelchen vielsagenden Zeichen. Bis jetzt, wo sie es aussprach, hatte sie nicht gewußt, wieviel Rubens ihr bedeutete. Ihr Herz hämmerte. Was würde sie tun, wenn er sich entschloß hierzubleiben? Sie würde jedenfalls auch dann gehen, das wußte sie. Aber der Gedanke, ihn zu verlassen, tat so weh, daß sie sicher war: das Herz würde ihr brechen.

»Die Auswirkungen von Furcht auszunutzen ist alles, was ich seit langer Zeit getan habe.«

»Jetzt kannst du mich ausnutzen«, sagte sie.

»Ich will dich nicht verlieren«, antwortete er mit rauher Stimme.

»Dann komm mit.« Sie nahm seine Hand und preßte sie. »Für mich wird es genauso beängstigend sein wie für dich. Wir müssen alles noch einmal von Anfang an lernen.«

»Dafür bin ich zu alt.« Er lächelte. »Ich gehe packen...«

»Nein«, sagte Daina, »laß uns einfach so gehen. Jetzt.«

»Na, dann nehmen wir wenigstens die Oscars mit.«

»Wozu? Die gehören hierher, nicht? Die warten auf uns, falls wir je zurückkommen.«

»Und das Haus?«

»Sollen doch die Mexikaner sich drum kümmern. Sie haben es ja sowieso immer getan.«

Sie gingen beide durch die weit geöffnete Tür ins heiße Sonnenlicht und in die gefleckten Schatten hinaus. Sie traten von den Stufen herunter und gingen über das üppige Gras. Die Sohlen ihrer Schuhe knirschten auf dem Kies. Daina setzte sich hinter das Lenkrad des silbernen Mercedes. Einen Augenblick lang stand Rubens da und schaute zum Haus zurück, zum Garten – eine Hand auf dem Wagenschlag.

Dann stieg er ein, sie ließ den Motor an. Der Mercedes stieß, während sie ihn um eine scharfe Kurve herumlenkte und schnell die lange schlangenartig gewundene Einfahrt hinunterfuhr, zwischen den staubigen, schwankenden Palmen entlang, ein kehliges Brüllen aus.

Schwarzes Herz

FÜR VICTORIA,

*meine Liebe,
die mir alles so leicht werden läßt*

Es gibt eine Rose,
   für die ich leben will,
      obwohl ich ihr, Gott weiß es,
         vielleicht nie begegnet bin.

Joe Strummer, The Call-Up

Hana-no kage
   aka-no tanin wa
      nakara-keri

Dank sei der Kirschblüte –
   in ihrem Schatten gibt es ewig Fremde
      nicht!

Issa (1762–1826)

DANKSAGUNG

Die Handlung dieses Romans ist frei erfunden. Sehr real hingegen waren die Recherchen, die ich für mein Buch unternommen habe. Und ich möchte nicht die Gelegenheit versäumen, den folgenden Personen für ihre tatkräftige Hilfe zu danken. Es ist fast überflüssig, zu sagen, daß keine der lebenden Personen etwas gemein hat mit den Figuren meines Romans, die alle Schöpfungen meiner Phantasie sind.

Maureen Aung-Thwin, von der *Asia Society*
Richard J. Mangan, Polizeichef von Solebury Township, Pennsylvania
Stephen Meredith, Streifenpolizist aus Solebury Township
Phra Maha Ghosananda
Merill Ashley
Heléne Alexopoulos } *New York City Ballet*
Leslie Bailey
Melina Hung, von der *Hong Kong Tourist Association*
Gordon Corrigan, dem Stallmeister, und allen anderen vom *Royal Hong Kong Jockey Club*
Herb Libertson, von der *Ronin Gallery*
Ron Shelp

und besonders
Sichan Siv, der den Holocaust seiner Heimat durchlitten hat

Ich bedanke mich bei V. für die vielen unschätzbaren Ratschläge zur Abfassung des Romans und bei meinem Vater, der das Manuskript, wie immer, gegengelesen hat.

Übersetzungen: Sichan, Emily und Leslie
Technische Beratung: Dr. Bertram Newman und Dr. Bryan Collier

ANMERKUNG DES AUTORS

Der Versuch, die jüngste Vergangenheit Kamputscheas (Kambodschas) zu recherchieren, hat vieles mit der Lektüre des Roshomon gemein: nicht ein Wort darf a priori als gültige Tatsache aufgefaßt werden. Die Bewertung der Ereignisse und besonders die Motive der in ihnen Verwickelten unterliegen einer ständigen Veränderung wie loser Wüstensand. Niemand scheint in der Lage zu sein, eine vorurteilslose, objektive Übersicht über jene Zeit zu geben; denn die politischen Wirkungen und Nebenwirkungen der damaligen Situation waren – und sind es noch heute – hochexplosiv. Sie haben in den Menschen Zorn und Angst erzeugt, die sich letztlich zu ideologischer Hysterie gesteigert haben.

Fürs erste bleibt also dem, der die »Zeugnisse und Beweise« des traurigen und schreckenerregenden Holocausts Kamputscheas sorgfältig sichtet, keine andere Möglichkeit, als die Wahrheit intuitiv aus ihnen herauszulesen.

Ob das, was in diesem Roman zu lesen ist, die Wahrheit ist oder nicht, wird kaum jemand sagen können. Aber zumindest die Darstellung der Atmosphäre und des Geistes Kamputscheas erscheint mir selbst treffend gelungen. Ich jedenfalls bin zufrieden mit ihr.

New York City, Juni 1982   ERIC VAN LUSTBADER

NEW YORK CITY

Gegenwart

Den Augen des Buddha blieb nichts verborgen. Der schwarze Himmel hatte sich plötzlich in ein Lichtermeer verwandelt; eine Sterngirlande, die ihn führte. Die Leichentücher der Nacht waren zerrissen, der Weg, den er gehen mußte, um unentdeckt zu bleiben, lag offen vor ihm.

Die rhythmischen Geräusche ihrer tierhaften Umarmung füllten den Raum, den er betreten hatte, wie die aromatischen Gerüche eines frisch zubereiteten Mahles. Er hörte die Frau stöhnen, dann rief sie den Namen eines Mannes.

»O John. Oh!«

Geräuschlos wie eine Schlange kroch er, auf dem Bauch liegend, vorwärts. Sein Verstand war unberührt kühl, seine Gedanken sonderbar losgelöst. Seine Erinnerungen, seine Gewohnheiten und alles, was er einmal gelernt hatte, waren unverrückbar in die Tiefen seines Bewußtseins geprägt. Das war es, was ihn zu dem machte, was er war – dies und die Vergangenheit. Doch er selbst hatte nie darüber nachgedacht.

Er lag hinter dem Sofa auf dem Rücken und traf die letzten Vorbereitungen. Das Seufzen und Stöhnen durchdrang die Luft und verwob sich zu Mustern der Lust, die wie ein Netz um ihn lagen.

Aus seiner Hosentasche zog er eine weiche Plastikampulle, die mit einer farblosen Flüssigkeit gefüllt war. Die Finger seiner rechten Hand bogen sich in einer schnellen Bewegung nach innen, und wie von Zauberhand herbeigeholt, hielt er eine Stahlnadel in den Fingern. Mizo hatte ihn gelehrt, die Nadel in dieser besonderen Form anzufertigen: sie lief an einem Ende in einem sanft gebogenen T-Stück aus, das jetzt seinen Fingern Halt gab.

Mit wohldosierter Bewegung stieß er die Nadel in die Plastikampulle und drehte sie in der klebrigen Flüssigkeit. Dann zog er die Nadel wieder heraus und sah mit starrem Blick zur Decke empor.

Eine Zeitlang hörte er auf ihr Ächzen und Stöhnen. Er stellte sie sich vor, wie sie – eingeschlossen in ihrer sich immer schneller drehenden Welt wachsender Leidenschaft – aufeinanderlagen.

»Moira. O Moira, wie ich dich liebe!«

Eine Zeitlang hörte er auf ihr Ächzen und Stöhnen. Er stellte sie sich vor, wie sie – eingeschlossen in ihrer sich immer schneller drehenden Welt wachsender Leidenschaft – aufeinanderlagen.

»Moira. O Moira, wie ich dich liebe!«

Schließlich drückte er sich hoch und sah über die Rückwand des Sofas. Wie ein Bulle erhob sich der Mann über der Frau, die leicht zusammengekrümmt auf dem Rücken lag. Ihre Körper glänzten vor Schweiß; das Gesicht des Mannes war vor Anstrengung gerötet.

Mit einer geübten Bewegung, die ihn für einen Moment wie ein erfahrener Arzt aussehen ließ, hob er die Hand, die die Nadel hielt, zu seinem Ohr empor. Seine Kraft durchströmte ihn wie flüssiges Silber.

Auf und nieder, auf und nieder bewegte sich der Mann. In lustvoller Ekstase preßte die Frau die Augen zu. Sie stöhnte tief und lang.

Wieder kam der Mann hoch, und die Nadel schoß hervor. Weiß gleißte sie im Licht der Lampe auf, dann versenkte sie sich in seinem Nackenansatz.

Obwohl die Nadel blitzschnell wieder zurückgezogen wurde, setzte die Reaktion unmittelbar nach dem Stich ein. Die Muskeln des Mannes verkrampften sich, und er begann nach Luft zu schnappen. In diesem Moment öffnete die Frau die Augen. Sehnsucht und Verlangen lagen wie ein Schleier auf ihnen, und die Frau hatte Mühe, das Gesicht des Mannes klar zu erkennen. Sie zog ihn fester an sich, als sie den Orgasmus in sich aufsteigen spürte. Wie ein Feuer durchströmte er ihren Unterleib.

Sie schrie auf, aber es war kein lustvoller Schrei. Irgend etwas war schrecklich falsch. Dann fiel der schweißüberströmte Körper ihres Liebhabers auf sie nieder. Sie sah den starren, leeren Blick in seinen Augen und fühlte ihn doch noch in sich.

Sie schrie und schrie, als ob sie nie wieder aufhören wollte.

Erstes Buch

DIE GIFTSCHLANGE

1. Kapitel

NEW YORK CITY / KENILWORTH
BUCKS COUNTY / WASHINGTON / ALEXANDRIA
Gegenwart, Juli

»Was, glauben Sie eigentlich, können Sie noch alles mit mir machen?«

Tracy Richter hatte seine Finger auf den blankpolierten Holzboden aufgestützt und ließ sich in seiner Übung nicht unterbrechen. Er fuhr mit seinen Liegestützen fort, während Polizeidetektiv Sergeant Douglas Ralph Thwaite sich bedrohlich über ihn beugte und dabei mit seinem Körper das Sonnenlicht verdeckte, das durch die kleinen Scheiben des Dachfensters wie strahlende Wolkenflecken in das *Dojo* fiel.

»Ich rede mit Ihnen, also hören Sie gefälligst zu.«

Tracy war inzwischen bei fünfundsechzig angekommen, und er dachte gar nicht daran, wegen Polizeisergeant Thwaite mit seiner Übung aufzuhören. An diesem Morgen hätte er es um niemandes willen getan. Heute mußte er sich eine Menge Wut und Enttäuschung herausschwitzen. Der Tod John Holmgrens lag gerade erst achtundvierzig Stunden zurück.

Siebenundsiebzig, achtundsiebzig. Die anderen Schüler des *Sensei* waren zwar neugierig geworden, aber viel zu diszipliniert, als daß sie ihre Übungen unterbrochen hätten. Schließlich war dies die fortgeschrittene Klasse von Karate- und Aikido-Schülern, die in diesem *Dojo* unterrichtet wurde.

Als der Fremde eingetreten war, hatte der *Sensei* eine knappe Bewegung auf ihn zu gemacht. Aber Thwaite hatte nur seine Kennmarke aufblitzen lassen. Damit war alles Nötige erklärt. Der *Sensei* kannte Tracy sehr gut. Doch auch sonst hätte er gewußt, warum der Polizist gerade an diesem Morgen hierhergekommen war. Jeder hier hatte von John Holmgren gehört; denn der war bis ungefähr 22.00 Uhr der letzten Nacht Gouverneur des Staates New York gewesen.

Tracy war inzwischen bei über neunzig angekommen, und der Schweiß lief ihm in Strömen herunter. Sein Pulsschlag hatte sich beschleunigt, die wachsende Anstrengung setzte immer neue Adrenalinstöße frei, bis das Gefühl in seinem Körper zu seiner Stimmung paßte. Es brodelte in ihm vor Enttäuschung. Alles, wofür er die letzten zehn Jahre gearbeitet hatte, war in einem winzigen Augenblick zunichte gemacht worden.

»Ihre Zeit ist gleich abgelaufen.«

Tracy drückte seinen Oberkörper zum hundertsten Mal von dem Holzboden hoch, dann sprang er auf. Wut durchflutete ihn wie eine Welle.

»Was wollen Sie?« fragte er schroff. »Ich dachte, Sie hätten bereits gestern abend in der Wohnung des Gouverneurs alles Wissenswerte erfahren. Lange genug festgehalten haben Sie uns ja.«

»Das einzige, was ich von Ihnen gehört habe, war nichtssagendes Gerede. Aber von dem Medienberater des toten Gouverneurs hatte ich eigentlich auch nichts anderes erwartet. Nur daß die Monserrat schon mit Beruhigungsmitteln vollgestopft war...«

»Sie hatte einen hysterischen Anfall. Sie war bei ihm, als es passiert ist.«

Ein Lächeln flackerte kurz auf Thwaites länglichem Gesicht auf. »Ja, ja, ich weiß«, sagte er mit berechnendem Zynismus. »Holmgrens Herzanfall.«

Tracy wußte, daß er geködert werden sollte, aber auch das interessierte ihn nicht mehr. Ihn quälte noch mehr als die Trauer um einen Freund. Sein ganzes Leben war durch Johns Tod bedeutungslos geworden. »Sehr richtig, er hatte einen Herzanfall.«

»Oh, bitte, Richter, hören Sie auf mit dem Unsinn. Der alte Knabe hat die Monserrat wie ein wilder Stier gevögelt.« Auch der vulgäre Ton war genau berechnet. »Der Tod hat ihn im Sattel ereilt.«

»Er ist an einem schweren Herzinfarkt gestorben«, antwortete Tracy in giftigem Ton. »So steht es auch im Protokoll des Arztes. Und falls Sie vorhaben, in der Öffentlichkeit irgend etwas anderes verlauten zu lassen, dann sollten Sie sich das zweimal überlegen. In dem Fall würde ich dafür sorgen, daß Ihnen jemand auf Ihre großen Füße tritt.«

»Hören Sie zu, mein Bester, gerade darüber wollte ich ja mit Ihnen reden.« Thwaites faltenzerfurchtes Gesicht war vor Zorn dunkelrot geworden. Er war ein knochiger, breitschultriger Mann mit enormen Kräften. Tracy spürte, daß sich sein Gegenüber kaum noch beherrschen konnte.

Der Bulldoggenkopf des Polizeisergeanten fuhr herum; seine weit auseinanderstehenden Augen fixierten Tracy. »Genau das haben Sie doch bereits getan. Ich komme gerade von einer Besprechung mit meinem Captain, und jetzt raten Sie mal, was der mir gesagt hat?«

»Da Sie's mir ohnehin sagen werden, Thwaite, kann ich auch so lange warten.«

Etwas in Thwaite schien zu reißen, und mit einem schnellen Schritt trat er an Tracy heran. »Ihr kleinen einflußreichen Scheißkerle seid doch alle gleich. Ihr denkt alle, daß ihr über dem Gesetz steht. Sie wissen verdammt genau, was Flaherty von mir wollte. Denn Sie waren der helle Funke, der ihn erleuchtet hat. Von diesem Moment an hat mich der Fall Holmgren offiziell nicht mehr zu interessieren.«

»Was für ein Fall Holmgren?« fragte Tracy, so ruhig er konnte. »Der Gouverneur hat bis spät in den Abend hinein mit seiner persönlichen Assistentin gearbeitet, wie er das an den meisten der dreihundertsechzig Tage eines Jahres getan hat. Wir waren mitten in den Wahlkampfvorbereitungen zur Präsidentschaftsnominierung. Ich glaube, er ...«

»Was Sie glauben, interessiert mich nicht im geringsten«, unterbrach Thwaite ihn wutschnaubend. »Wenn wirklich nicht mehr an der Sache dran ist, Richter, warum dann die vielen Manöver hinter den Kulissen? Wenigstens habe ich es gestern nacht geschafft, eine halbwegs brauchbare Stellungnahme von der Monserrat zu bekommen. Dann muß ich feststellen, daß irgend jemand sie weggeschafft hat. Wer war das, frage ich. Tracy Richter, sagt man mir. Ich will hinter der Monserrat her, aber eine Erklärung des Arztes der Familie Holmgren versichert meinem Captain, daß es ihr Gesundheitszustand nicht zuläßt, sie ›mit einem Verhör zu belästigen‹. Die Formulierung habe ich mir genau gemerkt. Und jetzt teilt man mir mit, daß ich alles einfach vergessen soll.«

Thwaites Zeigefinger stach hervor. »Wissen Sie, was ich denke, mein Bester?« Ein dünnes Lächeln quälte sich auf sein Gesicht. »Nein, nicht denke, was ich *weiß*. Sie haben die Erklärung verfaßt, die der Arzt unterschrieben hat. *Sie* haben jeden Schritt nach Holmgrens Tod unter Kontrolle gehabt – denn nach meiner Rechnung sind nach dem Exitus ungefähr vierzig Minuten vergangen, zu denen die Monserrat nichts zu sagen weiß. Vierzig Minuten, in denen sie Zeit hatten, Sie anzurufen, damit Sie alles arrangieren.«

»Die Bitte, den Tod des Gouverneurs nicht zu einer Angelegenheit der Polizei zu machen, wurde von Mary Holmgren, Johns Witwe, gestellt.« Tracy schwor sich, daß dies die letzte Antwort war, bei der er sich zur Ruhe gezwungen hatte.

»Da haben wir also schon eine dritte Quelle, über die Sie Ihre Hand halten, Richter«, bohrte Thwaite weiter. »Aber eins weiß ich ganz sicher, die Fäden in diesem Spiel führt niemand anderes als Sie. Und Sie können vielleicht den Kommissar täuschen, Richter, und Captain Flaherty auch noch, aber mit mir ist das eine ganz andere Geschichte.«

Thwaites Zeigefinger stieß heftig gegen Tracys Brust. »Wohin Sie die Monserrat auch gebracht haben, ich werde sie finden. Und dann wird sie mir alles erzählen. Ich kriege sie soweit, das können Sie mir glauben, Richter.«

»Sie haben einen dienstlichen Befehl, Thwaite. Halten Sie sich aus der Sache heraus.«

Der Polizeidetektiv riß seine Augen weit auf. »Ich kriege die Monserrat soweit, Richter.«

»Machen Sie sich nicht lächerlich, Thwaite. Sie haben ein ärztliches Gutachten und eine Dienstanweisung gegen sich. Wenn Sie sich auch nur in der Nähe von Moira Monserrat sehen lassen, fliegen Sie in hohem Bogen aus dem Polizeidienst und kriegen auch noch eine Zivilklage angehängt. Vergessen Sie die Sache. Sie ist tot und beerdigt.«

Thwaite schob sich noch näher an Tracy Richter heran. »Ich wünschte, es wäre so, Richter. Ich wünschte, der Gouverneur wäre *beerdigt* worden. Dann hätte ich mit Sicherheit einen Weg gefunden, ihn wieder ausgraben zu lassen.«

Wieder kam Thwaites Zeigefinger hervorgeschossen, und diesmal stieß er Tracy in die Rippen, als sei er ein abgehangenes Stück Fleisch. »Aber auch dafür haben Sie die rechte Vorsorge getroffen, nicht wahr? *Sie* haben dafür gesorgt, daß Holmgrens Leiche sofort nach der vorläufigen Autopsie eingeäschert worden ist.«

»Es war Mary Holmgrens Wunsch.«

»Ach nein, was Sie nicht sagen. Aber ich weiß, wer ihr die Idee eingeflüstert hat. *Sie* haben ihn vor unseren Augen verschwinden lassen, damit auch nicht mehr die kleinste Möglichkeit bestand, eine gründliche Untersuchung durchzuführen.« Der Zeigefinger stieß wieder zu.

Traey hatte genug. Wieder fühlte er die Wut in sich hochsteigen. Unmerklich für Thwaite war Tracy Zentimeter für Zentimeter auf Angriffsdistanz gegangen. Was Thwaite vor Schlimmerem bewahrte, war einzig Tracys eiserne Disziplin. »Ich verrate Ihnen jetzt ein Geheimnis, Thwaite. Nichts würde ich lieber tun, als Sie auf der Stelle fertigzumachen. Und ich bräuchte nicht mehr als eine Zehntelsekunde dazu. Ich glaube, ich würde mich dann schon viel, viel besser fühlen. Aber ändern würde es leider nichts. Ich habe zehn Jahre für John Holmgren gearbeitet. Erst habe ich den Gedanken, sich um die Präsidentschaft zu bewerben, in ihn gepflanzt, dann habe ich persönlich die Strategie für seinen Nominierungswahlkampf ausgearbeitet. Natürlich hatten wir gegen heftigen Widerstand anzukämpfen, besonders von Atherton Gottschalks Seite. Aber ich bin überzeugt, wir hätten unsere Gegner geschlagen. Und jetzt ist alles aus. Und wenn Sie glauben, daß ich nach all dem irgendeinem rachsüchtigen Polizisten erlauben würde, unsere Namen in den Spalten der *New York Post* breitzutreten, dann haben Sie sich gründlich geirrt, Thwaite. Was immer John Holmgren

505

und Moira Monserrat in jener Nacht gemeinsam gemacht haben, das geht Sie und alle anderen einen Dreck an. Und Gott helfe Ihnen, Thwaite, wenn Sie irgend etwas tun, was Johns gutem Ruf Schaden zufügt.«

Der *Sensei* hatte ihn seit längerem angesehen, und Tracy wußte, daß es Zeit für ihn war. Ohne noch ein Wort zu sagen, ließ er Thwaite stehen. Er ging in die Mitte des *Dojo* und stellte sich dem *Sensei* gegenüber. Beide verbeugten sich voreinander, dann herrschte plötzlich völlige Stille.

Thwaite wandte sich um und wollte das *Dojo* gerade verlassen, als der *Sensei* plötzlich in eine Bewegung explodierte. Viermal schnellte seine Hand vor, und vier Schüler verließen ihre Plätze.

»Bildet einen Kreis um San-Richter«, sagte der *Sensei*. Seine Stimme war leise und trocken wie Sand. Doch hätte der Befehl nicht nachdrücklicher klingen können, wenn er herausgeschrien worden wäre.

Während die Schüler ihre neuen Plätze einnahmen, erhob sich wie ein Wind ein sonderbarer Ton in dem Übungsraum. Thwaite hatte den Eindruck, daß in dem Ton etwas Animalisches mitschwang, ähnlich dem warnenden Grollen einer großen Raubkatze. Der Ton schien wie eine Nadel in sein Gehirn einzudringen und ihn auf der Stelle festzunageln.

Der Ton war weiter angewachsen, und seine Schwingung schien jetzt den ganzen Raum auszufüllen. Thwaite merkte schließlich, daß Tracy Richters halb geöffneter Mund die Quelle dieser unerklärlichen Kraft war, die alles wanken ließ.

»Dies«, sagte der *Sensei* und zeigte auf Tracys angespannte Brust, »ist *Yo-ibuki*, die Atmung, wie wir sie im Kampf anwenden. Sie ist, wie ihr alle wißt, das Gegenteil von *In-ibuki*, der Atmung der Meditation. Aber beide bedienen sich des gesamten natürlichen Atmungsapparates und nicht nur des oberen Teils der Lungen, wie es in der modernen Gesellschaft zur Sitte geworden ist.«

Leichtfüßig wie ein Ballettmeister trat der *Sensei* einen Schritt zurück. »Und jetzt werdet ihr ihn zu Boden werfen.«

Thwaite schätzte, daß die vier Schüler zusammen über dreihundert Kilo wogen.

»Setzt eure ganze Kraft ein«, rief der *Sensei*. »Jetzt!«

Einen Lidschlag lang schien Tracy zu zögern, dann schleuderte einer nach dem anderen der vier Schüler von ihm fort, als ob sich ihre eigene Kraft gegen sie gewendet habe.

Thwaite merkte, daß sich sein ganzer Körper während der Vorführung gespannt hatte. Alle nur erdenklichen Erwiderungen auf Tracys letzten Satz waren ihm durch den Kopf gegangen, doch auf einmal hatte er nur noch das Verlangen, den Raum so schnell wie möglich zu verlassen. Ein Gefühl der Fremdheit und des Verlassenseins hatte ihn ergriffen, und drohte ihn zu ersticken.

Am Theater und seinen Effekten hatte Senator Roland Burke seine besondere Freude. Deshalb, so glaubte er, liebte er auch den Hell-Dunkel-Kontrast so sehr. Die Einrichtung seines Hauses in Kenilworth, dem exklusivsten Vorort Chicagos, war ganz in Schwarz und Weiß gehalten. Und die Lampen und Eckenleuchten im Haus waren so angeordnet, daß sie im Moment, wo sie eingeschaltet wurden, Teiche, Bündel und Blöcke von Licht und Schatten entstehen ließen.

Erst wenn der Senator im Bett lag und schlafen wollte, wurden die Lichter gelöscht. Ein kurzer Druck auf den Hauptschalter genügte, um das ganze Haus mit einem Schlag in Dunkelheit zu tauchen.

An diesem warmen Juliabend war der Senator besonders froh, als er endlich den Schlüssel im Schloß herumdrehen und die Vordertür zu seinem Haus öffnen konnte. Zufrieden sah er auf das gleichmäßige Muster von Licht und Dunkel im Flur. Seufzend drehte sich der Senator herum und schloß die Tür. Es war gut, wieder zu Hause zu sein.

Im Wohnzimmer angekommen, ging der Senator sofort an die Bar, um sich einen Bourbon-Soda anzurichten. Mein Gott, ging es ihm durch den Kopf, als er ein paar Eisstücke in das Glas fallen ließ, was für ein Aufsehen die Presse gleich macht, wenn ein Senator einmal seine Meinung ändert! Als ob es sich um eine Kriegserklärung gehandelt hätte. Dieser Gedanke ließ den Senator lächeln. Eine Art Kriegserklärung war es ja auch gewesen. Sein persönlicher Krieg gegen die Krankheitssymptome von Amerikas Wirtschaft, gegen den katastrophalen Niedergang der sozialen Einrichtungen für die Armen und Alten; sein Krieg für die Unterstützung umweltfreundlicher Investitionen.

Der Senator trank einen Schluck Whisky. Jetzt erschien es ihm fast schon kurios, daß er einmal voreilig einem Rückzug aus der Politik zugestimmt hatte. Geld kann einen dazu bringen, dachte er, und der Gedanke an ein Leben in Sicherheit mit einer guten Position in der freien Wirtschaft. Drei ruhelose Wochen lang hatte er sich mit der Entscheidung herumgequält. Gestern hatte er dann sein Büro angewiesen, eine Pressekonferenz einzuberufen, und heute hatte er sich in den Kampf um seine Wiederwahl geworfen. Welch eine Aufregung seine Ankündigung hervorgerufen hatte!

Wieder seufzte der Senator, und allmählich entspannte er sich auch. Die Wärme des Bourbon breitete sich in seinem Körper aus und löste

Muskeln und Gedanken. Er schleuderte die Schuhe von seinen Füßen und durchquerte das Zimmer. Angenehm spürte er den dicken Bodenbelag an seinen Fußsohlen. Die Vorhänge waren vor das Fenster gezogen. Der Senator hob einen Arm, um sie einen Spaltbreit zu öffnen. Da draußen lag der See, seine Wasser schlugen sanft gegen das Ufer. Manchmal konnte man nachts einen schwachen Schimmer des Mondlichts auf der Wasseroberfläche sehen. Es sah dann aus wie eine zerbrechliche Himmelsleiter.

»*Vous n'avez pas été sage.*«

Burke zuckte so heftig zusammen, daß sich die Hälfte des verbliebenen Whiskys auf den Teppich ergoß. Rasch drehte er sich herum und spähte mit zusammengekniffenen Augen in das Zimmer. Muster von grellem Licht und tiefen Schatten. Er konnte niemanden sehen. Auch keine Bewegung oder sonst irgend etwas.

»Wer ist da?« Ein unsicheres Zittern hatte sich in seine Stimme geschlichen. »*Qu'est-ce que vous étes venu faire ici?*« Mit Mühe preßte er das Französisch hervor. Die Muskeln in seinem Unterleib verkrampften sich und verursachten ihm ein unangenehmes Gefühl. Burke entschloß sich, die Sache mit etwas frechem Mut aufzuklären. »*Montrez-vous!*« sagte er. Seine Stimme war lauter geworden. »*Montrez-vous, o j'appelle la police!*« Er machte einen Schritt auf die Bar zu; dort stand sein Telefon.

»*NE BOUGEZ PAS!*«

Senatur Burke erstarrte in der Bewegung. Er war beim Militär gewesen und wußte, wann man einen Befehl besser befolgt. Mein Gott, durchfuhr es ihn.

»*Pourquoi avez vous fait ça?*« fragte die Stimme. »*Pourquoi avez vous agi comme ça?*«

Wieder starrte Burke forschend in die Schichten dunkler Schatten. Es war äußerst beunruhigend, wenn man einer Stimme entgegentreten mußte, zu der scheinbar kein Körper gehörte. »Mein Gewissen hat mich dazu gebracht«, antwortete er schließlich. »Ich konnte nach der Entscheidung nicht mehr ruhig schlafen. Es... es gibt Menschen, die meinen Schutz brauchen. Ich habe geschworen, diesen Menschen zu helfen.« Mein Gott, dachte er verzweifelt, wie kläglich sich das alles anhört. Selbst in meinen eigenen Ohren. »Ich... ich fand, daß ich dazu stehen mußte.«

»Man hatte sehr viel Vertrauen in Sie gesetzt, Senator.« Die Stimme war kaum mehr als ein leises, seidiges Schwirren in der Luft. Sie ließ Burke frösteln. »Ihretwegen sind Pläne in Gang gesetzt worden.«

»Nun, dann werden Sie die Pläne einfach ändern müssen. Ich werde mich im Herbst erneut zur Wahl stellen.«

»Diese Pläne können nicht geändert werden«, sagte die Stimme. »Das ist Ihnen gleich zu Anfang alles erklärt worden. Und Sie haben allem zugestimmt.«

Der leise vernünftige Ton war aufreizend. »Herrgott noch mal, es kümmert mich nicht mehr, was ich damals gesagt habe!« schrie der Senator erregt. »Verschwinden Sie hier! Ich bin ein Mitglied des Senats der Vereinigten Staaten.« Seine Stimme, wieder stark und sicher, flößte ihm neues Selbstvertrauen ein. »Sie können mir gar nichts anhaben.« Er nickte nachdrücklich, während er auf die Bar zuging. »An wen können Sie sich denn wenden, ohne sich selbst bloßzustellen? An niemand.« In einem Fach der Bar lag eine 22er Pistole, für die er sogar eine Lizenz besaß. Wenn er an sie herankommen könnte, überlegte Burke, würde er die Oberhand gewinnen. »Sie können überhaupt nichts machen.« Er war fast am Ziel. »Wenn Sie jetzt gehen, verspreche ich Ihnen, den ganzen Vorfall einfach zu vergessen.«

Die Augen weit aufgerissen, blieb Senator Burke starr vor Schreck stehen. Die Luft vor seinem Gesicht schien in Schwingung zu geraten, dann hörte er ein gellendes Zischen, als ob Tausende gequälter Tiere vor Schmerz aufschrien. Burke schnappte nach Luft und wich stolpernd zurück. Er war überzeugt, daß ihn eine Hand mit ungeheurer Gewalt an der Brust getroffen hatte.

Ein tiefer Schatten ihm schräg gegenüber schien lebendig geworden zu sein. Der dunkle Fleck dehnte sich mit der beängstigenden Geschwindigkeit eines Traumes aus. Burke versuche sich zu bewegen. Er wollte fliehen. Aber der grauenerregende unheimliche Ton war wieder da und hielt ihn fest an seinem Platz vor der Bar. Hilflos sah der Senator den Tod näherkommen. Er versuchte zu schreien, aber es war, als ob ihm die Stimmbänder aus dem Hals gerissen worden waren. Er sah den Schatten auf sich zukommen, und panische Angst überflutete seinen Körper.

Augen, die wie Diamanten glitzerten und ihn voll tödlicher Kälte und unmenschlich aus der Dunkelheit anstarrten – die Kreatur schien die Schatten mit sich zu ziehen, als sie die Lichtbündel durchschnitt. Sie flog schneller heran, als Burke das je für möglich gehalten hätte.

Unmittelbar vor ihm brach das Dunkel plötzlich auf, wie ein allesverzehrender Sonnenuntergang, das letzte Helldunkel seines Lebens. Mit unvorstellbarer Wucht traf die Handkante des Angreifers Burkes Nase.

Der Senator hätte die Kraft, die ihn von den Füßen riß, auch nicht verstanden, wenn er noch gelebt hätte.

Was Tracy von dem Abend, an dem John Holmgren gestorben war, am deutlichsten in Erinnerung hatte, war Moiras Stimme. Ihr Anruf hatte ihn aus dem Schlaf geholt.

»O Gott, er ist tot. Ich glaube, er ist tot.«

Der Klang ihrer Stimme hatte ihm einen kalten Schauer über den Rücken gejagt, denn das ganze Entsetzen, das sie erlebt haben mußte, schien darin nachzuhallen. Er zog sich rasch an und fuhr zu ihr.

Johns lebloser Körper lag auf dem Sofa. Ein Bein war über die Kante gerutscht und hing kraftlos herab. Er war nackt, natürlich. Seine Haut hatte am ganzen Körper eine eigenartig weiße Fahlheit angenommen. Nur eine Stelle über dem Herz, eine weitere an seinem Hals und das Gesicht waren noch von Farbe durchströmt.

Tracy kniete neben der Leiche seines Freundes nieder und berührte mit einer Hand das erkaltete Fleisch. Johns Gesicht glich denen der vielen Toten, die Tracy in Südostasien gesehen hatte. Ob es Weiße gewesen waren, Vietnamesen, Chinesen oder Kambodschaner, machte keinen Unterschied. Waren sie einen schmerzhaften Tod gestorben, war ihr Gesicht in immer gleicher, erschreckender Verzerrung erstarrt.

Tracy suchte Moiras Blick, aber sie hatte sich halb abgewandt, als ob sie Johns Anblick nicht länger ertragen konnte. John mußte einen Herzinfarkt erlitten haben. Jedenfalls deuteten die körperlichen Merkmale darauf hin. Aber erst einmal wollte er von Moira hören, was genau passiert war.

Tracy stand auf und setzte sich ihr gegenüber auf einen Stuhl. Dann nahm er ihre Hand – wie kalt sie war – in seine. »Moira«, sprach er sie leise an. »Du mußt mir jetzt erzählen, was passiert ist.« Sie starrte mit leerem Blick an ihm vorbei.

Doch er mußte ihre Apathie innerhalb der nächsten Minuten durchdringen; denn sie mußte den Todesfall melden, und je früher, desto besser. Der Arzt würde einen ungefähren Zeitpunkt für den Eintritt des Todes festlegen, und das konnte der Anlaß für viele unangenehme Fragen seitens der Polizei werden. Mit Sicherheit würde sie wissen wollen, warum die Polizei erst eine Stunde nach dem Tod des Senators gerufen worden war.

Tracy versuchte einen anderen Weg. »Moira, wenn du mir jetzt nicht hilfst, werden wir ihn nicht schützen können.«

Sie hob ihren Kopf und sah ihn erstaunt an. Sie hatte strahlend grüne Augen, eine scharfgeschnittene Nase, einen weitgeschwungenen Mund und hohe Wangenknochen. »Wie meinst du das?« Sie sprach noch immer mit unsicherer Stimme, und Tracy fühlte das Beben wie Wellen ihren Körper durchlaufen.

»Du weißt, was ich meine.« Seine Stimme war leise geblieben, doch hatte er in nachdrücklichem Ton gesprochen.

»Wir, wir haben uns geliebt. Das zweitemal hintereinander.« Sie sah ihn forschend an, eine Herausforderung. Aber Tracy sagte kein Wort, und auch sein Gesicht ließ keine Reaktion erkennen. Offensichtlich beruhigt, fuhr sie fort: »Wir haben das oft gemacht. John schien manchmal, wie soll ich sagen, ziemlich ausgehungert nach Sex zu sein, wenn nicht gar nach Liebe. Verstehst du, was ich meine, Tracy?«

»Ja, Moira, ich verstehe schon. Erzähl weiter.«

Die qualvolle Erinnerung verdüsterte ihr Gesicht. »Plötzlich bäumte er sich auf. Ich hatte meine Augen geschlossen. Ich war benommen. Anfangs dachte ich, daß er schon gekommen war.« Tiefe Linien zeigten sich über ihrer Nasenwurzel. »Aber dann war da etwas – ich weiß nicht, was –, etwas, das mich die Augen öffnen ließ.«

»Was kann dieses Etwas denn gewesen sein, Moira? Hast du irgend jemanden im Zimmer gesehen?«

»Es war das gleiche Gefühl, als wenn man aus einem Alptraum hochschreckt. Man spürt eine sonderbare Gegenwart, und dann dreht man sich um und schaut, aber es ist nichts da.« Tracy fühlte, wie sich ihre langen Fingernägel in seine Hand gruben. »Ich sah ihm direkt ins Gesicht, und dann, am Anfang dachte ich, daß ich noch immer träumte. Sein Gesicht war weiß wie ein Stück Papier. Seine Lippen waren dunkelbraun und von den Zähnen zurückgezogen. Er preßte die Kiefer fest aufeinander. Er sah aus – er sah aus wie ein wildes Tier. Aber er war tot, Tracy, er war tot!«

Er hätte sie jetzt gern getröstet und beruhigt, denn er verstand ihren Schmerz sehr gut. Aber was konnte er eigentlich für sie tun? Sosehr er sich deshalb auch haßte, er mußte ihr sogar noch mehr aufbürden. Ihm blieb gar keine andere Wahl; sie mußte es auf sich nehmen. Also sagte er es ihr mit seiner überzeugendsten Stimme, und dabei legte er ihr den Arm um die Schultern, um ihr Wärme und Trost zu geben.

»Aber du wirst doch bei mir bleiben.« Sie sah ihm fragend in die Augen. »Nicht wahr?«

Er schüttelte den Kopf. »Ich kann nicht bleiben, und das weißt du auch, Moira. In den ersten zwei Wochen wird es schwierig genug werden. Danach wird die allgemeine Neugier wieder erlahmen.«

»Aber ich kann nicht hierbleiben, Tracy. Nicht nach all dem, was passiert ist.«

»Nein, natürlich nicht. Ich habe ein kleines Haus in Bucks County. Er liegt unmittelbar vor New Hope. Du bekommst meinen zweiten Schlüssel, und gleich morgen früh fährst du hin. Dort bleibst du erst einmal. Hast du genug Geld?«

Sie nickte.

»Dann ist jetzt alles besprochen. Wenn ich gegangen bin, wartest du noch fünf Minuten, bis du den Notruf wählst. Du weißt, was du sagen sollst, und wie du es sagen sollst.« Wieder nickte Moira, und zum erstenmal seit ihrem Anruf dachte Tracy, daß sich alles vielleicht doch ohne großes Aufsehen regeln ließe.

»Also gut; dann hilf mir jetzt bitte, John wieder anzuziehen.«

Von irgendwoher war das leise Brummen eines Hifi-Gerätes zu hören. Aus den schwarzen Yamaha-Studiolautsprechern stieg das helle Zischen eines abspulenden Tonbandes und fiel in eine fast fühlbare Stille. Dann waren Wortfetzen zu hören, die zu einem fremd klingenden Geräusch verschwammen, bis sie plötzlich wie eine klare Luftblase aus einem trüben Wasser hervorbrachen. »Aber dann war da etwas – ich weiß nicht, was –, etwas, das mich die Augen öffnen ließ.«

»Was kann dieses Etwas denn gewesen sein, Moira?« fragte eine zweite Stimme. »Hast du irgend jemanden im Zimmer gesehen?«

Die Aufnahme war erstaunlich gut. Man konnte sogar noch die Spannung fühlen, mit der die Worte gesprochen worden waren. Wieder war Moiras gepreßte Stimme zu hören. »Es war das gleiche Gefühl, als wenn man aus einem Alptraum hochschreckt.« Ein tiefer, stockender Atemzug. »Man spürt eine sonderbare Gegenwart, und dann dreht man sich um und schaut, aber es ist nichts da. Ich...« Die Stimme wurde ausgelöscht, so leicht und endgültig, wie Worte von einer Wandtafel gewischt werden.

Es fiel nur wenig Licht in das Zimmer, und bis auf das kaum wahrnehmbare Flüstern der Sprecher war kein Geräusch zu hören. Die Schatten im Raum verwoben sich zu einer dreidimensionalen Landschaft.

»Je ne crois rien à ce qu'elle dit. Son amant est mort; elle est complètement hysterique«, sagte der junge Mann. Sein Französisch war ohne Akzent, und es schien ihm leichter von den Lippen zu kommen als Englisch. Er hatte eine dunkle Hautfarbe. Seine Gesichtszüge waren in dem Dämmerlicht nicht auszumachen.

Einen Moment lang schien es, als hätte der junge Mann zu sich selbst gesprochen. Dann erhob sich eine zweite Stimme.

»Non, au contraire, je crois qu'elle est au courant... de quelque chose.«

Es war keine Bewegung im Zimmer zu erkennen. Für Sekunden blieb der Eindruck, daß die Stimme aus dem Innersten des Hauses selbst aufgestiegen war. Dann bewegte sich ein Schatten in dem Ledersessel – ein junger Mann. Ein matter Lichtstrahl zeichnete den Bogen eines Wangenknochens nach. Die Höhe, in der der Gesichtsausschnitt erschien, ließ darauf schließen, daß die Person groß war und ganz sicher auch schlank, denn es war auch nicht die geringste Andeutung von Fett auf dem Wangenknochen zu sehen. Ein schwaches Licht fiel jetzt auch auf die langen, schmalen Hände, die ruhig auf den polierten Mahagonilehnen des Sessels lagen.

»*Qu'est-ce qu'elle peut en savoir?*« Ohne das leiseste Geräusch zu verursachen, kam der junge Mann näher. »*Pensez y d'une façon logique.*«

»Scheinbar hast du das mythische Bewußtsein deiner kambodschanischen Vorfahren verloren, als dir die französischen Radikalen ihre *logischen* Lehren beigebracht haben«, sagte die Gestalt in dem Ledersessel. »Ja, folgt man der Logik, dann wird man sagen, daß sie nichts gesehen hat. Und trotzdem glaube ich ihr, wenn sie behauptet, etwas gefühlt zu haben.«

»Das ist unmöglich.« Der junge Mann ließ sich vor dem Sessel auf die Knie nieder. »Ich war unsichtbar für sie.«

»Unsichtbar, richtig. Aber nicht unbemerkbar. Sie hat dich gefühlt, das ist sicher. Was genau daraus entstehen kann, können wir nicht wissen.« Der Mann legte nachdenklich die Fingerspitzen beider Hände aneinander. Seine Stimme war tief und von vollem Klang. Auf den jungen Mann wirkte sie unendlich beruhigend.

»*Heute* kann sie vielleicht noch nichts sagen. Aber sie hat einen Verdacht. Das Tier in ihr – der Millionen Jahre alte Überlebensinstinkt, den wir alle in uns herumtragen – hat dich gewittert. Und morgen oder vielleicht auch erst übermorgen – was dann? Kannst du mir darauf eine Antwort geben?«

Solange er es sich getraute, sah der junge Mann seinem Gegenüber forschend in die Augen. Dann beugte er den Kopf. In diesem Augenblick war in dem Raum der Geruch von Weihrauch besonders deutlich wahrzunehmen. Als ob eine Windbö vom anderen Ende der Welt, aus einem vergangenen Zeitalter, durch die Fenster in das Zimmer gekrochen war, um sich mit der Atmosphäre im Raum zu vermischen.

»Der Schüler respektiert noch immer den Lehrer«, murmelte der junge Mann. »Gehorche ihm, zeige ihm deine Achtung in Worten und Taten und folge aufmerksam seinen Lehren.«

Die schattenhafte Gestalt wuchs aus dem Sessel empor und zog den Knienden mit in die Höhe, so daß sie sich auf Zentimeter nahegekommen waren. Doch schien der junge Mann von seinem Gegenüber nicht nur an Größe überragt zu werden.

»Verdammt noch mal«, bellte der andere los. »Laß mich gefälligst mit deinem buddhistischen Unsinn in Ruhe! Wenn du etwas einzuwenden hast, dann sage es, und versteck dich nicht hinter diesem nichtssagenden Gerede, das dir irgendein Hohlkopf in Phnom Penh beigebracht hat.«

»*Pardonnez-moi*«, flüsterte der junge Mann. Ein Halm, der sich unter der Gewalt des Sturmes sanft bog.

Vielleicht war es mehr der Ton seiner Stimme als die Worte selbst, die alle Spannung aus der Gestalt des großen Mannes weichen ließ. »Nicht doch.« Sein Arm legte sich um die Schultern des Jüngeren. »Ach, Khieu.« Seine Stimme klang wieder weich, aller Zorn war aus ihr verschwunden. »Du sollst doch einfach nur sagen, was du denkst.«

Zusammen gingen sie hinüber zu dem Vorhang, der die fast fünf Meter breite Fensterfläche bedeckte. Ihre Schritte schienen dem Rhythmus eines unhörbaren Metronoms zu folgen, als ob sie so – wie in einer Art Ritual – schon unzählige Male miteinander gegangen waren.

Der schwache Lichtschein, der von der Straße noch hereindrang, ließ gerade die schwarzen Augen, die ungewöhnlich breiten Wangenknochen und die vollen, leicht aufgeworfenen Lippen des jungen Mannes erkennen. »Ich kann dir eindeutig sagen, daß sie mich nicht gesehen hat. Sie konnte es gar nicht. Als meine Hand vorschnellte, war sie – war sie anderweitig beschäftigt.« Seine Hände griffen nach dem festen elfenbeinfarbenen Stoff und zogen die Vorhänge ein Stück auf. »Du weißt, daß die Wahrnehmung der Sinne beim Sex auf einen schmalen Grat verengt ist.«

Der andere nahm die Worte schweigend auf, doch noch immer verfolgte ihn, was die Frau gesagt hatte. *Aber dann war da etwas... etwas, das mich die Augen öffnen ließ.* Er wußte, was dieses Etwas gewesen war. Sie auch? Sein Griff um die Schultern des jungen Mannes wurde fester. »Du bist zu lange von mir getrennt gewesen, Khieu.« Seine Stimme hatte einen sonderbaren Ton bekommen. »Erst war es die École des Hautes Études Commerciales in Paris, dann Genf, dann Wiesbaden und schließlich Hongkong – für die etwas ungewöhnlichen Studien. Eine lange Zeit seit der ›Operation Sultan‹, nicht wahr?« Er sah den jungen Mann fast zärtlich an. »Jetzt bist du soweit – wir beide sind es. Und die Ereignisse arbeiten uns in die Hände. Alles ist an seinem richtigen Platz.«

Er ließ seinen Kopf in den Nacken sinken. Die Straßenlampen zeichneten eine Kette verschwommener Lichtkreise an die Zimmerdecke. »Heute morgen habe ich in der Zeitung von dem unglücklichen Dahinscheiden des ehrenwerten Senators Burke gelesen. Seine Bestrafung wird eine Lehre sein für seine früheren Kollegen. Keiner von denen wird es jetzt noch wagen, an einen ähnlichen Schritt zu denken. Wir sind wieder absolut sicher. Aber jetzt scheint es mir, daß diese Frau zu einer wandernden Zeitbombe für uns werden könnte.«

»Selbst wenn sie sich an etwas erinnern sollte«, sagte Khieu ruhig, »wird sie uns damit keinen Schaden zufügen können.«

»Vielleicht wirklich nicht«, stimmte der Ältere zu, »aber bei diesem Mann, Tracy Richter, wäre ich mir da nicht so sicher. Wir müssen beide sehr vorsichtig mit ihm sein.« Er sah wieder aus dem Fenster. Dunst hatte sich auf den Scheiben niedergeschlagen und das Schwarz der Straßenbänder zum Glänzen gebracht. »Noch schläft er vollkommen ahnungslos, verstehst du? Und ich möchte, daß das auch so bleibt. Falls er aber doch einmal aufwachen sollte, dann werde ich mich um ihn kümmern müssen. Aber bitte verstehe mich, ich möchte das wirklich nur, wenn es nicht mehr vermeidbar ist. Deshalb können wir es nicht zulassen, daß die Monserrat ihm auch in Zukunft mit ihrem Verdacht in den Ohren liegt, wie vage er im Moment auch noch sein mag.« Der Arm des Mannes fiel von Khieus Schultern. »Jetzt ist für uns die Zeit des größten Risikos angebrochen. Jetzt, wo wir am stärksten sind, sind wir auch an verwundbarsten. Wir können uns die Gefahr eines Zufalls nicht leisten. Ein kleiner Kiesel, der in ein stilles Wasser geworfen wird, läßt Welle auf Welle entstehen, die sich immer weiter ausdehnen. Und immer stärker verzerrt sich der einstmals vollkommene Spiegel der Oberfläche.« Obwohl seine Stimme leise geblieben war, schien sich mit ihr eine unsichtbare Macht immer weiter auszudehnen. Khieu ging zur Tür. »Wer also kann die Folgen voraussehen?«

Eine übersinnliche Energie schien die Luft im Zimmer in Schwingung zu versetzen. Khieu hatte die Tür fast erreicht. Der Mann in seinem Rücken atmete langsam und tief. »Es gibt nur einen sicheren Weg, um die Wellen zu verhindern. Man muß die mögliche Ursache, den Kiesel, aus dem Weg räumen.«

Als die Tür ins Schloß fiel, wandte sich der Mann ganz dem Fenster zu, und allmählich fühlte er die Ruhe in sich zurückkehren.

Manche Männer verschwanden in Bars, andere zogen sich in eine einsame Landschaft zurück. Wenn Thwaite den täglichen Druck und den nervenaufreibenden Ärger nicht mehr aushielt, tauchte er kurzentschlossen unter und ging zu Melody. Ihm schien es dann, als ob die Erde ihn verschluckt hätte.

Melody gehörte eine Dachwohnung in der Elften Straße, gleich an der Vierten Avenue. Die Räume oben im sechsten Stock waren riesengroß. Melody hatte alle Wände der Wohnung in einem schwarzen Emailton streichen lassen. Tief in der Nacht, wenn die Decken und Möbel nur noch als graue und bläuliche Schatten zu sehen waren, hatte Thwaite jedesmal das Gefühl, in einer Höhle versteckt zu sein. Es war ein merkwürdiges anheimelndes Gefühl.

Auf sein Klingeln summte der automatische Türöffner, und ein alter Lastenaufzug, der nur mit einem Scherengitter gesichert war, brachte Thwaite quietschend nach oben. Sein Gespräch mit Richter war anders gelaufen, als er geplant hatte. Irgendwie hatte er die Initiative verloren.

Melody hatte sich hastig einen roten Seidenkimono übergeworfen und erwartete ihn vor der Wohnungstür. Der dünne Stoff zeichnete ihre kleinen Brüste und ihre schmalen Hüften in einer weichen Linie nach. Ihr glattes schwarzes Haar fiel ihr über die Schultern bis zu den Hüften hinunter. Ihr ebenmäßig ovales Gesicht hatte ein kleines Kinn und eine scharfgeschnittene Nase, deren Flügel flach ausliefen. Sie ist vielleicht keine klassische Schönheit, dachte Thwaite, aber das gleichen ihre vielen anderen Vorzüge leicht wieder aus.

»Was willst du denn hier, Doug?« In ihrer Stimme klangen die Echos anderer Sprachen mit. Es waren elf, um genau zu sein, darunter Russisch, Japanisch und nicht zuletzt drei Dialekte des Chinesischen. Sprachen zu lernen war ihre Freizeitbeschäftigung.

»Was ich hier wohl will?« sagte er schroff, »rein natürlich.« Er machte einen Schritt auf sie zu, aber Melody drückte ihm eine ausgestreckte Hand gegen die Brust und schüttelte den Kopf.

»Du kommst zu einer ungünstigen Zeit. Ich...«

»Red keinen Unsinn.« Man hatte ihm seinen Fall abgenommen, und er wußte nicht, wo er sonst hingehen sollte. Also kümmerte er sich nicht um ihren Einwand und stemmte sich gegen sie. Doch Melody stieß ihn ebenso unnachgiebig zurück. »Doug, würdest du mir bitte zuhören...«

»Wir haben eine Vereinbarung.« Er wollte sie nicht verstehen.

»Das weiß ich. Aber das heißt nicht, daß du kommen kannst, wann du...«

»Es würde mich nicht einmal interessieren, wenn der Kronprinz von England da drin wäre«, antwortete er und schob sich an ihr vorbei in die Wohnung. »Schick den Kerl weg.«

Melody trat nach der Tür, so daß sie laut ins Schloß fiel. Dann starrte die Thwaite eine Zeitlang an. »Herrgott noch mal«, zischte sie schließlich und dann lauter: »Zumindest könntest du aus dem Flur verschwinden.«

Durch das große Wohnzimmer ging Thwaite nach links in die Küche. Er durchstöberte den Kühlschrank, bis er merkte, daß er gar nicht hungrig war. Dann ließ er sich schwerfällig auf einen Stuhl am Eßtisch fallen und stützte seine Unterarme müde auf die Glasplatte. Wenn er es recht besah, wußte er in letzter Zeit eigentlich nie, was er wollte. Gerade jetzt, zum Beispiel. Was, zum Teufel, hatte er in dem

Appartement einer Hure zu suchen, wenn er doch eigentlich im Büro sein sollte – oder zu Hause.

Thwaite hörte leise Stimmen, dann wurde die Wohnungstür geschlossen. Als Melody in die Küche kam, sah er nicht zu ihr auf, aber er hörte sie wie eine mißgelaunte Hausfrau mit Töpfen und Pfannen hantieren.

»Du hast vielleicht Nerven«, sagte sie mit dem Rücken zu ihm. »Ich frag' mich, wie ich je in eine solche Lage kommen konnte.«

»Du lebst davon, daß du mit fremden Männern ins Bett gehst, wenn ich dich erinnern darf.« Thwaite hatte den Satz kaum ausgesprochen, als er ihm auch schon leid tat.

Melody drehte sich zu ihm um, ihre Wangen waren glutrot. »Ja. Und ich bin auch diejenige, mit der du es treibst, Doug. Es paßt zu dir, daß du das wohl vergessen hast. Warum gehst du nicht einfach nach Hause zu deiner Frau und deinem Kind?«

Thwaite drückte sich seine Daumen so fest in die Augen, daß er weiße Flecken tanzen sah. »Es tut mir leid«, sagte er leise. »Ich hatte nur nicht erwartet, daß jemand bei dir ist.«

»Oh, was hast du denn sonst erwartet?«

Er sah sie an. »Ich habe einfach nicht nachgedacht. Okay?«

»Nein«, antwortete sie und kam ein paar Schritte auf ihn zu, »es ist nicht in Ordnung. Zwischen uns besteht die gleiche Vereinbarung, wie du sie auch mit anderen Leuten in der Stadt getroffen hast, jedenfalls nehme ich das an. Nur daß du bei mir kein Geld nimmst. Okay, das akzeptiere ich. Ich habe ja auch gar keine andere Wahl. Aber wenn du mir jetzt die Kunden vertreibst, und ich dadurch meinen Lebensunterhalt verliere, dann werde ich einen Schlußstrich ziehen.«

»Erzähl mir nicht, wann hier ein Schlußstrich gezogen wird!« schrie Thwaite sie an. Er sprang so plötzlich hoch, daß sie erschrocken zurückwich. »Ich bestimme hier die Regeln.«

»Ich kann deine Warnungen nicht mehr hören, Thwaite. Und dich kann ich nicht mehr sehen. Laß mich doch einfach in Ruhe, ja? Ich geb dir einen Anteil von meinen Einnahmen, und fürs Bett suchst du dir eine andere.«

»Du gottverdammte..:!« Wütend kam er hinter dem Tisch hervorgeschossen.

»Was ist los!« reizte sie ihn weiter. »Ich biete dir einen gerechten Anteil von meinem Geld. Ist das nicht genug, um dein diebisches Herz zu befriedigen? Was anderes macht ihr Scheißkerle doch gar nicht auf dem Revier, als Listen aufzustellen, wann ihr wieder abkassieren gehen könnt.«

Bis zum letzten Moment hatte sie vielleicht nicht gewußt, wie tief sie ihn getroffen hatte. Aber dann sah sie den blinden Haß in seinen Augen. Mit einem Schritt trat sie rückwärts an die Anrichte, und ihre rechte Hand griff nach hinten, um das Brotmesser aus der langen Holzscheide zu ziehen.

Doch da war Thwaite schon heran und ein schmerzhafter Schlag riß ihr die Waffe aus der Hand. Er schlug ihr mit der flachen Hand ins Gesicht, noch ehe sie abwehrend die Arme hochreißen konnte. Rücksichtslos drückte er ihre Handgelenke rückwärts.

»Mistkerl!« schrie sie. »Mistkerl!« Aber dann sah sie, daß Tränen sein Gesicht herunterliefen, während er mit ihr kämpfte. »Doug«, sagte sie leise.

»Warum, um Gottes willen, kannst du deine Zeit nicht anders verbringen«, sagte er mit einem Schluchzen in der Stimme. Sein Kopf sank gegen ihre Brust, und sie hob ihre Hände und strich ihm vorsichtig über das dunkle Haar. Dann nahm sie ihn in die Arme und zog ihn gegen ihren warmen Körper. Ihre Lippen berührten seine Stirn. »Es ist alles wieder gut«, flüsterte sie. Sie sagte es ihm, aber auch zu sich selbst.

Natürlich hieß sie nicht wirklich Melody. Ihr richtiger Name war Eva Rabinowitz, und das Haus, in dem sie geboren worden war, lag nicht einmal zwei Kilometer von ihrer derzeitigen Wohnung entfernt. Aber das wußte niemand außer Thwaite. Er hatte sie während der Nachforschungen zu einem verwickelten Mordfall kennengelernt. Eine Zeitlang war sie seine Hauptverdächtige gewesen, deshalb hatte er ihre Vergangenheit durchleuchtet.

»Du bist Absolventin der Columbia-Universität«, hatte er einmal zu ihr gesagt. »Warum tust du dann, was du tust?«

»Was kann man mit einem Doktortitel der philosophischen Fakultät schon anfangen«, hatte sie geantwortet. »Als ich die Universität verließ, fühlte ich mich wie der Kaiser ohne Kleider. Ich wußte nicht, wohin ich gehen und was ich tun sollte. Du weißt, daß meine Eltern kein Geld hatten. Jetzt verdiene ich mehr, als ich für mich brauche.« Ihre grauen Augen hatten ihn forschend angesehen. »Und was ist mit dir?« Sie besaß die Fähigkeit, ohne alles überflüssige Gerede sofort zum Kern der Wahrheit vorstoßen zu können. »Was ist für dich so Besonderes an einem Polizistenleben?«

Thwaite lehnte sich auf der Couch zurück. »Seit fast zwanzig Jahren bin ich dabei und seit knapp zehn Jahren bei den Tötungsdelikten.« Er schüttelte gedankenverloren den Kopf. »Aber, mein Gott noch mal, überall findest du schmutzige Geschäfte. Ich hatte schon davon gehört, als ich noch auf der Polizeiakademie war. Und ich schwor mir, mich nicht in den Schlamm hineinziehen zu lassen.«

Er wich ihrem Blick aus. »Aber das war sozusagen die Schulzeit, weißt du. Ich war noch jung damals. Und ich hatte keine Ahnung davon, wie es in der Welt wirklich zuging. Aber das habe ich dann sehr schnell herausgefunden.« Er zuckte die Achseln. »Wo du auch hingesehen hast, überall gab es Bestechung und illegale Abmachungen. Du konntest nirgendwohin gehen, ohne in den Dreck zu treten. Ich hatte meinen Dienst kaum begonnen und fühlte mich schon wie eine Ratte in der Gosse. Wenn ich nach Hause kam, habe ich erst einmal eine halbe Stunde lang geduscht. So heiß, daß ich mich jedesmal fast verbrüht habe.«

»Aber du bist dabeigeblieben.« Melody sagte das ohne Vorwurf.

»Es war das einzige, was ich gelernt hatte. Außerhalb des Dienstes war ich zu nichts zu gebrauchen.« Er legte die Hände zusammen.

»Dann habe ich geheiratet. Meine Frau wollte ein Haus. Dann bekamen wir ein Kind, und so weiter. Die Rechnungen stapelten sich immer höher, wie bei allen anderen auch. Aber dann kam ich eines Morgens ins Revier und habe mich einmal richtig umgesehen. Einige meiner Kollegen machten einen ganz zufriedenen Eindruck, obwohl sie doch in der gleichen Situation wie ich waren. Dann gab es andere, die bereits einen krummen Rücken hatten, ohne schon alt genug dafür zu sein. Das letzte wollte ich auf gar keinen Fall. Trotzdem halte ich mich im Grunde noch immer für ehrlich. Aber wer weiß, vielleicht ist das auch nur eine Art Selbstschutz. Hier und da habe ich ein kleines Geschäft mit einem unbedeutenden Gauner laufen. Es hilft ihm, und es hilft mir. Ich mache das Beste daraus, siehst du. Zumindest bekomme ich so einen geringen Ausgleich für die zermürbenden Stunden, die ich in dem Dreckpfuhl zubringen muß. Und glaube mir, die Abteilung für Tötungsdelikte gehört zum Schlimmsten. Jeden Tag lebt man mit dem Wahnsinn, den Heroin und Methadon bei Süchtigen anrichten. Sie töten, ohne lange zu überlegen und ohne das geringste Mitgefühl.« Seine Stimme war nur noch ein Flüstern. »Und jeden Tag fühlt man sich ein kleines bißchen ausgebrannter.«

Moira Monserrat weinte still in sich hinein. Als sie bei Tracys Haus angekommen war, hatte es gestürmt und geregnet. Sie war sofort in den ersten Stock hinaufgegangen, hatte das Schlafzimmer gesucht und sich erschöpft auf das weiche Doppelbett geworfen. Sie war in einen unruhigen Schlaf gesunken und mitten in der Nacht mit einem verzweifelten Aufschrei wieder erwacht. Ihre Hände lagen zu Fäusten geballt auf ihrer Brust, ihr Atem ging keuchend, und das Herz schmerzte ihr bei jedem Schlag. Was hatte sie gehört? Was hatte sie geweckt? Eine sonderbare Gegenwart. Die Ranke eines Traumes, die sich in die Wirklichkeit herübergestreckt hatte und ihr über die Schulter gefahren war. O John, dachte sie. Warum bist du jetzt nicht hier und beschützt mich vor mir selbst?

Seine tiefe, volle Stimme stieg in ihrer Erinnerung hoch und brachte Leben und Wärme mit sich. »Du gibst mir soviel Lebensmut. Dann weiß ich, daß ich den Traum erfüllen kann, den Tracy in mir geweckt hat.« Er lachte zufrieden. »Weißt du, manchmal denke ich, daß er eigentlich selbst kandidieren müßte. Es stimmt, ich habe die politische Erfahrung. Aber er ist der scharfsichtige Denker, der einzigartige Architekt. Er weiß seine Mitmenschen zu beurteilen und zu lenken, daß es mich manchmal schon erschreckt.«

»Warum arbeitet er dann für dich? Du hörst dich an, als ob er ohne dich genausogut zurechtkommen könnte.«

»Ich bin mir nicht einmal sicher, ob ich wirklich die Antwort darauf weiß, Moira.« Er rollte sich auf die Seite und sah ihr in die Augen. »Er war in Südostasien. Aber nicht als gewöhnlicher Soldat. Es war irgendein mysteriöser Sondereinsatz. Militärischer Geheimdienst nehme ich an. Er selbst hat nie Genaueres darüber gesagt, und ich habe mich gehütet, danach zu fragen. Aber eines weiß ich sicher: er hatte Macht, sehr viel Macht sogar.«

»Und was, glaubst du, ist dann passiert?«

»Oh, ich denke, das weiß nur Tracy allein. Aber ich stelle mir vor, daß er einfach ausgestiegen ist. Vielleicht hat er zu viele Tote gesehen. Wie er nach außen auch erscheinen mag, Tracy ist ein sehr empfindsamer Mann. Und irgend etwas scheint ihn zu quälen. Doch muß ich gleichzeitig zugeben, daß seine Stellung bei mir klug ausgedacht ist. Er ist der Macht sehr nahe – er kann seinen Einfluß immer noch geltend machen, ohne in ihrem Zentrum zu stehen. Fürs erste braucht er nicht mehr. Obwohl er immer noch einmal zu dem Schluß kommen könnte, daß es ihm doch nicht genug ist.«

Moira sah in beunruhigt an. »Würde er sich dann gegen dich stellen?«

»Tracy?« John lachte. »Großer Gott, das würde er niemals tun. Uns verbindet mehr als eine Freundschaft. Behalte das im Kopf, falls du ihn einmal brauchen solltest.«

Und Moira hatte es sich gemerkt. Nach Johns Tod, als panische Angst sie keinen klaren Gedanken mehr fassen ließ, war dieser Satz ihr wieder eingefallen.

Und jetzt, in der Küche von Tracys Haus, wußte sie, daß Johns Urteil über ihn richtig gewesen war. Oh, mein Gott, John, sagte sie leise, was soll ich nur ohne dich tun?

Tracys Haus gefiel ihr. Es war sauber und anheimelnd; die alten, vom Gebrauch gezeichneten Möbel verströmten eine persönliche Geschichte wie ein besonderes Aroma. Die in Zedernholz gehaltene Küche führte direkt ins Eßzimmer. In einer hohen Eckvitrine sah sie mehrere Schachteln mit langen elfenbeinfarbenen Kerzen, Gläser und Teller und eine kleine Sammlung kambodschanischer Kunstgegenstände. Moira wußte, daß Tracy eine besondere Liebe zu Kambodscha hatte. Langsam ging sie weiter in das große Wohnzimmer, das hinter dem Eßplatz lag.

In die geschwärzte Feuerstelle des Kamins war ein kleiner Fernsehapparat gestellt worden. Der Boden davor und die Kamineinfassung waren mit grünen und blauen Kacheln verfliest. Auf dem oberen Sims stand eine große Buddhafigur. Die Figur war golden lackiert, doch mit den Jahren war der Lack an vielen Stellen geplatzt, und durch die Risse war das dunkle Holz zu sehen, aus dem der Buddha geschnitzt war. Moira ging hinüber zu dem karamelfarbenen Sofa, dessen Kordsamtbezug an vielen Stellen schon abgestoßen war. Sie kniete sich auf die Sitzfläche, zog sich eines der Kissen heran und sah gedankenverloren aus dem Fenster direkt hinter dem Sofa. Auf der anderen Seite des von tiefen Furchen durchzogenen Sandweges schien ein Obstgarten zu liegen. Die Apfelbäume standen ausgerichtet in geraden Reihen wie ein Musikzug. Dahinter waren die ausgefransten Ährenspitzen eines weiten Kornfeldes zu erkennen. Sie öffnete das Fenster und schloß die Augen, als ihr ein sanfter Wind über die Wangen und das Haar strich. Gierig atmete sie den reichen Sommerduft ein.

Dann rollte sie sich auf dem Sofa zusammen und legte ihren Kopf auf das weiche Kissen in ihren Händen. Sie fühlte einen tiefen Schmerz der Einsamkeit und des Verlassenseins in sich und begann zu weinen. Ein sonderbar unwirkliches Gefühl, dem sie sich nicht widersetzen konnte, breitete sich in ihr aus. Sie wußte, daß überall dort draußen das Leben zu finden war, aber sie schien nicht mehr dazuzugehören.

»Wir werden uns heute das letzte Mal sehen.«

Tracy schreckte zusammen. »Wie meinst du das?«

Mai sah ihn aus schwarzen, glänzenden Augen nüchtern an. »Irgend etwas ist mit dir passiert.«

Draußen war die auf und ab schwellende Geräuschkulisse von Chinatown zu hören.

Sie war nahe an ihn herangetreten. »Kannst du dir nicht vorstellen, daß ich vielleicht weiß, warum du immer zu mir kommst? Als ich dich zum erstenmal in deinem Alptraum reden hörte, habe ich schon einen Verdacht geschöpft. Nach dem zweitenmal war ich mir sicher.«

Tracy wandte sich vom Fenster ab. Auch dieses Gespräch schien einen unangenehmen Verlauf zu nehmen. »Die Antwort auf deine Frage ist sehr einfach«, sagte er. »Ich mag dich sehr gern.«

»Das soll doch wohl heißen, du magst jemanden, den du in mir wiederzuerkennen glaubst.«

»Unsinn. Ich...«

»Sehe ich ihr denn so ähnlich?« fragte sie und sah ihn dabei abschätzend an. Noch nie hatte er sie so erlebt. Bisher war sie immer weich und zärtlich gewesen. Ein gezwungenes Lächeln entblößte ihre kleinen Zähne. Ihre Nähe war fast physisch zu spüren, von ihrem Körper schien eine starke Energie auszugehen, als ob sie im *Dojo* wären. Nicht, daß Tracy fürchtete, von ihr angegriffen zu werden. Doch ihre Gefühle mußten so roh und wild in ihr toben, daß sie wie ein Energiebündel aus ihr herausstrahlten. Und natürlich war er das Ziel.

In einer schnellen Bewegung, als ob sie in einen Spiegel sehen würde, wandte sie den Kopf von einer Seite zur anderen. »Sag es mir, Tracy. Ich will es wissen. Wie sehr ähnel ich ihr? Könnte ich ihre Schwester sein? Ihre Nichte oder ihre Cousine oder was?« Er beobachtete sie genau, denn die Spannung zwischen ihnen steigerte sich immer noch. Seine Hoffnung war, daß sie die Kraft, die sie gegen ihn gerichtet hatte, noch kontrollieren konnte. Sonst mußte er eingreifen, und das wollte er nicht, um ihr nicht weh tun zu müssen. »Sag mir, was dich bei mir so an Tisah erinnert!«

»Fast alles.« Vielleicht konnte die Wahrheit sie beruhigen. Er bewegte sich nicht, um sie nicht noch weiter zu reizen. »Ich kann nichts für meine Gefühle«, sagte er vorsichtig. »Aber du mußt wissen, daß eure Ähnlichkeit nicht der einzige Grund war, dich zu wollen.«

»Aber es war ein Grund.«

»Ja«, antwortete er ohne Zögern.

»Na also.« Die Spannung ebbte ab, und Tracy seufzte leise vor Erleichterung. Es hatte nicht mehr viel gefehlt.

»Sie muß dir sehr viel bedeutet haben.« Mai ging hinüber zur Anrichte, als ob nichts Ungewöhnliches geschehen wäre.

»Ja, das hat sie einmal.«

Sie wandte sich zu ihm um, ein halbgefülltes Glas in der Hand.

»Aber dann nicht mehr.« Er antwortete nicht. Sie sahen einander forschend an. »Deshalb bist du auf mich verfallen, deshalb habe ich dich angezogen.«

»Dazu mußte ich gar nicht erst lange nachdenken«, sagte er leise.

»Du bist schön und sehr klug. Es war ganz selbstverständlich, daß du mich angezogen hast.«

So selbstverständlich, wie ich mich zu John Holmgren hingezogen gefühlt habe, dachte er. Tracy war tief verunsichert gewesen und zum

Einzelgänger geworden, als er John kennenlernte. Die Freundschaft zu Holmgren wurde dann eine Art Rettungsleine für ihn, an der er sich ins Leben zurückhanteln konnte. Im sicheren Schatten des Gouverneurs konnte er nachdenken und planen, sich von den quälenden Erlebnissen erholen und Kraft sammeln für einen neuen Anfang.

Aber wie weit lag das schon alles zurück, es schien in einem anderen Leben passiert zu sein. Was hatte Jinsoku ihm gesagt an dem Tag, als er seine Ausbildung beendet hatte? *Wenn du sie läßt, werden sie dich benutzen, bis du fällst. Sie kennen kein Mitgefühl. Sie brennen die Leute aus wie Batterien. Ich will nicht, daß das auch mit dir geschieht. Nicht mit dir.*

Jetzt mußte er sich eingestehen, daß es ihm *doch* passiert war, ohne daß er es überhaupt gemerkt hatte, bis es längst zu spät war. Sie hatten ihn damals gut abgerichtet. Sehr schnell hatte er sich an die plötzlichen und ungewöhnlich harten Einsätze gewöhnt gehabt. Jetzt war er froh, das alles hinter sich zu haben. Daß er John getroffen hatte.

»Deine Gedanken sind in der Vergangenheit«, sagte Mai mit rauher Stimme. Sie hatte ihr Glas auf die Anrichte gestellt und Tracy in ihre schlanken Arme genommen. »Dort wirst du keine Antworten finden, weißt du das immer noch nicht?«

»Du irrst dich«, erwiderte er und sah mit starrem Blick zum Fenster hinaus. »Die Vergangenheit ist der Schlüssel zu allem.«

Mai drückte sanft ihren Kopf gegen seine Lippen.

»Dann versuche wenigstens noch einmal heute nacht alles zu vergessen.«

PHNOM PENH, KAMBODSCHA
Januar 1963

»Welcher Religion gehörst du an?«

»Ich bin ein Buddhist, *Lok Kru*.«

»Wie lautet die Formel deines Bekenntnisses?«

»Ich folge Buddha, der mich leitet, ich folge der Lehre, die mich leitet, ich folge den Geboten, die mich leiten.«

Auf einer Fensterbank direkt über Preah Moha Pandittos linker Schulter stand eine alte Holzschachtel. Khieu Sokha versuchte, nicht zu ihr hinzusehen, doch das fiel ihm immer schwerer. Die Schachtel war in dunklem, glänzendem Kastanienbraun lackiert, auf das in kräftigem Safrangelb und in kühlem Smaragdgrün eine liebliche Blüte gemalt war.

»Wer ist Buddha?«

Schon wieder mußte er zu der Holzschachtel sehen. Sie war gerade so auf die Fensterbank gestellt worden, daß das schräg einfallende Licht der Morgensonne sie überflutete und überirdisch erstrahlen ließ.

»Er, der in seinem Leben aus eigener Kraft Vollendung, Erleuchtung und Befreiung erreichte.« Die Schachtel zog seine Aufmerksamkeit wie ein starker Magnet an, bis ihn der beharrliche Sog zu ermüden begann.

»Ist Buddha ein Gott, der sich der Menschheit offenbart?«

»Nein.« Eine flüchtige Bewegung nahe der Schachtel, ein Schatten, der in den sonnenbeschienenen Ausschnitt der Fensterbank fällt.

»Oder war Er der Bote eines Gottes, der auf die Erde herniederkam, um die Menschen zu erlösen?«

»Nein.« Khieu Sokhas dunkle Augen huschten zu der schattenhaften Bewegung. Jetzt erkannte er, daß es ein großer Käfer war, der auf die Schachtel zukroch. Der Rückenpanzer war rund wie ein kleines Fäßchen und glänzte tief schwarz. Eifrig krabbelte der Käfer die Seitenwand der Schachtel hoch, über gelbe und grüne Farbtupfer hinweg.

»Was bedeutet sein Name?«

An dem Messingverschluß der Schachtel blieb der Käfer plötzlich stehen. Khieu Sokha blinzelte ungläubig staunend mit den Augen. Im Licht der Morgensonne sah es aus, als ob der Käfer versuchte, den Verschluß zu öffnen, um in das Innere der Schachtel zu gelangen. Aber das war unmöglich!

»Der Erweckte oder der Erleuchtete«, antwortete er fast mechanisch. »Der Name bezeichnet ein Wesen, das aus eigenem Wollen die größte Weisheit und moralische Vollkommenheit erlangt hat, die einem Menschen möglich sind.«

Schließlich bewegte sich Preah Moha Panditto auf seinem Platz unter der Fensterbank. Dies war nicht der Name, mit dem er geboren worden war. Der gehörte zu den vielen Dingen, die er abgelegt und zurückgelassen hatte, als er Priester geworden war. Sein neuer Name vereinigte verschiedene Bezeichnungen aus dem Sanskrit: *Preah* konnte *König*, *Buddha* oder *Gott* bedeuten; *Moha* war das Wort für *groß*; und *Panditto* war die allgemeine Bezeichnung für eine gelehrte Person. Khieu Sokha jedoch nannte ihn *Lok Kru*. In der Sprache der Khmer das Wort für *Lehrer*.

Preah Moha Panditto war ein sehr alter Mann, doch nur, wenn man in den Zeitbegriffen des sterblichen Lebens dachte. Wenn er manchmal innehielt, sich an das Datum seiner Geburt erinnerte und die Jahre zählte, die seither vergangen waren – er tat dies immer seltener, je mehr die Zeit für ihn an Bedeutung verlor –, dann mußte er überrascht feststellen, daß er schon mehr als achtzig Jahre auf der Erde gelebt hatte. Aber die Zeit wog nicht mehr schwer auf seinen Schultern, und sie zog auch nicht mehr an seiner Seele wie eine Schwerkraft. Oft hatte er hierüber nachgedacht, und er war zu den Schluß gekommen, daß dies die wahre Bedeutung des Gelöstseins war.

»Sokha«, sagte er mit so leiser Stimme, daß sich die Aufmerksamkeit des Jungen ihm sofort wieder zuwandte, »an welchem Tag bist du geboren worden?«

»Am Tag des Vollmondes im Monat Mai.« Er benutzte die altüberlieferte Bezeichnung.

»Das war auch der Tag von Buddhas Geburt.« Die hellglänzenden Augen des alten Lehrers, die Khieu Sokha als die ungewöhnlichsten erschienen, die er je gesehen hatte, blickten den Jungen aufmerksam an. »Natürlich ist Buddha schon vor sehr langer Zeit geboren worden. Es war im Jahr 563 vor Beginn des christlichen Zeitalters der westlichen Völker.« Die Augen schlossen sich.

»Vielleicht erklärt das den großen Unterschied zwischen euch.«

»Das verstehe ich nicht.«

Preah Moha Pandittos Augen sprangen wieder auf. »Ich bin sicher, daß du nicht verstehst«, sagte er leise und traurig.

Khieu Sokha wußte durchaus, wann er eine Rüge hörte. »Du bist zornig auf mich, *Lok Kru*.«

»Ich bin auf niemanden zornig«, erwiderte der alte Mönch. »Aber sei bitte so freundlich und verrate mir, was deine Aufmerksamkeit so gebannt hält.«

»Stimmt es, *Lok Kru*, daß es für dich keine Geheimnisse gibt?«

Preah Moha Panditto schwieg.

»Dann müßtest du es nämlich schon wissen.«

»Und selbst, wenn es so sein sollte, will ich es von deinen Lippen hören.«

Khieu Sokha beugte sich vor, seine Augen leuchteten vor Erregung. »Soll das heißen, du weißt es *wirklich* schon?«

Der Alte lächelte. »Vielleicht.« Er wartete.

Schließlich zeigte der Junge mit der rechten Hand über die Schulter seines Lehrers. »Da oben, der Käfer auf der lackierten Schachtel.«

Preah Moha Panditto drehte sich nicht um. Sein Blick ruhte weiter auf dem Gesicht des Jungen. »Was, glaubst du, will er?«

Khieu Sokah zuckte die Schultern. »Das weiß ich nicht. Wer kann sagen, was im Kopf eines Insekts vor sich geht?«

»Und wenn du der Käfer wärst?« flüsterte der alte Mönch.

Der Junge überlegte einen Moment. »Ich würde in die Schachtel hineinwollen.«

»Ja«, sagte der Alte. »Wenn du die Holzschachtel aufmachen willst, dann mußt du es auch tun.«

Der Junge stand auf und ging hinüber zu seinem Lehrer. Er langte hinauf zur Fensterbank, und als der Schatten seiner Hand auf die Schachtel fiel, flüchtete der große, schwarze Käfer an der Fensterkante entlang und verschwand im hellen Morgenlicht.

»Bring die Schachtel her.«

Das tat der Junge sehr vorsichtig, indem er beide Hände fest um das warme Holz legte. Dann klappte er den Deckel auf, so daß das Licht auch in das Innere der Schachtel fallen konnte. Die Überraschung ließ ihn nach Luft schnappen. Dann hob er zögernd den Kopf und sah Preah Moha Panditto in die Augen.

»Lauter tote Käfer«, flüsterte er. »Ich sehe unzählige leere Tierschalen.« Wieder mußte er hinsehen. Das Licht gleißte in allen Farben des Regenbogens über das glänzende Schwarz der leblosen Rückenpanzer.

»Sind sie nicht wunderschön?«

»Ja. Das Licht...«

»Und wenn das Licht fort ist?«

Khieu Sokha zog die Schachtel aus dem Lichtbündel, das durch das Fenster fiel. »Nichts«, sagte er. »Ein Schwarz, das noch dunkler ist als die Nacht.« Eine merkwürdige Stille hatte sich über den Raum gelegt. Sie ließ den Jungen erschrocken hochsehen. »Aber warum hat dann der Käfer versucht, in die Schachtel hineinzukommen?« fragte er. »Ich habe in ihr nur den Tod gesehen.«

»Du bist die Welt«, sagte Preah Moha Panditto langsam. »Und die Welt ist in dir. Wenn du das weißt, weißt du alles.«

Khieu Sokha sah seinen Lehrer mit staunenden Augen an, denn von dem alten Mönch schien eine Art Licht auszuströmen, eine Aura, die eher zu fühlen als zu sehen war. Sie hatte etwas Furchteinflößendes, und der Junge spürte ein Zittern durch seinen Körper laufen. Aus Angst, er könnte sie fallenlassen, stellte er die Holzschachtel behutsam zurück auf die Fensterbank.

»Deinem Gesicht sehe ich an, daß deine Aufmerksamkeit nun wieder mir gehört«, sagte der alte Mönch freundlich. Dann streckte er seine Hände aus und schloß seinen Schüler liebevoll in die Arme.

Samnang, Khieu Sokhas älterer Bruder, hatte draußen gewartet. Der Tempel, von dem er Khieu Sokha abgeholt hatte, lag auf dem Gelände des königlichen Palastes von Prinz Sihanouk. Khieu Sokha blieb plötzlich stehen und sah noch einmal zurück auf das goldene Pagodendach, das sich in vielen Absätzen hoch über dem Botum-Vaddey-Tempel erhob, aus dem er gerade gekommen war. Dann wanderte sein Blick über die sorgfältig gestutzten Bäume zu seiner Linken, denen ein sanfter Wind ein melodiöses Rauschen entlockte, und fiel schließlich auf den königlichen Palast mit seinen zahllosen Säulen rechts von ihm. Khieu Sokha glaubte, die Schönheit des Palastes noch nie so empfunden zu haben wie in diesem Augenblick.

»Ho, *Own*, kleiner Bruder«, sagte Khieu Samnang mit einem Lächeln. »Du schaust ja richtig verwirrt in die Welt.«

Sokha sah den älteren Bruder freundlich lächelnd an, aber er antwortete nicht.

»Was hat Preah Moha Panditto dich heute gelehrt?« fragte Samnang. »Du siehst ja gar nicht mehr wie du selbst aus.«

»Nein?« sagte Sokha, »wem sehe ich denn auf einmal ähnlich?«

Sein älterer Bruder lachte, und sie gingen gemeinsam weiter. »Hier«, sagte Samnang und reichte ihm ein kleines Päckchen. »Ich habe dir etwas zu essen mitgebracht.«

»Danke, Sam.« Er nahm das Päckchen in beide Hände und trug es vor der Brust. Ein Glücksgefühl durchströmte ihn.

Auf Wegen aus rotem Stein, die sich durch frisch gemähte Wiesen schlängelten, vorbei an kreisrunden Blumenbeeten und gemeißelten smaragdgrünen Mauern, wanderten die beiden Brüder durch die Gartenanlage. Schließlich fanden sie eine Bank aus groben Steinblöcken und setzten sich. Von ihrem Platz aus konnten sie ein Feld mit *Cheddei*-Steinen sehen. Es waren Denkmäler, die an die Toten erinnerten und in denen die Asche der Vorfahren ruhte.

Samnang holte seine Schüssel mit Reis, gekochtem Fisch und einer Garnelenpaste hervor und begann zu essen. Sokha hielt seine Schüssel im Schoß, seine Hände umschlossen das kühle Metall. Er hatte keinen Hunger. Etwas anderes als Essen füllte seinen Bauch.

Ohne bewußt daran gedacht zu haben, sagte er plötzlich: »Ich bin die Welt. Und die Welt ist in mir. Das weiß ich. Ich weiß alles.«

Sein Bruder hatte ihn gehört und lachte freundlich. »Dasselbe Gefühl habe ich auch einmal gehabt.« Er schob sich Reis in den Mund.

»Damals dachte ich auch, daß ich alles verstehen würde.«

»Aber es ist doch die Wahrheit«, erwiderte Sokha. »Ich weiß es.«

Er bemerkte das lachende Gesicht seines Bruders. »Machst du dich darüber lustig?«

Samnang schüttelte den Kopf. »Ich mache mich nicht darüber lustig, Sok. Ich stelle es nur in Frage.«

Sokha wandte sich ganz zu seinem Bruder. »Du stellst es in Frage? Wie kannst du das tun, wo es doch dein ganzes Leben bestimmt?«

Die Reisschüssel stand vergessen neben ihm auf der Bank.

Samnang lächelte und zauste seinem Bruder das Haar. »Wieviel Feuereifer in dir steckt, *Own*. Aber du bist erst acht Jahre alt. Jeder

Khmer hat einmal mit denselben Lektionen begonnen wie du jetzt. Du hast noch viel zu lernen.«

»Ja, ich weiß«, sagte Sokha eifrig. »Und Preah Moha Panditto wird mich führen. Du hättest es selbst sehen müssen, Sam! Wieviel Macht er hat! Er streckte seine Hände aus, und als er mich berührte, da lief es mir wie eine Hitzewelle durch den Körper. Ich konnte es fühlen, als ob es lebendig war!«

Sein Bruder nickte. »Ja, ich weiß. Es war *Stiap Santesok!* Die Berührung des Friedens. Es *ist* fühlbar, als ob es lebt, *Own*. Es gab eine Zeit, da war ich davon genauso begeistert wie du. Aber jetzt bin ich älter und sehe alles ein wenig anders.« Er zuckte mit den Schultern. »Was hat uns *Stiap Santesok* schon Gutes getan? Wie kann es uns in der wirklichen Welt helfen?«

»Uns helfen? Das verstehe ich nicht«, antwortete Sokha. »Wozu brauchen wir Hilfe?«

»Weil sich alles ändern wird.« Samnangs Stimme war leise geworden.

»Und René sagt, daß der einzige Weg zu dieser Veränderung die Revolution ist. Er sagt, daß der korrupte Sihanouk und seine Familie Kamputschea immer tiefer in den Staub drücken.«

René Evan war ein noch ziemlich junger, blaßgesichtiger Franzose, der zur Redaktion der *Réalités Cambodgiennes* gehörte. Sein Weg von Frankreich nach Phnom Penh hatte über Saigon geführt. Was er dort gemacht hatte, wußte niemand genau zu sagen. Aber es gab Gerüchte, nach denen er in Aktionen von Freischärlern verwickelt gewesen war. Und gerade diese Gerüchte waren es, wie Sokha viel später klarwerden sollte, die den Fremden für seinen Bruder so anziehend machten. Jedenfalls waren die beiden in den letzten Jahren immer häufiger zusammengekommen. Und wenn Khieu Sokha es oft auch nicht wahrhaben wollte, so mußte er doch feststellen, daß sich die Ansichten seines Bruders zu ändern begannen.

»René sagt, daß unsere wirklichen Feinde die Vietnamesen sind«, fuhr Samnang fort. »Und er hat recht. Was immer Sihanouk auch sagen mag, sie sind unsere Erbfeinde.« Er stellte seine Reisschüssel neben sich. »Du brauchst dich nur an deinen Geschichtsunterricht zu erinnern, an Chettha II., der von seinem Volk verachtet wurde und dumm genug war, eine vietnamesische Prinzessin zu heiraten. Das war zu einer Zeit, als es den Namen Vietnam noch gar nicht gab. Man nannte das Volk die Annamiten, aber sie waren schon genauso verschlagen wie ihre Nachfahren. Die Prinzessin bettelte bei ihrem Ehemann darum, daß sich ihr Volk im südlichen Teil Kambodschas ansiedeln dürfe, und der, willensschwach und einfältig wie er war, ließ es auch zu. Die ersten Annamiten zogen ins Land, und das war der Anfang unserer nie beendeten Besetzung. Statt wieder fortzuziehen, haben sie das Land sofort zu ihrem Eigentum erklärt. Du weißt so gut wie ich, Sokha, daß jener Teil von Vietnam in Wirklichkeit Kamputschea gehört. Und damit ist es eine historische Tatsache, daß man den Vietnamesen nicht trauen kann. Ich komme fast um vor Wut, wenn ich nur daran denke, daß bei uns in Chamcar Mon eine vietnamesische Familie wohnt. Welches Recht erlaubt ihnen, dort zu sein? Ich sage dir, das ist alles nur Sihanouks Werk.«

Samnang sah das besorgte Gesicht seines Bruders. Er fühlte weißglühende Wut in sich und zwang sich zu einem Lächeln, um das Feuer in seiner Brust zu ersticken. Gerade war er von einem Treffen mit René gekommen, und dessen Worte schürten jedesmal die Glut in ihm. »Ich habe sonst niemanden, mit dem ich sprechen kann«, sagte er leise. »Also erzähle ich dir von Zeit zu Zeit, was ich fühle. Du bist alles, was ich habe, der einzige, der mich versteht.«

»Ja, ich verstehe dich, *Bwang*«, sagte Khieu Sokha. Er wünschte sich so sehr, seinem Bruder helfen zu können.

»Ja«, sagte Khieu Samnang und schloß die Augen. »Und jetzt vergiß alles, was ich gesagt habe. Es hat nichts zu bedeuten.« Aber bald, dachte er, bald wird es von großer Bedeutung sein.

2. Kapitel

Kim saß unten im Lesesaal und machte sich Notizen zur »Ragman«-Akte, als der Direktor ihn zu sich rufen ließ. Der Bibliothekar brachte Kim die Nachricht.

Kim nickte und sah noch einmal auf seine Aufzeichnungen, um sich selbst zu versichern, daß er endlich auf der richtigen Spur war. Dann schloß er die Akte und stand von seinem ledergepolsterten Stuhl auf. Seine Notizen trug er zum Reißwolf und fütterte sie ein. Ohne zweifache Gegenzeichnung durfte nichts Schriftliches mit aus dem Lesesaal genommen werden. Die Akte brachte er dem Bibliothekar, trug die genaue Zeit in das Benutzerbuch ein und setzte seine Unterschrift darunter. Mit einem freundlichen Nicken verließ er den Saal und ging den schmalen Korridor hinunter.

Überall lag dicker Teppichboden, so daß es auf allen Stockwerken des Gebäudes sehr leise war – der Direktor hatte es so gewollt. Deshalb galt es auch als allgemein verbindlich, daß auf den ersten beiden Stockwerken, die der Dieter-Ives-Musikstiftung und -Bibliothek gehörten und der Öffentlichkeit zugänglich waren, das Abhören von Musikstücken nur über Kopfhörer erlaubt war. Die Musikstiftung vergab pro Jahr ungefähr zwei Dutzend Stipendien an junge amerikanische Komponisten – sie war die Fassade, hinter der die wahre Stiftung arbeitete.

Während der Fahrstuhl ihn nach oben trug, dachte Kim darüber nach, wie weit seine Beharrlichkeit ihn gebracht hatte. Jetzt, sagte er sich, war es an der Zeit, alles in Gang zu setzen. Endlich hatte er das letzte noch fehlende Stück des Puzzles gefunden. Ein animalisches Jagdfieber durchflutete ihn. Er fühlte sich wie ein Falke, der sich, bevor er in die Lüfte aufsteigt, noch einmal die Schwingen schüttelt, nachdem er sein Beutetier ausgemacht hat. Es hatte Kim viel Zeit gekostet, bis er die Beute aufgestöbert hatte. Mehr als ein Leben, schien es ihm.

Im obersten Stock verließ er den Fahrstuhl und sah einen Moment aus dem festungsartigen Gangfenster. Es waren viele Fußgänger unterwegs. Weiter östlich lagen der Farragut Square und der Christliche Verein Junger Männer. Das Weiße Haus war nahe genug, daß nicht nur Touristen den Weg zum CVJM-Gebäude fanden.

Kim wandte sich von dem Fenster ab und ging durch zwei Türen. Die erste öffnete sich auf ihn zu, die zweite mußte er aufdrücken.

Dann stand er auf geheiligtem Boden, doch hatte er kein Verlangen zu lächeln. Die Entscheidung des Direktors lud zu derart frivolem Tun nicht gerade ein. Er war ein Bär von einem Mann, und sogar Kim, der gelernt hatte, nichts auf die Physiognomie eines Menschen zu geben, war von ihm beeindruckt. Der Direktor hatte starke, hervorstehende Kieferknochen, die alles beherrschten, bis auf seine harten, glitzernden Augen. Kim mochte diese Augen nicht. Sie erinnerten ihn zu sehr an die von Tracy Richter.

»Wie geht's in Florida?« Die Stimme des Direktors war laut wie ein Donner.

»Im Sommer ist Florida unerträglich.« Kim ging weiter in den Raum hinein.

Der Direktor kam hinter seinem Schreibtisch hervor, als ob er den Kommandostand eines Schlachtschiffes verließ, und verschränkte die Arme vor seiner breiten Brust.

»Kim«, begann er, »du und ich, wir sind einen langen Weg zusammen gegangen. Damals habe ich dich gegen den Rat einer Menge Leute, deren Urteil ich sonst sehr schätze, zu uns geholt. Und ich glaube, ich muß auch nicht ständig wiederholen, wie einzigartig deine Position innerhalb der Stiftung ist. In mancher Hinsicht besitzt du größere Freiheiten als ich. So große, daß es mir an den Kragen gehen würde, wenn der Präsident davon erfährt.«

»Wir wissen beide, warum du sie mir gewährst.«

»Mein Gott ja, das wissen wir.« Der Direktor erlaubte sich ein Lächeln, das für Sekunden seine eisige Miene durchbrach. »Während die anderen dumm genug sind, in Südostasien wie die Hornochsen im Kreis zu laufen, haben wir über die militantesten kommunistischen Führer Akten, die dicker sind als mein Handgelenk.« Er hob seine rechte Hand, als ob sie eine Pistole hielt. »Und dann, einer nach dem anderen« – er schloß ein Auge und zielte – »bäng, bäng, bäng, verschwindet in der Nacht wie eine rote Blume.«

Er schob seine Hemdsärmel hoch, als ob die schwerste Arbeit jetzt unmittelbar vor ihm lag. »Aber leider ist das nicht alles.«

Kim wußte, worauf der Direktor hinaus wollte. Aber eher hätte er sich die Zunge abgebissen, als daß er ihm auch nur mit einer Silbe zu Hilfe gekommen wäre.

»Kim«, sagte der Direktor mit sehr ernster Stimme. »Dein Leben lang hast du andere Leute aus dem Weg geräumt, und du machst das besser als jeder andere. Schön. Schließlich wirst du dafür bezahlt.«

Der Direktor drehte sich vor das Fenster, und im nächsten Moment schien die Sonne unterzugehen. »Eigentlich sollte man doch annehmen dürfen, daß dir während deines Urlaubs in deiner Heimat einmal etwas *anderes* zu tun einfallen würde.«

»Weißt du überhaupt...«

»Ja«, unterbrach in der Direktor, »ich weiß, wer Lon Nam war.«

»Er hat Babys abgeschlachtet!« schrie Kim. »Er hat wie ein Schlächter in den Wäldern von Kambodscha gehaust. Er hatte weniger verdient als die Hinrichtung, mit der ich ihn beseitigt habe.«

»Was er verdient hatte oder nicht, steht gar nicht zur Debatte«, sagte der Direktor in ruhigem Ton. »Aber er ist ohne meine Zustimmung getötet worden, und *das* werde ich nicht dulden. Nicht einmal bei dir. Soviel bist du mir auch wieder nicht wert. Du kannst froh sein, daß du nicht für den CIA arbeitest. Findlan hätte dich so fertiggemacht, daß du in den nächsten sechs Wochen auf allen vieren gekrochen wärst.«

»Du hättest es eigentlich gar nicht herausfinden können«, sagte Kim. »Es gab gar keine...«

»Aber ich *habe* es herausgefunden!« Der Direktor wandte sich plötzlich um, ein Zeichen, daß er das Gespräch als beendet betrachtete. »Und das war für heute deine Lektion.«

Drei Tage in der Woche arbeitete Khieu für die Pan-Pacifica, eine gemeinnützige Organisation, deren Aufgabe es war, das gegenseitige Verständnis für Kunst und Kultur zwischen Amerikanern und Asiaten zu fördern und die Völker dadurch einander näherzubringen. Die Pan-Pacifica war in drei Stockwerken eines modernen Bürohochhauses auf der Madison Avenue untergebracht.

Aber der größte Teil der Arbeit, die die Organisation leistete, war für die Öffentlichkeit auf den ersten Blick gar nicht zu sehen. Hierzu gehörte, daß dem Strom vietnamesischer und kambodschanischer Flüchtlinge, der sich ins Land ergoß, Beistand und Zuflucht geboten wurde und Hilfe bei der Wiederansiedlung und Umschulung.

In diesem weniger bekannten Bereich der Organisation arbeitete auch Khieu. Die meiste Zeit während der drei Tage im Büro stand er einer scheinbar endlosen Schlange geflüchteter Kambodschaner gegenüber, deren Augen hoffnungslos und noch immer voller Angst waren. Der Schrecken, der sich in diesen Gesichtern spiegelte, erinnerte ihn immer wieder an all das, was er hinter sich gelassen hatte. An all das, wovor ihn sein Vater gerettet hatte. Und jedesmal, wenn er abends das Büro verließ, fühlte er eine überwältigende Dankbarkeit für die Geborgenheit, die ihm so plötzlich – und manchmal schien es ihm wie durch ein Wunder – zuteil geworden war.

Wie überall, wo er hinkam, waren Khieus schöne Züge, die noch dazu den Reiz des Fremdartigen hatten, auch bei der Pan-Pacifica Anlaß zu mancher Bemerkung. Denn ein großer Teil des Personals der Organisation hatte weiße Hautfarbe und war weiblich.

Khieu für seinen Teil nahm die unausweichlichen Flirtattacken mit einer Mischung aus unterkühlter Anmut und Neugier hin. Er fragte sich nur, was die Frauen wohl in ihm sahen. Doch der einzige Erfolg seiner Reaktion war stets, daß die Flammen noch höher züngelten.

Dann erlebte er eines Tages viel mehr als nur einen harmlosen Flirt. Es war zu ungefähr der gleichen Zeit, als fast dreihundert Meilen entfernt Kim und der Direktor in ihr Gespräch vertieft waren. Khieu blickte von seinem Schreibtisch auf und sah in das Gesicht Diane Samsons. Sie war jung und, was für eine Mitarbeiterin der Pressestelle nichts Ungewöhnliches war, ausgesprochen schön. Auf diesem Attribut bestand der leitende Direktor der Abteilung bei seinen Angestellten.

»Ja«, sagte Khieu. Den Stift, mit dem er gerade die Pläne für eine zweite Kambodschaner-Enklave in New Yorks Stadtteil Brooklyn aufgezeichnet hatte, behielt er in der Hand.

»Ich hätte gerne mit Ihnen über das Flüchtlingsproblem gesprochen«, sagte Diane Samson. Ihre blauen Augen strahlten hinter modisch großen Brillengläsern. »Ich glaube, es ist an der Zeit, daß wir diesen Teil unserer Arbeit in der Presse etwas deutlicher herausstellen. Die ersten Artikel sollten am besten im *New Yorker*, in der *Business Week* und in *Forbes* erscheinen, aber wir müßten vorher noch einmal über den Entwurf der Presserklärung sprechen.« Sie stützte sich mit den Händen auf seinem Schreibtisch auf und beugte sich weit zu ihm hinüber. »Hätten Sie nicht etwas Zeit für mich?«

Khieu nickte. »Ja, gut.«

»Dann schauen wir mal. Morgen sind Sie nicht im Büro.« Sie legte ihren Kopf auf die Seite und sah ihn unverwandt an. »Können wir es nicht jetzt sofort machen? Was glauben Sie?«

Khieu hatte den Entwurf für die zweite Wohnsiedlung noch nicht beendet, aber wenn er es genau betrachtete, konnte der auch noch ein paar Tage liegenbleiben. Er stand von seinem Schreibtischstuhl auf und streckte sich. »Sollen wir irgendwo hingehen?« Aufmerksam verfolgten ihre Augen das Spiel seiner Muskeln unter dem dünnen Hemdenstoff.

»Wir könnten zu mir gehen«, flüsterte sie.

Sie hatte den Vorschlag ernstgemeint. Ihre Wohnung lag nur fünf Blocks entfernt in einem kleinen, aber gepflegt wirkenden Appartementhaus. Aus dem Schlafzimmer sah man auf die belaubte Krone einer alten Ulme, die im Hinterhof stand.

Er ließ sich von ihr durch das Appartement zum Schlafzimmer führen. Dort blieb er vor dem Fenster stehen und sah auf die Lichtflecken im Hof, die die Sonnenstrahlen durch das dichte Baumgeäst auf den Boden malten, während sie ihm langsam den Schlips aufband und die Knöpfe an seinem Hemd öffnete.

Als es an seinen nackten Armen hinunterglitt, spürte er ein kurzes Kitzeln. Er wandte seinen Kopf zu ihr und sah, wie sich ihre korallenroten Lippen öffneten, wie ihre Zunge hervorschnellte und über seine Brust fuhr. Diane stöhnte und ließ ihre Fingerspitzen über seine Armmuskeln, seine Schultern und seine Brust tasten. Doch er fühlte nichts.

Er fühlte immer noch nichts, als sie seine Hose hinuntergleiten ließ. Er trat aus dem zusammengesunkenen Stoffhaufen zu seinen Füßen heraus, hob sie in einer leichten Bewegung hoch und trug sie zum Bett. Er zog sie aus und beugte sich über sie. Die Heftigkeit ihrer Gefühle überraschte ihn. Offensichtlich spürte sie etwas. Etwas sehr Mächtiges, das er nicht kannte.

Er preßte ihre Brüste gegeneinander und ließ seine Zunge in dem Spalt zwischen ihnen hinauf und hinunter wandern. Sie stöhnte.

»Ich fühle es«, flüsterte sie. »Ich fühle es bis in meine Schenkel hinunter.« Ihre Augenlider flatterten.

Der Gedanke, was sie wohl fühlen mochte, ließ Khieu nicht los. Ihre Finger glitten über seine Brust, sie streichelten und massierten, doch auch dann spürte er nichts.

Ja, ich bin erregt, sagte er sich, und sah einen Augenblick auf sein steif aufgerichtetes Glied. Ich bin in diesen Momenten immer erregt. Aber was fühle ich wirklich?

Er fühlte die plötzliche Wärme, als er in sie eindrang. Und in ihren Augen sah er, wie sehr sie sich nach seinem Körper sehnte, aber verstehen konnte er diese Leidenschaft nicht.

Er hörte sie hastig atmen und gurgeln wie ein kleines Kind, das Schwierigkeiten mit dem Schlucken hatte.

Plötzlich war ihm, als ob er in einen zähflüssigen Schatten hineingerissen wurde. Sein Hand schmerzte ihn in schnellen Stößen, die wie Granateinschläge in ihm explodierten. Ein Feuersturm von Bildern stieg in seiner Erinnerung hoch. Er drängte sie zurück.

Sie keuchte jetzt, und einmal hörte er sie seinen Namen rufen. Die Starre, die sie auf einmal zu befallen schien, hielt ihn gefangen, und im letzten Moment floß ihre große Spannung auf ihn über.

Er kannte diesen Moment. In dieser Sekunde empfand auch er Lust, jedenfalls schien ihm das so, wenn er später an diesen Moment zurückdachte. Unwillkürlich stieß er in diesem Augenblick die Luft aus den Lungen, Diane atmete schwer an seiner schweißüberströmten Brust.

Doch mehr als diese Sekunde gab es für ihn nicht. Als er langsam zum Büro zurückging, mußte er wieder an die sonderbaren Gefühle denken, die ihn überwältigt hatten. Im letzten Moment, als er in ihr gekommen war, hatte er sie für einen Atemzug gespürt wie die Hitze eines Wüstenwindes, die die Glut ihres Ursprungs ahnen läßt, aber auch nicht mehr.

Und das war das Sonderbarste daran, das Rätselhafteste für ihn. Jedoch dachte er nicht allzuoft darüber nach. Es erinnerte ihn zu stark an gewisse unbenennbare Gefühle, die ihn manchmal morgens befielen. Meistens kamen sie am Tag nach seinen Alpträumen, die er regelmäßig, als ob ein Uhrwerk sie in Gang setzte, alle zehn, elf Tage hatte.

Tief in der Nacht, wenn alles um ihn herum totenstill war, wachte er dann schweißgebadet und heftig atmend auf, als wäre er gerade zwanzig Kilometer gelaufen. Die Hitze des Napalms fühlte er in diesen Minuten wie einen Striemen auf seinem Rücken, und der Gestank von verbranntem Menschenfleisch schien gleichzeitig seine Nase zu verstopfen.

Er stand dann immer auf und ging hinüber zu der alten Holzstatue des Amida Buddha. Dort zündete er eine Gebetskerze an und sank vor dem erleuchteten Antlitz auf die Knie. Er betete ausdauernd und lang, wie Preah Moha Panditto es ihn gelehrt hatte. Bis sich seine Sinne schließlich wieder beruhigten.

An der Ecke Madison Avenue und Fünfzigste Straße stand ein Schwarzer, dessen Haar in dünne, schmierige Zöpfe geflochten war, und tanzte zu den Reggaerhythmen, die ihm sein Sony-Walkman über Kopfhörer in die Ohren hämmerte. Jedem Mann, der vorbeiging, drückte er einen Werbezettel für einen Massagesalon um die Ecke in die Hand.

Knapp einen Block weiter reihten sich blankpolierte Limousinen auf wie eine schwarze Karawane aus dem Osten, um ihre Insassen vor der St.-Patrick's-Kathedrale aussteigen zu lassen.

Tracy hatte auf der Treppe von St. Patrick's gewartet. Als er den Wagen, den er zu Mary Holmgren geschickt hatte, langsam ausrollen sah, ging er hinunter zur Straße.

Mary Holmgren war von hagerer Statur, sie hatte kastanienbraunes Haar, ein energisches Kinn und blasse, ernste Augen. Sie war in Schwarz gekleidet, strenger als jeder andere Anwesende, und trug einen kleinen Hut, von dem ein Schleier vor ihr Gesicht fiel.

»Hallo Mary«, sagte Tracy leise, »wie geht es dir?«

Sie richtete sich von der Wagentür auf und sah ihm ins Gesicht. Sie schien die Reporter mit ihren Film- und Fernsehkameras, die hinter der Seilbarriere standen, überhaupt nicht zur Kenntnis zu nehmen. Ihr Gesicht sah frisch und gesund aus. Ihr Blick blieb forschend auf ihn gerichtet, als sie ihre Hände, die in schwarzen Handschuhen steckten, auf die Schultern des jungen Mädchens legte, das hinter ihr aus dem Wagen gestiegen war. »Du kennst meine Tochter Anne?«

»Ja, sicher.«

»Margaret«, sagte Mary Holmgren mit einer Stimme wie Granit, »bitte begleite Anne in die Kirche. Ich komme gleich nach.« Eine große, weißhäutige Gestalt nickte mit ihrem kleinen Kopf und nahm Annes Hand. Als sie die Stufen hinaufgingen, surrten Kameras los, um den historischen Augenblick festzuhalten, und Blitzlichter explodierten wie Miniatursonnen.

Mary Holmgren hakte sich bei Tracy ein. »Ist sie auch hier?«

Er wußte sofort, daß sie Moira meinte. »Nein, ist sie nicht.«

Sie tätschelte seinen Handrücken. »Gut. Ich habe mich immer auf dich verlassen können, Tracy.«

»Mary...«

»Nein!« Sie hatte es leise gesagt, aber ihre Stimme hatte einen scharfen Ton bekommen. Was sie sagte, ging nur sie beide an. »Ich will nichts mehr davon hören. Heute nicht und auch in Zukunft nicht. Es interessiert mich nicht mehr, was John getan hat. Warum sollte es auch? Jetzt, wo er nicht mehr lebt.«

Sie waren langsam die Stufen hinaufgegangen. Dann blieb Mary Holmgren plötzlich noch einmal stehen und zog Tracy, was gar nicht ihrer Art entsprach, näher zu sich heran. Er spürte, wie ihr Körper zitterte. »Tracy.« Ihre Stimme war nur noch ein Flüstern. »Ich werde dir etwas sagen, was niemand weiß. Nur John hat es vielleicht geahnt. Nichts habe ich mir mehr gewünscht, als First Lady dieses Landes zu werden. Ich hätte dann so vieles tun können, so vieles!« Zum erstenmal bemerkte er die Leere in ihren Augen.

Tracy hatte sich direkt hinter Mary und Anne Holmgren gesetzt und mußte fast ebensoviel an Moira denken wie an John. Er fühlte eine leichte Schuld dafür, daß er Moira nicht in die Kirche geschmuggelt hatte. Doch war es nicht die Furcht vor einem möglichen Zusammentreffen mit Mary Holmgren gewesen, was ihn davon abgehalten hatte. Thwaite hatte Tracy Sorgen gemacht. Auf keinen Fall wollte er Moira dem ausgesetzt sehen, was Thwaite ein Verhör nannte. Und solange sie nicht in der Stadt war, konnte sie vor ihm sicher sein. Tracy konnte andere Menschen ziemlich sicher einschätzen. Und er wurde den Verdacht nicht los, daß selbst eine offizielle Anordnung den Polizeidetektiv nicht daran hindern konnte, weitere Nachforschungen anzustellen. Ob er das tat, weil er gerissen genug war, oder nur aus Dummheit, darüber war sich Tracy noch nicht im klaren.

Die Eloge des Erzbischofs wollte und wollte nicht enden. Und sofort mußte Tracy daran denken, daß John, wenn er jetzt selbst dabeigewesen wäre, vor Widerwillen die Hände zusammengeschlagen hätte. Es wurden noch einige Lieder gesungen, dann war die Feier endlich vorüber. Es war nur gut, daß Moira die Farce erspart geblieben war. Das alles war, wie Tracy jetzt sah, nur für Mary veranstaltet worden – und für die Medien.

»Mr. Richter.«

Tracy wandte sich um. Unterdrückte Stimmen hallten zu dem hohen Dach der Kathedrale hinauf. Der Sarg war feierlich hinausgetragen worden, Mary und Anne gingen direkt dahinter.

»Ja?« Er sah einen mittelgroßen Mann mit einer goldenen Brille und einem harten, selbstsicheren Gesicht.

»Mein Name ist Stephen Jacks.« Er bot Tracy nicht die Hand zum Gruß. »Ich bin ein Mitarbeiter von Atherton Gottschalk.«

»Ist Gottschalk in der Stadt?«

»Natürlich. Er ist hergekommen, um John Holmgren die letzte Ehre zu erweisen.«

Tracy ließ seinen Blick über die Menschenmenge wandern. »Ich habe ihn gar nicht gesehen.«

»Das konnten Sie auch nicht«, sagte Jacks. »Leider wurde er kurzfristig zu einer Strategieberatung gerufen.« Jacks bemühte sich, eine zerknirschte Miene aufzusetzen. »Der Weg, den ein Präsidentschaftskandidat gehen muß, ist voller Dornen.«

»Sind Sie nicht ein bißchen voreilig?« erwiderte Tracy. »Ihr Chef ist doch noch nicht einmal von seiner Partei nominiert worden.«

Jacks lächelte. »Das ist nur noch eine Frage der Zeit. Ich habe keinen Zweifel, daß ihn der Wahlkonvent im August zum Kandidaten der Republikaner ernennen wird.«

»Dann hat Gottschalk Sie also hergeschickt, um kondolieren zu lassen?«

»Wie es so schön heißt.« Jack's Grinsen wurde so breit, daß seine strahlend weißen Zähne zu sehen waren. »Wir wissen doch beide, daß so, wie die Dinge standen, Gottschalk und der Gouverneur nicht gerade das Bett geteilt hätten, obwohl sie beide Republikaner waren. Gottschalk hatte den Eindruck – und zwar sehr berechtigt, wie ich hinzufügen möchte –, daß John Holmgren viel zu einflußreich geworden war, als daß es noch zum Besten der Partei sein konnte.«

»Sie wollen sagen, für die Richtung, in die Gottschalk die Partei lenken will«, erwiderte Tracy. »Ich glaube nicht, daß Sie so siegessicher wären, wenn John noch leben würde.«

»Wie dem auch sei, Mr. Richter, Mr. Gottschalk ist immer noch da und Mr. Holmgren nicht.«

»Verschwinden Sie hier, Jacks«, zischte Tracy in plötzlichem Zorn.

»Sobald ich meinen Auftrag erledigt habe.« Er trat einen Schritt an Tracy heran. »Mr. Gottschalks Wagen wird Sie vor Ihrem Büro abholen, und zwar in genau« – er sah auf seine goldene Uhr – »fünfundzwanzig Minuten. Er wünscht Sie zu sehen.«

»Danke, kein Interesse.«

»Sie sind ein Dummkopf, Mr. Richter. So eine Einladung schlägt man nicht aus.«

»Sie haben es soeben erlebt.«

Seine Wut ließ in Jacks' Nacken die Adern hervortreten. »Jetzt hören Sie mir einmal gut zu. Ich gehöre nicht zu denen, die glauben, man müßte Sie mit Samthandschuhen anfassen.« Seine Stimme war zwar leise geworden, doch ihr Ton energischer als zuvor. »Sie stellen eine Bedrohung für die Zukunft unserer Partei dar. Wir wissen genau, wie groß Ihr Einfluß auf Holmgren war. Und ich werde es Ihnen ehrlich sagen – wir wollen nicht, daß etwas Ähnliches noch einmal passiert.«

»Glücklicherweise geht Sie das nichts an.«

»Das werden wir sehen«, sagte Jacks. »Sie spielen ein sehr gefährliches Spiel. Ich glaube nicht einmal, daß Sie das überhaupt begriffen haben.« Sein Gesicht kam noch näher heran. »Tun Sie, was man Ihnen sagt. Sie... oh!« Jacks riß die Augen auf, seine Brillengläser vergrößerten sie zu hervorspringenden Fischaugen.

Tracy hatte seinen Körper als Schutzschild benutzt, um die Bewegung vor den Leuten in ihrer Nähe verborgen zu halten. Dann hatte er seine steifgestreckten Finger in das weiche Fleisch unter Jacks' Brustkorb gerammt. »Sprechen Sie ruhig weiter«, stieß Tracy zwischen zusammengepreßten Zähnen hervor. »Was Sie sagen, interessiert mich wirklich ungemein. Also los, alter Knabe.«

»Ak! Ak! Ak!« war alles, was Gottschalks Mitarbeiter hervorbrachte. Das Blut war ihm aus dem Gesicht gewichen, es war jetzt aschfahl und von einem dünnen Schweißfilm überzogen. Auch seine Atmung hörte sich nicht mehr allzu gesund an.

»Was war das?« Tracy beugte sich näher an ihn heran. »Ich habe Sie nicht verstanden.«

»Ak!« ließ sich Jacks wieder hören. Seine Zunge trat zwischen den Lippen hervor.

»Jetzt begreife ich Sie, mein Bester«, sagte Tracy. Mit seiner freien Hand klopfte er Jacks freundschaftlich auf die Schulter. »Und wo wir uns jetzt beide so gut verstehen, sagen Sie Ihrem Chef, daß ich ihm genau fünfzehn Minuten seiner wertvollen Zeit sparen helfe.« Er warf einen kurzen Blick auf seine Uhr. »Ich bin um Punkt halb vier vor meinem Büro.« Tracy zog Jacks an der Jacke, und der nickte. »Schön.

Jetzt können wir uns beide wieder unserem arbeitsreichen Leben zuwenden.« Er ließ Jacks los. Sofort krümmte sich Gottschalks Mitarbeiter zusammen und schnappte verzweifelt nach Luft. Vor Schmerzen preßte er die Augen zu. Niemand achtete auf ihn in dem allgemeinen Durcheinander.

»Einen schönen Tag noch«, sagte Tracy, dann entfernte er sich mit schnellen Schritten.

»Ich bin froh, daß du auf schlechte Nachrichten vorbereitet bist. Dann ist es nicht so ein Schlag. Ich meine, es gibt keine Zweifel mehr, daß du krank bist. Und es wäre die falsche Medizin, wenn du dir selbst etwas vormachen würdest.«

»Das tue ich nicht. Ich weiß selbst am besten, wie schlecht es mir geht. Und die Fieberanfälle, die mich nachts quälen, sind auch kein Witz. Ich glaube, daß Dr. Hardin mit seiner Vermutung recht hatte. Es ist meine verdammte Malaria, die wieder ausbricht.«

»Nein, nein, nein!« rief die Regisseurin und trat aus dem Schatten vor die Bühne hervor. Sie hatte ein blühendes Gesicht, und ihre Augen funkelten vor Zorn.

»Mr. Macomber«, begann sie mit einer so metallisch harten Stimme, daß jeder, der sie hörte, unwillkürlich zusammenzuckte. »Wenn Sie sich jemals in Ihrem Leben auf irgendeiner Bühne als *Schauspieler* bezeichnen wollen, dann werden Sie mehr bieten müssen als hier.«

»Können wir – können wir es nicht noch einmal probieren?« fragte Eliott mit krächzender Stimme. »Ich bin sicher, daß es dann besser wird.«

Die Regisseurin warf einen Blick auf ihre Uhr und sah bedauernd wieder zu ihm. »Ich fürchte, daß niemand von uns soviel Zeit erübrigen kann, Mr. Macomber.« Sie klatschte in die Hände. »Hören Sie alle her. Weil wir heute erst so spät anfangen konnten, treffen wir uns nächsten Freitag eine Stunde früher.« Sie wandte sich um. »Und Sie, Mr. Macomber, üben bitte inzwischen zu Hause.«

Er sah ihre Augen, und was er auch dagegen tat, sie erinnerten ihn an die seiner Mutter. Den Tränen nahe, fuhr er sich mit der Hand übers Gesicht. Kalte Augen hatten ihn von den Fotografien, die sein Vater ihm gezeigt hatte, als er alt genug gewesen war, angesehen, um alles zu verstehen. Eliott hatte sich von den Bildern Abzüge machen lassen. Was für eine Welt ist das, dachte er, in der einem Sohn seine eigene Mutter versagt wird? Manchmal, wenn er sich besonders fürchtete, beruhigte es ihn, wenn er sich alles andersherum vorstellte: daß sein Vater gestorben wäre und seine Mutter noch lebte.

Er sprang von der Bühne herunter.

»So zornig?«

Erschrocken fuhr er herum und sah in das Scheinwerferlicht.

Etwas bewegte sich zwischen den Schatten. »*C'est moi*«, sagte Khieu ruhig.

»Was, zum Teufel, machst du hier?«

»Ich wollte dir bei deiner Arbeit zusehen, Eliott.« Khieu lächelte. »Ich wollte mit eigenen Augen sehen, was so wichtig war, daß es dich daran hindern konnte, deine Aufgabe zu beenden.«

»Darüber brauchst du dir keine Sorgen zu machen«, sagte Eliott erregt. »Ich werde meine Arbeit schon erledigen.«

Khieu sah sich gelassen um. »Du hast deinen Platz bei Metronics gegen *das hier* eingetauscht?« Er schüttelte den Kopf.

»Ich habe Metronics gehaßt«, entgegnete Eliott. »Und du weißt auch, weshalb. Ich bin Schauspieler, weil ich den Beruf liebe.«

»Aber du bist nicht gut.« Khieus Ton war sachlich kühl.

»Du bist ein Mistkerl, weißt du das?«

»Ich sage dir nur die Wahrheit.« Khieu verstand nicht, warum er so eine stürmische Reaktion ausgelöst hatte. »Ich würde dich nie anlügen, Eliott.«

»Ach«, sagte Eliott mürrisch. »Und wenn du mir das hier ausreden willst, ist kein Hintergedanke dabei. Das soll ich dir vielleicht glauben.«

Khien nickte. »So ist es. Und das weißt du auch. Aber Tatsache ist nun einmal, daß du während der sechs Monate, die du bei Metronics warst, enorme Fähigkeiten entwickelt hast. Wenn dir deine persönlichen Gefühle nicht den Blick verstellen würden, müßtest du das auch sehen. Tatsache ist«, sagte er in ruhigem Ton, »daß du dort alles haben könntest: Geld, Macht, alles. Aber du hast das Gefühl, daß man es dir aufzwingen will.«

Er machte einen Schritt auf Eliott zu. »Nimm zum Beispiel deinen Auftrag. Du kennst Teile eines größeren Ganzen. Manchmal macht mir das Sorgen, Eliott. Und das Leben, das du führst! Es liegt keine Ehre darin. Doch gleichzeitig weißt du von Dingen, die, wie soll ich sagen, von sehr explosiver Natur sind.« Khieu sah prüfend in Eliotts dunkle Augen. »Ich möchte dich etwas fragen. Würdest du jemals irgend jemand etwas von dem sagen, was du über das *Angka* weißt?«

»Nein«, antwortete Eliott hastig. »Natürlich nicht.« Er schien über die Frage entrüstet zu sein. »Warum sollte ich das tun?«

»Geld ist ein Grund, der mir als erster in den Sinn kommt.«

»Jetzt höre mir gut zu. So etwas würde ich niemals tun. Du verstehst überhaupt nicht, was eigentlich los ist. Ich *könnte* es gar nicht – es wäre gegen meine Natur.«

Khieu lächelte wieder. »Ich bin froh, das zu hören, Eliott. Mißtrauen ist etwas Böses. Es frißt die Seele.« Er sah Eliott nach Bestätigung suchend an. »Besser spricht man alles offen aus, findest du nicht auch?« Als er keine Antwort erhielt, wandte er sich um und ging.

Eliott sah ihn in der Dunkelheit verschwinden. Sein Herz schlug wie wild. »Du verdammter Kerl«, flüsterte er in sich hinein, »fahr doch zur Hölle.«

Es war genau drei Uhr dreißig, als Tracy durch den glas- und marmorverzierten Eingang des Hauses trat, in dem er sein Büro hatte. Seine Versuche, Moira zu erreichen, waren ohne Erfolg geblieben. Doch er wollte es nach seinem Treffen mit Atherton Gottschalk weiter versuchen.

Der schwarzglänzende Lincoln wartete schon am Straßenrand auf ihn. Als er das Bürohaus verlassen hatte, war ein Fahrer in grauer Uniform ausgestiegen und um den Wagen herumgekommen, um Tracy die Tür zum Rücksitz aufzuhalten.

Tracy war eingestiegen und hatte dem Fahrer dabei einen Gruß zugenickt. Gottschalk hatte er zurückgelehnt in der anderen Ecke des breiten Wagenfonds erwartet. Doch der Wagen war leer. Und sobald sich Tracy gesetzt hatte, startete der Fahrer den Motor und fädelte die Limousine geräuschlos in den Verkehr ein.

Im Central Park, nahe der Neunundsiebzigsten Straße, glitt der Wagen wieder an den Bordstein und hielt. Tracy stieg aus und sah sich suchend um. Er entdeckte Atherton Gottschalk unter dem Sonnenschirm eines Imbißstandes. Gottschalk trug einen anthrazitfarbenen Anzug mit weißen Nadelstreifen. Seine dazu passenden Schuhe waren auf Hochglanz poliert. Er trug keinen Hut, so daß der leichte Wind in seinem langen silbergrauen Haar spielen konnte. Scheinbar mit großem Genuß aß er gerade einen Hot dog.

»Mr. Richter«, begrüßte Atherton Gottschalk ihn, »wie gut, daß Sie kommen.« Er tat, als ob er die Zeit bestimmt hätte. Sie gingen über die feuchte Erde eines Reitweges weiter in den Park hinein, wobei sich Gottschalk redliche Mühe gab, den Glanz seiner Schuhe nicht zu beschädigen. »Der Juli ist ein wunderbarer Monat in New York«, begann er wieder. »Es ist wirklich eine Schande, daß ich nicht öfter hier sein kann.« Er zuckte die Schultern.

»Aber Sie wissen ja selbst, wie das Leben eines Mannes, der Präsident dieses Landes werden will, aussieht.«

Tracy studierte den Mann neben sich mit aufmerksamen Augen, während sie den Reitweg wieder verließen und auf einer Wiese weitergingen. Gottschalk war geradezu diamantenscharf rasiert. Er hatte ein vorspringendes Kinn, das auffallend gekerbt war, einen breiten Mund und dunkle, buschige Augenbrauen. Seine Haut war tief gebräunt und faltenreich. Er konnte nicht älter als fünfzig sein, und dennoch besaß er bereits eine Charakterausprägung und Erscheinung, wie sie selten bei einem Mann in seinem Alter waren. Selbst Tracy mußte zugeben, daß Gottschalk das Charisma eines honorigen Staatsmannes hatte.

Während der sechzehn Jahre, die Gottschalk dem Senat angehörte, war er wie ein Komet am politischen Himmel aufgestiegen. In den letzten zwei Jahren war er der Mann gewesen, bei dem der Präsident Rat suchte, wenn er eine wichtige Gesetzesvorlage einbringen wollte. Um ihn scharten sich alle wichtigen Lobbyisten, und bis vor kurzem war er auch der Vorsitzende des Senatsausschusses für Fragen des Geheimdienstes gewesen.

»Wie ich gehört habe, sind Sie mit Jacks, meinem Mitarbeiter, aneinandergeraten.«

»Er hat nur bekommen, wonach er verlangt hat«, antwortete Tracy.

»So wird es wohl gewesen sein.« Gottschalk legte seine Hände hinter dem Rücken zusammen und schob die Unterlippe vor, als ob er über Tracys Antwort in Gedanken versunken war. »Nun ja, Stephen kann manchmal sehr beleidigend sein.« Er lachte kurz auf. »Das ist eine seiner nützlichsten Eigenschaften.«

Tracy schwieg.

»Er bewundert Sie eben nicht so, wie ich es tue.«

»Wie bitte?«

»So ist es. Ist das denn so schwer zu verstehen?« Gottschalk war stehengeblieben und wandte sich ganz zu Tracy. Seine Augen funkelten wie Edelsteine. »Ich habe John Holmgren vielleicht gehaßt, weil sein Pazifismus und sein übertriebenes Humantitätsgedusel die Partei mit Sicherheit eines Tages gespalten hätten. Und ich will gar nicht daran denken, welche Katastrophen uns auf internationaler Ebene gedroht hätten, wenn er tatsächlich Präsident geworden wäre. Aber, mein Gott, ich werde doch zugeben, was für ein gefährlicher Gegner er für mich war. Ich habe nie den Fehler gemacht, ihn zu unterschätzen – oder Sie. Ich weiß, welche Talente Sie besitzen, wenn es darum geht, Kampagnen zu organisieren und die Aufmerksamkeit der Medien zu binden. Niemand kann das besser als Sie. Deshalb bin ich ja auch den weiten Weg hierhergekommen – weil ich Sie auffordern möchte, sich meiner Wahlkampfleitung für die Präsidentschaftskandidatur anzuschließen.«

Tracy starrte ihn wortlos an. Er konnte kaum glauben, was er gerade gehört hatte. Atherton Gottschalk war eine Symbolfigur für all das, was Tracy einmal hinter sich gelassen hatte. »Ich fürchte, Ihre Reise ist vergebens gewesen.«

»Nein, warten Sie. Entscheiden Sie nichts voreilig.«

»Was Sie vorschlagen ist unmöglich«, erwiderte Tracy. »Sie und ich, wir könnten zu keinem Thema derselben Meinung sein.«

»Aber, Himmel noch einmal, wen interessieren irgendwelche Themen? Wir sind ja nicht zwei Politiker im selben Rennen, die sich folglich auch bekämpfen müssen. Darum geht es doch hier gar nicht. Sie sollen mein *Medienberater* sein. Da spielt das gar keine Rolle.«

Tracy hielt Gottschalks Blick stand. »Ich glaube doch. Ich muß an das, was ich tue, auch glauben können.«

»Dann sage ich Ihnen geradeheraus, daß Sie vollkommen unsinnige Ansichten haben.«

Tracy zuckte die Schultern.

»Meiner Meinung nach bleibt Ihnen nur die Wahl, sich mir anzuschließen.« Er klopfte Tracy freundlich auf die Schulter. »Überlegen Sie es sich. Sie könnten bei mir eine große Karriere machen.«

Mit den letzten Worten hatte er sich umgedreht und ging nun mit großen, selbstsicheren Schritten den Reitweg zurück. Im nächsten Moment löste sich die schwarze Limousine vom Bordstein, und bald hatten das Grün der Bäume und der Verkehr sie verschluckt. Im Osten waren Wolken aufgezogen, deren schwarzausgefranste Unterseiten Regen ankündigten. Die Feuchtigkeit hing bereits schwer in der Luft, und auf den Wegen waren plötzlich viele junge Mütter zu sehen, die ihre Kinderwagen eilig aus dem Park herausschoben.

Eine Gestalt in einem olivfarbenen Trenchcoat kam wie auf ein Stichwort über die Wiese auf Tracy zugeschritten.

»Ein neues Spiel, ein neues Glück?« fragte Kim. »Und der Leichnam ist gerade erst verbrannt worden.«

»Ich hatte einmal gehofft, dich nie wiedersehen zu müssen.« Aber selbst, als er das sagte, wußte Tracy genau, daß dieses Treffen wahrscheinlich einmal kommen mußte. Jetzt verstand er, was Mai ihm angesehen hatte, als er ins Zimmer getreten war. Und sie hatte recht gehabt, sie würden sich nie wiedersehen. Kim war gekommen, und das hieß, daß die Stiftung etwas von ihm wollte.

Sie waren also noch nicht fertig mit ihm.

»Das hatte ich auch gehofft.« Kim zuckte die Achseln. »Aber laß uns doch einfach ein Stück zusammen gehen. Wie zwei alte Freunde, die einen Spaziergang machen.«

»Wir sind nie Freunde gewesen.«

Kim zog seinen Kopf ein. »Dann, wegen der guten alten Zeiten.« Er achtete sorgsam darauf, Tracy nicht zu berühren. »Es hat eine Zeit gegeben, da hatte ich gehofft, daß wir dich nicht mehr brauchen würden. Du mußt wissen, ich habe dich immer für einen hochbegabten, aber ebenso unzuverlässigen Mitarbeiter gehalten, dessen Neurosen schließlich schwerer wogen als sein Nutzen für uns.«

»Aber jetzt siehst du das alles in einem anderen Licht.« Tracy konnte den zynischen Ton in seiner Stimme nicht unterdrücken.

Aber Kim antwortete nur mit einem ernsten Nicken. »Ja. Wir sind inzwischen älter geworden. Und mit diesem Vorteil sehen wir auch alles anders.«

Als ob ein unvorsichtiger Schwimmer den schlammigen Grund eines Sees aufgewirbelt hatte, fühlte Tracy unangenehme Erinnerungsfetzen wie zitternde Blasen in sich hochsteigen.

»Mit dem Alter wächst die Fähigkeit, die Vergangenheit mit objektiven Augen zu betrachten.«

Kims verschwitztes Gesicht unter hartem Scheinwerferlicht, wie er seine furchtbare Zauberkraft an einem Nordvietnamesen erprobt. Damals in Ban Me Thuot hatten sie es Zauberkraft genannt, um das, was es wirklich war, nicht zur Kenntnis nehmen zu müssen.

Feinfühlig, unverbindlich korrekt oder brutal gemein, Kim holte mit seinen umfassenden Fähigkeiten auch noch aus dem Widerspenstigen Informationen heraus.

»Inzwischen kann ich beurteilen, wieviel du für die Stiftung getan hast.« Als ein feiner Nieselregen einsetzte, schlug Kim den Mantelkragen hoch. »Trotzdem muß ich zugeben, daß es mir einen Schock versetzt hat, als der Direktor mir den Auftrag gab, zu dir zu gehen. Ich habe mich gefragt, warum gerade ich? Weißt du, was er gesagt hat? ›So kann ich jedenfalls vermeiden, daß er zu der Sache überredet wird.‹«

»Was immer es auch ist«, warf Tracy schnell dazwischen, »ich will nichts damit zu tun haben.« Er blieb stehen und wandte sich zu Kim. Sie standen unter einer alten Eiche, deren narbiger Stamm über und über mit Sprüchen vollgesprüht war. »Ich habe dich kennengelernt, Kim. Deine Zauberkraft, die Massaker im Dschungel. Immer habe ich gedacht, warum haben sie mir ausgerechnet ihn mitgegeben. Als es gegen die Khmer ging, warst du wie eine Tötungsmaschine.«

»Ich war wie jeder andere in Ban Me Thuot.«

Tracy schüttelte den Kopf. »Das stimmt nicht. Du hast Vergnügen am Töten gefunden, das war das Schreckliche. Dein Interesse reichte tiefer als bis unter die Haut. Es hatte eine Kultquelle. Du haßt die Khmer, genauso wie du die Kommunisten haßt. Es waren doch Kommunisten, die deine Familie ermordet haben, oder?«

Kim schwieg einen Moment. Er sah Tracy an und hörte auf das leise Rauschen des Regens. Plötzlich hörte er ein Geräusch und warf den Kopf herum. Tracy sah die weiße Narbe, die sich vom Ohr den ganzen Nacken hinunterzog. Als Kim sich ihm wieder zuwandte, lächelte er.

»Ja, du hast recht. Du kennst mich sehr gut. Zu gut, habe ich dem Direktor gesagt. Aber er meinte, auch das sei ein Vorteil.«

»Keiner von uns hat ihn je von etwas abbringen können«, sagte Tracy, um die Spannung zwischen ihnen abzubauen. Schließlich konnte man ihn zu nichts zwingen. Er gehörte nicht mehr zur Stiftung und stand auch nicht mehr unter ihrem Befehl. Er war sein eigener Herr.

Kim spürte den Stimmungswechsel sofort und entspannte sich etwas. Seine Stimme wurde weicher. »Ehrlich gesagt, habe ich gedacht, er hat den Verstand verloren, daß er überhaupt jemand schicken wollte. Ich habe ihm offen ins Gesicht gesagt, daß du meiner Meinung nach nichts mehr mit uns zu tun haben willst.«

»Da hast du recht.«

»Aber als ich dann hörte, worum es ging, habe ich meine Meinung geändert.«

Dies ist der Moment, in dem du dich verabschieden und einfach gehen solltest, dachte Tracy. Etwas in ihm wollte das auch. Aber es gab noch etwas anderes. Das, was Mai gefühlt und gesehen hatte. Und das war der stärkere Teil von ihm.

»Was ist passiert?«

Kim nickte. »Der Ruf ist gekommen.« Er schwieg einen Moment, als ob er seine Gedanken ordnen mußte. »Die Buddhisten haben ein Sprichwort: Gesundheit ist die größte Gnade, das höchste Gut und der beste Besitz; das nächstbeste ist ein wahrer Freund.« Sein Kopf fuhr herum. »Glaubst du das?«

»Was soll das?« Tracy hatte plötzlich genug. Der Gedanke daran, warum Kim gekommen sein mochte, jagte ihm einen kalten Schauer über den Rücken. »Damals wäre ich in der Stiftung fast umgekommen. Deshalb habe ich sie verlassen. Du hast das nicht verstanden. Vielleicht hast du mich für einen Dummkopf gehalten. Aber es interessiert mich nicht, was du damals über mich gedacht hast oder heute denkst. Es war John Holmgren, der mir wieder Leben eingehaucht hat.«

»Wegen John Holmgren bin ich ja auch zu dir gekommen, Tracy«, sagte Kim ruhig. »Wir glauben, daß sein Tod nicht ganz so natürlich war, wie er aussah.«

Es gab mehr als ein halbes Dutzend wichtige Dinge, die eigentlich sofort erledigt werden mußten, aber als Tracy in sein Büro zurückkam, interessierten sie ihn nicht mehr. Nichts schien mehr wichtig nach den hochexplosiven Informationen, die Kim ihm gegeben hatte. Sie wollten sich später am Abend in Johns ehemaligem Apartment treffen, aber auch jetzt ging Tracy die Sache nicht aus dem Kopf.

Und wenn es wirklich stimmte? Der Vorschlag, Johns Leiche sofort einäschern zu lassen, war von ihm gewesen, und Mary hatte sofort zugestimmt. Sie hatte kein Verlangen danach, daß alte Gerüchte von neuem in Umlauf gesetzt wurden. Auf keinen Fall wollte sie es zulassen, daß Johns letzte Minuten Anlaß für obszöne Zoten wurden.

Tracy wählte die Nummer seines Hauses in Bucks County. Moira meldete sich nach dem dritten Klingeln. Ihre Stimme war leise, aber als sie erkannte, wer anrief, wurde ihr Ton kräftiger.

»Ich fühle mich immer noch schwach«, sagte sie, »aber es ist sehr schön hier. Ich kann dir gar nicht sagen, wie dankbar ich dir bin, Tracy, daß ich hier wohnen darf.«

»Darüber brauchst du kein Wort zu verlieren«, sagte Tracy.

»Was ist mit dem Polizisten, dem Detektiv? Ich glaube nicht, daß ich schon mit ihm sprechen kann.«

»Thwaite ist aus der Sache völlig heraus. Ein Anruf beim Generalstaatsanwalt hat ihn gefällt. Niemand wird dich da draußen stören.«

»Ich bin noch ganz durcheinander von all dem, was passiert ist. Weißt du, nachts lege ich mich immer auf das Sofa im Wohnzimmer und schaue zu dem Gesicht von deinem Buddha. Es ist so wunderschön, Tracy. Ich sehe gebannt in die goldenen Augen und fühle mich irgendwie ruhiger. Wenn es auch nur für eine kurze Zeit anhält.« Sie sprachen noch eine Weile miteinander, dann verabschiedeten sie sich.

Moiras Worte über den Buddha waren ihm im Gedächtnis geblieben und riefen eine ferne Erinnerung in ihm wach. Tracy glaubte an keine Religion – etwas anzubeten wäre ihm einfach fremd gewesen –, aber als Kim das buddhistische Sprichwort zitiert hatte, war das mit Bedacht geschehen. Tracys Vorstellungen von Ehre und Treue waren mit ähnlich tiefen Gefühlen verbunden wie der Haß des Vietnamesen Kim.

Gleich zu Beginn seiner Zeit in Südostasien war er mit drei anderen mitten im kambodschanischen Dschungel abgesetzt worden. Eine geschickt operierende Kadereinheit der Roten Khmer war dabei, einen beträchtlichen Teil des amerikanischen Geheimdienstapparates zu zerschlagen. Mehr als ein Dutzend Agenten hatten die Untergrundkämpfer bereits getötet. Tracys Kampfgruppe hatte den Auftrag gehabt, den Feind so schnell wie möglich auszuschalten.

Sie hatten angenommen, daß der Einsatz zwar gefährlich, aber auch kurz sein würde. Statt dessen waren sie die ersten drei Tage in dem dichten und undurchdringlichen Dschungel kaum vorwärtsgekommen. Die Regenzeit war gerade erst vorüber, so daß der Boden noch immer tückisch war. Doch das schlimmste war, daß sie nicht eine Spur der Roten Khmer fanden, nicht einmal da, wo ihr Hauptquartier sein sollte.

Tracy hatte entschieden, weiter zu marschieren. Obwohl er noch

Zwischen  durch:

„Gesundheit ist die höchste Gnade, das höchste Gut und der beste Besitz…"
Um sie zu erhalten, bedarf es auch regelmäßiger Energiezufuhr.
Was also tut der gewitzte Leser, wenn er mitten im spannenden Geschehen zwischendurch den kleinen Hunger spürt? Er legt einen Löffel bereit, macht Wasser heiß und genießt dann die…

Zwischen durch:

Die kleine, warme Mahlzeit in der Eßterrine. Nur Deckel auf, Heißwasser drauf, umrühren, kurz ziehen lassen und genießen.
Die 5 Minuten Terrine gibt's in vielen leckeren Sorten – guten Appetit!

sehr jung war, hatte er doch schon das Kommando über die kleine Einheit. Keiner der anderen drei war über neunzehn. Tracy war gerade dreiundzwanzig.

Als am vierten Tag die Abenddämmerung hereinbrach, waren die anderen soweit, aufzugeben. Doch Tracy trieb sie weiter. Und plötzlich, ohne daß das kleinste Zeichen darauf hingedeutet hätte, standen sie am Rand des dichten Laubwaldes.

Vor ihnen wuchsen scheinbar uralte Gebäude in den Himmel, die aus riesigen Steinblöcken gebaut waren. Vorsichtig führte Tracy die Gruppe weiter.

Die Dämmerung lag wie ein blauer Schatten auf den Bäumen, als sie, die Gewehre im Anschlag, vorwärtsschlichen. Tracy lief eine breite Treppe hinauf, die zu einem überdachten Gang führte, der mindestens dreihundert Meter lang war. Die Wände waren zu beiden Seiten mit feinen Gravuren überzogen, die sich wie Blüten über dem Stein ausbreiteten. Mythologische Szenen, die Götter und Menschen zeigten, mischten sich mit Darstellungen aus dem Alltagsleben einer vergangenen Zeit. Die untergegangene Kultur Kamputscheas umgab ihn, stumm und unnahbar, und dennoch bewegend.

Für Augenblicke, in denen er Sekunden und Minuten vergaß, durchwanderte er die geschichtsträchtigen Flure und Gänge und sah mit staunenden Augen auf die Vergangenheit. Aber außerhalb der Gemäuer waren die Narben des Krieges unübersehbar. Hier hatten die schwarzen Brandflecken des Napalms einen Fries verätzt, dort war eine Reihe Buddhafiguren von einer Maschinengewehrsalve zerstört worden.

Tracy fragte sich, ob er vielleicht aus purem Zufall auf das sagenumwobene Angkor Wat gestoßen war, das der Khmer-König Suryavarman II. zwischen 1122 und 1150 erbauen ließ. Ein Tempel zum Ruhm des Monarchen, wenn er sich richtig erinnerte. Doch wußte er nicht, wo genau in Kambodscha Angkor Wat eigentlich lag.

Plötzlich hörte Tracy zu seiner Linken ein Krachen und warf sich herum. Peters, ein typischer Großstadtnomade aus Detroit, hatte seinen Gewehrkolben mit voller Wucht in das Gesicht einer Steinskulptur geschlagen, die neben dem Gebäude stand. Tracy rannte zu ihm, packte ihn mit der linken Hand am Hemd und riß ihn zu sich herum. Im selben Moment schlug er mit der Rechten, die er zur Faust geballt hatte, zu. Peters sank zu Boden, als ob er gegen einen Sack Zement gelaufen wäre.

»Das hier sind Zeugnisse einer großen Vergangenheit«, schrie Tracy. Sein Zorn schnürte ihm fast die Kehle zu. »Die hast du nicht einfach kaputtzuschlagen.«

Er wandte sich um und sah sich den Schaden an. Der Kopf der Figur lag zerschmettert vor ihm auf dem Steinweg. Tracy sah auf den Torso, der zurückgeblieben war. Es war eine Figur des Gottes Shiva, die Peters zerstört hatte. Wie sagte doch der Glaube der Khmer? Der Rhythmus des ewigen Tanzes von Shiva bestimmte den Lauf der Welt.

Vorsichtig führte Tracy seine kleine Einheit durch die Ruinenstadt. Er fühlte sich klein und irgendwie unwirklich zwischen diesen Relikten einer untergegangenen Epoche. Am anderen Ende der Stadt entdeckten sie ein Gebäude, das nicht verlassen schien. Es war ein Tempel.

Tracy bedeutete seinen Männern, sich versteckt zu halten. Er selbst ließ seine Waffen bei ihnen zurück und ging auf den Bau zu. Verglichen mit den hochaufragenden Gemäuern um ihn herum, war der Tempel sehr schlicht gebaut. Der Wind rauschte leise in den Blättern der Bäume, und wie ein Echo hallte das Geschrei der Affen zu ihm herüber, die seiner kleinen Truppe während der ganzen Zeit gefolgt waren. Tracy wünschte sich, hier länger bleiben zu können, dann hätte er die Ruinen mit kindlicher Neugier und Freude erforscht.

Er sah einige Khmer aus dem dichten Grün des Waldes heraustreten, anscheinend waren es Bauern. Sie legten Nahrungsmittel vor den Eingang des Tempels, denn einer der Lehrsätze des Buddhismus besagt, daß ein Priester nicht den Boden berühren durfte, um sich selbst Nahrung anzubauen, weil er dabei unausweichlich ein unschuldiges Insekt oder einen Wurm töten mußte.

Tracy brauchte dringend Informationen über den Feind. Er betrat den Tempel. Drinnen war es dunkel, und Weihrauch erfüllte die Luft. Ein goldenes Bild des Amida Buddha beherrschte den Raum. Es stand auf einer rohen Steinsäule.

Soldaten waren in das Dorf gekommen, in dem dieser Buddha einmal seinen Platz gehabt hatte, erzählte der Priester. Sie hatten das Bild umgestoßen und mit den Spitzen ihrer Bajonette zerkratzt, um festzustellen, ob es aus massivem Gold war.

»Als sie merkten, daß es nur dünn mit Gold überzogen war und darunter aus einfachem Stein, haben sie den Altar angezündet, auf dem das Bild über zwei Jahrhunderte gestanden hatte.« Er sprach Französisch.

Der Mann war klein und in ein orangefarbenes Gewand gekleidet, das seinen ganzen Körper einhüllte. Sein Kopf war kahl rasiert und glänzte, als ob er eingeölt worden war. Die Haarstoppeln schimmerten schwarz.

Der Priester hatte ein außergewöhnliches Gesicht. Tracy kam es so vor, daß nicht nur die genetische Veranlagung seine Züge geprägt hatte. Die Erde, der Himmel und der Dschungel schienen ebenso darin eingelassen zu sein. Es war im Gleichklang mit allem.

»Ich weiß, warum du gekommen bist«, sagte der Priester leise. Er war zur Sprache der Khmer gewechselt.

Tracy senkte seinen Kopf. »Es tut mir leid, daß ich gekommen bin.« Er antwortete in derselben Sprache.

»Du brauchst dich nicht zu entschuldigen«, sagte der Priester. Der Ton seiner Stimme ließ Tracy aufschauen. Die Augen des anderen waren wie Seen, in denen sich die ganze Welt zu spiegeln schien. »Ich werde dir sagen, was du wissen willst.«

Ohne es sich erklären zu können, spürte Tracy auf einmal einen heißen Tränendruck in den Augen. Einen Moment lang fragte er sich nach der Ursache, dann verstand er. Die Ruhe, die er fühlte, war zeitlos, doch sie war nicht mehr als eine Insel in einem Meer von vergossenem Blut, von Napalm, Tod und Zerstörung. Und die Roten Khmer wollten mit ihrer neuen Ordnung auch noch die Insel auslöschen. Zum erstenmal begriff er die tiefere Bedeutung des Buddhismus, daß er mehr war als eine Religion, daß er eine besondere Lebensweise war.

Tracy schüttelte den Kopf, als ob er seinen Tagtraum mit Gewalt abschütteln mußte. Er hatte die Begegnung mit dem Priester nie vergessen. Auch die vielen Jahre, die inzwischen vergangen waren, konnten die Lebendigkeit der Erinnerung nicht trüben. Er fragte sich, wo der Priester jetzt wohl sein mochte, und hoffte, daß er in Sicherheit war.

Die Gegensprechanlage auf seinem Schreibtisch summte. »Ja, Irene?«

»Miss Marshall ist eben gekommen und möchte Sie gerne sprechen.«

Oh, mein Gott, fuhr es Tracy in den Kopf. Was passiert heute noch alles. Wie lange hatte er Lauren Marshall nicht mehr gesehen? Neun, zehn Monate. Nicht mehr seit der Nacht, als sie ihn verlassen hatte. Und jetzt war sie auf einmal in seinem Vorzimmer.

»Danke, Irene, schicken Sie sie herein.«

In dem Sekundenbruchteil, bevor sie eintrat, rief er sich ihr Bild in Erinnerung. Sie war schlank gewesen und geschmeidig. Die straffe Tänzerinnenfigur biegsamer, als er es sich je bei einem Menschen hatte vorstellen können. Er sah ihren geschwungenen Hals, ihr ovales Gesicht, die langen glatten Haare in der Farbe der untergehenden Sonne, die sie streng nach hinten zu einem Pferdeschwanz zusammengebunden trug. Doch deutlicher noch war ihm ihr Gang aus Hüften und Schenkeln heraus in Erinnerung. Es genügte, daß sie durch das Zimmer ging, um ihn in Erregung zu versetzen.

In diesem Moment war er völlig unvorbereitet auf sie. Das erste, was er bemerkte, war, daß sie zugenommen hatte. Nicht viel zwar, doch an ihrer athletischen Figur zeigte es sich sofort. Die Schenkel waren etwas schwerer, die Taille etwas fülliger geworden. Tracy war erstaunt darüber. Eine Ballettänzerin konnte sich eigentlich nicht ein Gramm zuviel leisten.

Ihr weit auseinanderstehenden Augen, in denen stets ein neugieriger Blick zu liegen schien, sahen ihn vom anderen Ende des Zimmers her an. Das Haar war streng aus dem Gesicht gekämmt, zumindest der Pferdeschwanz war also geblieben. An ihren schmalen Füßen trug sie flache Ballettschuhe. Die grüne Satinjacke, deren Ärmel sie über die Unterarme hochgeschoben hatte, ließ sie wie ein zerbrechliches kleines Mädchen aussehen. Jedenfalls ein ganzes Stück jünger als die siebenundzwanzig Jahre, die sie alt war.

Sie öffnete den Mund. »Tracy.« Es kam so leise, daß er nur deshalb wußte, was sie gesagt hatte, weil er sie direkt ansah. Er antwortete nicht, sondern starrte sie nur wie hypnotisiert an.

»Ich bin froh, daß...« Ihre Stimme stockte, und sie sah sich mit einem schnellen Blick im Zimmer um. »Es hat sich überhaupt nichts verändert.«

»Nur daß John nicht mehr hier ist.«

Ihr Kopf schnellte herum, und sie machte einen weiteren Schritt auf ihn zu. »Es tut mir leid, Tracy. Ich, ich weiß, was er dir bedeutet hat.«

»Ja, ich weiß.« Die eigene Stimme klang merkwürdig formell, fast abweisend in seinen Ohren. Es mußte daran liegen, daß er sich so sehr zu beherrschen versuchte.

»Ich weiß nicht, was ich noch sagen soll.« Mit schnellen Schritten lief sie um den Schreibtisch herum, als ob sie fürchtete, daß er nach ihr schlagen würde, wenn sie zu nahe kam. »Ich bin eigentlich immer unsicher gewesen – mit Gefühlen zwischen Leuten. Ich habe darin keine Erfahrung, verstehst du? Ich habe immer nur eins gekannt: das Ballett. Es ist das einzige, worin ich gut bin.«

Tracy dämmerte es endlich, daß sie schon seit geraumer Zeit nicht mehr von John Holmgren sprach, sondern über ihre gemeinsame Vergangenheit. »Ich dachte, du wärst mit eurer Ballettgruppe unterwegs«, sagte er, wie um sich selbst zu schützen.

Ein merkwürdiger Ausdruck zog auf Laurens Gesicht. »Ich habe seit neun Monaten nicht mehr getanzt.« Ihre Stimme war auf einmal mit tiefer Traurigkeit erfüllt. »Ich habe mir meine Hüfte verletzt, kurz nachdem ich – nachdem wir uns getrennt haben.« Einen Moment lang sah sie zur Seite. »Bei einem Sprung während des *Ballo della Regina*. Ich weiß selbst nicht einmal genau, wie es passiert ist.« Sie zuckte die Schultern. »Ich war wohl nicht voll konzentriert.«

»Das kann ich mir bei dir gar nicht vorstellen, Lauren.«

»Aber das ist ja gerade das Verrückte«, rief sie. »Ich bin ja auch schon gar nicht mehr ich selbst.« Ihre Schultern zitterten. »Ich weiß nicht mehr, was für mich wichtig ist. Ich übe täglich acht Stunden. Also müßte ich längst wieder soweit sein, aber ich bin es nicht.«

»Erinnerst du dich noch, was du mir in unserer letzten Nacht gesagt hast?« Tracy sah, wie sie ihre Augen schloß und wie Tränen, die wie Juwelen glitzerten, zwischen ihren langen Wimpern hervorkamen. »›Das Ballett ist alles, was ich habe‹, das waren doch deine Worte, nicht wahr? ›Es ist das einzige, was ich gelernt habe. Es ist meine erste und einzige Liebe.‹«

Lauren schluchzte leise in sich hinein. »Aber es ist nicht genug, Tracy. Ich kann nicht mehr tanzen. Nicht mehr so, wie ich will, wie ich es früher getan habe. Als ich dich noch hatte, war ich sehr gut. Dann habe ich dich aus meinem Leben verbannt. Und das war falsch, das weiß ich jetzt. Aber, mein Gott, damals hatte ich einfach Angst. Wochenlang habe ich nach unserer Trennung nachts wachgesessen, weil ich mich nicht traute, schlafen zu gehen.« Ihre Augen sahen ihn bittend an. »Ich halte es nicht mehr aus, Tracy. Du hattest recht, und ich habe mich geirrt. Ich gebe es zu.«

Er hätte sie jetzt gerne in die Arme genommen, sie fest an sich gezogen, um sie zu beschützen. Aber er konnte es nicht. Etwas in ihm hatte sich verhärtet und wollte nicht vergeben. Er konnte nicht vergessen, was sie ihm angetan hatte, wie er in seinem Schmerz allein zurückgeblieben war.

»Bitte«, flüsterte sie, »ich verlange doch nichts Unmögliches von dir. Laß es uns noch einmal miteinander *versuchen*. Wir könnten uns manchmal sehen, um uns wieder kennenzulernen.«

»Ich bin mir nicht sicher, ob das noch möglich ist«, erwiderte Tracy und sah sofort den verletzten Blick in ihren Augen.

»Ich glaube, es war dumm von mir, hierherzukommen«, sagte sie. »Aber du kannst mir nicht zum Vorwurf machen, daß ich dich für stark genug gehalten habe, meine Gefühle vielleicht zu akzeptieren. Wir alle machen Fehler, Tracy. Auch du.«

Er gab ihr keine Antwort, und er haßte sich dafür. Der Glanz in ihren Augen war erloschen, als sie sich abwandte. »Triffst du jemand anderen?«

Die Frage kam so unerwartet, daß er die Wahrheit sagte. »Nein.«

»Dann werde ich dich vielleicht ab und zu besuchen kommen.« Sie versuchte ein tapferes Lächeln, aber es mißlang ihr. »Auf Wiedersehen, Tracy.« Sie ging zur Tür und schloß sie leise hinter sich.

In den leeren Raum hinein sagte Tracy laut ihren Namen.

PHNOM PENH, KAMBODSCHA
Juni 1966

Da die Familie der Khieus zur intellektuellen Schicht des Landes gehörte, war es auch nicht so ungewöhnlich, daß Khieu Khemara, Sokhas Vater, für Chau Seng arbeitete, der das Privatsekretariat von Prinz Sihanouk leitete.

Als Chau Seng in den fünfziger Jahren aus Frankreich zurückkehrte, unterstützte Khemara ihn bei der Erstellung eines Berichts über den weiten Problemkreis der höheren Schulausbildung in Kamputschea. Sihanouk erkannte sofort, wie scharfsinnig und durchdacht die Arbeit war. Er griff ihre Argumente auf und holte Chau Seng in den Kreis seiner engsten Berater. Khemara begleitete ihn.

Tatsächlich war es so, daß Sokhas Vater zu den wenigen Männern in Phnom Penh gehörte, die überhaupt mit Chau Seng auskommen konnten. Denn der hatte nicht nur sehr fortschrittliche Ansichten und war ein großer Denker, er besaß auch eine äußerst aufreibende Persönlichkeit, die kaum jemanden über längere Zeit neben sich gelten ließ. Ebenso wie der Prinz war er überzeugter Antiimperialist, doch während sich Sihanouk aufgrund seiner Position von Zeit zu Zeit zur Mäßigung genötigt sah, legte sich Chau Seng keinerlei Zurückhaltung auf.

Es war ein Donnerstag nachmittag. Khieu Sokha war zum königlichen Palast gekommen, um seine Schwester abzuholen. Da die Khieus dem königlichen Kreis nahestanden, durfte Malis jeden Donnerstag in den Chan Chhaya, den Mondschattenpavillon, kommen. Sie war Mitglied des Königlichen Balletts.

Sokha war mit Absicht eine Stunde zu früh gekommen, um seiner Schwester noch eine Zeitlang bei ihren Tanzübungen zuschauen zu können. Sie war mitten in der Probe. Ihr rechtes Bein hatte sie leicht vom Boden gehoben und hielt es jetzt angewinkelt und mit durchgedrückten Zehenspitzen in der Schwebe. Die Arme hatte sie in den Ellbogen ebenfalls leicht geneigt, ihre gestreckten Handflächen und Finger standen in einem Winkel von fünfundvierzig Grad zum Handgelenk. Eine Lehrerin zeigte ihr gerade, wie sie ihre Hände, deren fließende Gestik das Wichtigste im Tanz der Khmer war, bewegen mußte.

Sokha beobachtete sie, bis die Stunde vorüber war. Dann wartete er geduldig auf sie. Sie küßte ihn nach französischer Sitte auf beide Wangen und begleitete ihn zum Wagen. Während sie, vorbei an unzähligen *cyclo-pousses* – den allgegenwärtigen Rikschas Phnom Penhs –, quer durch die Stadt nach Chamcar Mon gefahren wurden, dachte Sokha über die Franzosen nach. Obwohl es im ganzen Land nur ungefähr fünftausend von ihnen gab – gegenüber sechs Millionen Einheimischen –, war ihre Gegenwart doch überall zu spüren, besonders aber in Phnom Penh und seiner näheren Umgebung.

Das Personal der französischen Botschaft bestand zum größten Teil aus Männern, die mit dem Prinzen auf verschiedenen Gebieten dessen, was die französischen Kolonialisten einmal »unser Indochina«, genannt hatten, zusammengekommen waren. Doch die entscheidenden Hebel, die die Arbeit der Botschaft lenkten, waren eine halbe Weltreise entfernt. Sie lagen in den Händen des Außenministeriums, des Quai d'Orsay, und des Herrn im Elysée-Palast, Charles de Gaulle. Beide hatten ein großes Interesse daran, daß Kambodscha das blieb, was es einmal gewesen war: ein direkter Kolonialbesitz.

Einige, und zu ihnen gehörten auch Samnang und René, hatten den Eindruck, daß de Gaulle sogar eine Art geistiger Vater und politischer Lehrer Sinhanouks war. Sie konnten dies weder verstehen, noch wollten sie es auf Dauer dulden.

Aber wie dem auch war, zu diesem Zeitpunkt hatte der gallische Einfluß großes Gewicht in der ziemlich provinziellen Hauptstadt und so gut wie jeden Bereich durchdrungen. Jeden Morgen konnte man Khmer der höchsten politischen Ebenen in der geruhsamen Pracht des Speisesaals des Hôtel le Royal bei Filterkaffee und Croissants sehen, als ob sie im Zentrum der Pariser Kultur säßen, und nicht an einem toten Nebenarm der Seine, mehr als zehntausend Kilometer entfernt.

Selbst Sokhas Vater frühstückte hier zweimal in der Woche. Und nicht selten kam es vor, daß die ganze Familie auf Chau Sengs Gummiplantage in der Provinz eingeladen war. Er war vielleicht ein Intellektueller und auch sehr fortschrittlich – aber beides hielt ihn nicht davon ab, sich um seinen Reichtum zu sorgen.

Das Sonnenlicht fiel so schräg in das Wagenfenster, daß Sokha mit den Augen blinzeln mußte. Sie fuhren durch die ersten Straßen von Chamcar Mon. In diesem Teil der Stadt lebten nur Angehörige der Elite des Landes. Wer dem Prinzen nahestand, durfte sich hier niederlassen: in einer der weitläufigen Villen, die im westlichen Stil gebaut waren.

Zur Villa der Khieus gehörte ein Garten, in dessen Mitte ein indischer Feigenbaum stand. Links neben dem Baum lag ein Swimmingpool, der die Form einer Lotusblüte hatte. In den schrägabfallenden Boden waren die strahlenden Blütenblätter eingemeißelt.

Als Sokha aus dem Wagen stieg und sich umwandte, um auch Malis herauszuhelfen, war er voller Vorfreude auf das bevorstehende Essen. Doch ließ seine Begeisterung merklich nach, als er erfuhr, daß Samnang seinen Freund René Evan zum Essen eingeladen hatte. Es war nicht so, daß er den Franzosen nicht mochte, aber dessen fast schon ständiger Streit mit Khemara verdarb Sokha jedesmal die Stimmung.

»In einigen Stadtvierteln spricht man laut darüber, daß Kou Roun von verschiedenen Leuten am Hof unter Druck gesetzt wird«, sagte René Evan, als sie sich alle an den Tisch setzten.

René meinte den Minister für innere Sicherheit, einen schwerfälligen Mann mit einer tiefen, lauten Stimme, der weder Humor noch Takt besaß. Er war dazu noch Chau Sengs ärgster Widersacher, und es schien René zu amüsieren, seinen Gast auf diese Weise etwas aus der Reserve locken zu können.

»Denken Sie nur an den Vorfall mit dem Kep Casino. Sie wissen alle, wie sehr es der Prinz mißbilligt, wenn während des Chaul-Chhnam-Festes Glücksspiele betrieben werden.« Chaul Chhnam, das vom dreizehnten bis zum fünfzehnten April dauerte, war das Neujahrsfest der Khmer.

»Aber es ist erst wenige Monate her, daß Sihanouk zwei Casinos die notwendige Konzession erteilt hat – eins davon ist in Kep, in der Nähe des Golfs von Thailand.« Nur wenn er sprach, schien sein Gesicht zum Leben zu erwachen. Sonst ließen es die bleiche Haut und die hervorspringenden Augen wie tot aussehen. »Nun, Sie wissen ja selbst, Monsieur Khemara, daß dieses Land nur noch von Bestechung und Schmiergeldern zusammengehalten wird. Das Casino wurde also auch während des Festes betrieben und mit einem guten Gewinn für alle, die daran beteiligt waren. Aber letzte Woche ist der Geldstrom plötzlich versiegt.«

René beugte seinen schmalen Oberkörper leicht über den Tisch. »Eine Schlägerbande ist in das Casino eingedrungen und hat alles kurz und klein geschlagen. Also nicht nur ein paar Spiegel und Gläser, wie man es sich hätte denken können, wenn es nur eine Warnung gewesen wäre. Nein, sie haben alles zerstört.«

»Wir haben davon gehört«, erwiderte Sokhas Vater gelassen. Er bemühte sich, gegenüber diesem Ausländer, der offensichtlich nicht wußte, wie man sich als Gast zu benehmen hatte, die Ruhe zu bewahren. Am Tisch wurde Französisch gesprochen. Nicht etwa aus Rücksicht auf Samnangs Freund, sondern weil es in der Familie so üblich war. »Wir lesen alle die Zeitung. Was soll Besonderes an dem Vorfall sein?«

»Ja« – René hob seinen dünnen Zeigefinger und stieß ihn mehrfach heftig in die Luft – »Sie wissen eben doch nicht alles. Zum Beispiel, daß der Besitzer des Casinos selbst die Zerstörung seines Etablissements angeordnet hat.«

»Entschuldigen Sie bitte, aber ich verstehe nicht, wie das möglich sein sollte«, fragte Hema, Sokhas Mutter, ernst. »Aus welchem Grund sollte er das tun?«

»Das ist eine sehr gute Frage, Madame Khemara«, erwiderte René. »Sie hat uns in der Redaktion fast die ganze letzte Woche beschäftigt. Bis ich durch eine undichte Stelle im Ministerium für innere Sicherheit zufällig die Antwort gefunden habe. In der nächsten Woche wird Kou Roun der Öffentlichkeit einen Bericht zu dem Vorfall übergeben. Er wird erklären, daß der chinesische Konzessionär des Casinos in Kep einer ›hochgestellten Persönlichkeit‹ in Phnom Penh monatlich zweihunderttausend Francs gezahlt hat, um in Ruhe seinen Geschäften nachgehen zu können.« Der Franzose verzog sein Gesicht zu einer so schrecklichen Grimasse, daß Sokha sich in seinem Stuhl wand. »Das ist in diesen Zeiten eigentlich nichts Ungewöhnliches, aber als die ›hochgestellte Persönlichkeit‹ noch mehr Geld verlangte, hat der Chinese die Zahlung verweigert. Eine gehörige Bestechungssumme, schön und gut. Doch die neue Forderung hätte sein Geschäft ruiniert. Dann hat man ihm offensichtlich gedroht, daß sich die Polizei mit dem Casino befassen würde, und zwar nicht nur einmal, sondern so lange, bis er bereit wäre, nachzugeben. Aber statt dessen hat der Chinese sein Casino lieber zerstören lassen.«

Khieu Khemara wedelte abwehrend mit der Hand. »Das ist alles dummes Zeug und interessiert uns nicht. Ich möchte nichts mehr davon hören, Monsieur Evan.«

»Aber das Beste kommt erst noch«, fuhr René einfach fort, »und das dürfte besonders für Sie wichtig sein.« Er schwieg einen Augenblick, um zu sehen, ob Khieu Khemara seinen Einwand wiederholen würde. Er tat es nicht. Stumm vor Erwartung sah die ganze Familie den Franzosen an.

»Inzwischen hat es Chau Seng verstanden, dem Prinzen einen eigenen Bericht in der Angelegenheit vorzulegen«, begann René wieder. Sein Blick war unverwandt auf Sokhas Vater gerichtet. »Im wesentlichen hat er sich darauf beschränkt, die Aussage des Chinesen wiederzugeben. Der Anstoß hierzu, so ist zu hören, sei von einer ›weiblichen bourgeoisen Persönlichkeit‹ gekommen, ›die sehr großen Einfluß in der Hauptstadt hat‹.«

»Monique!« rief Khemara überrascht aus. Er meinte eine der beiden Frauen von Prinz Sihanouk, und zwar jene von niedriger Geburt, auf die viele verächtlich herabschauten, weil sie sich mit einer Clique von geldgierigen Kriechern umgeben hatte. Ob davon auch nur ein Wort stimmte, wußte Sokha nicht. Aber jetzt fragte er sich, ob sein Vater es vielleicht wußte.

»Das haben Sie gesagt, nicht ich.« René hatte ein dünnes Lächeln aufgesetzt. »Wie auch immer, ich kann Ihnen versichern, daß Kou Roun über diesen Schritt Chau Sengs äußerst wütend ist. Ich muß gerade Ihnen, Monsieur Khemara, nicht sagen, daß die beiden schon in der Vergangenheit nicht gerade Freunde waren. Aber jetzt...« Er ließ die beiden letzten Worte bedeutungsvoll in der Luft hängen. Sie lagen allen wie ein Wein auf der Zunge, der sich langsam zu Essig verwandelt.

Erschrocken schickte Hema ihre beiden jüngsten Kinder, Sorya und Ratha, aus dem Zimmer.

»Ich glaube nicht, daß wir uns deshalb sorgen müssen«, sagte Khieu Khemara geringschätzig. »Das alles wird sich rasch wieder beruhigen. Sie werden sehen. Und dann im August, wenn de Gaulle uns einen Besuch abstattet, wird das Land für alle sichtbar zu neuer Blüte kommen.«

René verstand sehr wohl, wann jemand schnell das Thema wechseln wollte. »Sagen Sie mir, Monsieur Khemara, ist es wahr, daß der Prinz so große Hoffnungen auf de Gaulles Besuch setzt?«

»Und warum sollte er das nicht?« Sokhas Vater hatte einen Anflug von Stolz in der Stimme. »Tatsache ist doch, daß der Besuch eines der größten und angesehensten politischen Führer der Erde unserem Land die weltweite Anerkennung bringen wird, nach der Kambodscha schon so lange sucht. De Gaulle hat uns bedeutende Hilfe zugesagt, und sein Außenminister Couve de Murville wird sich mit einer Delegation aus Hanoi treffen. Der französische Einfluß ist immer noch wichtig für unsere Sicherheit.«

René machte ein empörtes Gesicht. »Ihr Prinz ist nichts weiter als ein Hemmschuh, ein Produkt der Vergangenheit. Er versteht nicht, daß die Zeiten sich ändern, daß es neuer Wege bedarf, um wahre Unabhängigkeit für Kamobdscha zu erreichen. Erst erlaubt er den *Yuons*, in unser Land einzusickern« – er benutzte die allgemein übliche Bezeichnung für die Vietmin und Vietkong – »dann will er...«

»Entschuldigen Sie bitte, Monsieur Evan«, unterbrach Khemara ihn, »aber die Politik des Prinzen, den Nordvietnamesen in Kambodscha Bewegungsfreiheit zu geben, wird nur unsere Souveränität stärken. Ihre Dankbarkeit...«

»Glauben Sie denn wirklich, daß sich Hô Chi Minh, Le Duan oder Pham Van Dong je an die *große Gunst*, die Kambodscha ihnen jetzt gewährt, erinnern werden?« Der Franzose hatte eine skeptische Miene aufgesetzt. »Wie oft muß Sihanouk noch auf Lug und Trug von ihnen hereinfallen, bis er aufhört, ihnen zu vertrauen?« Seine Stimme senkte sich, doch die Zischlaute explodierten immer heftiger, je mehr er von seinen Gefühlen übermannt wurde. »Sie sind *Vietnamesen*. Und bei Gott im Himmel, sie hassen die Khmer. Sie glauben also, wenn man vor ihnen zurückweicht...«

»Nein, nicht zurückweicht«, entgegnete Khemara ruhig. »Aber sie sind unsere Nachbarn.« Die Worte kamen langsam, als ob er mit einem leicht zurückgebliebenen Kind sprechen würde. »Und das werden sie immer sein. Wir *müssen* also in der Lage sein, friedlich mit ihnen zu leben. Der zweitausendjährige Krieg mit ihnen *muß* aufhören, damit alle überleben können. Das ist es, woran der Prinz mit aller Leidenschaft glaubt. Und schauen Sie, Monsieur Evan, auch Frankreich – sogar de Gaulle – hat Frieden mit Deutschland gemacht. Sie sind Nachbarn, und der Krieg ist vorbei. Sogar ein Kriegsheld muß manchmal nach neuen Wegen suchen. Und Frieden, Monsieur Evan, ist sehr viel schwieriger zu finden als Krieg.«

»Sie sprechen vom französischen Präsidenten, als ob er der Retter Kambodschas wäre. Aber ich bin kein Gaullist. Ich spüre nicht die geringste Sehnsucht, nach Frankreich zurückzukehren. Es ist nicht mehr meine Heimat. Dreizehn Jahre nachdem dieses Land von Frankreich in die Unabhängigkeit entlassen worden ist, versucht es immer noch, zum Status eines Protektorats zurückzufinden. Halten Sie das nicht auch für ein bißchen sonderbar?«

»Wir suchen Hilfe bei unseren Alliierten«, entgegnete Khemara unerschütterlich, »und sonst nichts.«

»Und ich sage Ihnen, die Bürden sind zu schwer geworden, als daß das Volk sie noch lange tragen wird. Überall im Land sind die Menschen ohne Arbeit und leiden Hunger, während ›hochgestellte Persönlichkeiten‹ aus den großzügigen Villen von Chamcar Mon noch größere Schmiergelder aus den Vergnügungen der Massen herauszupressen suchen. Die Situation ist unerträglich geworden. Die *Montagnards* sind bereits...«

»Die *Montagnards*«, fuhr Khemara sehr ärgerlich dazwischen, »werden, wie Kou Roun es nennt, ›khmerisiert‹. Die *Montagnards* waren eine ethnische Minderheit in Kambodscha, ein Bergvolk, das seinen Namen von den Franzosen bekommen hatte.«

»O ja!« René lachte böse. »Sie scheinen auch noch stolz auf dieses Wort zu sein, während die armen Leute doch nur in Lager getrieben und scheußlich behandelt werden.« Renés Augen waren nur noch schmale Schlitze. »Haben Sie schon von den Maquis gehört, der Guerillabewegung?«

»Das Wort möchte ich in meinem Haus nicht hören!« rief Khemara empört. Zum Schluß verlor er doch noch seine Fassung. Die ständigen Nadelstiche des Franzosen hatten ihre Wirkung getan.

»Warum nicht?« bohrte René weiter. »Für Ihre Kinder wäre es bestimmt besser, wenn sie wüßten, was auf sie zukommt.«

»Monsieur Evan, ich muß Sie bitten...«

»Merken Sie sich meine Worte, Monsieur Khemara. Die Mißhandlungen, die die *Montagnards* durch Ihr Regime zu erleiden haben, werden sich eines Tages gegen Sie wenden und Sie ins Unglück stürzen. Es wird eine Revolution geben, und das schon sehr bald, denn diese Leute werden sich dem Widerstand anschließen. Vielleicht noch nicht in diesem Jahr, aber im nächsten bestimmt.«

»Ruhe jetzt!« schrie Khemara.

Alle am Tisch erstarrten wie vom Schlag getroffen. Sokha konnte sich nicht erinnern, daß sein Vater jemals zuvor so laut geworden wäre.

Samnang hatte sich als erster wieder gefaßt. Sokha war aufgefallen, daß der Bruder während des Essens nicht ein Wort gesagt hatte.

»Ich glaube, wir gehen jetzt besser, René.« Er legte seine Hand kurz auf den Unterarm des Freundes.

René Evans erhob sich von seinem Stuhl. Er zitterte am ganzen Körper, sein Gesicht war kreidebleich. »Wissen ist etwas sehr Gefährliches, nicht wahr, Monsieur?«

»Bitte verlassen Sie mein Haus«, erwiderte Khemara ruhig. Er würdigte den Franzosen keines Blickes.

In einer ironischen Geste deutete René ein Kopfnicken an. »Ich bedanke mich für Ihre großzügige Gastfreundschaft.«

Samnang faßte wieder nach dem Arm des Freundes. Als ihr ältester Sohn den Franzosen schließlich hinausbegleitet hatte, wandte sich Hema mit erzwungener Ruhe zu Sokha. »Das Essen ist vorbei. Ich bin sicher, daß du noch Schularbeiten zu machen hast.«

Einige Zeit später, Sokha wußte nicht, wie lange er schon an seinem Schreibtisch gesessen hatte, sah Samnang zu seiner Tür herein. »Immer noch auf, *Own*?«

»Ja. Ich bin gerade fertig geworden.« Er sah zu seinem Bruder. »Ist es schon spät?«

Sam nickte und kam ins Zimmer. Er setzte sich auf die Kante von Sokhas Bett. »Das war ein Theater heut abend, was?«

»Du hättest es vorher wissen müssen, Sam.«

»Aber ich habe es doch nur für Pa getan.«

»Was?«

Sam nickte. »Ja; denn René hat mit allem, was er sagt, recht. Unsere Welt wird sich im nächsten Jahr radikal ändern.«

»Das glaube ich dir nicht«, erwiderte Sokha heftig. Doch er fühlte, wie eine dunkle Ahnung seinen Magen zusammenzog. Hatte Sam recht? Was würde dann mit ihnen allen werden?

»Und doch ist es die Wahrheit, *Own*. Im Nordwesten sammeln sich schon die Widerstandskräfte. Es wird eine Revolution geben. Sie liegt schon in der Luft.«

Sokha fühlte Angst in sich aufsteigen. »Selbst *wenn* es stimmt, Vater wird uns beschützen. Er wird dafür sorgen, daß uns nichts geschieht.«

Sam sah seinen jüngeren Bruder lange an, aber er antwortete nicht.

Schließlich wurde die Stille im Zimmer für Sokha unerträglich.

»Wo bist du die ganze Zeit gewesen? Bei René?«

»Nein. Er war mit seinem Wagen hier und hat mich ein Stück mitgenommen – wo ich hin wollte.« Ein merkwürdiges Glänzen hatte sich in Sams Augen geschlichen.

Sokha legte den Kopf zur Seite. »Du warst bei einem Mädchen.« Sokhas Intuition, die Samnang schon fast als etwas Selbstverständliches ansah, hatte wieder ins Schwarze getroffen.

Samnang lachte leise. »Ja, ein Mädchen, aber ein besonderes, *Own*. Ich glaube, ich bin verliebt. Ich möchte sie heiraten.«

Jetzt mußte Sokha lachen. »Aber heute abend würde ich Vater nicht mehr um seine Einwilligung bitten.«

Sam nickte lächelnd. »Ich werde noch ein paar Monate warten, bis sich die ganze Aufregung wieder gelegt hat. Du weißt, wie traditionell er in manchen Dingen denkt. Er wird erst einmal alles über das Mädchen und ihre Familie wissen wollen.«

»Kenne ich sie?«

Sam dachte einen Augenblick nach. »Du mußt sie einmal im Le Royal beim Empfang für den französischen Botschafter getroffen haben. Erinnerst du dich?«

Und ob Sokha das tat. »Groß und schlank, sehr schön.«

»Ja, das ist Rattana.«

»Ein Diamant«, sagte Sokha. Er hatte ihren Namen aus dem Khmer ins Französische übersetzt. »Wunderschön«, schwärmte er, »fast so schön wie unsere Malis.«

Sam lachte. »Wie gut, daß dir deine eigene Schwester so gefällt. Du bist noch viel zu jung, um mit einem anderen Mädchen etwas anfangen zu können.«

»Wie du und Diep.« Die Worte waren heraus, noch bevor er wußte, was er sagte. Diep war die älteste Tochter einer vietnamesischen

Familie, die zwei Häuser weiter die Straße hinunter wohnt. Sokha hatte gesehen, wie sich früher jedesmal, wenn sie vorübergegangen war, der Ausdruck in Samnangs Gesicht verändert hatte.

Sams Miene war düster geworden. »Was immer du auch zu wissen glaubst, *Own*, ich an deiner Stelle würde es so schnell wie möglich vergessen. Ich könnte nichts für Nguyen Van Diep empfinden. Schließlich ist sie eine Vietnamesin.« Mit den letzten Worten war er aufgestanden. Und ohne noch auf eine Antwort von seinem kleinen Bruder zu warten, ging Samnang aus dem Zimmer und verschwand auf dem dunklen Flur.

Sokha schloß seine Bücher und machte sich für die Nacht bereit. Mit nacktem Oberkörper trat er wenig später auf den Flur hinaus und ging mit leisen Schritten zum Badezimmer. Auf dem Weg dahin kam er an Malis Zimmer vorbei. An diesem Abend hatte sie ihre Zimmertür einen Spaltbreit offengelassen. Sokha blieb wie angewurzelt stehen. Er fühlte jeden Schlag seines Herzens. Ohne daß es seine Absicht war, machte er einen Schritt auf die Öffnung zu. Und wie in einem Traum sah er, daß sich seine Hand ausstreckte und gegen die Tür drückte. Jetzt konnte er ein Drittel des Zimmers übersehen, das Bett, und darauf – Malis. Sie schlief mit den Füßen zur Tür. Ihre Bettdecke hatte sie beiseite geworfen, und auch die Vorhänge waren zurückgezogen, damit soviel kühle Luft wie möglich ins Zimmer kommen konnte.

Sokha kniff die Augen zusammen, um in dem Halbdunkel etwas sehen zu können. Als sich seine Augen an das trübe Licht gewöhnt hatten, biß er sich vor Überraschung über das, was er sah, in die Unterlippe. Malis lag nackt auf dem Bett. Er sah die Wölbung ihrer knospenden Brüste, die sanft gebogene Linie ihrer Bauchdecke und darunter, in tiefem Schatten, was?

Plötzlich bewegte sie sich, öffneten sich langsam ihre Schenkel, und ihre Hände glitten hinunter zu dem dunklen Hügel, in den die geschwungene Linie des Bauches auslief. Und dann warf sie sich plötzlich in einer überraschenden Bewegung auf den Bauch. Noch immer hatte sie beide Hände zwischen ihren Schenkeln, und Sokha glaubte zu erkennen, wie ihre Hüften langsam auf und nieder gingen. Der träge Rhythmus hypnotisierte ihn.

Ihre kräftigen Rundungen, deren Muskeln sich immer wieder spannten und lockerten, waren in dem trüben Licht deutlich zu erkennen. Sokha fühlte eine merkwürdige Hitze in sich aufsteigen. Sein ausgestreckter Arm zitterte wie ein Zweig im Wind. Seine Beine waren auf einmal kraftlos, und sein Penis schien schwerer und größer geworden zu sein, während er Malis beobachtet hatte. Seine freie Hand tastete die ausgebeulte Hose ab und fühlte die harte Schwellung. Er spürte eine Art Druck, der ihn schmerzte und ihm gleichzeitig doch sehr angenehm war.

Malis lag jetzt leicht zusammengekrümmt. Ihr Unterleib preßte sich abwechselnd gegen ihre Hände und die weiche Matratze des Bettes. Sokha war sich nicht sicher, aber er glaubte, sie bei jeder Bewegung schwer atmen oder sogar leise stöhnen zu hören.

Sokha wußte zwar nicht, was sie da tat, aber was es auch war, es ließ das erregende Gefühl in ihm immer stärker anwachsen.

Deutlich hörte er jetzt ihr Stöhnen, ein Seufzen, das mit jedem Atemzug kam und ihm Schauer der Erregung durch den Körper jagte. Ohne noch einen Gedanken fassen zu können, öffnete er sich die Hose, um sich von dem Druck seiner Erektion zu befreien. Als seine Finger die seidige Haut seines Penis fühlten, durchlief ihn ein freudiges Gefühl.

Malis hatte ihre Schenkel so weit geöffnet, daß er das dichte feuchtglänzende Haar um ihr Schambein erkennen konnte. Die Finger ihrer einen Hand hatten die verborgenen Falten des weichen Fleisches auseinandergedrückt. Sokha konnte nicht glauben, was er sah.

Seine Beine trugen ihn nicht länger. Leise ließ er sich zu Boden gleiten, die Augen wie gebannt auf den eigenen zuckenden Unterleib gerichtet. Doch immer noch hörte er dabei das leise kehlige Stöhnen, das durch die geöffnete Tür zu ihm drang.

Er fühlte sich, als ob gerade ein Sandsturm durch ihn hindurchgefahren wäre. Um ihn herum pulste die Hitze der Nacht, ihr Rhythmus schien im gleichen Takt zu schlagen wie sein trommelndes Herz.

3. Kapitel

Als Thwaite an diesem Nachmittag das Büro schon früh verließ, atmeten seine Kollegen, die ihre Zimmer auf demselben Flur wie er hatten, erleichtert auf. Irgend etwas mußte ihm unter die Haut gegangen sein, denn er war einfach unausstehlich gewesen. Allgemein wurde vermutet, daß der Fall Holmgren, mit dem er scheinbar überhaupt nicht weiterkam, Ursache seiner schlechten Laune war.

Tatsächlich lagen die Gerüchte gar nicht so weit von der Wahrheit entfernt. Thwaite konnte die ganze Sache einfach nicht aus seinem Kopf herausbekommen. Er war felsenfest davon überzeugt, daß die Monserrat zuerst Tracy Richter angerufen hatte und nicht die Polizei, wie sie behauptete. Das erklärte dann auch den Zeitverzug von vierzig Minuten zu den Angaben des Arztes. Es gab für seine Annahme keinen Beweis, aber seine Nase – der Instinkt, der sich über die Jahre herausgebildet hatte – verriet ihm, daß er recht hatte. Er konnte es geradezu fühlen, wie alles noch nachträglich arrangiert worden war. Und das wollte er Richter nachweisen können. Nichts wünschte er sich mehr.

Er parkte seinen Wagen im Halteverbot und klappte die linke Sonnenblende herunter, an der eine Karte mit der Aufschrift *Polizeieinsatz* befestigt war. Dann verschwand er in dem Gebäude, in dem Tracy Richter sein Büro hatte. Tracy war gerade auf dem Weg nach draußen, als sich die Fahrstuhltür öffnete und Thwaite in den Flur trat.

Tracy blieb stehen. »Thwaite«, sagte er, »Sie konnten sich keinen ungünstigeren Zeitpunkt für einen Besuch aussuchen. Ich komme jetzt schon zu spät zu meiner Verabredung. Was wollen Sie?«

»Für den Anfang würde es mir genügen, wenn ich mich mit der Monserrat einmal ausführlich über ihre Aussage unterhalten könnte.«

»Haben Sie's denn immer noch nicht aufgegeben?«

»Warum sollte ich das? Ich werde dafür bezahlt, die Wahrheit herauszufinden.«

»Was ist eigentlich los mit Ihnen, Thwaite? Der Gouverneur von New York stirbt an einem Herzinfarkt, und Sie kriegen darüber fast ein Magengeschwür.«

Thwaite kam einen Schritt näher. »Falls Sie das vergessen haben sollten, mein Bester, alles, was ein Gouverneur tut, ist von allgemeinem Interesse. Auch, wie er stirbt.« Er holte tief Luft. »Also, was ist?«

»Moira Monserrat ist für niemanden zu sprechen. Schluß.«

»Na schön. Machen Sie, was Sie wollen. Aber bei der *Post* gibt es ein paar Reporter, die sich sehr für meine Vermutungen interessieren und sie auch gerne drucken würden.«

»Das wäre Selbstmord, Thwaite, das wissen Sie ganz genau. Ihr Vorgesetzter würde Ihnen dafür einen solchen Tritt geben, daß Sie bis nach Cleveland fliegen.«

»Nur, wenn man beweisen könnte, daß ich die Quelle war. Und wer sollte das meinem Chef verraten? Ich? Sie wissen, daß Reporter keine Angaben über ihre Informanten machen. Ihre Aussage stünde also gegen meine.«

»Ich habe mehr als genug Einfluß«, sagte Tracy. »Sie würden fliegen, glauben Sie mir das.«

»Das tue ich«, entgegnete Thwaite ruhig. »Aber soll ich Ihnen etwas verraten? Es interessiert mich nicht. In dieser Sache will ich die Wahrheit, und ich schwöre Ihnen, ich werde sie herausfinden.«

»Und es ist Ihnen egal, ob Sie jemandem damit schaden?«

»Darauf können Sie wetten.«

Tracys Gefühl sagte, daß Thwaite nur bluffte. Alles, was er von dem Mann wußte, ließ ihn als einen typischen Karrieristen erscheinen. Und was blieb ihm denn, wenn er aus dem Polizeidienst entlassen wurde? Er würde seine Pension verlieren und konnte vielleicht noch bei irgendeinem privaten Sicherheitsdienst unterkriechen. Tracy hatte sich schon oft mit vollem Risiko auf seine Intuition verlassen, aber von seiner Entscheidung waren auch noch andere Leute betroffen. Wenn es auch nur die kleinste Möglichkeit gab, daß Thwaite seine Drohung doch wahrmachte, dann blieb ihm keine Wahl.

»Also gut«, sagte er, »geben Sie mir ein paar Tage Zeit, und ich will sehen, was ich tun kann. Was ich über ihre psychische Verfassung gesagt habe, war durchaus ernst gemeint.«

»Ich will aber nicht mehr lange warten, Richter.«

»Das werden Sie aber müssen, Thwaite. Mehr kann ich nicht für Sie tun, ob es Ihnen nun paßt oder nicht.«

Thwaite zog hörbar die Luft ein. »Aber lassen Sie sich nicht zu lange Zeit.« Er machte kehrt und ging zum Fahrstuhl.

Unten auf der Straße war der Verkehr inzwischen dichter geworden. Die Abgase stanken in der heißen Luft. An der nächsten Ampel bog Thwaite ab und fuhr weiter in westlicher Richtung. Als er seinen Chevy durch den Brooklyn-Battery-Tunnel lenkte, ging er in Gedanken noch einmal das Gespräch mit Tracy Richter durch. Es überraschte ihn selbst, daß er mit Richter nicht gebluftt hatte. Er hatte wirklich seinen Job aufs Spiel gesetzt! Erstaunlich! Warum bedeutete ihm der Fall so viel? Warum vergaß er den ganzen Unsinn nicht einfach und sah zu, daß er mit seinem eigenen Leben zurechtkam? Er konnte zum Beispiel noch ein paar kleine Zuhälter und Buchmacher fischen. Das paßte doch viel besser zu ihm, oder etwa nicht?

Nach dem Ende des Tunnels wechselte Thwaite auf den Brooklyn-Queens-Schnellweg Richtung Süden nach Park Slope. Die Lichter Manhattans glühten verschwommen im Abenddunst.

Jetzt hatte er die Holmgren-Geschichte also zu seiner eigenen Sache gemacht. Die Wahrheit. Er wollte nichts als die Wahrheit und damit sich selbst von aller Schuld befreien.

Dann sah er vor sich den glitzernden Widerschein der Lichter auf den Narrows. Das Wasser lag ruhig und freundlich da; denn die Dunkelheit verhüllte die unheimlich schillernden Ölflecken, die tagsüber seine Oberfläche entstellten. Er war jetzt in Bay Ridge – zu Hause.

Südlich von Owls Head Park bog er von der Schnellstraße ab, und wenig später war er in der Neunundsechzigsten Straße. Sein Haus, weiß gestrichen und mit Schindeldach, wie auch die meisten anderen, lag auf halbem Weg die Straße hinunter. Nahe dem Bordstein stand ein Ahornbaum, der tapfer ums Überleben kämpfte.

Thwaite blieb im Wagen sitzen und starrte mit leerem Blick vor sich hin. Es war noch nicht die richtige Zeit, um ins Haus zu gehen. In einigen Fenstern sah er Licht und das stahlblaue Flackern des Fernsehens, das gerade die neuesten Nachrichten brachte. Es waren nur schlechte.

Thwaite stellte den Motor seines Chevy ab, stieg aus und verschloß die Wagentür. Die Hitze traf ihn wie ein Keulenschlag. Selbst hier war es noch drückend schwül, obwohl die Stadt auf der anderen Seite des Flusses lag.

Er ging nach Norden zum Owls Head Park. Am Rand des Parks blieb er einen Moment lang stehen und überlegte, ob er hineingehen sollte oder nicht. Es war Mittwoch, Zeit, die wöchentliche Zahlung zu kassieren, etwas, das im Verlauf seiner Arbeitswoche längst zur Selbstverständlichkeit geworden war. Aber an diesem Abend hatte er bei dem Gedanken ein merkwürdiges Gefühl. Vielleicht lag es an der Holmgren-Sache und dem, was er sich von ihr versprach. Vielleicht änderte er sich wirklich.

Er hatte sich schon halb umgewandt, als sein umherstreifender Blick im Park eine Bewegung wahrnahm. Ach was, dachte er, ich kann das bißchen Extrageld ganz gut gebrauchen. Langsam folgte er dem Weg in den Park hinein und war sich dabei sicher, daß er den Gang zum letzten Mal machte. Er fühlte sich, als ob er eine schmutzige, alte Haut abstreifte und hinter sich auf dem Weg zurückließ.

Aus der Entfernung waren Schiffshörner wie in einem nächtlichen Geisterkonzert zu hören, als er den Steinweg verließ und über ein niedriges Eisengitter auf eine Wiese trat. Hinter einer großen Eiche entdeckte er die vertraute Silhouette von Antonio mit seinem breitkrempigen Hut und den weiten Hemdsärmeln. Was für ein pomadiger Kerl, dachte Thwaite, und ärgerte sich dabei über sich selbst. Aber jetzt konnte er auch nicht mehr zurück.

Dann sah er die zwei Frauen, Spanierinnen mit großen Brüsten, breiten Hüften und einer animalischen Sinnlichkeit.

»Hei, Thwaite«, begrüßte ihn der Zuhälter, »du kommst ein bißchen spät. Hast wohl noch anderswo Geschäfte zu erledigen gehabt?«

»Immer, Tonio«, erwiderte Thwaite, »es gibt Wichtigeres als das hier.«

Antonio grinste gequält. »Paß auf, was du sagst, Thwaite. Noch kassierst du von meinem Geschäft.« Er reichte ihm ein Bündel Geldscheine.

Thwaite zählte sie sorgfältig. »Mit solchen Beträgen könnte das Sozialamt nicht mal eine alte Großmutter am Leben erhalten.«

In gespieltem Bedauern breitete Antonio die Hände aus und zuckte die Schultern. »Was soll ich darauf sagen, Mann? Das Geschäft saugt einen völlig aus.«

Thwaite musterte ihn nachdenklich. »Du glaubst doch nicht etwa, daß du mich reinlegen kannst, oder, Tonio? Du bist doch hoffentlich klug genug, um das...«

»Du hast genug geredet.«

Thwaite warf seinen Kopf herum. Eine der beiden Frauen stand breitbeinig, soweit das ihre hochhackigen Schuhe zuließen, vor ihm und hielt mit beiden Händen eine 32er Pistole auf seinen Magen gerichtet. Antonio grinste zufrieden und ließ seine gelben Zähne voller Freude aufeinanderklacken. »Na, Thwaite, jetzt seh'n wir mal, wer hier das Sagen hat.« Er tänzelte in seinen spitzen Schuhen auf Thwaite zu. »Hier bin ich der Boß. Schon viel zu lange hab' ich mich von dir herumkommandieren und ärgern lassen, weißt du? Jetzt ist endgültig Schluß damit.« Er streckte eine Hand aus. »Und nun sei ein braver Junge und gib mir dein ganzes Geld.«

»Du mußt den Verstand verloren haben«, sagte Thwaite. »Wenn du das tust, wirst du nicht ein Geschäft mehr in dieser Stadt machen.«

»Da sieht man, wie wenig Ahnung du hast, Mann. Die Polizeiverwaltung hat das nämlich nicht gern, wenn sie erfährt, daß ihre Beamten Schmiergelder kassieren. Und jetzt beweg dich.«

Thwaite streckte seinen rechten Arm aus und öffnete die Hand. Die zerknitterten Geldscheine fielen zu Boden.

Antonio reagierte blitzschnell. Sein rechter Fuß schoß hoch und traf Thwaite mit der Schuhspitze in den Magen. »*Puerco!*«

Thwaite krümmte sich vor Schmerzen zusammen. Er konnte kaum noch atmen. Grelle Lichter tanzten vor seinen Augen.

»Du glaubst doch nicht, daß ich mich danach bücke, oder?« Antonio sah Thwaite verächtlich an. »Ich doch nicht. Nachdem ich dir eben erst klargemacht habe, wer hier die Befehle erteilt.« Er beugte sich leicht zu Thwaite herunter und hielt ihm wieder die Hand hin. »Gib mir das verdammte Geld, Mann.« Seine Stimme hatte einen drohenden Ton bekommen.

»Hier!« rief Thwaite und streckte sich in einer schnellen Bewegung. Sein Stock aus poliertem Hartholz schoß hoch und schlug gegen die Rippen des Zuhälters. Er fühlte die Erschütterung des Stoßes den ganzen Arm hinauf. Antonio stöhnte auf und brach in der nächsten Sekunde zusammen. Sein Gesicht war in einem ungläubigen Ausdruck erstarrt.

Rechts von sich hatte Thwaite im Augenwinkel eine Bewegung wahrgenommen. Er duckte sich zu Boden und benutzte Antonios Körper als Schutzschild. Der Zuhälter ächzte vor Schmerzen, als Thwaite ihm die Hände auf den Rücken bog.

Von den beiden Frauen war nichts mehr zu sehen. »Bete dafür, daß sie klug genug waren, zu verschwinden«, flüsterte Thwaite in Antonios Ohr.

»*Madre de Dios!*« Antonio bebte am ganzen Körper.

Den Zuhälter fest im Griff, bewegte sich Thwaite in Vierteldrehungen einmal im Kreis und spähte dabei ins Dunkel. Irgendwo heulte eine Sirene auf. Doch ihr durchdringender Ton wurde langsam schwächer, dann war es wieder still. Thwaite fühlte sich wie auf einen riesigen Schießstand gesetzt, bei dem er die Zielfigur abgeben sollte. Er ließ seinen Schlagstock fallen und zog seinen Dienstrevolver. Dann hielt er die Waffe dicht vor Antonios Gesicht.

»Hör zu, du Scheißkerl. Du hast jetzt eine Chance, das hier zu beenden, bevor jemand ernsthaft Schaden nimmt.«

»Den Gefallen tue ich dir nicht, Mann.« Antonio spuckte Blut. Er hustete, und sein Körper krümmte sich zusammen. »Du hättest mich nicht schlagen sollen, Mann.«

Thwaite hielt unverwandt die nähere Umgebung im Auge. »Dann hättest du nicht so gierig sein sollen, Tonio. Für dich war eine Lektion fällig.«

»Der letzte, der mir eine Lektion erteilen wollte, war mein alter Herr.« Wieder spuckte er Blut. »Ich habe ihn dafür in sämtliche Einzelteile zerlegt, Mann.«

Thwaite glaubte, zwischen dem Ahorn eine schnelle Bewegung gesehen zu haben. »Tonio«, sagte er leise, »auf dich wird sie hören. Sag ihr, daß sie schön langsam herauskommen soll, und dann vergessen wir die ganze Sache.«

Der Zuhälter warf sich herum. Seine Nase und sein Mund waren blutverschmiert, aber seine Augen schienen freudig zu glänzen. »O nein, Mann.« Seine Lippen verzogen sich zu der Andeutung eines Lächelns. »Das tue ich ganz bestimmt nicht. Du hast Angst, Thwaite. Ich sehe es dir an. Sonia kann keine *Puercos* ausstehen. Sie wird dich erschießen für das, was du getan hast, Mann.«

Thwaite ließ Antonio los und spähte angestrengt zu den Bäumen hinüber. Langsam wich er in geduckter Haltung seitlich nach links aus. Sie stand auf dieser Seite eines Baumes. Und jetzt trat sie aus ihrer Deckung heraus, um freies Schußfeld zu haben. In diesem Moment hob er seinen Revolver. Er hielt ihn mit beiden Händen, beide Arme weit ausgestreckt. Zweimal drückte er ab. Wie Gewitterdonner krachten die Schüsse in seinen Ohren.

»*Sonia! Andal! Andale!*« Es war Antonios gellende Stimme. »Du blöde Hure. Lauf!«

Thwaite richtete sich auf. »Es ist zu spät, Toni.« Er ging hinüber zu den Bäumen. Seine Augen suchten nach der zweiten Frau.

»*Puerco!*« schrie der Zuhälter und strengte sich an, auf die Beine zu kommen. »Deine Mutter muß eine Hure gewesen sein, du Scheißkerl!«

Thwaite stand über der Toten. Er hatte die Pistole der Frau in seine Jackentasche gesteckt. Von der anderen war nichts zu sehen. Sein Herz schlug heftig. Wie sehr wünschte er sich jetzt, am Eingang des Parkes umgekehrt und nach Hause gegangen zu sein.

Er hörte Antonio herankommen.

»*Madre de Dios!*« Der Zuhälter fiel neben der Toten auf die Knie und berührte ihr Gesicht. »*Muerto!*« Sein Kopf fuhr herum. »Du hast sie umgebracht, *Puerco!*«

Wilder Zorn überfiel Thwaite plötzlich. Er griff dem Zuhälter in die öligen Haare und riß den Kopf hoch. »Hör mir gut zu, ich habe dich vorher gewarnt!« Er hatte Tränen in den Augen. »Du warst anscheinend zu dumm, um wissen zu können, auf was du dich einläßt!«

Mit einer heftigen Bewegung stieß er Antonio, in dessen Augen er glühenden Haß brennen sah, von sich. »Such dein zweites Mädchen und verschwinde aus meinen Augen. Denn wenn ich dich noch einmal hier sehen sollte, Tonio, dann werde ich dich töten. Und niemand wird sich dafür interessieren, warum ich es getan habe.«

Er atmete schwer, seine Brust war wie eingeschnürt. Schließlich wandte er sich um und ging auf steifen Beinen davon. Vor dem Park ging er zur nächsten Telefonzelle und benachrichtigte die Polizei. Dann ging er durch die Straßen nach Hause, bog in den Weg zu seinem Haus ein, sah dabei den zerrupften Rasen, den er längst ausgebessert haben wollte, und legte sich schließlich neben seiner Frau nieder, um endlich einzuschlafen.

Fast alles, was Kim tat, wurde von seinen Gefühlen bestimmt.

Von ihnen hatte er sich bei den Verhören in Ban Me Thout lenken lassen, und sie trieben ihn auch heute noch an, wenn er einen Auftrag zu erledigen hatte. Es war der einzige Weg für ihn, seinen Opfern den Tod mit immer derselben Präzision zu bringen, wie seine Auftraggeber sie von ihm erwarteten. Er war aufgekratzt und niedergeschlagen wie ein manisch Depressiver. Für einen Mann, der auf seine Umgebung ziemlich ausgeglichen wirkte, war das äußerst ungewöhnlich. Vielleicht hatte seine Narbe etwas damit zu tun.

Jetzt, auf dem Weg zu John Holmgrens Apartment, mußte Tracy wieder daran denken, als sein Blick auf den Vietnamesen fiel, der neben ihm ging. Kim war einmal verraten worden. Man hatte ihn mit einem Mordauftrag nach Kambodscha geschickt, doch schon kurz hinter der Grenze war er von den Roten Khmer in einen Hinterhalt gelockt und gestellt worden. Sie wußten, wer er war, wieviel Blut er vergossen hatte.

Sie hatten keinen Grund, ihn am Leben zu lassen – aber sie taten es. Vielleicht haßten sie ihn so sehr, daß sie nicht in der Lage waren, sofort Rache an ihm zu nehmen. Vielleicht wollten sie an ihm aber auch ein Exempel statuieren. Was immer der Grund gewesen sein mag, sie haben ihn jedenfalls nicht auf der Stelle getötet, wie sie es sonst mit ihren Feinden taten.

Sie nahmen ihn mit in ihr Lager. Dort streckten sie ihn auf dem Boden aus und fesselten seine Hände und Füße an kleine Holzpflöcke. Dann fügten sie ihm mit ihren Messern Wunden zu. Es war keine systematische Folter, nichts Durchdachtes. Fast zufällig schnitten sie ihn da und dort zu völlig unvorhersehbaren Zeiten, wenn sie gerade an ihn dachten oder wenn sie nichts anderes zu tun hatten. Sie stachen ihm ins Bein oder in den Arm und zerschnitten dabei auch seine Kleider aus schwarzer Baumwolle. Für Kim war diese Behandlung viel demütigender, als wenn er einem gnadenlosen Verhör unterzogen worden wäre. Dann hätte er es zumindest mit Leuten seinesgleichen zu tun gehabt; er hätte seine Talente mit ihren messen können und sich ein wenig stolz gefühlt. Aber die Roten Khmer nahmen ihm seinen Stolz und mit ihm seine Ehre als Mann. Kim war ein Krieger, und sie behandelten ihn wie ein Tier, das es nicht wert war, angespuckt zu werden.

Als Tracy herausgefunden hatte, wo Kim gefangengehalten wurde, drang er heimlich in das Lager der *Chet Khmau* ein. Er schnitt Kim von seinen Fesseln los, legte ihn sich über die Schulter und trug ihn in den sicheren Schatten des Dschungels. Zu diesem Zeitpunkt hatte Kim noch keine Wunde im Nacken.

Weil Kim immer wieder vor Schmerz aufschrie, blieb Tracy schließlich stehen und setzte ihn ab. Kim bat Tracy um sein Messer. »Um mir diese Lumpen, die ich noch am Leib habe, etwas zurechtzuschneiden.« Er hatte das Messer genommen und war ein paar Schritte in das dichte Grün hineingegangen. Tracy war an dem Pfad, den sie gekommen waren, stehengeblieben und hielt nach möglichen Verfolgern Ausschau.

Kim faßte das Messer mit der linken Hand an der Klinge und legte seinen Kopf, soweit er konnte, auf die rechte Schulter. Er hatte einen bitteren Geschmack nach Messing in seinem Mund. Sein Speichel trocknete aus. Er war ein Krieger, und sie hatten ihn geschlagen, diese Tiere. In seinem Kopf glühte der Haß.

Niemand konnte ermessen, welche Kränkungen er erlitten hatte. Und dieser Gesichtsverlust würde ihn buchstäblich töten. Jetzt, wo er gerettet war, schienen seine Wunden nur unbedeutend zu sein. Aber wenn er auch in den nächsten Tagen ohne medizinische Versorgung geblieben wäre, wären sie septisch geworden, geschwollen und schließlich hätte sie die einsetzende Entzündung tief rot werden lassen. Ein langsam sich hinziehender Tod, verursacht von Tausenden geringfügigen Schnitten. Das war es, was die Roten Khmer ihm zugedacht hatten. Kim würde ihnen das niemals vergeben.

Aber jetzt mußte er erst einmal einen Beweis für Tracy und all die anderen in Ban Me Thuot schaffen, daß er durch eine grausame und vernichtende Foltermühle gegangen war. Niemand durfte einen Zweifel daran haben, daß er wie ein Krieger behandelt worden war, daß er wie ein Krieger standgehalten hatte und daß er am Ende wie ein Krieger triumphiert hatte.

Er sah zu Tracy, der mit dem Rücken zu ihm stand und ihren Weg zurückblickte. Der Amerikaner würde nichts sehen, und er konnte nichts wissen. In diesem Moment fiel ein großer Teil des Hasses, den Kim für seine kambodschanischen Häscher empfand, auf Tracy. Schließlich würde er es sein, der Kim zurückbrachte und der mit eigenen Augen Kims Erniedrigung gesehen hatte. Er war derjenige, der Kim unbewußt das tun ließ, was er tun mußte. Und das konnte, das *wollte* Kim ihm nicht verzeihen.

Ohne einen bewußten Gedanken, nur von seiner Willenskraft gelenkt, drückte die linke Hand die Messerklinge herunter. Kim biß sich in die Unterlippe, als der Schmerz wie ein glühender Strahl in seinen Arm fuhr. Aber er zwang sich, seine Hand weiter zu bewegen, obwohl sie taub geworden war. Der ganze Arm war taub, aber die Hand bewegte sich unerbittlich. Immer weiter hinunter, von seinem linken Ohr bis zum Schulteransatz. Eine Wunde, die mit Sicherheit eine sichtbare Narbe hinterlassen würde, ein Mal, das er für immer tragen würde und auf das er – zumindest nach außen hin – stolz sein konnte. Eine Narbe, über die alle in Ban Me Thuot sprechen würden. Und mit einem Anflug von Ehrfurcht in der Stimme würde man sich erzählen, welche Leiden Kim, der Vietnamese, für seine weißen Brüder auf sich genommen hatte. Wie er furchtlos, wie es sich für einen großen Krieger gehörte, durch das Höllenfeuer gegangen war.

Kim bebte am ganzen Körper, als er die Klinge zurückzog.

Vorsichtig beugte sich Kim zu Boden, ein Schwindelgefühl raste durch seinen Körper. Er fühlte die Wunde den Nacken hinunter nässen. Wieder und wieder wischte er die verschmierte Klinge an dem hochwuchernden Grün ab.

»Kim!« Tracys drängendes Flüstern ließ Kim innehalten. Blut schoß ihm in den Kopf und legte sich wie ein roter Schleier vor seine Augen.

»Wir müssen hier weg. Ich höre die Roten Khmer kommen!«

»Ja«, antwortete Kim. Seine Lippen waren trocken wie Papier. Er richtete sich mühsam auf, und die Welt begann sich um ihn zu drehen wie ein Wirbel aus Licht und Schatten. Seine Hand suchte verzweifelt nach einem Halt und klammerte sich um den pelzigen Ast eines Baumes.

»Kim!« ließ sich Tracy wieder hören. »Wir haben keine Zeit mehr. Sie können jeden Moment hier sein!«

Kim biß die Zähne zusammen, daß ein leises Knirschen zu hören war, und löste seine Hand von dem sicheren Anker. Eine Wurzel, die aus dem Boden hervorwuchs, ließ ihn stolpern und hinschlagen. Unter Schmerzen quälte er sich wieder hoch, und mit unsicheren Schritten ging er zu Tracy. Er fühlte den Griff des Amerikaners stark und merkwürdig beruhigend. Und so ließ er es zu, daß er halb durch den Dschungel getragen wurde, in dem ihm sonst jeder Schritt vertraut war. Nach Hause, zu den bewundernden Blicken der anderen. Als Held nach Hause.

Was Kim nicht wissen konnte war, daß Tracy das Blut des anderen fühlte, als er ihn unterfaßte, um ihn durch das Dunkel des Dschungels zu leiten. Kims eiserner Wille und seine Selbstbeherrschung hatten längst jedes Gefühl für die neue Wunde aus seinem Bewußtsein verbannt, sie war wie anästhesiert. Anders hätte er auch keinen Schritt mehr tun können. Aber so fühlte er auch nicht, wie Tracys Hand langsam den Rücken hinauftastete. Er ahnte nicht, welche Entdeckung der Amerikaner machte und wie treffend die Schlüsse waren, die er zog. So kam es, daß noch ein anderer von Kims schrecklichem Geheimnis wußte, den Kim haßte und der gelernt hatte, den Vietnamesen zu hassen.

Als sie jetzt die Stufen zu dem eleganten Apartmenthaus hinaufgingen, in dem der Gouverneur gewohnt hatte, und ihre Passierscheine dem Wache stehenden Streifenpolizisten vorzeigten, fiel Tracys Blick wieder auf die blasse Narbe in Kims Nacken. Wie hatte er es geschafft, ihn hierher zu bringen und zurück in den Schoß der Stiftung? Kim hatte einen empfindlichen Punkt bei ihm berührt. Wie immer hatte er sich auf das Gefühl verlassen. Und Holmgren war der Schlüssel zu Tracy. Kim hatte das gewußt und Tracy ebenso, aber trotzdem war Tracy machtlos gegen alles Weitere gewesen.

Zum Teufel mit Kim, dachte Tracy, ich tue das hier für mich und niemand sonst. Und dennoch wurde er das Gefühl nicht los, in einen schwarzen Abgrund zu stürzen.

Als Atherton Gottschalk nach einer Besprechung mit führenden Gewerkschaftsvertretern, die tagtäglich über den Capitol Hill schwärmten und jedem Senator das Leben schwermachten, das Capitol verließ, wußte er genau, was er zur Entspannung brauchte. Er entließ für diesen Tag Fahrer und Wagen und nahm, um den wachsamen Augen und Ohren von Washingtons Lobbyisten zu entgehen, ein Taxi, von dem er sich so weit nach Norden fahren ließ, daß er der allgemeinen Neugier entkommen war. Dann ließ er den Wagen plötzlich halten und mit der Entschuldigung, daß er es sich anders überlegt habe, stieg er wieder aus.

Er überquerte die Straße und nahm einen Bus in Richtung Süden. Vierzig Minuten später stand er in der Altstadt von Alexandria, auf der anderen Seite des Potomac. Das letzte Stück legte er zu Fuß zurück und verfiel dabei in den schnellen, aber angenehmen Trott aus seiner Zeit als Sportler am College.

Wie er jetzt merkte, hatte er sich eigentlich schon den ganzen Tag ungeheuer erleichtert gefühlt. John Holmgrens Tod hatte ihm eine schwere Last von den Schultern genommen. Holmgrens Politik hatte in ihren Grundzügen das Ostküsten-Establishment repräsentiert und war dadurch unangreifbar gewesen. Wie Gottschalk den Mann gefürchtet hatte! Aber jetzt lag das alles hinter ihm. Holmgren war tot und begraben.

Es war kein Licht auf der Straße zu sehen. Er bog in den Aufgang zu einer Villa ein, die hinter hohen Bäumen und dichtem Buschwerk versteckt lag. Ein vier Meter hoher Bambuszaun schirmte zudem das gesamte untere Stockwerk und den gepflegten Grund des Hauses zur

Straße hin ab. Das schmiedeeiserne Tor, das die Auffahrt versperrte, hing zwischen zwei Steinsäulen. Auf der linken war ein kleines, unauffälliges Messingschild befestigt, auf dem ein Name stand: CHRISTIAN.

Um die kleine Tür, die in das Tor eingelassen war, zu öffnen, benutzte er einen Schlüssel, den er an einem besonderen Ring in der Schutzhülle seines Casino-Taschenrechners hatte. Er öffnete die Tür, ohne sich umzusehen. Das nächste Haus lag mehr als dreihundert Meter entfernt.

Er ging einen kleinen Steinweg hinauf, der mit achteckigen Platten ausgelegt war und ihn an Akazien und Magnolien vorbeiführte. Das Dach des Türportals wurde von zwei Säulen getragen, was ihn an den tiefen Süden erinnerte. Er mochte das sehr. Und deshalb hatte er sich auch entschlossen, das Haus für Kathleen zu kaufen. O nein, nicht daß sein Name dabei ins Spiel gekommen wäre. Er konnte mit dem Haus nicht in Verbindung gebracht werden, und so sollte es ja auch sein. Gottschalk liebte seine Frau. Aber er liebte auch das, was Kathleen ihm gab.

Er ging den langen, mit italienischen Kacheln verfliesten Flur hinunter und verschwand in einem großen Schlafzimmer. Als er aus dem Bus gestiegen war, hatte er den Knopf eines kleinen Senders gedrückt, den er stets bei sich trug. Der Impuls hatte ein kurzes elektronisches Signal zu einem Empfänger geschickt, der seinen festen Platz in Kathleens Handtasche hatte. Wo sie auch war, was sie auch gerade tat – sie würde sein Zeichen hören. Und sie würde kommen.

Er zog sich aus und ging zu einem hohen Wandschrank. Von einem Holzbügel nahm er einen Jogginganzug aus blauem Nylon und zog ihn an. Dann betrat er durch eine Tür am anderen Ende des Zimmers einen großen fensterlosen Raum, dessen Wände verspiegelt waren. Vor den Spiegelflächen stand ein Ring von verschiedenen Bodybuilding-Geräten. Der Boden war mit schweren Gummimatten ausgelegt. In der gegenüberliegenden Ecke des Raumes, dort, wo Decke und Spiegelwand zusammentrafen, hing ein Bündel von Lautsprechern.

Er trat in die Mitte des Raumes, legte sich auf den Mattenboden und begann mit seinen Übungen. Schon nach kurzer Zeit stöhnte er vor Anstrengung. Der Schweiß lief ihm aus allen Poren, es war ein gutes Gefühl.

Dann erhob er sich wieder und begann mit den Geräten zu arbeiten. Erst mit denen, die Beine und Unterleib kräftigen, dann, zwanzig Minuten später, wechselte er an die Geräte für den Oberkörper. Nach weiteren zwanzig Minuten ging er schließlich zu der Zugapparatur, die der Stärkung der Brustmuskulatur diente. Das Gerät stand etwas abseits in der hinteren Ecke des Raumes, nahe an eine Spiegelfläche gerückt, die nicht wie die anderen aussah.

Gottschalk hielt den Blick auf die rätselhaft dunkle Fläche geheftet, als er auf den Sitz des Apparates stieg und seine Hände durch die Griffschlaufen der Seilzüge schob. Er hatte sich auf jeder Seite nur ein Zehn-Kilo-Gewicht aufgelegt, sonst hängte er an jedes Seil immer das dreifache Gewicht. Einen Augenblick blieb er still sitzen, er fühlte seine Kraft wie einen Strom durch seinen erhitzten Körper fließen. Dann wandte sich seine Aufmerksamkeit wieder dem Spiegel zu, dessen Oberfläche der eines stillen Sees mit schattenhaften Bewegungen in der Tiefe zu gleichen schien, mit Leben unter einer pergamentenen Haut.

Er hörte, wie die Haustür geöffnet und wieder geschlossen wurde. Die Frage, wer gekommen sein konnte, erübrigte sich.

Es gab etwas, das niemand außer ihr von ihm wußte. Für die Öffentlichkeit war dieses Wissen nicht bestimmt, nicht für seine politischen Freunde, nicht für seine Feinde, ja nicht einmal für seine Frau. Nur Kathleen konnte dieses Verlangen von ihm erfüllen, ein perverses Verlangen, das ihn gleichzeitig mit Scham und Erregung erfüllte. Er glaubte, daß es etwas Ähnliches war wie der Wunsch, von einer Frau geschlagen zu werden. Doch davon hatte er keine Vorstellung. Dafür wußte er um so besser, was jetzt beginnen würde, und sein Körper brannte vor Erwartung.

Er starrte gebannt auf die Spiegelfläche, als hätte er einen Röntgenblick, der klar bis auf den Grund des Sees schauen könnte. Und einen Lidschlag später konnte er *tatsächlich* durch den Spiegel hindurchsehen, als in dem angrenzenden Zimmer das Licht eingeschaltet wurde.

Kathleen! Er konnte ihre ausgeprägten Wangenknochen erkennen, ihren straffen Körper. Sie hatte nicht ein Gramm Fett zuviel, unglaublich lange Beine, einen Schwanenhals, ein herzförmiges Gesicht, das von blauen Augen beherrscht wurde, und darüber glänzend schwarze Haare, kurzgeschnitten wie die eines Mannes, Haare wie das Fell eines Tieres. Sie war schön und böse. Er lachte laut auf. Ja, das kennzeichnete Kathleen richtig.

Sie trug ein dunkelblaues Popelinkleid, das ihre Haut noch heller erstrahlen ließ. Der Stehkragen brachte ihren geschwungenen Hals noch besser zur Geltung, und ein einzeln gefaßter Diamant glitzerte in der Kragenöffnung. An den Füßen trug sie hochhackige, an der Spitze offene Schuhe aus Krokodilleder, deren Farbton zum Kleid paßte. Sie trug keine Ringe, aber ein breites Goldarmband an ihrem linken Handgelenk.

Schattenhaft konnte er auch das Mobiliar hinter ihr erkennen. Es erinnerte ihn an das Schlafzimmer seiner Mutter in dem alten Haus seiner Eltern im ländlichen Virginia.

Die Arbeit mit den Gewichtszügen hatte ihn zum Schwitzen gebracht. Er leckte sich die Lippen, während er Kathleen hinter der geisterhaften Grenze des Zweiwegspiegels zusah. Sie stand mit dem Rücken zu ihm. Nicht einmal schaute sie in seine Richtung, für sie war er nicht da.

Sie hob ihre Hände und begann, unsichtbar für ihn, die Knöpfe ihres Kleides zu öffnen. Mit weit aufgerissenen Augen sah er, wie sie sich immer tiefer vornüberbeugte, und Gottschalk hätte schwören können, daß er sie seufzen gehört hatte. Jetzt sah er ihren Kopf im Profil. Ihre linke Schulter hob sich und berührte leicht das Kinn, die andere senkte sich, und wie aus purem Zufall fiel das Kleid über die tiefere Schulter herab bis zum Gürtel.

Sie stand jetzt mit nacktem Oberkörper vor ihm, und jede Bewegung ihrer Rückenmuskulatur war deutlich zu erkennen. Dann beugte sie sich wieder vor, und in einer schnellen Bewegung wirbelte sie herum. Gottschalk stieß keuchend die Luft aus. Ihre Hände hatten das aufgeknöpfte Kleid weit auseinandergezogen. Nur der Gürtel um ihre Hüften verhüllte noch ihren Nabel, als läge dort ein besonderes erotisches Geheimnis.

Kathleens Schamhaar war von demselben tiefen Schwarz wie das Haar auf ihrem Kopf. In dichten, schweren Locken züngelte es wie Flammen eines schwarzen Feuers den Venusberg hoch.

Für eine Ewigkeit, jedenfalls schien es ihm so, bewegte sie sich nicht, sie stand in einer Pose, die Hände in die Hüften gestützt, das linke Bein leicht angewinkelt und auf die Zehenspitzen gestellt, den Kopf zur rechten Seite geneigt. Manchmal, wenn er als kleiner Junge verschwitzt und voller Pferdegeruch von einem Tagesausritt zurückgekommen war, hatte Gottschalk seine Mutter in dieser Haltung überrascht. Meistens sprach sie gerade mit seinem Vater, während sich beide für eine Abendgesellschaft in irgendeinem der exklusiven Kreise und Zirkel Washingtons umzogen.

Dann, fast unmerklich, öffneten sich Kathleens Schenkel weiter und weiter, bis ihre Knie soweit gebeugt waren, daß es aussah, als ob sie sich hinhocken wollte. Doch plötzlich schoß ihre Hüfte vor und bog sich nach oben, daß es schien, als wollte sie den Schatz zwischen ihren Schenkeln an seine zitternden Lippen heben.

Immer heftiger riß er an den Zugseilen des Bodybuilding-Gerätes, bis die Anstrengung wie ein Feuer in seiner Brust saß, bis die Sehnen an der Innenseite seiner Schenkel schmerzten und zwischen seinen Schulterblättern eine glühende Messerklinge zu sitzen schien.

Aus den Lautsprechern oben unter der Decke hörte er Kathleens leidenschaftliches Flüstern und Stöhnen, es wurde eindringlicher und lauter, während ihre Hüften zuckten und kreisten.

Ah, er konnte es nicht länger aushalten. Doch er mußte, er mußte! Denn er wußte, was noch auf ihn wartete. Aber Kathleens Tanz war immer wilder geworden, ihre kurzen Schreie und ihr Stöhnen immer drängender, so daß sein eiserner Wille in dem rasenden Feuer seines Verlangens dahinschmolzen.

Mit einem Aufschrei riß er seine Hände aus den Halteschlaufen der Gewichtszüge und zerrte sich die schweißnasse Nylonhose herunter.

Als ob sie fühlen konnte, was sich hinter der dünnen Barriere zwischen ihnen abspielte, wirbelte Kathleen in eben diesem Moment herum. In einer blitzschnellen Bewegung beugte sie sich vornüber, ihre Hände zogen die Rundungen ihres Gesäßes auseinander, dann preßte sie es gegen das Glas.

Gottschalk hatte gerade noch Zeit genug, seinen Penis aus der Enge des Stoffes zu befreien. Dann lösten der Anblick des Bildes vor seinen Augen, das er gierig in sich aufsog, und das Gefühl seiner zitternden Finger auf der eigenen Haut sein gespanntes Verlangen in einer heißen Explosion.

Er stöhnte laut und rutschte dabei von dem Trainingsgerät herunter auf die Knie, ohne daß er auch nur einen Moment seinen Blick von dem schwankenden Bild vor sich nahm. Dann fiel ihm das Kinn auf den schweißnassen Stoff, der seine Brust bedeckte.

Tracy starrte auf das Sofa, auf dem John Holmgren gestorben – oder ermordet worden war. Kreidestriche und weiße Klebestreifen markierten die Position, in der man ihn gefunden hatte, in der er vermutlich gestorben war. In einiger Entfernung stand ein flacher quadratischer Tisch aus dunklem Holz und auf ihm ein silbernes Tablett mit einer Kaffeekanne aus getriebenem Silber sowie zwei Tassen aus feinem Porzellan, auf deren Untertellern silberne Kaffeelöffel lagen. Neben dem Tablett stand eine eckige Flasche mit Birnenbrandy. Sie war noch halbvoll; die kleine Frucht lag welk und reglos in dem bräunlichen Niederschlag über dem Boden der Flasche.

Kim sah Tracy mit müden Augen an. »Wenn wir nur noch seine Leiche hätten, dann müßten wir hier jetzt nicht alles auf den Kopf stellen.«

Tracy sah den Vietnamesen abschätzend an. »Es ärgert dich maßlos, daß du mich hierzu brauchst, nicht wahr? Ich meine, tief in dir drin. Aber das hier ist *mein* Spezialgebiet und nicht deines. Und das kannst du nicht ertragen.« Kim antwortete nicht. »Die Leiche ist eingeäschert worden, daran ist nun nichts mehr zu ändern. Also laß uns das Beste aus dem machen, was uns geblieben ist.«

»Natürlich.«

»Dann sei ruhig und laß mich arbeiten.«

Sorgfältig überprüfte Tracy die Nähte der Kissen auf dem Sofa, um zu sehen, ob sie aufgetrennt worden waren oder ob sonst etwas an ihnen verändert worden war.

Dann prüfte er alle Fugen und Kanten der Möbelstücke im Zimmer. Besonders achtete er darauf, ob auf dem Teppichboden unter Tischen und Schränken Sägespäne oder andere Füllstoffe zu sehen waren. Doch nichts wies darauf hin, daß sich irgend jemand in letzter Zeit gewaltsam an den Sachen zu schaffen gemacht hatte.

Dann machte er sich über den Schreibtisch und seinen Inhalt her; es folgten die Bücherregale und die Anrichte. In immer weiteren Kreisen entfernte er sich von der Stelle, an der der Senator gestorben war. Aber nach anderthalb Stunden saß er wieder auf dem Stuhl zwischen dem Sofa und dem flachen Tischchen. Kim hatte sich ein Glas mit Brandy gefüllt und trank ihn in kleinen Schlucken, als ob ihn keine andere Sorge quälte als die an ein geruhsames Mahl und einen tiefen Schlaf.

»Du bist immer noch nicht bereit aufzugeben, oder?« Er hatte einen neckenden Ton in seiner Stimme.

»Wer hat was von Aufgeben gesagt?«

Kim breitete die Arme aus. »Du bist überall gewesen, hast alles untersucht. Was willst du noch tun?«

Tracy war wütend. Während er die ganze Arbeit tat, hatte Kim es sich gemütlich gemacht und trank auch noch den Brandy ihres toten Gastgebers. »Wann legst du endlich deine kalte Maske ab?«

»Ich?«

»Du glaubst immer noch, ständig deine fernöstliche Abgeklärtheit beweisen zu müssen.« Er beugte sich erregt vor. »Der unerforschliche Kim. Er spricht in Andeutungen und Aphorismen und ist überzeugt, daß kein Westler ihn versteht. Es gibt dir das Gefühl, deine Heimat noch nicht ganz verloren zu haben, nicht wahr? Ja, Kim. Du kannst dich dann hier als etwas Besonderes fühlen.«

»Du hast nicht die geringste Ahnung, was mit mir ist«, erwiderte Kim scharf. »Es interessiert mich nicht, was du alles über die Khmer weißt.« Seine Lippen verzogen sich zu einem spöttischen Grinsen. »Wie sehr du sie liebst. Was kann ein Westler schon fühlen? Du bist ein Außenseiter. Du weißt nichts von dem Zorn, den wir in uns tragen, wie ein zweites schmerzendes Herz.«

»Du hast recht«, sagte Tracy hitzig. »Tu nur weiter so, als ob du der einzige wärst, dem Narben von seinen Wunden geblieben sind.«

Zynisch fuhr er fort: »Armer Kim. Der einzige Vietnamese, dessen Familie im Krieg getötet worden ist.« Der Eindruck bleibt, ein verändertes Muster, Bilder, die sich in seinem Kopf auflösen und neu verbinden. »Mein Gott, aber du machst...« Tracy erstarrte, als sich sein Kopf leicht nach rechts gedreht hatte. Das Gehirn hatte genug Zeit gehabt, wahrzunehmen, zu klassifizieren, und dann hatten die Alarmglocken auch schon angeschlagen.

»Was ist los?« Kim hatte ihr kleines Wortduell schon wieder vergessen.

Langsam bewegte sich Tracys Hand auf die Flasche mit dem Birnenbrandy zu. Er glaubte, daß es von Kims Griff nach der Flasche ausgelöst worden war. Die kleine Frucht hatte sich bewegt. Sie hatte sich leicht auf eine Seite gelegt und dabei war für einen Augenblick ihre Unterseite zu sehen gewesen. Was Tracy dort gesehen hatte, interessierte ihn sehr.

»Geh ins Badezimmer und hol mir ein Handtuch.« Seine Stimme hatte einen befehlenden Ton bekommen. »Dann geh in die Küche und bring mir ein Obstmesser mit.«

»Was hast du denn auf einmal?«

»Los, mach schon!« Tracys Augen blieben auf die Unterseite der Birne geheftet. Er musterte sie sorgfältig, während Kim aus dem Zimmer gegangen war; aber das verzerrende Glas des Flaschenbodens, die Flüssigkeit und die abgelagerten Fruchtflocken ließen ihn nicht genau erkennen, auf was er blickte.

Mit wachsender Erregung hob er die Flasche mit der rechten Hand vom Tisch und schraubte sie mit der linken auf. Dann nahm er den Deckel von der silbernen Kaffeekanne und schüttete den Brandy hinein.

Als Kim zurückkam, nahm er ihm das Handtuch aus der Hand und wickelte es in immer neuen Lagen um die leere Flasche. Anschließend legte er das unförmige Paket auf den Boden. Er hob seinen rechten Fuß, atmete tief ein, und während ihm die Luft in einem heftigen Atemstoß zischend aus den Lungen fuhr, senkte sich der Fuß in einer kurzen, schnellen Bewegung über der eingewickelten Flasche. Das folgende Geräusch war nicht lauter als das Brechen eines dürren Zweiges.

Tracy bückte sich und wickelte das Paket Lage um Lage wieder aus, wobei er sich beherrschen mußte, die Hülle nicht einfach wegzureißen. Er ließ sich von Kim das Obstmesser reichen und entfernte mit ihm geschickt die Glasscherben, die über der Birne lagen.

Kim sah noch immer mit unverständigen Augen zu, als Tracy einen Kaffeelöffel von einer Untertasse nahm und die mumifizierte Frucht damit auf das Silbertablett beförderte.

Einen Augenblick starrte er sie unbewegt an. Auf ihrer Unterseite war mit Sicherheit keine Druckstelle oder ein Riß. Es war ein Schnitt. Und er war so perfekt gerade, daß er unmöglich eine natürliche Ursache haben konnte.

Vorsichtig näherte Tracy sich der Frucht mit der Schneide des Obstmessers. Er beugte sich dabei so nahe an die Birne, daß ihm ihr Aroma in die Nase stieg. Der Geruch des Brandys hing schwer im Zimmer. Geduldig versuchte er, den Schnitt mit der Messerspitze zu weiten, ohne dabei das Fruchtfleisch zu verletzen.

Er ließ sich Zeit, geriet ins Schwitzen und biß sich vor Konzentration in die Unterlippe. Schon beim ersten Versuch war er gegen ein Hindernis gekommen, es mußte etwas Festes sein, das ungefähr zwei Zentimeter groß war, wie Tracy schätzte; aber er hatte keine Vorstellung von der Form des Gegenstands, deshalb arbeitete er auch so vorsichtig. Auf keinen Fall wollte er das, was in der Frucht verborgen war, beschädigen oder gar zerstören.

Schließlich hatte er das merkwürdige Ding von beiden Seiten her mit dem Messer umfahren, und er begann es zu sich hin, zur Öffnung des Schnitts zu drücken. Einmal verlor er es, und sein provisorisches Skalpell schnitt in einer Kurve durch das weiche Fruchtfleisch, so daß Tracy laut fluchte. Aber dann hatte er es wieder, und schließlich wurden seine Anstrengungen belohnt.

Blankes Metall blitzte auf, als der Gegenstand in der Schnittöffnung erschien, dann fiel er auf das Silbertablett.

»Herr im Himmel!« entfuhr es Tracy, während Kim sich über ihn beugte. Tracy setzte sich wieder und sah das glänzende Ding nachdenklich an. Seine Nackenmuskeln schmerzten von der gekrümmten Haltung, die er so lange eingenommen hatte; doch er kümmerte sich nicht darum. Nichts konnte so wichtig sein wie das, was er vor sich sah.

Keiner von ihnen sprach ein Wort. Kim griff in die Brusttasche seiner Jacke und zog ein blütenweißes Leinentaschentuch hervor. Tracy nahm es ihm aus der Hand und hob das metallene Ding mit dem Kaffeelöffel in seine neue Hülle. Er wickelte es sorgfältig ein und schob es in seine Jackentasche.

Eine Zeitlang starrten sie sich stumm an. Dann brach Kim das Schweigen. »Du weißt, wer das untersuchen muß.«

Tracy wußte es. Obwohl er ihn nicht in diese Sache hineinziehen wollte, besonders jetzt nicht, sah er ein, daß ihm keine andere Wahl blieb. »Er ist krank«, sagte er langsam. Noch immer versuchten seine Gedanken, die volle Bedeutung dessen zu erfassen, was er gerade entdeckt hatte.

»Das habe ich nicht gewußt«, sagte Kim. »Ist es schlimm?«

»Ja, sehr.«

Kim stand auf. »Das wird dem Direktor leid tun.«

Tracy nickte abwesend. Alle Gedanken in seinem Kopf waren auf die kleine flache Scheibe in seiner Tasche gerichtet, die aussah wie der Knopf von einer Generalsuniform. Aber er wußte, daß es kein Knopf war – es war ein elektronisches Abhörmikrophon.

Khieu wußte genau, in welchem Moment sie das Lauschmikrophon gefunden hatten. Er war fast schon zur Tür heraus, da schlug der Alarm an. Er wurde in dem Augenblick ausgelöst, als die Spitze von Tracys Messer die kleine, flache Scheibe in der Birne berührte.

Khieu machte auf der Stelle kehrt und ging die breite Treppe in dem Haus an der Gramercy Park South in den zweiten Stock hinauf, den Flur hinunter und in sein Zimmer. Neben dem goldfarbenen Buddha, seinen ordentlich aufgereihten astrologischen Texten und Karten stand eine kleine braune Holzschachtel, die Khieu selbst angefertigt hatte. In ihr verborgen waren zwei Mikrochips. Eingelassen in die Oberfläche der Schachtel war eine rubinrote Leuchtzifferanzeige, die bei 21:06 stehengeblieben war. Es war dennoch keine Uhr. Unter der Holzdecke befand sich ein Kassettenrecorder.

Khieu drückte einen Knopf, der an der Seite der Schachtel verborgen war, und die Kassette glitt in seine Hand. Ohne Hast verließ er sein Zimmer und ging den Flur hinunter zu der Bibliothek, in der der andere Mann groß und selbstsicher stand.

»Ich dachte, du seist schon gegangen.« Er warf einen Blick auf seine goldene Armbanduhr.

»Das Abhörmikrophon ist entdeckt worden«, sagte Khieu übergangslos. Er ging hinüber zur Bücherwand und schob die Kassette in einen Recorder, der in einem der Regale stand. Er wandte sich zu dem anderen Mann, und als der zustimmend nickte, schaltete er das Gerät ein.

». . . ja, Kim. Du kannst dich dann hier als etwas Besonderes fühlen«, kam es aus den Lautsprecherboxen.

»Du hast nicht die geringste Ahnung, was mit mir ist«, antwortete eine zweite Stimme.

Auf eine kurze Geste des großen Mannes hin erstarb die Stimme. Er wandte sich zu den hohen Fenstern, seine Fingerspitzen fuhren über den festen Stoff der schweren Vorhänge. »Kim, hat er gesagt, nicht? Das hieße eigentlich, daß die Stiftung in die Sache verwickelt ist.« Er drehte sich wieder um, seine kalten blauen Augen lagen auf Khieu. »Aber wir wissen, daß das unmöglich ist, nicht wahr?«

»Also warum ist Kim dann hier?«

Der große Mann überlegte einen Moment. »Das ist vielleicht gar nicht unser größtes Problem, jetzt, wo der Schläfer aufgewacht ist. Der andere bei ihm war Tracy Richter. Ich weiß, daß die beiden eine Zeitlang zusammengearbeitet haben. In Ban Me Thuot und Kambodscha, bevor Richter auf so mysteriöse Weise von der Bildfläche verschwand.«

»Soll ich jetzt lieber hierbleiben?« fragte Khieu.

Der große Mann schüttelte den Kopf. »Nein, natürlich nicht. Was du heute nacht tun mußt, verträgt keinen Aufschub. Du verstehst das am besten. Die Planeten haben dir deinen Weg vorgeschrieben. Also mach weiter, wie es geplant war. Mit dieser Aufnahme haben wir wieder alle Trümpfe in der Hand.« Er lächelte den anderen an. »Während du fort bist, werde ich mir überlegen, wie wir am besten mit den beiden verfahren.«

»Ich denke, wir wissen beide, was Tracy Richter jetzt mit dem Lauschmikro machen wird.« Mizo hatte Khieu von dem Mann in New York erzählt und ihm einige Beispiele von dessen kunstfertiger Handarbeit gezeigt.

»O ja«, erwiderte der große Mann. »Daran besteht wohl kein Zweifel. Die Frage ist nur, ob wir es überhaupt zulassen sollen, daß Richter soweit kommt.«

PHNOM PENH, KAMBODSCHA
September 1966 – April 1967

Wie das schmerzvoll ernüchternde Erwachen nach einem übertriebenen Festgelage, so stürzten auch die Nachwirkungen von Präsident de Gaulles großartig angekündigtem Besuch in Kambodscha die meisten der gebildeteren Einwohner Phnom Penhs in tiefe Niedergeschlagenheit. All die Begeisterung, von der sie während der grandiosen Tage seiner Anwesenheit ergriffen worden waren, hatte sich davongeschlichen wie ein Dieb in der Nacht.

Die erhoffte Hilfe, die vom General versprochen worden war, hatte sich als etwas ganz anderes herausgestellt, als allgemein erwartet worden war. Ein zweites Gymnasium sollte errichtet werden, der Bau einer Phosphatfabrik wurde in Erwägung gezogen, und die unvorstellbar schlecht ausgerüstete Armee der Khmer sollte neue Uniformen bekommen. Das war alles.

Damit war allen plötzlich klar, daß Prinz Sihanouks Tage gezählt waren. Er hatte noch einmal alles in die Waagschale geworfen und konnte jetzt doch nichts Sicheres vorweisen. Bis auf eine Schule, die am

Ende nur noch mehr gutausgebildete junge Männer, die alle keine Arbeit finden würden, hervorbrachte. Und bald schon würden diese Arbeitslosen ihren Unmut über das Regime äußern, das sie einmal, wenn auch nur zögernd, unterstützt hatte.

Auch in Sokha wuchs ein Gefühl der Unsicherheit und Haltlosigkeit. Eine fast schon hysterische, stumme Erwartung lag über der Stadt. Jeder wußte, daß etwas in der Luft lag, aber keiner konnte sagen, was. Sam behauptete, daß es die Revolution sei, aber Sokha war sich da nicht so sicher. Oft fragte er am Ende seiner Unterrichtsstunden Preah Moha Panditto nach dessen Meinung. »Ich denke über diese Angelegenheit nicht nach«, antwortete der Mönch dann jedesmal. »Die Politik berührt uns nicht.«

In den kommenden Jahren sollte Sokha noch oft an diese Worte denken und bittere Tränen wegen seines *Lok Kru* vergießen.

Was wird mit uns geschehen? Diese Frage fuhr immer wieder wie ein kalter Wind durch seine Gedanken, so daß er sich jede Nacht im Schlaf unruhig im Bett herumwälzte und häufig auch aufwachte.

In dieser Zeit war Malis sein einziger Trost, genauer gesagt, seine einseitige sexuelle Beziehung zu ihr. Fast jede Nacht, immer dann, wenn er seine Angst nicht mehr aushielt, schlich er den dunklen Flur hinunter und stieß die Tür zu ihrem Zimmer auf. Tief atmete er dann ihren Geruch ein, und der heimliche Blick auf ihre nächtlichen Spiele ließ ihn sich frei fühlen wie ein leuchtend bunter Drachen, der in den Lüften tanzt.

Dann brachte Sam eines Abends ein schlankes junges Mädchen mit nach Hause. Es war Rattana, die wie eine Sonne lachen konnte. Sam war während des Essens ungewöhnlich schweigsam. Er überließ das Gespräch mit seiner Freundin Khemera und Hema.

Doch von den Augen seines älteren Bruders konnte Sokha die Spannung ablesen, die in ihm wuchs. Schließlich ergriff Sam das Wort. Er eröffnete der Familie, was Rattana und er füreinander empfanden, und er bat seine Eltern um die Erlaubnis, sie heiraten zu dürfen.

Nachdem er sie heimbegleitet hatte, steckte Sam seinen Kopf zu Sokhas Zimmertür herein. »Ich habe ein ungutes Gefühl, *Own*«, sagte er leise. »Sie haben ihre Einwilligung nicht sofort gegeben.«

»Ach, du weißt doch, wie sie sind. *Besonders* Vater. Du hast selbst gesagt, daß er sehr traditionell denkt.«

Aber seine Antwort konnte den besorgten Ausdruck in Sams Gesicht nicht vertreiben. »Sie werden einen Wahrsager befragen. Ich habe ein ganz schlechtes Gefühl dabei.«

»Mach dir keine Sorgen«, beruhigte Sokha ihn. »Du bist nervös wie jeder Bräutigam. Es wird alles gut werden.«

Aber wie sich herausstellte, waren Sams düstere Ahnungen wohlbegründet gewesen. Der Wahrsager, den Khemera und Hema um Rat gefragt hatten, erklärte, daß er der Heirat nicht zustimmen konnte. Als die Eltern Samnang dies mitteilten, brach der Zorn aus ihm hervor.

»Wollt ihr mir etwa erklären, daß ich Rattana nicht heiraten kann, weil ich im Jahr der ‚Ratte geboren bin und sie im Jahr der Schlange?«

»Ich fürchte, gerade das hat das Urteil des Astrologen bestimmt«, antwortete Khemera. »Denn deshalb paßt ihr beide nicht zusammen. Ich kann dir also meine Einwilligung zu dieser Ehe nicht geben.«

»Aber wir lieben uns.«

»Bitte verstehe mich, Sam. Es ist zu deinem Besten.«

»*Pa*, begreifst du überhaupt, was du gerade gesagt hast?«

»Samnang!«

So einfach war das. Khemara hob die Stimme, und Samnang verstummte und senkte den Kopf.

»Du wirst sehen, Sam, auch das geht vorüber«, sagte Khemara. »Du wirst ein anderes Mädchen finden, das besser zu dir paßt.«

In dieser Nacht sah Sokha durch das Flurfenster, wie Sam das Haus verließ und schnell wie der Schatten eines Nachtvogels in der Richtung von Nguyen Van Dieps Villa verschwand. Sokha verließ seinen Platz an Malis Tür und lief zum Fenster, um den Weg seines Bruders besser verfolgen zu können. Doch das dichte Grün hinter dem Haus hatte Sam bereits verschluckt, und so war sich Sokha nicht sicher, ob Sam tatsächlich zu dem Haus der vietnamesischen Familie wollte oder vielleicht zu Rattana oder zu René.

Sokha lag bereits in seinem Bett, die Hitze seines nächtlichen Abenteuers glühte noch in ihm, doch war er schon in einen unruhigen Halbschlaf gesunken, als Sam zurückkehrte.

»Wo bist du gewesen?« fragte er mit schläfriger Stimme.

»Du wirst doch niemandem sagen, daß du mich gesehen hast?«

Sokha schüttelte den Kopf. »Ich habe Angst. Ich fürchte mich vor dem, was kommen wird.«

Eine Zeitlang sahen sie sich schweigend an, und vielleicht zum erstenmal begriff Sam, daß Sokha schon ahnte, was bald geschehen würde. Er beugte seinen Kopf zu dem kleinen Bruder herunter, um leise sprechen zu können. »Jetzt ist nicht die Zeit, um ängstlich sein zu können, *Own*. Du wirst dich um unsere Familie kümmern müssen.«

Sokha rollte sich herum, hatte seine Augen weit aufgerissen. »Wie meinst du das?«

»Das soll heißen, daß ich fortgehe. Ich kann nicht länger hierbleiben. Ich kann nicht mehr länger stumm zuschauen bei dem, was passiert. Bald sind die Wahlen. Die Nationalversammlung wird Lon Nol zum

Premierminister machen. Und Sihanouk wird wie in den vergangenen sechs Jahren Staatschef bleiben. Aber General Lon Nol wird mehr Macht an sich reißen, und ich glaube, das wird das Ende für uns sein. Schon jetzt läßt der General seine Gegner auf dem Land zu Hunderten hinschlachten. Und wenn er erst an der Macht ist, wird es noch schlimmer werden.«

»Aber was willst du dagegen tun?«

»Ich werde mich den Untergrundkämpfern anschließen. René hat für mich eine Verbindung zu einer Einheit nördlich von Battambang hergestellt. Dorthin werde ich gehen.«

»Aber warum?«

»Weil wir nur auf diesem Weg Freiheit für Kamputschea gewinnen werden, Sol. Das Sihanouk-Regime ist durch und durch bestechlich. Überall riecht es nach Korruption. Und Lon Nol ist ein gemeiner Kerl. Er wird versuchen, uns auszulöschen, wenn er kann. Das dürfen wir nicht zulassen. Deshalb muß ich gehen.«

Sokha zitterte plötzlich. »Du bist mehr als ein Bruder für mich, Sam«, sagte er leise. »Du bist mein bester Freund. Was soll ich ohne dich tun?«

Sam stand auf. Er hatte die Hand seines Bruders zwischen seine beiden genommen. »Leben, Sol. Leben.«

Er ging zurück zur Tür. Sokha sah ihn wie einen hellen Schatten gegen den dunklen Flur abgehoben. »*Bawng*...«

»Ja, Kleiner?«

»Es tut mir leid – wegen Rattana. Daß du sie nicht heiraten kannst.«

Sam schwieg einen Moment. Dann hob er seine rechte Hand zu den Augen und wischte sie aus. »Vielleicht ist es ganz gut so.« Seine Stimme war eindringlich geworden wie ein Wind, der sich leise erhebt und die Blätter der Bäume zum Rauschen bringt. »Die Revolution ruft.«

Mit diesen Worten war er gegangen, und es dauerte noch eine lange Zeit, bis Sokha endlich in Schlaf fiel.

Den Eltern oder einem anderen Familienmitglied hatte Sam nichts von seinem Vorhaben gesagt. Als er am nächsten Tag verschwunden blieb, waren alle verständlicherweise bestürzt, und Khemara suchte ihn als erstes bei Rattana. Nach seiner Rückkehr berichtete er, daß das Mädchen angeblich seit jenem Abend, an dem sie von Samnang seinen Eltern vorgestellt worden war, nichts mehr von Sam gehört hatte. Khemara sagte, daß er ihr geglaubt habe.

Sokha behielt sein Geheimnis für sich, obwohl es ihn quälte, wenn er sah, wie seine Eltern unter ihrer Ahnungslosigkeit litten. Und dennoch konnte er sich nicht dazu überwinden, sie einzuweihen. Sam hatte nicht gewollt, daß sie erfuhren, was er vorhatte, sonst hätte er ihnen eine Nachricht hinterlassen. Und Sokha schloß daraus richtig, daß seine Eltern besser nicht wußten, wohin Sam verschwunden war.

In dieser Nacht wurde Sokha von einem Gewirr aufgeregter, lauter Stimmen geweckt. Er rollte sich auf die Seite, schlug die Augen auf und sah, daß sein Zimmer in ein flackerndes, glühendes Rot getaucht war.

»Sok!« Seine Mutter kam ins Zimmer gestürzt. »Ist dir auch nichts passiert?«

»Nein, *Maman*«, antwortete er automatisch.

Hema legte ihm den Arm um die Schultern. »Komm jetzt mit mir«, sagte sie. »Ich will nicht, daß ihr Kinder in diesem Teil des Hauses bleibt. Die Feuerwehrleute haben zwar gesagt, daß nur wenig Gefahr besteht, daß das Feuer sich ausbreitet; aber wir wollen kein Risiko eingehen. Du wirst heute nacht bei deinem Vater und mir schlafen.«

»Aber was ist denn passiert, Maman? Wessen Haus brennt denn überhaupt?«

Hema antwortete nicht, sondern schob ihn vor sich aus dem Zimmer.

Im Wohnzimmer sah er Malis, die die kleine Ratha und die verschlafene Sorya in den Armen hielt und zum Fenster hinausschaute, das Hemara zum Schutz vor Hitze, Rauch und Flugasche geschlossen hatte. Sokha versuchte, seinen Vater zu finden, er entdeckte ihn an der Tür.

»Geh da nicht hin, Khemara«, hörte er seine Mutter ängstlich rufen.

Sein Vater wandte sich halb zu ihm um. Die eine Hälfte seines Gesichtes schien zu brennen wie die Nacht vor der Tür. Flammen tanzten in einem seiner Augen. »Tu, was deine Mutter sagt, Sok.« Seine Stimme war sanft.

»Was brennt denn da draußen, *Pa*?« fragte Sokha ihn.

Khemaras Gesicht war von unendlicher Trauer erfüllt, und noch etwas anderes war in ihm zu sehen: Angst. »Es ist das Haus der Vietnamesen, von Nguyen Van Chinh.«

Gegen Ende der Woche – bis zu den Wahlen war es gerade noch einen Monat hin – kamen sie und schleppten Khemara fort. Die Familie wollte gerade zu Bett gehen, als Offiziere der Sicherheitskräfte ohne Vorankündigung ins Haus gestürzt kamen.

Noch nie hatte Sokha bei jemandem solches Entsetzen in den Augen gesehen, wie er es in dieser Nacht in den Augen seiner Mutter sah.

»Du brauchst dir keine Sorgen zu machen, *Own*«, sagte Khemara, als er sich unter den prüfenden Augen der Offiziere anzog. »Ich habe den Prinz immer loyal unterstützt. Man muß nur an die vielen Jahre denken, die ich ihm hingebungsvoll gedient habe. Alles ist nur ein Irrtum. Bestimmt.«

Hemas Augen waren von Tränen erfüllt; sie konnte kein Wort

herausbringen. Dann verabschiedete sich Khemara von jedem seiner Kinder mit einem Kuß. Als er sich zu Sokhas Wange herunterbeugte, hielt er kurz inne. »Paß auf die Familie auf, bis ich zurückkomme«, flüsterte er seinem Sohn ins Ohr.

Tief in der Nacht fiel Sokha wieder ein, was Samnang zu ihm gesagt hatte: *Du wirst dich um unsere Familie kümmern müssen*. Hatte Sam gewußt, was mit ihrem Vater passieren würde? fragte er sich. Und wenn ja, wie hatte er dann die Familie alleinlassen können?

In den schrecklichen Monaten, die nun folgten, fragte sich Sokha immer öfter, was er eigentlich noch in Phnom Penh sollte. Wie Sam vorausgesagt hatte, war Lon Nol zum Ministerpräsidenten gewählt worden, dessen eiserne Faust inzwischen überall zu spüren war.

Spätestens im Dezember hatten die einlaufenden Nachrichten und Berichte auch dem letzten klargemacht, daß der eiserne Zugriff der Regierung auf die Landbevölkerung verheerende Folgen haben mußte. Zu Beginn des neuen Jahres ließ Lon Nol auch noch die Reisernte verstaatlichen. Soldaten wurden aufs Land geschickt, die den Bauern so viel wie möglich von der letzten Ernte abnehmen sollten und natürlich zu einem viel zu niedrigen Preis.

Diese »*ramassage du paddy*«, wie das Regime die Aktion nannte, stieß auf immer heftigeren Widerstand und wurde als Antwort darauf noch unnachsichtiger und brutaler vorangetrieben. Tagtäglich drangen aus den umliegenden Gebieten neue Nachrichten über Massaker in die Hauptstadt.

Sokha, der von all dem hörte, wurde immer unruhiger. Schon nach der ersten Woche war ihm klar, daß sein Vater nie wieder zurückkommen würde; doch seine Mutter wollte nichts davon hören. Sie verbrachte die meiste Zeit vor dem Königlichen Palast und versuchte, etwas über den Verbleib ihres Mannes in Erfahrung zu bringen. Aber aus Sihanouks Umgebung war nichts zu hören gewesen, und als erst Lon Nol an der Macht war, hatte das neue Kabinett keine Zeit mehr für sie.

Einmal hatten die wachhabenden Soldaten sie so heftig geschlagen, daß sie nicht mehr laufen konnte. Sokha, den ihr langes Ausbleiben sorgte, war schließlich losgegangen, seine Mutter zu suchen. Er fand sie auch, brachte sie zurück zu ihrem Haus und ließ einen Arzt rufen. Aber sobald sie konnte, ging sie wieder aus dem Haus, um auf den Stufen des Regierungsgebäudes zu warten, bis man ihr auf ihre Fragen eine Antwort geben würde.

Doch das einzige, was man ihr zuteil werden ließ, war Verachtung. Und am Ende kehrte sie bleichgesichtig und geschlagen in die Villa zurück und setzte nie wieder einen Fuß vor die Tür.

Der Frühling kam und mit ihm kamen die Feuer des Krieges. Preah Moha Panditto hatte den Botum-Vaddey-Tempel verlassen. Wie der Friedhof mit den *Cheddei*-Steinen dahinter, galt auch der Tempel inzwischen als ein überflüssiges Relikt aus Kamputscheas unglücklicher Vergangenheit.

Phnom Penh verfiel immer mehr. Manchmal schien es Sokha, daß die Erinnerungen an das Leben, wie er und die Familie es einmal geführt hatten, nur Produkte seiner Phantasie sein konnten; denn die Gegenwart war ein nie endender Alptraum.

Er versuchte seiner Mutter zu erklären, warum auch er jetzt gehen wollte, was er seiner Meinung nach jetzt tun mußte. Er mußte aufstehen und kämpfen, für seinen Vater, für sie, für Preah Moha Panditto. Eine unaufhaltbare Flut war dabei, die alten Gesetze einfach fortzuspülen. Der Friede, Verständnis, die Lehren der Vergangenheit, Buddha, sie mußten auf eine bessere Zeit warten, in der ihre Herrschaft wieder eingesetzt werden würde. Aber er wollte nichts von allem vergessen, auch das versprach er ihr.

Sokha küßte sie auf beide Wangen, noch immer flüsterte er auf sie ein, um ein Wort der Zustimmung zu finden, und ohne noch auf Malis zu warten – die gerade Sorya und Ratha von der Schule abholte –, verschwand er aus dem Haus, aus Chamcar Mon, aus Phnom Penh auf demselben Weg, den sein Bruder vor ihm gegangen war – auf der Suche nach der Revolution.

4. Kapitel

Weit entfernt im Stadtzentrum heulte eine Polizeisirene, deren durchdringender Ton von der feuchtwarmen Luft bis in die angrenzenden Bezirke getragen wurde. Die Fußwege und die Häusermauern strahlten die aufgestaute Wärme ab, so daß es jetzt, kurz vor Mitternacht, noch genauso heiß war wie am Nachmittag.

Tracy näherte sich mit müden Schritten seinem Apartment, das im zweiten Stock eines gepflegten Wohnhauses, gleich neben dem türkisfarbenen Gebäude des Gerichtsmedizinischen Instituts lag. Er schob den Schlüssel ins Schloß und öffnete die Eingangstür des Hauses, nahm die Post aus dem Fach und stieg die sauber gewichsten Treppen hinauf. Im Gegensatz zu seinem müden Körper war sein Geist noch hellwach, sein Kopf voller Gedanken, die sich alle nur um das Abhörmikrophon drehten, das sie in John Holmgrens Wohnung gefunden hatten.

Er kam zum Treppenabsatz des zweiten Stocks. Obwohl die Treppe am entgegengesetzten Ende des Flurs lag, konnte er doch den Eingang zu seiner Wohnung schon sehen.

Durch den schmalen Luftschlitz unter der Tür fiel ein Lichtstreifen auf den Flurteppich. Er hatte das Licht nicht brennen lassen, als er am Morgen gegangen war.

Auf Zehenspitzen ging er mit schnellen, leisen Schritten den Flur hinunter, preßte sich an die Wand neben der Eingangstür, steckte den Schlüssel ins Schloß und drehte ihn herum. Mit einer schnellen Handbewegung klinkte er die Tür auf.

Er drückte sich flach gegen die Wand, während die Tür langsam aufschwang. Nichts geschah. Licht fiel in den Flur. Es schwankte nicht, und es fiel auch kein Schatten in die Strahlen. Er lauschte gespannt, aber er konnte nichts hören.

Seitlich, mit der schmalen Körperseite voran, schob er sich über die Schwelle des Apartments. Sobald er im Flur der Wohnung stand, trat er wieder aus dem breiten Eingang. Die Räume waren noch so, wie er sie verlassen hatte, nur auf dem Tisch des Eßzimmers stand ein halbgefülltes Glas Weißwein. Und gleich daneben, ihn mit weit aufgerissenen Augen anstarrend, stand Lauren.

»Herr im Himmel.« Tracy stieß hörbar die Luft aus. Mit einem Fußtritt warf er die Tür ins Schloß. »Erzähl mir jetzt nicht, daß du unseren Hausverwalter bestochen hast.«

Sie versuchte ein Lächeln. »Ich habe ihm nur gesagt, wer ich bin. Das hat ihn ganz aus dem Häuschen gebracht.«

»Das kann ich mir vorstellen.«

»Und das heißt?« Sie hielt ihren Kopf unsicher verkrampft.

»Balaban ist ein alter Mann mit einer schmutzigen Phantasie. Er glaubt, daß alle Tänzerinnen beim Ballett Jungfrauen sind. Das scheint seine Vorstellungskraft zu beflügeln.«

Lauren mußte trotz ihrer Nervosität lächeln. »Dann kann ich ja froh sein, daß er nicht die Wahrheit weiß. Vielleicht hätte er mich sonst nicht hereingelassen.«

Tracy lag eine Antwort auf der Zunge, doch er wandte sich nur schweigend ab.

Lauren, die gespannt wie ein Bogen stand, reagierte sofort. »Du bist doch nicht böse, oder?« Als er sich nicht wieder zu ihr umdrehte, machte sie einen Schritt auf ihn zu. »Ich habe dich so vermißt.«

Warum hast du mich dann verlassen? drängte es ihn zu sagen. *Warum mußtest du mich so verletzen?* »Warum sollte ich dir jetzt glauben?« fragte er statt dessen.

»Weil ich zurückgekommen bin.« Ihre Stimme zitterte leicht, als ob sie ihre Tränen nur noch mit Mühe unterdrücken konnte. »Ich bin wieder hier.« Das Licht der Lampe warf Schatten von ihrem Gesicht, die nicht zu ihr zu gehören schienen. »Und es ist, als wenn ich nach Hause zurückgekehrt wäre.«

Für einen Moment befiel sie panische Angst. Immer wieder schoß ihr die Frage durch den Kopf, was sie tun sollte, wenn er sie jetzt fortschickte. Sie würde die Trennung überleben, natürlich; aber welchen Sinn hätte ihr Leben dann noch?

In seinen Augen suchte sie nach einer Antwort, sie sah Bewegung in ihnen. Ihre Angst ließ sie einen Schritt machen, und das Band zwischen ihnen – so zart und verletzlich – war wieder gerissen. Er streckte seine Arme vor und ließ sie nicht näherkommen.

»Was ist los?« fragte sie außer Atem. Ihre Lungen schienen ihr den Dienst versagen zu wollen.

»Es ist – du mußt mir Zeit lassen«, sagte er. »Es ist alles zu viel und zu schnell. Ich weiß nicht, ob ich schon wieder bereit dazu bin.« Er schüttelte den Kopf. »Es hat sich zuviel zwischen uns angesammelt, als daß man es einfach so beiseite schieben könnte. Es haben sich Gefühle in der Zwischenzeit eingegraben, die man nicht so leicht abschütteln kann.«

»Willst du, daß ich gehe?« Es war ausgesprochen, noch bevor sie es zurückhalten konnte. Fast hätte sie in Zorn und Wut über sich aufgeschrien.

Aber er antwortete nicht. Sie ging hinüber in das angrenzende Wohnzimmer zur Stereoanlage und griff irgendein Plattenalbum heraus. Ihre Gesten hatten nichts Verführerisches, darauf gab sie besonders acht. Die Musik setzte ein, und sie wandte sich zu Tracy, der hinter ihr ins Zimmer getreten war, und hob seinen Arm.

There's a lot to learn sang Neil Young, und es klang, als ob er neben ihnen im Zimmer stehen würde.

Sie tanzten, wie sie es am Anfang getan hatten, bevor die Wunden geschlagen worden waren. Lauren hatte den ganzen Tag getanzt und anschließend noch bis tief in die Nacht hinein, dann zu einem ganz anderen Rhythmus. Rock 'n' Roll konnte sie genauso begeistern wie klassisches Ballett.

Tracy hielt sie in seinen Armen und fühlte ein Beben durch seine Muskeln fahren. In Wellen schwoll es an und wurde schwächer wie ein Sommersturm. Seine Augen sogen ihr Bild in sich auf, die hohen Wangenknochen, die weit auseinanderstehenden Augen, die schräg angesetzt waren wie die einer Eurasierin, ihren geschwungenen Hals, die reife Fülle ihrer Lippen. Er fühlte, daß sie es geschafft hatte, den Zementpanzer, den er um sein Herz gelegt hatte, aufzubrechen. Ein Schmerz war aus seiner Brust verschwunden, und mit ihm eine tödliche Leere, die er erst jetzt, da er sie verloren hatte, wahrnahm.

Der Duft ihrer Nähe war schwer und süß. Er brachte die Erinnerungen an die vielen gemeinsamen Stunden wie eine Schublade voller altvertrauter Bilder zurück. Ihm fiel ein, was sie am liebsten mochte, und seine Lippen glitten den V-Ausschnitt ihres aufgeknöpften Männerhemdes herunter. Seine Lippen schmeckten das salzige Aroma ihrer Haut, während sie ihren Kopf in den Nacken legte. Ihre geschlossenen Augenlider begannen zu flattern.

Auf dem Sofa versuchte sie, ihm die Hose zu öffnen, doch er schob ihre Hände zur Seite. Als sie den Mund öffnete, um ihn nach dem Grund zu fragen, küßte er sie mit solcher Leidenschaft, daß es ihr für einen Augenblick die Luft nahm. Benommen ließ sie es geschehen, daß er die übrigen Knöpfe ihres Hemdes öffnete.

Seine Zunge legte eine feuchte Spur hinunter zu ihren Brüsten. Er umfuhr sie mit seinen Lippen, bis sich ihr Oberkörper gegen ihn bäumte. Lauren seufzte erregt auf und führte seinen Kopf.

Dann hob er sie leicht von den Kissen und zog ihr die Hose aus.

Sie hatte Tränen in den Augen, als sie ihn zu sich heraufzog. »Liebling, Liebling, mein Liebling«, flüsterte sie und küßte ihm Augen, Wangen und Lippen.

Sie wollte ihn. Wieder. Noch nie in ihrem Leben hatte sie eine so große sexuelle Lust in sich gefühlt. Noch nie hatte sie ihr Leben so intensiv gespürt.

»Jetzt ist es genug«, sagte Atherton Gottschalk und drehte sich in seinem Sessel herum. »Komm her zu mir.«

»Einen Augenblick noch«, erwiderte seine Frau. Mit großer Geschicklichkeit bediente sie die Kontrollhebel von ihrem Atari-Videospiel. Auf dem Bildschirm des tragbaren Fernsehers am Fußende des Bettes explodierten die letzten Raumschiffe der Space Invaders zu elektronischem Staub.

»Roberta«, mahnte Gottschalk ungeduldig. Es war spät, bereits nach Mitternacht. Aber die Abende wurden ihm in letzter Zeit ebenso lang wie seine Tage. Während er seine heimlichen Besuche bei Kathleen machte, häufte sich die Arbeit an, und die duldete keinen Aufschub. »Jetzt reicht es doch wirklich.«

Sie wußten beide, daß er es nicht so meinte. Tatsächlich war Gottschalk von der allgemeinen Beliebtheit dieser neuen elektronischen Spiele begeistert. Daß die heranwachsende Generation so versessen auf diese Spiele war, deren Regeln offensichtlich militärischen Ursprungs waren, machte ihm Mut.

Er sah, wie seine Frau quer über das Bett zu ihm gekrabbelt kam. Sie war in jeder Beziehung das genaue Gegenteil von Kathleen. Ihr Körper war füllig, wo Kathleen schlank war, sie hatte langes braunes Haar und schwarze Augen.

»Langsam wurde es auch Zeit, daß du mit deiner Arbeit zu Ende kommst.« Sie hatte eine tiefe, kehlige Stimme. »Es ist schon Viertel vor zwei. Anständige Menschen liegen um diese Zeit bereits im Bett.« Sie lachte und griff nach ihm. »Aber sie schlafen noch nicht.«

Gottschalk nahm sie in die Arme und ließ sich mit ihr aufs Bett rollen. Sie rangen wie Teenager miteinander, während unbeachtet neben ihnen die Laserkanonen des Videospiels von immer neuen Pulks landender Space Invaders eingenommen wurden.

Roberta berührte ihn zwischen den Schenkeln, und Gottschalk ließ ein wohliges, entspanntes Knurren hören. Dann klingelte das Telefon.

Heftig fluchend löste er sich aus ihrer Umarmung und rollte sich auf die Seite, um nach dem Hörer zu greifen.

»Wer ist da?« bellte er in den Hörer.

»Ich weiß, daß es schon spät ist. Aber ich dachte, es wäre der geeignetste Zeitpunkt.«

Gottschalk erkannte Eliotts Stimme. »Ach, Sie sind es.« Sein Ton wurde sofort freundlicher. »Was gibt es denn?«

»Die *Vampire* ist in der Luft.«

»Phantastisch.« Es lief alles genau nach Plan.

»In ein bis zwei Wochen habe ich auch ein Paket Unterlagen für Sie draußen. Wir wollen nur noch ausreichend Daten sammeln. Aber inoffiziell kann ich Ihnen heute schon sagen, daß die Maschine voll einsatzbereit ist.«

»In sämtlichen Bereichen?«

»Ja.«

Gottschalk hatte bei seiner Frage an das LITLIS-System gedacht. Es war unglaublich. Damit hatte er die Chance zu einem überwältigenden Wahlsieg.

»Wie du geklungen hast, waren es gute Nachrichten«, sagte Roberta in fragendem Ton, als er den Hörer auflegte.

»Die besten«, antwortete er lächelnd. Und er streckte seine Arme nach ihr aus. Über den Bildschirm sank ein weitere Pulk Space Invaders zu einem neuen Angriff herab.

Am Rande des Schlafs hätte sich Moira fast in der Ausweglosigkeit ihrer düsteren Gedanken verloren. Was sollte sie jetzt, ohne John, noch am Leben halten? dachte sie. Und wenn sie auch jemand anderen finden sollte, welchen Sinn konnte es noch haben? Hinter jedem ihrer Gedanken lauerte der Tod, emsig bemüht, nicht nur das Leben zu stehlen, sondern auch Freude und Hoffnung.

Jedenfalls fühlte Moira nichts von beidem mehr in sich.

Plötzlich schien nicht einmal mehr dieses heimelige Haus auf dem Lande eine freundliche Ausstrahlung zu haben. Sie fühlte sich ihm genauso verfremdet wie allem anderen. Über die Zimmer senkte sich die Nacht mit erstickender Enge. Verzweifelt wünschte sie sich, aufstehen und alle Lampen anschalten zu können, um die Finsternis aus diesem ihrem Refugium zu verbannen. Doch selbst zu dieser winzigen Anstrengung fehlte ihr die Kraft.

Regen peitschte gegen die Fensterscheiben und schlug wie ein wildes Tier gegen das Dach. Und der Wind heulte unheimlich durch alle Ritzen im Haus, als ob die Welt die Totenklage singen wollte, die in Moira hochstieg.

Mit großer Anstrengung schleppte sie sich die Treppe hinunter. Nirgendwo brannte Licht. Als sie am Fuß der Treppe stand, hörte sie plötzlich ein sonderbares, schlagendes Geräusch. Erst dachte sie, daß einer der Rolläden von dem Sturm losgerissen worden war. Doch wie sie rasch herausfand, saßen alle noch fest an ihren Haken. Nackt und zitternd blieb sie stehen, eine Gänsehaut breitete sich auf ihrem ganzen Körper aus. Sie vermied jedes Geräusch und lauschte.

Dann begann das Telefon zu klingeln, und sie ging, um abzuheben. Sie fühlte, wie ihr auf der Oberlippe und unter den Armen der Schweiß ausbrach. Sie fühlte sich ausgeliefert. In der Küche griff sie nach dem Telefonhörer.

In diesem Moment sah sie, daß der Hinterausgang, der von der Küche ins Freie führte, nicht verschlossen war. Die Tür schwang hin und her und wurde von jedem Windstoß gegen die Außenmauer geschlagen.

Sie tat einen Schritt auf den Ausgang zu, um die Tür zu schließen. An ihren nackten Fußsohlen fühlte sie die Nässe auf dem Küchenboden, und Regen spritzte gegen ihre Beine.

Erschrocken versuchte Moira nach Luft zu schnappen, ihr Kopf schnellte herum, als sich zwei Arme wie Schraubstöcke über ihren Mund und um ihre Hüften legten und ihr die Luft aus dem Leib preßten.

In ihrem linken Ohr hörte sie einen merkwürdigen, flüsternden Singsang, und sie roch ein scharfes, würziges Aroma, das sie nicht bestimmen konnte. Immer noch versuchte sie zu schreien. Aber es ging nicht, es war, als ob ein düsterer Alptraum sie in seinen lähmenden Bann geschlagen hätte.

Sie sah kein Gesicht. Das Wesen, das sie in seiner Gewalt hatte, nahm für sie keine Gestalt an. Mit aller Kraft und allem Willen begann sie gegen den Todesgriff um ihr Leben zu kämpfen. Sie öffnete den Mund und schloß ihn so fest sie konnte über dem Fleisch, das gegen ihn gepreßt wurde. Sie spürte, wie das fremde Fleisch nachgab.

Alles bäumte sich noch einmal in ihr auf, in ihrem Kopf glühten Gedankenbilder wie in einem Feuersturm. Das süße Gefühl, die Lungen füllen zu können; der Anblick eines Sonnenaufgangs; die Liebe eines Freundes; das unschuldige Gesicht eines Kindes; ein Picknick an einem lauen Nachmittag; die Tage und Nächte, die wie ein Band in ihre Zukunft führten; die Freude, einmal die Wärme eigener Kinder zu spüren; das aufregende Lachen ihrer Enkel; das Abenteuer, in dieser Welt alt zu werden; das Abenteuer zu leben, zu leben!

Und endlich war sie frei. Sie wollte schreien, aber alles, was sie am Anfang zustande brachte, war ein schrilles Keuchen, als ihre hungrigen Lungen den Sauerstoff aus der Luft einsaugten.

Obwohl sie halb benommen war, fühlte sie etwas auf sich zukommen, und instinktiv riß sie den Arm hoch, um ihr Gesicht zu schützen. Sie hörte ein leises Pfeifen, wie es die alten Männer im Park benutzten, um Tauben anzulocken.

Moira schrie, sie taumelte zurück. Es war, als ob ein Blitz aus reiner Energie sie getroffen hatte.

Ein zweiter Schlag traf sie. Moira wurde herumgewirbelt und fiel auf den Küchenboden. Regen schlug ihr ins Gesicht, aber sie spürte die Nässe nicht mehr. Wieder und wieder trafen sie die Schläge, sie fielen in einem gleichmäßigen Rhythmus.

Eine Leere erfaßte sie und begann sie sanft einzuhüllen, um Licht mit Dunkelheit zu vertauschen.

Khieu trat einen Schritt zurück und starrte auf das, was er getan hatte. In seinem Kopf jagten sich die widerwärtigsten Bilder des Krieges: sein Land in Flammen, seine Schwester als Kriegsbeute, durchbohrt von dem zitternden Pfahl des Eroberers. Damals war Khieu stumm geblieben, denn der Tod lauerte überall in der Nähe. Und aus welchem Grund auch immer er die Aufmerksamkeit auf sich gelenkt hätte, er hätte damit nur den Zorn des Schwarzen Vogels erregt – der Roten Khmer.

Khieu wandte sich ab. Er hatte seine Aufgabe hier erfüllt – fast jedenfalls. Ein paar Dinge würde er noch zerschlagen, ein paar Kleinigkeiten würde er mitnehmen.

Er ging hinüber ins Wohnzimmer und sah den Kamin mit dem gefliesten Boden. Dann fiel sein Blick auf den Buddha, und sofort sank er auf die Knie.

»Buddham saranain gacchāmi, Dhammain saranain gacchāmi, S'angham«, betete er. »Ich gehe zu Buddha, um Zuflucht zu finden.« Und dann sprach er auch die anderen Glaubenssätze seines Katechismus. »Glücklich sind die, die nicht hassen. Dann laß uns glücklich leben, frei von Haß unter denen, die hassen. Glücklich sind die Reinen. Sie strahlen wie die Götter, die vom Glück leben.«

Er fühlte den Frieden in sich, er fühlte sich schwebend, durchströmt von Harmonie und im Gleichklang mit dem Pulsschlag des Universums. Und in diesem Moment, als er die Augen geschlossen hielt über dem Blut an seinen Händen, verlangte es ihn nicht einmal nach den Freuden des Himmels. Denn, wie es ihm als Kind gelehrt worden war: nur in der Überwindung seiner Wünsche und Neigungen konnte er das wahre Glück erlangen.

Zweites Buch

DER RUF

1. Kapitel

BUCKS COUNTY / NEW YORK CITY
ALEXANDRIA / SHANGHAI / WASHINGTON
Juli, Gegenwart

Moira. Sie wollten nicht, daß er sie noch einmal sah. Er nahm an, sie dachten, daß er den Anblick nicht aushalten würde. Es war Lanfield gewesen, der Tracy von Moiras Tod unterrichtet hatte. Lanfield war der Polizeichef von Solebury Township, und in sein Büro war Tracy zuerst gekommen.

»Ich habe so etwas noch nie in meinem Leben gesehen«, hatte Lanfield gesagt. Er war hinter seinem grünen Metallschreibtisch hervorgekommen, als Tracy sein Büro betreten hatte. Sie saßen sich auf zwei Drehstühlen gegenüber.

»Das letzte Tötungsdelikt, das wir hier hatten, liegt elf Jahre zurück«, fuhr Lanfield fort, »und das war ein Selbstmord.«

Seine blauen Augen beobachteten Tracy aufmerksam. Lanfield war groß und schlank, hatte ein faltenreiches, sonnengegerbtes Gesicht und glattes braunes Haar, das er sorgfältig über die Ohren zurückgekämmt trug. Wenn er jetzt soviel redete, lag das nur daran, daß er nicht wußte, was er sonst tun sollte. Diese Sache überschritt seinen Erfahrungshorizont, und er dankte Gott dafür. Er hatte die Frau gesehen, oder besser, was von ihr übriggeblieben war. Lanfield bemerkte Tracys versteinerte Miene, und er dachte sich, daß es wohl besser war, wenn er jetzt weiterredete.

Er räusperte sich und verfluchte sich dabei innerlich selbst. Niemand sollte sich so etwas anhören müssen, dachte er. »Der Grund, weshalb wir Sie nicht sofort benachrichtigt haben, Mr. Richter, war der, daß wir die Leiche erst eindeutig identifizieren wollten. Wir hatten zwar eine Brieftasche bei der Toten gefunden, aber darin war kein Bild von ihr. Wir haben ihre Identität dann anhand zahntechnischer Unterlagen festgestellt.« Der Polizeichef wandte seinen Blick leicht zur Seite, um Tracy nicht in die Augen sehen zu müssen.

»Sie haben sie anhand ihres Gebisses identifiziert?« fragte Tracy erstaunt. Er beugte sich in seinem Stuhl vor. »Aber das macht man doch nur, wenn...«

Auf Lanfields Gesicht zeichneten sich die Qualen ab, die er in diesem Augenblick durchlitt.

»Sie war nicht mehr zu erkennen, Mr. Richter. Nicht einmal ihre eigene Mutter wäre dazu in der Lage gewesen.«

Tracy war zur Kante seines Stuhles vorgerutscht. »Was ist denn mit ihr passiert? Alles, was Sie mir am Telefon gesagt haben, war, daß sie umgebracht worden ist.«

»Zu dem Zeitpunkt schien es auch noch keinen Grund zu geben, Sie zu...«

»Sagen Sie es endlich.«

Lanfield blinzelte mit den Augen, als ob er die kleine Pause brauchte, um sich selbst für das Kommende zu stählen. »Wenn sich alles in mir weigert, es Ihnen zu sagen, Mr. Richter, dann nur, weil ich es gut mit Ihnen meine.« Er sah den Ausdruck auf Tracys Gesicht und gab nach. »Aber auf der anderen Seite haben Sie ein Recht, es zu wissen.« Er holte noch einmal tief Luft, dann erzählte er alles in einem einzigen Redeschwall.

»Sie ist totgeschlagen worden, Mr. Richter, aber auf eine Weise, wie ich es noch nie gesehen habe.« Er schüttelte den Kopf. »Es war etwas Teuflisches, etwas Unglaubliches, was man ihr angetan hat.«

Alles klang so unwirklich, daß Tracy wie betäubt war. »Wie schlimm war es?«

»Ihr Gesicht war nicht mehr zu erkennen, wie ich schon gesagt habe.« Er legte seine Hände auf die Oberschenkel und rieb sie heftig hin und her. Eigentlich war es ein ruhiger Samstag in Solebury gewesen. Doch hier in seinem Büro war die Atmosphäre gespenstisch geworden.

»Ich will sie sehen«, sagte Tracy plötzlich. Er erschreckte Lanfield damit.

»Nein, hören Sie zu.«

»Bitte, veranlassen Sie das Nötigste«, beharrte Tracy und stand auf.

Lanfield seufzte und ging zu seinem Schreibtisch. Er riß von einem Block ein Blatt Papier und reichte es Tracy zusammen mit einem Kugelschreiber. »Und während ich das tue, wäre ich Ihnen dankbar, wenn Sie mir aufschreiben könnten, wo Sie in der Nacht, als der Mord passiert ist, waren.«

»Ich war mit jemand zusammen«, sagte Tracy.

Lanfield nickte. Er legte Tracy eine Hand auf die Schulter und drückte sie leicht. »Es ist reine Formsache.«

Jetzt stand Tracy leicht vornübergebeugt im Untergeschoß des Doylestown Hospitals, einem neuen, schönen Gebäudekomplex draußen auf dem Land.

»Ich werde es für Sie tun«, sagte Lanfield leise und zog das Leichentuch zurück.

Tracy war der Meinung gewesen, daß er wußte, was ihn erwartete, aber er hatte sich getäuscht. Was er sah, ließ ihn bis auf die Knochen gefrieren. Wer immer es getan hatte, es war ihm gelungen, sie in das Abbild eines unaussprechlichen Alptraums zu verwandeln.

Er hörte das Echo ihrer Stimme in seinem Ohr: *Ich kann dir gar nicht sagen, wie dankbar ich dir bin, Tracy, daß ich hier wohnen darf.* »Vielen Dank«, sagte Tracy heiser.

»Einen Moment noch, ich möchte auch einen Blick auf sie werfen.«

Lanfield und Tracy wandten sich nach der Stimme um und sahen Detective Sergeant Thwaite in der offenen Tür stehen.

»Was, zum Teufel, wollen denn Sie hier?« fragte Tracy wütend.

Thwaite achtete nicht auf ihn, sondern schob sich zwischen den beiden Männern durch und warf einen Blick auf die halb entblößte Leiche. »Ich fürchte, daran bin ich schuld«, kam von Lanfield eine verspätete Antwort auf Tracys Frage. Er sah unsicher von einem zum anderen. »Miss Monserrats Name war mir nicht unbekannt, schließlich lese ich Zeitung. Vergangene Nacht, nachdem ich Sie angerufen hatte, habe ich auch den Leiter des Siebenundzwanzigsten Reviers angerufen, weil ich dachte, es sei das Revier ihres Wohnbezirks.« Er nickte in Richtung des Polizeidetektivs. »Dort hat man mich an Sergeant Thwaite verwiesen.«

»Ein größeres Unglück konnte Ihnen kaum passieren.« Tracy wandte sich von der Leichenbahre ab und verließ ohne ein weiteres Wort das Krankenhaus.

Auf dem Parkplatz holte Thwaite ihn ein. »He, warten Sie.« Thwaite streckte eine Hand vor und griff nach Tracys Arm. »Jetzt ist es vorbei mit Ihrem ewigen Weglaufen.« Sein Gesicht war rot vor Wut, und er schien zu zittern, obwohl er sich sichtlich bemühte, nicht die Kontrolle über sich zu verlieren. »Es gibt da jetzt ein paar wichtige Fragen, auf die Sie antworten müssen.« Sein Zeigefinger stach hervor. »Wir beide haben da drinnen die Reste eines menschlichen Wesens gesehen.« Seine Augen glühten. »Die Monserrat ist regelrecht abgeschlachtet worden, und wir beide wissen, wie es dazu kommen konnte. Sie mußten ja den eiskalten Kerl spielen, Sie dachten doch, daß Sie alles können: mich aufs Abstellgleis schieben, sich um die Monserrat kümmern und die Umstände von John Holmgrens Tod vertuschen. So wie ich die Sache sehe, haben Sie sich ziemlich übernommen.«

»Was wollen Sie von mir hören?« Tracys Stimme jagte Thwaite einen kalten Schauer über den Rücken, und Schweiß bildete sich über seinem Rückgrat. »Soll ich Ihnen alle meine Sünden beichten?«

Zweimal öffnete und schloß Thwaite seinen Mund, ohne etwas

hervorbringen zu können. »Ja«, krächzte er schließlich, »wenn uns das irgendwie weiterbringt, sollten Sie das tun.«

Tracy wußte selbst, daß Thwaite in vielem recht hatte. Innerlich schalt er sich selbst dafür, Moira nicht eindringlicher nach dem Gefühl befragt zu haben, da sie in dem Moment von Johns Tod befallen hatte. Aber wenn er kühl überlegte, mußte er sagen, daß sie immer noch am Rande einer Hysterie gewesen war und ihm auf seine Fragen nichts hätte antworten können. Vielleicht. Seine Wut auf Thwaite war jedenfalls nichts anderes als der nach außen gewendete Zorn, den er auf sich selbst hatte.

»Was ist das für ein merkwürdiger Holmgren-Kreuzzug, auf dem Sie sich befinden, Thwaite? Was kann John Ihnen schon bedeutet haben? Er war für Sie doch nur einer dieser Politiker, nicht? Und wir wissen doch beide, wie Sie über Politiker zu denken pflegen.«

Tracy ging einen Schritt auf ihn zu. »Was, zum Teufel, geht es Sie an, daß John starb, während er Moira Monserrat liebte?«

»Was?«

»Sie liebten sich.« Tracy sprach weiter, ohne auf sein Gegenüber zu achten. Zuviel Druck hatte sich angesammelt, der jetzt erst einmal abgelassen werden mußte. »An der Geschichte zwischen den beiden war absolut nichts Schmutziges. Aber glauben Sie auch nur eine Sekunde lang, daß die Leute noch an all das Gute, das John getan hat, gedacht hätten, wenn die Sache herausgekommen wäre?«

Thwaites Miene hatte sich völlig gewandelt. »Mein Gott«, sagte er. »Aber an der Sache ist doch viel mehr dran. Es interessiert mich nicht im geringsten, mit wieviel Frauen der Gouverneur geschlafen hat. Und Sie wollen mir jetzt erzählen, daß Ihr ganzes Lavieren nur dazu dienen sollte, die Affäre zwischen John Holmgren und seiner Assistentin zu vertuschen?«

»Wozu denn sonst?«

Thwaite beugte sich vor. »Aber die Monserrat ist umgebracht worden, Mann, und zwar nicht von irgendeinem kleinen Einbrecher, der in das Haus eingestiegen ist, um Geld zu stehlen. Wer auch immer sie getötet hat, er wußte genau, was er machte. Das war ein vorsätzlicher Mord. Und daraus schließe ich, daß die Monserrat etwas gewußt hat, was sie nicht wissen sollte.« Er starrte Tracy an. »Irgendwo läuft hier ein sehr geschickter und sehr gefährlicher Kerl herum, und wenn Sie noch irgend etwas zu der Sache wissen, dann sagen Sie es mir besser gleich.«

Tracy begriff allmählich, in welcher Situation er sich befand. Er war so blind damit beschäftigt gewesen, Johns guten Ruf zu schützen, daß er den Mördern von Johns Geliebter auf eine Weise, und sogar auf eine sehr direkte, in die Hände gearbeitet hatte. Thwaite hatte allen Grund, besorgt zu sein. Der Mord an Moira war genauso scheußlich geschehen wie die Grausamkeiten, die er in den Dschungeln von Südostasien miterlebt hatte. Wer immer es getan hatte, er mußte ein Spezialist sein, dessen war Tracy sicher.

Er sah Thwaite musternd an, und plötzlich schoß ihm ein Gedanke in den Kopf: Vor dir steht ein Mann, dem du weit mehr trauen könntest als Kim.

»Ich kann Moiras Worte nicht vergessen«, sagte er leise. »Etwas, das sie mir in der Nacht sagte, als John starb.«

»Sie meinen, als er umgebracht wurde.« Tracy nickte. »Moira sagte mir, daß sie eine Art – also eine Art *Gegenwart* gespürt hatte, im Moment von Johns Tod.«

»Ist das das Wort, das sie benutzt hat: *Gegenwart*?«

Tracy nickte. »Ja.«

»Und klarer konnte sie das nicht fassen? Haben Sie sie gefragt?«

»Das habe ich. Aber Sie haben selbst gesehen, in was für einem Zustand sie sich in der Nacht befand. Sie ist ... sie war eine sehr kluge Frau. Hoch emotionell, besonders bei allen Dingen, die John betrafen. Dabei gewesen zu sein, als er starb ...« Er schüttelte den Kopf. »Es hat sie vollkommen fertiggemacht.«

Thwaite sah ihn forschend an. »Ich weiß, was Sie jetzt denken«, sagte Tracy. »Ich habe danach noch ein paarmal mit ihr telefoniert. Ein paar Sätze lang war sie auch jedesmal ganz gefaßt, aber dann brach sie immer wieder zusammen. Unter diesen Umständen habe ich sie nicht für eine große Hilfe gehalten. Jetzt tut es mir leid, daß ich nicht beharrlicher in sie gedrungen bin.«

Thwaite äußerte sich nicht dazu. Er sah Tracy unverwandt an. »Sie wissen noch mehr, nicht wahr?«

Tracy holte tief Luft. Er mußte jetzt ein Versprechen brechen, das er Kim gegeben hatte. Aber zum Teufel mit Kim. »Ich habe einmal, wie soll ich sagen, für einen, nennen wir es Sicherheitsdienst, gearbeitet. Ich habe damit dann sehr abrupt aufgehört. Ich hatte von dieser Art Leben einfach die Nase voll.« Er verlagerte unruhig sein Gesicht, aber Thwaite sagte nichts. »Vor kurzem hat mich nun ein Agent, den ich einmal kannte – sein Name ist Kim –, aufgesucht. Er erklärte mir, daß die Organisation meine Rückkehr wünschte, zumindest vorübergehend. Als ich das ablehnte, sagte er mir, daß es um den Tod von John Holmgren ging. Zusammen sind wir dann zu Holmgrens Apartment gegangen, und ich habe mich dort ein bißchen umgesehen.« Er griff in seine Jackentasche und zog das Taschentuch hervor, in das das Abhörmikrophon eingewickelt war. »Äußerst geschickt versteckt, in der

Birne auf dem Boden einer Brandyflasche fand ich dies: ein elektronisches Lauschmikrophon.«

Thwaite sah interessiert auf Tracys Hände, als der vorsichtig den kleinen Stoffballen aufwickelte. Sie waren beide klug genug, keinen Ton zu sagen, bis der merkwürdige Metallknopf wieder in Tracys Tasche verschwunden war.

»Himmel«, flüsterte Thwaite, »was, zum Teufel, geht da vor?«

»Ich wünschte, ich wüßte die Antwort darauf.«

»Hören Sie zu, Richter. Am besten geben Sie mir das Ding. Ich werde es in unser Labor geben und ...«

Aber Tracy schüttelte schon die ganze Zeit den Kopf. »Nein, so geht es nicht. Denken Sie einmal nach. Offiziell geht Sie die Sache gar nichts mehr an. Es tut mir leid, daß das passiert ist, aber jetzt können wir auch nichts mehr daran ändern. Außerdem, wer das Ding auch in die Birne praktiziert hat, es muß in jedem Fall einer der gerissensten Profis sein. Ich habe so meine Zweifel, daß die Leute in Ihrem Labor so etwas wie das Ding hier überhaupt schon einmal zu Gesicht bekommen haben. Ich hingegen kenne einen Experten auf diesem Gebiet.«

Der Parkplatz, auf dem sie standen, glühte unter der Nachmittagssonne. Das Licht tanzte wie Glassplitter auf den Dächern und Motorhauben der abgestellten Wagen.

»Von jetzt an werden wir einander vertrauen müssen«, sagte Tracy. »Eine andere Wahl bleibt uns wohl nicht.«

Thwaite hatte seine Hände tief in seine Hosentaschen geschoben und sah an Tracy vorbei zum Horizont, dessen Linie in der Hitze flimmerte.

»Bei dieser Geschichte ist mir die Wahrheit wichtig, Richter. Sehr wichtig. Nach zwanzig Jahren wacht man plötzlich eines Morgens auf und stellt fest, daß das ganze Leben bisher ein einziger Betrug gewesen ist. Man fragt sich, wie man es überhaupt so lange ausgehalten hat. Und dann weiß man, daß das ein Ende haben muß, daß man selbst einen Schlußstrich ziehen muß. Ich will sagen, wenn ich heute in einen Spiegel sehe, weiß ich selbst nicht, wer der Kerl da drin ist. Ist das derselbe, der gelernt hat, wie man kleine Zuhälter ausnimmt und auch sonst noch ein paar Geschäfte in der Stadt laufen hat, frage ich mich dann.«

Er wandte sich um, seine Augen hefteten sich auf Tracy. »Was ich sagen will ist: Ich weiß, daß Sie an der Sache ein persönliches Interesse haben. Aber ich will, daß Sie wissen, daß ich das auch habe.«

»Die Tatsache, daß wir die Truppenstärke unserer Armee um fünfundzwanzigtausend Mann gegenüber der des Jahres 1981 erhöhen konnten, sollte uns nicht – keinen von uns – zu einem falschen Sicherheitsgefühl verleiten«, sagte Atherton Gottschalk. Er wandte seinen Kopf hierhin und dorthin, und sein durchdringender Blick versuchte, einzelne Gewerkschaftsführer der AFLCIO, die sein Publikum waren, anzusprechen, damit ihre Aufmerksamkeit nicht abschweifte.

»Denn mehr als je zuvor sind wir heute eine *Welt*-Macht, mit den Aufgaben und Pflichten einer Weltmacht. Der weitere Ausbau unserer Schnellen Eingreiftruppe für Noteinsätze am Persischen Golf ist für unsere Gegenwart und Zukunft lebenswichtig. Der Motor, der diese Nation antreibt, ist von Energie abhängig, größtenteils vom Erdöl – von fremdem Erdöl –, ob wir das nun wahrhaben wollen oder nicht. Und jene Kritiker, die nicht deutlich unsere Verantwortung dafür sehen, daß in den erdölproduzierenden Gebieten der Welt stabile politische Verhältnisse herrschen, sind von keinem größeren Nutzen für unsere Nation als der Vogel Strauß, der seinen Kopf in den Sand steckt. Probleme werden nicht deshalb verschwinden, weil wir nicht in der Lage sind, sie wahrzunehmen.«

Er trank einen Schluck Eiswasser und fuhr fort: »1987 muß unsere Armee in der Lage sein, mindestens neunhunderttausend Mann unter Waffen stellen zu können. Das ist die Mindestzahl. Aber ich darf hinzufügen, daß darin die Schnelle Eingreiftruppe natürlich nicht enthalten ist und auch nicht die von mir geplante Eliteeinheit zur Terrorismusbekämpfung, die für Einsätze innerhalb der Grenzen der Vereinigten Staaten gedacht wäre, falls es zu entsprechenden Notsituationen kommen sollte. Seit Jahren verfolgen wir nun die stetig wachsende Flut des internationalen Terrorismus. Wir selbst sind zumindest von den Ausläufern dieser Flut während der beklagenswerten Geiselaffäre im Iran erfaßt worden. Doch dürfen wir uns immer noch glücklich schätzen. In England, Italien und Deutschland sind wir wieder und wieder Zeugen terroristischer Aktivitäten geworden, die im internationalen Maßstab geplant und abgesprochen werden. Es ist eine dokumentarisch belegte Tatsache, daß der größte Teil dieser Terroristen entweder in der Sowjetunion selbst ausgebildet worden ist oder in Lagern, die von den Sowjets unterhalten werden. Und ich sage Ihnen heute, daß unserem Land aus dieser Richtung eine deutliche, unmittelbare Gefahr droht. Denn ich bin überzeugt, daß der sogenannte Kalte Krieg in ein gänzlich neues und erschreckendes Stadium tritt.«

Er beugte sich über das Pult. »Ich werde Ihnen – als Repräsentant dieser Nation – jetzt eine Frage brennender Wichtigkeit stellen. Wenn der internationale Terrorismus eines Tages auch in Amerika zuschlagen sollte, sind wir dann genügend vorbereitet, um in einer solch gefährlichen, ja tödlichen Situation bestehen zu können? Ich sage

Ihnen, wir sind es nicht. Und die gegenwärtige Regierung scheint leider, leider auch kein Interesse daran zu haben, das zu ändern. In diesem Moment, meine Damen und Herren, wäre Amerika einem solchen Anschlag hilflos ausgeliefert. Deshalb muß es eine unserer dringlichsten Pflichten sein, eine zahlenmäßig ausreichende Antiterroreinheit aufzubauen und dabei gleichzeitig die Mannschaftsstärken unserer übrigen Truppen anzuheben. Den Kampf gegen den international verflochtenen Terrorismus müssen wir jetzt zu unserer Aufgabe machen, bevor uns die Entwicklung völlig aus der Hand gleitet. Meine Damen und Herren, wir haben es mit einer Invasion ungeahnten Ausmaßes zu tun. Mit einem durchtriebenen, genau abgestimmten Plan, dessen Ziel es ist, die weltweiten Sicherheitsinteressen der Vereinigten Staaten zu untergraben. Und das können und dürfen wir nicht zulassen.« Er nickte dem Publikum zu. Auf sein ernstes Gesicht zog wieder ein Lächeln. »Ich danke Ihnen für Ihre Aufmerksamkeit. Gute Nacht.«

Obwohl er wußte, daß es zu nichts führen konnte, wenn er sich jetzt Selbstvorwürfe machte, tat er genau das. Aber dafür war es zu spät. John Holmgrens Leiche war eingeäschert worden, und wenn er wirklich umgebracht worden war, dann mußten sie den Beweis ohne eine Leichensektion erbringen. Alles, was sie hatten, war das kleine handwerkliche Kunstwerk, das Tracy, eingerollt in Kims Taschentuch, bei sich trug; ein kleiner Splitter aus Metall und Kunststoff, der ihn mit Johns Mörder verband.

Tracy parkte den Audi auf der Greenwich Avenue, die er ostwärts weiterging, bis sie auf die Christopher Street stieß, in die er rechts einbog.

Durch eine schwarzlackierte Holztür mit großen Glasscheiben trat er in ein Apartmenthaus. In einem kleinen Flurraum drückte er die Taste einer Gegensprechanlage, die mit ›9F‹ gekennzeichnet war. Die schwarzweißen Bodenfliesen des Flurs waren an vielen Stellen gesprungen. Tracy stieß die innere Tür auf und trat in die Eingangshalle.

Ein alter, knarrender Fahrstuhl brachte ihn nach oben. Als der Lift wieder hielt und er ausstieg, öffnete sich am anderen Ende des Etagenflurs eine Tür. Jemand blieb im Schatten der Tür stehen, aber dennoch waren seine Umrisse deutlich zu erkennen. Der Mann war über siebzig Jahre alt, und es war ihm auch anzusehen. Sein Haar war von gelblichem Weiß und dünnte zur Mitte der spitz zulaufenden Schädeldecke hin merklich aus. Der Kopf schien nur noch aus Haut und Knochen zu bestehen und hatte etwas von einem Totenschädel. Die Augen des Mannes waren dunkel wie die Tracys, doch tief in ihre Höhlen gesunken, als ob das Fleisch zwischen ihnen und den Knochen weggeschmolzen war. Auf beiden Wangen des Mannes war ein feines Netz dünner, bläulicher Adern zu erkennen.

»Hallo, Dad«, sagte Tracy und nahm den Mann mit hastiger Bewegung in die Arme. »Ich freue mich, dich zu sehen.«

In dem Moment, als die Tür zur Eingangshalle des Apartmenthauses hinter Tracy zuschlug und sich die Straßenlichter wieder in ihrem Glas spiegelten, richtete sich ein Mann, der bisher scheinbar hinter dem Steuer seines Wagens gedöst hatte, plötzlich auf. Einen Augenblick sah er abwartend zum Eingang des Hauses, um sich zu versichern, daß Tracy nicht zurückkam. Dann streckte er sich noch einmal und stieg aus dem Wagen. Eilig überquerte er die Straße.

An der nächsten Straßenecke fand er eine Telefonzelle. Er wählte eine Nummer, die die Telefongesellschaft nicht in ihrem Verzeichnis hatte und die sie auch nicht zurückverfolgen konnte. Er hörte es auf der anderen Seite klingeln und summte zufrieden vor sich hin.

»Ja?«

Die Stimme war dem Mann unbekannt. »Er ist oben bei dem alten Mann.«

Die Verbindung wurde abrupt unterbrochen, und der Mann schlenderte zurück über die Straße. Seit Stunden sehnte er sich nach einem Eis.

»Was du in der Hand hast, ist alles, was ich habe. Es ist mir wichtig wie mein eigenes Herz, sei also vorsichtig«, sagte Tracy. Sein Vater sah zu ihm auf. Die Juwelierlampe, die er sich ins Auge geklemmt hatte, ließ ihn wie ein glotzäugiges Seeungeheuer aussehen.

Einen Moment lang sah er seinem Sohn forschend ins Gesicht, mit derselben Eindringlichkeit, wie er das Lauschmikrophon untersucht hatte. »Du hast ein Herz wie ein Amboß, Tracy, dafür habe ich selbst gesorgt.« Er wandte sich rasch wieder seiner Arbeit zu.

»Mutter hat das kommen sehen. Sie hat das nie an mir gemocht. Sie hatte immer ganz andere Vorstellungen von dem, wie ich sein sollte, als du. Manchmal habe ich das Gefühl, daß ich eine Art Mittelding aus euren gegensätzlichen Wünschen geworden bin.«

Eine Zeitlang wurde es still im Zimmer.

»Es ist gut, daß du damit zu mir gekommen bist.« Tracy wußte, daß sein Vater das Abhörmikrophon meinte. »Wärst du damit zu einem dieser vielen sogenannten Elektronikspezialisten gegangen, dann, garantiere ich dir, hätte er nicht einmal gewußt, was er eigentlich in der Hand hält.« Louis Richter sah wieder hoch zu seinem Sohn und nahm die Lupe vom Auge. »Aber ich weiß es.« Er ist stolz auf sein einmaliges Wissen, dachte Tracy. Er ist es immer gewesen.

Louis Richter hielt das Lauschmikrophon mit einer Pinzette hoch. »Dieses kleine Ding hier würde noch ein Flüstern in diesem Raum aufnehmen – ich meine, aus jeder Ecke in diesem Raum. Und dieses Flüstern würde es in perfekter Tonqualität zu einem Empfänger übertragen, der bis zu fünfundsiebzig Kilometer entfernt stehen kann.« Auf seinem Gesicht begann sich Schweiß zu bilden. Große Tropfen eines ungesunden Schweißes, dachte Tracy mit Sorge erfüllt. »Verdammt noch mal«, sagte der alte Richter nachdenklich. »Ich hätte so ein Ding schon vor zehn Jahren bauen können. Warum habe ich es bloß nicht getan?« Er drehte das kleine Ding in der Hand. »Wenn ich wollte, könnte ich es immer noch.«

»Wir haben es in einer Flasche mit Birnenbrandy gefunden«, sagte Tracy. Er wollte vermeiden, daß sein Vater zu weit abschweifte. »Es war in der Frucht auf dem Boden der Flasche.«

»So ein gerissener Kerl!« sagte Louis Richter. »Ich möchte wissen, wer das getan hat.«

»Das will ich ja gerade herausfinden«, erwiderte Tracy.

»Dann tu's doch«, sagte Louis Richter stolz. »Habe ich dir nicht alles Notwendige gesagt?«

Als Khieu im vorletzten Stock des Gebäudes auf der Gold Street aus dem elektronisch gesteuerten Lift stieg, war Miss Crawford schon aufgesprungen, um ihn zu begrüßen.

Die rechte Hand ausgestreckt, kam sie ihm mit selbstsicheren Schritten über den grauen Plüschteppich entgegen. Khieu ergriff ihre Hand und führte sie mit einem graziösen Bogen an die Lippen.

»*Bonjour*«, murmelte sie. Ihre Augen funkelten hinter modisch großen Brillengläsern. Sie trug ein maßgefertigtes Kostüm aus einem leichten, genoppten Stoff, auf dem der zarte Duft eines angenehmen Parfüms lag. Daß Khieu von ihr empfangen worden war und nicht von einer der vielen anderen Sekretärinnen, die auf dieser Etage arbeiteten, zeigte, wie bedeutend seine Stellung hier im Haus war.

Madeleine Crawford besaß mehrere Doktortitel und darüber hinaus noch einige zusätzliche Talente, deren wichtigstes war, daß sie sich nie mit Angelegenheiten abgab, die sie nichts angingen. Khieu war eine solche Angelegenheit. Dennoch, als sie zu ihm sagte: »Er wartet schon auf Sie, gehen Sie nur hinauf«, dachte sie gleichzeitig, was würde ich nicht für ein paar Stunden mit diesem Mann geben.

Khieu bedankte sich, stieg die Wendeltreppe mit den anthrazitfarbenen Schieferstufen hinauf.

Der großgewachsene Mann ging schon unruhig hinter seinem Schreibtisch aus massivem Onyx auf und ab. In seiner Hand hielt er ein dünnes Papier, ein Telex. Ein sonderbarer Kontrast fiel an seinen Händen auf: die schwieligen Handkanten und die schimmernden, polierten Fingernägel.

In dem hellen Licht, das durch die hohe Fensterfront ins Zimmer fiel, waren seine Züge gut auszumachen. Die weit auseinanderstehenden blauen Augen, das lange, harte Kinn eines Mannes, der es gewohnt war, zu befehlen; die scharfgeschnittene Nase mit den engen Nasenlöchern. Sein sauber gestutzter Oberlippenbart war von demselben Schneeweiß wie das volle Haupthaar, das langsam – während der letzten drei, vier Jahre – auszufallen begann, so daß auf der Mitte der Schädeldecke ein schmaler Streifen sommersprossenübersäter Haut zu sehen war.

Der Mann reichte Khieu in dem Moment das Telex, als die Gegensprechanlage auf seinem Schreibtisch kurz aufsummte.

Er drückte auf einen unsichtbaren Knopf. »Ja, Madeleine?«

»Ich habe jetzt Harlan Esterhaas erreicht. Er ist auf drei.«

Macomber legte sich das Gespräch auf die Sprechanlage, so daß die Stimmen im ganzen Zimmer zu hören waren. »Senator, wie geht es Ihnen?« Er hatte einen herzlichen Ton.

»Danke gut.«

»Ich habe gehört, daß Sie morgen in der Stadt sind. Und ich dachte, wir könnten bei der Gelegenheit unsere Absprache endgültig machen.«

»Ich kann Ihre Verbindungen nur bewundern. Nicht einmal meine Assistenten haben bis vor einer Stunde gewußt, wo ich morgen sein werde.« Er lachte. »Mir paßt es morgen.«

»Dann lassen Sie uns doch sagen, Viertel nach drei am Museum für Moderne Kunst. Sie wissen, wo es ist?«

»Ich werde dort sein. Bis morgen also.«

Macomber streckte eine Hand aus und unterbrach die Verbindung. Er lächelte.

Khieu hatte inzwischen das Telex gelesen; aber Macomber war so begeistert, daß er nicht widerstehen konnte, den Inhalt noch einmal zu wiederholen. »Die *Vampire* ist ein uneingeschränkter Erfolg! Heute ist sie zum siebenundzwanzigstenmal über Hungary Horse aufgestiegen.« Er meinte den privaten Flugplatz der Gesellschaft, der in einer einsamen Gegend im Nordwesten von Montana gelegen war. »Das keramische Triebwerk hat einwandfrei funktioniert, sogar unter den schwierigsten Bedingungen. Stell dir das bloß vor« – er kam hinter seinem Schreibtisch hervor –, »siebenundzwanzig Starts in weniger als acht Tagen. Und das Triebwerk hat nur ein Viertel des Gewichts eines herkömmlichen Antriebs aus Aluminium und braucht dabei nicht einmal ein Kühlsystem!« Sein Gesicht strahlte während er sprach. Khieu spürte seine große Freude.

»Wir haben recht behalten! Wir können die Maschinen mit dreimal soviel Angriffs- und Verteidigungssystemen ausrüsten wie jedes andere Kampfflugzeug dieser Größe.«

Khieu sah zu dem anderen auf. Auch er war zufrieden. »Und was ist mit LITLIS?« Das war ihr privates Akronym für das lichttransmittierte logische System, das das eigentliche Herzstück der vernichtenden Kampfkraft der *Vampire* war. Sämtliche Schaltkreise des Bordcomputers – und dazu gehörten auch die des weiterentwickelten Nachtsichtradars und die der Angriffswaffen – wurden nicht mehr von den altgewohnten elektronischen Chips gelenkt, sondern von Laser-Chips. Damit war der Zeitfaktor, in dem der Computer seine Entscheidungen treffen konnte, nicht mehr durch den Elektronenfluß der Schaltkreise begrenzt, sondern auf Lichtgeschwindigkeit verringert worden. Das machte die *Vampire* zur absolut tödlichen Waffe, die am Himmel jedem Gegner überlegen war; denn sie konnte schneller die notwendigen Entscheidungen treffen, dadurch schneller manövrieren und schneller schießen als jedes andere bekannte Waffensystem; ja sie war damit sogar den ballistischen Raketen überlegen.

»Hungary Horse hat heute neunzehn Markierungen im Abstand von drei Sekunden gesetzt.« Markierungen war die Umschreibung für Duplikate von Raketen aller bekannten Typen, die die Geschwindigkeit und Manövrierfähigkeit der Originale besaßen, aber natürlich ohne scharfen Sprengstoff gestartet wurden. »LITLIS hat sie alle vom Himmel geholt. Alle. Vorhin habe ich noch mit dem Piloten telefoniert. Er sagte, daß er in seiner ganzen zwanzigjährigen Berufslaufbahn nichts Vergleichbares erlebt hätte. Er war außer sich vor Begeisterung.« Das gesamte Personal von Hungary Horse war innerhalb des Flugplatzgeländes kaserniert. Auf diese Weise konnte es zu keinen undichten Stellen im Sicherheitssystem kommen.

»Wir haben es geschafft«, sagte Macomber. »Und dabei befinden wir uns sogar noch unterhalb der äußersten Grenzen für Zeit- und Finanzplanung, wie sie der Hauptcomputer vorausberechnet hat.«

Khieu warf noch einen Blick auf das Telex, bevor er es wieder auf den Onyxtisch zurücklegte. »Das keramische Triebwerk ist der Durchbruch gewesen«, sagte er. »Takakuras Vorschlag, den NASA-Plan für den Antrieb der Space Shuttle mit Abänderungen und Ergänzungen zu übernehmen, war ein Risiko, das sich bezahlt gemacht hat. Aber du warst es, der ihn erst auf die Idee gebracht hat. Du hast gewußt, daß ein Kampfflugzeug der sechsten Generation nicht mit einem konventionellen Aluminiumtriebwerk ausgerüstet werden konnte.«

»Das war mir von Anfang an klar«, stimmte Macomber zu. »Ein lichtgesteuertes System wie LITLIS mußte in einer herkömmlichen Maschine vollkommen nutzlos sein – das gottverdammte Triebwerk wäre bei einem Kampfeinsatz innerhalb der ersten Minuten überhitzt ausgefallen.«

Macomber rieb sich die Hände. »Ich bin jedenfalls mit den Ergebnissen sehr zufrieden. In ein paar Tagen werden wir die Information herausgeben, und danach werden wir die Sache ins Rollen bringen.«

»Dann wirst du die Einladung der trilateralen Kommission annehmen?«

Macomber nickte. Die Kommission, eine lose Vereinigung von bekannten Geschäftsleuten und Politikern aus der New Yorker Gegend, hatte ihn zu ihrer bevorstehenden Reise nach China eingeladen. »Gerade jetzt ist es nur von Vorteil für mein Bild in der Öffentlichkeit, wenn ich meinen Teil zur Stabilisierung der Handelsbeziehungen mit der Regierung der Volksrepublik beitrage.« Er lächelte. »Außerdem ist die Reise eine perfekte Tarnung für das, was ich im Osten zu erledigen habe. Anfang der kommenden Woche werde ich in Shanghai sein. Dann wird es allmählich auch Zeit, daß wir das Pulver zünden.«

Khieu lächelte.

»Aber heute nacht«, sagte Macomber, »will ich feiern.«

»Wirst du mit Joy ausgehen?« fragte Khieu hoffnungsvoll.

»Nein, ich glaube nicht.« Macomber war zu dem Kleiderständer aus Messing gegangen, der in der anderen Ecke des Zimmers stand. Seine Haken waren aus poliertem Elchhorn. »Frauen sind im Club nicht erwünscht – nicht einmal, wenn es die eigene ist. Außerdem bin ich heute in einer großzügigen Stimmung, und Joy engt mich irgendwie ein.«

»Bei allem Erfolg sollten wir Findlan nicht vergessen«, sagte Khieu grüblerisch. »Und ein, zwei Senatoren, auf die wir achtgeben müssen. Aber keiner von ihnen macht mir solche Sorgen wie Tracy Richter. Er war derjenige, der das Abhörmikrophon gefunden hat, als alle anderen schon aufgegeben hatten. Und jetzt hast du es sogar zugelassen, daß er damit zu seinem Vater gegangen ist.«

»Wegen Louis Richter brauchst du dir nun wirklich keine Gedanken zu machen«, sagte Macomber in überzeugtem Ton. »Der Mann ist todkrank. Offen gesagt, bin ich überrascht, daß Richter überhaupt noch zu ihm gegangen ist. Der alte Mann ist seit über fünf Jahren aus dem Geschäft, noch dazu bin ich mir bei seinem fortgeschrittenen Krankheitsstadium nicht einmal sicher, ob er überhaupt noch vernünftig denken kann.«

»Ich weiß nur, was ich über ihn gehört habe.«

Macomber hob seine rechte Hand, als wollte er Khieus Worte abwehren. »Das ist lange her. Aus der Ecke haben wir nichts zu befürchten.«

Khieu war nicht so sicher. »Immerhin...«

»Also schön«, sagte Macomber resigniert. »Ich habe gelernt, mich auf deine Instinkte zu verlassen. Behalte die Dinge im Auge. Aber sei um Gottes willen vorsichtig, was Tracy Richter angeht. Ich will nicht, daß er auch nur den kleinsten Hinweis auf deine Existenz bekommt. Er war immer so ein gottverdammtes Frettchen, das den Feind schon gerochen hat, wenn er noch gar nicht zu sehen war. Unterschätze ihn nicht.«

Khieu nickte. Für den Augenblick war er zufrieden.

Macomber wollte schon aus dem Büro gehen, als die Sprechanlage noch einmal summte. Er ging zurück zu seinem Schreibtisch und drückte einen verborgenen Knopf, worauf die Stimme von Miss Crawford gedämpft, aber deutlich im Raum zu vernehmen war. »Entschuldigen Sie, daß ich noch einmal störe, aber Ihr Sohn ist hier, Mr. Macomber.«

»Herr im Himmel.« Delmar David Macomber sah auf seine goldene Armbanduhr. »Der Knabe erscheint mit nur drei Stunden Verspätung.« Er blickte wieder zu Khieu. »Ich wünschte, er hätte dein Verantwortungsbewußtsein. Ja, du hast eine Menge Züge, die ich auch gerne an ihm sehen würde.«

Khieu senkte seinen Kopf. »Er ist dein Sohn, und er tut sein Bestes.«

»Ich verstehe nicht, wie du ihn auch noch verteidigen kannst, besonders wenn ich daran denke, wie er dich zu behandeln pflegt.«

»Er kann nicht über seine Schuld hinwegkommen. Das ist schließlich ein ziemlicher Schmerz, den er zu tragen hat.«

»Schuld?« Fast hätte Macomber gelacht. »Wobei, zum Teufel, soll *er* sich schuldig gemacht haben?«

Khieus Stimme war unendlich ruhig geworden. »Du hast doch sicher noch nicht vergessen, daß Ruth, deine erste Frau, bei seiner Geburt gestorben ist. Das ist für jedes Kind eine schwere Bürde, besonders aber für einen Sohn. Zwischen Mutter und Sohn besteht eine besondere Bindung. Und wenn man sie unwiderruflich zerstört hat, noch bevor sie sich richtig formen konnte...«

Eine bedrückte Stille hatte sich über den großen Raum gelegt. Nach einiger Zeit schloß Macomber die Augen. »Nimm meinen privaten Fahrstuhl nach unten. Eliott muß dich hier nicht unbedingt sehen.«

Khieu nickte und verließ ohne ein weiteres Wort das Büro.

»Soll ich Eliott jetzt zu Ihnen heraufschicken, Mr. Macomber?«

Macomber schüttelte den Kopf, um sich aus seinem Tagtraum

wieder in die Gegenwart zurückzuholen. »Ja, tun Sie das. Und dann können Sie und das übrige Personal gehen. Es ist schon spät genug.«

»Danke, Sir. Gute Nacht.«

Macomber unterbrach die Verbindung und ging hinüber an den Barwagen, um sich einen Gin Tonic zu mixen. Er mußte sich abkühlen. Eliotts Verhalten erregte ihn immer wieder aufs neue.

»Also, da bin ich«, hörte er die Stimme seines Sohnes in seinem Rücken. »Was willst du von mir?«

Macomber wandte sich um, sein Gesichtsausdruck hatte sich verhärtet. »›Was willst du von mir?‹« äffte er Eliott nach. »Du kommst drei Stunden zu spät zu unserer Verabredung, und das ist alles, was du zu sagen hast? Keine Erklärung, keine Entschuldigung?«

»So etwas bin ich dir nicht schuldig«, erwiderte Eliott hitzig.

»O doch«, fiel Macomber ihm rasch ins Wort. »Das bist du sehr wohl. Dies ist immer noch deine Familie. Auch wenn du es vorgezogen hast, meine Gastfreundschaft zu ignorieren und dein Heim zu verlassen. Du hast Verpflichtungen – mir gegenüber und gegenüber dem *Angka*.«

»Ich lebe jetzt mein eigenes Leben.«

»Und was für ein Leben das ist!« Macomber ging mit schnellen Schritten auf seinen Sohn zu. Sein Glas stand vergessen auf der Spiegelfläche des Barwagens.

»Du bist sechs Monate hier bei Metronics gewesen, und während dieser Zeit hast du mehr Begabung und Einfallsreichtum bewiesen als drei Viertel meiner Angestellten. Und dennoch hast du deine Arbeit einfach hingeworfen.« Seine Hand fuhr ziellos durch die Luft. »Und für was? Um zu schauspielern – und noch nicht einmal besonders gut, wie ich gehört habe.«

»Wer hat dir das gesagt? Dein Kettenhund Khieu?«

»Warum tust du mir das an?« Macomber war nahe an seinen Sohn herangetreten. »Was, zum Teufel, ist los mit dir? Du hast Talente, Verstand. Und was tust du damit? Nichts!« Seine Stimme war schließlich so laut geworden, daß Eliott erschrocken zurückwich.

Er spürte, wie ihm die Tränen in die Augen stiegen. Doch er zwang sich, vor seinem Vater nicht zusammenzubrechen. »Na schön! Du sagst es doch selbst. Ich will deine Liebe einfach nicht.« Er hatte seine Augen weit aufgerissen, sie leuchteten unnatürlich. »Ich will nicht wie Khieu sein. Du liebst ihn doch nur, weil er vor dir den Kopf senkt. Du bist ein Scheißkerl, weißt du das? Ein gottverdammter Scheißkerl!«

Macomber riß sich aus der bedrohlich anwachsenden Spannung zwischen ihnen heraus. »Ich habe keine Lust, hier mit dir Beleidigungen auszutauschen, Eliott. Dafür ist mir meine Zeit viel zu schade. Ich habe dich hierher gerufen, weil ich eine Botschaft habe, die du übermitteln mußt.«

Macomber reichte ihm ein Blatt Papier. »Schau es dir an, und merk es dir.« Während sein Sohn las, sprach er weiter. »Du weißt, daß Khieu sich Sorgen macht wegen deiner Rolle im *Angka*.« Eliotts Blick hob sich nicht gleich von dem Blatt in seinen Händen. »Er schätzt dich, doch gleichzeitig denkt er, daß du vielleicht ein kleines bißchen zu unzuverlässig für eine so schwierige und kritische Aufgabe bist. Genau wie ich sähe er es lieber, wenn du wieder für Metronics arbeiten würdest.«

Eliott hatte ein schiefes Grinsen aufgesetzt. »Dann könnte ich das hier aber nicht mehr für euch tun, nicht wahr, Vater? Daß man mich nicht mit Metronics in Beziehung bringen kann, macht mich für euch doch als Verbindungsmann gerade so nützlich.« Eliott gab seinem Vater das Blatt zurück und ließ seine Hände in den Hosentaschen verschwinden. »Aber ihr braucht euch beide in dieser Hinsicht keine Sorgen zu machen. Ich weiß genau, daß ich nur noch hierher zurückkehren kann, wenn ich versagen sollte. Und das will ich auf keinen Fall.« Den letzten Satz betonte er überdeutlich, weil er wußte, wie sehr sein Vater unter den Worten leiden würde.

»Du weißt, wie du vorzugehen hast«, brachte Macomber mit Mühe hervor.

»Natürlich tue ich das«, erwiderte Eliott, um seinen Vater wissen zu lassen, daß dies doch nur sinnloses Gerede war, um die verletzten Gefühle zu verbergen.

Einen Moment lang sahen sie einander in die Augen, und etwas, das beide nicht in Worte hätten fassen können, tauschte sich mit diesem Blick zwischen ihnen aus. Dann wandte sich Eliott abrupt um, und die Verbindung riß ab.

Tracy war bereits zu Hause, als Lauren zur Tür hereintrat. Er telefonierte gerade mit Kim, um ihn auf den neuesten Stand der Dinge zu bringen. Als er Lauren sah, beendete er rasch das Gespräch.

Lauren war in einen langen Trenchcoat gehüllt. Anscheinend hatte es zu regnen begonnen, nachdem er gekommen war, denn sie trug ihren Schirm aus lackiertem Reispapier sofort ins Badezimmer.

»Wie war die Vorstellung?«

Sie lächelte. »Besser.« Sie ging in die Küche und schenkte sich ein Sodawasser ein. »Willst du auch irgend etwas?«

»Nein, danke.«

Mit dem Glas an den Lippen kam sie zurück ins Zimmer und setzte sich neben ihn auf das weizenfarbene Sofa nahe dem Fenster. Eine

Zeitlang herrschte völlige Stille, die nur von den Motorgeräuschen der Autos, die unten auf der Straße vorüberfuhren, gestört wurde.

»Kurz bevor man auf die Bühne geht«, begann Lauren schließlich, ihre Stimme kam weich und fließend, »beginnen die Gedanken im Kopf zu wandern. Die Spannung des Lampenfiebers verbindet sich mit der erzwungenen Untätigkeit des Wartens. Ist man erst einmal draußen auf der Bühne, ist natürlich sofort alles ganz anders. Man ist nur noch auf den Tanz konzentriert, und jeder andere Gedanke ist verschwunden. Aber vorher...« Sie lehnte ihren Kopf gegen ihn, so daß er ihr langes Haar, das jetzt offen herabhing, auf der nackten Haut seines Nackens spürte. »Vorher kommen einem die merkwürdigsten Gedanken, Erinnerungen.«

»Welche, zum Beispiel?«

Ihr Griff um seine Hände wurde fester, als wollte sie die Wärme, die er ihr gab, noch verstärken. »Heute mußte ich an Bobbys Beerdigung denken.« Tracy zuckte fast unmerklich zusammen. »Du hast ihn zurück nach Dulles gebracht. Ich hatte wieder die Medaille vor Augen, die an seinem Sarg befestigt war... und die zusammengefaltete amerikanische Flagge.«

»Ich erinnere mich«, sagte Tracy mit belegter Stimme. »Wie bist du darauf gekommen? Es ist schon lange her.«

»Ich denke oft an Bobby«, flüsterte Lauren. »Auch jetzt noch.« Es machte ihr nichts, daß ihr die Tränen die Wangen herunterliefen. »Manchmal vermisse ich ihn so sehr, daß ich vor Verzweiflung aufschreien könnte. Ich meine, er war doch mein kleiner Bruder. Und er mußte so jung sterben, er war noch nicht einmal richtig erwachsen.«

»Er war neunzehn.« Tracy versuchte, sich nicht zu erinnern. »Mit neunzehn ist man durchaus erwachsen.«

»Nein, du verstehst nicht, was ich meine. Wir kannten uns eigentlich nur als Kinder, wir wuchsen zusammen auf. Aber später waren wir nie...« Ihre Stimme war schwächer geworden, und schließlich schwieg sie und wischte sich mit der Hand die Tränen aus dem Gesicht.

»Warum mußt du das jetzt alles wieder aufwühlen?« fragte Tracy so sanft, wie er nur konnte. Sie hatte ihn erschreckt. Sie war allem zu nahe gekommen.

»Ich erinnere mich, wie du neben Bobbys Sarg aus dem Flugzeug gekommen bist...« Sie sprach so unbekümmert weiter, als hätte sie ihn nicht gehört. »Dein Gesicht war weiß. Du konntest mir nicht in die Augen sehen. Du hast immer an uns vorbeigestarrt, an meinen Eltern und mir – ins Land hinaus.«

Tracy konnte sich noch sehr gut an den Tag erinnern. Der Direktor hatte ihn auf seinem ersten Flug zurück in die Heimat begleitet. Er war eine Zeitlang mit Tracy im Kampfgebiet gewesen, um eine vermutete undichte Stelle in ihrem Basislager in Ban Me Thuot ausfindig zu machen. Der Direktor war dann bei seiner Suche zwar erfolglos geblieben, hatte aber dafür gesorgt, daß Tracy wegen sechs lebensgefährlicher Kampfeinsätze zum Lieutenant befördert worden war.

Der Direktor – ein Colonel der Special Forces – führte seine Abteilung fast vollkommen unabhängig. Für die allgemeine Öffentlichkeit leitete er ein Sonderkommando, das ausschließlich verdeckte Einsätze durchführte und seine Befehle direkt aus dem Pentagon erhielt. Das war eine bewußte Fehlinformation, die aber zum Nutzen des Direktors ausgestreut worden war. Denn was unter allen Umständen vermieden werden sollte, war, daß seine Leute mit den Stümpern vom CIA verwechselt wurden.

»Durch Bobby haben wir uns kennengelernt«, sagte Lauren. »Warum sollte ich also nicht daran denken?«

Tracy wollte sie von dem Thema abbringen, aber er wußte nicht, wie. Wenn er von den Dschungeln Kambodschas träumte, dann fast ebensooft wie von Bobbys Tod. Dafür gab es einen guten Grund, und einen nicht weniger guten dafür, Lauren nie die Wahrheit darüber zu sagen.

Einen Moment lang hatte er ihr nicht zugehört. »Was hast du gesagt?«

»Warum du rübergegangen bist. Wolltest du die Welt vor dem Kommunismus retten, oder was?«

Während der Jahre, die sie zusammen gewesen waren, hatte er darüber oft mit ihr gesprochen. Sie wußte also, daß er nicht als gewöhnlicher Soldat gedient hatte. Aber natürlich hatte er die Stiftung nie auch nur mit einem Wort erwähnt. Sie wußte nur, daß sein Einsatz in Südostasien von höchster Brisanz gewesen war und der absoluten Geheimhaltung unterlegen hatte.

Was tief verborgen in seinem Herz brannte und ihn dazu veranlaßt hatte – über seinen Vater –, die Verbindung zur Stiftung zu suchen, davon konnte er nicht sprechen.

»Wollen wir nicht lieber aufhören, über deinen Bruder zu sprechen?«

Lauren zog die Beine unter sich. »Es ist wichtig für mich zu wissen, daß er die richtige Wahl getroffen hat, als er von zu Hause fortging. Daß er glücklich war...«

»Glücklich?« unterbrach Tracy sie. »Wie um alles in der Welt soll ein gesunder Mensch in einer solchen Umgebung glücklich gewesen sein?« Er stand abrupt auf. »Wenn du meine ehrliche Meinung wissen willst, dann wäre es besser für ihn gewesen, wenn er zu Hause geblieben wäre.«

»Wie kannst du so etwas von ihm sagen?« schrie sie. »Er war doch dein Freund.«

»Weil«, antwortete Tracy, so ruhig er konnte, »weil er noch am Leben wäre, wenn...«

»Ich will es nicht hören!« Es war ein regelrechter Verzweiflungsschrei, der Tracy das Wort abschnitt. »Du sollst mir sagen, daß er zufrieden war, daß er kein Versager war; daß er wieder etwas hatte, das er sein Heim nennen konnte, bevor er... mein Gott... bevor er abgeschlachtet wurde!«

»Lauren, jetzt...«

»Das ist doch das richtige Wort! Oder? Abgeschlachtet!«

»Dort, wo wir waren, starb niemand leicht. Ich habe dir das bereits gesagt.«

»Aber Bobbys...« – Tränen erstickten ihr einen Augenblick lang die Stimme – »aber Bobbys Tod war besonders schrecklich.«

Er hatte sich wieder neben sie gesetzt und hielt sie in den Armen. Ihr Kopf war an seine Brust gesunken, ihr schlanker Körper erzitterte in schnell aufeinanderfolgenden Wellen, als ob er von einer Reihe Explosionen erschüttert wurde. Dann wischte sie sich die Tränenbäche aus dem Gesicht. »Du hast mir nie meine erste Frage beantwortet.«

»Ich denke doch«, sagte er leise. »Und jetzt komm ins Bett.« Eingerollt unter der Bettdecke schlief er mit dem Kinn in der Mulde unter ihrem linken Schlüsselbein ein. Sie streichelte sein volles Haar und beobachtete die wandernden Lichtflecke an der Decke, die von den Scheinwerfern der vorbeifahrenden Autos unten auf der Straße ins Zimmer geworfen wurden.

An der gegenüberliegenden Zimmerwand stand auf jeder Seite des Bücherregals eine Steinskulptur. An manchen Stellen hatte die Zeit Risse in sie gegraben, an anderen hatte das Alter sie geglättet. Auf der rechten Seite stand ein *Naga*, die siebenköpfige Schlange aus der kambodschanischen Mythologie. Auf der linken ein Garuda, ein Mann mit dem Vogelkopf. Sie symbolisierten weder das Gute noch das Böse, aber Gegensatz und Haß zwischen ihnen hätten nicht größer sein können. Wie bei vielen Elementen der Khmer-Mythologie, wußte auch für diese Feindschaft niemand mehr den Grund zu sagen.

Was sie Tracy nie erzählen würde, war, daß sie sich kaum noch erinnern konnte, wie ihr Bruder eigentlich gewesen war. O ja, als Kind und als schlaksigen Jungen sah sie ihn noch deutlich vor sich. An diese Zeit hatte sie viele Erinnerungen. Aber als er starb, war er ein Mann gewesen, und als Mann hatte sie ihn nie gekannt.

Leise Tränen liefen ihr die Wangen herunter. Sie drehte ihren Kopf zur Seite, damit die Tränen nicht auf Tracys Gesicht fallen und ihn wecken konnten. Vielleicht hatte er ihre kleine Bewegung gespürt, denn plötzlich rührte er sich im Schlaf und warf die Beine übereinander. Er träumt wieder, dachte sie.

Dann bäumte sich Tracy aus ihrer Umarmung auf und rief laut und deutlich ein Wort. Er öffnete seine Augen und fühlte ihre Arme, die ihn schützend umfingen.

»Alles ist gut«, flüsterte sie nahe an ihm. »Es war nur ein Traum.«

»Nichts davon ist nur ein Traum«, sagte er noch immer benommen. Seine Stimme war belegt. »Kambodscha.«

Seine Hände strichen über geschmeidige Haut, die nicht vorhanden war; seine Lippen suchten nach dem Luftgebilde eines Mundes, die Hitze eines weiblichen Körpers, der wie die schwüle Atmosphäre in Südostasien war. Der Dschungel, explodierende Granaten und die lodernden Flammen eines chemischen Feuers, vergossenes Blut und entsetzte Schreie; Leben, das sich unwiederbringlich in der schwarzen, schlammigen Erde verliert; Bobbys Gesicht, weiß und schmerzverzerrt; die Augen des Verrats; das Feuer und Mais drängende Stimme: *Wie sehr ähnel' ich ihr?* Die Gebote gebrochen. *Könnte ich ihre Schwester sein?* Die Gebote der Stiftung.

»Sag es mir jetzt, Tracy.« Laurens Stimme. »Warum bist du gegangen?«

»Ich wollte dabei sein.« So nahe noch dem Schlaf, blieb nicht die Zeit, die Antwort genau zu überlegen.

»Um zu töten.«

»Nein.« Er schüttelte den Kopf. »Nicht, um zu töten.«

»Aber ein Krieg wird nur geführt, um zu töten. Das ist doch kein Geheimnis.«

»Ich bin gegangen, weil ich etwas beweisen mußte. Mir selbst.« Sein Blick war düster geworden. Er starrte ins Leere. »Meine Mutter hatte immer Angst, daß mir etwas passieren könnte, daß ich sterben könnte. Eines Tages wachte ich mit dem Gedanken auf, daß ich mich an ihrer Angst angesteckt hätte. Und ich wußte, ich mußte dagegen ankämpfen; deshalb habe ich damals meinen Vater um Hilfe gebeten.«

»Und er brachte dich zu den Leuten, für die er damals gearbeitet hat.«

Tracy nickte.

»Und du bist dann süchtig geworden nach... Ich weiß ja nicht, was sie mit dir gemacht haben.«

»Ich wollte von meiner Angst befreit werden. Um das zu erreichen, mußte ich mich der größten Gefahr aussetzen, die ich finden konnte.«

»Aber du warst nicht so gefährdet wie Bobby.«

»Nein. Das wäre ich viel eher gewesen, wenn ich einfach nur zur Armee gegangen wäre. Aber dort, wo ich war, hat man mich auf alles vorbereitet.«

»Und jetzt bist du vollkommen furchtlos.« Er antwortete nicht, aber er atmete noch immer schwer. »Du hast im Schlaf gesprochen.«

»Was habe ich denn gesagt?« Ein kalter Schauer durchzuckte ihn.

»Du hast einen Namen gerufen.«

O Gott, nicht Bobbys.

»Wer«, fragte sie, »ist Tisah?«

»Das weiß ich nicht«, log er sie an.

Khieu saß, die Beine untergeschlagen, genau in der Mitte des Kellerraumes. Er begann seine Gebetsgesänge. »Ich gehe zu Buddha auf der Suche nach Zuflucht.« Der monotone Rhythmus ließ sein Bewußtsein in den Kosmos eintauchen. Mit starrem Blick sah er auf den kleinen Bronzebuddha, der in einem Kreis von zwölf Weihrauchstäbchen stand. Wie Finger, die ihm den Weg weisen wollten, stieg Rauch auf. Khieu glitt die gewundenen Gänge seines Bewußtseins hinunter, die ihn fest mit den vergangenen Ewigkeiten verbanden. Er sah sich selbst als schwarze Krähe, das Land um ihn herum in Flammen, donnerndes Beben, aus den Wolken stürzend, und Ströme von Blut. Er wurde der Fisch im Strom, der Tiger im Busch, die Schlange, die sich um den rauhen Stamm eines Baumes windet. Dann war er der Baum, der Grashalm zwischen dessen Wurzeln, der heiße Wind in den Zweigen des Waldes. Und schließlich war er vollkommen körperlos, frei fließend, ohne jedes Ich, ein heiliger Mann.

Doch währte dieser Zustand nicht lange. *Malis.* Seine Augen sprangen auf, und er erhob sich von seinem Platz. Als er quer durch den Raum zu dem Rosenholzschränkchen ging, auf dem ein kleiner Altar stand, fühlte er sich bleischwer. Der Schrank hatte ein besonderes Messingschloß, und von der dünnen Kette um seinen Hals löste Khieu einen kleinen Messingschlüssel. Diesen steckte er in das Schloß und ließ die Tür aufspringen.

Aus dem dunklen Inneren des Schrankes holte er ein kurzes Stahlstück mit einem Ledergriff hervor. Das Metall war vielleicht dreißig Zentimeter lang, rund wie ein dünnes Rohr, und an dem Handgriff war eine Lederschlaufe befestigt. Khieus Hand fuhr durch die Schlaufe und legte sich um den Griff. Es war, als zöge er einen Fehdehandschuh an. Der Gegenstand in seiner Hand beruhigte ihn, wie es eigentlich die Gebete getan haben sollten.

Wie ein Schatten wanderte er geräuschlos durch den Raum. Nur von der Decke schien das Licht einer nackten Birne. An einer Wand stand ein altes abgenutztes Sofa, daneben ein Fernsehgerät aus den fünfziger Jahren mit runder Bildröhre. Von einem Haken in der Decke hing ein ein Meter fünfzig langer Sandsack aus Rauhleder herab. Er war über und über mit narbigen Rissen bedeckt, als ob eine riesige Wildkatze ihn benutzt hätte, um ihre Krallen zu schärfen.

Khieu schien auf alles zu sehen, als er durch den weiten Raum ging, nur nicht auf den Ledersack. Als er noch sechzig Zentimeter von dem Sack entfernt war, schoß plötzlich sein linker Fuß mit solcher Geschwindigkeit hoch, daß jeder, der Khieu hätte beobachten können, es für ein Wunder gehalten hätte.

Der Fuß war mit der flachen Sohle auf den Sack getroffen und hatte ihn in heftige Schwingungen, von Khieu weg und wieder zurück, versetzt. Als der Sack auf dem toten Punkt seines Schwunges nach innen angekommen war, bewegte Khieu die Hand mit dem Stahlrohr kurz auf und nieder und ließ sein Handgelenk, als wollte er eine Sperre überwinden, im letzten Moment wieder nach oben zucken. Ohne dabei ein Geräusch zu machen, verlängerte sich das Stahlrohr auf über einen Meter.

Er verursachte ein durchdringendes pfeifendes Geräusch, als er es in weitem Bogen auf den einhundert Kilo schweren Sack niederfahren ließ. Khieu preßte die Augen zu. Mit jedem Sprung, mit jedem Schlag, tanzten seine gespannten Muskeln. Wieder fühlte er die schwüle Hitze von Phnom Penh in sich, wie an jenen Tagen, als er auf Malis gewartet und sie beim Tanzen beobachtet hatte, das Licht auf ihrem Haar, der konzentrierte Blick ihrer Augen, die unendlich geschmeidige Bewegung ihrer Hände und Arme und schließlich die animalische Sinnlichkeit ihres Körpers, wenn sie auf ihn zukam.

Nein, nein, nein, nein – das war sein Gesang, als er sich jetzt in tänzelnden Schwüngen um den Sandsack herumbewegte. Schweiß lief an seinem Körper herunter, über die gespannten, zitternden Muskeln.

Nicht für mich, nicht für mich, nicht für mich, dachte er, und Joy auch nicht. Wie traurig für uns. Er warf sich herum, als er ein Geräusch in seinem Rücken hörte. Jemand kam langsam die Treppe herunter.

Joy Trower Macomber sah ihn erst im letzten Moment. »Oh, ich habe mich gewundert, daß hier unten Licht brannte.«

Khieus Schläge prasselten weiter auf den Sack nieder. Sein Gesicht glänzte schweißnaß. Hinter ihm machte Joy eine Bewegung, als ob sie gehen wollte, aber dann – sie hatte ihre Absicht offensichtlich geändert – kam sie weiter auf ihn zu. Jedesmal, wenn die Waffe laut auf das Leder klatschte, zuckte sie zusammen.

»Das Essen ist fertig...«

Khieu nickte. Er machte weiter mit dem, was er tat. Nur daß die Schläge noch dichter fielen.

»Aber wenn du lieber...« Joy ließ den Satz unvollendet, während ihre Augen jede seiner Bewegungen verfolgten. »Ich weiß, du trainierst« – wieder zuckte sie zusammen, als das Metall klatschend das Leder traf – »jeden Tag, und ich will dich auch gar nicht stören.« Sie kam noch näher, ohne den Blick von ihm zu wenden. »Und natürlich würde ich dich auch nie bei deinen Gebeten stören wollen.«

Schweißtropfen lösten sich mit jeder Bewegung von seinem Körper. Sein schwarzes Hemd war schweißgetränkt.

»Ich weiß nicht, was mit mir passiert ist,« fuhr Joy fort. Sie schien es gar nicht zu merken, daß er nicht antwortete. »Aber auf einmal habe ich es nicht mehr ausgehalten, allein im Haus zu sein. Es tut mir leid, wenn ich dich störe, aber ich brauche ein menschliches Wesen in meiner Nähe.«

Wieder fuhr der Stahl auf das Leder nieder, dann ließ Khieu die Waffe ruhen. Noch immer flackerte Zorn in ihm, doch war er schwächer geworden. Die physische Anstrengung schien die Dämonen, die ihn gequält hatten, für den Augenblick vertrieben zu haben. Er sah zu Joy. Sein Atem ging fast schon wieder normal.

»Würdest du schlecht von mir denken, wenn ich dir sage, daß er mich nicht mehr glücklich macht, mich nicht mehr glücklich machen *kann*?« Sie konnte ihn nicht ansehen, als sie es zu ihm sagte.

»Würdest du jetzt bitte auch etwas sagen.« Ihre Augen hoben sich wieder zu seinen. »Irgend etwas.« Dann verstummte sie. Seine Augen besiegten ihre Gedanken, ihren Körper, ihre Gefühle auf eine unaussprechliche, unerklärliche Weise. Sie *fühlte* ihn. Seine Gegenwart war wie eine weißglühende Hitze, die sie einhüllte. Sie spürte, wie die Muskeln auf den Innenseiten ihrer Schenkel zu zittern begannen.

O ja, dachte Khieu, während er sie ansah, Macomber hat sie schon lange nicht mehr glücklich gemacht. Vielleicht ist es nicht seine Schuld. Die Natur war wie ein wildes Tier, das man nicht zähmen konnte. Macombers Natur hatte ihn zu dem genialen Menschen gemacht, der er war; hatte seine Liebe zu Khieu rein und vollkommen gemacht. Ohne das wäre Macomber nicht er selbst gewesen, und Khieu wäre jetzt tot wie Sam und Malis, wie seine ganze Familie. Begraben in der gequälten Erde Kambodschas.

Khieu fühlte sich von einem Pflichtgefühl ergriffen. Wenn er Joy die Freude zurückgab und ihren Schmerz vertrieb, dann ehrte er damit Macomber. Er wußte, wie wichtig Joy und ihr Bruder für Macomber waren. Und wenn sie in diesem Haus keine Befriedigung fand, konnte es sein, daß sie es woanders suchen würde. Und das durfte Khieu nicht zulassen.

Neben dem Seiteneingang am Franklin D. Roosevelt Drive hatte Thwaite zwei leere, abgedunkelte Ambulanzwagen stehen sehen. Das Gebäude und seine Umgebung hatte etwas von einem Friedhof um Mitternacht. Doch Thwaite wußte aus Erfahrung, daß dieser äußere Eindruck täuschte. Hinter den Mauern des Gerichtsmedizinischen Instituts herrschte auch zu dieser späten Stunde noch rege Hektik. Man konnte froh sein, wenn der Arzt, von dem die Leiche, mit der man es gerade zu tun hatte, untersucht worden war, zehn Minuten für ein Gespräch erübrigen konnte.

Hinter dem Empfangsschalter saß ein Uniformierter, den Thwaite nicht kannte, ein Schwarzer mit kurzem Afroschnitt und Schneidezähnen wie Schaufeln. Thwaite klappte die Lederhülle von seiner Dienstmarke auf. »Ich will zu Dr. Miranda wegen der Leiche aus dem Chinesenviertel.«

Der Polizist nickte und ließ seinen Zeigefinger eine Telefonliste hinuntergleiten, die vor ihm auf dem Schreibtisch lag. Der Finger stoppte, als er den Nebenanschluß gefunden hatte. Er wählte die Nummer, sagte ein paar leise Worte in die Sprechmuschel und legte den Hörer wieder auf die Gabel. »Sie kommt sofort«, sagte er dann zu Thwaite. Er hätte nicht uninteressierter klingen können.

»Machen Sie das schon lange hier?«

»Ungefähr drei Wochen«, antwortete der schwarze Polizist. »Und wenn es Sie interessiert, etwas Langweiligeres können Sie sich nicht vorstellen.«

»Sergeant Thwaite?«

Er wandte sich um und stand Dr. Miranda gegenüber. Irgendwie überraschte ihn der Anblick der Frau doch: sie war eine auffallend schöne Indianerin, vielleicht knapp vierzig Jahre alt, mit einer Haut, die von einer zarten Schicht Kohlenstaub überzogen zu sein schien. Ihr glänzend schwarzes Haar war in einem strengen Knoten über dem Hinterkopf zusammengebunden.

Sie führte ihn in den dritten Stock zu ihrem Büro, in dessen Tür in Kopfhöhe eine altmodisch geriffelte Glasscheibe eingelassen war. Dr. Miranda setzte sich auf den Holzdrehstuhl hinter ihrem papierübersäten Schreibtisch. Es war der einzige Stuhl im Raum.

»Also«, sagte sie in einem Ton eines vielbeschäftigten Professors, »was wollen Sie von mir? Ich muß noch drei Berichte schreiben bis heute nacht um drei, und morgen früh um zehn habe ich einen Gerichtstermin.«

»Beginnen wir am Anfang«, antwortete Thwaite.

Tatsächlich interessierte Thwaite die Schießerei im Chinesenviertel überhaupt nicht. Flaherty hatte ihm und seinen Leuten den Fall übertragen, und er hatte Enders und Borak mit den Ermittlungen beauftragt. Es war eine typische Chinatown-Geschichte: Ein Mitglied der Drachen war im Pagoda-Filmtheater aus nächster Nähe erschossen worden.

»Dafür sind Sie spät auf den Beinen, finden Sie nicht?« fragte Dr. Miranda.

»Man hat mich während des Dienstes beim Kaugummikauen erwischt«, sagte Thwaite. »Und wie lautet Ihre Entschuldigung?«

»Ich liebe meinen Beruf«, antwortete Dr. Miranda ohne eine Spur von Humor in der Stimme. Sie griff hinter sich und zog eine Schublade des grünen Metallschrankes heraus. Dann reichte sie ihm eine Heftmappe über den Tisch. »Sie müssen es hier lesen. Wir sind keine Leihbücherei.«

Thwaite hatte begriffen. Er zog eine neue Packung filterloser Camel aus seiner Jackentasche und schlitzte sie mit dem Daumennagel auf.

Dr. Miranda wartete, bis er eine Zigarette im Mund hatte und sie gerade mit der Feuerzeugflamme anzünden wollte. »Es wäre mir lieber, wenn Sie das nicht tun würden.«

Thwaite, der das kleine ›Bitte nicht rauchen‹-Schild auf ihrem Schreibtisch längst gesehen hatte, achtete nicht auf ihren Einwurf, sondern nahm einen tiefen Zug und blies den Rauch ins Zimmer. Die Assistenzärztin wandte ihr Gesicht voller Widerwillen ab.

Natürlich hätte er zu den Akten im Polizeihauptquartier viel leichteren Zugang gehabt, aber in diesem Fall nützte ihm das wenig. Normalerweise machte ein Polizeifotograf von jeder Leiche Aufnahmen, selbst wenn eine unnatürliche Todesursache nur angenommen wurde. Aber das war bei John Holmgren nicht der Fall gewesen. Der Arzt, bei dem der Notruf eingegangen war, hatte in Anbetracht der bedeutenden Persönlichkeit, um die es ging, Dr. Barlowe, den Chefarzt am Gerichtsmedizinischen Institut, benachrichtigt. In Dr. Barlowes vorläufigem Bericht war dann nur von einem schweren Herzinfarkt die Rede gewesen, der seiner Annahme nach durch Überarbeitung ausgelöst worden war. Es war reine Routine, daß das Notarztteam überhaupt Fotos am Fundort der Leiche gemacht hatte.

Als Thwaite dann seine Zweifel an dem angeblich natürlichen Tod des Gouverneurs endlich ernst zu nehmen begann, war es längst zu spät. Aber es gab immerhin die Fotos des Notarztteams. Und auf sie wollte er unbedingt einen Blick werfen.

Dr. Miranda begann zu husten. Thwaite, der immer noch so tat, als lese er die Akte über den Chinatown-Mord, übersah ihre feindlichen Blicke. Dann klingelte das Telefon auf ihrem Schreibtisch, und Dr. Miranda griff erleichtert über die Ablenkung nach dem Hörer. Thwaite hörte ihr gespannt zu.

Es dauerte eine Zeitlang, bis Dr. Miranda dem Anrufer antwortete. »Ich komme sofort hinunter.« Sie hängte ein und stand auf. »Ein neuer Fall ist gekommen«, sagte sie zu Thwaite gewandt. »Lassen Sie die Akte auf meinem Tisch liegen, wenn Sie durch sind.« Sie war schon an der Tür, als sie sich noch einmal zu ihm drehte und ihn dünn anlächelte. »Und machen Sie es sich nicht allzu gemütlich hier. Officer White muß Sie noch von seiner Besucherliste streichen, und ich werde auf dem Rückweg wieder hereinschauen.«

»Danke schön«, sagte Thwaite, »Sie sind wirklich entgegenkommend.« Er lauschte dem leisen Quietschen ihrer orthopädischen Schuhe, als sie den Gang hinunterging. Er wartete fünf Minuten, dann warf er einen raschen Blick auf den Flur. Er war leer.

Sofort ging er zu dem Aktenschrank. Dr. Miranda gehörte nicht nur zu den vier Assistenzärzten, sie verwaltete auch die Akten des Instituts.

Thwaite sah unter dem Buchstaben *H* nach, aber er konnte keine Akte über John Holmgren finden. In der hinteren Ecke des Büros, gleich neben dem Fenster, stand ein weiterer Aktenschrank. Doch der war mit einem Schloß gesichert. Es kostete Thwaite etwas mehr als zwei Minuten, es zu öffnen. Er gab sich noch drei Minuten, bis er aus dem Büro verschwinden mußte.

Die Holmgren-Akte war in diesem Schrank. Aber keine Fotos. Thwaite fluchte in sich hinein und zog eine weitere Schublade auf. Sämtliche Fotos waren in einem Ordner aufbewahrt. Unter *H* fand er die von John Holmgren. Es blieben ihm noch anderthalb Minuten, um sie sich anzusehen. Natürlich war das zuwenig Zeit, aber noch länger konnte er nicht bleiben. Die Bilder aus dem Haus zu schmuggeln war zu riskant. Besonders bei der übermißtrauischen Dr. Miranda, die auch noch wußte, daß er allein im Zimmer gewesen war.

Seine Augen überflogen die Fotos. Auf den ersten Blick konnte er nichts entdecken. Er sah auf seine Uhr und schob die Bilder zögernd wieder in den Ordner. Dann verschloß er den Schrank vorsichtig wieder. Mit einem Taschentuch wischte er über die Metallflächen, die er berührt hatte. Dann verließ er Dr. Mirandas Büro. Es mußte einen anderen Weg geben.

»Schon fertig hier«, seufzte White mit traurigem Ton, als Thwaite wieder an den Empfangsschalter trat. »Sie haben es gut. Ich wünschte, ich könnte auch einfach durch die Tür da gehen. Verstehen Sie?«

Thwaite nickte. »Sehr gut sogar.« Er senkte seine Stimme und winkte White näher an sich heran. »Und ich habe sogar einen Passierschein für sie.« Das war der andere Weg.

White lächelte und zeigte dabei auch seine breiten Frontzähne. »Wen muß ich dafür auf Eis legen?«

Sie lachten leise, und Thwaite wußte, daß ihr Pakt damit geschlossen war. »Glauben Sie, daß Sie mir ein paar Fotos aus der Ablage besorgen könnten?«

»Kein Problem.«

»Aus dem verschlossenen Schrank.«

White zog die Augenbrauen hoch. »In dem Fall«, sagte er leise, »müssen Sie mir schon einen Grund nennen, mit dem mein Gewissen leben kann.«

Thwaite nickte. »Das kann ich verstehen. Ich bin da an einer Sache dran, wie soll ich sagen, was außerhalb der normalen Arbeit läuft.«

»Legal?«

»Wenn alles gut geht, hundertprozentig.«

»Und wenn nicht, bekommen wir alle einen Tritt in den Hintern, oder?«

Thwaite lachte wieder. »Machen Sie sich darüber keine Sorgen. Ich werde Sie schon ausreichend decken. Bringen Sie mir, was ich haben will, und Sie sind dabei. Ich habe schon lange nach einem weiteren guten Mann gesucht. Was sagen Sie?«

White lächelte und griff nach Thwaites Hand. »Ich sage, holen Sie mich hier raus, verdammt noch mal.«

»Gut.« Thwaite schrieb alles Notwendige auf ein Blatt Papier. »Wann haben Sie Tagesdienst?«

White sagte es ihm.

»Dann bringen Sie mir die Fotos nach Hause.« Er reichte dem Polizisten das Blatt. »Sagen wir übermorgen, gegen Mitternacht. Paßt Ihnen das?«

»Zu Ihren Diensten.«

BATTAMBANG, KAMBODSCHA
April – Mai 1967

Immer tiefer in den einsam dunklen Dschungel hinein zog Sokha nach Norden. Und als ob ein Instinkt ihn geleitet hätte, fand er die ständig anwachsenden Enklaven der *Montagnards*, die auf ruheloser Flucht vor den Truppen Lon Nols waren. Die gaben ihm zu essen und für die Nacht ein Lager, aber die angsterfüllte Atmosphäre in ihrer Nähe, die wie ein krankmachendes Parfüm über ihnen hing, konnte Sokha nicht lange ertragen.

Die Regenzeit hatte schon begonnen, und so war Sokha gezwungen, viele Umwege zu gehen; denn weite Teile des tiefer gelegenen Landes, besonders die Gegend um Tonle Sap, waren überflutet, so daß jeder Schritt zum Wagnis wurde. Wie ein buddhistischer Mönch lebte er von dem kargen Essen, das die Menschen, denen er auf seiner Wanderung begegnete, ihm gaben. In einem kleinen Rebellenlager, zwei Tagesmärsche von Phnom Penh entfernt, hörte er zum erstenmal das Wort *Angka*. Es war der Name der Organisation, die hinter den Aufständischen stand. Doch niemand konnte genau sagen, was der *Angka* war – aber alle schienen seine Macht zu fürchten und zu respektieren.

Von dieser Zeit an setzte er den Namen *Angka* in jedem Dorf ein, in dem er sich zu versorgen gedachte, und nie hatte er irgendwelche Schwierigkeiten. Immer gab es Reis für ihn, und weil er Kambodschas großem Binnensee immer näher kam, auch Fisch.

Mit dem Verlassen der Hauptstadt hatte er auch seine Brille und seinen zweisilbigen Geburtsnamen abgelegt. Er hatte von Sam und René genug aufgeschnappt, um sich ein – zumindest äußerliches – Bild von den Aufständischen machen zu können. Sie verachteten die Intellektuellen, und er nahm an, daß sie ihn sofort hinrichten würden, wenn sie je seine wahre Herkunft erführen. Eine Brille war, wie sein Name, ein mehr als deutlicher Hinweis darauf. Für alle, die nach seinem Namen fragten, wurde er Sok.

Mehr als vier Tage war er jetzt schon unterwegs. Er war erschöpft. Seine Beine schmerzten, in seinem Kopf pochte das Blut. Obwohl er immer wieder behauptete, zum *Angka* zu gehören, hatte er während seiner Reise doch nicht genug zu essen bekommen. Die Bauern wurden ihrer Ernteerträge systematisch beraubt, und ihre Schulden bei örtlichen Geldverleihern gleichzeitig unerträglich. Das doppelköpfige Gespenst von Armut und Hunger wurde auf dem Land allmählich zur lebensbestimmenden Wirklichkeit.

Sok konnte es kaum fassen. Wo war das Kamputschea von gestern? Verschluckt von den Schatten der Revolution, des Krieges und der politischen Korruption? Eine Ahnung riß seine Gedanken wie eine Sturzwelle fort. Immer hatte er gedacht, daß nach Revolution der Frieden kommen würde. Wie eine dunkle Wolke, die die Sonne eine Zeitlang verhüllte, so würde die Revolution über sie hinwegfegen, um am Ende wieder einen klaren Himmel zurückzulassen.

Doch in diesem Moment ließ ein ganz anderer Gedanke sein Blut gefrieren: sein Kambodscha würde keinen Frieden finden, keine Erlösung, kein Ende des Leidens, das das Land zerriß. Er begann leise in sich hinein zu weinen, und in diesem Moment hörte er vor der gewohnten Geräuschkulisse des Dschungels Schritte näherkommen. Er war sofort hellwach, aber auch klug genug, sich nicht zu bewegen, er öffnete nicht einmal die Augen. Wer immer auch kam, ihm war es egal.

»*Mit mork pee na?*«

»*Mit chmuos ey?*« Eine zweite Stimme.

Er schlug die Augen auf und sah drei Männer in schwarzen Hemden und Hosen. Jeder von ihnen trug ein altes M-1-Gewehr. Die Läufe waren auf ihn gerichtet. Aufständische.

»Ich komme aus dem Süden«, antwortete er ihnen. »Von den Feldern. Aus dem Reisgebiet. Fast meine ganze Familie ist von Lon Nols Leuten getötet worden. Mein Name ist Sok...«

»*Mit Sok*«, korrigierte ihn einer der Rebellen.

Sok nickte. »Ja, Genosse Sok. Ich bin gekommen, um mich der Revolution anzuschließen.«

Sie nahmen ihn mit, aber ob als Freund oder Feind, konnte er nicht sagen. Auf verschlungenen Pfaden gingen sie etwa dreißig Kilometer durch den Dschungel, bis sie zu einer Lichtung kamen, auf der mehrere Gebäude standen. Das größte war eine Pagode mit einem blaßgrünen Dach. Einer der Rebellen faßte Sok am Arm und führte ihn zu einem kleinen Haus, das der Pagode gegenüber lag. Es hatte keine Tür.

So schnell wie ein Mönch eine Kerze ausbläst, verlor auch der Tag sein Licht. Feuer waren auf einmal zu sehen und Fackeln, die von *Mitneary*, von weiblichen Soldaten, getragen wurden. Soks Hunger wurde noch schlimmer, doch niemand kam, um ihm zu essen oder zu trinken zu geben. Die Rebellen hatten sich zu ihrem Abendessen in einem weiten Kreis um das flackernde Orangelicht der rauchenden Feuer gesetzt.

Dann sah Sok Männer auf das Haus zukommen. Er spürte, wie die Wache Haltung annahm. Unter den Männern mußte der Führer der Rebelleneinheit sein. Und tatsächlich sah er, daß einer der Männer einen schwarzen Ledergürtel trug. Von der linken Hüfte hing ein Halfter herab, in dem eine Pistole steckte.

Vor dem leeren Eingang blieben die Männer stehen. Der Mann mit der Pistole winkte Sok heraus. Sok raste das Herz in der Brust, und die Angst hatte seinen Mund austrocknen lassen.

»Genosse«, sagte der Mann, »man hat mir berichtet, daß du gekommen bist, um dich der Revolution anzuschließen.«

Alles, was Sok tun konnte, war nicken. Seine Augen wanderten von einem zum anderen. Zwei Männer erkannte er wieder, es waren dieselben, die ihn hierher gebracht hatten. Vor ihm stand ihr Führer. Und der vierte Mann, der hinter den anderen stand –: Ungläubig riß er die Augen auf.

Sam!

Aber Sam schüttelte kaum merklich den Kopf. Er spitzte die Lippen und legte die Spitze seines Zeigefingers gegen sie.

Der Führer neigte den Kopf zur Seite. »Das hast du meinen Leuten jedenfalls erzählt. Aber wie können wir sicher sein, daß es die Wahrheit ist? Genausogut kannst du ein feindlicher Agent sein, oder?« Er trat einen Schritt auf Sok zu. »Bist du hungrig?« fragte er unvermutet.

Wieder nickte Sok.

»Nun, hier wirst du für dein Essen arbeiten müssen, wie wir alle.« Der Mann starrte ihn an. »Bist du bereit dazu, Genosse?«

»Ja.« Sok fand endlich seine Stimme wieder. »Natürlich, deshalb bin ich ja gekommen.«

»Gut. Ich bin mit deiner Antwort zufrieden.« Er nickte der Wache in Soks Rücken zu, und Sok fühlte, daß der Mann seinen Posten verließ.

»Man hat mir gesagt, daß deine arme Familie von den Handlangern General Lon Nols umgebracht worden ist. Stimmt das?«

»Ja.«

»Ja, *Genosse*.«

»Ja, Genosse.«

»Dann mußt du das Regime wirklich hassen.« Er lächelte dünn. »Natürlich mußt du das. Sonst wärst du ja nicht hier, nicht?«

Sok starrte den Rebellenführer an. Er fühlte Angst in sich hochsteigen, und fast trugen ihn seine Knie nicht mehr. In seinem Mund war ein gallenbitterer Geschmack.

»Aber nun wird es Zeit, daß wir an deinen leeren Magen denken«, sagte der Führer. Er winkte zwei andere herbei. »Kommt her, *Mit* Chea, *Mit* Ros, wir wollen *Mit* Sok zu essen geben.«

Sie stellten eine Schüssel mit feuchtem Reis vor ihn. Auf dem Reis lagen einige Fischköpfe. Sok wußte nicht mehr, ob er überhaupt noch Hunger hatte oder ob er so ausgehungert war, daß er alles sofort in sich hineinschlingen sollte. Er sah auf die dampfende Schüssel. Fischbäckchen waren eine Delikatesse. Woher wußten sie das? Er wollte seine Hand gerade nach dem Essen ausstrecken, als irgendetwas ihn zurückhielt. Ein kalter Schrecken kroch ihm über den Rücken.

Fischbäckchen waren eine Delikatesse der Reichen. Wenn er wirklich von den Reisfeldern im Süden war, würde er nicht so gierig nach ihnen greifen. Also aß er trotz seines nun schon schmerzhaften Hungers nur den Reis. Die Fischköpfe rührte er nicht einmal an.

»Ah!« rief der Kaderführer. »Jetzt sehen wir, wie man einen wahren Genossen von dem verräterischen Abschaum unterscheiden kann, der von Battambang heraufgekrochen kommt, um ein Kamputschea, das frei ist von Paternalismus, Kolonialismus und dem Einfluß der undankbaren Vietnamesen, zu verhindern.«

Er klopfte Sok auf den Rücken und hob seine Stimme. »*Mit Sok, swakum mok dal dambon rumdos!*« Genosse Sok, willkommen in den befreiten Gebieten!

»*Willkommen bei den Roten Khmer!*«

2. Kapitel

Delmar David Macomber wandte seinen Blick von Wall Streets Granit- und Glaskulisse ab und sah wieder auf den flackernden Bildschirm seinen Computerterminals. Er tippte den Speichercode des Geheimmaterials und den vollen Namen ein. Das dauerte eine Zeitlang; denn der Code, den Khieu entwickelt hatte, war eine komplizierte Kombination aus Zahlen und Buchstaben. Aber diese aufwendige Sicherung war nötig gewesen, da Macomber den größten Teil der Aktenarbeit über das Computersystem erledigte. Statt eines Heeres von Büroangestellten beschäftigte er nur eine Handvoll hochqualifizierter Datentechniker. Logische Systeme, wie sie auch in Macombers Computer programmiert waren, besaßen unvorstellbare Möglichkeiten, um Daten zu sammeln. Aber Macomber war sich sehr wohl bewußt, wie leicht solche Informationsspeicher von modernen Dieben anzuzapfen waren. Schließlich hatte er sich selbst auf diese Weise in den Besitz eines Teils seines Geheimmaterials gebracht.

Der Computer war das eigentliche Herz von Macombers *Angka*. Begonnen hatte er den Aufbau der Organisation vor vierzehn Jahren, im Dschungel von Kambodscha.

Er tastete den Dechiffriercode ein, und die Buchstabenreihen auf dem Bildschirm vor ihm ordneten sich wie von Geisterhand gelenkt.

ESTERHAAS, HARLAN (TEXAS), SENATSMITGLIED,
VORSITZENDER DES AUSSCHUSSES FÜR WAFFENBESCHAFFUNG
ALTER: 66 VERHEIRATET
EHEFRAU: BARBARA, GEBORENE PARKINSON:
ALTER: 53
KINDER: ROBERT: 33, EDWARD: 29, AMY: 18

Als nächstes wären jetzt der genaue Wohnort und die Geburtsdaten ausgeschrieben worden, aber Macomber drückte die »Personal«-Taste und las sorgfältig, was das System während der letzten Woche an neuem Material zusammengetragen hatte.

Auf dem Bildschirm erschienen drei unterschiedliche Informationen, und es wäre kein Problem gewesen, den Computer so zu programmieren, daß er auch noch Handlungsszenarios für diese Informationen erstellt hätte. Aber das hatte Macomber nicht gewollt. Die Erarbeitung von Strategien verschiedenster Art gehörte zu den Dingen, die er ausgesprochen gern tat, und seine besonderen Fähigkeiten auf diesem Gebiet hatten ihn für die Special Forces in Ban Me Thuot so wertvoll gemacht.

Bis zu seiner Verabredung mit Esterhaas blieben ihm noch vierzig Minuten; genug für Macomber, um den Faden zu wählen, an dem er ziehen mußte, um den Senator in die gewünschte Richtung zu lenken. Außerdem war Esterhaas ihm nicht ganz unbekannt, wie keiner der Politiker, die das System gespeichert hatte. Macomber hatte Macht und Ansehen von Vance Trower, Joys Bruder, dazu benutzt, sich Zugang zu diesen eigentlich eher geschlossenen Kreisen zu verschaffen. Trower war ein nicht unbedeutender Senator, der seine kleine Schwester abgöttisch liebte. Macomber hatte das zum Ansatzpunkt seiner Strategie bei Trower gemacht und soviel, wie nur möglich gewesen war, aus ihm herausgeholt. Im nachhinein schien es Macomber sogar, daß Joy für ihn, als er erst einmal herausgefunden hatte, daß sie der schwache Punkt ihres Bruders war, viel attraktiver geworden war.

Macomber war kein Mann, dem es leichtfiel, eine Beziehung zu einer Frau aufzubauen – nicht mit all den bösen Erinnerungen an Ban Me Thuot, die ihn noch immer jagten. Nur eine einzige Frau hatte er in seinem Leben wirklich gewollt. Ruth, seine erste Frau, war selbst im Bett noch langweilig gewesen, und Joy hatte er aus ganz anderen Gründen geheiratet. Über ihren Bruder war ganz allmählich das politische Netzwerk des *Angkas* aufgebaut worden. Und ohne daß er es je geahnt hätte, hatte Trower damit selbst das Urteil über seine politische Karriere gesprochen. Denn Vance Trower war so unbestechlich, daß Macomber sich sehr früh entschlossen hatte, ihn nicht in seine Pläne einzuweihen.

Vielleicht hatte Macomber seine erste Frau doch einmal geliebt. Erinnern aber konnte er sich daran nicht mehr. Die Erlebnisse in Ban Me Thuot deckten wie ein hauchdünner, grauer Schleier fast sein gesamtes früheres Leben zu. Und schuld daran war eine Frau – mit großen mandelförmigen Augen, sinnlichen Lippen und einem Körper, der, jedenfalls in seinen Augen, alle menschliche Sinnlichkeit überstieg. Auch ihr Verschwinden hatte seine Sehnsucht nach ihr nicht abschwächen können. Nichts konnte das. Die Erinnerung an sie brannte wie eine Glut in ihm.

Sie war auffallend groß gewesen – fast einen Meter achtzig – und hatte ein längliches, schmales Gesicht und Augen, die aus einer anderen Welt zu sein schienen. Sie hatte schmale Hüften, etwas breite Schultern und für eine Asiatin ungewöhnlich große Brüste.

»Von meiner Mutter«, hatte sie ihm später einmal gesagt, »einer Kambodschanerin, die mit dem Königshaus verwandt ist.«

Er war das Verhältnis mit dem Vorsatz eingegangen, es ganz nach seinem eigenen Belieben wieder abzubrechen. So hatte er es immer gehalten, und er wußte nicht, warum sich diese Beziehung in irgend etwas von den anderen Dingen und Ereignissen hier auf der anderen Seite der Erdkugel unterscheiden sollte: alles war unbeständig, bedeutungslos und irgendwie fern wie ein Traum. Der Krieg ließ alles so werden.

Aber langsam und unmerklich, daß er es erst im Moment ihres Verschwindens begriff, hatte sich alles ins Gegenteil verkehrt. Er war gefangen in einem Netz uneingestandener Gefühle, und sie hatte eine Macht über ihn gewonnen, die er nicht verstand und nicht mehr beherrschen konnte.

Schon ihr Anblick erregte ihn so, wie es vorher keine andere Frau vor ihr oder nach ihr je getan hatte. Und wenn sie sich liebten, dann schien sein früheres Leben in einem Wolkenmeer zu verschwinden. In diesen viel zu kurzen Momenten hatte er das Gefühl, sich ihr ganz öffnen zu können. Er sprach dann über das, was er getan hatte, oder darüber, was er gesehen hatte. Es war, als ob ein Schuldgefühl wegen der Freude, mit der er die Gesetzlosigkeit des Krieges genoß, in ihm hochstieg. Und indem er die Schuld laut aussprach, reinigte er sich wieder von ihr.

Daß er sich in sich selbst verlieren konnte, war eine neue Erfahrung für ihn. Sie ging weit über das sexuelle Erlebnis hinaus und näherte sich einer Form von Liebe, deren er sich nicht für fähig gehalten hätte.

Aber all das verstand Macomber erst, als er von seinem letzten und wichtigsten Einsatz in Kambodscha zurückkam. Während er den ersten Schritt auf das noch undeutliche Feld seines neuen Lebens getan hatte; während er in ziemlich wörtlichem Sinn dem *Angka* das Leben geschenkt hatte – in eben dieser Zeit war sie aus ihrer Wohnung in Ban Me Thuot verschwunden. Niemand hatte sie gehen sehen – das fand er in den Tagen und Nächten nach seiner Rückkehr heraus. Und noch etwas war ihm klar: Sie war mit Sicherheit nicht von sich aus gegangen. Jemand mußte sie weggebracht haben.

Das Museum für Moderne Kunst machte an diesem Tag auf Macomber einen wenig einladenden Eindruck. Der Garten, in dem sonst die Großplastiken ausgestellt waren, hatte sich in ein steingefaßtes Morastfeld verwandelt, auf dem verschiedene Baumaschinen herumstanden. Der Anblick hatte auf viele Leute anscheinend so abschreckend gewirkt, daß es in den Museumshallen leiser als gewöhnlich war.

Senator Harlan Esterhaas, der schon auf Macomber wartete, war ein Mann mit auffallend strengem Gesichtsausdruck. Er hatte gelbliches Haar, und die vollen Wangen paßten zur Korpulenz seines Körpers. Zwei Halbgläser waren in einem schwarzen Brillenrahmen, der fast auf seiner Nasenspitze saß, gefaßt. Trotz des warmen Wetters trug der Senator einen dunklen dreiteiligen Anzug.

»Senator, ich freue mich, Sie wieder einmal zu sehen«, begrüßte Macomber ihn herzlich lächelnd. Er schüttelte Esterhaas die Hand. »Wie stehen die Dinge auf dem Capitol Hill?«

»Das muß ich Ihnen doch nicht sagen«, brachte Esterhaas keuchend hervor. »Es ist schlimmer als Zähneziehen, wenn man vom Kongreß Finanzmittel für neue Waffenkäufe bewilligt haben will. Die Apathie der Regierung gegenüber der allgemeinen Lage ist erschreckend.«

»Ich bin besonders über die Situation in Ägypten besorgt«, sagte Macomber. Sie gingen langsam durch die neue Ausstellungshalle für zeitgenössische Kunst.

»Das war ich auch.« Der Senator nickte. »Aber ich glaube, daß wir Mubarak jetzt endlich auf unserer Seite haben. Außerdem fliegt morgen auch noch Roger DeWitt – das Außenministerium weist ihn gerade ein – nach Kairo. Ich weiß nicht, ob Sie ihn kennen. Er wird den Titel eines Militärattachés tragen, aber er ist viel mehr als das. Er ist ein unglaublich geschickter Verhandlungsführer und noch besser, wenn es darum geht, geheime Informationen zu sammeln.«

»Es ist nicht Mubarak, der mich unruhig schlafen läßt«, erwiderte Macomber. »Es sind alle diese Untergrundsekten, die in den von den Russen finanzierten Terroristencamps ausgebildet werden. Die machen die allgemeine Lage immer unsicherer.«

Esterhaas lächelte ihn verschroben an. »Ich sehe, Sie sind auch noch nachts auf den Beinen. Nun, auch das wird sich jetzt beruhigen, wenn wir DeWitt im Nahen Osten haben. Er ist wirklich unser bester Mann.«

»Ich nehme an, daß der Geheimdienst über die Vorgänge da unten informiert ist.«

»Das ist die Angelegenheit des Außenministeriums. Ich habe mit diesen Dingen nichts zu tun. Trotzdem kann ich Ihnen versichern, daß es keine Hinweise auf russische Aktivitäten in der Größenordnung, wie Sie sie befürchten, gibt.«

»Vielleicht sollte ich Sie in den südlichen Libanon fliegen lassen, damit Sie alles mit eigenen Augen sehen können«, sagte Macomber unwirsch.

Der Senator lachte. »Eine amüsante Vorstellung.«

Macomber blieb stehen und wandte sich zu ihm. »Das ist mein voller Ernst«, sagte er grob. »Ich kann alles Notwendige innerhalb von zwei Stunden arrangieren. Die Entscheidung liegt ganz bei Ihnen.«

Esterhaas war aschfahl geworden. »Was? Sollen wir etwa in ein PLO-Lager eindringen? Man würde uns auf der Stelle erschießen.«

Macomber nickte. »Die Möglichkeit besteht immer.« Es ekelte ihn an, wie schnell sich das Selbstvertrauen des Senators in Luft aufgelöst hatte. Diese Politiker waren doch alle gleich. Es war so leicht, sie einzuschüchtern, und wenn man das erst einmal getan hatte, hatte man sie auch in der Hand. »Ich stütze meine Ansichten auf Tatsachen. Sie hingegen halten die Verwicklung der Russen in den internationalen Terrorismus für viel geringer. Wenn Sie aber mein Angebot nicht annehmen, müßten Sie sich eigentlich meiner Meinung anschließen. Welche andere Wahl bleibt Ihnen?«

»Bis jetzt bin ich mir meiner Meinung ziemlich sicher gewesen«, erwiderte Esterhaas. »Aber die Vorstellung, da hinunterzufliegen...« Er sah Macomber an. »Wenn ich ehrlich bin, glaube ich nicht, daß mir das sonderlich gefallen würde.«

»Ich möchte, daß Sie diesen Augenblick gut in Erinnerung behalten, Harlan.« Macomber trat fast unmerklich näher an den Senator heran. »Bei allem, was noch kommen mag, möchte ich, daß Sie sich daran erinnern. Sie hatten die Möglichkeit, sich selbst von allem zu überzeugen. Aber Sie haben von sich aus darauf verzichtet. Also, von jetzt an werden Sie *meine* Informationen zur Grundlage Ihrer Meinung machen.«

»Ich verstehe.«

Macomber wandte seinen Kopf wie eine Eule herum, die eine Witterung aufgenommen hat. »Verletzt das irgendwelche empfindlichen Punkte bei Ihnen? Sie sollten das ruhig ganz offen sagen.«

Esterhaas schüttelte den Kopf. »Mit welchen Empfindlichkeiten ich vielleicht auch einmal geboren worden bin – über dreißig Jahre in der Politik haben sie mir gründlich ausgetrieben. Für dünnhäutige Menschen ist kein Platz in der Politik. Mein Gott, ich habe doch mit eigenen Augen verfolgt, wie dieses Land in den letzten zehn Jahren immer mehr von seiner internationalen Bedeutung verloren hat. Und ich habe mein Bestes getan, dagegen anzukämpfen. Aber bis heute ist es eine verlorene Schlacht gewesen, weil es an den richtigen Stellen nicht genügend Leute gegeben hat, die am gleichen Strang gezogen haben. Aber jetzt können wir den Kampf vielleicht gewinnen. Ich bewundere Sie dafür, daß Sie unserem Land diese Chance geben.« Er kratzte sich nachdenklich am Kinn. »Aber Sie sollten dabei so klug sein, mich nicht zu verärgern. Wenn der Sattel, den Sie mir zum Reiten geben, anfängt, meinem Hintern wehzutun, dann werde ich mir das Recht nehmen, die Pferde zu wechseln. Ich habe das in diesem Geschäft stets so gehalten.«

»Und ich weiß das zu würdigen, Harlan.« Macombers Ton hatte sich nicht verändert. »Ich verstehe, warum Sie das so ausdrücklich betonen.« Sie gingen weiter und kamen an einem Gemälde von Roy Lichtenstein vorbei, den Macomber nicht ertragen konnte. »Und wie geht es Ihrer Familie, Harlan?«

»Danke, sehr gut.« Der Senator begann sich zu entspannen, nachdem auch der letzte Teil ihrer Absprache geklärt war. »Barbara hat sich wieder an der Universität eingeschrieben, um doch noch ihren Abschluß zu machen.« Er lachte in sich hinein. »Können Sie sich das vorstellen. In ihrem Alter.«

»Zum Lernen ist es nie zu spät«, erwiderte Macomber. »Und was macht Ihre reizende Tochter Amy?«

»Die Sonne meines Lebens?« Esterhaas lächelte glücklich. »Sie ist die Beste Ihrer Klasse in Stanford. Nur daß Barbara und ich sie so selten zu sehen bekommen, jetzt, wo sie in Kalifornien ist, trübt mein Glück ein wenig.«

Macomber blieb vor einer Statue von Brancusi, den er über alles schätzte, stehen. »Brancusi war ein Genie, finden Sie nicht auch, Harlan?« Und ohne den leisesten Wandel in der Stimme fuhr er fort: »Ich habe Bilder von Amy.«

»Was?« Esterhaas dachte, daß er vielleicht nicht richtig gehört hatte. »Haben Sie ›Bilder‹ gesagt?«

»Ihre Tochter«, sagte Macomber und zog eine Foto aus der Tasche, »hat ein lesbisches Verhältnis. Ihre Liebhaberin ist eine Radikale, die zu einer Splittergruppe mit, wie soll ich sagen, entschieden revolutionärer Überzeugung gehört.«

»Das ist un…« Der Senator konnte nicht weitersprechen. Sein Gesicht war krebsrot angelaufen, und er wankte leicht, aber als Macomber nach seinem Arm griff, um ihn zu stützen, schüttelte er die Hand ab. »Ich glaube Ihnen kein Wort.«

Macomber reichte ihm das Farbbild. »Es ist ein Abzug von einem der Dias.«

Die Hand des Senators zitterte, als er das Foto an der äußersten Ecke anfaßte, als ob er sich an ihm vergiften könnte. »O Gott«, stöhnte er auf. Er hatte die Augen auf das Abbild seiner schlimmsten Befürchtungen gerichtet. »Oh, mein Gott. Barbara wird sterben, wenn sie je etwas davon erfährt.« Fast sprach er nur noch zu sich selbst.

»Das weiß ich.« Macomber zog dem Senator das Foto aus den zitternden Fingern und trug es hinaus in die Vorhalle zu einer großen sandgefüllten Aschenschale. Dann zündete er das Bild mit seinem goldenen Feuerzeug an und ließ es auf dem Sand verbrennen. Anschließend kehrte er zu Esterhaas zurück. »Und sie wird es auch nie erfahren, die Welt wird es nie erfahren. Zumindest nicht von mir. Das möchte ich in aller Deutlichkeit sagen, Harlan. Nicht von mir.«

»Ich glaube, ich…« Der Senator schien langsam aus seiner Benommenheit zu erwachen. »Ich habe verstanden.« In sein Gesicht kehrte Farbe zurück. »Sie sind ein ganz jämmerlicher Dreckskerl.«

»Das ist nun wirklich komisch, Harlan«, erwiderte Macomber. Sie wandten sich dem Ausgang zu. »Daß ausgerechnet Sie mir das sagen.«

Stickig und feuchtheiß senkte sich die Abenddämmerung über Washington und den Vorort Alexandria hinab. Gottschalk hatte Jacke und Weste seines blauen Anzuges ausgezogen. Gemeinsam mit seinem gestreiften Schlips hingen sie sauber gefaltet wie eingeholte Flaggen über der Gartenstuhllehne. Von der Kristallglasscheibe des schmiedeeisernen Servierwagens nahm er sich einen Drink und rollte das kalte Glas an seiner Wange. Dann seufzte er zufrieden.

Zu seinen Füßen lag, ausgestreckt auf dem kurzgeschnittenen Rasen, Kathleen, die Hände unter den Kopf geschoben. Sie trug eine leichte, ärmellose Bluse, die grün, braun und grau bedruckt war wie die Tarnuniform, die Gottschalk an den Soldaten gesehen hatte, wenn sie zu ihren Einsätzen in den Dschungeln Südostasiens geflogen wurden. Dazu trug sie knappsitzende baumgrüne Shorts. Ihre silbernen Sandalen hatte sie von den Füßen geschleudert und ein Bein über das andere gelegt.

Gottschalk war hierhergekommen, um Trost und Erholung von den Anstrengungen seines Nominierungswahlkampfes zu suchen. Kathleen, die ihm in ihrem Haus mehr als nur Zuflucht bot, sah auf das sprießende Grün vor dem Bambuszaun, der das Haus zur Straße hin schützte. Sie fühlte sich sicher hier. Sogar mehr als das, sie liebte das Haus, weil es ein Symbol für sie war; wie ein Pfeil, der nach oben zeigte.

Es war ein wunderschöner Ort, aber Kathleen fand nicht, daß pures Glück ihr das Wohnrecht hier eingetragen hatte. Sie verdiente es sich jedesmal aufs neue, wenn Gottschalk zu ihr kam. Hätte sie lange genug darüber nachgedacht, wäre sie vielleicht sogar zu dem Schluß gekommen, daß sie es nicht gerade genoß, an seine Leine gebunden zu sein und auf jeden Wink folgen zu müssen. Aber auch dann hätte sie das alles nicht sonderlich erniedrigend gefunden. Schließlich war alles nur Mittel zum Zweck, und nicht einmal das schlechteste Mittel. Sie liebte ihren Körper. Außerdem hatte sie nur wenig Hemmungen, und selbst die konnte sie angesichts ihrer hochgesteckten Ziele ablegen.

Gottschalk streckte sich, er hatte sein Glas leergetrunken. Mit einer Hand wischte er sich den Schweiß von der Stirn. Sein Hemd hatte feuchte Flecken unter den Achselhöhlen bekommen. »Mein Gott noch mal«, sagte er, »du mußt Masochistin sein, daß du es den Sommer über hier aushältst.«

Leuchtendblaue Streifen liefen über den Himmel: die letzten Zeichen der Sonne, die bereits hinter dem Horizont untergegangen war.

»Aber schön, ein paar Jahre werde ich es hier schon noch ertragen.« Er lachte tief aus der Kehle heraus. »Dann werde ich meine Wochenenden in Camp David verbringen.«

Gott, war er selbstsicher! Kathleen kannte ihn gut genug, um zu wissen, daß diese unerschütterliche Sicherheit nicht nur aus ihm selbst erwachsen konnte. Aber wo kam sie sonst her? Die Antwort auf diese Frage suchte sie jetzt schon seit Monaten. Und sie wußte, daß sie dieses Geheimnis lüften mußte.

In diesem Moment stand Gottschalk auf. »Ich werde noch ein bißchen arbeiten.« Er sah zu ihr hinunter.

Sie hob Kopf und Schultern von der Wiese ihm entgegen. Ihr Haar war wie eine schwarze Kappe. »Ich komme mit.«

Seine Brauen zogen sich zusammen. »Nein, bleib nur ruhig hier. Ich bin lieber allein.« Er wandte sich zum Gehen und lächelte ihr noch einmal zu.

Sie sah ihm nach, bis sich die Tür hinter ihm geschlossen hatte; dann schloß sie die Augen und zählte langsam bis sechzig. Sie stand auf und ging über die Wiese, ohne ein Geräusch zu verursachen. An der Tür lauschte sie gespannt. Sie hörte nichts und begann den Türknopf zu drehen. Als er am Anschlag angekommen war, stieß sie die Tür auf.

Im nächsten Moment hörte sie Gottschalks Stimme. Er telefonierte. Eilig lief sie durch die Küche und griff nach dem Wandtelefon. Mitten in der Bewegung hielt sie inne. Sie ließ ihren Blick durch den Raum wandern und sah die Glasschlüssel mit der Fruchtbowle auf dem Tisch. Mit dem Handrücken wischte sie die Schüssel von ihrem Platz. Die Bowle kippe über die Tischkante und schlug splitternd auf den Boden. Fast gleichzeitig hob Kathleen eine Hand schützend vor ihr Gesicht und mit der anderen den Hörer von der Gabel.

»Was, zum Teufel, war das?« Sie hörte Gottschalks Stimme im Flur. »Es tut mir leid«, rief sie und hielt dabei ihre Hand auf die Sprechmuschel gepreßt. »Ich wollte mir noch etwas von der Bowle nehmen und habe dabei die Schüssel vom Tisch gestoßen.«

»Dann heb um Gottes willen sämtliche Splitter auf. Ich will mir heute nacht nicht die Fußsohlen aufschneiden.«

»Ist ja schon gut.« Dann hörte sie seine Stimme wieder im Telefon.

»Nur jemand, der in der Küche etwas umgeworfen hat. Und Sie sagen ihm, daß ich eine Art von Sicherheit brauche. Das genügt.«

»Ich bin schließlich kein Idiot«, antwortete die Stimme am anderen Ende der Leitung. Kathleen hätte gern alles getan, um herauszufinden, ob das stimmte.

»Aber Sie sind nicht mit ganzem Herzen dabei«, sagte Gottschalk,

»das ist genauso gefährlich. Ich verstehe nicht, warum er Sie das machen läßt.«

»Weil ich sein Sohn bin«, antwortete die andere, hellere Stimme. »Er vertraut sonst niemandem. Würden Sie es anders machen?«

»Ich würde nicht einmal meinem Sohn trauen – wenn ich einen hätte.« Er lachte. »Ich traue nicht einmal meiner Frau.«

»Das wird dann schon eine schöne Ehe sein.«

»Werden Sie ja nicht frech«, fauchte Gottschalk. »Mal sehen, was Sie sich noch trauen, wenn ich das Macomber erzählt habe!«

»Mein Gott!« Die andere Stimme klang auf einmal gepreßt, eine merkwürdige Furcht schien in ihr mitzuschwingen. »Was machen Sie da? Keinen Namen! Mein Gott noch mal, er ist mein Vater.«

Kathleen konnte Gottschalk schwer atmen hören, er bemühte sich nicht, es zu unterdrücken. »Das kommt davon, wenn Sie mich so reizen. Aber wer sollte diese Leitung wohl ohne mein Wissen abhören, na? Ich lasse sie zweimal in der Woche überprüfen.« Er holte tief Luft. »Also tun Sie Ihre Arbeit und überlassen Sie die Psychologie den Fachleuten. Richten Sie die Botschaft aus, das reicht.« Die Stimme am anderen Ende wiederholte sich noch einmal, dann legte Gottschalk auf.

In der Küche legte Kathleen den Hörer so vorsichtig, wie es ihr nur möglich war, auf die Gabel zurück. Auf keinen Fall durfte Gottschalk sie dabei überraschen, wenn er jetzt den Flur herunterkommen sollte. Als sie glaubte, daß der Kontakt weit genug heruntergedrückt war, ließ sie den Hörer los. Sie zitterte vor Aufregung. Jetzt hatte ihr ein Zufall des Rätsels Lösung geradezu in die Hände gelegt. Sie versuchte, das Geheimnis nach den Regeln der Vernunft zu verstehen, aber das gelang ihr nicht. In der Öffentlichkeit vertraten Gottschalk und Macomber vollkommen gegensätzliche politische Ansichten. Sie schüttelte den Kopf. Aber so mächtig Gottschalk auch sein mochte, er konnte es nie auf sich allein gestellt schaffen. Niemand konnte das. Das Bild eines Präsidenten als einsame heroische Figur, der einsam seine Entscheidungen trifft, gehört ins Reich der Phantasie.

Vielleicht wird der *tatsächlich* der nächste Präsident, ging es ihr im Kopf herum. Und ich werde dann diejenige sein, die er mit nach Camp David nimmt. Sie wußte, daß sie bisher nur an der Oberfläche gekratzt hatte. Und wohin sie der kleine Fetzen, den sie erhascht hatte, führen würde, davon hatte sie nicht die geringste Vorstellung. Nur bei einer Sache war sie sich ziemlich sicher: die Verbindung zwischen Atherton Gottschalk und Delmar Davis Macomber war äußerst vielversprechend.

»Dann ist also alles gutgegangen.«

»Außerordentlich gut sogar. Er hat sich demütig seinem Schicksal ergeben.«

Khieu lächelte. »Das freut mich.«

Macomber hatte jedesmal den Eindruck, daß die Welt mit Khieus Lächeln aufblühte. »Harlan Esterhaas ist ein wichtiges Bindeglied für uns. Er kontrolliert den Ausschuß für Waffenbeschaffungen. Und wir kontrollieren jetzt ihn. Ich bin froh, daß es mit ihm keine Schwierigkeiten gegeben hat.«

Khieu ging im Zimmer auf und ab, ohne dabei das geringste Geräusch zu machen. Ein schwerer Weihrauchgeruch hing in der Luft. Er hatte gerade seine Abendgebete beendet.

Macomber wandte den Kopf nach ihm. Khieu strahlte eine merkwürdige Unruhe aus. »Was ist, Khieu?« Seine Augen verfolgten jede Bewegung des anderen.

»Ich bin beschämt«, sagte er und blieb plötzlich stehen. »Daß Senator Burke uns nicht verfügbar ist, lastet auf meinen Schultern.«

»Vergiß Burke. Ich glaube nicht, daß die Folgen ausgeblieben wären, wenn ich mit ihm gesprochen hätte. Wenn es wirklich einen Fehler geben sollte, dann liegt er im System. Schließlich hatte es den Senator für uns ausgewählt.« Er lächelte. »Außerdem hat sich ohnehin alles zum Besten für uns gewendet. Unser Ersatz wird dem *Angka* besser dienen, als es Burke je gekonnt hätte. Jack Sullivan ist das führende Senatsmitglied des Sicherheitsausschusses. Die Verzögerung ist nur gut gewesen – er ist jetzt reif für uns.«

»Und was ist mit Tracy Richter?«

Macomber dachte einen Augenblick lang nach. »Ich glaube nicht, daß sein Vater ihm weiterhelfen kann. Und wo soll er dann hingehen? Es gibt keine weitere Möglichkeit für ihn. Fürs erste überlassen wir ihn sich selbst. Ich will ihm nicht zu nahe kommen. Und wenn wir ihn aus dem Weg räumen müssen, dann muß er schnell und sicher gehen.«

Ihre Blicke trafen sich. »Ich verstehe.«

Macomber nickte. »Bleibt nur das Abhörmikrophon. Ich glaube, daß du dir bald etwas überlegen mußt, wie wir es zurückbekommen können.«

»Ich glaube nicht, daß das ein großes Problem sein wird.«

»Sonst sind wir noch im Zeitplan des *Angkas*.«

»Gottschalk wird sich freuen, das zu hören. Er hat über Eliott nach einer Bestätigung gefragt.«

»Dann soll Eliott ihm das Okay durchgeben. Er hat doch alle notwendigen Informationen erhalten, oder?«

»Ja, alle.«

Natürlich hatte Macomber das System am Anfang beauftragt, von sämtlichen Politikern, die er kennengelernt hatte und für geeignete Präsidentschaftskandidaten hielt, psychologische Diagramme anzufertigen! Fünf Kandidaten waren es anfangs gewesen, aber das System hatte die Zahl bald auf einen reduziert: Atherton Gottschalk. Erst dann hatte Macomber sein Angebot unterbreitet. Langsam, Stück für Stück. Und bei jedem Schritt hatte er darauf geachtet, das richtig einzusetzen, was das System über den Mann zusammengetragen hatte – bis er Gottschalk in seine jetzige Position gebracht hatte.

Nicht, daß er mit irgendwelchen Schwierigkeiten von Gottschalks Seite gerechnet hatte; schließlich war er vom System ausgesucht worden. Aber das hatte auch Senator Roland Burke ausgewählt. Macomber mußte zugeben, daß er keinem Computersystem je voll vertraut hätte, wenn es um die Beurteilung von Menschen ging. Genau besehen waren es doch nur programmierte Schwachköpfe, die nicht wirklich denken oder das Unwägbare bei einem Menschen bewerten konnten.

Deshalb hatte sich Macomber auch in den Besitz von zwei Super-8-Filmrollen gebracht – komplett mit einer volltönenden Magnetspur –, die Gottschalk und Kathleen Christian inmitten schweißtreibender Aktivitäten zeigten, die so gar nichts Präsidentenwürdiges hatten.

»Dann wird er auch wissen, was er damit zu tun hat.«

Einen Moment lang dachte Macomber daran, Khieu für sein intuitives Verhalten zu danken. Er unterließ es dann, weil er fürchtete, daß Khieu die Geste vielleicht falsch verstehen würde. Auf welche Weise Khieu dafür sorgte, daß Joy im Haus Ablenkung fand, war Macomber nicht entgangen. Schon bald nach ihrer Hochzeit hatte er sich von Joy nicht mehr angezogen gefühlt. Und so war er bewußt immer häufiger aus dem Haus gegangen, um die beiden allein zu lassen. Er hatte gehofft, daß Joy in ihrer Einsamkeit nur noch empfänglicher für die magnetische Anziehungskraft Khieus werden würde. Und natürlich hatte er mit Khieus außergewöhnlicher Loyalität gerechnet. Von beidem war er nicht enttäuscht worden. Er war zufrieden.

»Stell bitte das Fernsehen an«, sagte Macomber zu Khieu, »es ist gleich fünf.« Es war ihm zur festen Gewohnheit geworden, täglich die erste Nachrichtensendung zu sehen.

Auf dem Bildschirm erschien das Gesicht Dan Rathers. Es war blaß und auffallend ernst. »Mach doch mal lauter«, sagte Macomber. »Irgend etwas muß passiert sein.«

». . . erfahren«, sagte Rather gerade. »Lieutenant Colonel Roger DeWitt, der amerikanische Militärattaché, der sich zu Gesprächen mit dem ägyptischen Präsidenten Mubarak in Kairo aufhielt, ist heute von unbekannten Männern erschossen worden. Obwohl noch keine offiziellen Berichte über die Tat vorliegen, ist in ersten Gerüchten zu hören, daß drei Täter an dem Attentat beteiligt waren. In Beirut hat sich vor wenigen Minuten eine Terroristengruppe mit dem Namen Libanesische Revolutionsfront zu dem Anschlag bekannt.«

Sie sahen sich einen Augenblick lang stumm an. Auf Macombers Gesicht zeigte sich ein Lächeln von so undurchdringlicher Vieldeutigkeit wie das der Mona Lisa.

»Ist es nicht wundervoll«, sagte er leise, »wie das Leben manchmal die Dinge richtet?«

Es war genau 22.10 Uhr, als Kathleen auf dem LaGuardia-Flughafen aus ihrer Maschine stieg. Obwohl sich ein Regensturm wie eine Decke über New York gelegt hatte, hatte sich der Flug aus Washington nur um drei Minuten verspätet.

Kathleen ging durch die Flughalle und holte ihren leichten Koffer von einem Gepäckkarussell. Durch die breiten Glastüren, die sich öffneten, als sie sich näherte, trat sie hinaus in New Yorks feuchtschwere Luft. Sie seufzte. Zumindest war es kühler als in Washington.

Sie entdeckte den Wagen, den sie bestellt hatte, und machte dem wartenden Fahrer ein Zeichen. Er verstaute ihr Gepäck im Kofferraum, ging um den Wagen herum und hielt ihr die hintere Tür auf.

»Zum Parker Meridien.« Genüßlich ließ sie sich in den Plüschsitz zurücksinken.

Als sie wieder auf ihre diamantbesetzte Goldarmbanduhr sah, war es Viertel vor elf. Wo mochte Gottschalk jetzt sein? Zu Hause und mit der Arbeit beschäftigt, die er schleifen ließ, wenn er bei ihr war? Oder betatschte er gerade die großen Brüste seiner Frau, dieser dummen Kuh? Kathleen fühlte Blut in ihre Wangen schießen.

Nein. Viel wahrscheinlicher war, daß er auf irgendeiner Versammlung, die seine Wahlkampfkasse füllen sollte, eine seiner Endzeitreden hielt. Nicht, daß sie ihm nicht glaubte. Nein, das war es nicht. Aber wenn die Welt wirklich vor die Hunde gehen sollte, dann wollte zumindest sie noch alles greifen, was ihre Hände nur fassen konnten.

Und zwar sofort.

Tracy lenkte seinen Audi auf den Parkstreifen der Neunundsechzigsten Straße in Bay Ridge und hielt, als er die Bremslichter von Thwaites Wagen vor sich aufleuchten sah.

Es war fast Mitternacht und ruhig auf der Straße. Zeit für die Verabredung mit Ivory White, der die Fotos von John Holmgrens Leiche bringen sollte. Zwei Laternen, die eigentlich den Fußweg beleuchten sollten, brannten nicht. Nur vorne an der nächsten Kreuzung flackerte in unregelmäßigen Abständen ein Licht auf.

Sie gingen über einen schmutzigen Betonweg. Auf dem Treppenabsatz blieb Thwaite, der einen Schritt vorausging, so plötzlich stehen, daß Tracy ihm die Schulter in den Rücken stieß. Thwaite fluchte laut auf.

Tracy stellte sich neben ihn und sah die Botschaft, die mit Farbspray quer über die Eingangstür gesprüht worden war. HIJO DE PUTA stand dort, und gleich darunter: PUERCO SIN COJONES.

»Scheißkerle!« fauchte Thwaite und schob seinen Schlüssel ins Schloß. In genau diesem Moment nahm Tracy einen scharfen harzigen Geruch wahr, der ihn sofort an bestimmte Bilder aus dem Dschungel erinnerte, entfernter Vogelgesang, Fledermausflügel, die über einen hinwegstreichen, und riesige glutrote Feuerblüten, die wie Narben auf dem Nachthimmel erschienen.

»Nein!« schrie er und griff nach vorn. »Sie haben...«

Aber der Rest seines Satzes war nicht mehr zu hören. Thwaite hatte die Tür aufgestoßen. In der nächsten Sekunde war der Nachthimmel in Orange, Schwarz und Rot getaucht. Sie fühlten die Erde erzittern, als ob eine Untergrundbahn unter ihren Füßen hinwegdonnere. Dann traf sie wie eine eiserne Faust die Schockwelle.

Kopfüber, mit fliegenden Armen und Beinen, stürzten sie die Treppe hinunter. Ein Donnern ließ ihre Ohren taub werden und dehnte ihre Trommelfelle bis an die Schmerzgrenze.

»Nein!« schrie Thwaite. »Himmel, nein!« Auf allen vieren kroch er zu dem kranken Baum vor dem Haus und zog sich an ihm hoch. Völlig von Sinnen wollte er auf das Haus zulaufen, aber Tracy, der wußte, was kommen würde, riß ihn wieder zu Boden, als die zweite, diesmal nähere Explosion das Haus erschütterte und die Wand mit einem derartigen Druck platzen ließ, daß die Mauer in unzählige Brocken barst, die durch die Luft schleuderten und sich wie Geschosse in die Wiese senkten.

Dann das Geräusch von vielen schnellen Schritten, das Heulen von Sirenen. Rufe und Schreie überall in ihrem Rücken. Sie standen wieder auf ihren Füßen, die Gesichter schwarz, die Kleidung zerrissen, die Haut an vielen Stellen aus Wunden blutend, die herumfliegende Glasscherben ihnen gerissen hatten. Ihre Ohren schmerzten und rauschten.

Thwaite stolperte über die schwarze, trümmerübersäte Wiese auf die Reste seines Hauses zu. Er wollte hinein, zu seiner Frau und seinem Kind. Er war sich sicher, daß er sie noch retten konnte. Aber die glühende Hitze der wildschlagenden Flammen stoppte ihn. Und er schrie in das Feuer, als sei es etwas Lebendiges, sein Feind. »Laß mich hinein!« brüllte er. »Doris, wo bist du?« Er hob drohend die Fäuste. »Phyllis, mein kleiner Liebling. Ich komme!«

Aber Tracy stand hinter ihm. »Sie können da nicht hinein«, sagte er, so ruhig er konnte.

»Niemand kann mich aufhalten«, sagte Thwaite. Er war noch immer nicht wieder bei sich.

»Sie sind tot.« Tracy packte Thwaite am Arm. »Kommen Sie zur Besinnung. Mann! Sehen Sie nicht, was vor Ihren Augen liegt! Niemand hat die zwei Explosionen überlebt. Sie werden sich nur selbst noch umbringen, wenn Sie da jetzt hineingehen.«

Thwaite versuchte sich loszureißen, und Tracy war erschrocken über das, was er sah. Das flackernde Licht des unersättlichen Feuers ließ Thwaites Gesicht, aus dem alle Farbe gewichen war, weiß leuchten. Die Haut spannte sich über den Schädelknochen, und Thwaites Augen waren tief in ihre Höhlen gesunken. Tränen liefen seine Wangen herunter und hinterließen leuchtende Spuren, wo sie den Ruß fortwuschen.

»Lassen Sie mich los«, sagte Thwaite, seine Augen rollten wie die eines scheuenden Pferdes. Und tief in ihnen sah Tracy Entschlossenheit. »Lassen Sie mich los, oder ich bringe Sie um.«

Tracy gab Thwaites Arm frei. »Hören Sie zu, Thwaite, tun Sie...«

Aber Thwaite war schon losgelaufen, aber nicht, wie Tracy befürchtet hatte, in das brennende Haus hinein, sondern in die entgegengesetzte Richtung.

»Es war Antonio!« schrie Thwaite. Er stieß auf die erste Welle neugieriger Nachbarn, und sie wichen auseinander wie das Rote Meer, als Moses sich ihm genähert hatte. »Ich werde ihm den Schädel einschlagen!«

»Warten Sie!« schrie Tracy. Aber Thwaite verschwand immer schneller die Straße hinunter. Die Sirenen waren jetzt schon ganz nah, die Feuerwehr mußte jeden Moment eintreffen. Gott im Himmel, fuhr es Tracy durch den Kopf, dann stürzte er Thwaite nach.

Tracy sah Thwaite am Ende der Straße links um eine Ecke biegen. Als er selbst die Stelle erreichte, war Thwaite verschwunden. Tracy lief die Gasse, in der sich die feuchte Luft zu stauen schien, ein Stück hinunter. Der Boden war von Löwenzahn und anderem Unkraut überwuchert. Wo war Thwaite geblieben?

Tracy verlangsamte seinen Schritt. Sein Blick wanderte forschend die Häuserzeilen entlang. Auf beiden Straßenseiten waren Hauseingänge, aber erst im zweiten Stock hatten die Häuser Fenster. Tracy ging zum ersten Eingang auf der rechten Seite und untersuchte ihn sorgfältig. Dann versuchte er den Türknauf zu drehen, die Tür war abgeschlossen.

Der zweite Eingang lag fast am anderen Ende der Gasse. Tracy näherte sich ihm vorsichtig. Die Tür sah aus wie eine Patchworkarbeit, sie war aus verschiedenen großen Blechstücken zusammengenietet.

Tracy untersuchte das Schloß, und diesmal entdeckte er die feinen Kratzer, die zurückbleiben, wenn eine Tür in Hast mit einem Dietrich geöffnet worden ist. Tracy richtete sich auf, legte seine Hände fest um den Türknauf und drehte ihn langsam herum. Die Tür ging geräuschlos auf. Dahinter gähnte ein dunkler Flur.

Zentimeter um Zentimeter schob Tracy sich vor. Alle seine Sinne lauschten in die Finsternis. Wasser tropfte irgendwo von der Decke herunter – ein regelmäßiges Trommeln, das langsam lauter wurde. Dann fiel ein dünner Lichtschein in den Flur, gelblichfahl wie die Haut einer Leiche. Das Licht wurde stärker, und plötzlich hörte Tracy ein weiteres Geräusch, ein dumpfes Schlagen wie von einer Maschine.

»Oh, oh, oh!« Schmerzensschreie.

Leise schlich Tracy weiter. Eine Lichtpyramide von schmutziger Farbe lag vor ihm wie eine dreidimensionale Projektion. Er trat in die Helligkeit hinein und drehte sich in die geöffnete Tür.

Ein paar Schritte vor sich sah Tracy Thwaites breiten Rücken aufragen.

»Er ist nicht hier – oh, oh, oh!«

Es war eine weibliche Stimme, hoch und schrill vor Angst. Dann sah Tracy plötzlich ein kaffeebraunes Bein, das zuckend in die Luft schlug.

»Sag mir, wo er ist, du weißt es.« Fast war es nur ein kehliges Knurren gewesen, die einzelnen Silben schienen in Speichel und Wut getränkt zu sein.

Dann spannten sich Thwaites Schultern, sein rechter Unterarm bewegte sich leicht, und die Frau schrie wieder gellend auf. Tracy trat einen Schritt zur Seite, so daß ihm Thwaites Rücken nicht mehr die Sicht versperrte.

Einen Moment überlegte er, wie er Thwaite von der Frau abbringen könnte, bis ihm klar wurde, daß keine noch so wortreiche Erklärung das zustande bringen würde. Er ließ seinen Blick durch das Apartment wandern, es mußte noch einen anderen Weg geben. Es war durchaus möglich, daß Antonio sich schon aus dem Staub gemacht hatte; aber Tracy glaubte eigentlich nicht daran. Antonio war ein Amateur, und die liebten es für gewöhnlich, sich in der Nähe des Tatorts herumzudrücken, um zu sehen, ob ihre kleinen Tricks auch funktioniert hatten.

Wenn der Gedanke richtig war, mußte Antonio noch immer hier in der Wohnung sein, irgendwo. Langsam ging Tracy durch das Wohnzimmer und blendete dabei die Schreie und das Wimmern der Frau aus seinem Bewußtsein aus. Es gab nur einen Weg, sie von ihren Qualen zu befreien: er mußte Antonio finden. Am anderen Ende des Zimmers ging Tracy in die Hocke. Der Fellteppich, der hier lag, warf Falten, als ob er erst vor kurzem eilig bewegt worden war. Tracy beugte sich vor, faßte den Teppich mit den Fingerspitzen an einer Ecke und zog ihn behutsam zurück. Unter dem Fell entdeckte er die quadratischen Umrisse von etwas, das nur eine Klapptür sein konnte. Dann sah er einen Eisenring, der in ein Bodenbrett eingelassen und groß genug war, daß man zwei Finger durch ihn hindurchschieben konnte.

Tracy brachte sich in Position und griff nach dem Ring. Er atmete tief ein und ebensolange wieder aus. Das wiederholte er dreimal. Dann stieß er, wie es ihm gelehrt worden war, aus der Tiefe des Magens heraus einen Schrei aus, *Kiai*, der eine Wille über dem anderen, und im selben Moment riß er den Eisenring hoch.

Die Bodenklappe flog hoch, und Tracy konnte gerade noch rechtzeitig seine Finger aus dem Ring ziehen, bevor sie laut knallend auf den Boden schlug. Als der Spalt breit genug für ihn war, ließ Tracy sich in die Tiefe fallen. Er fand sich auf dem erdigen Boden einer düsteren Zelle wieder, die nicht länger als einen Meter achtzig war und etwas über zwei Meter hoch. Das Echo des *Kiai* gellte noch immer von den engen Wänden des Raumes.

Tracy ging in die Hocke und sah im nächsten Moment Antonio. Er saß zusammengekrümmt in einer Ecke. Sein Seidenhemd war zerrissen und blutverschmiert. Und unter dem Hemd konnte Tracy einen Verband erkennen, der eine frische Wunde bedecken mußte; denn Blut hatte die Gaze rot gefärbt. In der rechten Hand hielt Antonio eine 22er Pistole mit Perlmuttgriff. Ihr Hahn war gespannt.

Das alles nahm Tracy in dem Sekundenbruchteil auf, als er in die Grube unter dem Wohnzimmerboden fiel. Gleichzeitig roch er die frische Erde, die Ausdünstungen eines Abwasserkanals, der in der Nähe fließen mußte, und den Geruch von Würmern.

Das durchdringende Gellen des *Kiais* hatte Antonio erstarren lassen. Der Schrei wurde seit undenklichen Zeiten angewandt, er war ganz ohne Zweifel einmal die Reaktion des primitiven Menschen auf eine tödliche Gefahr gewesen. Yu, von der Tracy den Schrei in Ban Me Thuot gelernt hatte, erklärte, daß die römischen Legionen ihn benutzt hatten, um ihre Feinde in Angst zu versetzen, während sie in Phalanx voranschritten.

Tracy verlagerte sein Gewicht auf das linke Bein, und während er sich noch tiefer in die Hocke sinken ließ, schoß sein rechtes Bein hervor. Der angewinkelte Fuß traf Antonios rechte Hand wie ein Rammbock und schlug ihm die Waffe aus der zitternden Hand.

Antonio versuchte einen Konterschlag, aber der Angriff kam von seiner verletzten Seite, und Tracy konnte leicht unter dem Schlag hinwegtauchen und schlug im nächsten Moment seine beiden Fäuste mit durchgedrückten Armen in Antonios Magengrube.

»Uuf!« Antonio stieß die Luft aus und klappte wie eine Papierpuppe zusammen. Er würgte noch, als Tracy ihn hochzog und über sich hinweg aus der Grube warf. Dann stemmte sich Tracy selbst aus dem Verlies empor.

»Thwaite!« rief er, sobald er wieder im Wohnzimmer stand. »Hör auf jetzt!« Die Worte waren scharf wie ein Befehl gekommen.

Thwaite sah sich mit einem einfältigen, wie nach innen gerichteten Blick um. Dann kniff er die Lider zusammen. Die Farbe seiner Augen schien sich zu verändern; sein Blick wurde wieder klar. Er schleuderte die Frau von sich.

Tracy hörte sie wimmern, als sie sich auf dem Sofa zusammenrollte. Er dachte, daß er ihr vielleicht das Leben gerettet hatte. Dann stieß er Antonio von sich weg, so daß er fast über den Fellteppich stolperte. »Hier hast du ihn«, sagte er.

»Tonio.« Die Stimme ließ den Zuhälter erzittern, sie war wie das Zischen einer Giftschlange, ein Flüstern ohne jedes Leben darin, ohne Mitgefühl. »Du wirst jetzt sterben, Tonio«, sagte Thwaite, »so sicher wie ich hier stehe.«

Antonio machte einen Schritt rückwärts. »*Idiota!* Du bist selbst an allem schuld! Du!«

Thwaite ging langsam auf ihn zu, seinen Schlagstock aus Mahagoniholz in der Hand. Tracy sah wieder die tödliche Entschlossenheit in Thwaites Augen, die ihn seine Umgebung kaum noch wahrnehmen ließ.

Tracy machte zwei Schritte in Thwaites Richtung, dann sah er die Messerklinge in Antonios Hand aufblitzen. Der Zuhälter mußte das Messer in seinem Verband versteckt gehabt haben.

Tracy verfluchte sich dafür, daß er Antonio nicht durchsucht hatte. Er machte eine schnelle Bewegung.

Aber Thwaite hatte sich schon auf Antonio gestürzt, der Schlag fuhr pfeifend in einem flachen Bogen nieder. Und auch die Messerklinge war schon auf ihrem Weg. Tracy sah, daß er nichts mehr tun konnte, es war zu spät.

Thwaite schrie auf und ließ seinen Schlagstock fallen.

Antonio zog das Messer zurück, es war mit Thwaites Blut verschmiert. Tracy hörte Thwaites keuchenden Atem, er sah, wie dem

Sergeant der Mund schlaff herunterhing, wie er seine Augen weit aufriß. Und dann fuhr das Messer zu einem zweiten Angriff hoch, auf Antonios Gesicht war ein verzerrtes Grinsen gezogen.

Und Tracy blieb nur noch die Zeit für einen *Kanashiki*, der zu den *Atewaza* gehört, den tödlichen Schlägen. Tracy schätzte die Entfernung. Er streckte sein linkes Bein nach hinten und ließ seine gebündelte Kraft wie einen Lichtstrom durch die sich drehende Hüfte nach oben in seine rechte Schulter fließen, die die Bewegung der Hüfte mit wachsender Geschwindigkeit fortsetzte, so daß in dem Moment, da sich die rechte Hand streckte, alle seine Kraft in den vorstechenden Gelenkknochen des Zeige- und Mittelfingers der Hand zusammenfloß.

Der Schlag traf Antonio hinter dem rechten Ohr.

Thwaite, der vor Antonio stand, schreckte zusammen über die plötzliche Veränderung in dem hämisch grinsenden Gesicht. In einem Moment war es noch voller Haß und Triumph gewesen, im nächsten Moment: nichts. Alle Farbe, alles Leben war aus den Zügen verschwunden, und noch bevor Antonio zusammenbrach, sah er schon aus wie eine Wachspuppe.

Thwaite sah über den leblosen Körper hinweg auf den Mann, der ihm jetzt gegenüberstand. »Mein Gott«, sagte er leise, dann schloß er die Augen.

ANGKOR THOM, KAMBODSCHA
Juni 1967

Die Unterweisung Soks in das Leben der Roten Khmer schien lang und mühsam zu sein. Doch nur das letztere stimmte. Die Einübung militärischer Disziplin und die ideologische Einschüchterung gingen Hand in Hand und wiederholten sich vierundzwanzig Stunden am Tag. Das normale Verständnis von Begriffen wie Zeit und Ort wurde rücksichtslos zerschlagen, was man als Voraussetzung dafür ansah, daß der Umerziehungsprozeß der jungen Rekruten den gewünschten Erfolg hatte.

Es gab keinen Morgen mehr, keinen Nachmittag und keinen Abend. Nachts wurde nicht geschlafen, sondern gearbeitet. Am Tag zog die Einheit in den Kampf. Erst nahm sie an dem Aufstand in Battambang teil, dann führte sie ihre eigenen Operationen gegen den Feind durch. Der verhaßte Feind: das alte korrupte Regime. Ein neues freies Kamputschea konnte nicht warten, bis die Kampfbedingungen humaner würden; folglich wurde der Schlaf auf ein Minimum reduziert.

Und immer wieder hing das Wort *Angka Leu* – die höhere Organisation – wie ein drohendes Beil über ihren Köpfen. Sok fand nie heraus, wer oder was genau der *Angka Leu* war, ob er überhaupt existierte oder nur in der Phantasie ihrer politischen Führer vorkam.

Dennoch blieb Sok von dem, was er lernte, nicht unberührt, das wäre unmöglich gewesen. Er war jung genug, um den revolutionären Elan seiner Einheit zu fühlen, und er war klug genug, zu hören, wann man ihn belog. Am schlimmsten war noch der Haß ihrer politischen Lehrer auf die Religion und alles, wofür sie stand. Der demütige Pazifismus, den der Buddhismus lehrte, war das genaue Gegenteil dessen, was sie in die jungen Soldaten pflanzen wollten; Härte, eine kriegerische Gesinnung und Tapferkeit vor dem Feind. Aber mehr noch fürchteten sie den Grundgedanken der Religion. Nur der *Angka* durfte verehrt werden. Der *Angka* würde für Schutz und Wohlergehen eines jeden zu jeder Zeit sorgen, wie es das alte und korrupte Regime nicht gekonnt hatte, wie es der Amida Buddha nicht gekonnt hatte.

Und dann machte sich Sok Sorgen um Sam. Denn Sam gab es nicht mehr. Er hieß jetzt Chey, und, was noch schlimmer war, er glaubte auch an seine neue Identität.

»Ich habe mich verändert, Own«, hatte er ihm in der ersten Nacht zugeflüstert, als sie endlich allein waren. »Die Revolution hat mich verändert. Ich habe einen neuen Namen und ein neues Leben.« Er hatte gelächelt. »Aber ich bin sehr stolz auf dich. Du hast ihre Prüfung bestanden.«

Sok hatte ihn im flackernden Licht der Feuer angestarrt. Sam sah noch immer so aus wie früher. Sok streckte eine Hand aus und betastete den Bruder. Er fühlte sich auch noch so an wie früher. »Soll das heißen, daß du nicht mehr mein Bruder bist?« hatte er dann mit kläglicher Stimme gefragt.

Sams Gesicht hatte seinen ernsten Ausdruck verloren. »Ach, Kleiner.« Er hatte Sok in die Arme geschlossen. »Wir werden *immer* Brüder sein, egal was geschieht.«

Sechs Wochen später war Sam wieder zu ihm gekommen. Das frühe Morgenlicht ließ seinen Schatten überlang und gekrümmt erscheinen. Die ganze Nacht über hatte es geregnet, aber mit Tagesanbruch hatte es aufgeklart.

Sok bereitete sich auf den Abmarsch vor. Seine Einheit – er und fünf andere – sollten in den Norden nach Angkor Thom ziehen und die Ruinen zur weiteren Benutzung für die Roten Khmer vom Feind säubern. Er blickte erstaunt auf, als er seinen Bruder plötzlich wieder im Lager sah. Sams Gesicht war verschlossen, seine Augen merkwürdig wäßrig.

»Bevor du gehst, muß ich dich noch sprechen, Genosse.« Sam

benutzte die Anrede wegen der anderen Soldaten, die in Hörweite standen.

Sok nickte, und schweigend gingen sie zum Rand der Lichtung.

»Was ist geschehen, *Bwang*?«

Sam griff nach Soks Arm. »Ich habe schlechte Nachrichten erhalten, kleiner Bruder, die schlimmsten, die du dir vorstellen kannst.«

»Sag mir endlich, was los ist.« Sok zitterte am ganzen Körper.

»Vor zwei Tagen hat es eine Explosion in Chamcar Mon gegeben. Sie war von ungeheurer Stärke. Dann ist ein glühendes Feuer durch die Straßen gerast. Es hat nur Asche zurückgelassen.«

Angst hatte sich wie Eiskälte um Soks Herz gelegt. »Was willst du damit sagen?«

»*Maman*, Malis – alle. Sie sind alle tot, Sok.«

»Nein!« Sok versuchte sich von seinem Bruder loszureißen. »Das kann nicht sein!« *Mamans* sanfte Augen für immer erloschen. »Das muß ein Fehler sein!« Wunderschöne Malis. »Es muß ein anderes Haus gewesen sein!« Tanzende Malis. »Nicht unsere!« Nicht einer lebt mehr. »Nicht unsere!« Sorya und Ratha, die noch so klein waren. *Maman*.

Sie hielten sich fest in den Armen; jeder wußte, daß er nur noch den anderen hatte. Um so mehr waren sie in Zukunft auf ihre tiefe Freundschaft angewiesen, das eiserne Band zwischen ihnen, das nichts und niemand zerstören konnte. Doch jetzt blieb ihnen nichts mehr zu tun, als voneinander Abschied zu nehmen und sich gegenseitig Glück zu wünschen. Frühestens in einem Monat würden sie sich wiedersehen, wenn der Hauptverband der Einheit sich im Osten von Angkor Thom versammeln würde, um mit vereinter militärischer Kraft einen Schlag gegen Lon Nols Armee zu führen.

Die meiste Zeit liefen sie durch den Dschungel. Aber die Männer kannten in dieser Gegend jeden Schritt, und so kamen sie zügig voran. Nicht einmal fühlte Sok sich verloren oder auf einem Umweg, und, so merkwürdig es war, das gab ihm in seiner kleinen Kampfeinheit ein Gefühl der Sicherheit. Sie hatten die Anweisung erhalten, jede Feindberührung zu vermeiden, bis sie ihr Operationsziel erreicht hatten. Da sich Prinz Sihanouk als direkter Nachfahre der Könige sah, die Angkor Wat und Angkor Thom gebaut hatten, wurde angenommen, daß er Lon Nols Armee beauftragt haben könnte, die Ruinen aus strategischen und propagandistischen Gründen besetzt zu halten. Soks Einheit war das vor ihrem Abmarsch ausdrücklich eingeschärft worden.

Sie waren ungefähr vier Tage unterwegs. Die letzte Nacht verbrachten sie schon in der Nähe der Ruinen, aber noch waren sie nicht zu sehen. Im Morgengrauen, so war Sok gesagt worden, würden sie vorsichtig in die Tempelstadt eindringen. In dieser Nacht wurde kein

Feuer gemacht, und es fielen auch nur wenig Worte. Ihre kleine Einheit war eingeschlossen. Unterwegs waren sie an zwei feindlichen Patrouillen vorübergekommen, und es hatte sie zornig gemacht, daß sie sich jedesmal in Sicherheit bringen mußten, ohne den Feind stellen zu können. Es dürstete sie nach einem Kampf. Niemand schlief in dieser Nacht lange.

Noch vor Tagesanbruch waren sie wieder auf den Beinen und abmarschbereit. Ein sonderbar bräunliches Licht fiel durch die Bäume und tauchte ihre kleine Lichtung in blasse Helligkeit. Ros, ihr Kaderleiter, winkte sie von der Lichtung herunter. Sok fühlte sein Herz schneller schlagen. Jeder von ihnen war mit einem alten M-1-Gewehr bewaffnet, das Sturmgewehr der Amerikaner im Zweiten Weltkrieg. Ros hatte außerdem noch eine deutsche Luger. Um seinen Hals trug er einen karierten Schal. Beides zeichnete ihn unter den Roten Khmer – diesen Namen hatte Shinouk ihnen gegeben – als Offizier aus.

Bei jedem Schritt teilte sich mit einem leisen Rauschen die grüne Wand vor ihnen. Es war ein stiller Morgen. Nur Zikaden waren überall um sie herum zu hören. Sok sah, wie sich neben seinem Weg eine Schlange entrollte; sie glänzte ölig zwischen dem dichten Buschwerk.

Dann änderten sich plötzlich die Dschungelgeräusche, und als Sok aufblickte, sah er, daß sie ihr Ziel, Angkor Thom, erreicht hatten. Die Tempelanlage hatte riesige Ausmaße. Er hatte einmal von ihrer Größe gelesen, aber geschriebene Worte waren etwas anderes als die Realität, der er jetzt gegenüberstand. Die Mauern waren von einer Gegenwärtigkeit, die mehr als nur Räumliches umfaßte. Auch die Zeit schienen sie festzuhalten.

Am meisten jedoch berührte ihn das steinerne Gesicht, dessen Relief von allen vier Seiten eines jeden Gebäudes auf ihn heruntersah. Es war wie immer dasselbe Gesicht, gleichmütig, mild, königlich, wissend. Die steinernen Augen schienen ihn zu verfolgen, wohin er auch ging.

»Vorsicht jetzt«, hörte er Ros flüstern. »Entsichert eure Gewehre und haltet die Finger am Abzug.«

Angkor Thom war in das schräg einfallende Licht der Morgensonne getaucht. Weitere Flächen der Gemäuer lagen in strahlendem Weiß, während ihre unteren Mauerteile noch von den Schatten der Nacht gefärbt wurden.

»Da hinüber!« Ros' Befehl trieb den Kampfkader vorwärts. Laut schreiend liefen sie durch die verlassenen Ruinen. Sok folgte ihnen. Hier war niemand, dessen war er sich sicher. Zumindest kein feindliches Militär, wie sie befürchtet hatten. Rasch hatte er gelernt, den Geruch des Feindes wahrzunehmen, noch bevor er zu sehen war.

Dennoch hatten die anderen einen Gefangenen gemacht. Als Sok endlich durch die Traube von Leibern hindurchsehen konnte, schrak er zusammen. Sie hatten einen buddhistischen Mönch festgenommen. Seine orangefarbene Kutte und sein kahlgeschorener Schädel waren deutlich zwischen den anderen zu erkennen. Er sah sie teilnahmslos an. Seine dünnen Lippen bewegten sich kaum merklich, so daß Sok den Eindruck hatte, daß der Mönch betete.

»Laus!«

Es war Ros' Stimme, die sich über die anderen erhob. Ihr gellender, fast schon hysterischer Ton war sonst den ideologischen Phrasen vorbehalten. Die Soldaten des Kaders schienen den Ruf als ein Signal zu verstehen. Sie drehten die Waffen herum und begannen auf den Mönch einzuschlagen.

Er gab keinen Ton von sich, er hob noch nicht einmal einen Arm, um sich zu schützen. Und schon bald sank er zerschunden auf die Knie. Nur die Schläge der Soldaten waren noch zu hören. Die Vögel und alle anderen Tiere schienen den Ort verlassen zu haben.

Sok fühlte eine Übelkeit in sich hochsteigen. Am liebsten wäre er einfach fortgelaufen, nein, besser, hätte er jetzt sein Gewehr auf sie abgefeuert und sie getötet, wie sie den Mönch töteten. Aber das wäre noch ein viel zu humanes Ende für sie gewesen. So zwang er sich, dem Grauen weiter zuzusehen. Und es war ihm, als ob er in diesem einen widerwärtigen Augenblick nicht nur den Mönch, sondern auch sein Land sterben sah.

3. Kapitel

An einem Abend, an dem die Luftfeuchtigkeit in Washington weit höher lag als die Temperatur und selbst die Einheimischen nach Entschuldigungen suchten, um nicht in dieses Dampfbad hinaus zu müssen; an einem dieser Abende öffnete Kim sein Postfach und fand neben zwei Reklamesendungen, drei Rechnungen und einem Brief von seinem Bruder die gefaltete Speisekarte eines chinesischen Restaurants, das sich »Blaues Setschuan« nannte.

Die Reklamesendungen warf Kim sofort in den Papierkorb, die Rechnungen legte er zurück in das Postfach, den Brief schob er sich in die Jackentasche, nur die Speisekarte sah er lange an. Sie sah wie alle anderen Postwurfsendungen aus, die in größeren Städten des Landes von Zeit zu Zeit von den eingesessenen Lokalen verteilt wurden.

Kim nahm die Speisekarte mit hinauf in sein Apartment. Dort verbrannte er sie sofort und zerrieb auch noch die Asche zwischen seinen harten Fingerkuppen. Dann ging er zu dem Schrank im Flur und holte seinen abgenutzten Koffer herunter, dessen Leder über die Jahre nachgedunkelt war. Noch während er packte, rief er bei der PanAm an. Er buchte einen Platz in der nächsten Maschine nach Tokio und wurde darauf hingewiesen, daß die Maschine in San Francisco zwischenlanden würde und dort eine Stunde Aufenthalt hatte. Kim sagte, daß er das in Kauf nehme. Er tat seine restlichen Sachen in den Koffer und rief ein Taxi.

In der Maschine ließ er sich einen Tee kommen. Nachdem die Stewardeß ihn serviert hatte, lehnte sich Kim in dem breiten Sitz zurück und zog den Brief von Thu aus der Tasche. Er schlitzte ihn mit einem Fingernagel auf.

Von Kims Familie waren nur er selbst und sein Bruder Thu übriggeblieben. Mutter, Vater, drei Brüder und eine Schwester – eingeäschert. Und nur Kim war ohne Verletzung davongekommen. Thus Beine verkrüppelte ein glühender Balken, der auf ihn niederstürzte, als er seine Schwester in Sicherheit bringen wollte. Der schwere Balken – er hatte zur tragenden Konstruktion ihres Hauses gehört – hatte den Schädel ihrer Schwester wie eine Eierschale zertrümmert.

Kim war gerade noch rechtzeitig gekommen, um Thu retten zu können. Doch der Bruder, der das Blutbad hilflos hatte mitansehen müssen, hatte ihn nur angefleht, ihn in Frieden sterben zu lassen. Kim war darauf natürlich nicht eingegangen und hatte ihn ins Krankenhaus gebracht, wo Thu für die Nächte schwere Beruhigungsmittel verabreicht werden mußten, während ihm tagsüber die Handgelenke am

Gestell seines Bettes festgebunden wurden, um einen Selbstmord zu verhindern.

Kim hatte Thu danach mehrere Jahre lang nicht gesehen. Seine Arbeit für die Stiftung machte einen Besuch unmöglich. Aber sobald er einiges Geld zusammengespart hatte, schickte er es seinem Bruder.

Für drei Monate war Thu bei Kim geblieben, aber er hatte Washington nicht ertragen können. Alles hier erinnerte ihn an den Krieg, an sein Zuhause, an die verbrannte Familie. Ihre Geister schlichen sich in seine Träume ein wie Wildkatzen auf der Jagd, sagte er einmal. Schließlich eröffnete er Kim, daß er wieder ausziehen wolle.

Er hatte sich Seattle als neuen Wohnsitz ausgesucht, eine besonders trübsinnige Gegend mit der höchsten Selbstmordrate im ganzen Land. Aber da Kim gesehen hatte, daß sein Bruder nicht länger gefährdet war, ließ er ihn gehen. Thu, das schönste Kind in der Familie. Das Wüten des Krieges und des Feuers hatte seinen schönen Zügen nichts anhaben können. Aber innerlich schienen die Flammen ihn versengt zu haben, sein Herz schien schwarz geworden und verkümmert zu sein. Er dachte nur noch an zu Hause und den Krieg.

Dann war Thu plötzlich nach Südostasien zurückgekehrt. »Ich will an den Ort des Holocaust zurückkehren«, hatte er Kim geschrieben. »Um mein Wohlergehen mache ich mir keine ernsthaften Sorgen, denn wer wird schließlich einem hilflosen Krüppel etwas tun wollen? Doch irgendwie fühle ich mich als Wächter der Vergangenheit – der unserer Familie, meine ich. Und, Bruder, ich muß herausfinden, was in jener Nacht genau geschehen ist. Sonst werde ich nie in meinem Leben Ruhe finden. Die Ungewißheit frißt an meiner Seele wie eine Krankheit. Verstehst du das?«

Kim hatte ihn verstanden. Und dann war Thu nach Amerika zurückgekehrt. Er hatte das unvorstellbare Geheimnis der Stunden jener längst vergangenen Nacht gelüftet. »Bruder, wenn ich der Wächter unserer Familie bin, dann mußt du ihr Rächer sein«, hatte er zu Kim gesagt. »Ich bin der Stift, du bist das Schwert. Hier ist alles, was ich über die schreckliche Nacht herausgefunden habe.«

Das war jetzt zwei Jahre her, und so lange hatte Kim auch jede freie Minute, die ihm blieb, genutzt, um Spuren zu verfolgen. Er wußte, daß er erst absolut sicher sein mußte, bevor er zu seinem Racheschlag ausholen konnte. Und schließlich hatte er in der Bibliothek der Stiftung den endgültigen Beweis gefunden. In der »Ragman«-Akte. Wenn man das richtige Wissen hatte, die Fakten kannte, die Thu so mühselig ausgeforscht hatte, dann konnte man dort alles nachlesen.

Das gedämpfte Heulen der Jet-Turbinen im Ohr, faltete Kim jetzt den Brief auseinander und begann zu lesen.

In San Francisco ging Kim sofort zum PanAm-Schalter und reichte der Frau, die ihn von der anderen Seite erwartungsvoll anlächelte, sein Ticket. »Ich habe einen Flug nach Tokio gebucht«, erklärte er. »Aber gerade erfahre ich aus meinem Büro, daß meine Reiseroute geändert worden ist. Ich brauche dringend eine Verbindung nach Brüssel.«

Die Frau ließ ihren Zeigefinger über mehrere Tabellen gleiten, dann tippte sie etwas in einen Tischcomputer ein. »Ich kann Ihnen einen Platz in einer Maschine reservieren, die in drei Stunden fliegt. Ich fürchte, daß es früher nicht geht...«

»Das macht nichts.« Kim lächelte freundlich.

In Brüssel holte Kim sein Gepäck von der Ausgabe, aber statt den Flughafen zu verlassen, ging er an den nächsten Ticketschalter und buchte einen Flug nach Amsterdam. Er sorgte dafür, daß der Mann hinter dem Schalter den Eindruck bekam, daß Amsterdam sein endgültiges Reiseziel war.

Tatsächlich war es das nicht. In Amsterdam erreichte er gerade noch einen Anschlußflug nach Eindhofen, eine nicht gerade schöne Industriestadt im Südosten der Niederlande. Dort suchte er sich im Flughafengebäude das nächste öffentliche Telefon und wählte eine siebenstellige Nummer. »Ich bin hier«, war alles, was er sagte. Es waren noch keine fünfzehn Minuten vergangen, als eine schwarze Limousine vor dem Flughafenausgang hielt. Ein livrierter Chauffeur nahm sich Kims Gepäck an.

Kim ließ sich inzwischen im Fond des Wagens in den Ledersitz sinken. Gedankenverloren dachte er an die Speisekarte mit dem Aufdruck »Blaues Setschuan«, es war das Codewort gewesen, das ihn hierher gebracht hatte. Es war die einzige Verbindung, die er zu dem Mann mit der schmalzig-weißen Haut hatte. Der Code rief ihn nach Eindhoven, wo er sich innerhalb der nächsten vierundzwanzig Stunden zu melden hatte.

Der Ruf kam nur selten. Zum einen, weil seine Arbeit ihn oft an Plätze brachte, die Kim nicht aufgrund einer kurzen Nachricht einfach verlassen konnte. Zum zweiten war es meistens so, daß der Mann mit der weißen Haut kam, um persönlich mit Kim zu sprechen. Kim traf ihn jetzt schon seit Jahren, aber seinen richtigen Namen kannte er nicht. Er hatte ihn bisher immer mit seinem Decknamen angesprochen, Tango.

Obwohl Kim sich nicht besonders für die Leute hier interessierte, war ihm nie der Gedanke gekommen, daß er sein Gehalt von der Stiftung nur deshalb mit freier Arbeit aufbessern mußte, weil er, außer für sich, auch noch für Thu zu sorgen hatte. Leben war für ihn gleichbedeutend mit Pflicht.

Langsam rollte die Limousine aus. Kim stieg aus und stand auf dem sauberen Fußweg vor einem riesigen Gebäude aus Stahl und Glas, das die ganze Straßenlänge einzunehmen schien. Am Eingang war kein Firmenschild zu sehen, nur eine Hausnummer: 666.

Kim ging durch die spiegelnden Glastüren und vorbei an einem bewaffneten Sicherheitsbeamten zum Empfangsschalter. Hinter dem halbkreisförmigen Tisch aus Kirschholz saß mit kerzengeradem Rücken ein Mann, an dem der gewachste Oberlippenbart sofort auffiel. Er nickte, als Kim näherkam, stand auf und heftete ihm eine Plastikkarte mit einer Farbkodierung ans Jackenrevers.

Der Expreßfahrstuhl brachte Kim nach oben. In zwei Ecken der Kabine hingen Kameraaugen: das eine gehörte zu einem gewöhnlichen Videorecorder, das andere zu einer Infrarotkamera.

Eine Glocke schlug leise an, als sich die Fahrstuhltüren im obersten Stockwerk wieder öffneten. Der Flur war mit einem taubengrauen Berber ausgelegt. An den Wänden, die mit hellem Kirschholz verkleidet waren, hingen Gemälde.

»Herzlich willkommen«, begrüßte ihn Tango. Seine harten, blaßblauen Augen strahlten Kim an. »Sie haben es wirklich schnell geschafft.«

Er führte Kim den leicht gewundenen Flur hinunter und durch eine Doppeltür aus schwerem Holz in einen Konferenzraum. Um einen rechteckigen Tisch herum saßen zwölf Männer. Kim schätzte ihr Durchschnittsalter zwischen fünfundfünfzig und sechzig. Sie nannten sich die Kammer.

Sie trugen konservativ geschnittene und in gedeckten Braun- oder Blautönen gehaltene Anzüge. Und obwohl Kim ihre Namen nicht kannte – er hatte sich auch nie für sie interessiert –, konnte er schon von der Erscheinung her vieles ablesen. Der Geruch von Geld hing wie ein schweres Parfüm über diesen Männern. Aber es war alter Reichtum, von Familien über Generationen zusammengetragen und herangereift wie ein erlesener Wein.

»Dieses Treffen«, begann ein Mann mit rotgoldenem Haar, »soll zwei Zwecken dienen.« An der akzentfreien Aussprache erkannte Kim, daß der Mann gebürtiger Deutscher sein mußte. Deutsch war die Sprache, in der die Versammlungen hier, zu der sich Männer aus sechs europäischen Ländern trafen, abgehalten wurden. »Als erstes möchten wir Sie um einige ergänzende Erklärungen zu Ihrem letzten Bericht an Tango bitten.« Obwohl seine Worte direkt an Kim gerichtet waren, sah der Mann ihn nicht einmal an. Er schlug eine krokodillederne Büromappe auf und sah kurz hinein. »In ihm schreiben Sie von dem Tod eines führenden Präsidentschaftsbewerbers der Republikanischen

Partei, eines gewissen John Holmgren. Weiterhin führen Sie aus, daß dieses Ereignis allem Anschein nach den Weg zur Nominierung für Atherton Gottschalk freimacht, der jetzt als einziger ernsthafter Bewerber für den Wahlkongreß der Republikaner im nächsten Monat gilt.«

Er schwieg einen Moment, als ob er seine Gedanken sammeln wollte. »Bevor ich Ihnen unsere Fragen stelle, erlauben Sie mir, einen Augenblick abzuschweifen. Wir, die wir hier versammelt sind, sind im Grunde reine Geschäftsleute. Ich sage ›im Grunde‹, weil wir heute in Europa eine wachsende Politisierung sämtlicher gesellschaftlicher Felder beobachten können. Feinde unserer freien Gesellschaft – radikale politische Splittergruppen wie auch anarchistische Terroristen – haben das empfindliche Gefüge unserer Ordnung an vielen Stellen unterwandert.«

Der Deutsche holte tief Luft.

»In diesem Raum sehen Sie die Stellvertreter einer Finanzmacht von vierunddreißig Billionen Dollar versammelt, amerikanischer Dollar. Dennoch haben wir uns bis heute jeder politischen Einflußnahme enthalten. Und wenn Männer aus unseren Kreisen auch immer häufiger Opfer radikaler Anschläge werden, so dürfen wir uns auf eine direkte Konfrontation mit diesen Elementen nicht einlassen. Unser Selbstverständnis verbietet uns das. An dieser Stelle nun haben wir an Sie gedacht. Sie haben uns schon bisher in bewunderungswürdiger Weise gedient. Doch nur als Beobachter. Jetzt, nach dem Tod von John Holmgren, möchten wir Ihren Status ändern. Deshalb ist diese Versammlung einberufen worden, um in dieser Angelegenheit zu verbindlichen Entscheidungen zu kommen. Was ist nun Ihre Meinung über Atherton Gottschalk? Wir haben zwar Ihren Bericht gelesen, aber wir möchten dennoch eine persönliche Stellungnahme von Ihnen hören.«

Kim dachte einen Augenblick lang nach. »Gottschalk vertritt eine eisenharte Politik. Sein ehemaliger Gegner, John Holmgren, hatte sicherlich die besseren Aussichten auf die Nominierung. Doch in erster Linie, weil er die großzügigeren Geldgeber hinter sich hatte. Mit dem Tod des Gouverneurs hat sich die Situation jedoch schlagartig geändert. Angesichts des internationalen politischen Klimas muß man Gottschalks Chancen, Präsidentschaftskandidat der Republikaner zu werden, sehr hoch bewerten. Und plötzlich finden sich auch potente Geldgeber für ihn.«

Der Deutsche nickte kurz. »Unter dieser Voraussetzung kommen wir zum zweiten Teil unserer Besprechung. Wir wünschen eine direkte Intervention in das Theaterstück, das Sie für uns beobachten.«

»Und das soll heißen?«

»Zwar können wir den radikalen Elementen in unserer Welt nicht selbst entgegentreten, aber der kommende Präsident der Vereinigten Staaten, Atherton Gottschalk, wird es können. Und so soll sich Atherton Gottschalk an unserer Stelle mit diesen Untergrundelementen herumschlagen. Daß der Kampf gegen den Terrorismus sein politisches Credo ist, weiß man selbst hier in Eindhoven. Um uns seiner Hilfe zu versichern, werden wir ihn mit dem unterstützen, von dem wir am meisten geben können: Geld. Nur möchten wir, daß ihm am Abend seiner Nominierung auch deutlich gemacht wird, daß es eine europäische Quelle gewesen ist, die seinen Erfolg hat sicher werden lassen, und daß diese Quelle natürlich eine Gegenleistung erwartet.«

Kim nickte leicht. »Ich glaube schon, daß so etwas mit einiger Vorsicht zu Ihrer Zufriedenheit arrangiert werden kann. Doch außer Zeit brauche ich dafür auch einen genügend großen finanziellen Spielraum.«

Der Deutsche sah zu Tango. »Wir sind nur an Resultaten interessiert, die Kosten kümmern uns nicht.«

»Schön«, sagte Kim, »wenn das dann alles war ...«

Der Deutsche wartete, bis Kim die Tür fast erreicht hatte. »Eine Sache wäre da noch.« Seine Stimme, obwohl sie nicht laut war, schnitt wie eine Messerklinge durch den Raum. »In Ihrem letzten Bericht an Tango haben Sie einen Mann erwähnt, Tracy Richter hieß er, glaube ich, der Ihnen bei Ihren Nachforschungen behilflich ist.«

»Das stimmt«, erwiderte Kim vorsichtig. »Was ist mit ihm?«

»Angesichts der Erweiterung unserer Ziele, unseres, man könnte sagen, direkteren Engagements in dieser Sache, scheint es uns eine Notwendigkeit zu sein, alle Mittelsmänner auszuschalten, bevor wir uns später einmal den Vorwurf machen müssen, einen so offensichtlichen Hinweis auf unsere Verwicklung nicht rechtzeitig beseitigt zu haben.«

»Und was genau wollen Sie damit sagen?«

Der Deutsche sah wieder nur Tango an. »Schlicht dieses: Wenn der Mann zu nichts mehr nütze ist, dann beseitigen Sie ihn, und zwar umgehend. Und wenn nicht jetzt, dann tun Sie es zum erstbesten späteren Zeitpunkt. Erst dann werden Sie sich Ihre höheren Zuwendungen von uns verdient haben.«

Als sich die Fahrstuhltüren vor seinen Augen schlossen, lehnte Kim den Kopf gegen die Stoffbespannung der Kabinenwand und atmete tief und ruhig ein. Er hatte die Augen geschlossen und dachte an Tracy Richter und daran, welche Bedeutung dieser Mann für ihn hatte. Tracy Richter, die einzige lebende Person, die ihn schwach und verletzlich gesehen hatte. In diesem Moment, tief im kambodschanischen

Dschungel, hatte sich ihre Beziehung für alle Zeiten verändert. Als Zeuge von Kims Schande war Tracy in Kims Kopf zu einem Amalgam aus den gegensätzlichsten Elementen geworden: Er war ein Todfeind, dem Kim seine Ehre verdankte. Es war nicht leicht, mit diesem Gedanken leben zu müssen.

Und obwohl sein Haß auf Tracy Richter wie etwas Lebendiges in ihm glühte, wußte Kim tief in seinem Herzen auch noch etwas anderes: Es gab auf der ganzen Welt niemanden, der ihn wirklich verstand – außer Tracy Richter.

»Im Grunde war nur mein Stolz verletzt«, sagte er und griff nach einem Whiskyglas, »ich gebe es zu. Jetzt, wo Tonio tot ist, ist es mir klar geworden.«

Tracy dachte sich, daß Thwaite es hätte kommen sehen müssen, aber dann sagte er etwas ganz anderes. »Keiner ist frei davon. Stolz ist etwas sehr Menschliches. Ohne ihn wären wir alle gleich, keiner wäre besser oder schlechter als der andere. Niemand von uns ist vollkommen selbstlos.«

Thwaite sah ihn nachdenklich an. Der Whisky hatte etwas Farbe in Thwaites Gesicht gebracht. Aber Tracy schien es noch immer gealtert, Linien hatten sich wie frische Narben in die Haut gegraben, um die Augen lagen Schatten. Der seelische und physische Schmerz, den die zurückliegenden Ereignisse Thwaite gebracht hatten, schien sie verdüstert zu haben. »Ja, vielleicht sind wir alle nur schwache Menschen, aber was Sie da getan haben. Mein Gott, ich meine da in der Wohnung.« Er hob sein Glas und trank langsam. »Es geht mir nicht aus dem Kopf.«

Thwaites Verletzung war weniger ernst gewesen, als es am Anfang ausgesehen hatte. Er hatte zwar stark geblutet, aber es war doch nur eine Schnittwunde. »Eine Rippe ist im Weg gewesen«, hatte der junge pakistanische Arzt mit Singsangstimme gesagt.

Tracy war dann mit Thwaite zu einem Lokal in Chinatown gefahren, das er gut kannte. Es lag im Souterrain eines Hauses auf der Pell Street. Die Räume waren selbst in der Mittagsglut eines heißen Julitages dunkel und kühl.

Thwaite schüttelte den Kopf. »Herrgott, ich kann noch immer nicht glauben, daß sie tot sind.« Seine Stimme war jetzt unnatürlich hoch und gespannt, als ob sich seine Stimmbänder zusammengezogen hatten. »Einfach so« – er schnippte mit den Fingern – »von einem Moment zum anderen.« Tracy sah, daß Thwaites Augen gerötet waren. »Ich hatte nicht mal eine Chance, ihnen etwas zu sagen, ihnen zu erklären...« Er wandte sich zur Seite. Seine Brust hob und senkte sich schwer, so daß Tracy schon dachte, Thwaite würde es schlecht werden.

»Mein Vater wird auch bald sterben«, sagte Tracy. »Er weiß es, und ich weiß es auch. Es bleibt viel Zeit, verstehen Sie, für uns, zuviel Zeit, denke ich manchmal.« Thwaite saß noch immer mit abgewandtem Gesicht am Tisch. Die Bedienung brachte ein neugefülltes Glas für ihn, aber er rührte es nicht an. »In solchen Momenten hat man dieses fürchterliche Gefühl der Machtlosigkeit. Vor Jahren bin ich beim Militär gewesen, bei welcher Dienststelle, tut nichts zur Sache. Ich bekam einen Einsatzbefehl für Südostasien, also bin ich hingegangen. Das war während des Vietnamkrieges. Ich hatte sechs Mann unter mir. Einer war so ein großer hagerer Junge. Irgendwie unfertig, Sie kennen die Sorte.« Er wartete auf eine Reaktion von Thwaite, aber es kam keine. »Wir hatten damals viele dieser jungen Kerle, die meisten waren nur kurz ausgebildet worden. Aber es blieb wirklich auch kaum noch die Zeit. Diese armen Kerle wurden einfach an die Front geworfen und sollten dann die nächste Schlacht gewinnen.«

»In der Mehrzahl Schwarze, stimmt's?«

Tracy nickte.

»Die meisten. Aber der, von dem ich gesprochen habe, Bobby, war ein Weißer. Mir kam es so vor, als wenn er irgend jemandem etwas beweisen wollte. Trotzdem, er kämpfte wie der Teufel und lernte schnell. Ich brachte ihm bei, was er wissen mußte.«

Tracy sah, wie Interesse langsam in Thwaites Gesicht zog. Er hatte sich wieder zum Tisch gewandt und beugte sich erwartungsvoll vor. Für den Augenblick zumindest hatte er seinen Schmerz vergessen, und das war alles, was Tracy wollte.

»Einmal sind wir auf Patrouille gegangen, es war Nacht. Bobbys Freund, ein sonderbarer Kerl mit einer merkwürdigen Neigung zum Töten, den niemand sonst leiden konnte, ging an der Spitze – wie ich es angeordnet hatte. Er war wie ein Bluthund, stöberte jeden Vietkong auf.« Tracy trank sein Glas leer und winkte dem Ober. »Aber in dieser Nacht hatte er kein Glück. Er trat auf eine Miene, die der Vietkong gelegt hatte, und wurde in sechs Teile zerrissen. Bobby war wie unter einem Schock. Ich hatte ihm immer gesagt, daß so etwas passieren konnte, aber er hörte gar nicht zu. Er war ein Junge, der die Menschen in seiner Nähe brauchte. Was er eigentlich im Krieg wollte, war mir nicht klar. Ich wußte aber, daß er nicht eingezogen worden war, sondern sich freiwillig gemeldet hatte, auch für einen Einsatz in Südostasien. Wenn die Verwaltung doch nur mit dem gewöhnlichen Chaos gearbeitet hätte – dann wäre er in einem hübschen Militärlager in Iowa gelandet.«

Der Ober brachte zwei neue Gläser, und Tracy schwieg, bis sie wieder allein waren.

»Aber nächsten Morgen mußten wir wieder auf Patrouille. Wir zogen los, alle, bis auf Bobby. Er weigerte sich, die Leiche seines Freundes allein zu lassen. Es war ein wichtiger Einsatz, und ich hatte ohnehin schon einen Mann verloren. Ich wurde wütend. Ich schrie ihn an, schlug ihm vor den anderen ins Gesicht und demütigte ihn so lange, bis er endlich seine Sachen nahm.« Gedankenverloren starrte Tracy auf das Glas in seiner Hand.

»Und?« drängte Thwaite. »Was passierte dann?«

Tracy fragte sich, warum er Thwaite das alles erzählte. War es wirklich nur als eine Ablenkung gedacht, oder hatte er, Tracy, einen ganz anderen Grund, einen persönlichen?

»Aber ich war immer noch wütend auf ihn und schickte ihn deshalb an die Spitze. Das hätte ich nie tun sollen, er war nicht besonders gut darin.«

»Was passierte dann?« wiederholte Thwaite.

»Er kam nie zurück«, sagte Tracy dumpf. »Er hatte nicht gehen wollen, war also nicht aufmerksam. Ich hätte es ahnen müssen. Später fand ich ihn in den schwelenden Resten eines Lagers der Roten Khmer. Sie hatten ihn mit Schlägen gefoltert, und an verschiedenen Stellen waren ihm Bambusstäbe durch den Körper gerammt worden. Es war grauenhaft. Sie hatten sich Zeit mit ihm gelassen, ich hab' es an dem Ausdruck gesehen, der sich in sein Gesicht gegraben hatte. Bis heute kann ich mich nur so an ihn erinnern, an seine Augen, die aussahen, als ob sie die Hölle gesehen hätten.«

Als Kathleen Christian durch den breiten Ausgang des Parker Meridien auf die Straße trat, spürte sie sofort, daß die Luft in New York nicht ganz so feucht war wie in Washington. Das ließ ihre gute Laune nur noch besser werden.

Sie trug eine silbergraue Hose aus Fallschirmseide, die über den Knöcheln zusammengebunden war, dazu eine dunkelblaue Jacke. An den Füßen trug sie hochhackige Pumps aus Eidechsenleder, die in der Farbe zur Jacke paßten, und um den Hals hatte sie sich eine Kette aus schwarzen Perlen gelegt. Sie fühlte sich stark und selbstsicher, gewappnet für das, was vor ihr lag. An der nächsten Kreuzung winkte sie ein Taxi heran.

Sie drehte das Fenster herunter und ließ sich in den Rücksitz sinken. Ihr Blick glitt über die vorüberfliegenden Straßenszenen. Sie war hier aufgewachsen, und dennoch fühlte sie, seltsamerweise, keine Bindung an die Stadt. Das sollte nun das geschäftliche Zentrum des

Landes sein, und vielleicht stimmte das sogar. Aber die Geschäftswelt übte keinen besonderen Reiz auf sie aus. Washington war die Stadt, in der die wirkliche Macht versammelt war. Es war die Stadt, von der aus die Geschicke des Landes gelenkt wurden, und für Kathleen war es einzigartig auf der Welt. Paris war ein Ort, an dem man Urlaub machte. In Washington lebte man.

Natürlich wußte Kathleen, wie fest sie Atherton Gottschalk schon an sich gebunden hatte. Und dennoch. Sie wollte nicht, daß er sich mehr wünschte. Sie allein mußte ihm genügen. Das mußte ihm deutlich gemacht werden, und das hieß – Männer waren so stumpfsinnige und beschränkte Kreaturen – auf die einzige Art, die er verstand.

In dem Moment, als sie Eliotts Stimme am Telefon identifiziert hatte, war ihr klar gewesen, was sie tun mußte, um Gottschalk noch fester in den Griff zu bekommen.

Und jetzt ließ sie ihr Taxi im Herzen Manhattans anhalten. Sie sah nach Westen. Ihr Blick fiel auf einen wunderschönen kleinen Park, um den ein schwarzer Eisenzaun lief. Auf einem Schild am Zaun stand: PRIVATGRUNDSTÜCK. ZUTRITT VERBOTEN. Das war Gramercy Park – und Delmar Davis Macombers Haus. Macomber! War es wirklich möglich, daß er hinter Gottschalk stand? Kathleen, die sich, solange sie denken konnte, zu den Mächtigen hingezogen gefühlt hatte, kannte Macomber sehr wohl. Wie alle, hatte sie mit Staunen den raschen Aufstieg seiner Metronics Inc. verfolgt. Aber soweit sie wußte, hatte er sich in der Öffentlichkeit nie zu einem Politiker bekannt.

Sie kaufte sich eine *New York Times* und ging langsam die Straße hinauf. Vielleicht aber, dachte sie, spielt mir auch nur meine machiavellistische Phantasie einen Streich, und die Verbindung besteht nur zu dem jungen Macomber. Aber auch dann blieb die Frage, warum? Was besaß Eliott Macomber, das Gottschalk brauchte? Denn sie war sich sicher, daß das der Grund für Gottschalk sein mußte, sich überhaupt mit dem jungen Mann einzulassen.

Sorgfältig suchte sich Kathleen einen Hauseingang, der im rechten Winkel zu Macombers vierstöckigem Anwesen lag, um in dessen Schatten zu warten.

Als sie einen geeigneten Platz gefunden hatte, lehnte sie sich an die Mauer des Eingangs und warf einen Blick auf die Titelseite ihrer Zeitung. »Eine schwere Explosion erschütterte gestern das europäische Hauptquartier der Luftstreitkräfte der Vereinigten Staaten in Ramstein, Westdeutschland«, las sie. Himmel, fuhr es ihr durch den Kopf. Dann warf sie einen Blick auf den gegenüberliegenden Hauseingang. Das tat sie alle zwanzig Sekunden, während sie weiterlas. Kathleen schlug, neugierig geworden, Seite drei auf. Es gab zwei

Kommentarkolumnen zu dem Anschlag. Die erste gab die Reaktion des Außenministeriums wieder, die sich in dem Satz *Es gibt keinen Grund, beunruhigt zu sein*, zusammenfassen ließ. Der zweite Kommentar war vom Auslandskorrespondenten der *Times*. Er brachte den Bombenanschlag mit ähnlichen Attentaten, die sich vor einigen Wochen in Peru ereignet hatten, in Verbindung und mit dem Mord an Lieutenant Colonel DeWitt in Kairo. In ihrem pointierten Stil fragte die Times: *Wird Amerika angegriffen?*

Als Kathleen zum zwölftenmal auf die andere Straßenseite sah, hatte sie Erfolg. Ein Schatten löste sich aus dem Eingang von Macombers Haus. Ein junger Mann trat ins Freie, und im ersten Moment dachte Kathleen, es sei Eliott. Sie machte einen Schritt aus ihrem Versteck heraus, doch dann blieb sie abrupt stehen.

Es konnte nicht Eliott sein, das sah sie jetzt. Der Mann hatte asiatische Züge, ein wunderschönes scharfgeschnittenes Gesicht. Sie war sicher, daß er weder Chinese noch Japaner war. Einen Moment lang sah sie die unendlich tiefen, ernst blickenden Augen des jungen Mannes; dann wandte er sich zur Seite und ging in Richtung Broadway davon.

Der Unbekannte war schuld, daß sie Eliott beinah verpaßt hätte. Er war bestimmt nicht häßlich, ja, er sah nicht einmal nur durchschnittlich aus; aber einem Vergleich mit dem anderen hielt er nicht stand. Kathleen seufzte. Sie war Realistin, und sie wußte, daß es kein anderer als Eliott sein durfte.

Wieder trat sie aus dem Schatten des Hauseingangs und folgte ihm, als auch er in westlicher Richtung davonging. Sie ließ ihm genügend Vorsprung, um nicht von ihm entdeckt zu werden.

Eliott führte sie quer durch Manhattan. Seine Schritte waren kurz und bestimmt. Kathleen war sicher, daß er ein festes Ziel hatte. Kurz nachdem sie ins West Village gekommen waren, blieb er plötzlich vor einem Restaurant stehen. Dann stieß er die Glastür auf und ging hinein.

Kathleen zählte langsam bis fünfzig, überquerte die Straße und betrat ebenfalls das Restaurant. Im vorderen Teil waren vielleicht ein Dutzend Caféhaustische aufgestellt. Hinter einem Durchgang sah sie einen Ausschnitt der blankpolierten Bar. Es waren nur wenige Gäste im hinteren Teil des Restaurants, und Kathleen hatte keine Mühe, Eliott ausfindig zu machen.

Er saß mit dem Rücken zu ihr in einer Tischnische aus Eichenholz, ihm gegenüber ein blondes Mädchen. Kathleen hielt sie für nicht älter als neunzehn, zwanzig Jahre. Das Mädchen hatte kurzgeschnittenes Haar, das ihr stachelig vom Kopf abstand. Auf der einen Kopfseite war in das Blond ein pfauenblauer Fleck gefärbt. Sie trug eine hautenge schwarze Hose und eine ärmellose Bluse mit schreiendem Tigerfellmuster. Ihre Haut war auffallend weiß.

Kathleen setzte sich auf einen Hocker an der Bar und bestellte eine Bloody Mary. Das Mädchen sprach erregt, aber nicht wütend auf Eliott ein. Eliott erschien ruhig und überlegt. So sehr sich Kathleen auch anstrengte – sie konnte kein Wort verstehen.

Sie überlegte lange, wie sie jetzt am besten vorgehen sollte, als das Gespräch der beiden in lauten Streit umschlug. Das Punkmädchen fauchte Eliott an, und Kathleen glitt von ihrem Hocker. Als das Mädchen Eliott mit der flachen Hand ins Gesicht schlug, war Kathleen schon auf halbem Weg bei ihnen. Zwar schaute sie bewußt von dem Streit weg, doch beobachtete sie die beiden aus den Augenwinkeln.

Wieder fuhr das Mädchen Eliott an und sprang dabei von seinem Platz. Im nächsten Augenblick fiel ihr Glas um, und sein Inhalt ergoß sich über den Tisch. Jetzt war auch Eliott aufgesprungen. Er versetzte ihr einen Stoß, der sie erst ins Stolpern brachte und sie dann fast die Balance verlieren ließ. Mit dem Kopf zuerst prallte sie gegen Kathleen, die, auf das Ereignis vorbereitet, mit großen Gesten zurücktaumelte. Dann richtete Kathleen das Mädchen wieder auf. Doch zum Dank flog nur der stachelige Kopf herum und zischte Kathleen an. Dann ging das Mädchen mit großen Schritten aus dem Lokal.

Kathleen war still stehengeblieben und starrte Eliott an.

»Das tut mir furchtbar leid«, sagte er mit besorgtem Gesicht. »Fühlen Sie sich in Ordnung?«

»Die Frage ist wohl eher, ob bei Ihnen alles in Ordnung ist«, erwiderte sie.

Ihre Antwort ließ ihn lächeln, etwas, das ihr sofort an ihm gefiel. Sein Gesicht veränderte sich dabei, und er mit ihm.

»Unsere Gespräche enden eigentlich immer so.«

»Wirklich?« sagte sie. »Dann müssen Sie viel Spaß haben.« Sie ging an ihm vorbei zur Damentoilette. Dort tat sie nichts weiter, als die Sprüche an den Wänden zu lesen. Dann warf sie noch einen Blick in den verschmierten Spiegel und ging wieder ins Restaurant zurück. Eliott hielt sie an.

»Ich fürchte, daß Sie nichts mit mir trinken wollen«, sagte er.

»Können Sie mir denn einen Grund nennen, warum ich eine Einladung von Ihnen annehmen sollte?«

»Weil ich es mir wünsche.«

»Wenigstens sind Sie ehrlich.« Sie lächelte. »Also gut, ich glaube, Sie schulden mir ohnehin einen Drink.« Sie winkte dem Barmann, der kurz darauf ihre Bloody Mary brachte.

»Erzählen Sie mir von Ihrer Freundin.«

»Oh, Poly«, – er lachte – »es ist interessanter, sie anzusehen, als sich mit ihr zu unterhalten.«

Kathleen sah ihn abschätzend an. »Warum sind Sie dann mit ihr zusammen? Sie sehen nicht so aus, als ob Sie sich mit weniger zufriedengeben, als Sie bekommen können.«

Eliott verschlug es im ersten Moment die Sprache. Noch nie in seinem Leben hatte eine Frau so mit ihm gesprochen. »Sie war eine Zufallsbekanntschaft, mehr nicht.« Er sah Kathleen hoffnungsvoll an und streckte ihr linkisch seine Hand entgegen.

»Ich heiße Eliott Macomber.«

Sie bemerkte, daß seine wachen Augen sie aufmerksam musterten. Es ist ein Test, dachte sie. Man soll ihn seiner selbst wegen mögen, und nicht wegen des Reichtums und der Macht seines Vaters.

Sie erlaubte seinen Fingern, sich um ihre zu legen. »Kathleen Christian«, antwortete sie. Ihr Gesicht hatte mit keinem Zeichen verraten, daß sie seinen Namen kannte. »Und wie wäre es, wenn Sie mich jetzt zum Essen einladen würden?«

Tracy hatte Douglas Thwaite mit in sein Apartment genommen, denn er hatte nach der langen Nacht nicht gewußt, wohin er gehen sollte.

Jetzt, am anderen Morgen, erhob sich Thwaite leise stöhnend aus den Decken auf dem Sofa. Tracy war bereits in der Küche. Er kam ins Wohnzimmer und sah Thwaite mit gefalteten Händen, die er zwischen die Knie geklemmt hatte, auf den Teppich starren.

Tracy stellte eine dampfende Kaffeetasse auf den niedrigen Glastisch vor Thwaites Knien. Lauren war schon früh aus dem Apartment gegangen; ihr Unterricht begann in dieser Woche sehr früh. Tracy vermißte sie.

»Na komm, Doug«, sagte er leise zu Thwaite, »trink deinen Kaffee.«

»Aah.« Thwaite bewegte sich nicht. »Keinen Durst.«

»Ich hab' gleich das Frühstück fertig.«

»Daher kommt also dieser merkwürdige Geruch. Hab' auch keinen Hunger.«

Tracy sah zu ihm hinunter. »Du hast einen Kater.«

Thwaite brachte keine Antwort heraus. Tracy trank von seinem Kaffee und fühlte die Hitze der Flüssigkeit in seinen Körper übergehen. Schließlich sah Thwaite zu ihm hoch. Er hatte rotunterlaufene Augen. »Und was ist mit dir?« krächzte er. »Du hast nicht weniger getrunken als ich. Eher noch mehr. Du müßtest eigentlich auf allen vieren durch die Wohnung kriechen, also warum tust du es nicht?«

Tracy lächelte. »Ich hab' eine eiserne Konstitution.« Er beugte sich herunter und hob Thwaite die Kaffeetasse vom Tisch entgegen. »Na komm schon. Ich brauche dich hellwach. Wir müssen Ivory White anrufen. Die Fotos, erinnerst du dich?«

Thwaite nickte und krümmte sich im nächsten Moment zusammen. »Oh, das war ein Fehler.« Er rieb sich mit den Händen über das Gesicht, um die Mattigkeit zu vertreiben, die der Alkohol dort wie eine zähe Schicht hinterlassen hatte. »Ja, ich erinnere mich. Nur daß mir nach der letzten Nacht alles nicht mehr so wichtig erscheint.« Er preßte sich die Hände vors Gesicht. »O Gott, das kann doch alles nur ein böser Alptraum sein. Sag mir, daß alles nur ein Alptraum war.«

Eine Zeitlang blieb Tracy schweigend neben Thwaite stehen, dann ging er wieder hinaus in die Küche und aß still sein Frühstück, ohne auch nur das geringste zu schmecken. Im Moment konnte er Thwaite nicht helfen – niemand konnte ihm helfen, außer vielleicht Melody, von der Thwaite in der letzten Nacht erzählt hatte. Aber darauf mußte er schon von allein kommen.

Nach seinem Frühstück ging Tracy zurück ins Wohnzimmer. Thwaite hatte sich inzwischen richtig aufgesetzt und hielt die Kaffeetasse jetzt zwischen den Händen.

»Soll ich deinen Kaffee noch mal heiß machen?«

»Nein, ist schon gut so.« Er hob den Kopf, und Tracy sah den Schatten eines Lächelns über Thwaites Gesicht huschen. »Du weißt, daß Polizisten alles trinken, wenn an der Tasse nicht schon Moos hochwächst.«

»Hör zu«, sagte Tracy, »warum kann ich eigentlich nicht alleine zu White fahren und die Bilder holen? Du kannst dich in der Zwischenzeit noch ein bißchen erholen. Es sind noch ein paar gebratene Eier in der Pfanne, vielleicht bekommst du sie herunter.«

»Die Idee ist eigentlich gar nicht so schlecht.« Thwaite nestelte an seiner Hemdtasche herum. »Irgendwo muß ich hier seine Telefonnummer haben. Ruf ihn an und frag ihn nach seiner Adresse. Er müßte eigentlich zu Hause sein, wenn er nicht gerade wieder dieses Leichenhaus bewacht. Aber da hole ich ihn jetzt heraus.«

Als Tracy zurückkehrte, ging es Thwaite schon sichtlich besser. Er hatte geduscht und sich rasiert. In seine Wangen war wieder Farbe gekommen, und auch in seinen Augen lag bereits ein Schimmer des alten Glanzes.

»Ich muß mich bei dir dafür entschuldigen«, sagte Thwaite, als Tracy ins Wohnzimmer kam, »daß ich dir die ganze Zeit die Ohren vollgeheult habe.«

»Ist schon gut, Douglas«, erwiderte Tracy. »Sieh dir lieber das hier an.« Er warf einen braunen Umschlag auf den Tisch.

Thwaite zog die Fotos heraus und legte sie wie Spielkarten nebeneinander. Es waren vier Schwarzweißabzüge 18×24-Format. Die ersten beiden zeigten John Holmgren, wie Moira und Tracy ihn auf das Sofa gelegt hatten: auf dem Bauch liegend, das eine Bein über die Sofakante herabhängend. Tracy betrachtete die Gestalt seines toten Freundes; seine Haltung war schon unwirklich, als ob ein Bildhauer sie dem lebenden Vorbild nachgeformt hatte. Auf den Bildern war nichts Ungewöhnliches zu erkennen.

Das dritte Foto zeigte die untere Körperhälfte in einem etwas größeren Ausschnitt, doch auch auf ihm war nichts Besonderes zu finden.

Tracy nahm das vierte Foto vom Tisch. Es zeigte die obere Körperhälfte. Angestrengt sah er auf das Bild herab. Thwaite war aufgestanden und ging suchend im Zimmer hin und her.

»Hast du irgendwo ein Vergrößerungsglas?«

»In der Schublade im Wandschrank«, antwortete Tracy, ohne die Augen von dem Foto zu nehmen.

Als Thwaite wieder neben ihm stand, blickte er zu ihm hoch und hielt ihm das Bild hin. Thwaite hockte sich mit dem Foto an den Tisch und betrachtete Zentimeter für Zentimeter durch das Vergrößerungsglas. »Ich sehe nichts. Wenn er wirklich ermordet worden ist, weiß ich nicht, wie es gemacht worden sein könnte.« Er legte das Vergrößerungsglas neben das Bild auf den Tisch und setzte sich. »Ich hatte gedacht, daß Holmgren vielleicht mit einem dünnen Draht erwürgt worden ist – verstehst du, einer Klaviersaite. Aber an seinem Hals sind keine Spuren zu erkennen.«

»Du glaubst, der Arzt hätte nicht...« Tracy sah ihn an. »Hast du dir die Haut seines Nackens genau angesehen?«

Thwaite nickte. »Ja, sicher. Warum?«

Aufgeregt griff Tracy nach dem Foto und dem Vergrößerungsglas. Sorgfältig sah er sich das Bild noch einmal an.

Thwaite rückte näher an ihn heran. »Hast du etwas gefunden?«

»Vielleicht.« Tracy hob den Kopf.

Eine Zeitlang herrschte Schweigen, das erst von Thwaites irritierter Stimme gebrochen wurde. »Dann solltest du mir sagen, was!«

Tracy sah ihn an und gab ihm Foto und Vergrößerungsglas.

»Und wonach soll ich suchen?«

Tracy hatte sich zurückgelehnt und die Augen geschlossen. »Die Haut in Johns Nacken, genau zwischen den beiden senkrechten Sehnen.«

Thwaite hielt das Glas über das Foto. Er sah den Kragen des weißen Hemdes und darüber, etwas dunkler abgebildet, die nackte Haut des Halses. Beim erstenmal übersah er es, aber dann schaute er noch einmal auf die Stelle. »Es sieht aus wie ein schwarzer Punkt. Das kann alles sein: ein kleiner Bluterguß oder auch nur Staub auf dem Negativ.«

»Oder«, sagte Tracy langsam, »es könnte auch die Wunde sein, die eine Nadel hinterläßt.«

Thwaite sah ihn überrascht an. »Wie, zum Teufel, willst du das bei einem so schlechten Abzug sagen können?«

»Ich habe nicht gesagt, daß ich sicher bin.« Tracy holte tief Luft. »Ich bin es wirklich nicht. Aber ich habe so ein Gefühl.«

Thwaite wollte gerade etwas antworten, aber dann schwieg er. Er wußte, wann es besser war, auf den anderen zu warten.

»Das erstemal habe ich so etwas in Ban Me Thuot gesehen, in Vietnam. Bei einem Nordvietnamesen. Alles, was er dafür gebraucht hatte, waren zwei Finger einer Hand und dazwischen eine kurze Nadel. Kim hatte ihn zu einem scharfen Verhör geholt.«

»Was soll das nun wieder sein.«

»Ein scharfes Verhör«, wiederholte Tracy. Seine Augen schienen durchsichtig klar, sein Blick nach innen gerichtet zu sein. »Es ist, wie alle diese Bezeichnungen, ein Euphemismus. Gemeint waren damit die fünf Stufen angewandter Folter.«

»Wie im Kino, nicht wahr?« sagte Thwaite nervös. »Der Böse hat schon fast gesiegt, da tritt endlich der Held auf.«

Aber Tracy lächelte nicht. »Im wirklichen Leben gibt es *keine* Helden, Douglas. In einem scharfen Verhör ist jeder zusammengebrochen. Du konntest es nicht überleben. Jedenfalls nicht so, wie man es uns beigebracht hatte.«

»Himmel.« Thwaite klopfte sich eine Zigarette aus seiner Camel-Packung und zündete sie an.

»Wie ich schon gesagt habe, Kim hatte sich den Nordvietnamesen zu einem scharfen Verhör geholt. Nach einiger Zeit drehte er sich einen Moment lang um, ich weiß nicht mehr, weshalb. Plötzlich machte der Gefangene eine blitzschnelle Bewegung, als ob er sich ein Tier vom Hals schlagen wollte. Im nächsten Augenblick fiel er vornüber und war tot. Wir holten einen Militärarzt, der uns erklärte, daß der Mann an einem schweren Herzinfarkt gestorben sei. Er haßte uns dafür. Was wir da taten, machte ihn krank. Er sagte uns das mehr als deutlich.«

Tracy stand auf, die Unruhe in ihm verlangte nach Bewegung. »Aber wir wußten natürlich, daß er sich täuschen mußte. Dann fanden wir die Nadel und die Wunde, die nicht größer als ein Punkt war. Später habe ich da drüben einen fast schon genialen Gerichtsmediziner kennengelernt. Er war Japaner, aber seine Familie lebte seit zwei Generationen in Amerika. Trotzdem hatte er eine lange Zeit in Japan verbracht. Er sagte uns, daß der Mann an einem hochwirksamen

Reizstoff gestorben war, der die Herzkranzgefäße so überstrapaziert, daß schon kurz nach der Injektion einer Spur dieses Giftes ein schwerer Herzinfarkt eintritt.«

»Selbst wenn man vollkommen gesund ist?«

Tracy nickte.

»Aber mir ist immer noch nicht klar, wie du das mit Holmgrens Tod in Verbindung bringen kannst. Nur weil du auf dem Foto einen schwarzen Punkt entdeckt hast?«

Tracy ging auf und ab. Seine Unruhe war noch größer geworden. »Nicht nur deshalb. Ich habe darüber nachgedacht, wie Moira umgebracht worden ist. Ich hab' so etwas nicht zum erstenmal gesehen. Der Vietkong hat es gelegentlich gemacht, wenn der sadistische Wunsch, den Feind zu ›zerschlagen‹, mit ihm durchgegangen ist. In ihren Anfängen haben es auch die Roten Khmer getan. Aber sie hatten einen praktischeren Grund. Sie mußten ihre wenige Munition für ihren heiligen Krieg aufsparen. Deshalb haben sie ihre Gefangenen oft mit den Gewehrkolben oder mit Holzprügeln erschlagen.«

»Widerwärtig.«

»Not macht erfinderisch.« Tracy zuckte die Schultern. »Aber laß uns den Gedanken doch einmal weiterverfolgen. John ist mit einem geheimnisvollen Gift umgebracht worden, das bei uns vollkommen unbekannt ist; ein paar Tage später wird Moira zu Tode geprügelt, und dann finden wir in Johns Wohnung ein Lauschmikrophon, das nur von einem Spezialisten angefertigt worden sein kann.« Ihre Blicke trafen sich. »Das alles kann dem Kopf eines einzigen Mannes entsprungen sein – eines Mannes, der wie ich während des Krieges in Südostasien war, und der alles so genau kennengelernt hat wie ich.«

»Was ist mit deinem Freund Kim? Er ist Vietnamese, er war in der fraglichen Zeit drüben und er ist Folterspezialist.«

»Kim kann es nicht gewesen sein«, erwiderte Tracy sofort. »Erstens hat er mich erst in die Sache hineingezogen.« Natürlich konnte er Thwaite nicht allzuviel über die Stiftung erzählen. Schließlich gab es sie offiziell gar nicht. »Zweitens würde er seine Opfer nie erschlagen. Er kennt sauberere Methoden. Dann versteht er auch nicht viel von Elektronik. Und das Abhörmikro war die Handarbeit eines Meisters seines Fachs. Aber ich habe das Gefühl, daß ich mit meiner Vermutung richtig liege. John ist vergiftet worden. Ich bin mir sicher.«

»Du verstehst, wenn ich deinen Verdacht noch nicht als endgültig bewiesen ansehe – zumindest im Augenblick noch nicht. Laß uns erst noch hören, was dein Vater sagt.«

»Du hast recht.« Tracy war wieder ruhiger geworden.

BARAY, KAMBODSCHA
Juli 1967–August 1968

Als Sok mit seinem Kader vom Einsatz in Angkor Thom zurückkehrte, erwartete ihn eine Überraschung. Jemand war neu zu ihrem Hauptverband gestoßen. Es war kein neuer Rekrut, kein junger Mann, nicht einmal ein Khmer.

Nach dem Abendessen rief Genosse Serei sie alle in einem großen Kreis zusammen und stellte den Mann vor.

Er war Japaner. »Dies ist *Mit* Musashi Murano«, sagte Serei. »Er ist ein Lehrer, der einen langen Weg gekommen ist, um uns in unserem Kampf für ein freies Kamputschea zu helfen. Hört ihm aufmerksam zu, und wenn er etwas sagt, werdet ihr gehorchen, wie ihr dem *Angka* gehorcht.«

Murano war klein und untersetzt, seine Haare waren kurz und hart wie Eisenspäne. Die Linien seines Gesichts wirkten wie in Granit gemeißelt. Schon bald merkte Sok, daß der Fremde ein Mann war, der nie zu lächeln gelernt hatte. Er zeigte seine Zustimmung, indem er die Lippen von den Zähnen zurückzog. Der Ausdruck erinnerte Sok jedesmal an die Gesichter von Männern, die einen schlimmen Tod gestorben waren.

Murano hatte ungewöhnliche Augen. Es sah aus, als hätten sie ein zweites Lid wie die einer Eidechse. Wenn er jemanden ansah, dann war in ihnen ein Ausdruck gespannter Konzentration, die alles andere auszuschließen schien. Und mitten in einer Übungsstunde konnten diese Augen plötzlich so milchig blaß werden, daß ihre Fremdheit angsteinflößend war.

Von allen Schülern Muranos war Sok der einzige, der den Mut aufbrachte, ihn nach der Ursache dieser sonderbaren Veränderung zu fragen.

Der Japaner verschränkte seine Arme über der Brust und starrte Sok in die Augen. In diesem Moment wurden die Augen wieder milchig weiß, als ob dieses durchsichtige zweite Lid von einer inneren Kraft bewegt worden wäre.

Sok wich erschrocken zurück. Es schien ihm, daß etwas Kieselhartes sein Herz getroffen hatte und immer noch tiefer in ihn eindrang. Es steckte in ihm und wand sich wie eine aufgespießte Schlange, bis er nach Luft zu schnappen begann und sich wie ein Hund schüttelte, der aus einem Regenschauer kam.

Als er wieder klar sehen konnte, bemerkte er, daß Muranos Augen wieder schwarz wie die Nacht waren. Und die Schlange in seiner Brust war verschwunden.

»Jetzt weißt du es«, sagte Murano leise. »Ich dringe in dich ein. Ich werde eins mit dir, wie du eins mit deinem Körper, deinem Geist, deinen Reflexen, mit deinen animalischen Ursprüngen. *Kokoro*.« Er hob seinen rechten Arm, so daß der Unterarm senkrecht in die Höhe stand. Die Hand ballte er zur Faust. »Jetzt komm her«, befahl er, »und bewege meinen Arm.«

Sok versuchte es, aber er konnte den Arm nicht einmal einen Millimeter aus seiner starren Position bringen.

»Hör zu«, sagte Murano. »Wenn ich dir sage, daß ich stärker bin als du, dann ist das die Wahrheit. Aber wenn ich sagen würde, daß ich die Kraft meiner Muskeln benutzt habe, um deine Anstrengungen zunichte zu machen, dann wäre das eine Lüge. Kannst du mir den Unterschied erklären?«

Sok sagte, daß er das nicht könne.

»Im Kampf«, fuhr Murano fort, »kann man einen Zustand erreichen, der alles umfaßt. Es gibt kein Außen und kein Innen mehr. Das ist eine große Wahrheit, also höre gut zu. Wenn du dies verstehst, wirst du alles beherrschen, was dir je begegnen mag. Du kämpfst. Wenn du deinen Gegner siehst und denkst, ›Jetzt werde ich meinen Arm bewegen‹, bist du schon verloren. Es gibt etwas, das man reaktive Aggressivität nennt. Jeder Mensch besitzt es, aber nur wenig ist darüber bekannt und noch weniger davon verstanden.« Er hob einen Finger. »Stelle dir vor, du fährst in einem Auto. Plötzlich beginnt der Wagen zu schleudern, dann überschlägt er sich.« Der Finger zeichnete die Bewegungen in die Luft, als ob Murano eine Kunstklasse unterrichtete. »Der Wagen fängt Feuer, die Gefahr wird tödlich. All das nimmt dein Gehirn über die Sinne auf, es trifft eine Entscheidung und handelt danach. Dein Arm schlägt mit solcher Kraft gegen die verschlossene Tür, daß das Metall gesprengt wird und du dich in Sicherheit bringen kannst. Konnte das geschehen, weil du die Muskeln eines Bodybuilders hast? Ist es geschehen, weil du dir sorgfältig einen Fluchtweg überlegt hast?« Er schüttelte den Kopf.

»Es geschieht, weil der Organismus in unmittelbarer Gefahr ist, ausgelöscht zu werden. Und plötzlich wird ein uralter Mechanismus in Gang gesetzt. Ohne daß es die Gedanken fassen könnten, hat der Mensch plötzlich riesige Kräfte und einen ungeheuren Lebenswillen. Es ist keine Einbildung. Es passiert jeden Tag. Das ist es, was man reaktive Aggressivität nennt. Und es ist möglich, in das Herz der eigenen Seele hinabzutauchen und sich diese Stärke zu holen, wenn man sie braucht. Das ist *Kokoro*. Glaube mir, wenn ich dir sage, daß niemand anderer in der Welt es dich lehren kann. Du kannst vieles von jedem anderen *Sensei* lernen. Das ist gut so. Es ist wichtig, vieles kennenzulernen, wenn man jung ist. Aber die Seele des Tötens wirst du nur in *Kokoro* finden. Glaube das, was du auch sonst nicht glauben magst. Ich verlange von dir nur ungeteilte Aufmerksamkeit. Die Zeit wird dich alles andere lehren. Glaube wird dir nicht helfen können. Du siehst, du hörst, du fühlst. Und du lernst alles unmittelbar. Dies ist die einzige Methode, mit der *Kokoro* gelehrt werden kann. Und jetzt laß uns beginnen...«

Die Revolution begann Sok zu verändern. Er hatte jetzt viele Lehrer, und jeder lehrte ihn etwas anderes, brachte eine andere Seite von Sok zum Vorschein. Und doch war er ein Ganzes, das sich nicht teilen ließ. Er lebte in seiner neuen Welt und dachte, es gibt nur einen Khieu Sokha.

Doch es warteten noch weitere Veränderungen auf ihn. Je besser er im Kampf anwandte, was Murano ihn lehrte, desto größer wurde sein Ansehen im ganzen Kader. Und bald nannte man ihn hinter seinem Rücken *la machine mortelle*: die Mordmaschine.

Er stieg auf in der Rangordnung und wurde einer der Offiziere seiner Einheit.

Der japanische *Sensei* sah Soks rasche Fortschritte mit Genugtuung. So hatte sich die Mühsal seiner Emigration nach Kambodscha am Ende doch gelohnt.

Murano hatte während seines langen Lebens zwei Frauen gehabt, aber keine von beiden hatte ihm einen Erben geboren. Das wollte er berichtigen.

In Sok, das fühlte er, hatte er einen würdigen Nachfolger gefunden. Jetzt konnte er also seine lange Reise beenden. Hier in Kambodscha würde er sterben und beerdigt werden. Es machte ihm nicht viel aus, in der Fremde zu bleiben. Er hatte die Erde Japans nie mit besonderer Ehrfurcht betrachtet. Für ihn war Erde gleich Erde. Aber man würde ihn als Lehrer, als *Sensei*, in Erinnerung behalten; man würde ihn als eine Art Vater verehren.

Es war schon fast der zweite Sommer vergangen, seit er zu den Roten Khmer gekommen war, als er Sok eines Tages zur Seite nahm und mit ihm aus dem Lager ging. Unter dem grünen Laubdach eines Feigenbaums, der zwischen den Ruinen eines alten Tempels stand, blieb er stehen.

»Sok, mein Sohn, ich werde bald sterben«, flüsterte er und schaute dabei in das Blätterdach.

»Das kann nicht sein«, antwortete Sok erschrocken. »Es gibt viele im *Angka*, die sagen, daß du unsterblich bist.«

Murano entblößte seine fleckigen Zähne. »Damit haben sie auch recht.« Die Sonne versank hinter dem Horizont. Ihre letzten Strahlen fielen durch die leise sich wiegenden Farne und hüllten Sok und Murano in goldenes Licht. Über das Lager hatte sich bereits ein blauer Schatten gelegt. Murano nahm Soks schwielige Hand in seine eigene, seine Augen strahlten heitere Gelassenheit aus.

»*Du* läßt mich unsterblich werden, Sok.«

4. Kapitel

Kathleen sah lächelnd auf Eliott hinunter, wie es eine Göttin bei ihrem liebsten Sterblichen nicht bezaubernder hätte tun können. Er stützte sich mit seiner linken Hand auf, seine rechte fuhr streichelnd über ihr Haar. Nach einiger Zeit drückte sie ihn sanft zurück auf das zerwühlte Bett. Kreisförmig strichen ihre Handflächen über seine Brust. Dann hob sie ihre Hände an ihren Hals und öffnete langsam den Verschluß einer Kette. Sie wußte, daß ihre Brüste in dieser Pose noch voller wirkten, und fast konnte sie Eliotts sehnsüchtigen Blick auf ihnen körperlich spüren.

Sie waren im Schlafzimmer von Eliott Macombers Apartment in der Sechsundsechzigsten Straße.

»Was tust du da?«

»Gleich wirst du es wissen«, sagte sie.

Sie hockte sich zwischen seine gespreizten Beine, und ihr Kopf senkte sich über ihn. »Hat das deine Poly auch mit dir gemacht?«

Eliott stöhnte zur Antwort.

Rhythmisch bewegte Kathleen ihren Kopf auf und nieder. Sie wollte ihn nicht nur reizen, diesmal nicht. Sie wollte ihn einen Gefühlssturm erleben lassen, den er nicht so bald vergessen würde.

Ein Gurgeln löste sich aus Eliotts Kehle, und er schrie auf. Eliott schrie und schrie, seine Finger krallten sich in das Bettlaken und zerrten es zu einem feuchten Klumpen zusammen. Noch nie in seinem Leben hatte er solche Lust gespürt. Sie war von einer Körperlichkeit, einer Art dritter Dimension, von der er nicht gewußt hatte, daß es sie überhaupt gab. »Ah! Ah! Ah!« Mit jedem Herzschlag pulste die Ekstase in ihm. Noch lange Zeit glich sein Atem einem Bellen. Sein Körper war schweißgebadet, und reglos beobachtete er, wie Kathleen sich über ihn beugte.

»Ich möchte bei dir bleiben, Eliott.«

Er richtete sich auf und schloß sie in die Arme. »O Gott, ja. Es gibt nichts, was ich mir lieber wünsche.« Er fuhr sich mit der Zunge über die Lippen.

Sie stieß ihn zurück aufs Bett und stützte sich mit beiden Händen auf seine Schultern. »Aber keine Geheimnisse, Eliott. Das vertrage ich nicht. Wenn ich wüßte, daß du mir etwas verheimlichst, könnte ich nicht länger bleiben.«

Das Telefon klingelte, und er wandte seinen Kopf nach ihm. Es klingelte weiter.

»Du mußt abnehmen.«

»Ich weiß etwas Besseres«, sagte er und griff nach ihr. Er legte ihre rechte Hand zwischen seine Beine.

Kathleen nahm den Hörer auf und reichte ihn Eliott. Er nahm ihn zögernd.

»Hallo?« meldete er sich mit mürrischer Stimme und sah sie dabei an. Eine Stimme war leise zu hören, und er setzte sich auf. »Ja.« Er sah wieder zu ihr. »Natürlich bin ich allein.« Er schnippte mit den Fingern und zeigte auf einen Block und einen Stift, die auf dem Nachttisch lagen. Kathleen reichte ihm beides. »Ich bin soweit.« Er begann zu schreiben. »Ja, ich habe alles verstanden«, sagte er und nickte dabei geistesabwesend. »Ja. Sofort. Er hat es in etwa einer Stunde.« Er legte auf.

»Wer war das?« Ihre Stimme hatte einen beiläufigen Ton.

»Ach, nur was Geschäftliches.« Er riß das oberste Blatt von dem Block und faltete es zusammen. »Nichts Wichtiges.« Er legte Block und Stift zurück auf den Tisch. »Und jetzt«, fuhr er grinsend fort, »laß uns mit den wirklich wichtigen Dingen weitermachen.«

»Nein.« Kathleen rückte von ihm weg. Ihre Augen blitzten und ihre Stimme war schneidend geworden. »Ich habe dir gesagt, Eliott, daß ich keine Geheimnisse dulden werde. Wie sollen wir uns denn sonst vertrauen können?«

Eliott sah sie betrübt an. »Hör zu, Kathy, du darfst das nicht falsch verstehen. Aber das ist etwas, das ich nicht einfach... Ich meine, wir kennen uns doch kaum.«

»Dann *ist* es etwas Wichtiges.«

Er antwortete nicht, sondern starrte sie nur gereizt an.

»Also schön«, sagte sie. »Du glaubst, daß du mir noch nicht vertrauen kannst, und ich werde dir zeigen, wie sehr du dich täuschst.«

Sie griff nach dem Block und dem Stift. Und in einem Winkel von fünfundvierzig Grad rieb sie mit der Bleispitze leicht über das Papier. »So, und jetzt sieh selbst.« Sie warf ihm den Block hin.

Der Block fiel in seinen Schoß, und er sah auf das oberste Blatt. »Himmel!« entfuhr es ihm. Er starrte auf den Durchdruck seiner Schrift, den Kathleen sichtbar gemacht hatte. »Es ist ja alles zu lesen.«

Kathleen nickte. »Ich hätte es jederzeit lesen können, wenn ich gewollt hätte. Und ohne dein Wissen.«

Er streckte eine Hand nach ihr aus. »Mein Gott, Kathy, es tut mir leid.« Er sah wieder auf den Block in seinem Schoß und dachte nach. Dann reichte er ihn Kathleen. »Hier, lies es. Ich vertraue dir wirklich.«

Sie lächelte ihn an. »Es interessiert mich im Grunde gar nicht, Eliott.«

»Nein, lies es bitte. Es *gibt* etwas, was ich dir nicht gesagt habe.«

Als sie sagte: »Ich kann es nicht, du traust mir ja doch noch nicht, ich spüre es«, las er ihr selbst vor, was auf dem Zettel stand, nur um ihr zu beweisen, wie sehr sie sich irrte:

Ereignis muß eintreten elf Uhr dreißig, einunddreißigster August, bei Patrick's.

Kathleen sah ihn mit großen Augen an. »Das hört sich geheimnisvoll an«, sagte sie in verdutztem Ton. »Wie bei Spionen.« Sie beugte sich vor und griff nach seiner Hand. Ihr Gesicht leuchtete blank und unschuldig wie das einer Kinderpuppe. »Ist es etwas Aufregendes, Eliott? Oh, ich wette, es ist etwas Aufregendes. Bitte erzähl es mir.« Sie ließ ihren Kopf auf die linke Schulter sinken.

Es war verrückt, er wußte es. Aber es war auch eine Chance, einmal selbst etwas zu tun. Sonst konnte immer nur Khieu alles tun, Khieu und auch Delmar Davis Macomber. Besser wäre *er* der Sohn meines Vaters, dachte Eliott bitter zum tausendstenmal. Aber jetzt hatte er die Chance, selbst etwas zu entscheiden.

Er stöhnte auf, als ihre Hand wie zufällig seinen erigierten Penis berührte. Ungewollt wanderten seine Gedanken wieder durch den Garten der Lust, den sie ihm eröffnet hatte.

»Erzähl es mir«, flüsterte sie noch, bevor ihre warmen Lippen ihn umschlossen.

Und er tat es. Nicht, weil sie ihn dazu aufgefordert hatte, sagte er sich, sondern weil er es selbst wollte.

»Mein Vater«, sagte er mit zusammengebissenen Zähnen, »mein Vater hat die verrückte Vorstellung, daß er sich einen Präsidenten der Vereinigten Staaten ganz nach seinen Wünschen schaffen kann.« Kaum hatte er das ausgesprochen, fand er, daß es die komischste Sache war, von der er je gehört hatte. Er fing an zu lachen, er lachte, daß ihm die Tränen die Wangen herunterliefen. Seine Brust hob sich, als er weitersprach. »Er will, er will...«

Aber weiter kam er nicht mehr. Von der Schlafzimmertür her war ein eigenartiges, furchterregendes Grollen zu hören, ähnlich dem einer großen Wildkatze, bevor sie angreift. Eliott fühlte einen kalten Schauer durch seinen Körper laufen, als ob ein Eimer Eiswasser über ihn geschüttet worden wäre. Dann spürte er eine Bewegung in der Luft, mehr nicht.

Kathleen blickte plötzlich in zwei unendlich schwarze Augen. Sie war sicher, diese Augen schon einmal gesehen zu haben, aber aus der Nähe sahen sie so schreckenerregend aus, daß sie keinen klaren Gedanken mehr fassen konnte.

Tracy hatte in seinem Büro gearbeitet, als der Anruf gekommen war. Die Stimme seines Vaters hatte sich über die Entfernung kränklich und furchterfüllt angehört. Nur ein einziges Mal vorher hatte Tracy diesen Ton in der Stimme seines Vaters gehört. Es war nach der Nacht gewesen, in der Tracys Mutter bei einem fürchterlichen Unfall auf dem Long-Island-Schnellweg getötet worden war. Ein sechsachsiger Lastzug hatte den Volvo seines Vaters von hinten erfaßt und mit einem Schlag in tiefe Finsternis getaucht, als er den Personenwagen über die nebelnasse Fahrbahn vor sich herschob. Kreischend wie ein angeschossenes Tier war das Blech des Wagens geknittert.

Tracy hatte auf dem Platz hinter seinem Vater gesessen und geschlafen. Das war sein Glück gewesen; denn die ganze rechte Wagenseite war wie von dem Biß eines Ungeheuers weggerissen worden. Tracy war erst im Krankenhaus wieder aufgewacht. Dort hatte sein Vater ihm auch gesagt, daß seine Mutter tot war.

»Hier«, sagte Louis Richter, als sein Sohn die Wohnungstür gerade hinter sich ins Schloß gezogen hatte. »Nimm es zurück.« Er ließ das Lauschmikrophon in Tracys Hand fallen.

»Was ist los?«

»Ich will es nicht mehr in meiner Wohnung haben.« Er sah müde aus und verschlossener, als Tracy ihn zuletzt gesehen hatte.

»Hast du es dir denn schon angesehen?«

»Du hörst wohl nicht zu, wenn ich mit dir rede?« schrie sein Vater.

Tracy sah seinen Vater stumm an.

»Ich will nichts mehr damit zu tun haben«, sagte Louis Richter leise. Er ging voraus ins Wohnzimmer und ließ sich schwer auf das Ledersofa fallen. Er nahm das silberne Feuerzeug vom Tisch und klappte es, während er sprach, auf und zu.

Tracy schob sich einen der ausgeblichenen, ockerfarbenen Cordsamtsessel heran und setzte sich auf die Polsterkante. »Dad?« Er bewegte den Kopf, sein Blick suchte die dunkel umränderten Augen seines Vaters.

»Ich muß bald ins Krankenhaus«, sagte der alte Mann wie zu sich selbst. »Ich brauche Bluttransfusionen.« Er schnaufte wütend wie ein Wildtier, bevor es auf die Knie niedersinkt, um zu sterben. »Ich weiß genau, warum sie mich reinziehen wollen.« Er holte tief Luft. »Es ist nur noch eine Frage der Zeit.« Er lachte dünn. »Seit deine Mutter tot ist, war alles nur noch eine Frage der Zeit.«

»Dad«, sagte Tracy gerührt.

Es dauerte eine Zeitlang, bis Louis Richter sich wieder gefaßt hatte. »Dieses Lauschmikro, wie wichtig ist es für dich?«

»Ich glaube, daß derjenige, der es in Johns Wohnung gebracht hat, ihn auch umgebracht hat. John war mein *Freund*«, sagte Tracy. Er beugte sich vor. »Und ich werde denjenigen finden, der ihn getötet hat.«

»Und dann?« Louis Richter schüttelte traurig den Kopf. »Dann wird es sein wie im Krieg.«

»Der Krieg mußte geführt werden, Dad. Und ich muß meine Pflicht John gegenüber erfüllen.«

»Dann ist Töten eine Notwendigkeit?« fragte der alte Mann. »Willst du das damit sagen?«

»Aus deinem Mund hört sich diese Frage merkwürdig an.«

Louis Richter legte eine Hand über seine Augen und ließ sich mit einem Seufzer gegen die Sofalehne zurücksinken. »Ich bin alt, Tracy. Ich fühle mich verbraucht, als ob die Zeit eine Schwerkraft hätte und ich in ihr versinken würde. Manchmal spüre ich die Nähe einer merkwürdigen Lebenskraft – den Mittelpunkt allen Seins.« Er zuckte die Schulter. »Vielleicht haben sich meine Ansichten wirklich geändert. Ganz sicher bin ich nicht mehr der Mann, der der Stiftung die vielen Miniatursprengsätze gebaut hat.«

»Du kannst nicht erwarten, daß ich ebenso fühle.«

Louis Richter erhob sich schwerfällig und ging mit langsamen Schritten zu einem kleinen Rosenholzschränkchen. Er schenkte ihnen beiden etwas zu trinken ein und kam mit den Gläsern zurück zum Sofa. »Mit dem Abhörmikro, wie kann ich dir da helfen?«

Tracy ließ die kleine Metallscheibe wieder in die Hand seines Vaters fallen. »Ist es möglich, eine Verbindung zu dem dazugehörigen Empfänger herzustellen?«

Louis Richter lächelte, als er nach seinem Whisky griff. »Jetzt klingst du wieder wie mein Sohn«, sagte er zufrieden. »Aber leider kann auch ich keine Wunder vollbringen.«

»Wie können wir dann herausfinden, wer das Ding gebaut hat?«

»Die Frage ist eher, wer es *nicht* gebaut hat.« Louis Richter setzte sein Glas zurück auf den Tisch. »Ich kann dir versichern, daß das Mikro nicht aus der Hand eines der bekannten Experten kommt. Jeder hat seinen eigenen Arbeitsstil, und der ist allen anderen bekannt. Zumindest in meinen Kreisen. Das Mikro, das du mir gegeben hast, paßt zu niemandem, den ich kenne. Zu seinem Bau sind japanische Teile verwendet worden, aber das heißt nur, daß derjenige, von dem es konstruiert worden ist, gewußt hat, wo er was suchen muß.« Er hob seinen rechten Zeigefinger. »Anfangs habe ich gedacht, Mizo könnte etwas damit zu tun haben, denn ein paar der empfindlichen Teile sind handgearbeitet, und zwar in seinem Stil. Aber bei näherer Betrachtung des Ganzen bin ich doch zu dem Schluß gekommen, daß er es nicht gewesen sein kann.«

»Dann war das also eine Sackgasse.«

»Nein, das kann man auch wieder nicht sagen.« Die Augen des alten Mannes funkelten. »Mizo gehört zu den wenigen Meistern, die unterrichten.«

»Soll das heißen, daß einer von Mizos Schülern das Mikro gebaut haben könnte?« fragte Tracy.

Sein Vater nickte. »Das ist durchaus möglich. Aber ich weiß nicht, ob uns das weiterhilft. Mizo wird sich bestimmt darüber ausschweigen, wen er alles unterrichtet hat. Und dann muß diese Person – falls es wirklich einer seiner Schüler gewesen sein sollte – schon vor ziemlich langer Zeit bei ihm in die Lehre gegangen sein. Denn das Mikro ist bestimmt keine Schülerarbeit, eher schon die eines Genius.«

Tracy stand auf. »Und wo arbeitet dieser Mizo?«

»In Hongkong«, erwiderte sein Vater. »Aber es würde dir wenig nützen, wenn ich mit ihm sprechen würde. Er kann mich nicht leiden. Vor langer Zeit haben wir uns beide einmal um die Arbeit bei der Stiftung bemüht, und ich habe sie dann bekommen.«

»Mach dir darüber keine Gedanken.« Tracy lächelte. »Stell mir nur eines deiner kleinen Nothilfepäckchen zusammen.«

»Aber mit dir wird Mizo erst recht nicht sprechen. Ich werde dir lieber etwas ganz Besonderes vorbereiten.«

Tracy hörte schon nicht mehr zu. Er ging hinüber zum Fenster und sah mit leerem Blick auf die Stadt hinunter. »Er wird reden«, sagte er leise. »Und er wird nicht einmal wissen, daß er es tut.«

Als Khieu aus dem Eingang von Macombers Haus getreten war, hatte er im Augenwinkel eine schnelle Bewegung wahrgenommen. Er war sofort hellwach, aber er ließ sich nichts anmerken und ging mit ruhigen Schritten weiter. Jede auffällige Geste hätte demjenigen, der ihn beobachtete, nur einen Hinweis gegeben, daß er entdeckt worden war.

Dabei hatte er nicht einmal erkennen können, ob ein Mann oder eine Frau das Haus überwacht hatte. Einmal, weil die Person sich hinter einer Zeitung versteckt hatte, und dann war auch Buschwerk in Khieus Blickfeld gewesen. Er überquerte die Straße und ging weiter, bis er sicher sein konnte, daß der Beobachter ihn nicht mehr sehen konnte. Dann machte er kehrt. Er sah Elliot aus dem Haus kommen und trat in einen Hauseingang. Es war ein Apartmenthaus. Er öffnete die Eingangstür und verschwand hinter dem getönten Glas.

Kaum war er hinter der Tür verschwunden, da sah er auch schon Eliott auf der anderen Straßenseite vorübergehen. Und einen Augenblick später kam eine Frau an seinem Versteck vorbei. Sie ging auf Khieus Straßenseite. Diesmal verbarg keine Zeitung ihr Gesicht, und so konnte Khieu sie gut erkennen.

Wütend stieß er die Luft aus und ballte seine Hand zur Faust. Was kann nur falsch gegangen sein? dachte er. Wieso hat Atherton Gottschalks Geliebte Eliott ausfindig machen können?

Khieu folgte ihnen bis zum Restaurant. Dann suchte er sich eilig eine Telefonzelle. Er rief Macomber an und sprach eine Zeitlang mit ihm.

»Sie hat es auf ihn abgesehen«, sagte er schließlich, »daran gibt es keinen Zweifel.« Einen Augenblick lang schwiegen sie. Khieu fühlte nichts. Er war ein leeres Gefäß, das darauf wartete, gefüllt zu werden. »Mir gefällt die Sache nicht.«

»Mir auch nicht.« Macombers Stimme dröhnte in der Leitung. »Atherton muß irgendein Schnitzer unterlaufen sein. Soviel ich weiß, war er bei ihr, als er Eliott angerufen hat. Aber darüber mache ich mir im Moment weniger Sorgen.«

Ein Leben auszulöschen – irgendein Leben –, war eine Sünde. Ebenso wie seine Gedanken an Malis. Um sich zu schützen, dachte er an die Gebete, die Preah Moha Panditto ihn einst gelehrt hatte.

»Es muß etwas getan werden«, sagte Macomber. Es war keine Unsicherheit in seiner Stimme, im Gegenteil. Sie war fest und entschlossen. »Unser Sicherheitsring ist durchbrochen worden, wir müssen mit dem Schlimmsten rechnen. Stimmst du mir zu Khieu? Du bist doch mein Sohn.«

»Ja, Vater«, antwortete Khieu. Es war Teil des Rituals. Khieu hätte nie daran gedacht, einer Feststellung seines Vaters zu widersprechen. »Offensichtlich weiß Miss Christian etwas. Wieviel, das werden wir nicht erfahren, es sei denn, sie gehen zurück in sein Apartment. Und wer weiß, ob sie das tun werden.«

»Hast du den tragbaren Empfänger bei dir?«

»Ja«, antwortete Khieu. »Wo sie sich in seinem Apartment auch aufhalten sollten, ich werde jedes Wort von ihnen verstehen.«

»Ich bin froh, daß ich dich gebeten habe, Eliott im Auge zu behalten«, sagte Macomber. Khieu glaubte, ein Gefühl der Enttäuschung aus der Stimme heraushören zu können. »Ich hatte gehofft, daß sich unsere Befürchtungen als falsch erweisen würden.« Die Stimme schwieg wieder eine Zeitlang. Ein singender Ton hing in der Leitung, ein Gemurmel von Geisterstimmen, die alle durcheinander zu sprechen schienen. Dann erstarben die Geräusche. Schweigen. »Sie muß gestoppt werden, Khieu«, sagte Macomber schließlich. »Uns bleibt keine andere Wahl.«

Khieu sah die Straße hinunter zum Eingang des Restaurants. »Ja, Vater«, antwortete er und beugte den Kopf.

Kathleen stieß einen gellenden, jammernden Schrei aus. Plötzlich wußte sie wieder, wer sie gepackt hatte. Die Wirklichkeit hatte ihre blinde Angst wieder eingeholt, die ihre Gedanken für einen Augenblick gelähmt hatten. Es war der Asiate. Es gab keinen Zweifel, sie erkannte das Gesicht, die scharfgeschnittenen Züge. Sie fragte sich, wie sie sich je zu dem Fremden hingezogen gefühlt haben konnte. Jetzt war ihr, als starrte sie dem Tod selbst in die Augen.

Es war schrecklich. Sie zitterte am ganzen Leib und schrie wieder auf. Dann nahm sie in ihrem Augenwinkel eine Stahlrute wahr, die aufblitzte, als sie im einfallenden Sonnenlicht auseinanderfuhr. Einen Moment sah sie die Schönheit des Bildes, dann schlugen Angst und Schrecken in einer so mächtigen Welle über ihr zusammen, daß sie zu würgen begann.

Die Rute setzte sich in Bewegung und verschwand in einem dunklen Streifen. Dann wieder ein Aufblitzen, glühend wie eine Sonne, dann Dunkelheit wie ewige Finsternis. Das war jetzt ihre ganze Welt, und alle ihre Sinne waren auf diese eine Bewegung konzentriert.

Schließlich traf der Stahl ihren Körper, und sie fühlte ein Brennen, wie sie es noch nie erlebt hatte. Ihr war, als wäre sie in den glühenden Sonnenball gestoßen worden.

»Nein!« schrie Eliott. »O Gott, nein!« Er schluchzte hemmungslos, Tränen liefen seine Wangen herunter. Er war an die Wand hinter dem Bett zurückgekrochen; Schweiß lief ihm das Rückgrat herunter. Er hatte das Gefühl, daß etwas in seinen Kopf eingedrungen war. Unzählige Ameisen schienen darin herumzukriechen. Das ist die Strafe, dachte er, dafür, daß ich gegen die Anordnungen meines Vaters verstoßen habe. Er kam gar nicht auf die Idee, die Berechtigung von Khieus Anwesenheit in Frage zu stellen, geschweige denn das, was Khieu tat.

Khieu kniete auf dem Bett, die Frau lag tot vor seinen Knien. Eliott schrie auf und preßte sich noch fester gegen die Wand. Khieu sah ihn an, dann griff er in einer heftigen Bewegung nach ihm und zog ihn über die Leiche zu sich heran.

»Komm her, du!« Er packte Eliott bei den Schultern. Wie nahe sein Bruder daran gewesen war, den *Angka* zu verraten, ließ ihn erschrekken. »Weißt du überhaupt, was du da fast getan hättest?« schrie er. »Weißt du das?«

Einen Lidschlag lang war tief in Eliotts Augen ein loderndes Glühen zu sehen. »Ja«, sagte er trotzig. »Ich habe genau gewußt, was ich tat. Sie hat mir das Gefühl gegeben zu leben. Sie wollte bei *mir* sein.«

Khieu schlug ihm hart ins Gesicht. Eliotts Kopf flog herum, und er keuchte vor Überraschung. Khieus Gesicht war starr wie eine Maske, hart und blaß, als ob alles Blut aus ihm gewichen war. »Nein. Sie hat dich deine Verantwortung vergessen lassen. Deine Pflicht gegenüber dem *Angka*.« Diesmal schlug er mit dem Handrücken zu. »Du hast keine Achtung vor deinem Vater. Du verstehst nichts, du verdienst nichts.«

»Ja«, flüsterte Eliott mit erbärmlicher Stimme, »ich weiß.«

KAMPFGEBIET 350, KAMBODSCHA
März–April 1969

Drei Jahre Kampf in den Dschungeln Kambodschas konnten wie drei Jahrhunderte erscheinen. Besonders wenn es schien, daß sich um die Kämpfe herum nichts veränderte.

Es war schon richtig, daß die Roten Khmer im Kampf um die Befreiung des Landes an Bedeutung gewonnen hatten. Ihre Zahl war angeschwollen, und die Waffenlieferungen an sie hatten sich verdoppelt.

Aber die alte Regierung war noch immer an der Macht. Der verhaßte Sihanouk bestimmte noch immer die Geschicke Kambodschas, obwohl die Roten Khmer schon vor langer Zeit geschworen hatten, ihn zu vernichten. Sein Premierminister Lon Nol hatte, als er an die Front gefahren war, um die Kämpfe aus nächster Nähe zu sehen, einen Autounfall gehabt, war an der Schulter verletzt worden und hatte sein Amt niedergelegt, um sich in Frankreich behandeln zu lassen. Aber jetzt, ein Jahr später, hatte er seinen Dienst wieder angetreten, und es schien, als ob die Zeit für sie alle zurückgedreht worden wäre.

Nur etwas Entscheidendes war geschehen: Musashi Murano war gestorben.

Sam hatte den *Sensei* weder gemocht, noch hatte er ihn je verstanden. Er war ein Mann wie René Evan: Ein Architekt des philosophischen Fortschritts der Revolution. Im Lager liefen sogar Gerüchte um, daß er sich mit Mitgliedern des *Angka Leu* getroffen hatte. Doch niemand hatte den Mut, ihn danach zu fragen.

Doch die neueste Aufgabe des Kaders ließ sogar den Tod Muranos in den Hintergrund treten. Die Chinesen waren dabei, eine ungeheuer komplizierte Verbindungslinie aufzubauen, über die Heroin in die Stützpunkte der Amerikaner geschmuggelt werden sollte, um ihre Kampfkraft zu mindern. Wie es schien, hatte dieses Unternehmen die Zustimmung des *Angka Leu* gefunden; denn Soks Kader war dazu ausersehen worden, ein Glied in der Transportkette zu bilden. Vor zwei Wochen waren die ersten Säcke mit der Ware im Lager eingetroffen, wo sie so lange bleiben sollte, bis der nächste Transportstützpunkt angelaufen werden konnte. Es war Sam gewesen, der ihnen nach einer seiner Reisen die Nachricht von ihrer neuen, wichtigen Aufgabe überbracht hatte. Eine feste Verbindung zu den Chinesen war wichtig, weil der Sache des *Angka* damit gleichzeitig eine höhere Militärhilfe zufloß.

So war es auch für alle ein tiefer Schock, als eines Abends während der kurzen Dämmerung, bevor sich die Nacht endgültig über den Dschungel legte, Sam von dem politischen Komitee der Einheit in Haft genommen wurde.

Im selben Moment wurde Sok von den anderen getrennt, entwaffnet und allein in ein Zelt gewiesen, vor dessen Ausgang sich eine Wache stellte. Die Nacht schien schon ewig gewährt zu haben, als plötzlich eine Gestalt im Zelteingang erschien. Sok stand auf und erkannte, daß es Ros war.

»*Mit* Chey steht unter Anklage«, sagte Ros übergangslos. »Es ist aufgedeckt worden, daß er heimlich gegen den *Angka* gearbeitet hat.«

»Das ist unmöglich!« rief Sok ungläubig. »Er steht absolut loyal zu unserer Sache. Dafür bin ich bereit, mein Leben einzusetzen. Es muß ein Irrtum vorliegen.«

»Er steht jetzt vor seinen Richtern«, erwiderte Ros, ohne auf Soks Worte einzugehen. »Man wird dir ein Zeichen geben, wenn das Kriegsrecht sein Urteil gesprochen hat.«

Es dauerte nicht mehr lange, da bildete sich im Zentrum des Lagers ein Kreis, dieselbe Art Kreis, zu der die Soldaten zusammenliefen, wenn ein Affe oder ein Wildschwein gefangen worden war. Nur daß in ihrer Mitte diesmal kein Tier stand, sondern Sam.

Sok hatte den Kopf seines Bruders gesehen, als er in den Kreis geführt worden war. Sie wollten das Urteil ohne Aufschub vollstrecken. O Sam! Sam! Das Urteil war gefällt worden, das Gericht hatte Sam schuldig gesprochen, und Sok hatte, wie Ros gesagt hatte, ein Zeichen bekommen. Der Kreis der Soldaten war dieses Zeichen.

Wenn es doch nur einen Weg gegeben hätte, Sams Leben zu retten. Aber Sok wußte, daß er machtlos war. Der *Angka* hatte gesprochen, und seine Stimme galt im Dschungel als Gesetz.

Er mußte sich zwingen, hinzunehmen, was jetzt geschehen würde, dann konnte er seine Gedanken der Zeit danach zuwenden. Er kannte die Männer, die für das Urteil verantwortlich waren – jene, die das Tribunal bildeten. Einen nach dem anderen würde *Kokoro* aus diesem Leben stoßen, hinab in ein Reich, in dem nur Schlangen hausten. Das schwor Sok, als er den ersten Schlag auf seinen Bruder niederfallen hörte.

Dann kam das Geräusch der Holzprügel immer schneller. Sie ersetzten seit einiger Zeit die Gewehrkolben. Der *Angka* hatte erklärt, daß die Kolben viel zu wertvoll seien, um sie vielleicht bei der Hinrichtung eines ehrlosen Feindes zu beschädigen.

Endlich kamen die Schläge seltener, dann blieben sie ganz aus. Sok stieß einen langen Seufzer aus. Es war vorbei. Die Qualen, die ihn gefoltert hatten, ließen nach. Ein Zittern befiel ihn, das in kurzen Schüben durch seine Muskeln lief.

»*Mit* Sok.«

Er drehte sich um und sah Ros im Zelteingang stehen, sein Gesicht lag im Schatten.

»Der *Angka* ruft dich«, sagte Ros, ohne eine Regung erkennen zu lassen. Seinen dunkelgefärbten Prügel hielt er an der Seite. »Komm jetzt heraus.«

5. Kapitel

Die Rückkehr nach Asien bereitete Macomber ähnliche Qualen, als hätte man von ihm verlangt, seine Hand in ein offenes Feuer zu halten. Er hatte nicht erwartet, daß es so schlimm werden würde, aber die Erinnerungen an seine erste und einzige Liebe brannten in seinem Herzen wie ein zum Leben erwachter Juwel, und die Glut wurde heißer, je näher er dem fremden Kontinent kam.

Die größte Pein bereitete ihm dabei der Gedanke an ihr plötzliches Verschwinden. Macomber hatte geglaubt, längst darüber hinweggekommen zu sein; aber jetzt mußte er einsehen, daß er sich in den Jahren nur etwas vorgemacht hatte. Lebte sie noch?

Er starrte mit leerem Blick aus dem Fenster, während sich der Zug schaukelnd die Küste entlang nach Kanton schleppte. Natürlich wäre Macomber lieber nach Kanton geflogen, aber die chinesische Regierung hatte anderes im Sinn gehabt. Die Kommission sollte den wirtschaftlichen Aufschwung des neuen China mit eigenen Augen sehen können; deshalb war die Zugfahrt arrangiert worden. Zumindest aber die Strecke von Kanton nach Shanghai würden sie fliegen.

Macomber schloß die Augen und zwang sich, der hohen Stimme ihrer Fremdenführerin zuzuhören. Bald war er eingeschlafen.

Zumindest äußerlich hatte sich Shanghai kaum verändert, noch immer wurde es von seinem weitläufigen Geschäftsviertel beherrscht. Vielleicht hatte das neue kommunistische Regime daran gedacht, daß Shanghai schon in der Vergangenheit als Chinas weltoffenste Stadt gegolten hatte; jedenfalls war die neue Regierung wohl zu dem Schluß gekommen, daß sie hier ihre Reformen noch am ehesten durchsetzen könnte. Doch vielleicht waren die Kommunisten auch nur nicht so allgegenwärtig, wie es ihr selbstgeschaffener Mythos immer behauptete. Außerdem wollten »Gassengerüchte« – die zwar inoffizielle, aber meist zutreffende Nachrichtenküche des Landes – wissen, daß China dringendst Geld brauchte, um sein gigantisches Modernisierungsprogramm finanzieren zu können. In Shanghai, so hieß es, waren die örtlichen Unternehmer ermuntert worden, sich auch um private Geschäfte zu bemühen, wenn sie nur Dollars einbrachten.

Zumindest hatte das der Mönch gegenüber Macomber behauptet.

Macomber hatte den Mönch, wie sie es verabredet hatten, im Jin Jiang Club getroffen. Es war ein großes und weitläufiges Gebäude, dessen Baustil an das Romanische erinnerte. Bis zur Invasion 1949 war hier der französische Kolonialclub untergebracht gewesen.

Macomber, im dunklen Anzug und mit schwarzer Krawatte, hatte den Mönch im französischen Restaurant des Clubs getroffen. Am Eingang war Macomber von einem großgewachsenen schlanken Chinesen in westlicher Kleidung, der sich sofort tief verbeugt hatte, als Macomber ihm seine Einladungskarte überreichte, begrüßt worden.

Der Mönch saß bereits an einem Zweiertisch, der mit makellosem weißem Leinen bedeckt war, auf dem die Bestecke und Kristallgläser funkelten. Durch das Fenster hinter seinem Rücken konnte man in den großen Garten sehen, in dessen Mitte zwei Tennisfelder lagen, die von Scheinwerfern angestrahlt wurden.

Der Mönch – das war natürlich nicht seine richtige Bezeichnung, aber Macomber kannte keine andere – war ein kräftig gebauter Mann zwischen fünfzig und siebzig Jahren. Es war unmöglich, auf sein genaues Alter zu schließen. Seine Bewegungen waren geschmeidig, auf seinem Gesicht lag meistens ein Lächeln. Seine tiefschwarzen Augen glänzten wie Perlen. Sein Haar war ebenfalls noch von kräftiger Farbe; doch war im Laufe der Jahre über seinem Hinterkopf eine Tonsur entstanden, die ausgezeichnet zu seinem Pseudonym paßte. Er war Geschäftsmann, ohne daß man ihn auf eine bestimmte Branche hätte festlegen können.

»Ich hoffe, Sie hatten eine angenehme Reise.« Der Mönch trug einen Anzug mit breiten Revers, die irgendwann in den siebziger Jahren aus der Mode gekommen waren.

»Angenehm ja, aber viel zu lang.«

»Ah ja, wir verstehen uns noch nicht auf die Geschwindigkeit, für die Sie im Westen so berühmt sind. ›Ich will die Welt, und ich will sie jetzt!‹« Mit erstaunlicher Geschicklichkeit ahmte er einen amerikanischen Akzent nach. Doch in Macombers Augen glich der Mönch einem Gorilla, den man in einen Anzug gesteckt hatte, um ihn aus dem Käfig holen zu können. »Ich schätze Sie, Macomber.« Der Mönch drückte seine Zigarette aus und rief den Kellner. »Sie haben Rückgrat. Das kann man nicht von vielen Leuten ihrer Rasse sagen.«

»Halten Sie das für unsere größte Schwäche?« Er bestellte einen Scotch, der Chinese ließ sich einen Wodka kommen.

Der Mönch dachte über die Frage nach, als ob sie in ernster Absicht gestellt worden wäre. »Ah, Macomber, Zaghaftigkeit ist keine Eigenschaft, die einen wahren Mann auszeichnet. Das ist nun einmal so.«

»Ja«, erwiderte Macomber, »da stimme ich Ihnen zu.«

Er verstand die Chinesen nicht, und er mochte sie auch nicht besonders. Sie ließen ihn argwöhnisch werden, weil er nie voraussehen konnte, was sie nun wirklich dachten oder als nächstes tun würden. Sie waren immer Tracy Richters starke Seite gewesen. Er schien in der Lage zu sein, in diese fremden Köpfe einzutauchen, er konnte denken wie sie. Wo, zum Teufel, war Tracy Richter geblieben, als er damals in Ban Me Thuot plötzlich wie vom Erdboden verschluckt gewesen war? Und dann tauchte er nicht weniger überraschend neun Jahre später als John Holmgrens Medienberater wieder auf.

Aber im Grunde war das völlig einerlei. Jetzt war er ohnehin in die Geschichte verwickelt, und man würde sich um ihn kümmern müssen.

Er hatte Khieu angewiesen, das Abhörmikro ohne jedes Aufsehen zurückzuholen. Er hatte sich noch einmal in Ruhe die Bandaufzeichnung angehört. Ein frontaler Angriff konnte überhaupt nicht in Frage kommen. Mit Tracy Richter in der Nähe, war Vorsicht das gebotene Schlüsselwort. Khieu sollte das Lauschmikro deshalb auch erst dann zurückholen, wenn Richter es mit Sicherheit aus der Hand gegeben hatte. Macomber hatte Richter nie gemocht, ihn immer um seine vielen Talente beneidet. Das einzige, was Macomber in Kambodscha bekannt gemacht hatte, war seine gnadenlose Art zu töten gewesen. Richter hatte viel mehr zuwege gebracht.

Der Mönch bestellte sich einen Hawaii-Cocktail, das Filet Mignon Monte Carlo, einen kleinen grünen Salat und zum Nachtisch Omelett Vesuvius. Macomber, innerlich angeekelt von der Kalorienmenge, die sein Gastgeber bewältigen wollte, begnügte sich mit Langustensuppe und geschmortem Fasan.

»Wegen des Auftrags...«, begann Macomber.

»Wir wollen doch während des Essens nicht über Geschäftliches sprechen«, unterbrach ihn der Mönch, »das ist bei mir ein ungeschriebenes Gesetz.« Er lächelte freundlich. »Sie wissen doch, die Form macht bei uns alles.« Er sah Macomber forschend an. »Sie haben es doch bestimmt nicht eilig, nicht wahr?« Er lachte leise. Der Wodka, hatte Macomber den Eindruck, begann zu wirken. »Nicht in China.«

So tauschten sie während des Essens nur kleine Gefälligkeiten aus, aber schließlich hatte der Mönch auch seine Nachspeise beendet. Er lehnte sich in seinem Plüschsessel zurück und streckte sich. Dabei stieß er hörbar auf. Er bemerkte Macombers angewiderten Blick, ließ sich die Rechnung bringen und bezahlte mit einer MasterCard. Als der Ober zurückkehrte, hatte er in der einen Hand eine braune Papiertasche. Der Mönch unterschrieb den Beleg mit einem schwungvollen Schnörkel und nahm die Papiertüte an sich. Schließlich drückte er sich mit der rechten Hand vom Tisch ab.

»Jetzt wird es Zeit, daß Sie etwas von unserer Stadt zu sehen bekommen«, sagte er zu Macomber.

Obwohl es bereits nach zehn war, sah Macomber noch viele Menschen durch die Straßen spazieren, als sie die Stufen des säulenflankierten Aufgangs hinunterstiegen. Macomber folgte dem Mönch durch eine kleine Parkanlage, deren Luft von Jasminduft erfüllt war. In der Nähe sahen sie die Lichter des neuesten Gebäudes, das zum Jin Jiang Club gehörte – es war das größte Hotel der Stadt.

Dann kamen sie zurück zur Straße. Der Mönch neigte leicht seinen Kopf und sprang plötzlich mitten in den Verkehr. Bevor Macomber noch wußte, was geschah, hielt vor ihnen ein klappriges Taxi mit kreischenden Bremsen. Der Mönch öffnete den hinteren Wagenschlag und bedeutete Macomber, einzusteigen.

Macomber kletterte eilig durch die offene Tür, der Mönch ließ sich neben ihn auf die Rückbank sinken und zog die Tür zu. In unverständlichem Mandarin rief er dem Fahrer etwas zu, der daraufhin eifrig mit dem Kopf nickte. Der Wagen fuhr schleudernd an.

»Jetzt«, sagte der Mönch zu Macomber, »kommen wir zum geschäftlichen Teil unserer Verabredung.«

Atherton Gottschalk wurde in einen der sechs großen Konferenzräume im äußeren Ring des Pentagon-Komplexes geführt. In dem dunkel vertäfelten Raum erwartete ihn eine Versammlung führender Offiziere der amerikanischen Streitkräfte.

Gottschalk nickte einem seiner Mitarbeiter zu, der ihn begleitet hatte. Der Mann begann, an die Offiziere, die um einen achteckigen Tisch herum saßen, blaueingebundene Mappen zu verteilen.

»Meine Herren«, leitete Gottschalk seine Ansprache ein, »was ich gerade an Sie austeilen lasse, sind Blaupausen unserer Zukunft. Blaupausen unserer Sicherheit und der militärischen Überlegenheit der Vereinigten Staaten von Amerika in den späten achtziger und beginnenden neunziger Jahren.«

Er legte eine Pause ein und öffnete seine Mappe als Zeichen für seine Zuhörer, es ihm nachzutun. »Sicherlich ist Ihnen allen bekannt, daß meine Bemühungen um die Nominierung zum Präsidentschaftskandidaten meiner Partei in ihre entscheidende Phase getreten sind. Ich brauche weitere Unterstützung, das gebe ich gerne zu. Und ich will Ihnen ebenso offen sagen, daß ich sie von Ihnen zu bekommen hoffe.«

Er sah einen Augenblick in seine Unterlagen. »Auf Seite zwei der Ihnen ausgehändigten Mappen finden Sie die technischen Leistungsdaten eines vollkommen neukonstruierten, computergesteuerten Helikopters.« Als um den Tisch herum Seiten geblättert wurden, erfüllte ein Rascheln kurz den Raum. »Die Maschine ist vollkommen mit Panzerplatten geschützt und erreicht dennoch die dreifache Fluggeschwindigkeit gegenüber den neuesten vergleichbaren Maschinen – eingeschlossen die der Sowjetunion. Sie besitzt ein neues Sichtgerät, das Flüge auch bei Nacht möglich macht, darüber hinaus sind sämtliche Funktionen computergesteuert und -überwacht. Das Leitsystem dieses Computers arbeitet mit einem revolutionären Laserprinzip. Und das Beste von allem: die Maschine ist in der Lage, bis zu acht Cruise Missiles aufzunehmen. Kurz gesagt, meine Herren, die *Vampire* bezeichnet einen völlig neuen Stand der Militärtechnologie: sie läßt unsere Einsatzfähigkeit mobiler werden und macht sie gleichzeitig absolut tödlich.«

Gottschalk trank einen Schluck Wasser. »Die Ordner vor Ihnen enthalten die Unterlagen sechs weiterer Waffensysteme, die uns die alte Überlegenheit über unsere Feinde wieder zurückgeben können. Und alle – einschließlich der *Vampire* – existieren nicht nur auf dem Zeichenbrett, sondern sind bereits voll einsatzfähig. Ja, Sie haben richtig gehört: *voll einsatzfähig.*« Gottschalk lehnte sich vor. »Alles, was noch fehlt, ist Ihre Zustimmung und – das dürfte wohl das Schwierigste sein – die entsprechenden Finanzposten im Militäretat. Wie Sie sicher schon gesehen haben, meine Herren, verdanken wir sämtliche dieser neuen Waffensysteme den Anstrengungen eines einzigen Unternehmens: der Metronics Inc. Sie werden vielleicht wissen, daß der Gründer und Präsident dieses Unternehmens Delmar Davis Macomber heißt, und Sie werden vielleicht weiter wissen, daß er und ich nicht gerade die besten Freunde sind.« Gottschalk erntete unterdrücktes Lachen für das trockene Grinsen, das er einen Augenblick lang über sein Gesicht ziehen ließ. Er hob beide Hände, wie um sich in das Unabänderliche zu ergeben. »Also schön, ich gebe zu, daß wir in der Vergangenheit unsere kleinen Auseinandersetzungen hatten.« Seine Stimme war fast jungenhaft geworden, wieder plauderte er kein Geheimnis aus. »Und wir werden auch in Zukunft den einen oder anderen Streit haben. Persönlich, geschäftlich und, ja, auch in politischen Fragen. Aber« – er hob wie zur Warnung seinen rechten Zeigefinger – »in einer entscheidenden Frage sind wir *einer* Meinung. Wir glauben beide daran, daß die *Vampire* uns unvergleichliche Möglichkeiten an die Hand gibt, die Sicherheit dieses Landes zu verteidigen, und zwar nicht nur gegen den weltweiten Kommunismus, sondern auch gegen den internationalen Terrorismus.«

Gottschalk war wieder ernst geworden. »Meine Herren, in den letzten Jahren sind wir nur allzuoft Zeugen terroristischer Anschläge gegen die Vereinigten Staaten von Amerika geworden: im Iran, in Westdeutschland, in Ägypten und in Peru. Und die Zahl dieser Attentate nimmt zu, je weiter wir uns den neunziger Jahren nähern. Wir haben schon mitansehen müssen, wie sie, nur einer Seuche vergleichbar, von der Dritten Welt nach Europa übergesprungen sind. Einige unserer Alliierten, Westdeutschland, Italien, Frankreich und England, sind ihnen fast schon erlegen. Und ich sage Ihnen hier und heute, auch für uns wird bald die Zeit der Entscheidung kommen. Wir müssen auf diese Herausforderung vorbereitet sein, und wir müssen ihr begegnen können: schnell, stark und mit sicherer Hand. Denn, meine Herren, was wird aus uns werden, wenn das Land der Freien, die Heimat der Tapferen einmal zur Geisel in der Hand von Kräften werden sollte, die unserer Ordnung feindlich gesonnen sind?«

Gottschalk hatte die Höhepunkte seiner Rede klug gesetzt, und er hatte sein Publikum richtig eingeschätzt. Applaus brach nach seinen letzten Worten aus, lächelnde Gesichter waren um den Tisch herum zu sehen, Kopfnicken und Händeschütteln. Jeder wollte Gottschalk persönlich gratulieren und ihm seine Unterstützung für die kommende Nominierungsversammlung und den folgenden Präsidentschaftswahlkampf zusichern.

Bevor sie aus dem Haus gingen, rief Tracy noch Thwaite an. Es sei ein herrlich sonniger Tag, und da Tracy nach Hongkong fliegen würde, hatten sie sich entschlossen, einen der seltenen freien Tage von Lauren zu nutzen, um an die Küste zu fahren.

»Es wird langsam Zeit, daß wir über das mögliche Motiv nachdenken«, sagte Thwaite.

»Ich wollte dich eigentlich fragen, wie du dich fühlst«, erwiderte Tracy. »Aber ich glaube, das brauche ich nicht mehr.« Tracy war auf der Doppelbeerdigung gewesen und hatte neben Thwaite gestanden.

»Es geht mir ganz gut«, sagt Thwaite schnell. Dann schwieg er einen Moment. »Es kommt und geht wie eine Krankheit, die man nicht mehr los wird. Aber Arbeit hilft. Darüber bin ich schon ganz froh.«

»Und denkst du manchmal auch an Melody?« fragte Tracy.

»Ja, ja. Tue ich schon.« Thwaite räusperte sich. »Seit du mir von dieser Verbindung nach Hongkong erzählt hast, denke ich über das mögliche Motiv nach. Ich habe mir überlegt, daß Holmgren entweder etwas gewußt hat, und deshalb umgebracht worden ist, oder daß seine Ermordung ein politisches Motiv haben könnte. Aber dazu müßtest eigentlich du mehr sagen können als ich. Hatte er irgendwelche Feinde?«

»*Alle* Politiker haben Feinde«, antwortete Tracy, »das gehört in dem Fall sozusagen zum Beruf. Aber bei keinem von ihnen kann ich mir denken, daß er John umgebracht haben könnte. Schon gar nicht bei der Art und Weise, wie der Mord verübt worden ist. Wer sollte denn auch von derlei Dingen nur etwas wissen? Wie auch immer, ich kann mir nicht einmal jemanden vorstellen, der in dieser Richtung denken würde. Es ist viel zu kompliziert, zu geheimnisvoll.«

»Schon gut«, sagte Thwaite. »Vielleicht habe ich die Frage falsch gestellt. Wer zieht denn aus John Holmgrens Tod den größten Vorteil?«

»Meinst du politisch?«

»Ja, sicher.«

»Ich würde sagen Atherton Gottschalk. Er und John haben sich für den Wahlkongreß der Republikaner im kommenden Monat um die Nominierung zum Präsidentschaftskandidaten der Partei bemüht. Es gibt zwar noch Kandidaten, aber ich glaube, daß Gottschalk jetzt im Vorteil ist. Besonders nach den letzten Ereignissen im Ausland.«

»Hm. Glaubst du, daß er hinter dem Mord stehen könnte? Ich kriege das Lauschmikro nicht mehr aus meinem Kopf, verstehst du? Watergate und so weiter.«

»Ich verstehe, was du meinst. Ich habe auch schon darüber nachgedacht. Gottschalk kenne ich ganz gut. Er ist ein eisenharter Typ, und er hat John gehaßt, keine Frage. Seine ganze Wahlmannschaft hat das getan. Und er will unbedingt Präsident werden. Aber das wollen vier, fünf andere Kandidaten nicht weniger. Ich kann mir nicht vorstellen, daß ein Mord für sie in Frage kommt.«

»Verstehe.«

»Aber warum hast du so beharrlich nachgehakt?«

»Ach, vielleicht ist es gar nichts.« Tracy hörte, wie am anderen Ende der Leitung Papier hin und her geschoben wurde. »Ich hab' hier irgendwo einen Bericht. Ich hatte unsere Computerzentrale gebeten, mir eine Liste von allen Politikern zusammenzustellen, die innerhalb der letzten sechs Monate eines nicht natürlichen Todes gestorben sind. Sie konnten mir nur einen Namen nennen. Einen gewissen... Augenblick... Senator Roland Burke. Kennst du ihn?«

»Dem Namen nach, aber ich habe ihn nie persönlich kennengelernt. Ich war ehrlich überrascht, als ich hörte, daß er sich im September nicht wieder zur Wahl stellen wollte. Damals habe ich mir noch gedacht, daß das ein schwerer Verlust für den Senat sein würde, und jetzt, wo er tot ist, sehe ich, wie recht ich mit meiner Vermutung hatte.«

»In meinen Unterlagen steht, daß er einem Raubmord zum Opfer gefallen ist. Jedenfalls scheinen die Kollegen in Chicago davon überzeugt zu sein.«

»Wie lautet der ärztliche Befund?«

»Das wird etwas für deine Ohren sein. Die Autopsie hat ergeben, daß der Tod nach einer massiven Hirnblutung eingetreten ist, die dadurch ausgelöst wurde, daß dem Senator der eigene Nasenbeinknochen ins Hirn gerammt worden ist.«

Die Stille auf der anderen Seite hielt so lange an, daß Thwaite am Ende nachfragte: »Tracy? Bist du noch da?«

»Ich denke«, sagte Tracy langsam, »du solltest einmal hinfahren.«

»Die Spur könnte schon kalt sein, aber ich stimme dir zu, daß es das Risiko wert ist.« Er räusperte sich wieder. »Glaubst du, daß das unser Mann gewesen sein könnte?«

»Ja, er könnte es gewesen sein.« In Tracys Kopf jagten sich die Gedanken. »Natürlich könnte das auch ein anderer getan haben. Er müßte nur sehr kräftig sein. Aber der Winkel...« Er ließ den Satz unvollendet. »Steht in dem Autopsiebericht auch, in welchem Zustand der Nasenbeinknochen war?«

»Nein. Davon habe ich nichts gelesen.«

»Schon gut. Eigentlich habe ich auch nicht damit gerechnet. Aber wenn du da unten bist, dann frage doch den Arzt, der die Autopsie durchgeführt hat, danach. Er wird es dir sagen können.«

»Wozu willst du das wissen?«

»Ich würde sagen, wenn der Knochen heil geblieben ist, dann war es unser Mann. Man muß den Knochen im richtigen Winkel treffen. Ein kräftiger Mann, der nicht darauf trainiert ist, würde alles mit dem zweiten oder dritten Schlag zertrümmern.«

»Gut, ich werde mich darum kümmern«, sagte Thwaite. Er lachte. »Und bleib nicht so lange weg.«

Tracy verstand, daß Thwaite ihn damit auffordern wollte, vorsichtig zu sein. »Nur solange es unbedingt sein muß. Ich melde mich dann bei dir.«

Lauren hatte ihn die ganze Zeit von der Tür aus angesehen. Neben ihr stand ein Picknickkorb mit kaltem Huhn, Thunfischsandwiches, Kartoffelsalat, Oliven, frischem Obst und einer Flasche Weißwein.

Auf dem Weg aus der Stadt heraus hielt Tracy vor dem Apartmenthaus, in dem sein Vater wohnte. Daß Lauren und Louis Richter sich bisher nicht kennengelernt hatten, lag nicht an ihr, sondern zeigte eher, daß Tracy lange Zeit ein sehr distanziertes Verhältnis zu seinem Vater gehabt hatte.

Der alte Mann freute sich sehr über Laurens Besuch. Er hatte sich immer eine Tochter gewünscht, und tatsächlich hatte er sich früher oft darüber geärgert, daß Tracy ihm Lauren nie vorgestellt hatte.

Tracy hatte ihr mit Absicht nichts von der schweren Krankheit seines Vaters erzählt. Er wollte, daß sie sich dem alten Mann so zeigen konnte, wie sie war, und sich nicht nur aus Mitleid vielleicht zur Freundlichkeit verpflichtet fühlte.

Doch darüber hätte er sich keine Sorgen zu machen brauchen. Sie faßte auf den ersten Blick Sympathie zu Louis Richter, und Tracy sah staunend, wie sein Vater sie überall in der Wohnung herumführte.

Tracy konnte nicht einmal ahnen, wie tief Laurens Zuneigung zu dem alten Mann schon nach wenigen Worten war. Die Wärme, die Louis Richter ausstrahlte, und sein Interesse für alles, was sie tat, bezauberten sie von der ersten Minute an. Er war so ganz anders, als ihr ernster, humorloser Vater, und bald hatte sie den Eindruck, daß ein lang gefühlter Schmerz in ihrer Brust wie in einem Frühlingstauwetter blasser wurde und verschwand. In der ersten Viertelstunde, die sie mit Louis Richter zusammensaß, hatte er ihr mehr Fragen über das Ballett gestellt als ihr eigener Vater in den letzten fünfzehn Jahren. Bei ihm fühlte sie nicht die trübsinnigen Echos ihrer Kindheit in sich aufsteigen, was ihr jedesmal passierte, wenn sie ihre Eltern besuchte. Und jedesmal endeten diese Besuche in einem Streit.

Später fuhren sie über den Long-Island-Schnellweg nach Osten. Dann folgten sie dem Montauk Highway bis kurz hinter Water Mill, wo sie nach Süden in Richtung auf die Küstenlinie von Flying Point Beach abbogen.

Der Strand lag so einsam, daß er selbst in dieser Jahreszeit ziemlich verlassen war. Eine hohe Düne schützte sie vor dem Wind und den Blicken der anderen Strandbesucher.

Tracy sah hinaus aufs Wasser. Ein Fischtrawler kam die Küste herunter, an seinen gelben Masten hingen schwarze Netze. Das Stampfen des Dieselmotors drang an den Strand herüber. Tracy wollte es ihr endlich sagen. Daß er sich verantwortlich fühlte für den Tod ihres Bruders, spürte er wie einen Abgrund zwischen Lauren und sich. Eines Tages mußte er einen Weg über diesen Graben finden, damit er endlich verschwand. Er mußte ihr alles erzählen.

»Wie lange wirst du fortbleiben?« fragte sie plötzlich.

»Ich weiß es nicht genau.«

Sie stützte sich auf und schützte mit einer Hand ihre Augen vor dem grellen Licht der Sonne. »Wo wirst du wohnen? Ich möchte dich anrufen.«

»Das wird wohl nicht gehen. Vielleicht kann ich dich einmal anrufen«, fügte er noch hinzu. Aber er wußte, daß auch das sehr unwahrscheinlich war. Sie wußte, daß er das mehr gesagt hatte, um sie zu beruhigen, als daß er wirklich daran glaubte. Nicht bei dem, was er zu tun hatte. Und sie wußte, was es hieß, sich auf eine Aufgabe konzentrieren zu müssen.

»Ich möchte nicht, daß du fliegst, Tracy.« Ihre Stimme war gespannt. Etwas schien ihre Kehle zuzuschnüren, doch sie bemühte sich, nicht darauf zu achten. »Ich weiß, daß das sehr selbstsüchtig klingt, aber das ist mir egal. Ich habe Angst, daß dir etwas Schreckliches passieren wird. Ich habe Angst, daß du in das Flugzeug steigst und nie wieder...« Sie schlug die Hände vors Gesicht. Ihre Schultern zitterten, als sie zu weinen begann. »Oh, mein Gott, es tut mir leid. Ich bin in so einer Stimmung, ich weiß nicht, warum. Ich...«

Er nahm ihren Kopf in seine Hände und rückte näher an sie heran. Seine Fingerspitzen strichen ihre Tränen fort, so daß ihre Augen wieder klar waren. Er dachte, wieviel Freude ihm dieser Anblick immer wieder schenkte.

Sie küßten sich lange, ihre Zungen suchten einander, als sei es das erstemal. Er fühlte ihren Körper fest und geschmeidig an seinem. Er spürte die Wärme ihrer Brüste, ihres Bauches. Er berührte ihre Wangen, ihren Hals, die Mulden unter ihren Schlüsselbeinen, ihre Schultern. Er preßte seine Lippen gegen ihren Hals, und ihre Augen schlossen sich.

Ihre Körper waren heiß, und sie stöhnte leise, als er sich über sie beugte und ihren Badeanzug von ihren Brüsten zu ziehen begann. Sein Kopf senkte sich, und sie warf rasch einen Blick zum Strand hinunter, ob sie auch noch immer allein waren.

Lust erstickte ihr die Worte in der Kehle, sie stieß nur noch lockende Laute hervor, das Lied von Begierde und Liebe einer Sirene.

Noch nie, auch nicht mit ihr, hatte sich Tracy so erregt gefühlt. Die Sehnsucht nach ihr schien ihm die Brust zuzuschnüren. Er holte keuchend Luft, sein Atem schien heiß wie ein Feuerhauch zu sein.

»Oh!« Es brach heftig wie ein Schlag aus ihr hervor. »Tracy...« Sie zog seinen Kopf hoch, und ihre Lippen legten sich auf seine. Ihre Hände strichen an seinem Körper herunter, dann faßte sie seine Badehose und zog sie ihm die Beine hinunter, bis er sie fortschleudern konnte und nackt war. Er preßte sich gegen sie, und sie schrie auf vor Sehnsucht nach ihm. Heftig zerrte sie an ihrem eigenen Badeanzug und stöhnte enttäuscht, bis er ihr half.

Sie sah ihn an, ihre Augen waren groß und feucht vor Lust. »Jetzt«, sagte sie zu ihm, »oh, jetzt.«

Und Tracy drängte gegen sie, einen Augenblick suchend, dann drang er in einer langen, langsamen Bewegung in sie ein.

»Oh«, seufzte sie. »Oh, oh, ohhh...«

Keiner von ihnen wollte, daß es einmal endete, aber ihre Lust stieg in sanften Kreisen höher und höher, flatternd und ungebunden, dem Höhepunkt entgegen. Tracy bewegte sich schneller und schneller in ihr, seine Arme hielten sie fest, als ob er fürchtete, daß sie ihm im nächsten Augenblick entschwinden könnte.

Tracy hatte den Geschmack von Asche in seinem Mund, als das Bild von Laurens totem Bruder auf den Wellen seiner gelösten Sinne auftauchte wie ein Wahn. Ihre Zweisamkeit – der blitzende Moment, in dem er sich ihr näher fühlte als jemals einem anderen Menschen zuvor

– vertiefte nur seine Schuld, bis er sie nicht länger tragen konnte. Nachdem er erlebt hatte, wie nahe er ihr sein konnte, empfand er seinen inneren Rückzug von ihr jetzt als etwas Obszönes, sein Geheimnis als ein unerträgliches Schrecknis.

»Lauren«, flüsterte er heiser. »Lauren...«

Sie öffnete die Augen, sah den Ausdruck in seinem Gesicht und spürte, wie eine Welle der Furcht sie erfaßte. »Liebling, was ist mit dir?«

Er hielt sie fest, als er es erzählte. Es brach aus ihm hervor wie an dem Abend mit Thwaite, als sie sich in Chinatown betrunken hatten.

»Du gemeiner Kerl!« stieß sie hervor. »Wie konntest du ihm etwas so Schreckliches antun!« Stolpernd sprang sie hoch. »Er war noch ein Junge! Nur ein *Junge!*« Trotz der Gluthitze der Sonne zitterte sie vor Kälte. »Wenn du nicht gewesen wärst«, schrie sie wild, »dann könnte er noch leben!«

»Lauren, ich wollte doch nur...«

»Es interessiert mich nicht, was du wolltest!« Sie riß ihre Kleider aus dem Sand hoch.

»Lauren, er war mein Freund.« In seine Stimme hatte sich Verzweiflung geschlichen. Er spürte, daß ihm alles mehr und mehr entglitt. »Er hat sich immer auf mich verlassen können. Wir haben uns gegenseitig aufeinander verlassen. Du ahnst ja nicht, wie ich mich gefühlt habe, als ich sah, was man ihm angetan hatte.«

»Ich glaube, daß du *überhaupt nichts* gefühlt hast. Ich glaube, daß du zu so etwas wie einem menschlichen Gefühl überhaupt nicht in der Lage bist. Der Krieg, der Krieg. *Deshalb* bist du dahin gegangen! Nur daran hast du gedacht. Ich muß meinen Auftrag durchführen! Denn Krieg heißt töten, und ich will dir etwas sagen, Tracy, es muß dir sehr viel bedeuten; denn das ist's was du dort getan hast: töten, töten und wieder töten!«

Er streckte die Hand nach ihr aus, aber sie schien schon viel weiter von ihm entfernt als nur ein paar Schritte. »Du mußt es mich zumindest erklären lassen. Die Chance schuldest du mir.«

Sie wandte sich von ihm ab und lief die Düne hinauf. Kleine Bäche von losem Sand flossen mit jedem ihrer Schritte leise zischelnd den Hang hinunter. »Einem *Mörder* schulde ich überhaupt nichts! Du gemeiner Kerl! Bring mich hier weg!« Sie drehte sich endgültig um und lief zum Wagen, während Tracy langsam wie in einem Dämmerzustand die Reste ihres Picknicks einsammelte.

Trotz des Fahrtwinds, der durch die heruntergedrehten Fenster in das Taxi wehte, war es auch zu dieser nächtlichen Stunde in Shanghai noch heiß. Macomber wand sich auf der Rückbank und zog sich die Jacke aus.

»Wie schade, daß das Taxi keine Klimaanlage hat, nicht wahr, Macomber?« sagte der Mönch. Er hatte den Kopf nicht bewegt, aber seine Augen glitten in ihren Höhlen flink hin und her.

Das Taxi hatte das französische Viertel, in dem sie so teuer gespeist hatten, verlassen und nach Norden in den alten Teil der Stadt gebracht.

Vor dem Eingang einer Parkanlage hielt der Wagen mit jammernden Bremsen wieder an. Der Mönch reichte dem Fahrer eine Handvoll *Fen*. Macomber glaubte nicht, daß das auch noch für ein Trinkgeld reichte.

Sie stiegen aus. Vor ihnen ragte eine weiße Mauer, über die sich schwarze Baumkronen reckten.

»Das ist der Yu-Garten«, sagte der Mönch, »kommen Sie.« Er führte Macomber durch das Eingangstor; der Park schien verlassen zu sein.

»Hier fallen wir viel zu sehr auf.«

»Unsinn.« Der Mönch drängte ihn weiter. »Es ist die beste Zeit. Am Tag würde es Ihnen hier nicht gefallen, Macomber. Zu viele Menschen, um die Ruhe und Schönheit zu genießen.«

Sie setzten sich auf eine Bank aus Steinblöcken, die kühl waren und erfrischten, wenn man sich gegen sie lehnte. Ein leichter Wind ließ das Laub der Bäume um sie herum flüsternd rauschen.

Der Mönch griff in die braune Papiertasche, die er neben sich gestellt hatte, zog eine Flasche Wodka hervor und drehte den Verschluß auf. »Ah, jetzt aber«, sagte er genüßlich. »Das Warten hat sich gelohnt.« Er füllte zwei Pappbecher und reichte einen Macomber, der bemerkte, daß sich der Chinese seinen eigenen Becher fast bis zum Rand vollgeschenkt hatte.

»Ist das nicht ein bißchen voreilig?« sagte Macomber.

Der Mönch sah ihn abschätzend an. »Mein lieber Macomber, Sie sind um die halbe Welt geflogen, um mich zu treffen. Sie haben einen Wunsch, den nur ich erfüllen kann. Ist es also wahrscheinlich, daß wir beide unerfüllt aus dem Park gehen werden? Ich denke nicht.« Er hob seinen Becher. »Trinken Sie mit mir.«

Macomber war sich bewußt, daß ihm gar keine andere Wahl blieb. Er trank einen kleinen Schluck, während der Mönch seinen Becher auf einen Zug zu einem Drittel leerte.

»Und jetzt zum Geschäft.« Der Mönch rieb sich wie in freudiger Erwartung die Handflächen. »Sieben Männer – islamische Fanatiker – kosten einen hohen Preis. Ich bin sicher, daß Sie das verstehen.«

»Selbstverständlich.«

»Sie müssen angeworben, sicher untergebracht und auf ihre Aufgabe exakt vorbereitet werden.«

»Und das alles in ihrer Muttersprache«, warf Macomber ein. »Das ist eine Grundbedingung. Sie dürfen nicht den geringsten Hinweis darauf erhalten, daß ausländische Interessen in die Sache hineinspielen.«

Der Mönch nickte verständig. »Das ist mir bewußt. Es kann alles nach Ihren Wünschen arrangiert werden – für einen bestimmten Preis.« Er lehnte sich etwas bequemer gegen den kühlenden Stein in seinem Rücken. »Sagen wir sieben Millionen – eine Million für jeden Mann.«

»Das ist völlig unmöglich.« Macomber drehte seinen Pappbecher zwischen Daumen und Zeigefinger. »Ich kann Ihnen zwei Millionen bieten.«

Der Mönch machte ein Gesicht, als ob Macomber ihn tödlich beleidigt hätte. »Sechs Millionen. Weiter kann ich unmöglich heruntergehen.«

»Drei.«

»Fünfeinhalb.«

»Das ist doppelt soviel wie die Männer wert sind«, sagte Macomber.

Der Mönch zuckte die Schultern und schenkte sich selbst nach. »Dann gehen Sie doch einfach woanders hin.«

»Ich kann Ihnen nicht mehr als vier Millionen zahlen.«

»Wenn Sie mir fünf geben, bekommen Sie die Leute«, erwiderte der Mönch und hob seinen Becher an die Lippen.

Macomber dachte nach. Fünf Millionen war mehr, als er erwartet hatte. Auf der anderen Seite glaubte er nicht, daß der Mönch noch weiter heruntergehen würde. Und hatte er denn eine andere Wahl? Er brauchte die Männer. Er arbeitete nach einem festen Zeitplan, der ihm nur wenig Spielraum ließ.

Er nickte. »Abgemacht. Ich brauche die Männer in zwei Schüben – erst nur einen, dann sechs. Sie wissen wann. Am dreißigsten August und am dreiundzwanzigsten Dezember.«

»Gemacht, gemacht!« schrie der Mönch und kippte den restlichen Wodka in seinem Becher hinunter. Sofort füllte er ihn wieder. Er sah Macomber an. »Ich will Ihnen etwas sagen; ich bin froh, daß wir den Handel hinter uns haben. Ehrlich gesagt, verhandle ich nicht gern. Ich bin ein Mann der Tat. Ich liebe es, Dinge zu arrangieren. *Das* ist die wahre Herausforderung.«

»Die einzige wirkliche Herausforderung ist der Krieg«, erwiderte Macomber. »Was ist davon in diesem Land übriggeblieben?« Halb fürchtete er, den Chinesen zu beleidigen, doch der Alkohol, den er während des langen Abends getrunken hatte, ließ ihn seine wahren

Gefühle aussprechen. »Dieser Ort hier läßt mich gruseln. Es ist, als ob dieses Land nur auf einen neuen Krieg wartet. Es sind zu viele Geister hier.«

Der Mönch sah Macomber aufmerksam an und nickte zustimmend. »Ja«, sagte er, »das ist wohl wahr. Zu viele Freunde sind tot, zu viele Familien verschwunden, als ob sie der Erdboden verschluckt hätte. Es gab eine Zeit, da hatte ich eine liebe Frau und eine schöne Tochter. Sie sind verschwunden – China hat sie verschluckt.«

»Ich verstehe Sie nicht«, sagte Macomber. Er beugte sich zu dem Mönch herüber und schenkte ihm Wodka nach.

»Einmal, es ist schon lange her – jedenfalls scheint es mir so –, da hatte ich einen Bruder. Er war ein eigenwilliger, ungestümer Mann. Er haßte die Amerikaner.« Der Mönch griff nach seinem Pappbecher. »Meine Regierung fand eine Verwendung für ihn. Sie ließ ihn ausbilden und schickte ihn in den Kampf. Er war sofort erfolgreich. Sehr erfolgreich sogar, tatsächlich war es so, daß man ihn aufforderte, selbst Agenten anzuwerben.«

»Wann war das?« fragte Macomber.

»1967.« Der Mönch schloß die Augen und trank. Er muß schon in Alkohol schwimmen, dachte Macomber. Macomber schätzte es, Informationen über andere Menschen zu besitzen. Es konnte sicherstellen, daß sie taten, was man wollte.

»Was geschah dann?« hakte er vorsichtig nach.

»Unter den Frauen, die mein Bruder anwarb, war eine wunderschöne Frau, ein Mischling, halb Khmer, halb Chinesin.« Ein Schatten strich über Macombers Gedanken. »Er bildete sie aus, sie wurde seine erfolgreichste Agentin. Sie war listig, findig und unendlich schamlos. Und diese Frau nun gab ihm eines Tages die Idee zu einem kühnen Unternehmen. Er beschloß, sie in das Hauptquartier der amerikanischen Special Forces in Ban Me Thuot einzuschleusen.«

Macomber hörte tief in seiner Brust einen überraschten Aufschrei. Er mußte sich zwingen, zu schweigen, doch er fürchtete, daß ein falsches Wort den Chinesen abrupt verstummen lassen könnte. Sein Herz hämmerte erschrocken in seiner Brust, und als er endlich zu sprechen versuchte, blieb ihm die Zunge am Gaumen kleben. »Wie«, brachte er krächzend hervor, »wie hieß sie?«

Der Blick in den Augen des Mönchs wirkte abwesend. »Grauenvoll. Es war grauenvoll. Ich habe versucht, alles zu vergessen.« Seine Gedanken schienen zurückzuwandern, Macomber hielt den Atem an. »Tisah hieß sie. Mein Bruder schleuste sie ein und gab ihr den Auftrag, sämtliche ihrer Fähigkeiten einzusetzen und Beziehungen zu den führenden Offizieren im Militärlager herzustellen.«

Beziehungen. Der Plural hallte in Macombers gequältem Verstand wie Granatfeuer. Tisah, dachte er. Du hast doch mir gehört. Mir ganz allein!

»Wie ich gesagt habe, sie tat, was man von ihr verlangt hatte, und die Informationen, die sie meinem Bruder zuspielte, waren erstklassig. Er war sehr zufrieden.« Ein Schatten schien sich über die Züge des Mönchs zu legen. »Dann änderte sich eines Tages alles.«

»Was wollen Sie damit sagen?« Macomber war erschrocken, wie heiser seine Stimme klang.

»Oder, um genauer zu sein, etwas änderte *sie*. Plötzlich kamen keine Informationen mehr von ihr. Mein Bruder fürchtete um ihre Sicherheit und entschloß sich, zu ihr zu gehen. Sie war nicht mehr in ihrer Wohnung.« Ich weiß, dachte Macomber in qualvoller Spannung. Was war mit seiner Tisah geschehen? Jetzt, nach all den langen Jahren, in denen er nichts von ihr gewußt hatte, jetzt schien er über die Antwort auf alle seine Fragen zu stolpern. Und das ausgerechnet in einem alten chinesischen Park.

»Mein Bruder kannte die Namen ihrer Kontaktpersonen – ihrer Liebhaber, um es genau zu sagen –, und er ging in ihre Unterkünfte.«

Eine eisige Kälte kroch bei dem Gedanken durch Macomber. Er hatte es nie gewußt. Nach ihrem Verschwinden war ihm einmal der Gedanke gekommen, daß sie vielleicht für die Kommunisten gearbeitet hatte. Damals hätte er nicht geglaubt, daß er so etwas je vergeben könnte. Aber jetzt, nach all den Jahren, sah er, daß er es getan hatte. Von allen Menschen nur ihr. Er konnte Tisah vergeben. Mitten in das Wüten des Todes war sie gekommen und hatte ihm ein neues Leben geschenkt. Nur sie war gekommen, um ihn zu retten.

Und jetzt hatte er auch die letzte Wahrheit über sich selbst entdeckt. Wenn sie wirklich eine kommunistische Agentin gewesen war, dann machte es nichts. Er zitterte unter der Macht dieser Entdeckung. Es machte nichts! Was waren schon alle seine sorgfältig konstruierten politischen Gebäude im Angesicht dieser einen glühenden Liebe?

Liebe!

»Sie haben vorhin ein Wort benutzt«, sagte Macomber, so ruhig er konnte. »Grauenvoll. Was war grauenvoll?«

»Wieso? Das Ende der Sache natürlich«, sagte der Mönch in einem Ton, der deutlich zu erkennen gab, daß er die Frage nach einer Antwort auf etwas derart Selbstredendes nicht verstand. Er schien auch schon sehr angetrunken zu sein.

»Als mein Bruder in seine Stellung zurückkam, wartete dort eine Nachricht auf ihn. Er wurde zurückgerufen, seine Vorgesetzten waren rasend vor Zorn. Die letzte der Informationen, die er von Tisah erhalten und weitergegeben hatte, war falsch. Männer und Ausrüstung waren einer vorgetäuschten Offensive entgegengeworfen, die Truppe war bis auf den letzten Mann in einem Hinterhalt aufgerieben worden. Mein Bruder war in Ungnade gefallen.«

Als Macomber ihn schon drängen wollte, weiterzusprechen, fuhr der Mönch fort. Doch war seine Stimme leiser geworden. »In seiner Zelle wurde meinem Bruder klar, was passiert sein mußte. Tisah hatte einen neuen Kontaktmann unter den amerikanischen Soldaten besonders erwähnt. Er ist sehr klug, hatte sie in ihrem Bericht geschrieben. Sehr gerissen. Sie dachte, daß er vielleicht ihr gefährlichster Kontakt in Ban Me Thuot werden könnte. Aber die Informationen, an die über ihn heranzukommen war, schienen viel bedeutender zu sein als alles, was sie bisher herausgefunden hatte. Sie verstehen, Macomber, im Gefängnis hat man genügend Zeit, über alles nachzudenken, was nur Momente gebraucht hat, um seine fürchterliche Wirkung zu entfalten. Jedes kleine Detail kann in der Ruhe der Zelle sicher abgewogen werden. Mein Bruder wußte nun, daß sie von diesem gefährlichen Mann enttarnt und umgedreht worden war. Er war ihr letzter Kontakt. Nun« – die Finger des Mönchs bewegten sich wie dünne Zweige – »sein Wissen hat ihm nicht helfen können. Es war eine schlechte Zeit für unsere Regierung, eine böse Zeit. In der Anklage gegen meinen Bruder tauchte alles auf, auch Verrat wurde ihm vorgeworfen. Sie wollten ein Exempel an ihm statuieren. Und das taten sie auch. Sie töteten ihn, sie töteten seine ganze Familie. Und dann nahmen sie sich meine vor.«

Der Mönch preßte seine rechte Handkante gegen seine fleischige Wange. »Schließlich wurden die Männer an der Spitze der Regierung entmachtet. Neue kamen und setzten sich an ihre Stelle. Meine Rechte wurden wiederhergestellt, aber was mit meiner Frau und meinen Kindern geschehen war, konnte oder wollte mir niemand sagen. Niemand.«

Unruhig erhob sich der Mönch von seinem Platz. Seine Bewegungen waren von übertriebener Vorsicht und unsicher. In Macombers Augen schien er um Jahre gealtert zu sein. Das weiche Licht des Mondes ließ seine Haut wie Pergament erscheinen. »Da haben Sie Ihre Definition – sagt man so? – des Wortes ›grauenvoll‹, Macomber.«

Macomber faßte sich, als er ebenfalls aufstand. Er sah den Mönch nachdenklich an, jetzt konnte er nicht mehr länger warten. »Und das Mädchen?« fragte er langsam mit leiser Stimme. »Tisah?« Es fiel ihm schwer, den Namen auszusprechen. »Was ist aus ihr geworden?«

Der Mönch starrte mit ausdruckslosen Augen in die Nacht, als ob er in einer unendlichen Ferne die Antwort lesen könnte. »Natürlich kann niemand mit letzter Sicherheit sagen, was in der Nacht ihres Verschwindens genau geschah. Aber das meiste hat mein Bruder doch herausgefunden. Tisah hat sich anscheinend bei ihrem letzten Kontaktmann immer häufiger über ihre Doppelrolle beklagt. Jedenfalls muß er zu dem Schluß gekommen sein, daß sie lebend eine Gefahr für ihn darstellt. Mitten in der Nacht kam er zu ihrer Wohnung. Sie muß ihn gehört haben. Vielleicht im allerletzten Moment. Wie auch immer, sie konnte entkommen und floh in den Dschungel von Kambodscha.«

Macombers Herz schlug so heftig, daß er sich unbewußt an die Brust griff. *Sie lebt!* schrie es in seinem Kopf. *Tisah lebt!* Es dauerte eine Zeitlang, bis er sich wieder sicher war, daß seine Stimme ihn nicht verraten würde. »Ich möchte, daß Sie sie für mich finden.«

Der Mönch ließ nicht erkennen, ob er Macomber verstanden hatte. Dann schüttelte er seinen Kopf heftig hin und her, als ob er so die Trauer verscheuchen könnte, die ihn einzuhüllen schien. »Das war ein böser Mann, Macomber. Ein sehr bösartiger Mann.« Er wandte sich langsam um, und das Mondlicht legte einen silbernen Glanz auf sein Gesicht.

»Für Sie war dieser Mann vielleicht ein Held, ja?« fuhr er fort. »Aber ich weiß, daß er böse war.« Seine Augen waren dunkel, doch auf sonderbare Art durchscheinend. Macomber dachte, daß der viele Alkohol sie so hatte werden lassen. »Jetzt sagen Sie, daß ich Tisah für Sie finden soll. Es ist mir nicht unbekannt, daß Sie in Ban Me Thuot gewesen sind, Macomber. Ja, und es ist mir außerdem bekannt, was Sie dort getan haben. Ich wäre wohl der größte Dummkopf gewesen, wenn ich keine Erkundigungen über Sie eingeholt hätte, bevor ich diesem Treffen zugestimmt habe.« Er legte seine Hände wie im Gebet zusammen. »Ich weiß, wer Sie sind.«

»Wer ich war«, korrigierte Macomber.

Der Mönch zuckte die Schultern. »Wenn Ihnen das lieber ist. Aber dennoch kenne ich Ihr Motiv in dieser Angelegenheit nicht. Wenn Sie mich bitten, eine Halbchinesin aus Ihrer Vergangenheit für Sie zu finden – eine Spionin, die viele Monate gegen Sie gearbeitet hat –, dann stellt sich mir wie von selbst die Frage: *Warum?*«

Sein Kopf schoß hoch, seine schwarzen Augen funkelten im Mondlicht übernatürlich hell. »Wollen Sie beenden, was Sie vor fünfzehn Jahren begonnen haben, Macomber?«

»Was?«

»Soll ich ganz Kambodscha für Sie absuchen, Ihnen Tisah bringen und dann wie der Judas Ihrer Religion zusehen, wie Sie sie hinrichten?«

»Was, was sagen Sie da?« Fast schrie Macomber die Worte heraus. »Daß *ich* ihr letzter Kontakt gewesen sei?«

»Sie sind ein sehr gefährlicher Mann, Macomber. Soviel weiß ich.«

»Ich gebe Ihnen fünfhunderttausend zusätzlich, wenn Sie sie finden.«

»Mein lieber...«

»Also gut. Eine Million!«

»Wie kann ich sicher sein, daß Sie nicht...«

»Verdammt noch mal, ich war nicht ihr letzter Kontakt!«

»Ich habe nie gesagt, daß Sie das gewesen seien«, sagte der Chinese sanft.

»Wenn ich wüßte, wer es war, dann würde ich den Kerl eigenhändig umbringen!« sagte Macomber mit erstickender Stimme. »*So* denke ich über den Kerl.« Während sie schwiegen und die Spannung wie in der unheimlichen Stille nach einem Bombardement zwischen ihnen wuchs, starrte Macomber den Mönch durchdringend an. »Soll das heißen«, begann er schließlich, »daß Sie wissen, wer ihr letzter Kontaktmann war?«

»So ist es«, erwiderte der Mönch. »Ich habe das Wissen jahrelang in meinem Kopf getragen. Es ist das einzige Vermächtnis meines Bruders.«

»Ich will es wissen«, sagte Macomber heiser. In seinem Kopf schien ein Feuersturm zu toben. Der Gedanke, daß jemand in Ban Me Thuot versucht hatte, Tisah zu töten, schnitt wie eine Messerklinge in sein Herz. »Ich will es auch wissen.«

»Der Mann heißt Tracy Richter.«

Tracys Maschine ging um achtzehn Uhr. Auf dem Weg hinaus zum Flughafen stoppte er bei seinem Vater, um das kleine Nothilfepäckchen abzuholen, das Louis Richter für ihn vorbereitet hatte.

Versunken in Überlegungen, ob der Mord an Senator Burke etwas mit John Holmgrens Tod zu tun haben konnte und welches Interesse die Stiftung an dem Fall haben mochte, fuhr er mit dem Fahrstuhl in den neunten Stock hinauf. Er wurde erst aus den Gedanken gerissen, als Lauren ihm die Tür zu Louis Richters Apartment öffnete.

Eine Zeitlang starrten sie sich an, dann trat Lauren, ohne ein Wort zu sagen, zur Seite, damit er eintreten konnte.

»Was macht sie denn bei dir?« fragte Tracy seinen Vater. »Ich habe überall herumtelefoniert, aber sie war spurlos verschwunden.«

Louis Richter legte einen Arm um Tracys Schultern. »Ich glaube, sie fühlt sich hier im Moment ganz geborgen.« Er sah den Blick im Gesicht seines Sohnes. »Komm schon«, sagte er leise, »die Zeit heilt alle Wunden, auch ihre.«

»Aber ich habe ihr soviel zu sagen.«

»Ich weiß«, sagte Louis Richter und schob Tracy weiter. »Und glaub mir, die Zeit dafür wird auch kommen.« Er nahm ein Reisenecessaire aus grobem Schweinsleder von seinem Arbeitstisch und drückte es Tracy in die Hand.

»Du brauchst die Tasche jetzt nicht aufzumachen«, sagte er. »Laß es die Leute vom Zoll machen, wenn sie unbedingt wollen.«

Tracy klemmte sich die kleine Ledertasche unter den Arm.

»Tracy...«

»Ich werd' schon auf mich aufpassen, Dad.«

»Das weiß ich«, sagte Louis Richter.

Tracy beugte sich vor und küßte seinen Vater auf die Wange. Die Haut fühlte sich sonderbar weich an wie die eines kleinen Babys. Dann verließ Tracy das Apartment.

Macomber sah, daß er sich geirrt hatte. Der Mönch mußte dem Taxifahrer doch ein Trinkgeld gegeben haben; denn der klapprige Wagen wartete noch immer vor dem Eingang, als sie aus dem Yu-Garten wieder auf die Straße traten. Macomber fühlte eine tiefe Zufriedenheit. Der Handel war perfekt und zusätzlich hatte er noch einen wertvollen Hinweis erhalten. Sechs Millionen schienen ihm plötzlich ein niedriger Preis zu sein. Tracy Richter, dieser Hund, dachte er. Wie ich ihn hasse.

Der Mönch öffnete die hintere Wagentür, und Macomber stieg ein. Der Mönch nickte dem Fahrer zu. »Das Taxi wird Sie zu Ihrem Hotel bringen. Um die Bezahlung des Fahrers brauchen Sie sich nicht zu kümmern, Macomber.« Er lächelte. »Sie sind eingeladen.«

Der Wagen fuhr an, und Macomber ließ sich entspannt in den Rücksitz sinken.

Der Mönch sah dem Taxi nach, bis es an der nächsten Kreuzung abbog. Dann begann er eine Melodie zu pfeifen, die westlichen Ohren fremd geklungen hätte. Er hörte ein tiefes Brummen, als ein Motor angelassen wurde, und Momente später tauchte aus der Dunkelheit ein glänzend polierter Mercedes auf.

Der Wagen hielt neben dem Mönch. Der Fahrer stieg aus, kam um den Wagen herum und riß die hintere Wagentür auf. Er trug die Uniform der Armee der Volksrepublik.

Sobald es sich der Mönch in der geräumigen Limousine bequem gemacht hatte, zog er ein weißes Seidentaschentuch hervor und rieb sich sorgfältig Gesicht und Kinn ab.

Wodka, dachte er, ist ein interessantes Getränk. Er schlägt sich nicht auf den Atem nieder, und man kann ihn leicht gegen Wasser austauschen. Er lächelte. Wer konnte schon Wasser von Wodka unterscheiden, ohne davon zu trinken? Die Leitung des Jin Jiang Clubs hatte bereitwilligst ihre patriotische Pflicht erfüllt und seiner Bitte, den Wodka gegen Wasser auszutauschen, entsprochen.

Die Flasche, die er im Yu-Garten geöffnet und mit Macomber geteilt hatte, war selbstverständlich mit echtem Wodka gefüllt gewesen. Der Mönch sah gedankenverloren aus dem Türfenster des Mercedes. In seinen Augen war es ein Schaden, daß es ausgerechnet die Russen waren, die dieses großartige Getränk herstellten.

Er haßte die Russen und mißtraute ihnen. Sie waren Lügner – kriegslüsterne Lügner. Sie hockten an Chinas Grenzen und warteten nur darauf, in das Land einfallen zu können. Die Gefahr war um so größer, als sie China in allen technischen Belangen überlegen waren.

China hatte noch immer keine vollentwickelte Schwerindustrie, und, was noch schlimmer war, auch kein handelspolitisches Konzept, mit dem das Geld zu beschaffen war, um das Land aus dem technologischen Mittelalter herauszuholen. Der Mönch seufzte. Diesen Kurs hatte Mao dem Land verordnet, und er hatte sich als verheerend erwiesen.

Jetzt waren zumindest die politischen Hindernisse aus dem Weg geräumt, das Land war in Bewegung geraten. Politiker und Technokraten tauchten überraschend auf der politischen Bühne auf und verschwanden ebenso schnell wieder. Der Politik fehlte noch immer das klare Konzept. Doch immerhin wußte die gegenwärtige Regierung, was getan werden mußte, um aus China eine Weltmacht zu machen.

Das war auch der eigentliche Grund, warum er seine eigenwilligen Wege gehen durfte. Seine geheimen Geschäfte brachten der Regierung, die nichts dringender benötigte als Devisen, ungeheure Gewinne ein. Mehrere Monate des Jahres konnte er deshalb im Ausland verbringen. Er kam und ging, wie es ihm gefiel, und es wurden ihm nur wenige Beschränkungen auferlegt. Aber wenn seine Geschäfte auch nicht unter staatlicher Aufsicht standen, so wurden sie doch immerhin vom Staat kontrolliert. Das mußte so sein. Dies war immer noch China. Und der Mönch hatte eine große Rolle für seinen wirtschaftlichen Aufstieg gespielt.

Selbstverständlich war es eine Voraussetzung für die vielen Geschäfte des Mönchs, daß diese politischen Bindungen verborgen blieben. Sein Ruf war auf die absolute Unabhängigkeit seiner Person gegründet. Jedes anderslautende Gerücht hätte ihn sofort aus dem Geschäft geworfen.

Aber das, da war sich der Mönch sicher, würde nie geschehen. Er war in jeder Beziehung das Gegenteil von einem Mann wie Delmar Davis Macomber. Er war vorsichtig, konservativ und geduldig. Er war weder geldgierig noch monomanisch selbstbesessen.

In seinen Augen war Macomber nur von seiner eigenen Rolle und Stellung in diesem Leben besessen. Doch es war aufschlußreich gewesen, den Mann, von dem er schon soviel gehört hatte, einmal persönlich getroffen zu haben. Der Mönch wollte die Vereinbarung bis auf den letzten Punkt erfüllen, aber darüber hinaus würde es keine Verbindung zwischen ihnen geben.

Er lächelte. *Eine* Verbindung gab es vielleicht doch zwischen ihnen.

Während des Flugs nach Washington überlegte Tracy, was er dem Direktor sagen sollte. Er kam zu keinem Ergebnis.

Als erstes hatte er an diesem Morgen Irene gebeten, seinen Flug nach Hongkong via Washington um vierundzwanzig Stunden umzubuchen. Dann hatte er von seinem Privatanschluß aus den Direktor angerufen.

Zwar hatte sich die Geheimnummer nicht geändert, aber anscheinend die Sicherheitsvorkehrungen. Erst rauschte die Leitung hohl, dann hörte er eine weibliche Stimme aus der Vermittlung. »Verwaltung«, war alles, was sie sagte.

»Ich möchte den Direktor sprechen«, antwortete er.

»Der Direktor ist im Moment in einer Konferenz«, sagte die Stimme kurz angebunden, ohne daß auch nur die leiseste Veränderung im Ton herauszuhören gewesen wäre. »Sagen Sie mir bitte Ihren Namen?«

»Hier spricht Mutter«, erwiderte Tracy.

»Entschuldigung«, sagte die Frau. »Ich habe Sie nicht verstanden.«

Das war die erste Lüge. Sie verstand alles, jedes Wort. Das war schließlich ihre Aufgabe. Tracy wiederholte den Decknamen, den die Stiftung ihm gegeben hatte.

»Bleiben Sie bitte am Apparat«, sagte die Stimme. »Ich werde auf einer anderen Leitung gewünscht.« Das war die zweite Lüge. Eine Zeitlang rauschte die Leitung wieder hohl.

»Mutter?« Diese Stimme war tiefer, sie gehörte einem Mann. Aber auch sie war geschäftsmäßig kühl. »Sind Sie es?«

»Der einzige, den es gibt«, antwortete er. »Es sei denn, Sie haben meine Nummer inzwischen jemand anderem gegeben.«

»Hier ist Price«, sagte die Stimme. »Wir sind zusammen in den Minen ausgebildet worden.«

»Der Price, den ich kenne, hat nach einem Monat aufgegeben. Er war mehr für die Verwaltung geeignet als für den Dienst draußen.«

»Unsere Ausbildung wurde von Hama geleitet«, beharrte die Stimme.

»Jinsoku war der einzige Lehrer in dem Jahr«, erwiderte Tracy. »Und auch später, bis zu seinem Tod vor drei Jahren.«

»Stimmt das wirklich?«

Tracy reichte es. »Price, jetzt hör zu. Du hast dir fast die Hand weggeschossen, als du in den Minen zum erstenmal deine Waffe ziehen solltest.«

»Himmel, Mutter, du bist es *wirklich!*«

»Price, ich muß den Direktor sprechen.«

»Ja, natürlich. Ich sag' ihm, daß du dran bist.« Tracy wartete wieder einen Moment. »Mutter, es ist gut, deine Stimme wieder einmal zu hören.«

Im nächsten Augenblick war der Direktor am Apparat. »Ich denke, du verstehst die Gründe für unsere Sicherheitsmaßnahmen.« Seine Stimme war zähflüssig. »Man kann nicht vorsichtig genug sein.«

Ein persönlicheres Wort war nicht von ihm zu erwarten.

»Kommen noch immer diese obszönen Anrufe?«

Der Direktor schnaufte. »Das war so und das bleibt so. Es gehört zum Beruf.«

»Der Grund, warum ich anrufe – ich bin heute abend in der Stadt. Ich dachte, wir könnten vielleicht zusammen essen gehen.«

»Nachdem wir uns zehn Jahre nicht gesehen haben, ist das keine schlechte Idee. Sagen wir, acht Uhr im Lion d'or?«

»Nein«, sagte Tracy schnell. »Ich würde lieber ins Chez Françoise gehen.«

»Natürlich«, sagte der Direktor liebenswürdig, »wie konnte ich das vergessen? Aber meine Stellung bringt es mit sich, daß ich immer in die etwas nobleren Restaurants gehen muß. Und wo ist das Lokal?«

»Vor Great Falls«, erwiderte Tracy, obwohl er sicher war, daß der Direktor nicht vergessen hatte, wo das Restaurant lag, »direkt am Fluß.«

»Ich werde es schon finden«, sagte der Direktor und legte auf.

Die Boeing 707 setzte mit zwei kurzen Sprüngen auf, und der Heulton der Triebwerke erstarb wie ein Seufzen, als der Pilot den Schub zurücknahm.

Bevor Tracy den Flughafen verließ, checkte er noch sein Gepäck für den Weiterflug nach Hongkong ein. Er behielt nur eine Tasche mit den notwendigsten Sachen für die Nacht im Hotel bei sich und das schweinslederne Necessaire, in das sein Vater ein paar hübsche kleine Aufmerksamkeiten verpackt hatte. Jeder, auch der Zoll, der die Tasche aufmachte, um ihren Inhalt zu prüfen, würde so unschuldige Dinge wie einen elektrischen Rasierapparat, einen Reisewecker, Kamm und Bürste, drei Stück Seife und eine Nagelschere finden. Aber natürlich waren diese Dinge nicht, was sie auf den ersten Blick zu sein schienen.

Tracy verließ das Flughafengebäude und bog nach links ein. Zehn Minuten später saß er bereits in einem Mietwagen und fuhr im dichten Abendverkehr aus der Stadt hinaus.

Als Tracy das Chez Françoise betrat, erwartete der Direktor ihn bereits an einem Zweiertisch.

In Tracys Augen hatte der Direktor immer wie ein genetischer Rückfall ausgesehen. Mit seinem übergroßen Kiefer, dem breiten Nacken und ungeschlachten Körper schien er zumindest äußerlich einer Zeit anzugehören, deren Blüte bereits eine Million Jahre zurücklag. Was den Verstand des Direktors anging, war das etwas ganz anderes. Mehr als einmal hatte Tracy miterlebt, wie er sich einem ganzen Konferenzraum voller professoraler Typen überlegen gezeigt hatte.

»Setz dich«, begrüßte ihn der Direktor. Er hatte sich nicht verändert, nur ein bißchen älter sah er aus. »Ich habe dir einen Glenlivet auf Eis bestellt, obwohl ich dem noch immer nicht zustimmen kann. Du solltest ihn pur trinken.« Seine Augen waren fest auf Tracy gerichtet, der sich den Stuhl zurechtrückte und hinsetzte. »Das Eis läßt das rauchige Aroma nicht zur Entfaltung kommen.«

»Jeder nach seinem Geschmack«, sagte Tracy.

Der Direktor lächelte. »Du hast dich nicht verändert.«

»Das kann man von dir auch nicht sagen.«

Ihr Glenlivet wurde serviert, und Tracy trank einen Schluck. Der Direktor winkte den Kellner, der ihnen die Speisekarte reichen wollte, fort. »Später.«

»Kim hat mich vor kurzem aufgesucht.«

»Wirklich?«

Tracy war sofort hellwach. Der Stimme des Direktors war keine Andeutung zu entnehmen gewesen, und sein Gesicht war ausdruckslos wie eine Maske. Aber etwas in seiner Haltung, ein leichtes Anspannen der Muskeln, eine leichte Neigung des Kopfes nach links, die das rechte Ohr aufmerksamer hören ließ, waren Tracy Warnung genug. Urteils- und Denkfähigkeit werden von der linken Hirnhälfte gesteuert, und die wird vom rechten Ohr, rechten Auge und so weiter versorgt.

»Wegen des Todes des Gouverneurs«, sagte Tracy gleichmütig. »Aber ich denke, du bist darüber informiert. Wenn ich nicht gar zu sehr hinter der Zeit zurück bin, dann erstattet Kim dir doch persönlich Bericht.«

»Bei uns hat es keine radikalen Veränderungen gegeben«, sagte der Direktor. »Die Mehrzahl unserer Leute wird über Price geführt. Aber Kim ist ein besonderer Fall. Mmmm. Damit verrate ich dir kein Geheimnis. Du kennst ihn besser als jeder andere. Er verlangt besondere Aufmerksamkeit.«

»Er ist ein blutrünstiger Massenmörder«, erwiderte Tracy zornig.

»In gewisser Weise könnte man das auch von dir sagen«, gab der Direktor zurück. Seine Stimme war ruhig geblieben, aber seine Wangen hatten Farbe bekommen, als sei ihnen hastig Rouge aufgelegt worden. »Allein in den letzten sechs Monaten hat Kim uns mehr Informationen über den Einsatz von Giftgas in Kambodscha durch die Gegenseite gebracht, als sie das Außenministerium in den letzten zwei Jahren zusammentragen konnte. Ich habe noch keinen Augenblick Grund gehabt, an seinem außergewöhnlichen Wert für uns zu zweifeln.« Der Direktor hatte sich in Zorn geredet. »Ich kann dir versichern, daß er sich seinen gegenwärtigen Urlaub redlich verdient hat.«

»Da bin ich mir auch sicher«, murmelte Tracy und versuchte, die heftige Erregung, die durch seinen Körper jagte, nicht nach außen dringen zu lassen. Kim war auf Urlaub? Dann hatte sein Auftauchen bei Tracy – seine Bemühungen, Tracy in die Untersuchung des Holmgren-Falles hineinzuziehen – gar nichts mit der Stiftung zu tun gehabt. Mein Gott, dachte Tracy.

»Was hat Kim von dir gewollt?« fragte der Direktor.

»Es war nur eine Art Kondolenzbesuch, er war wohl auf der Durchreise.« Die Lüge kam schnell, zu schnell. Und wieder mußte er sich selbst mahnen, daß dieses das letzte Mal war, das allerletzte Mal. Wenn er Johns und Moiras Mörder gefunden hatte, würde er dieses Leben endgültig aufgeben.

Der Direktor winkte den Kellner herbei und ließ sich die Speisekarte geben.

»Ich will nicht, daß du gehst«, sagte Joy leise. Und dann, als ob sie fühlte, daß es die falsche Taktik war: »Du kannst nicht gehen.«

Khieu dachte an sein letztes Gespräch mit Macomber, das sie vor Macombers Abflug nach China geführt hatten.

»Jetzt weißt du soviel wie ich über die Stiftung.«

»Kennt er Kim?« hatte Khieu nachdenklich gefragt.

»Natürlich weiß er *über* ihn Bescheid«, hatte Macomber geantwortet. »Aber er hat ihn nie gesehen.«

»Auch kein Foto?«

»Nein. Von Mitarbeitern der Stiftung existieren keine Fotos.«

»Es ist viel zu gefährlich.« Joys Stimme holte ihn zurück in die Gegenwart.

Er lächelte sie an und strich ihr sanft übers Haar. »Woher willst du das wissen?«

Ihre Augen glänzten feucht. »Weil ich große Angst um dich habe.«
Er lachte. »Nichts kann mir gefährlich werden. Ich schlüpfe durch das neue Kamputschea wie ein Geist.«

»Und was ist mit deinen bösen Träumen?« Joy hatte oft genug neben ihm geschlafen, um seine Alpträume zu fürchten.

»Meine bösen Träume«, sagte Khieu nach einiger Zeit, »sind in mir gefangen. Auch sie können mir im neuen Kamputschea nichts anhaben.«

»Aber dort ist Krieg«, stieß sie heftig hervor.

Er starrte sie an, seine Augen waren undurchdringlich und schienen unendlich tief. »Ich habe mein ganzes Leben im Krieg gelebt. Ich bin ein Kind des Krieges im wörtlichsten Sinn. Glaubst du, daß der Krieg nach all dem, was ich erlebt habe, mir noch etwas tun kann?« Er schüttelte den Kopf. »Du brauchst keine Angst um mich zu haben, Joy.« Er streckte seinen Arm aus und öffnete die Hand. »Hier bin ich.« Er griff nach ihrer Hand und schloß sie fest in seiner. »Hier werde ich immer sein.«

Es klingelte an der Tür, und Lauren rief: »Ich gehe schon.« Louis Richter war in der Küche und richtete ihr Essen her. Es sollte Roastbeefsandwiches und Kartoffelsalat geben. Lauren war müde. Es war ein langer, qualvoller Morgen gewesen, angefüllt mit Grundübungen an der Barre, die Lauren mit jeder Wiederholung reizbarer gemacht hatten. Zumindest bei den Nachmittagsproben für das neue Ballett konnte sie ganz in den Schritten aufgehen. Die meisten anderen Mitglieder beschwerten sich leise darüber, daß Martin die Probezeit für sie verdoppelt hatte. Er hatte ihnen den Grund dafür zwar nicht verraten, aber alle spürten, daß eine nicht näher zu beschreibende Spannung in der Luft lag. Sie war den Flur hinuntergegangen und öffnete die Tür.

In dem Moment, als Khieu sie sah, erlebte er ein Gefühl, das der plötzlichen Auflösung aller Sinne beim Sterben nahekam. Ihm war dieses Gefühl nicht fremd, er hatte es oft im Dschungel von Kambodscha erlebt.

Er öffnete wie in einem Reflex den Mund und sagte, ohne zu überlegen: »*Louis Richter nev ptas tay*?«

Es war ein drückend heißer Sommertag, die hohen Palmen standen ruhig und unbewegt gegen die Kuppel des gelben Himmels.

Malis stand in ihrem *samput chawng kben*, die Knie leicht gebeugt, die nackten Füße nach außen gedreht, auf dem kühlen Boden aus poliertem Marmor. Nur ihre Arme bewegten sich. Ihre Hände erzählten eine Geschichte, drückten Gefühle aus, die die ganze Fülle menschlicher Leidenschaft und Trauer umfaßten. Ihr Körper war unbewegt, ihr

Gesicht eine Maske, wie es die Regeln für das Ballett der Khmer vorschrieben.

An diesem schwülen Nachmittag war er überzeugt, daß Malis eine *Apsara* war, eine der mythischen Himmelstänzerinnen mit übernatürlichen Kräften. Es hieß, daß die alten Khmer-Könige über die *Apsara* zu Gott gesprochen hatten, indem das Ballett die Worte ihrer Botschaft in symbolische Zeichen verwandelt hatte.

Khieus Augen waren mit Lust erfüllt; denn während seine Schwester tanzte und eine mythische Geschichte aus der Vergangenheit der Khmer erzählte, dachte er daran, wie sie nachts für ihn tanzte. Für ihn ganz allein.

Und in dem Grün der schimmernd sich verändernden Farben in Laurens Augen sah er Malis nun wieder zum Leben erweckt, kraftvoll und gesund. Wie sie vor ihm stand, die Haltung ihres Kopfes, ihrer Schultern, ihrer Hüften und ihrer langen Beine, schien sie eine Tänzerin zu sein, erinnerte ihn alles an Malis.

»Wie bitte?« fragte sie und sah ihn neugierig an. »Was haben Sie gesagt?«

Ihm wurde klar, daß er sie in Khmer angesprochen hatte, als ob sie *wirklich* Malis wäre!

»Bitte entschuldigen Sie«, sagte er leise. »Ich muß es lernen, deutlicher zu sprechen.« Er räusperte sich. »Ist Louis Richter im Haus? Ich hätte ihn gern gesprochen.«

Er hatte es mechanisch heruntergesagt, er wußte, was er zu tun hatte. Aber die Gedanken in seinem Kopf schwammen in einem tobenden Meer.

»Er ist da, kommen Sie bitte herein«, sagte Lauren und trat zur Seite, um den Besucher einzulassen. Hinter ihm schloß sie die Tür. »Wie war Ihr Name bitte?«

»Kim«, antwortete Khieu tonlos. Er sah, wie sie den Kopf wandte und ihn mit noch größerem Interesse ansah.

»Sie sind also Kim«, sagte sie lächelnd. »Ich bin Lauren Marshall.« Sie streckte ihm ihre Hand entgegen, und für einen verwirrenden Moment bewegte er sich nicht. Dann griff er nach ihrer Hand und führte sie an seine Lippen. Er fühlte ihre weiche Haut und schloß die Augen. Wieder kehrten seine Gedanken zu der Szene in Chat Chhaya zurück.

Sie wandte sich um und ging vor ihm den Flur hinunter. Seine Augen folgten jeder Bewegung von ihr, als ob sie noch das Zittern der Luft sehen könnten, als ob sie zwei Zauberkreise wären, durch die seine geliebte Schwester tatsächlich wieder zum Leben erweckt worden wäre.

Was tue ich hier? schoß es ihm in den Kopf. Er wußte, daß er in dem Moment, als er sie sah, sich dafür hätte entschuldigen müssen, an der falschen Tür geklingelt zu haben. Er hatte Louis Richter allein antreffen wollen. Er konnte immer noch gehen, sagte er sich. Doch die Erinnerung schien ihn hier festzuhalten.

Lauren verschwand um die Ecke des Flurs, und im nächsten Moment hörte er ihre Stimme. »Louis, da ist jemand, der dich sprechen möchte.«

»Ja?« Der alte Mann kam in den Flur.

»Kim«, war alles, was Khieu sagte.

Louis Richter ließ den Fremden nicht aus den Augen. »Lauren«, sagte er, »ich glaube, unser Gast würde gerne etwas trinken. Vielleicht Tee.« Und als der andere zustimmend nickte, fuhr er fort: »Würdest du uns wohl einen aufbrühen?«

Lauren sah von einem zum anderen. »Ja, natürlich.«

»Du findest alles im zweiten Schrank rechts«, sagte der alte Mann. »In Kopfhöhe, wenn du vor dem Ausguß stehst. Wasser habe ich schon aufgesetzt.«

»Louis?«

Er wandte sich noch einmal zu ihr um und sah die Sorge in ihrem Gesicht. »Es ist etwas Geschäftliches«, sagte er lächelnd.

Als sie gegangen war, führte er Khieu ins Wohnzimmer. »Sie sind Koreaner, nicht wahr?«

»Vietnamese.«

Louis Richter schnippte mit den Fingern. »Ach ja, natürlich. Sie verstehen, das Gedächtnis eines alten Mannes...« Er ließ den Satz unvollendet.

Khieu lächelte. Er hatte etwas Ähnliches erwartet. »Ihr Gedächtnis ist sicherlich noch sehr gut, Mr. Richter. Auch wenn ihr Körper krank ist.« Überrascht stellte er fest, wie erleichtert er jetzt war, da Lauren nicht im Zimmer war. »Ich soll Ihnen Grüße im Namen des Direktors ausrichten.«

Die beiden Männer setzten sich an den niedrigen Tisch im Wohnzimmer, und Lauren brachte den Tee herein. Khieu hatte das Gefühl, daß sie seine Augen wie ein Magnet anzog. Sie saugten jede ihrer Bewegungen in sich auf, und er fühlte, wie sein Herzschlag sich zu beschleunigen begann. Erst der Gedanke an eine Übung, die er vor langer Zeit gelernt hatte, beruhigte ihn wieder.

Der alte Mann schenkte ohne Hast den Tee in die Tassen. Er reichte Khieu eine, nahm sich die zweite und ließ sich tief in die Polster des Sofas sinken.

»Sagen Sie mir«, fragte er Khieu plötzlich, »wo waren Sie doch gleich geboren worden?« Er sah Khieu forschend an. »Mein Sohn hat es mir einmal gesagt, aber ich habe es wieder vergessen.«

Khieu wußte, daß sich jetzt alles entscheiden würde. Nun konnte ihm auch keine List mehr helfen. Er ließ alle Furcht aus seinem Körper herausfließen und zwang alles Alltägliche aus seinen Gedanken, bis er nur noch den Schlag der kosmischen Uhr in sich spürte und deren metronomischer Puls im Gleichklang mit seinem Herzschlag und seinen Atemzügen ging.

»Phnom Penh«, antwortete Khieu zu seiner eigenen Überraschung.

Louis Richter nickte kurz. »Ja, jetzt fällt es mir wieder ein. Das hatte mir auch mein Sohn gesagt.« Er beugte sich vor und rieb sich voller Erwartung die Handflächen. »Und jetzt sagen Sie mir, wie ich Ihnen helfen kann.« Seine Stimme war forsch und geschäftsmäßig geworden.

»Der Direktor hat sich entschlossen, die Nachforschungen im Fall Holmgren in seine persönliche Verantwortung zu nehmen. Ich bin auf seinen Befehl hin hier und soll ihm das Lauschmikrophon, das sich zur Zeit in Ihren Händen befindet, nach Washington bringen.«

»Ich verstehe.« Louis Richter hatte die Unruhe in sich gespürt, sobald der junge Mann sich vorgestellt hatte. Jetzt brach sie endgültig hervor. Es war wie in den alten Tagen, und einen Moment lang konnte er nicht glauben, wie sehr er das Gefühl vermißt hatte. Fast erlöste ihn diese neue Aufgabe von dem dauernden Schmerz, der seine Tage einhüllte. Er fühlte das Leben zurückkehren. Tracy hatte die ersten Regungen dieses Gefühls in ihm ausgelöst, er fühlte sich wieder nützlich. Und Kims Auftauchen hatte nun den Kreis geschlossen. Die Stiftung brauchte ihn ein letztes Mal. »Die Sache ist wohl sehr wichtig.«

»Außerordentlich«, erwiderte Khieu.

»Wenn Sie bitte einen Augenblick warten würden«, sagte Louis Richter lächelnd. »Ich hole es eben her.«

Der alte Mann hatte kaum das Zimmer verlassen, als Lauren eintrat und sich Khieu gegenüber auf das Sofa setzte. Seine schwarzen Augen schienen sie durchbohren zu wollen. Sie hatte diesen Blick schon einmal gesehen, auf dem Gesicht eines Tieres, und sie hatte ihn nie wieder vergessen können. Tracy hatte sie an einem heißen Nachmittag in Virginia zur Falkenjagd mitgenommen. Und in dem Moment, als er dem Raubvogel die Blendhaube vom Kopf gerissen hatte, als die weiten Schwingen des Vogels sich dem Wind öffneten, in diesem Moment hatte sie einen Lidschlag lang die Augen des Tieres gesehen, und wie hypnotisiert hatte sie in ihnen den Abglanz einer grausamen Ewigkeit entdeckt.

»Was tun Sie, wenn ich fragen darf?« sagte der junge Mann, den sie als Kim kannte, plötzlich.

»Ich bin Ballettänzerin. Kennen Sie...« Sie ließ den Satz in der Luft hängen und starrte auf das Gesicht des Fremden, in dem sich eine merkwürdige Veränderung vollzog. Er schien bleich zu werden unter der bronzefarbenen Haut, die seine Vorfahren ihm vererbt hatten.

Als sie die Worte *Ich bin Ballettänzerin* ausgesprochen hatte, schien etwas in seiner Brust zu explodieren. Etwas tief in ihm hatte aufgestöhnt wie ein wildes Tier, hatte sich losgerissen und schien in seinen Kopf zu springen. Er hatte die Gefahr so heftig gespürt, daß ihm die Augen weit aufgesprungen waren und seine Nasenflügel zu zittern begonnen hatten. Aber er hatte keine Angst um sich gehabt. Dieses Gefühl war ihm längst verlorengegangen. Der Krieg hatte wie vieles andere auch das verkümmern lassen.

Nein, er hatte Angst um *sie*. Er spürte die Gefahr so nahe, daß er fast nach ihr gegriffen hätte, um sie zu schützen. Aber wovor? Er wußte es nicht, er konnte die Quelle seiner Angst nicht sehen. Seine Lippen waren vor Anstrengung, mit der er versuchte, hinter die Nebel zu sehen, die sein inneres Auge verhüllten, weiß geworden.

Louis Richter rettete ihn schließlich.

»Hier haben wir es«, sagte der alte Mann, als er wieder ins Zimmer trat. Er trug ein kleines Päckchen in der Hand, das in braunes Papier eingeschlagen und mit dünnem Draht zugebunden war. Er reichte es Khieu. »Achten Sie gut darauf.«

Khieu fuhr sich mit der Hand über das Gesicht. »Vielen Dank, Mr. Richter.« Seine Gedanken waren wieder klar genug, sich daran zu erinnern, daß er noch mehr von dem alten Mann in Erfahrung bringen mußte. »Ich hatte gehofft, daß Sie uns ohne zu zögern helfen würden.«

»Warum sollte ich auch zögern?« erwiderte Louis Richter. »Ich habe ohnehin keinen Gebrauch mehr für das Mikro.«

»So?«

Der alte Mann lächelte. »Alles Interessante weiß ich sowieso schon.«

»War vielleicht etwas dabei, was uns von Nutzen sein könnte?« fragte Khieu mit ruhiger Stimme. Er stand aus seinem Sessel auf.

Louis Richter legte Khieu den Arm um die Schultern, als er ihn zur Tür begleitete. »Möglich. Durchaus möglich. Aber Tracy geht der Spur schon nach. Er ist schon auf dem Weg zu Mizo.«

Khieu wäre fast über die Schwelle gestolpert. Sein Magen krampfte sich zusammen und trieb ihm einen gallenbitteren Geschmack in den Mund. Wie benommen wandte er sich um und griff nach der ausgestreckten Hand des alten Mannes. Ah, dachte er, Mizo. Buddha, beschütze mich.

»Bitte grüßen Sie den Direktor von mir, und vielen Dank für Ihren Besuch.«

»Ja«, sagte Khieu mit stumpfer Stimme, »ich werde Ihre Grüße ausrichten.«

Alles schien ihm zu entgleiten, das ganze Gefüge des *Angka*, das sein Vater und er so geduldig aufgebaut hatten. Ein kleiner Riß im Fundament, der plötzlich immer tiefer zu gehen schien. Er mußte sofort etwas dagegen unternehmen, bevor der Schaden so groß wurde, daß er das Gebäude ernsthaft gefährden konnte. Sein Blick glitt über das lächelnde Gesicht von Louis Richter hinweg und fiel auf Lauren, die im Schatten des Flurs stehengeblieben war.

Sie starrte ihn so durchdringend an, als ob sie fühlte, daß sie allein mit ihrem Blick seine Haut und sein Fleisch durchschneiden und hineinkriechen konnte in jenes fürchterliche Geheimnis, das wie ein blasser und blinder Wurm im Mark seiner Knochen verborgen war.

Dann klärte sich sein Bewußtsein wieder auf. Alle Furcht fiel von ihm ab, als er begann, sich die Gebete des Zentrismus in Erinnerung zu rufen. Seine Beine trugen ihn wieder sicher. Sein Magen beruhigte sich. Er war wieder eins mit sich selbst. Frei von Angst, frei von allem Bösen. Er fühlte sich stärker als je zuvor.

Wie ein Blitz leuchtete in seinen Gedanken das Symbol der astrologischen Karte auf, die er nach seinen Morgengebeten geworfen hatte.

Diese fließende Bewegung – eine verborgene Kraft, mächtig und tödlich. Konnte das Tracy Richter sein? Er mußte es herausfinden. Und wenn es Richter war, dann mußte er handeln. Aber seinem Vater durfte er nichts davon sagen, er mußte jetzt alles selbst in die Hand nehmen, er durfte sich nur noch auf sich selbst verlassen.

Und er sah die beiden Menschen vor sich an, als sehe er sie zum letztenmal.

Drittes Buch

DER ANGKA

1. *Kapitel*

HONGKONG / STUNG TRENG / KENILWORTH
NEW YORK / PHNOM PENH / SHANGHAI
August–September, Gegenwart

Für Tracy war bereits der Mittwoch angebrochen, als er dreißigtausend Fuß hoch in den Wolken über dem Pazifik flog. Zweieinhalbtausend Kilometer nachdem sie die internationale Datumsgrenze überflogen hatte, geriet die Boeing 747 in einen heftigen Gewittersturm.

Tracy sah aus dem Kabinenfenster auf die schweren Wassertropfen, die auf die Tragfläche an seiner Seite schlugen, und dachte an Wolken hinter diesen Wolken. An Wolken des Fernen Ostens.

Einmal war er in diese Wolken hineingesprungen, der Wind hatte in seinen Ohren geheult wie eine Sirene, die Luft hatte sich mit dem Geräusch riesiger Dampfmaschinen vor seinem Körper geteilt, und der dunstige Erdboden mit den gefährlich schwankenden Baumwipfeln war schneller auf ihn zugeflogen gekommen, als Tracy das je für möglich gehalten hätte.

Dann hatte er sich daran erinnert, was ihm beigebracht worden war, und wie ein meisterhafter Marionettenspieler hatte er an den Steuerleinen seines Fallschirms gezogen und sich zu der Lichtung an seiner rechten Seite gelenkt. Die vier Männer seiner Einheit, die mit ihm gesprungen waren, ließen sich von den Windböen in seine Richtung treiben.

Es war einer seiner ersten Einsätze gewesen und der einzige, bei dem er mit einem Fallschirm abgesprungen war. Sonst zog Tracy es vor, sich von einem Helikopter absetzen zu lassen, weil man besser geschützt war, bis man auf dem Boden Deckung suchen konnte. Es war zu der Zeit, als er von der Stiftung den Befehl erhalten hatte, mit einer kleinen Mannschaft, die nur aus Angehörigen der Special Forces bestehen durfte, in ein bestimmtes Lager der Roten Khmer einzudringen. *Schnüffel da ein bißchen herum,* hatte man ihm gesagt, *uns ist berichtet worden, daß sich dort ein Japaner, ein gewisser Musashi Murano, aufhalten soll, der die roten Khmer in allen Kampftechniken unterrichtet. Wenn das stimmen sollte, muß dieser Mann unter allem Umständen ausgeschaltet werden.*

Ein totaler Fehlschlag war das Unternehmen nicht geworden. Vielleicht nach zehn Tagen – wie gewöhnlich waren die Informationen im

Hauptquartier durcheinandergebracht worden, man hatte ihm das falsche Lager genannt – hatten sie das richtige Guerillacamp erreicht. Sie kamen gerade rechtzeitig, um eine Beerdigung, die mit viel Aufwand in Szene gesetzt wurde, beobachten zu können. Tracy hatte dann einen Roten Khmer in einen Hinterhalt gelockt und in ihr Basislager gebracht. Dort hatte er sich mehr als einen halben Tag mit dem Gefangenen beschäftigen müssen, bevor er alles, was er hatte wissen wollen, erfahren hatte.

Musashi Murano war tatsächlich in diesem Lager der Roten Khmer gewesen – wie auch in anderen während der letzten zwei Jahre. Er hatte sich etwa acht Monate hier aufgehalten und den Roten Khmer wie den Vietkong beigebracht, was er am besten beherrschte: unbewaffneten Kampf, Infiltration feindlicher Stellungen, Mordanschläge, die geräuschlos mit kleinen Stichwaffen ausgeführt wurden. Tracy gefiel es gar nicht, was er da hörte. Es erinnerte ihn viel zu sehr an seine eigene Ausbildung in den Minen.

Doch alle seine Sorgen schienen völlig überflüssig zu sein, denn der Kambodschaner eröffnete ihm, daß bei der Beerdigung, die Tracy gesehen hatte, ebendieser Musashi bestattet worden war, der kurz zuvor einer Malaria erlegen war, weil die notwendigen Medikamente zu seiner Behandlung im Lager gefehlt hatten. So existierte die Bedrohung also gar nicht mehr. Aber Tracy blieb dennoch mißtrauisch. Da seine Einheit an anderer Stelle gebraucht wurde, mußte er mit seinen Männern zwar den Rückmarsch antreten, doch ließ er einen Soldaten seiner Einheit, einen eisenharten Einzelgänger, dem es egal war, wenn er allein blieb, im Dschungel zurück. Hinter den Linien des Gegners sollte er während der nächsten zwei Wochen feststellen, ob Musashi wirklich tot war.

Die 747 schwenkte in einen weiten Anflugbogen ein, und Tracy bog den Kopf zum Fenster, um den phantastischen Anblick von Hongkong und der Victoria Bay, die die Stadt teilte, nicht zu verpassen, während die Maschine schnell an Höhe verlor.

Der Kai-Tak-Flughafen lag an der Küste des chinesischen Festlandes und gehörte zu jenem Teil Hongkongs, der über die Jahre auf der Halbinsel Kaulun hochgewachsen war. Das erstemal war Tracy während des Krieges hier gewesen, als er einmal seinen Urlaub in der britischen Kolonie verbracht hatte. Irgend jemand hatte ihm damals auch erzählt, daß Kaulun, frei aus dem Chinesischen übersetzt, ›Neun Drachen‹ hieß. Der Name bezog sich auf die neun Hügel, auf die dieser Teil der Stadt erbaut worden war. Seit jenem Urlaub hatte Tracy nicht nur Kantonesisch zu sprechen gelernt – die vorherrschende Sprache in der Stadt –, er beherrschte auch Mandarin, die offizielle Sprache Chinas, und den alten Tankadialekt, der nichts mit den beiden anderen gemeinsam zu haben schien.

Er passierte die Paßkontrolle und wartete an einem quietschenden Gepäckkarussell auf seine Koffer. Auch an der Zollsperre hatte er keine Schwierigkeiten; die Beamten wollten sein Gepäck gar nicht sehen, sondern winkten ihn einfach durch.

Tracy machte sich auf den Weg zum Princess, das zu den ältesten Hotels Hongkongs gehörte. Es war an einer äußerst günstigen Stelle errichtet worden, von der aus sowohl die Bucht als auch die Insel Hongkong zu übersehen waren. Seit der alte Bahnhof mit seinem berühmten Glockenturm, der nur einen Steinwurf weit vom Hotel entfernt lag, in eine Anlegestelle verwandelt worden war, befand sich das Princess auch nur wenige Gehminuten von der bedeutendsten Fährverbindung zwischen den Stadtteilen entfernt.

Nachdem er schon vierundzwanzig Stunden unterwegs war und sein Körper einen Zeitunterschied von elf Stunden zu verkraften hatte, entschied Tracy, daß ein kurzer Spaziergang nur guttun konnte. Am Pressekiosk des Fährhafens kaufte er sich eine chinesische Zeitung und konnte dabei seine Hongkong-Dollar in Kleingeld wechseln. Dann entrichtete er seine vierzig Cent Fahrpreis und ging durch die Sperre der zweiten Klasse. Er wollte wieder eintauchen in die Gerüche und Geräusche der asiatischen Küste.

Und mitten auf der Victoria Bay, das Gedränge von Kaulun, wo zweieinhalb Millionen Menschen lebten, hinter sich und die jäh aufragende Wolkenkratzersilhouette der Insel Hongkong vor Augen, fühlte sich Tracy wie neugeboren, von einem tiefen Frieden erfaßt wie von einer trägen Welle.

Schnell kam die Stadt näher, und Tracy drängte sich an der Reling entlang zu einer Stelle, wo die chinesischen Fahrgäste dicht an dicht standen und laut miteinander sprachen und stritten. Noch bevor er die Insel betreten würde, wollte Tracy sich wieder an das schnelle Spiel der Zunge gewöhnt haben, das so schwierig neu zu erlernen war, wenn man die Insel einmal für lange Zeit nicht gesehen hatte.

Dann wurde die Fähre langsamer, und die Maschinengeräusche erstarben. Das Knarren schwerer Hanfseile, die sich an Anlegepollern rieben, war zu hören: das Quietschen von Holz über alten Autoreifen; das sanfte Schlagen von Wellen gegen Holz: ein dumpfer Stoß, einmal, zweimal.

Hongkong.

Auf der einen Seite strömten die angekommenen Fährpassagiere in das Hafengebäude, auf der anderen wurden die Fahrgäste für die Rückfahrt auf das Schiff gelassen.

Tracy hatte wieder die Gerüche Asiens in der Nase, schwer hingen sie in der feuchten Luft über der Insel: eine Komposition aus unzähligen Duftnoten, die zu ergründen unmöglich war. Er lief parallel zur Hollywood Street, wo man mit etwas Glück Antiquitäten günstig erstehen konnte. Dann kam er in ein anderes Viertel, in dem sich ein Fischgeschäft an das andere drängte, und alle verkauften getrockneten Fisch. Rochen, Tintenfisch, Garnelen, Kammuscheln, Teufelsfisch und Karpfen hingen an Schnüren über den Landeneingängen herab.

Schließlich fand Tracy das Restaurant, das er gesucht hatte. Es lag weit von den Touristenfallen Tsim Sha Tsui entfernt. Tracy hatte keine Karte bei sich, sondern verließ sich ganz auf sein Gedächtnis. Und allmählich tauchte aus dem Dunkel seiner Erinnerungen das Netz der Straßen und Wege der Stadt wieder auf.

Tracy setzte sich an einen Tisch, der mitten im dichtesten Gedränge des Restaurants stand. Um bestellen zu können, mußte er laut auf sich aufmerksam machen. Er blickte sich um und stellte befriedigt fest, daß er der einzige Westler hier war.

Müde ging er später durch die Straßen, in seinen Ohren kantonesische Satzbrocken von lauten Straßengesprächen, der Lärm der Autohupen, Musikfetzen, die aus den Eingängen der Nachtclubs hervorquollen, wenn die Türen geöffnet wurden, um neue Gäste einzulassen.

In einen dieser Eingänge ging Tracy hinein und suchte im trüben Licht des Flurs nach einem öffentlichen Telefon. Es war in der Nähe der Garderobe. Das Mädchen hinter der Holzbarriere dort lächelte ihm zu. Er fragte die Auskunft nach Mizos Nummer und wiederholte sie sich mehrmals, bevor er die Nummer wählte.

Nach dem vierten Klingeln meldete sich eine weibliche Stimme.

»Weyyy?«

»Ist Mizo bitte zu sprechen?« fragte er in Kantonesisch.

»Ich fürchte nicht.« Es war eine helle, unbekümmerte Stimme, die mit Sicherheit einer Chinesin gehörte. »Darf ich ausrichten, wer angerufen hat?«

Tracy nannte seinen Namen. »Wenn Sie mit Mizo reden, sagen Sie ihm, daß der Sohn in die Fußstapfen seines Vaters getreten ist.«

»Ich verstehe Sie nicht.« Die Stimme hatte einen vorsichtigen Ton bekommen, die Unbekümmertheit war verschwunden.

»Das ist möglich«, sagte Tracy. »Aber Sie werden Mizo doch ausrichten, was ich gesagt habe.«

»Wenn ich ihn sehe.« Die Stimme war kühl und abweisend geworden. »Ich kann Ihnen aber nicht sagen, wann das sein wird.«

»Die Angelegenheit ist aber sehr dringend.«

»Das tut mir leid.«

»Es sollte Ihnen für Mizo leid tun. Denn in genau fünf Tagen werde ich den Haupttresor der Bank von Shanghai sprengen. Und ich werde es mit oder auch ohne seine Hilfe tun. In jedem Fall wird sich das öffentliche Interesse ihm zuwenden, und es wird noch größer sein, wenn ich keinen Erfolg haben sollte.«

Er hörte die Frau am anderen Ende der Leitung heftig einatmen. »Wenn Sie bitte einen Moment warten würden, es ist jemand an der Tür.«

Tracy sah zu dem Mädchen hinter der Garderobe. Sie war schlank und ihr glänzend schwarzes Haar war über dem Hinterkopf zu einem eleganten Knoten zusammengebunden.

»Sind Sie noch da, Mr. Richter?«

»Ja«, sagte Tracy.

»Bitte entschuldigen Sie die Unterbrechung.« Die Stimme hatte ihren Ton schon wieder geändert, jetzt war sie leise, fast schon freundlich. »Ich hatte eben Gelegenheit, einen Blick auf Mr. Mizos Terminkalender zu werfen. Morgen wäre noch ein kurzer Termin frei. Zwölf Uhr dreißig. Kennen Sie den Jockey Club?«

Tracy sagte, daß er dort sein würde. Sie hängten ein, ohne daß noch ein Wort gesprochen wurde.

Der Königliche Jockey Club von Hongkong lag an der Stubbs Road, an der Ostseite des Mount Nicolson. Auf der einen Seite neben den zwei Hochhäusern, die zum Club gehörten, dehnte sich die Rennbahn. Neben dieser unterhielt der Club noch eine weitere. Auf der anderen Seite der Gebäude war eine teerbedeckte Garage.

Tracy war mit einem Jeep den Berg ein Stückchen höher hinaufgefahren als die Anlage lag. Von hier zeigte der Fahrer zurück zum Dach der Ställe des Jockey Clubs, auf deren riesiger Fläche zwei eingezäunte Führ- und Übungsringe für die vierhundert Rennpferde des Clubs eingerichtet worden waren. Tracy war von dem, was er sah, nicht überrascht. Das bergige Terrain der Kolonie machte es schwierig, geeigneten flachen Boden zu finden. So mußten hier Dachflächen genügen.

In der heißen, drückenden Mittagssonne ging Tracy den gewundenen Fußweg hinunter. Ein strenger Geruch nach Pferden hing in der Luft. Stallburschen mit nackten Oberkörpern führten schlanke, muskulöse Pferde im Uhrzeigersinn um den äußeren Ring herum.

In einiger Entfernung sah Tracy zwei Personen am Zaun des äußeren Führringes stehen. Beide blickten sie auf einen Hengst, der gerade bewegt wurde. Beide waren Asiaten. Der Mann, der näher zu Tracy stand, war klein und breit gebaut. Seine Schultern waren muskelbepackt wie die eines Ringers, sein Kopf war groß wie ein Fußball, aber eher breiter als hoch.

Als Tracy ihn nach ein paar Schritten noch besser erkennen konnte, war er überzeugt, daß der Mann kein Chinese war. Er mußte Japaner sein.

»*Mizo-San*«, sagte Tracy und verneigte sich vor dem untersetzten Mann. »Es ist mir eine Ehre, Sie kennenzulernen.« Nach der japanischen Anrede hatte er in kantonesischem Dialekt weitergesprochen.

Der Mann wandte seinen Blick langsam von dem Rennpferd ab und ließ ihn dann lange auf dem Fremden ruhen. »Ist er das, Jadeprinzessin?« fragte er, ohne den Kopf zu drehen.

Die Frau neben ihm nickte. »Ich erkenne seine Stimme wieder.«

»Sie begrüßen mich auf eine merkwürdige Art, Mr. Richter«, sagte Mizo. Er hatte eine unangenehme Stimme. Sein Singsang war hell wie der Tonfall eines Mädchens. »Da Sie ein Westler sind und vielleicht auch neu in der Kolonie, will ich sie nicht als Beleidigung verstehen.« Er sah Tracy mit starrem Blick an. »Dennoch glaube ich, daß Sie der Dame an meiner Seite eine Entschuldigung schulden. Sie haben ihr gestern abend einen ziemlichen Schrecken eingejagt.« Sein Gesicht zeigte Widerwillen. »Dieses Gerede von Banken und Safes.« Er schüttelte seinen großen Kopf. »Was haben Sie sich nur dabei gedacht?«

»Wenn Sie das nicht genau wüßten, hätten Sie wohl kaum diesem Treffen zugestimmt«, antwortete Tracy ruhig. »Dennoch möchte ich mich bei der Dame entschuldigen, wenn ich Ihren Abend gestört habe. Meine Worte waren nur dazu gedacht, Ihren festen Schutzwall niederzureißen.«

Der Japaner wandte sich wieder dem Hengst zu, der gerade von seinem Stallburschen vorbeigeführt wurde. »Sehen Sie das Pferd, Mr. Richter? Es kostet mich mehr Geld, als mancher Bewohner Hongkongs in seinem ganzen Leben verdienen wird. Und soll ich Ihnen etwas sagen? Es ist jeden Cent wert. Es läuft wie der Wind und beendet jedes Rennen als Sieger. Das ist alles, was es kann.« Er drehte sich wieder zu Tracy um. Seine kleinen schwarzen Augen, die aus schmalen Schlitzen zwischen schweren Lidern hervorsahen, beobachteten Tracy mit schlauem Blick. »Der Hengst ist ein Spezialist. Das ist einer der vielen Gründe, warum ich ihn liebe. Er ist perfekt in dem, was er kann. Bei allem anderen ist er ein trotteliger Versager.« Seine breiten Schultern hoben sich und fielen wieder in die alte Lage zurück. »Es gibt nur noch wenige Spezialisten in der Welt. Heute ist jeder ein Stümper, der eine Sache nur ein paar Monate betreibt, um dann zur nächsten zu wechseln.« Er schüttelte wieder den Kopf. »Das entspricht nicht meiner Art, Mr. Richter. Aber, wie ich annehme, Ihrer.«

»Mein Vater ist Spezialist«, sagte Tracy. »Ich könnte nie etwas tun, was seine Ehre schmälern würde.«

Einen Augenblick schwieg Mizo. Seine Brust arbeitete bei jedem Atemzug wie ein Kraftwerk. Jadeprinzessin neben ihm tat, als ob sie das alles nichts anginge. Aber Tracy ließ sich nicht von ihr täuschen. Tatsächlich hatte sie jedes Wort aufmerksam verfolgt. Er behielt sie sorgfältig im Auge. Sie war eine schöne Frau von höchstens dreißig Jahren. Ihre Haut war wie Porzellan und hatte jene fast durchscheinende Blässe, die für westliche Frauen immer unerreichbar geblieben ist.

»So«, sagte Mizo schließlich. »Damit sind wir also zum Kernpunkt der Angelegenheit vorgestoßen. Ich habe einen Dienst anzubieten, und Sie wollen in viereinhalb Tagen lernen, wofür viereinhalb Jahre noch zu wenig wären.« Sein Lächeln war verzerrt und häßlich. »Beginnen Sie mich langsam zu verstehen. Warum sollte ich mich also mit Ihnen abgeben?«

»Mein Vater...«

»Ich kenne nur den Ruf Ihres Vaters«, unterbrach Mizo ihn. »Er selbst interessiert mich nicht.«

»Ich kann meine Planung ändern.«

»Mr. Richter, ich möchte nicht noch deutlicher werden müssen.« Mizo nahm Jadeprinzessins Arm und nickte Tracy zu. »Ich wünsche Ihnen noch einen guten Tag. Und viel Glück bei Ihren zukünftigen Unternehmungen.«

»Da ist noch etwas«, sagte Tracy ruhig, als sich das Paar zum Gehen wandte. Mizo drehte sich noch einmal zu ihm um und ließ den Arm seiner Begleiterin los. »Mein Vater ist sehr krank. Er kann nicht mehr arbeiten, wie er es früher konnte. Aber die Ehre, die er für seine Arbeit empfindet, ist stark geblieben.« Tracy schwieg einen Moment und beobachtete das Gesicht des Japaners. Nicht eine Regung war in ihm zu erkennen, als ob man eine kahle Wand anstarrte. »Seit einiger Zeit hat er an einem Projekt gearbeitet. Ich kann nicht genau sagen, was es ist. Er hat mit niemandem darüber gesprochen, nicht einmal mit mir. Aber ich weiß, daß es etwas revolutionär Neues auf dem Feld der elektronischen Überwachung ist.« Eine sonderbare Stille hatte sich über den Japaner gesenkt. Und dann lief ein leichtes Zittern durch seinen Körper.

Tracy zögerte, als ob er auf einmal wieder unentschlossen wäre, fortzufahren. »Ich habe das Projekt und alle Unterlagen mit nach Hongkong gebracht. Ich, ich habe es ihm weggenommen, weil er nicht mehr in der Lage war, weiterzuarbeiten.«

»Was wollen Sie von mir, Mr. Richter?« Seine Stimme war piepsend und dünn wie Reispapier.

»Ich möchte Ihnen die Sachen zeigen«, sagte Tracy und legte absichtlich Gefühl in die Stimme. »Ich möchte, daß Sie mir Unterricht geben, damit ich das Projekt meines Vaters zu Ende bringen kann.«

Tief in Mizos Augen schien ein Feuer aufgelodert zu sein. Für einen Moment hatte er eine Tür gesehen, die zu einer Schatzkammer führte. Tracy glaubte nicht, daß Mizo noch widerstehen könnte.

»Und die Geschichte mit der Bank von Shanghai?«

»Ich mußte einen Weg finden, um Sie persönlich treffen zu können«, antwortete Tracy.

»Sie haben einen gefährlichen Weg gewählt, Mr. Richter.« Mizo kam ein paar Schritte auf ihn zu. »Vielleicht kann ich in der Angelegenheit wirklich etwas für Sie tun. Die Eltern zu ehren ist zweifellos die größte Tugend.«

Und Tracy dachte: Jetzt habe ich ihn.

An der Grenze blieb Khieu stehen und lauschte. Er hörte die hellen Rufe der Vögel und das kurze Gekecker der Affen. Hinter ihm lag Aranya Prathet. In weniger als einem Tag und einer Nacht war er um die halbe Welt gereist. Vor seinen Augen tanzten die Schatten des Dschungellaubes wie ein vielköpfiges Untier: mythisch, urzeitlich und ungebeugt. Noch immer konnte man kilometerweit in das Grün sehen, ohne daß der Blick auf die Narben des Krieges fiel, die wie tiefe Furchen von den Krallen eines Riesen in die Haut des Landes gerissen waren: zu Hause.

Kamputschea.

Er ging zwei, drei Schritte und war am Ziel seiner langen Reise.

Der verlorene Sohn kehrte zurück an den Ort seiner Geburt, zu der grausamen Feuerprobe seiner Jugend; zu der Schale Blut, in die sich seine Heimat verwandelt hatte.

Er wußte nicht, ob er weinen oder lachen sollte.

Immer noch war die Angst, New York verlassen zu haben, ohne daß seine Pflicht erfüllt war, wie ein Schmerz in ihm. Wäre Macomber bei seinem Anruf nicht so beharrlich gewesen, dann hätte Khieu die Reise zumindest aufgeschoben. Aber sein Vater war nicht in der Stimmung gewesen, sich von irgend etwas überzeugen zu lassen. Es mußte etwas mit ihm in Shanghai geschehen sein.

»Khieu«, hatte er erregt gesagt, »du mußt sofort nach Kambodscha zurückkehren. Ich selbst kann unmöglich fahren, ich bin viel zu lange fort gewesen.«

»Was ist denn, Vater?« hatte er mit besorgter Stimme gefragt.

»Du mußt eine Frau, eine Asiatin, für mich finden. Sie ist irgendwo in Kambodscha. Mehr weiß ich nicht.«

»Wenn sie im Land ist, werde ich sie finden«, hatte Khieu gesagt. Dann hatte er sich von Macomber alles erzählen lassen, was er über die Frau wissen mußte.

Mit gleichmäßigen, sicheren Schritten bewegte er sich durch den Dschungel, unter herabhängenden Schlingpflanzen hindurch und über ganze Netzwerke von Pflanzen- und Baumwurzeln hinweg, die wie Fußfallen aus dem Boden ragten. An einem breiten Riemen hatte er vom Hals herab eine schwarze Nikon-Kamera hängen, wie sie Fotoreporter benutzen. In einer Ledertasche über der Schulter hatte er zwei Wechselobjektive, und an dem Riemen der Tasche hingen mehrere kleine Metallboxen, die offensichtlich das Filmmaterial enthielten. Die Ausrüstung war so leicht, daß sie ihn beim Gehen nicht behinderte.

Ungefähr vier Kilometer südlich von Aranya Prathet war er einer Thai-Patrouille begegnet. Nicht eine Sekunde hatte er daran gedacht, vor den Soldaten zu fliehen oder sich zu verstecken. Sie hatten ihn angehalten und nach seinen Papieren gefragt. Er hatte seinen amerikanischen Paß hervorgeholt und zwei weitere Ausweiskarten. Laut der einen war er freiberuflicher Fotojournalist, die andere bestätigte, daß er gegenwärtig im Auftrag von *Newsweek* unterwegs war. Die Thais waren diese Art Dinge gewohnt und fragten ihn gar nicht erst nach dem Ziel seiner Reise.

Zumindest habe ich Mizo noch warnen können, dachte er, während er dem gewundenen Weg nach Süden folgte. Dreimal hatte er es versuchen müssen, dann war er endlich nach Hongkong durchgekommen und hatte mit Jadeprinzessin sprechen können. Er hatte lange auf sie einreden müssen, und einmal mußte er sie sogar mit seiner überzeugendsten Stimme beruhigen und ihr versichern, daß er nicht nur für sich, sondern auch im Auftrag Macombers sprach. Der *Angka*, hatte er sie erinnert, darf auf gar keinen Fall gefährdet werden. Und am Ende hatte sie ihm gesagt, was er hatte hören wollen. Das Geschäft, das sie mit Hilfe seines Vaters aufgebaut hatten, konnte nicht auf Nachlässigkeit und Dummheit gedeihen. Sie wußten, was getan werden mußte. Die Sicherheit kam in jedem Fall zuerst. In Hongkong lebte man nach diesem Motto.

An diesem Morgen hatte Thwaite einen Freund bei der Chicagoer Polizei angerufen. Seit er wußte, daß er als nächstes einen Kontakt zur Dienststelle von Kenilworth brauchen würde, hatte Thwaite an Art Silvano gedacht. Sie hatten schon öfter zusammengearbeitet, und das letztemal hatte der Polizeisergeant aus Chicago Thwaite um einen ziemlich großen Gefallen gebeten. Gemeinsam hatten sie die Dienstvorschriften großzügig zu ihrem Vorteil ausgelegt, und damit war ein festes Band zwischen ihnen geknüpft.

Sie begrüßten sich mit einem Händeschütteln, und Silvano sagte Thwaite, wie sehr ihm der Tod von Thwaites Frau und Kind leid tat.

»Du hast Glück, ich kenne jemanden in Kenilworth«, sagte Silvano, »einen der drei Sergeanten. Er heißt Rich Pleasent. Kein schlechter Kerl, wenn man bedenkt, in welcher Wüste er sitzt. Er wird uns helfen.« Sie brachten die Stadtgrenze so schnell wie möglich hinter sich. »Und jetzt erzählst du mir am besten, wonach du eigentlich suchst.«

Zwanzig Minuten später saßen sie in Pleasents Büro. »Thwaite hier ist hinter einem flüchtigen Täter her. Er glaubt, daß sein Mann etwas mit dem Mord an Senator Burke zu tun haben könnte.«

Pleasent zuckte die Schultern. »Das kann ich mir nicht vorstellen, denn ich habe den Notruf erhalten und war als erster draußen. Es war ganz eindeutig Raubmord. Burke muß den Einbrecher überrascht und angegriffen haben. Das war sein Fehler. Der Kerl war ein Profi. Er hat ihm keine Chance gelassen.«

Silvano nickte nachdenklich. »Trotzdem hätten wir gerne mal den Autopsiebefund gesehen. Haben Sie zufällig einen bei ihren Akten?«

»Sicher.« Pleasent beugte sich in seinem Drehstuhl nach hinten und zog die Schublade eines Metallschranks auf. Er nahm einen Hängeordner heraus und warf ihn auf seinen Schreibtisch.

Thwaite schlug die Mappe auf und überlas den Bericht sorgfältig. Der Nasenbeinknochen wurde nicht erwähnt. Aber er fand den Namen des Arztes, der die Autopsie durchgeführt hatte. »Kennen Sie Dr. Wood?«

Der Sergeant zuckte wieder die Schultern. »Richtig kennen tue ich niemanden hier. Glauben Sie, ich hätte Lust, mein Frühstück in der Leichenhalle zu essen? Da weiß ich wirklich Besseres.«

Thwaite beugte sich vor. »Darf ich dann mal telefonieren?«

Pleasent versetzte dem Schwenkarm, auf dem sein Telefon stand, einen Stoß. »Bitte sehr.«

Es meldete sich die Zentrale, und Thwaite bat darum, mit Dr. Wood verbunden zu werden. Er mußte warten. Wie sich herausstellte, war Wood im Moment am Gericht, um als Sachverständiger auszusagen. Ob Thwaite eine Nachricht hinterlassen wollte? Er sagte nein und legte auf.

»Ich würde gerne einen Blick auf das Verzeichnis der gestohlenen Gegenstände werfen. Die Versicherungsgesellschaft wird Ihnen sicherlich eine überlassen haben.«

Wieder das Achselzucken. »Wenn Sie unbedingt wollen.« Er kramte sie hervor. »Aber ich glaube, daß Sie nur Ihre Zeit verschwenden.«

Thwaite überflog die Liste: eine Stereoanlage, ein tragbares Fernsehgerät, zwei antike Uhren, ein Videorecorder. Es folgte eine Aufzählung des gestohlenen Schmucks: mehrere Ringe, diamantbesetzte Manschettenknöpfe, eine Philippe-Patek-Armbanduhr aus purem Gold.

»Ich wäre Ihnen sehr dankbar, wenn Sie uns jetzt noch das Haus des Senators zeigen könnten«, sagte Thwaite vorsichtig.

»O Gott, nein«, sagte Pleasent zu Silvano. »Ist das wirklich nötig, Art?«

»Ich muß mir das Haus kurz ansehen«, beharrte Thwaite ruhig.

Pleasent fuhr sie hinaus. In dem Haus des toten Senators war es heiß und stickig. Alle Fenster waren geschlossen, und natürlich war auch die Klimaanlage in den letzten Tagen ausgeschaltet gewesen. Thwaite fand das Haus auf den ersten Blick sonderbar. Die Schwarzweiß-Arrangements überall hatten etwas Geheimnisvolles. Er fragte sich, wie es jemand in einer solchen Wohnung aushalten konnte.

»Ganz schön krank«, sagte Silvano sarkastisch. »Dafür habe ich also bei den letzten Wahlen meine Stimme abgegeben.«

Das Zimmer mit den vielen Bücherregalen schien das am meisten benutzte gewesen zu sein. Im Gästezimmer konnte dagegen seit längerer Zeit niemand mehr übernachtet haben.

»Ich würde mir gerne noch das Grundstück ansehen«, sagte Thwaite.

Pleasent stöhnte deutlich vernehmbar.

Burkes Grund dehnte sich nach einer Seite und hinter dem Haus aus. Neben dem Haus war der ursprüngliche wilde Baumbestand abgeholzt und das Gelände von einem Gartenarchitekten neu bepflanzt worden.

Nach hinten zu war der alte Baum- und Pflanzenbestand erhalten geblieben. »Wie weit zieht sich das Grundstück nach hinten raus?« fragte Thwaite.

»Ach, ein ganz schönes Stück«, antwortete Pleasent lustlos.

Thwaite und Silvano gingen in die Richtung. Die Sonne stand schon tief; in ihren Strahlen, die zwischen dem Laub der Bäume hindurchfielen, tanzten Staubflusen. Der Birken- und Eichenbestand zog sich über etwa hundertfünfzig Meter hin, dann lichtete er sich allmählich, und der Grund fiel langsam zum Ufer eines großen Teiches ab. Schwäne und ein Paar Stockenten schwammen zufrieden, das Gefieder aufgeplustert, auf dem Wasser.

Als sie zu Pleasents Wagen zurückgekehrt waren, ließ sich Thwaite über die Polizeizentrale noch einmal mit dem Gerichtsmedizinischen

Institut verbinden. Nach einer kurzen Pause kam diesmal Dr. Wood an den Apparat.

»Hier spricht Detective Sergeant Douglas Thwaite. Ich bin von der New Yorker Polizei«, sagte er vorsichtig. »Im Moment überprüfe ich in Kenilworth mit einem Kollegen aus Chicago den Mordfall an Senator Burke. Wenn ich richtig informiert bin, haben Sie die Autopsie des Toten durchgeführt.«

»Das ist richtig«, war Woods dünne Stimme im Polizeiwagen zu hören.

»Können Sie mir sagen, in welchem Zustand der Nasenbeinknochen des Senators war, als sie seine Leiche untersucht haben?«

»Was?« Der Pathologe schien von der Frage überrascht zu sein.

»Der Nasenbeinknochen, der den Tod verursacht hat. War er noch heil oder nicht?«

»Ja, nun. Aber...«

»Bitte beantworten Sie meine Frage, Doktor.«

Wood dachte einen Moment nach. »Ja, der Nasenknochen war noch ziemlich intakt.«

Thwaite spürte, wie sein Herzschlag sich beschleunigte. »Was heißt ziemlich?«

»Nun, damit wollte ich sagen, daß es an einigen Stellen minimale Absplitterungen gab, aber ansonsten war der Knochen noch intakt. Eigentlich sehr ungewöhnlich.«

»Ich danke Ihnen, Doktor«, sagte Thwaite aufgeregt. »Sie haben uns sehr geholfen.« Er hängte das Mikrophon zurück an den Halter.

»Also?« fragte Silvano neugierig. Er stand neben dem Wagen und beugte sich zum Seitenfenster herunter. »Was ist nun?«

Thwaite sah zu seinem Freund hinauf. »Es war mein Kerl, Art. Der Arzt hat es mir gerade bestätigt.«

»Na schön«, sagte Silvano, »aber dennoch steckst du in einer Sackgasse.«

Thwaite stieg wieder aus dem Wagen. »Vielleicht nicht. Ich glaube nicht, daß es wirklich ein Raubmord gewesen ist. Das heißt, daß die verschwundenen Sachen nur eine falsche Spur legen sollten.« Er wandte sich um und sah zu den Bäumen, deren Laub sich leise raschelnd in der warmen Abendbrise bewegte. »Der Täter hatte keinen Lieferwagen, um das ganze schwere Zeug abzutransportieren. Also, wo hat er es gelassen? Selbst wenn er stark wie ein Bulle war, hat er es nicht allzuweit schleppen können.« Thwaite begann den Weg, den sie gekommen waren, wieder zurückzugehen. Als sie die Birken und Eichen hinter dem Haus erreicht hatten, beantwortete er sich seine Frage selbst.

»Der Teich.«

Tracy mußte seine ganze Selbstbeherrschung aufbieten, um nicht hämisch zu grinsen, als er in das Taxi stieg, das Mizo und Jadeprinzessin ihm gerufen hatten.

Zum erstenmal hatte er das Gefühl, dem Unbekannten, dem er nachjagte, nähergekommen zu sein.

Er bat den Fahrer, ihn zum Diamantenhaus auf der Queens Road zu bringen. Während des Fluges nach Hongkong hatte er genug Zeit gehabt, über Lauren und sich nachzudenken. Er war jetzt fest entschlossen, es nicht soweit kommen zu lassen, daß Bobbys Tod für immer zwischen ihnen stand. Er mußte einen Weg finden, ihr alles noch einmal zu erklären.

Es kostete ihn zwei Stunden – die meiste Zeit davon saß er im dichten Verkehr fest –, dann kehrte er mit einem fehlerfreien Vier-Karat-Diamanten, der in Platin gefaßt war, ins Hotel zurück. Er durchquerte die Hotelhalle und ging zum Empfangsschalter, wo er darum bat, etwas im Hotelsafe deponieren zu dürfen. Ein junger Chinese, der eine schlechte Haut, aber ein gewinnendes Lächeln hatte, nahm das kleine, in Geschenkpapier gewickelte Päckchen entgegen und händigte Tracy das Original der abgezeichneten Empfangsbestätigung aus.

»Sie brauchen nur diesen Schein vorzulegen, Mr. Richter«, sagte er diensteifrig, »dann bekommen Sie Ihr Päckchen zurück.«

Tracy bedankte sich und ging zum Fahrstuhl, der ihn zu seinem Zimmer hinaufbrachte. Vor seiner Tür kniete er sich auf den Flurteppich und untersuchte das Zimmerschloß. Eigentlich rechnete er mit nichts Ungewöhnlichem, aber alte Gewohnheiten legt man nur schwer wieder ab. Und außerdem befand er sich, wenn man so wollte, im Einsatz.

Beruhigt steckte er den Schlüssel ins Schloß und öffnete die Tür. Alles war noch so, wie er es verlassen hatte. Er ging hinüber zum Bett und setzte sich auf die Matratzenkante. Müde zog er seine Schuhe aus. Eine kalte Dusche würde guttun, bevor er wieder zum Abendessen in die Hitze hinausging.

Er dachte, daß Mizo der Schlüssel zu allem sein mußte. Wenn John Holmgren wirklich mit einem Nadelstich vergiftet worden war, wie die Fotos es nahelegten, dann konnte Mizo das nötige Wissen dazu haben. An einer Schule für Terroristen konnte auch das gelehrt werden, trotz Mizos Klagen über den Verlust an Spezialisten. Tracys Gedanken wanderten zu seinem Vater, der sicherlich genug von Mizo wußte, um darauf eine Antwort geben zu können. Und in jedem Fall war ja schon sicher, daß Mizo denjenigen unterrichtet haben mußte, der das Lauschmikro gebaut hatte.

Tracy überschlug den Zeitunterschied. In Amerika mußte jetzt tiefe Nacht herrschen, aber das war nicht weiter schlimm. Sein Vater schlief nur noch wenig in letzter Zeit, und schon mehrmals hatte er sich bei seinem Sohn darüber beklagt, daß ihm die Nächte so lang würden. Vielleicht konnte er eine Antwort auf Tracys Fragen zu Mizo geben, wenn Tracy nur beharrlich genug in ihn eindrang.

Tracy griff zum Telefon. Er nahm den Hörer von der Gabel, und im nächsten Augenblick explodierte die Welt um Tracy in ein grelles Rot, eine Druckwelle traf ihn wie ein Hammerschlag, wie ein Wirbelsturm, der ihn einfach in die Höhe riß, und dann senkte sich Finsternis, schwarz wie der Tod, über ihn.

Kurz bevor die Sonne am nächsten Mittag ihren höchsten Stand erreichte, entdeckte Khieu die ersten Zeichen, die auf ein nahes Dorf hinwiesen: mehrere sich kreuzende Pfade durchschnitten auf einmal das Grün des Dschungels, eine Art Abfallhalde erstreckte sich neben einem der Wege, und auf einer Wiese grasten zwei abgerichtete Wasserbüffel.

Khieu verlangsamte seinen Schritt und ging doppelt wachsam weiter. Früher hätte er in einer solchen Situation nichts zu fürchten brauchen. Er hätte nur den Namen des *Angka* fallenlassen müssen und bereitwilligst wäre ihm jede Information gegeben worden, die er gewünscht hätte. Jetzt war das alles anders. Seit er im ersten Morgenlicht wieder aufgebrochen war, hatte er nicht weniger als sechs Patrouillen der Vietnamesen gesehen. Einmal hatte er sogar in nicht allzuweiter Entfernung Gewehrfeuer gehört. Anscheinend waren Rote Khmer in der Nähe, die nun, nach wenigen Jahren mißglückter Machtausübung, wieder im Untergrund kämpften. Die neue Volksrepublik Kamputschea war ein Gebilde, das nur in der Phantasie der vietnamesischen Besatzungsmacht existierte. Sie repräsentierte genausowenig den Willen und die Wünsche des Volkes der Khmer, wie es Pol Pots Schreckensherrschaft getan hatte.

Doch was Khieu am meisten enttäuschte war die Tatsache, daß viele junge Khmer in die von den Vietnamesen gelenkte Armee der neuen Volksrepublik eingetreten waren. In seiner vollen Bedeutung war ihm das noch nie so deutlich geworden wie in diesem Augenblick, als er sich dem Dorf von Norden näherte und plötzlich, keine fünfhundert Meter vor sich, laute Geräusche hörte. Er hatte den Rand des Dschungels fast erreicht. Dahinter sah er einen tiefen Bombenkrater, der so riesig war, daß er fast einen ganzen Hügelkamm, der einmal die Grenze eines Feldes gewesen war, fortgerissen hatte. Das Feld war zernarbt von dunkelbraunen Erdfurchen.

Ungefähr vierzig Soldaten arbeiteten auf dem Feld: Vietnamesen und unter ihrer Kontrolle auch Khmer. Sie hatten sich in zwei parallelen Reihen aufgestellt. Anscheinend hatten sie vorher die Furchen tiefer ausgehoben.

Geduckt kroch Khieu näher, um zu sehen, was die Soldaten in der Erde gefunden hatten. Er schob seinen Kopf durch eine Lücke im dichten Buschwerk. Jetzt konnte er erkennen, was in den Furchen lag: die Reste bleicher Skelette.

Von Übelkeit fast überwältigt, kroch Khieu leise zurück. Vorsichtig umging er die Soldaten, bevor er seinen Weg auf das Dorf zu fortsetzte. Wenig später zweigte ein Pfad ab, der zu einer Hütte führte. Geräuschlos wie eine Wolke bewegte sich Khieu auf das schäbige Haus zu, in dessen Schatten er eine Frau, zwei Kinder und einen alten Mann entdeckte.

Sie hatte Angst vor ihm. Angst, mit ihm zu sprechen. Die Frau schob ihre Kinder hinter sich, als ob der Fremde die Absicht haben könnte, sie zu entführen. Der alte Mann schnarchte, sein Kopf hing kraftlos herab. Es schüttelte ihn im Schlaf. Khieu sah, daß der Alte bald an Malaria sterben würde. Er hatte auch die angeschwollenen Bäuche der Kinder bemerkt, noch bevor ihre Mutter die Kleinen hinter ihrem Rücken verstecken konnte.

Er stellte der Frau einfache Fragen: wo er sei, wie weit es bis zum nächsten Dorf im Süden war, ob sie etwas zu essen hatte, das er ihnen abkaufen konnte.

Auf alle seine Fragen bekam er von der verschreckten Frau immer wieder dieselbe Antwort: »Mein Ehemann Chey ist jetzt bei der Armee. Er hat ein Gewehr. Wenn Sie uns etwas tun, wird er Sie erschießen.«

»Ich will euch euer Essen nicht wegnehmen«, sagte er ruhig und leise. »Ich sehe schon, daß ihr nicht einmal für euch selbst genug habt.«

Sie wiederholte auch daraufhin ihre wenigen Sätze, und allmählich wurde Khieu klar, daß ihr Mann ihr wohl befohlen hatte, sie auswendig zu lernen, um sie jedem Fremden zur Antwort zu geben, der während seiner Abwesenheit am Haus auftauchte. »Ich bin auf der Suche nach jemandem«, sagte er und versuchte, seinen Worten mit den Händen Nachdruck zu verleihen. »Meine Familie. Ich bin der einzige, der noch am Leben ist.«

Monoton wiederholte sie ihre wenigen Worte.

Als Khieu den schützenden Dschungel wieder erreicht hatte, wurde ihm bewußt, welchen Fehler er begangen hatte. Er war falsch gekleidet. Seine Erscheinung hatte die Frau durcheinanderbringen müssen, denn in ihrer Welt waren die Männer entweder wie einfache Landarbeiter gekleidet oder sie trugen die Uniform der neuen Armee, oder das

Schwarz der Roten Khmer. Er paßte in keine dieser drei Gruppen. Und das mußte er umgehend ändern.

Aber alles mußte vollkommen unauffällig vonstatten gehen. Es durfte auch nicht den kleinsten Hinweis auf seine Anwesenheit hier geben. Schließlich hatte er kein Verlangen danach, am Ende noch von einer Einheit der Armee durch den Dschungel von Kamputschea gejagt zu werden.

Er ging zurück zu der Stelle, an der die Äste der Bäume besonders tief in den Weg hineingehangen hatten. Dort richtete er seinen Blick nach oben. Es dauerte fast eine halbe Stunde, dann entdeckte er, was er gesucht hatte. Angeschmiegt an einen Ast und mit bloßem Auge kaum zu erkennen, lag eine grüne Otter. Sie schlief nicht, denn für einen Moment konnte er eines ihrer großen gelben Augen mit der kleinen senkrechten Pupille sehen.

Khieu merkte sich die Stelle und ging nach rechts, wo der Hauptweg zum Dorf führte. Er hockte sich in das dichte Laub, so daß er vom Weg aus nicht zu sehen war, und suchte nach einem Stein, der für das, was nun folgten sollte, geeignet war. Er fand einen in der Nähe und kehrte zu seinem Versteck zurück. Dann wartete er geduldig, bis er einen Offizier der vietnamesischen Armee kommen sah, der offensichtlich ins Dorf wollte. Er hob die Hand mit dem Stein über den Kopf, und im nächsten Augenblick schnellte der Arm vor, und der Stein flog sirrend davon. Er traf den Offizier an der Seite des Knies, und zwar so kräftig, daß der Vietnamese vor Schmerz zusammenzuckte. Er blieb stehen, und seine Augen suchten nach dem Schuldigen.

Khieu wartete eine Sekunde, dann ließ er das Laub leise aufrascheln, als er sich zurückbewegte. Der Offizier sah die Bewegung des Buschwerks. Er zog seine Pistole und ging in den Dschungel hinein, seine linke Hand teilte das Grün vor seinen Augen.

Khieu lief, noch immer in der Hocke, voraus, so daß der Vietnamese immer nur zitternde Blätter vor sich sah und nicht ahnen konnte, ob er einen Menschen oder ein Tier verfolgte. Doch Khieu wußte, daß sein Verfolger in jedem Fall darauf aus sein würde zu töten.

Als er die Stelle mit den tiefhängenden Zweigen erreicht hatte, richtete Khieu sich auf und wartete. Er nahm die Nikon in die Hände und drehte ihren Boden zu seinen Augen, als ob er sich nicht darüber im klaren sei, wie die Kamera eigentlich funktionieren würde.

Er fühlte die Gegenwart des Offiziers, noch bevor er ihn das erstemal ansah. Er blickte auf, anscheinend erschrocken, einen Armeeoffizier vor sich zu sehen, der seine Pistole auf ihn gerichtet hielt.

»Entschuldigen Sie«, sagte er auf Englisch. »Können Sie mir sagen, wie ich den Film in dieses Ding bekomme?«

»*Mit mork pee na*?« entgegnete der Offizier in Khmer. »*Mit chmos ey*?«

Die gleichen Fragen, die Ros ihm gestellt hatte, als er, es schien ihm schon ein Menschenalter her zu sein, in das Lager der Roten Khmer gekommen war. Woher kommst du? Wie heißt du?

Scheinbar eingeschüchtert, trat Khieu einen Schritt zurück. Er hantierte noch immer mit der Kamera herum. »Ich komme mit dem verdammten Ding nicht zurecht.« Dabei ging er vorsichtig weiter zurück, bis er unter der Stelle mit den niedrig hängenden Zweigen hindurch war.

Jetzt wurde der Offizier wütend. Er war es gewohnt, daß man ihm umgehend und gehorsam antwortete. Er verfolgte Khieu, der offensichtlich unbewaffnet war, jetzt mit schnelleren Schritten. »Wer bist du? Woher kommst du?«

Khieu beachtete ihn gar nicht, sondern murmelte weiter in Englisch vor sich hin. Dabei wich er Schritt um Schritt zurück, bis der Vietnamese an der richtigen Stelle stand. Dann blieb er plötzlich stehen und sprach den Offizier in Khmer an. »Ich komme aus Aranya Prathet. Zumindest bin ich auf diesem Weg nach Kamputschea hereingekommen. Ich komme als Abgesandter all derer, die eurer Sache sympathisch gegenüberstehen, und ich will mit meiner Kamera festhalten, wie die Regierung der Volksrepublik aus der Asche des alten ein neues Kamputschea schafft.«

Der Offizier riß erstaunt die Augen weit auf, als er auf einmal diese Propagandaphrasen zu hören bekam. Mit Sicherheit hatte er sie nicht von diesem Mann erwartet.

»Warum hast du nicht gleich auf meine Fragen geantwortet?« Er hatte den Revolver, er hatte die Macht. Er wollte, daß Khieu ihre Begegnung richtig verstand, daß er begriff, wer die Oberhand hatte.

»Aber ich kann diese Aufnahmen nicht machen, wenn ich keinen Film in die Kamera kriege«, sagte Khieu und sah in das Geäst hinauf. »Kannst du mir nicht helfen, Genosse?«

Der Offizier zog voller Verachtung seine dicke Oberlippe hoch. »Ich bin Offizier der Armee der Volksrepublik Kamputschea, und ich habe Besseres zu tun als...«

Er sackte in den Knien zusammen, als ob an einer unsichtbaren Schnur gezogen worden wäre. Gleichzeitig riß er die Arme auseinander, um nicht die Balance zu verlieren, wobei ihm seine Pistole aus der Hand und auf den Boden fiel.

Khieu beobachtete ruhig, wie sich die grüne Otter um den Hals des Vietnamesen wand, ihren Kopf leicht zurückbog und dann niederschoß und den Offizier in die Halsschlagader biß. Es dauerte nicht lange, bis der Vietnamese tot war, aber nach allem, was Khieu gehört hatte, mußten diese letzten Sekunden schrecklich sein.

Dann holte er mit dem rechten Bein aus und trat die Schlange mit solcher Wucht, daß sie hoch in die Bäume flog.

Anschließend machte er sich daran, den Toten zu entkleiden.

Nur die eine Hälfte seines Büros im letzten Stock des Gebäudes der Metronics Inc. in der Gold Street diente Delmar Davis Macomber als Arbeitsraum, in den anderen Teil der Etage zog er sich zurück, wenn er entspannen oder nachdenken wollte. Zwei große Räume füllten diese zweite Hälfte fast gänzlich aus. In einem befand sich ein Dampfbad, das Macomber während der relativ trockenen Wintermonate benutzte; in anderen die Sauna, die Macomber in feuchter Sommerhitze bevorzugte.

Macomber hatte es sich gerade in der Sauna bequem gemacht, als er hörte, daß jemand an die Zedernholztür klopfte. Er winkte die Gestalt, die er durch das Doppelfenster in der Tür kaum erkennen konnte, zu sich herein.

Zögernd trat Eliott ein. Er schien kaum noch etwas gemein zu haben mit jenem jungen Mann, der einmal Kathleen Christians geschickten Verführungskünsten so begeistert erlegen war. Jetzt war sein Haar ungekämmt, unter seinen Augen zeichneten sich dunkle Ringe ab.

»Du wolltest mich sprechen.« Es war nicht als Frage gestellt.

Macomber sah seinen Sohn lange schweigend an. Als er schließlich zu sprechen begann, tat er es in dem sanftesten Ton, zu dem er fähig war. »Es tut mir leid, daß es so enden mußte, Eliott. Es tut mir wirklich leid.« Er beugte sich vor, um der Spannung, die seinen Körper ergriffen hatte, etwas nachzugeben. »Ich glaube, ich kann verstehen, was du für sie empfunden hast.«

Eliott sah sofort hoch. In seinen Augen glänzten Tränen. »Kannst du das wirklich? Khieu jedenfalls konnte es nicht.«

»Er hat einfach nur an die Sicherheit des *Angka* gedacht. Das kannst du ihm nicht vorwerfen.«

»Aber er ist unmenschlich«, protestierte Eliott. »Er fühlt nicht.«

Macomber hatte seinen Kopf zurückgelehnt und starrte an die Decke der Sauna. »Sie wollte alles, Eliott«, sagte er nach einiger Zeit. Er sprach wieder von Kathleen. »Sie wollte in den *Angka* eindringen, um Atherton, mit dem, was sie herausfinden konnte, zu erpressen. Sie war eine sehr gefährliche Frau.«

»Aber sie gab mir das Gefühl zu leben. Niemand anderer hat das je getan.«

»Ich verstehe das, aber...«

»Nein«, unterbrach Eliott seinen Vater erregt, »das glaube ich dir nicht.« Er riß die Arme hoch, so daß ihm sein Handtuch von den Hüften fiel. »Wie solltest du das können? Ich bin von Kindermädchen großgezogen worden. Du hast jeden Erziehungsexperten, ich weiß nicht wie viele, um Rat gefragt. Du hast einfach übernommen, was sie für richtig und für falsch hielten.«

»Ich habe das Beste getan, was ich für dich tun konnte«, sagte Macomber mit starrer Stimme.

»Aber nichts davon ist von *dir* gekommen, verstehst du das denn nicht? Es waren immer die Theorien und Philosophien anderer.«

Er stieß sich mit seinem Zeigefinger gegen die Brust. »Aber ich bin *ich*. Ein selbständiges Individuum. Wenn du nur in der Lage gewesen wärst, natürlich mit mir umzugehen, dann wären wir sicherlich immer prima miteinander ausgekommen. Statt dessen hast du mich fortgestoßen von dir, du hast dich selbst von mir entfernt und dir dabei gleichzeitig eingeredet, daß du nur das Beste für mich tust. Nur meine Mutter hätte sich wirklich um mich gekümmert. Das weiß ich...« Er schien nach Atem zu ringen, bevor er weitersprechen konnte. »Aber sie war tot.« Er schloß die Augen. »Sie ist zu früh gestorben. Viel zu früh.«

Erschöpft von seinem Ausbruch ließ er sich auf eine der Bänke sinken. Sein Atem ging schwer.

Macomber wischte sich den Schweiß von der Stirn und rieb sich die feuchten Perlen aus seinem schmalen Oberlippenbart. »Es ist nicht die Aufgabe eines Vaters, dafür zu sorgen, daß sich ein Sohn wie ein Mann fühlt.«

»Das ist das Schlimme an dir«, sagte Eliott und hob seinen Kopf. »Du wirst dich nie ändern. Wann wirst du je lernen, daß ein Vater alles das sein kann, was du selbst willst.« Er hatte es in einem ruhigen Ton gesagt. Sein Zorn schien verflogen zu sein.

Macomber senkte den Blick. »Ich glaube – nun, eigentlich habe ich mir nie Gedanken darüber gemacht, wie es für dich aussieht. Ich wollte nie, ich wollte immer, daß du einmal genauso erfolgreich werden würdest wie ich, nein, sogar *noch* erfolgreicher solltest du sein. Ich wollte dich hier bei mir haben, an meiner Seite. Ich dachte, das wäre der natürliche Platz für einen Sohn.« Er sah Eliott an. »Irre ich mich da so sehr?«

Eliott seufzte schwer. »Nein«, sagte er langsam, »das tust du nicht. Ich wäre auch nie ein guter Schauspieler geworden. Das habe ich schon gewußt, als ich damit angefangen habe. Ich glaube, das war der einzige Grund, daß ich überhaupt ans Theater gegangen bin. Ich wollte scheitern, und ich wollte, daß du siehst, wie ich scheitere. Ich habe gedacht, daß ich dich dann endlich los sein würde.«

»Ich glaube«, erwiderte Macomber, »das hättest du nicht geschafft.«

»Auch nicht nach der Geschichte mit Kathleen?«

Macomber begriff, daß sein Sohn immer noch mit einem Wutausbruch seines Vaters rechnete. »Ich gebe mir an der Geschichte genausoviel Schuld wie dir, Eliott. Ich glaube nicht, daß so etwas passiert wäre, wenn wir uns besser verstanden hätten.«

Eliott sah zur Seite. »Lange Zeit war ich mir sicher, daß du Khieu viel lieber mochtest als mich. Er hat alles, was ich nicht habe. Das gute Aussehen, die richtigen Kenntnisse, eine bezaubernde Persönlichkeit.«

Macomber sah seinen Sohn nachdenklich an. »Ich möchte, daß du hierher zu Metronics kommst, Eliott. Das weißt du auch. Nichts würde mir mehr Freude machen. Und ich möchte dich mehr am *Angka* beteiligen. Ich kann deinen Verstand dabei sehr gut gebrauchen.« Macomber stand auf.

Auch Eliott erhob sich. »Aber ich kann dir im Augenblick nicht mal sagen, ob ich wirklich mehr über den *Angka* wissen will. Bis jetzt kenne ich nur einzelne Aspekte. Ich habe noch keine Vorstellung von dem, was hinter dem Ganzen steht. Und mir wäre es lieber, wenn wir es erst einmal dabei belassen. Ich werde mich in Zukunft lieber auf meine Arbeit bei Metronics konzentrieren. In Ordnung?«

Macomber nickte. »Wie du willst. Aber ich möchte nicht, daß du dich ausgeschlossen fühlst, wenn ich mit Khieu über das Thema sprechen muß.«

Eliott lächelte. »Das werde ich auch nicht.« Er bückte sich nach seinem Handtuch, dann verließ er die Sauna.

Auf dem oberen Rand seiner schwarzen Schutzmaske war Schlamm zu erkennen, als der Kopf des Tauchers die Wasseroberfläche durchbrach. Der auseinanderlaufende Wellenkreis schien das Licht der Scheinwerfer, die den Teich bestrahlten, immer mehr in Streifen zu zerlegen, als der Körper des Tauchers weiter aus dem Wasser herauskam. Sein Gesicht war durch die Blendung des Lichts auf dem Glas der Schutzbrille nicht zu erkennen.

Thwaite hatte lange auf diesen Moment warten müssen. Inzwischen war es schon nach Mitternacht. Bradford Brady, der Leiter der Polizeidienststelle von Kenilworth, hatte brüsk, ungerecht und abweisend darauf reagiert, daß ein Fremder mehr als er selbst über einen Fall aus seinem Verantwortungsbereich wissen wollte. Am Anfang war er einfach unausstehlich und halsstarrig gewesen.

Thwaite konnte jetzt sehen, daß der Taucher etwas mit nach oben gebracht hatte. Dann rutschte der Taucher auf dem schlammigen, schrägabfallenden Teichboden aus und versank wieder bis zum Hals im Wasser. Sein Partner kam ihm zu Hilfe, und gemeinsam brachten sie ihren Fund ans Ufer.

Der viereckige Kasten war von Schlamm und Wurzeln der Wasserlilien überzogen. Einer der beiden Taucher kniete sich hin und schaufelte mit hohler Hand Wasser über das verdreckte Ding.

Thwaite trat einen Schritt näher und beugte sich zu dem Mann herunter. Er konnte an dem Kasten ein hellglänzendes Markenzeichen mit der Aufschrift »RCA« erkennen. Der Taucher spülte weiter Wasser über seinen Fund. Allmählich wurde dessen schwarze Oberfläche sichtbar. Es war ein Videorecorder. Brady sah dem Ganzen schweigend zu.

»Hast du sie dabei?« fragte Thwaite und streckte die Hand aus. Silvano reichte ihm die Verlustliste, die von der Versicherung Senator Burkes zusammengestellt worden war. Thwaite ließ seinen Zeigefinger die Eintragungen hinunterlaufen, bis er das Videogerät gefunden hatte. Es war ein RCA. Aber jetzt wollte er ganz sichergehen. »Sagen Sie mir die Seriennummer. Sie muß auf dem Boden stehen«, sagte er zu dem Taucher. Der Mann bückte sich und schaltete seine Taschenlampe ein.

»Fünf, vier, sechs, drei, eins, acht E«, las er ab.

»Volltreffer!« sagte Thwaite. »Das andere Zeug werden Sie auch da unten finden!«

Sie kehrten ins Haus des Senators zurück. Thwaite war wütend auf seine Kollegen. Sie hatten es sich mit dem Mord einfach zu leicht gemacht. Die naheliegendste Erklärung hatten sie für bare Münze genommen, nur um sich die Sache schnell vom Hals zu schaffen. Das konnte er ihnen nicht verzeihen.

In einer Spirale ging Thwaite von der Mitte des Wohnzimmers, wo sie sich versammelt hatten, nach außen. Er kam zum Kamin – eine geradezu futuristische Konstruktion in Schwarzweiß, vor der er am liebsten davongelaufen wäre. Statt dessen bückte er sich.

Merkwürdig. An den Abzugsblechen klebte frischer Ruß. Er änderte den Blickwinkel. »Was ist das für ein Zeug da?« fragte er.

Pleasent kam näher. »Keine Ahnung.«

»War das in der Nacht, als der Mord passierte, auch schon da?«

»Einen Augenblick.« Pleasent schlug ein schwarzes, in Schweinsleder gebundenes Notizbuch auf. Thwaite zog verächtlich die Oberlippe hoch. Pleasent blätterte, bis er die richtige Seite gefunden hatte. »Ja, war schon da.«

Thwaite zog einen Kugelschreiber aus der Brusttasche seiner Jacke und stocherte damit in den Aschenflocken herum. Gegen die rauhen schwarzen Innenflächen des Kamins waren sie nur schwer auszumachen gewesen. »Ziemlich viel Asche hier, nicht?« Er hob eine Flocke mit seinem Stift hoch. »Das meiste ist auch noch zu Puder zerrieben worden.«

»Woraus zu schließen ist, daß derjenige, der das Feuer gemacht hat, sichergehen wollte, niemandem auch nur den kleinsten Hinweis darauf zu hinterlassen, was hier verbrannt wurde«, sagte Silvano.

»Und das war entweder der Senator oder sein Mörder«, sagte Pleasent.

»Ich glaube, wir können den Senator außer Betracht lassen«, sagte Thwaite. »Wenn der Senator das Feuer gelegt hätte, wären größere Reste übriggeblieben, weil er es in Eile gemacht haben müßte. Hier aber ist etwas erst gründlich verbrannt und *dann* zu Staub zerrieben worden.« Er warf einen Blick auf die Gesichter der anderen. »Und warum? Um sicher sein zu können, daß kein Labor noch irgend etwas finden würde.«

Die Aschenflocke fiel von seinem Kugelschreiber. Thwaite steckte ihn an seinen Platz zurück. Er kam aus der Hocke hoch. »Meine Herren«, sagte er, »irgendwo in diesem Alptraum aus Schwarz und Weiß müssen die Papiere, die hier verbrannt worden sind, einmal versteckt gewesen sein. Warum versuchen wir nicht, das Versteck zu finden?«

Sie brauchten dreieinhalb Stunden. Thwaite und Silvano waren in dem großen Schlafzimmer, sie waren hundemüde. Es war kurz nach halb fünf in der Frühe.

Thwaite stand neben einem schwarzlackierten Kleiderschrank, aus dem Silvano schon vor mehr als einer Stunde alle Schubladen herausgezogen hatte, und deren Fächer im Schrank er jetzt zum wiederholten Male austastete. »Du kannst noch nicht an der Rückwand sein«, sagte Thwaite automatisch. »Haben sie dir auf der Akademie denn überhaupt nichts beibringen können?«

Silvano schnaufte wütend. »Was redest du? Ich mach' dir das hier nur mit den Zähnen und verbundenen Augen. Natürlich bin ich an der Rückwand. Hältst du mich etwa für einen Anfänger?«

Thwaites Interesse war erwacht. »Ehrlich? Von hier aus sieht es aus, als ob du noch gut zehn Zentimeter hättest.«

Thwaite ließ seine Finger über die Bodenkante gleiten. Nichts. Aber als er mit der Handfläche über das obere Schrankende fuhr, fühlte er an einer Stelle eine kleine Erhebung. Im Lichtstrahl einer Taschenlampe entdeckte er einen kleinen schwarzmattierten Schnappverschluß.

Minuten später hatten Thwaite und Silvano mehr als ein Dutzend dünner Aktenordner vor sich liegen, sorgfältig nach dem Alphabet geordnet. Nicht alle Briefe in den Ordnern waren mit einer Adresse versehen. Sie begannen in den Mappen stichprobenartig zu lesen. Schließlich sah Thwaite auf.

»Schau, schau«, sagte er, »das sieht ja ganz so aus, als ob unser Senator ein richtig böser Bube war.«

»Himmel«, ließ sich Silvano hören. Er pfiff gedehnt. »Kein Wunder, daß sich nie einer getraut hat, gegen ihn zu kandidieren. Da ist genug Material versammelt, um die halbe Verwaltung von Illinois unter Anklage zu stellen.«

»Da sind auch noch Herrschaften in anderen Bundesstaaten betroffen«, fügte Thwaite hinzu.

»Das ist ganz heißes Material«, sagte Silvano. »Augenscheinlich hat Burke etwas besessen, was sein Mörder auf gar keinen Fall bekannt werden lassen wollte. Und jetzt ist alles zu Asche verbrannt, und wir stehen wieder ganz am Anfang.«

»Vielleicht nicht«, erwiderte Thwaite. »Das hier war an den Deckel des Geheimfaches geklebt.«

Er streckte seine geöffnete Hand aus, damit Silvano es sehen konnte. In der Mulde seiner Handfläche lag eine kleine Schlinge dünner, schwarzisolierter Kabeldraht. An ihr hing ein Schlüssel.

Jetzt hatten sie wirklich Angst vor ihm. Angst, die ihnen wie kalter Schweiß aus allen Poren zu strömen schien. Es war die Uniform, die sie so erschreckte. Sie sahen nicht mehr in sein Gesicht.

Jetzt beeilten sie sich, seine Fragen hastig zu beantworten.

Doch weder die Frau noch der Alte wußten irgend etwas über die Frau, die er suchte.

Dann, am Nachmittag, stolperte Khieu fast über einen alten Mann, der auf einem verrotteten Baumstumpf saß. Über die Zehen des Alten krochen Ameisen. Das Dorf lag ungefähr einen halben Kilometer in östlicher Richtung entfernt.

»Zumindest du wirst keine Angst vor mir haben, Alter«, sagte Khieu und ging neben dem Sitz des anderen in die Hocke.

»Warum sollte ich das auch«, erwiderte der alte Khmer. »Was könntest du mir denn noch antun. Meine Frau ist schon seit vielen Jahren tot. Meine Söhne habe ich alle im Krieg verloren. Einige wurden von den Roten Khmer rekrutiert, die anderen starben, als unser Dorf bombardiert wurde. Ich habe damals weiter im Süden gelebt, in der Nähe von Svay Rieng. Die *Chet Khmau* haben unser Dorf überrannt. Sie haben die Frauen erst vergewaltigt und danach zusammen mit den Kindern erschlagen. Und massenweise wurden täglich Stadtbewohner und Priester abgeschlachtet.«

Seine Hände zitterten ein wenig, als er weitersprach. »Dann kamen die *Yuon* und vertrieben die Roten Khmer. ›Wir sind die Retter von Kamputschea‹, erzählten sie aller Welt. ›Seht her, wir schlachten die Khmer nicht ab, wie es ihre eigenen Landsleute getan haben. Wir behandeln sie besser.‹ Dann stahlen sie uns unsere gesamte Ernte und die Fänge der Fischer. Meine Schwiegertochter und meine Enkelkinder sind entweder verhungert, oder sie hatten am Ende so viele Krankheiten, daß man sie nicht mehr zählen konnte. Die Welt ist ehrlos geworden.«

»Ich will nichts von dir, außer ein paar Auskünften.«

Etwas in Khieus Stimme ließ den alten Mann aufschauen. Er starrte Khieu ins Gesicht. »Du bist keiner von ihnen«, sagte er langsam. »Habe ich recht?«

»Nein, ich gehöre nicht zu ihnen.«

»Woher dann die Uniform?«

»Der frühere Besitzer hat sie nicht mehr gebraucht.«

Das Gesicht des alten Mannes verzog sich zu einem Grinsen, so daß man seine schwarzen Zahnlücken sehen konnte. »Ja«, sagte er, seine Stimme war plötzlich freundlicher geworden, »das verstehe ich.« Er beugte sich auf seinem unbequemen Sitz vor. »Wie kann ich dir also helfen, *Genosse*?« Er hatte dem letzten Wort eine ironische Betonung gegeben.

»Ich suche nach einer Frau. Sie muß allem Anschein nach seit langer Zeit im Dschungel leben, seit neunundsechzig etwa.« Khieu beschrieb sie so genau, wie ihm das nach dem, das Macomber ihm gesagt hatte, möglich war.

»Hmm«, begann der Alte schließlich. »Ich selbst habe diese Frau nie gesehen, aber ich habe von einer gehört, auf die die Beschreibung passen könnte. Angeblich lebt sie auf einem Hausboot oder etwas Ähnlichem in der Nähe von – laß mich überlegen –, ja, in der Nähe von Stung Treng, im Osten, nahe bei der Stadt auf dem Mekong und kurz vor den Kong-Fällen, wenn ich mich richtig an das erinnere, was man mir erzählt hat.«

Er nickte, wie um sich selbst zu bestätigen. »Soldaten haben Geschichten von der Frau erzählt. Wenn sie Zeit haben, gehen sie zu ihr, weißt du. Zumindest habe ich es so gehört. Hier eine Bemerkung, dort einen Satz. Meine Ohren sind noch gut, mein Verstand ist auch noch in Ordnung. Die *Yuon* lassen mich in Ruhe. Aber unsere Jungen lassen sich mit ihnen ein. Es ist eine Schande, wenn man nur daran denkt. Die Welt ist ehrlos geworden.«

»Wegen der Frau«, hakte Khieu noch einmal nach.

Der Alte zuckte die Schultern. »Wer weiß, ob sie überhaupt noch auf dem Boot lebt? Ich kann es dir nicht sicher sagen, und viel herumfragen solltest du besser auch nicht. Aber alle gehen zu ihr, auch die mit höheren Rängen. *Yuon*, Rote Khmer, sogar die Sowjets, habe ich gehört, obwohl ich solchen Geschichten nicht allzuviel Glauben schenken würde. Sie ist etwas Besonderes.

Eine Göttin, *Apsara*. Sie reitet die Soldaten in ihrem goldenen Streitwagen, bis sie ohnmächtig werden vor Erschöpfung und einem Übermaß an Lust.«

Khieu bedankte sich bei dem alten Mann und erhob sich. Die Reise nach Osten hatte sich gelohnt, dachte er. Diese Frau konnte sehr gut Tisah sein. Als sein Vater sie kennengelernt hatte, war sie in bestimmter Hinsicht auch eine Hure gewesen. Und warum sollte sie sich geändert haben?

Khieu kehrte noch einmal kurz in die nähere Umgebung des Dorfes zurück. In weitem Bogen umging er das Zentrum, bis er gefunden hatte, was er brauchte. Ein Soldat hatte sein Fahrrad unbewacht an einem Baumstamm stehen lassen, vielleicht weil er irgendwo in der Nähe eine Meldung überbringen mußte.

Khieu nahm sich das Fahrrad.

Obwohl er auch jetzt noch den Armeepatrouillen, wo er konnte, aus dem Weg ging, fühlte er sich doch nicht mehr gezwungen, sich vor ihnen zu verstecken. Schließlich reiste er in der Uniform eines Captains, und nur wenige Offiziere hatten einen solchen Rang, daß sie ihn nach dem Grund seiner Reise hätten befragen können.

Mehr als einmal verschaffte ihm die Uniform auch eine Fahrt in einem Jeep. Das Fahrrad wurde dann jedesmal außen an die Rückseite des Wagens gebunden. So kam er bei Tag gut voran, aber nachts, im Schlaf, glitt er immer tiefer in die Schrecken der alten Zeit ab.

Stung Treng lag hinter der Tempelanlage von Preah Vihear, auf der anderen Seite des Mekong, unmittelbar südlich der Kong-Fälle.

Khieu glaubte nicht, daß er das Hausboot in der Nähe der Stadt finden würde. Zum einen lebten dort viel zu viele Menschen auf engem Raum, zum anderen wäre die Stelle viel zu weit nördlich gelegen, zu nahe an den Gebieten, die die Roten Khmer kontrollierten und in deren Nähe sich die Vietnamesen und die Sowjets nicht wagen würden. Obwohl die neue Regierung nicht müde wurde zu behaupten, daß fast die gesamte Bevölkerung im Zentrum des Landes, in dem fruchtbaren Gebiet um Tonle Sap lebte, wußte Khieu es besser. Entlang der Grenze des Landes gab es viele Enklaven, die entweder zu den Roten Khmer gehörten, oder es waren Dörfer, die völlig unabhängig auf sich selbst gestellt waren.

Khieu war nur selten so weit wie jetzt in den Nordosten gekommen. Die Gegend war ihm unbekannt. Doch fand er sich einigermaßen zurecht, da er während seiner Arbeit bei der Pan Pacifica häufig auch mit Flüchtlingen aus diesem Teil seiner Heimat zu tun gehabt hatte.

Dann konnte er die Wasserfälle hören, sie lagen noch weit entfernt den Fluß hinauf. Er nahm sie wie eine Art Hintergrundrauschen wahr, eher als Druck denn als Ton. Und je näher er dem Mekong kam, desto dichter wurde der Dschungel. Der Fluß war an dieser Stelle ungewöhnlich schmal. Als Khieu das Ufer erreichte, sah er, daß sich auf der anderen Uferseite eine weite dreieckige Landzunge erstreckte, die diesen Nebenlauf vom Hauptfluß trennte.

Seine Vernunft riet ihm, den Nebenarm zu überqueren und dem großen Flußbett weiter nach Süden zu folgen. Aber sein Instinkt drängte ihn zu einer anderen Entscheidung. Khieu versteckte das Fahrrad und merkte sich die Stelle. Dann bahnte er sich durch das dichte Ufergrün des Nebenlaufs einen Weg nach Süden.

Als er sich zum viertenmal wieder zur Uferkante vorkämpfte und seinen Blick über das schlammige Wasser gleiten ließ, sah er es. Wie ein langer dunkler Schatten wuchs das Boot aus dem Wasser heraus. Es bewegte sich nicht, und wie es schien, hatte es schon lange an dieser Stelle gelegen, denn Schlingpflanzen waren vom nahen Ufer bis zu seinem stumpfen Bug gewachsen. Von der Bugkante sah Khieu eine Haltetrosse in das dichte Ufergrün reichen.

Dann, nachdem er noch weiter an das Boot herangeschlichen war, entdeckte er die schmale Planke, die vom Ufer an Bord des Schiffes führte. Nach ein paar Schritten hockte Khieu sich in den Schutz des Laubes, um das Schiff, die Planke und die nähere Umgebung eine Zeitlang zu beobachten.

Erst fünfundvierzig Minuten später bewegte Khieu sich wieder. Und dann glich er einer Schlange, die sich entrollte. Leise richtete er sich auf, und geräuschlos schob er sich durch das Uferlaub, bis er die Planke erreicht hatte. Mit zwei langen Sprüngen war er an Bord. Von der Größe her konnte es gut ein Hausboot sein, aber an Deck war weniger Platz, als es sonst bei Schiffen dieser Art üblich war. Khieu zog den Kopf ein und ging unter Deck.

Süßlicher Gestank schlug ihm entgegen. Er beeilte sich, den Niedergang herunterzukommen und durchschritt schnell den anschließenden holzvertäfelten Gang. Vielleicht hatte das Schiff, als es gebaut wurde, einmal mehrere Schlafräume gehabt. Jetzt hatte es nur noch einen. Es gab unter Deck einen kleinen Wohnraum, eine Kombüse und sogar eine kleine Bibliothek. Aber der Schlafraum war dagegen von verschwenderischer Größe. Ohne Zweifel mußte er einmal sehr schön gewesen sein, luxuriös sogar. Jetzt war er, wo man auch hinsah, mit Blut besudelt.

Drei Körper lagen halb auf dem Bett, halb waren sie heruntergerutscht. Ihre Finger hatten sich in den seidenen Laken verkrampft. Alle drei waren nackt.

Es waren zwei Männer und eine Frau. Auf einem kleinen Sofa an der Außenwand des Raumes sah Khieu zwei Uniformen liegen. Beide waren von erdbrauner Farbe mit roten Paspeln, Uniformen der Roten Armee. Khieu roch an den Läufen ihrer Waffen. Sie waren in letzter Zeit nicht benutzt worden. Waren die beiden denn nicht von Wachen begleitet gewesen? Sie waren bestimmt nicht allein hierhergekommen, sondern gefahren worden.

Die Frau mußte einmal eine Schönheit gewesen sein. Ihre glatte Haut von tiefer Kupferfarbe, auf der ein matter Schatten lag. Khieu schätzte ihr Alter auf Anfang Dreißig. Das stimmte mit dem überein, was er über Tisah wußte. Einer der Russen lag quer über ihren gespreizten Schenkeln, die eine Hand des anderen streckte sich noch nach ihren Brüsten.

Es war unmöglich, sicher zu entscheiden, ob sie wirklich die Frau war, die Macomber so verzweifelt suchte; denn die drei Toten waren enthauptet worden.

Hastig durchsuchte Khieu den Raum, doch er fand nichts Privates oder Persönliches, kein Tagebuch oder sonst etwas, das Aufschluß über die Identität der Frau gegeben hätte.

Schließlich ging er zurück an Deck, das er ebenso nach irgendwelchen Hinweisen absuchte. Auf der Schiffsseite, die dem Fluß zugewandt war, entdeckte er kurz vor dem Bug eine dünne Angelrute aus Bambus, die über die Bordkante hin. Eine stramme Schnur senkte sich von der Spitze der Rute in das schlammige Wasser.

Khieu hob die Rute hoch und zog vorsichtig an der Schnur. Was immer auch an ihr hängen mochte, es war ziemlich schwer. Khieu versuchte, das Gewicht aus dem Wasser zu ziehen.

Was er aus der Tiefe nach oben holte, sah auf den ersten Blick wie ein großer Schlammklumpen aus. Aber als er ihn mehrmals wieder ins Wasser tauchte, wurde allmählich sichtbar, was er an der Angel hatte.

Als erstes erkannte er eine Ohrmuschel, dann Strähnen von braunem Haar, den Bogen einer Nase, einen Wangenknochen, eine zweite Wange, dann eine dritte, und schließlich war er sich sicher, was an der Schnur hing: die Köpfe der Toten unter Deck.

»Wie gefällt dir das?«

Es war ein dialektgefärbtes Französisch, ein Ton, der Khieu sofort bekannt vorkam. Er warf sich herum und sah einen untersetzten Mann vor sich stehen, der im schwarzen Baumwollstoff der Roten Khmer gekleidet war. Der Fremde trug einen hellfarbenen Schal um den Hals, und statt des Thompson-Gewehrs – einer amerikanischen Waffe aus dem Zweiten Weltkrieg, mit der die Roten Khmer für gewöhnlich ausgerüstet waren – hielt er eine sowjetische AK-47 in den Händen. Das Schnellfeuergewehr war auf Khieu gerichtet.

Die Augen des Guerillakämpfers strahlten wie Käferrücken in seinem breiten Gesicht. Seine dicken Lippen hatte er zu einem schiefen Grinsen verzogen. »Verräter am Volk der Khmer! Haben dich deine sowjetischen Herren hergeschickt, um nachzusehen, was aus den großen Kriegsstrategen geworden ist?« Sein Lachen war wie das Bellen eines Hundes. »Nun, du hast sie an der Angel.« Er ließ seinen Kopf auf die linke Schulter sinken. »Ich verrate dir, daß sie keine *Kämpfer* waren. Sie wußten nicht, wie man sich zu verteidigen hat. Sie wußten nicht einmal, wie ein Soldat zu sterben hat. Doch ich bin auch ein Dämon aus den Nebeln des Nordens. Sie hatten keine Chance gegen mich.«

Er machte eine knappe Geste. »Deinen Namen! *Schnell!*«

»*Sok.*«

»*Mit* Sok. Ich bin Tol. In den Tagen, die vor uns liegen, werden wir uns sehr nahekommen, du und ich. Näher als Liebende, näher noch als zwei Brüder.« Er nickte wissend. »Schau dir die Köpfe an, *Mit* Sok, wie sie sich im Wind drehen. Sieh sie dir genau an, denn vielleicht begreifst du dann, welch ein schrecklicher Tod dich erwartet. Es wird lange, lange dauern, bis du endlich sterben kannst. Und schon Tage vorher, das verspreche ich dir, wirst du mich bitten, dir endlich deinen Kopf abzuschlagen und auf einen Pfahl zu setzen.«

Khieu senkte die Leine mit ihrer schrecklichen Last auf die Decksplanken zu seinen Füßen.

»Diese Hure war eine *Kbat*. Sie hat ihr Volk verraten wie du, *Mit* Sok. Sie hat uns in ihr Bett gelassen, aber sie hat auch die *Yuon* und ihre Herren, die Sowjets, in ihr Bett gelassen.« Er spuckte vor den Köpfen aus. »Pol Pot hat entschieden, daß sie sterben muß. Jetzt werden wir ihren Kopf und die ihrer Liebhaber in den Süden bringen und für alle Besucher zur Schau stellen, die nach Phnom Penh kommen und sich *Yuon*-Lügen über die Roten Khmer erzählen lassen und darüber, wie sicher das ›neue‹ Kamputschea in der Kontrolle seiner neuen Herren ist. Und nun steh auf, *Kbat*, und nimm deine Last auf die Schultern! Du wirst die Köpfe zu einer Stelle tragen, die ich sehr gut kenne, wo niemand dich hören wird, wenn du deine unendlichen Schmerzen hinausschreist, wenn du um Gnade bettelst, niemand außer dem Fluß und dem Dschungel, und denen ist es egal, was mit dir passiert.«

Khieu beugte sich hinunter und griff nach der Angelschnur. Als er sie hochzog, begannen die Köpfe leicht im Wind zu schwingen, und der weibliche Kopf drehte sich ihm zu. Dann schien plötzlich alles in ihm in einer kalten Stichflamme zu explodieren. In seinen Ohren hörte er ein Brüllen, Tols wütende Schreie hallten wie vom anderen Ende eines langen Tunnels zu ihm.

Das war nicht Tisahs Kopf, der da vor ihm hin und her schwang wie ein Totem.

Es war Malis' Kopf.

KAMPFZONE 350, KAMBODSCHA
April 1969

Macomber fiel von einem feuerglühenden Himmel, so sah Khieu ihn zum erstenmal.

Er beobachtete Macombers Fallen aus einem sicheren Versteck. Macomber schwang wie ein Pendel hin und her. Wütendes Krachen ließ Khieus Trommelfelle schmerzen, als punktgenaue Feuersäulen in die Luft aufstiegen und Sekunden später eine sengend heiße Druckwelle die Kronen der hohen Palmen zur Erde bog. Die Welt schien nur noch aus einem Beben, das die Knochen im Leib erzittern ließ, zu bestehen und aus den Feuerbällen der Explosionen. Rote Splitter flogen an Macombers gespanntem grimmigem Gesicht vorbei. Sie leuchteten auf wie Laserstrahlen, und ihr Schein spiegelte sich auf seinen Wangen. Khieu schien der schwarzgekleidete Mann, der mit vier anderen Fallschirmspringern, die auch das Schwarz der Roten Khmer trugen, zur Erde fiel, überlebensgroß zu sein. Als das Lager in die Reichweite der Angreiferwaffen kam, schossen sie in kurzen, genau gezielten Feuerstößen.

Ros hatte nach Sams Hinrichtung das Kommando über die Kadereinheit übernommen. Er versuchte jetzt, die Verteidigung zu organisieren. Über dem ohrenbetäubenden Lärm der kreisenden Helikopter rief er nach Khieu.

Macomber erreichte mit seiner Einheit den Boden. Mit einer Schulterrolle fing er den harten Aufprall ab. Donnergrollen folgte ihm, als sei es sein persönlicher Diener. Die Luft war erfüllt von Explosionsgeruch; über dem ganzen Tal lag die Hitze der unzähligen Feuer.

Nur zögernd wandte Khieu den Kopf von den Angreifern ab, aber Ros schrie seine Befehle immer eindringlicher. »Die Lieferung! Sie wollen unsere Lieferung! Denk an unseren Befehl, *Mit Sok*! Wir verteidigen die Lieferung bis in den Tod!«

Er war schon immer ein Idiot, dachte Khieu. Er hat noch nie etwas von taktischer Kriegführung verstanden. Ein blindwütiger Schlächter ist er, sonst nichts. Seine Mordlust für das, was er als Ziel der Revolution ansah, war grenzenlos.

Khieu dachte daran, daß er einmal genauso gewesen war. Aber dann hatte ihm Musashi Murano in den letzten Augenblicken vor seinem Tod die Augen geöffnet. »Diese Leute sind Dummköpfe«, hatte der Japaner gesagt. »Sie kämpfen für eine Sache, von der sie nichts verstehen. Denn wenn sie es tun würden, müßten sie sehen, wie sie von ihren Führern betrogen werden.« Er hatte in Khieus wärmenden Armen gelegen. »Du sollst – du *mußt* – meine Tradition fortsetzen. Doch zuerst mußt du aus dieser Hölle des Wahnsinns fliehen, oder du wirst noch vor deiner Zeit sterben.«

Die Amerikaner rückten jetzt vor, und mit jedem Meter, den sie gewannen, verbreiteten sie Tod und Verderben. Die alten Thompson-Gewehre der Roten Khmer konnten den ölglänzenden todspeienden AK-47, die die Amerikaner bei diesem Einsatz benutzten, nicht standhalten.

Zwei weitere Rote Khmer stürzten zu Boden, bevor der erste Angreifer getroffen wurde. Es war ein Hüne mit blonden Haaren und blauen Augen. Wenig später wurde ein zweiter Amerikaner getroffen, aber zu der Zeit war schon Ros' halbe Kadereinheit ausgeschaltet.

Und immer noch rückten die Amerikaner vor. Khieu hatte keine Freude im Herzen gefühlt, als er die ersten Fremden sterben sah. Auch hatte er noch nichts zur Verteidigung des Lagers beigetragen.

Er war ein neutraler Beobachter, der keiner Seite angehörte. Macomber hatte links von Khieus Versteck Zuflucht hinter einem Mauerrest gesucht. Zu seiner Rechten entdeckte Khieu die anderen beiden Amerikaner, die von Deckung zu Deckung sprangen. Das schnelle Feuer aus wechselnden Richtungen erschwerte den Roten Khmer die Verteidigung. Völlig überrascht sahen sie sich plötzlich selbst einem Angriff nach Guerillataktik ausgesetzt. Bewundernd stellte Khieu fest, daß die Amerikaner nicht nur klug operierten, sondern auch hervorragend ausgebildet waren. Er genoß es geradezu, den Angriff beobachten zu können.

Ros und der Rest seiner Leute hatten jetzt den Vorstoß der zwei Amerikaner bemerkt und richteten ihre Verteidigung neu ein. Mordlust brannte in Ros' Augen.

Der Kader nahm die vorrückenden Amerikaner unter Feuer. In diesem Augenblick sprang Macomber aus seinem Versteck hinter der Mauer hervor und lief im Zickzack in die linke Flanke des Kaders. Dabei schoß er noch nicht, um so nahe wie möglich an den Gegner heranzukommen und die Schockwirkung seines Auftauchens zu erhöhen.

Alles hätte auch funktioniert, wäre nicht einer der beiden anderen Amerikaner auf eine der ausgelegten Minen getreten.

Die Explosion schleuderte ihn hoch in die Luft. Dann fiel er zurück in die Feuerwolke und war verschwunden. Splitter der Explosion hatten auch den zweiten Soldaten getroffen. Blut lief an seinem linken Bein herunter, von dem der dünne Baumwollstoff und auch große Hautfetzen heruntergerissen worden waren. Er sank auf die Knie und schoß dabei aus seiner AK-47 im Dauerfeuer. Dann traf ihn eine Gewehrsalve, und er fiel zur Seite.

Macomber eröffnete das Feuer. Ein Roter Khmer wurde herumgeworfen. Immer wieder kamen Macombers kurze Feuerstöße. Drei weitere Angehörige des Kaders stürzten tödlich getroffen zu Boden. Nur Ros und ein zweiter Soldat waren noch am Leben. In dem dichter werdenden Rauch der vielen Feuer hatte Khieu Ros aus den Augen verloren. Der andere Soldat des Kaders sprang plötzlich auf Macomber zu und riß ihn zu Boden. Khieu trat aus seinem Versteck heraus. Er wollte diesen Amerikaner nicht sterben sehen. Viel eher wünschte er seinen früheren Genossen den Tod. Für das, was sie dem Land angetan hatten, für das, was sie Sam angetan hatten.

Der Rote Khmer – es war Mok, wie Khieu jetzt erkennen konnte – hatte sein Messer gezogen. Die Klinge blitzte auf und fuhr in weitem Bogen auf das Gesicht des Amerikaners nieder. Khieu rannte los und riß im Laufen seine Offizierspistole aus dem Halfter.

Er blieb gerade stehen, um zu zielen, da sah er Macombers linke Hand in einer schnellen Bewegung mit zwei gestreckten Fingern hervorstechen. Mok schrie auf, als sich die Finger des Amerikaners in seine Augenhöhlen gruben. Dann hatte Macomber seinem Gegner mit der freien rechten Hand auch schon das Messer entwunden, und im nächsten Moment durchschnitt die Klinge Moks Kehle.

Macomber sprang auf und stieß den Toten von sich. In diesem Augenblick entdeckte Khieu Ros, der hinter einer eingefallenen Mauer Schutz gesucht hatte. Ros legte gerade auf Macomber an.

»Nein!« schrie Khieu, und wie in einem Reflex flog der Kopf von Ros herum. Khieu schoß zweimal, und wie von einer Axt gefällt sank Ros zu Boden.

Dann ging Khieu vorsichtig und mit langsamen Schritten zu dem Amerikaner hinüber. Macomber hatte sich auf die Knie fallengelassen. Khieu sah, daß er aus mehreren leichten Wunden blutete. In sicherer Entfernung blieb er vor dem Fremden stehen und zielte mit seiner Smith & Wesson auf dessen Kopf. »Also«, begann er in perfektem Französisch, »wen haben wir denn hier?« Sein Herz schlug so heftig, daß er dachte, sein Brustkorb müßte unter dem Druck bersten.

Doch zuerst mußt du aus dieser Hölle des Wahnsinns fliehen.

Ihm war jetzt endgültig klar geworden, daß Musashi Murano recht gehabt hatte. Er konnte nicht länger in Kambodscha bleiben.

»Êtes-vous blessé?«

Der Amerikaner starrte ihn unverständlich an. Oh, Buddha, dachte Khieu, wie können sie ihn in dieses Land schicken, wenn er kein Französisch kann? Er wiederholte seine Frage etwas langsamer.

»Nicht besonders schlimm«, antwortete der Amerikaner in ziemlich akzentfreiem Französisch.

»Gut, daß Sie die Sprache sprechen«, sagte Khieu. »Mein Englisch ist nicht besonders.« Er sah in Macombers verschwitztes dreckverschmiertes Gesicht. »Es tut mir leid um Ihre Männer. Aber ich konnte nichts für sie tun. Wenn ich nicht bis zuletzt in meinem Versteck gewartet hätte, wäre ich auf der Stelle erschossen worden. So konnte ich wenigstens Ihnen helfen.«

»Ich danke Ihnen dafür«, sagte der Amerikaner. Er kam mühsam wieder auf die Beine und stellte sich vor. »Ich bin Lieutenant Delmar Davis Macomber.«

»Ich bin Khieu Sokha.« Wie selbstverständlich hatte er sich nach der östlichen Form vorgestellt und seinen Nachnamen zuerst genannt.

Macomber griff nach der ausgestreckten Hand und schloß sie in seine eigenen. »Ich bin froh, daß du noch rechtzeitig eingegriffen hast, Khieu.«

Khieu hatte den Fehler nie richtiggestellt. Er hatte es schon tun wollen, doch dann war ihm klar geworden, wie bedeutend der Wandel war, der gerade mit seinem Namen begonnen hatte. Die Umkehrung seines Namens würde das äußere Zeichen dafür sein, daß er mit seiner eigenen Vergangenheit gebrochen hatte.

»Als du vorhin auf mich zugekommen bist, habe ich zuerst gedacht, daß du mich töten wolltest«, sagte Macomber. »Warum hast du es nicht getan?«

»Du bist gekommen, um die Roten Khmer zu vernichten«, antwortete Khieu.

Macomber nickte. »Das stimmt. Das Guerillacamp war unser Angriffsziel.«

»Ich will, daß die Roten Khmer vernichtet werden.«

»Aber du *bist* ein Roter Khmer.«

Khieu schüttelte heftig den Kopf. »Ich gehöre dem Schwarzen Herz nicht mehr an. Mein Bruder ist in seinem Namen ausgelöscht worden. Jetzt hast du sie ausgelöscht.«

Er nahm seinen Revolver und legte ihn Macomber feierlich in die Hand. »Obwohl dies mein einziger Besitz und nur von geringem Wert ist, soll es doch ein Zeichen für dich sein.« Er beugte tief seinen Kopf vor dem Amerikaner. »Ich schulde dir soviel, daß ich es nie werde zahlen können.«

»Davon will ich nichts hören, Khieu«, sagte Macomber mit leiser Stimme. Er legte Khieu seine linke Hand auf die Schulter. »Ich habe meinen Auftrag noch nicht ganz erfüllt, und es wird nicht leicht für mich werden, das allein zu tun.«

»Ich werde helfen«, sagte Khieu ohne Zögern. »Du mußt es mir erlauben.«

Macomber drückte Khieus Schulter. »Wenn du unbedingt willst.« Dann verdüsterte sich seine Miene plötzlich, und er sah Khieu abschätzend an. »Aber ich muß dich warnen. Wenn du mir wirklich helfen willst, wird es für dich in Zukunft sehr gefährlich sein, in diesem Land zu leben.«

Khieu war Macombers Blick nicht ausgewichen. »Der Krieg hält Kambodscha wie ein großer Tiger in seinen Klauen. Er hat mir nichts gelassen. Nicht einmal mein eigenes Leben. Ich gehe dahin, wo du hingehst.«

»Bis zurück nach Amerika?«

»Auch dorthin«, sagte Khieu und nickte.

2. Kapitel

Tracy wachte auf, weil der Krieg, der in seinem Kopf tobte, ihm den Atem zu nehmen schien. Sein Oberkörper bäumte sich auf, und er schrie. Dann packten ihn sanfte Hände; sanft gemurmelte Worte drangen an sein Ohr, die auch das Granatfeuer aus seinen Träumen zu beruhigen schienen. Er atmete tief ein, und langsam verwandelte sich der Gestank in den antiseptischen Geruch eines Krankenhauses. Seine Augenlider schlossen sich flatternd wieder, und behutsam wurde er zurück auf sein Bett gelegt.

»Doktor...« Und sein müdes Bewußtsein sank zurück in einen tiefen Schlaf, und dabei spielte es mit dem Wort, daß es als letztes aufgenommen hatte, wie mit einem Ball.

Doktor, Doktor, Doktor... es schläferte ihn ein und stieß ihn zurück in die Finsternis, aus der er kurz aufgestiegen war.

Lauren versuchte den dreifachen *Pas de chat* zum fünftenmal. Sie war nicht allein, sondern auch ihr Partner Steven, ein hochgewachsener Däne, war auf der Probe, dazu die sechzehn anderen Mitglieder der Compagnie: acht Tänzer und acht Tänzerinnen.

Während der ersten beiden Sprünge der dreifachen Schrittkombination war sie etwas zu langsam. Sie versuchte, das vor dem dritten Sprungteil noch auszugleichen und war im nächsten Moment einen Takt zu schnell. Noch mitten im Sprung fiel sie Steven in die Arme, und fast wären beide dabei verletzt worden. Martin stellte sofort die Musik ab. Er hatte an der Wand gelehnt und sie aufmerksam beobachtet. Jetzt klatschte er mehrere Male laut in die Hände, und sogleich leerte sich der große Übungsraum. Nur Lauren blieb zurück.

»Ich weiß überhaupt nicht, was mit mir los ist«, sagte Lauren in kläglichem Ton.

»Das ist auch nicht so wichtig«, erwiderte Martin heftig. »Nur die Folgen daraus machen mir Sorgen. Wenn du ein Profi sein willst, mußt du immer tanzen können. Aus. Wir müssen mit den Proben zu diesem Ballett noch in dieser Woche fertig werden.«

»Aber warum? Was ist plötzlich so wichtig, daß alles schnell-schnell gehen muß?«

Martins Augen blitzten. »Die Spielzeit ist zwar herum«, begann er, »aber wir werden noch nicht nach Saratoga gehen. Als erstes Ballettensemble des Westens sind wir nach China eingeladen worden.«

»China!« stieß Lauren überrascht hervor.

Martin nickte. »Während der vergangenen drei Wochen sind vorsichtig Verhandlungen geführt worden. Und heute morgen habe ich einen Anruf aus Washington bekommen. Schon in ein paar Tagen werden wir fliegen. Eigentlich hatte ich das erst auf der Probe heute nachmittag bekanntgeben wollen, aber in deinem Fall dachte ich mir, ist es vielleicht hilfreich, wenn ich es dir schon jetzt sage.«

Er wandte sich um und ging mit leichten Schritten zum Ausgang. Bei dem Tonbandgerät blieb er noch einmal kurz stehen. »Die Musik wartet auf dich«, sagte er, dann verschwand er durch die Tür.

Einen Moment später kam Steven wieder in den Übungsraum. Lauren zwang jeden Gedanken an Tracy aus dem Kopf, allen Zorn und alle Gefühle, die sie sonst noch gequält hatten, schob sie beiseite.

Musik füllte wieder den Raum, und mit ihr kehrte der erregende Takt des Balletts zurück. Lauren flog Steven in die Arme und war im nächsten Augenblick schon wieder aus ihnen entschwunden.

Eins, zwei, drei, der *Pas de chat*.

Sie benötigten einen halben Tag, um es zu finden. Der Schlüssel an dem schwarzen Draht paßte zu einem kleinen Gepäckfach auf dem Greyhound-Busbahnhof Ecke Clark und Randolph Street in Chicago.

Nach der langen Nacht hatte das Team, zu dem nun auch Brady gehörte, sich erst gegen Mittag getroffen.

»Ich kenne einen Schlosser, der riechen kann, wohin dieser Schlüssel gehört«, hatte Silvano gesagt, »auch wenn, wie bei dem hier, die Nummer weggefeilt worden ist. Denn wir wissen ja noch nicht einmal, zu welcher Art Schloß er überhaupt gehört: zu einem Wagen, Bankfach oder was weiß ich noch. Wenn überhaupt jemand, dann kann uns dieser Schlosser einen Hinweis geben.«

Der Schlosser, ein junger Mann mit ernsten Augen, ließ sich den Schlüssel geben. An einer langen Seitenwand seiner Werkstatt hatte er vielleicht einhundert Schlösser jedes nur denkbaren Typs hängen.

»Es ist ein Schließfachschlüssel«, sagte er ihnen, nachdem er mehr als eine Viertelstunde mit dem Schlüssel herumprobiert hatte, »wie man sie an Bahnhöfen und an Flughäfen findet. So was in der Richtung jedenfalls.« Dann zog er sich ein Paar Gummihandschuhe über.

»Das hier ist Säure.« Er zeigte auf einen Glasbecher. »Vielleicht ist es möglich, damit noch Reste der weggefeilten Nummer wieder sichtbar zu machen. Versprechen kann ich zwar nichts, aber den Versuch sollten wir schon machen.«

Er hatte den Schlüssel mit einer langen Pinzette gefaßt und hielt ihn mehrere Sekunden lang in die ätzende Flüssigkeit. Dann ließ er vielleicht für eine Minute kaltes Wasser über ihn laufen. Anschließend betrachtete er den Schlüssel unter einer Lupe. Sie hielten den Atem an.

Es dauerte eine Zeitlang, bis der junge Mann von seinem Arbeitstisch aufblickte. »Was ich noch erkennen kann, ist eine Neun. Es ist die mittlere Ziffer einer dreistelligen Nummer.«

»Das ist jedenfalls besser, als mit nichts in der Hand anfangen zu müssen.«

Jetzt standen sie alle vier, Thwaite, Silvano, Brady und Pleasent, vor einer kleinen quadratischen Tür in der vierten Reihe der Gepäckfächer des Busbahnhofs. Die Nummer auf der Tür lautete: 793.

Thwaite schob den Schlüssel in das Schloß, drehte ihn mit einer schnellen Bewegung nach rechts und zog. Die Metalltür schwang auf. Da das Licht in der Bahnhofshalle nur von der Deckenbeleuchtung her kam, konnte im ersten Moment niemand von ihnen in dem dunklen Tunnel etwas erkennen.

Dann zog Pleasent eine kleine Stiftlampe aus der Brusttasche seiner Uniformjacke und richtete ihren dünnen Lichtstrahl direkt in das Schließfach.

Thwaite sagte, was alle dachten. »Verdammte Scheiße!« Aus seiner Stimme war Enttäuschung und nur mühsam beherrschte Wut herauszuhören. »Nichts, überhaupt nichts!«

Regen fiel in Strömen auf sie herab und ließ die Welt hinter einem graugrünen Schleier verschwimmen. Khieu war auf die Knie gesunken.

Tol zog geräuschvoll die Luft durch die Nase ein, als ob er gerade eine Art Mitgefühl zu entwickeln begann. »Bleib da sitzen«, sagte er lachend. »Der Regen wird dir das Erbrochene schon wieder von der Hose waschen.«

Malis, *Apsara*, tanzte in seinen Gedanken, ihre gewandten Finger woben eine stumme Geschichte zu tonloser Musik in die Luft. Khieu bebte am ganzen Leib, seine Augenlider flatterten in unregelmäßigen Krämpfen. Das Haar klebte an seinem Kopf, und jeden Tropfen des harten Regens spürte er auf seiner Haut, als ob ihm eine Nadel ins Fleisch getrieben werden würde.

»Jetzt steh auf«, rief Tol schließlich. »Du hast lange genug ausgeruht.« Er stieß Khieu den Gewehrkolben in die Rippen. »Denk daran. Es war das letzte Mal, daß du ausruhen konntest.« Er lachte roh. »Zumindest in *diesem* Leben.«

Khieu stand auf, durch seinen Kopf zuckten noch immer Phantasiebilder enthaupteter Leiber. Liebe, Lust und Schrecken, alles wurde jetzt in einen unerbittlichen Wirbel gerissen.

»Nimm deine Last auf, *Mit* Sok«, befahl Tol.

Khieu trug die drei Köpfe vor sich her, als er über das Deck des

Hausboots ging. Tol ging mit entsichertem Gewehr direkt hinter ihm. Über die schmale Planke erreichten sie das Ufer.

Nachdem sie ungefähr zwanzig Meter in den Dschungel hineingegangen waren, ließ Tol ihn anhalten. »Sieh dort drüben, *Mit* Sok«, sagte er mit Triumph in der Stimme. »Du solltest den Anblick ganz besonders genießen können.«

Khieu wandte seinen Kopf langsam in die Richtung, die Tols Hand ihm wies. Unter einem Gewirr tiefhängender Zweige konnte er erdbraune Uniformen mit der auffallenden roten Paspel erkennen.

Es waren drei Soldaten in der gleichen Uniform, die er selbst trug.

»Sie konnten ihre Offiziere nicht retten«, sagte Tol. »Sie wußten nicht, wie man kämpft.« Wieder stieß er Khieu mit dem Gewehrkolben. »Geh da hinüber mit deiner Last, *Mit* Sok. Gerade kommt mir eine Idee, die mir sehr großes Vergnügen bereitet.«

Khieu stolperte fast über eine halbverdeckte Baumwurzel, doch er konnte sich wieder fangen, bevor er sich auf die Knie sinken ließ. Das tropfende Bündel streifte über den Boden.

»Stell dich neben die toten Soldaten«, kommandierte Tol. Der Regen wurde schwächer. Das laute Rauschen des Schauers wurde langsam von dem lauten Tropfen des Regenwassers, das von Myriaden Blättern fiel, verdrängt. Als der Dschungel wieder still lag, kam Tol zu der Stelle, wo Khieu stand, und nahm ihm das Bündel aus der Hand. Khieu griff nach Malis' Kopf, aber Tol schlug ihm mit dem Gewehrlauf auf die ausgestreckten Hände.

»Geh weiter zurück«, befahl er ihm. Er hielt die Köpfe in die Höhe und stellte seinen rechten Fuß auf den Rücken eines der toten Soldaten zu seinen Füßen. »Da kannst du stehenbleiben. Und jetzt sei ein guter Genosse und mach ein Foto von mir. Zu Propagandazwecken.« Seine Stimme wurde lauter. »Denke daran, wieviel Gutes du mit diesem einen Foto noch tun kannst, *Mit* Sok. Denk daran, wie sehr du dem Schwarzen Herz und seiner Sache damit hilfst.«

Khieu ging weiter zurück, bis Tol etwa drei Meter von ihm entfernt stand. Dann ließ er die Kameratasche aufspringen, er setzte den Sucher ans Auge und zielte. Er stellte Entfernung und Verschlußgeschwindigkeit ein, und als er Tols Kopf in der Mitte des Bildausschnittes hatte, drückte er den Auslöser.

Eine bläulichweiße Flamme leckte wie ein tödlicher Dämon aus dem Objektiv, und Sekundenbruchteile später riß eine Miniaturgranate mit Aufschlagzünder Tol den Schädel vom Rumpf.

Als er wieder aufwachte, wollte Tracy als erstes wissen, ob jemand für ihn angerufen hätte. Er hatte völlig vergessen, wo er war.

Die Schwester im Zimmer lächelte ihn freundlich an und sagte: »Nein, das nicht. Aber vor ungefähr einer Stunde war eine junge Frau hier und hat gefragt, wie es Ihnen geht.« Ein wissendes Lächeln blitzte in ihren Augenwinkeln.

Sie stand auf und ging zur Tür. »Ich habe ihr gesagt, daß es keinen Sinn hätte zu warten.«

»Aber...«

»Jetzt ruhen Sie sich erst mal aus.« Die Schwester hatte ihm mit einer Handbewegung das Wort abgeschnitten. »Ich habe ihr gesagt, daß sie später noch einmal wiederkommen soll. Und ich bin sicher, daß sie das auch tun wird. Und jetzt muß ich den Doktor holen. Er hat mir aufgetragen, ihn sofort anzurufen, wenn Sie wieder aufwachen.«

Der Arzt war ein kahlköpfiger Chinese und rund wie ein Medizinball. Er kam mit watschelnden Schritten ins Zimmer, und dabei flatterten die Enden seines offenen Kittels wie die stummeligen Flügel eines Pinguins.

»Schön, schön, schön«, gluckste er. »Sind Sie also wieder aufgewacht.« Seine Finger tasteten über Tracys Kopf. »Besser, schon viel besser.«

Er rückte die Ohrstücke seines Stethoskops zurecht und begann Tracys Herz abzuhorchen, ohne daß er dabei zu reden aufgehört hätte. »Die Polizei wünscht sehr dringend, mit Ihnen zu sprechen, lieber Freund. Wie Sie sich denken können – bitte husten –, ist sie sehr daran interessiert – noch einmal –, von Ihnen zu hören – und noch einmal –, was Sie zu der Sache zu sagen haben.«

Er begann wieder, Tracy abzutasten, seine Finger gingen dabei erstaunlich sanft vor.

»Wie lange bin ich schon hier?«

Der Arzt sah zur Decke hinauf. Seine Finger strichen gerade über eine der großen Meridianlinien hinweg. »Etwas mehr als achtundvierzig Stunden. Das war eine ziemlich schlimme Explosion.« Er öffnete seine Tasche und holte eine schmale Glasröhre hervor, in der Tracy vielleicht ein halbes Dutzend sterilisierter Akupunkturnadeln liegen sah. »Wenn zwischen Ihnen und dem Explosionsherd nicht das schwere Bettgestell gewesen wäre...« Der Arzt schnalzte mit der Zunge. »Und jetzt rollen Sie sich bitte auf die Seite. Nein, auf die linke. Ja« – er legte eine Hand auf Tracys Arm und rückte ihn in die richtige Stellung – »so ist es gut.« Dann öffnete er die Glasröhre und zog eine der langen Nadeln hervor.

»Anzeichen, die auf eine ernsthafte Verletzung schließen ließen, habe ich bei Ihnen nicht gefunden; aber aus Erfahrung mit ähnlichen Fällen kann ich Ihnen sagen, daß Sie eine Zeitlang noch unter Benommenheit und leichten motorischen Störungen leiden können.« Er nahm die Nadel in eine Hand und suchte mit der anderen einen bestimmten Meridian. »Das ist aber nichts Bleibendes. Keine Angst. Aber als vorbeugende Maßnahme« – er schob Tracy die Nadel unter die Haut und griff nach einer zweiten – »halte ich diese kleine Behandlung für am besten geeignet, alle Unannehmlichkeiten zu beseitigen.«

»Die Polizei hat mich gebeten, sie sofort zu benachrichtigen, wenn Sie wieder bei Bewußtsein und vernehmungsfähig sind«, sagte der Arzt, während er die Nadeln wieder entfernte.

»Ich hätte gern noch etwas Zeit zum Ausruhen«, sagte Tracy. Er fühlte sich schon überraschend erfrischt.

»Da man es meinem Urteil überlassen hat, den richtigen Zeitpunkt für eine erste Vernehmung zu bestimmen, wollen wir einfach davon ausgehen, daß dieses Gespräch zwischen uns erst morgen im Laufe des Vormittags stattfindet, hmm? Was halten Sie von neun Uhr?«

»Das wäre sehr nett von Ihnen«, antwortete Tracy. »Vielen Dank.«

»Nichts zu danken.« Der Arzt blieb in der Tür noch einmal stehen. »Versuchen Sie zu schlafen, das wird Ihnen guttun. Denken Sie daran, daß Ihr Körper sich noch lange nicht erholt hat. Nur Zeit kann Ihnen jetzt noch helfen. Und gehen Sie in nächster Zeit behutsam mit Ihrem linken Arm um.«

Tracy nickte, und der Arzt verschwand auf den Flur. Die Schwester wollte ihm schon folgen, als Tracy sie noch einmal zurückrief. »Die Frau, die nach mir gefragt hat – wissen Sie ihren Namen?«

»Nein, sie hat ihn mir nicht genannt«, antwortete die Schwester.

»Wie hat sie denn ausgesehen?«

Die Schwester dachte nach. »Groß, schlank, sehr gut angezogen; eine Chinesin.« Auf ihr Gesicht war eine erstaunte Miene gezogen. »Ist sie denn keine Freundin von Ihnen?«

»O doch«, erwiderte Tracy. Er legte eine Hand auf sein Gesicht, um seine Verwirrung nicht sehen zu lassen. »Ich wollte nur sicher wissen, wer es war.«

Die Schwester schüttelte den Kopf. »Um acht Uhr komme ich wieder und gebe Ihnen eine Spritze.«

»Wofür?«

»Gegen die Schmerzen, damit Sie schlafen können.«

»Ich will aber keine Spritze.«

Sie lächelte ihn wieder an. »Anweisung des Doktors, Mr. Richter. Sie haben gehört, was er gesagt hat. Sie brauchen Ihren Schlaf.«

Tracy fühlte sich nicht zu einem Streit darüber aufgelegt. Als die Schwester die Tür hinter sich geschlossen hatte, ließ er seine Gedanken wandern. Er wollte sich jede Einzelheit ins Gedächtnis zurückholen.

Die Explosion. Er schloß die Augen. Eigentlich hätte sie ihn töten müssen, das wußte er. Also mußte er jetzt herausfinden, warum sie es nicht getan hatte. Die Explosion war stark genug gewesen, das sagte ihm sein Instinkt. Wieso war er dann mit leichten Prellungen und einem gequetschten Arm davongekommen? Er rief sich jede Bewegung ins Gedächtnis zurück.

Er hatte auf dem Bett gesessen. Dann hatte er nach dem Telefonhörer gegriffen, um seinen Vater anzurufen. Was war dann passiert? Natürlich, die Detonation.

Tracy seufzte und stieß langsam die Luft aus. Es fiel ihm schwer. Der Organismus wußte, wie nahe er dem Ende gewesen war, und versuchte jede Erinnerung daran zu unterdrücken. Sein Körper wollte nichts wissen, er wollte weg, um sein Überleben sicherzustellen. Hongkong war in sein Gehirn plötzlich als roter Gefahrensektor eingebrannt.

Es war das Gewicht. Etwas hatte sich seinem Gehirn mitgeteilt, als er den Hörer von der Gabel gehoben hatte. Innerhalb einer Zehntausendstelsekunde hatte sein Körper reagiert.

Tracy erinnerte sich jetzt, wie er wild über das Bett gerollt war, um sich auf dem Boden in Sicherheit zu bringen. Die Explosion hatte ihn noch getroffen, bevor er es geschafft hatte. Er war mitten in der Bewegung gewesen, die linke Schulter dem Explosionsherd zugewandt. So hatte die Druckwelle ihn nur weitergeschleudert, und die Hauptwucht der Explosion war doch noch von der schweren Eisen- und Holzkonstruktion des Bettes aufgefangen worden.

Glück, schrie es in seinem Kopf. *Du hast Glück gehabt.* Aber Tracy wußte, daß das nicht die Wahrheit war. Die Stiftung – oder, um genauer zu sein, seine Ausbildung – hatte ihm wieder einmal das Leben gerettet. Es war nicht das erstemal, daß er das dachte, aber zum erstenmal kam ihm der Gedanke, daß er diese besondere Ausbildung gar nicht brauchen würde, wenn er sich nicht immer wieder auf Einsätze dieser Art einließe.

Das brachte ihm wieder die Krankenschwester und das, was sie gesagt hatte, in Erinnerung. *Aber vor ungefähr einer Stunde war eine junge Frau hier – eine Chinesin.* Jadeprinzessin. Tracy brach der Schweiß aus. Sie war bestimmt nicht gekommen, um seinen Erholungsprozeß zu beschleunigen. Jetzt blieb kein Zweifel mehr, daß Mizo für die Explosion in seinem Hotelzimmer verantwortlich war. Aber wieso? Was an Tracys Plan war schiefgegangen?

Er vergeudete eine halbe Stunde damit, über diese Fragen nachzudenken, ohne zu einem Ergebnis zu kommen. Seine Gedanken wanderten zurück, zu dem Moment, als er mit Mizo Kontakt aufgenommen hatte. Er rief sich das Bild Mizos vor dem Führring des Jockey

Clubs in Erinnerung, sein Gesicht, seine Haltung, jede seiner kleinen Bewegungen. Aber alles war natürlich und echt gewesen. Verdammt noch mal, er hatte ihn am Haken gehabt.

Das konnte nur bedeuten, daß der Faden erst *nach* seinem Treffen mit Mizo und Jadeprinzessin gerissen war. Irgend etwas war außer Kontrolle geraten; etwas, von dem er nichts wußte. Und das machte ihm jetzt Sorgen. Was konnte es sein? Was konnte so wichtig sein, daß Mizo den Befehl gegeben hatte, ihn zu töten?

Als erstes hatte Tracy an den Mörder von John und Moira gedacht. Aber niemand wußte überhaupt, daß er auf der Suche nach Johns Mörder war. Mit Sicherheit konnten Mizo und Jadeprinzessin es nicht wissen. Das war vollkommen unmöglich. Aber in wessen Auftrag handelte Mizo dann? Aber auch die Antwort darauf hätte nicht gereicht. Es blieb das Warum.

Mit einem Seufzer legte er sich in das Kissen zurück. Er fühlte sich benommen und müde. Der Doktor hatte recht gehabt, er *brauchte* dringend Ruhe.

Tracys Augenlider fielen flatternd zu, sein Puls schlug langsamer. Er schlief – und wachte erst wieder auf, als es schon zu dunkeln begann. Er war aus einem Alptraum hochgeschreckt, aber an den Inhalt konnte er sich nicht mehr erinnern. Seine Kehle war ausgetrocknet, und er griff nach der Aluminiumkanne auf seinem Nachttisch. Dabei fiel sein Blick auf die Digitalanzeige im Zimmer. 8:13 las er. Ihm schien das merkwürdig zu sein, und während er seinen Durst stillte, dachte er über die mögliche Ursache dieses Gefühls nach. Es kam ihm keine in den Sinn.

Sein Körper machte auf sich aufmerksam. Er hielt die Tasse in der linken Hand, und der Arm schmerzte leicht. Als der Schmerz wuchs, wechselte er die Tasse in die rechte Hand.

Außerdem hatte er einen leichten Kopfschmerz, der sich aber erst bemerkbar gemacht hatte, als er sich aufgesetzt und nach dem Wasser gegriffen hatte. Eine leichte Benommenheit befiel ihn wieder. Er stellte die Plastiktasse zurück und sah wieder das Zahlenfeld der Uhr: 8:15.

Und dann erinnerte er sich, daß die Schwester gesagt hatte, sie würde ihm um acht Uhr eine Spritze geben. Sie war nicht gekommen. Oder vielleicht war sie doch gekommen, hatte gesehen, daß er noch schlief und wollte ihn nicht wecken. Also gut, dann konnte er ihr jetzt sagen, daß er aufgewacht war. Er griff nach der Bettklingel, aber als sein Daumen schon auf dem Knopf lag, hielt er inne. In Krankenhäusern war es üblich – und zwar in jedem Krankenhaus –, den Patienten Medikamente, Essen und Untersuchungen nach einem genauen Zeitplan zukommen zu lassen. Der Schlaf eines Patienten war kein Grund, von diesem Plan abzuweichen.

Mit einem Schlag hellwach, schlug Tracy seine Bettdecke zurück, ließ seine Beine über die Bettkante gleiten und richtete sich auf. Er fühlte den kalten Linoleumboden an seinen warmen Fußsohlen. Er ließ die Kühle in sich eindringen, um seine Sinne noch schneller zu beleben. Dann drückte er sich langsam hoch. Er hatte ein merkwürdiges Gefühl in den Beinen und stützte sich zur Sicherheit mit einer Hand auf der Matratze ab. Ein leichter Schwindelanfall durchfuhr ihn, aber Sekunden später hatte er sich wieder unter Kontrolle.

Der Schrank mit seinen Kleidern stand an der gegenüberliegenden Wand des Zimmers. Es waren vielleicht dreieinhalb Meter, aber Tracy schien die Strecke jetzt zehnmal so lang zu sein. Er streckte seinen Arm in den dunklen Schrank. Dann zog er sich, so schnell er konnte, an. Er wußte, daß er sich beeilen mußte.

Wenn, wie er glaubte, Mizos Leute schon im Krankenhaus waren, um ihn endgültig auszuschalten, dann mußten sie nach einem äußerst knappen Zeitplan arbeiten.

Er sah wieder zur Zimmeruhr. Es war jetzt 8:18, und es würden ihnen nur noch Minuten bleiben, um ihren Plan in die Tat umzusetzen. Vorsichtig schlich Tracy zur Zimmertür. Dabei versuchte er den Teil seiner selbst, der wütend in ihm schrie, *Um Gottes willen, sieh zu, daß du hier herauskommst*, zu beruhigen. Er atmete dreimal tief ein. *Prana*.

Millimeter um Millimeter öffnete er die Tür, bis er einen schmalen Ausschnitt des Korridors sehen konnte – und machte eine schnelle Bewegung in Richtung seines Zimmers. Zu spät!

Er ließ die Tür unter ihrem eigenen Gewicht zurückfallen. Dieser Fluchtweg war ihm also versperrt. Wenn er richtig schätzte, blieben ihm noch fünfzehn Sekunden, um einen anderen zu finden.

Mit wenigen Schritten war er am Fenster und sah hinunter. Sein Zimmer mußte im fünften oder sechsten Stockwerk liegen. Sein Blick fiel ungehindert auf den nackten Zementboden des Hofes. Es war hoch genug, um sich bei einem Sprung das Genick zu brechen.

Hastig wandte sich Tracy wieder von seinem Zimmerfenster ab und kroch zurück ins Bett. Seine Decke zog er hoch bis ans Kinn, um seine Straßenkleidung zu verbergen. Als sich die Zimmertür nach innen öffnete, und der Streifen zitronengelben Lichts, das vom Flur hereinfiel, immer breiter wurde, hatte er seine Augen zu zwei schmalen Schlitzen geschlossen.

Für einen Augenblick sah er scharf abgezeichnet die Seitenansicht einer Silhouette. Sein Gehirn versuchte das Bild aufzuschlüsseln. Ohne Zweifel war es eine Frau, und sie trug eine Schwesternhaube. Dann *mußte* er sich geirrt haben. Sie hatte sich nur verspätet, vielleicht wegen eines widerspenstigen Patienten am anderen Ende des Flurs. Dennoch...

Er hörte sie mit schnellen sicheren Schritten weiter ins Zimmer kommen und ihre unterdrückte Stimme. »Mr. Richter? Sind Sie wach?«

Sie kam näher, aber er antwortete nicht. Die Nadel einer Spritze wurde über dem Bett in die Höhe gehalten, und als die Luft aus der Nadel gedrückt wurde, spritzte ein kurzer flüssiger Strahl heraus.

»Es ist Zeit für Ihre Spritze.«

Tracys Muskeln spannten sich. Noch immer stand das Bild der Silhouette vor seinen Augen. Etwas stimmte nicht mit ihr. Aber was? Die Nadel senkte sich in einem flachen Bogen zu ihm herunter. Die Schwester beugte sich über ihn und suchte nach seinem Arm. Tracy spürte, wie ihr Unterarm plötzlich kraftvoll sein Schlüsselbein ins Kissen preßte. Dann begann der Arm gegen seinen Hals zu drücken und ihm die Luft abzuschneiden.

»Was ist das? Sie sind ja angezogen!«

Tracy fing an, sich zu wehren. Aber jetzt hielt sie ihn mit ihrem Gewicht nieder. Er wußte, daß sie das nicht lange durchhalten konnte – er war schwerer und kräftiger als sie, und nach einiger Zeit würde ihr der Vorteil der besseren Position nichts mehr nützen. Doch sie würde dafür sorgen, daß es gar nicht erst soweit kam. Sie brauchte ihm nur die Injektion zu geben. Er war sich jetzt mehr als sicher, daß die Spritze in der Hand der Frau über ihm kein Schmerzmittel enthielt, sondern ein Gift, das vollenden sollte, was die Bombe nicht geschafft hatte.

Die Höhe. Der Schatten ragte höher über den Türrahmen hinaus, als er es hätte tun dürfen.

Die Luft in seinen Lungen wurde immer knapper. Er mußte etwas unternehmen, und zwar schnell. Er versuchte, einen seitlichen Schlag anzusetzen, aber sie sah die Bewegung rechtzeitig und blockte seine Hand mit der Hand ab, in der sie die Spritze hielt. Er konnte absolut keine Hebelkraft gegen sie einsetzen, und geschwächt, wie er war, hatte sie ohnehin leichtes Spiel mit ihm.

Denk nach! schalt er sich selbst. Also benutzte er seinen Verstand, statt seine Körperkraft. Er tat genau das, womit sie nicht gerechnet hatte.

Er wandte den *Kiai* an, den Schrei, der die Luft in Schwingungen versetzt und jeden Gegner mit Schrecken schlug. Instinktiv wußte er, daß dies seine letzte Chance war, die Kraft, die er einsetzen mußte, würde ihn endgültig schwächen. Wenn die Wirkung ausblieb...

»*Jadeprinzessin!*«

Es war ein Kriegsruf, ein Kampfesruf, und es war ihr Name. Sie schreckte sofort zusammen, denn sie hatte nicht damit gerechnet, daß er sie erkennen würde.

Sie hatte ihre Augen weit aufgerissen, und er konnte das Weiß um ihre Pupillen herum sehen. Und für den Bruchteil einer Sekunde, während das Echo seines Schreis noch von den Wänden des kleinen Zimmers zurückgeworfen wurde, lockerte sich ihr Griff.

Tracys Reaktion kam blitzartig. Sein linker Ellbogen schnellte hoch, drückte ihre rechte Hand mit der Spritze zur Seite und prallte dumpf gegen ihren Brustkorb.

Sie riß ihren linken Arm hoch, und sofort warf er sich nach links herum ihr entgegen. Er wollte so nahe wie möglich an sie heran, nicht von ihr fort. Er wollte ihr den Raum nehmen, der ihr die Möglichkeit zu einem zweiten Angriff oder zur Flucht geben würde.

Doch sie erholte sich schneller, als er das für möglich gehalten hätte. Und plötzlich war er selbst in der Defensive. Er ging in Deckung und öffnete dabei bewußt seine rechte Seite ihrem schmerzhaften Schlaghagel, um seine linke zu schützen. Auf der konnte er sich keine weitere Verletzung leisten. Vielleicht wußte sie nichts von seiner Wunde, aber darauf wollte er es nicht ankommen lassen.

Nach ihrem schnellen Angriff konterte er mit einer Doppelfinte. Einen Moment lang war sie verwirrt, von welcher Seite sein Angriff kommen würde, und das gab ihm Gelegenheit zu einem Schlag der *Ate-waza*-Technik.

Sie schrie auf, als ihr linkes Schlüsselbein getroffen wurde. Tracy hätte den Kampf jetzt am liebsten beendet, er wollte sie ausfragen. Aber sie ließ es nicht dazu kommen. Sie warf die Spritze zu Boden und attackierte ihn mit ihrem rechten Arm. Da ihre Schläge immer noch kraftvoll genug kamen, um Tracy ernsthaft in Gefahr zu bringen, mußte er seine *Osae-waza*-Technik, zu der er übergegangen war, weil er sie nur kampfunfähig machen wollte, wieder aufgeben.

Sie fauchte und keifte ihn an wie eine Wildkatze. Dann traf sie zweimal seinen linken Arm, und er spürte, wie seine Kräfte zu schwinden begannen. Sie ließ ihm keine Wahl. Seine rechte Hand mit dem leicht gekrümmten Finger schoß wie eine Klinge hervor. Er traf sie kurz unter dem Brustbein.

Jadeprinzessin bäumte sich kurz auf, dann fiel sie vornüber in Tracys geöffnete Arme.

Er schleifte sie zum Bett und warf sie auf die Matratze. Dann zog er die Decke über ihren toten Körper. Er zwang sich, ruhiger zu atmen, und wischte sich den Schweiß aus dem Gesicht. Er fühlte sich glühendheiß und kraftlos. In seinem Kopf hämmerte sein Puls.

Sein Blick fiel auf die Spritze, die Jadeprinzessin während ihres Kampfes fortgeschleudert hatte. Es war eine Wegwerfspritze zur einmaligen Benutzung. Sie war aus Kunststoff und hatte den Aufprall auf den Boden schadlos überstanden. Noch immer lauerte in ihr der Tod.

Tracy hob die Spritze auf. Es war nicht gerade die Waffe, die er sich unter den gegebenen Umständen wünschte, aber er würde sie gebrauchen können.

Auf dem Flur war die Nachtbeleuchtung eingeschaltet; kaltes spärliches Licht. Wo waren die anderen?

Tracy konnte niemanden sehen, und er fragte sich, was sie mit den Schwestern der Station getan haben mochten. Er fühlte ihre Gegenwart. Er tauchte mit vorgebeugtem Oberkörper in den Flur und lief ihn im Zickzack hinunter. Im nächsten Augenblick fühlte er einen leichten Luftzug wie eine Sommerbrise an seinen Haaren. Dann hörte er ein Geräusch, als ob jemand ausspuckte. Er warf sich gegen die Flurwand und ließ sich, sobald er sie an seinem Rücken spürte, an ihr hintergleiten. Dann sah er den Putz absplittern, wo gerade noch seine Schulter gewesen war.

Sein Kopf schmerzte, als er sich hinter der Tür einer kleinen Kleiderkammer in Sicherheit bringen konnte. Entfernung. Sie war zu einem tödlichen Feind für ihn geworden. In dem Moment, als auf ihn geschossen worden war, hatte er zwei Schatten sehen können. Sie hatten Schalldämpferwaffen, also war es ein Vorteil für sie, wenn sie ihn auf Entfernung hielten. Er konnte nur im Nahkampf etwas gegen sie ausrichten. Er mußte sie an sich heranlocken, und zwar einen nach dem anderen.

Er lehnte sich zurück, trat die Tür mit einem gestreckten Bein auf und sprang wieder in den Flur. Er hörte den Schuß nicht, aber er sah die Kerbe im Holz der hellglänzenden Tür. Sie war an einem Ende tiefer.

Er lief in die entgegengesetzte Richtung, dorthin, wo die Kugel abgefeuert worden sein mußte. Während er in seinem Versteck Atem geholt hatte, hatten sie mit Sicherheit ihre Stellung gewechselt. Sein letztes Manöver hatte Tracy zwar verraten, wo der eine der beiden war, aber wo der andere sich versteckt hielt, war ihm ein Rätsel.

Plötzlich sah er einen schwarzen Haarschopf vor sich und im nächsten Augenblick einen Schalldämpfer, der auf ihn gerichtet war. Tracy machte noch einen langen Schritt, dann hechtete er über den breiten Schaltertisch der Schwesternstation. Er riß Papiere und Stifte mit sich, schleuderte Aktenordner zur Seite und schlug am Ende dem überraschten Chinesen die Waffe aus der Hand. Der Mann grunzte wütend auf und zog sein Knie hoch. Es prallte gegen Tracys linke Schulter.

Tracy biß die Zähne zusammen, um nicht aufzustöhnen. Er wollte seinem Gegner keinen Hinweis geben, daß er verletzt war. Dann konnte Tracy einen Leberschlag landen, der den Chinesen vornüber klappen ließ. Der Schmerzensschrei seines Widersachers verschaffte Tracy eine kurze Befriedigung. Aber der Mann war nicht so leicht zu schlagen, und Sekunden später schoß sein Fuß hoch. Die Schuhspitze traf Tracy am Wangenknochen und schleuderte seinen Kopf zurück. Tracy wußte jetzt, daß er den Kampf schnell beenden mußte, wenn er nicht eine Niederlage riskieren wollte. Seine rechte Hand, die die Spritze hielt, stach hervor und versenkte die Nadel im Oberschenkel des Gegners.

Erschrocken sog der Mann die Luft ein. Sein Atem schien plötzlich schwerer zu gehen. Seine Haut färbte sich weiß.

Tracy wandte sich von dem Chinesen ab. Immerhin war ihm dieser Tod zugedacht gewesen. Er ließ seinen Blick suchend umherschweifen, und dabei sah er auch, was sie mit den Schwestern gemacht hatten. Drei von ihnen lagen an Händen und Füßen gefesselt im hinteren Teil der Station. Das war ein gutes Zeichen. Es verriet, daß sie noch am Leben waren. Aber sie waren bewußtlos und konnten ihm also nicht helfen.

Tracy zwang sich zur Ruhe. Er mußte seine innere Stärke wiedergewinnen, um eine Chance zu haben, aus dieser Falle lebend zu entkommen. Die Waffe des Chinesen! Tracy begann nach ihr zu suchen. Als er sie dem Mann aus der Hand geschlagen hatte, war sie den Flur hintergeschleudert. Und schließlich entdeckte er den Revolver. Er lag nur ein paar Meter entfernt. Tracy hatte ihn nur deshalb nicht sofort gesehen, weil der Flur hier einen Bogen machte.

Er ging in die Hocke und sah zu der Waffe, während er überlegte. Er war versucht, einfach zu ihr hinzulaufen, so einladend lag sie vor ihm. Und genau das kam ihm jetzt ziemlich verdächtig vor.

Er mußte das Risiko wagen, auf das er sich nicht gern einließ. Aber bei allem, was er jetzt tat, setzte er sein Leben aufs Spiel, und es blieben immer nur Sekundenbruchteile, um eine Entscheidung zu treffen. Er zog sich nach hinten zurück, streifte sich die Schuhe von den Füßen und lief gebückt den Gang hinunter. Er befand sich im E-Flügel, der Unfallstation des Krankenhauses. Jedes seiner Stockwerke hatte annähernd die Form eines H, dessen senkrechte Balken an den Enden durch schmale Gänge verbunden waren, die zu den Spezialabteilungen der Klinik führten: der Intensivstation, der Station für Herzpatienten und dem Versorgungszentrum für Brandverletzungen.

Als Tracy fast schon um den ganzen Bogen herum war, blieb er stehen und zog sich seine Schuhe wieder an. Dann schlich er weiter, und nach wenigen Metern fand er seinen Instinkt belohnt. Vor sich sah er den zweiten Mann, der sich in der Deckung seiner Säule auf ein Knie niedergelassen hatte und in der klassischen Scharfschützenposition auf die Waffe seines Partners zielte, die wenige Meter vor ihm auf dem Flurboden lag.

Tracy ging zum Angriff über. Er fluchte leise, als der Mann sich nach dem ersten Geräusch herumwarf. Es war ein großer schwerer Mann, aber die Schnelligkeit seiner Bewegung verriet, daß die Muskeln unter dem Fett durchtrainiert waren. Der Chinese schloß ein Auge und legte auf Tracy an.

Doch Tracy war schon mitten in der Angriffsbewegung. Sein rechter Fuß schoß nach oben, und der Absatz seines Schuhs schlug gegen das Kinn des Chinesen.

Der Mann riß die Arme hoch, als Tracys Fuß ihn traf und die Wucht des Angriffs ihn nach hinten warf. Er stürzte gegen die gegenüberliegende Flurwand und prallte von ihr zurück. Noch immer hielt er den Revolver in der Hand, und jetzt setzte er ihn wie einen Schlagstock ein und ließ ihn in einer schnellen Bewegung auf Tracys rechte Schulter niederfahren.

Tracy schrie auf, doch er konnte im Fallen seinen Gegner noch packen und mit einer Drehung des Armes von den Füßen reißen. Es war jedoch Tracys linker Arm gewesen, und die Bewegung hatte ihn mehr Energie gekostet, als ihm lieb war.

Im nächsten Moment war sein Gegner über ihm wie ein Mungo über einer Schlange. Geschickt setzte der Chinese sein Körpergewicht ein und ließ eine Serie von Schlägen auf Tracy niederprasseln. Noch einmal ging Tracy ein Risiko ein. Als der Hagel vorüber war, stöhnte er laut vor Schmerz auf, sein Körper sackte leicht zusammen – alles deutete darauf hin, daß sein Gegner nur noch einen letzten Schlag anbringen mußte, um ihn endgültig auszuschalten.

Der Chinese streckte sich hoch, um all seine Kraft in den entscheidenden Hieb zu legen.

Tracy schnellte vom Boden hoch und schlug seinem Gegner den Ellbogen mit voller Wucht gegen das Brustbein. Dabei hatten sich die Finger von Tracys Händen wie Eisenklammern verhakt, so daß er sein ganzes Körpergewicht in den Stoß legen konnte.

Der Chinese schrie auf, stürzte zu Boden und versuchte, auf allen vieren davonzukriechen, weg von dem brennenden Schmerz.

Mit wenigen Schritten war Tracy bei seinem Gegner. Er packte den Chinesen am linken Unterschenkel und riß das Bein in einer schnellen Bewegung hoch. Der Mann überschlug sich, und im nächsten Augenblick lag sein Nacken ungeschützt vor Tracy.

Im selben Moment stieß Tracys rechte Hand vor.

Der Chinese zuckte noch einmal in einem Krampf zusammen, dann war alles Leben aus ihm gewichen.

Tracy erhob sich schwer atmend. Seine linke Schulter war fast taub vor Schmerz. Müde ging er zum Notausgang der Klinik. Er sah auf seine Armbanduhr, und überrascht las er die Zahlen ab: 8:25. Sieben Minuten waren erst vergangen, seit er Jadeprinzessin auf dem Flur gesehen hatte. Ihm schienen seitdem sieben Tage vergangen zu sein.

Vorsichtig begann er die Stufen hinunterzusteigen, um seinen schmerzenden und brennenden Körper nicht noch mehr zu reizen. Auf den letzten Stufen ruhte er sich ein wenig aus. Vor sich sah er den langen Hauptflur und dahinter das weiche Licht der Hongkonger Nacht.

Er ging die Treppen hinunter und blieb abrupt stehen. Ein stechender Schmerz schoß ihm den Rücken hoch.

»Sei ein guter Junge und nimm die Hände aus den Taschen«, sagte eine tiefe Stimme in kantonesischem Dialekt.

Der kurze Lauf einer 38er preßte sich auf Tracys Lendenwirbel. »Bleib um Gottes willen so stehen«, sagte die Stimme. »Ich will dich genauso in Erinnerung behalten, wenn ich dich töte.«

»Meine Damen und Herren!«

Es war eine Nacht von großer Bedeutung für Atherton Gottschalk.

»Delegierte des republikanischen Nationalkonvents!«

Eine Nacht, in der er sich gemeinsam mit allen anderen in dem weiten Rund der Halle, gemeinsam mit Millionen Fernsehzuschauern und Radiohörern, von einer riesigen Welle erfaßt fühlte.

»Bitte, begrüßen Sie mit mir ...«

Er sah, wie die große Zahl der Sicherheitsbeamten in Zivil sich um ihn versammelte. Wie ein lebendes Netz schirmten sie ihn ab, untereinander verbunden durch ihre Walkie-talkies, die sie regelmäßig kurz an ihre Lippen führten. Jede Minute wechselten sie die Blickrichtung, und alle zehn Sekunden sahen ihre Augen ein neues Gesicht forschend an, denn so war es ihnen beigebracht worden. Gottschalks Brust schwoll vor Stolz bei dem Gedanken, daß ihm dieser Schutz nun rechtmäßig zustand.

»... den kommenden Präsidenten der Vereinigten Staaten von Amerika! ...« Das Tosen, das vor einem Augenblick erst eingesetzt hatte, schwoll an und lief über das ganze Auditorium hinweg, bis es wie ein Donnern über ihm zusammenschlug.

»... Atherton Gottschalk!«

Mit einem letzten Griff an seine Krawatte und getragen von einem unglaublichen Glücksgefühl schritt er in die Mitte der Bühne hinaus, in den strahlenden, heißen Lichtkegel, auf den in diesem Augenblick die Augen der Welt gerichtet waren.

Auch als Khieu in die Ruhe des Hauses am Gramercy Park zurückgekehrt war und seinem verängstigten Vater mit unbewegtem Gesicht einen knappen Bericht gegeben hatte, konnte er sich nicht erinnern, wie viele Männer er getötet hatte, wie viele Rote Khmer, wie viele der Schwarzen Herzen.
Chet Khmau.
Für all das, was er für seine Familie nicht getan hatte, mußten sie bezahlen. Für das, was aus seiner Schwester geworden war, mußten sie bezahlen. Für das schreckliche Leid seiner Mutter und dafür, daß seine kleinen Schwestern wie vom Erdboden verschluckt waren, mußten sie bezahlen. Und für den schrecklichen Tod von Malis mußten sie zahlen.

Es regnete, als Khieu in der Christopher Street ankam. Einen Moment lang beobachtete er, wie der herabrinnende Regen immer neue dunkle Spuren, die kurz darauf schon wieder verschwunden waren, auf das Glas der Eingangstür zeichnete. Dann stieß Khieu die Tür auf und trat in den düsteren, stickigen Vorraum. Er klingelte bei dem Apartment im neunten Stock. Nachdem er fünfzehn Sekunden gewartet hatte, drückte er den Klingelknopf erneut. Als wieder kein Summzeichen ertönte, ging er weiter zum zweiten Eingang und beugte sich zwanzig Sekunden zum Schloß der Tür hinunter. Da es nach sieben war und die meisten Leute beim Essen saßen, rechnete er nicht damit, von irgend jemandem überrascht zu werden.

Ein scharfes Klicken, und das Schloß war aufgesprungen. In dem Augenblick, als er den Türknauf herumdrehte, hörte Khieu, wie hinter ihm die Tür zur Straße geöffnet wurde.

Er trat in die weite Eingangshalle des Hauses und ließ die Tür zufallen, ohne sich umzusehen. In New York war diese Unsitte weit verbreitet, und außerdem wollte er nicht, daß jemand sein Gesicht sah. Eilig ging er am Fahrstuhl vorbei zum Treppenhaus, dann begann er langsam die Stufen hinaufzusteigen.

Ein Deckenlicht im Flur des neunten Stocks war ausgefallen, so daß ein Drittel des langen Ganges in tiefem Schatten lag. Khieu bog nach links und ging zu der massiven Tür am Ende des Flurs. Es dauerte diesmal nicht lange, bis er das Schloß geöffnet hatte. Khieu trat in den Wohnungsflur und schloß die Tür geräuschlos hinter sich. Er blieb stehen und lauschte in die Wohnung hinein. Das Apartment schien leer zu sein. Es war Zeit, daß er sich an die Arbeit machte.

Als die Wohnungstür von Khieu leise ins Schloß gedrückt worden war, hatte Louis Richter gerade den Heißwasserhahn über der Badewanne abgedreht und war mit einem wohligen Seufzen in das dampfende Wasser geglitten. Wie es seine Gewohnheit war, hatte er die Badezimmertür eine Handbreit offengelassen.

Er lehnte sich zurück und fühlte, wie sich die Verspannungen in seinen Muskeln lösten. In Momenten wie diesen konnte er seine Schmerzen kaum noch ertragen. Selbst der Gedanke an den Tod hatte keine Schrecken mehr für ihn. Wie eine Wolke schob er sich täglich näher heran.

Doch bis es soweit war, sollte er erst noch von Tracy erfahren haben, was er in Hongkong herausgefunden hatte. Tatsächlich war er schon in Sorge um seinen Sohn. Eigentlich hatte er längst mit einem Lebenszeichen von Tracy gerechnet. Es war schon fast eine Woche seit seinem Abflug vergangen.

Louis Richter schloß die Augen, seine Gedanken wanderten die Jahrzehnte seines Lebens zurück. Er fragte sich, was er eigentlich vom Leben erwartet hatte, als er sich als junger Mann aufgemacht hatte, es zu erobern. Sicherlich war es nichts auffallend Großartiges gewesen. Er hatte sich nie nach großem Reichtum oder nach Macht gesehnt. Aber sein Gebiet hatte er beherrschen wollen, das war es gewesen, Fachkenntnis.

Und so war er in dem kleinen Kreis derjenigen, die sich mit der Miniaturisierung hochbrisanter Sprengsätze beschäftigten, zur führenden Persönlichkeit aufgestiegen, und über dreißig Jahre hatte ihm niemand diese Stellung streitig machen können.

Das war auch der eigentliche Grund gewesen, warum die Stiftung an ihn herangetreten war. Über Jahre hatte Louis Richter den Direktor immer besser kennen und verstehen gelernt, wenn überhaupt jemand behaupten konnte, den Direktor richtig zu kennen.

Der Direktor war nur einem Mann verantwortlich, dem Präsidenten. Dessen langer Arm sollte die Stiftung sein. Daß sie immer noch existierte, daß sie das Auf und Ab der Zeiten überdauert hatte, erschien Louis Richter wie ein Wunder. Er wußte genau, welche Aufgabe die Stiftung hatte und welche Mittel sie zu diesem Zweck einsetzte. Die CIA zog die internationale Aufmerksamkeit auf sich, die Neugier der Presse und alle Einschüchterungsversuche seitens des Capitol Hill, das war schließlich auch ihr Zweck. Die Stiftung war von vornherein als kleine, schlagkräftige Einrichtung gedacht gewesen. Je weniger Leute von ihr wußten, desto besser war es für alle Beteiligten.

Louis Richter öffnete die Augen und griff nach der Seife. In diesem Moment glaubte er, in seinem rechten Augenwinkel einen Schatten gesehen zu haben. Er wandte den Kopf zur Tür und sah durch den schmalen Spalt über den Flur hinweg ins Wohnzimmer. Doch er konnte nichts Verdächtiges entdecken. Hochaufgerichtet und mit schräggelegtem Kopf wartete er lauschend auf irgendein Zeichen. Er hörte nichts und er sah nichts.

Dann ließ er die Seife ins Wasser fallen und trocknete sich gründlich die Hände mit dem Handtuch, das er sich für später bereitgelegt hatte. Er stand auf und hob vorsichtig den Fuß über den Wannenrand auf die Badezimmermatte. Er war noch immer in dieser Stellung, ein Bein in der Wanne und ein Bein daneben, als das Licht im Flur erlosch. Er hatte nicht einmal das Klicken des Schalters gehört, doch er fühlte die Finsternis wie eine Explosion.

In dem absoluten Stillstand aller Bewegung hörte Tracy das Schlagen seines Herzens so laut, als ob die ganze Welt darin enthalten war. Da das Ende seines Lebens unmittelbar bevorzustehen schien, war das nur allzu verständlich.

»Ich werde mir genügend Zeit lassen, wenn ich darüber nachdenke, wie du sterben sollst. Du sollst keinen schnellen, leichten Tod haben. Wenn du hier unten bist, dann kann das nur heißen, daß du drei im fünften Stock zurückgelassen hast. Dafür sollst du in diesem Leben nur noch leiden.«

In dem kantonesischen Singsang hörte sich das alles so merkwürdig an, aber Tracy lauschte sorgfältig auf jedes Wort, das die Stimme in seinem Rücken sagte. Sie war langsam und beherrscht, ruhig und gesammelt. Das war gefährlich; denn es ließ auf klares, vernunftgesteuertes Denken schließen. Aber das, was Tracy jetzt mehr als alles andere bei seinem Gegner brauchte, waren wilde unkontrollierte Gefühlsausbrüche.

»Ich frage mich, welcher böse Gott dir geholfen hat, die drei da oben zu besiegen. Aber ich muß meinen Herrn zu seiner Weitsicht beglückwünschen. Ich habe es für überflüssig gehalten, den Flur zu bewachen; denn schließlich war ja mein älterer Bruder dabei. Weil er fett ist, wird er von allen unterschätzt. Sein großes Gewicht ist sein Vorteil, ja. Denn er ist ein großer Kämpfer.«

Tracy sah den losen Faden sofort und begann daran zu ziehen. »Nein ein besonders guter Kämpfer kann er nie gewesen sein«, sagte er in kantonesischem Dialekt. »Ich habe ihn leicht besiegen können, obwohl ich noch von meinen früheren Verletzungen geschwächt war.«

»Die Götter wissen, daß du ein elender Lügner bist. Aber das sind alle *Quai loh*.«

»Dort oben liegt die Wahrheit«, antwortete Tracy. »Geh hinauf und sieh dir seine Leiche an.« Er mußte ihn reizen.

»Kampfunfähig hast du ihn gemacht, ja«, entgegnete der Chinese, »aber er ist nicht tot.«

Der Ton der Stimme hatte sich geändert, Tracy hörte es.

»Er ist wie ein Dummkopf gestorben.«

»Du lügst!« schrie der Chinese. »Verflucht sollt ihr *Quai loh* sein.«

Tracy fühlte an seinem Rückgrat eine Bewegung des Pistolenlaufs. Der Druck wurde geringer, als die Erregung einen immer dichteren Schleier über die klaren Gedanken legte und nach einer unmittelbaren Gegenmaßnahme verlangte.

Als er die Pistole nicht mehr fühlte und gerade zum Angriff übergehen wollte, spürte er plötzlich eine Hand in seinem Nacken. Die Nervenverbindung wurde abgeklemmt, und im nächsten Moment fiel er in eine unendlich tiefe Finsternis.

Die Welt formte sich neu aus Flecken von blassem Grün und Graublau. Seine Augenlider flatterten, als er versuchte, klarer zu sehen. Bäume, die vor dem Fenster vorbeiflogen. Der weite Himmel. Stöße und Schleudern. Wind, der durch einen schmalen Schlitz eindrang.

Sie hatten ihn sicher gefesselt. Mit einem scharfen Draht, der in seinen Handgelenken brannte und noch durch die Socken hindurch in die Knöchel schnitt.

Er öffnete die Lider wieder einen Spaltbreit und ließ die Augen suchend umherwandern. Neben ihm saß ein junger Chinese, und auch auf den vorderen Plätzen konnte er zwei Männer sehen.

»Er ist wach.« Es kam in schnellem, scharfem Kantonesisch.

Der neben ihm mußte jener Chinese sein, der ihn im Krankenhaus mit der Waffe bedroht hatte. Er hatte eine 38er in der Hand, deren Lauf genau auf Tracys Gesicht zielte.

Der schlanke Chinese vorne auf dem Beifahrersitz drehte sich herum. Er trug einen Filzhut, aber Tracy konnte trotzdem erkennen, daß er darunter kahl war. Dann streckte er einen Arm vor, und Tracy sah die Tätowierung auf dem Handrücken, ein Drache, der ein Schwert hielt.

Die Finger der vorgestreckten Hand öffneten sich wie Blütenblätter einer Blume. Er hielt ein Klappmesser in der Hand, und im nächsten Moment schnappte die Klinge heraus.

»Ich habe Kau davon abgehalten, dich auf der Stelle umzubringen.« Es war sonderbar. Seine Nasenflügel zitterten, wenn er sprach. »Das war gar nicht so einfach. Er haßt dich für das, was du mit seinem Bruder gemacht hast.« Die Klingenspitze fuhr in einer schnellen Bewegung dicht vor Tracys Augen vorbei. »Es darf keine Spur von dir zurückbleiben, hat man uns gesagt.« Er lachte. »Auf dem Grund der East Lamma Bay kannst du dein Können dazu benutzen, Fische zu töten.«

Tracys größte Sorge war, herauszufinden, wo sie sich befanden. Um das zu können, mußte er sich bewegen. Der Ort, ins Verhältnis gesetzt zur Geschwindigkeit des Wagens, würde ihm eine ungefähre Vorstellung davon geben, wieviel Zeit ihm noch blieb.

Mit äußerster Vorsicht begann er, sich auf dem Rücksitz nach oben zu schieben. Der junge Chinese an seiner Seite durfte auf keinen Fall Verdacht schöpfen. Mehrere Male tat Tracy deshalb so, als ob ihn ein Schwächeanfall befallen würde.

Von seinen drei Bewachern im Wagen bereitete Kau ihm das größte Kopfzerbrechen. Er war es, der nur auf die Andeutung einer Gefahr wartete, um endlich schießen zu können. Von den anderen beiden ging im Augenblick keine vergleichbare Gefahr aus: der eine hatte genug damit zu tun, den über zwei Tonnen schweren Mercedes sicher auf der Straße zu halten, und der andere war durch die Rückenlehne seines Sitzes in seinen Bewegungsmöglichkeiten eingeschränkt.

Der Mann auf dem Beifahrersitz wandte noch einmal kurz den Kopf herum. Seine harten schwarzen Augen schätzten kühl Tracys körperliche und psychische Verfassung ab. Anscheinend zufrieden mit dem, was er gesehen hatte, blickte er wieder nach vorn.

Während der ganzen Zeit hielt Kau seine Augen starr auf Tracy gerichtet. Tracy senkte seinen Kopf. Er wollte es nicht zu einem Augenkontakt mit seinem Gegenüber kommen lassen. Denn wenn Kau wirklich so gut war, wie Tracy annahm, dann würde er in Tracys Blick lesen können, was demnächst passieren würde.

Jetzt blieb nichts mehr für Tracy zu tun, als auf den richtigen Moment zu warten. Ihm war jede Möglichkeit genommen, die Dinge noch zu beeinflussen. Alles hing jetzt von den Reflexen des Fahrers ab und von den Zufälligkeiten der Straßenführung. Sie waren schon in Aberdeen. Bis zum Wasser konnte es nicht mehr weit sein.

Die Kurve kam auch für Tracy völlig überraschend. Reifen quietschten, und die zentrifugalen Kräfte besiegten für einen Moment die Erdanziehung, die Körper der Wageninsassen wurden herumgeschleudert.

Es war eine Linkskurve, sie war so scharf, daß Kau in seine Wagenecke gepreßt wurde. Deshalb beunruhigte Tracys Bewegung auf ihn zu Kau im ersten Moment noch nicht, denn er hielt sie nur für eine Folge der Bewegung des Wagens.

Er begriff nur das Tempo, mit dem Tracy auf ihn zugeflogen kam, nicht, bis die gebundenen Füße des Gefangenen mit solcher Wucht gegen seinen Brustkorb rammten, daß ihm alle Luft aus den Lungen gedrückt wurde. Er riß die Augen weit auf, sein Mund bewegte sich, aber es war kein Laut von ihm zu hören.

Tracy stützte sich gegen seine Tür, und in dem Moment, als Kau vornüberfiel, schlugen seine Füße auf den ungeschützten Nacken seines Bewachers nieder.

Der Chinese mit dem Klappmesser wandte den Kopf herum. Tracy rutschte schnell hinter den Fahrer und ließ sich so weit in seinem Sitz hinuntersinken, daß seine Schultern sich in den Winkel zwischen Sitzfläche und Rückenlehne preßten. Als der Chinese auf dem Beifahrersitz sein Messer aufspringen ließ, zog Tracy seine Knie vor die Brust.

Tracy atmete tief ein, spannte seine Muskeln, und während seine Füße vorschossen, stieß er einen durchdringenden *Kiai* aus. Seine Schuhe durchschlugen den Velourstoff des Fahrersitzes und prallten gegen die Stützkonstruktion des Sitzes. Im selben Moment rammte Tracy mit aller ihm verbliebenen Kraft dagegen.

Der Sitz knirschte, etwas schnappte aus und dann wurde der Sitz so heftig nach vorn geschleudert, daß der Fahrer kopfüber in die Windschutzscheibe flog.

Der Chinese auf dem Beifahrersitz versuchte jetzt verzweifelt, den Mercedes wieder unter Kontrolle zu bekommen. Die Limousine schleuderte den Kai hinunter, während er an dem leblosen Körper des Fahrers zerrte, um an die Bremsen heranzukommen.

Tracy hatte sich, um überhaupt einen Halt zu finden, in dem engen Fußraum zwischen den vorderen und den hinteren Sitzen auf die Knie sinken lassen. Er streckte seine gebundenen Arme aus und legte die Drahtfessel über den Türgriff. Dann riß er die Hände kurz nach unten und hörte ein scharfes Klicken. Als der Wagen das nächste Mal nach links ausbrach, flog die Tür auf und Tracy wurde wie ein schwerer Mehlsack herausgeschleudert.

Der Mercedes segelte seitlich geneigt auf die ölige Wasserfläche zu. Tracy kam mit dem Hinterkopf zuerst auf dem Wasser auf. Im nächsten Augenblick klatschte auch der Mercedes in die Bucht. Der Aufprall schlug Tracys Tür vor den staunenden Augen des Chinesen, der gerade über die Lehne seines Sitzes gekrochen war, um sich in Sicherheit zu bringen, wieder zu. Das Gewicht des Wassers verriegelte sein Gefängnis. Eine atemlose Sekunde lang sah Tracy noch eine geballte Faust, die durch das splitternde Glas des Seitenfensters stieß, eine zerschnittene Drachentätowierung hinter weißen Fingerknöcheln. Dann war durch die zerschlagene Windschutzscheibe so viel Wasser in das Wageninnere eingedrungen, daß der Mercedes mit einem lauten Gurgeln in die Tiefe verschwand.

Das eiskalte Wasser hatte Tracy wieder hellwach gemacht. Sein Kopf schmerzte. Die Fesseln an Händen und Füßen verhinderten jede Schwimmbewegung, und er wußte, daß er schnell ertrinken würde, wenn es ihm nicht gelang, an die Wasseroberfläche zu kommen.

Finsternis hüllte ihn ein, die Schmerzen in seiner linken Seite klopften immer heftiger, und seine Lungen schienen sich zusammenzuziehen bei dem Versuch, auch noch den letzten Rest Sauerstoff aus der Luft zu pressen, die er geatmet hatte, als er aus dem Wagen geschleudert worden war.

Langsam schlich sich ein Schwächegefühl in seine Muskeln, und er dachte, daß nichts von dem, was ihn bis hierher gebracht hatte, diesen Tod, der in dem ölverdreckten Wasser schon auf ihn lauerte, wert war, denn er würde sterben, ohne Lauren wiedergesehen zu haben.

In diesem Augenblick prallte seine linke Schulter gegen etwas Hartes. Er warf seinen Körper hin und her, um sich in die Richtung zu wenden. Seine Bewegungen mochten ungeschickt sein, aber instinktiv hatte er seine Orientierung wiedergefunden. Die *Seite*, dachte er. Das war an meiner Seite. Dann muß *dies* die Richtung nach oben sein.

Etwas Rauhes schabte über ihn hinweg und riß ihm das Hemd, dann die Haut vom Rücken. Salzwasser drang an die neue Wunde, und ein scharfer, stechender Schmerz schoß in seinen Kopf.

Er riß seine Arme hoch, sie fuhren an etwas Bauchigem entlang. Dann fühlte er, wie seine Hände gepackt wurden und er aus seinem nassen Grab gezogen wurde. Im nächsten Augenblick war er aus dem Wasser heraus. Er sah die Bordkante einer alten Dschunke, ein Stimmengewirr drang an sein Ohr. Nicht Kantonesisch, nicht Mandarin, aber verständlich. Aber seine Erschöpfung machte jeden Gedanken unmöglich, er konnte nicht einmal antworten. Er starrte in offene besorgte Gesichter.

Dann wurde er nach unten getragen, Wärme hüllte ihn plötzlich ein: eine unvorstellbar weiche Strohmatratze. Schlafen. Tief schlafen.

Louis Richter fühlte einen Windhauch in seinem Nacken. Dann legten sich zwei Hände wie Eisenklammern um seinen Hals und schleuderten ihn zurück.

Er schrie auf, verlor das Gleichgewicht und stürzte hinterrücks in sein heißes Badewasser.

Benommen setzte er sich in der Wanne auf, sein Kopf rollte hilflos von einer Seite zur anderen. Die Welt vor seinen Augen war nur noch aus grauen Schatten geformt, alle Farbe war aus ihr verschwunden.

Dann durchschnitt etwas das Schwindelgefühl in seinem Kopf wie ein Leuchtfeuer den Nebel und drang in sein Bewußtsein ein: es war ein einzelner singender Ton. Er wunderte sich, wo der Ton herkommen könnte, bis er einen Schimmer vor seinen Augen sah, einen dünnen waagerechten Faden, der unerbittlich auf ihn zukam. Was war das?

Er hob seinen Kopf, und sein Blick erfaßte den schmalen Ausschnitt eines Gesichtes, das sich über die Badewanne beugte. Ein hoher Wangenknochen, eine gerade, schöne Augenbraue, ein Auge, auf dem ein Schatten zu liegen schien. Es war Kim, der Gesandte des Direktors.

Und plötzlich wurden seine Augen wieder klarer, und die Benommenheit in seinem Kopf löste sich auf. Er konnte wieder denken, und er wußte sofort alles, sein Instinkt verriet es ihm. Und das Wissen um die schreckliche Gefahr, in die er Tracy gebracht hatte, gab ihm noch einmal Kraft. Obwohl die Krankheit, die in seinem Körper wütete, ihm schon fast alle geraubt hatte, obwohl er nur seinen Körper und seinen Verstand als Waffen einsetzen konnte, trotz alledem kämpfte Louis Richter.

Er riß seine Hände hoch und faßte nach dem waagerechten Schimmer vor seinen Augen. Als er ihn von seinem Hals wegreißen wollte, schrie er vor Schmerzen auf. Es war eine dünne stählerne Klaviersaite.

Khieu wollte sich nicht auf einen langen Kampf mit dem Alten einlassen.

Er riß den Draht aus Louis Richters Händen und schlang ihn dem alten Mann um den Hals. Dann zog er zu.

3. Kapitel

»Ein gottverdammtes Stück Silberpapier!«

»Erst diese ganze Geheimnistuerei, und dann finden wir nichts als ein zusammengeknülltes Kaugummipapier.«

Sie waren wieder in Silvanos Büro zurückgekehrt. Thwaite wickelte das Papier auf. Unter dem buntbedruckten ersten Papier war ein zweites silbernes. Sie hatten das Papierkügelchen hinten, vor der Rückwand des Schließfachs gefunden. Silvano hielt Thwaite eine Pinzette hin, mit der Thwaite die eingedrückten Ecken des Silberpapiers vorsichtig herauszog. Alle starrten sie dann schweigend auf den Inhalt des Kügelchens.

»Wer will das ins Labor bringen?« fragte Thwaite.

»Roll es wieder ein, dann bringe ich es Maurice, unserem Chemiker«, antwortete Silvano.

Vierzig Minuten später kam Silvano wieder zurück. Hinter ihm ging ein Mann mit einer auffallend spitzen Nase und dichten Augenbrauenbüscheln.

Silvano verschloß erst sorgfältig die Tür, bevor er den Mann vorstellte. »Du sagst es ihnen besser selbst, Maurice.«

Der Chemiker nickte. »Also, das weiße Pulver, das ich für Art untersucht habe, ist Heroin. Reines Heroin.« Sein Blick wanderte von einem zum anderen. »Ich meine, das Zeug ist hundertprozentig sauber, ohne jede Beimischung. Ehrlich gesagt, habe ich so etwas bisher nur selten zu Gesicht bekommen.«

»Glauben Sie, daß es frisch importiert ist?« fragte Thwaite.

»Sie meinen, gerade aus dem Goldenen Dreieck gekommen?« Maurice zuckte die Schultern. »Das einzige, was ich Ihnen sicher sagen kann, ist, daß es bisher völlig unberührt ist.«

»Na gut«, warf Brady ein. »Es ist also erste Qualität. Aber was hilft uns das schon weiter?«

»Ihr habt bis jetzt nur die Hälfte gehört«, sagte Silvano.

»Maurice?«

»Ja, da war noch etwas«, fuhr der Chemiker fort. »Auf der Innenseite des Silberpapiers stand etwas geschrieben. Sie konnten es nicht sehen, weil der Stoff es verdeckt hat, und ich mußte auch erst dies und das versuchen, bis es lesbar wurde.« Er zog ein kleines Notizbuch aus der Tasche und blätterte. Schließlich hatte er die richtige Seite gefunden und sah auf das Geschriebene. »Ich habe einen Namen und eine Straße gefunden, aber weder die Stadt noch die Hausnummer.«

»Lassen Sie uns hören«, sagte Thwaite.

»Es ist ein Mann, ein gewisser Antonio Mogales«, sagte Maurice und sah die Männer an. »Und dann habe ich noch Mackay Place. Sagt das jemandem von Ihnen etwas?«

Und Thwaite dachte: O Gott, das ist in Bay Ridge! Tonio, du Scheißkerl!

Khieu sah über den Broadway zur Kreuzung Amsterdam und Columbus Avenue hinunter. Er beobachtete eine Gruppe junger Männer und Frauen, die einen Treppenaufgang, der zu einem der Souterraineingänge des Lincoln Centers führte, heraufkamen.

Sie schienen sich alle zu gleichen, aber er konnte nicht erkennen, was sie so ähnlich machte. Die Gruppe wartete an der Verkehrsampel, dann bog sie in seine Richtung.

Als die Männer und Frauen näherkamen, begriff er. Es waren Tänzer, vielleicht von Laurens Ballettgruppe. Er holte tief Luft, sein Atem ging stockend. War er deshalb hergekommen? War er gekommen, um Lauren zu sehen? Er wußte es nicht. Aber wenn er die Antwort wissen wollte, brauchte er jetzt nur zu gehen. Seine Augen suchten die Gruppe ab, die ihn nun schon fast erreicht hatte. Sie war nicht dabei.

Er konnte nicht gehen.

Er konnte nicht sagen, was es war, aber etwas breitete sich mit jedem Atemzug weiter in ihm aus und ergriff von ihm Besitz, etwas Kaltes, Unbarmherziges. Seine Gedanken schienen auseinanderzubrechen wie eine Eisscholle, die in zu warmes Wasser geraten war. Was genau mit ihm passierte, konnte er nicht sagen.

Lauren.

Als erstes sah er ihren Kopf, dann ihre Schultern, und mit jeder Stufe, die sie hinaufgestiegen kam, nahm er sie mehr in sich auf. Sie kam auf ihn zu. Sie ging geschmeidig aus der Hüfte heraus.

Er sah ihr glänzendes Haar, das sie streng nach hinten gekämmt hatte und das wie ein polierter Helm auf ihrem Kopf saß. Er sah ihre Augen, sie waren von dem sanften Grün des Urwaldlaubs, auf das Blut gespritzt zu sein schien; Schatten von dunklem Rot wie die Splitter eines Steines. Und auf dem Grund dieser Augen sah er, was ihn hier festhielt, und er schluchzte laut auf.

Während er atmete, während er aß, während er schlief, erwachte, unregelmäßig zwar, immer wieder der eine Gedanke in seinem Kopf: du mußt Lauren töten. Jetzt, da Louis Richter tot war, konnte nur sie ihn noch mit dem Apartment in Verbindung bringen. Nur sie konnte noch sagen, daß Kim dagewesen sei, Kim, der Vietnamese, und rasch würde man herausfinden, daß es nicht Kim gewesen war. Sie hatte keinen Vietnamesen gesehen, sondern einen anderen Mann aus dem Südosten Asiens: einen Khmer.

Sie hielt den Faden in der Hand, an dem entlang Tracy Richter zu ihm finden konnte und über ihn zu Macomber. Dann wäre die Sicherheit des *Angka* aufs höchste gefährdet. Aber um Tracy Richter kümmerte man sich bereits, eine halbe Weltumdrehung entfernt, in Hongkong. Er würde nie wieder hierher zurückkehren.

Aber wenn er es doch tat?

Deshalb mußte Lauren sterben; denn ohne ihre Aussage konnte niemand und nichts Khieu mit dem Mord an Louis Richter in Zusammenhang bringen. Der *Angka* wäre wieder sicher.

Das Knarren von Holzplanken ließ Tracy aufwachen. Er drehte seinen Kopf herum und stöhnte. Vorsichtig fuhr er sich mit zwei Fingern unter sein Haar, um den Kopf zu betasten. Bei der ersten Berührung zuckte er zusammen und stieß zischend die Luft durch die zusammengebissenen Zähne.

Er versuchte, sich aufzurichten, doch im selben Moment hatte er das Gefühl, sein Magen würde anfangen, sich zu drehen. Er legte sich wieder zurück. Aber dann trieb ihn der eigene Geruch nach Schweiß und dreckigem Wasser doch wieder hoch. Mit beiden Händen griff er nach einem Holzpfahl und zog sich zitternd auf die Füße. Er lehne sich schwer gegen den Pfahl und versuchte ruhig zu atmen.

Dann stürzte er mit lautem Krachen in einen Haufen Töpfe und Pfannen.

»Mist!« Er atmete schwer und hielt seinen Kopf. Wenn es nur aufhören würde zu hämmern. Er hatte das Gefühl, ein Dampfhammer würde in ihm arbeiten. An den Zustand seines übrigen Körpers mochte er gar nicht denken. Das Boot fiel in ein Wellental, und sein Magen krampfte sich zusammen. Er zwang die Übelkeit nieder.

Über sich in seinem Rücken hörte er ein Geräusch. Wieder schlugen Töpfe und Pfannen aneinander. Er preßte die Hände auf seine Ohren, um den Lärm nicht wieder in seinen Kopf zu lassen.

»O Gott!« stöhnte er.

»Ist alles in Ordnung mit Ihnen?« fragte eine leise Stimme in Tankadialekt.

»Ja«, antwortete er automatisch. »Nein, ich weiß nicht.«

Kräftige Hände faßten ihn und zogen ihn auf die Füße. »Hierher«, sagte die Stimme, und die Hände führten ihn zu der Koje, aus der er gerade aufgestanden war.

»Ach nein«, sagte Tracy. »Wenn Sie erlauben, möchte ich lieber nach oben an Deck gehen.«

»Wenn Sie wollen und schon wieder gehen können. Ich helfe Ihnen hinauf.«

Tracy starrte angestrengt in das trübe Licht. Er erkannte ein breites, flaches Gesicht, das von einem dichten Fältchennetz überzogen war, das kein Ende und keinen Anfang zu haben schien. Das Gesicht verriet Weisheit, Freundlichkeit und Zufriedenheit.

»Wo bin ich?« fragte Tracy, als der Mann ihn zum Treppenaufgang führte.

»Auf meiner Dschunke, ich bin Ping Po, der Fischer«, antwortete der Mann. »Wir haben vor Aberdeen geankert. Wir haben Sie wie einen Fisch aus dem Wasser gezogen.« Er lachte leise, fast klang es wie ein Seufzen. Langsam stiegen sie die Stufen hinauf. »Meine kleine Enkelin Li hat gefragt, ob Sie unser Abendessen wären.«

»Und was haben Sie ihr geantwortet?«

»Ich sagte nein, schließlich hätten Sie keine Flossen und keine Schuppen. Ich habe es ihr gezeigt.« Wieder das seufzende Lachen. »Sie war verärgert.«

An Deck stellte Ping Po seine Familie vor, es waren zwölf freundliche Gesichter. Dann folgte Tracy dem Fischer zum Bug des Schiffes. Erschöpft und wieder leicht benommen setzte er sich auf eine Holzkiste.

»Wie lange bin ich schon auf Ihrem Boot?«

»Lassen Sie mich überlegen.« Ping Po starrte in die Finsternis hinaus. »Wenn es wieder Tag wird, sind es zwei Tage. Ja« – er nickte wie zu seiner eigenen Bestätigung – »so lange ist es her; denn gestern hatten wir einen außerordentlich guten Fang, das Doppelte von dem, was sonst in den Netzen ist.« Er lächelte. »Sie haben uns Glück gebracht.« Dann zögerte er einen Moment, bevor er weitersprach. »Hier sind Sie sicher. Niemand weiß, wo Sie sind. Ich habe gesehen, wie Sie in die Bucht geschleudert wurden. Später habe ich Ihnen Ihre Fesseln abgenommen.«

Tracy verstand, was der alte Mann andeuten wollte. »Es ist alles in Ordnung jetzt«, sagte er. »Sie brauchen sich keine Sorgen zu machen.«

»Ich habe Ihnen ja gesagt, Sie sind unser Glücksbringer«, sagte der alte Mann diplomatisch. »Es wäre ungehörig, um nicht zu sagen undankbar, von uns, wenn wir Sie überstürzt wieder von Bord gebracht hätten.«

Tracy lächelte. »Ich danke Ihnen, Ping Po. Aber ich muß so schnell wie möglich zurück nach Hongkong. Und dabei können Sie mir nicht helfen.«

»Das Gegenteil ist richtig«, erwiderte Ping Po. »Ich habe das richtige Transportmittel für Sie.« Er schlug auf die Holzreling seiner Dschunke.

»Bei uns sind Sie sicherer aufgehoben, als wenn Sie sich auf eigene Faust zur Insel durchschlagen. Ich weiß nicht, was für eine Sache das ist, in der Sie stecken, und ich will es auch gar nicht wissen. Aber Sie sind wie ein Geschenk des Meeres zu uns gekommen. Weil wir Sie an Bord haben, sind unsere Fangräume gefüllt. Soviel Glück verlangt eine kleine Gegenleistung.«

Tracy hätte darüber mit ihm streiten können. Er hätte dem alten Mann sagen können, daß er weder ihn und schon gar nicht seine Familie in Gefahr bringen wolle. Aber das hätte nur ein Westler gemacht. Tracy hätte den Fischer mit solchen Worten nur beleidigen können, und das wollte er auf keinen Fall. Ihm war eine Wiedergutmachung angeboten worden, und jetzt war es an ihm, sich wohlwollend zu zeigen und sie anzunehmen.

Antonios Wohnung war nicht verschlossen. Die Eingangstür war von der Polizei aus den Angeln gerissen worden.

Im Hausflur stank es nach Urin und Ratten. Es war stockfinster, und der Regen der letzten Nacht schien sich wie ein Termitenschwarm im Gebälk des Hauses eingenistet zu haben.

Sein Magen hatte sich zu einem festen Klumpen zusammengezogen, als Thwaite in das Halbdunkel von Antonios Wohnung trat. In seinem Kopf brannte der Gedanke, daß der Zuhälter ihn zum Narren gehalten hatte. Himmel, dachte Thwaite, er war ein gottverdammter Heroinhändler! Und ich habe ihm auch noch dabei geholfen, die Fassade für seine Geschäfte zu sichern.

Er machte sich an die Arbeit. Erst in den zwei Zimmern, dann im Badezimmer und in der Küche. Alles, was nahe an den Wänden stand, rückte er ab und untersuchte es auf doppelte Rückwände. Und auch die Mauern klopfte er auf der Suche nach Hohlräumen mit dem Aluminiumstab seiner Taschenlampe ab. Er fand nichts. Vierzig Minuten später stand er wieder da, wo er begonnen hatte, in der Mitte des Wohnzimmers. Verärgert trat er nach dem verschmutzten Fellteppich, doch mitten in der Bewegung hielt er inne.

Aufgeregt beugte er sich nieder, riß den Teppich zur Seite und zog die Bodentür hoch. Prüfend leuchtete er mit dem Lichtstrahl seiner Lampe die moderig riechende Grube aus, dann ließ er sich in die Tiefe hinab. Der Boden war, wie er sich erinnerte, nur aus festgestampfter Erde, aber die Wände waren gemauert.

Er ließ den Lichtstrahl erst über die eine, dann die andere Mauer gleiten. Sie sahen alle gleich aus, nur grob verfugt, mit Putzspritzern übersät und an manchen Stellen geschwärzt, als ob eine offene Flamme gegen sie gehalten worden war.

Thwaite drehte sich weiter herum und ließ das Licht der Taschenlampe auf die dritte Wand fallen. Von demselben Punkt oben im Zimmer würde er jetzt zur Tür sehen. Er machte einen Schritt auf die Wand zu, um sie sich genauer ansehen zu können. In seinen Gedanken hatte er die Grube zur Tür hin vergrößert: es ergab ein schmales Rechteck hinter der Wand.

Seine Augen folgten dem Lichtstrahl, der jetzt die äußere Linie der Mauer abtastete. An manchen Stellen waren die scharfen Ecken der Ziegel abgerundet, als ob sie lange der wechselnden Witterung ausgesetzt gewesen wären – oder als ob sie wiederholt aus der Wand herausgezogen und später in die Lücken zurückgedrückt worden waren.

Es dauerte nicht einmal eine Viertelstunde, da hatte er die Ziegel von einer neunzig mal einhundertzwanzig Zentimeter großen Fläche aus der Mauer herausgezogen. Wie tief der Raum dahinter war, konnte er nicht erkennen.

Was er im Licht der Taschenlampe sah, waren Berge von durchsichtigen Plastiksäckchen. Er zog einen aus dem Versteck hervor und wog ihn in der Hand. Das Säckchen war ungefähr ein halbes Kilo schwer. Thwaite zog sein Taschenmesser hervor und schnitt vorsichtig in den Kunststoff. Dann nahm er etwas von dem weißen Pulver, das in dem Säckchen war, auf seinen Zeigefinger und schmeckte daran.

Allmächtiger, dachte er, das ist derselbe reine Stoff, den wir in Chicago gefunden haben. Rasch legte er das Säckchen aus der Hand und grub sich durch den Berg, der noch in dem Versteck lag. Die Säckchen schienen mehr als einen Meter tief zu liegen. Er überschlug das Ergebnis grob. In der ersten Reihe hatte er fünfzig Säckchen gezählt. Es sah so aus, als ob mindestens zwölf solcher Reihen in dem Versteck lagen. Das machte...

»Herrgott!« Er zog geräuschvoll die Luft ein. Hinter der Mauer lagen mindestens dreihundert Kilo reines Heroin. Und wenn man es noch verlängerte, würde es für eine Flutwelle auf der Drogenszene ausreichen. Das machte den wenig beklagten Antonio Mogales noch im nachhinein zum bedeutendsten Großhändler der Ostküste.

Jetzt blieb nur noch die Frage, wie alles zusammenpaßte. Thwaite hatte keinen Zweifel daran, daß derjenige, der Senator Burke ermordet hatte, auch in dieses Drogengeschäft verwickelt war. Vielleicht hatte er den Stoff importiert, und das hieß dann, daß er ganz weit oben stehen würde. Aber es mußte noch mehr hinter dem Tod des Senators stecken, das hatten die Erpresserbriefe des Senators längst bewiesen. Aber der deutlichste Hinweis war die Asche im Kamin des Senators gewesen. Thwaite war sich jetzt mehr denn je sicher, daß nicht der

Senator, sondern sein Mörder das scheinbar verräterische Papier verbrannt hatte.

Aber der Mörder hatte auch etwas Entscheidendes übersehen: den Schlüssel, der zu dem Heroinkügelchen mit Tonios Namen und Adresse darauf geführt hatte. Die Sorgfalt, mit der der Senator das Beweisstück versteckt hatte, verriet Thwaite, welche Bedeutung es für ihn gehabt haben mußte. Es mußte eine Art Lebensversicherung für den Senator gewesen sein. Daß sie ihm nichts genützt hatte, ließ Thwaite erschauern. Denn das sagte einiges über Burkes und – wenn man so wollte – auch Thwaites Gegner.

Thwaite hob das Heroinsäckchen, das er eingeschnitten hatte, auf und schob es an seinen Platz zurück. Dabei entdeckte er etwas, das er vorher übersehen hatte. Es klemmte in der untersten Ecke des Verstecks zwischen einem Plastiksack und der Wand.

Thwaite streckte die Hand aus und zog es hervor: Es war eine schmale fleckige Papierrolle, deren Enden an dünne Bambusstöckchen geklebt waren. Ein rotes Band hielt die Rolle zusammen.

Er löste das Band und ließ das Papier unter seinem Eigengewicht aufrollen. Es war mit chinesischen Schriftzeichen beschrieben.

Lange Zeit starrte er auf die schwarzen Strichzeichen und wagte dabei nicht einmal zu atmen. Ihm war klar, daß er noch immer davonlief. Auch sein hastiger Entschluß, nach Chicago zu fliegen, hatte nicht nur berufliche Gründe gehabt. Er hatte so aus New York fort können, fort von Melody.

Jetzt mußte er zu Melody gehen.

Zum erstenmal in seinem Leben fürchtete er sich vor dem, was er tun mußte. Je mehr seine Gedanken von ihr besessen waren, desto heftiger quälte ihn die Vorstellung, daß Laurens Tod auch sein Ende bedeuten würde: denn wenn ein Mann das tötete, was seine einzige Rettung war, dann mußte er mit Sicherheit für alle Zeit verloren sein.

Khieu war erschrocken über seinen mangelnden Glauben. Wenn das stimmte, was ihm von Geburt an gelehrt worden war, daß die einzige Rettung der Weg des Amida Buddha war, dann hatte er nichts zu fürchten. Nun war nicht mehr zu leugnen, daß sein Glauben untergraben worden war. Amerika hatte ihn verändert. Und Furcht vor dem Chaos des Unbekannten war wie eine Krankheit in seine Seele gekrochen.

Schließlich beschloß er, sich noch einmal zu prüfen. Sie jetzt zu berühren, ihr noch einmal nahe zu sein, würde ausreichen, um ihm zu zeigen, ob das, was er für sie empfand, die Wirklichkeit war, oder ob er sich dazu bringen konnte, sie zu töten.

Lauren hatte sich tief in den Rücksitz des Taxis sinken lassen, das sie hinaus zum Kennedy-Flughafen bringen sollte. Sie war blind gegen die Welt, die vor den Wagenfenstern vorüberflog.

Ihre Gedanken fügten aus der Erinnerung ein bestimmtes Bild zusammen, Tracys Gesicht und dahinter die Sonne wie gesponnenes Gold über den Wellenkämmen.

Zu dumm. Er hatte ihr die ganze Geschichte erzählt, und sie hatte nicht zugehört, weil sie Bobbys Schmerzensschreie in ihrem Kopf gehört hatte. Erst viel später, als sie begriffen hatte, daß der bittere Geschmack von kalter Asche in ihrem Mund die Ursache der schmerzenden Leere in ihr war, waren ihr Tracys Worte wieder eingefallen.

Deshalb war sie zu Louis Richter gegangen. Wenn sie auch noch nicht bei Tracy sein konnte, so fühlte sie sich in der Nähe seines Vaters schon viel besser. Dann strich wie eine dunkle Wolke der Besucher, Kim, durch ihre Gedanken. Ein wunderschöner Mann, äußerlich. Aber der kurze Blick, den sie in seine Augen hatte werfen können, war genug gewesen, um sie unsagbar erschrecken zu lassen. Schon der Gedanke daran ließ sie noch jetzt erschaudern.

In der Abflughalle drängten sich die Mitglieder des Tanzensembles und das technische Personal, das sie begleiten würde. Erst in einer Stunde würden sie an Bord ihrer Maschine gehen dürfen, und so standen überall große und kleinere Gesprächsrunden zusammen, deren Stimmengewirr die Halle erfüllte. Lauren langweilte sich bald, und plötzlich ertappte sie sich dabei, wie sie sich suchend in der Halle umsah, als ob sie noch einen Bekannten erwarten würde. Warum sie das tat, wußte sie selbst nicht.

Doch das merkwürdige Gefühl ließ nicht nach, und allmählich begann es, sie nervös zu machen. Wie unter einem Zwang glitt ihr Blick über die Gesichter von Freunden, Bekannten und Fremden, die sich neben ihr Handgepäck gestellt hatten oder Taschenbücher und Zeitungen kauften, die ihnen die lange Flugzeit verkürzen sollten.

Ihr früheres Angstgefühl kehrte zurück, und schließlich trieb es sie geradezu aus der Nähe ihrer Bekannten fort, die auf einmal so beklemmend auf sie wirkten. Sie ging zum Pressestand und suchte in den Regalen nach einem Buch, das sie während des Fluges lesen könnte.

Sie hatte es gerade bezahlt, als ihr Flug endlich ausgerufen wurde. Alle stellten sich jetzt in einer langen Reihe auf, die Pässe schon in der Hand, um nur schnell an Bord der wartenden Boeing 747 zu kommen.

Khieu holte tief Luft und ließ dann den Atem langsam wieder aus seinen Lungen entweichen. Er fühlte sich wie ein Verurteilter, der in letzter Minute begnadigt worden war. Seine Hände zitterten unter dem wallenden Gefühlsstrom, der seinen ganzen Körper erfaßt hatte.

Er stand in einer Ecke des Pressestandes, wo er schon die ganzen letzten Minuten gewesen war, und starrte in die leere Abflughalle. Er hatte seine Prüfung gehabt. Und sie war fort. Vielleicht würde sie nie erfahren, wie nahe sie dem Tod gewesen war.

In dem Moment, als sie in die Schlange getreten war, um ihr Buch zu bezahlen, war Khieu hinter sie getreten. Er trug einen ungefütterten leichten Burberrys' Trenchcoat in der gewöhnlichen halbdunklen Farbtönung. Er hatte an ein halbes Dutzend Möglichkeiten gedacht, wie er sie töten konnte, ohne daß man auch nur im geringsten auf ihn aufmerksam geworden wäre.

Es war so einfach, und er wußte, daß er es tun *mußte*. Für seinen Vater, für den *Angka*, für all das, was sie in den letzten vierzehn Jahren zusammen aufgebaut hatten.

Er hatte der inneren Stimme gehorcht, er hatte sich die beste Methode überlegt, und er bewegte sich auf sie zu wie Rauch an einem Nachthimmel. Unbemerkbar.

Er war in der richtigen Position, er wollte es tun. Sein Gehirn gab den Befehl und schickte den Impuls auf seine Bahn. Alle seine Sinne waren auf den weichen Punkt zwischen den Sehnen in ihrem Nacken konzentriert, der über ihrem Jackenkragen zu sehen war. Ihr Nackenhaar war nach oben gekämmt und mit mehreren Klips über ihrem Hinterkopf zusammengesteckt. Alles, was er nun brauchte, war ein entblößter Quadratzentimeter. Er hatte ihn vor seinen Augen. Es mußte geschehen.

Malis! Malis! Malis!

Der Schrei hämmerte in seinem Kopf wie das Rotorgeräusch eines niedersinkenden Helikopters. Er schnappte keuchend nach Luft und wäre fast gegen sie gefallen. Nur seine lichtschnellen Reflexe hatten ihn davor bewahrt.

Aber er mußte sie töten. Er mußte! Woran dachte er? Warum zögerte er? Tu es! schrie seine Vernunft in an. *Tu es!*

Aber er konnte es nicht. Etwas in ihm ließ es nicht zu. Die Verwirrung in seinem Kopf lähmte ihn, und langsam wich er zurück, ohne auch nur für eine Sekunde den Blick von ihrem Nacken zu lösen.

Und dann wußte er plötzlich mit letzter Sicherheit, warum er es nicht tun konnte. In dem Moment, wenn seine Hand die wenigen Zentimeter zwischen ihnen überwunden hätte, wenn er sie berühren würde: in diesem Moment würde er Malis berühren!

Selbst während der Nacht war die drückende Schwüle kaum zu ertragen. Tracy erwachte aus einem tiefen traumlosen Schlaf, wie er einen gewöhnlich am Ende einer langen kräftezehrenden Anstrengung befällt. Der lange Kampf im Krankenhaus hatte ihm mehr abverlangt, als für ihn gut war.

Er stieg die Treppe zum Deck hinauf. Nur die Positionslampen beleuchteten das Boot. Rote, grüne und gelbe Punkte glühten draußen auf dem Meer, und es schien Tracy, als ob sie auf dem Rücken des vieläugigen riesigen Drachen ritten, der nach uralter Überlieferung Hongkong bewachte.

Ping Pos Augen hatten ihn die ganze Zeit über durch die Dunkelheit hindurch beobachtet. »Sie haben fest geschlafen.«

Tracy war sofort hellhörig. »Ich fühle mich auch schon viel frischer.«

Ping Po nickte. »Sehr gut. Eine stille Nacht. Sehr still. Wir wollen wetten, wann sich der erste Wind erheben wird.« Er sah Tracy herausfordernd an. »Was sagen Sie?«

»In einer halben Stunde«, antwortete Tracy sofort und ohne auf seine Armbanduhr zu sehen. Er wußte, daß eine schnelle Antwort von ihm erwartet wurde. Die Lust der Chinesen nach Wetten und Spielen war unersättlich. Sie setzten ihr Geld auf alles, was sich bewegte, sprechen konnte, in den Himmel stieg oder zur Erde fiel. Noch das kleinste Zögern hätte Tracy als wahren *Quai loh* gebrandmarkt, als fremden Teufel. Und dafür hielten die zivilisierten Chinesen eigentlich jeden Westler.

»Jaaa!« sagte Ping Po gedehnt. Seine Augen öffneten sich weit. »Aber er wird später kommen. Viel später.« Er legte den Kopf schräg. »Einhundert Hongkong-Dollar?«

»Einverstanden.«

Ping Po lächelte und rieb sich die Hände. »Ja. Bald werden wir es wissen.« Er spuckte in hohem Bogen über die Bordkante. Er hatte die Augen zu schmalen Schlitzen zusammengekniffen. »Und Sie sollten vielleicht auch wissen, daß der Mann, über den Sie im Schlaf gesprochen haben, daß Mizo viele Namen hat.«

Jetzt war es an Tracy, überrascht zu sein. Aber er zeigte das nur mit seinen Augen: das würde Ping Po glücklich machen, und er würde nicht das Gesicht verlieren. »Jaaa! Woher können Sie so etwas wissen?«

»Ich bin nur ein armer Fischer«, sagte Ping Po und meinte es ganz bestimmt nicht. »Aber bin ich deshalb auch der blinde, taube und stumme Sohn einer Seeschlange? Wenn ich nicht gewisse Dinge wüßte, dann wäre ich blind gegen den Lauf der Gezeiten und wüßte nicht, wann die Zeit am besten ist, um diese alte Dschunke mit Fisch zu füllen. Dann wäre ich nicht in der Lage, für meine große Familie zu sorgen.«

»Aber das eine Wissen ist nicht das gleiche wie das andere«, sagte Tracy. »Das eine kann sehr gefährlich sein.«

»Aaaa! Glauben Sie denn, es sei ungefährlich, diese Dschunke durch die Buchten und Wasserläufe um Hongkong zu lenken?« Wieder spuckte er über die Bordwand. »Ich glaube nur an zwei Dinge: an das Spiel und daran, daß alle Banken eines Tages zusammenbrechen werden. Sie sind eine Erfindung der *Quai loh*, und deshalb kann man ihnen nicht trauen. Aber Gold, ah, Gold ist ein Freund, der einen nie im Stich läßt. Stimmen Sie mir nicht zu?«

»Doch, es ist schon wahr, was Sie sagen.«

»Dann hören Sie mir auch weiterhin gut zu, mein Freund. Dieser Mizo, dieses Unglück einer japanischen Mutter, ist unter vielen Namen bekannt. Sun Ma Sun. Sonne des weißen Puders für das eine, Sonne der schwarzen Flammen für das andere.« Ping Po sah ihn abschätzend an. »Verstehen Sie die Bedeutung meiner Worte?«

»Ja.«

Der alte Mann nickte. »Gut. Vielleicht hilft es Ihnen.« Er gähnte und zeigte über Tracys Schulter.

Sie fuhren in den Lei-Yue-Mun-Kanal ein. Vor sich sah Tracy die blauvioletten und tief gelben Lichter der Anflugschneise und Rollfeldbeleuchtung von Kai Tak, die wie ein ausgestreckter Finger auf das Meer hinauszeigten.

Ihr Ziel war der Bezirk Kwung Tong, der zum neuen Teil von Kaulun gehörte. Weiter konnte sich Ping Po nicht heranwagen, ohne die Aufmerksamkeit der Hafenpolizei auf sich zu ziehen.

Tracys Gedanken kreisten um das, was Ping Po ihm gesagt hatte. Die Chinesen hatten viele Namen, solche, die sie erst später im Leben erhielten und die nicht dieselben waren, mit denen sie geboren wurden. Diese späteren Namen wurden zumeist von den Eigenarten oder äußerlichen Auffälligkeiten ihrer Träger bestimmt – oder von dem, was sie taten.

Sonne der schwarzen Flammen bezog sich offensichtlich darauf, daß man bei Mizo den Bau von Miniatursprengsätzen und Abhörgeräten lernen konnte. Aber Sonne des weißen Puders? In Hongkong konnte das nur eins bedeuten: Drogenhandel. Und wenn das stimmte, konnte sich Tracy ausrechnen, daß er in viel größeren Schwierigkeiten steckte, als er sich das vorgestellt hatte.

Der Drogen- und Goldschmuggel von Macao aus war ein solch einträgliches Geschäft, daß es gewisser Sicherheiten bedurfte, wenn man es in Ruhe und unbelästigt betreiben wollte. Tracy war jetzt überzeugt, daß höchstwahrscheinlich er selbst verhaftet werden würde, wenn er jetzt zur Polizei ging und die Wahrheit sagte. Irgend jemand dort stand ganz sicher in Mizos Diensten.

Ping Po wandte sich zu ihm. »Noch immer kein Wind.«

Tracy warf einen Blick auf seine Uhr und zuckte die Schultern. Er holte hundert Hongkong-Dollar hervor und gab sie dem Fischer. »Das Glück meint es gut mit Ihnen.«

»Ja.« Ping Po lachte und steckte das Geld ein.

Seine Söhne steuerten die Dschunke auf die Pfähle der Anlegestelle zu. Ping Pos Sohn Nummer drei sprang mit einem Tampen an Land und zog die Dschunke näher ans Ufer. Dann rieb sich die Seitenwand des Bootes knirschend an den Holzpfählen und den alten Autoreifen, die das Landungsdock schützten.

»*Kung Hei Fat Choy*«, sagte Tracy.

»Kung Hei Fat Choy«, antwortete der alte Mann lächelnd.

Tracy wollte schon an Land springen, doch als er sich noch einmal umwandte, sah er, daß die kleine Li aufgewacht war. Er zog eine Rolle Hongkong-Dollar-Noten aus der Tasche.

Dann faltete er sie sorgfältig und schob sie dem kleinen Mädchen in die Faust. Er beugte sich zu ihr hinunter und küßte sie auf die Stirn. »Ein Geschenk des Meeres«, flüsterte er ihr zu. »Von dem Fisch, der entkommen ist.«

Mit einem Satz stand Tracy auf dem Kai und nickte Sohn Nummer drei zu, der sofort wieder zurück auf das Boot sprang. Sekunden später hatte die Dschunke gewendet und verschwand in die Richtung, aus der sie gekommen war – zurück zum Kanal und nach Aberdeen.

Tracy sah der Dschunke nach, bis sie in der Dunkelheit nicht mehr auszumachen war. Dann wandte er sich um und verließ mit eiligen Schritten die Anlegestelle.

Noch waren nur wenige Leute unterwegs, und er beschleunigte seinen Schritt. In seinem Kopf jagten sich die Gedanken. Es gab nur eine Stelle in der Kolonie, bei der Mizos Leute einige Hoffnungen haben durften, ihn dort auch ein zweites Mal zu erwischen. Das Hotel.

Und auf dem Weg zum Hotel war Tracy jetzt. Er stieg in einen Bus der Linie 11, wechselte aber zweimal den Wagen, bevor sich die Fahrgäste zu dicht um ihn drängten. Immer wieder prüfte er die Gesichter in seiner Nähe, obwohl er im Grunde sicher war, nicht verfolgt zu werden.

Aber Mizo hatte ihn schon einmal täuschen können, und ein viel größeres Team eingesetzt, als Tracy vermutet hatte. Wie viele Leute arbeiteten für Mizo? Tracy konnte sich auch keine ungefähre Zahl vorstellen, aber wenn der Japaner wirklich die Sonne des weißen Puders war, dann waren es mit Sicherheit sehr viele. In vorsichtiger Entfernung zum Princess verließ Tracy den dritten Bus. Dann tauchte er in die Menge auf dem Bürgersteig ein und nahm den schnellen kurzen Schritt der Chinesen um ihn herum an.

Aber als er dann die weiße Steinfassade des Hotels zum erstenmal in der Morgensonne aufleuchten sah, zog sich ihm dennoch die Kopfhaut zusammen. Die Vorstellung, auch für die nächsten vierundzwanzig Stunden einfach unterzutauchen, und zwar diesmal in seinem Bett, war verlockend, aber schon der Gedanke an die Polizei holte ihn in die Wirklichkeit zurück.

Mit Sicherheit waren die Toten im Queen-Elizabeth-Krankenhaus längst entdeckt worden, und er konnte sich den Aufruhr vorstellen, in den die Polizei bei dem Anblick geraten war. Die Polizei von Hongkong konnte sehr kleinlich werden, wenn jemand eine Spur von Blut und Leichen durch ihren Amtsbereich legte. Tracy konnte ihnen das noch nicht einmal übelnehmen. Es war schon schlimm genug, daß Mizo ihn unbedingt zur Strecke bringen wollte. Aber wenn ihm jetzt auch noch die Polizei auf den Fersen war, und das in diesem so undurchsichtigen Fall, dann war das zuviel, um damit allein fertig zu werden. Für die Polizei lag die Sache sicherlich klar. Er war eben doch nur ein *Quai loh*.

Auf der anderen Straßenseite, vor dem breiten Säulenaufgang, der zu der gläsernen Eingangstür des Hotels führte, parkten zwei Rolls-Royce-Limousinen mit leise summenden Motoren. Niemand kam aus dem Hotel, um mit den Wagen wegzufahren. Spät am Abend wäre das kaum aufgefallen, aber zu dieser frühen Stunde war es doch merkwürdig. Nach einiger Zeit kam einer der livrierten Hoteldiener die Stufen hinunter. Er war um einiges älter als die Jungen, die neben dem Eingang des Hotels standen, und entsprechend selbstsicher waren seine Bewegungen.

Der Hoteldiener beugte sich zu dem Fahrer des ersten Rolls und begann auf ihn einzureden. Kurz darauf stieg der zweite Fahrer aus seinem Wagen und trat zu den beiden Streitenden. Er war Chinese und trug eine Sonnenbrille. Das hitzige Gespräch ging zu dritt weiter, und mehrmals deutete der Diener mit großen Gesten zum Eingang des Hotels. Der Fahrer des ersten Rolls schüttelte den Kopf, und als der Diener gerade nach Hilfe zu winken begann, zog er deutlich sichtbar ein Bündel Geldnoten hervor und zählte einige Scheine ab.

Der Diener hörte sofort auf zu gestikulieren, und als die Geldscheine von einer Hand zur anderen gewandert waren, war auch die Ruhe wiederhergestellt. Der Hoteldiener nickte einmal kurz, dann war sein Interesse an den beiden Fahrern abrupt erloschen.

Tracy ließ sich mit der Menge auf der Straße zur Rückseite des Hotels treiben und betrat es durch den Kücheneingang. Seine Gedanken waren noch bei dem, was er gerade gesehen hatte. Die beiden konnten keine gewöhnlichen Fahrer sein, sonst hätte es nicht den Streit gegeben, der erst mit der Zahlung eines Bestechungsgeldes beendet werden konnte. Die Chauffeure konnten also kaum auf ihre Dienstherren warten. Alles deutete eher auf einen Hinterhalt von Mizo hin. Tracy lernte allmählich, die Züge seines Gegners zu durchschauen. Wem würden schon die Fahrer zweier Luxuslimousinen, die vor Hongkongs bestem Hotel warteten, verdächtig auffallen?

Tracy schob sich durch die lärmerfüllte Küche und suchte nach einem Pagen. Seine Wahl fiel auf einen Jungen mit schnellen, unternehmungslustigen Augen und gutem Aussehen. Einen, der den Wert von 500 Hongkong-Dollars zu schätzen wissen würde und, was noch viel wichtiger war, der Tracys Geschichte mit der Freundin glauben würde, die Tracy sitzenlassen wollte, um mit einer Chinesin durchzubrennen, die er angeblich an Bord der *Jumbo*, dem größten Restaurant- und Vergnügungsschiff im Hafen von Aberdeen kennengelernt hatte.

Der junge Mann ließ sich sofort von Tracys Verschwörermiene anstecken und eilte mit grinsendem Gesicht und dem Geld sicher in der Tasche verborgen, um den Auftrag zu erfüllen. Es dauerte keine zehn Minuten, da brachte er alles, was Tracy verlangt hatte: Kleider zum Wechseln, eine Jacke und das Reisenecessaire.

Dann berichtete der Page, daß die Hotelleitung Tracys Gepäck in einen anderen Raum hatte bringen lassen, um seine Rückkehr abzuwarten. »Die Polizei scheint aber nicht so sicher gewesen zu sein, ob Sie hier überhaupt noch einmal auftauchen. Es sind nur zwei Beamte hier, und die gehören auch noch zum Rauschgiftdezernat. Sie ärgern sich fürchterlich und halten es für eine ausgemachte Dummheit ihres Chefs, daß er sie ausgerechnet zu diesem Einsatz verdonnert hat.« Zumindest hatte die Polizei nicht daran gedacht, auch den Inhalt des Kleiderschranks zu beschlagnahmen.

Tracy bedankte sich bei dem Pagen und verschwand mit seinem Bündel im Arm auf der Herrentoilette. Dort wusch und rasierte er sich und wechselte die Sachen. Dann warf er einen prüfenden Blick in die schweinslederne Toilettentasche, um festzustellen, ob etwas an ihrem Inhalt verändert worden war. Anschließend stopfte er die übelriechenden abgelegten Sachen in einen der großen Müllcontainer in der Küche. Seine Brieftasche und seinen Paß hatte er wieder sicher in der inneren Brusttasche des neuen Jacketts untergebracht.

Er stahl sich auf demselben Weg aus dem Hotel hinaus, auf dem er es auch betreten hatte. Als er wieder in die Menge auf der Straße eintauchte, stand sein Entschluß fest. Er hatte das Katz-und-Maus-Spiel satt. Er würde zum Goldenen Drachen gehen, dem *Feng-Shiu*-Mann.

Macomber mußte sich zwingen, nicht zum Hörer zu greifen, um den Mönch unter der zwischen ihnen abgesprochenen Geschäftsnummer in Shanghai anzurufen. Der Gedanke, unter dem verabredeten Codewort OPALFEUER ein Telegramm nach China zu schicken, quälte ihn nicht weniger. Aber natürlich ging auch das nicht. Wo, zum Teufel, ist sie? tobte es in seinem Kopf. Warum dauert es so lange?

Für einen Moment durchzuckte ihn wieder die hoffnungslose Verzweiflung, die ihn erfaßt hatte, als Khieu ohne sie aus Kamputschea zurückgekehrt war. Dann ließ ihn ein kaum wahrnehmbares Geräusch herumfahren. Khieu stand in der Tür.

»Aber bleib doch nicht dort stehen, Khieu«, sagte er und stand hinter seinem Schreibtisch auf. »Komm herein.« Mit zwei Schritten war Macomber an der großen Fensterwand. Er sah hinunter in den Park. »Ich habe gerade noch einmal das System durchgeprüft. Falls bei dem Ereignis am einunddreißigsten in letzter Minute Änderungen notwendig werden sollten.«

»*Oui.*« Khieus Stimme bebte.

Macomber wandte sich erschrocken zu ihm um. »Ist etwas nicht in Ordnung? Seit deiner Rückkehr aus Kamputschea mache ich mir Sorgen um deine Gesundheit. Vielleicht hast du dich dort mit irgend etwas infiziert?«

Ja, dachte Khieu, aber nicht so, wie du es dir denkst. »Es geht mir gut, Vater«, antwortete er leise. »Ich schlafe in letzter Zeit etwas unruhig.«

Macombers Miene wurde noch besorgter. »Sind sie wieder da? Deine Alpträume?«

Khieu lächelte. Was würde sein Vater sagen, wenn er wüßte, daß sie niemals wirklich verschwunden waren, dachte er. »Nein, natürlich nicht. Es ist nur – durch den langen Flug. Die Zeitverschiebung.«

Macomber versuchte Khieu auf ein anderes Thema zu lenken. »Ich habe die Stimmung im Land richtig eingeschätzt. Nach Reagan stehen die Leute den Republikanern immer noch argwöhnisch gegenüber. Aber in die gegenwärtige Regierung der Demokraten haben sie auch kein richtiges Vertrauen mehr. Nicht nach dem Anschlag in Westdeutschland und dem Attentat in Ägypten. Gottschalk ist so weit gekommen, wie das mit all dem, was wir bisher für ihn getan haben, möglich war. Die Republikaner haben ihn zu ihrem Präsidentschaftskandidaten gemacht. Und nun, na? Die Sache ist viel zu wichtig, als daß wir uns dabei auf irgendwelche vagen Wahrscheinlichkeiten verlassen dürfen. Nein«, seine Stimme hatte wieder ihren unbekümmerten Ton zurückgewonnen, »übermorgen werden wir Gottschalk das Präsidentenamt zu Füßen legen, nicht wahr, Khieu?«

Minuten verstrichen, bevor Khieu antwortete. Er war zurück in den weiten Raum getreten, so daß Macomber seine Augen nicht sehen konnte. »Ja«, sagte er schließlich, »das werden wir.« Er fuhr sich mit seinen langen Fingern durch sein volles schwarzes Haar. »Brauchst du mich noch, Vater?«

»Nein, ich denke nicht.« Macomber strengte alle Sinne an, um herauszufinden, was in Khieu vorgehen mochte.

»Ich möchte etwas an die frische Luft gehen.« Khieus Stimme war fast nur noch ein Flüstern.

»Ja, tue das nur«, sagte Macomber und sah Khieu nach, bis die Tür wieder ins Schloß gefallen war.

Was ist mit Khieu passiert, dachte er. Ist es etwas Wichtiges oder Unbedeutendes? Und, die entscheidende Frage: Kann ich ihm noch vertrauen?

Er schloß die Augen, und in seinen Gedanken arrangierte er die verschiedenen Möglichkeiten, die er hatte, wie Spielkarten. Er blätterte von einer zur anderen und wog dabei jedesmal Stärken und Schwächen gegeneinander ab. Dann wählte er sich die Beste aus.

Er ging an seinen Schreibtisch, griff zum Telefon und wählte eine Nummer. »Eliott?« sagte er mit warmer Stimme. »Wie geht es dir?... Das freut mich.« Er wartete geduldig den richtigen Zeitpunkt ab. »Ich glaube, wir sollten wieder einmal zusammen essen gehen. Ja, ein richtiges Geschäftsessen. Wie wär's mit dem Lutèce?« Er lachte. »Ja, an meinem Tisch. Schön. Wir können vom Büro aus zusammen hinfahren... Nein, morgen paßt mir nicht«, log er. »Aber übermorgen geht es bei mir. Ja genau, am einunddreißigsten.«

Macomber legte den Hörer langsam zurück auf die Gabel. Vielleicht schafft Eliott, was ich nicht kann, dachte er.

4. Kapitel

Als Thwaite hörte, wie die Sicherheitskette rasselnd zurückgezogen wurde, krampfte sich sein Magen zusammen. Es schien schon so viel Zeit vergangen zu sein, seit er sie das letzte Mal gesehen hatte: ein ganzes Leben.

Wie in einem Traum sah er, daß sich ihre Augen vor Überraschung weiteten, und er hörte sie nach Luft schnappen. »Oh, mein Gott!« Ihr Blick zerriß ihm fast das Herz. »Doug, ich hatte nicht erwartet...«

»Ich möchte dich um einen Gefallen bitten.« Bring es schnell hinter dich und verschwinde wieder, dachte er.

Sie hatte den Kopf auf die Schulter gelegt und sah ihn verwirrt an. »Du weißt, daß du nicht zu fragen brauchst. Es gehört zu unserer...«

»Die gibt es nicht mehr«, sagte er schnell. Jedes Wort darüber hinterließ einen gallenbitteren Geschmack im Mund. »Was immer vorher zwischen uns war, gibt es nicht mehr.«

Er sah die Betroffenheit in ihren Augen, und erst in dem Moment wurde ihm bewußt, wie doppeldeutig seine Bemerkung gewesen war. Habe ich es wirklich so gemeint? fragte er sich.

»Ich verstehe.« Ihr Gesicht zeigte keine Reaktion, aber er sah, daß sie unter dem leichten Make-up blaß geworden war.

»Ich verstehe dich nicht«, sagte er mit unschuldiger Stimme. »Ich dachte, du wärst froh darüber, das heißt, daß du frei bist?«

»Frei genug, deine Bitte abschlagen zu können?«

»Wenn du es willst?«

»Ja, das will ich.« Sie wandte sich von ihm ab. Ihre Arme hingen steif an ihr herunter. Er sah einen Muskel ihres Handgelenks springen.

»Dann...« aus unerklärlichen Gründen schnürte sich ihm plötzlich die Kehle zu, und er mußte einen Augenblick warten, bis er weitersprechen konnte. »Dann sehen wir uns jetzt zum letztenmal.«

Ihr Kopf fiel vornüber, als ob er sie geschlagen hätte. Dann glaubte er, daß sie etwas gesagt hatte, aber er war sich nicht sicher. Er machte einen Schritt auf sie zu.

»Was hast du gesagt?«

Als sie schließlich antwortete, kamen ihre Worte sehr langsam. Er spürte, daß sie Mühe hatte, ihre Gefühle unter Kontrolle zu halten. »Das liegt ganz bei dir.«

Er fühlte Wut in sich hochsteigen, als ob er in einer Situation war, deren volle Bedeutung er nicht verstand. »Was soll ich jetzt wieder darauf antworten?«

Sie warf sich zu ihm herum, er sah die Rötung auf ihren Wangen und die Tränen, die in ihren Augenwinkeln zitterten. »Es ist mir ganz egal, was du sagst, solange es die Wahrheit ist!«

»Du willst die Wahrheit hören?« sagte Thwaite. »Na schön. Hier hast du sie. Ich hatte ein Verhältnis mit dir – mit einer Hure –, während ich verheiratet war. Ich habe mich nicht um meine Frau gekümmert und viel zuwenig Zeit mit meinem Kind verbracht. Und jetzt sind sie beide in einem grellen Feuerblitz und in Rauch verschwunden, und ich habe nichts mehr. Nichts, verstehst du? Und die Wahrheit ist, daß ich jedesmal, wenn ich dich sehe, wenn ich mit dir spreche, daran erinnert werde, was ich getan habe, und das halte ich nicht aus!«

»Dann verschwinde doch«, sagte Melody ruhig und mit kühler Stimme. Erschrocken wich er einen Schritt zurück. »Ich habe während all dieser langen Tage und Nächte an dich gedacht. Ich habe gedacht, daß ich dich lieben würde.« Sie lachte böse. »Aber ich habe mich in dir getäuscht, Doug. Genauso wie du dich täuschst, wenn du sagst, dir sei nichts geblieben; denn du hast noch dein Selbstmitleid, von dem du voll bis obenhin bist. Du bist widerwärtig in deinem Selbstmitleid, und ich will weder von dir noch von deinem Gefallen irgend etwas wissen!«

»So ist das also«, sagte er und nickte dabei mit dem Kopf. Eine eisige Kälte hatte sich auf seine Gedanken gelegt, und er sah klar und deutlich, was er jetzt tun mußte. »Gut, wir sind also quitt. Du willst mir keinen Gefallen tun, in Ordnung. Aber unsere Abmachung beruhte ja darauf, daß jede Seite ihren Vorteil davon hatte. Ich habe eine Information für deine alten Freunde in den Zuhälterkreisen. Ich meine«, sagte er mit aller Bösartigkeit, die er zustande bringen konnte, »das war es doch, was dich am Anfang an mir interessiert hat. Mit ein paar Informationen von mir konntest du deinen lieben Freunden manchen Ärger ersparen. Also, dann erzähle ihnen lieber bald, daß übermorgen eine Razzia anläuft. Eine Großrazzia. Sie haben Beweise, um jeden festnageln zu können. Zwei, drei von deinen lieben Leuten sind auch dabei. Du hast es also gehört. Was du damit anfängst und mit deinem restlichen Leben, ist ganz allein deine Sache.«

Er ließ sie einfach stehen und war froh, als er aus ihrer Wohnung heraus war.

Thwaite hatte die Tür kaum hinter sich geschlossen, da lief Melody schon ins Schlafzimmer und zog sich die Schuhe an. Tränen liefen ihr die Wangen herunter, und sie vermied es, in den Spiegel zu sehen. Sie wünschte sich, ihre Freunde einfach anrufen zu können, aber ihr war eingeschärft worden, das unter keinen Umständen zu tun.

Sie griff nach ihrer Handtasche und vergewisserte sich, daß sie genug Geld und ihre Schlüssel dabei hatte. Sie tat alles, was sie davon abbringen konnte, an Thwaite zu denken. Sie wünschte sich von ganzem Herzen, ihn hassen zu können, aber es gelang ihr nicht.

Thwaite sah sie über den Broadway laufen und ein Taxi anhalten. Er blieb äußerst vorsichtig; schließlich wußte er, wie klug sie war. Und tatsächlich blickte sie sich noch einmal nach allen vier Seiten um, bevor sie in den Wagen stieg. Sie ist gerissen, dachte er. Aber ich bin es auch.

Sie hatte ihn nicht entdecken können. Er war auf dem Sitz weit heruntergerutscht, und das Sonnenlicht blendete auf den Scheiben seines Wagens. Der Motor lief bereits, alles, was er noch zu tun hatte, war, auf das Gaspedal zu treten.

Ihr Wagen fuhr ins Geschäftsviertel der Stadt, was ihn überraschte. Er hatte eher gedacht, daß sie ihn zu einem superfeinen Penthouse auf der Park Avenue führen würde. Aber die Mietskaserne, vor der der Taxifahrer sie absetzte, war ungefähr das genaue Gegenteil des Vierundzwanzig-Karat-Viertels.

Thwaite parkte seinen Wagen, überquerte die breite Straße und betrat das heruntergekommene Haus, in dem Melody verschwunden war. Fünf lange Minuten hatte er in seinem Wagen gewartet und nervös auf das Lenkrad getrommelt.

Er zog seine Waffe in dem Moment, als er über die Schwelle des Hauses trat. Er hatte fünf Stockwerke gezählt, und sechs Türen fand er im untersten Flur, machte also dreißig Apartments, und in jedem davon konnte Melody sein.

Ihm blieb nur die Wahl zu warten, bis sie wieder herauskam. Er war das Treppenhaus halb hinaufgestiegen und blieb stehen, um nachzudenken. Wenn er sich in einem Schutthaufen wie diesem verstecken müßte, dann wäre seine erste Sorge die Sicherheit, was in diesem Fall nur bedeuten konnte, daß man einen kurzen Fluchtweg haben mußte. Und dafür kam nur ein Hinterausgang im untersten Stock oder der Weg über das Dächergewirr in Frage. Jeder Flur dazwischen war eine sichere Falle.

Thwaite ging wieder nach unten und sah sich suchend um. Wenn der Flur jemals einen Hinterausgang gehabt hatte, dann war er inzwischen zugemauert oder übermalt worden.

Blieb also nur das oberste Stockwerk. Er war auf der Treppe zwischen dem vierten und fünften Stock, als er auf dem Flur über sich ein Geräusch hörte. Ein Riegel wurde zurückgezogen.

Er sprang die letzten Stufen hinauf und sah Melody aus einer halbgeöffneten Tür herauskommen. Sie stand mit dem Rücken zu ihm und sprach mit jemandem in der Wohnung. Thwaite hielt nicht eine Sekunde in seinem Lauf an. Statt dessen beugte er die rechte Schulter vor, wie es ihm sein Footballehrer auf der Schule beigebracht hatte, und stürmte weiter. Mit einem gellenden Schrei flog Melody zurück in das Apartment, und die Tür schleuderte nach innen und schlug gegen die Wand.

»Was, zum Teufel...!«

»Stehenbleiben! Polizei!« schrie er. Er stand halb geduckt in der klassischen Scharfschützenposition, die Arme vorgestreckt und beide Hände um den Kolben seiner 38er. Mit einem ersten schnellen Blick hatte er drei wütende Gesichter gesehen, dunkles öliges Haar, gute Kleidung und bei einem Pockennarben auf den Wangen.

»Du verlogene Schlampe! Du hast den Kerl hierher gebracht!« Eine schnelle Bewegung auf seiner linken Seite. Er flog herum. Einer der Männer hatte einen kurzläufigen 45er Revolver gezogen.

»Fallenlassen!« schrie Thwaite. »Sofort!«

Der Mann sagte etwas mit einer dunklen, kehligen Stimme, die Thwaite nicht verstand. Der Arm des Mannes kam hoch, die Waffe in der Hand zielte auf Melody.

Thwaite schoß. Der Mann wurde von der Kugel nach hinten geworfen, ein Schuß löste sich aus seiner 45er, dann schlug er hart auf den Boden auf und zertrümmerte dabei einen Stuhl.

In der nächsten Sekunde schien der Raum in Bewegung zu explodieren. Die anderen beiden Männer stürzten auf das offene Fenster zu. Thwaite konnte das Gitter der Feuerleiter sehen und dahinter die Dächer der Nachbarhäuser.

»Stehenbleiben, alle beide!« rief er und kroch hinter einen schweren Sessel. Das bellende Echo einer 45er ließ ihn zusammenzucken. Holzsplitter flogen ihm um den Kopf, und Füllmaterial aus der Sesselpolsterung fiel wie Schnee auf ihn nieder.

Thwaite duckte sich seitlich aus seinem Versteck heraus, zielte und schoß einen nach dem anderen ruhig und eiskalt und ohne sich um etwas in der Welt zu kümmern von der Fensterbank herunter. Das war sein Beruf, und etwas anderes hatte er nicht mehr.

Langsam erhob er sich und fegte die 45er, die auf den Boden gefallen war, mit einem Fußtritt zur Seite. Das Zimmer war tapeziert und mit einem Sammelsurium von Möbeln vollgestellt. Er rückte das Sofa von der Wand ab. Dann zählte er die Plastiksäckchen: zwanzig. Nur einer hatte an der Seite hervorgesehen. Thwaites unerwarteter Auftritt hatte ihnen nicht mehr genügend Zeit gelassen, alles sicher zu verstecken.

Thwaite sah hinunter auf das Heroin und spuckte auf den Boden. Dann wandte er sich um und ging hinüber zu Melody, die zusammengekauert in einer Ecke hockte und auf die Leichen ihrer Freunde starrte.

»Sieh her. Schau dir an, womit deine Freunde ihr Geld in Wirklichkeit verdient haben! Was du in den Säckchen siehst, ist der Tod, Melody.«

Er sah zu ihr hinunter und bemerkte, daß ihr rechter Arm langsam hinter ihrem Rücken hervorkam. Sie hielt einen Revolver in der Hand. Sie mußte die Waffe aufgehoben haben, als er zu dem Sofa gegangen war.

»Du hast meine Freunde umgebracht«, sagte sie leise. »Du bist hier eingedrungen und hast mich dazu benutzt...« Ihre Stimme stockte einen Augenblick. »Sie haben mich zur Schule geschickt. Sie haben sich um mich gekümmert, wenn mein Vater sich herumgetrieben hat und meine Mutter arbeiten mußte. Wenn sie nicht gewesen wären, hätte ich nichts gelernt. Wir hatten kein Geld.«

Thwaite starrte auf den Revolverlauf und fühlte etwas Hartes, Unangenehmes in sich schmelzen. »Ich möchte nicht sterben, Melody«, sagte er.

Ihre Hand schwankte. »Ich sollte dich umbringen, du Mistkerl, du hast alles in meinem Kopf durcheinandergebracht, du hast mein ganzes Leben durcheinandergebracht – nur du.«

Er weinte zuerst. Und langsam fiel er vor ihr auf die Knie. »Der Scheißkerl, der meine Familie umgebracht hat, war in demselben Geschäft wie sie, Melody. Er hat das Heroin für sie verteilt. Er war ihr Großhändler. Und ihm habe ich auch noch geholfen, die Tarnung für seine Geschäfte aufrechtzuerhalten. Ich habe ihn nur für einen Zuhälter gehalten, verstehst du?« Sein Gesicht war rot geworden.

Sie hatte den Revolver fallengelassen. Ihre geöffneten Hände kamen auf ihn zu und glitten über seine Schultern. Und als er sich nach vorn beugte, zog sie seinen Kopf an ihre Brust, küßte ihn und streichelte sein Haar.

Ihre Wärme strömte auf ihn über, und er erkannte, daß sie recht gehabt hatte. Er hatte sich wirklich seinem Selbstmitleid ergeben gehabt. Aber seiner Gefühle für sie war er sich noch immer so unsicher, daß er lieber nicht über diesen Moment hinausdenken wollte; über die Ruhe, die jetzt nur sie allein ihm geben konnte.

Schließlich legte er ihr die Schriftrolle in die Hände. Sie setzte sich auf das Sofa und löste das rote Band. »Ist das der Gefallen, um den du mich bitten wolltest?«

Thwaite nickte. »Ich möchte, daß du es mir übersetzt.«

Sie zog die Rolle auseinander. Ihre großen Augen folgten den Kolonnen der Schriftzeichen hinunter und hinauf.

»Himmel«, sagte sie nach einiger Zeit. »Hast du wirklich dreihundertfünfzig Kilogramm reines Heroin gefunden?«

»Ja, das habe ich.« Er setzte sich neben sie. »Was steht da sonst noch?«

Sie sah ihm ins Gesicht. »Hast du jemals etwas von einer Mauritius-Gesellschaft gehört?«

Thwaite schüttelte den Kopf. »Nein, sollte ich das?«

»Es ist die Gesellschaft, die das Heroin bestellt hat.« Sie sah wieder auf die Papierrolle in ihren Händen. »Doug, mir scheint, daß es nur eine von vielen war.«

Er zeigte auf die Rolle. »Ist da auch eine Adresse dieser Mauritius-Gesellschaft angegeben?«

»Ja.«

»Dann laß uns fahren.«

Als Melody aufstand, fiel ihr Blick auf den Revolver, den sie eben noch auf Thwaite gerichtet hatte.

Der Goldene Drache hatte seine Räume im hinteren Teil einer der mehr als dreitausend Spielzeugfabriken Hongkongs. Ein merkwürdiger Platz für einen *Feng-shui*-Mann, aber es hieß, daß seinem Bruder die Fabrik gehören würde.

Er war ein Erdwahrsager, und angeblich konnte er das Schicksal der Menschen aus dem Wechsel der Winde, der Strömung eines Flusses und der Farbe des Tageslichts herauslesen. Gleichzeitig stand er in vertrauter Verbindung mit den Myriaden von Geistern und Dämonen, die nach dem Glauben der Chinesen die Erde bevölkern. Deshalb kamen die Chinesen zu ihm, bevor sie irgendeinen folgenschweren Entschluß faßten, ob es nun um ein Geschäft oder eine Ehe ging.

Die Arbeiter hatten die Fabrik längst verlassen, und dennoch standen Tore und Türen offen, auch ein Teil der Lampen glühte noch, ihr Licht legte einen zitronengelben Pfad durch die große Halle. Jedes Geräusch wurde geheimnisvoll verstärkt, und die Echos hallten in sonderbarem Rhythmus zurück. Überall schienen sich Schatten zu bewegen und sich für Tracys Besuch neu zu ordnen.

Der Goldene Drache hatte seine Räume im hinteren Teil der Fabrik, in der linken Ecke, die er als besonders geeignet empfunden hatte, die guten Geister anzulocken und die bösen zu vertreiben. Alles war in Rot und Gold gehalten, und lange bevor Tracy die Tür des Beratungszimmers erreichte, roch er schon das scharfe Aroma träge verglühender Räucherstäbchen.

Eine junge Chinesin saß im Zimmer des Goldenen Drachen. Tracy mußte warten, bis die Beratung beendet war.

Auf der anderen Seite des Raumes sah Tracy ein großes Tongefäß, das mit einer rötlichbraunen Glasur überzogen und fast einen halben

Meter hoch war. Sein Verschluß wölbte sich wie eine Domkuppel. Das Gefäß stand auf moosbewachsenen Steinen, die wie in der Natur angeordnet waren, und der Deckel war mit Papierschnitzeln, dem Göttergeld, verziert.

Tracy wußte, daß es eine Goldene Pagode war, das Gefäß, in dem die Gebeine eines längst verstorbenen Großvaters aufbewahrt wurden. Da es in der kleinen Kolonie nicht genug Platz gab, um alle Toten auf Dauer zu beerdigen, mietete man die Gräber nur für ein paar Jahre. Dann wurden die Gebeine der Toten exhumiert und in einer Goldenen Pagode verwahrt.

»*Kung Hei Fat Choy*«, begrüßte der *Feng-shui*-Mann Tracy. Freude und Wohlstand wünsche ich dir. Er hob seine Hände. »Wir haben für heute geschlossen, und in jedem Fall verlangen wir eine Terminvereinbarung.«

Tracy wandte sich noch einmal der Goldenen Pagode zu und verneigte sich vor ihr. Dann sah er wieder den *Feng-shui*-Mann an. »*Kung Hei Fat Fuk*.« Herzlichen Glückwunsch, ich sehe, daß es Euch gut geht.

»In der Tat.«

»Ich bin lange gereist, um Euch zu sehen«, fuhr Tracy in kantonesischem Dialekt fort.

»Wie lange?«

»Mein ganzes Leben.«

Goldener Drache legte seinen Kopf schräg. »Treten Sie näher. Sie kennen unsere Sitten und Gebräuche«, sagte er abschätzend. »Wie heißen Sie?« Tracy sagte es ihm. »Und wann sind Sie geboren?« Tracy nannte das Datum.

Die rechte Hand des *Feng-shui*-Mannes öffnete sich in einer weichen Geste. »Setzen Sie sich.«

Tracy setzte sich auf einen Stuhl aus Ebenholz, der vor einem reich mit Schnitzwerk verzierten Ebenholzschreibtisch stand. Der *Feng-shui*-Mann saß vornübergebeugt und machte sich Notizen. Nach einiger Zeit sah der Goldene Drache von dem Blatt auf. Ein eigenartiger Ausdruck war in sein Gesicht getreten. Er schien blasser geworden zu sein. »Wissen Sie, was *Kan-hsiang* ist, Mr. Richter?«

Tracy schüttelte den Kopf. »Nein.«

»Können Sie mir dann sagen, ob Sie daran glauben?«

»Ich fürchte, mein Wissen reicht nicht aus, um auf diese Frage eine Antwort geben zu können.«

Goldener Drache nickte. »Sie sind ein weiser Mann.« Er öffnete seine Hände, so daß das Licht seine sechs Zentimeter langen Fingernägel glänzen ließ. »Dennoch müssen wir Sie bitten, jetzt zu gehen.«

»Aber es ist äußerst wichtig...« Die erhobene Hand des *Feng-shui*-Mannes unterbrach ihn mitten im Satz.

»Bitte. Worte sind überflüssig. Wir sehen, daß Sie nicht gekommen sind, um etwas über sich selbst zu erfahren, sondern über einen anderen.«

»Das stimmt. Aber...«

»Dann können wir Ihnen nicht helfen.«

»Aber Ihr wißt doch noch nicht einmal, über wen ich etwas erfahren möchte.«

»Er ist ein Klient von uns. Ein sehr mächtiger Klient.« Goldener Drache lehnte sich in seinem Stuhl zurück. »Was, glauben Sie, würde mit uns geschehen, wenn wir so einfältig wären und Informationen über ihn ausplaudern würden? Es würde keine Geschäfte mehr für uns geben, unser Ruf wäre ruiniert.«

»Ihr wißt, was für ein Mann er ist.«

»Wir sind nicht hier, um zu urteilen, Mr. Richter. Es genügt uns, daß wir das Schicksal sehen und daß wir den Myriaden von Geistern und Dämonen nahe sind.«

»Ich bitte Euch sehr«, sagte Tracy. »Es ist von allergrößter Wichtigkeit.«

»Das können wir sehen.« Goldener Drache nickte. »Und dennoch geht es nicht.«

»Dann stellen Sie mir wenigstens mein Horoskop«, erwiderte Tracy verzweifelt. »Sagt mir nur, was Euch möglich ist.«

Der *Feng-shui*-Mann sah ihn eine Zeitlang nachdenklich an. Die Totenstille in der verlassenen Fabrik war betäubend. Schließlich blickte Goldener Drache wieder in seine Notizen, und für die nächsten Minuten war er in seine Arbeit vertieft. Dann legte er plötzlich seinen Stift aus der Hand.

»Wir werden Ihnen jetzt sagen, was Sie zu wissen wünschen.«

Tracy sah ihn überrascht an. »Warum auf einmal? Was ist geschehen?«

Goldener Drache klopfte mit seinen langen Fingernägeln auf das Blatt Papier vor sich. Das Geräusch glich dem Klicken von Insektenkiefern.

Tracy holte tief Luft. »Wo finde ich Mizo?«

Goldener Drache befeuchtete sich mit seiner Zunge die Lippen. »Wir haben es gewußt«, flüsterte er. Sein Blick schien sich zu verschleiern, dann sprach er mit lauterer Stimme weiter. »Er ist in *Loongshan*.«

»Der Drachenberg? Wo ist das?«

»So heißt das Haus seiner Geliebten.«

»Jadeprinzessin ist tot.«

Goldener Drache blinzelte nicht einmal. »Ja, das haben wir befürchtet; aber Jadeprinzessin war nicht die Geliebte Mizos. Sie lebte bei ihm in seinem Haus.«

»Hat er dann zwei?«

»Vielleicht noch mehr. Aber ist das von Bedeutung?«

»Ich denke nicht.«

»*Loongshan* ist ein Haus auf dem Victoria Peak.« Goldener Drache schrieb eilig etwas auf ein Stück Papier und reichte es dann Tracy. »Hier ist die Adresse.«

»Ihr wißt, was geschehen könnte«, sagte Tracy.

Der *Feng-shui*-Mann schloß die Augen. »Der Handel mit Drogen lockt die bösen Geister an. Wir haben Mizo gewarnt. Er hat uns zur Antwort ins Gesicht gelacht.« Seine Augen sprangen wieder auf. In ihnen spiegelte sich plötzlich ein merkwürdig unpersönlicher Haß. »Er glaubt nicht an *Feng-shui*. Schließlich ist er auch kein Chinese. Er ist immer nur zu uns gekommen, um Jadeprinzessin zu beschwichtigen.«

Tracy spürte, daß es Zeit für ihn war zu gehen. Er stand von seinem Stuhl auf. Aber er zögerte noch. Er mußte noch eine Frage stellen. »Goldener Drache«, begann er, »warum habt Ihr vorhin Eure Meinung geändert? Was habt Ihr in meinem Horoskop gesehen?«

Der *Feng-shui*-Mann sah ihn mit unendlicher Trauer im Blick an. »Den Tod, Mr. Richter. Wir haben den Tod gesehen.«

Die Fassade der St.-Patricks-Kathedrale war erst vor kurzem mit heißem Dampf gereinigt worden und schimmerte im hellen Licht der späten Augustsonne weiß wie Knochen.

Verschiedene Fernsehstationen hatten am Fuß der breiten Treppe ihre Kameras aufgestellt. Reporter beugten sich gewichtig über die Mikrophone in ihren Händen, als die sorgfältig hergerichtete Kathedrale zum erstenmal in die Objektive blickte und Kontakt zu dem Publikum vor den Bildschirmen aufnahm.

Es war soweit. Eine Karawane schwarzer Limousinen erschien am unteren Ende der Avenue und glitt die Fahrbahn langsam hinauf, bis die schweren Wagen vor der Kathedrale allmählich ausrollten. Jetzt konnte man auch die vielen Polizisten in Zivil erkennen. Sie schoben sich mit strengem Blick, ernster Miene und fest aufeinandergepreßten Kiefern durch die Menge; dabei schienen sie sich ihrer besonderen Rolle durchaus bewußt zu sein, und es sah so aus, als ob sie sie auch genossen.

Unsichtbare elektronische Fäden verbanden die Männer zu einem dichten Netz, so daß sie immer in Bewegung bleiben konnten wie verschiedene Zellen eines einzigen Wesens. Und wie diese dachten, sprachen und verhielten sich alle gleich. Deshalb waren sie auch einfach auszuschalten.

So dachte der junge Mann, der wie ein Büßer neben dem Fenster im zehnten Stock eines Gebäudes auf der Westseite der Fifth Avenue hockte, von dem aus die Kathedrale gut zu überblicken war. Seine scharfen Augen hatten die Polizisten in Zivil schnell ausgemacht, eins, zwei, drei – sechzehn waren es insgesamt. Der junge Mann ging davon aus, daß außerhalb seines Blickwinkels noch mehr standen, aber die interessierten ihn nicht. Der Plan sah nicht vor, daß er überhaupt in ihre Nähe kam. Die Augen gegen den Feldstecher gepreßt, beobachtete er weiter den Platz vor der Kirche.

Der junge Mann konnte sich in Englisch einigermaßen verständlich machen und es auch lesen, sprach ziemlich gut Französisch und natürlich Russisch. Aber nur das Arabische beherrschte er so perfekt, daß ihm auch nicht die kleinste Nuance entging. Das Zimmer, in dem er jetzt hockte, war für ihn gemietet worden. Man hatte ihm die Schlüssel dazu zusammen mit weiteren Unterlagen zugeschickt. Alles Schriftliche hatte er längst verbrannt.

Der junge Mann hörte das Stimmengewirr auf dem Platz vor der Kathedrale anschwellen. Sechs Männer stiegen aus einer Limousine, die gerade erst vorgefahren war. Alle sechs trugen dunkle Anzüge, ihre Gesichter glänzten. Sofort suchte der junge Mann einen bestimmten heraus. Das Foto, das man ihm zugesandt hatte, war anscheinend erst vor kurzer Zeit gemacht worden.

Dann legte er das Fernglas auf das Fensterbrett und beugte sich zu einem flachen Kasten, der neben ihm auf dem Boden lag. Er ließ den Deckel, dessen Stoffbespannung an mehreren Stellen eingerissen war, aufspringen und schlug das Weichleder, das schützend über dem Inhalt lag, zurück. Er nahm die einzelnen ölglänzenden Teile heraus und setzte sie zusammen. Er beeilte sich nicht sonderlich damit. Nach dem Zeitplan, den man ihm zugeschickt hatte, war das auch nicht nötig. Atherton Gottschalk sollte von den Stufen der Kathedrale erst zwanzig Minuten zu den versammelten Menschen sprechen, bevor er in die Kirche hineingehen würde, um der Gedenkmesse für den früheren Gouverneur des Bundesstaates beizuwohnen.

Der junge Mann ließ das letzte Teil einrasten, und die AK-47 war einsatzbereit. Noch einmal griff er in den flachen Kasten, dann lud er die Waffe. Er hörte ein Knacken und Pfeifen aus den aufgestellten Lautsprechern und Sekunden später die ersten Worte von Atherton Gottschalk, dem Kandidaten für das Präsidentenamt der Vereinigten Staaten von Amerika.

Ein Lächeln spielte auf seinem Gesicht, als er die Waffe an die

Schulter hob. Er schloß sein linkes Auge und konzentrierte alle seine Sinne auf das, was er mit dem offenen rechten sah. Seine linke Hand wanderte den Gewehrlauf hinauf, und er justierte das Fadenkreuz des Zielfernrohrs genau auf Atherton Gottschalks Kopf.

Einen Moment lang hätte der junge Mann am liebsten abgedrückt, aber er beherrschte sich. Schließlich war er ein Profi, und er hatte genaue Anweisungen erhalten. *Punkt zwölf Uhr fünfzehn schießen Sie genau auf das Herz.*

Der junge Mann sah auf seine Uhr. Noch fünfunddreißig Sekunden. Er drückte seine Wange wieder gegen den kühlen Kolben der AK-47 und zählte die Sekunden in Gedanken herunter. Das Fadenkreuz schwankte und wanderte hinunter zu Atherton Gottschalks vorgebeugter Brust. Der rechte Zeigefinger des jungen Mannes legte sich fest um den Abzug und zog den Metallzapfen langsam gegen den Druckpunkt.

Es erfüllte Macomber sichtlich mit Stolz, Eliott an seinen besonderen Tisch im Lutèce führen zu können. Abends zog Macomber die dunkle Eleganz der oberen, nach europäischem Vorbild eingerichteten Räume vor. Doch zu einem leichten Mittagsmahl paßte die ungezwungene Atmosphäre des unteren Gartenraumes hervorragend.

Macomber setzte sich; seine Augen blickten lange und prüfend auf seinen Sohn. Es schien Jahre her zu sein, seit er ihn das letztemal in Anzug und Krawatte und mit einem sauberen Haarschnitt gesehen hatte. Er ist ein schöner Junge, dachte Macomber.

Als der Ober kam, um ihre Bestellung aufzunehmen, war Macomber schnell entschlossen. Er nahm das eingelegte Entenküken; denn es war im Lutèce einfach hervorragend. Eliott wählte einen Kalbsbraten. Als Vorspeise nahmen sie beide Austern, dazu einen 1966er St. Emilion.

»Ich habe seit unserem letzten Gespräch viel nachgedacht«, sagte Eliott, als der Ober gegangen war.

Macombers Gesicht zeigte keine Veränderung. Er hörte aufmerksam zu und wartete, bis der richtige Moment für ihn kommen würde.

»An dem Tag, als ich zu dir gekommen bin, war ich so wütend, daß ich dir am liebsten ins Gesicht gespuckt hätte. Aber hinterher, ich weiß nicht, was dann passiert ist – vielleicht haben wir die Atmosphäre zwischen uns geklärt.« Seine rechte Hand spielte nervös mit dem Besteck. »Ich wollte nicht – manches sollte sich nicht so anhören, wie ich es gesagt habe. Ich weiß, daß du das Beste für mich wolltest.«

»Danke«, sagte Macomber ernst.

Und jetzt das Unangenehmere, dachte Eliott. »Und mit Kathleen...«

Er ließ den Satz so lange unvollendet in der Luft hängen, daß Macomber schließlich nachfragte. »Was ist mit ihr?«

»Du hast natürlich recht gehabt. Ich bin alles noch einmal in Gedanken durchgegangen. Ich, also, ich sehe jetzt auch, was sie eigentlich wollte. Mich ganz bestimmt nicht. Aber ich habe geglaubt, verstehst du? Ich *wollte* glauben...«

»Genau das hat sie erkannt, Eliott. Ich habe dir gesagt, daß sie sehr, sehr gerissen war. Wenn sie es geschafft hat, Gottschalk hereinzulegen, muß sie es gewesen sein.«

»Das kannst du mir glauben«, sagte Eliott. »Sie war gerissen.« Er sah ein Lächeln auf das Gesicht seines Vaters ziehen und spürte, daß er selbst auch lächelte.

Der Ober brachte ihre Austern, frischgebackenes Brot, eine große Schale gelber Butter und den Wein. Macomber wartete, bis der Ober eingeschenkt hatte, dann warf er einen raschen Blick auf seine Armbanduhr. »Entschuldige mich bitte einen Moment«, sagte er und schob seinen Stuhl zurück.

Langsam begann Atherton Gottschalk sich zu sorgen. Er hatte seine Rede schon zu mehr als drei Vierteln hinter sich und bis jetzt war immer noch nichts passiert. Wann würden Macombers Plan denn endlich Taten folgen? Jetzt war es auch schon viel zu spät, als daß Macomber ihn noch von einer notwendigen Veränderung unterrichten konnte. In seinen Gedanken suchte er nach einer Antwort auf die Frage, was falsch gelaufen sein konnte. Es gab viel zu viele. Sein Magen verkrampfte sich. Erst verschwand Kathleen spurlos, und jetzt auch noch dies.

»Es genügt nicht, daß wir unsere Raketensilos mit Cruise Missiles und MX-Raketen füllen, um der Schlagkraft der sowjetischen SS-20 etwas entgegenstellen zu können. Alle Waffensysteme, die wir bisher neu eingeführt haben, waren lediglich dazu geeignet, Amerikas Stellung im internationalen Kräftevergleich einigermaßen zu sichern. Aber keines dieser Waffensysteme hat uns die Möglichkeit zum *Erstschlag* in die Hand gegeben. Deshalb ist es dringend notwendig, die Bevölkerung unseres Landes über die wahren Quellen und Ziele des internationalen Terrorismus aufzuklären. Unser Land muß vorbereitet sein, wenn« – Gottschalk versagte die Stimme, als durch die linke Seite seiner Brust plötzlich ein stechender Schmerz zuckte – »wenn...« Er riß seine Hände hoch und preßte sie gegen die schmerzende Stelle. Sie fühlte sich feucht und schmierig an. Dann hörte er Schreie, die in seinen Ohren immer lauter wurden, bis sie ihn wie eine Flutwelle überrollten.

Das Bild des warmen Sommertages splitterte vor seinen Augen, überall um sich herum sah er Fetzen von hastigen Bewegungen. Er fühlte starke Hände, die, als er zu Boden sank, seinen Fall milderten. Sein Herz schlug stotternd, als ob ihn der Hufschlag eines Pferdes an der Brust getroffen hätte. Er begann zu keuchen, sein Mund schnappte auf und zu, als ob sich die Luft in einen zähen Brei verwandelt hatte, aus dem seine Lungen keinen Sauerstoff mehr herausziehen konnten. Er fragte sich verwundert, was in Gottes Namen passiert war, bis er schließlich einen Schrei hörte, der den Lärm und das Durcheinander um ihn herum durchbrach: »Es ist geschossen worden!« schrie die Stimme. »Auf den Präsidentschaftskandidaten ist geschossen worden!« Und verwundert und ohne die geringste Furcht dachte Atherton Gottschalk: Das bin ja ich!

Detective Sergeant Marty Borak hatte den linken Zeigefinger tief in seiner Nase versenkt, als das Telefon klingelte. Borak beschäftigte sich so hingebungsvoll mit seiner Nase, um nicht vor Langeweile zu sterben. Enders hatte alle andern vom Revier zur St.-Patricks-Kathedrale mit hinaus genommen.

Für Borak hatte der Schichtplan an diesem Tag Bürodienst vorgesehen. Das hieß, falls er einen Notruf vom Einsatzteam bekam, hatte er die Verstärkung aus dem Hintergrund heranzudirigieren: eine undankbare Aufgabe, und Borak haßte sie.

So war es auch nicht weiter verwunderlich, daß seine Stimme kaum mehr als ein mürrisches Knurren war, als er sich meldete. Sein linker Zeigefinger suchte noch immer in der Nasenhöhle.

»Ja?«

»Polizei?«

»Sie haben es erfaßt, Mann.«

»Ich möchte eine Schießerei melden.«

»Ja? Was war denn das für eine Schießerei?« Im Grunde interessierte es Borak nicht im geringsten. »Hat wieder jemand mit einem Kartoffelschießer auf seinen Hund angelegt?«

»Das ist kein Witz«, sagte die Stimme. »Atherton Gottschalk, der Präsidentschaftskandidat der Republikaner, ist soeben vor der St.-Patricks-Kathedrale niedergeschossen worden.«

»Wer spricht da?« Borak wischte seinen linken Zeigefinger an der zerkratzten Platte seines Schreibtisches ab.

»Den Täter«, fuhr die Stimme ungerührt fort, »finden Sie im zehnten Stock des Rockefeller Center, Nummer fünfzig. Zimmer 1101.«

Borak schrieb, so schnell er konnte. »Woher wissen Sie das alles?«

»Beeilen Sie sich, um Gottes willen. Sonst entkommt er Ihnen noch.«

»Hallo!« schrie Borak in den Hörer. »Warten Sie...!« Aber die Leitung war längst tot. Borak ließ seinen Notruf direkt auf Enders' Walkie-talkie legen. »... Ja, das war alles«, drängte er. »Raum 1101. Und jetzt bewegt euch endlich.«

Er legte den Hörer auf die Gabel und fluchte. Was, zum Teufel, ging da vor? Seit auf den Präsidentschaftskandidaten geschossen worden war, waren weniger als dreißig Sekunden vergangen.

Detective Sergeant Teddy Enders stürmte den langen Flur im zehnten Stock des Rockefeller Center Nummer 50 hinunter. Drei Polizisten in Uniform folgten ihm dicht auf den Fersen. Er fragte sich, wieso Borak schon von dem Attentat wußte und woher er so schnell den Hinweis auf den Täter bekommen hatte. Enders und die anderen drei hatten ihre Waffen schußbereit in der Hand.

Plötzlich öffnete sich dreißig Meter vor ihnen auf der rechten Seite eine Tür. Ein junger Mann, der mit der rechten Hand einen flachen Koffer trug, dessen Stoffbespannung an mehreren Stellen eingerissen war, trat in den Flur. Er wandte sich gerade in dem Moment zu den heranstürmenden Polizisten um, als Enders zu rufen begann. »Halt! Polizei! Bleiben Sie stehen!«

Der junge Mann verschwand sofort wieder in dem Zimmer, aus dem er gerade gekommen war, und ließ die Tür laut hinter sich ins Schloß fallen. In die obere Hälfte der Tür war eine Riffelglasscheibe eingelassen.

Enders und sein behelfsmäßiges Einsatzkommando hatten die Tür fast erreicht, ihre Schatten fielen schon über das Glas, als Enders die Gefahr für seine Leute erkannte. »Zurück!« schrie er. »Raus aus dem Schußwinkel!« Und im nächsten Augenblick flogen ihnen die Glassplitter um die Ohren, als aus dem Zimmer mehrere Kugeln auf sie abgefeuert wurden.

Enders wußte, daß es eigentlich nicht die richtige Methode war; aber er konnte es unter keinen Umständen zulassen, daß dem Kerl vielleicht noch die Flucht gelang. Ein Attentat! Auf den Stufen der St.-Patricks-Kathedrale! Es ließ Enders das Blut in den Adern kochen.

»Also schön, Leute, hört zu«, sagte er leise. »Er will es so haben, dann bekommt er es auch so.« Er verteilte sie schnell und leise um sich, und dann brachen sie mit einem Kugelhagel durch die Tür, immer wieder feuerten alle vier ihre Waffen ab, bis die Magazine leer waren.

Stille; Echos in den weitläufigen Fluren; ein weißes Rauschen in den Ohren. In der Luft der durchdringende Geruch von Schwarzpulver. Enders wies einen der Männer an, die Neugierigen, die jetzt überall aus ihren Büros kamen, zurückzuhalten.

Dann ging er mit seinen übrigen Leuten in das Zimmer. Der junge Mann lag zusammengekrümmt unter dem offenen Fenster. Den flachen Koffer hielt er gegen seine Brust gepreßt. Eine alte Luger aus dem Zweiten Weltkrieg lag neben ihm. Er war im Nacken, in die Arme, in die Brust, in den Bauch und in die Beine getroffen worden.

Einer der jungen Polizisten starrte den Toten eine Zeitlang wie hypnotisiert an, dann mußte er sich übergeben.

»Scheiße«, entfuhr es Enders. Er wußte, was ihn der eine Moment blinder Wut gekostet hatte. Er hatte den Attentäter, aber mehr auch nicht.

Macomber kehrte zu seinen geeisten Austern zurück und aß sie mit großem Genuß. Er würzte sich jede mit drei Tropfen Tabasco.

Aber immer noch war seine Miene leicht gespannt. Eliott wartete, bis der Ober die Teller abgeräumt hatte, dann fragte er seinen Vater, ob er sich wegen irgend etwas sorge.

»Ob du es glaubst oder nicht«, erwiderte Macomber, »ich mache mir Sorgen wegen Khieu.«

»Das ist doch Unsinn. Du hast mir doch immer wieder voller Stolz erzählt, wie perfekt Khieu ist, loyal, klug und auch von großem körperlichem Geschick. Deshalb hast du ihn doch auch aus Kambodscha mitgebracht, oder nicht?«

»Du weißt, warum ich ihn mit in die Staaten genommen habe.« Der Ton seiner Antwort war schärfer geraten, als Macomber beabsichtigt hatte. »Er hatte niemanden mehr, und sein Leben dort war ein Alptraum. Aber jetzt ist irgend etwas mit ihm geschehen, was ich nicht begreifen und auch gar nicht genau fassen kann.«

Eliott mußte lächeln. »Du willst sagen, er ist nicht das perfekte Kind, wie du es eigentlich nach deiner Erziehung erwartet hattest.«

»Niemand ist perfekt«, sagte Macomber, »auch Khieu nicht. Und deshalb sollst du mir helfen und einmal mit ihm sprechen.«

»Ich?« Eliott lachte. »Khieu haßt mich, so wie ich ihn hasse. Du solltest das wissen, schließlich hast du dafür gesorgt.«

Macomber überging die letzte Bemerkung. »Was du nicht siehst, Eliott, ist, daß Khieu in seinem ganzen Verhalten doch nur auf deines reagiert. Er ist wie ein Spiegel, in dem du dich selbst wiedererkennen kannst. Sein Zorn auf dich ist nur eine Reaktion auf den Zorn, den du gegen ihn hegst.«

»Du meinst, er haßt mich gar nicht wirklich?«

»Nein.«

»Dann hat er eine bessere Seele als ich.«

Macomber schwieg und sah seinen Sohn auffordernd an.

Es dauerte nicht lange, bis Eliott einlenkte. »Du willst tatsächlich, daß ich mit ihm spreche?«

»Ja, denn ich will wissen, was mit ihm los ist«, sagte Macomber. »Es ist sehr wichtig für mich.«

Eliott überlegte einen Augenblick. Es schien, als ob die Karten neu verteilt worden waren. Wenn er auf die Bitte seines Vaters einging, hatte er plötzlich die Trümpfe in der Hand.

»Also gut«, sagte er langsam, »ich will sehen, was ich für dich tun kann.«

»Ich weiß das zu schätzen, Eliott«, erwiderte Macomber. »Ich weiß das sehr zu schätzen.«

5. Kapitel

Selbst in der Dunkelheit war *Loongshan* nicht schwer zu finden. Tracy ließ das Taxi tausend Meter vor dem strahlenden Lichterbogen, der wie ein Juwel am Berghang lag, halten.

Er wartete, bis der Wagen gewendet hatte und langsam auf der gewundenen Straße den Mount Peak hinunter verschwand. Seine Gedanken wanderten zurück zu dem *Feng-shui*-Mann. Ohne Zweifel würde man im Westen für seine geheimnisvollen Fähigkeiten nur Hohn und Spott übrig haben; aber Tracy hatte genug Zeit in Südostasien verbracht, um solche Phänomene richtig bewerten zu können.

Er blickte hinüber auf *Loongshan* und mußte an die letzten Worte vom Goldenen Drachen denken. *Den Tod, Mr. Richter. Wir haben den Tod gesehen.* War es Mizos Tod oder Tracys, den er vorausgesagt hatte?

Rechts von ihm fiel der Berghang in einer geschwungenen Linie in die Tiefe wie der Saum eines eleganten Kleides. Er ging weiter auf das Haus zu. Es hatte zwei Stockwerke und war in der Form eines L gebaut. Auf dem Dach des längeren Flügels schien ein Tennisplatz angelegt worden zu sein. Ein breiter Säulenaufgang auf der Rückseite des Gebäudes führte zu einem Swimmingpool, der die Form einer Mondsichel hatte. Hier, in der felsigen Landschaft der Kolonie, die arm an Wasserquellen war, war er ein Zeichen größten Wohlstands.

Tracy hatte sich entschieden, von der Rückseite her in das Haus einzudringen. Dort waren die Wände zwar immer wieder von breiten Glasfronten durchbrochen, aber das würde ihm genauso nützen, wie es eine Gefahr für ihn war. Denn er mußte zwar das Risiko eingehen, daß jemand im Haus ihn sah, doch ebenso konnte er jede Bewegung hinter den Glasflächen erkennen.

Vorsichtig schlich er um den Swimmingpool herum. Es gab genügend Buschwerk, um sich dem Haus bis auf dreißig Meter gefahrlos nähern zu können.

Das letzte, ungeschützte Stück überwand Tracy in einem schnellen Sprint. Die Glastür hatte nur ein einfaches Schloß und war noch nicht einmal versperrt. Vorsichtig drückte Tracy die Klinke herunter, öffnete die Tür einen Spaltbreit und glitt in das Haus hinein. Die nächsten Sekunden blieb er starr hinter den matt elfenbeinfarbenen, bodenlangen Vorhängen aus Rohseide stehen. Es war windstill draußen, und so hatten sich auch die Vorhänge nicht bewegt, als er die Tür geöffnet hatte. Schließlich war er sicher, daß niemand ihn entdeckt hatte. Er faßte unter sein schweißnasses Hemd, wo das kleine Reisenecessaire versteckt war, und holte sich die Dose Rasierschaum hervor, die natürlich keinen Rasierschaum enthielt – er hatte im Hotel die Handseife benutzen müssen, als er sich rasiert hatte. Er verstaute die Ledertasche wieder und nahm die kleine Dose in die linke Hand. Mit der rechten teilte er vorsichtig den Vorhang.

Erst konnte er nur einen schmalen Ausschnitt des Zimmers überblicken; dann, als er sich leicht vorschob, fast den ganzen Raum. Er war allein. Er trat aus seinem Versteck heraus und sah, daß er sich im Eßzimmer des Hauses befand.

Rechts vorn öffnete sich das weite Wohnzimmer, in dessen hinterster rechter Ecke eine schmiedeeiserne Treppe in den zweiten Stock hinaufführte. Links zweigte ein schmaler Gang zur Küche ab, an dessen Ende wahrscheinlich die Garage lag.

Tracy ging nach rechts, vorbei an wasserblauen Seidenvorhängen, die das Eßzimmer vom Wohnbereich trennten. Er hatte nicht ahnen können, daß hinter diesen Vorhängen eine Tür verborgen lag, und deshalb hätte er auch nie damit gerechnet, daß jemand gerade in dem Moment durch diese Tür treten könnte, in dem er an den Vorhängen vorbei ins Wohnzimmer gehen wollte.

In dieser Sekunde, die spannungsgeladen war wie eine Gewitterwolke, blieb ihm nichts mehr zu tun als stehenzubleiben und gebannt in die Richtung des Geräuschs zu starren. Ihm gegenüber stand eine schlanke Chinesin. Sie war kleiner als Jadeprinzessin. Ihre Gesichtszüge ließen erkennen, daß sie aus Shanghai kam. Sie waren scharf konturiert; List spiegelte sich in ihnen, und der dunkle Ton der Haut schien den stolzen Ausdruck noch wie ein Schatten zu verstärken.

Sie schrie in dem Augenblick auf, als Tracy vorstürzte, sie am Handgelenk herumwirbelte und zu sich heranzog. Er preßte sich gegen ihren Rücken und spürte, wie die Wärme ihres Körpers in ihn eindrang.

Dann sah Tracy eine Bewegung im hinteren Teil des Wohnzimmers. Zwei Chinesen sprangen herein. Beide hatten eine Pistole in der Hand. Sie standen weit genug voneinander entfernt, so daß Tracy, hätte er eine Waffe gehabt, sie nicht hätte ausschalten können, ohne selbst vorher von einem der beiden getroffen zu werden. Sie waren Profis, er merkte sich das. Schützend hielt er die Frau zwischen sich und die Leibwächter.

Plötzlich war ein Geräusch von oben zu hören. Ohne die beiden Chinesen aus den Augen zu lassen, konnte Tracy erkennen, daß Mizo auf den schmalen Balkon getreten war, zu dem die Eisentreppe führte. »Mr. Richter«, sagte der Japaner langsam. »Sie haben mir schon eine Menge Kummer bereitet.« Er trug einen weiten schwarzen Überwurf und eine schwarze Hose. »Aber nun ist die Zeit gekommen, wo wir dieses Spiel aufgeben sollten. Wie Sie es geschafft haben, bis hierher zu kommen, ist mir ein Rätsel. Aber selbst Sie werden zugeben müssen, daß das Rennen jetzt für Sie gelaufen ist. Geben Sie auf, oder ich lasse Sie von meinen Männern niederschießen.«

»Wenn das wirklich Ihre Absicht wäre, hätten die beiden es längst getan«, erwiderte Tracy.

Mizo legte die Stirn in Falten. Sein rechter Zeigefinger strich über seinen Oberlippenbart. »Ja, das ist wahr. Ich möchte nicht, daß Kleiner Drachen etwas geschieht. Aber Sie, Mr. Richter, müssen ausgeschaltet werden.«

»Wer hat Ihnen den Befehl dazu erteilt?«

Mizo lächelte. »Es gibt also auch etwas, das Sie nicht wissen.«

Sein Gesicht verlor jeden Ausdruck. »Ich gebe zu, daß mich das etwas erstaunt. Offensichtlich wissen Sie etwas von meinen Drogengeschäften, und doch kennen Sie nicht die Verbindungsleute. Sonderbar. Dann wundert es mich allerdings noch mehr, wie Sie auf mich aufmerksam geworden sind.« Er stieg langsam die Treppe hinunter. »Ich lebe sehr zurückgezogen, um so mehr interessiert es mich, wo die undichte Stelle ist.«

»Dann können wir ja unsere Informationen austauschen.«

Wieder lächelte Mizo. Er war am Fuß der Treppe angekommen und winkte die beiden Leibwächter mit einer Handbewegung aus dem Zimmer. Sie steckten wortlos ihre Waffen ein und verschwanden. »Vielleicht ist es wirklich an der Zeit, das Spiel zu beenden«, sagte Mizo. In seiner Stimme schwang plötzlich eine große Müdigkeit mit. Er kam langsam auf Tracy zu, seine Hände hatte er hinter seinen Rücken gelegt. »Sie haben mir schon genug Schaden zugefügt. Ich will, daß das aufhört.« Er zuckte die Schultern und sah Tracy einen Augenblick gedankenverloren an. »Seit über zwanzig Jahren lebe ich in Hongkong. Ich habe alles getan, was ich tun wollte. Was bleibt mir also noch? Mir bleibt Kleiner Drachen und eine lange Reihe von Tagen, die noch vor mir liegen.«

Mizo war jetzt nahe an Tracy herangetreten. In seinen Augen stand ein kläglicher Blick, als ob er sagen wollte, es tut mir zwar leid, daß Sie mich besiegt haben, aber ich respektiere die Entscheidung. Tracy fühlte sich plötzlich von einer Welle der Müdigkeit erfaßt, seine Augenlider flatterten, und in diesem Moment wußte er, daß etwas falsch war. *Er ist zu nahe*, schrie es in seinem Kopf. *Du läßt ihn zu nahe heran.*

Aber da schossen Mizos Hände schon hinter seinem Rücken hervor und rissen Kleiner Drachen aus Tracys kraftlos gewordenem Griff. Dann fuhr Mizos rechte Hand zum zweitenmal auf Tracy nieder; diesmal war die Handfläche wie eine Schwertklinge gestreckt.

Tracy packte Mizos Arm, riß ihn nach rechts oben und tauchte unter ihm hindurch. Dabei setzte er Mizos eigenen Körper als Drehpunkt ein und überdehnte den Arm auf schmerzhafte Weise.

Tracy zog den Arm so heftig herunter, daß Mizo laut aufschrie. Dann bückte sich Tracy, ohne seinen Gegner loszulassen, und hob die kleine Rasierschaumdose wieder auf.

»Sie können sich einen Glückspilz nennen«, flüsterte er Mizo ins Ohr. »Und wenn Sie dazu noch klug sind, dann können Sie auch den Rest Ihres Lebens in Ruhe mit Kleiner Drachen verbringen. Wenn nicht« – er zog an Mizos Arm – »dann werden Sie jetzt sterben. Denken Sie darüber nach.«

Der Schmerz hatte Mizo Tränen in die Augen getrieben, und er hatte Schwierigkeiten zu atmen. »Also schön«, stieß er mühsam hervor, »es reicht. Ich werde Ihnen sagen, was Sie wissen wollen; aber lassen Sie mich los. Sie bringen mich ja um.«

»Das reicht mir nicht«, erwiderte Tracy. »Warum sollte ich Ihnen auf einmal vertrauen?«

»Ich werde Ihnen einen Grund nennen.« Mizos Gesicht war vor Anstrengung und quälenden Schmerzen, die Tracy ihm beibrachte, rot geworden.

»Ich bezweifle, daß Sie das können.«

»Geben Sie mir zumindest eine Chance. Sie täuschen sich. Ich kann Ihnen mit zwei Worten beweisen, daß Sie mir vertrauen können.«

Tracy war neugierig geworden. »Dann nennen Sie sie.«

»Operation Sultan«, sagte Mizo.

Die Mauritius-Gesellschaft hatte ihre Geschäftsräume am westlichen Ende der Siebenundzwanzigsten Straße. In der Gegend lagen unzählige Import-Export-Unternehmen, kleine Warenhäuser und Großhändler aller Geschäftszweige.

Thwaite lenkte seinen Wagen auf eine Parkverbotszone und schlug die Sonnenblende auf der Beifahrerseite herunter, an deren Vorderseite eine Karte mit der Aufschrift POLIZEIEINSATZ befestigt war.

»Also los«, sagte er zu Melody.

Eine kleine Hinweistafel im Treppenhaus, deren Glasabdeckung von Sprüngen wie von einem Spinnennetz überzogen war, sagte ihnen, daß die Mauritius-Gesellschaft im zweiten Stock zu finden war.

Thwaite faßte Melody mit der linken Hand und nahm seine 38er in die rechte. Sie liefen die Stufen hinauf und blieben am Treppenabsatz noch einmal stehen. Die Mauritius-Gesellschaft lag am Ende des Ganges. Thwaite bedeutete Melody, sich an die rechte Flurmauer zu stellen. »Beweg dich nicht, bis ich dich rufe«, flüsterte er ihr ins Ohr.

»Wenn du mich nicht innerhalb der nächsten sechzig Sekunden hörst, dann machst du kehrt und rennst wie der Teufel.«

Langsam schlich er den Flur hinunter. Seine linke Hand griff nach dem Türknauf und versuchte ihn zu drehen. Die Tür war verschlossen. Er zog einen Bund Dietriche aus der Tasche und machte sich an die Arbeit. Melody sah ihm mit aufgerissenen Augen angstvoll zu. Dann hörte er ein leises Klicken. Er zog den Dietrich gar nicht erst aus dem Schloß, sondern gab der Tür einen heftigen Stoß. Halb gebückt, seine Waffe im Anschlag, sprang er in das angrenzende Zimmer.

Der Raum war mit einem schweren, champagnerfarbenen Teppichboden ausgelegt. Ein Schreibtisch und Stühle, beides aus Mahagoni, beherrschten das Zimmer.

In der Ecke hinter dem Schreibtisch standen mehrere Aktenschränke. Thwaite zog die obere Schublade des ersten heraus und entnahm ihr einen Bogen cremefarbenes Geschäftspapier. Im Kopf des Bogens war ein kaffeebrauner Eindruck: Die Mauritius-Gesellschaft. Und darunter: Gegründet 1969.

Sonst stand nichts auf dem Papier. Thwaite faltete es zweimal und schob es sich in die Jackentasche. Er durchsuchte auch noch die anderen Schubladen, aber er fand nichts als Staub. Es ist eine Tarnadresse, dachte er.

Plötzlich hallte auf dem Gang ein Schuß. Er warf sich herum.

»Melody?«

»Wer ist Melody?« fragte eine rauhe, männliche Stimme.

Thwaite riß seine 38er hoch und hörte im nächsten Moment einen Schuß. Die Kugel riß ihn herum. Er stöhnte und schlug laut die Zähne aufeinander.

Als er den Kopf hob, sah er einen Mann, dessen Gesicht von Narben entstellt war. Der Mann hielt eine Pistole mit langem Lauf auf ihn gerichtet.

»*Sayonara*, mein Freund«, sagte der Narbengesichtige und grinste.

Thwaite seufzte laut auf. Seine Finger waren taub, und er sah seine eigene Pistole vor sich auf dem Teppich liegen.

Er zuckte zusammen, als der nächste Schuß fiel; aber sonderbarerweise fühlte er keinen Schmerz mehr. Er hörte sein Herz wild schlagen, das Keuchen seiner Lungen, die noch immer arbeiteten. Vorsichtig öffnete er wieder die Augen.

Thwaite blinzelte ungläubig, der Mund klappte ihm auf. Dann bemerkte er hinter dem Toten eine Bewegung. Er sah Melody in die Tür treten. Sie hielt einen 45er Revolver in der Hand. Ihr Blick wanderte von der Leiche des Narbengesichtigen zu ihm. Ihre Lippen öffneten sich zögernd, und er sah einen dünnen Faden hellroten Bluts von einer Schnittwunde über ihrer Stirn herunterlaufen. Ihr Gesicht war blaß.

»Da war noch ein zweiter«, sagte sie leise. »Ich wollte nicht, daß noch mehr umgebracht werden.« Tränen füllten ihre Augen und liefen ihre Wangen herunter. Die Waffe glitt ihr aus der Hand und landete mit einem dumpfen Aufprall auf dem Teppich. Verzweifelt warf sie ihren Kopf hin und her. »Jetzt sieh selbst, was du aus mir gemacht hast.«

Das Tanzensemble war hervorragend, das Publikum war begeistert. Ballett gehörte zu den westlichen Kunstformen, die lange aus China verbannt gewesen waren. Doch jeder wußte, wie sehr es die Chinesen nach Kultur hungerte.

Doch für Lauren mischte sich ein Wermutstropfen in den Erfolg. Sie hatte sich eine Muskelzerrung im linken Bein zugezogen. Was sie alles noch schlimmer empfinden ließ war, daß ihr das ausgerechnet am Ende ihres Solos passiert war.

Den aufbrausenden Applaus hatte sie kaum noch wahrgenommen, und sie weigerte sich, zum Publikum hinauszugehen. Doch Steven, ihr Partner, trug sie einfach vor den Vorhang.

Zurück im Umkleideraum ließ sie sich schwitzend und fluchend auf einen Stuhl sinken. Der Ensemblearzt bemühte sich, die Verletzung mit Eis zu kühlen. Martin kam mit sorgenvoller Miene hereingestürzt.

»Wie schlimm ist es?« fragte er sofort.

Der Arzt zuckte die Schultern. »Das kann ich erst nach vierundzwanzig Stunden genau sagen. Aber ich glaube nicht, daß der Muskel angerissen ist.«

»Lauren?«

»Es brennt höllisch«, sagte sie wütend. »Verdammt noch mal!«

Martin legte einen Arm um sie. »Bevor wir nach Peking gehen, haben wir morgen einen freien Tag.«

»Großartig«, erwiderte Lauren. »Und den verbringe ich flach auf dem Rücken.«

Sie rieb sich mit einem Handtuch das schweißnasse Gesicht ab. Martin sah rasch den Arzt an. Der Arzt machte eine hoffnungslose Miene und schüttelte den Kopf.

»Unsinn«, sagte Martin zu Lauren. Er lächelte sie an. »Dies ist für uns alle ein einmaliges Erlebnis, und das werden wir dich doch nicht versäumen lassen. Ich werde dich morgen in meinem Wagen mitnehmen, den mir die Regierung der Volksrepublik zur Verfügung gestellt hat.«

Lauren sah ihn an. Ein ganzer Tag mit Martin! »Ja«, sagte sie. Ihre Augen hatten den alten Glanz zurückgewonnen. »Das wäre wirklich schön.«

»Also abgemacht«, sagte Martin und klopfte ihr aufmunternd aufs gesunde Bein. »Und jetzt möchte ich dich bitten, ein paar freundliche Worte mit einem der Kulturfunktionäre zu wechseln, Lauren. Seit dem Ende der Vorstellung wartet er darauf, dich begrüßen zu können. Anscheinend hat er dein Pech persönlich genommen und möchte sich jetzt dafür entschuldigen.«

Lauren wollte schon protestieren; sie war noch immer erhitzt von der Vorstellung, aber Martin war schon verschwunden. Sekunden später kehrte er mit einem untersetzten Chinesen an seiner Seite zurück.

»Lauren Marshall«, sagte Martin, und fast verbeugte er sich in der formalen Manier, wie er sie nur von seinen russischen Vorfahren übernommen haben konnte. »Und darf ich vorstellen, Dong Zhing, der Kulturbeauftragte der Stadt Shanghai.«

Lauren streckte eine Hand aus, und der Chinese ergriff sie mit einer galanten Verbeugung. Er lächelte. Lauren konnte seine kleinen gelblichen Zähne erkennen; sie sahen aus wie altes, blankpoliertes Elfenbein.

»Es ist mir eine große Freude, Sie kennenzulernen, Miss Marshall«, sagte er in singendem Englisch, das dennoch sehr gut war. »Ich habe Sie mit großem Vergnügen tanzen gesehen. Es war wie ein frischer Wind für diesen alten Kontinent, wenn ich so sagen darf.«

»Vielen Dank.«

»Und ich möchte die Gelegenheit nicht versäumen, mich für den unglückseligen Unfall, der Sie ereilt hat, zu entschuldigen.«

Laurens abwartende Haltung begann zu schmelzen. Dieser Mann war wirklich charmant. Sie lächelte ihr ganz besonderes Lächeln, das sie nur ihrem besten Publikum schenkte. »Ich glaube, ich kann Ihnen vergeben.«

Dong Zhing verneigte sich. »Sie sind zu großzügig, Miss Marshall. Als angemessenen – und fühlbaren Beweis meiner Betroffenheit hätte ich Sie heute abend gerne zum Essen ausgeführt.« Er zeigte auf ihr Bein, und sein Gesicht hatte plötzlich einen bekümmerten Ausdruck angenommen. »Aber ich sehe, daß Ihre Verletzung das wohl nicht...«

Lauren hatte längst Martins verzweifelte Miene gesehen und seine Hände, die er beschwörend hochgerissen hatte. »Ach Unsinn, so schwer habe ich mich nun auch nicht verletzt. Ich nehme Ihre Einladung sehr gerne an. Und bitte nennen Sie mich Lauren.«

Er streckte begeistert seine Hände aus. Lauren ergriff sie und gestattete es, daß er sie auf die Füße zog. Sie setzte den Fuß versuchsweise auf und spürte nur einen leichten, stechenden Schmerz.

»Und jetzt, Lauren«, sagte der Chinese und legte seine Hand auf ihre, als sie sich bei ihm unterhakte, »jetzt werde ich Ihnen das Nachtleben von Shanghai zeigen, wie es wirklich ist.« Er kicherte in sich hinein, und Lauren dachte, daß es mit diesem sonderbaren, aber aufmerksamen Mann vielleicht wirklich noch ein netter Abend werden würde.

Er öffnete ihr die Tür und führte sie zu seinem Wagen hinaus. »Und noch eine Bitte hätte ich«, sagte er. »Für meine Freunde bin ich einfach nur der Mönch.«

Thwaite lag in der Notaufnahme des Bellevue-Krankenhauses, als Atherton Gottschalk auf einer Trage hereingerollt wurde. Der plötzliche Lärm ließ ihn hochschauen. Er hatte gerade einem Arzt zugesehen, der Melodys Stirn untersuchte.

»Mein Gott«, sagte der junge Arzt, »Sie müssen da in etwas ziemlich Böses hineingeraten sein.«

»Versorgen Sie einfach die Wunde«, knurrte Thwaite.

»Ich werde die Polizei benachrichtigen müssen«, sagte der junge Arzt, als er einen Verband auf die Wunde legte. »Solche Sachen müssen gemeldet werden.«

»Das ist alles schon passiert«, sagte Thwaite und hielt dem Arzt seine Dienstmarke unter die Nase.

Ein Pfleger stieß die Schwingtür auf und zog die Bahre herein, dicht gefolgt von einem Arzt, sechs Polizisten in Uniform und mindestens ebenso vielen Männern in Zivil. Während der kurzen Zeit, in der die Tür zum Flur offenstand, konnte Thwaite einen dichten Pulk neugieriger Patienten und Besucher sehen, dazu weitere Uniformierte und Männer mit Walkie-talkies in den Händen.

»Wer war bei ihm?« fragte der Arzt, während er dem Pfleger half, den Verletzten auf einen Behandlungstisch zu heben. »Einer der Leute vom Secret Service«, antwortete ein Polizist in Uniform. Er wandte sich zu einem großen, schlanken Mann mit dunklem Haar. Der Mann nickte.

»Erzählen Sie«, befahl der Arzt. »Ich habe jetzt keine Zeit, um mich Ihnen zuwenden zu können.« Er legte Gottschalk gerade die Infusionskanülen an. »Plasma bereithalten«, sagte er zu einer Krankenschwester. »Und ich will so schnell wie möglich einen Bluttest von ihm sehen. Wir brauchen seine Gruppe, falls doch eine Transfusion nötig sein sollte.«

»Mein Name ist Bronstein.«

»Sie sind auf der Fahrt hierher bei dem Kandidaten gewesen?«
»Ich hatte seinen Kopf in meinem Schoß.«

Der Arzt hatte Schwierigkeiten, Gottschalk die Anzugjacke auszuziehen. Er griff nach einem Skalpell. »Hatte er Probleme beim Atmen?«

»Er hatte Probleme...«

»Aha. Konnten Sie ihn atmen hören?«

»Es war wie Bellen.«

»Viel Blut, wie? Sieht wie eine Brustverletzung aus.«

»Es hat ihn direkt überm Herzen getroffen«, sagte Bronstein, »aber viel Blut hat er nicht verloren.«

»Der Einschuß liegt über dem Herz, stimmt.« Der Arzt beugte sich weiter herunter. »Aber die Kugel muß es verfehlt haben. Hätte sie das Herz getroffen, wäre das Blut wie aus einem Brunnen hervorgesprudelt.« Er wandte sich an eine Schwester. »Holen Sie das tragbare EKG-Gerät her.«

»Ich sah, wie er getroffen wurde«, sagte Bronstein. »Es war das Herz, da gibt's keinen Zweifel.«

»Wenn Sie recht hätten, könnte ich wieder an meine andere Arbeit gehen: dann wäre er nämlich längst tot.«

Er hatte das Skalpell in die Hand genommen und schnitt vorsichtig in Gottschalks Kleidung.

Der Chefarzt, Dr. Weingaart, kam herein, gefolgt von einer Schwester. »Wer ist der Mann?«

»Atherton Gottschalk«, antwortete der Arzt. »Es ist auf ihn geschossen worden. Der Mann hier sagt ins Herz; aber das kann nicht sein. Er atmet noch.«

»Lassen Sie mich sehen«, sagte Dr. Weingaart.

»Ich will nur noch dieses – Herr im Himmel!«

»Was ist?«

Der Arzt hatte das Skalpell zurückgezogen und sah seinen Chef mit erstaunten Augen an. Sein Gesicht war über und über mit Blut bespritzt, sein Haar war schweißnaß. »Sehen Sie selbst.« Er trat zur Seite, um seinen Kollegen weiter an Gottschalk heranzulassen. »Dieser Mann ist über dem Herz getroffen worden, und er ist nicht tot.«

»Das ist unmöglich.« Dr. Weingaart schüttelte den Kopf.

»Doch, es ist möglich«, erwiderte der andere Arzt. »Wenn man zufällig eine kugelsichere Weste trägt.«

»Ich will eine Waffe von Ihren Leibwächtern.«

»Wozu?«

»Tun Sie, was ich sage!« Er setzte einen leichten *Kiai* ein, um sicherzustellen, daß seine Forderung umgehend befolgt wurde.

Mizo zuckte zusammen, dann schnippte er mit den Fingern seiner freien Hand. Einer der beiden Chinesen erschien auf der Treppe.

»Ich will auch den anderen sehen können«, sagte Tracy.

Wieder schnippte Mizo mit den Fingern, und der zweite Chinese kam hinter dem ersten die Treppe herunter. Er blieb an ihrem Fuß stehen, während der erste bis auf zehn Meter an Tracy, Mizo und Kleiner Drache, die noch immer benommen auf dem Boden lag, herankam.

Dann schob er seine rechte Hand in seine Jacke und zog eine 38er Pistole hervor. Er streckte sie Mizo entgegen.

»Nein«, sagte Tracy scharf in kantonesischem Dialekt, was den Leibwächter erschrocken zusammenzucken ließ. »Faß sie am Lauf und schleudere sie mir über den Fußboden zu.«

Der junge Chinese sah von Tracy zu Mizo. Er sah seinen Herrn nicken und gehorchte mit säuerlichem Gesicht.

Tracy ließ sich langsam auf die Knie sinken und zog Mizo dabei mit herunter. Dann hob er mit einem schnellen Griff die Pistole auf. Tracy stieß Mizo neben seine Geliebte auf den Boden und setzte ihm den Lauf der Waffe hinter dem rechten Ohr auf. »Ich nehme nicht an, daß ich erst ausprobieren muß, ob sie auch in Ordnung ist«, sagte er leise.

Mizo, der seine linke Wange gegen den spiegelnden Parkettboden preßte, war blaß geworden. »Nein, nein, nein«, sagte er hastig. »Es ist alles in Ordnung, das kann ich Ihnen versichern.«

Als Mizo seinen Kopf weiter herumdrehte, um ihn besser sehen zu können, ließ Tracy den Japaner plötzlich los und packte Kleiner Drachen.

Mizo sprang sofort auf seine Füße, und der junge Chinese, der Tracys schnelle Bewegung vielleicht nicht richtig gesehen hatte, stürzte sich vor.

Tracy spannte die Waffe und legte sie Kleiner Drachen in den Nacken.

»Zurück, du Hurensohn!« schrie Mizo. »Siehst du denn nicht, daß er sie erschießen wird, wenn du ihn angreifst?«

Tracy zog Kleiner Drachen auf die Füße, und Mizo sagte mit zitternder Stimme: »Ich werde ihnen jetzt befehlen, zu verschwinden.«

»Das lassen Sie sein«, widersprach Tracy sofort. »Sie sollen da stehenbleiben, wo sie jetzt sind, sonst gehen sie noch sonstwohin und denken sich irgend etwas Übles aus.«

Mizo antwortete zwar nicht, aber Tracy wußte, daß er nicht nur diese Runde, sondern auch sein Gesicht verloren hatte.

»Damit das ein für allemal klar ist«, sagte Tracy. »Wenn Sie oder Ihre Leute auch nur die *kleinste* Bewegung machen, die ich als gegen mich gerichtet empfinde, dann werde ich Kleiner Drachen das Gehirn aus dem Kopf schießen.«

Mizos Gesicht war kreidebleich geworden. »Es ist nicht nötig, so etwas zu sagen.« Er rieb sich seinen Arm, wo Tracy ihn gehalten hatte. »Zwischen uns herrscht Waffenruhe.« Er zeigte in einen anderen Teil des Raumes. »Wollen wir es uns nicht bequem machen und dieses Treffen wie zivilisierte Menschen fortsetzen?«

Nach all dem, was Mizo in den letzten Tagen versucht hatte, um ihn zu töten, fand Tracy diesen Satz aus dem Mund des Japaners geradezu amüsant. Doch er sagte nichts.

Mizo hatte auf zwei kleine Ledersessel und ein dazu passendes Sofa gezeigt, deren Stil im Gegensatz zur übrigen, östlich gehaltenen Einrichtung stand.

»Setzen Sie sich in den Sessel dort«, sagte Tracy und wies auf die Sitzgruppe. Mizo ging gehorsam an seinen Platz, während sich Tracy mit Kleiner Drachen auf das Sofa gegenüber setzte. Die beiden Chinesen blieben wie Steinfiguren an ihren Plätzen stehen.

»Sie sind noch besser, als man mir gesagt hat.« In der Stimme des Japaners klang Bedauern an. »Aber meine Informationen waren auch nur recht grob.«

Tracy war sofort aufmerksam geworden. »Das mußten sie auch sein«, sagte er jetzt mit leichter Stimme. »Es gibt niemanden, der viel über mich weiß.«

Mizo hatte die Stirn kraus gezogen. »Wer, zum Teufel, sind Sie also? Und was wollen Sie von mir?«

Tracy versuchte sein Glück. »Ich will einen Anteil des Geschäfts.« Mizo blieb unbeteiligt. »Von welchem Geschäft?«

»Von *Ihrem*, Sonne des weißen Puders.«

Tracy spürte, wie Kleiner Drachen in seinem Arm zusammenzuckte. In seinem Augenwinkel konnte er erkennen, daß sie ihn mit weit aufgerissenen Augen anstarrte.

»Sie wissen, daß ich eine Schule unterhalte«, sagte Mizo vorsichtig. »Sie kennen mich als Sonne des weißen Puders. Sagen Sie, kennen Sie am Ende auch Louis Richter?«

»Er ist mein Vater«, sagte Tracy; aber er wollte das Gespräch in eine andere Richtung lenken. Seine Schulter begann wieder zu schmerzen, es war ein langer Tag gewesen. »Mich interessiert, was Sie über die Operation Sultan wissen.«

»Wenn Sie wirklich der Sohn von Louis Richter sind, wundert mich das nicht«, sagte Mizo. Seine Augen waren schläfrig geworden, und sein rechtes Bein, das er über das linke gelegt hatte, wippte in einem merkwürdigen Rhythmus, der von innen zu kommen schien, auf und ab. »Es ist mir nicht unbekannt, daß sein Sohn, Tracy, wenn Sie wirklich Tracy Richter sein sollten, eine Zeitlang bei den Special Forces in, äh, Südvietnam gewesen ist. In den Jahren neunundsechzig, siebzig.«

Während Mizos eintöniger Singsang sich immer weiter im Zimmer ausbreitete, fühlte Tracy ein Gefühl der Erschöpfung in seine Muskeln einsickern, das sein Bewußtsein von den Rändern her aufzulösen begann. Deutlich sichtbar riß er plötzlich den Kopf hoch.

Er spannte die Waffe und genoß die Wirkung, die das überraschend laute Klicken auf die anderen im Raum hatte.

»Das ist nicht nötig«, sagte Mizo. Er fuhr sich mit der Zungenspitze über die Lippen, um sie anzufeuchten.

»Mizo«, sagte Tracy und beugte sich vor, »oder Sonne des weißen Puders oder Sonne der schwarzen Flammen oder Sun Ma Sun – wie Sie sich auch immer nennen mögen –, lassen Sie sich von mir sagen, daß ich keine Zeit für Ihre Spielchen habe. Wenn Sie mir jetzt nicht sofort die Informationen geben, die ich von Ihnen verlangt habe, dann werde ich Kleiner Drachen jetzt erschießen, und Sie können dabei zuschauen. Ist es das, worauf Sie aus sind?«

»Nein«, erwiderte Mizo. Er sprach plötzlich Englisch. Seine Augen schlossen sich, und er seufzte tief auf. Als er Tracy wieder ansah, war sein Gesicht ernst geworden. »Operation Sultan war ein hochgeheimer militärischer Einsatz, dessen Höhepunkt im April 1969 lag. Die Operation wurde ausgeführt von, nun, da sind meine Quellen etwas ungenau, es heißt aber allgemein, daß die CIA das Unternehmen finanziert habe.«

Tracy fragte sich, ob es für ihn überhaupt eine Möglichkeit gab, herauszufinden, ob Mizo die Wahrheit sagte.

»Die Operation war als Schlag gegen ein geheimes Transport- und Verteilernetz der Vietkong und Roten Khmer gedacht, das – daran besteht so gut wie kein Zweifel – von den Rotchinesen aufgebaut und finanziert worden war, um die von den Amerikanern besetzten Gebiete mit Heroin zu versorgen. Nach Meinung der Chinesen war die Droge geeignet, die Kampfkraft und Einsatzbereitschaft der amerikanischen Soldaten entscheidend zu schwächen.« Er starrte Tracy in die Augen.

»Reden Sie weiter.«

»Zum Einsatzleiter der Operation Sultan wurde ein besonderer Mann gemacht; ein Lieutenant, der schon öfter bewiesen hatte, daß er die nötige Brutalität und Gerissenheit besaß, um einen Einsatz dieser Art erfolgreich durchführen zu können.«

»Sie beschreiben alles viel zu ausführlich«, sagte Tracy. Er spürte wieder Müdigkeit in sich aufsteigen. »Kommen Sie endlich zum Kern der Sache.«

»Wie Sie wollen.« Mizo setzte sich bequemer zurecht. »Nach meinen Informationen hat der amerikanische Geheimdienst die Operation Sultan als vollen Erfolg verbucht.«

»Und was ist daran Besonderes?«

»Es war keiner«, sagte Mizo. Seine Augen suchten in Tracys Gesicht nach einer Reaktion.

»Das Lager der Roten Khmer in der Kampfzone 350 wurde zerstört, wie der Befehl es verlangt hatte«, erwiderte Tracy, »das ist eine Tatsache. Unabhängig von dem ersten hat es einen zweiten Einsatz gegeben. Eine Reserveeinheit wurde in die Kampfzone geschickt, und sie hat es bestätigt. Außerdem wurden die Überreste eines Feuers gefunden. Das Heroin war, wie befohlen, verbrannt worden.«

Mizo zuckte die Schultern. »Vielleicht wurden wirklich ein paar Kilo auf diesem Altar geopfert. Sicherlich zu dem Zweck, den Betrug zu tarnen.« Er schüttelte den Kopf. »Aber glauben Sie mir, mein Freund, der größte Teil jener Lieferung für die amerikanische Armee wurde nur umgelenkt und nicht zerstört.«

»Ich nehme an, Sie können das beweisen.«

Mizo breitete die Arme aus. »Was glauben Sie denn, wovon ich dieses Haus und noch drei weitere bezahlt habe?«

Tracy mußte sich zwingen, ruhig zu bleiben, *Prana*. »Was sagen Sie da?«

»Einfach dies, ich war der Mittelsmann jener Heroinlieferung und aller folgenden.« Er legte seine Hände zusammen. »Das Transportnetz wurde nie zerschlagen, wie in den Unterlagen des amerikanischen Geheimdienstes angenommen wird, es wurde nur, um ein Wort Ihrer Sprache zu benutzen, ›umgedreht‹, und es funktioniert bis auf den heutigen Tag.« Mizo lächelte. »Ich muß es wissen. Schließlich habe ich die Fäden in der Hand.«

Tracy fühlte sich benommen von dem, was er gerade erfahren hatte. Es schien unglaublich zu sein, aber er hatte keinen Grund, an den Worten des Japaners zu zweifeln. Wie hätte er sonst so bis in alle Einzelheiten über einen geheimen Kommandoeinsatz der Stiftung Bescheid wissen können? Darauf konnte es nur eine Antwort geben. Mizos Lächeln war noch breiter geworden. »Sie sind blaß geworden, mein Freund. Als ob Sie gerade einen Kami gesehen hätten, einen Geist. Aber das will ich Ihnen nicht zum Vorwurf machen. Schließlich wäre ›Sultan‹ sicherlich Ihnen anvertraut worden, wenn Sie damals nicht auf einmal spurlos verschwunden gewesen wären.«

Zumindest weiß er nicht alles, dachte Tracy.

»Für wen arbeiten Sie?« fragte Tracy.

»Für die Mauritius-Gesellschaft«, antwortete Mizo, ohne zu zögern.

»Kennen Sie sie?«

»Nein.«

»Das sollten Sie aber. Sie gehört – oh, auch da gibt es drei, vier Mittelsmänner, es ist nichts zu beweisen –, sie gehört dem Lieutenant, der die Operation Sultan geleitet hat: Delmar Davis Macomber.« Er ließ eine Hand an seiner Seite herabfallen. Er war jetzt sehr entspannt. »Vielleicht haben Sie in Ban Me Thuot sogar einmal mit ihm zusammengearbeitet. Klein genug war es ja. O ja, Macomber. Er ist wirklich ein gerissener Kerl. Er hat die Gewinne aus dem Heroinhandel gut angelegt: in einem ehrlichen Geschäft. Er hat die Metronics Inc. aufgebaut. Was mich fasziniert, ist, daß er auch dort wieder nur den Tod verkauft, wenn auch in einer anderen Form natürlich.«

Tracy kämpfte gegen seine Müdigkeit und gegen den Schock, den die Worte des Japaners in ihm ausgelöst hatten. »Warum erzählen Sie mir das alles?«

Mizo lächelte wie ein Hai. »Weil Sie mich danach gefragt haben. Ich will nicht, daß Kleiner Drachen etwas geschieht. Ich kann den Rest meines Lebens auch ohne den Heroinhandel verbringen, aber ohne Kleiner Drachen wäre jeder weitere Tag sinnlos.«

Durch den Schleier seiner Müdigkeit und Verwirrung hindurch spürte Tracy, daß etwas nicht stimmte. Nicht einen Augenblick glaubte er, daß Mizo bereit war, den Drogenhandel auffliegen zu lassen, ohne nicht vorher wie ein Teufel um seine Rettung gekämpft zu haben.

Tracy starrte Mizo an. Die Antwort mußte bei ihm liegen, direkt vor seinen Augen. Wenn er sie nicht rechtzeitig finden würde. »Entweder Sie lügen...«

»Mein Freund, Sie wissen, daß ich nicht lüge.« Wieder bewegte sich Mizos Hand. »Schon die Logik meiner Worte muß Ihnen sagen, daß ich nicht gelogen habe.«

»Warum dann...«

In diesem Moment wußte er es. Seine rechte Schulter und sein Arm wurden taub. Er versuchte noch, den Arm hinter Kleiner Drachen hervorzuziehen, aber seine Reflexe funktionierten schon nicht mehr. Mizos Handsignale hatte Kleiner Drachen gegen ihn gelenkt. Und er hatte sich so auf den Japaner konzentriert, daß seine Wahrnehmung und sein klares Denken von seiner Erschöpfung und den Schmerzen in seiner linken Schulter allmählich eingetrübt worden waren.

Kleiner Drachen schlug ihm ihre linke Faust auf den Nasenrücken. Der Schreck ließ ihn für eine Sekunde erblinden, und er merkte, wie ihm die Pistole aus den tauben Fingern gedreht wurde, während die gezackte Fassung von Kleiner Drachens Diamantring ihm die Stirn aufriß.

Er schrie und warf sich zurück, dabei suchte seine linke Hand nach der Dose Rasierschaum in seinem Rücken. Sein Daumen preßte auf den versteckten Druckpunkt, von dem nur er und sein Vater wußten, als er schnelle Schritte aus der Richtung der Eisentreppe auf sich zukommen hörte.

Er warf die Dose hoch in die Luft, um die Aufmerksamkeit der Angreifer für den Bruchteil einer Sekunde von sich abzulenken. Und mit dem nächsten Lidschlag hatte er sich aus dem Sofa hochgedrückt und war hinter der Rückenlehne in Deckung gegangen.

Die Druckwelle der Explosion drückte im hinteren Teil des Hauses die großen Fensterflächen aus ihren Rahmen. Das Glas splitterte in bunten Farbenblitzen in den Garten. Ein weißes Blendlicht hatte das Wohnzimmer in unerträglich grelles Weiß getaucht, und der Boden schwankte wie bei einem Erdbeben. Jemand schrie hell und durchdringend. Dann verschwand alles in grauem Rauch, der erst von dem Druck der Explosion ins Freie gerissen wurde, aber mit der bedrückenden Stille, die sich Sekunden später über den Raum senkte, sich wie eine träge Sommerwolke an der Zimmerdecke sammelte.

Tracy kam, nach Luft schnappend, aus seinem Versteck heraus. Kleiner Drachen kniete nicht weit vom Sofa entfernt auf dem Boden. Ihr Kleid hing an einer Seite nur noch in Fetzen herunter. Kleiner Drachen wippte wie in einer Hysterie gefangen vor und zurück, sie preßte die Fäuste gegen die Ohren und kniff die Augen fest zu.

Tracy suchte nach Mizo. Er konnte ihn durch den dichten Rauchschleier hindurch nirgendwo entdecken. Dann hatte er plötzlich das Gefühl, hinter seinem Rücken mache sich ein Tiger bereit, ihm in den Nacken zu springen. Er wirbelte herum und ließ sich im selben Augenblick zu Boden fallen. Mizo kam wie ein Schatten auf ihn zugeflogen, er hatte das rechte Bein vorgestreckt, der Fuß stand im richtigen Winkel. *Karate*, dachte Tracy. Er bewegte seinen Oberkörper nach rechts, um seinen Kopf aus der Gefahrenzone zu bringen, und riß gleichzeitig den linken Arm hoch. Sein Unterarm traf Mizo kurz hinter der vorgestreckten Ferse.

Tracy sah überrascht hinter sich. Mizo hatte den Angriff abgebrochen. Er entdeckte den Japaner vor dem umgestürzten Sofa, über das Mizo gerade hinüberkletterte. Was konnte er da suchen? In der nächsten Sekunde schoß Tracy die Antwort durch den Kopf, und nach einem weitausholenden Schritt sprang er in die Luft und flog über Mizo und das Sofa hinweg.

Er kam mit der linken Schulter auf dem Teppich auf und stöhnte unfreiwillig, während er schon abrollte. Er fühlte einen stechenden Schmerz in seiner Seite. Dann richtete er sich auf den Knien auf, doch er fiel wieder zu Boden, als der Schmerz zurückkehrte.

Er warf sich herum und lockte Mizo von der Pistole weg, die er hinter dem Sofa entdeckt hatte. Der Japaner stieß einen lauten Schrei aus, als er mit dem rechten Fuß nach Tracys Gesicht schlug.

Tracy rollte sich aus dem Schlag heraus, doch traf ihn noch ein Teil der Wucht, die Mizo in die Attacke gelegt hatte, indem er seinen Oberkörper hochriß, während sein Fuß vorschnellte. Wieder fuhr Tracys rechte Hand heraus und schlug wie eine Schwertklinge gegen Mizos Unterschenkel. Der Japaner geriet ins Stolpern und konterte wütend mit drei schwierigen, aber todgefährlichen *Kansetsu-waza*.

Hätte Mizo genug Raum gehabt, um den Angriff richtig ausführen zu können, oder wären Tracys Kräfte schon verbraucht gewesen, dann hätte diese Attacke den Kampf entschieden.

So gelang es Tracy zwar, unter dem Angriff wegzutauchen, aber wieder mußte er einige Schläge mit seiner linken Schulter abblocken, und allmählich wurde ihm bewußt, daß er viel zu geschwächt war, um diesem Gegner noch lange widerstehen zu können.

Er rollte sich weiter von Mizos Angriffen fort, um Zeit zu gewinnen, aber Mizo war ein viel zu kluger Gegner, als daß er ihm diese Chance gelassen hätte. Er bewegte sich fast im Rhythmus mit Tracy und ließ einen Schlaghagel nach dem anderen auf ihn niederprasseln. Er suchte einen Weg, die verletzte Schulter zu treffen, denn er wußte, daß das der Schlüssel zum Sieg war und Tracys Tod besiegeln würde.

Dann prallte Tracy mit dem Rücken gegen etwas Hartes. Spitze Zacken schlugen ihm in die Rippen und trieben ihm die Luft aus den Lungen. Mizo war sofort über ihm, die Haltung seines Oberkörpers und seiner Arme verriet, was er anwenden wollte, den *Kansetsu-waza*, der ihm schon den halben Sieg geschenkt hatte.

Tracy wußte, daß seine Zeit auslief – daß sich der Tod ihm auf Zehntelsekunden genähert hatte. Verzweifelt tasteten seine Hände nach hinten, um an dem Gegenstand, der seine Flucht beendet hatte, einen sicheren Halt zu finden. Er warf seinen Oberkörper vor, auf Mizo zu, und riß dabei den Gegenstand hinter seinem Rücken vom Boden hoch und über seinen Kopf. Es war etwas unglaublich Schweres, und Tracy biß die Zähne aufeinander, um Bewegung in das Gewicht zu bringen, während Mizo seinen letzten Angriff begann. Sie waren nur noch einen Atemzug voneinander getrennt, ein Lufthauch füllte noch den Raum zwischen Leben und Tod, ein Herzschlag, und dann das Ende aller Dinge.

Als Tracy spürte, daß er den schweren Gegenstand über seinem

Kopf ins Gleichgewicht bekommen hatte, stieß er ihn mit aller Kraft, die ihm noch geblieben war, nach vorn. Wie ein Schatten flog er auf den zweiten Schatten zu, in den Mizo sich verwandelt hatte. Nichts konnte den Japaner mehr von dem Kurs seines Vernichtungsangriffs abbringen. Der Raum zwischen Mizo und seinem Opfer war viel zu eng, als daß der komplizierte Angriff noch geändert werden konnte, bevor er seinen Gegner erreicht hatte, falls er überhaupt etwas hätte ändern wollen. Mizo wollte es nicht.

Er sah den Gegenstand erst, als es bereits viel zu spät war. Tracy sah die Veränderung in Mizos Gesicht. Die entschlossene Miene des Kriegers am Rande des Sieges wurde abgelöst durch ein Flackern von Gefühlen, die sich überlagerten. Verwirrung und Unglauben waren am deutlichsten zu erkennen.

Tracy hielt eine Drachenfigur aus schwerem Messing in den Händen und in der nächsten Sekunde drang die schwertlange Zunge des mythischen Tieres, an deren Seiten Feuerzacken züngelten, in Mizos Brustkorb ein.

Mizo schlug auf den Rücken. Sein Atem ging röchelnd, sein Gesicht war aschfahl, aber seine Augen waren noch klar.

Tracy merkte, daß Mizo sich mühte, ihm etwas zu sagen. Er beugte sich über den Japaner und schob ihm eine Hand unter den Nacken, um seinen Kopf ein wenig anzuheben.

»... Drachen...« Es war nur noch ein Rasseln, und einen Moment lang glaubte Tracy, daß Mizo die Waffe meinte, die ihm die tödlichen Verletzungen beigebracht hatte. Doch dann setzte der Japaner noch einmal an. »Kleiner Drachen... Bring sie zu... Goldener Drachen.«

»Zu dem *Feng-shui*-Mann? Warum?«

Mizos Augenlider flatterten, dann schlossen sie sich. »Ihr Vater...«, stieß der Japaner keuchend hervor, »liebt sie... sehr... Bring sie... zu ihm...«

Tracy sah von dem Toten zu der jungen Frau, die immer noch leise vor und zurück wippte und die Welt um sich herum nicht wahrzunehmen schien.

Die Zikaden sirrten laut, als er sie aus dem Haus heraus in die feuchtwarme Hongkonger Nacht führte.

6. Kapitel

»Ich sehe in Ihr Gesicht«, sagte der Mönch, »und es verrät mir, daß Sie unglücklich sind. Gibt es etwas, das ich für Sie tun kann?«

Lauren lächelte ihn an und schüttelte den Kopf. »Nein.« Es war ein klägliches Lächeln. »Ich glaube nicht, daß Sie das können.«

Der Mönch zog die Stirn kraus. Sie saßen wie zwei Berühmtheiten im Jin Jiang Club, umgeben von geflüsterten Bemerkungen und neugierigen Blicken. Es ist fast schon wie zu Hause, dachte Lauren.

»Ich glaube, Sie sehen mich noch immer nicht im richtigen Licht, Miss Marshall«, sagte der Mönch und strich sich über seinen Oberlippenbart. »Ich bin unter meinen Freunden als eine Art Zauberer bekannt.« Er lächelte und beugte sich vor. »Und nun heraus damit, wie kann ich Ihnen helfen.« Er schenkte ihr Wein nach. »Ich möchte, daß Sie mir erzählen, was Sie bedrückt.«

Lauren sah einen Augenblick nachdenklich in das fremde offene Gesicht. »Also gut, warum eigentlich nicht«, sagte sie schließlich. »Die Meinung eines Fremden kann nicht schaden, denke ich.« Und sie erzählte ihm von Tracy und von ihrem Bruder Bobby.

»Aber ich liebe ihn«, schloß sie. »Und ich weiß nicht, warum ich gleichzeitig alles getan habe, um ihn von mir fortzutreiben.«

Der Mönch dachte eine Zeitlang nach. »Wissen Sie«, begann er schließlich, »auch ich hatte einmal einen Bruder. Sieben Schwestern hatte ich, aber nur einen Bruder.« Er schüttelte den Kopf. »Mein Bruder war ein richtiger Hitzkopf. Die Revolution gärte noch in seiner Seele, und er trainierte viel, damit er eines Tages hinausziehen könnte, um den Feind zu besiegen.« Der Blick des Mönchs schien auf einmal nach innen gerichtet zu sein. »Ich war im Gegensatz zu ihm ein ruhiger Typ. Meine Stärke war das Denken. Ich glaube, ihn hat das eher verunsichert. Er hat mich oft deshalb verlacht. Aber das machte nichts. Ich war älter und stärker als er. Unsere kleinen Kämpfe endeten immer damit, daß er geschlagen auf dem Rücken lag, und ich als Sieger über ihm kniete. Er liebte jede Übungsstunde; ich dagegen nicht. Und es ärgerte ihn maßlos, daß mir scheinbar alles von selbst in den Schoß fiel, während er sich wie ein armer Hund plagen mußte, um bei den, äh, praktischen Stunden auch mitzukommen. Aber egal, eines Tages sollte ich zu einer Übung im Granatenwerfen. Es interessierte mich nicht im geringsten. Er ging an meiner Stelle hin. Die zweite Granate, die er in die Hand bekam, hatte einen Fehler. Sie explodierte ohne Verzögerung, als er den Zündbolzen zog.«

Laurens Magen verkrampfte sich, als sie das Ende der Geschichte des Mönchs hörte. Es war schrecklich. Aber ihre Reaktion hatte nicht nur mit dem tragischen Schicksal zu tun, von dem der Mönch ihr erzählt hatte. Ihre Gedanken waren wieder bei Bobby. Bei dem kleinen Jungen, der sorgenfrei und glücklich in einen Baum kletterte, um Äpfel zu pflücken. Und sie stand unter dem Baum und fing die Früchte in ihrem Kleid auf, um sich dann mit ihren Freundinnen lachend davonzustehlen und den Bruder allein im Baum zu lassen.

Und es war auch nicht nur dieser eine Vorfall, an den sie jetzt dachte, sondern an die vielen ähnlichen, die sich in ihrer Erinnerung wie eine bedrohliche Mauer türmten. Aber was denke ich da? ging es ihr durch den Kopf. Alle großen Schwestern ärgern ihre kleinen Brüder.

Doch der Mönch sprach jetzt weiter. »Ich habe auf der Beerdigung meines Bruders laut geweint, genauso wie meine Eltern, meine sieben Schwestern, wie meine Onkel, Tanten und Kusinen.« Er sah sie an, seine Augen waren wieder klar und aufmerksam. »Aber dann tat ich etwas, daß außer mir niemand tat. Ich ging nach Hause und scherte mir alles Haar vom Kopf. Drei Jahre lief ich so herum, und während der ganzen Zeit trug ich nur Schwarz. Und, Lauren«, sagte er freundlich, »ich hab' das alles nicht deshalb getan, weil es mein Wunsch war. Tatsächlich haßte ich es, so herumzulaufen. Aber ich *mußte* es tun. Die Schuld, die ich empfand, zwang mich dazu.«

Schuld, dachte Lauren. Das war ihr Geheimnis, ihre Last. Es war nicht Tracy, den sie haßte. Sie wußte, daß er Bobby nicht getötet hatte. Das hatte der Krieg getan. Sie haßte sich selbst. Denn, ob es nun wahr war oder nicht, sie war davon überzeugt, daß Bobby nur deshalb freiwillig zum Militär gegangen war, weil er es zu Hause nicht mehr ausgehalten hatte. Und dazu hatte sie einiges beigetragen, mehr, als sie sich selbst gerne eingestand. Wenn jemand für Bobbys Tod verantwortlich war, dann sie selbst.

»Oh, nicht doch, Lauren«, sagte der Mönch in beruhigendem Ton, »nicht doch.« Denn sie begann auf einmal zu weinen. Große Tränen funkelten wie Sterne in ihren Augenwinkeln, bis sie so schwer wurden, daß sie die Wangen hinunterliefen und auf das makellose weiße Leinen des Tischtuchs fielen.

Der Mönch griff nach ihrer Hand und hielt sie sanft fest. Es gab natürlich keinen toten Bruder. Sein Bruder, der sogar noch zwei Jahre älter als er war, lebte glücklich und zufrieden und bekleidete ein hohes Amt in der Regierung der Volksrepublik. Doch er hatte die Geschichte erzählt, weil er vermutete, daß diese Amerikanerin, die er so bewunderte, von einem Schuldgefühl gefangengehalten wurde.

»Ich danke Ihnen.« Sie drückte seine Hand. »Es tut mir so leid um Ihren Bruder.«

»Es ist lange her«, sagte der Mönch, um es ihr leichter zu machen. »Solche Wunden heilen zwar nur langsam, aber glauben Sie mir, sie heilen.«

»Sie haben ja so recht mit allem«, sagte Lauren. »Ich hasse ihn gar nicht.«

»Ich weiß«, sagte er langsam. »Der Krieg verändert die Menschen auf merkwürdige Weise. Die Welt ist plötzlich eine ganz andere. Man tut Dinge, deren man sich nie für fähig gehalten hätte. Und man überlebt.«

»Es war nicht seine Schuld, das sehe ich jetzt. Er hat nichts falsch gemacht. Mein Bruder...« Sie ließ den Satz unvollendet. Der Mann ihr gegenüber war doch immer noch fast ein Fremder. Aber manchmal, so wie jetzt, war es leichter, mit jemandem zu sprechen, den man vorher noch nie gesehen hatte.

Auf der anderen Seite des Tisches gingen dem Mönch die gleichen Gedanken durch den Kopf. Fast hätte er ihr sofort alles erzählt. Seit Wochen hatte er nach jemandem gesucht, dem er vertrauen konnte. Aber jetzt ging es ihm wie Lauren, er konnte im Moment nicht weitersprechen.

Auf einmal war er sich nicht mehr sicher, ob das, was er geplant hatte, wirklich der richtige Weg war. Wenn er noch an irgendwelche Götter geglaubt hätte, dann wäre dieser Moment bestimmt der richtige gewesen, um zu ihnen zu beten. Aber er wußte nicht einmal, wie man das tat. Er glaubte nur an die Unveränderlichkeit Chinas. Und das machte ihm die Entscheidung so schwer. Er konnte es nicht ertragen, daß er ein Verräter sein sollte.

»Nun, ich mußte erst ein paar Hebel in Bewegung setzen, bevor man mich hier hereingelassen hat.«

Atherton Gottschalk saß aufrecht in seinem Krankenbett, drei Kissen mit Daunenfüllung, um die er gebeten hatte, stützten ihn im Rücken. Er war allergisch gegen Schaumstoff. Jetzt starrte er mit weitaufgerissenen Augen auf seinen Besucher.

»Himmel, Macomber. Das ist eine Überraschung.«

Macomber sah ihn vom Fußende des Bettes aus abschätzend an. Es war niemand außer ihnen im Zimmer. Die Klimaanlage summte friedlich vor sich hin. »Atherton, du siehst ja richtig mitgenommen aus.«

Gottschalks Kopf stieß hervor. »Kein Wunder! Was ist auch mit deinem Plan passiert?«

Macomber kam um das Bett herum und stellte sich neben Gottschalk, die Hände hielt er auf dem Rücken verschränkt. »Das war der Plan, Atherton.«

»*Was*?« Jetzt war auch noch das letzte bißchen Farbe aus Gottschalks Gesicht gewichen.

Macomber setzte sich auf die Bettkante. »Ich habe über einen dritten Kontakt einen islamischen Radikalen engagiert. *Er* dachte, daß sein Land hinter dem Anschlag steht. Aber was interessiert uns das noch.«

»Herr im Himmel!« Gottschalk würgte die Worte fast hervor. »Warum? Sag mir, um Himmels willen, warum? Ich hätte getötet werden können!«

Macomber nickte. »Ja, da ist etwas Wahres dran. Du *hättest*. Aber das Risiko war mehr als gering. Ich habe dafür gesorgt, daß ein Profi auf dich geschossen hat. Er hatte die Anweisung, auf dein Herz zu zielen, und genau an der Stelle warst du sehr gut geschützt. Und wenn du nach dem Warum fragst«, er zeigte auf die vielen Zeitungen und Illustrierten, die auf Gottschalks Bettdecke verstreut lagen, »da hast du das Warum.«

»Die Presse?«

»Du bist jetzt ein gottverdammter Held, Atherton. Deine Worte – dein Wahlkampfprogramm zusammen mit dem Wahlkampf, den die Partei dir finanzieren wird –, das hätte vielleicht gereicht, um genügend Wähler zu überzeugen. *Vielleicht*. Aber jetzt habe ich deine Prophezeiungen in *kalte Tatsachen* verwandelt. Begreifst du den Unterschied? Ich habe die Theorie in praktische Wirklichkeit verwandelt. Jetzt *wissen* die Leute, daß etwas getan werden muß. Sie wollen etwas tun – sie wollen dich, Atherton.«

»Himmel«, sagte Gottschalk. Er hatte begierig jedes Wort Macombers aufgesogen. »Du hättest mir vorher zumindest sagen können, was du planst. Ich hätte mich vorbereitet...«

»Und damit alles verdorben, verstehst du denn nicht? Es mußte alles absolut echt sein.«

Noch immer färbte Zorn Gottschalks Wangen rot. »Aber ich will nicht, daß so etwas noch einmal passiert, verstehst du? Welche Garantie habe ich, daß du am Tag meines Amtsantritts nicht noch mal so eine verrückte Sache über die Bühne gehen läßt!«

»Du hast meine Garantie, Atherton. Wenn du im Januar deinen Eid ablegst und das ganze Land dieser Zeremonie zusieht, dann werden die Terroristen schon in der Umgebung von New York sein, und sie werden glauben, daß der Atommüll sicher versteckt ist. Aber ich werde das Versteck kennen, und deshalb wirst du es auch kennen. Wenn die Terroristen also ihre Forderungen stellen und dieses Land mit Angst und Schrecken überziehen, dann wirst du in der Lage sein zu handeln. Du wirst die Antiterroreinheit zum Einsatz bringen können. Deine Gegner werden ausgelöscht werden, und du wirst anschließend alles tun können. Dann werden wir gegen unsere Feinde vorgehen können...«

»Ich will mehr als eine Garantie von dir«, sagte Gottschalk. Er hatte sich noch immer nicht von dem winselnden Ton in seinen Ohren und dem stechenden Schmerz erholt, der wie ein weißglühender Feuerhaken in seiner Brust gewühlt hatte. Sein Herz. *Sein Herz!* »Mir genügen deine Worte nicht«, sagte er jetzt. Er hatte seine Hände zu Fäusten geballt. Was nützte es ihm, Präsident zu werden, wenn dabei sein Herz platzte und er in seinem eigenen Blut ertrinken müßte?

»Atherton«, sagte Macomber leise, »ich darf dich daran erinnern, daß deine Position es dir nicht erlaubt, Forderungen zu stellen.«

»Nein?« Gottschalks Augen blitzten. »Und was, glaubst du, bist du noch, wenn ich nicht mehr mitmache?«

»Du wirst deine einzige Chance, Präsident zu werden, nicht so leichtfertig aufgeben. Das weiß ich genau. Du bist viel zu machtbesessen.«

»Verdammt noch mal!« schrie Gottschalk. »Dann verlange ich neue Verhandlungen!«

Ohne die leiseste Vorwarnung stürzte sich Macomber auf ihn herab und packte ihn am Nachthemd. »Ich werde dir ein neues Angebot unterbreiten, du Mistkerl! Dasselbe, das ich auch deiner ehemaligen Hure, Miss Christian, gemacht habe!«

»Kathleen? Hat man sie gefunden?«

»Nein«, erwiderte Macomber. »Und man wird sie auch nie finden. Sie liegt auf dem Grund des Hudson River.«

»Tot?« flüsterte Gottschalk. »Sie ist tot? Was...« Sein Gesicht war plötzlich angsterfüllt.

»Ganz richtig. *Morte.* Sie ist von uns gegangen, um ihren ewigen Lohn in Empfang zu nehmen, und das kann in ihrem Fall nicht allzuviel gewesen sein. Du warst so dumm, sie eines deiner Gespräche mit Eliott abhören zu lassen.«

»Was sagst du da?«

»Sie kannte *das Datum,* du Dummkopf. Sie wußte Bescheid über den einunddreißigsten August. Ich nehme an, sie wollte alles, was sie herausbekommen konnte, dazu benutzen, dich fester in den Griff zu bekommen. Sie wollte Roberta von deiner Seite drücken, damit mehr Platz für sie war. Ein Glück für uns alle, daß ich ihr rechtzeitig auf die Schliche gekommen bin.«

»Du!« keuchte Gottschalk. »Mein Gott, du hast sie umgebracht!«

Macomber legte seine Lippen an Gottschalks Ohr. »Das waren ihre neuen Verhandlungen, und ich kann dir jederzeit dieselben Bedingungen besorgen, Atherton. Du brauchst nur ein Wort zu sagen.«

Als Thwaite den großen Büroraum des Reviers betrat, fiel sein erster Blick auf Ivory White. Also hatte Flaherty ihm seinen Wunsch erfüllt. Kurz vor seinem Flug nach Chicago hatte Thwaite sich bei seinem Captain vom Dienst abgemeldet und ihm einen Hinweis auf den schwarzen Polizisten gegeben. Er hatte Flaherty gesagt, daß er White bei seiner Rückkehr gerne im Revier vorfinden würde.

White saß hinter seinem Schreibtisch und hielt einen dünnen, hellgrünen Aktenordner in den Händen. Die Farbe identifizierte die Akte als Mordfall.

»Was haben Sie da?«

»Willkommen«, antwortete White. »Wir alle...«

»Ja, ja«, unterbrach Thwaite ihn. Er hatte gerade erst so eine unangenehme Situation hinter sich bringen müssen, als er das untere Stockwerk betreten hatte. »Sparen Sie sich die Herzensergüsse und die Blumen für jemand anderen.«

»Yes, Sir«, sagte White etwas steif. »Es ist nur, daß ohne Sie hier alles ziemlich durcheinander ging. Ich meine die Sache mit den Schüssen auf den republikanischen Präsidentschaftskandidaten, und dann haben Borak und Enders sofort den Attentäter erledigt.«

»Ja, wen haben wir denn da?« Borak kam grinsend aus dem hinteren Teil des Raumes auf sie zu. »Du bist gerade rechtzeitig zurück, um die ganze Aufregung verpaßt zu haben.«

»Wie geht's dir, Doug?« fragte Enders, der sich jetzt ebenfalls zu ihnen gesellte.

»Schon wieder ganz gut«, antwortete Thwaite, was ungefähr das Gegenteil der Wahrheit war.

»Himmel«, redete Borak weiter, ohne auf die anderen zu achten, »dieser Gottschalk wird noch ein richtiger Menschheitsretter. Und warum eigentlich nicht? Alles, was er prophezeit hat, ist inzwischen eingetreten.« Borak sah einen Augenblick nachdenklich vor sich hin. »Das Verrückte ist, daß der Kerl von dem Attentat schon zu wissen schien, als es gerade erst passierte.« Er schüttelte den Kopf.

Thwaite war sofort hellwach. Er wußte, daß Borak in Gedanken schon einen Schritt weitergegangen war und zuletzt den Anrufer gemeint hatte, der sie von dem Mordanschlag verständigt hatte.

»Du hast nicht zufällig ein Band laufen gehabt?« fragte Thwaite.

Borak schüttelte nur gedankenverloren den Kopf, er dachte immer noch über den Anrufer nach.

»Aber du mußt das Gespräch doch über die Notrufzentrale bekommen haben«, sagte Thwaite ruhig. »Und sämtliche Notrufe werden mitgeschnitten. Oder hast du das auch vergessen?«

Borak sprang wütend auf ihn zu, so daß Enders schnell zwischen die beiden trat. »Du Idiot!« schrie Borak, »da sieht man nur, wie wenig Ahnung du hast.« Er grinste ihn höhnisch an. »Der Anruf ist von der allgemeinen Vermittlungszentrale des Reviers durchgestellt worden. Was sagst du jetzt?«

Thwaite dachte einen Augenblick nach. Dann sah er seine beiden Kollegen an. »Und keiner von euch hat sich darüber gewundert?« fragte er. »Ich hätte es getan. Ein echter anonymer Anruf wäre immer über die Notrufzentrale gekommen. Wer, zum Teufel, soll das denn sein, der die Nummer des Reviers kennt und weiß, daß er dich hier erreichen kann? Ein normaler Zivilist? Da kann ich doch nur lachen.«

Er ließ sie einfach stehen.

White versuchte, mit ihm Schritt zu halten. »Aber was ist denn eigentlich los?«

»Ich wäre froh, wenn ich das wüßte.« Thwaite sah ihn an, sein Blick fiel wieder auf die hellgrüne Akte. »Sie haben mir meine erste Frage noch nicht beantwortet.«

White hielt ihn an. Zögernd gab er ihm die Mappe. »Ich weiß, daß es nicht gerade die passende Zeit ist, um Ihnen das zu geben. Aber ich denke, es ist besser, wenn Sie es sich ansehen.«

Thwaite sah von Whites bedrücktem Gesicht zu der hellgrünen Akte und schlug sie sofort auf. »Um Himmels willen! Wann ist das hereingekommen?«

»Gestern früh.« White wippte unruhig von einem Fuß auf den anderen. »Wenn das Wasser nicht gewesen wäre, hätten sie ihn noch gar nicht gefunden. Er lebte allein und bekam nur selten Besuch. Es war im Badezimmer. Das Wasser ist durch den Boden in das darunterliegende Apartment gedrungen. Die Nachbarn haben dann den Hausverwalter geholt, und der ist mit einem Zweitschlüssel in die Wohnung eingedrungen und hat die Leiche gefunden.«

»Schweine«, sagte Thwaite. Er fühlte sich hilflos. »Wie ich sehe, sind Sie schon an der Sache dran.« Er gab White die Akte zurück. »Ich möchte über alles laufend...«

»Ich *war* dran, um genau zu sein.«

»Was?« Thwaite schnellte zu ihm herum.

White nickte. »Vor einer Stunde ist mir der Fall abgenommen worden. Irgendeine Bundesbehörde ist dazwischengefahren. Die sind einfach hereingekommen und haben sämtliche Unterlagen mitgenommen. Eine Kopie der Ermächtigung dazu liegt in der Akte, wenn Sie selbst sehen wollen. Es ist alles völlig legal. Ich glaube, daß er zu ihnen gehört hat.«

Thwaite wandte sich nachdenklich ab. Tracys Vater, dachte er. Aber was, zum Teufel, geht hier eigentlich vor?

Das Telegramm kam um Mitternacht. New Yorker Zeit; dann war es noch heller Nachmittag in Shanghai.

Macomber war gerade von einem ausgedehnten und entspannenden Essen in seinem Club zurückgekehrt, zu dem er einmal im Monat einlud. Wie immer hatte es beidem gedient, dem Geschäft und dem Vergnügen.

Doch seine aufgeräumte Stimmung war im Moment verflogen, als ihm das Telegramm ausgehändigt worden war. Wie vereinbart, war es an sein Metronics-Büro geschickt worden. Während des langen Wartens auf Tisah hatte er es sich zur Gewohnheit gemacht, dort zu schlafen. Das Haus am Gramercy Park erinnerte ihn zu sehr an die einsamen Tage nach seiner Rückkehr aus dem Krieg, aus dem er nichts mitgebracht hatte außer viel Geld und Khieu – nichts als seinen Ehrgeiz und die allgegenwärtigen Erinnerungen an Tisah.

Mit einem Büroöffner aus Knochen fuhr er in den Umschlag, doch verhakte er sich im Papier, und vor Ungeduld fluchend riß Macomber die Hülle schließlich mit einem gekrümmten Finger auf. Er fühlte kalten Schweiß sein Rückgrat hinunterlaufen, als er das eingelegte Blatt auffaltete und las.

BEDAUERN MITTEILEN ZU MÜSSEN AUFTRAG NICHT ZU ERFÜLLEN
ERNTE SCHON LANGE ABGESCHLOSSEN HABEN
ALLES MENSCHENMÖGLICHE GETAN BEILEID

OPALFEUER

Tot. Wie eine Nebelwolke hing das Wort in seinem Bewußtsein. *Tot.*

Er sprach es laut aus, als ob das etwas helfen könnte, doch immer noch gewann es keine Bedeutung.

»Tisah ist tot.« Und dann trat alles scharf hervor, ihr Name hatte dem Satz einen Sinn gegeben. Macomber zerknitterte das Telegramm in seiner Faust. Zorn tobte in ihm, wie er ihn seit dem Krieg nicht mehr empfunden hatte. Eine Zeitlang hatte Tisah wieder gelebt. Während all der langen Jahre hatte er fest geglaubt, daß sie noch am Leben war. Irgendwo. Die Worte des Mönchs hatten diesen Glauben noch wachsen lassen, ja, sie hatten ihm eine endgültige Sicherheit gegeben. AUFTRAG NICHT ZU ERFÜLLEN bedeutete, daß sie nicht mehr lebte; ERNTE SCHON LANGE ABGESCHLOSSEN, daß sie schon längere Zeit tot war. Und das konnte nach allem, was der Mönch erzählt hatte, nur eines bedeuten: Tracy Richter hatte sie getötet. Er war ihr letzter Kontakt gewesen, er hatte sie enttarnt – und er hatte versucht, sie zu töten.

Dann wird er nicht geruht haben, bis er es doch noch geschafft hatte, dachte Macomber. Sein Zorn schien in diesem Moment alle Grenzen niederzureißen. Ebenso wie seine Verzweiflung über den plötzlichen Verlust von Tisah grenzenlos war.

Er zog einen kleinen Schlüssel hervor, beugte sich zu der rechten unteren Schublade seines Schreibtischs hinunter und schloß sie auf. In dem Fach lagen eine mattglänzende 375er Magnum, die einen auffallend langen Lauf hatte, und mehrere Schachteln Munition. Ein sonderbares gelbliches Licht war in Macombers Augen getreten. Er hob die Waffe und eine Schachtel Munition auf die Schreibtischplatte und begann mit sicheren Handgriffen die Magnum zu laden. Während der ganzen Zeit dachte er nur an Tracy Richter, an den Haß, der mit jedem Herzschlag in ihm pulste, und wie er sich fühlen würde, wenn er die Waffe auf Richters Kopf oder Herz richtete. Kopf oder Herz? Das war sein einziger Gedanke.

Als die Magnum schon halb geladen war, hielt er plötzlich inne, als ob er auf einen Ton lauschen würde, den nur er hören konnte. Er fühlte sein Herz, das Blut in Venen und Arterien, seinen beschleunigten Puls. Und er starrte auf die Waffe in seinen Händen – er würde sie nie benutzen können.

Er hatte an den *Angka* zu denken, an die vierzehn Jahre schwierigster Planung, die nötig gewesen waren, um das höchste Ziel zu erreichen, das ein Mann sich setzen konnte: Einfluß auf die Sicherheitspolitik Amerikas zu gewinnen, um dadurch Kontrolle über die übrige Welt zu erlangen, und das in einem Ausmaß, an das bisher niemand zu denken gewagt hatte.

Was bedeutete seine persönliche, kleinliche Rache, verglichen mit diesem hohen Ziel? Weniger als nichts! Er legte die Magnum in das Fach zurück und verschloß sorgfältig die Schublade. Er konnte es sich nicht leisten, persönlich in diese Sache verwickelt zu werden; nicht jetzt; nicht, wo er schon so nahe vor dem Ziel war, daß er seine Witterung bereits in der Nase hatte.

Seine Augen glänzten wieder hell, als er zum Telefon griff und eine Nummer des Ortsnetzes wählte. Er ließ dem anderen gerade noch Zeit, sich zu melden. »Khieu«, sagte er dann, »du mußt etwas sehr Wichtiges tun, damit die Sicherheit des *Angka* auch weiterhin gewährleistet ist, etwas, das auch mir selbst sehr wichtig ist: Töte Tracy Richter.«

Lauren warf einen Blick auf ihre Armbanduhr. »Ich glaube, es wird Zeit für mich, ins Hotel zu fahren.«

Der Mönch erhob sich lächelnd und nahm ihre Hand. Dann wandten sie sich dem Ausgang des Jin Jiang Clubs zu. »Es war ein so wundervoller Abend an Ihrer Seite, daß ich kaum wage, Sie um einen weiteren Gefallen zu bitten.«

»Was ist es denn?«

Der Mönch hatte ihr sein breites Gesicht zugewandt, und zum erstenmal sah Lauren die vielen Linien darin. Es schien ihr, als sei jede von ihnen von einem Schicksalsschlag, den der Mönch erlitten haben mußte, in das Gesicht geschnitten worden.

»Wenn es in meiner Macht steht, Ihnen zu helfen, will ich es gerne tun«, fügte sie hinzu.

Das Lächeln kehrte in das Gesicht des Mönchs zurück, und die Linien, die eben noch Sorge und Müdigkeit verrieten, waren verschwunden, als hätte es sie nie gegeben.

»Es gibt jemanden, dem es eine große Freude machen würde, Sie kennenlernen zu können. Leider konnte sie die Vorstellung heute abend nicht besuchen; dennoch ist sie eine große Verehrerin von Ihnen.«

Unbeabsichtigt sah Lauren erneut auf ihre Uhr. »Ihr Herr Vlasky hätte nichts dagegen, ich habe ihn vorhin schon gefragt«, fügte der Mönch rasch hinzu, als er die Geste bemerkte. »Er ist wirklich ein sehr entgegenkommender Mann.« Er zuckte die Schultern. »Aber natürlich liegt die Entscheidung allein bei Ihnen. Wenn Sie zu müde sind...«

»Nein, nein«, widersprach Lauren, obwohl sie wirklich müde war. Doch der Gedanke an Schlaf schien ihr jetzt weit entfernt zu sein. »Es ist mir ein Vergnügen, wirklich...«

Das Gesicht des Mönchs strahlte. »Wie schön!« Er klatschte vor Begeisterung in die Hände. »Ich bin Ihnen außerordentlich dankbar.« Dann streckte er mit einer angedeuteten Verbeugung die Hand vor. »Hier entlang, bitte.«

Er führte sie hinaus in die milde Nacht, zu dem glänzenden Mercedes, der mit summendem Motor auf sie wartete. Schweigend fuhren sie durch die Straßen. Durch das getönte Glas der Scheiben wirkte die Stadt geisterhaft und verlassen.

Schließlich erfaßte das Licht der Scheinwerferkegel ein herrschaftliches Haus, das von sorgfältig geschnittenen Bäumen und Sträuchern umgeben war. Das Grundstück, das von einer Mauer eingefaßt wurde, schien sehr weitläufig zu sein. Vor dem Eingangstor hielt der Wagen.

Lauren wußte genug über das Leben in China, daß soviel Platz für eine einzelne Person ein unvorstellbarer Besitz war.

»Beeindruckend, nicht?« sagte der Mönch, als er ihr aus dem Wagen half. »Haben Sie schon einmal den Namen Wang Hong-wen gehört? Nein? Er gehörte zur Viererbande. Dies war einmal sein Haus.« Er führte sie zur Eingangstür. »Jetzt gehört es mir.«

Auch die Innenausstattung des Hauses war ganz in westlichem Stil gehalten. Die Böden waren aus poliertem Marmor; es gab einen großen Kamin, und der riesige Wohnraum wies eine besonders hohe Decke auf.

Der Mönch durchquerte das Wohnzimmer und ging mit grazilen Schritten über einen antiken Perserteppich, der in matten Rot- und Goldtönen gehalten war. Neben einem Sofa, das dem Kamin gegenüberstand, blieb er stehen. Mit leichtem Erschrecken bemerkte Lauren, daß eine Frau auf dem Sofa saß. Jetzt erhob sie sich und wandte sich ihnen zu.

Die Frau hatte eine schöne Figur und größere Brüste, als man bei einer Asiatin vermutet hätte, doch was Lauren am meisten anzog, war ihr Gesicht: es war glatt und sinnlich; gleichzeitig spiegelte sich in ihm eine ungewöhnliche Klugheit. Lauren war sich sicher, daß die Frau die Geliebte des Mönchs war.

Die Frau kam auf sie zu und lächelte. Dieser Ausdruck allein verriet Lauren, wie schlimm die Fremde sich fühlen mußte, trotz ihres bestickten Mandaringewandes aus roter Seide, trotz des Diamantarmbandes an ihrem linken Handgelenk und den smaragdbesetzten Ohrringen.

»Miss Lauren Marshall«, sagte der Mönch, »ich freue mich, Ihnen Tisah vorstellen zu können, meine Tochter.«

Fast hätte Lauren, als sie den Namen hörte, den Halt verloren, doch rasch hatte sie sich wieder gefangen und streckte der Frau die rechte Hand entgegen. Die Fremde hielt sie nur kurz.

»Ich freue mich, Sie kennenzulernen, Miss Marshall.«

»Bitte, nennen Sie mich Lauren.«

»Tisah, mein Liebling, willst du uns nicht etwas zu trinken holen?« sagte der Mönch. Er rieb sich freudig die Hände, dann wandte er sich wieder zu Lauren. »Bitte, setzen Sie sich doch.« Er selbst blieb jedoch stehen und ging unruhig hinter dem Sofa auf und ab.

»Ist etwas?« fragte Lauren.

»Der Mann, über den Sie heute abend gesprochen haben«, sagte der Mönch zögernd, als ob er jedes Wort hervorpressen müßte, »der, den Sie einmal verantwortlich für den frühen Tod Ihres Bruders hielten...«

Lauren drehte sich herum, um ihn besser sehen zu können.

»... ich glaube, ich kenne ihn.«

Lauren spürte, wie sich ihr Magen zusammenzog. »Wirklich?« Ihre Stimme war nur noch ein Hauchen.

»Heißt er Tracy Richter?«

Sie nickte wie betäubt und nahm das geeiste Glas Perrier entgegen, das Tisah ihr gebracht hatte. Etwas schrie in ihr.

Tisah ging um das Sofa herum und reichte auch ihrem Vater ein

Glas. Er legte ihr seinen Arm um die Hüfte. »Wir *beide* kennen ihn, Lauren«, sagte der Mönch.

»Ich glaube, ich will nichts davon hören«, erwiderte Lauren und stand auf.

»Bitte!« Der Mönch machte einen Schritt auf sie zu. »Was ich Ihnen zu sagen haben ist von äußerster Wichtigkeit. Sie müssen mir zuhören. Sie *müssen* noch bleiben.«

Lauren musterte Tisah mit der Intuition einer Liebenden. »Sie ist es, nicht wahr? Sie ist diejenige, von der Tracy träumt?«

Tisahs Mund zitterte, Tränen vergrößerten ihre Augen.

»Ich möchte Ihnen eine Frage stellen«, sagte der Mönch ernst. »Lieben Sie Tracy? Lieben sie ihn *wirklich*?«

»Ja.« Sie antwortete, ohne auch nur eine Sekunde nachzudenken, denn es war die Wahrheit.

»Dann sind Sie es«, sagte er seufzend. Alle Spannung war auf einmal von ihm gewichen, und es schien, daß ihm ein großes Gewicht von den Schultern genommen worden war. »Jetzt ist endgültig die Zeit gekommen, die Schuld zurückzuzahlen.« Er wandte sich zu seiner Tochter. »Nicht wahr?«

Tisah stimmte ihm mit einem stummen Nicken zu.

Der Mönch streckte Lauren eine Hand entgegen. »Bitte, setzen Sie sich wieder.«

Lauren gehorchte wie von einem Nebel benommen.

»Vor Jahren«, begann der Mönch, »hat meine Tochter für mich gearbeitet. Sie ist, Sie haben es sicherlich bemerkt, ein Kind verschiedener Nationalitäten. Ich war nie verheiratet. Aber ich hatte viele *Liaisons*.« Er überlegte einen Moment, wie er am besten fortfahren sollte. »Dennoch ist Tisah das einzige Kind, das ich habe. Sie bedeutet mir deshalb mehr als alles andere. Zu jener Zeit war das Leben sehr gefährlich – viel gefährlicher als heute. Der Krieg in Vietnam und Kambodscha war voll entflammt. Mein Land rief mich, verschiedene, äh, Pflichten zu erfüllen. Ich folgte dem Ruf.«

Er legte seine Handflächen aufeinander und rieb sie nervös hin und her. »Ich habe verschiedene Geheimeinsätze in Südostasien geleitet. Da Tisah von einer Kambodschanerin abstammt, war sie für die Arbeit in der Region sehr geeignet. Ich habe sie hingeschickt, und sie ist gegangen. Sie wurde in Ban Me Thuot eingesetzt.« Er sah Lauren an. »Sagt Ihnen der Name irgend etwas?«

»Dort war das Basislager der Special Forces«, antwortete Lauren. »Tracy und mein Bruder Bobby waren eine Zeitlang in dem Lager stationiert.«

Der Mönch nickte. »Schließlich gelang es Tisah, einen der einflußreichsten Männer dort kennenzulernen. Sie fing eine Beziehung mit ihm an.«

Lauren hatte das Gefühl, stranguliert zu werden. Ihre Lungen schienen nicht mehr genug Sauerstoff aus der Luft herausfiltern zu können. Sie fuhr sich mit einer Hand an die Kehle. »Wer war dieser Mann?« Sie schloß ihre Augen, ein Teil von ihr wollte es immer noch nicht wissen.

»Ein Lieutenant, er hieß Macomber.«

»Gott sei Dank.« Es war ein erleichtertes Seufzen gewesen. Ihre Augen waren wieder groß und strahlten. »Einen Augenblick hatte ich gedacht, Sie hätten Tisah nach Ban Me Thuot geschickt, um Tracy auszuspionieren.«

Der Mönch hatte ein onkelhaftes Lächeln aufgesetzt und nickte verständnisvoll.

»Aber dieser Macomber – ich habe den Namen nie gehört.«

Der Mönch sah sie schweigend an, seine Augen glitzerten wachsam wie die eines Tieres. »Nein?« Er verstand es, in einer einzigen Silbe eine Fülle von Gefühlen anklingen zu lassen: Neugier, Erstaunen, Sorge und Interesse. »Kann das wirklich sein? Ein Mann, der so berühmt ist in der Welt, der, äh, Waffengeschäfte macht. Tracy hat Ihnen gegenüber nie seinen Namen erwähnt?«

Sie schüttelte den Kopf. »Nein, niemals.«

»Sieh an.« Der Mönch sah zu Tisah, die sich auf einen Sessel an der Seite des Sofas gesetzt hatte. »Du siehst, meine Liebe, wir tun doch das richtige.«

»Sie müssen entschuldigen«, warf Lauren ein, »aber ich verstehe kein Wort.«

Ein dünnes Lächeln huschte über das Gesicht des Mönchs. »Sorgen Sie sich nicht. Wenn ich Ihnen alles erzählt habe, werden Sie verstehen.« Er ging um das Sofa herum und setzte sich neben Lauren. Tisah stand auf und nahm sein leeres Glas, um ihm nachzuschenken.

»Sehen Sie«, begann der Mönch wieder, »in der Zeit, von der ich vorhin gesprochen habe – 1969, um genau zu sein –, entdeckte ein Mann, was Tisah wirklich in dem Lager tat. Dieser Mann war Ihr Tracy. Eine Zeitlang ließ er es zu, daß die Beziehung zwischen meiner Tochter und jenem Macomber weiterging. Aber mit einem entscheidenden Unterschied: Tisah hatte sich in Tracy verliebt, wie Macomber sich in sie verliebt hatte. Er nutzte das aus, um sie umzudrehen, und versorgte sie mit falschen Informationen.« Der Mönch seufzte. »Eine bestimmte Zeit fiel ich darauf herein. Ich gab die Informationen weiter an, äh, die entsprechenden Stellen. Aber dann begann ich die ersten losen Fäden in dem sonst perfekten Lügengewebe zu sehen, und daraus konnte ich rasch schließen, was geschehen war. Aber was sollte ich jetzt tun? Ich versuchte, Tisah zurückzurufen, aber ohne Erfolg. Sie wollte Ban Me Thuot nicht verlassen, sie wollte Tracy nicht verlassen. Ich saß in einer gefährlichen Zwickmühle, denn solange sie noch im Einsatz war, mußte ich auch ihre Falschinformationen weitergeben. Meine einzige Hoffnung war, daß meine Vorgesetzten, die mit der Situation nicht so vertraut waren wie ich, den Betrug nicht durchschauen würden. Schließlich aber entschloß ich mich, selbst nach Ban Me Thuot zu gehen, um sie zu holen. Diese Schande wurde mir jedoch erspart.«

Er trank einen Schluck aus dem neuen Glas, das Tisah ihm gebracht hatte. »Irgendwie waren ihr auf einmal auch andere amerikanische Stellen auf die Spur gekommen. Jetzt war sie von *zwei* Seiten bedroht.« Er stellte sein Glas ab und nahm Laurens Hand in die seine. »Und es war Tracy, der sie dann rettete. Er brachte sie aus Ban Me Thuot heraus und sorgte dafür, daß sie untertauchen konnte. Im Lager setzte er ein Gewirr von Gerüchten in Umlauf. Es hieß, daß sie ermordet worden wäre. Niemand wußte sicher zu sagen, von wem; aber es gab glaubwürdige Zeugen, die beschwören konnten, daß es angeblich ein Angehöriger des Special Forces getan hätte.«

Das Gesicht des Mönchs wurde plötzlich wieder betrübt, und Lauren sah die vielen Linien zurückkehren. »Aber zu der Zeit hatte ein heller Kopf in unserem Hauptquartier – wie sich später herausstellte, ein Assistent eines meiner Vorgesetzten – den letzten Bericht Tisahs eingehend analysiert und herausgefunden, daß er mit Fehlinformationen gespickt war.« Er holte tief Luft. »So kehrte Tisah nicht im Triumph nach Peking zurück, im Gegenteil, sie war in Ungnade gefallen. Nur meine Stellung und mein Einfluß in der Regierung der Volksrepublik konnten verhindern, daß sie hingerichtet wurde. Dafür muß sie nun in meinem eigenen Haus als Gefangene leben. Man wünscht sie nicht in der Öffentlichkeit zu sehen.«

»Und deshalb konnte sie also auch heute abend nicht zur Vorstellung kommen.« Lauren stand auf. Sie spürte ein schweres Gewicht auf ihrem Herz. Sie ging um das Sofa herum und stand vor Tisah. Aber die Tochter des Mönchs schien einen Wall um sich errichtet zu haben, denn Lauren sah keines der Gefühle mehr in ihrem Gesicht, die dort bei ihrer Ankunft abzulesen gewesen waren.

»O Tisah«, sagte sie leise und schloß die andere Frau in die Arme. »Es tut mir so leid, so schrecklich leid.« Sie fühlte ein Zittern durch Tisahs Körper laufen, dann hörte sie ein Schluchzen und sie spürte die Tränen der anderen auf der Haut ihres Nackens. Sie strich Tisah über das Haar. »Eine Gefangene im eigenen Haus«, flüsterte sie. »O

Gott, wie grausam.« Und sie fühlte, wie ihr selbst die Tränen die Wangen hinunterliefen.

Der Mönch stand vom Sofa auf und ging hinüber in das Dunkel um den großen Kamin herum. Er ließ seine Hand über den Marmor gleiten und dachte nach.

Nach einiger Zeit kehrte er zu den beiden Frauen zurück. Er sah, daß sie beieinander standen und sich an den Händen hielten. Der Anblick machte ihm das Herz leichter und gab ihm Mut für die schwierige Aufgabe, die nun vor ihm lag.

»Ich bin noch nicht am Ende, fürchte ich.« Er hatte sich zwar an Lauren gewandt, aber seine Haltung machte deutlich, daß er auch Tisah in seine Worte miteinschloß. »Ich habe in letzter Zeit viel über Macomber erfahren.« Sein Gesicht war nun sorgenerfüllt. »Und jetzt sind einige Dinge geschehen, die mir deutlich gemacht haben, wonach Macomber strebt.«

Er setzte sich wieder auf das Sofa und wartete, bis auch die beiden Frauen wieder Platz genommen hatten. »Während Sie mit Ihrem Tanzensemble Gast unseres Landes waren, haben Sie sicherlich nicht gehört, was sich bei Ihnen daheim in Amerika ereignet hat. Auf Atherton Gottschalk, den Präsidentschaftskandidaten der Republikanischen Partei, ist geschossen worden, während er auf den Stufen der St.-Patricks-Kathedrale zu größerer Wachsamkeit gegenüber dem internationalen Terrorismus aufgerufen hat.«

»Was?« Lauren war entsetzt.

»Wie durch ein Wunder ist er jedoch nicht ernstlich verletzt worden. Der Zufall wollte es, daß er gerade an diesem Tag eine kugelsichere Weste trug. Nach einem kurzen Erholungsaufenthalt in einem Krankenhaus wird Mr. Gottschalk seinen Wahlkampf wieder aufnehmen können.« Er hob den rechten Zeigefinger. »Nur daß er jetzt ein Held ist, ein Opfer jenes Terrorismus, vor dem er die amerikanische Öffentlichkeit so eindringlich gewarnt hatte, und er hat überlebt! Das läßt ihn heute schon als sicheren Sieger der kommenden Präsidentschaftswahlen erscheinen.« Er schwieg und sah Lauren forschend ins Gesicht.

»Ja?« Lauren überlegte angestrengt, worauf der Mönch hinaus wollte. Es schien eine einzigartige Chance für Gottschalk zu sein, eine Tragödie, die sich in einen Triumph verwandelt hatte. Sie war sicher, unter diesen Umständen selbst auch für diesen Kandidaten zu stimmen. »Ich sehe nicht...«

Der Mönch hatte die Schultern wie ein Footballspieler eingezogen, der kurz vor einem Angriff auf die gegnerische Linie steht. »Natürlich sehen Sie nichts«, sagte er mit leichter Stimme. »Niemand sieht im Augenblick etwas, weil niemand die Informationen besitzt, die ich habe. Aber stellen Sie sich einmal vor, daß, wie ich aus zuverlässiger Quelle weiß, Mr. Macomber vor sechs Wochen in Südostasien war, in einem Land, das nicht allzuweit von dem Ort entfernt liegt, an dem wir uns befinden, und dabei einen Handel eingegangen ist, nach dem *unter seiner eigenen Kontrolle* ein islamischer Attentäter in die Vereinigten Staaten gebracht werden sollte.«

»Was...« In Laurens Kopf jagten die Gedanken. »Einen Moment mal. Wollen Sie mir erzählen, daß Macomber geplant hat, einen Präsidentschaftskandidaten erschießen zu lassen?«

»Ich will nichts dergleichen andeuten, meine liebe Lauren. Im Gegenteil, ich behaupte, daß der Anschlag von vornherein scheitern sollte. Es war kein Zufall, daß der Attentäter genau auf die Stelle von Gottschalks Körper geschossen hat, die am besten geschützt war.« Der Mönch lächelte wieder. »Was glauben Sie denn, Lauren, von wem Gottschalk die kugelsichere Weste erhalten hat?« Aber Lauren ließ ihn seine Frage selbst beantworten. »Nun, derselbe Mann, der die große Macht hinter Gottschalks Rücken ist. Ich bin der festen Überzeugung, daß Mr. Macomber und Mr. Gottschalk, trotz aller gegenteiligen Behauptungen in der Öffentlichkeit, seit einiger Zeit in vollkommener Absprache miteinander gehandelt haben und es immer noch tun.«

Das folgende betroffene Schweigen wurde erst von Laurens heiserer Stimme gebrochen. »Warum erzählen Sie mir das alles?«

Der Mönch stand auf und ging wieder unruhig auf und ab. »Ich stehe hoch in Tracy Richters Schuld, und ich werde diese Schuld, so sehr ich das auch bedauere, nie ganz zurückzahlen können. Er hat mir meine Tochter zurückgegeben, und ihr hat er das Leben geschenkt. Ich kann Ihnen nicht sagen, wieviel mir das bedeutet. Aber das, was ich ihm zurückgeben kann, das sollen Sie ihm überbringen.« Seine Stimme war dünn und piepsend geworden, als ob sie unter dem Druck seiner Gefühle zersplittert war.

»Was Sie nicht wissen können, und was Mr. Macomber anscheinend auch nicht weiß, ist, daß Tracy Richter einmal als blinde Kontrolle Macombers in einer sehr gefährlichen Operation eingesetzt worden war. Blinde Kontrolle heißt, daß der Mann, der den Einsatz leitet, seine Kontrolle nicht kennt. Sie haben sich in Ban Me Thuot sicherlich gekannt; aber in der Operation Sultan sind sie aufeinandergetroffen. Glauben Sie mir, meine liebe Lauren, auch so ist sich Mr. Macomber der Gefahr bewußt, die Tracy Richter für ihn darstellt. Er ist sich im klaren darüber, daß im ganzen Land vielleicht nur noch Tracy Richter verhindern kann, daß sein Plan Früchte trägt. Und dieses Risiko wird Mr. Macomber nicht eingehen wollen, glauben Sie nicht auch?«

»Wenn Sie mir Angst einjagen wollten, dann ist Ihnen das gründlich gelungen«, flüsterte Lauren.

»Gut!« rief der Mönch. »Sehr gut! Erzählen Sie Tracy Richter alles, was Sie hier gehört haben.«

»Und welchen Beweis kann ich ihm für meine Worte geben?«

Der Mönch sah sie etwas mitleidig an. »Meine liebe Lauren, erwarten Sie jetzt etwa, daß ich einen Mikrofilm aus der Tasche ziehe, auf dem alles in Listen, Dokumenten und Zahlen festgehalten ist? Seien Sie bitte nicht so naiv. Mr. Macomber ist viel zu gerissen, als daß er seine dunklen Geschäfte einem Fremden so leicht zugänglich machen würde. Das gelingt in diesem Fall nicht einmal Quellen, wie sie mir zur Verfügung stehen.« Er griff wieder nach ihrer Hand und klopfte sie beruhigend. »Nein, sagen Sie Tracy Richter nur, wer Ihnen das alles erzählt hat; dann wird er verstehen, wie dringend alles ist. Denn wenn Atherton Gottschalk wirklich Präsident der Vereinigten Staaten werden sollte, dann, und da können Sie sicher sein, wird Macomber ihm die Politik diktieren. Sie können sich vielleicht nicht vorstellen, was das heißt, aber Tracy Richter wird es können.«

Der Blick seiner samtschwarzen Augen bohrte sich in sie, als wollte er zwischen seinen Gedanken und den ihren eine Brücke schlagen, damit sie die Dringlichkeit seiner Worte noch besser verstehen könnte. »Und deshalb müssen Sie jetzt das Ballett vergessen, Lauren«, sagte er leise. »Kehren Sie so schnell wie möglich nach Hause zurück, suchen Sie Tracy Richter und erzählen Sie ihm alles; denn wenn das, was ich gesagt habe, eintritt, dann gnade uns Gott.«

Viertes Buch

CHET KHMAU

1. *Kapitel*

WASHINGTON / NEW YORK
SHANGHAI / BUCKS COUNTY
September, Gegenwart

Als Tracy auf dem internationalen Flughafen von Washington aus der 747 stieg, lag ein schweres Unwetter über der Stadt. Es war gerade erst halb sechs Uhr morgens. Graue Nebelschleier verschluckten das wenige Licht bis auf einen trüben Rest und tauchten das Flugfeld in eine geheimnisvolle Atmosphäre. Tracy mußte an Goldener Drache denken, an das verbrauchte Gesicht voller Linien, das traurig und doch auch glücklich aussah; an die tränenerfüllten Augen des *Feng-shui*-Mannes, als er dankbar seine eigensinnige Tochter in die Arme geschlossen hatte.

Tracy betrat als erster die Flughafenlounge und verließ sie später als letzter. Er hatte viele Anrufe zu machen. Zuerst ließ er es in Thwaites Hotelzimmer klingeln, aber niemand meldete sich. Dann rief er das Revier an und bekam den Sergeant der Nachtschicht an den Apparat. Nein, er konnte Tracy nicht sagen, wo sich Detective Sergeant Thwaite im Moment aufhielt, aber natürlich, er würde Thwaite mitteilen, daß Mr. Richter angerufen hatte.

Tracy gab dem Sergeant die Nummer des Hotels Four Seasons in Georgetown, die Fluggesellschaft hatte ihm dort telegrafisch ein Zimmer reservieren lassen. Thwaite sollte so schnell wie möglich in dem Hotel anrufen.

Dann wählte Tracy eine Nummer des Ortsnetzes. Es summte irgendwo am anderen Ende der Stadt, dann meldete sich die Zentralvermittlung. Tracy nannte der Frau eine dreistellige Zahl.

»Ja?«

»Hier spricht Mutter.«

»Willkommen daheim«, sagte der Direktor.

»Wir haben volle Beflaggung«, sagte Tracy und dachte an die guten Geister, die dafür gesorgt hatten, daß er sicher und gesund nach Hause zurückkehren konnte.

»Nimm den Eingang für schlechtes Wetter«, antwortete der Direktor, ohne zu zögern, und legte auf.

Tracy verließ zufrieden die Telefonkabine. Der ›Eingang für schlechtes Wetter‹ öffnete den kürzesten Weg in die Stiftung, vorbei an allen langwierigen Sicherheitstests. Und damit auch jede Verzögerung durch andere Mitarbeiter ausgeschaltet werden konnte, würde der Direktor ihn persönlich am Treffpunkt erwarten.

Der Direktor hatte damit auf Tracys Code geantwortet. ›Volle Beflaggung‹ war die dringende Bitte um volle Unterstützung. Eigentlich wurde dieser Code nur in der Endphase von fehlgeschlagenen Einsätzen benutzt oder in dringenden Notfällen.

Ohne Gepäck und durchfroren mußte Tracy zwanzig Minuten auf ein Taxi warten; das schlechte Wetter und die frühe Stunde waren gleichermaßen schuld daran.

Dichter Nebel hatte sich über Washington gelegt. Das viele Grün der Stadt schien ausgeblichen zu sein, und die Gebäude tauchten erst in letzter Sekunde geisterhaft aus dem Nichts auf. Tracy ließ den Wagen in der Nähe des Gebäudes der D.A.R., einer Frauenvereinigung, die sich Töchter der amerikanischen Revolution nannte, anhalten.

Er ging bis zur nächsten Kreuzung und stellte sich in den Eingang eines Bürohauses. Dort wartete er, bis die Ampel umsprang. Das Licht wechselte von Rot zu Gelb und zu Grün, der Verkehr setzte sich in Bewegung, und in diesem Moment sprang Tracy aus seinem Versteck und lief über die Straße zum gegenüberliegenden Fußweg, kurz bevor sich der Verkehrsstrom wieder schloß. Das Manöver hatte weniger als zehn Sekunden gedauert und war so einfach, wie man es sich nur vorstellen konnte. Aber wenn ihn irgend jemand beschattet hätte, hätte er in diesem Moment den Kontakt zu Tracy verloren. Doch es war ihm sicher niemand gefolgt.

Tracy ging mit schnellen Schritten auf ein Eisentor zu und schob seine rechte Hand durch die feuchtglänzenden Stäbe. Er zog einen Riegel zurück, trat rasch durch das Tor und schloß es hinter sich wieder.

Er stand in einem kleinen Hof, den das Auge eines gewöhnlichen Besuchers mit Sicherheit dem Grundstück der Ersten Episkopalkirche zugerechnet hätte, die den Hof an einer Seite begrenzte. Und tatsächlich wurde der Hof auch vom Kirchenpersonal in Ordnung gehalten. Er gehörte jedoch zur Stiftung und führte zu ihrem Hintereingang.

Knapp zehn Meter entfernt löste sich eine Gestalt aus dem Schatten eines Gebäudes. Sie hielt einen Schirm in der Hand. Tracy wartete und starrte in den Dunstschleier.

Die Gestalt blieb stehen, Regen hüllte sie ein. »Mutter.«

Tracy trat unter dem Zitronenbaum, der ihm notdürftigen Schutz gegeben hatte, hervor und kroch unter den Schirm.

»Nun«, sagte der Direktor und blickte Tracy dabei abschätzend in die Augen, »wie ich höre, hast du ein paar rauhe Tage hinter dir.«

Tracy fragte sich, wieviel der Direktor wirklich wußte. Er würde ihn nicht danach fragen. Schon vor langer Zeit hatte er gelernt, daß er dieses Spiel nie gewinnen könnte.

Der Direktor führte ihn durch eine zweiflügelige Schwingtür aus Chrom und Rauchglas, dann befanden sie sich in einem kleinen Vestibül, dessen fensterlose Wände aus lasierten Ziegeln bestanden. In einer Nische war in Kopfhöhe ein übergroßer Augenschutz aus Gummi angebracht. Der Direktor ging sofort auf die Nische zu und winkte Tracy, ihm zu folgen. »Sieh da bitte kurz hinein.« Tracy trat an die Mauer heran und drückte seinen Kopf gegen das weiche Gummi. Im nächsten Augenblick flackerte ein rotes Licht auf, das ihn blinzeln ließ, dann war es wieder Schwarz vor seinen Augen. Er ging einen Schritt zurück, und der Direktor beugte sich ebenfalls über den Augenschutz.

»Wir sind darauf gekommen«, sagte der Direktor, als er sich wieder zu Tracy herumdrehte, »daß unsere Sicherheitsvorkehrungen auf dem Gebiet der Personalidentifikation nicht mehr auf dem neuesten Stand waren. Früher, zu deiner Zeit, genügten Fingerabdrücke. Heute kann die plastische Chirurgie mit Hilfe neuer Operationstechniken auch die verändern, und genauso können Stimmbilder manipuliert werden. Wir sind nun vor kurzem darauf gekommen, daß man nur das Muster der feinen Adern auf der Retina eines Menschen aufzeichnen muß, und schon ist die Sicherheit wieder zu hundert Prozent gewährleistet.«

Im Flur stiegen sie in einen Fahrstuhl, der sie in das Büro des Direktors brachte. Tracy griff dankbar nach einem Handtuch, das ihm der Direktor von der Tür seines kleinen Bades aus zuwarf.

»Ich laß dir aus der Kleiderkammer ein paar frische Sachen heraufbringen«, sagte er, während Tracy sich die Haare trocknete. »Du kannst dich hier ein bißchen zurechtmachen.« Er zeigte auf das Badezimmer und ging zu seinem Schreibtisch. »Es wird schon alles passen, schließlich haben wir unsere Unterlagen immer auf dem neuesten Stand gehalten.«

»Und das soll heißen«, erwiderte Tracy, »daß andere das nicht getan haben.«

»Genau das soll es heißen.« Der Direktor setzte sich hinter seinen Schreibtisch. »Du gehörst auch dazu. Du hast uns während der letzten Jahre vergessen, Mutter. Du hättest uns nie verlassen sollen.«

»Ich hatte keine Wahl«, sagte Tracy und wickelte sich das große Handtuch um die Hüften, »das weißt du sehr genau.«

»Das hast du dir damals eingeredet.« Die Stimme des Direktors war wütend geworden. »Oder besser, du hast dich herausgeredet.«

Tracy zuckte die Schultern. »Ich habe dadurch nur hinzugewonnen. Ich bin menschlicher geworden.«

Der Direktor lächelte. »Und verwundbarer. Sie hatten dich fast in dieser Stahlfalle von Auto.«

»Du weißt davon?«

»Ich habe die ganze Nacht mit der Abteilung in Hongkong in Verbindung gestanden.«

»Du hast alles gewußt«, sagte Tracy. »Und du hast mir nicht geholfen.«

Der Direktor breitete die Arme aus. »Warum hätten wir das tun sollen? Du gehörst nicht mehr zur Familie. Und schließlich sind wir kein Wohltätigkeitsverein.«

»Warum hast du dann jeden meiner Schritte verfolgt?«

Es klopfte an der Tür.

»Herein!« rief der Direktor.

Ein hagerer junger Mann trug einen großen Karton ins Zimmer. Der Direktor nickte, und der junge Mann setzte den Karton auf einer Ecke des ausladenden Schreibtischs ab. Dann verließ er sofort wieder das Zimmer.

»Zieh dir deine neuen Sachen an«, sagte der Direktor. »Du holst dir sonst noch eine Erkältung.«

Tracy stand auf und nahm sich die Schachtel. Sie enthielt Unterwäsche, eine schiefergraue Leinenhose, schwarze Socken, ein Paar schwarze Lederschuhe, einen schmalen Hosengürtel aus Krokodilleder in derselben Farbe. Das hellblaue Hemd konnte erst vor kurzem gebügelt worden sein; denn es war noch ganz warm. Selbst ein Schuhanzieher fand sich in dem Karton, ein Deodorantstift und eine kleine Dose Puder. Tracy begann sich anzuziehen.

»Um die Sachen, die du in Hongkong zurückgelassen hast, brauchst du dir keine Sorgen zu machen«, sagte der Direktor. »Unsere Leute kümmern sich darum und schicken alles mit der nächsten Maschine hierher.«

»Und die Polizei?«

»Auch darüber brauchst du dir keine Gedanken zu machen.«

»Und was erwartest du dafür von mir?« sagte Tracy. Mit den neuen Sachen auf dem Leib fühlte er sich wieder wohler.

Der Direktor drehte sich in einer schnellen Bewegung zu ihm um und sah in kühl an. »Du verstehst alles falsch, Mutter. Was ich für dich getan habe, hast du dir bereits verdient.«

»Und womit?«

Der Direktor lehnte sich in seinem hohen Schreibtischstuhl zurück, mit der rechten Hand strich er sich über die Wange. »So schwer es mir auch fällt, es zuzugeben: du hattest recht mit deinem Urteil über Kim. Er ist mit der Zeit viel gefährlicher geworden, als das von mir jemals gewünscht worden ist. Sein unruhiger Geist hat ihn auf Abwege geführt, er hat die Stiftung – zumindest im Geiste – schon verlassen.«

Tracy setzte sich auf einen Besuchersessel und schlug die Beine übereinander. »Ich habe damals einen Einwand erhoben, als er sich beworben hat. Das war, wann, 1970?«

Der Direktor nickte. »Ja, du hast schon damals vorausgesehen, wie er sich entwickeln würde. Aber nicht nur das: du hast mich während unseres Essens im Chez Françoise auch darauf gebracht, was er jetzt vorhat. Du hast dich so nachdrücklich für seine Urlaubspläne interessiert, und das hat mich nachdenklich gemacht. Bei irgend jemand anderem hätte mich das Interesse vielleicht nicht weiter gekümmert; aber bei dir ist das etwas anderes. Du hast immer noch die Nase eines Frettchens, und so habe ich herausgefunden, daß er für einen europäischen Interessenverband arbeitet: alles Industrielle mit langer Familienchronik. Der Sitz ihrer Vereinigung ist in Eindhoven.«

»Eindhoven?«

»Niederlande.« Der Direktor suchte etwas in den Papieren auf seinem Schreibtisch. »Lauter militante Rechtsradikale.«

Tracy nickte. »Das würde zu ihm passen. Du weißt so gut wie ich, daß Kim ein fanatischer Antikommunist ist.«

Die blaßblauen Augen des Direktors bohrten sich in Tracys Gesicht. »Dann sei bitte auch so nett und sag mir, was, zum Teufel, er für diesen Verein tut?«

Tracy erhob sich aus seinem Sessel und begann, im Zimmer auf und ab zu gehen. »Ich bin nicht sicher – noch nicht.« Er blieb stehen und sah seinen ehemaligen Chef an. »Weißt du, wer Macomber ist?«

»Delmar Davis? Natürlich. Seine Waffensysteme sind die besten der Welt.«

»Er hat für mich gearbeitet, damals in Ban Me Thuot.«

Der Direktor zog die Stirn kraus. »Daran kann ich mich nicht mehr erinnern.«

»Das ist nicht verwunderlich. Er wurde von den Special Forces zu uns abkommandiert. Dann wollte er in die Stiftung eintreten, aber ich war dagegen. Er war hervorragend, wenn es darum ging, eine feindliche Stellung zu unterwandern; aber er hat die Gesinnung eines Schülers von Machiavelli.«

»Warum bringst du auf einmal seinen Namen ins Spiel?«

»Ich brauche die Akte über die Operation Sultan.«

Der Direktor schwieg eine Zeitlang; dann beugte er sich zu seiner Sprechanlage, schaltete sie ein und sagte etwas zu seinem persönlichen Referenten. Dann ließ der die Taste wieder los. »Was hat ›Sultan‹ mit Macomber zu tun?«

»Sie sind untrennbar miteinander verbunden«, antwortete Tracy. »Das habe ich von Mizo in Hongkong erfahren.« Er berichtete dem Direktor, was er aus dem japanischen Heroinhändler herausgeholt hatte.

»Himmel noch mal, willst du damit sagen, daß der ganze Rüstungskonzern, den er in den letzten zwölf Jahren aufgebaut hat, mit den Profiten aus ›Sultan‹ finanziert worden ist?«

Tracy nickte nur.

»Aber mein Gott noch mal, Mutter.« Zum erstenmal seit Tracy ihn kannte, schien der Direktor ehrlich betroffen zu sein. »Wir brauchen diese neue *Vampire*, den *Darkside*-Langstreckenbomber und die *Bat*-Kampfflugzeuge, die er anscheinend gerade entwickeln läßt. Davon bin ich fest überzeugt.«

»Wir sprechen über den Mann, nicht über sein Unternehmen«, sagte Tracy.

»Ich glaube nicht, daß man beides voneinander trennen kann.«

»Jedenfalls würde ich mir darüber noch keine Gedanken machen. Erst einmal muß Gottschalk zum Kandidaten seiner Partei nominiert werden. Wenn er nicht Präsident wird, hat die Metronics Inc. von der Regierung nicht besonders viel zu erwarten.«

»Du bist ein bißchen hinter der Zeit zurück, Mutter«, entgegnete der Direktor. »Gottschalk ist längst nominiert. Und nach dem Attentatsversuch auf ihn steht er schon mit einem Fuß in der Tür zum Weißen Haus.«

»Jemand hat versucht, Atherton Gottschalk zu ermorden?« fragte Tracy überrascht.

»Ein radikaler Moslem.« Der Direktor nahm einen kupfernen Brieföffner in die Hand. »Es passierte fast genauso, wie Gottschalk es immer an die Wand gemalt hatte. Ein Attentat innerhalb der Grenzen der USA. Eine Art Invasion, wenn man so will.«

»Ist er schwer verwundet worden?«

Die Spitze des Brieföffners blitzte im Deckenlicht auf, als der Direktor das flache Metall in der Hand drehte. »Nein, er wurde nur leicht verletzt. Eine Prellung über dem Herz.« Er winkte bagatellisierend mit der Hand. »Nichts von Bedeutung. Der Kerl hatte den lieben Gott auf seiner Seite. Er trug eine neuentwickelte, superleichte kugelsichere Weste. Sie war erst ein paar Tage vor dem Anschlag fertiggestellt worden.«

Es klopfte an der Tür.

»Herein.«

Die Tür öffnete sich, und der junge Referent kam herein. In seiner rechten Hand trug er einen Diplomatenkoffer aus schwarzem Kalbsleder. Ein dünnes Stahlseil, das um das Handgelenk des Referenten lief, sicherte den Koffer.

Der junge Mann stellte den Lederkoffer auf dem Schreibtisch des Direktors ab, dann nahm er einen kleinen Schlüssel aus seiner Jackentasche. Der Direktor zog einen ähnlichen Schlüssel aus seiner Hosentasche. Gemeinsam schoben sie ihre Schlüssel in das Doppelschloß des Diplomatenkoffers und öffneten ihn. Der Direktor nahm die Akte heraus, und der Referent schloß den Koffer und verließ wieder das Zimmer. Die Akte war rot eingebunden. Ohne sie zu öffnen, reichte der Direktor sie Tracy. »Die ›Sultan‹-Akte.«

Tracy nahm sie und ging zu seinem Sessel zurück. Er las seine eigenen Worte wieder, seine Berichte, Tageseintragungen und verschlüsselten Telegramme. Aber was immer er auch in der Akte zu entdecken hoffte, er fand es nicht. Es waren nur noch tote Worte, von den späteren Ereignissen bedeutungslos gemacht. »Sultan« war jetzt wirklich tot.

Er ging durch das Zimmer zurück zum Schreibtisch des Direktors und gab ihm die Akte.

»Vielen Dank«, sagte er, »aber ich finde nichts, was mir weiterhelfen könnte.«

»Ich würde gerne wissen, wonach du suchst.«

Tracy rieb sich mit der rechten Hand seine müden Augen. »Ich auch.«

»Entschuldige mich bitte einen Augenblick, ich muß die Akte zurück in die Bibliothek bringen. Wie du weißt, verlangen unsere Vorschriften, daß der Offizier, der eine Akte angefordert hat, sie gemeinsam mit seinem Referenten wieder zurückbringt.« Er machte eine einladende Handbewegung. »Ruh dich etwas aus, bis ich zurück bin. Du siehst aus, als ob du es gebrauchen könntest.«

Die Tür schloß sich, und Tracy blieb allein in dem großen Raum zurück. Langsam ging er um den ausladenden Schreibtisch des Direktors herum und setzte sich in den schweren Lederdrehstuhl. Er schloß die Augen und begann tief zu atmen. *Prana*.

Macomber. Hinter allem stand Macomber. Aber die Morde? John und Moira. Konnte er die selbst begangen haben? Aber dann *war da etwas, ich weiß nicht was*. Moiras Worte liefen durch seine Gedanken... *etwas, das mich die Augen öffnen ließ*.

Aber was war es gewesen?

Nein, dachte Tracy auf einmal, Macomber würde die Morde nicht selbst begangen haben. Aber die Methoden, mit denen sie begangen worden waren, waren ihm nicht unbekannt. Aber irgend etwas fehlte in der Gedankenkette. Was war es? *Denk nach, verdammt noch mal!* schrie er sich innerlich selbst an. Doch er kam nicht auf das fehlende Glied.

Einem plötzlichen Impuls folgend, griff er zum Telefon und wählte die Nummer der internen Auskunft.

»Zentrale.«

»Hier spricht Mutter.«

»Mutter!« Die Stimme wurde vor Erregung einen halben Ton heller. »Bist du es wirklich? Wieder zurück bei uns?«

»Stein?«

»Derselbe. Es tut gut, Mutter, nach all den Jahren deine Stimme wiederzuhören.« Tracy konnte sich noch gut an Stein erinnern. Er hatte dieselbe Ausbildung wie Tracy in den Minen absolviert, obwohl er bereits zwanzig Jahre älter war. Und im selben Moment wie Tracy war er auch nach Ban Me Thuot gekommen.

»Ich wollte dir schon nach New York schreiben, aber jetzt, äh, wo ich dich am Apparat habe, da möchte ich dir lieber jetzt kondolieren. Es tut mir wirklich leid, Mutter.«

Tracy fühlte, wie sein Magen hart wie Stein wurde. »Was tut dir leid?«

Eine Zeitlang war die Leitung still. Tracy konnte Stein atmen hören. »Stein? Wovon, zum Teufel, redest du?«

»Himmel noch mal, Mutter. Ich habe dich zusammen mit dem Direktor kommen sehen. Und da habe ich natürlich gedacht, daß du es schon wüßtest.«

»Daß ich *was* schon wüßte?« Tracy saß jetzt hoch aufgerichtet im Sessel des Direktors. Die Knöchel seiner Hand, die das Telefon hielt, waren weiß vor Anspannung geworden. »Sag mir um Gottes willen endlich, was los ist.«

»Es tut mir wirklich leid, Mutter«, wiederholte Stein, »dein Vater ist vor vier Tagen umgebracht worden.«

Kim stand am Fenster seines Apartments in Washington und sah hinaus in den niederströmenden Regen. Schon auf dem Rückflug in die Vereinigten Staaten hatte er den Auftrag, den die Männer der Kammer ihm in Eindhoven erteilt hatten, fast vergessen. Nichts hatte mehr Platz in seinen Gedanken, nichts außer dem, was er aus der ›Ragman‹-Akte erfahren hatte.

Jetzt war die Zeit gekommen, da er Rache nehmen konnte für die Vernichtung seiner Familie.

Seine Gedanken wanderten zurück in jene heiße, schwüle Nacht in Phnom Penh, in der er mit einem Mädchen ausgegangen war. Als er zurückkehrte nach Chamcar Mon, stand das Haus seiner Eltern in hellen Flammen.

Schwarzer Rauch stieg in den Himmel auf und verhüllte die Sterne. Glut und Funken regneten auf die Palmen und Feigenbäume nieder und tauchten den Garten hinter dem Haus in ein gespenstisches Licht.

Alle waren sie im Haus gewesen: sein Vater, Nguyen Van Chinh, seine Mutter Duan, seine sechs Brüder und Diep, seine einzige Schwester, die er zweimal geschlagen hatte, weil sie sich auf ein Verhältnis mit dem Kambodschaner, der die Straße weiter hinunter wohnte, eingelassen hatte. Ungefähr sechs Monate vor dieser Nacht hatte er ihr Geheimnis herausgefunden und ihr damit gedroht, alles dem Vater zu erzählen. Diep hatte geweint, ihn angebettelt, sie nicht zu verraten, und ihm geschworen, das Verhältnis zu beenden.

Kim hatte ihren Versprechungen geglaubt; aber eine Woche später hatte alles von neuem begonnen. Vielleicht hatte sie den Jungen wirklich geliebt. Kim wußte es nicht, und nun sorgte das Feuer dafür, daß er es auch nie erfahren würde.

Diep starb in der Feuerhölle mit ihren Eltern und fünf Brüdern. Nur Thu, der noch versucht hatte, seine Schwester zu retten, entkam dem Inferno. Zwar waren ihm die Beine zerschmettert worden, doch er lebte. Und es war Thu gewesen, den die Erinnerungen an diese Nacht so lange gepeinigt hatten, bis er nach Phnom Penh zurückgekehrt war, um nach dem Schuldigen an dem Feuer zu suchen.

Und Thu war es auch gewesen, der nach seiner Rückkehr aus Kambodscha seinem Bruder Kim mitgeteilt hatte, daß er das Geheimnis jenes Grauens gelüftet hatte. Dieps Freund, der Khmer, den sie nicht aufgeben wollte, hatte das Feuer gelegt. Als er aufgebrochen war, um sich den Revolutionären im Untergrund anzuschließen, hatte ihn der Haß gegen die Familie, die ihn vernichtet hätte, wenn sein Verhältnis mit der Tochter des Hauses bekannt geworden wäre, überwältigt.

Er hieß Khieu Samnang, und in der ›Ragman‹-Akte hatte Kim den Schlüssel zu seiner Rache gefunden. Der Adoptivsohn von Delmar Davis Macomber war Khieu Samnangs Bruder, der einzige der Familie, der den Krieg überlebt hatte.

»Mein *Vater*?« Tracy fühlte, wie Kälte und Verwirrung ihn zu überwältigen drohten. Schon seit einiger Zeit war er darauf vorbereitet, daß sein Vater bald sterben würde. Aber ermordet?

»Mutter?« Steins Stimme klang unsicher. »Bist du noch da?«

»Was?« Tracy schreckte aus seinen Gedanken auf.

»Ich sagte...«

»Ja. Ich, ich brauche nur eine Minute.«

»Ich kann dich gut verstehen. Ich habe meinen Vater sehr früh verloren. Ich weiß, wie man sich fühlt, besonders, wenn man gut miteinander ausgekommen ist.«

»Ja, wir sind gut miteinander ausgekommen«, flüsterte Tracy. Und zum erstenmal begriff er, daß das, was er gerade gesagt hatte, auch die Wahrheit gewesen war.

»Mutter«, Steins Stimme fiel freundlich in Tracys Ohr, »du hattest doch bestimmt einen Grund für deinen Anruf.«

Er war auf den Schultern seines Vaters geritten, im Kinderspielland in Rye; Eiscreme war aus seiner Tüte in das dichte dunkle Haar des Vaters getropft.

»Was wolltest du?«

Alles vorbei. Von einer Sekunde zur anderen.

»Mutter?«

Tracy rieb sich die Augen. Was hatte Stein gefragt? Warum hatte er eigentlich angerufen? »Ich wollte eine Auskunft über jemanden«, sagte Tracy mit gepreßter Stimme. »Ich habe ihn in Kambodscha für Sondereinsätze benutzt. Er kam von den Special Forces.«

»Wenn er für uns gearbeitet hat, kann ich dir die entsprechende Verbindung herstellen.«

»Hör zu, Stein«, sagte Tracy, »ich will dir nichts vormachen. Ich komme nicht zur Stiftung zurück. Ich bin nur so hier.«

»Welcher Zeitraum interessiert dich?« fragte Stein, als ob Tracy nichts gesagt hätte.

»Hast du nicht gehört? Ich will dich nicht in Schwierigkeiten bringen.«

»Vergiß es. Nimm es als eine Art Wiedersehensgeschenk. Und jetzt antworte endlich.«

»Neunundsechzig bis siebzig.«

»Dann weiß ich, wen du fragen mußt«, antwortete Stein. »Bleib am Apparat.«

Tracy sah auf seine Armbanduhr. Der Direktor war vor sechs Minuten gegangen. Er schätzte, daß ihm noch weitere fünf Minuten blieben. Eine davon war verbraucht, bis Stein sich wieder meldete.

»Also, der Mann, der dir wirklich weiterhelfen kann, heißt O'Day.«

»In welcher Abteilung sitzt er?«

»Das brauchst du nicht zu wissen, Mutter. Aber er ist nicht hier bei uns.«

»Schon verstanden. Dann verbinde mich jetzt. Und, Stein...?«

»Ja?«

»Vielen Dank.«

»O'Day hier.« Die Stimme hatte einen hellen Klang, mit einem leichten Virginia-Akzent.

»Hier spricht Mutter.«

»Was kann ich für Sie tun?«

»Ich suche ein paar Informationen über einen Mann, der bei den Special Forces in Ban Me Thuot war – neunundsechzig.«

»Sein Name?«

»Macomber, Delmar Davis.«

»Wollen mal sehen«, sagte die Stimme, »was in den Akten zu finden ist. Wir haben hier alles in Datenbänken gespeichert, die wir über Computerterminal abfragen. Was suchen Sie genau?«

Ich wäre froh, wenn ich das wüßte, dachte Tracy verzweifelt. Ihm blieb so wenig Zeit. »Haben Sie das Datum, wann er in die Staaten zurückgekehrt ist?«

»Das letztemal oder zwischen den Einsätzen?«

»Das letztemal.«

»Kommt sofort.« Die Leitung war eine Zeitlang still, und Tracy versuchte, währenddessen nicht auf seine Uhr zu sehen. Er wußte, daß die Zeit nicht reichen würde. »Er kam mit einer Lockheed L-57 zurück, mit einem Militärtransport. An Bord waren einhundertsieben Passagiere und fünf Mann Besatzung.«

Tracy dachte einen Moment lang nach. War der Abschluß der Operation Sultan damals der einzige Grund für Macomber gewesen, in die Staaten zurückzukehren? Er versuchte sein Glück. »Wie sah die Passagierliste aus?«

»Militärpersonal«, antwortete O'Day sofort. Dann: »Nein, warten Sie einen Moment. Die Unterlagen sagen einhundertsechs Militärangehörige und ein Einwohner.«

»Ein *was*?« Tracy saß aufrecht auf seinem Stuhl, sein Herz schlug wie wild.

»Sie wissen schon, einer von denen da unten.«

»Welche Nationalität?«

»Woher, zum Teufel, soll ich das wissen?« O'Days Stimme klang verärgert. »Der Name ist Khieu Sokha, mehr steht hier nicht.«

O Gott, dachte Tracy, das könnte vielleicht die Antwort sein. Aber was sich in seinen Gedanken abzuzeichnen begann, war so unglaublich, daß er nicht zuviel wagen wollte – noch nicht.

»Gehen wir zurück in die Staaten«, sagte er schnell zu O'Day. »Derselbe Zeitraum, neunundsechzig, siebzig. Mich interessiert, ob die fragliche Person in dieser Zeit die Adoptionserlaubnis für einen Ausländer beantragt hat.«

»Gut. Warten Sie.«

Genau das konnte sich Tracy nicht mehr lange erlauben. Noch sechzig Sekunden, und seine Zeit war mehr als abgelaufen. Er ließ den Stuhl halb herumdrehen und sah zur Tür. Der Türknauf begann sich zu drehen, die Tür öffnete sich einen Spaltbreit nach innen. Tracy konnte die tiefe Stimme des Direktors hören. Er sagte etwas zu seinem Referenten. Jetzt war er schon zu sehen, eine Hand auf dem Türknauf, er mußte jeden Augenblick ins Zimmer treten.

»Es tut mir leid, aber darüber steht nichts in den Unterlagen.«

Tracy war enttäuscht. »Sind Sie auch sicher?«

»Natürlich bin ich das.« O'Days Stimme klang wieder gereizt. »Ich werde dafür bezahlt, daß ich mir sicher bin.«

Tracy verlor endgültig die Hoffnung. Die Tür öffnete sich weiter. Er war sich so sicher gewesen, auf der richtigen Spur zu sein. In diesem Moment verabschiedete sich der Direktor von seinem jungen Mitarbeiter, ihre Stimmen waren kurz lauter zu hören.

»Vielen Dank für Ihre Mühe, Mr. O'Day«, sagte Tracy.

Er hatte gerade aufgelegt, als der Direktor ins Zimmer trat. Was will er von mir? fragte sich Tracy. Ich müßte es sehen, es liegt offen vor mir. Aber er war so damit beschäftigt, die vielen Neuigkeiten zu verarbeiten, die er in den letzten Minuten erfahren hatte, daß er nicht darauf kam. Er mußte so lange warten, bis der Direktor den Zeitpunkt für gekommen hielt, darüber zu sprechen.

»Ich habe darüber nachgedacht, was du über Macomber gesagt hast.« Der Direktor hatte seine Arme vor der Brust verschränkt. »Welchen Beweis hast du denn wirklich gegen ihn? Das Wort eines bekannten Heroinhändlers aus Hongkong?« Der Direktor sah Tracy abschätzend an. »Ich habe gerade wieder eine Nachricht von unserer Hongkonger Abteilung bekommen. Die Polizei hat das Schlachtfeld gefunden, auf dem du Mizo zurückgelassen hast. Das ist die erste deiner Taten, die sie wieder besänftigt hat. Wie du dir vorstellen kannst, haben sie ihn nicht besonders gemocht – natürlich bis auf diejenigen, die jeden Monat von ihm kassiert haben.«

Als Tracy nicht antwortete, fuhr er fort. »Dann bleibt jetzt also nur das, was du mir gesagt hast.«

»Und die Morde?«

»Morde? Welche Morde?«

»Der an John Holmgren, der an Moira Monserrat, der an Roland Burke.«

»Ich sehe den Zusammenhang nicht.«

»Ich auch noch nicht, aber es gibt einen.«

»Was du da sagst...« Der Direktor kam quer durch den Raum auf ihn zu und stellte sich so dicht an den Schreibtisch, daß seine Schenkel dagegen lehnten. »Das sind sehr gefährliche Worte, wenn ich gleichzeitig an die Zukunft unseres Landes denke. Ich will dir meine Meinung – und die der Stiftung – offen sagen: Delmar Davis Macomber ist viel zu wichtig für die zukünftige Sicherheit dieses Landes, als daß wir ihn irgendwie gefährden dürften.«

»Verdammt noch mal!« Tracy hatte plötzlich genug. Er war aufgesprungen und nahe an seinen ehemaligen Chef herangetreten. »Er hat einen Einsatz von uns zur Karikatur gemacht. Er hat uns belogen und betrogen. Er hat uns komplett hereingelegt!«

»Und jetzt sieh dir an, was er mit dem Geld gemacht hat.« Die Ruhe, mit der der Direktor antwortete, konnte jeden verrückt machen. »Er hat alles wieder in Amerika investiert. Ich werde dir etwas sagen, Mutter, es interessiert mich nicht im geringsten, wieviel dabei in seine eigene Tasche gewandert ist. Das ist nicht meine Sorge. Ich arbeite für Amerika, und alles andere kommt danach. Das gilt für alles und jeden. Ich will nicht, daß ihm jemand etwas anhängt.«

»Himmel!« Tracy hatte sich noch nicht beruhigt. »Er lacht sich tot über uns.«

»Laß ihn doch. Wir brauchen ihn. Ich kann ihm seine Sünden vergeben.«

»Aber ich nicht! Ich kann das nicht!«

»Ich weiß«, sagte der Direktor ruhig und freundlich. »›Sultan‹ war deine Idee. Ich verstehe deinen Zorn und auch deinen Wunsch nach Rache.« Der Kopf des Direktors stieß vor. »Aber du hast einmal zu uns gehört, du warst einmal ein Profi. Für deine persönlichen Gefühle ist bei dieser Sache kein Platz. Vergiß Macomber. Was immer er auch in der Vergangenheit getan haben mag: es geht dich nichts mehr an.«

In diesem Moment hätte Tracy fast herausgeschrien, welche Verbindung er zwischen Macomber und den Morden sah. Aber es war nichts als eine waghalsige Theorie, und in seiner gegenwärtigen Stimmung hätte der Direktor höchstens darüber gelacht.

»Nachdem wir das jetzt erledigt haben, muß ich dir leider eine schlimme Mitteilung machen.« Die Stimme des Direktors war plötzlich so leicht geworden, daß sie in der Luft zu schweben schien. »Ich hätte dir eigentlich alles schon viel früher sagen sollen, aber ich wollte erst sehen, in welcher Verfassung du dich befindest.«

»Würdest du bitte zum Punkt kommen?«

»Natürlich.« Der Direktor sah ihn fest an. »Dein Vater ist gestorben. Unter sehr sonderbaren Umständen, muß ich hinzufügen.«

»Was?« Tracy setzte eine überraschte Miene auf.

»Um es ganz offen zu sagen, er ist vor vier Tagen ermordet worden.«

Der Direktor legte seine Hände hinter seinem Rücken zusammen. »Es ist in seinem Apartment passiert. Er hat offensichtlich gerade ein Bad genommen, er wurde in der Wanne gefunden. Er ist stranguliert worden, wir nehmen an, mit einem langen Draht.«

Thwaite hatte sich nicht getäuscht: Flaherty, sein Captain, hatte keine Einwände erhoben. Thwaite hatte ihm den Fall in groben Zügen und mit allgemeinen Formulierungen auseinandergesetzt, und Flaherty hatte ihm freie Hand gelassen. Thwaite arbeitete seit sechs Jahren für ihn und hatte bisher eine erstklassige Aufklärungsquote erzielt, die Flaherty etliche Belobigungen durch den Kommissar eingetragen hatten. Flaherty wußte das zu schätzen; es gab ihm ein sicheres Gefühl.

Thwaite wollte schon aus seinem Büro gehen, als White ihm sagte, daß Melody angerufen hätte und Thwaite dringend sprechen wollte.

Er ging zurück an seinen Schreibtisch und wählte ihre Nummer.

»Doug«, sagte sie mit erleichterter Stimme, »ich hatte endlich Zeit, mir die Schriftrolle in Ruhe anzusehen.«

»Ich dachte, du hättest sie schon gelesen.«

»Schon, aber du hast mir ja keine Zeit gelasen, bis zum Ende zu lesen. Und mit manchen Schriftzeichen konnte ich damals auch nichts anfangen, weil ich die Zusammenhänge nicht kannte...«

»Mel«, unterbrach er sie so ruhig, wie er konnte, »was willst du mir sagen?«

»Am siebten kommt wieder eine Lieferung. Das ist morgen.« Er hörte sie tief und stockend einatmen.

»Was, zum Teufel, ist los, Mel?« Allmählich machte sie ihm Angst.

»Es sind Waffen, die geliefert werden.«

In Thwaites Kopf jagten sich die Gedanken. Erst die Morde an dem Gouverneur, an seiner Geliebten, an einem Senator und wer weiß sonst noch an wem; dann die größte Heroinaffäre, die die Stadt jemals erlebt hatte; und jetzt auch noch eine illegale Waffenlieferung. Was, um Gottes willen, hatte das alles zu bedeuten? fragte er sich. Er fühlte eine Kälte seinen Rücken hochkriechen, und er dachte zum hundertsten Mal an Tracy, der sich noch immer nicht gerührt hatte, obwohl Thwaite schon mehrmals in seinem Hotel angerufen hatte.

»Bist du dir auch sicher?« Seine Stimme klang auf einmal heiser und rauh.

»Vier Uzi-Maschinengewehre, vier AK-47, vierundzwanzig PC-111-Granaten, zwei Frankes-Granatwerfer mit Nachtsichtaufsätzen, ein halbes Dutzend Rheinsböck-Raketenwerfer, ein Satz Seitran-Fintwist-Raketen, acht Gasmasken und fünfzehn Kanister CN-Gas.«

»Herr im Himmel«, flüsterte er. »Ich bin sofort bei dir.«

»Da ist noch ein letzter Punkt, über den wir sprechen müssen.« Der Direktor ging noch immer vor seinem Schreibtisch auf und ab, hinter dem Tracy sich wieder in den Lederdrehsessel des Direktors hatte zurücksinken lassen. »Ein Auftrag, der noch ausgeführt werden muß.«

»Wie du bereits sehr richtig bemerkt hast, gehöre ich nicht mehr zur Familie.«

»Und trotzdem hast du einmal zu uns gehört wie dein Vater. Er hat seinen Glauben an uns und den Dienst, den wir diesem Land leisten, über all die Jahre nicht verloren. Er hat unsere Bedeutung verstanden.«

»Soll heißen, ich nicht.«

»Wir verstehen uns hier nicht als einzelne, voneinander unabhängige Personen, Mutter. Das hast auch du einmal gewußt. Wir haben viele Köpfe, aber nur einen Körper.« Die Augen des Direktors strahlten, trotz der nachlassenden Helligkeit im Zimmer. »Und wenn einer dieser Köpfe sich auf einmal als krank erweist, wenn er schon den Körper zu bedrohen beginnt, dann muß er sofort abgeschlagen werden.« Tracy sah ihm in die Augen. »Ich spreche von Kim. Er hat uns verraten. Wir sind jetzt fertig mit ihm.«

»Ich hatte dich so verstanden, daß du ihn einfach laufenlassen willst.«

Der Direktor nickte. »Das habe ich ja auch getan. Aber diese Phase ist nun zu Ende. Kim hat die Grenzen des Erlaubten auf entsetzliche Weise übertreten. Er muß beseitigt werden; aber ich kann die Stiftung dabei nicht in Gefahr bringen.« Er wandte sich von Tracy ab. »Deshalb mußt du ihn für uns töten; denn du gehörst nicht mehr zur Familie.«

»Du mußt den Verstand verloren haben.« Tracy war aus dem Sessel aufgesprungen und einen Schritt zurückgewichen. »Ich bin kein Berufskiller. Laß mich in Ruhe damit.«

»Na schön«, erwiderte der Direktor. »Ich werde mich daran halten. Aber vorher will ich dir sagen, warum wir ihn nicht am Leben lassen können. Kim war derjenige, der deinen Vater ermordet hat. Daß du plötzlich so ein weiches Herz bekommen hast, wird ihn nicht retten können. Er hat einen aus der Familie getötet, und das werden wir nicht dulden.«

»Kim?« Tracys Stimme war nur noch ein Flüstern. »*Kim* soll meinen Vater getötet haben? Aber warum?«

»Ich weiß es nicht, und ich habe auch kein Interesse, es herauszufinden. Die Tat allein genügt mir.«

»Die Wahrheit!« schrie Tracy. »Ich will die Wahrheit wissen!«

»Die Wahrheit ist, daß Kim deinen Vater umgebracht hat. Brutal, heimtückisch, auf sadistische Weise.« Der Direktor machte ein paar Schritte auf Tracy zu. »Er hat dich in irgend etwas hineingelockt. Ich weiß nicht, was es ist, aber das Ergebnis ist vernichtend. Damit muß jetzt Schluß sein!«

»Welchen Beweis hast du gegen ihn?«

»Ein Hausbewohner hat einen Asiaten während des Zeitraums, in dem nach Auskunft des Arztes der Tod eingetreten sein muß, in das Haus gehen sehen.«

Tracy schien den Atem angehalten zu haben. Seine Hände hingen hilflos zu Fäusten geballt an den Seiten herab. Der Direktor beobachtete ihn noch immer mit dem scharfen Blick eines Falken.

»Bevor ich für heute gehe, möchte ich dich um etwas bitten«, sagte Tracy.

»Alles, was du willst«, antwortete der Direktor.

»Wenn die Leute der Hongkonger Abteilung meine Sachen aus dem Hotel holen, sage ihnen bitte vorher, daß sie auch an die kleine Schachtel denken sollen, die ich im Hotelsafe deponiert habe.«

Joy Trower Macomber hatte gerade das letzte Blatt zu Ende gelesen, das düstere Geheimnis der abscheulichen Vergangenheit ihres Gatten, als sie den machtvollen, bezaubernden Geruch eines Mannes im Zimmer wahrnahm, der sich von der Tür hinter ihrem Rücken auf sie zu bewegte.

Unabsichtlich war sie durch eine Verkettung banaler Zufälle auf das kleine Tagebuch gestoßen. Sie hatte ihre Kleiderbürste nicht finden können und sich nach längerer vergeblicher Suche daran erinnert, daß Macomber eine antike Kleiderbürste mit einem Silberrücken in der obersten Schublade seines Kleiderschranks verwahrte. Als sie die Bürste hervorgezogen hatte, war sie ihr aus der Hand und zu Boden gefallen. Dabei hatte sich der Silberrücken leicht gegen den unteren Teil der Bürste verdreht.

Erst in dem Moment, als sie die Bürste vom Boden aufhob, hatte sie die Ecken mehrerer Seiten dünnen Papiers unter dem Silberrücken hervorragen sehen. Dann hatte sie festgestellt, daß das silberne Oberteil der Bürste anscheinend noch weiter zu drehen war. Der Silberrücken besaß offensichtlich einen Drehmechanismus, der mit einem kleinen Schnappschloß wieder fixiert werden konnte. Der Sturz und der Aufprall auf den Boden hatten das Schloß dann aufspringen lassen.

Eilig machte sie sich jetzt daran, die Blätter wieder in ihr Versteck zu schieben; doch sie hatte es nicht mehr geschafft, sie richtig zu falten. So schien das kleine Papierbündel plötzlich nicht mehr in den Hohlraum unter dem Silberrücken zu passen. Angsterfüllt ließ Joy alles, wie es war, und schob die Schublade des Kleiderschrankes langsam zu.

Dann spürte sie den Mann unmittelbar hinter sich, ihr blieb keine Zeit mehr. Sie drehte sich um und legte die Arme um ihn.

»O Khieu«, flüsterte sie. »Khieu.«

Sie war erfüllt von Liebe zu ihm. Liebe und Mitleid und Reue und, ja, Schuld; denn wenn es auch ohne ihr Wissen geschehen war, so hatte sie doch eine Rolle in diesem teuflischen Spiel übernommen. Alles in ihr drängte danach, ihm die Wahrheit zu sagen. Und schon öffneten sich ihre Lippen, doch dann sah sie ihm in die Augen, und sie dachte: Hat er nicht schon genug Leid erfahren? Und ohne einen weiteren Gedanken legte sie ihre Lippen auf seinen Mund, ihr Körper drängte gegen seinen, um ihn ihre Wärme, ihre Leidenschaft und ihre Liebe für ihn fühlen zu lassen.

Khieus Augen schlossen sich, und ein Beben lief durch seinen Körper.

Ihre rechte Hand glitt an seinem Körper herunter und befreite ihn von seiner Hose, dann ließ sie ihr Negligé über ihre Schultern und zu Boden gleiten. Sie öffnete ihre Schenkel und drängte sich wieder gegen ihn. Jetzt, als er langsam in sie eindrang, hörte sie ihn stöhnen.

Das war es, was sie gewollt hatte; sie wollte die sonderbare Mauer, die während der letzten Wochen auf einmal zwischen ihnen hochgewachsen zu sein schien, wieder einreißen. Sie hatte seine Nähe, die ihrem Leben in dem Haus am Gramercy Park wieder einen Sinn gegeben hatte, so sehr vermißt.

Khieu spannte seine Muskeln an und hob sie hoch. Joy hing an ihm, atemlos, mit wild hämmerndem Herz, und eine unbeschreibliche Hitze breitete sich in ihrem Körper aus. Sie wartete. Betäubt von Lust, spürte sie noch, wie ihr der Kopf in den Nacken sank und sich ihre Augenlider flatternd schlossen.

Die Muskeln ihrer Schenkel begannen zu zucken. Seine Bewegungen wurden wilder, je näher er dem Höhepunkt kam. Es war zuviel für ihn, er schrie auf.

»Ohhh, ja. Ja!« Sie rief es mit Triumph in der Stimme; das Gefühl und das Wissen, daß er in ihr gekommen war, daß sie ihn dazu gebracht hatte, trieben sie dem eigenen Orgasmus entgegen. Und sie wand sich und stöhnte, als die Flut ihrer Gefühle sie überrollte.

Ihr Oberkörper bog sich hoch, und im selben Moment peitschte Khieus rechter Oberarm hervor, seine Muskeln spannten sich, und er schlug ihr den Arm so heftig gegen die Kehle, daß sie hochzuckte und ihre Augen mit flatternden Lidern aufsprangen. Verwirrung lag auf ihrem Gesicht, sie rief nur noch einmal seinen Namen. »Khieu...«

»Khieu«, sagte er. Seine Stimme hatte einen seltsam gepreßten Klang. »Wer ist Khieu?« Sein Gesicht schien entflammt zu sein, und in ihm brannte ein Gefühl, als ob seine Eingeweide in Napalm getaucht worden wären. »Ich bin *Chet Khmau*.« Wie eine wogende See riß das Schwarze Herz ihn fort, die Jahre in Amerika und Europa waren wie von einer reinigenden Glut aus ihm herausgesengt.

Lust und Begierde hatten sich seiner bemächtigt, obwohl er Enthaltsamkeit geschworen hatte. Er hatte vor *Lok Kru*, vor Preah Moha Panditto versagt; er hatte vor den Anforderungen des Weges versagt; er hatte vor Buddha versagt.

Als er sich gepaart hatte wie ein schweißiges Tier, war *Apsara* auf ihrem aufgedunsenen Bauch gekrochen gekommen, und ihre Finger hatten für ihn getanzt, und allmählich hatte er ihre Botschaft verstanden. Dann auf einmal, als der glühende Funke den Feuersturm in ihm entzündet hatte und die feste Schlackenkruste in der weißen Hitze ausgebrannt war, da hatte er sie endgültig verstanden.

Die lange Zeit, die der von zu Hause fort war; die Jahre der Verwestlichung, sie hatten *Apsaras* Botschaft für ihn unentzifferbar gemacht.

Aber jetzt war er zurückgekehrt, jetzt war er wieder ein Schwarzes Herz, und *Chet Khmau* konnte die Zeichen der Götter frei übersetzen. Töte sie, hatten *Apsaras* tanzende Finger ihm zugeflüstert. Sie hat dich dazu gebracht, deine Schwüre zu brechen; sie hat dich dazu verführt. Sie muß sterben; denn du mußt rein bleiben für mich, für Lauren, für mich, für Lauren – für mich – für Lauren – für mich...

Chet Khmau sank zu Boden und schlief.

2. Kapitel

Macomber erwachte, noch bevor der Morgen heraufgedämmert war. Das System des *Angka* flackerte noch grün auf dem großen Bildschirm des Computers. Macomber war sehr zufrieden, daß er so viele Sicherheitsvorkehrungen in das System eingebaut hatte, besonders jetzt, nachdem die letzte Lieferung, die Mizo nach New York gesandt hatte, nicht bei ihren Empfängern angekommen wäre, wenn er bis zu diesem Moment mit seiner Reaktion gewartet hätte.

Doch als ihn die Mitteilung erreicht hatte, daß die Mauritius-Gesellschaft enttarnt worden war, hatte er sich über Funk sofort mit dem Kapitän der *Jadeprinzessin* in Verbindung gesetzt, die zu diesem Zeitpunkt noch zwei Tage von New York entfernt auf hoher See war. Er hatte dem Kapitän befohlen, die vier Holzkisten mit der Aufschrift »Uhrwerk Orange« ins Meer zu werfen. An das verlorene Geld hatte er dabei nicht eine Sekunde gedacht. Das System hatte von vornherein die Kosten für eine zweite, die Ersatzlieferung, eingeplant, und die wurde gerade auf dem Güterbahnhof von Newark entladen. Macomber wußte, daß sie dort sicher sein würde.

Die Behälter mit dem radioaktiven Abfall; die Saat, die das hochkarätige Terroristenkommando, das der Mönch ihm besorgen würde, in den letzten Stunden des Neujahrstages über Manhattan verteilen sollte – diese Behälter waren auch schon auf dem Weg zu ihrem neuen Bestimmungsort, nachdem sie von einem Transport zur Endlagerung entwendet worden waren.

An dem Tag, an dem Gottschalk seinen Amtseid als neuer Präsident der Vereinigten Staaten von Amerika leisten würde, würden die Terroristen auch ihre Forderungen stellen. Behagliche Wärme breitete sich in Macomber aus, wenn er daran dachte, daß nach den vielen Jahren der Arbeit der *Angka* nun Früchte tragen würde. Er würde die notwendigen Informationen für Gottschalk bereithalten, und Löffelchen für Löffelchen würde er sie dem neuen Präsidenten auf seinem atemberaubenden Weg einträufeln, bis New York vor der drohenden Verseuchung gerettet war. Und damit wäre Gottschalks Position so gefestigt, daß er jeden Schritt in der Außenpolitik tun könnte. Denn wer könnte es noch wagen, ihm nach all seinen heroischen Taten den Weg zu verstellen? Der Kongreß bestimmt nicht, und die Bevölkerung würde es mit Sicherheit nicht tun.

Das ist ein schöner Morgen heute, dachte er. Sein Blick wanderte zu einem der Fenster. Ein Licht von so hellem Rosa, wie es auf den Innenseiten von Muscheln zu finden ist, hatte das Zimmer überflutet.

Nur ein Gedanke konnte ihm den Tag verdüstern: er mußte heute unbedingt noch in sein Haus am Gramercy Park, um ein paar wichtige Papiere zu holen.

Tracy zuckte die Schultern und schob den Gedanken beiseite. Er ging über den schweren Teppich seines Büros und setzte sich hinter seinen Schreibtisch, um endlich ein paar lang aufgeschobene Gespräche nach Übersee zu erledigen.

Tracy hatte das, was der Direktor ihm gesagt hatte, nicht einen Moment geglaubt. Er war sich sicher, daß Kim seinen Vater nicht getötet hatte. Kim wäre dazu nie imstande gewesen. Selbst wenn Tracy ihn in letzter Zeit irgendwie tief verletzt und beleidigt haben sollte, dann hätte sich Kims Rache noch immer nur auf Tracy erstreckt.

Ehre deine Ahnen mehr als alles andere.

Aber noch brauchte er die Unterstützung der Stiftung. Deshalb hatte er es am Ende offengelassen, ob er den Auftrag nicht doch übernehmen würde. Es wäre unklug von ihm gewesen, wäre er bei seinem ersten deutlichen Nein geblieben; die Stiftung hätte sofort alle Verbindungen zu ihm abgebrochen. Und das konnte er sich jetzt nicht leisten. Warum nicht, das konnte er nicht einmal genau sagen – etwas ging ihm im Kopf herum, etwas in Zusammenhang mit Macomber und – wem? Verdammt noch mal, es fiel ihm nicht ein. Jetzt nicht. Laß es ruhen und konzentriere dich auf etwas anderes.

Auf Kim zum Beispiel. Während seines langen Rückfluges in die Staaten war Tracy klar geworden, daß Kim nur ein persönliches Interesse an der Sache haben konnte, und wenn das stimmte, dann gab es auch keinen Zweifel daran, daß er Tracy voller Absicht in die Jagd nach dem Mörder hineingezogen hatte. Es war nicht auszuschließen, daß Kim wußte, wer John Holmgren umgebracht hatte, daß er es die ganze Zeit schon gewußt hatte.

Deshalb war es jetzt unbedingt nötig, Kim ausfindig zu machen. Tracy war überzeugt, daß der Vietnamese genug wußte, um alles, was jetzt noch so widersprüchlich aussah, auf einen Nenner bringen zu können.

Doch weiter. Er war so sicher gewesen, Hinweise auf die Zusammenhänge zu finden, nach denen er suchte. Nicht einmal eine Andeutung auf irgend etwas hatte er aus den Aufzeichnungen herauslesen können. Nicht aus der Zusammensetzung der Einheit: Macomber, Devine, Lewis, Perilli; nicht aus der Flut verschlüsselter Befehle und Meldungen; nicht aus der Lage des Lagers der Roten Khmer: Kampfzone 350; nicht aus den Presseberichten über die Aktion; nicht aus ihrem Abschluß.

Der Abschluß. Der Direktor hatte recht gehabt. Tracy war wütend gewesen, daß es Macomber gelungen war, einen derartigen Betrug direkt vor ihrer Nase einzufädeln und damit Tracys letzten Sieg in der Stiftung in eine Niederlage zu verwandeln. Und schlimmer noch: in eine Karikatur des ursprünglichen Zieles der Operation.

Etwas – etwas in seinen Gedanken...

Schlaf.

Das Telefon weckte ihn, als vor den Fenstern schon der Morgen dämmerte. Nur zögernd kam er zu Bewußtsein, nicht einmal der lange ungestörte Schlaf dieser Nacht hatte die Müdigkeit endgültig aus seinem Körper vertreiben können.

Etwas in seinen Gedanken, und fast hatte er es – jetzt.

Er griff nach dem Telefon, und Thwaites Stimme ließ ihn mit einem Schlag hellwach werden. »Hallo, Tracy, bist du es wirklich?«

»Thwaite. Es tut gut, deine Stimme zu hören.«

»Seit gestern versuche ich dich zu erreichen. Denkt denn in deinem Hotel niemand daran, die Nachrichten, die man hinterläßt, auch weiterzugeben?«

Tracy fluchte leise in sich hinein. Er war erst spät zurückgekommen, den Kopf voll von anderen Dingen, so daß er vergessen hatte, sich am Empfang zu erkundigen, ob jemand nach ihm gefragt hätte. »Entschuldige bitte«, sagte er, »ich bin immer noch dabei, mich von meinem Ausflug nach Hongkong zu erholen.«

»Wieso, fehlt dir irgend etwas?«

»Aber ja doch. Ein paar Nächte Schlaf, dann wär' alles wieder so, als ob nichts geschehen wäre.«

»Ich will dir etwas sagen.« Thwaites Stimme hatte einen ernsten Ton bekommen. »Das mit deinem Vater tut mir wirklich leid. Ich nehme an, da du sowieso in Washington bist, daß man dich über alles informiert hat. Eine Bundesbehörde hat den Fall an sich gezogen.«

»Ja, ich weiß über alles Bescheid.« Tracy hatte sich aufrecht hingesetzt und fuhr sich mit der linken Hand durchs Haar. »Und jetzt habe ich ein paar wichtige Fragen an dich. Als erstes sage mir bitte, wie ist Burke gestorben?«

»Ich habe mit dem Arzt gesprochen, der ihn obduziert hat«, antwortete Thwaite. »Es war genauso, wie du gesagt hast. Der Nasenbeinknochen war noch intakt.«

»Das heißt, daß unser Mann es gewesen ist. Irgendwie muß alles miteinander verknüpft sein.«

»Darauf kannst du wetten«, antwortete Thwaite, »aber das ist noch nicht alles.«

»Warte.« Tracy dachte einen Augenblick lang nach. »Diese Leitung ist nicht sicher. Und ich denke, daß wir eine Menge Informationen auszutauschen haben. Wo bist du im Moment, bei Melody?«

Er hörte Thwaite zögernd einatmen. »Nein, im Büro.«

»Gut. Ich muß hier noch ein paar Dinge erledigen, aber ich denke, daß ich alles bis heute abend geschafft habe. Ich werde dann morgen früh mit der Acht-Uhr-Maschine nach New York kommen. Kannst du mich am Flughafen abholen?«

»Wenn ich es selbst nicht schaffen sollte, werde ich auf alle Fälle jemanden hinschicken, der dich in Empfang nimmt. Plötzlich passieren hier nämlich die merkwürdigsten Dinge. Aber wie du schon gesagt hast, wir sprechen morgen darüber.«

»Gut«, erwiderte Tracy. »Bis dann also.«

Es dauerte keine zwanzig Minuten, bis er geduscht hatte, rasiert und angezogen war. Aber in dem dichten Morgenverkehr Washingtons brauchte er vierzig Minuten, bis er endlich vor dem Eingang der Stiftung stand.

Erschrocken fuhr Khieu aus dem Schlaf hoch, er konnte sich nicht erinnern, wo er war. In seinem Kopf war eine sonderbare Leichtigkeit und Klarheit, die ihn sofort an seine Tage mit Preah Moha Panditto erinnerte.

Er stand auf und ging aus dem Zimmer – er war sich nicht genau darüber im klaren, in welchem Raum er sich befand –, den Flur hinunter und in sein eigenes Zimmer. Ohne auf das Bild Buddhas zu achten, durchquerte er den Raum und öffnete die Tür zu seinem Bad. Dann duschte er sich lange kalt ab.

Anschließend zog er sich eine schwarze Baumwollhose und eine lose sitzende Hemdbluse an und ließ sich vor seinem Buddha in den Lotussitz sinken.

Während er tief in seine Meditationen versank, wurde Khieu plötzlich gewahr, daß seine Erinnerungen an Preah Moha Panditto nie ganz aus seinem Gedächtnis verschwunden gewesen waren. Nicht einmal, als er ein *Chet Khmau* gewesen war, hatte er das helle Licht und das sonderbare Kraftfeld, die den Mönch umgeben hatten, vergessen. Wie hatte Khieu Sokha, der kleine Junge, darüber gestaunt. Wie entdeckte Khieu, der Erwachsene, darin noch immer das reine Wunder. Das zumindest hatte sich nicht geändert.

Er erhob sich, und plötzlich fiel ihm mit überdeutlicher Klarheit wieder der Auftrag ein, der ihm erteilt worden war: Töte Tracy Richter.

Ohne noch einen Blick auf den vergoldeten Buddha zu werfen, ging er still aus dem Zimmer und den langen dunklen Flur hinunter.

Er hörte das leise Ticken der Uhr im ersten Stock.

Und ohne zu wissen warum, ging er zu dem großen Schlafzimmer auf der Etage. Er hatte das Zimmer kaum betreten, als er erschrocken stehenblieb: vor ihm lag die Leiche von Joy Trower Macomber.

»Mutter!« Stein kam hinter der breiten Konsole von Steckschaltern und Kipphebeln hervor. Auf sein Gesicht war ein breites Lächeln gezogen, als er Tracy die Hand schüttelte. »Seit gestern nachmittag versuche ich dich überall zu erreichen, aber niemand wußte, wo du warst.«

Tracy war mit den Gedanken schon in der Bibliothek und wollte sich nicht lange aufhalten lassen. »Was war denn?«

»O'Day hat am späten Abend noch einmal angerufen.« Tracy wurde sofort aufmerksamer. »Er sagte, daß es noch etwas gebe, was er dir gerne mitteilen würde. Er hörte sich ziemlich aufgeregt an.«

»Kannst du ihn mir jetzt an den Apparat holen?«

Stein nickte und setzte sich seine Kopfhörer auf. »Sicher, dauert nur eine Sekunde.« Er deutete auf einen zweiten Hörer, der etwas abseits aus dem Durcheinander von Lämpchen und Knöpfen auf der Konsole herausragte. »Du kannst den nehmen.« Er sprach in sein Mikrophon. Dann nickte er, und Tracy hob den Hörer hoch.

»O'Day, hier spricht Mutter. Wenn ich Stein richtig verstanden habe, wollten Sie mir noch etwas sagen.« Tracy sah, wie Stein sich aus dem Gespräch herausschaltete und die Kopfhörer abnahm.

»Ja, das stimmt. Ich bin froh, daß Sie anrufen. Nach unserem Gespräch gestern ging mir Ihr Problem nicht mehr aus dem Kopf, und ich habe eine Zeitlang hin und her überlegt.«

»Wollen Sie sagen, daß es für Macomber doch eine Möglichkeit gab, einen Ausländer zu adoptieren?«

»Nun ja, genau das stimmt.« O'Days Stimme hatte einen entschuldigenden Ton bekommen. »Wenn man, sozusagen, den offiziellen Weg bewußt vermeiden und keine Spuren hinterlassen will, kann man es tun – vorausgesetzt, man hat einen guten Bekannten in dem entsprechenden Unterausschuß des Senats, dann kann alles in kürzester Zeit abgewickelt werden.«

Tracy hielt den Atem an, dann stellte er die entscheidende Frage.

»Und haben Sie diese Möglichkeit überprüft?«

»Aber deshalb habe ich doch noch einmal zurückgerufen. Laut Akten hat ein Delmar Davis Macomber einen jungen Kambodschaner adoptiert.«

»Und wie heißt er?« fragte Tracy schnell.

»Khieu Sok.«

»Mr. O'Day, ich danke Ihnen vielmals für Ihre Bemühungen«, sagte Tracy erregt.

Anschließend ging er in die Bibliothek und fragte nach der ›Ragman‹-Akte. Ihm war wieder eingefallen, daß in der Kampfzone 350, in der das Ziel der Operation Sultan gelegen hatte, auch die Operation Ragman durchgeführt worden war, deren Auftrag gelautet hatte, den japanischen Untergrundkämpfer Musashi Murano auszuschalten. Bei diesem Einsatz hatte er zum erstenmal mit Macomber zusammengearbeitet, und Macomber war damals freiwillig allein im Dschungel zurückgeblieben, um herauszufinden, ob der Japaner wirklich bereits tot war.

Tracy ließ sich die Akte aushändigen, trug sich ins Leserregister ein und begab sich zu einem der kleinen Lesetische. Hastig überflog er die Berichte über Muranos Jugend. Er war in Kyushu, im Süden Japans, geboren worden. Flüchtig las Tracy über den Hinweis »Militärdienst« des Japaners hinweg. Doch die nächste Eintragung sah er sich genauer an. Muranos politische Ansichten waren radikal: ein eisenharter Militarist, der mit seinem Land gebrochen hatte, um seinen Überzeugungen treu bleiben zu können.

Murano verließ Japan – oder war gezwungen worden, das Land zu verlassen – und ging von Burma über Thailand nach Kambodscha, wo er den Roten Khmer seine Unterstützung anbot. Die radikale Philosophie der Roten Khmer und deren prinzipielle Ablehnung der westlichen Lebensweise hatten ihn angezogen. Laut Aktenbericht war er in sechs Guerillalagern tätig geworden. Das erstemal 1967 in der Nähe von Battambang.

Tracy blätterte weiter zu den letzten Eintragungen. Sie handelten von den Gerüchten, die unter den Khmer über Murano in Umlauf gewesen waren. Das amerikanische Militärkommando hatte sie eigentlich immer nur als politische Propaganda des Gegners abgetan.

Unter den Eintragungen hier fand sich auch ein Hinweis, daß Murano angeblich einen Schüler ausbilde, weil er fürchte, bald zu sterben und einen Nachfolger haben wolle, der später an seine Stelle treten könne. Der Geheimdienst hatte das nicht weiter ernst genommen und zu den phantastischen Erfindungen gezählt, die die Unsterblichkeit der Revolution beweisen sollten.

Aber Tracy las weiter. Es schien, daß die Gerüchte über diesen angeblichen Schüler nur in der Kampfzone 350 aufgetaucht waren. Nach dem Tod Muranos geisterten sie noch eine Zeitlang durch die verschiedenen Lageberichte; dann verschwanden sie allmählich.

Sein Herzschlag hatte sich beschleunigt. Jetzt paßt alles zusammen, dachte Tracy.

»Ich habe sie gemocht«, sagte Tisah, nachdem Lauren das Haus verlassen hatte und, vom Chauffeur des Mönches gefahren, auf dem Weg in ihr Hotel war. Sie ging durch das große Wohnzimmer hinüber zur Bar und machte sich einen Wodka auf Eis zurecht. Dann schnitt sie einen Span von einer Zitronenschale herunter und ließ ihn auf das Eis fallen. Nachdem sie das Glas kurz in der Hand geschwenkt hatte, trank sie einen kleinen Schluck. »An einem Punkt war ich sogar versucht, ihr die Wahrheit zu sagen.«

»Ich *habe* ihr die Wahrheit gesagt«, erwiderte der Mönch empört.

Tisah wandte sich ihm zu und lächelte ihn an. »Gerade soviel, wie dir angebracht und nötig erschien.«

»Ich habe mir sehr genau überlegt, was ich ihr sagen soll. Es war mehr als genug, um Tracy zu helfen, daran besteht überhaupt kein Zweifel.«

»Aber du hast ihn gleichzeitig in große Gefahr gebracht.«

Der Mönch sah das sorgenvolle Gesicht seiner Tochter und seufzte leise. Er strich ihr beruhigend über das wunderschöne Haar. »Meine Liebe«, begann er mit betont sachlicher Stimme, »ich habe volles Vertrauen in die Fähigkeiten von Tracy Richter. Vergiß bitte nicht, daß wir beide einmal erfahren mußten, was er alles fertigbringen kann. Zweitens war er die ganze Zeit in Gefahr. Seine gemeinsame Vergangenheit mit Macomber, die Einsätze in Ban Me Thuot haben ihn von Anfang an in Gefahr gebracht. Dein Tracy Richter hat die ganze Zeit in diesem Mahlstrom gesteckt, und ich habe ihm nur einen Fingerzeig gegeben, wie er sich wieder daraus befreien kann.«

»Weißt du, was Macomber vorhat?«

»Nein, daß muß Tracy Richter schon selbst herausfinden.« Er hatte seine Tochter angelogen, um sie nicht noch mehr in Sorge zu stürzen.

Tatsache war, daß die Volksrepublik China Macombers Plan, wie der Mönch ihn den Regierenden vorgestellt hatte, Erfolg wünschte. Man war der Ansicht, daß in diesem günstigen Fall die ganze politische Macht der Vereinigten Staaten sich gegen die Sowjetunion wenden würde – Chinas Feind Nummer eins.

»Warum sollten wir den Vereinigten Staaten von Amerika nicht gestatten, was wir im Moment leider noch nicht selbst zuwege bringen können?« hatten seine Dienstherren den Mönch rhetorisch gefragt.

Aber er fürchtete, daß ihr Haß gegen die Sowjets seine Vorgesetzten blind gemacht hatte gegen die schrecklichen und unausweichlichen Folgen von Gottschalks Aufstieg zur Macht. Der Mönch sah das atomare Gleichgewicht zwischen den Weltmächten in Gefahr. Er wußte, daß die ungeheure Macht, die Gottschalk und Macomber in ihre Hände bekommen wollten, nicht so einfach unter Kontrolle zu halten war. Und wenn sie den beiden entglitt? In einem atomaren Holocaust würden alle vernichtet werden: Sowjets und Chinesen, ohne jeden Unterschied.

Deshalb hatte er sich heimlich entschlossen, Tracy Richter ein paar Informationen zuzuspielen. Natürlich konnte er nicht offen gegen die Wünsche seines Landes handeln; aber auf die unauffällige Art, die er gewählt hatte, konnte er einerseits eine ungeheure Schuld, die er bei dem Amerikaner hatte, zurückzahlen. Gleichzeitig war es vielleicht sogar möglich, Macombers Plan zum Scheitern zu bringen – es sei denn, er hätte Tracy Richter überschätzt.

Er lächelte, als er auf Tracy zuging, und streckte ihm die Hand entgegen. »Mr. Richter«, sagte er und schüttelte ihm kräftig die Hand, »ich hoffe, Sie erinnern sich noch an mich, Ivory White. Thwaite hat mich geschickt.«

»Ja, natürlich erinnere ich mich, ich freue mich, Sie wiederzusehen.«

»Warten Sie«, sagte White, er griff nach Tracys lederner Umhängetasche, »Thwaite hat gesagt, daß Sie den De-Luxe-Service bekommen.«

Die Ledertasche, die jetzt an Whites Schulter hing, war Tracy an diesem Morgen am Empfang seines Hotels ausgehändigt worden, als er eigentlich nur seine Rechnung bezahlen wollte. Doch auch das war bereits erledigt worden.

Auf dem Weg zum Flughafen hatte er die Tasche geöffnet und ihren Inhalt überprüft. Alles, was er so übereilt in Hongkong zurückgelassen hatte, war wieder da. Auch die kleine Samtschachtel aus dem Diamanten-Haus.

White führte ihn zu einem schwarzen Chrysler. »Steigen Sie ein«, sagte er. Er ging um den Wagen herum auf die Fahrerseite; Tracy setzte sich auf den Beifahrersitz. White ließ den Wagen mit quietschenden Reifen anfahren, und wann immer auch nur der kleinste Verkehrsstau ihre Fahrt zu behindern drohte, setzte er die Sirene ein.

»Ich bringe Sie direkt zu Thwaite.«

Tracy hatte während seines Fünfzigminutenfluges von Washington zum New Yorker Flughafen LaGuardia darüber nachgedacht. »Wenn es Ihnen nichts ausmacht, würde ich unterwegs gerne kurz anhalten.«

»Natürlich. Wo denn?«

»Christopher Street«, sagte Tracy. »Ich möchte einen Blick in das Apartment meines Vaters werfen.«

White sah angestrengt geradeaus. »Kein Problem.« Er räusperte sich. »Mr. Richter, ich will Ihnen bestimmt nicht irgendwie zu nahe treten, aber sind Sie sich sicher, daß wir dort halten sollen? Ich meine, das Apartment ist noch nicht gereinigt worden und so. Da ist noch viel – Sie können sich denken, Blut und so.«

»Ist schon in Ordnung, White. Ich habe in meinem Leben schon viel Blut gesehen.«

White bremste den Wagen vor dem Apartmenthaus und stellte den Motor ab. »Wenn Sie nichts dagegen haben, gehe ich schnell etwas essen, solange Sie oben sind.«

»Tun Sie das.« Tracy lächelte ihn an. White war wirklich mehr als in Ordnung. Er hatte geahnt, daß Tracy allein sein wollte und für beide den angenehmsten Weg gefunden, das zu arrangieren.

»Sie brauchen sich keine Sorgen zu machen. Ich werde hier sein, wenn Sie wieder herunterkommen. Ich gehe nur ein Stück in die Richtung.« Er zeigte auf eine Grillbar.

Tracy stieg aus dem Wagen. »Hier.« White warf einen kleinen Schlüsselbund über das Dach des Chrysler. »Die werden Sie brauchen, um hineinzukommen.«

Tracy sah ihn erstaunt an, als er die Schlüssel aufgefangen hatte. White zuckte nur die Schultern. »Thwaite meinte, ich sollte sie besser mitnehmen.«

Der Fahrstuhl quietschte altersschwach, während er Tracy in den neunten Stock hinaufbrachte.

Tracy mußte es zweimal probieren, bis der Schlüssel faßte. Dann ließ er die Eingangstür der Wohnung weit aufschwingen. Die Leere der Wohnung legte sich lähmend auf ihn, als er den Flur hinunterging. Einen Moment lang überlegte er, sofort wieder umzukehren.

Doch das Gefühl ließ wieder nach. Er ging langsam ins Wohnzimmer. Nichts fehlte, nichts war umgeworfen oder zerrissen. Tracy warf einen kurzen Blick in die angrenzende Küche. Auf der Anrichte neben dem Ausguß stand ein Abendbrotteller, der unberührt geblieben war.

Durch das Wohnzimmer ging er zurück zum Flur. Er sah, daß die Schnur der kleinen Lampe auf dem Flurtisch aus der Steckdose gezogen worden war. Er bückte sich und schob den Stecker wieder in die Dose. Die Lampe flammte auf und ließ ihr weiches Licht in den Flur fallen.

Nach drei weiteren Schritten stand er an der offenen Badezimmertür. Er blieb auf der Schwelle stehen, die rechte Hand gegen den Türrahmen gestützt. Ivory Whites Worte fielen ihm wieder ein. *Blut und so*.

Ja, er hatte schon viel Blut in seinem Leben gesehen; aber nie war es das seines Vaters gewesen. Er holte tief Luft und ging hinein. Der schwere, metallische Geruch des Blutes hing stechend in dem kleinen Raum.

Er mußte blinzeln, seine Augen brannten ihm. Dad, weinte er leise in sich hinein, warum mußtest du so sterben?

Er verließ den schrecklichen Ort und ging in den Flur zurück. Als er die Tür zum Wohnzimmer erreicht hatte, sah er, daß vorne am Eingang jemand stand.

Die Person war durch die Mauerecke hinter dem Eingang verborgen. Tracy konnte nur einen langen Schatten sehen, der sich geheimnisvoll an der gegenüberliegenden Mauer hochstreckte. Dann bewegte sich die Silhouette.

»Tracy!« Es hatte erschrocken und überrascht zugleich geklungen. »Oh, mein Gott, Tracy!«

Es war Laurens Stimme, dünn und ängstlich. Tracy wollte etwas sagen, doch die Worte schienen ihm wie Baumwollfäden am Gaumen kleben zu bleiben.

Sie machte einen Schritt auf ihn zu, sah ihn abschätzend an und wippte auf den Füßen hin und her. »Was...?« Ihr Kopf bewegte sich in der Dunkelheit. »Es ist so still hier...« Und dann mit der Intuition einer Frau. »Wo ist Louis? Was ist mit deinem Vater passiert?«

»Er ist tot«, antwortete Tracy leise. Er hörte sie leise weinen und nahm eine Bewegung wahr. »Geh da nicht hinein.« Sie stand jetzt nahe vor ihm. Er fühlte, wie sich ihre Brüste bei jedem Atemzug hoben.

»Warum soll ich da nicht hineingehen?« Ihre Stimme klang gebrochen. Er spürte, wie sie zu zittern begann. »Um Gottes willen, sag mir endlich, was geschehen ist!«

»Er ist ermordet worden«, hörte er sich selbst sagen. »Ich möchte nicht, daß du da hineingehst.«

»Du möchtest nicht, daß ich...« Sie schob ihn zur Seite. »Wir waren befreundet!« Sie war jetzt an ihm vorbei. »Er hat mich behandelt wie...« Er sah sie den Flur hinunterlaufen. Und als ob ein Instinkt sie geführt hätte, blieb sie erst vor dem Badezimmer stehen. Vielleicht aber hatte sie auch das Blut gerochen.

Und jetzt, als er den langen klagenden Schrei hörte, lief er ihr hinterher. »Ahhhhhh!« Ihre Stimme schnitt ihm durch die Haut wie das Skalpell eines Chirurgen und ließ sein Herz schmerzen.

Er brachte sie fort.

Sorgfältig verschloß er hinter ihnen wieder die Eingangstür. Sie schwiegen beide, während der Fahrstuhl sie nach unten brachte.

Es hatte wieder zu regnen begonnen. »Tracy...« Lauren versagte die Stimme, sie konnte nicht weitersprechen und schüttelte nur den Kopf. Dann wandte sie sich um und ging zum Fluß hinunter. Sie atmete tief ein. »Es ist so gemein«, flüsterte sie. »Ich bin hierhergekommen in der Hoffnung, dich zu finden. In deiner Wohnung hast du dich nicht gemeldet, und als ich in deinem Büro angerufen habe, hat niemand gewußt, wann du wieder zurück sein würdest.« Ihr Kopf flog herum. Er sah das Licht in ihren Augen und wie sich ihr Mund einen schmalen Spaltbreit öffnete, während sie noch heftig überlegte, wie sie das, was sie sagen wollte, am besten ausdrücken sollte. Er liebte diesen Ausdruck ihres Gesichtes. »Und weißt du, einen Moment lang erfaßte mich eine panische Angst. Ich war mir plötzlich sicher, daß dir etwas Furchtbares passiert sein mußte. Etwas Unwiderrufliches, und du warst versunken wie ein Stein.« Sie hob ihren Kopf, als ob sie sich jetzt ganz sicher sei. »Wir wären versunken wie zwei Steine.«

»Lauren.«

Sie unterbrach ihn mit einem sanften Kopfschütteln. »Nein, laß mich zu Ende sprechen. An dem Tag am Strand habe ich mich benommen wie ein kleines unreifes Mädchen. Ich habe dir einfach nicht zuhören wollen. Ich hörte Bobbys Namen und wußte sofort, daß du etwas über seinen Tod sagen wolltest und – es wäre schön, wenn wir beide vergessen könnten, was an dem Tag geschehen ist.«

Jetzt, da sie wieder zusammen waren, da sie ihn so nahe bei sich spürte, konnte sie ihre Gefühle nicht länger zurückhalten. Ihre Arme streckten sich nach ihm aus, und sie seufzte leise, als sie seinen Körper an ihrem fühlte und seine Stärke auf sie überzufließen schien wie ein glühender Strom. »Tracy. O Tracy, du hast mir so gefehlt. Ich liebe dich.« Sie gab alle Vorsicht auf, sie wollte nichts mehr vor ihm zurückhalten oder verbergen.

»Manchmal dachte ich, daß ich dich nie wiedersehen würde«, flüsterte Tracy ihr ins Ohr. »Daß ich nie wieder mit dir sprechen würde. Ich dachte...«

»Still«, sagte sie. Ihre Lippen öffneten sich für die seinen, und sie küßten sich lange und voller Leidenschaft. Ihre Zungen fochten ein wildes Duell aus. Und sie vergaßen alles um sich herum.

Dann öffnete sich die Tür des Gebäudes, vor dem sie stehengeblieben waren, und sie mußten zur Seite treten, um jemanden vorbeizulassen. Der Moment war vorüber.

Tracy sah die Straße hinunter. Er entdeckte Ivory White, der geduldig hinter dem Lenkrad seines Chrysler wartete, und plötzlich wußte er wieder, warum er eigentlich hier war.

»Es fällt mir schwer, dich jetzt allein zu lassen, aber ich habe eine Verabredung mit Thwaite.« Er konnte nicht weitersprechen.

Er wußte nicht, wie er ihr erklären sollte, was vor so langer Zeit begonnen hatte und jetzt zu Ende geführt werden mußte. Nicht, nach dem, was sie beide oben in dem Apartment gesehen hatten. Schon die Vorstellung hatte etwas Obszönes.

»Es ist geschäftlich, nicht wahr?«

Er nickte.

»Dann komme ich besser mit.«

»Was? Ich glaube nicht...«

»Ich habe in Shanghai jemanden kennengelernt.« Sie beobachtete ihn aufmerksam. »Jemanden, den du kennst und der auch dich kennt.«

»Was willst du damit...«

»Ich habe auch Tisah kennengelernt.«

Ihre Worte machten ihn sprachlos. *Tisah*. Lauren hatte Tisah getroffen? Das Unvorstellbare war eingetreten. Aber wie? »Wie geht es ihr?« fragte er.

»Es geht ihr gut.« Was hatte sie in seinen Augen gesehen? Liebte er sie noch? Sie hatte doch selbst gehört, wie er im Traum ihren Namen gerufen hatte. »Sie ist eine Gefangene – dessen, was sie getan hat. Ich glaube, sie ist froh, überhaupt noch am Leben zu sein.« Sie nahm seinen Arm. »Aber ich wollte mit dir nicht über Tisah sprechen.«

Dann begriff er endlich, und er schrak zusammen, als ob sie ihn mit einem elektrischen Draht berührt hätte. »Der Mönch? Aber Lauren...«

»Hör mir zu, Tracy.« Ihre Stimme hatte einen drängenden Ton bekommen. »Tisah ist seine Tochter. Sie hat ihm erzählt, was du für sie getan hast, wie du ihr Leben gerettet hast. Er steht in deiner Schuld. Er...«

»Tisah ist die Tochter des *Mönchs*?« Tracy starrte sie an, und im nächsten Augenblick begann er zu lachen.

Lauren zog die Stirn kraus. »Was ist daran so lustig?«

Tracy rieb sich die Tränen aus den Augen und seufzte tief, als ob er erleichtert sei. »Nein«, sagte er, »eigentlich ist es auch nicht komisch. Aber ich mußte an Macomber denken.« Er begann von neuem zu lachen.

»Ich verstehe nicht.«

Tracy nahm sie in die Arme. »Damals in Ban Me Thuot hatte Macomber ein Verhältnis mit Tisah. Er war in sie verliebt.«

»Ich weiß«, antwortete Lauren. »So wie sie in dich verliebt war.«

Sie sah ihn herausfordernd an. »Und ich glaube, sie ist es immer noch.« Sie schwieg eine atemlose Sekunde lang und suchte verzweifelt nach einer Alternative zu der Frage, die sie jetzt stellen mußte. »Bedeutet dir das irgend etwas?«

»Lauren«, sagte er sanft, »das war ein anderes Leben. Ich habe keine Sehnsucht mehr nach Ban Me Thuot und allem, was damit zusammenhing. Und dazu gehörte auch Tisah.« Er spürte, wie sich ihre Spannung löste, wie erschöpft sie ausatmete. »Aber manchmal denke ich noch an Tisah. Ich hatte gehofft, daß sie glücklich geworden wäre. Aber jetzt sag mir, warum du mit zu meiner Verabredung mit Thwaite kommen willst.«

Ihre Augen blitzten, als sie ihn ansah. »Es ist wegen Macomber, nicht wahr?« fragte sie. »Macomber ist dein Feind.«

»Ist es das, was der Mönch dir erzählt hat?«

»Ich habe es selbst herausgefunden. Aber die Informationen, die er mir gegeben hat, beziehen sich auf Macomber und...«

Er packte sie fest am Arm, sein Gesicht war starr geworden wie eine Maske. »Was weißt du über Macomber?«

»Alles«, sagte sie. »Ich weiß alles.«

Eliott Macomber entdeckte Joys Blut, als er nach Khieu suchte. Er war die Treppe hinaufgegangen, das Haus war dunkel und still. Eliott hatte rufen wollen, aber irgend etwas hatte ihn davon abgehalten. Er hätte nicht erklären können, was.

Mit jedem Moment, den er länger in dem scheinbar verlassenen Haus war, wuchs die Angst in ihm. Er ging den Flur hinunter bis zu Joys und seines Vaters Schlafzimmer und stieß die halbgeöffnete Tür ganz auf. Einen Moment blieb er bewegungslos auf der Schwelle stehen; seine Augen starrten in das Dunkel. Nicht ein einziges Mal hatte er nach Khieu gerufen, in seinem Hals schien alles erfroren zu sein.

Er machte einen Schritt in den Raum hinein, und seine Angst schwoll so mächtig an, daß er sich festhalten mußte. Seine Hand tastete nach dem Lichtschalter.

Mit einem Schlag war der Raum hell erleuchtet, und er sah Joys Blut.

Es hatte in langen rotbraunen Streifen die Wand gegenüber dem Bett verschmiert. Wieso Eliott schon auf den ersten Blick hin wußte, daß dies Spuren von Joys Blut waren, ließ sich einfach nicht sagen – aber er wußte es.

Plötzlich bekam er kaum noch Luft, etwas schnürte ihm die Kehle zu, und mit einer bewußten Anstrengung zwang er sich, nicht länger auf die Stelle zu sehen. Sein Blick fiel auf das große Bett, dessen Decke zurückgeschlagen war, als ob sich bald jemand zum Schlafen niederlegen wollte. Er sah, daß das Bild an der Wand schief hing. Dann ging er zum Kleiderschrank seines Vaters, um ein weißes Taschentuch zurückzulegen, das auf der Kante einer halb herausgezogenen Schublade lag. Er hob es hoch, faltete es sorgfältig und legte es zurück auf den Stapel.

In diesem Moment berührten seine Finger die dünnen Blätter, die halb aus ihrem Versteck hervorschauten, weil Joy nicht mehr die Zeit geblieben war, sie ordentlich zu knicken. Eliott zog die Blätter hervor und starrte sie einen Moment wie betäubt an. Dann begann er, sie zu lesen.

Er las die Aufzeichnungen noch zweimal. Die eckige Handschrift, in der sie verfaßt waren, hatte er als die seines Vaters erkannt. Anschließend faltete er die Blätter entlang der ursprünglichen Knifflinien. Es dauerte eine Zeitlang, weil seine Hände so zitterten. Er hörte sich selbst atmen, ein sägendes Geräusch, als hätte er Asthma, löste sich bei jedem Atemzug in seiner Kehle. Sein Verstand versuchte noch immer die ganze Bedeutung dessen zu fassen, was er gerade gelesen hatte. Gedanken schossen ihm wie Blitze durch den Kopf, sie erschreckten ihn, und plötzlich begann er zu weinen, große, heiße Tränen rollten seine Wangen hinunter.

Er steckte die Blätter in seine Hosentasche und wandte sich zur Tür. Nur noch ein Raum blieb jetzt übrig, nachdem er im ersten und zweiten Stock bereits alles abgesucht hatte.

Die Treppe, die hinunter in den Keller führte, gähnte ihm düster entgegen. Ein kalter Schauer überlief ihn. Unten leuchtete ein trübes Licht.

Etwas in ihm schien ihn aufhalten zu wollen, es drängte ihn, sofort umzukehren, das Haus zu verlassen und nie wieder zurückzukehren. Aber noch stärker war in ihm der Wunsch, Khieu zu finden.

Viele Gefühle in ihm waren in Bewegung geraten und wandelten sich, je tiefer die schrecklichen Tatsachen, die die Aufzeichnungen enthalten hatten, in sein Bewußtsein einsanken. Alles, was er für seinen Adoptivbruder empfunden hatte – falsch, sein ganzer Haß – ungerecht!

Also konnte er nicht einfach davonlaufen. Er war nicht länger ein Außenstehender. Er war bis zum Herz des *Angka* vorgedrungen, bis zu seinem Ursprung. Und was er dort gesehen hatte, war so übermächtig grauenhaft, daß er jetzt deutlich sah, wie sehr er sich im Lutèce getäuscht hatte. Sein Vater war nicht einfach nur ein Mann. Er war alles das, was Eliott einmal gefürchtet hatte, daß er es sein könnte. Er war die lauernde Spinne in der Mitte ihres schrecklichen Netzes. Er war wahrhaftig der Gott des Krieges.

Ein blasses Licht hüllte ihn immer mehr ein, je weiter er die Stufen hinunterging, und ein überlautes Geräusch schlug ihm entgegen, als ob er eine Schmiede betreten würde. Sein Herz raste; er spürte, wie sich ein nie zuvor gefühlter Druck auf seine Kehle legte.

Seine Füße berührten den Zementfußboden, und er wandte sich leicht um, gespannt, wodurch das Geräusch verursacht wurde und was er zu sehen bekommen würde. Er kniff die Augen zusammen, um besser sehen zu können, und im nächsten Moment schrie er leise auf. Seine Augen traten aus ihren Höhlen hervor, er fiel zurück gegen die feuchte Wand und preßte die Arme gegen seinen Magen, der sich schlagartig zusammengekrampft hatte.

Vor seinen Augen, am anderen Ende des Kellers, kniete Khieu. Auf der einen Seite von ihm war ein weites Loch in der Ziegelwand, das den Blick in einen finsteren Hohlraum freigab. Aber es war das, womit sich Khieu so gedankenverloren beschäftigte, was Eliotts Augen wie ein Magnet auf sich zog und ihn eine Kälte fühlen ließ, wie sie nur das ewige Eis verströmen konnte.

Es war Joy Macombers Leiche, die vor Khieu an der Wand lehnte.

»Hör auf«, schluchzte er. Tränen liefen ihm die Wangen hinunter.

»O bitte, hör auf.« Seine Stimme war weich und kindlich, sie hatte nicht mehr die Willenskraft eines Erwachsenen. »Um Gottes willen, hör auf!«

Erst in diesem Moment merkte Khieu, daß er nicht mehr allein war. Er warf sich herum, und erschrocken rief Eliott seinen Namen. »Khieu!«

»Wer ist Khieu?« sagte der Mann vor Eliott. »Ich bin *Chet Khmau*.«

Seine einstmals schönen Züge hatten sich verzerrt, dämonisch Böses hatte sich in sein Gesicht gegraben. Es schien verwüstet, als hätte er sich in einem Guerillakrieg ohne Anfang und ohne Ende verloren.

»*Chet Khmau*«, flüsterte Eliott mit trockenen, aufgesprungenen Lippen. Seine Gedanken waren immer noch von einem Schock gelähmt, doch er versuchte sich verzweifelt zu erinnern, wann er diesen Ausdruck schon einmal gehört hatte. »Was bedeutet das?«

Khieu kroch wie eine Eidechse auf ihn zu, und Eliott preßte sich so flach an die Wand, wie er nur konnte. »Es gab viele Namen für uns – in jenen Tagen.« Khieus Stimme ließ Eliott erschaudern; sie klang, als ob ein harter Besen über einen rauhen Asphaltgrund gezogen wurde. »Die Krähe, Roter Khmer – und *Chet Khmau*, das Schwarze Herz. Das bin ich.«

Eliott kämpfte mit sich, um den Schrei, der in seiner Kehle steckte, wieder hinunterschlucken zu können. Er schnappte hustend nach Luft. »Was, was machst du da mit Joy?«

»Sie ist eine Kriegsgefangene«, zischte Khieu. »Sie muß beseitigt werden, wie es vorgeschrieben ist, damit die Bevölkerung verstehen lernt, daß die neue Ordnung unausweichlich ist. Die neue Ordnung muß so schnell wie möglich errichtet werden, damit alle Spuren der alten, korrupten und dekadenten Lebensweise aus der Erinnerung der Menschen ausgelöscht werden können. Die alte Lebensweise hat

Kamputschea stranguliert. Kolonialismus und Kapitalismus haben Hand in Hand gearbeitet, um das Volk der Khmer auszulöschen. Das kann nicht länger geduldet werden.«

Eliott keuchte. Das war eine völlig fremde Person hier vor ihm. Der Ton und die Sätze klangen so unnatürlich, als ob Khieu die Rede auswendig gelernt hätte. Glaubte er an das, was er da gesagt hatte?

Eliott hätte es nicht sagen können. Die Tagebuchaufzeichnungen brannten auf seinem Schenkel, wo er sie durch den Stoff hindurch in seiner Hosentasche spürte. Aber was Khieu angetan worden war, dachte er, konnte schließlich alles erklären, jede noch so bizarre Tat. Er schüttelte den Kopf, als könnte er damit seine Gedanken klären. Khieu konnte ja nicht wissen, was ihm vor so langer Zeit angetan worden war.

Eliott sah den Ausdruck unentrinnbaren Wahnsinns in Khieus Gesicht, und mit einem Schlag verstand er, wie es zu Khieus Verwirrung gekommen sein mußte. Als Buddhist war er dem friedvollen Weg des Amida Buddha gefolgt, und gleichzeitig hatte man aus ihm eine erbarmungslose Mordmaschine gemacht. Jetzt war anscheinend der Moment gekommen, da alle Schutzwände in Khieu zusammengebrochen waren, und sein Verstand, zerrieben zwischen den unüberbrückbaren Gegensätzen, in ein Chaos gefallen war.

Und alles war das Werk seines Vaters. Als ob ein Film vor seinen Augen abliefe, sah Eliott nun alles vor sich, eine Szene ging in die nächste über. Der wahre Kern des *Angka*. Und die schreckliche Angst um das Wesen, das keine dreißig Zentimeter vor ihm hockte, wurde verdrängt von der Wut und dem Zorn, die er gegen seinen Vater fühlte, der all dies abstoßend Widerwärtige zu verantworten hatte.

Er sah die verstümmelte Leiche der Frau vor sich, die eine Zeitlang versucht hatte, seine Mutter zu sein; er sah das gequälte Gesicht seines Adoptivbruders, und in den Zorn mischte sich Mitleid. Und während diese Gefühle noch nach einem neuen Halt in ihm suchten, erzählte er Khieu die Geschichte von der Wiedergeburt des Kambodschaners, denn Khieu hatte ein Recht darauf, alles zu erfahren.

»Es ist alles eine einzige Lüge«, sagte er. »Was man dich gelehrt hat, was man dir erzählt hat. Deine Herkunft. Wie der Mann, der sich dein Vater nennt, dich gefunden hat.« Er streckte Khieu die Tagebuchaufzeichnungen entgegen, und sie wurden ihm aus der Hand genommen.

Khieu legte seinen Kopf schräg, sein Atem ging wieder langsamer. »Erzähle es mir«, befahl er. »Erzähle mir alles.«

Und Eliott erzählte seinem Adoptivbruder, wie Macomber an einem Feindeinsatz teilnahm, bei dem ein gewisser Japaner mit Namen Musashi Murano, der die Roten Khmer die Kunst des Tötens lehrte, ausgeschaltet werden sollte. Wie die Einheit das Lager der Untergrundkämpfer zwar fand, aber erfahren mußte, daß Murano bereits tot war. Aber dann ließ der Befehlshaber der kleinen Einheit, ein vorsichtiger Mann, einen Soldaten in der Nähe des Lagers zurück, um sicherstellen zu lassen, ob Murano auch wirklich gestorben war. Und dieser Soldat war Delmar Davis Macomber.

»So erfuhr unser Vater von dir und deinem Können«, sagte Eliott. »Er glaubte, dich, den Schüler Muranos, brauchen zu können – für seine künftigen Pläne. Und so begann er, nach einer Falle zu suchen, in die er dich locken konnte, um dich für immer an sich zu binden. Er setzte Gerüchte in Umlauf, daß dein älterer Bruder ein Verräter sei, und die Roten Khmer, die auch davon hörten, fielen auf ihn herein. Sie glaubten die Lügen unseres Vaters. Dann kam er im Schutz der Schwingen eines Bombergeschwaders, eroberte das Lager der Roten Khmer und tötete diejenigen, die für die Hinrichtung deines Bruders verantwortlich waren.«

Eliott starrte Khieu ins Gesicht. Verzweifelt suchte er darin auf einen Hinweis nach der Wirkung seiner Worte. Er wünschte sich so sehr, daß die Wahrheit dem Kambodschaner irgendwie helfen würde und daß er, Eliott, schließlich doch gegen seinen Vater aufgestanden war, seinen eigenen Entschluß gefaßt und auch danach gehandelt hatte.

Khieu zweifelte nicht einen Augenblick an der Wahrheit von Eliotts Erzählung. Obwohl von ihr alles das, was er in den letzten vierzehn Jahren geglaubt hatte, zur Lüge gemacht worden war, konnte er noch immer den Klang der Wahrheit aus den Worten eines anderen heraushören. Und er verstand auch, was Eliott damit für ihn getan hatte.

»Geh jetzt«, sagte er mit bebender, gallenbitterer Stimme. »Laß mich allein.«

»Aber...«

Flammen schienen plötzlich in Khieus Augen zu lodern. »Geh jetzt sofort!« schrie er. »Geh! Geh! Geh.«

Tracy hatte gedacht, daß White sie zur Polizeizentrale im One Police Plaza bringen würde, statt dessen hielt er vor einem älteren Gebäude in der Elften Straße.

»Sechster Stock«, sagte White. Er ließ den Motor laufen.

Tracy und Lauren stiegen aus, und Tracy beugte sich noch einmal zum Seitenfenster hinunter. »Kommen Sie nicht mit hinauf?«

»Nein, ich hab' was Besseres zu tun.« Er grinste. »Außerdem langweilen mich Besprechungen jedesmal zu Tode.«

Tracy nickte. »Na schön.« Er streckte seine Hand durch das offene Fenster. »Vielen Dank, Ivory – für alles.«

White schüttelte Tracys Hand mit beiden Händen.

Tracy und Lauren betraten das Haus, ein alter Fahrstuhl trug sie ächzend nach oben. Mit einem Ruck blieb er im sechsten Stock stehen, und das Scherengitter glitt zurück. Tracy sah Thwaite schon auf dem Flur warten. Sein Gesicht strahlte.

»Hallo«, begrüßte er Tracy. »Ich dachte schon, du würdest nie mehr zurückkommen.«

Tracy stieg aus dem Fahrstuhl und griff nach Thwaites ausgestreckter Hand. »Was, zum Teufel, ist denn mit dir passiert? Du siehst ja aus, als ob du gegen einen Lastwagen gelaufen wärst.«

»Ganz so schlimm war's nicht«, erwiderte Thwaite. »Und ist das hier Lauren?«

Tracy nickte und machte sie miteinander bekannt. Thwaite führte sie zu einer offenen Tür, und Tracy sagte: »Ich kann deinen Geschmack für Büros ja nachempfinden, aber was sagt denn dein Abteilungsleiter dazu?«

Thwaite lachte. »Es ist Melodys Wohnung. Sie hat etwas zu erledigen, so daß wir uns hier völlig ungestört beraten können.«

Tracy bemerkte, daß Thwaite einen zweiten Blick auf Lauren warf.

»Sie hat ein paar wichtige Informationen über Macomber.«

»Du meinst Delmar Davis Macomber, den Industriellen? Was hat er mit der Sache zu tun?«

»Bist du irgendwann während deiner Nachforschungen einmal auf eine Firma mit dem schönen Namen Mauritius-Gesellschaft gestoßen?«

Thwaite blieb steif wie eine Statue stehen. »Himmel!« sagte er. »Du willst mir wohl gar nichts mehr zum Erzählen lassen. Ich bin sogar im Büro der Mauritius-Gesellschaft gewesen. Es ist ein Scheinunternehmen.« Er erzählte ihnen, was geschehen war, seit er den kleinen Schlüssel in Senator Burkes Haus entdeckt hatte.

»Du brauchst nicht weiter zu suchen«, sagte Tracy. »Die Mauritius-Gesellschaft gehört Macomber, und er organisiert auch ihre Geschäfte.«

»Jetzt bestimmt nicht mehr«, erwiderte Thwaite, »denn seit drei Tagen ist die Mauritius-Gesellschaft aus dem Verkehr gezogen und ihre letzte Heroinlieferung an einem sicheren Ort, an den Macomber bestimmt nicht heran kann.«

»Aber er ist nicht nur in den Heroinhandel verwickelt«, sagte Lauren. Beide Männer wandten sich zu ihr. »Ich glaube, ich sollte jetzt erzählen, womit die Schuld bei dir beglichen werden sollte, Tracy.« Er war froh, daß sie klug genug war, den Mönch in Thwaites Gegenwart nicht zu erwähnen.

Tracy nickte. »Ja, tue das.«

»Vor ein paar Monaten war Macomber in Shanghai.«

»Stimmt«, sagte Thwaite, »ich habe darüber gelesen. Die trilaterale Kommission. Macomber gehörte dazu.«

»Während seines Aufenthalts dort hat er unseren Freund getroffen.«

»Unseren Freund?« Thwaite sah sie verwirrt an.

»Sagen wir, eine Art Vermittler«, mischte sich Tracy ein. »Er arbeitet frei.«

»Macomber wollte die Dienste eines Terroristen anwerben«, fuhr Lauren fort. »Seine Bedingung war, daß es ein islamischer Radikaler sein mußte.«

»Augenblick mal!« rief Thwaite dazwischen. »Soll das etwa heißen, soll das heißen, daß der Mann, der auf Atherton Gottschalk geschossen hat, von *Macomber* angeheuert worden war?«

Lauren nickte.

»Aber das ist verrückt! Der Mann ist ein Überpatriot. Er ist vielleicht ein Krimineller, aber ich kann mir nicht vorstellen, daß er fähig ist, sein Land zu verraten.« Er schüttelte den Kopf. »Nein, das glaub' ich einfach nicht.«

Tracy starrte abwesend vor sich hin. Plötzlich fügten sich die Teile in seinem Kopf zu einem Bild. Teile, die vorher scheinbar nichts miteinander zu tun gehabt hatten.

Gottschalk und Macomber.

Jetzt war ihm alles klar. Natürlich! »Nein«, sagte er aufgeregt. »Lauren hat ganz recht, Douglas. Macomber *stand* hinter dem Attentat.«

»Dann ist er ein gefährlicher Verrückter.«

»Gefährlich, ja. Aber verrückt? Das würde ich nicht sagen. Sag mir, wie haben sich Gottschalks Erfolgsaussichten nach dem Anschlag verändert?«

»Vor ein paar Monaten standen sie noch fifty-fifty«, sagte Thwaite. »Jetzt ist er zum Retter Amerikas geworden. Jeder sieht jetzt, daß Gottschalk mit allem, was er gesagt hat, recht hatte. Die Leute lieben ihn geradezu.«

»Na also.«

»Aber das ist ein reiner Zufall«, protestierte Thwaite. »Ich meine, Gottschalk hatte unwahrscheinliches Glück, daß er gerade an diesem Tag eine kugelsichere Weste getragen hat. Sonst wäre er tot gewesen, garantiert. Und was wäre gewesen, wenn der Attentäter nicht zufällig auf das Herz gezielt hätte, sondern auf Gottschalks Kopf?«

»Überleg doch«, erwiderte Tracy, »der Mann, der auf Gottschalk geschossen hat, war ein ausgebildeter Profi. Die erfüllen ihre Aufträge bis auf das letzte Wort genau. Was nun, wenn sein Befehl gelautet hat: *Schießen Sie aufs Herz?*«

»Der Anruf!« Thwaite schnippte mit den Fingern.

»Was?« riefen Tracy und Lauren wie aus einem Mund.

»Ich habe immer gewußt, daß damit etwas nicht in Ordnung war.« Thwaite sah sie beide an. »Ein Kollege von mir wurde von dem Attentat verständigt – fast genau in dem Moment, als es passierte. Nur so war der Kerl überhaupt so schnell zu kriegen.«

»Ein aufmerksamer Passant, der den Notruf benachrichtigt hat«, sagte Tracy. »Was ist daran so merkwürdig?«

»Der Anruf kam nicht über die Notrufzentrale herein«, erwiderte Thwaite, »er ging direkt ins One Police Plaza – zu dem Mann, der mit den Sicherheitskräften, die den Kandidaten abschirmen sollten, in direkter Verbindung stand. Derselbe Anruf an die Notrufzentrale hätte nicht dieselben Folgen gehabt. Bis man von dort die Verbindung zu den Einsatzkräften hergestellt gehabt hätte, wäre der Attentäter sicherlich längst auf und davon gewesen.«

»Macomber«, sagte Tracy. »Wenn er den Anschlag arrangiert hat, dann ist er der einzige gewesen, der den Anruf machen konnte.«

Sein Blick wanderte von Thwaite zu Lauren und wieder zurück. »Mein Gott, versteht ihr denn nicht, was all das heißt? Überlegt doch: John Holmgren war derjenige, der einen Wahlsieg Gottschalks mit größter Wahrscheinlichkeit unmöglich gemacht hätte – sie müssen unsere gesamte Planung gekannt haben. Ich habe das Lauschmikrophon gefunden, das sie in seine Wohnung gepflanzt hatten. Also ließ Macomber John ermorden, und richtete es so ein, daß es wie ein Herzversagen aussah...«

»Warte mal«, unterbrach Thwaite ihn, »soll das heißen, du weißt, wer der Mörder ist...«

»Ich komme sofort dazu«, erwiderte Tracy. »Aber laß mich weiterreden, Doug. Der Mord an Moira hatte ein offenkundiges Motiv – sie mußte etwas gesehen haben. Auch das haben sie über das Abhörmikro erfahren.«

»Und Senator Burke?«

»Genau da wird die Sache interessant«, sagte Tracy, »und sehr, sehr erschreckend. Wir wissen bereits, daß Gottschalk und Macomber zusammenarbeiten. Aber glaubt ihr, daß das ausreichen würde, in diesen Tagen und in dieser Zeit, bei der verästelten Struktur des politischen Systems – glaubt ihr, daß es genügen würde, nur den Präsidenten zu kontrollieren?«

»Du meinst, der Senator war an der Sache beteiligt?« fragte Lauren.

»Er und bestimmt noch eine Menge andere, darauf wette ich hundert zu eins. Nur so gibt alles einen Sinn. Eine schreckenerregende Zusammenballung von Macht.«

»Mein Gott!« entfuhr es Thwaite. »Das ist, ich meine, so etwas ist doch eigentlich unvorstellbar.«

»Dann denk noch einmal darüber nach, Doug.«

»Aber das wäre ja eine derartige Zerrüttung, ein Umsturz von, von allem. Wenn ich daran denke, dann solltest du dir das hier besser sofort ansehen.« Er reichte Tracy eine Liste der Waffen, die auf der Schriftrolle verzeichnet gewesen waren.

»Herrgott«, sagte Tracy, »das ist genug um...« Er sah Thwaite an. »Du sagst, du hast das Zeug gefunden?«

Thwaite schüttelte den Kopf. »Wir sind heute morgen in aller Frühe zu den Docks gefahren und haben dieses Schiff gründlich durchsucht. Die *Jadeprinzessin* hatte vorher Hongkong, Singapur und Macao angelaufen. Aber wir haben nichts gefunden.«

»Das ist schlecht für uns«, sagte Tracy. In seinem Kopf jagten sich die Gedanken. »Sehr schlecht sogar.«

Thwaite nickte. »Ich weiß, was du meinst.«

Lauren sah von einem zum anderen. »Aber ich nicht«, sagte sie. »Würde mir bitte jemand erklären, was das heißen soll?«

Tracy drehte sich zu ihr. »Das heißt, daß Macomber uns noch immer einen Schritt voraus ist. Er hat die Waffen ins Meer werfen lassen.«

»Aber wofür brauchte er sie denn überhaupt?« fragte Lauren.

Lange sagte niemand etwas. »Ich glaube«, begann Tracy schließlich, »das müssen wir Macomber persönlich fragen. Aber ein Blick auf diese Liste genügt mir, um euch zu sagen, daß die Waffen genau für die Art militärische Operationen taugen, die Macomber und ich sehr gut kennengelernt haben.«

»Soll heißen?« drängte Thwaite.

»Soll heißen«, sagte Tracy langsam, »daß die Bewaffnung genau auf den Einsatz einer kleinen, schlagkräftigen Terrorgruppe zugeschnitten ist.«

Lauren und Thwaite sahen ihn entgeistert an.

»Ich muß daran denken, was er schon mit dem ›Anschlag‹ auf Gottschalk zuwege gebracht hat«, fuhr Tracy fort. »Was nun, wenn er diese Gruppe für einen Terroranschlag einsetzen will – *nachdem* Gottschalk Präsident geworden ist? Könnt ihr euch den Beifall vorstellen, der Gottschalk entgegenbranden wird, wenn es ihm dann gelingt, das Terrorkommando zu zerschlagen? Und das könnt ihr mir glauben, wenn Macomber diese Terrorgruppe angeheuert hat, dann wird Gottschalk wissen, wie er sie in der letzten Minute vernichten kann –

natürlich nachdem er sich lange genug in den Scheinwerfern der Medien gesonnt hat.«

»Himmel«, sagte Thwaite, »danach könnte er alles machen, was er will.«

»Besonders dann, wenn er, wie wir vermuten, in beiden Parlamentshäusern auch noch ihm treu ergebene Kongreßabgeordnete und Senatoren sitzen hat.« Tracy mußte an die umfangreiche Planung, die viele Zeit und die Unsummen an Geld denken, die eine solche Verschwörung schon in der Vorbereitungsphase gekostet haben mußten. Der Plan war so kalt durchdacht und von solcher Bösartigkeit, daß Tracy mit beklemmender Deutlichkeit sah, wie wenig Zeit ihnen noch blieb, um Macomber zu stoppen. Und die Polizei konnte es ohnehin nicht tun: denn stichhaltige Beweise hatten sie nicht vorzuweisen. Wieder und wieder wälzte er den Gedanken in seinem Kopf, doch instinktiv hatte er sofort gewußt, was er jetzt tun mußte und was er dabei verlieren konnte.

Dann begann er, wie er es sich in Gedanken alles zurechtgelegt hatte. Lauren und Thwaite starrten ihn nur noch schweigend an, als er ihnen erzählte, was er in den Akten der Stiftung entdeckt hatte.

»Dieser Murano war in der Tat ein Meister des Todes«, schloß er.

»Die Berichte über ihn schienen uns allen fürchterlich übertrieben zu sein. Das war damals. Jetzt bin ich eher geneigt, ihnen bis aufs letzte Wort zu glauben.« Er fuhr sich mit der rechten Hand durchs volle Haar. »Thwaite, du und ich, wir haben beide mit eigenen Augen gesehen, wozu dieser Khieu fähig ist. Ich zweifle eigentlich nicht mehr daran, daß er der Schüler Muranos ist. Ich habe auch eine ungefähre Beschreibung von ihm gefunden: ziemlich groß für einen Asiaten, schlank, sehr gute Figur, schmales Gesicht, volle Lippen und sehr, sehr schön. Er...«

»Augenblick mal«, unterbrach Lauren ihn, »da muß irgend etwas falsch sein. »Was du gerade gesagt hast, hörte sich an wie eine perfekte Beschreibung von Kim.«

Tracy fühlte, wie sich sein Magen zusammenkrampfte. »Wo, zum Teufel, hast du Kim kennengelernt?« Erschrocken über seine laute Stimme wich Lauren unwillkürlich ein paar Schritte zurück.

»Bei, bei Lou... im Apartment deines Vaters. Er kam am Abend des Tages, an dem du nach Hongkong geflogen bist. Er wollte das Abhörmikrophon abholen. Dein Vater hat es ihm auch gegeben – er schien auch den Mann zu kennen, für den ihr, du und Louis, einmal gearbeitet habt.« Tracys Zorn schien ihr Angst zu machen.

»Hatte er eine lange Narbe an der linken Seite seines Halses?« fragte Tracy schnell. Aber er wußte die Antwort bereits vorher.

Lauren schüttelte den Kopf. »Nein.«

»Sie hat Khieu getroffen«, sagte er leise. »Dann hat Khieu meinen Vater getötet. Aber *warum*? Weil er ihn gesehen hatte! Dann müßte er ebenso versuchen, Lauren aus dem Weg zu räumen.«

Er packte sie am Arm. »Worüber hat mein Vater noch mit ihm gesprochen?«

»Ich weiß nicht mehr.« Sie versuchte sich von ihm loszumachen. Sie verstand seine plötzliche Erregung nicht.

»Denk nach!« schrie Tracy. »Mach schon!«

»Ich kann nicht. Ich ...«

»Beruhige dich, Tracy.« Thwaites ruhige Stimme besänftigte auch den Gedankenwirrwarr in Laurens Kopf. »Laß ihr wenigstens etwas Zeit.«

Tracy sah von einem zum anderen. »Es ist sehr wichtig, Lauren.« Seine Stimme war wieder leiser. »*Sehr* wichtig.«

Lauren dachte angestrengt nach. »Also – das einzige, woran ich mich erinnern kann, ist, daß Louis etwas gesagt hat über ...«

Tracy versuchte ihr weiterzuhelfen. »Wo ich hingeflogen bin?«

»Nein.« Sie schüttelte den Kopf. »Nein, das hätte er nie getan.« Sie sah ihm ins Gesicht. »Aber er hat einen Namen erwähnt. Mizo. Er ...«

»Oh, mein Gott«, sagte Tracy, »das war nicht weniger schlimm!« Jetzt wußte er, wieso Mizo ihn so schnell durchschaut hatte. Khieu.

Lauren sah sein betroffenes Gesicht. »Es tut mir leid, Tracy. Er wußte nicht – keiner von uns konnte es wissen.«

Zumindest wußte Tracy jetzt, wie alles zusammenpaßte. Die Teile fügten sich aneinander, eines nach dem anderen. Er konnte nur noch darüber staunen, wie verwickelt alles war, und über das ungeheuerliche Böse, das hinter allem stand.

»Am wichtigsten ist jetzt, daß wir Khieu ausschalten«, sagte er. »Er ist noch gefährlicher, als wir es uns überhaupt vorstellen können, weil wir es hier nicht einfach nur mit einem Menschen zu tun haben. Ich glaube, wir müssen jetzt endlich begreifen, daß dieser Khieu von irgend jemandem gelenkt wird. Von sich aus hätte er die vielen Morde nicht begangen; er hätte keinen Grund dazu gehabt.«

»Es ist Macomber«, sagte Lauren. Sie sah Thwaite an, ein verzweifelter Ausdruck war auf ihr Gesicht gezogen. »Das können Sie doch auch sehen. Alle Beweise zielen auf ihn. Sie müssen ihn jetzt verhaften.«

Thwaite versuchte ein dünnes Lächeln. »Leider kann ich das nicht tun. Was wir haben, sind viele Worte. Aber wir haben nicht einen handfesten Beweis, den ich dem Staatsanwalt vorlegen kann.«

»Aber wenn Sie zu ihm gehen«, bettelte Lauren, »und ihm alles ausführlich erzählen. Dann wird er doch ...«

»Er wird mir ins Gesicht lachen«, unterbrach Thwaite sie. »Der Staatsanwalt interessiert sich nicht für Theorien, auch wenn sie noch so schön klingen. Und die Gerichte im übrigen auch nicht.«

Er schüttelte den Kopf. »Nein, wir können jetzt nur warten und hoffen, daß die andere Seite einen Fehler macht.« Er wandte sich ab. »Wir werden sie im Auge behalten und warten.«

Lauren wandte sich zu Tracy und sah ihn eindringlich an. »Das wird unserem Freund nicht genügen.«

»Wovon redet sie?« fragte Thwaite.

»Du hast recht, Douglas.« Tracy schob sich die Hände in die Hosentaschen. »Du kannst wirklich nichts anderes machen als warten.«

Er sah seinem Freund ins Gesicht. »Aber ich schon.«

»Jetzt warte einen Moment. Wenn du denkst, daß ich zulasse...«

»Du wirst mich an nichts hindern können«, sagte Tracy entschieden. »Er hat einmal versucht, mich zu töten. In Hongkong. Denkst du denn, daß er es jetzt nicht wieder versuchen wird?«

Thwaite schwieg einen Augenblick und sah Tracy nachdenklich an. »Aber was, zum Teufel, willst du denn machen?« Seine Stimme war leise, aber sie hatte einen warnenden Unterton.

»Ich werde ihnen entgegengehen«, antwortete Tracy, »bis in ihr Zentrum, wo beide versuchen können, mich zu fassen. Das ist der einzige Weg.«

»Das ist der einzige Weg, um Selbstmord zu begehen«, schnauzte Thwaite ihn an. »Vergiß, was du gesagt hast.«

»Hör zu, Douglas«, sagte Tracy hartnäckig. »Du weißt inzwischen genau, wie gefährlich unsere Gegner sind. Und dir sind im Moment die Hände gebunden. Aber wir wissen durch die Waffenlieferung, die du aufhalten konntest, daß es in diesem Puzzle noch ein Teil gibt, das wir noch nicht richtig einordnen können. Es ist eine Zeitbombe, die wir da in der Hand haben, und der Zünder ist schon scharf gemacht. Was immer Macomber sich auch ausgedacht haben mag, das Unternehmen läuft bereits. Ich kenne Macomber gut genug, um zu wissen, daß er irgendwo einen Ersatz für die ausgefallene Lieferung haben wird. Du hast ihn noch nicht gestoppt, Douglas; das zu denken wäre ein schrecklicher Trugschluß. Es ist uns gerade gelungen, den ersten Sicherheitsring von wer weiß wie vielen zu durchbrechen. Aber die Zeit arbeitet gegen uns. Für wen sind diese Waffen gedacht, und wann werden sie eingesetzt werden? *Wann?* Morgen, nächste Woche, oder heute nacht? Wir wissen es nicht. Und deshalb können wir es uns gar nicht leisten, noch länger zu warten.«

Lange war es still im Zimmer.

»Verdammt noch mal!« schrie Lauren plötzlich Thwaite an. »Wollen

Sie nicht endlich etwas sagen? Wollen Sie ihn denn nicht daran hindern, es zu tun?«

»Wie kann ich das denn? Er hat doch recht.«

»Niemand wird mich begleiten«, sagte Tracy, »denn sonst wäre es wirklich Selbstmord.«

»Aber wir werden dir ein kleines Mikrophon auf die Brust kleben. Ich will dich zumindest hören können. Und ich werde mit meinen Leuten auf der anderen Straßenseite warten. Wir schneiden auf Band mit, was wir als Beweis brauchen, und dann kommen wir dir so schnell zu Hilfe, daß niemand überhaupt Zeit hat zu begreifen, was eigentlich los ist.«

Tracy lächelte. »Du träumst, Douglas. So wird es nie ablaufen.«

»Du mußt Vertrauen haben.«

»Es ist nicht deinetwegen. Ich kenne Macomber. Und ich glaube, ich verstehe Khieu inzwischen ebensogut. Sie haben beide etwas, das du nicht verstehst. Du warst nicht drüben in den Dschungeln. Es ist eine andere Welt mit einer anderen Logik.«

»Dieser Unsinn kann mich überhaupt nicht beeindrucken«, erwiderte Thwaite.

Tracy zuckte die Schultern. Es war das typische Denken eines Polizisten; er machte Thwaite deshalb keinen Vorwurf. Thwaite reagierte so, wie man es ihm beigebracht hatte.

»Lauren...«, begann er.

»Ich habe dir nichts mehr zu sagen.« Sie wandte sich ab.

Tracy ging zu seiner Ledertasche und öffnete sie. Ganz oben lag das Samtetui aus dem Diamanten-Haus. Die laute Queens Road mit den Massen von Touristen schien ihm jetzt in einer anderen Welt zu liegen.

Er nahm die kleine Schachtel aus der Tasche, ging zu Lauren und blieb hinter ihr stehen. Er fühlte sie zusammenzucken, als er sie leicht berührte. Sie wandte ihren Kopf herum. Ihr Haar strich über seine Wange, und eine Feuerwerk der Erinnerungen glühte in seinen Gedanken auf. Er wollte sie nicht verlieren; er wollte nicht an die Möglichkeit denken, daß er sie vielleicht nie wiedersehen würde.

Auf steifen Fingern hielt er ihr das Samtetui hin. Sie schwieg einen Moment, und er dachte schon, daß sie absichtlich nicht auf seine vorgestreckte Hand sah. Er wartete.

»Was ist das?« fragte sie schließlich.

»Ich bin in Hongkong einkaufen gewesen«, antwortete er. »Das hier habe ich für dich gekauft, obwohl ich nicht wußte, ob du überhaupt noch einmal mit mir sprechen würdest.«

Sie blickte auf das schwarze Samtetui. »Was ist da drin?« Ihre

Stimme war leise geworden wie die eines Kindes am Weihnachtsabend.

»Schau hinein.«

Der platingefaßte blauweiße Diamant strahlte sie an. Farbige Funken in Rot, Grün, Blau, Gelb und Purpur sprühten hell.

»O Tracy.« Ihre Stimme war nur noch ein Flüstern. Sie nahm den Ring aus dem Etui. »Wie schön er ist.« Sie steckte ihn sich an den Finger. Doch plötzlich war das Lächeln aus ihrem Gesicht verschwunden, sie blickte ihn mit ernsten Augen an. »Aber warum gibst du ihn mir gerade jetzt?«

»Weil ich zurückkommen werde«, sagte er.

Khieu fühlte sonderbare Veränderungen in sich vorgehen. Er hatte Eliott fortgeschickt, weil er ihn sonst im nächsten Moment angegriffen und ihm die Daumen in die Augenhöhlen gestoßen hätte. Er hatte das nicht tun wollen, aber er fühlte den Zwang dazu in sich wie eine lauernde Spinne auf dem Grund einer nachtschwarzen Grube.

Macomber, sein Vater, sein Lehrer, der Mann, in dessen Schuld er so tief stand, daß er sich nie würde davon befreien können – er war ein Lügner, ein Betrüger. Khieu hatte das Gefühl, daß etwas heimlich in ihn eingedrungen war, ihm heimlich das Herz – seine Seele – genommen hatte und wie ein Schatten wieder verschwunden war, bevor er noch etwas dagegen unternehmen konnte.

Alle seine Gedanken, alles, was man ihn gelehrt oder ihm erzählt hatte, eine Lüge! Seine Vorstellungen von der Welt, von ihren geheimen Mechanismen und den tickenden Zeitläufen – alles falsch, alles Betrug!

Der Schweiß lief ihm in Strömen hinunter, seine Muskeln zuckten unter der inneren Anspannung. Wo war er jetzt? Was mußte er jetzt tun? Wem konnte er noch glauben? Vielleicht waren sie alle Lügner? Er schien auf einen Punkt festgenagelt zu sein, ohne noch atmen zu können.

Dann wußte er es. Er würde es hinnehmen. Er würde tun, was Macomber ihm befohlen hatte. Denn schließlich würde er die Schuld nie zurückzahlen können. Macomber hatte Sams Tod gerächt. *Apsara* befahl es ihm mit ihren tanzenden Fingern.

Und dann würde er Macomber zerstören, langsam, ein Stück von Zeit zu Zeit, er würde ihm den Verstand nehmen, er würde ihm das Liebste nehmen, was er hatte, und vor seinen Augen zerstören. Khieu wollte, daß sein Vater sich bewußt wäre, was geschah, so daß er sich selbst das Ende ausmalen könnte: zu brennen und zu brennen, während *Apsara* an seinem Fleisch riß.

Das Ende aller Dinge.

Er fühlte etwas kommen. Es war nahe, nahe. Es hatte ihn fast erreicht. Noch nicht. Noch nicht ganz. Khieu wandte seinen Kopf von einer Seite zur anderen. Was war es?

Kim war wieder in New York. Er hatte kein Interesse mehr an den absurden Forderungen der Kammer, und ebenso hatte er kein Interesse mehr an der Stiftung. Er hatte jetzt die eigenen, die persönlichen Pflichten zu erfüllen.

Alles war richtig bemessen gewesen, dachte er. Tracy hatte genug Zeit gehabt, sich durch das Minenfeld verdeckter Hinweise zu tasten, die Kim kunstvoll für ihn ausgelegt hatte.

Jetzt war es an der Zeit, sich wieder in die Nähe des Frettchens zu begeben, bei jedem Schritt in seinem Schatten zu stehen, so daß er in der Nähe wäre, wenn Tracy zuschlug, damit Kim seine Rache an Khieu Sokha vollziehen konnte, wie er es tun wollte. Und Macomber? Er war der Preis für Tracy. Kim hatte kein Verlangen danach, sich selbst mit ihm abzugeben. Und auch ein Frettchen hatte sich am Ende der Jagd einen Preis verdient. Was immer Macomber auch geplant haben mochte, es war Kim völlig gleichgültig.

Ein leichtes Beben lief durch Kims Körper, er konnte es kaum noch erwarten. Das Taxi, das ihn von LaGuardia hereingebracht hatte, wechselte die Spur, um den ersten Verkehrsstaus in Manhattan auszuweichen. In Kims Augen schienen Flammen zu tanzen. Die Zeit der süßen Rache war gekommen.

3. Kapitel

»Darf ich hereinkommen?«

Eliott hatte die Tür zu seinem Apartment geöffnet und starrte jetzt seinen Adoptivbruder an, als sei er ein Geist, der frisch aus seinem Grab gestiegen war. Er nickte stumm und wußte nicht, was er sagen oder denken sollte.

Khieu sah wieder wie er selbst aus: schön, gut angezogen, äußerst zufrieden und selbstsicher. Sein Gesicht war gewaschen und rasiert, seine schwarzen Augen glänzten klar, seine Haltung war entspannt. Eliott hatte Schwierigkeiten, diesen Khieu mit der schreckensgequälten Kreatur im Keller des Hauses seines Vaters in Verbindung zu bringen. Vielleicht, dachte er wie im Fieber, ist alles gar nicht geschehen. Vielleicht habe ich alles nur geträumt.

»Eliott?«

Er holte tief Luft, sein Kopf nickte zuckend wie der einer kaputten Marionettenfigur. »Natürlich.«

Er schloß die Tür, und gemeinsam gingen sie ins Wohnzimmer, wo Khieu sich in einen Sessel setzte.

»Möchtest du etwas trinken?« fragte Eliott und wandte sich zur Küche.

»Ein Bier, wenn du hast.«

Einen Augenblick später war Eliott zurück. »Ich hoffe, es macht dir nichts aus, wenn du aus der Flasche trinken mußt.«

Khieu hob eine Hand und wischte Eliotts Worte weg. Er nahm einen Zug aus der Flasche und setzte sie dann auf dem kleinen Tisch zwischen ihnen ab. »Ich habe nicht viel Zeit. Ich bin nur kurz vorbeigekommen, um mich bei dir zu bedanken.«

»Mir danken?« fragte Eliott.

»Weil du es mir erzählt hast«, antwortete Khieu, er berührte Eliott am Knie.

Während Eliott diesen ruhigen, kühlen Khieu vor sich sitzen sah, mußte er wieder an die Tagebuchaufzeichnungen seines Vaters denken, und erneut wuchs die Angst in ihm. Er versuchte etwas zu sagen, verschluckte sich aber an den eigenen Worten und begann noch einmal. »Was, was wirst du jetzt tun?«

»Was soll ich schon tun?« Khieu ließ seinen Blick durch das Zimmer wandern, als ob er es zum erstenmal sehen würde. »Nichts.«

»Aber willst du denn wirklich nichts tun?« Eliott starrte ihn durchdringend an, er versuchte ihn zu verstehen. »Das mußt du doch. Ich weiß genug...«

»Nein, das tust du nicht.« Khieu sah Eliott in die Augen. »Aber vielleicht ist es Zeit, daß du es tust.« Er stand aus seinem Sessel auf, ging leise durch das Zimmer und stellte sich hinter Eliotts Sessel. »Er weiß und du weißt, daß mein älterer Bruder Samnang von den Roten Khmer erschlagen worden ist. Wie du mir erzählt hast, hat unser Vater die Lügen verbreitet, die zu der Tat geführt haben. Aber keiner von euch beiden weiß, wie Samnang gestorben ist.«

»Khieu...« Eliotts Hände hatten sich nervös ineinander verkrampft.

»Still«, flüsterte Khieu. Er legte eine Hand auf Eliotts Schulter und drückte sie leicht. »Du weißt es vielleicht nicht, aber die Roten Khmer hatten eine besondere Hinrichtungsmethode. Wenn sie ihre Feinde nicht gekreuzigt oder an Bäumen neben viel begangenen Wegen aufgehängt haben, dann wurden sie zu Tode geprügelt. Verräter und so. Sie haben es daher auch mit Sam gemacht. Sie schlugen ihn, bis sie wußten, daß er bald sterben würde. Dann haben sie mich gerufen und mir einen Prügel in die Hand gedrückt.«

Er beugte sich hinunter, so daß Eliott die Lippen seines Stiefbruders an seinem Ohr fühlte und zur Seite zuckte. Aber Khieu hielt ihn fest und ließ ihn nicht entkommen. »Kannst du dir vorstellen, was dann geschehen ist, Bruder? Kannst du dir vorstellen, wozu sie mich gezwungen haben?«

Eliotts Mund war ausgetrocknet, und er zitterte am ganzen Leib. Er nickte wieder und wieder. Ja, o ja! Er konnte es sich vorstellen. Die *Chet Khmau* hatten Khieu gezwungen, seinen eigenen Bruder zu erschlagen. Eliott preßte die Augen zu, aber er konnte die Tränen nicht aufhalten. Mein Gott! Wie hatte er es tun können? Aber was hätte er sonst tun sollen? Welche andere Möglichkeit hatte Khieu gehabt, als den Prügel zu nehmen und ihn auch zu benutzen? Hätte er es nicht getan, er wäre auch getötet worden. Und dennoch. Und dennoch. O Gott!

»Es tut mir leid«, flüsterte er immer wieder. »Es tut mir leid.«

»Wirklich?« Khieu kam um den Sessel herum und kniete sich vor Eliott nieder. Seine schwarzen Augen starrten in Eliotts, die von den Tränen vergrößert wurden. »Ja«, sagte er mit leiser Verwunderung in der Stimme, »ich glaube, dir ist es wirklich ernst.«

Seine Hände legten sich auf die seines Adoptivbruders. »Jetzt sind wir uns ganz nahe«, sagte er sanft. »Am Ende gibt es jetzt etwas, das wir miteinander teilen. Ein Geheimnis, das nur wir beide kennen. Es ist wie ein Band zwischen uns. Ja. Nichts wird sich dazwischen drängen. Es ist allein unseres.«

Er erhob sich und zog auch Eliott auf die Füße. Khieu legte einen Arm um seinen Bruder. »Und jetzt komm«, sagte er leise, »laß uns nach Hause gehen. Zusammen.«

Und so gingen sie, *Apsara* tanzte die ganze Zeit um Khieus Füße, ihr aufgedunsener Leib schlitterte grauenerregend über den Asphalt neben dem Taxi, das in die Stadt hineinfuhr. Und als Khieu einen Blick in den Rückspiegel warf, sah er auch dort ihren kopflosen Körper tanzen. Und als er sich rasch umdrehte, sah er ihr Bild wieder, verzerrt und zersplittert in tausend Mosaiksteine von dem Regen, der heftig gegen die Scheibe schlug.

Vater kommt heute abend, um seine Unterlagen für den Aufkauf des australischen Konzerns zu holen. Er sah auf seine Uhr, und *Apsara* zeigte ihm die Zeit: 7 Uhr 40. In Gedanken begann er mitzuzählen. Noch dreißig Minuten, bis Macombers Welt in einem Chaos explodieren würde.

Er zahlte den Fahrer, und sie stiegen aus. Die Steintreppen hinauf durch das dunkle, stille Haus.

»Laß uns nach oben gehen.« Khieus Stimme hing geheimnisvoll in der Luft. Einen Augenblick lang überschwemmte sie die Stille, um dann selbst von ihr verschluckt zu werden.

Eliott sah ihn an. Seit er die Stufen in den Keller hinuntergestiegen war und Khieu über Joys Leiche gebeugt gesehen hatte, fühlte er sich merkwürdig losgelöst von sich selbst. Kaum spürte er noch die Bewegungen seiner Beine, und seine Füße waren vollkommen gefühllos geworden. Es war, als ob er mit seinem Geständnis gegenüber Khieu, mit dem Verrat der Geheimnisse seines Vaters alle seine Initiative verloren hatte. Er fühlte sich leer und hilflos und nicht in der Lage, sein eigenes Schicksal in die Hand zu nehmen.

Und Khieus Nähe, sein Arm ließen Eliott Sicherheit, Schutz und Wärme fühlen: Gefühle, die ihm bisher fremd gewesen waren und zu schön, um sie jemals wieder zu verlieren.

Sie kamen ans Ende der Treppe und gingen den langen dunklen Flur hinunter, bis sie vor der Schwelle zu Eliotts Zimmer standen.

»Erinnerst du dich an dein Zimmer?« Khieus Stimme war sanft und leise, als sie hineingingen.

Eliott sah sich kurz um. »Es sieht aus wie früher. Als ob ich nie weggewesen wäre.«

»Genauso hat es dein Vater gewollt«, flüsterte Khieu. »Er möchte, daß du zu ihm zurückkommst, Eliott. Er hat es nie gemocht, daß du sein Haus einfach verlassen hast. Für ihn war das, als ob du ihm unter dem Daumen herausgerutscht wärst.«

»Das war ich ja auch«, sagte Eliott wie benommen. »Ich mußte gehen.« Er wandte sich zu Khieu. »Du solltest das noch am ehesten verstehen.« Er sah einen dunklen Schein in Khieus Augen.

»Oh, das tue ich auch.« Khieu ließ seinen Arm um Eliotts Taille. »Ich war stolz auf dich, als du gegangen bist. Ich wünschte« – seine Augen schlossen sich für Sekunden – »nun, ich wünschte, ich hätte es auch tun können.«

»Aber du kannst es doch immer noch tun!« Es war wieder etwas Leben in Eliotts Stimme. »Ich werde dir helfen. Wir werden es zusammen tun.«

Plötzlich lag Trauer in Khieus Augen, sein Griff um Eliott wurde fester. »Leider ist es dafür für mich zu spät.«

»Wie meinst du das?«

»Ich kann nicht...« Er sprach nicht weiter und wandte sich zur Seite. »Es fällt mir schwer, das jemandem zu sagen, selbst dir.«

Eliott berührte seinen Arm. »Was ist, Khieu?« Seine Stimme klang ehrlich besorgt. »Kann ich dir denn nicht helfen? Ich würde es wirklich gerne tun. Ich möchte das wiedergutmachen – wie ich dich in all den Jahren behandelt habe. Es würde mich glücklich machen, wenn ich das könnte.«

Als Khieu wieder sprach, hatte sich seine Stimme um einen Ton verändert. Sie war tiefer geworden, angefüllt von Bässen, Schwingungen, die sich in Eliotts Ohr verfingen und wieder und wieder nachhallten. Seine Stimme war nur noch ein Flüstern, aber sie hatte etwas Bezwingendes.

»Ich habe viele Jahre in einer Art Hölle gelebt, von der ich dachte, daß ich sie hinter mir hätte, als unser Vater mich hierher nach Amerika gebracht hat, fort vom Krieg, den Roten Khmer und meiner ausgelöschten Familie. Ich war ihm dankbar, dankbarer, als du es dir je vorstellen könntest. Er kannte meine Psyche, und er benutzte sie. Er wußte, in welche Situationen er mich brachte, als er mir zeigte, wie er die Mörder meines Bruders getötet hatte. Er trainierte mich, und dann ließ er mich wie einen Hund an einer festen Leine laufen, um für ihn Bisse auszuteilen. Ich habe für ihn getötet. Ich habe Dinge für ihn getan, zu denen ich mich nie fähig gehalten hätte. Aber ich tat alles aus Liebe und Verehrung für Samnang und meine Ahnen. Ich hatte keine andere Wahl.«

Khieu faßte Eliott am Arm und zog ihn fort von der Helligkeit in der Nähe des Fensters weiter ins Zimmer hinein. Die Dunkelheit, die sie plötzlich umgab, hatte etwas Erstickendes. »Ich erwarte nicht, daß du das alles verstehst, es genügt, wenn du es glaubst. Ich bin durch meine Ehre gebunden. Ich sollte unseren Vater töten für das, was er getan hat – aber ich kann es nicht.«

Eliott versuchte, sich loszumachen. Seine Augen hatte er vor Angst weit aufgerissen. »Was willst du tun?«

In Khieus Augen schien ein Feuer zu brennen. »Ich werde aufhören zu existieren.« Sein Griff um Eliotts Arm wurde schmerzhaft. »Und du mußt mir helfen.«

»Nein!«

»Du *mußt!*« Khieus Stimme hatte einen bettelnden Ton bekommen. »Ich kann es nicht selbst tun. Ich *brauche* dich, Eliott.«

»Aber nicht dabei!« Eliott schüttelte wild den Kopf. »Nein, das kann ich nicht zulassen. Ich kann nicht.«

»Ja, ja, ja«, bettelte Khieu. »Du hast gesagt, daß du mir helfen willst, und dies ist der einzige Weg!«

»Ich dachte nicht...« Eliott wandte seinen Kopf zur Seite und preßte die Augen zu. »Du kannst alles von mir verlangen, aber das nicht.«

»Ja, ja, so seid ihr, nicht wahr?« Khieus Stimme verfolgte ihn unbarmherzig. »Du hilfst mir, aber nur zu deinen Bedingungen. Du tust nur etwas, was *du* für richtig und angemessen hältst. Dein Denken ist westlich begründet, du verstehst mich nicht.« Er legte seine Hände auf die Wangen seines Bruders: sie waren heiß und feucht. Die Haut war wie unter Druck gespannt. »Sieh mich an. Sieh mich bitte an!« Eliotts Augen öffneten sich langsam wieder. »Du mußt es tun, ich bitte dich darum. Und du hast es versprochen.« Seine rechte Hand wanderte hinter seinen Rücken und kam mit einem dunklen Schatten zurück. Eliotts Nasenflügel zitterten. Er roch Öl und etwas merkwürdig Stechendes, das er nicht einordnen konnte.

»Gib mir deine Hand«, sagte Khieu leise. »Gib mir deine Hand, Eliott.«

Ohne es selbst richtig zu merken, tat Eliott, was ihm gesagt worden war. Er sah nur in Khieus hypnotisierende Augen, aber er fühlte das kühle Gewicht von Metall in seiner Hand.

»Schließ die Finger«, sagte Khieu. Er nahm den Blick nicht einen Lidschlag lang von Eliotts Augen.

»Lege deinen Zeigefinger um den Abzug.« Er tastete mit seiner Hand über Eliotts. »Sehr gut.« Er drehte Eliott so, daß er direkt zur Tür sah.

»So ist alles gut«, flüsterte Khieu. »Du stehst hier. Ja, genau an dieser Stelle. Du brauchst dich nicht zu bewegen, du hebst nur den Arm und drückst ab. Das ist alles, was du tun mußt, und meine Last wird mir genommen sein. Verstehst du mich?«

Eliott verstand ihn nicht. Aber er wußte, daß er tun würde, was Khieu von ihm verlangt hatte. Sie teilten ein Geheimnis; sie wußten Dinge, die andere nicht wußten. Sie waren fester aneinander gebunden, als es Blut je tun könnte. Sie waren sich näher als Brüder.

»Ja«, sagte er, obwohl er ihn nicht verstanden hatte.

»Gut«, sagte Khieu. »Ich muß jetzt in mein Zimmer gehen und mich vorbereiten. Mein Glauben verlangt bestimmte Rituale von mir, bestimmte Gebete, die ich sprechen muß. Wenn du mich nicht mehr beten hörst, werde ich kommen. Ich werde mich in den Türrahmen stellen. Ich werde hinter meinem Rücken, im Flur, Licht anmachen, so daß du nur meine Silhouette siehst. Ich weiß, es wird dir leichter fallen, wenn du mir nicht ins Gesicht sehen mußt. Du brauchst dann nur deinen Arm zu heben und abzudrücken. Das ist alles.« Khieu ließ Eliott los und ging rückwärts aus dem Zimmer. Er blieb an der Schwelle noch einmal stehen, als er Eliotts angespannte Stimme hörte.

»Ja?«

»Alles Gute, Khieu.«

»Alles Gute, *mon vieux*.«

Wenig später setzte der Gebetssingsang ein. Eliott konnte ihn deutlich hören, er kam in Wellen den Flur herunter und hing schwer im Zwielicht des Zimmers, im Zwielicht seines Lebens. Daß Khieu ihn verlassen würde, machte Eliott traurig; aber die Aufgabe, die ihm übertragen worden war, erfüllte ihn mit Stolz.

Der Singsang ging weiter und weiter. Eliott glaubte, jetzt auch den Duft der Räucherstäbchen riechen zu können. Wie er diesen Geruch einmal gehaßt hatte! Und wie er ihn jetzt liebte! Er stellte sich Khieu vor, nackt und auf den Knien vor seinem Buddha.

Die geladene Pistole lag ihm schwer in der Hand. Er fühlte einen dünnen Feuchtigkeitsfilm zwischen seiner schwitzenden Hand und dem wärmer werdenden Metall wachsen. Er hätte die Hand gerne für einen Moment von der Waffe gelöst und den Kolben trockengerieben, aber er fürchtete, daß in genau diesem Moment der Singsang aufhören könnte, und dann war er nicht vorbereitet, seine Aufgabe zu erfüllen.

In seinen Augen brannten Tränen, oder vielleicht war es auch der Rauch, der vom Flur her in sein Zimmer geweht wurde. Er blinzelte in einem fort, um deutlich sehen zu können. Die Nacht um ihn herum schien friedlich und still zu sein. Bei dem Gedanken an das Leid seines Bruders schmerzte Eliott das Herz. Mein Bruder, dachte er. *Mein Bruder*.

Der Singsang brach ab.

Tracy stand drei Häuser von Macomber Anwesen entfernt. Er beobachtete den schwachen Verkehr und die Gesichter der Passanten, drehte seinen Kopf hierhin und dorthin, so daß jede Bewegung natürlich wirkte: ein Spaziergänger, der an diesem Stadtteil Gefallen gefunden hatte. Alles Feste und Starre muß vermieden werden, hatte Jinsoku ihn gelehrt, alles muß fließen. Es galt, so weit mit der Umgebung zu verschmelzen, daß man schließlich selbst ein Teil von ihr war.

Glockengeläut klang durch die Luft, deutlich und klar. Wie Rauchwolken hingen die schweren Töne einen Augenblick über ihm, bis sie sich wieder in Nichts auflösten. Sie wehten von der St.-Georges-Kirche herüber, die am anderen Ende des Gramercy Parks lag. Er sah einige Kirchenbesucher die breite Treppe hinauflaufen und hinter den schweren Eingangstüren verschwinden. Er sah auf seine Uhr. Es war acht Uhr abends.

Er senkte rasch seinen Blick, als eine schwere Limousine vor Macombers Haus hielt. Ohne auch nur eine Sekunde zu zögern, ging Tracy auf das nächste Haus östlich von Macombers zu und verschwand in dessen Schatten.

Er konnte die blankpolierte Kühlerhaube von Macombers Wagen sehen, in der sich die Straßenlaternen spiegelten. Eine Flanke war von hellen Lichttupfen, die der Zeichnung eines Leopardenfells glichen, übersät.

Der Fahrer stieg aus und ging um den Wagen herum, um die Beifahrertür zu öffnen. Dann sah Tracy Macomber aus der Tiefe der Limousine emporwachsen. Obwohl er Macomber vierzehn Jahre nicht gesehen hatte, erkannte er ihn sofort wieder. Seine unübersehbare Größe, die breiten Schultern, der gerade Rücken, der fließende Gang aus den Hüften heraus. Nein, er brauchte nicht einmal das Gesicht zu sehen, um sicher zu sein, daß es Macomber war.

Tracy sah das schmiedeeiserne Eingangstor, die spitzen Gaslaternen, die tatsächlich auch brannten, den kleinen Balkon vor der breiten Glasfront im zweiten Stock. Macomber war bereits im Haus verschwunden, aber Tracy sah, daß es unmöglich war, von vorn in das Haus einzudringen. Zum einen gab es hier zuviel Licht, zum anderen hätte er hinter dem Eisentor einen drei Meter breiten Geländestreifen zu überwinden gehabt, auf dem er ohne jede Deckung gewesen wäre.

Er wußte, daß es noch einen zweiten Weg gab, und den suchte er jetzt. Tracy fand den Hintereingang am östlichen Ende des Anwesens: eine vielleicht ein Meter zwanzig breite Tür aus Mahagoniholz mit Eisenbeschlägen, die in einem gemauerten Torbogen hing. Natürlich war die Tür verschlossen, aber das war kein Problem.

Tracy suchte nach einer Alarmsicherung, fand aber keine. Um das Schloß zu öffnen, brauchte er knapp vierzig Sekunden.

Während dieser Zeit gingen nur drei Passanten vorbei: ein Pärchen und ein alter Mann, der die Hände tief in die Taschen geschoben hatte und ganz in Gedanken versunken war. Niemand nahm von Tracy Notiz.

Mit einem schnellen Schritt war er durch die Tür und schon hatte er sie wieder hinter sich geschlossen. Er hielt sich dicht an der Hausmauer, vorsichtig setzte er Fuß vor Fuß, bis er an die Oberkante einer

Treppe stieß, nach der er gesucht hatte: sie führte zum Kellereingang des Hauses.

Tracy ging sechs Stufen hinunter, dann stand er wieder vor einer Tür. Sie hatte ein einfaches Vorhängeschloß. Er tastete am Türrahmen entlang und fand die versteckten Drähte. Es waren zwei, die miteinander verbunden waren. Er wußte, daß er den Alarm auslösen würde, wenn er den einen von beiden durchschnitt. Der andere würde die Anlage einschalten. Sein Vater hatte ihm das beigebracht.

Er ließ seinen rechten Zeigefinger die Drähte entlanggleiten, bis er die Stelle gefunden hatte, an der sie sich teilten. Einer verschwand nach oben, der andere ging gerade nach unten, und Tracy war sich klar, daß er zur Sicherung der Anlage führte. Wenn er diesen Draht verletzte, würde er die Anlage aktivieren. Er suchte wieder nach dem oberen Draht, hielt ihn mit der linken Hand fest und durchschnitt ihn mit der rechten.

Eine Sirene heulte von der Third Avenue herüber, wo das Cabrini-Klinikzentrum stand. Sonst war es still.

Er öffnete das Schloß und betrat den Keller. Er hatte die Tür schon geschlossen und wollte gerade weitergehen, als er einen merkwürdigen Geruch wahrnahm. Er blieb unbewegt stehen, sein Herzschlag beschleunigte sich und sein Atem schien plötzlich heißer geworden zu sein. Das kleine Mikrophon spürte er wie eine geballte Faust auf seiner Brust. Er benutzte eine kleine Stiftlampe, um sich in der Finsternis orientieren zu können. Der dünne Lichtstrahl stieß wie ein massiver Stab in die Dunkelheit.

Er ging weiter in den Keller hinein, und der Geruch wurde stärker. Tracy ließ den Lichtstrahl in leichten Bögen hin und her schwingen. Daß der Strahl nur schmal war, machte es schwer, etwas zu erkennen, besonders auf die weite Entfernung.

Er erkannte einen Haufen Ziegelsteine und darüber einen Durchbruch in der Mauer. Etwas strahlte unter dem Licht auf wie eine Münze. Er ging näher und ließ den Lampenstrahl dabei Zentimeter für Zentimeter abtasten, bis er die ganze Mauer im Blick gehabt hatte.

Tracy hockte sich hin und richtete den dünnen Lichtstrahl auf das Gesicht. Wer war sie? Die Züge waren aufgequollen und hatten alles Natürliche verloren. Wer sie auch gewesen sein mag, dachte er, sie muß einen schrecklichen Tod erlitten haben.

Aber wieso lag sie hier in Macombers Keller? Er wußte keine Antwort auf die Frage. »Thwaite«, flüsterte er, »ich bin im Keller des Hauses. Habe eine Leiche entdeckt, weiblich, weiß. Alter würde ich auf Ende Dreißig schätzen, obwohl sich das noch schwer sagen läßt. Ungefähr einssiebzig groß. Hab' keine Ahnung, wer sie sein könnte.«

Er wandte sich von der Leiche ab und ging leise zum Treppenaufgang hinüber. Sorgfältig balancierte er jeden Schritt aus, um die alten Holzstufen nicht knarren zu lassen.

Als er fast die letzte Stufe erreicht hatte, streckte er seine Hand vor und griff nach dem Türknauf. Langsam drehte er ihn herum und stieß die Tür einen Spaltbreit nach außen. Gierig sogen seine Lungen die klare Luft des Hauses ein.

Die Lichter im Parterre waren bis auf eine kleine Lampe auf einem Flurtisch, der links von Tracy stand, alle gelöscht. In ihrem gelben Schein sah er sich um, so gut er konnte, und ließ dabei die Atmosphäre des Hauses auf sich wirken.

Es war still. Er hörte das Ticken einer Uhr, die nicht weit von ihm entfernt stehen mußte, trat einen Schritt weiter in den Eingangsflur hinein, blieb dann aber abrupt stehen. Was war das? Eine Tonlage unter dem Ticken. Es klang wie ein Singsang. Wie ein buddhistisches Gebet.

Dann nichts mehr. Er machte einen Schritt auf die Treppe zu, die nach oben führte. Er hörte Stimmen über sich, gedämpft und nicht genau zu unterscheiden. Plötzlich ein Schrei, das Krachen eines Pistolenschusses, dessen Echo zwischen den Wänden des Hauses hin und her sprang und sich immer weiter ausbreitete.

Tracy hastete die Treppe hinauf.

Macomber hatte kaum den ersten Schritt in sein Haus getan, als ihn ein merkwürdiges Gefühl überkam. Als hätte sich während seiner Abwesenheit etwas verändert. Er dachte sofort an Tracy Richter, aber sein sechster Sinn, der ihn im Dschungel von Kambodscha nie getrogen hatte, sagte ihm, daß das unmöglich war, und er schob den Gedanken beiseite. Die Tür fiel hinter ihm ins Schloß.

Nur die kleine Lampe auf dem Flurtisch brannte, sonst schien das Haus dunkel zu sein. Er wollte sich gerade etwas im Parterre umsehen, als er an der Treppe vorbeikam, die zu den beiden oberen Stockwerken führte. Er hörte den Singsang eines buddhistischen Gebetes. Seine Lippen wiederholten tonlos die Worte, die er so oft vernommen hatte.

Er legte eine Hand auf das Geländer aus poliertem Mahagoni. Als er die Treppe schon halb hinauf war, sah er, daß im zweiten Stock das Flurlicht brannte. Das Licht leuchtete die Treppen heller aus, je höher Macomber stieg.

Er war froh, daß Khieu im Haus war, weil er ihn hier besser im Auge behalten konnte. Außerdem konnte er daraus schließen, daß Tracy Richter noch nicht aus Hongkong zurück war; denn er zweifelte nicht daran, daß Khieu seinen Auftrag sofort ausführen würde.

Er hatte den Flur erreicht und wollte sich schon zu Khieus Zimmer wenden, als er sah, daß die Tür zu Eliotts Zimmer offen stand.

Das sollte sie nicht, zumal er wußte, daß Khieu nicht in dem Zimmer sein konnte. Der Gebetsgesang kam vom anderen Ende des Flures.

Macomber ging mit schnellen Schritten den Flur hinunter, sein Schatten fiel wie ein langer Finger in die Richtung, aus der Khieus Gebet zu hören war. Er hatte die Türschwelle erreicht und beugte sich schon nach dem Türknauf, als der Singsang in seinem Rücken plötzlich abbrach.

In diesem Moment der Stille spürte Macomber eine Bewegung vor sich in der Tiefe des Zimmers. Er kniff die Augen zusammen, aber es war so dunkel, daß er nicht einmal Schatten von Schatten unterscheiden konnte. Doch er spürte ein Zittern der Luft, eine Bewegung, und seine Nackenhaare richteten sich auf. Er schrie kurz auf und duckte sich, als Eliott den Abzug der Pistole durchdrückte. Er hatte seine Augen fest zugekniffen, als ob er die Folgen seiner Tat nicht sehen wollte.

Der Schuß krachte ohrenbetäubend, aber Macomber hatte schon alle Geräusche aus seinem Bewußtsein ausgeschlossen. Jetzt lenkte ihn nur noch sein Instinkt. So hatte er auch im Dschungel überlebt.

Er hatte seinen linken Arm zur Seite gestreckt, die Finger der Hand suchten nach dem Lichtschalter, während seine rechte Hand unter die Jacke fuhr und nach dem Messer griff, das er stets bei sich trug. Das Licht flammte auf, und das Angriffsziel war im Bruchteil einer Sekunde auszumachen. Das Erkennen würde später kommen. Das Messer wurde von den ausgestreckten Fingern ausgerichtet, der Schwung der Armmuskeln übertrug sich auf das scharfgeschliffene Metall. Ein leises Pfeifen, und die Waffe war auf ihrer Flugbahn.

Eliott öffnete die Augen in der Erwartung, Khieu niedergestreckt auf der Türschwelle zu sehen. Statt dessen sah er seinen Vater, dessen Gesicht merkwürdig verschwommen war. Er wollte seinen Mund öffnen, um zu schreien, aber aus dem verschwommenen Dunkel war schon ein scharf umrissener Schatten geworden, der seinen ganzen Blick ausfüllte. Fast gleichzeitig trafen ihn ein Schlag und ein stechender Schmerz. Er verlor die Balance und stürzte nach hinten.

Dann fühlte er nichts mehr.

Kaum hatte das Messer seine Fingerspitzen verlassen, als Macomber wieder aufschrie. Das Erkennen war der Reaktion einen Lidschlag zu spät gefolgt, und Macomber machte einen hilflosen Schritt in das Zimmer hinein.

»Eliott«, flüsterte er verwirrt. Er sah die Pistole aus Eliotts schlaffen

Fingern gleiten. Es war keine Zeit geblieben, um nachzudenken, zu urteilen und zu entscheiden. Nur das Gefühl einer bedrohlichen Gefahr, die näher kam. Vielleicht hatte er den dünnen Ölfilm auf der Waffe gerochen.

Doch jetzt war es ihm gleichgültig, daß der Schuß ihn wahrscheinlich getötet hätte, wenn er nicht alle Vernunftkontrollen im Moment der Gefahr ausgeschaltet hätte. Er wußte nur, daß er seinen Sohn umgebracht hatte. Macomber war auf die Knie gesunken und hatte Eliotts kraftlosen Körper in seine Arme geschlossen. Er riß das Messer aus der tödlichen Wunde und schleuderte es quer durch das Zimmer. Es glitt klirrend über den Boden, bis es gegen eine Wand prallte.

Nichts war mehr übrig von seinem Sohn, seinem einzigen, geliebten Schatz, den er einmal nach seinen Vorstellungen hatte formen wollen. Jetzt wäre er zufrieden gewesen, wenn er nur leben würde, nur leben. Aber dieser Wunsch war unerfüllbar. Und zum ersten Mal in seinem Leben fühlte sich Macomber vollkommen machtlos.

Er spürte eine Bewegung in seinem Rücken, doch er kümmerte sich einen Augenblick lang nicht darum. Dann wandte er sich um.

»Vater?« Khieus Stimme war sanft und leise. Er war bekleidet, aber barfuß. Er kam einen Schritt in das Zimmer hinein, einen zweiten, ohne jedes Geräusch. Er ging auf den Außenkanten seiner Fußsohlen. »Ich habe einen Pistolenschuß gehört.«

»Es war Eliott«, sagte Macomber. Der Ton seiner Stimme verriet, daß er es noch immer nicht glauben konnte. »Eliott hat versucht, mich zu erschießen.«

»Tatsächlich?« Khieus Stimme war wie Samt. »Das tut mir leid.«

»Aber wie konnte es passieren?« fragte Macomber. »Nach all unserer sorgfältigen Planung, den gründlichen Sicherheitsvorkehrungen, die wir in den *Angka* eingebaut hatten. Das ist jetzt alles nichts mehr wert. Wie konnte das passieren, Khieu?«

»*Karma*, Vater.«

»Aber mein Sohn...« Er richtete sich auf und kam einen Schritt auf Khieu zu. Die innere Qual war ihm wie eine Narbe ins Gesicht gezeichnet. »Du verstehst nicht, Khieu! Mein Sohn hat versucht, mich zu erschießen, und *ich habe ihn getötet!* Mein Gott, begreifst du denn nicht?«

»Friede«, sagte Khieu ruhig.

Und Macomber sah ihm ins Gesicht, seine tränenverquollenen Augen wurden wieder klar. Plötzlich fühlte er eine merkwürdige Aura, die von seinem Adoptivsohn auszustrahlen schien. Immer mächtiger fühlte er sie, und eine kalte Faust schien sein Herz zu greifen und es zusammenzudrücken. Sein Gesicht erstarrte zu einer Maske, und in seinem Kopf jagten sich tausend Fragen. »Was...« Einen Augenblick lang konnte er nicht weitersprechen, Angst und die Macht des Unbekannten ließen die Worte in seiner Kehle zu einem Klumpen erstarren, der ihn würgen ließ. »Was geht hier vor?«

»Das Ende aller Dinge«, sagte Khieu, und er begann sich zu bewegen. Das Licht vom Flur zeichnete seine Umrisse wie ein Glorienschein nach, der Khieus unglaubliche innere Kräfte sichtbar zu machen schien. »Du siehst erstaunt aus, Vater. Ich verstehe nicht, warum. Ich bin das, was du aus mir gemacht hast. Nur das, was du aus mir gemacht hast.« Seine Augen loderten, als ob in ihnen schwarze Flammen züngelten. »Alles das, was du hier siehst, hast du zustande gebracht...« Seine Arme öffnete sich wie die Schwingen eines Greifvogels. »Der Tod deines Sohnes... Er erwartete mich an deiner Stelle, verstehst du. Ich hatte ihm gesagt, daß ich sterben wolle.«

»*Was sagst du da*?«

»Oh, ich sehe den Schmerz in deinem Gesicht, Vater.« Er bewegte sich, ohne einen Ruhepunkt zu sehen. »Jetzt ist es ein wirklicher Schmerz. So wirklich wie der, den ich Tag für Tag in mir fühle. Eigentlich hättest du sterben sollen für das, was du mir angetan hast... und Samnang. Du hast ihn verraten, Vater, dann bist du im Schutz der Stahlschwingen gekommen, um mich zu retten, um mich herauszubringen und mir ein neues Leben zu schenken. Du hast Sams Mörder getötet, aber vorher hast du ihn getötet. Eliott hat mir alles erzählt. Er...«

»Lügen«, schrie Macomber. »Ich weiß nicht, wo er das her hat. Aber es sind alles Lügen. Eliott hat mich gehaßt. Er...«

»Aus diesen Blättern hat er die Lügen«, sagte Khieu und hielt ihm drohend die Tagebuchaufzeichnungen entgegen. Macomber taumelte stumm zurück.

»Wo?« flüsterte er. »Wie?«

»Die Zeit, in der du fordern und fragen konntest, ist zerronnen, Vater. Ebenso wie deine Macht. Sie verschwindet mehr und mehr mit jedem Atemzug von dir, mit jedem Schlag deines Herzens.« Khieu tauchte in das Licht auf dem Flur ein, seine schwarze Silhouette löste sich auf, als ob er nie existiert hätte.

»Warte!« schrie Macomber erschrocken. »Geh nicht fort!« Denn er wußte, wie schon vor Jahren, als er Khieu zum erstenmal gesehen und seine unglaublichen Fähigkeiten entdeckt hatte, daß nichts Wirklichkeit werden könnte ohne ihn, nicht der *Angka*, nicht der Traum von der höchsten Macht, nicht das Leben, das er für sich selbst gewählt hatte.

Und er hatte dieses gewählt. *Karma*. Ich muß ihn suchen, dachte er, und versuchte, sich zu beruhigen. Bald.

Tracy war schon auf der Treppe zum zweiten Stock, als plötzlich alles Licht verschwand und er das merkwürdige Gefühl hatte, wieder zurückzusinken, obwohl er noch weiter hinauf wollte.

Er stemmte sich vor, aber dennoch schleuderte ihn die Schulter, die gegen seine Brust prallte, zur Seite und an die Wand.

Der Schatten vor ihm wich zum Geländer aus und versuchte, an ihm vorbeizukommen. Doch Tracy verlagerte sein Gewicht, machte einen Schritt auf die Stufen zu und versperrte dem anderen den Weg.

Das trübe Licht machte es unmöglich, Einzelheiten zu erkennen. Tracy sah eine Bewegung direkt vor sich, er konnte jedoch ihre Bedeutung nicht erraten, bis es fast zu spät war. Das kurze Aufblitzen von Metall warnte ihn in letzter Sekunde, und er ließ sich blitzschnell in die Knie sinken, machte sich klein und drückte seine Fußsohlen fest gegen die Stufe, um die Anspannung in seinen Schenkeln zu vergrößern.

Jetzt erkannte er, daß der andere ein kurzes Metallrohr in der rechten Hand hatte, das sich wie ein Teleskop verlängerte, als der Fremde sein Handgelenk kurz herunterpeitschen ließ. Tracy hatte von dieser Waffe zwar schon gehört, sie aber noch nie zu Gesicht bekommen. Sie kam aus Japan und war die Lieblingswaffe der Yakuza, der modernen Unterweltsyndikate des Inselstaates.

Tracy riß seinen linken Arm hoch und drehte seine Handkante dem Metallzylinder entgegen. Seine rechte Hand lauerte zur Faust geballt an seiner Brust, die Gelenkknochen der ersten beiden Finger waren leicht verschoben.

Mit einem leisen Pfeifen kam die Stahlrute herangeflogen, und Tracy wußte sofort, daß dies die Waffe sein mußte, mit der Moira erschlagen worden war.

Der Schlag traf Tracy knapp unterhalb des linken Handgelenks. Sein Körper war darauf vorbereitet, dennoch zuckte er unter dem brennenden Schmerz zusammen. So schnell die Rute auf ihn niedergefallen war, so rasch wurde sie auch wieder hochgerissen. Er wußte, daß er diesem Teufelsinstrument nicht lange standhalten könnte.

Und wieder fuhr der Stahl pfeifend auf ihn nieder.

Doch dieses Mal blieb Tracy mehr Zeit. Er warf sich nach rechts, und der Schlag verfehlte ihn um Haaresbreite. Sein linker Arm schoß hervor, und seine Hand umklammerte die Rute kurz oberhalb ihres Griffs. Er spannte die Muskeln, und der andere reagierte in der Annahme, daß Tracy versuchen würde, ihm die Waffe zu entreißen.

Statt dessen schlug Tracy mit der rechten Faust zu. Sie traf seinen Gegner direkt über dem Herz.

Khieu stöhnte auf, taumelte und verlor für einen Augenblick die

Balance. Erst jetzt zog Tracys linke Hand ruckartig an der Stahlrute, so daß sie dem anderen aus der Hand gerissen wurde. Sie hing seinem Gegner jetzt an einer Lederschlaufe vom Handgelenk herab. Wieder schlug Tracy mit der rechten Faust zu, wieder taumelte Khieu, und im nächsten Moment hatte Tracy ihm die Schlagwaffe vom Handgelenk gezogen.

Jetzt waren sie beide unbewaffnet. Khieu erholte sich überraschend schnell von den Fausttreffern und ließ eine Serie von Handkantenschlägen auf Tracy niederregnen. Sie kamen so schnell, daß Tracy alle Mühe hatte, seine Deckung zu halten.

Deshalb merkte er auch nicht, wie der andere nach seinem rechten Ellbogen faßte – dann war es zu spät. Der Druck kam völlig unerwartet, er wurde von den Füßen gehoben, fiel hintenüber und prallte dabei schmerzhaft mit der rechten Schulter gegen das Holzgeländer. Khieu war sofort bei ihm und rammte ihm sein rechtes Knie in den Bauch, so daß Tracy alle Luft aus den Lungen gepreßt wurde und er sich nur noch an die Schultern seines Gegners klammern konnte. Sie rangen miteinander, bis Khieu zwei Handkantenschläge auf Tracys Brust landen konnte.

Khieu nutzte den Moment, um einen *Yori* anzuwenden, den Tracy nicht kannte.

Der *Yori* gehört zu den Griffen, die dem Sumo entlehnt waren, und er war ungemein schwer zu beherrschen. Tracy hatte diese Kampftechnik einmal in Japan kennengelernt, aber doch nur ihre grundlegenden Manöver. Zum *Yori* gehörten eine Gruppe von Klammergriffen, die ursprünglich einmal nur dazu erdacht worden waren, den Kampfgegner aus dem Kreis der Sumo herausdrücken zu können. Aber über die Jahre waren sie von anderen so abgewandelt worden, daß sie inzwischen auch eingesetzt werden konnten, um den Gegner kampfunfähig zu machen. Sie verlangten jedoch so unglaubliche Kraft und Energie, so daß nur wenige sie wirklich anwenden konnten.

Jetzt, so nahe vor Khieus Gesicht, sah Tracy in die geheimnisvoll dunklen Augen seines Gegners, und er entdeckte in ihnen das Flackern des Wahnsinns. Mehr als alles andere ließ ihn das erschrecken, und er fühlte, wie ihm der Schweiß entlang seiner Scheitellinie ausbrach. Im Wahnsinn konnte der Mensch ungeahnte Kräfte und Zähigkeit besitzen, und sein Denken war nicht mehr vorauszuberechnen.

Khieus *Yori* wurde fester, und Tracy fühlte den Schmerz in sich wachsen. Langsam preßte sein Gegner alle Luft aus seinen Lungen, und dabei wurde die Klammer seines Griffs immer enger, so daß Tracy immer weniger Luft einatmen konnte.

Er fühlte Khieus unvorstellbare Kraft, und er fragte sich, wieviel ein Mensch überhaupt besitzen konnte. Verschwommen nahm er dann plötzlich Geräusche vom Parterre her wahr. Er wußte nicht, was sie zu bedeuten hatten, aber Khieus Aufmerksamkeit war für einen Moment abgelenkt.

Tracy nutzte diesen Moment, entspannte sich in dem Griff des anderen, um den Millimeter Raum zu gewinnen, den er brauchte. Er ließ sich fallen, und die plötzliche Bewegung befreite seinen rechten Arm aus der Umklammerung von Khieus *Yori*. In einem flachen Bogen flog der Arm nach oben, die Hand wie die Klinge eines Schwertes flachgestreckt. Und in der nächsten Sekunde wurde Khieu zurückgeworfen.

Tracy hörte die Geräusche von unten her lauter werden. Das schnelle regelmäßige Hämmern verriet ihm, daß Thwaite mit seinen Leuten dabei sein mußte, die Eingangstür des Hauses zu stürmen. Er machte eine schnelle Angriffsbewegung nach vorn; denn er wollte diesen Kampf beenden, weil er seine Kraft schwinden fühlte.

Aber auch Khieu hatte die Geräusche gehört und ihre Bedeutung erkannt. Und als Tracy auf ihn zuflog, riß er im letzten Moment seinen Fuß hoch, und seine Schuhspitze traf Tracy am Kinn.

Tracy stürzte hintenüber und fiel ein Drittel der Treppe hinunter. Instinktiv hatte er die Augen zugepreßt, so daß er für Sekunden nicht sehen konnte, was um ihn herum geschah.

Er taumelte wieder hoch und stützte sich auf das Holzgeländer. Khieu war verschwunden.

Thwaite und seine Männer mußten die Eingangstür jeden Moment aufgebrochen haben. Tracy entschloß sich deshalb, hinauf in den zweiten Stock zu gehen. Er bog rechts in den Flur, in die Richtung des scharfen Schießpulvergeruchs.

Das Licht in dem Raum am Ende des Ganges war eingeschaltet, so daß Tracy keine Mühe hatte, den Mann in dem Zimmer zu erkennen. Es war Macomber, der einen jungen Mann in den Armen hielt.

»Wer ist da?«

Seine Stimme war heiser und gebrochen, als ob er für Stunden gegen einen heftigen Sturm angeschrien hätte. »Bist du das, Khieu? Du hast meinen Sohn auf dem Gewissen! *Bastard!*«

»Hier ist Tracy Richter. Khieu ist verschwunden.«

Einen Augenblick lang sagte Macomber nichts, dann drehte er sich zur Tür und starrte Tracy an. Seinen Sohn ließ er vorsichtig aus seinen Armen gleiten. »Was, zum Teufel, wollen Sie hier? Das ist mein Haus! Wie können Sie es wagen...«

»Die Polizei ist unten«, antwortete Tracy. »In Ihrem Keller liegt eine mißhandelte Tote – und jetzt sehe ich eine zweite Leiche. Das ist wohl Grund genug.«

»Scheißkerl!« Macomber stieß das Wort haßerfüllt hervor. »Khieu hätte dich töten sollen. Du bist in meinen *Angka* eingedrungen.«

»In was?«

»Die Organisation. *Meine* Organisation.«

Jetzt verstand Tracy. »Die Sie mit dem Geld von der Operation Sultan aufgebaut haben.«

»Was weißt denn du über ›Sultan‹, du Hurensohn? Du warst doch nicht mehr in Ban Me Thuot. Du warst verschwunden.«

»›Sultan‹ war meine Operation, Macomber. Ich habe den Kontrolleinsatz geleitet...«

»Lügner!«

»...bei ›Sultan‹.«

»Sie sind ein gottverdammter Lügner, Richter!« Macombers Gesicht war rot angelaufen. Eine pulsierende Ader war auf seiner Stirn hervorgetreten. »Sie waren zu der Zeit längst verschwunden. Gott weiß, wohin. Sie haben das ständige Abschlachten nicht ertragen können. Ich wußte das. *Jeder* wußte das.«

»Weil es jeder glauben sollte«, sagte Tracy leise. »Ich bin damals zur Stiftung gegangen, was Sie nicht konnten. Ich habe die ›Operation Sultan‹ entwickelt. Es war meine Idee, die Sie in ihr Gegenteil verkehrt haben.«

Macomber war außer sich vor Wut. Die Zeit schien zurückzuweichen, die Jahre, die seither vergangen waren, verschmolzen in einem Nichts. »Erst hast du Tisah umgebracht, und jetzt erzählst du mir dies.« Er hatte sich aufgerichtet und bewegte sich nach links. »Du bist wirklich ein Hurensohn! Ich verstehe nicht, warum Khieu dich nicht getötet hat, aber das ist jetzt auch egal.« Er ging weiter nach links, auf die Zimmerecke seitlich der Tür zu. »Ich bin froh, daß du noch am Leben bist, Richter.« Wieder zwei Schritte, ein dritter. »Und weißt du warum?«

Tracy sprang ihn an, als Macomber sich nach dem weggeschleuderten Messer bückte. Er traf ihn, als sich seine Hand um den Griff des Messers legte. Macomber war schnell. Tracy hatte vergessen, wie schnell. Das Messer blitzte auf wie Silber, als Macomber es nach oben stieß, auf Tracys Gesicht zu. Tracy fühlte einen heißen Schlag, aber keinen Schmerz. Dann lief ihm etwas feucht die Wange hinunter. Seine rechte Hand schoß hoch und traf Macombers linkes Handgelenk, und er spürte den Druck, mit dem Macomber das Messer ein zweites Mal gegen ihn einsetzen wollte.

Tracy ging mit einem Schlag der linken Hand in den Gegner hinein. Im nächsten Augenblick merkte er, daß sich die Hebelkraft gegen ihn zu wenden begann. Er wich zurück und ließ sich auf das linke Knie fallen, als Macomber mit einem wilden *Kansetsuwaza* attackierte, um Tracys Schulter zu lähmen.

Tracy konterte mit seiner stärksten Waffe, mit einem *Atewaza*, den er mit all seiner Kraft auf Macombers Bizeps hämmerte und damit alle Spannung aus dem Muskel schlug.

Macomber brach seinen Angriff sofort ab und versuchte wieder, das Messer einzusetzen. In geduckter Haltung tänzelte er um Tracy herum, schlug eine Finte, eine zweite, dann aber begann er seine Attacke, und die Hand mit dem Messer schoß direkt auf Tracys Magen zu.

Auf diesem engen Raum blieb Tracy keine Zeit mehr, um einen Ausfallschritt zu machen oder um auch nur den Körper aus der Stoßrichtung des Gegners zu drehen. Also zwang er sich, nicht weiter auf die herannahende Klinge zu achten, sondern sich ganz auf das zu konzentrieren, was ihm jetzt nur noch zu tun blieb. Und statt auszuweichen, ging er in den Angriff des Gegners hinein, sein linker Arm stieß hervor, die Hand wie eine Klinge in Macombers Augenhöhe.

Macomber reagierte sofort. Er nahm den eigenen Angriffsschwung zurück und riß die Hand mit dem Messer hoch, um Tracys gefährlichen Schlag abzuwehren.

Aber Tracy hatte mit dieser Reaktion gerechnet: während seine Linke Macombers Hand mit dem Messer blockierte, ging er ganz in den Gegner hinein.

Damit war die Gefahr, die von dem Messer ausging, erst einmal neutralisiert. Tracy und Macomber kämpften Körper an Körper. Schläge und Konterattacken wechselten in so schneller Folge, daß die beiden in einem verschwimmenden Bild zu verschmelzen schienen, zu einem einzigen Wesen, das zwischen den Wänden des Zimmers gefangen zu sein schien und für das die Grenzen der Zeit aufgehört hatten zu existieren. Sie kämpften in ihrer eigenen kleinen Welt, deren Regeln und Gesetze nur sie kannten und der jeder Eindringling sofort zum Opfer gefallen wäre.

Tracy versuchte, einen *Osae-waza* anzubringen, einen Griff, der seinen Gegner bewegungsunfähig gemacht hätte, um sich selbst eine Atempause zu verschaffen. Aber Macomber erstickte den Angriff schon im Ansatz und brachte selbst drei schwere Schläge auf Tracys rechte Schulter nieder, so daß der Arm kraftlos seinen Halt verlor.

Macomber erkannte Tracys Schwäche sofort und setzte einen *Shimewaza* an: seine Arme umfaßten Tracys Oberkörper, während sein rechtes Knie Tracys herumschleuderte. Einen Unterarm preßte Macomber gegen Tracys Kehle, dann verhakten sich seine Hände miteinander, der Messergriff zwischen ihnen, und er begann, Tracy die Luft abzuschnüren.

Der *Shime-waza* gehörte zu den wirkungsvollsten Fesselgriffen, und Jinsoku hatte ihn Tracy erst vor Beendigung seiner Ausbildung gelehrt, weil er so schwierig in der Ausführung war und weil es kaum eine Abwehr gegen ihn gab.

Macombers Muskeln spannten sich, und er stöhnte vor Anstrengung auf, als er Tracy sein Knie kurz über dem Hüftwirbel in den Rücken stieß. Er legte sich mit seinem ganzen Gewicht in den Griff, um die Hebelkraft noch zu erhöhen. Es war die letzte Phase des *Shime-waza*, und Tracy wußte, daß er den Griff bald aufbrechen mußte, oder er würde Macombers Fessel erliegen. Er konnte kaum noch klar denken, und er war blaß geworden, weil die Blutzufuhr zum Kopf schon eingeengt war. Auch hatte er bereits das Gefühl in den Füßen verloren, was ihm nur noch deutlicher zeigte, wie gefährlich seine Situation geworden war.

Tracy entschloß sich, den *Šenjō* anzuwenden. *Dies ist kein Manöver, das du einfach auf gut Glück einsetzen solltest, hatte Jinsoku zu ihm gesagt. Ich will es dich lehren, weil ich möchte, daß du überlebst. Ohne Zweifel kannst du das auch mit dem, was ich dir bereits beigebracht habe. Aber es kann einmal der Moment kommen, wo dir keine Wahl mehr bleibt und der Tod dir schon ins Gesicht starrt. Du wirst wissen, wann dieser Moment gekommen ist, und dann wirst du den* Šenjō *anwenden.*

Er brauchte den Boden und eine Wand. Er hatte beides. Er warf sich nach links und brachte dabei seine linke Hüfte nach unten. Er knickte das Knie so weit ein, daß Macomber sein Rückgrat lang strecken und mit den Füßen vom Boden hochkommen mußte, wenn er den *Shime-waza* nicht öffnen wollte.

Tracy stieß sich vom Boden hoch und hoffte, daß der Druck reichen würde. Jetzt kam die Wand ins Spiel, er benutzte sie als Rammbock, der um so wirkungsvoller sein würde, je größer die Geschwindigkeit war, mit der er Macombers Hüfte gegen die Wand schlug.

Der Winkel mußte stimmen. Dann schleuderte Tracy seinen Gegner voller Wucht gegen die Mauer.

Aus Macombers Unterleib entwich alle Kraft, aber immer noch hielt er Tracys Kehle in einem strangulierenden Griff, ein Todesgriff, den er scheinbar nicht mehr lösen konnte. Er schnappte nach Luft und keuchte vor Schmerzen, Tränen liefen über sein Gesicht, sein Haar war schweißnaß und verklebt.

Tracy hob seinen rechten Fuß und schlug ihn auf Macombers linken nieder, gleichzeitig riß er den Oberkörper hoch und drehte ihn nach rechts.

Macomber konnte die Qualen nicht länger ertragen. Er fühlte alle Kraft aus seinen Armen und aus seiner Brust herauslaufen. Schmerz sammelte sich in seiner Hüfte, der ihn wie ein mächtiges Gewicht zur Seite zu reißen schien.

Tracy drehte sich noch weiter in Macomber hinein. Dann stieß sein Knie in einer schnellen Bewegung in Macombers Unterleib. Es war der Abschluß des *Šenjō*, und sein verheerendster Teil, denn der Schlag jagte die inneren Organe durch die Knochentrümmer.

Tracy stand schwer atmend im Zimmer, nachdem Macombers schwerer Körper vor seinen Füßen liegengeblieben war. Macombers Augen waren weit aufgerissen und starrten zur Decke empor.

Tracy hörte schwere Schritte draußen auf den Stufen, laute Stimmen, Befehle, aber er war zu erschöpft, um auch nur einen Schritt zu tun. Er hörte, wie sein Name gerufen wurde. Thwaites Stimme.

Als Tracy aus dem Haus trat und sich zum südlichen Teil des Gramercy Parks wandte, sah er als erstes Lauren. Sie stand zwischen zwei behelmten Polizisten. Ihrer Haltung war die innere Anspannung anzusehen, und ihr Gesicht sah im Licht der Straßenlaterne blaß aus.

Lauren entdeckte ihn und lief, ohne sich um die Polizisten zu kümmern, über die Straße auf ihn zu. Er fühlte ihren Körper, ihre Arme und war dankbar für ihre Wärme. Seine Schmerzen schienen sich aufzulösen, als ob ihre Berührung sie fortgezaubert hatte.

»Gott sei Dank«, flüsterte sie. »Gott sei Dank.« Ihre Fingerspitzen fuhren sanft über die Schnittwunde auf seiner Wange. Ihre hellen Augen suchten sein Gesicht, nach einem Hinweis auf das, was geschehen war. »Ist es schlimm gewesen dort drin?«

Er nickte. »Ja.« Er hielt sie fest in den Armen, er mußte ihren Körper fühlen, als brauchte er eine Versicherung, daß sie wirklich da war.

»Komm«, sagte sie leise. Er konnte sie kaum hören. Sirenen hallten die Straße hinunter, und die Presseleute waren in heller Aufregung. Als sie die Straße überquerten, ging Thwaite in entgegengesetzter Richtung an ihnen vorbei, umlagert von Journalisten.

Sie setzten sich auf den niedrigen Mauervorsprung, in den das Eisengitter, das den Park einzäunte, eingelassen war. Hinter ihnen standen die nachtschwarzen Bäume, deren ausladende Kronen leise im Nachtwind rauschten. Das Grün war so dicht, daß weder von Macombers Haus noch von den vielen Neugierigen, die sich jetzt dort sammelten, etwas zu sehen war.

»Macomber ist tot«, sagte er schließlich. Seine Stimme kam wie das Rauschen der Blätter über ihren Köpfen. »Ich mußte ihn töten. Mir blieb keine Wahl.«

Lauren schwieg. Sie weinte leise in sich hinein. »Und was ist mit Khieu?« fragte sie endlich.

»Er ist weg«, antwortete Tracy heiser. »Verschwunden.«

Dann stand plötzlich Ivory White vor ihnen. »Tut mir leid, daß ich stören muß«, sagte er, »aber mein Chef möchte Sie jetzt lieber in seiner Nähe haben.« Er warf einen Blick über ihre Schultern auf das Haus zu. »Die Presseleute werden immer unruhiger, und Thwaite möchte Sie deshalb lieber hier wegbringen.«

Sie standen auf, und White führte sie zu Thwaites Wagen.

Die Straße weiter hinunter auf der linken Seite entdeckten sie Thwaite. Bündel von Mikrophonen wurden ihm von eifrigen Händen entgegengehalten, Filmkameras wurden immer wieder neu ausgerichtet, um sein Gesicht noch besser ins Bild zu bekommen, ohne Macombers Haus im Hintergrund daraus zu verlieren.

»... in einer Stunde«, hörte sie ihn sagen. »Das ist alles, was ich für Sie tun kann.«

»Aber was hat Mr. Richter mit der Sache zu tun?« Die Frage hing wie eine Wolke über dem Pulk von Reportern und Journalisten.

»Auch das werden Sie auf der Pressekonferenz erfahren«, sagte Thwaite. »Sie müssen noch etwas Geduld haben...«

Er löste sich aus dem Gedränge, begleitet von einem Chor aus »Aber...!« »Warten Sie noch einen Augenblick...!« »Können Sie uns nicht sagen...?« »Was ist mit...?«

»Laßt uns hier verschwinden«, sagte er, als er sie erreicht hatte. Geschickt lenkte White den Wagen durch das Gewirr von Kranken- und Einsatzfahrzeugen der Polizei. An jeder Abzweigung von der Third Avenue standen Polizisten und versuchten, den Verkehr am Fließen zu halten.

»Ich dachte, es sollte ein kleiner Einsatz werden«, sagte Tracy.

Thwaite warf einen Blick in den Rückspiegel und grinste ihn an. »Wenn ich dir alles vorher verraten würde, kann ich am Ende überhaupt nichts mehr für mein Image tun.« Ihre Sirene bahnte ihnen einen Weg durch den dichten Verkehr. »Das war ja ein schönes Durcheinander in dem Haus. Hast du herausbekommen, was da vorgefallen ist?«

Tracy lehnte seinen Kopf gegen die obere Kante des Rücksitzes und starrte an den Wagenhimmel. »Der Obduktionsarzt wird uns sagen müssen, wer die Frau im Keller war und was mit ihr passiert ist«, sagte er. »Was oben im Haus geschehen ist, kann ich dir sagen. Der junge Mann war Macombers Sohn, den Khieu irgendwie dazu gebracht hat, auf seinen Vater zu schießen. Macomber hat instinktiv reagiert – es muß so gewesen sein, ich weiß, wie er ausgebildet worden ist – und seinen eigenen Sohn getötet.«

Thwaite stieß geräuschvoll die Luft aus. »Himmel noch mal, welchen Grund kann Khieu dafür gehabt haben? Ich meine, wie konnte er so etwas überhaupt tun?«

»Rache ist der einzige Grund, den ich mir denken kann«, antwortete Tracy.

»Das verstehe ich nicht.«

»Das glaube ich dir. Es gibt auch nichts Vergleichbares im westlichen Denken, aber ich bin mir sicher, daß es so gewesen ist. Für jemanden wie Khieu ist die Ehre ein höheres Gut als das Leben.« Oder Kim, ergänzte er in Gedanken.

Sie hielten vor dem Polizeihauptquartier am One Police Plaza. Die Stadt um sie herum schien in der Dunkelheit versunken zu sein.

»Das mag ja auch alles in Kambodscha gelten«, erwiderte Thwaite, »aber doch nicht *hier*. Und er hat doch hier seine Opfer auf bestialische Weise umgebracht. Das kann doch nicht dasselbe sein?«

»Und ob«, widersprach Tracy. »Wenn man ihm einen überzeugenden Grund geben konnte, daß er auch hier töten mußte.«

Thwaite schwieg eine Zeitlang. Er hatte sich auf seinem Sitz herumgedreht und starrte Tracy an. »Und das hat Macomber gekonnt.«

»Bei jedem Menschen – und besonders beim Menschen – brauchst du nur die richtige Stelle zu finden, auf die du drücken mußt, um jede gewünschte Antwort zu bekommen. Wenn du etwas findest, was den anderen tief genug trifft...«

Thwaite fuhr sich erschöpft mit der Hand übers Gesicht. »Und was soll ich jetzt denen da drin erzählen? Wir wissen doch nicht, wie wir ihn finden sollen.«

»Doch, das wissen wir.«

Laurens Kopf fuhr herum, als sie Tracys Antwort hörte. Sie kannte diesen Ton seiner Stimme. In dem Halbdunkel des Wageninnern sah sie seine Augen wie zwei Lampen glühen. Sie spürte, wie ihr Magen hart wurde und sich verkrampfte, und ein Zittern lief durch ihre Schenkel.

»Nein.« Ihre Stimme war nur noch ein rauhes Flüstern. »Nein, bitte.«

Tracy legte seine Hand auf die ihre und drückte sie fest. Lauren öffnete den Mund, aber sie brachte kein Wort mehr hervor. Was würden sie denn auch nützen? Er hatte sich doch längst für diesen Weg entschieden. Sie preßte ihre Augen zu, um ihre Tränen zurückzuhalten. Zerstörung. Das war es, was sich vor ihr bis ins Unendliche erstreckte. Tod und Zerstörung.

»Ich kann nicht mehr«, sagte sie. Sie hatte ihre Stimme wiedergefunden. Ihr Kopf peitschte vor und zurück. »Bitte frag mich nicht. Ich kann nicht daneben sitzen und...« Sie sprach den Satz nicht zu Ende.

Thwaite und White starrten sie an. Sie verstanden nichts, und sie kümmerten sich um nichts. Was machte es ihnen aus, wenn Tracy starb? Schließlich war sie es, die Tracy liebte.

Sie wandte sich ab, ihre Hand suchte nach dem Türgriff. Sie riß zweimal an ihm und mußte mit der Schulter erst heftig gegen die Tür stoßen, bevor sie aufsprang.

»Lauren!« schrie Tracy.

»Nein!« schrie sie. »Ich halte es nicht mehr aus!« Und mit winkenden Armen lief sie auf ein Taxi zu.

».. . und bei der entstellten Frauenleiche, die im Keller des Macomberschen Anwesens gefunden wurde, handelte es sich um Joy Trower Macomber, die Ehefrau des getöteten Hausbesitzers und jüngere Schwester von Senator Vance Trower aus Texas.«

Mit wachsendem Schrecken lauschte Atherton Gottschalk der selbstsicheren Stimme von Detective Sergeant Douglas Thwaite. Alles kam heraus. Joy tot, Macomber tot, und wie lange würde es noch dauern, bis Kathleens Leiche gefunden war?

Er wandte sich von dem Fernsehgerät ab und ging unruhig auf dem schweren Teppich seiner New Yorker Hotelsuite auf und ab. Gestern bereits war er aus dem Krankenhaus entlassen worden, aber er hatte beschlossen, noch ein paar Tage in New York zu bleiben. Denn noch rissen sich die Medien um ein Interview mit ihm.

Mit abwesendem Blick starrte Gottschalk durch das Fenster hinunter auf Manhattans West Side; ein Ausblick, den man sich hier teuer bezahlen ließ. Aber was nützte das jetzt alles noch? Es konnte nur noch eine Frage der Zeit sein, bis die Polizei bei der Verfolgung der Spuren auch auf ihn stoßen würde. Er wußte ziemlich genau, wie diese Untersuchungen abliefen. Und die Polizei wäre nie in das Haus von Macomber eingedrungen, wenn sie nicht schon genug Beweismaterial in den Händen gehabt hätte.

Der *Angka* war tot, und damit auch er. Macombers Tod zählte nichts, das würde ihn auch nicht retten können. Es gab zu viele Querverbindungen, und bei einer Untersuchung dieser Größenordnung müßte sich die Polizei schon mehr als dumm anstellen, wollte sie seine Verwicklung in den Fall übersehen.

Er wandte sich vom Fenster ab und durchquerte den Raum, dabei zog er sich den Gürtel seines seidenen Bademantels fester um den flachen Bauch. Vor der Badezimmertür blieb er stehen und klopfte taktvoll.

Er hörte die gedämpfte Stimme seiner Frau. Er drehte den Türknauf und drückte die Tür auf. Es war warm im Bad, und von der Wanne stiegen feuchte Schleier auf.

Roberta lag mit hochgestecktem Haar im Wasser. Nur ihr Kopf und ihre Knie waren zu sehen.

»Hallo, mein Liebes«, sagte er. »Ich bin nur gekommen, um dir was zu sagen.« Er war stehengeblieben und sah auf sie hinunter. Sie hatte den Kopf schräg gelegt und lächelte ihn an.

»Das ist lieb von dir, Schatz.« Ihre Hände tauchten aus dem Wasser auf. »Ich bin in ein paar Minuten fertig.«

»Du brauchst dich nicht zu beeilen«, sagte Gottschalk. »Wir haben noch genug Zeit.«

Er verließ den engen, feuchtheißen Raum wieder und schloß die Tür hinter sich. Dann ging er zurück zum Fenster und öffnete es. Es glitt ohne Widerstand auf. Es war doch klug, sich eine Suite in einem der alten, eleganten Hotels zu nehmen, ging es ihm durch den Kopf, da lassen sich die Fenster wenigstens noch öffnen. Es war ein langer Weg nach unten, aber darüber dachte er nicht nach. Er spürte den leichten Wind auf der weichen Haut in seinem Nacken, und er sah den Glanz der Lichter, weit entfernt wie auf dem Meer, und die dichtstehenden Baumkronen des Parks, schwarz und ernst.

Nur daran dachte er, als er auf die Fensterbank stieg und mit einem weiten Schritt ins Freie sprang.

Tracy fuhr aus dem Lincoln-Tunnel heraus und lenkte seinen Audi auf die äußerste linke Fahrspur, dann beschleunigte er. Er mußte wieder an Thwaites Gesicht denken, als er es ihm gesagt hatte.

»Die einzige Möglichkeit, Khieu zu finden, hast du durch mich«, hatte er gesagt. »Macomber hat mir gesagt, daß er Khieu den Auftrag erteilt hat, mich umzubringen. Im Haus ist es ihm nicht gelungen. Aber er wird es wieder versuchen – da bin ich mir sicher.«

Thwaite hatte eine Zeitlang darüber nachgedacht. »Deshalb ist sie gegangen«, sagte er schließlich gedankenverloren. Er meinte Lauren.

»Ja«, sagte Tracy, »deshalb.«

Einen Moment lang war Thwaites Gesicht grell ausgeleuchtet, als ein Wagen von hinten auf sie zukam und sein Scheinwerferlicht durch die Rückscheibe ins Wageninnere fiel.

»Du weißt«, sagte er so freundlich wie möglich, »daß ich dich das nicht tun lassen werde.«

Tracy achtete nicht auf das, was Thwaite gesagt hatte. Er hielt die Augen noch immer geschlossen. In seinem Kopf jagten sich die Gedanken, und die waren längst über Thwaites Einwand hinaus.

Plötzlich beugte sich Tracy vor. Der entschlossene Blick in seinen Augen ließ Thwaite kurz zusammenschrecken. »Was ich genau weiß«, sagte er mit tiefer Stimme, »ist, daß ich der einzige bin, der vielleicht mit ihm fertig werden kann. Mein Gott noch mal, Thwaite, der Mann ist eine wandernde Mordmaschine! Welchen Beweis dafür brauchst du denn noch? Glaubst du im Ernst, daß du eine Chance hast, ihn mit einer Fahndung zu finden?« Er hatte sein Gesicht nahe an das von Thwaite herangebracht. »Er hat sein ganzes Leben damit zugebracht zu töten und nicht dabei erwischt zu werden. Dagegen kommst du nicht an.«

»Ich nehme an, das soll heißen, du schon.«

»Herr im Himmel, wir haben doch jetzt keine Zeit für verletzte Eitelkeiten. Wir wissen, daß er hinter mir her ist...«

»Aber in der Stadt können wir nie genug Männer in deiner Nähe postieren, um deine Sicherheit auch nur einigermaßen zu garantieren. Ich kann das nicht erlauben, die Gefahr ist viel zu groß. An die unschuldigen Passanten will ich dabei gar nicht denken.«

Tracy nickte. »Jetzt verstehst du mich.« Er ließ sich wieder in seinen Sitz zurückfallen. »Deshalb werde ich hinausfahren in mein Haus in Bucks County. Da kenne ich jeden Zentimeter und kann alles genau im Auge behalten.« Er wartete einen Herzschlag lang. »Und das Haus steht auch einsam genug, daß ihr, du und deine Leute, eigentlich keine Probleme haben dürftet.«

Tracy war in Bucks County. Er bog links in die River Road ein, und sofort schrumpften die vier Fahrspuren auf zwei. Er hörte die Zikaden ihr Sommerlied singen und mußte an den Tag mit Lauren am Strand denken. Bald würde der Winter kommen, und er wollte ihn nicht ohne sie erleben.

Er ließ den Wagen ausrollen, stieg aus und ging die wenigen Stufen hinauf. Er öffnete die Eingangstür zu seinem Haus. Es war sechs Minuten nach vier.

Er ging in die Küche und öffnete den Kühlschrank; doch das einzige, was er fand, waren ein halbleeres Glas Mayonnaise, eine Dose Ölsardinen, die schon aufgerollt war, und ein frisches Glas Erdnußbutter, über das er sich mit Appetit hermachte.

Dann ging er hinüber ins Wohnzimmer und setzte sich in seinen Lieblingssessel. Müde ließ er den Kopf zurücksinken. Wolken verdunkelten die untergehende Sonne. Zum Ende hin wurde der Tag trübe, das Licht fahl wie Blei. Novemberlicht. Er schloß die Augen und lauschte auf die Geräusche des Hauses. Er sank wieder ins Leben ein, so daß er jede Veränderung, und wäre sie auch noch so gering, sofort merken würde. Er wollte den Augenblick nicht versäumen, wenn Khieu erschien.

Er mußte eingenickt sein. Als er die Augen wieder aufschlug, war es dunkel. Der Abend war gekommen. Er saß still in seinem Sessel. Seine Finger umklammerten die Armlehnen unnatürlich fest.

Etwas hatte sich im Haus verändert – doch er konnte nicht sagen, was. Ein Ast wischte mit seinen Zweigen über eine Hauswand. Das war ein vertrautes Geräusch, es beunruhigte ihn nicht.

Aber das, was er nicht hörte, ließ ihn unruhig werden. Die Grillen hatten aufgehört zu singen, das Haus schien den Atem anzuhalten. Er hatte das sichere Gefühl, nicht mehr allein zu sein. Er stand von seinem Sessel auf und ging leise zum Kamin hinüber. Der Buddha stand unberührt an seinem Platz.

Schatten füllten den Raum, als würden sie aus einer anderen Dimension in das Zimmer fallen. Vertraute Formen schienen verzerrt, bucklig und fremd geworden zu sein. Streifen von wäßrigem Licht fielen schräg auf den polierten Holzboden zwischen den Teppichen. Der hintere Teil des Zimmers war in undurchdringliches Dunkel gehüllt. Er hörte nichts.

Schatten lösten sich auf und formten sich im nächsten Moment neu. Schwarz verwandelte sich in Grau und zurück in Schwarz. Die Lichtstreifen über dem Holzboden zitterten, als sähe er sie aus einem tiefen Wasser heraus. Khieu stand dort, gefleckt und getarnt wie ein Tiger. Dann bewegte er sich, und das Licht ließ eines seiner Augen aufblitzen. Die Dunkelheit lag ihm wie ein Mantel um die Schultern. Er nutzte sie klug, wie Murano es ihn gelehrt hatte.

»Ich habe Macomber gut gekannt – in der alten Zeit«, sagte Tracy leise. »Ich habe gewußt, daß du kommen würdest.«

»Ich habe kein Verlangen, dich zu töten«, sagte Khieu, »aber ich bin ein *Chet Khmau*. Ich habe keine Wahl.«

Echos hallten im Zimmer wider, die Tracy sich nicht erklären konnte.

»Warum?« Er wußte die Antwort, aber das konnte ihn nicht davon abhalten, wenigstens den Versuch zu machen. »Du bist doch nichts anderes gewesen als Macombers Laufjunge. Jetzt könntest du dein eigenes Leben leben.«

»Was immer er mir gab«, antwortete Khieu langsam, »ist alles, was ich bin. Alles andere ist tot. Er hat alles getötet. Und dennoch... er war es, der mir mein Leben zurückgegeben hat. Kann ich es noch weiter erklären? Kann irgend jemand das Unerklärliche erklären?«

»Nein.«

»Ich, ich kann nicht mehr klar denken.« Die Stimme hatte einen merkwürdig fließenden Unterton. »Die Erinnerungen kommen und gehen, und ich weiß nicht länger, wer ich bin und wo ich bin. Ich habe keine Orientierung mehr.«

»Und der Amida Buddha?«

»Der Amida Buddha überlebt alles.« Er bewegte sich leicht. »Er sagt uns, daß wir alles Weltliche ablegen müssen, weil derjenige, der in Reinheit lebt und frei von Hoffnung, Furcht und Leidenschaft und dem Wunsch nach Leben und Sterben; wer das wahre Wissen erlangt hat – der wird Leiden und Wiedergeburt hinter sich lassen und in das höchste Nirwana eingehen.«

Wieder bewegte er sich um Haaresbreite vor. »Ich habe Schmerz und Leid in Macombers Haus zurückgelassen, und auch Liebe und Trauer.« Er sah Tracy ins Gesicht. »Auch den Haß habe ich dort zurückgelassen. Mein Kopf ist nur noch gefüllt mit dem Schrecken der Gegenwart. Wenn auch er ausgemerzt ist, werde ich alle Forderungen Amidas erfüllt haben.«

Tracy hatte recht gehabt. »Es ist so«, hatte er zu Thwaite gesagt. »Du hast sorgfältig ausbalancierte Ideengebäude in deinem Kopf. Sie *müssen* sehr sorgfältig ausgewogen sein und auch scharf voneinander getrennt, weil sie einander wie Feuer und Wasser ausschließen. Irgend etwas muß nun in letzter Zeit passiert sein, das die Barriere zwischen diesen beiden Vorstellungswelten in seinem Kopf niedergerissen hat. Die beiden Ideen sind ineinandergeflossen: der pazifistische Buddhismus und sein Training zum perfekten Mörder. Aber sie *können* sich nicht miteinander vermischen, sie *können* nicht miteinander verschmelzen. Statt dessen schaffen sie den Wahnsinn.«

Und weil er von der Seite kam, im Schutz der Dunkelheit, die sein treuer Verbündeter war, war Tracy zu einer starken Konterattacke gegen Khieus *Kokyu-nage* gezwungen. Er setzte die Technik ›Bewege den Schatten‹ ein.

Khieu glaubte, Tracys Kampftechnik erkannt zu haben, und fesselte ihn mit einem Schmetterlingsgriff. Der Druck auf Tracys Brustkorb war so schmerzhaft, daß Tracy bewußt seinen Verstand ausschalten mußte, um nicht schon diesem ersten Angriff zu erliegen.

›Bewege den Schatten‹ hieß nichts weiter, als einen starken Angriff vorzutäuschen, wenn man die Kampftechnik des Gegners noch nicht erkannt hatte – laß ihn glauben, daß du dich ihm schon ganz entblößt hast. Dieser Glaube wird ihn dazu verführen, dir seine eigene Strategie aufzudecken.

Und das war in der Tat geschehen. Tracy ging zum Gegenangriff über und setzte Hüfte und Schenkel ein, um Khieus Hebelkraft zu unterschneiden. Die eingesetzte Kraft wirkte plötzlich in die entgegengesetzte Richtung, und Khieu war gezwungen, Tracy freizugeben.

Tracy schlug sofort zwei Drachen hinterher und war erstaunt, wie wenig Wirkung sie erzielten. Aber als Khieu seinen nächsten Angriff einleitete, verstand er den Grund, und der Schweiß brach ihm aus.

Es war das *Chikara-wai chia*, ein vollendetes äußeres System wahrer Energie, über das Tracy in Jinsokus abgegriffenem Exemplar von *Ryuko-no-Maki*, das Buch *von Drachen und Tiger*, gelesen hatte. Es war, wie sein Lehrer sagte, die älteste Ausgabe, die die Geheimnisse der Kampfkunst enträtselte.

Über das *Chikara-wai chia* wurden nur vage Andeutungen gemacht, denn der Autor weigerte sich, im einzelnen darüber zu schreiben, weil er das System als etwas viel zu Gefährliches empfand.

Um die Beherrschung der *Chikara*-Kraft bemühten sich alle Schüler waffenloser Kampftechniken – die Beherrschung der *inneren* Kraft, die für fast alle Kampfesarten von Aikido bis Sumo verlangt wird. *Was wird dann geschehen*, fragte der Autor von *Ryuko-no-Maki*, *wenn es gelingt, diese verheerende Kraft nach außen zu wenden?*

Wie sollte er sie bekämpfen? Ja, nur abwehren? Tracy wußte es nicht. Aber er wußte jetzt, wie dieser Kampf enden mußte. Er hatte Lauren den Diamant gegeben, weil er sicher gewesen war, daß er zurückkehren würde. Jetzt wußte er, daß er sich getäuscht hatte.

Verzweifelt versuchte er Khieu in einen *Yotsu-te* zu verwickeln, er griff mit beiden Armen nach Khieus, um ihm jede Bewegungsmöglichkeit zu nehmen. Aber dieser Angriff wurde von dem *Chikara-wai chia* einfach zur Seite gewischt.

Er konnte Khieus Kraft überall um sich herum fühlen, sie hüllte ihn ein, und er roch den Schweiß, der in Strömen an ihren Muskeln herunterlief. Aber nichts nahm ihn so gefangen wie Khieus Gesicht, das wie ein voller, gewölbter Mond vor seinem Gesicht hing. In ihm stand kein Zorn, kein Haß, nicht einmal die Andeutung eines Triumphes über das herannahende Ende des Kampfes. Wie Khieu selbst gesagt hatte, waren all diese Gefühle von ihm im Hause Macombers zurückgelassen worden. Er war nackt. Aber tief in Khieus Augen entdeckte Tracy noch etwas anderes, eingehüllt wie eine wertvolle Perle.

Tracy hätte es vielleicht nicht ein heiliges Licht nennen wollen. Aber mit Sicherheit hatte es ein übermenschliches Element: die ewige Ruhe des Himmels oder des Meeres – und Unwandelbarkeit.

Daran klammerte er sich, als er eine unendliche Stromschnelle herunterwirbelte in die Finsternis des Flusses. Und in diesem Fluß begann er sich träge zu drehen, immer langsamer, bis alle Bewegung zu einem Ende kam.

Lauren parkte ihren alten Ford Mustang direkt neben der Straße, die an dem abgeernteten Kornfeld hinter Tracys Haus vorbeiführte. Sie fuhr noch ein Stück über den Seitenstreifen hinaus und lenkte den Wagen unter eine alte, weitausladende Eiche, deren Zweige das Auto einigermaßen verdeckten.

Am anderen Ende des Kornfeldes konnte sie Tracys Haus sehen. Es stand still und dunkel in der zunehmenden Finsternis. Sie war oft mit Tracy in dem Haus gewesen.

Als sie in Manhattan aus dem Wagen gesprungen war, hatte sie einen festen Entschluß gefaßt. Der Anblick seines harten, verschlossenen Gesichtes hatte sie durch das ganze Gespräch mit Thwaite und White hindurch verfolgt. Und als ihr klar geworden war, was er vorhatte, war es ihr zuviel geworden. Sie hatte genug gehabt.

Aber dann, während der langen Nacht allein in ihrem Bett, ihr Bein hatte fürchterlich geschmerzt und sie hatte keinen Schlaf finden können, hatte sie über Tracy nachgedacht. Und am Ende hatte sie schließlich auch gewußt, wo er am folgenden Abend sein würde.

Sie hatte sich entschieden, aus dieser Richtung zum Haus zu gehen, weil sie sich erinnerte, daß diese Seite fast keine Deckung bot, bis man auf etwa fünfzig Meter an das Haus heran war. Thwaites Männer, die sicherlich auch in der Nähe waren, konnten Tracy von dieser Seite aus keinen Schutz geben und würden also auch sie nicht aufhalten können.

Sie erreichte den Schatten der Bäume ohne Schwierigkeiten. Sie war jetzt vielleicht dreißig Meter von der westlichen Seite des Hauses entfernt und mußte sich entscheiden, ob sie es durch den vorderen Eingang oder durch die hintere Tür betreten wollte.

Sie konnte niemanden sehen, sie hörte auch nichts, und das beunruhigte sie. Warum hörte man die Grillen nicht? Vor dem Hintereingang blieb sie stehen, und im nächsten Moment schlug das helle Zirpen der Insekten wieder an.

Vorsichtig zog sie die äußere Tür auf, die eigentlich nur aus einem Fliegengitter bestand, das auf einen Holzrahmen gespannt war. Sie schob sich hinter die Tür und ließ sie gegen ihre Schulter fallen. Dann drehte sie den Knauf der inneren Holztür herum. Ihre Finger waren schweißnaß. Die Tür war nicht verschlossen, und sie stieß sie nach innen auf. Dann betrat sie leise die Küche.

Nach zwei Schritten blieb sie stehen, um ihre Augen an das Zwielicht zu gewöhnen. Die Nacht hatte sich über das Haus gesenkt, aber der Mond schien, und auch die Sterne.

Einen Augenblick lang rief sie sich noch den Parterregrundriß in Erinnerung, dann ging sie langsam weiter. Schon nach dem ersten Schritt hörte sie Geräusche aus dem Inneren des Hauses. Sie kam zum

Eingang des Wohnzimmers, und die Geräusche wurden deutlicher. Es klang wie das Schnaufen und Stöhnen eines Wildtieres, das dabei war, seine Beute zu verschlingen.

Und dann wischte der Anblick dessen, was sie im Mondlicht vor sich sah, alle Gedanken aus ihrem Kopf. Tracy lag auf dem Rücken, sein Kopf war zur Seite gefallen, das Gesicht sah zu ihr. Er hatte die Augen geschlossen, und in dem trüben Licht konnte sie nicht erkennen, ob er noch atmete. Jemand stand über ihm, breitbeinig, heftig atmend, und Schweiß oder Blut, sie sah es nicht, tropfte vom Kinn des Fremden auf den Boden hinab.

Erschrocken schnappte sie nach Luft, und der Kopf des Fremden flog herum. Er stieß einen tiefen, grollenden Laut aus, und sie wußte, wer vor ihr stand. Khieu! Sie machte einen Schritt in den Raum hinein, in einen Flecken des Mondlichts. Und plötzlich hörte sie ihn ein zweites Mal, doch jetzt in einem ganz anderen Ton.

»*Nein!*«

Es klang so schmerzvoll und verzweifelt, daß sie erzitterte, während sie sich auf die Knie sinken ließ, zu Tracy kroch und langsam eine Hand über seinen Hals beugte, um den Puls zu suchen. Die ganze Zeit über behielt sie Khieu fest im Auge.

»Haben Sie ihn getötet?« hörte sie sich sagen. Sie spie es aus, ihr Gesicht war verzerrt vor Angst und Zorn.

»Ich weiß es nicht.« Seine Stimme war schwach, als ob er vor ihr zurückwich. Sie sah auf seine Beine, er hatte sich nicht bewegt. Sie fand die Arterie und den Puls im selben Moment. Tracy lebt! *Gott sei Dank!* flüsterte eine Stimme in ihrem Kopf.

Sie sah Khieu ins Gesicht. »Ich werde ihn jetzt hier herausbringen.« Sie wußte nicht, was sie sagte.

»Warum sind Sie zurückgekommen?« Sie hörte seine gespannte Stimme, ein Singsang, als ob er eine Litanei spräche. »*Warum?*« Er bewegte sich leicht. »Ich habe doch alles hinter mir gelassen: Neid, Gier, Haß, Furcht und – Liebe. All die menschlichen Lasten, die ich nicht länger tragen darf.« Er kam auf sie zu, beugte sich ins Licht. »*Warum sind Sie hierhergekommen?*« Wieder der gequälte Ton, der ihr die Kopfhaut zusammenzog.

»Ich werde jetzt gehen«, sagte sie leise; denn sie fühlte, daß er das wollte. Er wollte sie nicht töten. Er hätte es längst tun können. Schließlich hatte er auch Louis Richter getötet. Und sie war Zeugin seiner List gewesen. Dennoch hatte er ihr Leben geschont.

Sie faßte Tracy unter die Arme. Er war viel zu schwer, als daß sie ihn hätte hochheben können. Sie würde ihn über den Boden in die Küche hinausziehen müssen.

»Nein!«

Und sie fühlte den festen Griff seiner Finger um ihr Handgelenk. Seine Kraft war furchteinflößend. Sie warf ihren Kopf in den Nacken und entblößte die Zähne. »Doch!« Sie hatte es leise, aber mit Nachdruck gesagt. »Ich werde ihn mit mir nehmen.«

»Sie können es nicht!« Ein Befehl wie ein Peitschenhieb. »Ich bin beauftragt worden, ihn zu töten. Und ich muß den Auftrag ausführen. Ich *muß*.«

»Dann werde ich bleiben. Und Sie müssen mich mit ihm töten.«

»Aber das *kann* ich nicht!«

Sie schüttelte seine Hand ab und begann, Tracy aus dem Zimmer zu ziehen, durch das Mondlicht hindurch.

»Nein...«

Aber es war keine Kraft mehr in der Stimme, der befehlende Ton war verschwunden. Es war die Stimme eines Kindes.

Und Lauren zerrte Tracy weiter, in ihrem Kopf jagten sich die Gedanken, sie schwitzte und sagte sich selbst, daß alles gut werden würde, daß er ihnen nicht hinterherkommen würde, daß er sie nicht töten würde, daß seine Macht ihr nichts anhaben konnte und daß dies auch für Tracy galt, solange sie ihn nur festhielt. *O Gott, bitte hilf uns!* Sie betete, wie ihre Mutter es immer von ihr gefordert hatte, zu einem Gott, an den sie nicht glaubte oder den sie nur nicht verstand. Sie betete immer noch, als sie Tracy weiter und weiter von dem Wahnsinnigen fortzog, in die Küche hinein und wieder durch einen Flecken silbernen Mondlichts hindurch.

Sie weinte und keuchte, und dann war sie an der Hintertür, sie zerrte ihn an der Holztür vorbei, stieß das Fliegengitter auf und war im Freien.

Ivory White hatte eine kleine Silhouette über das Kornfeld hasten sehen, und als er seinen Feldstecher an die Augen setzte, wußte er sofort, wer es war: Lauren. Er hatte seine Entdeckung Thwaite mitgeteilt, ohne daß die übrigen am Einsatz beteiligten Polizisten etwas davon mitbekommen konnten. Thwaite hatte jeden Fluch zum Himmel geschickt, den er nur kannte.

Was in Gottes Namen denkt sie sich dabei? hatte er sich selbst wütend gefragt.

Khieu war auf die Knie gesunken. Er sah, wie sich Laurens Silhouette langsam in der Dunkelheit auflöste, und mit jedem Schritt, den sie weiterging, löste sich auch ihr Bild in seinem Herzen auf. Als sie verschwunden war, war auch der Schmerz in ihm erloschen. Sie noch einmal zu sehen, sie zu berühren, hatte ihn irgendwie geheilt.

Seine Liebe für sie war wirklich gewesen. Er hatte sie berührt in dem Moment, als er Lauren berührte. Er hatte sie gefühlt und erkannt. Wie ein Wind war sie durch ihn hindurchgeweht. Sie hatte einen verborgenen Ort in ihm erreicht, diesen Ort verändert, und war wieder verschwunden. Am Ende hatte er auch die Liebe überwunden wie all die anderen Gefühle vorher. Er wußte, was ihm jetzt noch zu tun blieb.

Er stand auf und wandte seinen Rücken der Küche zu. Dann ging er zu dem Wandschrank im Eßbereich des Wohnzimmers und öffnete eine Glastür. Es lagen drei oder vier Schachteln mit Kerzen in dem Schrank. Er nahm sie heraus, eine nach der anderen, und begann sie anzuzünden.

Tracy erwachte, Mondlicht fiel ihm ins Gesicht. Er drehte sich zur Seite, sein Kopf und seine Schultern schmerzten. Lauren saß auf einem Holzpfosten neben dem Hintereingang zur Küche. Sie hielt die Hände vors Gesicht. Er verstand nicht, was geschehen war.

Er tastete mit einer Hand seinen Kopf ab, und sie schreckte hoch. Sie riß die Augen weit auf und starrte ihn an. Dann sah sie, daß er wach war. Sie ließ sich neben ihm auf die Knie sinken und flüsterte seinen Namen wieder und wieder.

Tracy stand auf und zog sie zu sich hoch. Er nahm sie in die Arme und sah dabei auf den Hintereingang des Hauses. Er konnte in die Küche hineinsehen, denn nur die äußere Tür war verschlossen.

Ein Schatten bewegte sich hinter dem dünnen Drahtnetz, und als das Mondlicht ihn kurz erfaßte, erkannte er Kim. Tracy war sich sicher, daß Kim erst vor Momenten ins Haus eingedrungen sein konnte. Niemand hatte ihn bemerkt, auch Khieu nicht. »Warte hier«, flüsterte er ihr ins Ohr. Er spürte, wie ihr Körper steif wurde.

»Wo willst du hin?« Ihre Hände griffen nach ihm, hielten ihn fest. Sie sah sein Gesicht, und sie schüttelte verzweifelt ihren Kopf. »Nein, nicht wieder dort hinein. O Gott, nein.«

Er machte sich von ihr los. »Nur einen Augenblick.«

»Er wird dich töten.«

Und in ihrem Gesicht las er, daß sie recht hatte. Was hatte sie vorhin in dem Haus getan? Wie hatte sie ihn herausbekommen? Er wußte keine Antwort auf diese Fragen. Doch er wußte, daß er und Kim noch nicht miteinander fertig waren.

In gewisser Hinsicht hatten sie also beide recht. »Ich werde in der Küche bleiben«, flüsterte er ihr zu. »Du wirst mich die ganze Zeit sehen können.«

Sie antwortete nicht, sie wußte, daß er gehen würde und wie weit er ihr mit dem, was er gerade gesagt hatte, schon entgegengekommen war. Sie nickte, und Tracy ging auf das Haus zu.

»Er ist da drin«, sagte Thwaite in sein Walkie-talkie. »Ich will kein Risiko eingehen. Deshalb möchte ich erst Tränengas einsetzen. Wir werden noch fünf Minuten warten, und dann schlagen wir zu.«
»Aber warum noch so lange warten?« Der Polizeichef von Pennsylvania stellte die Frage. Seine Stimme klang dünn und weit entfernt.
»Es befinden sich zwei Personen in unmittelbarer Nähe des Hauses. Und ich kann ihnen kein Zeichen geben, ohne gleichzeitig unsere Anwesenheit zu verraten. Wir müssen ihnen noch etwas Zeit geben, damit sie sich in Sicherheit bringen können.«
»Also gut«, gab der Polizeichef nach. »Aber ich habe hier mit diesen Fernsehleuten alle Hände voll zu tun. So etwas ist mir während meiner ganzen Dienstzeit noch nicht passiert.«
»Ich schicke Ihnen einen meiner Männer zur Unterstützung«, sagte Thwaite und verfluchte dabei den Kerl, der den Einsatzort den Nachrichtenleuten vom Fernsehen verraten hatte.

In der Finsternis der Küche standen sich Tracy und Kim gegenüber. Geisterhaft flackerndes Licht fiel vom Wohnzimmer zu ihnen herein und tanzte auf Kims Stirn und Kinn.
»Verschwinde hier«, herrschte Kim ihn an. »Ich werde dich töten, wenn du mich nicht vorbeiläßt.«
»Du bist schon zum Tode verurteilt«, sagte Tracy. »Und ich sollte dein Henker sein.«
Nicht die Andeutung eines Gefühls zeigte sich auf Kims Zügen. »Wenn es das ist, was du willst«, sagte Kim, »dann versuch es. Ich werde hineingehen, so oder so. Ich mußte dich in die Sache hineinziehen, weil ohne dich nichts möglich gewesen wäre. Jedenfalls nicht für mich, denn ich selbst hätte ständig den Direktor im Nacken gehabt.«
Seine Augen funkelten. »Aber ich wollte mehr als nur den Tod für Khieu. Ich wollte, daß vorher seine Welt langsam auseinanderfallen sollte.« Kims Kehle zog sich zusammen, bis sie nur noch aus angespannten Bändern zu bestehen schien. »Sein Bruder hat voller Absicht das Haus meiner Eltern in Flammen gesteckt. Sie waren Khmer. Sie haßten uns Vietnamesen. *Yuons* nannten sie uns. Barbarische Invasoren. Aber Sam, Khieus älterer Bruder, hatte ein Verhältnis mit meiner Schwester Diep. Aber er konnte sie nicht bekommen, vielleicht konnte er mit der Schande dessen, was er tat, nicht leben.«
»Also hat er alle ausgelöscht.« Ja, dachte Tracy, er hat wirklich nur einen persönlichen Grund gehabt. Er wollte nicht, daß Kim ins Wohn-

zimmer ging. Er wußte, was der Kambodschaner mit Kim machen würde. Auf der anderen Seite glaubte er nicht, eine Wahl zu haben. Entweder ließ er Kim durch, oder er selbst würde ihn töten müssen.

Er drehte sich um und verließ mit schnellen Schritten das Haus.

Khieu hatte alle Kleider abgelegt und saß mit überkreuzten Beinen vor dem goldglänzenden Buddha. Er sah das große ernste Gesicht auf sich herunterstarren und dachte an den *Lok Kru* seiner Kindheit. Phnom Penh. Sommer. Die Wellen der aufsteigenden Hitze ließen die großen Bäume flackern und tanzen. Es war heiß wie in einer Schmiede, und der Lärm der Insekten war ohrenbetäubend.

Auch hier war ein flackerndes Licht, von den Kerzen, die er überall um sich herum im Wohnzimmer entzündet hatte. Auch sie gaben ihm Ruhe, und das Gesicht des Amida Buddha schenkte ihm Trost.

Er erschrak nicht, als er es draußen knallen hörte und im nächsten Moment Glas splitterte. Wind fiel in das Zimmer, und das Kerzenlicht schwankte und wurde trüber, als einige Kerzen umfielen. Sie begannen, über den Boden zu rollen.

Flammen leckten über den Teppich und an den Vorhängen empor, bis Khieu schließlich das helle Licht bemerkte, dann breitete es sich aus, als würgende Gase in das Zimmer geweht wurden. Er mußte husten, und seine Augen tränten. Doch es machte ihm nichts aus, er begann seine Gebetsgesänge und konzentrierte sich auf den Amida Buddha und seine Pflichten.

Kim betrat das Wohnzimmer und sah sich einem Flammeninferno gegenüber. Zeit und Raum hatten jede Bedeutung für ihn verloren. Er hatte sich in den Labyrinthen seiner Erinnerung verloren, er hörte wieder die klagenden Schreie seiner Schwester Diep, als sie verbrannt war, und sah sich wieder zwischen den schwarzen, verkohlten Leichen seiner Mutter, seines Vaters und seiner Brüder. Flammen züngelten noch um sie herum wie Dämonen.

Kim schrie seinen Zorn heraus und warf sich in den ersten Ring der Flammen. Seine Kleidung begann Funken zu sprühen und zu versengen, aber er kümmerte sich nicht darum. Alles hatte er schon einmal erlebt, und auch da hatte es ihn nicht getötet. Seine Gedanken, sein Körper, seine ganze Kraft, alles war auf das Objekt seiner unendlichen Wut gerichtet.

Khieu Sokha saß noch immer auf seinem Platz und sang seine Gebete, als sei er blind gegen den Angriff. Das Feuer hatte sich über das ganze Zimmer ausgebreitet, und gierig leckten die Flammen an allem, was sie erreichen konnten. Aber Kim fühlte keinen Schmerz, als seine Kleidung in Brand geriet. Sein Haß hatte ihn unempfindlich gemacht wie einen Heiligen, und es war das einzige Gefühl, das noch in ihm war.

Für einen kurzen Augenblick sah er das Gesicht Khieu Sokhas, die blinden schwarzen Augen hatten sich ihm zugewandt. Und er nahm den buddhistischen Gebetsgesang fast wie ein schimmerndes Zittern der Luft war. Im letzten Ring des Feuers, schon nahe am Ziel seiner Rache, blieb er voller Erstaunen stehen.

Kim sah ein Glühen, es war nicht irdisch, es schien unmöglich zu sein. Seine Augen traten aus ihren Höhlen hervor, sein Herz setzte einen Schlag aus. Sein Atem zischte aus seinen Lungen, und in diesem letzten Augenblick seines Lebens war er sogar von seinem schwarzen Haß befreit, gereinigt von dem Anblick, der sich ihm bot.

Dann füllte ein lautes Grollen seine Ohren, eine Funkenfontäne hüllte ihn ein, und die Hitze war so groß, daß er sie schließlich doch fühlte, als die Bodenbretter unter ihm einbrachen und er in das Vergessen stürzte.

Der Amida Buddha rief, und Khieu fühlte sich gezogen. »*Buddham saranam gacchami, Dammam saranam gacchami, Sangham saranam gacchami.*« Ihm war, als ob sich plötzlich sein Fleisch von den Knochen löste, seine Gelenke sich auflösten und die Haut wegschmolz. Und zur gleichen Zeit fühlte er eine übernatürliche helle Klarheit in sich. Es war nicht nur ein Gefühl, er war erfüllt davon. Der Kosmos hatte sich ihm geöffnet. Er hatte sich in sich selbst gelöst. Alles war fließend.

Dann verlor er auch den letzten Halt in seinem gefühllosen Körper, und sein Geist war befreit. Er schwebte empor zu dem geliebten Antlitz des Buddha. Für einen kurzen Augenblick jagte er die Wolken, ritt auf dem Wind, sah den gekrümmten Horizont der Weltkugel. Dann brachen die Himmel auf. Sie waren von Feuer erfüllt, und endlich sah er eine Veränderung im ewigen Antlitz des Buddha. Ein Glühen ging von ihm aus, und der Gott beugte sich vor, um ihn zu umfangen. Er dachte an das strahlende Licht, das ihn einmal bei Preah Moha Panditto so in Verwunderung versetzt hatte. Jetzt staunte er nicht länger darüber, er stand ihm nicht mehr mit Ehrfurcht gegenüber.

Er war selbst ein Teil von ihm geworden.

4. Kapitel

Tracy öffnete die Augen, er hörte die Brandung, das Schlagen der Wellen und das Rauschen des ablaufenden Wassers in der Entfernung. Dennoch war das Geräusch durch die offenen Fenster ins Zimmer gedrungen. Der Geruch des Ozeans hing schwer in der Luft. Es war warm, aber nicht zu heiß. Die freistehende Villa besaß alle modernen Einrichtungen – auch eine Klimaanlage –, denn sie gehörte zu einem exklusiven Hotel. Aber sie hatten entschieden, lieber den alten Deckenventilator laufen zu lassen.

Er drehte sich zur Seite – eine Prellung ließ ihn leicht zusammenzucken – und sah in Laurens Gesicht. Sie schlief noch. Sie hatte einen Arm unter den Kopf geschoben, der andere ruhte zwischen ihren Beinen. Sie atmete langsam und tief, von Zeit zu Zeit flatterten ihre Augenlider. Sie träumte. Dann erwachte sie, ohne daß er es merkte. Ihre Hände griffen nach ihm und suchten nach der Wärme seines Körpers.

Ihre Augen schienen übergroß, ihre roten Lippen öffneten sich leicht. Ihre Beine streckten sich nach ihm aus und schlossen sich um seine. Schon die erste Berührung ihres Körpers hatte ihn ganz benommen gemacht.

»Lauren«, flüsterte er, »ich wollte nicht, daß du fortläufst und daß du traurig bist.«

»Ich weiß«, sagte sie leise und küßte die Innenfläche seiner Hand.

Und das Merkwürdige daran ist, dachte Tracy, daß sie es wirklich gewußt hat. Was er hatte tun müssen, schien sie fast ebensogut zu verstehen wie er selbst. Aber das war unmöglich, sagte er sich. Wie konnte sie jemanden wie Khieu verstehen?

Er nahm sie fest in die Arme. »Ich liebe dich«, flüsterte er.

Thwaite hatte eine böse Vorahnung, als Melody ihn im Büro anrief und ihn bat, zu ihr zu kommen. Er ging dennoch.

Melody erwartete ihn vor dem Haus. Sie trug einen taubengrauen Nadelstreifenanzug, darunter eine plissierte weiße Bluse und einen schmalen Seidenschlips. Sie sah aus wie eine junge Anwältin, die gerade ihr Examen abgelegt hatte.

Sie gingen nebeneinander die Straße hinunter. Es war ganz und gar nicht so, wie er es sich vorgestellt hatte.

»Ich gratuliere dir zu deiner Beförderung«, sagte sie.

»Danke. Aber ich glaube, dabei ist mehr an die Wirkung der Öffentlichkeit gedacht worden als an mich.« Doch innerlich war er stolz. Es war immer sein Traum gewesen, Lieutenant zu werden.

Sie gingen an der kleinen Kirche auf der Fifth Avenue vorüber.

Nach ein paar Schritten blieb Melody stehen und sah ihn an. »Ich werde von hier fortgehen. Nach Sunset Key, hinter der Spitze von Florida. Ich habe mir dort für einen Monat ein Haus gemietet, aber« – sie zuckte die Schultern – »vielleicht bleibe ich auch länger. Das kommt ganz darauf an.«

»Worauf?«

Sie zuckte wieder die Schultern.

»Und was ist mit deinem Apartment hier?«

»Ich werde es aufgeben«, sagte sie einfach. »Wenn ich jemals wieder hierherkommen sollte, werde ich etwas anderes finden.« Sie lachte. »Überhaupt hat mir in letzter Zeit die Gegend nicht mehr gefallen.« Sie sah zu ihren Schuhspitzen hinunter und griff mit der rechten Hand in eine Jackentasche. Dann schob sie ihm einen gefalteten Zettel in die Hand und schloß seine Finger um ihn.

»Hier«, sagte sie. »Nimm die Adresse. Wer weiß? Vielleicht hast du einmal Lust anzurufen.«

»Melody, ich...«

Ihr Lächeln wirkte etwas gezwungen. »Natürlich kann es auch sein, daß du sie gar nicht haben willst. Aber dann sei bitte so nett, Thwaite, und zerreiß den Zettel erst, wenn ich gegangen bin.« Sie hob ihr Gesicht an seines und küßte ihn auf die Lippen.

Er fühlte die Berührung das ganze Rückgrat hinunter, sie füllte ihn mit Wärme.

»Auf Wiedersehen, Douglas.« Sie drehte sich um und wollte gehen.

»Warte.« Thwaite griff nach ihrem Arm. Sein Gesicht hatte einen gequälten Ausdruck angenommen.

»Vielleicht kann ich in deinem Apartment wohnen, solange wie du nicht hier bist.«

Sie dachte einen Augenblick darüber nach.

»Ich kann sonst nirgendwo hingehen.«

Sie wußte, daß er sich da irrte, aber das zumindest mußte er selbst herausfinden. Sie sah blinzelnd in die Sonne und nickte. »Also gut, Lieutenant.«

Tracy jagte Lauren über den heißen Sand, von der Tür ihres Hauses wollten sie zur Spitze der Düne laufen. Ihr Körper machte ihn ganz benommen; so geschmeidig und voller Kraft war er. Sie schien eine Ausgeburt seiner Phantasie zu sein, die zum Leben erwacht war.

Sie wandte sich um, verwundert, wo er blieb, und sah seinen bewundernden Blick. Er stolperte über eine Grassode und fiel kopfüber in den warmen Sand.

Lauren schrie auf wie ein Kind und lief zu ihm zurück. Dann ließ sie sich lachend neben ihn auf den weichen Boden fallen. Er rollte zur Seite und trat in gespieltem Ärger nach dem Grasbüschel.

»Tracy«, flüsterte sie und nahm sein Gesicht in ihre Hände, »o Tracy.« Auch er hatte gelacht und daran gedacht, wie blind er gegen alles andere war, wenn er sie sah. Er hätte weiter darüber lachen können, aber noch lieber küßte er sie, und er fühlte, wie sich ihre Lippen unter seinen öffneten und ihre Zungen sich berührten.

Dann zog Lauren ihren Kopf zurück und stützte sich auf dem Ellbogen auf. »Tracy«, der leichte Wind ließ ihr offenes Haar wie einen Flügel über seine Haut streichen, »was ist mit den Leuten, für die ihr, du und Louis, einmal gearbeitet habt? Du bist doch wieder zu ihnen gegangen.«

»Ich hatte keine andere Wahl.« Seine Augen wanderten den Horizont entlang. Hoch am Himmel jagten sich die Wolken. »Sie haben mich gerufen, aber es ist jetzt alles erledigt.«

»Bis zum nächsten Mal?« Sie sah ihn an, ihre Augen strahlten ungewöhnlich hell.

»Welches nächste Mal?« Er legte einen Arm um ihre gebräunten Schultern. Jetzt war nicht die Zeit, über solche Dinge zu sprechen; nicht einmal an sie denken wollte er.

Sie waren allein an dem ausgedehnten Strand. Weit hinter ihnen standen Palmen in einer Linie. Es wurde heißer. »Irgendwann heute«, sagte er, »müssen wir schwimmen gehen.«

»Ja, gerne«, erwiderte Lauren und rückte näher an ihn heran, »aber doch nicht gerade jetzt.«

Auf der anderen Seite der Erdkugel brachte ein junger Chinese in Uniform ein kleines Päckchen mit Dokumenten zu der großen Villa am Stadtrand von Shanghai. Er hatte den Befehl, es nur einem bestimmten Funktionär auszuhändigen, und das tat er auch.

Der Mönch nahm das Päckchen entgegen und bestätigte den Empfang mit seinem persönlichen, aus Elfenbein geschnitzten Siegel. Dann schlitzte er es mit seinem langen Daumennagel auf. Das Päckchen enthielt, was er erwartet hatte: einen Diplomatenpaß, verschiedene Visas und gefälschte Papiere, die er vorgeblich nach Amerika zu bringen hatte.

Er nickte versonnen, als er die Dokumente in seine lederne Reisetasche schob, die wie sein übriges Gepäck bereits an der Haustür stand. Dann rief er nach seinem Wagen. Mit voller Absicht hatte er einen Zeitpunkt gewählt, an dem Tisah in Begleitung der unvermeidlichen Wachen ihren Spaziergang machte.

Die Sache war schon schwierig genug, und er glaubte nicht, sie noch länger anlügen zu können. Sagte er ihr jedoch die Wahrheit, würde das mit Sicherheit das Ende ihrer engen, vertrauensvollen Beziehung bedeuten. Nicht wegen dem, was er zu tun hatte – er war schließlich ihr Vater, und wie es sich für ein Kind gehört, akzeptierte sie alles, was er tat. Aber sie würde nicht verstehen können, *warum* er es tat. Sie besaß nicht die Loyalität, die er zu China empfand. Die Politik ihres Heimatlandes war nicht die ihre. Nein, beschloß er ein weiteres Mal, es war besser, nichts zu sagen; er würde einfach verschwinden und die Sache hinter sich bringen.

Er mußte wieder an die Vorladung in das Büro von Liang Yongquan in Peking denken, die er vor einigen Wochen erhalten hatte. Der Raum war einer von unzähligen gleichaussehenden in der Bürokaserne des Industrieministeriums gewesen. Doch von Liang Yongquan war an jenem schönen Morgen nichts zu sehen. Er lag bereits in einer der lichtlosen Gefängniszellen im Keller des Gebäudes. Demnächst würde man ihm den Prozeß machen und ihn wegen verschiedener Verbrechen gegen den Staat hinrichten. Das sagte jedenfalls Liang Yongquans Nachfolger.

Es war ein gertenschlanker Mann mittleren Alters namens Wu Xilian. Der Mönch hatte den Namen noch nie gehört, aber das war bei einer Regierung, deren politische Heere unüberschaubar waren, nichts Ungewöhnliches.

Wu Xilian erwies sich als ein Mann von mürrischer Strenge, der auch nicht den geringsten Hauch von Humor besaß, und vom ersten Moment ihrer Begegnung an rechnete der Mönch ihn den Vertretern der harten Linie zu. Anfangs konnte ihn das nicht besonders erschrecken. Als Überlebender unzähliger Umwälzungen in seiner eigenen Abteilung wußte er genau, wann er in die Offensive gehen und wann er sich besser zurückziehen mußte. Daß er hier keinen Dummkopf vor sich hatte, war ihm sofort klar gewesen. Dennoch traf ihn das, was sein neuer Vorgesetzter mit ihm vorhatte, völlig unvorbereitet.

»Diese Macomber-Geschichte macht mir größte Sorgen.« Er hatte die abstoßende Angewohnheit, seinen langen Hals gestreckt zu halten wie eine Schildkröte, die nach einem Salatblatt schielt. Das und seine geziert-altmodische Sprechweise ließen jeden Satz wie eine Belehrung klingen.

»Dafür sehe ich gar keinen Grund«, erwiderte der Mönch betont gleichmütig. »Der ausgehandelte Preis war mehr als doppelt so hoch, als zu erwarten gewesen war.« Das war der erste und gleichzeitig auch letzte Fehler, den er sich bei dem Mann erlauben sollte.

»Ich spreche hier nicht über *Geld*«, sagte Wu Xilian. Seine Stimme hatte dem letzten Wort einen gefährlichen Klang gegeben. »Ich beziehe mich ausschließlich auf den *politischen* Charakter der Geschichte.

Weder sie selbst noch die Konsequenzen, die ich aus ihr ziehen muß, sagen mir zu. Und wissen Sie, warum?« Der Mönch war klug genug, den Mund zu halten. Er hatte sein Gegenüber längst durchschaut; und wenn ihm auch ganz und gar nicht gefiel, was er da sah, so wußte er doch gut genug, was seine Pflicht war. »Die ganze Geschichte stinkt nach Personenkult.« Wu Xilians Stimme hätte nicht verächtlicher sein können, wenn die verschlagenen Manöver der Sowjets ihr Thema gewesen wären.

»Nun«, sagte er nach einiger Zeit, »ich warte.«

Der Mönch wußte in diesem Moment, daß seine Überlebenschancen ungefähr fünfzig zu fünfzig standen, und verzweifelt suchte er nach einer Möglichkeit, das Verhältnis zu seinen Gunsten zu verbessern. »Ich gebe zu«, begann er schließlich langsam, »daß das Geschäft eine sehr persönliche Note hatte. *Dennoch* möchte ich nicht versäumen, auf den Punkt hinzuweisen, der mich an der Sache so gereizt hat« – auch das, den Namen von Wu Xilians Vorgänger nicht zu erwähnen, hatte ihn seine Erfahrung gelehrt – »und zwar war es die Möglichkeit, eine *amerikanische* Operation dazu zu nutzen, das sowjetisch inspirierte Terroristennetz zu zerstören. Da es gegenwärtig nicht in unserer Macht liegt, diese sorgfältig aufgebaute Organisation öffentlich anzugreifen, erschien es mir als willkommene Gelegenheit, einen ausländischen Einfaltspinsel das tun zu lassen, was wir nicht tun können.«

Wu Xilian sah den Mönch nachdenklich an, als sei er nicht mehr als eine Schachfigur, die es mit dem nächsten Zug zu schlagen galt. »Es gibt etwas, das ich nicht weniger verachte als Personenkult.« Die Worte kamen langsam, damit auch jedes einzelne genau zu verstehen war. »Und das sind Lügen.« Er legte seine Hand flach auf die blankpolierte Schreibtischplatte. »Ich verlange von meinen Untergebenen absolute Ehrlichkeit und absoluten Gehorsam.«

»Wünschen Sie, daß ich einen Treueeid ablege?« fragte der Mönch. Der Gedanke an die feudale Vergangenheit seines Landes und daran, wie wenig sich, trotz der vielen Jahre und Regimes, die gekommen und gegangen waren, verändert hatte, ließ seine Stimme leicht ironisch klingen.

»Genau daran hatte ich gedacht«, erwiderte Wu Xilian.

Der Mönch saß regunglos auf seinem Stuhl. In seinen Ohren hörte er überlaut das Pochen seines Herzschlags, und er fühlte, daß sich der Rhythmus beschleunigte. Schließlich nickte er nur knapp, was seinem Vorgesetzten wie eine militärische Geste vorkam. »Dann werde ich ihn leisten.«

Wu Xilians Augen waren starr auf den Mönch geheftet. Sie schienen keine Lider zu besitzen, denn sie blinzelten nicht ein einziges Mal. »Ich verlange nicht viel von Ihnen. Schließlich ist es für uns fast bedeutungslos, nach dem Leben eines Westlers – in diesem Falle nach dem eines Amerikaners – zu greifen und es auszulöschen.«

Wu Xilians Stimme schien mit jedem Herzschlag mehr Macht zu bekommen. »Ich weiß, daß Tracy Richter Ihnen etwas bedeutet... und natürlich auch... Ihrer Tochter.« Er schien jetzt fast zu lächeln. »Ich wünsche, daß er stirbt. Sorgen Sie dafür.«

Sein Mercedes brachte den Mönch zum Regierungsflughafen in Hongquiao, wo seine Maschine bereits auf ihn wartete. Der Flug ging nach New York; dort lebte Tracy Richter. Und wenn er dort nicht mehr war?

Auf der Rolltreppe hinauf zum Flugsteig seiner Maschine dachte der Mönch einen Moment lang nach. Auch wenn Richter nicht mehr in New York war, würde das nichts ändern. Er würde ihn finden, wo auch immer er ihn suchen müßte. Sein Leben und das seiner Tochter hingen davon ab.

Mit eingezogenem Kopf verschwand der Mönch in dem Rumpf aus Aluminium und Stahl, in dem verwirrenden Netz hydraulischer und elektronischer Leitungen. Minuten später hob die Maschine vom Rollfeld ab.

Eric Van Lustbader
Meister des exotischen Spannungsromans

1946 wurde Eric Van Lustbader in New York geboren. Der heute international bekannte Bestseller-Autor begann nach seinem Studium an der Columbia University zunächst eine wechselvolle Karriere in der New Yorker Musik-Branche.

Zwischen 1970 und 1978 war er unter anderem Mitherausgeber und freier Journalist bei verschiedenen Zeitschriften des Musikmarkts, Werbeleiter bei Dick James Music USA, Assistent des Direktors bei Elektra Records, Manager und Produzent einer Band (die sich allerdings auflöste, als der erste Plattenvertrag geschlossen werden konnte) und Chef der Abteilung für Medienpflege bei CBS Records, wo er Gruppen wie Pink Floyd förderte.

Seit 1973 betätigte sich Lustbader außerdem als Roman-Autor. Den Anstoß dazu gab ein Besuch in der Ronin-Galerie in New York. Hier wurde seine Leidenschaft für den Fernen Osten geweckt. Reproduktionen von Arbeiten des japanischen Künstlers Hiroshige machten ihn neugierig auf alles, was mit Japans Vergangenheit – und Gegenwart – zusammenhing. Er begann, intensive Studien zu betreiben und sein Wissen über den Orient in Form von spannungsvollen exotischen Romanen weiterzugeben: an ein riesiges Leserpublikum, das die Kombination von moderner Action mit Elementen der traditionsreichen Welt des Fernen Ostens begeistert aufnahm.

1978 kündigte Eric Van Lustbader seine Anstellung bei CBS Records, um sich hauptberuflich der Schriftstellerei zu widmen. Seine Bücher wurden bis heute in 15 Sprachen übersetzt. Daß sie selbst in Japan zu Bestsellern wurden, ist der beste Beweis für die Qualität von Lustbaders intensiven Recherchen.

Seine Liebe zur Musik hat der Autor übrigens nicht aufgegeben: Beim täglichen Schreiben läßt er sich von Rock-Tönen inspirieren.

Verzeichnis lieferbarer Titel
(Stand Juni 1990)

Dai-San (01/8005)
Dolman (01/7819)
French Kiss (41/19)
Jian (01/7891)
Die Miko (01/7615)
Der Ninja (01/6381)
Ronin (01/7716)

Schwarzes Herz (01/6527)
Shan (41/3)
Teuflischer Engel (01/6825)
Zero (41/12)

Die Bandnummern der Taschenbücher und Jumbo-Paperbacks von Heyne sind jeweils in Klammern angegeben.

JOSEPH WAMBAUGH
NUR EIN TROPFEN BLUT

Der Tatsachen-Roman
über den ersten Mordfall der Welt, der mit
Hilfe des genetischen Fingerabdrucks
gelöst wurde.

389 Seiten, Ln., DM 39,80

HESTIA

ERIC VAN LUSTBADERs

unvergleichlich fesselnde, erotische Fernost-Thriller

01/6381

01/6527

01/6825

01/7615

01/7891

Wilhelm Heyne Verlag München

James Herbert

James Herbert, Englands führender Horror-Autor, entwirft in seinen spannenden Thrillern eine grausame, kaltblütige Welt, die erschreckend nahe an der Wirklichkeit ist.

01/7616 ▶ DOMAIN

01/7686 DIE RATTEN

01/7784 DIE BRUT

01/7857 DIE GRUFT

Wilhelm Heyne Verlag München

PETER STRAUB

Peter Straub ist ein Meister des unheimlichen Romans. Neben Stephen King zählt er zu den Erneuerern der phantastischen Literatur.

41/4

01/6713

01/6724

01/6781

01/6877

01/7909

Wilhelm Heyne Verlag München

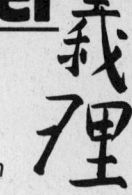